李劍國 輯校

宋代傳奇集

上册

中華書局

圖書在版編目(CIP)數據

宋代傳奇集/李劍國輯校. —北京:中華書局,2018.8
(2025.7 重印)
ISBN 978-7-101-13302-8

Ⅰ.宋… Ⅱ.李… Ⅲ.傳奇小説-小説集-中國-宋代
Ⅳ.I242.1

中國版本圖書館 CIP 數據核字(2018)第 126878 號

責任編輯:許慶江
責任印製:韓馨雨

宋代傳奇集
(全三册)
李劍國 輯校
*
中 華 書 局 出 版 發 行
(北京市豐臺區太平橋西里 38 號 100073)
http://www.zhbc.com.cn
E-mail:zhbc@zhbc.com.cn
北京新華印刷有限公司印刷
*
850×1168 毫米 1/32 · 51⅛印張 · 6 插頁 · 920 千字
2018 年 8 月第 1 版 2025 年 7 月第 3 次印刷
印數:5001-5400 册 定價:258.00 元

ISBN 978-7-101-13302-8

總目

序……程毅中　一—二
凡例……一—三
目録……一—三
宋代傳奇集第一編卷一—卷五……一—一七〇
宋代傳奇集第二編卷一—卷四……一七一—三〇四
宋代傳奇集第三編卷一—卷十三……三〇五—七五六
宋代傳奇集第四編卷一—卷四……七五七—八九八
宋代傳奇集第五編卷一—卷二十一……八九九—一四三六
宋代傳奇集第六編卷一—卷三……一四三七—一五四〇
引用書目……一五四一—一五八二
增訂後記……一五八三
作者索引
篇目索引

序

古之學者，視小説爲小道，往往鄙而不爲，由來久矣！近世用乾嘉學者治經史之法治小説者，當以魯迅《古小説鈎沉》爲始。魯翁且嘗纂唐宋傳奇爲一集矣，顧於宋人之作，略取數篇而已。宋人小説因不如唐人小説之華美，常爲前人所詬病，如胡應麟所云：「宋人以後，論次多實，而彩艷殊乏。」（《少室山房筆叢》卷二十九《九流緒論》）然而宋人小説文備衆體，本非一格，亦有藻繪可觀如《雲齋廣録》所收者。且宋人小説崇尚實録，漸近人生，如晉人所云「絲不如竹，竹不如肉」，以其漸近自然也。近體小説源出瓦舍説話，其爲市井小民寫心，固無論矣；而傳奇志怪，亦多人情世態，聲色俱繪，叙事則如經目睹，記言則若從口出，此可於《摭青雜説》等書覘之。宋之傳奇，於搜神志異而外，或摹壯士佳人之心膽，或述引車賣漿之言語，聲氣風貌，神情畢肖，千載而下，猶可髣髴。自兹而後，小説一家，蔚爲大國，可以興觀群怨，或且優於詩賦。使孔子生於今日之世，安知不詔其二三子，何莫學夫小説乎？吾友李劍國先生，寢饋於古體小説且有年矣，嘗考其源流，辨其真僞，校其異同，論其得失，著有《唐前志怪小説史》、《唐前志怪小説輯釋》、《唐五代志怪傳奇叙録》、《宋代志怪傳奇叙録》四書，久爲學人稱嘆，詫爲力作。今又編纂宋人傳奇爲一集，披沙揀金，刮垢磨光，風鈔雪纂，取精用宏，割雞不惜牛刀，搏兔亦用獅力，不僅嘉惠於今人，抑且有功於古籍矣。李君與予於古體小説夙爲同好，深喜不孤，乃先以書稿見示，命予讀而序之。自惟年薄桑榆，光微爝火，讀君之書，益覺昔之率爾操觚，僅堪覆瓿。説項有心，而引嘷無力，祇以嗜痂共癖，求友應鳴，因不辭僭妄，聊贅數言，權作小説人之入話云爾。

一九九八年五月，程毅中序。

凡例

（一）本書所輯録者係兩宋傳奇小説作品。夫傳奇者，即魯迅所謂叙述宛轉，文辭華豔，大歸究在文采與意想之體，有别於志怪雜事之短製也。所録作品其途有三：一爲單篇傳奇文，二爲小説集中之傳奇體作品，三爲一般雜記中之格近傳奇者。此中第二類實其大宗。然小説集中多爲志怪雜事傳奇三體俱存，而以傳奇標準繩之，每有游移難定之窘。今之所擇，大凡具傳奇筆意，篇幅較長者即取之。既出臆裁，不免取捨失當，顧亦别無良法可循也。至一般雜記雜録，雖非專意幻設，小説每厠跡其間，故亦有所甄採，若《昨夢録》、《春渚紀聞》之屬是也，唯擇選稍嚴耳。

（二）所録作品皆爲産於宋世者。作者當易代之際，視其所作出於何時而定取捨。如宋初取耿焕而宋末不取周密，即此故也。

（三）所録作品以現存者爲主。原文失傳而尚存節文、殘文或佚文者，凡經輯校始末猶備文字稍詳者亦予收録，《王魁傳》、《愛愛歌序》之屬是也。或原文已亡，惟賴他書存其梗概者，乃據他書録之，而署以原作者之名，《郎君神傳》、《天宫院記》之屬是也。

（四）作品以産生年代先後編次，同一作者之作品則集中編列，而亦次以先後。年代不明者酌定之。個别實難考定者置於末卷之末，《柳勝傳》是也。

（五）作品篇名一般用原題，個别不類篇名者酌改。失題及無題者一概自擬。凡此均於題注或按語中説明。

（六）作品正文分段。注文以小字單行區分。舊注亦保留。作品原校校語，摘要取入校勘記。

（七）作品之末一律詳注輯録出處。所據主要書籍同時標明版本。

（八）原文之異體字、俗字、簡體字，或改或留，視情而定，非求一律。

（九）校勘用詳校之法，異文除無關緊要者均出校。凡遇脱衍譌錯，徑於原文改定，而於校記説明。闕文不易確定補於何處者録入按語。

（一〇）據輯書籍，或爲早出者，或前人精校本，或今人點校本，擇其善者。凡據今人點校本輯録者，亦據有關版本及文獻補作校勘，標點及分段均自行處理。

（一一）廣泛蒐集作品版本及相關校勘資料，相關文獻以宋元古籍爲主。

（一二）引用校輯資料，或省去時代作者。書後附有《引用書目》，標明各書時代、作者、版本，可供檢閲。

（一三）作者小傳置於其首篇作品篇題之後，傳末注明資料來源。篇末綴以按語，考證説明本篇或原集之著録、版本、題署、篇目等及其他相關事項。鑒於予所著《宋代志怪傳奇叙録》於此皆有詳考，故只疏其大略。

（一四）全書輯録四百零二篇，分爲六編，凡五十卷。第一編北宋前期（九六〇—一〇二二），即太祖、太宗、真宗三朝；北宋中期（一〇二三—一〇六七），即仁、英二朝；北宋後期（一〇六八—一一二六），即神、哲、徽、欽四朝；南宋前期（一一二七—一一六二），即高宗朝；南宋中期（一一六三—一二二四），即孝、光、寧三朝；南宋後期（一二二五—一二七九），即理、度、恭、端、趙昺五朝。

（一五）書後附《作者索引》、《篇目索引》二種，均以現代漢語拼音音序排列。

（一六）昔魯迅輯《唐宋傳奇集》，詳於唐而略於宋。予不揣能薄材譾，廣而大之。標榜全集固難稱備，然宋傳奇之大較庶可見矣。諸凡取捨之失，輯録之遺，校勘之誤，幸盼方家有以教焉。

目録

宋代傳奇集第一編 五卷

卷一

玉局井洞（牧豎閒談）……耿　焕　撰　一
司馬郊（江淮異人録）……吴　淑　撰　四
聶師道（江淮異人録）……吴　淑　撰　一〇
耿先生（江淮異人録）……吴　淑　撰　一三
潘扆（江淮異人録）……吴　淑　撰　一六
江處士（江淮異人録）……吴　淑　撰　一八
神告傳……荆伯珍　撰　二〇

卷二

魏大諫見異録……二二

緑珠傳……樂　史　撰　二七
楊太真外傳……樂　史　撰　四四
徐繼周（乘異記）……張君房　撰　七一

卷三

梁太祖優待文士（洛陽搢紳舊聞記）……張齊賢　撰　七五
少師佯狂（洛陽搢紳舊聞記）……張齊賢　撰　八二
襄陽事（洛陽搢紳舊聞記）……張齊賢　撰　八七
陶副車求薦見忌（洛陽搢紳舊聞記）……張齊賢　撰　八九
泰和蘇揆父鬼靈（洛陽搢紳舊聞記）……張齊賢　撰　九三
齊王張令公外傳（洛陽搢紳舊聞記）……張齊賢　撰　九五
李少師賢妻（洛陽搢紳舊聞記）……張齊賢　撰　一〇〇
虔州記異（洛陽搢紳舊聞記）……張齊賢　撰　一〇五

卷四

向中令徙義（洛陽搢紳舊聞記）……張齊賢　撰　一〇九
張相夫人始否終泰（洛陽搢紳舊聞記）……張齊賢　撰　一一五

田太尉候神仙夜降（洛陽搢紳舊聞記）……張齊賢　撰　一一八
白萬州遇劍客（洛陽搢紳舊聞記）……張齊賢　撰　一二三
安中令大度（洛陽搢紳舊聞記）……張齊賢　撰　一二七
宋太師彦筠奉佛（洛陽搢紳舊聞記）……張齊賢　撰　一三三
水中照見王者服冕（洛陽搢紳舊聞記）……張齊賢　撰　一三四
洛陽染工見冤鬼（洛陽搢紳舊聞記）……張齊賢　撰　一三八
卷五
白中令知人（洛陽搢紳舊聞記）……張齊賢　撰　一四一
張大監正直（洛陽搢紳舊聞記）……張齊賢　撰　一四四
焦生見亡妻（洛陽搢紳舊聞記）……張齊賢　撰　一四九
石中獲小龜（洛陽搢紳舊聞記）……張齊賢　撰　一五三
程君友（茅亭客話）……黄休復　撰　一五六
崔尊師（茅亭客話）……黄休復　撰　一六一
淘沙子（茅亭客話）……黄休復　撰　一六三
黎海陽（茅亭客話）……黄休復　撰　一六六

孫處士（茅亭客話）……黄休復 撰 一六八

宋代傳奇集第二編 四卷

卷一

桑維翰……錢 易 撰 一七一
越娘記……錢 易 撰 一七五
烏衣傳……錢 易 撰 一八二
李忠（友會談叢）……上官融 撰 一九〇
柳開潘閬（友會談叢）……上官融 撰 一九三
天禧丐者（友會談叢）……上官融 撰 一九七
史公公宅（友會談叢）……上官融 撰 一九八
盧平（友會談叢）……上官融 撰 二〇〇

卷二

愛愛歌序……蘇舜欽 撰 二〇三
孫氏記……丘 濬 撰 二〇七

郎君神傳　張亢撰　二二五
書仙傳　任信臣撰　二三〇
賈知微　二三六
芙蓉城傳　胡微之撰　二三〇

卷三

女仙傳　二三七
流紅記　張實撰　二三九
張佛子傳　王拱辰撰　二四五
希夷先生傳　龐覺撰　二五〇
用城記　杜默撰　二五七
王魁傳　夏噩撰　二六〇

卷四

金華神記　崔公度撰　二七一
陳明遠再生傳　崔公度撰　二七四
蔡箏娘記　陳光道撰　二八一

淮陰節婦傳……呂夏卿 撰 二八六
盈盈傳（筆奩録）……王 山 撰 二八九
李妹傳（筆奩録）……王 山 撰 三〇〇

宋代傳奇集第三編 十三卷

卷一
玄宗遺録……三〇五
任社娘傳……沈 遼 撰 三一三
王幼玉記……柳師尹 撰 三一七
夢仙記……蘇 轍 撰 三二〇
高安趙生……蘇 轍 撰 三二五
甘棠遺事……清虚子 撰 三三九
録龍井辯才事……秦 觀 撰 三五三
卷二
驪山記……秦 醇 撰 三五九

温泉記……秦　醇　撰　三七三
趙飛燕别傳……秦　醇　撰　三八〇
譚意哥記……秦　醇　撰　三九四
燕華仙傳……黄　裳　撰　四〇四
回仙録……陸元光　撰　四〇七
蘇小卿……四一四
李氏女……黄庭堅　撰　四二一
尼法悟……黄庭堅　撰　四二四
卷三
群玉峰仙籍（青瑣高議）……劉　斧　撰　四二九
高言（青瑣高議）……劉　斧　撰　四三五
王寂傳（青瑣高議）……劉　斧　撰　四四二
異魚記（青瑣高議）……劉　斧　撰　四四六
程説（青瑣高議）……劉　斧　撰　四四九
陳叔文（青瑣高議）……劉　斧　撰　四五四

仁鹿記（青瑣高議）……劉　斧撰　四五七
朱蛇記（青瑣高議）……劉　斧撰　四六〇
楚王門客（青瑣高議）……劉　斧撰　四六五
卷四
蒨桃（翰府名談）……劉　斧撰　四七一
白黿年（翰府名談）……劉　斧撰　四七七
溷獄對事（翰府名談）……劉　斧撰　四八〇
侯復（翰府名談）……劉　斧撰　四八二
李珦（翰府名談）……劉　斧撰　四八三
林文叔（翰府名談）……劉　斧撰　四八六
卷五
葬骨記……四八九
彭郎中記……四九一
紫府真人記……四九四
慈雲記……四九七

瓊奴記……五〇七
王實傳……五一三
任愿……五一七
遠煙記……五二〇
長橋記……五二三

卷六
吕先生續記……五二九
韓湘子……五三三
大姆記……五三八
小蓮記……五四〇
李雲娘……五四五
卜起傳……五四七
龔球記……五四九
劉煇……五五二
范敏……五五四

卷七
張宿……五六五
夢龍傳……五六七
袁元……五七一
養素先生……五七四
僧卜記……五七八
西池春遊記……五八一
張浩……五九四
蔣道傳……六〇〇
卷八
骨偶記……六〇五
大眼師……六〇六
異夢記……六〇九
泥子記……六一二
秦宗權……六一三

賢鷄君傳……六一五
桃源三夫人……六一七
隆和曲丐者……六二三
茹魁傳……六二五
卷九
蔓定僧……六二七
玉溪夢……六二九
胡大婆……六三〇
崔慶成……六三一
周助……六三五
黄遵（括異志）……張師正 撰 六三七
天宫院記……舒亶 撰 六四一
石六山美女（説異集）……歸虚子 撰 六四六
卷十
嘉林居士（雲齋廣録）……李獻民 撰 六五一

甘陵異事（雲齋廣録）……李獻民 撰 六五五
西蜀異遇（雲齋廣録）……李獻民 撰 六五八
丁生佳夢（雲齋廣録）……李獻民 撰 六六六
四和香（雲齋廣録）……李獻民 撰 六六九
雙桃記（雲齋廣録）……李獻民 撰 六七四
卷十一
錢塘異夢（雲齋廣録）……李獻民 撰 六七九
玉尺記（雲齋廣録）……李獻民 撰 六八四
無鬼論（雲齋廣録）……李獻民 撰 六八六
豐山廟（雲齋廣録）……李獻民 撰 六九二
華陽仙姻（雲齋廣録）……李獻民 撰 六九四
居士遇仙（雲齋廣録）……李獻民 撰 七〇五
卷十二
孔之翰（搜神祕覽）……章炳文 撰 七〇九
方技（搜神祕覽）……章炳文 撰 七一一

神怪（搜神祕覽）……章炳文撰　七一三
楊柔姬（搜神祕覽）……章炳文撰　七一五
月禪師（搜神祕覽）……章炳文撰　七一七
異夢記……穆度撰　七一九
張文規傳……吴可撰　七二一
卷十三
羅浮仙人傳……鄭總撰　七二一
玉華侍郎記……七三三
鴛鴦燈傳……七三七
黄損（北窗記異）……七四九

宋代傳奇集第四編　四卷

卷一
劍仙（花月新聞）……七五七
林靈素傳……耿延禧撰　七六〇

趙三翁記……張壽昌撰　七六七
毛烈傳……劉望之撰　七七〇
林靈蘁傳……趙鼎撰　七七四
謝石拆字（春渚紀聞）……何薳撰　七八八
中霤神（春渚紀聞）……何薳撰　七九一
楊醇叟道術（春渚紀聞）……何薳撰　七九三
王樂仙得道（春渚紀聞）……何薳撰　七九五
隴州鸚歌（春渚紀聞）……何薳撰　七九九

卷二

狄氏（清尊録）……廉布撰　八〇一
王生（清尊録）……廉布撰　八〇八
大桶張氏（清尊録）……廉布撰　八一〇
來歲狀元賦（續清夜録）……王銍撰　八一四
朱曉容（泊宅編）……方勺撰　八一七
出神記……余嗣撰　八二三

亂漢道人記……陳世材 撰 八二六
卷三
潘原怪（墨莊漫録）……張邦基 撰 八三一
金源洞（墨莊漫録）……張邦基 撰 八三四
闞子東三夢（墨莊漫録）……張邦基 撰 八三八
黄法師醮記……魏良臣 撰 八四〇
飛猴傳……趙彦成 撰 八四六
趙士遏治瘵記……魏彦良 撰 八四九
高俊入冥記……晁公遡 撰 八五一
解三娘記……關耆孫 撰 八五五
黄十翁入冥記……秦 絳 撰 八六一
卷四
賈生（投轄録）……王明清 撰 八六五
玉條脱（投轄録）……王明清 撰 八七二
趙詵之（投轄録）……王明清 撰 八七八

沈生(投轄録)……王明清撰 八八〇
猪觜道人(投轄録)……王明清撰 八八二
龍主(投轄録)……王明清撰 八八五
曾元賓(投轄録)……王明清撰 八八七
邢仙翁(玉照新志)……王明清撰 八九〇

宋代傳奇集第五編 二十一卷

卷一

海陵三仙傳……王禹錫撰 八九九
感夢記……郭端友撰 九一二
志過……薛季宣撰 九一五
李倫(昨夢録)……康譽之撰 九二三
中州仕宦者(昨夢録)……康譽之撰 九二八
楊氏三兄弟(昨夢録)……康譽之撰 九三〇
江渭逢二仙……吴良史撰 九三三

黎道人……吴良史 撰 九三六
卷二
陰兵（摭青雜説）…… 九三九
范希周（摭青雜説）…… 九四三
項四郎（摭青雜説）…… 九四八
茶肆主人（摭青雜説）…… 九五三
單符郎（摭青雜説）…… 九五五
義倡傳……鍾將之 撰 九六二
卷三
馬絢娘（睽車志）……郭 彖 撰 九六九
楊道人（睽車志）……郭 彖 撰 九七三
李通判女（睽車志）……郭 彖 撰 九七五
靳瑶（睽車志）……郭 彖 撰 九七七
閒樂異事（梁谿漫志）……費 衮 撰 九七九
范信中（梁谿漫志）……費 衮 撰 九八二

俚語盜智（梁谿漫志）……費　衮　撰　九八五
鄭超入冥記……鄭　超　撰　九八六
卷四
竇道人（夷堅志）……洪　邁　撰　九九一
邵南神術（夷堅志）……洪　邁　撰　一〇〇二
吴小員外（夷堅志）……洪　邁　撰　一〇〇六
絳縣老人（夷堅志）……洪　邁　撰　一〇〇八
京師異婦人（夷堅志）……洪　邁　撰　一〇一〇
宗本遇異人（夷堅志）……洪　邁　撰　一〇一三
惠吉異術（夷堅志）……洪　邁　撰　一〇一五
梅先遇人（夷堅志）……洪　邁　撰　一〇一八
縉雲鬼仙（夷堅志）……洪　邁　撰　一〇二〇
楊靖償冤（夷堅志）……洪　邁　撰　一〇二一
卷五
邵昱水厄（夷堅志）……洪　邁　撰　一〇二五

沈持要登科（夷堅志）……洪　邁　撰　一〇二七
鄧安民獄（夷堅志）……洪　邁　撰　一〇二九
俠婦人（夷堅志）……洪　邁　撰　一〇三一
蔣教授（夷堅志）……洪　邁　撰　一〇三六
承天寺（夷堅志）……洪　邁　撰　一〇三八
莫小孺人（夷堅志）……洪　邁　撰　一〇四〇
趙士珗（夷堅志）……洪　邁　撰　一〇四二
王夫人齋僧（夷堅志）……洪　邁　撰　一〇四五
卷六
張女對冥事（夷堅志）……洪　邁　撰　一〇四九
袁州獄（夷堅志）……洪　邁　撰　一〇五一
畢令女（夷堅志）……洪　邁　撰　一〇五六
西内骨灰獄（夷堅志）……洪　邁　撰　一〇五九
秀州司録廳（夷堅志）……洪　邁　撰　一〇六一
胡氏子（夷堅志）……洪　邁　撰　一〇六四

八段錦(夷堅志)……洪　邁　撰　一〇六七
張鋭醫(夷堅志)……洪　邁　撰　一〇六九
真州異僧(夷堅志)……洪　邁　撰　一〇七三

卷七

武夷道人(夷堅志)……洪　邁　撰　一〇七五
九華天仙(夷堅志)……洪　邁　撰　一〇七七
宣州孟郎中(夷堅志)……洪　邁　撰　一〇八〇
女鬼惑仇鐸(夷堅志)……洪　邁　撰　一〇八二
張淡道人(夷堅志)……洪　邁　撰　一〇八五
趙小哥(夷堅志)……洪　邁　撰　一〇八六
青童神君(夷堅志)……洪　邁　撰　一〇八八
賈成之(夷堅志)……洪　邁　撰　一〇八九
馬識遠(夷堅志)……洪　邁　撰　一〇九一

卷八

潞府鬼(夷堅志)……洪　邁　撰　一〇九五

南嶽判官（夷堅志）……洪　邁　撰　一〇九六
羅赤脚（夷堅志）……洪　邁　撰　一〇九八
趙縮手（夷堅志）……洪　邁　撰　一一〇〇
李弼違（夷堅志）……洪　邁　撰　一一〇二
楊抽馬（夷堅志）……洪　邁　撰　一一〇四
范子珉（夷堅志）……洪　邁　撰　一一一〇
安氏冤（夷堅志）……洪　邁　撰　一一一三
壽昌縣君（夷堅志）……洪　邁　撰　一一一四
卷九
無足婦人（夷堅志）……洪　邁　撰　一一一七
上竺觀音（夷堅志）……洪　邁　撰　一一一八
河北道士（夷堅志）……洪　邁　撰　一一二〇
黄烏喬（夷堅志）……洪　邁　撰　一一二三
魚肉道人（夷堅志）……洪　邁　撰　一一二四
沈見鬼（夷堅志）……洪　邁　撰　一一二八

王鐵面（夷堅志）…… 洪 邁 撰 一二九
王浪仙（夷堅志）…… 洪 邁 撰 一三三
南豐知縣（夷堅志）…… 洪 邁 撰 一三三

卷十

陳才輔（夷堅志）…… 洪 邁 撰 一三七
華陽洞門（夷堅志）…… 洪 邁 撰 一四〇
吴僧伽（夷堅志）…… 洪 邁 撰 一四一
太原意娘（夷堅志）…… 洪 邁 撰 一四四
張顔承節（夷堅志）…… 洪 邁 撰 一四七
田道人（夷堅志）…… 洪 邁 撰 一五〇
孔勞蟲（夷堅志）…… 洪 邁 撰 一五三
武真人（夷堅志）…… 洪 邁 撰 一五四
田三姑（夷堅志）…… 洪 邁 撰 一五七

卷十一

張客奇遇（夷堅志）…… 洪 邁 撰 一六一

閻羅城（夷堅志）……洪　邁　撰　一六三
路當可（夷堅志）……洪　邁　撰　一六五
張珍奴（夷堅志）……洪　邁　撰　一六七
江南木客（夷堅志）……洪　邁　撰　一六九
呂使君宅（夷堅志）……洪　邁　撰　一七三
西湖女子（夷堅志）……洪　邁　撰　一七五
戴之邵夢（夷堅志）……洪　邁　撰　一七八
寧行者（夷堅志）……洪　邁　撰　一八〇

卷十二

蔣堅食牛（夷堅志）……洪　邁　撰　一八三
顧端仁（夷堅志）……洪　邁　撰　一八六
茶僕崔三（夷堅志）……洪　邁　撰　一八九
陽臺虎精（夷堅志）……洪　邁　撰　一九二
西安紫姑（夷堅志）……洪　邁　撰　一九四
劉改之教授（夷堅志）……洪　邁　撰　一九七

孫大小娘子（夷堅志）……洪　邁　撰　二〇一
成俊治蛇（夷堅志）……洪　邁　撰　二〇三
劉元八郎（夷堅志）……洪　邁　撰　二〇六
卷十三
任道元（夷堅志）……洪　邁　撰　二一一
關王池（夷堅志）……洪　邁　撰　二一四
胡十承務（夷堅志）……洪　邁　撰　二一六
陸道姑（夷堅志）……洪　邁　撰　二一八
解俊保義（夷堅志）……洪　邁　撰　二二〇
同州白蛇（夷堅志）……洪　邁　撰　二二三
蔡京孫婦（夷堅志）……洪　邁　撰　二二七
董漢州孫女（夷堅志）……洪　邁　撰　二二九
嘉州江中鏡（夷堅志）……洪　邁　撰　二三五
卷十四
鄂州南市女（夷堅志）……洪　邁　撰　二三九

蓬瀛真人（夷堅志）……洪　邁　撰　一三四一
潘統制妾（夷堅志）……洪　邁　撰　一三四三
譚法師（夷堅志）……洪　邁　撰　一三四六
胡宏休東山（夷堅志）……洪　邁　撰　一三四八
薛湘潭（夷堅志）……洪　邁　撰　一三五〇
徐希孟道士（夷堅志）……洪　邁　撰　一三五三
連少連書生（夷堅志）……洪　邁　撰　一三五五
彭居士（夷堅志）……洪　邁　撰　一三五八

卷十五

璩小十家怪（夷堅志）……洪　邁　撰　一三六一
許家女郎（夷堅志）……洪　邁　撰　一三六三
王元懋巨惡（夷堅志）……洪　邁　撰　一三六五
趙氏馨奴（夷堅志）……洪　邁　撰　一三六八
養皮袋（夷堅志）……洪　邁　撰　一三七〇
半山兩道人（夷堅志）……洪　邁　撰　一三七二

建德茅屋女（夷堅志）……洪　邁　撰　二七四
朱安恬獄（夷堅志）……洪　邁　撰　二七七
宜城客（夷堅志）……洪　邁　撰　二七九
卷十六
歷陽麗人（夷堅志）……洪　邁　撰　二八三
郭二還魂（夷堅志）……洪　邁　撰　二八五
楚州方夫子（夷堅志）……洪　邁　撰　二八七
楚州陳道人（夷堅志）……洪　邁　撰　二九〇
劉樞幹得法（夷堅志）……洪　邁　撰　二九二
張三店女子（夷堅志）……洪　邁　撰　二九七
岳陽董風子（夷堅志）……洪　邁　撰　三〇〇
解七五姐（夷堅志）……洪　邁　撰　三〇三
都昌吴孝婦（夷堅志）……洪　邁　撰　三〇六
卷十七
李大夫庵犬（夷堅志）……洪　邁　撰　三〇九

聞人邦華（夷堅志）……洪　邁　撰　一三二〇
細類輕故獄（夷堅志）……洪　邁　撰　一三二三
安仁佚獄（夷堅志）……洪　邁　撰　一三二七
周翁父子（夷堅志）……洪　邁　撰　一三二九
王蘭玉童（夷堅志）……洪　邁　撰　一三三一
人鷄墓（夷堅志）……洪　邁　撰　一三三四
吴約知縣（夷堅志）……洪　邁　撰　一三三六
李將仕（夷堅志）……洪　邁　撰　一三三八

卷十八

臨安武將（夷堅志）……洪　邁　撰　一三三一
鄭主簿（夷堅志）……洪　邁　撰　一三三三
王朝議（夷堅志）……洪　邁　撰　一三三五
鮑八承務（夷堅志）……洪　邁　撰　一三三八
真珠族姬（夷堅志）……洪　邁　撰　一三四〇
宜州溪洞長人（夷堅志）……洪　邁　撰　一三四二

楊三娘子（夷堅志）…………洪　邁　撰　二三四五
宣城葛女（夷堅志）…………洪　邁　撰　二三四八
滿少卿（夷堅志）…………洪　邁　撰　二三五〇
卷十九
蓑衣先生（夷堅志）…………洪　邁　撰　二三五三
梁野人（夷堅志）…………洪　邁　撰　二三五八
解洵娶婦（夷堅志）…………洪　邁　撰　二三六一
嵊縣神（夷堅志）…………洪　邁　撰　二三六三
雍氏女（夷堅志）…………洪　邁　撰　二三六六
賣魚吳翁（夷堅志）…………洪　邁　撰　二三六九
任迴春遊（夷堅志）…………洪　邁　撰　二三七三
嵊縣山庵（夷堅志）…………洪　邁　撰　二三七六
太清宮試論（夷堅志）…………洪　邁　撰　二三七九
卷二十
季元衡妾（夷堅志）…………洪　邁　撰　二三八三

蔡州小道人（夷堅志）……洪邁撰 一三八六
猪嘴道人（夷堅志）……洪邁撰 一三八七
桂林秀才（夷堅志）……洪邁撰 一三九〇
章仲駿遊仙夢（夷堅志）……洪邁撰 一三九二
鬼國母（夷堅志）……洪邁撰 一三九四
海外怪洋（夷堅志）……洪邁撰 一三九七
懶堂女子（夷堅志）……洪邁撰 一三九九
鳴鶴山（夷堅志）……洪邁撰 一四〇二

卷二十一

天元鄧將軍（夷堅志）……洪邁撰 一四〇五
龍陽王丞（夷堅志）……洪邁撰 一四〇七
賈廉訪（夷堅志）……洪邁撰 一四〇九
桂林走卒（夷堅志）……洪邁撰 一四一一
吴城龍女（夷堅志）……洪邁撰 一四一三
姑蘇二異人（桯史）……岳珂撰 一四一六

義騟傳（程史）……岳珂撰 一四二一
汪革謠讖（程史）……岳珂撰 一四二四
曾亨仲傳（西塘集耆舊續聞）……陳鵠撰 一四二九
紅衣丱女傳……裴端夫撰 一四三三

宋代傳奇集第六編 三卷

卷一

周浩二鮎（鬼董）……沈氏撰 一四三七
金燭（鬼董）……沈氏撰 一四四一
陳淑（鬼董）……沈氏撰 一四四三
楊二官人（鬼董）……沈氏撰 一四四五
衝浦民（鬼董）……沈氏撰 一四四七
張王（鬼董）……沈氏撰 一四四九
郝太尉女（鬼董）……沈氏撰 一四五〇
樊生（鬼董）……沈氏撰 一四五三

陳生（鬼董）……沈氏撰 一四五六
周寶（鬼董）……沈氏撰 一四五七
卷二
呂星哥…… 一四六三
楚娘…… 一四七二
靜女…… 一四七四
柳屯田耆卿…… 一四七九
梁意娘…… 一四八三
崔木…… 一四八八
謝福娘…… 一四九二
錢穆…… 一四九五
卷三
楊忠（諧史）……沈俶撰 一四九九
我來也（諧史）……沈俶撰 一五〇三
樓叔韶（談藪）……瘦竹翁撰 一五〇五

老卒回易（鶴林玉露）……羅大經 撰 一五〇八
兜離國（異聞）……何 光 撰 一五一一
京都廚娘（暘谷漫録）……洪 巽 撰 一五一九
李師師外傳……一五二六
柳勝傳……一五三六

宋代傳奇集第一編卷一

玉局井洞〔一〕

耿焕撰

耿焕，避宋太宗趙炅（即趙光義）諱改姓景，一名朴。成都（今屬四川）人。久仕於孟蜀，曾爲壁州白石縣令。後隱於匡山，人稱匡山處士，與翰林學士歐陽炯爲忘形交。後卜居玉壘山，自號玉壘山閑吟牧竪。善書畫，尤善畫龍，著有《龍證筆訣》三卷。又著小説《野人閒話》五卷、《牧竪閒談》三卷，皆入宋後所作。卒年不詳，太宗雍熙初（九八四）猶在世。（據《太平廣記》卷二一四引《野人閒話·應天三絶》、卷四五九引《野人閒話·景焕》，《清異録》卷四《文用》，《圖畫見聞誌》卷六，《説郛》卷一七《野人閑話·蜀書畫八人》，《十國春秋》卷五六《後蜀列傳》）

成都玉局觀内井洞，初莫得知其深淺。唐末，高太尉駢節制西蜀時，因罪人令以繩絆其腰，並齎粮垂下，令探井洞深淺，若得命即捨前僽。於是接續繩索，兩日方絶。其罪人但覺幽暗，罔知晝夜。及底，漸有明處，乃是一洞穴，四壁峭石，中有淺水沙石而已。罪人遂解繩，尋水而行。約數里以來，亦多有毒蛇，復不傷害。

出洞口，乃是一宫闕。旋有人至，問言：「何以到此？」罪人即備述所因。遂引見二三道流，詰之，「某則犯法罪人，相公令某來探玉局觀井洞深淺。如得命，則捨前過。」道流遂令左右：「引此人至高駢下處。」於是開鏁數重，有屋宇甚嚴，面排二閣子，皆封鏁了，上有牌額，左書「王建」，右書「高駢」。罪人於閣子孔中，遥見一大蟒蛇，赤色，盤屈在石床上，深閉兩目。又於左畔閣子孔中，見白大蛇，亦如赤蛇閉目盤在石床。罪人見之，驚駭不已。迴見道流，乞指歸路。道流問曰：「汝見高駢否？」言見。又謂曰：「汝罪惡之人，不合來此，穢觸仙洞。」遂令左右送出洞門。於是離其山穴，迴望，但見叢林崖巘。

信步行數里，夜在青城山洞天觀門，遂投宿。相次尋路歸府，渤海令引於池亭，去左右問之。其罪人一一備細言説：「初垂身入洞，冥然莫知幾晝夜。漸及水中，有沙石，相次明朗。尋水行數里，然出一洞門，見宫殿。便有人急問，遂以實對。引見二三道流，令到相公閣子。開鏁數重，見屋宇皆嚴飾。二閣子皆有牌額，左畔書『王建』，右畔書相公姓名。窺見相公閣子内有一大赤蛇，盤屈石床之上不動，左畔閣子亦有大白蛇在石床中。某驚懼，懇乞歸路。蒙道流令人指引出山穴，夜及青城山洞天觀止宿，自正路歸城。」駢默然久之，遂令引去。其夕，暗殺之以滅口，則不知盡泄於路人矣。

今朝先皇帝開寶年中，成都府龍興觀王先皇御容殿内，有大白蛇出浴池水，却入真殿。衆人見之，莫知去處。道流申判府，知之者悉來看驗，有蹤跡徑餘。其事欲符洞中之説也。（據北京中華書局影印明解縉、姚廣孝等編《永樂大典》卷一三〇七五引《牧竪閑談》）

〔一〕題從《永樂大典》。

按：衢本《郡齋讀書志》卷一三小説類著録《牧豎閒談》三卷，叙曰：「右皇朝景溪纂，十九事。景溪，蜀人也。」袁本卷三下無卷數，叙云：「右皇朝景涣撰，多記奇器異物。涣自號玉壘山閑吟牧竪云。」《文獻通考·經籍考》小説家類同衢本《讀書志》，唯作景漁。涣、溪、漁皆焕字之譌。《宋史·藝文志》小説類亦著録耿焕《牧豎閑談》三卷，用其本姓也。《文淵閣書目》子雜類有景焕《牧竪閒談》一部一册，注闕，《澹生堂藏書目》小説家類亦有《牧豎閒談》三卷，撰人作景漢，名誤，似明代其書猶存世。原書不可見，《類説》卷五二節七條，天啓刊本無撰人，嘉靖伯玉翁舊鈔本卷四四署宋玉壘山閑吟景涣撰。《説郛》卷七節三條，相重者二條。《説郛》本題下注三卷，署蜀景涣，注「號閒吟牧豎」，與《讀書志》全合，蓋據作者原序自署。《重編説郛》弓一九取入《説郛》本。《孔帖》卷一三引《鏡光照室》，卷九八引《叩擊》，皆作《樵牧閑談》，按《孔帖》卷三一引《髮長五尺》見於《類説》本，而亦作《樵牧閑談》，知爲本書異稱。《分門古今類事》卷一九《元植及物》，注出景涣《收豆腐談》，而亦見於《類説》，題《施食》，此亦爲別稱也。佚文共存十一條，較原書尚遺八事。

《玉局井洞》末云：「今朝先皇帝開寶年中，成都府龍興觀王先皇御容殿内有大白蛇出浴池水。」知本書作於太宗朝。又《説郛》本「紫粉」條云「知邛州事龔潁」，據北宋吴處厚《青箱雜記》卷二，龔潁先仕南唐，歸朝爲侍御史，太宗朝知朗州。耿焕既以「尋常紫粉」獻之，亦可證本書作於太宗朝。耿焕於乾德三年（九六五）先成《野人閑話》，繼而又於太宗時作本書，其時已移居玉壘山，以閑吟牧豎爲號，故名書曰《牧豎閒談》。

司馬郊

吴淑撰

吴淑（九四七—一〇〇二），字正儀，潤州丹陽（今屬江蘇）人。幼有俊才，屬文敏速，深爲南唐韓熙載、潘佑器重。應進士舉，徐鉉主文，擢在高第，補丹陽尉，徐鉉妻之以女。久之，以校書郎直内史。開寶八年（九七五）南唐平歸宋，試學士院，授大理評事，充史館。太平興國二年（九七七）爲太府寺丞，預修《太平御覽》、《太平廣記》。三年《廣記》成，時爲少府監丞。七年爲著作佐郎，預修《文苑英華》。端拱元年（九八八）始置祕閣，以本官充校理。淳化中作《事類賦注》三十卷以獻，遷水部員外郎。至道二年（九九六）兼掌起居舍人事，預修《太宗實録》。至道末遷都官員外郎。咸平中遷職方員外郎，五年卒，年五十六。有文集十卷（一作二十卷），又著《説文五義》三卷、《江淮異人録》三卷、《異僧記》一卷、《祕閣閒談》五卷、《聶練師傳》一卷等。（據《宋史》卷四四一

《文苑傳》、《隆平集》卷一四、《東都事略》卷一一五、《京口耆舊傳》卷三、《嘉定鎮江志》卷一八、《至順鎮江志》卷一八、《太平御覽》卷前《國朝會要》、《文苑英華》卷前《三朝國史藝文志注》、《事類賦序》、《續資治通鑑長編》卷八一、《分門古今類事》卷六引《秘閣閑談》、《崇文總目》道書類及小説類、《通志·藝文略》道家類及傳記類冥異屬、《宋史·藝文志》小説類等）

司馬郊，一名凝正，一名守中〔一〕。遊於江表，常被冠褐〔二〕，躡屐而行，日可千百里。嘗衣褐〔三〕不改作而常新。所爲麄暴，人無敢近之者。能詐死，以至青腫臭腐，俄而復活。嘗止於宣州開元觀。自宣之歙，時道士邵〔四〕修默亦往歙州，至城門遇之，與同行〔五〕，修默避之先往。至一鎮戍，方息於逆旅，郊續至。修默隱身潛窺之，見郊入別店中，召主人與飲，因而凌辱之。主人初亦敬謝，郊不爲已而更擊之。既而互相摶擊，郊忽踣於地，視之已死，體冷色變。一市皆聚觀，乃召集鄉里，縛其主人，檢屍責詞，將送於州。時已向夕，欲明旦乃行。至中夜，復聞店中喧然曰：「已失司馬尊師矣。」而人方悟郊詐死，釋其主人。修默明日侵曉乃行，至前百里許，問人曰：「司馬尊師何時過此？」曰：「今早已過矣。」明日復行百里，問之，曰：「昨日已早過矣。」及到歙州，問之亦然。

每往來上江諸州，至一旅舍安泊。久之將去，告其主人曰：「我所有竹器，不能將行，取火焚之。」主人曰：「方風高，且竹屋低隘，不可舉火。」郊不已〔六〕，衆人共拜勸之。郊怒不聽〔七〕，乃發火於室中，持一大杖立於門側，敢至者擊之。郊有力，人無敢近之者。俄而火盛〔八〕，焰出於竹瓦之隙，人皆惶駭。既而火滅，郊所有器什皆盡，所卧牀皆熏灼，而薦席無有焦者。

有朱翺者，爲池州法掾。郊過詣之，謂朱曰：「君色甚惡，當病。我即去，君病中能念我，或呼我姓名，當有所應。」翺不之信。後十餘日，果病熱疾，數日甚劇〔九〕。忽憶郊之言，意甚神之，因稽首思念求祐。初朱已病，惡見人在己前。有小吏陳某者，常指使如意，令入室侍疾，亦叱去之。家人守之户外，無得入者。至是，朱恍惚見陳某持一甌〔一〇〕藥進之，朱飲之，便覺意爽體佳。呼家人曰：「適陳某所持來藥甚效，當令更進一服。」家人驚曰：「比不令人入室，陳安得至此？」朱乃悟郊之垂祐也。自是朱疾漸平。

郊嘗居歙州某觀，病痢困劇。觀主欲申白官司，先以意聞郊。郊怒曰：「吾疾方愈，何勞若此！」既漸困篤，觀主不得已，乃往白縣令姚藴〔一一〕。藴使人候問之，郊曰：「姚長官何故知吾病也？」來者以告，郊怒，忽起結束，徑入某山中，其行如飛。後十餘日，持一大杖求觀主，將捶之。觀中道士共禮拜求救，乃免。

嘗至洪州，市中探〔一二〕鮓食之。市中小兒呼曰：「道士喫鮓。」郊怒，以物擊小兒，中面〔一三〕流血。巡人執郊，送於虞候。虞候素知其名，方善勸説〔一四〕之。郊乃極口怒罵，虞候不勝其忿，杖之至十。郊謂人曰：「彼杖我十五，可得十五日活；杖我十，十日死矣。」既而果然。後入廬山，居簡寂觀。因醉卧，數日而卒。臨終，令置一杖於棺中。及葬，覺棺甚輕〔一五〕，發之，唯杖在焉。（據清鮑廷博《知不足齋叢書》本《江淮異人録》）

〔一〕一名守中　《歷世真仙體道通鑑》卷四四《司馬郊》此句下有「不知何許人也」六字，當爲作者趙道一所加。

〔二〕褐　《廣四十家小説》本無此字。

〔三〕褐　《廣四十家小説》本作「褐子」。

〔四〕邵　原譌作「紹」，據《真仙通鑑》改。按：南唐徐鉉《稽神録》卷四《施汴》有道士邵修默。

〔五〕與同行　《真仙通鑑》上有「約之」二字。

〔六〕已　《廣四十家小説》本作「聽」。

〔七〕郊怒不聽　《廣四十家小説》本作「郊愈怒」。

〔八〕盛　原作「甚」，據《道藏》、《廣四十家小説》、《四庫全書》本及《真仙通鑑》改。

〔九〕劌　《廣四十家小説》本作「憒」。憒，神志昏亂。

〔一〇〕甌　《廣四十家小説》本作「瓶」。

〔一一〕乃往白縣令姚藴　「往」原作「口」，《道藏》本、《稽古堂新鐫群書祕簡》本同，據《廣四十家小説》本改。「藴」《廣四十家小説》本作「緼」，下同。

〔一二〕採　《廣四十家小説》本作「探」。《真仙通鑑》下有「買」字。

〔一三〕面　《四庫》本及《真仙通鑑》作「額」，《道藏》本無此字。

〔一四〕説　《廣四十家小説》本作「解」。

〔一五〕覺棺甚輕　「輕」原作「空」，《廣四十家小説》本作「甚輕」，義勝，據改。稽古本作「舉棺覺空」。

按：吴淑《江淮異人録》，《宋史》本傳及《隆平集》卷一四、《京口耆舊傳》卷三、《至順鎮江志》卷一八均作三卷，《崇文總目》傳記類、《通志略》道家類、《宋志》小説類著録同。惟《直齋書録解題》僞史類作二卷，叙云：「吴淑撰。所紀道流俠客術士之類，凡二十五人。」《文獻通考·經籍考》同。《遂初堂書目》雜傳類作《江淮異人傳》，無撰人、卷數。錢曾《述古堂藏書目》神仙傳類著録有三卷鈔本，不見傳世。今傳各本或爲二卷，或爲一卷。一卷本載於《道藏》洞玄部記傳類、《廣四十家小説》、《稽古堂新鐫群書祕簡》、《知不足齋叢書》、《道藏舉要》等。《道藏》本不著撰人，《廣四十家小説》、《知不足齋叢書》本署丹陽吴淑纂，稽古堂本署宋丹陽吴淑纂。顧元慶刊《廣四十家小説》本頗多脱譌，異文亦多，不及《道藏》本、稽古堂本、知不足齋本佳。知不足齋本末有鮑廷博乾隆丁未（五十二年，一七八七）跋，云得明嘉靖中伍光忠本，特梓以存其舊。鮑氏曾據《道藏》本校正伍本（見黄丕烈《士禮居藏書題跋記》卷四《江淮異人録》引吴翌鳳識語），然鮑刻本非此校本，文字與《道藏》本無甚異同，中有據伍刻本參校之校語。鮑本後又刊入

《龍威秘書》、《藝苑捃華》。二卷本載於《四庫全書》。《四庫全書總目》卷一四二云：「其書久無傳本，今從《永樂大典》中掇拾編次，適得二十五人之數，首尾全備，仍爲完書。謹依《宋志》，仍分上下二卷，以復其舊焉。」李調元據《四庫》本刻入《函海》，並爲作序。周中孚《鄭堂讀書記》卷六六著録《函海》本，稱《知不足齋叢書》本「終不及是本之尚屬原書也」。實則知不足齋本與《道藏》本同出一源，近於原書，而《四庫》輯本並非原帙，缺《虔州少年》、《瞿童》二傳，而首多《唐寧王》、《花姑》二傳。館臣按云：「是書所載皆南唐人事，獨此二條爲唐明皇時。考之宋元以後諸書所引用皆同，今仍其舊，列于卷首。」按明天啓刊本《類説》卷一二節録《異人録》二十五條，前七條出《江淮異人録》，後十八條全取自柳宗元《龍城録》。而明嘉靖伯玉翁舊鈔本《類説》卷一一《異人録》，署吴淑撰，後十八條爲《龍城録》，署唐柳州刺史柳宗元子厚撰。天啓本脱去《龍城録》書名，遂與《異人録》相混。《唐寧王》、《花姑》二條即天啓本《類説·異人録》之《六馬滚塵圖》、《花姑》，全在《龍城録》中。《大典》所引實是《龍城録》，館臣輯入本書，大謬。鮑跋云「近刻首列明皇遊月宫事」，此事亦見天啓本《類説·異人録》，原出《龍城録》。庫本分爲二卷，稱依《宋志》，然《宋志》實作三卷，疑乃誤記《直齋書録解題》爲《宋志》也。《剪燈叢話》卷五、《重編説郛》弓五八收録《江淮異人録》二條，署宋吴淑，《古今説部叢書》一集亦收之。首條爲錢處士事，出自本書，次條實取《説郛》卷六五宋汴《采異記·伏龜山鐵銘》，濫冒之作耳。

本書所載，《瞿童》一篇非自撰，全録唐朗州刺史温造長慶二年（八二二）所作《瞿童述》，其餘二十四人皆楊吴、南唐之道流術士俠客異人之屬，乃自述聞見，《耿先生》、《江處士》等篇均明其聞見緣由。所記皆爲江淮人，故名《江淮異人録》。《錢處士》云「吴氏有江東之地凡四十六年，而李氏三十九年」，《耿先生》云「及江南平，在京師嘗詣徐率更游」，知作於南唐滅亡入宋之後。而太平興國二年（九七七）李昉等修《太平廣記》，三年書成，《廣記》未採録是書，是則本書蓋成於太平興國三年之後數年間。鮑廷博跋云宋職方郎中（按：當作職方員外郎）吴淑撰，乃舉其終職，非撰於卒前也。

聶師道

吴　淑　撰

聶師道，歙人，少好道。唐末，于濤爲歙州刺史，其兄方外爲道士，居於郡南山中，師道往事之。濤時往詣方外，至於郡政咸以諮之，乃名其山爲問政山。吴朝以師道嘗居是山，因號爲問政先生焉。初，方外在山中，郡人少信奉者。及師道至，睠信日至而富實〔一〕。師道嘗與友人同行，至一逆旅，友病熱疾。村中無復醫藥，或教病者曰：「能食少不潔，可以解。」及病危，因復勸之。人有難色，師道諭之曰：「事急矣，何難於此？吾爲汝先嘗之。」乃取啗之。人感其意乃食，而病果愈。

後給事中裴樞爲歙州，當唐祚之季，詔令不通，宣州田頵、池州陶雅舉兵圍之累月，歙人頻破之。後食盡援絶，議以城降，而城中殺外軍已多，無敢將命出者。師道乃自請行，樞曰：「君乃道士，豈可遊〔二〕兵革中耶？請易服以往。」師道曰：「吾已受道法科教，不容易服。」乃縋之出城。二將初亦甚怪，及與之語，乃大喜曰：「真道人也。」誓約已定，復遣還城中。及期，樞適有未盡，復欲延期，更令師道出諭之。人謂其二三，咸爲危之，師道亦無難色。及復見二將，皆曰：「無不可，唯給事命。」時城中人獲全，師道之力也。

吴太祖聞其名，召至廣陵，建紫極宫以居之。一夜，有群盜入其所止，至於什器皆盡取之。師道謂之曰：「汝爲盜取吾財，以救饑寒也，持此將安用之？」乃引於曲室，盡取金帛與之，仍謂之曰：「爾當從某處出，無巡人，可以無患。」盜從所教，竟以不敗。後吴朝遣師道至龍虎山設醮，道遇群盜刼之，將加害。其中一人熟視師道，謂同黨曰：「勿犯先生。」令盡以所得還之，群盜亦皆從其言。因謂師道曰：「某即昔年揚州紫極宫中爲盜者，感先生至仁之心，今〔三〕以奉報。」後卒於廣陵。時方遣使於湖湘，使還至某處，見師道，問之曰：「何以至此？」師道曰：「朝廷遣我醮南嶽。」使者以爲然。及入吴境，方知師道卒矣。

師道姪孫紹元，少入道，風貌和雅，善屬文，年二十餘卒。初紹元既病劇，有四鶴集於紹元所處屋上。及其卒，人見五鶴沖天而去。（據清鮑廷博《知不足齋叢書》本《江淮異人録》）

〔一〕䟽信日至而富實　《廣四十家小説》本「䟽」作「贈」。《四庫》本此句作「瞻信日衆」。
〔二〕遊　《廣四十家小説》本作「行」。
〔三〕今　《廣四十家小説》本作「敬」。

耿先生

吴淑撰

耿先生者，江表將校耿謙之女也。少而明慧，有姿色，頗好書，稍爲詩句，往往有嘉旨〔一〕。而明於道術，能拘制鬼魅，通於黄白之術。變怪之事，奇偉恍惚，莫知其何從得也。保大中，江淮富盛。上好文雅，悦奇異〔二〕之事，召之入宫，蓋〔三〕觀其術，不以貫魚之列待，特處之别院，號曰先生。先生常被碧霞帔，見上多持簡，精彩卓逸，言詞朗暢。手如鳥爪，不便於用，飲食皆仰於人。復不喜行，宫中常使人抱持之。每爲詩句，題於牆壁，自稱北大〔四〕先生，亦莫知其旨也。先生之術，不常的然發揚於外，遇事則應，闇〔五〕然而彰，上益以此重之也。

始入宫，問以黄白之事，試之皆驗，益復〔六〕爲之，而簡易不煩。上嘗因暇顧〔七〕謂先生曰：「此皆因火以成之，苟不須火，其能成乎？」先生曰：「試爲之，殆亦可。」上乃取水銀，以硾紙重複裹之，封題甚密。先生内於懷中，良久，忽若裂帛聲。先生笑曰：「陛下嘗〔八〕不信下妾之術，今日面觀，可復不信耶？」持以與上，上周視，題處如舊，發之，已爲銀矣。又嘗大雪，上戲之曰：「先生能以雪爲銀乎？」先生曰：「亦可。」乃取雪實之，削爲銀鋌狀，先生自投於熾炭中，灰埃坌起，徐以炭周覆之。過食頃，曰：「可矣。」乃持以出，赫然洞赤，置之於地。及冷，爛然爲銀鋌，而刀迹具在，反視其下，若垂酥滴乳之狀，蓋初爲火之所融釋也。因是〔九〕，先生所作雪銀甚多。

上誕日，每作器用，獻以爲壽。又多巧思，所作必出於人。南海嘗貢奇物，有薔薇水、龍腦漿。薔薇水清泚郁烈，龍腦漿補益男子。上寶惜之，每以龍腦漿調酒服之，香氣連日不絶於口，亦以賜近臣。先生〔一〇〕曰：「此未爲佳也。」上曰：「先生豈能爲之？」曰：「試爲，應亦可就。」乃取龍腦，以細絹袋之，懸於琉璃瓶中。上親封題之，置酒於其側而觀之。食頃，先生曰：「龍腦已漿矣。」上自起，附耳聽之，果聞滴瀝聲。且復飲，少選又視之，見瑠璃瓶中湛然如勺水矣。明日發之，已半瓶，香氣酷烈，逾於舊者遠矣。

先生後有孕，一日謂上曰：「妾此夕當產，神孫聖子，誠在此耳，請備生產所用之物。」上悉爲設之，益〔一一〕令宫人宿於室中。夜半，烈風震霆〔一二〕，室中人皆震懼。是夜不復產，明旦，先生腹已消，如常人。上驚問之，先生曰：「昨夜雷電中生子，已爲神物持去，不復得矣。」

先生嗜酒。至於男女大慾，亦略〔一三〕同於常。後亦竟以疾終。古者神仙多晦跡混俗，先生豈其人乎？余頃在江南，嘗〔一四〕聞其事，而宫掖祕奥，説者多異同。及江南平，在京師嘗詣徐率更游，游即義祖之孫也〔一五〕。宫中之事，悉能知之，因就質其事，備爲余言〔一六〕。

（據清鮑廷博《知不足齋叢書》本《江淮異人録》）

〔一〕旨　《廣四十家小説》本、稽古堂本、《豔異編》卷一三《女冠耿先生》、《緑牕女史》卷二《女冠耿先生傳》作「者」。

〔二〕奇異　《廣四十家小説》本及《豔異編》、《緑牕女史》作「異常」。

〔三〕蓋　《道藏》、稽古堂、《四庫》本作「益」。益，更也。

〔四〕北大　《豔異編》、《緑牕女史》作「比大」。按：《豔異編》、《緑牕女史》蓋據顧元慶《廣四十家小説》本，顧本作「北大」，疑《豔異編》、《緑牕女史》「比」字形譌。《類説》卷一二《異人録》亦作「北大」。

〔五〕闇　《道藏》本、稽古堂本作「黯」，《廣四十家小説》本及《豔異編》、《緑牕女史》作「昭」，《四庫》本作「默」。

〔六〕益復　《四庫》本作「復廣」。

〔七〕顧　《道藏》本作「預」，《四庫》本作「豫」。

〔八〕嘗　《道藏》本、稽古堂本作「常」。

〔九〕因是　《廣四十家小説》本及《豔異編》、《緑牕女史》作「於是」。

〔一〇〕先生　《四庫》本下有「見之」二字。

〔一一〕益　《廣四十家小説》本、稽古堂本及《豔異編》、《緑牕女史》作「復」。

〔一二〕霆　《廣四十家小説》本作「雹」，《豔異編》、《緑牕女史》作「雷」。

〔一三〕略　《廣四十家小説》本及《豔異編》、《緑牕女史》作「復」。

〔一四〕嘗　《道藏》、《四庫》本作「常」。

〔一五〕在京師嘗詣徐率更游游即義祖之孫也　《廣四十家小説》本及《豔異編》、《緑牕女史》作「在京師嘗與徐率更游，即義祖之孫也」，乃誤以徐游之名爲交游。按：《十國春秋》卷二〇《南唐六・徐遊傳》：「徐遊，知誨子也。以義祖故，于朝家爲宗室，封文安郡公。」義祖，即徐温，知誨乃其第三子。徐游入宋爲率更令。

〔一六〕《四庫》本此下多一段云：「耿先生者，父雲軍大校。耿少爲女道士，玉貌鳥爪，常著碧霞帔，自稱北大先生。始因宋齊邱進，嘗見宮婢持糞掃，謂元宗曰：『此物可惜，勿令棄之。』取置鐺中烹煉，良久皆成白金。嘗遇雪擁爐，索金盆貯雪，令宮人握雪成挺，投火中，徐舉出之，皆成白金，指痕猶在。又能燭（火乾也，亦作炒焣）麥粒成圓珠，光彩粲然奪目。大食國進龍腦油，元宗秘愛，耿視之曰：『此未爲佳。』以夾縑囊貯白龍腦數斤，懸之，有頃，瀝液如注，香味逾於所進。遂得幸於元宗，有娠，將産之夕，雷雨震電。及霽，娠已失矣。久之，宮中忽失元敬宋太后所在，耿亦隱去，凡月餘，中外大駭。有告者云，在都城外三十里方山賓華宮。（在城東南三十里外，吴葛仙翁所居，有丹井，一名天印山，有寶華宮碑，宮基經火，正當井處，故老云，當時即焚之也。）元宗亟命齊王景遂往迎太后，見與數道士方酣飲，乃迎還宮，道士皆誅死。耿亦不復得入宮中，然猶往來江淮，後不知所終。金陵好事家，至今猶有耿先生寫真云。」且案云：「此傳後半徐率更以下，馬、陸《南唐書》俱全用之，惟北大先生作比邱先生（按：馬書卷二四未言，陸書《四庫全書》本作比丘先生，《四部叢刊續編》景印明刊本則作北大先生），未知孰是。」按：其文全同陸游《南唐書》卷一四《雜藝方士・耿先生》，唯兩處注文爲原書無。蓋《永樂大典》先引吴淑書，又接引陸書，而館臣不察，並輯之，以爲「耿先生者」云云，即徐游所「備爲余言」者也。

按：《豔異編》卷一三宮掖部《女冠耿先生》、《緑牕女史》卷二宮闈部上寵遇門《女冠耿先生傳》，皆採自本書，文同《廣四十家小説》本。

潘扆

吴淑　撰

潘扆者，大理評事潘鵬之子也。少居於和州，樵採雞籠山，以供養其親。嘗過江至金陵，泊舟秦淮口。有一老父，求同載過江，扆敬其老，許之。時大雪，扆市酒，與同飲。及江中流，酒已盡，扆甚恨其少，不得偕〔一〕醉。老父曰：「吾亦有酒。」乃解巾，於髻中取一小葫蘆子，頃[二]之，極飲不竭。㞑驚，益敬之。及至岸，謂㞑曰：「子事親孝，復有道氣，可教也。」乃授以道術。

㞑自是所爲詭[三]異，世號之爲潘仙人。能掬水銀於手中，挼[四]之即成銀。嘗入人家，見池沼中有落葉甚多，謂主人曰：「此可以爲戲。」令以物漉取之，置之於地，隨葉大小，皆爲魚矣。更棄於水，葉復如故。有蒯亮者，嘗[五]至所親家，同坐者數人。見㞑過於門，主人召之，乃至。因謂㞑曰：「請先生出一術，以娱賓。」㞑曰：「可。」顧見門前有鐵砧[六]，謂主人曰：「得此鐵砧，可以爲戲。」因就假之。既至，㞑乃出一小刀子，細細切之至盡，坐客驚愕。既而曰：「假人物，不可壞之也。」乃合聚之，砧復如故。又於袖中出一幅舊方巾，謂人曰：「勿輕此，非一人有急，不可從余假之，他人固不能得也。」乃舉以蔽面，退行數步，則不復見。能背本誦所未嘗見書，或卷而封之，置之於前，首舉一字，則誦之終卷，其閒點竄塗乙[七]，悉能知之。所爲多此類，亦不復盡紀。後亦以疾卒[八]。（據清鮑廷博《知不足齋叢書》本《江淮異人録》）

〔一〕偕　此字原無，據《廣四十家小説》、稽古堂本補。

〔二〕頃　《廣四十家小説》本、稽古堂本、《四庫》本、《類説·異人録·落葉爲魚》作「傾」。頃，同「傾」。

〔三〕詭　《四庫》本作「絶」。

〔四〕挼　原作「按」，據《類説》改。《道藏》本作「接」，亦譌。

〔五〕嘗　《道藏》本作「常」。

〔六〕砧　《廣四十家小説》本作「石」，當譌。下文作「碪」，同「砧」。

〔七〕點竄塗乙　《四庫》本「竄」作「注」，《廣四十家小説》本「乙」作「抹」。

〔八〕後亦以疾卒　《廣四十家小説》本無此句。

江處士

吴淑　撰

歙州江處士，性沖寂，好道，能制鬼魅。鄉里中嘗有婦人，爲〔一〕鬼所附著，家人或髣髴見之。一夜，其夫覺有人與婦共寢，乃急起持之，呼人取火共縛。及火至，正〔二〕見捉己所繫腰帶也。廣求符禁，終不能絶，乃往詣江。江曰：「吾雖能禦之，然意不欲與鬼神爲讎爾。既告我，當爲遣〔三〕之。」令歸家灑掃一室，令一童子烹茶，「待吾至，無得令人輒窺。」如其言。江尋至，入室坐，令童子出迎客。果見一緑衣少年，貌甚端雅。延之入室，見江再拜。江命坐，乃坐啜茶，不交一言，再拜而去。自是，婦人復常。

有人入山伐木，因爲鬼物所著〔四〕，自言曰：「樹乃我之所止，汝今見伐，吾將何依？當假汝身，爲我窟宅。」自是，其人覺皮膚之内，有物馳逐，自首至足，靡所不至。人不勝其苦，往詣江。人未至，鬼已先往。江所居有樓，樓北有茂竹。江方坐樓上，覺神在竹林中，呼問之，鬼具以告，且求赦過。江曰：「吾已知矣。」尋而人至，謂之曰：「汝可於鄉里中，覓空屋人不居者，復來告吾。」人往尋得之，江以方寸紙署〔五〕名與之，戒之曰：「至空屋〔六〕棄之。」如言而病釋〔七〕。又嘗有人爲夔鬼所撓，其家置圖畫於樓上，皆爲穢物所污。以告之，江曰：「但封閉樓門，三日當使去之。」如言，三日開之〔八〕，穢物盡去，圖畫如故。余有所知，世居歙州，親見其事。（據清鮑廷博《知不足齋叢書》本《江淮異人録》）

〔一〕爲　此字原無，據《廣四十家小説》本、稽古堂本、《四庫》本補。

〔二〕正　《四庫》本作「止」。

〔三〕遣　《廣四十家小説》本作「退」，《四庫》本作「善遣」。

〔四〕著　《廣四十家小説》本作「附」。

〔五〕署　原作「置」，據稽古堂本、《四庫》本改。《廣四十家小説》本作「著」。

〔六〕空屋　《廣四十家小説》本作「其室」，《道藏》本、稽古堂本作「室屋」。

〔七〕病釋　「釋」原作「失」，據《廣四十家小説》本改。《四庫》本作「病者獲全」。

〔八〕之　《廣四十家小説》本、稽古堂本作「視」。

神告傳

荆伯珍　撰

荆伯珍，字君玉。南陽（今屬河南）人。太平興國八年（九八三）進士。（據本篇）

荆伯珍，字君玉，南陽人。累舉進士不第，太平興國八年省試，正旦，御乾元殿受朝賀，賦以「正月之節文武稱賀」爲韻。伯珍下語曰：「簾霧初捲，爐香正焚。」誤書「焚」爲「噴」。歸而始覺，中夕不寐，起曰：「我聞二相公廟乃子游、子夏也，舉子祈之必應。」乃草一祝文，叙其事，以乞夢。是夕，夢二神人，朱衣，坐大壇上，謂伯珍曰：「鶯鳴六合，數應二末〔一〕。亦須頭戴金樞〔二〕，腳蹈玉象。」懷中出一枝花，曰：「桂也。」伯珍跪受之，遂覺。試策日，以祝廟文具叙其言於主司宋公白。既詣省，尚早，乃息於省前。俄有二皁衣吏，攜簿書坐其側。伯珍詢之，一吏答曰：「我輩非人也，冥中走吏，送今年舉人過南宫姓名入泰山去。」伯珍乃求其名，答曰：「荆伯珍始試賦落韻，不合過。二相公苦救之，前夜已命宋舍人與改了，今卻注名過也。」又問：「及第否？」「此別有籍，吾不知也。」逡巡二吏揖去。伯珍心喜，遂見宋公。公云：「君非荆伯珍乎？所試賦甚佳，一『噴』字固知筆誤，前夜已與賈舍人同改爲『焚』字了，勿憂，勿憂。」其年過省，御前試《六合爲家賦》、《鶯囀上林詩》，名字在第二等末，徙尾第二人魏元樞之下，彭垂象之上，並應神人之語。伯珍爲《神告傳》以紀之。（據清陸心源《十萬卷樓叢書》本南宋委心子宋氏《新編分門古今類事》卷四異兆門中《伯珍注名》）

〔一〕末　原譌作「朱」，據《四庫全書》本改。下文云「名字在第二等末」，知應爲「末」。

〔二〕樞　原譌作「冠」，據《四庫》本改。樞指魏元樞，荆伯珍名在其下。

按：《古今類事》末注「出荆伯珍《神告傳》」。此爲節文，所引文字當有删略。末云：「吏云『此别有籍』，以是知得失高下，陰籍注定。人力區區，何爲哉！」此乃編者委心子議論。此傳當作於太平興國八年。唐人陸藏用有傳奇文《神告録》，殆仿其名也。

魏大諫見異録

魏大諫平生頗嘗見怪異。在家居時，因中夏乘凉，夜將半，舍南三十許步，忽有人聚語，且悲且嘯，燈火閃閃，其光焱絶碧色。火邊有四五人環坐，或欷或舞。公孰視之，知必鬼物，因引弓援矢射之，一發中右坐一人，其餘且走而哭曰：「射殺于媪也！」既而察之，見箭正穿一破鉢盂。

又嘗在趙州寓，護兵魏咸美公署内有西堂，平常時，人皆不敢居焉。其堂内尤有怪，咸美素知公有膽氣，因請公曰：「敢宿西堂乎？」公曰：「何爲不敢？」即泊于西堂，獨枕一劍。其夜一鼓初，聞門户忽自開，公在床偃卧，見美婦女二十餘人，笑語直入於堂内。公問：「爾等何人，輒敢來此？有姓氏乎？」皆不答〔一〕。公又曰：「何不近來？」婦女一齊逼於床。公戲之曰：「爾等有變耶？胡不徙吾床於堂下？」一人曰：「公擲去劍，吾曹徙床，豈難也哉？」公即取劍擲於地，於是群女遂負床置於門堂外。公猶在床，獨撫股仰視，婦人皆羅列於床。公乃曰：「得矣，復吾床故處。」婦人却負床於堂内。有一人把火炬燒牀帳，俄而火四起，公亦不動，但訝火微熱而不甚炎烈。須臾火盡，婦人笑曰：「此何人哉！」言訖不見。及曉，具此白主人，主人大駭。是堂爾後因不復有恠也。

是時，冀、趙間大旱，公與鄉人徐載、王禮，徒步閒闊。忽逢一丈夫，皃古朴野，服飾弊裂，揖公曰：「啜茶一甌，可乎？」傲〔二〕然而坐。徐頗不悦，以爲何如人耳。啜訖，弊衣者曰：「今夜三更當雨。」徐不然之。彼丈夫有愠色，迴顧徐間，面上出火焰，高二尺許，光溢四坐，客惶駭不已。火滅，彼丈夫亦失所坐處。於是白于魏侯。是夜，風清月皎，雲忽暝合，大雨如注，一夕告足。咸美自此畫神，公以爲信有，而且不誣也。

公即歸大名，在路爲大旋風所繞，莫能前進。公怒曰：「安有是哉！」遂引弓射之，正中一物，風乃止。視之，一白驢首，旋逼而滅之，行者盡懼異之。公至家，鄰舍有巨石磨，以久不爲用。公以手之末指擬而祝曰：「儻富貴有命，隨指而旋。」有若神助，勢如轉丸者數四。傍觀輿人，躍力推舉，輪植不可動，咸伏其異焉。又嘗寢，覺手中有金一錠，巨細形體，首尾如蠶，不知自何而至。其季弟收之，于今存焉。

後於縣郭内買宅居，日夜以讀書爲業。縣城内有威雄將軍廟，居人敬憚，遠近必禱祀，以求靈報。廟有主廟李紹斌者，常與民導神之酒饌而達其意。忽一夕，公夢一健步入門呼曰：「將軍至矣！」公惶駭，具襴靴，竦立於庭中，斯須聞數呵殿趍導至。有頃，見一少年，衣錦袍，戴金花帽，跨紅驄馬，至則索胡床，據廳事坐。左右僕從，衣服鮮明，將鷹犬，操竿挾彈，蹴踘角抵，羅列於庭户。將軍揖公坐，公辭讓，至於再，至於三，方坐於席次。將軍曰：「吾來，事有欲便君爾。」公避席曰：「諾。」將軍使小竪持上排十二錢，命公曰：「唯所意取之。」公依旨，於第二第四行間各探一錢。將軍笑曰：「來年未及第，須後年也。前去甚嘉。」將軍指第一行間下一錢云：「如此得錢，雖來年及第，然終身叙不進。

請善保吾二錢，有疑可決。」言訖而不見。公夢覺，夜方半，遂伸紙揮管以記其事，竟不復寐。五鼓，俄有叩門者，問之，乃主廟李紹斌也。公曰：「來何早？」紹斌曰：「夜來知將軍奉謁，令紹斌送卦錢來。」公視之，乃夢中所探得二錢，圓模〔三〕巨細，略無異焉。公甚駭異，因躬備酒饌而往奠謝之。所得二錢，藏於篋笥，保惜尤謹。遇事有疑慮，則以錢占之，吉凶無不應兆。

太平興國四年赴舉，果下第。因遊相國寺之石殿，頗動歸歟之思，復有投筆之謀，忽不決。見一梵僧，踈眉大目，謂曰：「子前程極遠，何妄想耶？」公愕眙拱立，命於泗州院烹茗一啜。復曰：「他日當相見。」言訖，倏之柱中。公徐思曰：「吾聞西來有神異高僧，祕靈骨於泗濱者，斯之謂乎？」乃繪其像而禮奉之。至太平興國五年閏三月，及第。又至道元年八月，移知潭州，賜白金五百兩，仍降璽書獎諭。泝汴舟行，既達洞庭湖，方其中流，俄而風濤暴作，雷雨雲霧昏迷如夜。舟人戒曰：「慎無鼓樂及薪松煎油，不如是，當有蛟龍出於患害也。」整衣冠禱之曰：「廷式束髮仕官〔四〕已來，常盡廉恪，所治州郡，夙夜在公。今奉朝命，俾典湘潭。命也已矣，則速沈於波中；如其不然，則無爲恐怖耳。」言訖，使庖夫爨松薪熬油，作樂。俄頃，風止浪息而前去。至潭州，泊於驛門外岸隈。舊有大舟，命曰水驛，皆往來星使，多居於此舟也。公將家就休，方亭午假寐，如聞人呼曰：

「起！」公未熟寢，如此已數四。因起視舟，水已侵入，將其半也。公驚遽移家，其舟旋爲中斷而没矣。

交政後，與僚屬遊會春園，擊丸。會坐牀上，有圓竅甚小，公移牀二十步，謂僚佐曰：「吾以丸射之，如中，則吾前途未易量也。」即射之，正中竅中，飛越快然不礙。復收丸校竅，竅小不容焉。次日，有勑書褒勞公之能績，拜右諫議大夫、知審刑院。厩中有烏馬，常乘騎。一日晚歸弟〔五〕，至曹門外橋，南望，有婦人立水面上，向而呼曰：「相公，放我兒來。」所乘馬驚逸，幾不可制，即不見矣。次日，水中濯馬足迴，馬病，醫藥至備而無差矣。公對馬曰：「吾賴爾力亦多也，今爾病，吾醫療亦極矣。如必不可，爾出吾門外，慎勿於吾面前斃。」蓋所不忍。馬即跪前脚，目有淚下，如辭狀，起而歔欷，出門外，即氣絶矣。左右互相嘆訝。（據日本元和七年木活字印本南宋江少虞《皇宋事實類苑》卷六九《神異幽怪》）

〔一〕答　原譌作「荼」，據董康誦芬室重刊本《皇宋事實類苑》改。

〔二〕傲　原譌作「准」，據董本改。

〔三〕模　原作「摸」，當爲俗寫，據董本改。

〔四〕仕官　董本作「仕宦」。按：《前漢紀》卷一八：「並著名字，仕官相及。」《史通》卷一五引《史記·

魯仲連傳》:「不肯仕官任職。」

〔五〕弟　董本作「第」。弟,同「第」。

按:此作不見著録。《皇宋事實類苑》卷六九《魏大諫》,末注《魏大諫見異録》,不具撰名。魏大諫即魏廷式,《宋史》卷三〇七有傳,傳云:「真宗即位,改刑部。會王繼恩有罪下吏,命廷式同按之,踰宿而獄具。俄知審官院、通進銀臺封駁司,拜右諫議大夫、知審刑院,出知涇州。咸平二年(九九九)卒,年四十九。」此録未言其亡,似作於其生前,即拜大諫之後,約在咸平初。《宋史》本傳云:「嘗客遊趙州,舍于監軍魏咸美之廨。廨有西堂,素凶,咸美知廷式有膽氣,命居之,卒無恙。來京師,咸美弟咸信延置館舍,以同宗善待之。」事取於本録,然無咸美弟咸信云云,或《類苑》引文未備。

《事實類苑》卷一五《魏諫議》、《唐質肅》二事末亦注《見異録》。按前事爲魏廷式事,然毫無異情;後事亦非見異,且與廷式無涉,乃熙寧中參政唐介事,疑誤注出處。《古今事文類聚》前集卷四八、《群書類編故事》卷一一《見怪不怪》,注《見異録》,《古今合璧事類備要》前集卷六九《傲視宅怪》,亦注《見易(異)録》,此乃唐魏元忠事,《太平廣記》卷四四四引作《廣異記》,唐戴孚所撰,《事文類聚》等誤注出處。

宋代傳奇集第一編卷二

緑珠傳

樂史撰

樂史（九三〇—一〇〇七），字子正，撫州宜黄（今屬江西）人。仕南唐爲祕書郎，入宋爲平原主簿。太平興國五年（九八〇），與顔明遠、劉昌言、張觀以現任官舉進士，太宗惜科第未與，但授諸道掌書記，史佐武成軍，復賜及第。上書言事，擢爲著作佐郎、知陵州。獻《金明池賦》，召爲三館編修。雍熙三年（九八六），獻《貢舉事》（一作《貢舉故事》）二十卷、《登科記》三十卷又《題解》二十卷、《唐登科文選》五十卷、《孝弟録》二十卷、《續卓異記》三卷，太宗嘉之，遷著作郎、直史館。轉太常博士、知舒州，遷水部員外郎。淳化四年（九九三）使兩浙巡撫，加都官、知黄州。又獻《廣孝傳》五十卷、《總仙記》一百四十一卷（一作一百三十卷）。真宗咸平初（九九八）遷職方員外郎、直史館，復獻《廣孝新書》五十卷、《上清文苑》四十卷。不久出知商州，俄分司西京。五年復舊職，與其子樂黄目同直史館，時人榮之。出掌西京磨勘司，改判留司御史臺。景德四年（一〇〇七）真宗幸洛，召對，賜金紫，未幾卒，年七十八。所撰又有《太平寰宇記》二百卷、《總記傳》百三十卷、《坐知天下記》四十卷、《商顔雜録》二十卷、《廣卓異記》二十卷、《諸仙傳》二十五卷、《宋齊丘文傳》十三卷、《杏園集》十卷、《李白別集》十卷、《神仙宫殿窟宅記》十卷、《掌上華夷圖》一卷、文集《仙洞集》一百卷等。諸作今只存《太平寰宇記》、《廣卓異記》及《緑珠》、《太真》二傳。（據《宋史》卷三〇六《樂黄目傳》附、《隆平集》卷一四、《東都事略》卷一一五、《緑珠傳》、《崇文總目》、《宋史・藝文志》）

緑珠者，姓梁，白州博白縣人也。州則南昌郡，古越地〔一〕，秦象郡，漢合浦縣地。唐武德初，削平蕭銑〔二〕，於此置南州，尋改爲白州，取白江爲名。州境有博白山、博白江〔三〕、盤龍山、洞房山〔四〕、雙角山、大荒山〔五〕，山上有池，池中有婢妾魚。緑珠生雙角山下，美而豔。越俗以珠爲上寶，生女爲〔六〕珠娘，生男爲珠兒，緑珠之字，由此而稱。晉石崇爲交趾採訪使，以真珠三斛致之。崇有別廬〔七〕在河南金谷澗，澗中有金水，自太白原〔八〕來，崇即川阜製園館。緑珠能吹笛，又善舞《明君》，明君，昭君也，避晉文帝諱，改昭爲明。明君者，漢妃也〔九〕。漢元帝時，匈奴單于入朝，詔王嬙配之，即昭君也。及將去入辭，光彩射人，天子悔焉，重難改更。漢人憐其遠嫁，爲作歌〔一〇〕。崇以此曲教之，而自製新歌〔一一〕曰：「我本良家子〔一二〕，將適單于庭。辭別未及終，前驅已抗旌。僕御涕流離〔一三〕，轅〔一四〕馬悲且鳴。哀鬱傷五内，涕泣霑珠纓。行行日已遠，遂造匈奴城。延佇〔一五〕于穹廬，加我閼於邊切〔一六〕氏音支名。殊類非所安，雖貴非所榮。父子見陵辱，對之慚且驚。殺身良不易，默默以苟生。苟生亦何聊，積思常憤盈〔一七〕。願假飛鴻〔一八〕翼，棄〔一九〕之以遐征。飛鴻不我顧，佇立以屏營。昔爲匣中玉，今爲糞上英〔二〇〕。朝華不足歡，甘與秋草并〔二一〕。傳語後世人，遠嫁難爲情。」崇又製《懊惱曲》，以贈緑珠。崇之妓妾〔二二〕，美豔者千餘人，擇數十人粧飾一等〔二三〕，使忽視之，不相分別。刻玉爲倒〔二四〕龍佩，鎔〔二五〕金爲鳳凰釵，結袖〔二六〕繞楹而舞。欲有所召者，不呼姓名，悉聽佩聲，視釵色，佩〔二七〕聲輕者居前，釵色豔者居後，以爲行次而進。

趙王倫亂常，賊類孫秀，使人求緑珠。崇方登涼〔二八〕觀，臨清水，婦人侍側。使者以告，崇出侍婢數百〔二九〕人以示之，皆藴蘭麝而披羅縠，曰：「在〔三〇〕所擇。」使者曰：「君侯服御麗矣〔三一〕，然受命指索〔三二〕緑珠，不知孰是。」崇勃然〔三三〕曰：「他無所愛，緑珠不可得也〔三四〕。」秀自〔三五〕是譖倫，族之。收兵忽至，崇謂緑珠曰：「我今爲爾獲罪。」緑珠泣曰：「願效死于君前。」崇因〔三六〕止之，于是〔三七〕墜樓而死，崇棄東市。後人〔三八〕名其樓曰緑珠樓，樓在步廣里〔三九〕，邇狄泉，泉在王城〔四〇〕之東。

緑珠有弟子宋褘〔四一〕，有國色，善吹笛，後入晉明帝宫中。今白州有一派水，自雙角山出，合容州江，呼爲緑珠江。亦猶歸州有昭君灘、昭君村、昭君場〔四二〕，吳有西施浴處脂粉塘〔四三〕，蓋取美人出處爲名。又有緑珠井，在雙角山下。故老〔四四〕傳云：汲此井飲者，誕女必多美麗。里閭有識者，以美色無益于時〔四五〕，因以巨石鎮之。邇〔四六〕後，雖有産女端妍者，而七竅四肢多不完具。異哉〔四七〕！山水〔四八〕之使然。昭君村生女，皆炙破其面，故白居易詩云：「不取〔四九〕往者戒，恐貽來者冤〔五〇〕。至今村女面，燒灼成瘢痕。」又以不完具而同焉〔五一〕。今人間尚傳緑珠者椎髻，按白州風俗，三種夷婦人皆椎髻〔五二〕。

牛僧孺《周秦行記》云：夜宿薄太后廟，見戚夫人、王嬙、太真妃、潘淑妃，各賦詩言志。別有善笛女子，短鬟，衫且帶〔五三〕，貌甚美，與潘氏偕來。太后以接坐居之，令吹笛，往往亦及酒。太后顧而問〔五四〕曰：「識此否？石家緑珠也，潘妃養作妹。」太后曰：「緑珠豈能無詩乎？」緑珠致〔五五〕謝，作曰：「此日人非昔日人，笛聲空怨趙王倫。紅殘鈿碎花樓下，金谷千年更不春。」太后曰：「牛秀才遠來，今日誰人與伴？」緑珠曰：「石衛尉性嚴忌，今有死，不可及亂。」然事雖詭怪，聊以解頤。

噫！石崇之敗〔五六〕，雖自緑珠始〔五七〕，亦其來有漸矣。崇嘗刺荊州，劫奪遠使臣，殺商客〔五八〕，以致巨富。又遺王愷鴆鳥，共〔五九〕爲鴆毒之事。有此陰謀，加以每邀客〔六〇〕宴集，令美人行酒，客飲不盡者，使黄門斬美人〔六一〕。王丞相與大將軍嘗共訪崇，丞相素不能飲，輒自勉强，至于沉醉。至大將軍，故不飲，以觀其變〔六二〕，已斬三人〔六三〕。

君子曰：「禍福無門，唯人所召。」崇心不義，舉動殺人，烏得無報耶？非緑珠無以速石崇之誅，非石崇無以顯緑珠之名。緑珠之墜樓，侍兒之有貞節者也。比之于古，則有曰〔六四〕六出。六出者，王進賢侍兒也。進賢，晉愍太子妃。洛陽亂，石勒掠進賢度孟津〔六五〕，欲妻之。進賢駡曰：「我皇太子婦，司徒公女，胡羌小子，敢干我乎！」言畢投河。六出曰：「大既有之，小亦宜然。」復没河中。又有窈娘者，武周時喬知之寵婢也，盛有姿色，特善歌舞。知之教讀書，善屬文，深所愛幸。時武承嗣〔六六〕驕貴，内宴酒酣，迫知之將玉賭窈娘〔六七〕。知之不勝〔六八〕，便使人就家强載以歸。知之怨悔，作《緑珠篇》以叙其怨，詞曰：「石家金谷重新聲，明珠十斛買娉婷。此日可憐無復比〔六九〕，此時可愛得人情〔七〇〕。君家閨閤未曾難〔七一〕，嘗持歌舞使人看〔七二〕。富貴雄豪〔七三〕非分理，驕矜貴勢横相干〔七四〕。辭君去君〔七五〕終不忍，徒勞掩面傷紅粉〔七六〕。百年離别〔七七〕在高樓，一旦紅顔〔七八〕爲君盡。」知之私屬承嗣家閽奴傳詩于窈娘，窈娘得詩悲泣，投井而死。承嗣令汲出，于衣中得詩，鞭殺閽奴。諷吏羅織知之，以至殺焉。

悲夫！二子以愛姬示人，掇喪身之禍，所謂倒持太阿，授人以柄。《易》曰：「慢藏誨盜，冶容誨淫。」其此之謂乎！其後，詩人題歌舞妓者，皆以緑珠爲名。庾肩吾曰：「蘭堂上客至，綺席清絃撫。自作《明君辭》〔七九〕，還教〔八〇〕緑珠舞。」李元操〔八一〕云：「絳樹摇歌扇，金谷舞筵開。羅袖拂歸客，留歡醉玉杯。」江總云：「緑珠銜〔八二〕淚舞，孫秀强相邀。」緑珠之没，已數百年矣，詩人尚詠之不已，其故何哉？蓋一婢子〔八三〕，不知書，而能感主恩，憤不顧身，其志烈懔懔〔八四〕，誠足使後人仰慕歌詠也。至有享厚禄，盜高位，亡仁義之行〔八五〕，懷反覆之情，暮四朝三〔八六〕，唯利是務〔八七〕，節操反不若一婦人，豈不媿哉！今爲此傳，非徒述〔八八〕美麗，窒禍源，且欲懲戒辜恩負義之類也。季倫死後十日，趙王倫敗。左衛將軍趙泉，斬孫秀于中書，軍士趙駿剖秀心食之。倫囚金墉城，賜金屑酒，倫慚，以巾覆面曰：「孫秀誤我也！」飲金屑而卒，皆夷家族。南陽生曰：此乃假〔八九〕天之報怨，不然，何梟夷之立見乎！（據上海涵芬樓張宗祥校明鈔本元陶宗儀《説郛》卷三八）

〔一〕越地　「地」原譌作「池」，據《續談助》卷五、《廣四十家小説》本、《琳琅祕室叢書》本、《緑牕女史》卷一一、《重編説郛》弖一一二、《情史類略》卷一、《香豔叢書》第十七集卷二、《唐宋傳奇集》改。琳琅祕室本、《香豔叢書》「越」作「粤」，下同，胡珽校：「『粤』字舊本作『越』，按《漢書》作『粤』。」魯迅《稗編小綴》云：「其必改『越』爲『粤』之類，尤近自擾，今悉不取。」按：《太平寰宇記》卷一六七：「白州，南昌郡，今理博白縣。古越地。」白州古屬百越。《廣四十家小説》本「越」作「道」，當誤。

〔二〕蕭銑　《續談助》譌作「蕭鋭」。按：《寰宇記·白州》：「唐武德四年平蕭銑，于此置南州。」《舊唐書》卷五六《蕭銑傳》，銑乃後梁宣帝蕭詧曾孫，隋末於岳州復梁稱帝，唐武德元年遷都江陵，四年降唐被殺。蕭鋭則唐太宗同中書門下三品蕭瑀子，尚太宗女襄城公主，見《舊唐書》卷六三《蕭瑀傳》。

〔三〕博白江　《廣四十家小説》本作「博白石」，誤。

〔四〕盤龍山洞房山　原作「盤龍洞房山」，《續談助》作「盤潤房山」，「潤」乃「洞」字之譌。按：《寰宇記·白州·博白縣》：「盤龍、洞房山，在舊縣界。」《輿地紀勝》卷一二一《鬱林州·景物下》乃作蟠龍山，洞房山，洞房山注：「在博白縣東一十里，深洞如房，因名。」則「洞」字屬下讀，「盤龍」疑脱「山」字，姑據《輿地紀勝》補。

〔五〕大荒山　《緑牕女史》、《重編説郛》作「大華山」，誤，《寰宇記》作大荒山。

〔六〕爲　《續談助》作「名」，下句同。按：《述異記》卷上作「謂之」。

〔七〕盧　《續談助》作「墅」，注「一作『虜』」，乃「盧」之誤。

〔八〕太白原　「原」原作「源」，據《續談助》改。按：《水經注·穀水》：「穀水又東，左會金谷水，水出太白原。」

〔九〕明君者漢妃也　《續談助》作「《明君》者，漢曲也」。

〔一〇〕歌　《廣四十家小説》本、琳琅祕室本、《香豔叢書》、《唐宋傳奇集》作「此歌」。

〔一一〕自製新歌　《緑牕女史》、《重編説郛》作「自致新詩」。胡校：「『製』字一本誤作『致』。」

〔一二〕良家子　《豔異編》（十二卷本）卷五、《香豔叢書》作「名家女」。按：《文選》卷二七石季倫《王明君詞》作「漢家子」。

〔一三〕涕流離　《廣四十家小説》本作「流涕離」，琳琅祕室本、《香豔叢書》、《唐宋傳奇集》作「流涕別」，

《緑牕女史》、《重編説郛》作「涕流漓」。按：《文選·王明君詞》作「涕流離」。

〔一四〕轅　《豔異編》、《香豔叢書》譌作「猿」。

〔一五〕佇　《豔異編》、《香豔叢書》作「我」。按：《王明君詞》作「我」。

〔一六〕於邊切　《廣四十家小説》本、琳琅祕室本、《唐宋傳奇集》作「於連切」，胡校：「『於連切』原作『於迎切』，今訂。」《緑牕女史》、《重編説郛》作「於迎切」，「迎」字譌。《廣韻》下平聲「一先」：「烏前切。」「二仙」：「於乾切。」

〔一七〕常憤盈　《緑牕女史》、《重編説郛》作「憤且盈」。按：《王明君詞》作「常憤盈」。

〔一八〕鴻　原作「鳥」，琳琅祕室本、《香豔叢書》、《唐宋傳奇集》作「鴻」。按：下文作「鴻」，據改。

〔一九〕棄　《廣四十家小説》本、琳琅祕室本、《香豔叢書》、《唐宋傳奇集》作「乘」。按：《玉臺新詠》卷二《王昭君辭》及《藝文類聚》卷四二引《明君辭》皆作「棄」，《文選》作「乘」。棄、乘意皆通，棄言棄匈奴。

〔二〇〕糞上英　「英」原作「蠅」，據《廣四十家小説》本、琳琅祕室本、《緑牕女史》、《重編説郛》、《唐宋傳奇集》改，石崇原詞亦作「英」。《豔異編》、《香豔叢書》作「糞土塵」，「塵」字出韻。英，花也。

〔二一〕并　《豔異編》、《香豔叢書》作「屏」。按：《王明君詞》作「并」。

〔二二〕妓妾　此二字原無，據《續談助》補。《豔異編》、《香豔叢書》作「婢」。

〔二三〕等　《續談助》作「處」，注「一作『等』」。按：《拾遺記》卷九《晉時事》記石崇愛婢翔風事作「等」。

〔二四〕倒　《續談助》爲闕字，《豔異編》、《香豔叢書》作「蛟」。按：《拾遺記》作「倒」。

〔二五〕鎔　《廣四十家小説》本、琳琅祕室本、《豔異編》、《香豔叢書》、《唐宋傳奇集》作「縈」，《緑牕女史》、《重編説郛》作「鏤」，《續談助》作「瑩」，當爲「縈」譌。按：《拾遺記》：「使翔風調玉以付工人，爲倒龍之珮，縈金爲鳳冠之釵，言刻玉爲倒龍之勢，鑄金釵象鳳皇之冠。」

〔二六〕袖　《廣四十家小説》本作「繡」。按：《拾遺記》作「結」。結，連也。

〔二七〕佩　《續談助》作「玉」。按：《拾遺記》亦作「玉」。

〔二八〕涼觀　《緑牕女史》、《重編説郛》作「京觀」。按：《世説新語·仇隟》注引干寶《晉紀》作「涼觀」，《晉書》卷三三《石崇傳》作「涼臺」，「京」字譌。

〔二九〕數百　琳琅祕室本作「十」，校：「一本作『數百』。」按：《晉紀》、《晉書》作「數十」。

〔三〇〕在　琳琅祕室本、《情史》、《香豔叢書》、《唐宋傳奇集》作「任」。按：《晉紀》作「任」，《晉書》作「在」。

〔三一〕麗矣　胡校：「一本作『麗美』。」《豔異編》、《緑牕女史》、《重編説郛》、《香豔叢書》作「麗則麗矣」。按：《晉書》作「麗則麗矣」。

〔三二〕指索　胡校：「一本作『止索』。」止，只也。

〔三三〕勃然　《廣四十家小説》本作「毅然」，《情史》作「毅然作色」。按：《晉紀》、《晉書》作「勃然」。

〔三四〕他無所愛緑珠不可得也　《廣四十家小説》本、琳琅祕室本、《豔異編》、《緑牕女史》、《重編説郛》、

《情史》、《香豔叢書》、《唐宋傳奇集》作「吾所愛，不可得也」。按：《晉紀》、《晉書》作「緑珠吾所愛，不可得也」。

〔三五〕自　《廣四十家小説》本、琳琅祕室本、《豔異編》、《緑牕女史》、《重編説郛》、《香豔叢書》、《唐宋傳奇集》作「因」。

〔三六〕因　《緑牕女史》、《重編説郛》作「固」。

〔三七〕于是　《豔異編》、《香豔叢書》作「遽」。

〔三八〕後人　《廣四十家小説》本、琳琅祕室本、《豔異編》、《緑牕女史》、《重編説郛》、《情史》、《香豔叢書》、《唐宋傳奇集》作「時人」。按：《太平御覽》卷一八〇引《郡國志》（即《續漢書郡國志》）曰：「洛陽石崇宅有緑珠樓，今謂之狄泉。」《洛陽伽藍記》卷一載洛陽昭儀尼寺有池，謂之翟泉，是晉侍中石崇家池，池南有緑珠樓。此緑珠樓之所出。

〔三九〕步廣里　原作「步庚里」，據《豔異編》、《緑牕女史》、《重編説郛》、《情史》、《香豔叢書》、《唐宋傳奇集》改。按：《宋書》卷三四《五行志五》：「晉孝懷帝永嘉元年三月，洛陽東北步廣里地陷。」《水經注·穀水》：「晉永嘉元年，洛陽東北步廣里地陷……步廣，周之翟泉，盟會之地。」又引陸機《洛陽記》曰：「步廣里在洛陽城内，宫東是翟泉所在。」《御覽》卷一八一引陸機《洛陽記》曰：「百郡邸在洛城中東城下步廣里中。」《洛陽伽藍記》卷一：「高祖於泉北置河南尹，中朝時步廣里也。」

〔四〇〕王城　《廣四十家小説》本譌作「玉城」。按：《水經注·穀水》：「卜年定鼎，爲王之東都，謂之新邑，是爲王城。」王城即成周。

〔四一〕宋禕　原作「宋諱」，《豔異編》、《香豔叢書》同，《續談助》作「宋禕」，琳琅祕室本作「宋韓」，《情史》、《唐宋傳奇集》作「宋禕」，《緑牕女史》、《重編説郛》作「朱韓」，《廣四十家小説》本爲闕字。據《續談助》改。按：宋禕事原出沈約《俗説》，《藝文類聚》卷一八又卷四四、《御覽》卷三八一有引，皆作宋禕，又《御覽》卷四九七引《俗記（説）》：「宋禕死後葬在金城南山。」《初學記》卷一六引《世（俗）説》乃作「宋禕」。《世説新語・品藻》亦載宋禕曾爲王大將軍妾之事，徐震堮校箋本（用涵芬樓影印明袁氏嘉趣堂本爲底本）作「禕」，而余嘉錫箋疏本（用王先謙重雕紛欣閣本爲底本）則作「禕」。二字極易相混，疑作「禕」近是，禕者美也，禕則蔽膝也。

〔四二〕昭君灘昭君村昭君場　「昭君灘」原無，據《續談助》、琳琅祕室本、《緑牕女史》、《重編説郛》、《情史》、《香豔叢書》、《唐宋傳奇集》補。《續談助》無「昭君村」，《情史》無「昭君場」，《豔異編》、《香豔叢書》無「昭君村、昭君場」。按：《海録碎事》卷七下《緑珠江》：「亦猶歸州有昭君灘、昭君場。」亦無「昭君村」。引無出處，蓋據《續談助》。

〔四三〕西施浴處脂粉塘　「浴處」原作「谷」，《續談助》、《海録碎事》作「浴處」。按：《述異記》卷上：「吴故宫亦有香水溪，俗云西施浴處，人呼爲脂粉塘。」蓋傳本譌「浴」爲「谷」而删「處」字。據改。

〔四四〕故老　《續談助》、《廣四十家小説》本、琳琅祕室本、《海録碎事》、《豔異編》、《緑牕女史》、《重編説郛》、《情史》、《香豔叢書》、《唐宋傳奇集》俱作「耆老」。按：《嶺表録異》卷上作「耆老」。

〔四五〕時　《緑牕女史》、《重編説郛》作「國」。按：《嶺表録異》作「時」。

〔四六〕邇　《續談助》、琳琅祕室本、《緑牕女史》、《重編説郛》、《唐宋傳奇集》俱作「爾」，《豔異編》、《香豔叢書》作「迨」。

〔四七〕異哉　《廣四十家小説》本、《情史》作「豈非」。

〔四八〕山水　《續談助》作「水主」。胡校：「《續談助》作『水土』。」

〔四九〕取　《豔異編》、《香豔叢書》作「效」。按：《白氏長慶集》卷一一《過昭君村》作「取」。

〔五〇〕寃　《廣四十家小説》本譌作「害」。按：《過昭君村》作「寃」。

〔五一〕又以不完具而同焉　《續談助》作「此又與不完具者同焉」，《豔異編》、《情史》、《香豔叢書》無「此」字。琳琅祕室本、《緑牕女史》、《重編説郛》、《唐宋傳奇集》作「又以不完具而惜焉」。

〔五二〕今人間尚傳緑珠者椎髻按白州風俗三種夷婦人皆椎髻　此二十三字原無，據《續談助》補。

〔五三〕衫且帶　「且」原作「具」，《豔異編》、《香豔叢書》同，據伯三七四一號敦煌寫本殘卷《周秦行紀》改。琳琅祕室本作「窄袖長帶」，校：「一本作『窄衫具帶』。」《緑牕女史》、《重編説郛》、《唐宋傳奇集》作「窄衫具帶」。

〔五四〕問　《廣四十家小説》本、《豔異編》、《緑牕女史》、《重編説郛》、《香豔叢書》、《唐宋傳奇集》作「謂」。

〔五五〕致　琳琅祕室本、《唐宋傳奇集》作「拜」，《豔異編》、《緑牕女史》、《重編説郛》、《香豔叢書》作「相」，《廣四十家小説》本譌作「故」。

〔五六〕敗　《廣四十家小説》本作「破」，《豔異編》、《香豔叢書》作「殺」。

〔五七〕始　《豔異編》、《香豔叢書》作「殆」，連下讀。

〔五八〕劫奪遠使臣殺商客　琳琅祕室本、《豔異編》、《香豔叢書》、《唐宋傳奇集》「臣」作「沉」。《廣四十家小説》本作「劫奪還使，沈殺商客」，「還」字譌。按：《晉書》作「劫遠使、商客」。

〔五九〕共　琳琅祕室本作「其」，誤。按：《晉書·石崇傳》：「崇在南中，得鴆鳥雛，以與後軍將軍王愷。時制，鴆鳥不得過江，爲司隸校尉傅祗所糾，詔原之，燒鴆於都街。」《晉書》卷九三《王愷傳》：「石崇與愷將爲鴆毒之事，司隸校尉傅祗劾之有司，皆論正重罪，詔特原之。」

〔六〇〕客　此字原無，據琳琅祕室本、《唐宋傳奇集》補。按：《世説新語·汰侈》有此字。

〔六一〕美人　原作「美女」。按：前文作「美人」，《廣四十家小説》本、琳琅祕室本、《豔異編》、《緑牕女史》、《重編説郛》、《香豔叢書》、《唐宋傳奇集》皆作「美人」，《世説》前後亦均作「美人」，據改。

〔六二〕變　下原衍「色」字，據《唐宋傳奇集》及《世説》删。《緑牕女史》、《重編説郛》作「色氣」，琳琅祕室本、《豔異編》、《香豔叢書》作「氣色」。

〔六三〕已斬三人　按：此句下疑有脱文。《世説》原文爲：「已斬三人，顏色如故，尚不肯飲。」

〔六四〕曰　《豔異編》、《緑牕女史》、《重編説郛》、《香豔叢書》作「田」。按：《真誥》卷一三《稽神樞第三》載王進賢侍婢六出本姓田，漁陽人，魏故浚儀令田諷之孫。

〔六五〕度孟津　琳琅祕室本、《豔異編》、《緑牕女史》、《重編説郛》、《香豔叢書》、《唐宋傳奇集》「度」作「渡」。度，通「渡」。《廣四十家小説》本作「獲焉」。

〔六六〕武承嗣　琳琅祕室本譌作「武永嗣」，董金鑑校：「『永』字誤，原作『承』。」。按：《本事詩・情感第一》載此作武延嗣事，《隋唐嘉話》卷下、《朝野僉載》卷二則爲武承嗣事，然《朝野僉載》婢名碧玉，《隋唐嘉話》未言其名。武承嗣，武則天兄子。新舊《唐書》無武延嗣，承嗣子延基、延義、延秀。

〔六七〕將玉賭窈娘　「玉」《廣四十家小説》本、琳琅祕室本、《豔異編》、《緑牕女史》、《重編説郛》、《香豔叢書》、《唐宋傳奇集》作「金玉」。「賭」琳琅祕室本、《豔異編》、《香豔叢書》譌作「睹」，董校：「『睹』當作『賭』。」

〔六八〕勝　《緑牕女史》、《重編説郛》作「肯」。

〔六九〕此日可憐無復比　《豔異編》、《香豔叢書》「復」作「得」。按：《本事詩》、《唐詩紀事》卷六全句作「昔日可憐君自許」，《朝野僉載》作「此日可憐偏自許」。

〔七〇〕此時可愛得人情　「時」琳琅祕室本作「日」。按：《本事詩》、《朝野僉載》、《唐詩紀事》作「此時歌舞得人情」。

〔七一〕君家閨閤未曾難　「閨」原作「門」，《廣四十家小説》本、琳琅祕室本、《豔異編》、《緑牕女史》、《重編説郛》、《香豔叢書》、《唐宋傳奇集》作「閨」，據改。按：《本事詩》全句作「君家閨閤不曾難」，《朝野僉載》作「君家閨閤不曾觀」，《唐詩紀事》作「君家閨閤不曾關」。

〔七二〕嘗持歌舞使人看　按：《本事詩》、《朝野僉載》、《唐詩紀事》作「好將歌舞借人看」。

〔七三〕富貴雄豪　按：《朝野僉載》「富貴」作「意氣」，《唐詩紀事》「雄豪」作「英雄」。

〔七四〕驕矜貴勢橫相干　「貴勢」琳琅祕室本、《豔異編》、《緑牕女史》、《重編説郛》、《香豔叢書》、《唐宋傳奇集》作「勢力」，《廣四十家小説》本譌作「執力」。按：《本事詩》、《朝野僉載》、《唐詩紀事》作「勢力」，《本事詩》、《唐詩紀事》「矜」作「奢」。

〔七五〕辭君去君　按：《本事詩》「辭」作「別」。《唐詩紀事》作「別君此去」。

〔七六〕徒勞掩面傷紅粉　按：《本事詩》、《朝野僉載》「面」作「袂」，《唐詩紀事》作「淚」，《朝野僉載》「紅」作「鉛」。

〔七七〕別　按：《朝野僉載》作「恨」。

〔七八〕一旦紅顔　按：《朝野僉載》作「一代容顔」。

〔七九〕辭　《廣四十家小説》本譌作「醉」。

〔八〇〕教　《緑牕女史》、《重編説郛》作「數」，《豔異編》、《香豔叢書》作「爲」，並譌。按：《玉臺新詠》卷一〇庾肩吾《石崇金谷妓》作「教」。

〔八一〕李元操　原譌作「李元參」，據《廣四十家小説》本、琳琅祕室本、《緑牕女史》、《重編説郛》、《唐宋傳奇集》改。《豔異編》、《香豔叢書》譌作「李元忠」。按：李元操名孝貞，入隋爲犯廟諱，遂以字稱，見《全隋詩》卷二。

〔八二〕銜　琳琅祕室本、《緑牕女史》、《重編説郛》作「含」。按：《文苑英華》卷一九二江總《洛陽道》作「銜」。

〔八三〕婢子　《廣四十家小説》本作「姬侍」。
〔八四〕其志烈懍懍　《豔異編》、《香豔叢書》作「其志凜洌」。
〔八五〕亡仁義之行　「亡」《廣四十家小説》本作「忘」。「行」《唐宋傳奇集》作「性」。
〔八六〕暮四朝三　《廣四十家小説》本作「朝四暮三」，誤。按：《莊子·齊物論》作「朝三而暮四」。
〔八七〕務　《廣四十家小説》本作「圖」，《豔異編》、《緑牕女史》、《重編説郛》、《香豔叢書》作「視」。
〔八八〕述　《緑牕女史》、《重編説郛》作「術」，《豔異編》作「實」，《香豔叢書》作「贊」。
〔八九〕假　《緑牕女史》、《重編説郛》無此字。

按：此傳著録於《郡齋讀書志》傳記，一卷，云「皇朝樂史撰」。《文獻通考·經籍考》傳記類同。樂史有《總記傳》一百三十卷，此傳及《李白外傳》、《楊太真外傳》、《唐滕王外傳》當在其中。《説郛》卷三八始載全傳，注「一卷全」，不著撰人。北宋晁載之《續談助》卷五節録樂史《緑珠傳》，比對文字，《説郛》本即樂史所撰者。晁氏《緑珠傳跋》云：「右鈔直史館樂史所撰《緑珠傳》。史獨精地理學，故此傳推考山水爲詳，又皆出於地志雜書者也。」直史館樂史當係原作所題，是作於直史館之時。按樂史凡三直史館，太宗雍熙三年（九八六）以著作郎直史，四年亦在史館（《續資治通鑑長編》卷二八），真宗咸平初（九九八）以職方員外郎直史，五年復直史，皆載於《宋史》本傳。此傳作於何年，已不易確指。所記皆雜採諸書而成。

《續談助》本節録全文前半，自「牛僧孺《周秦行記》云」以下刪而未録，而所録部分亦常有刪略，文字與《説郛》本頗有異同，末多「今人間尚傳緑珠者椎髻」等二十三字，可補《説郛》本之闕。明清近世稗叢收此傳者甚衆，載《豔異編》十二卷本卷五戚里部、《緑牕女史》卷一一妾婢部逸格門、《重編説郛》弓一一二、《情史類略》卷一（題《緑珠》）、《香豔叢書》第十七集卷二、《晉唐小説六十種》、《舊小説》丁集（宋）等，雖文字偶有不同，然大抵源出《説郛》。《重編説郛》、《緑牕女史》本誤題爲唐樂史，删明君（王昭君）事。《情史》未著出處，删明君事及《周秦行記》一節。《香豔叢書》本止於「皆夷家族」，不著撰人，《晉唐小説六十種》本亦署失名。《廣四十家小説》本題作《緑珠内傳》，不著撰名，題南齊校正。按《百川書志》傳記類及《趙定宇書目》中《稗統目録》均亦作《緑珠内傳》，殆明人所改。清咸豐中胡珽校刊《琳琅祕室叢書》第四集刊入此傳，署失名，有胡珽校勘記，所據爲舊鈔本，又以《續談助》等本校之。胡跋云：「《緑珠傳》一卷，舊本無撰人名氏。案馬氏《經籍考》題宋史官樂史撰。宋人《續談助》亦載此傳，而删節其半。……余謂緑珠一婢子耳，能感主恩而奮不顧身，是宜刊以風世云。」《文獻通考·經籍考》引晁氏曰「樂史撰」，晁氏《讀書志》原作「皇朝樂史撰」，無史官二字，胡氏誤記。光緒中刊《琳琅祕室叢書》本有董金鑑續校。《叢書集成初編》據《琳琅祕室叢書》本排印。魯迅《唐宋傳奇集》亦據胡刊本録入，校以《説郛》，題史官樂史撰。《稗邊小綴》云：「今再勘以《説郛》三十八所録，亦無甚異同。疑所謂舊鈔本或別本者，即並從《説郛》出爾。」今按魯説甚是，二本文字所以有異者，蓋《説郛》版本不同耳。

楊太真外傳〔一〕

樂史撰

楊貴妃，小字玉環，弘農華陰人也。後徙居蒲州永樂之獨頭村。高祖令本，金州刺史。父玄琰，蜀州司户。貴妃生於蜀。嘗誤墜池中，後人呼爲落妃池，池在導江縣前。亦如王昭君生於峽州，今有昭君村；緑珠生於白州，今有緑珠江。妃早孤，養於叔父河南府士曹玄璬〔二〕家。開元二十二年十一月，歸於壽邸〔三〕。二十八年十月，玄宗幸温泉宫，自天寶六載十月復改爲華清宫。使高力士取楊氏女於壽邸，度爲女道士，號太真，住内太真宫。天寶四載七月，册左衛中郎將韋昭訓女配壽邸。是月，於鳳凰園册太真宫女道士楊氏爲貴妃，半后服用。進見之日，奏《霓裳羽衣曲》。《霓裳羽衣曲》者，是玄宗登三鄉驛，望女几山所作也。故劉禹錫有詩云《伏覩玄宗皇帝望女几山詩小臣斐然有感》：「開元天子萬事足，惟惜當時光景促。三鄉驛〔四〕上望仙山，歸作《霓裳羽衣曲》。仙心從此在瑶池，三清八景相追隨。天上忽乘白雲去，世間空有秋風詞。」又〔五〕《逸史》云：「羅公遠天寶初侍玄宗，八月十五日夜，宫中翫月，曰：『陛下能從臣月中游乎？』乃取一枝桂〔六〕，向空擲之，化爲一橋，其色如銀。請上同登，約行數十里，遂至大城闕。公遠曰：『此月宫也。』有仙女數百，素練寬衣〔七〕，舞於廣庭。上前問曰：『此何曲也？』曰：『《霓裳羽衣》也。』上密記其聲調，遂回橋，却顧，隨步而滅。旦諭伶官，象其聲調，作《霓裳羽衣曲》。」以二説不同，乃備録於此。是夕，授金釵鈿合、却暑犀如意、辟塵香、雲母起花屏風、舞鳳交烟香爐、潤玉合歡條脱、紫瓊杯、玉竹水紋簞、百花文石硯〔八〕。上又自執麗水鎮庫紫磨金琢成步摇〔九〕，至粧閣，親與插鬢。上喜甚，謂後宫人曰：「朕得楊貴妃，如得至寶也。」乃製曲子，曰《得寶子》，又曰《得鞡方孔反子》。

先是，開元初，玄宗有武惠妃、王皇后。后無子，妃生子，又美麗，寵傾後宫。至十三年，皇后廢，妃嬪無得與惠妃比。二十一年十一月，惠妃即世。後庭雖有良家子，無悦上目者，上心凄然。至是得貴妃，又〔一〇〕寵甚於惠妃。有姊三人，皆豐碩修整，工於謔浪，巧會旨趣。每入宫中，移晷方出。宫中呼貴妃爲娘子，禮數同於皇后。册妃日，贈其父玄琰濟陰太守，母李氏隴西郡夫人。又贈玄琰兵部尚書，李氏涼國〔一一〕夫人。叔玄珪爲光禄卿、銀青光禄大夫。再從兄釗拜爲侍郎，兼數使〔一二〕。兄銛又居朝列。堂弟錡尚太華公主，是武惠妃生，以母見遇過於諸女。賜第連於宫禁。自此楊氏權傾天下，每有囑請，臺省府縣，若奉詔勑。四方奇貨，僮僕駞馬，日輸其門。

時安禄山爲范陽節度，恩遇〔一三〕最深，上呼之爲兒。嘗於便殿與貴妃同宴樂，禄山每就坐，不拜上而拜貴妃。上顧而問之：「胡不拜我而拜妃子？意者何也？」禄山奏云：「胡家不知其父，只知其母。」上笑而赦之。又命楊銛已下，約禄山爲兄弟姊妹，往來必相宴錢。初雖結義頗深，後亦權敵不叶。

五載七月，妃子以妬悍忤旨，乘單車，令高力士送還楊銛宅。及亭午，上思之不食，舉動發怒。力士探旨，奏請載還，送院中宮衣物及司農米麵酒饌百餘車。諸姊及銛初則懼禍聚哭，及恩賜浸廣，御饌兼至，乃稍寬慰。妃初出，上無聊，中官趨過者，或笞撻之，至有驚怖而亡者。力士因請就召，既夜，遂開安興坊，從太華宅以入。及曉，玄宗見之内殿，大悦，貴妃拜泣謝過。因召兩市雜戲，以娛貴妃，貴妃諸姊進食作樂。自兹恩遇日深，後宫無得進幸矣。

七載，加釗御史大夫、權京兆尹，賜名國忠。封大姨爲韓國夫人，三姨爲虢國夫人，八姨爲秦國夫人〔一四〕，同日拜命，皆月給錢十萬，爲脂粉之資〔一五〕。然虢國不施粧粉，自衒美艷，常素面朝天。當時杜甫有詩云：「虢國夫人承主恩，平明上馬入宫門。却嫌脂粉涴顔色，淡掃娥眉朝至尊。」又賜虢國照夜璣，秦國七葉冠〔一六〕，國忠鏁子帳〔一七〕，蓋希代之珍，其恩寵如此。銛授銀青光禄大夫、鴻臚卿，將列棨戟，特授上柱國，一日三詔。與國忠五家於宣陽里甲第洞開，僭擬宫掖，車馬僕從，照耀京邑。遞相誇尚，每造一堂，費逾千萬計，見制度宏壯於己者，則毁之復造，土木之工，不捨晝夜。上賜御食，及外方進獻，皆頒賜五宅。開元已來，豪貴榮盛，未之比也。

上起動必與貴妃同行，將乘馬，則力士執轡授鞭。宮中掌貴妃刺繡織錦七百人，雕鏤器物又數百人，供生日及時節慶。續命楊益往嶺南，長吏日求新奇以進奉〔一八〕。嶺南節度張九章、廣陵長史王翼，以端午進貴妃珍玩衣服，異於他郡，九章加銀青光禄大夫，翼擢爲户部侍郎。九載二月，上舊置五王帳，長枕大被，與兄弟共處其間。妃子無何竊寧王紫玉笛吹，故詩人張祜詩云：「梨花〔一九〕静院無人見，閑把寧王玉笛吹。」因此又忤旨，放出。時吉温多與中貴人善，國忠懼，請計於温。遂入奏曰：「妃，婦人，無智識。有忤聖顔，罪當死。既嘗蒙恩寵，只合死於宫中。陛下何惜一席之地，使其就戮？安忍取辱於外乎？」上曰：「朕用卿，蓋不緣妃也。」初，令中使張韜光送妃至宅，妃泣謂韜光曰：「請奏：妾罪合萬死。衣服之外，皆聖恩所賜，唯髮膚是父母所生。今當即死，無以謝上。」乃引刀剪其髮一繚〔二〇〕，附韜光以獻。妃既出，上憮然。至是，韜光以髮搭於肩上以奏，上大驚惋，遽使力士就召以歸，自後益嬖焉。又加國忠遥領劔南節度使。十載上元節，楊氏五宅夜遊，遂與廣寧公主〔二一〕騎從爭西市門。楊氏奴揮鞭誤及公主衣，公主墮馬，駙馬程昌裔〔二二〕扶公主，因及數撾〔二三〕。公主泣奏之，上令決殺楊家奴一人，昌裔停官，不許朝謁。於是楊家轉横，出入禁門不問，京師長吏，爲之側目。故當時謡〔二四〕曰：「生女勿悲酸，生男勿喜歡。」又曰：「男不封侯女作妃，君看女却是〔二五〕門楣。」其天下人心羨慕如此。

上一日御勤政樓，大張聲樂。時教坊有王大娘，善戴百尺竿，上施木山，狀瀛洲、方丈，令小兒持絳節，出入其間，而舞不輟。時劉晏以神童爲祕書省正字，十歲，惠悟過人。上召於樓中，貴妃坐於膝上，爲施粉黛，與之巾櫛。貴妃令詠〔二六〕王大娘戴竿，晏應聲曰：「樓前百戲競爭新，唯有長竿妙入神。誰謂綺羅翻有力，猶自嫌輕更著人。」上與妃及嬪御皆歡笑移時，聲聞于外，因命牙笏、黄紋袍〔二七〕賜之。上又宴諸王于木蘭殿，時木蘭花發，皇情不悦。妃醉中舞《霓裳羽衣》一曲，天顔大悦，方知迴雪流風，可以迴天轉地。上嘗夢十仙子，乃製《紫雲迴》。玄宗嘗夢仙子十餘輩，御卿雲而下，各執樂器，懸奏之。曲度清越，真仙府之音。有一仙人曰：「此神仙《紫雲迴》，今傳受〔二八〕陛下，爲正始之音。」上喜而傳受。寤後，餘響猶在。旦命玉笛習之，盡得其節奏也。并夢龍女，又製《凌波曲》。玄宗在東都，晝夢一女，容貌艷異，梳交心髻，大袖寬衣，拜於床前。上問：「汝何人？」曰：「妾是陛下凌波池中龍女，衛宫護駕，妾實有功。今陛下洞曉鈞天之音，乞賜一曲，以光族類。」上於夢中爲鼓胡琴，拾新舊之曲聲，爲《凌波曲》，龍女再拜而去。及覺，盡記之。會禁樂，自御琵琶，習而翻之。與文武臣僚，於凌波宫臨池奏新曲。池中波濤湧起，復有神女出池心，乃所夢之女也。上大悦，語於宰相，因於池上置廟，每歲命祀之。二曲既成，遂賜宜春院及梨園弟子并諸王。時新豐初進女伶謝阿蠻，善舞，上與妃子鍾念，因而受焉。就按於清元小殿，寧王吹玉笛，上羯鼓，妃琵琶，馬仙期方響，李龜年觱篥，張野狐箜篌，賀懷智拍板〔二九〕，自旦至午，歡洽異常。時唯妃女弟秦國夫人端坐觀之，曲罷，上戲曰：「阿瞞上在禁中多自稱也。樂籍，今日幸得供養夫人，請一纏頭。」秦國曰：「豈有大唐天子阿姨無錢用耶？」遂出三百萬爲一局焉。樂器皆非世有者，才奏而清風習習，聲出天表。妃子琵琶邏沙檀，寺人白季貞使蜀還獻。其木温潤如玉，光耀可鑒，有金縷紅文，蹙成雙鳳，以龍香板爲撥〔三〇〕。絃乃末訶彌羅國永泰元年所貢者，淥水蠶絲〔三一〕也，光瑩如貫珠瑟瑟〔三二〕。紫玉笛乃姮娥所得也。禄山進三百事管色，俱用媚玉爲之。諸王郡主，妃之姊妹，皆師妃爲琵琶弟子，每一曲徹，廣有獻遺。妃子是日問阿蠻曰：「爾貧，無可獻師長，待我與爾爲。」命侍兒紅桃娘〔三三〕取紅粟玉臂支賜阿蠻。妃善擊磬，拊搏之音泠泠然，多新聲，雖太常梨園之妓，莫能及之。上命採藍田〔三四〕緑玉，琢成磬。上方造簴，流蘇之屬以金鈿珠翠飾之，鑄金爲二獅子，以爲趺。綵繪縟麗，一時無比。

先，開元中，禁中重木芍藥，即今牡丹也。《開元天寶花木記》云：「禁中呼木芍藥爲牡丹也。」得數本紅紫淺紅通白者，上因移植於興慶池東沉香亭前。會花方繁開，上乘照夜白，妃以步輦從。詔選梨園弟子中尤者，得樂十六色。李龜年以歌擅一時之名，手捧檀板，押衆樂前，將欲歌之。上曰：「賞名花，對妃子，焉用舊樂詞爲？」遽命龜年持金花牋，宣賜翰林學士李白，立進《清平樂詞》三篇〔三五〕。承旨猶苦宿酲，因援筆賦之。第一首：「雲想衣裳花想容，春風拂檻〔三六〕露華濃。若非群玉山頭見，會向瑶臺月下逢。」第二首：「一枝紅艷露凝香，雲雨巫山枉斷腸。借問漢宮誰得似？可憐飛燕倚新粧。」第三首：「名花傾國兩相歡，長得君王帶笑看。解釋春風無限恨，沉香亭北倚欄干。」龜年捧詞進，上命梨園弟子略約詞調，撫絲竹，遂促龜年以歌。妃持玻璃〔三七〕七寶杯，酌西涼州蒲萄酒，笑領歌，意甚厚〔三八〕。上因調玉笛以倚曲，每曲遍將換，則遲其聲以媚之。妃飲罷，斂繡巾再拜。上自是顧李翰林尤異於他學士。會力士終以脱靴爲耻，異日妃重吟前詞，力士戲曰：「始爲〔三九〕妃子怨李白深入骨髓，何翻拳拳如是耶？」妃子驚曰：「何學士能辱人如斯？」力士曰：「以飛鷰指妃子，賤之甚矣。」妃深然之。上嘗三欲命李白官，卒爲宫中所捍而止。

上在百花院便殿，因覽《漢成帝内傳》，時妃子後至，以手整上衣領，曰：「看何文書？」上笑曰：「莫問，知則又殢〔四〇〕人。」覓去，乃是〔四一〕：「漢成帝獲飛鷰，身輕欲不勝風。恐其飄翥，帝爲造水晶盤，令宫人掌之而歌舞。又製七寶避風臺，間以諸香，安於上，恐其四肢不禁也。」上又曰：「爾則任風〔四二〕吹多少。」蓋妃微有肌也，故上有此語戲妃。妃曰：「《霓裳羽衣》一曲，可掩前古。」上曰：「我纔弄，爾便欲嗔乎？憶有一屏風，合在，待訪得以賜爾。」屏風乃虹霓爲名，雕刻前代美人之形，可長三寸〔四三〕許，其間服玩之器、衣服，皆用衆寶雜厠而成。水精爲地，外以玳瑁、水犀爲押，絡以珍珠瑟瑟〔四四〕。間綴精妙，迨非人力所製。此乃隋文帝所造，賜義成公主，隨在北胡。貞觀初滅胡，與蕭后同歸中國。上因而賜焉。妃歸衛公家，遂持去，安於高樓上，未及將歸。國忠日午偃息樓上，至牀，覩屏風在焉。纔就枕，而屏風諸女悉皆下牀前，各通所號，曰：「裂繒人也。」「定陶人也。」「穹廬人也。」「當壚人也。」「亡吴人也。」「步蓮人也。」「桃源人也。」「班竹人也。」「奉五官人也。」「温肌人也。」「曹氏投波人也。」「吴宫無雙返香人也。」「拾翠人也。」「竊香人也。」「金屋人也。」「解佩人也。」「爲雲人也。」「董雙成也。」「爲煙人也。」「畫眉人也。」「吹簫人也。」「笑躄人也。」「垓中〔四五〕人也。」「許飛瓊也。」「趙飛鷰也。」「金谷人也。」「小鬟人也。」「光髮人也。」「薛夜來〔四六〕也。」「結綺人也。」「臨春閣人〔四七〕也。」「扶風人〔四八〕也。」國忠雖開目，歷歷見之，而身體不能動，口不能發聲。諸女各以物列坐。俄有纖腰妓人近十徐輩，曰：「楚章華〔四九〕踏謡娘也。」迺連臂而歌之，曰：「三朵芙蓉〔五〇〕是我流，大楊造得小楊收。」復有二三妓，又曰：「楚宫弓腰娘〔五一〕也。何不見《楚辭别序》云『婥約〔五二〕花態，弓身玉肌』？」俄而遞爲本藝。將呈訖，一一復歸屏上。國忠方醒，惶懼甚，遽走下樓，急令封鏁之。貴妃知之，亦不欲見焉。禄山亂後，其物猶存，在宰相元載家，自後不知所在。

初，開元末，江陵進乳柑橘，上以十枚種於蓬萊宫。至天寶十載九月秋結實，宣賜宰臣，曰：「朕近於宫内種柑子樹數株，今秋結實一百五十餘顆，乃與江南及蜀道所進無别，亦可謂稍異者。」宰臣表賀曰：「伏以自天所育者，不能改有常之性；曠古所無者，乃可謂非常之感。是知聖人御物，以元氣布和；大道乘時，則殊方叶致。且橘柚所植，南北異名，實造化之有初，匪陰陽之有革。陛下玄風真紀，六合一家。雨露所均，混天區而齊被；草木有性，憑地氣以潛通。故兹江外之珍果，爲禁中之佳實。緑蔕〔五三〕含霜，芳流綺殿；金衣爛日，色麗彤庭。」云云。乃頒賜大臣。外有一合歡實，上與妃子互相持翫。上曰：「此果似知人意，朕與卿固同一體，所以合歡。」於是促坐同食焉。因令畫圖，傳之於後。妃子既生於蜀，嗜荔枝。南海荔枝勝於蜀者，故每歲馳驛以進。然方暑熱而熟，經宿則無味，後人不能知也。

上與妃采戲，將北，唯重四轉敗爲勝。連叱之，骰子宛轉而成重四，遂命高力士賜緋，風俗因而不易。廣南進白鸚鵡，洞曉言詞，呼爲雪衣女。一朝飛上妃鏡臺上，自語：「雪衣女昨夜夢爲鷙鳥所搏。」上令妃授以《多心經》〔五四〕，記誦精熟。後上與妃遊別殿，置雪衣女於步輦竿上同去。瞥有鷹至，搏之而斃。上與妃嘆息久之，遂瘞於苑中，呼爲鸚鵡塚。交趾貢龍腦香，有蟬蠶之狀，五十枚，波斯言老龍腦樹節〔五五〕方有，禁中呼爲瑞龍腦。上賜妃十枚，妃私發明駞使（明駞者〔五六〕，眼〔五七〕下有毛，夜能明，日馳五百里。）持三枚遺禄山。妃又常遺禄山〔五八〕金平脱裝具、玉合、金平脱鐵面椀。

十一載，李林甫死，又以國忠爲相，帶四十餘使。十二載，加國忠司空。長男暄，先尚延和郡主，又拜銀青光禄大夫、太常卿，兼户部侍郎。小男昢〔五九〕，尚萬春公主。貴妃堂弟祕書少監鑑，尚承榮郡主。一門一貴妃，二公主，二郡主〔六〇〕，三夫人。十三載，重贈玄琰太尉、齊國公，母重封梁國夫人。官爲造廟，御製碑及書〔六一〕。叔玄珪又拜工部尚書。韓國婿祕書少監崔珣女，爲代宗妃。虢國男裴徽〔六二〕，尚代宗〔六三〕女延光公主，女爲讓帝男妻。秦國婿柳澄男鈞，尚長清縣主，澄弟潭，尚肅宗女和政公主。上每年冬十月，幸華清宮，常經冬還宮闕，去即與妃同輦〔六四〕。華清有端正樓，即貴妃梳洗之所；有蓮花湯，即貴妃澡沐之室。國忠賜第在宮東門之南，虢國相對，韓國、秦國，甍棟相接。天子幸其第，必過五家，賞賜燕樂。扈從之時，每家爲一隊，隊著一色衣，五家合隊相映，如百花之焕發。遺鈿墜舄，瑟瑟〔六五〕珠翠，燦於路歧可掬。曾有人俯身一窺其車，香氣數日不絶。駞馬千餘頭疋，以劒南旌節器仗前驅。出有餞飲，還有軟脚。遠近餉遺珍玩狗馬、閹侍歌兒，相望于道。及秦國先死，獨虢國、韓國、國忠轉盛。虢國又與國忠亂焉，略無儀檢。每入朝謁，國忠與韓、虢連〔六六〕轡，揮鞭驟馬，以爲諧謔。從官嬙嫗百餘騎，秉燭如晝，鮮裝炫〔六七〕服而行，亦無蒙蔽，衢路觀者如堵，無不駭嘆。十宅諸王男女婚嫁，皆資韓、虢紹介，每一人納一千貫，上乃許之。

十四載六月一日，上幸華清宮，乃貴妃生日。上命小部音聲，小部者，梨園法部所置，凡三十人，皆十五已下〔六八〕。於長生殿奏新曲。未有名，會南海進荔枝，因以曲名《荔枝香》。左右歡呼，聲動山谷。其年十一月，禄山反幽陵，禄山本名軋犖山，雜種胡人也。母本巫師。禄山晚年益肥，垂肚過膝，自秤得三百五十斤。於上前胡旋舞，疾如風焉。上嘗於勤政樓東間設大金雞障，施一大榻，卷去簾，令禄山坐。其下設百戲，與禄山看焉。肅宗諫曰：「歷觀今古，未聞臣下與君上同坐閲戲。」上私曰：「渠有異相，我禳之故耳〔六九〕。」又嘗與夜燕，禄山醉卧，化爲一猪而龍首。左右遽告帝，帝曰：「此猪龍，無能爲。」終不殺，卒亂中國。以誅國忠爲名。咸言國忠、虢國、貴妃三罪，莫敢上聞。上欲以皇太子監國，蓋欲傳位，自親征。謀於國忠，國忠大懼，歸謂姊妹曰：「我等死在旦夕，今東宮監國，當與娘子等併命矣。」姊妹哭訴於貴妃，妃銜土〔七〇〕請命，事乃寢。十五載六月，潼關失守。上幸巴蜀，貴妃從。至馬嵬〔七一〕，右龍武將軍陳玄禮懼兵亂，乃謂軍士曰：「今天下崩離，萬乘震蕩，豈不由楊國忠割剥甿庶，以至於此。若不誅之，何以謝天下！」衆曰：「念之久矣。」會吐蕃和好使在驛門遮國忠訴事，軍士呼曰：「楊國忠與蕃人謀叛！」諸軍乃圍驛四合，殺國忠并男暄等。國忠舊名釗，本張易之子也。天授中，易之恩幸莫比，每歸私第，詔令居樓，仍去其梯，圍以束棘，無復女奴侍立。母恐張氏絶嗣，乃置女奴蠙珠〔七二〕于樓複壁中，遂有娠，而生國忠，後嫁于楊氏。上乃出驛門勞六軍，六軍不解圍。上顧左右責其故，高力士對曰：「國忠負罪，諸將討之。貴妃即國忠之妹，猶在陛下左右，群臣能無憂怖？伏乞聖慮裁〔七三〕斷。」一本云：「賊根猶在，何敢散乎？」蓋斥貴妃也。上迴入驛，驛門内傍有小巷，上不忍歸行宮，於巷中倚杖欹首而立，聖情昏嘿，久而不進。京兆司禄韋鍔見素男也。進曰：「乞陛下割恩忍斷，以寧國家。」逡巡，上入行宮，撫妃子出于廳門，至馬道北牆口而别之，使力士賜死。妃泣涕嗚咽，語不勝情，乃曰：「願大家好住。妾誠負國恩，死無恨矣，乞容禮佛。」帝曰：「願妃子善地受生。」力士遂縊于佛堂前之梨樹下。纔絶，而南方進荔枝至，上覩之，長號數息，使力士曰：「與我祭之。」祭後，六軍尚未解圍。

以綉衾覆牀，置驛庭〔七四〕中，勑玄禮等入驛視之。玄禮擡其首，知其死，曰：「是矣。」而圍解。瘞于西郭之外一里許道北坎下。妃時年三十八。上持荔枝，於馬上謂張野狐曰：「此去劒門，鳥啼花落，水緑山青，無非助朕悲悼妃子之由也。」初，上在華清宫日，乘馬出宫門，欲幸虢國夫人之宅，玄禮曰：「未宣勑報臣，天子不可輕去就。」上爲之迴轡。他年在華清宫，逼上元，欲夜遊，玄禮奏曰：「宫外即是曠野，須有預備，若欲夜遊，願歸城闕。」上又不能違諫。及此馬嵬之誅，皆是敢言之有便也。

先是，術士李遐周有詩曰：「燕市人皆去，函關馬不歸。若逢山下鬼，環上繫羅衣。」「燕市人皆去」，禄山悉〔七五〕薊門之士而來。「函關馬不歸」，哥舒翰之敗潼關也。「若逢山下鬼」，「嵬」字即馬嵬驛也。「環上繫羅衣」，貴妃小字玉環，及其死也，力士以羅巾縊焉。又妃常以假髻爲首飾，而好服黄裠。天寶末，京師童謡曰：「義髻抛河裏，黄裠逐水流。」至此應矣。初，禄山嘗於上前應對，雜以諧謔。妃常在座，禄山心動。及聞馬嵬之死，數日嘆惋。雖林甫養育之，國忠激怒之，然其有所自也。是時，虢國夫人先至陳倉之官店，國忠誅問至，縣令薛景仙率吏人追之。走入竹林下，以爲賊軍至，虢國先殺其男徽，次殺其女。國忠妻裴柔曰：「娘子何不借我方便乎？」遂并其女刺殺之。已而自刎不死，載于獄中，猶問人曰：「國家乎？賊乎？」獄吏曰：「互〔七六〕有之。」血凝其喉而死。遂併坎于東郭〔七七〕十餘步道北楊樹下。

上發馬嵬，行至扶風道。道傍有花，寺畔見石楠〔七八〕樹團圓，愛玩之，因呼爲端正樹，蓋有所思也。又至斜谷口〔七九〕，屬霖雨涉旬，於棧道雨中聞鈴聲隔山相應。上既悼念貴妃，因採其聲爲《雨霖鈴曲》，以寄恨焉。至德二年，既收復西京，十一月〔八〇〕，上自成都還，使祭之。後欲改葬，李輔國等皆不從。時禮部侍郎李揆奏曰：「龍武將士以楊國忠反，故誅之。今改葬故妃，恐龍武將士疑懼。」肅宗遂止之。上皇密令中官潛移葬之于他所。妃之初瘞，以紫褥裹之，及移葬，肌膚已消釋矣，胷前猶有錦香囊在焉。中官葬畢以獻，上皇置之懷袖。又令畫工寫妃形於別殿，朝夕視之而歔欷焉。上皇既居南内，夜闌登勤政樓，凭欄南望，煙月滿目。上因自歌曰：「庭前琪樹已堪攀，塞外征人殊未還。」歌歇，聞里中隱隱如有歌聲者。顧力士曰：「得非梨園舊人乎？遲明爲我訪來。」翌日，力士潛求於里中，因召與同去，果梨園弟子也。其後，上復與妃侍者紅桃在樓〔八一〕焉，歌《涼州》之詞，貴妃所製也。上親御玉笛，爲之倚曲。曲罷相視，無不掩泣。上因廣其曲。今《涼州》留傳者，益加怨切〔八二〕焉。

至德中，復幸華清宮，從官嬪御，多非舊人。上於望京樓下，命張野狐奏《雨霖鈴曲》，曲半，上四顧淒涼，不覺流涕，左右亦爲感傷。新豐有女伶謝阿蠻，善舞《凌波曲》，舊出入宮禁，貴妃厚焉。是日，詔令舞。舞罷，阿蠻因進金粟裝臂環〔八三〕，曰：「此貴妃所賜。」上持之，凄然垂涕曰：「此我祖大帝破高麗獲二寶，一紫金帶，一紅玉支。朕以岐王〔八四〕所進《龍池篇》，賜之金帶，紅玉支賜妃子。後高麗知此寶歸我，乃上言：『本國因失此寶，風雨愆時，民離兵弱。』朕尋以爲得此不足爲貴，乃命還其紫金帶，唯此不還。汝既得之於妃子，朕今再覩之，但興悲念矣。」言訖，又涕零。至乾元元年，賀懷智又上言曰：「昔上夏日與親王棊，令臣獨彈琵琶，其琵琶以石爲槽，鵾鷄筋爲絃，用鐵撥彈之。貴妃立於局前觀之。上數枰〔八五〕子將輸，貴妃放康國猧子上局亂之，上大悦。時風吹貴妃領巾於臣巾上，良久迴身方落。及歸，覺滿身香氣，乃卸頭幘，貯於錦囊中。今輒進所貯幞頭。」上皇發囊，且曰：「此瑞龍腦香也，吾曾施於暖池玉蓮朵，再幸尚有香氣宛然，況乎絲縷潤膩之物哉！」遂凄愴不已。自是聖懷耿耿，但吟：「刻木牽絲作老翁，雞皮鶴髮與真同。須臾舞〔八六〕罷寂無事，還似人生一世〔八七〕中。」

有道士楊通幽自蜀來，知上皇念楊貴妃，自云有李少君之術。上皇大喜，命致其神。方士乃竭其術以索之，不至。又能遊神馭氣出天界入地府求之，竟不見。又旁求四虚上下，東極絶大海，跨蓬壺。忽見最高山，上多樓閣，洎至，西廂下有洞户，東向，闔其門，額署曰「玉妃太真院」。方士抽簪叩扉，有雙鬟童女出應問。方士造次未及〔八八〕言，雙鬟復入。俄有碧衣侍女至，詰其所從來。方士因稱天子使者，且致其命。碧衣云：「玉妃方寢，請少待之。」逾時，碧衣延入，且引曰：「玉妃出。」冠金蓮，帨〔八九〕紫綃，佩紅玉，拽〔九〇〕鳳舄，左右侍女七八人。揖方士，問皇帝安否，次問天寶十四載已還事〔九一〕，言訖憫然。指碧衣女取金釵鈿合，析〔九二〕其半授使者，曰：「爲我謝太上皇，謹獻是物，尋舊好也。」方士將行，色有不足，玉妃〔九三〕因徵其意，乃復前跪致詞：「請當時一事，不聞于他人者，驗於太上皇。不然，恐金釵鈿合，負新垣平之詐也。」玉妃忙然〔九四〕退立，若有所思，徐而言曰：「昔天寶十載，侍輦避暑驪山宮。秋七月，牽牛織女相見之夕，上憑肩而望。因仰天感牛女事，密相誓心：『願世世爲夫婦。』言畢，執手各嗚咽。此獨君王知之耳。」因悲曰：「由此一念，又不得居此，復墮下界，且結後緣。或爲天，或爲人，決再相見，好合如舊。」因言：「太上皇亦不久人間，幸惟自愛，無自苦耳。」使者還，具奏太上皇，皇心震悼。及至移入大内甘露殿，悲悼妃子，無日無之。遂辟穀服氣，張皇后進櫻桃、蔗漿，聖皇並不食。常玩一紫玉笛，因吹數聲，有雙鶴下於庭〔九五〕，徘徊而去。聖皇語侍兒宮愛曰：「吾奉上帝所命，爲元始孔昇真人，此期可再會妃子耳。笛非爾所寶，可送大收〔九六〕。」大收，代宗小字。即令具湯沐，曰〔九七〕：「我若就枕，慎勿驚我。」宮愛聞睡中有聲，駭而視之，已崩矣。妃之死日，馬嵬媼得錦袎襪一隻〔九八〕，相傳過客一玩百錢，前後獲錢無數。

悲夫！玄宗在位久，倦於萬機，常以大臣接對拘檢，難徇私欲。自得李林甫，一以委成。故絶逆耳之言，恣行燕樂，衽席無別，不以爲耻，由林甫之贊成矣。乘輿遷播，朝廷陷没，百僚繫頸，妃王〔九九〕被戮，兵滿天下，毒流〔一〇〇〕四海，皆國忠之召禍也。

史臣曰：夫禮者，定尊卑，理家國。君不君，何以享國？父不父，何以正家？有一于此，未或不亡。唐明皇之一誤，貽天下之羞，所以禄山叛亂，指〔一〇一〕罪三人。今爲外傳，非徒拾楊妃之故事，且懲禍階而已。（據上海涵芬樓影印明顧元慶《顧氏文房小説》本）

〔一〕原分上下二卷，今併作一篇。

〔二〕玄璬　《説郛》（卷三八）本作「玄珪」，誤。按：此據《舊唐書》卷五一《后妃傳上·玄宗楊貴妃傳》，《貴妃傳》作「玄璬」。《唐大詔令集》卷四〇《册壽王楊妃文》亦云「河南府士曹參軍楊玄璬長女」。下文云叔玄珪爲光禄卿，《貴妃傳》同，當爲别一叔。蓋玄璬時已卒，故不及也。

〔三〕壽邸　《説郛》本作「壽王」。按：壽王即李瑁，玄宗第十八子，見《舊唐書》卷一〇七《玄宗諸子傳》。邸，王府。

〔四〕驛　《類説》卷一《楊妃外傳》及《緑牕新話》卷下《楊貴妃舞霓裳曲》引《楊妃外傳》並作「陌」。

〔五〕又　《類説》、《説郛》卷七《楊妃外傳》作「按」。

〔六〕一枝桂　《類説》作「桂枝」，《説郛》卷七作「拄杖」。按：《太平廣記》卷二二一引《神仙感遇傳》及

《仙傳拾遺》、《逸史》等書及《雲笈七籤》卷一一三上《神仙感遇傳》並作「拄杖」。

〔七〕素練寬衣　「寬」《七籤》作「霓」，《廣記》作「寬」。《類説》、《説郛》卷七四字作「素衣飄然」。

〔八〕自「却暑犀如意」至此三十九字原無，據《類説》及《説郛》卷七補。「辟塵香」《類説》倒作「辟香塵」，「百」《類説》作「白」。《歲時廣記》卷二引《楊妃外傳》亦云：「唐玄宗夏月授楊妃卻暑犀如意。」

〔九〕步摇　《類説》、《説郛》卷七作「雙步摇」。

〔一〇〕又　《説郛》本作「有」。

〔一一〕涼國　《説郛》本作「梁國」，誤。按：《舊唐書·楊貴妃傳》作「涼國」。

〔一二〕數使　《説郛》本作「制使」。

〔一三〕恩遇　原譌作「恩過」，《五朝小説·唐人百家小説》紀載家、《緑牕女史》卷三、《重編説郛》弓一一一《楊太真外傳》同，據《説郛》本改。

〔一四〕三姨爲虢國夫人八姨爲秦國夫人　《東坡先生詩集註》卷二七《虢國夫人夜遊圖》：「坐中八姨真貴人。」注引《楊妃外傳》：「三姨封秦國夫人，八姨封虢國夫人。」以虢國爲八姨，誤。按：《舊唐書·楊貴妃傳》：「三姨，封虢國；八姨，封秦國。」

〔一五〕皆月給錢十萬爲脂粉之資　《類説》作「皆歲給粉翠千緡」。《孔帖》卷八引《貴妃楊氏傳》作「賜諸姨歲錢百萬，爲脂粉費」。按：《舊唐書·楊貴妃傳》作「歲給錢千貫，爲脂粉之資」。

〔一六〕七葉冠　《類説》作「七寶冠」。

〔一七〕鏁子帳　《類説》作「瑣子金帶」。

〔一八〕續命楊益往嶺南長吏日求新奇以進奉　《説郛》本「往」作「任」，「長吏」作「長史」。按：《舊唐書·楊貴妃傳》：「揚、益、嶺表刺史，必求良工造作奇器異服，以奉貴妃獻賀，因致擢居顯位。」揚、益即揚州、益州，此以「楊益」爲人名，樂史誤也。

〔一九〕梨花　《紺珠集》卷一《楊妃外傳》、《類説》並作「小花」。高麗李奎報《東國李相國全集》卷四《開元天寶詠史詩四十三首·楊妃吹玉笛》引《楊妃外傳》作「小桃」。

〔二〇〕繚　《類説》作「結」，《説郛》卷七作「絡」，「結」字譌。

〔二一〕廣寧公主　《舊唐書·楊貴妃傳》作「廣平公主」。按：《新唐書》卷八三《諸帝公主傳》：「廣寧公主，董芳儀所生，下嫁程昌胤，又嫁蘇克貞。」作「廣寧」是。

〔二二〕程昌裔　《新唐書·諸帝公主傳》作「程昌胤」。「裔」乃避宋太祖趙匡胤諱改。

〔二三〕檛　《説郛》本、《類説》作「撾」，義同。

〔二四〕謡　《説郛》本作「諺」。

〔二五〕是　《類説》、《歲時廣記》卷一一、《增廣箋註簡齋詩集》卷一一《侯處士女挽詞》注引《楊妃外傳》並作「爲」。按：《長恨歌傳》作「爲」。

〔二六〕詠　原譌作「諸」，據《説郛》本、清吴氏古歡堂鈔本改。按：劉晏事取《明皇雜録》卷上，亦作「詠」。

〔二七〕黃紋袍　《説郛》本作「錦文袍」。按：《明皇雜録》卷上作「黃文袍」。

〔二八〕受　古歡堂本作「授」。受，通「授」。

〔二九〕拍板　「板」字原無，據《説郛》本、《古今事文類聚》續集卷二三引《楊妃外傳》補。按：《樂府雜録・拍板》：「拍板本無譜，明皇遣黃幡綽造譜。」

〔三〇〕以龍香板爲撥　此句原無，《紺珠集》本《龍香撥》：「楊妃琵琶以龍香板爲撥。」《類説》本《緑玉磬》：「妃善擊磬，上令琢藍田緑玉成磬，妃琵琶以龍香板爲撥。」《施註蘇詩》卷五《宋叔達家聽琵琶》注引《楊妃外傳》：「開元中，中官白秀貞自蜀回，得琵琶以獻。其槽以邏沙檀爲之，温潤如玉，光明可鑒，有金縷紅紋，蹙成雙鳳。以龍香板爲撥。絃乃拘彌國所貢，緑冰蠶絲也。」據補。按：《全唐詩》卷五六七鄭嵎《津陽門詩》注：「貴妃妙彈琵琶，其樂器聞於人間者，有邏沙檀爲槽，龍香柏爲撥者。」

〔三一〕淥水蠶絲　《施註蘇詩》作「緑冰蠶絲」。按：《樂府雜録・康老子》載康老子自老嫗處買得舊錦褫，波斯云此爲冰蠶絲所織。疑當作「緑冰」。

〔三二〕貫珠瑟瑟　原作「貫珠琴瑟」，《説郛》本同。按：《杜陽雜編》卷上作「真珠瑟瑟」，據改。瑟瑟，珠寶名。《明皇雜録》卷下：「復以金箋瑟瑟三斗爲賞。」

〔三三〕紅桃娘　《説郛》本作「紅桃」。按：下文亦作「紅桃」，《明皇雜録・補遺》亦稱「貴妃侍者紅桃」。

〔三四〕田　原譌作「日」，據《類説》、《説郛》本、古歡堂本改。

〔三五〕清平樂詞三篇　《紺珠集》、《類説》「樂」作「調」。《説郛》本作「清平樂詞三闋」。按：《松窗雜録》作「清平調詞三章」。

〔三六〕檻　《松窗雜録》作「曉」。

〔三七〕玻璃　《類説》作「頗梨」，《紺珠集》作「波梨」，且在「七寶」後。按：《松窗雜録》作「頗梨」。

〔三八〕笑領歌意甚厚　《紺珠集》本作「笑領歌意，姿態尤妙」。按：《松窗雜録》作「笑領意甚厚」。

〔三九〕爲　《類説》、古歡堂本作「謂」。按：《松窗雜録》作「謂」。爲，通「謂」，以爲，認爲。

〔四〇〕殢　《類説》作「須」。

〔四一〕乃是　《説郛》卷七作「至」，上有「妃彊取讀之」五字。

〔四二〕風　此字原無，據《類説》、《説郛》本補。

〔四三〕三寸　《紺珠集》及《孔帖》卷一四引《楊妃外傳》作「二三寸」。

〔四四〕瑟瑟　原譌作「琴瑟」，據《類説》、《孔帖》卷一四、古歡堂本改。按：《杜陽雜編》卷上作「瑟瑟」。

〔四五〕垓中人　《説郛》本作「雲中人」。垓中人指項羽妃虞姬。

〔四六〕薛夜來　《説郛》本作「夜來人」。按：《拾遺記》卷七：「文帝所愛美人，姓薛名靈芸……（帝）改靈芸之名曰夜來。」

〔四七〕結綺人也臨春閣人　《類説》無「閣」字。《紺珠集》（明天順刊本）、《孔帖》卷一四作「結綺臨春人也」，合爲一。按：《南史》卷一二《后妃傳》載：陳後主起臨春、結綺、望仙三閣，自居臨春閣，張貴妃（麗華）居結綺閣，龔、孔二貴嬪居望仙閣。又《隋遺録》云張麗華方倚臨春閣試書，未終而韓擒虎擁萬甲衝來。是則結綺人、臨春人均指張麗華，似不得分爲二，疑《紺珠集》、《孔帖》是。

〔四八〕扶風人　原作「扶風女」，《説郛》本「女」作「人」。按：所述諸女名號，除舉稱姓名者外，皆稱作某某人，獨此爲「女」，當譌，據《説郛》本改。

〔四九〕楚章華　《類説》「楚」作「楚宫」。按：《夢溪筆談》卷四云：「據《左傳》，楚靈王七年（按：實乃魯昭公七年，於楚則靈王六年），成章華之臺，與諸侯落之。杜預注：『章華臺在華容城中。』華容即今之監利縣，非岳州之華容也。至今有章華故臺，在縣郭中。」章華臺非在郢都，蓋華容亦有楚宫。

〔五〇〕芙蓉　《説郛》本作「夫容」，同「芙蓉」。

〔五一〕娘　此字原無，據《説郛》本補，《類説》作「人」。

〔五二〕婥約　《説郛》本、古歡堂本作「綽約」，義同。

〔五三〕蔕　《説郛》本譌作「帶」。古歡堂本作「蒂」，同「蔕」。

〔五四〕多心經　《類説》作「蜜多心經」，均爲《般若波羅蜜多心經》簡稱。

〔五五〕老龍腦樹節　《説郛》本「樹」下有「生」字。按：此事取《酉陽雜俎》前集卷一《忠志》，原無「生」字。

〔五六〕者　原作「使」，據《類説》改。《説郛》卷七無「者」字。

〔五七〕眼　原譌作「腹」，據《類説》及《説郛》卷七改。

〔五八〕妃又常遺禄山　《説郛》本作「并」。

〔五九〕呥　原譌作「胐」，《説郛》本同。按：《舊唐書》卷一〇六《楊國忠傳》：「國忠子：暄、昢、曉、晞。」據改。

〔六〇〕二郡主　原作「三郡主」。按：暄尚延和，鑑尚承榮，只二郡主。《舊唐書·楊貴妃傳》：「楊氏一門尚二公主、二郡主。」據改。

〔六一〕御製碑及書　古歡堂本「及」作「文」。按：《舊唐書·楊貴妃傳》作「御製家廟碑文并書」。

〔六二〕裴徽　原譌作「裴徵」，《説郛》本同。按：下文作「裴徽」，《舊唐書·楊貴妃傳》亦作「徽」字，據改。

〔六三〕代宗　應作肅宗。按：《新唐書》卷八三《諸帝公主傳》：肅宗女郜國公主，始封延光，下嫁裴徽。是知應作「肅宗」。《舊唐書·楊貴妃傳》亦譌作「代宗」（又「延光」譌作「延安」），樂史當承《舊唐書》之譌，中華書局點校本改作「肅宗」。

〔六四〕輦　原譌作「輩」，據《説郛》本、古歡堂本改。

〔六五〕瑟瑟　原譌作「琴瑟」，據《説郛》本改。

〔六六〕連　《説郛》本作「聯」。

〔六七〕炫　原作「柭」，當爲「炫」或「袨」之譌，《説郛》本、古歡堂本作「炫」，據改。

〔六八〕「小部者」至此　原爲正文，《説郛》本、古歡堂本同。《唐宋傳奇集》校爲注文，是也，從改。

〔六九〕我襬之故耳　《類説》、《説郛》卷七作「故襬之耳」。按：《獨異志》卷下作「故襬之」。

〔七〇〕銜土　《説郛》本作「銜璧」。按：《資治通鑑》卷二一七作「銜土」。《新唐書》卷七六《后妃傳上》

作「銜塊」。塊，土塊。

〔七一〕馬嵬　古歡堂本作「馬嵬驛」。

〔七二〕蠙珠　原作「嬪姝」，據《説郛》本及《姬侍類偶》卷上引《楊妃外傳》改。按：此取鄭審《天寶故事》（《資治通鑑考異》卷一四引）：「楊國忠本張易之之子。天授中，易之恩幸莫比，每歸私弟，詔令居樓上，仍去其梯。母恐張氏絶嗣，乃密令女奴蠙珠上樓，遂有娠，而生國忠。」

〔七三〕裁　原譌作「截」，據《説郛》本改。

〔七四〕驛庭　《説郛》本作「驛亭」。

〔七五〕悉　原譌作「即」，《説郛》本同。據《類説》及《説郛》卷七改。按：《明皇雜録》云：「禄山悉幽薊之衆而起也。」亦作「悉」字。

〔七六〕互　原譌作「牙」，據《説郛》本、古歡堂本改。按：《舊唐書·楊貴妃傳》作「互」。

〔七七〕東郭　《説郛》本作「東谷」。

〔七八〕石楠　《類説》作「石榴」。

〔七九〕斜谷口　《説郛》本作「劍閣口」。按：《明皇雜録·補遺》作「斜谷」。

〔八〇〕十一月　古歡堂本作「十二月」。按：《舊唐書》卷一〇《肅宗紀》載：至德二載十一月，「今復宗廟於函洛，迎上皇於巴蜀」。十二月，「上皇至自蜀」。上皇出發還京在十一月，還京在十二月，樂史誤記。古歡堂本係自改，今不取。

〔八一〕樓　此字原無，據《説郛》本補。

〔八二〕怨切　此二字原無，《説郛》本同。按：此節採《明皇雜録·補遺》，云：「上因廣其曲，今《涼州》傳於人間者，益加怨切焉。」據補。

〔八三〕金粟裝臂環　按：前云「紅粟玉臂支」，即下文「紅玉支」，兩處不合。此事取自《明皇雜録·補遺》，亦作「金粟裝臂環」，疑誤。

〔八四〕岐王　原譌作「歧王」，據《説郛》本及《重編説郛》一一一、《五朝小説·唐人百家小説》、《緑牕女史》卷三《楊太真外傳》改。

〔八五〕枰　原譌作「抨」，據《説郛》本、古歡堂本改。按：《酉陽雜俎·忠志》作「枰」。

〔八六〕舞　《説郛》本、《説郛》卷七、《碧雞漫志》卷五引《楊妃外傳》作「弄」。

〔八七〕世　《紺珠集》卷二《明皇雜録》、《類説》、《萬首唐人絶句》卷六九《傀儡吟》作「夢」。按：《詩話總龜》卷二五引《明皇雜録》作「世」。

〔八八〕及　《説郛》本、古歡堂本作「敢」。按：《長恨歌傳》（《文苑英華》卷七九四、《太平廣記》卷四八六）作「及」。

〔八九〕蛻　《類説》作「被」，《説郛》卷七作「帔」。按：《長恨歌傳》作「披」。

〔九〇〕拽　《類説》、《説郛》本、《説郛》卷七及《長恨歌傳》均作「曳」，義同。

〔九一〕事　此字原無，據《長恨歌傳》補。

〔九二〕析　原作「折」，《説郛》本同。《説郛》卷七作「析」，據改。按：《白氏長慶集》卷一二《長恨歌傳》作「㭊」，同「析」。《文苑英華》作「折」，《太平廣記》作「拆」。
〔九三〕玉妃　《説郛》本作「碧衣」。按：《長恨歌傳》作「玉妃」。
〔九四〕忙然　《説郛》本及《長恨歌傳》作「茫然」，義同。
〔九五〕下於庭　《説郛》本作「棲外庭」。
〔九六〕大收　《類説》作「大牧」，《説郛》卷七作「大收」。
〔九七〕曰　此字原無，據《類説》補。
〔九八〕隻　《類説》作「雙」。按：《國史補》卷上作「隻」。
〔九九〕王　《説郛》本、古歡堂本作「主」。
〔一〇〇〕毒流　《説郛》本作「荼毒」。
〔一〇一〕指　《説郛》本作「止」。

按：《郡齋讀書志》傳記類著録《楊貴妃外傳》二卷，叙云：「皇朝樂史撰。叙唐楊妃事迹，迄孝明之崩。」《直齋書録解題》傳記類作《楊妃外傳》一卷，云：「直史館臨川樂史子正撰。」一卷本當係二卷之合。《遂初堂書目》雜傳類作《楊太真外傳》，無撰人、卷數。《宋史·藝文志》傳記類同《書録解題》，但注云「不知作者」。《文獻通考·經籍考》傳記類據晁志著録。

此傳載於《説郛》卷三八及《顧氏文房小説》，皆題《楊太真外傳》。顧本卷分上下，卷下始於「初開元末」，題史官樂史撰。《説郛》本題下注「三卷全」，乃「二」字之譌，但合爲一篇，未分上下，署名作唐樂史，注「即唐史官」，誤。二本文字無甚異，各有譌誤，然《説郛》本删去十處注文，故不及顧本佳。顧本後又載入《重編説郛》弖一一一、《五朝小説·唐人百家小説》紀載家、《緑牕女史》卷三宫闈部蠱惑門、《唐人説薈》（同治八年連元閣刊本卷一三，民國二年上海掃葉山房石印本第十一集）、《龍威秘書》四集、《藝苑捃華》、《唐人小傳三種》、《唐開元小説六種》、《舊小説》丁集（宋）、《唐宋傳奇集》等。《重編説郛》、《唐人百家小説》、《緑牕女史》、《唐人説薈》等本皆題爲唐史官樂史（或有著字），乃承《説郛》之誤。《逸史搜奇》甲集五《楊太真》，亦爲一篇，删注文及末史臣曰，依其體例不著撰人。本書亦有單行刻本鈔本行世。清人江藩《半氈齋題跋》卷上云，樂鈞（蓮裳先生）曾購得吴仰賢（小匏）手鈔影宋本，由江藩校正刊行。魯迅《唐宋傳奇集·稗邊小綴》云：「嘗見京師圖書館所藏丁氏（按：丁丙）八千卷樓舊鈔本，稱爲『善本』，然實凡本而已，殊無佳處也。」國家圖書館藏有清吴氏古歡堂鈔本，吴翌鳳校跋，《續修四庫全書》集部影印。

《紺珠集》卷一摘録樂史《楊妃外傳》十五條，《類説》卷一摘録《楊妃外傳》三十條（按：《説郛》卷七《諸傳摘玄》又自《類説》摘十三條）。《紺珠集》本《龍香撥》、《飲鹿泉金沙洞玉蕊峰》、《曲終珠翠可埽》、《頗黎碑》、《玉𥦗寮金葳蕤》五條皆不見今本。《類説》本亦有一、三兩條，題作《緑玉磬》、《珠翠可掃》，《緑玉磬》較《紺珠集》多緑玉磬事。其中《類説》本之《霓裳羽衣曲》

條「却暑犀如意」等三十九字，《碧玉磬》條之「妃琵琶以龍香板爲撥」（《紺珠集·龍香撥》作「楊妃」），不見今本，已補。《紺珠集》其餘四條文字不知原在何處而無從綴補，兹録於下：（一）「飲鹿泉、金沙洞、玉蕊峰，皆在驪山，上所名。」（據明天順刊本，《四庫全書》本無「所名」二字。）（二）「令宫妓佩七寶瓔珞，舞《霓裳羽衣曲》，曲終，珠翠可埽。」（《類説·珠翠可掃》前多一「上」字。）（三）「驪山筝殿側有魏温泉堂碑，其石瑩澈，宫中呼曰頗黎石之碑也。」（四）「迎娘歌喉玉窌窱，蠻兒舞帶金葳蕤。」《紺珠集》五條及《類説》之《緑玉磬》皆有所自，《龍香撥》、《飲鹿泉金沙洞玉蕊峰》、《頗黎碑》、《玉窌窱金葳蕤》皆出鄭嵎《津陽門詩》（《全唐詩》卷五六七、《唐詩紀事》卷六二），《緑玉磬》出《開天傳信記》，《曲終珠翠可埽》出《碧雞漫志》。又者，《冷齋夜話》卷一引《太真外傳》：「上皇登沉香亭，詔太真妃子。妃子時卯醉未醒，命力士從侍兒扶掖而至。妃子醉顔殘粧，鬢亂釵横，不能再拜。上皇笑曰：『豈是妃子醉，真海棠睡未足耳。』」《海録碎事》卷一〇下、《古今事文類聚》後集卷三一、《古今合璧事類備要》别集卷二九引《太真外傳》，《錦繡萬花谷》前集卷七引《太真妃外傳》，《野客叢書》卷二四引《楊妃外傳》，《東坡先生詩集註》卷二五《寓居定惠院之東雜花滿山有海棠一株土人不知貴也》注引《楊妃傳》，《箋註簡齋詩集》卷一三《賓園醉中前後五絶句》其三注引《楊妃外傳》亦載，文字皆簡。《施註蘇詩》卷一八同詩注引作《明皇雜録》，文句大同，若出處不誤，則此條取自《明皇雜録》耳。

據本書題署，亦作於直史館之時。樂史咸平元年（九九八）以職方員外郎直史，此年三月作

《李翰林别集序》(《李太白全集》附録),序中有云:「史又撰《李白傳》一卷,事又稍周,然有三事近方得之。……傳中漏此三事,今書于序中。」第一事爲李白作《清平調》,原出《松窗雜録》,而此事則載於本書。樂史咸平元年三月已出知商州,此次直史時間短暫,且序中未言《松窗雜録》李白事已載於《太真外傳》,似當時尚未撰寫本書。故本書當作於咸平五年,其時由分司西京復直史館。傳中落妃池有注云:「亦如王昭君生於峽州,今有昭君村;緑珠生於白州,今有緑珠江。」觀此,似此傳之撰在《緑珠傳》之後也。

徐繼周

張君房 撰

張君房(九六五?—一〇四五?),字尹方。安州安陸(今屬湖北)人。壯始從學,甚有時名。太宗淳化三年(九九二)、真宗咸平二年(九九九)省試不第,景德二年(一〇〇五)始中進士,時已四十餘。除將仕郎、試校書郎、知昇州江寧縣事。大中祥符三年(一〇一〇)爲開封府功曹參軍,明年遷御史臺主簿。日本國稱貢,真宗敕建神光佛寺,寺成令君房撰寺記,會醉飲樊樓,遣人遍尋京師。錢易戲作《閑忙令》,有「世上何人號最忙?紫微失却張君房」語。五年秋以鞫獄無狀,謫台州寧海督郵。時真宗以祕閣道書出降餘杭郡(杭州),詔知郡戚綸、漕運使陳堯佐集道士修校《道藏》,令王欽若總統其事,歷年未成,王、戚薦君房可任。六年冬就除著作佐郎,俾專其事。八年知錢塘縣事，充祕閣校理。天禧三年（一〇一九）春《道藏》告竣寫進，題《大宋天宫寶藏》，凡四千五百六十五卷。仁宗乾興元年（一〇二二）爲江陵通判，後歷知隨、郢、信陽三郡，年六十三分司，歸居安陸。嘗取《道藏》精華纂爲《雲笈七籤》百二十卷，天聖六年（一〇二八）書成進之，時官朝奉郎、尚書度支員外郎、充集賢校理。後加祠部郎中。年六十九致仕，卒年八十餘。喜著書，除《雲笈七籤》，尚有《潮説》三卷、《野語》三卷、《乘異記》三卷、《科名定分録》七卷、《搢紳脞説》二十卷、《儆誡會最》一卷、《麗情集》二十卷、《慶曆集》三十卷等，均已散佚。（據《雲笈七籤序》、《麈史》卷中又卷下、《湘山野録》卷上、《詩話總龜》前集卷三四、《默記》卷下、《分門古今類事》卷七又卷八、《續資治通鑑長編》卷七四、《咸淳臨安志》卷五一、《宋史·律曆志三》及《藝文志》、《郡齋讀書志》、《直齋書録解題》等）

池陽進士徐繼周，薄有家緒。端拱中，孫郎中邁得替歸京，郡中士子拜送于江滸。會日將晚，徐不及歸家，乃宿于法華精舍，蓋其還往所也。夜鍾始鳴，院僧備茶果，躬來召徐，忽失徐矣。乃秉炬遍於院中閑僻處周索之，了無蹤跡。顧其院門及垣墻，又扃鐍完固。遲明，官司未窮所由，乃繫其僧於非所。後一十五日，徐却自池陽之東約百餘里曰焦山中出，且云：始解帶後，倦怠將寢。忽有二吏至，云：「孫郎中請徐秀才。」狼忙隨去，忩忩而行。俄至江岸，即非朝來孫郎中泊舟之所也。徐微訝之，詰二吏曰：「今夜已深，召我何往？」二吏曰：「郎中舡不遠，但行可至。」徐益駭之，乃辭將歸。二吏怒曰：「郎中相召，今來到此，何辭也？」徐知非人，又意其莊舍在近，乃大步南走。二吏逐之，徐且罵且逃。約走五里方逸，益大恐怖。於是得一巖石下宿。洎來晨，乃尋微徑而出，亦迷其莊之方向。

日且高，復抵一村落，其居聚亦數十室。其居人競來相訊，然皆耆耋者。曰：「某等故與秀才鄰，莊近矣。不因問津，何以見過？必且少駐。」共延徐入廳事，備酒饌，甚豐潔。笑言諠譁，不覺至夜，遂宿其室。來日既別，其家乃令數豎子引道，送徐皈莊。徐行約二十里間，復過一村落，其居處人烟，又勝昨宵宿處。復有老父數人來請，其筵饌亦倍。洎夜，又留宿之。明日告行，亦令人導往。且行約二十里，又過一村落，其人烟、筵饌之禮又倍之。比夜如是，且行且宿，凡十有三日。徐忽恠悖之。明日，人導之行，又將至一村落。然已近一山，徐意謂焦山矣，乃不顧其人，望山而走。後見數老父果來奔逐，云：「秀才何不且住？何去之速也？」徐但不應之。走約十餘里，方免。既困且怠，憩于一樹傍。俄見樵者至，因訪路得歸莊。但覺心煩而嘔吐之，蝦蟆及青泥之狀。徐凡自寺中出至得還，正十五日，竟不知所止村落老父之所，又是何恠也。（據朝鮮刻本朝鮮成任編《太平通載》卷六六引《乘異》）

按：《乘異記》三卷，著録於《郡齋讀書志》、《直齋書録解題》、《宋史·藝文志》、《文獻通考·經籍考》小説類或小説家類。《塵史》卷中亦云張君房撰《乘異記》三編。《宋志》小説類又有無名氏《秉異》三卷,「秉」字下注「一作乘」,實是同一書,「乘」譌作「秉」也。《讀書志》叙云:「皇朝張君房撰。其序謂『乘者載記之名,異者非常之事』,蓋志鬼神變怪之書。凡十一門,七十五事。」《書録解題》叙云:「南陽張君房撰。咸平癸卯序,取『晉之乘』之義也。」「晉之乘」語出《孟子·離婁下》,晉國用爲史書之名,以車輿載物喻載記歷史,此則以言專載異事,故名。據宋人戴埴《鼠璞》卷上,唐已有《乘異集》。咸平癸卯乃咸平六年(一〇〇三),時君房約年三十八,猶未及第入仕。洪邁《夷堅三志甲序》稱張君房《乘異》等書「多歷年二十」,然則二十歲左右已開始撰作。

本書存有節本二:《紺珠集》卷一一摘録四事(題張君房),《類説》卷八摘録十一事(不著撰人),《紺珠集》本除《沈彬石墓》,餘三事亦見於《類説》。《説郛》卷四自《類説》取二事,題作《乘異録》。《重編説郛》弓一一八、《龍威秘書》五集載《乘異記》四條,全取自《紺珠集》。《紺珠集》、《類説》二本共摘録十二事。此外《吴郡志》卷四四、《至正崑山郡志》卷六引崑山漁婦李氏得白龜一事(《淳祐玉峰志》卷下亦引,無出處)。《默記》卷下引白稹死化爲黿一事。《漁樵閒話録》云「張君房好志怪異,嘗記一人劍州男子李忠者」,下爲李忠化虎事,當亦本書佚文。朝鮮成任編《太平通載》卷七引《陳況》、《李臻》,卷八引《杜先生》,卷六六引《謝知遠》、《徐繼周》、《毛舜》,皆注作《乘異》。佚文共二十一事。

宋代傳奇集第一編卷三

梁太祖優待文士(一)

張齊賢 撰

張齊賢(九四三—一〇一四),字師亮,曹州冤句(今山東菏澤市西南)人,徙居洛陽(今屬河南)。太宗太平興國二年(九七七)擢進士,以大理評事通判衡州,四年遷祕書丞、知忻州。明年改著作佐郎、直史館,又改左拾遺。六年爲江南西路轉運副使、正使,多革弊政。召拜樞密直學士,擢右諫議大夫、簽書樞密院事。雍熙初(九八四)遷左諫議大夫。三年北伐,授給事中、知代州,禦遼頗有戰功。端拱元年(九八八)拜工部侍郎,復敗遼兵。二年置屯田,入拜刑部侍郎、樞密副使。淳化二年(九九一)遷參知政事,數月拜吏部侍郎、同中書門下平章事。四年罷相,爲尚書左丞,轉禮部尚書、知河南府,徙知永興軍、襄州、荆南、安州。真宗咸平元年(九九八)以兵部尚書再居相位,明年加門下侍郎,三年罷爲兵部尚書。四年爲涇原等州軍安撫經略使,防禦西夏,閏十二月改判永興軍兼馬步軍部署。五年坐事謫太常卿、分司西京。景德元年(一〇〇四)起爲兵部尚書、知青州,兼青淄濰州安撫使。二年改吏部尚書。大中祥符元年(一〇〇八)從封泰山還,拜右僕射。三年出判河陽。四年從祀汾陰還,進左僕射。五年以司空致仕。歸洛陽。七年夏卒,年七十二,贈司徒，謚文定。著文集五十卷、奏議二十卷、《太平雅編》（一作《太平雜編》）二卷、《同歸小説》十卷、《洛陽搢紳舊聞記》五卷等，大都散佚。（據《隆平集》卷四、《東都事略》卷三二、《名臣碑傳琬琰集》下集卷二《張文定公齊賢傳》、《宋史》卷二六五《張齊賢傳》、《宋史·藝文志》）

梁祖之初兼四鎮也，英威剛很〔二〕，視之若乳虎。左右小忤其旨，立殺之。梁之職吏，每日先與家人辭訣而入，歸必相賀。賓客對之，不寒而慄。進士杜荀鶴，以所業投之，且乞一見。掌客以事聞於梁祖，梁祖默無所報，荀鶴住大梁數月。先是，凡有求謁梁祖，如已通姓名而未得見者，雖踰年困躓於逆旅中，寒餓殊甚，主者留之，不令私去，不爾，即公人輩及禍矣。荀鶴逐日詣客次。

一旦，梁祖在便聽〔三〕，謂左右曰：「杜荀鶴何在？」左右以見〔四〕在客次爲對。未見間〔五〕，有馳騎至者，梁祖見之，至巳午間方退，梁祖遽起歸宅。荀鶴謂掌客者曰：「某飢甚，欲告歸〔六〕。」公人輩爲設食，且曰：「乞命，若大王出要見秀才，言已歸館舍，即某等求死不暇。」至未申間，梁祖果出。復坐於便聽，令取骰子〔七〕來。既至，梁祖擲〔八〕，意似有所卜。擲且久，終不惬旨。怒甚，屢顧左右，左右怖懼，縮頸重足，若蹈湯火。須臾，梁祖取骰子在手，大呼去聲曰：「杜荀鶴！」擲之〔九〕，六隻俱赤。乃連聲命：「屈秀才！」荀鶴爲主客者引入〔一〇〕，令趨驟至階陛下。梁祖言曰：「秀才不合趨階。」荀鶴聲喏，恐懼流汗。

再拜叙謝訖，命坐，荀鶴慘悴戰慄，神不主體。梁祖徐曰：「知秀才久矣。」荀鶴欲降陛拜謝，梁祖曰：「不可。」於是再拜復坐。

梁祖顧視陛下，謂左右曰：「似有雨點下。」令視之，實雨也，然仰首視之，天無片雲。雨點甚大，霑陛簷有聲。梁祖自起熟視之，復坐，謂杜曰：「秀才曾見無雲雨〔一一〕否？」荀鶴荅言：「未曾見。」梁祖笑曰：「此所謂無雲而雨，謂之天泣，不知是何祥也？」又大笑，命左右：「將紙筆來，請杜秀才題一篇《無雲雨〔一二〕》詩。」杜始對梁祖坐，身如在燃炭之上，憂悸殊甚。復令賦《無雲雨》詩，杜不敢辭，即令坐上賦詩，杜立成一絶獻之。梁祖覽之大喜，立召賓席共飲，極歡而散，且曰：「來日特爲杜秀才開一筵。」復拜謝而退。杜絶句云：「同是乾坤事不同，雨絲飛灑日輪中。若教陰朗〔一三〕都相似，爭表梁王造化功。」由是大獲見知。

杜既歸，驚懼成疾，水瀉數十度，氣貌羸絶，幾不能起。客司守之，供侍湯藥，若事慈父母。明晨，再有主客者督之，且曰：「大王欲見秀才，請速上馬。」杜不獲已，巾櫛上馬。比至，凡促召者五七輩。杜困頓無力，憂其趨進遲緩〔一四〕。梁祖自起，大聲曰：「杜秀才，爭表梁王造化功。」杜頓忘其病，趨步如飛，連拜叙謝數四。自是梁祖特帳設賓館〔一五〕，賜之衣服錢物，待之甚厚。

福建人徐夤〔一六〕下第，獻《過梁郊賦》，梁祖覽而器重之，且曰：「古人酬文士，有一字千金之語。軍府費用多，且一字奉絹一匹。」徐賦略曰：「客有失意還鄉，經於大梁，遇郊坰之耆老，問今古之侯王。父老曰：且説當今，休論往古〔一七〕。昔時之事跡誰見，今日之功名目覩。」辭多不載。遂留于賓館，厚禮待之。徐病且甚，梁祖使人謂曰：「任是秦皇、漢武。」蓋誚徐賦有「直論蕭史〔一八〕、王喬，長生孰見；任是秦皇、漢武，不死何歸」，憾其有此深切之句爾。

梁祖既有移龜鼎〔一九〕之志，求賓席直言骨鯁之士。一日，忽出大梁門外數十里，憩于高柳樹下，樹可數圍，柯榦甚大，可庇五六十人。遊客亦與坐，梁祖獨語曰：「好大柳樹。」徐偏視賓客，注目久之，坐客各各避席對曰：「好柳樹。」梁祖又曰：「此好柳樹好作車頭。」末坐五六人起對：「好作車頭。」梁祖顧恭翔〔二〇〕等，起對曰：「雖好柳樹，作車頭須是夾榆樹。」梁祖勃然厲聲言曰：「這一隊措大，愛順口弄人。柳樹豈可作車頭？車頭須是夾榆木。便順我，也道柳樹好作車頭。我見人説秦時指鹿爲馬，有甚難事！」顧左右曰：「更待甚！」須臾，健兒五七十人〔二一〕，悉擒言柳樹好作車頭者，數以諛佞之罪，當面撲殺之。梁祖雖起於群盜，安忍〔二二〕雄猜，甚於古昔，至於剛猛英斷，以權數御物，遂成興王之業，豈偶然哉！（據清鮑廷博《知不足齋叢書》本《洛陽搢紳舊聞記》卷一）

〔一〕據張宗祥《説郛校勘記》，休寧汪季清家藏明抄殘本此篇題《梁祖優待儒臣》。

〔二〕很　《四庫全書》本、《舊五代史考異》卷一及《五代史記注》卷一引《洛陽搢紳舊聞紀》作「狠」，義同。

〔三〕聽　《説郛》卷五一、《四庫》本作「廳」。下同。聽，同「廳」。

〔四〕見　《五代史記注》作「現」。見，「現」之古字。

〔五〕未見間　《説郛》「間」作「適」，屬下讀。《四庫》本作「未幾忽」，「忽」字亦下讀。

〔六〕欲告歸　《四庫》本作「告欲歸」，爲叙述語。

〔七〕骰子　《説郛》上有「盆」字。

〔八〕擲　《説郛》作「擲數十擲」。

〔九〕擲之　《説郛》上多「遂」字，下多「視之」二字。

〔一〇〕乃連聲命屈秀才荀鶴爲主客者引入　《説郛》作「乃連聲命：『屈秀才杜荀鶴。』主客者引入」。《四庫》本作「乃連聲命：『邀秀才荀鶴來。』主客者引入」。屈，請也。

〔一一〕無雲雨　《説郛》、《詩話總龜》前集卷三引《洞微志》作「無雲而雨」。

〔一二〕無雲雨　《説郛》作「無雲雨雨」，前一雨字去聲，用如動詞。

〔一三〕朗　《洞微志》作「顯」。

〔一四〕憂其趨進遲緩　「其」字原空闕，《四庫》本補作「其」，今從。《筆記小説大觀》本作「懼」。《説郛》

全句作「趨進遲慢」。

〔一五〕特帳設賓館　《説郛》作「特遇張設賓館」。

〔一六〕徐夤　《説郛》作「徐寅」。按：《唐才子傳》卷一〇、《五代史補》卷二、《直齋書録解題》卷二二、《全唐文》卷八三〇、《登科記考》卷二四均作「寅」，《唐摭言》卷一〇，《徐公鈞磯文集》徐師仁、徐玩序，《全唐詩》卷七〇八乃作「夤」。《唐才子傳校箋》云：「按寅、夤義通，古書多借寅爲夤，當以夤爲是。」今按夜深曰夤，而徐字昭夢，應以「夤」爲是。

〔一七〕古　原作「昔」，當誤，據《四庫》本改。「古」、「覩」押韻。

〔一八〕蕭史　原作「簫史」，《五代史記注》作「蕭史」。按：蕭史見《列仙傳》卷上。據改。

〔一九〕龜鼎　《説郛》無「龜」字。《後漢書》卷七八《宦者列傳序》：「魏武因之，遂遷龜鼎。」李賢注：「龜鼎，國之守器，以諭帝位也。」

〔二〇〕恭翔　即敬翔。敬翔字子振，同州馮翊人，仕梁官至宰相，新舊《五代史》有傳。北宋避趙匡胤祖父趙敬諱，改「敬」爲「恭」。《四庫》本回改作「敬」。

〔二一〕五七十人　《説郛》作「十五七人」，汪季清家藏明抄殘本作「五七十人」（《説郛校勘記》）。

〔二二〕安忍　《説郛》明抄殘本「安」作「殘」。按：《資治通鑑》卷一七五：「徒表安忍之懷。」胡三省注：「忍，殘忍也。安忍，安于爲殘忍之事。」

按：《崇文總目》小説類、《直齋書録解題》小説家類、《宋史・藝文志》傳記類著録張齊賢《洛陽搢紳舊聞記》五卷。《文獻通考・經籍考》小説家類引陳氏（《直齋書録解題》）則作十卷，誤。《遂初堂書目》小説類書名省作《洛陽舊聞》，無卷數及撰人。書今存，載於《知不足齋叢書》、《四庫全書》、《叢書集成初編》（據知不足齋本排印）、《筆記小説大觀》（據知不足齋本）等。據俞鋼整理本《點校説明》（《全宋筆記》第一編第二册）及丁喜霞《〈洛陽搢紳舊聞記〉校注・前言》，存世版本尚有明洪武中張氏刊本、清内府鈔本。各本皆五卷，凡二十一篇，各有標目，前有自序。知不足齋本最佳，乃據吴氏池北草堂校本刻印，前題「宋兵部尚書知青州張齊賢集」，末有南宋理宗紹定元年戊子（一二二八）無名氏校書跋語，而文中多有校語（少數當出自吴氏校），則原出南宋。《四庫》本所出不詳，文字或有不同。書前有乙巳歲（真宗景德二年，一〇〇五）自序，作於營丘（益都縣），知此書乃作者任兵部尚書、知青州、兼青淄濰州安撫使時養病於益都（青州治所）閒所作。

《分門古今類事》卷二〇《爲惡而削門》引《荀鶴惡念》，注出《縉紳舊聞紀》，然與本篇頗異，蓋出别書。今録以備參：「梁太祖爲汴師，頗延接舉人。或有通刺未得見者，雖累月，典謁者必詢其居止，以防非次請召。進士杜荀鶴自九華來，適遇山東用兵，未即見，賓吏乃置之相國寺塔院，凡半載不問。一日，梁祖請客散後，以骰子自擲，意有所卜。百擲無貴彩，怒甚，因戲曰：『我與杜荀鶴卜及第否。』應聲成堂印，大喜，急請杜秀才。杜方沐洗，忽悶絶而仆，久之乃蘇，曰：『我得吉夢。』既見，賦《無雲而雨》詩：『同是乾坤事不同，雨絲飛灑日輪中。若教陰靄都相似，爭表梁王造化功！』大見賞遇，夜飲歘密，遂送名春官。是年成名，裴贄下第八人。吏問當日何夢，杜不敢隱，云：『夢在大殿，一僧曰：「君見梁王，即食禄之來也，不久爲詞臣。苟無惡念，未可量也。」』及梁開國，爲翰林學士，恃舊凌虐，謀殺己所不悦者，未成而疾，涉旬乃卒。末有「此豈非惡念也哉」一句，當是編者委心子宋氏語。

少師佯狂〔一〕

張齊賢　撰

楊少師凝式，正史有傳。博揔〔二〕經籍，能文工書，其筆力健〔三〕，自成一家體。襟量恢廓，居常自負，既不登大用，多佯狂以自穢。時班行潛目之爲楊風子。在洛，多遊僧寺道觀，遇水石松竹清涼幽勝之地，必逍遥暢適，吟詠忘歸。故寺觀牆壁之上，筆跡多滿，僧道等護而寶之。院僧有少師未留題詠之處，必先粉飾其壁，潔其下，俟其至。若入院，見其壁上光潔可愛，即箕踞顧視，似若發狂，引筆揮灑，且吟且書，筆與神會，書其壁盡方罷，略無倦怠之色。遊客覩之，無不歎賞。故馮瀛王次子少嘗於寺壁留題〔四〕曰：「少師真跡滿僧居，祇恐鍾王也不如〔五〕。爲報遠公須愛惜，此書書後更無書。」進士安鴻漸題云：「端溪石硯宣城管，王屋松煙紫兔毫。更得孤卿老書札，人間無此五般高。」

石晉時，張相從恩，自南院宣徽使，官才檢校司徒，權西京留守。到洛城後未久，少師自東京得假往洛陽，夜宿中牟縣。時申未間，飛蝗蔽日，自東京而至。又明日至鄭州，是晚飛蝗小至。次日至〔六〕滎陽，飛蝗亦至滎陽。適有乘傳往洛中者，少師附書并一絶《先次贈洛陽居守張公》，略曰：「押領蝗蟲向洛京〔七〕，合消居守〔八〕遠相迎。」云云。及到洛數日，少師寄詩上張相云：「南院司徒鎮洛京，未經三月政聲成。四方群后皆如此，端坐庸夫見太平。」張公知其貧，贈遺甚厚〔九〕。

楊之居，在府衙西門咫尺，尋常入府，籃輿在前，牽馬在後，少師策杖冠褐，數十步後，徐行隨之，見者笑而不測之，此佯狂之一也。常近冬居，家未挾纊，少師安然不之問。一旦，故舊自西〔一〇〕回，行李甚偉，楊以書訴貧，故舊凌晨來候之，仍於通利店內先寄物中，留紬五十匹、絹百匹，書送於楊，請貨易以略備冬服。少師得紬與絹，紬盡送修行尼寺造襪，施數寺僧尼，絹盡送南禪、大字〔一一〕兩院，請飯僧。宅中骨肉已有寒色，老女使聞施僧，嗟訝有泣者，少師笑而不言。數日〔一二〕，居守知之，召女工輩，依楊宅之家口數，大小悉造綿衣，無闕者，造成送之。少師見送衣至，笑謂宅中曰：「我故知留守公送衣來爾。」此亦不測其心，佯狂之二也。尋常每出，上馬至大門外，前驅者請所訪，楊與一老僕語曰：「今日好向東，遊廣愛寺。」老僕曰：「不如向西，遊石壁寺。」少師舉鞭曰：「且遊廣愛寺。」鞭馬欲東。老僕曰：「且向西，遊石壁寺。」少師徐曰：「且遊石壁寺。」聞者竊笑之。此皆佯狂之事也。

有談歌婦人楊苧羅，善合生〔一三〕雜嘲，辨慧〔一四〕有才思，當時罕與比者。少師以姪女呼之，每令謳唱，言詞捷給，聲韻清楚，真秦青、韓娥之儔也。少師以姪女呼之，蓋念其聰俊〔一五〕也。時僧雲辨能俗講〔一六〕，有文章，敏於應對，若祀〔一七〕祝之辭，隨其名位高下對之，立成千字，皆如宿搆〔一八〕，少師尤重之。雲辨於長壽寺五月講〔一九〕，少師詣講院，與雲辨對坐，歌者在側。忽有大蜘蛛於簷前垂絲而下，正對少師與僧前〔二〇〕。雲辨笑謂歌者曰：「試嘲此蜘蛛，如嘲得著，奉絹五匹〔二一〕。」歌者更不待思慮，應聲嘲之，意全不離蜘蛛，而嘲戲之辭正諷雲辨。少師聞之絶倒，久之大叫曰：「和尚，取絹五匹來！」雲辨且笑，遂以絹五匹奉之。歌者嘲蜘蛛云：「喫得肚罌〔二二〕撑，尋絲繞寺行。空中設羅網，祇待殺衆生。」蓋譏雲辨體肥而肚〔二三〕大故也。雲辨師名圓鑒，後爲左街司録，久之遷化。

少師於西京寺觀壁上書札甚多，人間所收，真跡絶少。其寺觀所書壁，僧道相承保護之。至興國九年，大水湮没，牆壁摧壞，十無一存，可爲惜之！可爲惜之！（據清鮑廷博《知不足齋叢書》本《洛陽搢紳舊聞記》卷一）

〔一〕題下原有小字注「楊公凝式」。

〔二〕揔 《四庫》本作「通」。

〔三〕力健 《四庫》本作「雄健」。

〔四〕故馮瀛王次子少嘗於寺壁留題 《詩話總龜》前集卷四引《洛陽舊聞》作「故馮瀛王次子少吉題壁下」。按：馮道子名吉，《舊五代史》卷一二六《馮道傳》：「其子吉，尤恣狂蕩，道不能制。」《五代史補》卷五：「馮吉，瀛王道之子，能彈琵琶。」《詩總》誤。

〔五〕祇恐鍾王也不如 《皇宋事實類苑》卷六四《馮吉》引《退朝録》作「直恐鍾王亦不如」。

〔六〕至 此字原脱，據《四庫》本補。

〔七〕押領蝗蟲向洛京 《遊宦紀聞》卷一〇作「押引蝗蟲到洛京」。

〔八〕居守 《遊宦紀聞》作「郡守」。按：居守，留守。宋以洛陽爲西京。

〔九〕原校：「按：石晉時至此八行，别本所無。」此校疑爲南宋無名氏所爲。

〔一〇〕西 《四庫》本作「外」。

〔一一〕大字 《筆記小説大觀》本作「大寺」，誤。按：《洛陽名園記·大字寺園》：「大字寺園，唐白樂天舊園也。」

〔一二〕日 原譌作「月」，據《四庫》本、《五代史記注》卷三五引《洛陽搢紳舊聞記》改。

〔一三〕合生 《四庫》本作「合坐」，當譌。按：《夷堅支乙》卷五《合生詩詞》：「江浙間路岐伶女，有慧黠知文墨，能於席上指物題詠應命輒成者，謂之合生。其滑稽含玩諷者，謂之喬合生。」

〔一四〕辨慧　《詩總》前集卷三六引《洛陽舊聞》作「朝办言」，周本淳依清抄本改作「能辨言」。

〔一五〕念其聰俊　《詩總》作「怜其聰彗」，「彗」通「慧」。

〔一六〕能俗講　《詩總》作「能講經」。

〔一七〕祀　《四庫》本作「紀」。

〔一八〕立成千字皆如宿搆　《詩總》作「三十字如宿思」，「三十」當爲「千」字之譌。「立成千字」《四庫》本作「立就千言」。

〔一九〕長壽寺五月講　《詩總》作「長壽年五月」，誤。周本淳依明抄本、繆（繆荃孫）校本改作「長壽二年五月」，亦誤。五代宋無長壽年號。

〔二〇〕正對少師與僧前　「與」字原作「於」，原校：「此句有脱字。」按：《詩總》、《四庫》本「於」均作「與」，據改，非有脱字。

〔二一〕五匹　原作「兩匹」，《詩總》、《五代史記注》作「五匹」（《詩總》誤爲少師語）。按：下文皆作「五匹」，據改。

〔二二〕䥯　《詩總》作「䥯」。《廣雅·釋器》：「䥯，謂之鈁。」

〔二三〕肚　《四庫》本作「壯」。

襄陽事

張齊賢 撰

張從恩相公，晉祖時爲宣徽南院使。時鎮州安重榮叛，晉祖將征之，行有日矣。張相中夜思之，若聖駕北征，安王從進在襄陽，已有跋扈之狀，恐朝廷無備。來日，朝退求見，遂以襄州爲請，且曰：「安從進若乘虚來襲京師，即陛下何以爲備？」晉祖曰：「卿未知爾，今已命高行周爲招討，用卿爲都監，仍命高勳、焦繼勳等數人備指使。」張聞晉祖言已有備，正與己意合，且上命已護其師旅，不敢辭讓，因陳請數事，皆允之。先發騎將郭金海部領三千餘騎，往唐州駐泊，焦繼勳等數人亦同是行。

晉祖纔發京師，襄陽安從進遂〔一〕叛，謂朝廷無備，欲乘虚掩襲，遂選精騎南下〔二〕。焦繼勳等知從進已叛，即飛表聞于行在，張相、渤海公亦繼發。從進與郭相遇於花山。金海蕃將，善用槍，時罕與敵，拳勇過人，喜戰鬭，欲立奇功。兩陣相去數里。從進素管騎兵，金海久在麾下，安亦待之素厚。從進乃躍馬引數百騎乘高，去晉陣百步〔三〕，厲聲叫郭金海。金海獨鞭馬出于陣數十步，免冑側身，高聲自稱曰金海。從進又前行數十步，勞之曰：「金海安否？我素待你厚，略不知恩，今日敢來待〔四〕共我相殺。」金海應聲荅曰：

「官家好看大王，負大王甚事，大王今日反？ 金海舊事大王，乞與大王一箭地，大王迴去。若不去，喫取金海槍。」言訖，援槍鞭馬，疾趨其陣，高勳亦繼進〔五〕。從進懼，躍馬而退〔六〕，師遂相接，大爲金海所破，焦繼勳押陣〔七〕。奏到，晉祖大喜，賞賜有差。從進自此喪氣，嬰城自固，王師爲連城重塹以守之。

月餘，王師攻城，城上矢下如雨，王師被傷者衆。是日，金海爲飛矢集身，扶傷歸營。明日，從進用計汚金海，欲使朝廷疑之，以金鉼貯酒，金合盛藥，以索懸之，城上呼郭金海。金海知之，力疾扶創而往。城上勞金海曰：「大王知你中箭創甚，賜你金鉼金合，酒與風藥。」金海蕃人，目不知書，惟利是貪，取鉼與合歸營，且不聞于元戎。元戎等疑之，乃馳驛奏。晉祖念花山之功，不加罪。城下，就除金州團練，併其兵放〔八〕他部。金海之任，居常悒悒不樂，至於捐館，惜哉！ 焦繼勳，我太祖幸洛之歲，降麻授相州節鉞而終。高勳陷北虜，用爲幽州節度使，母在京洛陽福善里，太祖常厚賜慰安之。高後欲歸，不知其終。（據清鮑廷博《知不足齋叢書》本《洛陽搢紳舊聞記》卷一）

〔一〕遂　《四庫》本作「果」。

〔二〕南下　襄陽在開封南，當爲北上，疑「南下」有誤。

〔三〕百步　《舊五代史》卷九四《郭金海傳》注引《洛陽縉紳舊聞記》作「數百步」。

〔四〕待　《舊五代史》注無此字。

〔五〕高勳亦繼進　「高勳」原作「繼勳」，《四庫》本作「高勳」。按：下文云「焦繼勳押陣」，則繼進者爲高勳，據《四庫》本改。《舊五代史》注無此句。

〔六〕退　《舊五代史》注作「進」。

〔七〕大爲金海所破焦繼勳押陣　《舊五代史》注作「大爲金海、焦繼勳摧敗」。

〔八〕放　《舊五代史》注作「于」。按：「于」同「於」，「於」、「放」形似。《舊五代史考異》卷三《郭金海傳》引《洛陽縉紳舊聞記》作「放」。

陶副車求薦見忌

張齊賢　撰

陶晟，虢州人。少讀書業文，尤長於詩。五十餘，恥無成，遂求隸虢之右職，相次爲步使。虢，陝之屬郡，使府藉其才幹，召置陝城。久之，會晉末戎虜犯中夏，侯章、趙暉俱爲奉國指揮使〔一〕，在陝，王晏爲都頭。戎將令〔二〕至陝驛，侯章等隨虜帥就驛候之，虜命蕃將鎮陝。一旦，有蕃使〔三〕見侯章衣新褐毛衫，繫金度銅束帶，虜人使〔四〕再三視侯，與虜胡語〔五〕，往來甚久。蕃帥臨上馬，命譯〔六〕語者謂章曰：「天使要指揮身上毛衫與束帶。」逼之甚急，侯不獲已與之，假他人衣與帶而歸。

三人同行。章在澗南，遂召王晏與趙暉來澗南營内，取酒同飲。既而侯章曰：「安有身爲指揮使，著一領毛衫，繫一條銅束帶，作主不得，就身上奪却！」憤惋久之。趙暉亦怒，獨王晏無言。將散，晏謂侯章、趙暉曰：「今世亂，我輩衣與束帶閒事，將來未知死所爾。」侯與趙曰：「如何？」王晏曰：「到〔七〕恁田地，藉箇甚！今夜領一二三十人，入驛斫取蕃使頭，因便入衙，殺了蕃王所差使長。得則固守，不得則將家屬，掠金帛，入河東，投奔劉大王。」劉大王即漢高祖也。侯初怯不應，趙暉然之，晏熟視侯章久之而去。

是夜，獨王晏、趙暉率死士數十人，入驛斬戎使，盡取財物以歸。乃踰垣入衙，殺蕃酋，遂據其城。王晏領甲騎數百人詣澗南，欲殺侯章，章惶懼，拜於馬前，釋之，令上馬。推趙暉爲首，侯章、王晏爲都監巡檢，差陶公與趙暉之子延進，同齎表奏漢祖勸進焉。漢祖大喜，因次第酬之。後漢祖知晏功，三人皆節使，備在正史。

陶公遂委質事漢祖，及王師南舉，命爲開道〔八〕使。高祖即天位，陶使人來求趙暉、侯章等奏舉，朝廷不得已，遂授公虢州刺史。然執政者由是側目矣。罷郡，處之環衛，後出爲蕃方副車軍司馬焉，終於荆州副使知州事。公能詩，與宮師王相溥善，常有詩往來屬和。翰林承旨陶公穀叔事之，自前延安軍司馬授華州行軍，陶翰林爲序，親書以送之。《送從叔赴華下序》略曰：「聖上即位之三年〔九〕，命前延安軍司馬，參戎閫於華下，綏舊俗也。踐華、寧、秦之境，遠皇猷者，五十有九年矣。自昭宗東遷，歲在甲子，至聖朝壬戌歲，五十有九年矣。庚子山詩云：「秦華二境閒，皇猷遠南夏。」比已亡〔一〇〕失數句。赤驥嘶風而可仰，玉蟾耀彩以如晝。潛編嘉作，別俟知音。攀琪樹而笑天風，鼎遷《周頌》；控文鰩而飛〔一一〕赤水，幅裂《韓詩》。」辭多不載。公晚年知進士張翼能詩，召置門下，厚待之。嘗曰：「七言詩，我不如翼；五言詩，翼不如我。」陶公詩有「河經蕃地濁〔一二〕，山到漢家青。」又在環衛時詩：「擬拋丹禁去，試著白衣看。」有集，陶翰長爲之序。張翼嘗投詩兩軸於宮師王相溥，王相以詩謝云：「清河詩客本賢良，惠我新吟六十章。格調宛同羅給事，功夫深似賈司倉。登山始覺天高廣，到海方知浪渺茫。好去蟾宮是歸路，明年應折桂枝香。」

陶以副車別駕權莅蕃閫者久之，所至稱治，不苛不擾，律身省事而已。在政無赫赫之稱，罷任日民皆攀轅遮留，泣涕塞路，前驅鞭撻之然後進。既遭逢漢祖，始用爲開道使。以其讀書多學，有木秀之忌，一求薦於三帥，過亦輕矣。授一刺史，二年而罷，竟以散秩坎軻終身，亦命夫！時俗謂之求關節、履捷逕以致身者，得爲深誡乎？仲尼曰：「富而可求，雖執鞭之士，吾亦爲之。」聖人之旨，明富不可妄求，況貴位乎！子元鼎，有文章，擢進士第。烏乎！今不幸而殂矣。（據清鮑廷博《知不足齋叢書》本《洛陽搢紳舊聞記》卷一）

〔一〕奉國指揮使　「奉」字原脱，據《五代史記》注卷一〇上引《洛陽搢紳舊聞記》補。按：《舊五代史》卷九九《漢高祖紀上》：「（天福十二年正月）陝府屯駐奉國指揮使趙暉、侯章，都頭王晏，殺契丹監軍及副使劉愿，暉自稱留後。」《四庫》本作「匡」，蓋妄補。

〔二〕令　《四庫》本作「適」。

〔三〕虜命蕃將鎮陝一旦有蕃使　《四庫》本作「會有番使自北來，偕赴驛館」。

〔四〕虜人使　原校：「（人使）一作使人」。《五代史記》注作「使人」。《四庫》本作「使者」。

〔五〕與虜胡語　《五代史記》注「胡」作「蕃」，《四庫》本此四字作「與帥欵語」，皆清人避嫌改。

〔六〕譯　原譌作「驛」，據《五代史記》注、《四庫》本改。

〔七〕到　俞鋼整理本云明洪武張氏刊本作「獨」。

〔八〕道　《五代史記》注作「導」，下同。

〔九〕聖上即位之三年　《四庫》本「三」作「五」。按：聖上即位之三年指宋太祖建隆三年。此年壬戌歲。昭宗甲子歲東遷，即天祐元年。自天祐元年（九〇四）至建隆三年（九六二），首尾正五十九年，《四庫》本誤。

〔一〇〕亡　《四庫》本作「忘」。

〔一一〕飛　《四庫》本作「遊」。

〔一二〕濁　《四庫》本作「遠」，當爲館臣避嫌所改。

泰和蘇揆父鬼靈

張齊賢 撰

蘇揆，濮州人也。業進士，太宗皇帝御試第二等及第，由廷尉平知吉州泰和縣。揆父歿十數年矣。有吉州衙將押綱上京迴，行次黄梅縣，宿於逆旅中。昏晚後，忽有一老人，皁衣，裹短脚幞頭，策一驢，引一僮，可十六七〔一〕，來逆旅中。逡巡，於房中出揖吉州衙將，與之坐。因語及泰和看親識，吉州將詢之曰：「某吉州人，繫職州衙，自京迴，今往本州，與老父作伴同去，可乎？」且言：「泰和之親識何人也？」老父曰：「某姓蘇，有男名揆，叨忝登第，在泰和知縣。暫去相看伊，彼〔二〕更無别親識。」州將曰：「泰和知縣，今本州通判同年也，通判即向相敏中爾。某幸得伏事。某因便願送老父至泰和，望知縣處略言某姓字。」老人許諾。是夕，州將命酒，同飲十數盞，老人甚喜。

明日同行，沿路州將買食同飡，老人亦不辭讓。同過渡至江州，老人沽酒，請州將同飲，始〔三〕款狎無間然矣。至洪州同宿。明日將行，老父謂州將曰：「某比約與公同往泰和，夜來思之，男已忝京寮知縣，某行李如是，託你先到泰和報兒子，製新衣，借僕馬，來沿路相接。」吉之州將然其所託，曰：「即告辭先行。」至家，未敢詣州公參，先往泰和報知縣。

轉榜子參，蘇揆出，州將拜起頗恭，且曰：「自黄梅與員外尊長同來，比約同至縣。及宿洪州之明日，員外尊父忽令某先來報員外，請製新衣，借僕馬，來沿路等接。」揆聞，未之信，且曰：「先父殁十餘歲，莫悮否？」州將曰：「自黄梅同途來，同飲食，備説員外任泰和，特來相看不虚。」蘇問其年顔身形，無一二矣。又問繫裹衫衣，無一二矣。揆降陛，望鄉大哭者久之。徐謂州將曰：「揆父殁時，年顔繫裹衣衫無小異。」言訖又慟哭。遂製新衣，畫僕馬，焚之。後數年，揆亦理殂〔四〕。即〔五〕老父所乘驢與僕，何物也？與之語言，人也，飲食，人也，物假爲之耶？鬼耶？神耶？時向相任吉州通判，余爲轉運使，備詳其事而書之，豈語怪之嫌乎？（據清鮑廷博《知不足齋叢書》本《洛陽搢紳舊聞記》卷一）

〔一〕可十六七　《四庫》本作「年可六七十」，明張氏刊本作「可六七十」。按：十六七指僮，六七十指老人。

〔二〕彼　《四庫》本作「他」。

〔三〕始　《四庫》本作「如」。

〔四〕理殂　《四庫》本無「理」字。

〔五〕即　張氏刊本作「則」，《四庫》本作「試思」。

齊王張令公外傳

張齊賢 撰

齊王諱全義，《五代史》有傳。今之所書，蓋史傳之外見聞遺事爾。王濮州人，嘗在巢軍中，知其必敗，遂飜身歸國，唐授王澤州刺史。初過三城，謁節度使諸葛爽。爽有人倫之鑒，覩王之狀貌，待之殊厚，贈且多。臨辭謂王曰：「他時名位在某之上，勉之。」爽既殁，王漸貴，追思疇昔見知之恩未嘗報，乃圖其形像於其私第，日焚香供養之。每晨朝於影前捻香訖，方出視事，未嘗小怠，至於終身，其感恩不背本也如是。

在澤未久，移授洛州刺史。時洛城兵亂之餘，縣邑荒廢，悉爲榛莽，白骨蔽野，外絶居人，洛城之中悉遭焚毁。初，巢、蔡繼亂，乃築三小州城，保聚居民，以防寇盜。及罕之等爭奪，但遺餘堵而已。初至洛，率麾下百餘人，與州中〔一〕所存者僅百户，共保中州一城，洛陽至今尚存南州、中州之號。王招懷完葺，五七年間，漸復都城之壯觀，正居守之位焉。王本傳云「洛城之中，户不滿百」，又唐鴻撰王行狀云「於瓦礫丘〔二〕墟之内，化出都城」是也。今正史云：「京城内有南州、北州，蓋光啓中張全義築。至明宗天成中，詔許人請財填築。」言光啓中築，乃王再葺而已，非始築也。其城壕〔三〕今尚遺跡焉。余少時親聞舊老所説云：「巢、蔡亂罹之後，洛陽苑牆中松柏甚多。至秦王修築都城及裏外橋，多聚側近御苑廢宫之松柏用之。」聖朝歲，洛陽大水，諸城門悉摧壞，余親見厚載、長夏等門，堆積材木，視之多柏木。及洛中枡毁行修寺木橋，以土實之，橋即故南州西壕上之橋也，得其木皆柏木，即舊老之言可驗矣。

王始至洛，於麾下百人中，選可使者一十八人，命之曰屯將，每人給旗一口，榜一道，於舊十八縣中令招農户，令自耕種，流民漸歸。王於百人中又選可使者十八人，命之曰屯副，民之來者綏撫之，除殺人者死，餘但加杖而已。無重刑，無租税，流民之歸漸衆。王又麾下選書計一十八人，命之曰屯判官。不一二年，十八屯申〔四〕每屯户至數千。王命農隙每選丁夫，教以弓矢槍劍，爲起坐進退之法。行之一二年，每屯增户，大者六七千，次者四千，下之三二千，共得丁夫閑弓矢槍劍者二萬餘人。有賊盗即時擒捕之。關市人賦，殆於無藉〔五〕，刑寬事簡，遠近歸之如市。五年之内，號爲富庶，於是奏每縣除令簿主之。所謂亂後易治乎？王之〔六〕得簡易之道乎？户既多，丁亦衆，餘時則教習之。

時李罕之在河陽，罕之姦賊也，嘗破北山之摩雲寨，當時號爲李摩雲，亦嘗置寨於洛城中，至今民呼其寨地爲李摩雲寨，寨之西號寨西市。是時罕之鎮三城，知王專以教民耕織爲務，常宣言於衆曰：「田舍翁何足憚！」王聞之，蔑如也。每飛尺書於王，求軍食及縑帛，王曰：「李太傅所要，不得不奉之。」左右及賓席咸以爲不可與，王曰：「第與之。」似若畏之者，左右不之曉。罕之謂王畏己，不設備。因罕之舉兵收懷、澤，王乃密召屯兵，潛師夜發，遲明入三城。罕之顧無歸路，遂逃遁投河東，朝廷即授王兼鎮三城。

時以正西京留守之任，每喜民力耕織者。某家今年蠶麥善，去都城一舍之内，必馬足及之，悉召其家老幼，親慰勞之，賜以酒食茶綵，丈夫遺之布袴，婦人裙衫。時民間上衣青，婦人皆青絹爲之。取其新麥新繭觀之，對之喜動顔色。民間有竊言者曰：「大王好〔七〕聲妓，等閒不笑，惟見好蠶麥即笑爾。」其真朴皆此類。每觀秋稼，見好田田中無草者，必於田邊下馬，命賓客觀之，召田主慰勞之，賜之衣物。若見禾中有草，地耕不熟，立召田主，集衆決責之。若苗荒地生，詰之，民訴以牛疲或闕人耕鋤，則田邊下馬，立召其鄰仵〔八〕責之曰：「此少人牛，何不衆助之？」鄰仵皆伏罪，即赦之。自是，洛陽之民無遠近，民之少牛者，相率助之，少人者亦然。田夫田婦相勸，以力耕桑爲務。是以家家有蓄積，水旱無飢民。

王在洛四十餘年，累官至守太尉、中書令，封魏王，徙封齊王。昭宗遷洛，郊廟行事，差官攝太尉。時朝中有識者揚言曰：「太尉重官，歷朝多闕，所以差攝。今齊王官守太尉，何差攝之有？」王誠信，每水旱祈祭，必具湯沐，素食別寢，精潔至祠祭所，儼然若對至尊，容如不足。晴〔九〕旱祈禱未雨，左右必曰：「王可開塔。」即無畏師塔也，塔在龍門廣化寺。王即依言而開塔，拜訖，王祝曰：「今少雨，恐傷苗稼，和尚慈悲，告佛降雨。」如是未嘗不澍雨，故當時俚諺云：「王禱雨，買雨具〔一〇〕。」無畏之神耶？齊王之潔誠耶？

齊王在巢軍先歸唐，授澤州刺史。梁祖後歸唐，授同州刺史，自後與梁祖互爲中書令、尚書令。及梁祖兼四鎮也，齊王累表讓兼鎮，蓋潛識梁祖姦雄，避其權位，欲圖自全之計爾。梁祖經營霸業，外則干戈屢動，内則帑庾多虚，齊王悉心盡力，傾竭財資助之。及北喪師，梁祖猜忌王，慮爲後患，前後欲殺之者數四，雖夫人儲氏面訐梁祖獲免〔一一〕，亦由齊王忠直無貳，有勳名於天下，不能傾動之故也。梁祖遂以子福王納齊王之女爲親，以故雖盡力於梁祖，而武皇、莊宗常切齒於齊王矣。及莊宗滅梁，齊王上表待罪，莊宗降詔釋之。召見〔一二〕，大喜，開懷慰納，若見平生故人，盡魚水之情焉。與論當世之務，皆出莊宗功臣意表，恨得齊王之晚。其識略德望，動人主也如此。因再上表，叙述屢爲朱梁窺圖，偶脱虎口，逼爲親，且非素志，乞雪。表數句云：「伏念臣曾〔一三〕棲惡木，曾飲盜泉，實有瑕玼，未蒙昭雪鴻辭也。」復下詔雪之。令劉皇后入齊王居第省之，劉后堅求拜齊王與夫人儲氏，齊王避不敢見。劉后歸内奏之，且言少失父母，願拜齊王并儲氏爲義父母，莊宗許之。齊王累表辭讓，不得已而受之。莊宗令翰林學士禮院，草定皇后與齊王儲氏爲義父母相見及往來牋書儀注焉，此乃從古所無之事也。

桑中令維翰，父拱〔一四〕，爲河南府客將。桑魏公將應舉，父乘閒告王曰：「某男粗有文性，今被同人相率欲取解，俟王旨。」齊王曰：「有男應舉好事，將卷軸來，可教秀才來。」桑相之父趨下再拜。既歸，令子侵早投書啓，獻文字數軸。王令：「請桑秀才。」父教之趨階，王曰：「不可，既應舉，便是貢士，可歸客司。」謂魏公父曰：「他道路不同，莫管他。」終以客禮見之。王一見甚奇之，禮遇頗厚。是年，王力言於當時儒臣，且推薦之，由是擢上第。至晉高祖有天下，桑魏公在位，奏曰：「洛陽齊王生祠未有額，乞賜號忠肅。」可之。廟敕已下，會朝廷有故，遂中輟之。上御歷，知齊王於唐末有大功，洛民受賜者四十年，比夫甘棠墮淚，宜昭祀典，詔有司復以「忠肅」額之焉。其德政碑樓，俾再完葺。是知大勳重德，必有昭感，何没於唐而顯於宋，使今明天子復新其祠廟！則王之功，雖千載之後，其不朽矣。（據清鮑廷博《知不足齋叢書》本《洛陽搢紳舊聞記》卷二）

〔一〕州中　原校：「一作中州。」

〔二〕丘　原作「邱」，乃清避孔丘諱改，今回改。

〔三〕壕　《五代史記注》卷四五引《洛陽搢紳舊聞記》作「濠」，下同，《四庫》本下字作「濠」。壕、濠義同，護城河也。

〔四〕申　《四庫》本、《五代史記注》作「中」。《舊五代史》卷六三《唐書·張全義傳》引《舊五代史考異》引《齊王外傳》作「申」。申，申報也。

〔五〕殆於無藉　《舊五代史考異》卷二《唐書·張全義傳》引《齊王外傳》作「幾于無籍」。藉，通「籍」。

〔六〕王之　《四庫》本作「抑王」。

〔七〕好　《舊五代史考異》卷二《唐書·張全義傳》引《洛陽搢紳舊聞記》作「見好」。

〔八〕鄰仵　《四庫》本「仵」作「伍」，下同。仵，通「伍」。

〔九〕晴　《舊五代史考異》作「遇」。

〔一〇〕買雨具　《四庫》本作「即雨其」，誤。

〔一一〕雖夫人儲氏面訐梁祖獲免　「雖」《四庫》本作「賴」，《舊五代史考異》卷二引《齊王外傳》無此字。「訐」《舊五代史考異》作「請」。

〔一二〕召見　《四庫》本前有「後」字，《舊五代史·張全義傳》注引《洛陽搢紳舊聞記》作「及」。

〔一三〕曾　《舊五代史》卷三〇《唐書·莊宗紀》注引《洛陽縉紳舊聞記》作「誤」。《舊五代史考異》卷二引《齊王外傳》作「曾」。

〔一四〕拱　《五代史記注》卷二九引《洛陽搢紳舊聞記》作「珙」。按：《舊五代史》卷八九《桑維翰傳》作「拱」。

李少師賢妻

張齊賢　撰

太子少師李公諱肅，國史有傳。唐末，西京留守齊王貴盛，兼鎮河陽，李公自雍之梁，齊王見之，愛其俊異，以女妻之，即賢懿夫人所生，王之適也。數歲而亡，又以他姬所生之女妻之。雖非賢懿所出，以其聰敏多技藝，齊王與賢懿憐惜之，過於其姊〔一〕。音樂女工，無不臻妙，知書，美容止，迨神仙中人也。性賢明，有禮節，自幼至老無惰容。夫貴，封清河郡夫人。治家甚嚴，大富〔二〕，姬僕且衆，與夫别院。李公院姬妾數十人，夫人亦數十人，潛令伺夫院中，知姬妾稍違夫指顧，則召而撻之，擇美少者代之。每夫生日，必先畜女童曉音律者，盛飾珠翠綺繡，因捧觴祝壽，并服玩物同獻之。或辭以婢妾衆多，即復擇其常者歸己院焉，執事稍久嫁之。夫入朝將歸，具裙帔候之於中堂之側，令小蒼頭探之。既接見，如賓禮。夫若困倦，一見便退。歸如相見稍從容，令動樂迎引歸夫人院，備果酒時新物，語及前代事。夫〔三〕愛而憚之，未嘗敢失色於前。

李公嘗將命制置安邑、解縣兩池鹽利，既至，值戍卒竊發爲亂，公乘機許以正庫錢十餘萬貫，止罪其元惡者，亂兵由是散去，戮其同惡數十人，人心頓安。當時用事一人，素與公通家，求洛中一櫻桃園不得〔四〕，因而有隙，常欲中傷之。因是密上言曰：「李某擅興〔五〕盜用官庫物以買名，欲求不次之賞。」於是乃命臺官就鞫之，獄甚急，垂餌虎口爾。夫人聞之，乘步輦直詣朝門，俟執權者出，趨拜於路側。須臾，叩馬聲甚厲，且訴且泣，援引今古寵辱禍福成敗可驗者數事，哀怨悽苦，左右聞者感動之。時當路者慚悔甚，即回馬入朝，非時請對，曲爲論雪之。且言：「有妻張氏，即齊王之女，詣臣馬前號訴〔六〕。」時主聞之，駭愕曰：「如是賢夫人乎！」即命馳驛出之，李公由是免禍。

至晉朝，北戎降王東丹非命而死，北虜已知之。李公受命護東丹喪柩，送歸北虜。既歸私第，憂沮不知其計，止於外廳，獨坐久之。夫人訝夫如是，命侍人請之。既入，夫人謂李公曰：「有不稱意差使乎？」夫默然泣下曰：「某已老，男女小。」又涕泣哽咽。未及再言，夫人曰：「得無使絶域乎？若然，不當效兒女輩啼泣也。」李公收涕曰：「今奉命北使，送東丹喪，東丹朝廷密害之，北虜已知之矣。某不憚遠役，去必不還矣。」夫人曰：「不然，爲君計者，戎虜貪利，某房内珠金等，可得數十萬，盡以送行，厚賂其戎王左右，及獻虜主〔七〕，萬全必歸〔八〕。非惟速歸，兼恐厚得回禮。」李公如其言，到蕃國賂其左右，盡其所有爲私禮。戎虜君臣果大喜，命速遣公迴，賜名馬百餘匹，別賜駞百餘匹〔九〕，衣服器皿稱是。復命，不敢留，悉進之。由是遷官，賜賚甚厚，夫人之力也。

先是，趙思綰在永興時，使主赴闕，思綰主藍田副鎮，有罪已發。李公時爲環衛將，兼雍、耀、三白渠使，雍、耀莊宅使，節度副使，權軍府事。護身〔一〇〕脱之，來謝於李公。公歸宅，夫人詰之曰：「趙思綰庸賤人，公何與免其過？既來謝，又何必見之乎？」曰：「某比不言，今夫人問，須言之。此思綰者雖賤類，審觀其狀貌，真亂臣賊子。恨未有眹跡〔一一〕，不能除去之故也。」夫人曰：「既不能除去，何妨以小惠啖之，無使銜怨。」自後夫人密遣人，令思綰之妻來參，厚以衣物賜之，前後與錢物甚多。及漢朝，公以上將軍告老歸雍。未久，思綰過雍〔一二〕，遂閉門據雍城叛。衣冠之族遭塗炭者衆，公全家免禍。終以計勸思綰納款，遂拔雍城。

周祖素知公名，與之歸闕，旋〔一三〕改官，致仕於洛，亦夫人之力也。且婦人之悋財與妒忌，悉常態也。以不妒忌疎財者，皆難事。況非治世叩馬面數權貴，推陳古昔傾陷良善，禍不旋踵報應之驗，雖大丈夫負膽氣輕生者，亦憚爲之，況婦人女子者歟？不獨雪夫罪，而能免全家之禍，則昔之舉案〔一四〕如賓者，何人哉！不其賢乎？不其賢乎？與夫飾粉黛〔一五〕，弄眉首〔一六〕，蠱惑其金夫，竊魚軒之貴者，豈同日而道哉！夫人事跡，可爲女訓母儀者甚多。余眼昏足重，心力減耗，聊舉其殊尤者紀之於篇，俾其令名，千載之後不磨耳。余客於李公門下且久，故聞其事甚詳。（據清鮑廷博《知不足齋叢書》本《洛陽搢紳舊聞記》卷二）

〔一〕姊 《説郛》作「娣」。

〔二〕大富 《四庫》本作「府中」。

〔三〕夫 《説郛》作「人」。

〔四〕得　原校：「一作與。」按：《説郛》、《四庫》本並作「與」。
〔五〕興　《説郛》、《四庫》本作「自」。
〔六〕訴　原譌作「訢」，據《説郛》、《四庫》本、《五代史記注》卷四五引《洛陽搢紳舊聞記》改。
〔七〕及獻虜主　「獻」下原有「馬」字，據《説郛》删。《四庫》本此句作「餘悉以進獻虜主」。
〔八〕萬全必歸　《説郛》明抄殘本「全」作「金」。《四庫》本作「必獲萬全」。
〔九〕别賜馳百餘匹　《説郛》作「别賜駝馬百餘頭」，「馬」字衍。
〔一〇〕身　《説郛》、《舊五代史》卷一〇九《趙思綰傳》之《舊五代史考異》引《洛陽搢紳舊聞記》作「而」。《考異》清面水層軒鈔本卷四作「身」。
〔一一〕恨未有眹跡　原校：「《説郛》云『恨位下』。」眹跡，「眹」通「朕」。《四庫》本作「踪跡」。
〔一二〕思綰過雍　原無「過雍」二字，《説郛》、《舊五代史考異》、《五代史記注》有。原校：「（過雍）二字據《説郛》增入。」
〔一三〕旋　此字原無，據《説郛》補。
〔一四〕舉案　《説郛》下多「齊眉」二字。
〔一五〕與夫飾粉黛　「與」《説郛》明抄殘本作「且」。「粉」《説郛》作「粧」。
〔一六〕首　《説郛》明抄殘本作「目」。

虔州記異

張齊賢 撰

余在江南掌轉輸之明年，虔州有賊劉法定，房眷兄弟八人，皆有身手，善弓弩。法定爲盜魁，其徒且百數，州郡患之。以聞太宗皇帝，命兩路都巡檢使併力除之，其徒因散去。時翟美東路巡檢，石義西路巡檢。官軍爲法定黨傷殺者亦衆。余求得法定鄉人徐滿者，少與之狎。徐滿壯健多力，日行數百里，嘗爲散從官，以過歸鄉役。余遣滿招之，赦其罪，許酬以廂鎮之務。不踰月滿至，法定兄弟八人投牒，束身歸命，以求自雪。再遣滿齎書〔一〕委曲安慰之，期以旬日，先令詣虔州出頭，如約而至。時同巡檢殿直康懷琪，少年果敢，恥久不能擒法定昆季之一人，轉運以片幅招之，悉來首罪，與知州尹玘、通判李宿謀盡殺之，獨護戎韓景祐〔二〕不之許。懷琪密與尹玘飛章以聞，且言：「此賊兄弟膽勇過人，舊黨散潛山谷，忽有水旱之災，嘯聚凶輩，必爲州郡患，乞酷法殺之。」朝廷可其奏，法定兄弟八人活釘於市。數日，懷琪過之，法定等俱厲聲大駡曰：「官中招出我，轉運使許我以不死，康懷琪與知州密計中我，使我兄弟同遭非命，地府下必訴爾，終不捨爾罪。」懷琪怒，命左右以鐵鎚碎其手足，由是八人頃刻而死，棄尸野外。

余未半歲，自京奏公事迴，泝流至虔州，懷琪乘舟三十許里相接，覩揖之際，連拜數十，但云：「某罪過。」余自暫離洪州來上京，却歸江南，往復僅四五箇月，固未知法定之死，聞懷琪稱罪懇切，甚訝之，徐謂曰：「且就坐。適再三稱罪過者何？」懷琪又起，面若死灰，且戰且懼，惟言「某罪過」。覩之愈驚疑，未測何故也，遂荅以他事。無何，郡長與州從事皆至，促船夫疾牽至州部。到驛，諸官悉散去。余未及解帶，懷琪獨候謁。未及與接談，又再三言「某罪過」，似有所依憑。及去，召驛吏及州之走使輩詰之，皆曰：「巡檢尋常不如此，得非爲劉法定兄弟冤魂所使爾？不然，何恐懼稱罪之若是？」因問法定等今何在，遂以懷琪所謀事對，余亦憫然嗟歎者久之。

余在虔州數日，欲往大庾縣數處勾當。當申酉閒，郡長與康俱在坐，余告以起發之由，且請諸公不得出門。俟昏晚上馬，尹公等送至城門，獨懷琪先辭而退。余門外俟關鎖訖，上馬南去。行三十許里，聞奔馬者相逼，命左右偵之，則曰：「康巡檢。」逡巡懷琪至，因詰之：「適先已辭退，今遠來何也？」曰：「欲相送至大庾縣。」遂與偕行。明日，至大庾縣驛，驛〔三〕廳東西各有一房，余居於左，康處於右。日晚，命之同食，起行數百步，辭氣如平常時，亦無他言。逼暮，聲喏而退。余亦困倦，遂解衣而就枕。恍惚若夢中，有故人物故已十餘年矣，再三告辭，涕淚戀戀然，倏忽而遂不之見，覺而異之。忽聞人呼余左右者，其聲頗急。余驚起問之，即懷琪之虞候爾，曰：「巡檢暴得疾，苦〔四〕辭欲去。」余急趨至康所，即抱膝呻吟云：「脛痛欲裂。」已令具小舟，須順流歸虔州求醫。須臾，數人扶翼詣船，余策杖隨之。康回顧，悽咽而別，與余夢中告辭者相類。又數日，余乘舟離大庾，及到虔州，疾問巡檢安否，即曰：「殂再宿矣。」

未久，韓供奉景祐至，具言懷琪未死間，頭髻如壯夫向後摺之狀，頤頷上指，而髻在項上，喘息甚麤，須得三兩人用力從後推其首，才能舉之。口中唯云「罪過罪過」。湯飲至口，如有人揮掣之狀，悉覆于地，雖甚飢渴，但虚器而退。除稱罪之外，至死無他言。不踰年，尹玘亦殂。通判李宿本不同其謀，但隨而署字，後亦以患心疾，不得親民掌闤市賦于外，迨不爲完人矣。

異夫！法定等本以殺人攻剽爲事，戕人且衆，爲罪亦已深矣。一爲首罪而出，復遭非理而死，尚有靈若是，而況殺不辜者乎？異而書之，垂誡於世。韓景祐知書有識，今累度〔五〕國家委任，備書此事以示之。（據清鮑廷博《知不足齋叢書》本《洛陽搢紳舊聞記》卷二）

〔一〕書　此字原脱，據《四庫》本補。

〔二〕韓景祐　「景」原作「宗」。原校：「後凡兩見，俱作景祐，未知孰是。按別本前後俱作宗祐。」按：

《宋史·真宗紀》：至道三年（九九七）八月，「西川廣武卒劉旴逐巡檢使韓景祐，掠蜀、漢等州」。《盤洲文集》卷四三《討論環衛官札子》：「天禧元年（一〇一七）……詔以……染院使韓景祐爲右監門衛將軍，供備庫使。」虔州事在張齊賢爲江南轉運使之明年，即太平興國七年（九八二），時韓爲虔州護戎（即兵馬監押），時代相及，疑即此人，今改。

〔三〕驛　原作「至」，據《四庫》本改。

〔四〕苦　《四庫》本作「若」。

〔五〕度　《四庫》本作「受」。

宋代傳奇集第一編卷四

向中令徒義

張齊賢撰

向中令諱拱，國史有傳。今記者，備其遺闕焉。中令倜儻多權譎，勇果剛斷，真英雄士也。少善射，十中其八九焉。生於汾州，從父徙居於潞。年二十許，膽氣不群，重然諾，輕財慕義，好任俠，借交亡命，靡所不爲。嘗與潞民之妻有私，後半歲，向謂所私之婦曰：「多〔一〕日來不見爾夫，何也？」婦笑曰：「以我與爾私，常磨匕首欲殺我，懼爾未得其便。會爾久不及我家，與鄰人之子謀，許錢數十千，召人殺之。鄰家之子曰：『若我殺之，汝肎嫁我乎？』念夫常欲殺己，恨無逃避之路，遂許之。會夫醉卧城外，鄰家子潛殺而埋之，懼爲人覺，且潛遁矣。」向曰：「鄰家子今安在？」婦人曰：「在某所。」向密尋而殺之，迴責所私婦人曰：「爾與人私而害其夫，不義也。爾夫死，蓋因我，我不可忍。」遂殺其婦人，擲首級於街市，且自言曰：「向某殺此婦人。」徐徐掉臂而去。警巡者義之，且憚其勇力，不敢追捕，因亡命。

會赦方歸，父憂之，形於顏色。父長者〔二〕，有節行，與故中執憲滕公善。滕時尚布衣，因請計於滕曰：「用何術免此子破吾家？」滕曰：「敢撩虎鬚以速禍？」向父曰：「某之子雖如是，觀其性，亦易曉爾。四年前〔三〕，有一儒生五十餘，魁岸落魄，箕踞坐於某之門側。吾之子自外而歸，熟視儒生，生弗之顧。吾之子尋却出，詬責儒生，生但坐而不動，徐而言曰：『爾何等類，敢慢駡若是？然幸吾被儒服，履儒行，若二十年前未識書時，爾虀粉矣。』因起攝衣，示吾子雙手曰：『見此乎？』觀其筋力粗壯，狼虎人也。又曰：『放汝，放汝。』吾子聞之，欣然曰：『真大丈夫也。』其始〔四〕謂庸儒，敢箕踞傲睨若是，遂容易辱駡，欲拳毆之。及聞儒者言，見儒者志，因謝曰：『某之〔五〕過矣，某之過矣。』遂延入，命酒饌。儒生漸見某之子器局辭色，實當時俠少也，尤禮接某之子，某之子亦折節設拜而去。由是觀之，乃易曉爾。」

父歸，謂中令曰：「滕秀才實名士，闔郡重之。我見汝爲作，恐陷羅網，何不往候之？」中令夜乘月叩滕扉，延入，中令曰：「昨父教某，令候謁秀才。」滕與語，應荅皆有理，落落一奇士爾。滕心器之，竊怪其〔六〕何受污於兇暴之黨歟？滕因謂中令曰：「未識吾子，潞之中外一辭以盜蹠待之。今觀君才貌，貴人爾，幸自愛，無與非類同遊處。」微〔七〕引古人之未遇，爲賊爲盜，一旦折節，垂千古名，若周處輩。中令聞之，不覺前席。語竟，中令曰：「自此願叔事秀才，從前所爲悉改矣。」既歸，拜其父曰：「某雖父母生我，今聞滕秀才教我，是滕秀才活我命矣。」具以叔事滕公之語告其父，父聞之大喜。自是，舊日豪俠徒侶，甘言謝絶之，多造請於滕。不數年，潞之識者皆曰：「此向家千里駒爾。」出入衣冠類儒者，容止閑雅，不接非類，聞有德行道藝者，多就訪之。無何父殁，服除，辭潞之親戚，有四方之志焉。

累謁侯伯〔八〕，皆曰尋常人，輒去之。事侯益，未半歲又辭去。聞漢祖開霸府，欲往依之。會歲饑，途多盜賊，由石會關欲入河東。時有常侍中右職郭勳，爲石會關鎮遏使，兼主關市。郭知書，有識鑒，向謁之，留之月餘，且曰：「今盜賊滿路，公引一小僮，策兩驢，觀君鮮衣美儀貌，不類貧約者，此去畏塗，非利往矣。兼近聞有一火賊，去鎮五七里，時嘗習弓弩，過客無全者。更俟旬浹閒，有伴侶三二十人，某亦集鎮丁壯送君出關路。」向志不可留，且曰：「不勞人送。」鎮將郭勳覩其不可留，曰：「善自爲謀。」向遂行。不三十餘里，遇群盜數十人，於路側射弓。向直詣賊所，徧揖之，因自陳姓名：「某從職軍將，失主無託。今往河東，欲投事。一僮兩驢，隨身衣裝，一兩貫盤纏，外更無財物。近知前程去者皆遭劫剥，幸諸君周旋，勞三五人送過前程。」內一人長髯大面，壯捷魁偉，笑顧同輩曰：「觀此人敢要我等送，何也？」中有一人曰：「彼有弓箭，試請伊射弓，如何？」長髯者謂中令曰：「兄弟方賭〔九〕射，取弓箭射一兩頭。」向謙讓久之，群盜堅請之。向若不得已，取弓箭射兩頭，凡箭皆出括可半寸許。群盜驚歎，留坐與語，且曰：「僕射於此且住三兩日否？容弟兄輩管領。」向許之，却迴至關。郭勳訝之，謂是不敢前進，向告之故。明日迄暮，盜魁果令人來請向，向隨之。離鎮可六七里，於墓林〔一〇〕之側，設席具饌，器物皆白金，方燃薪熾炭，刲牛烹煮之。既坐，以酒勸向，向曰：「素不飲酒。」盜魁亦然之。食訖，命取送路來。須臾，一盜齎銀一挺，牽一馬至，素鞍勒全〔一一〕。盜魁曰：「僕射無馬，聊代步爾。銀到河東充茶湯之費。」向皆納之，得結盟而退。盜魁指揮小偷十人送至前程，謂向曰：「此皆驅使者，有不如意，即痛撻之。」向明日遂行。

既至晉陽，漢祖位望隆重，姓名無由通達。時周祖尚爲隨使孔目官，漢祖託之心腹，門户已炎炎矣。伺〔一二〕周祖晚歸，於路隅趨出，手執狀自稱姓名，遂拜，周祖顧視久之。及歸，召而問之，具以所求〔一三〕之意對，且曰：「某四海無徒，願在左右。」周祖曰：「某見在大王門下，豈敢奉留！」向發言慷慨，誠至堅確，周祖憫之。每日候周祖歸，趨拜如前。一日〔一四〕，周祖召之入宅，徐曰：「嫌奉勞日日路左相拜，恐大王探知，將謂某招人，彼此不穩便。既僕射在客，不如來某下處，且相伴。」向再三致謝。自此移在周祖宅内，周祖歸與同食，向對之禮甚恭，周祖大器重之。

劉高祖舉兵南向，墨制授周祖樞密副使，向於周祖始盡服事之禮焉。漢祖有天下，周祖爲樞密使，周祖補中令爲内典客。周祖之入關平三叛，岐、蒲、雍也（一五）。中令皆從行，奇計密謀，大有裨益師旅。周祖留守鄴都，帶樞密使，步騎且衆，戎政鞅掌，百倍常時，多與中令參決焉。高祖事無大小，盡以付之。及漢少祖密計欲圖周祖，周祖既覺，三軍推戴，擁兵向闕，至於受禪，中令之力爲多。當世宗時，下秦、鳳，戰高平，戮馬步都校何進（一六）、樊愛能已降數百人，皆中令之功也。由是世宗兵威大振，南北廓地，所向無前矣，盡淮南、朔南、霸上之境，皆爲内地。

歷南院宣徽使，仗節鉞於方面，西京留守，官至中書令。歸全手足於京師第，令名終始，勳業顯赫，近朝侯王，一人而已。在洛陽，委政事於賓席，種竹藝樹，縱妓樂、恣遊適以自晦。不積財帛，去世未十稔，子弟有凍餒者。好賢重士，待人豁然，無疑忌心。不枉刑，不擾民。有大功於世，終身未嘗自伐，古之侯王所難之事。諫議大夫滕公，諱中正，上黨人。博通經史，謹厚寡言，五常百行，無所虧缺，長於時務，清儉率下，風規肅然，有古人風。不苟進取，守命俟時而已。會向中令遇周祖，既而思曩昔之事，曰：「若非滕公，吾爲伏莽輩所污死矣。今日立身榮貴，忝滕公之力也。」使人延請，奏於周祖。由是向中令屢立方面大勳，滕公爲賓佐，悉從行。向中令以功名終始者，滕公之助也。向居守洛陽，爲府判官。向中〔一七〕令移鎮安陸，滕公授倉部員外郎。後遷大諫議，執憲綱久之，壽終於洛陽私第。

余在洛陽布衣時，滕公爲府判官，已受滕公知。爲江南轉運使，蒙滕公舉。目覩中令之美，耳聞滕公之説甚詳，故書。俟他日取中令傳校之，傳之詳者去之，傳之略者存之，冀有補於太史氏而已。（據清鮑廷博《知不足齋叢書》本《洛陽搢紳舊聞記》卷三）

〔一〕多　《五代史記注》卷一二上引《洛陽搢紳舊聞記》作「何」。
〔二〕者　《五代史記注》作「老」。
〔三〕四年前　《四庫》本作「前年」。
〔四〕其始　原作「我本」，據《四庫》本改。
〔五〕之　《五代史記注》作「知」，無下句「某之過矣」。
〔六〕滕心器之竊怪其　此七字原無，據《四庫》本補。
〔七〕微　《四庫》本無此字。按：疑當作「徵」。
〔八〕累謁侯伯　《四庫》本作「遍閱公卿」。
〔九〕睹　《四庫》本作「覩」，當謁。
〔一〇〕墓林　《四庫》本作「茂林」。

〔一二〕素鞍勒全　《四庫》本作「鞍勒鮮整」。

〔一三〕伺　《四庫》本作「時」。

〔一三〕求　《四庫》本作「來」。

〔一四〕日　《四庫》本作「旦」。

〔一五〕岐蒲雍也　《四庫》本爲正文。

〔一六〕何進　《舊五代史》卷一一四《周世宗紀一》、《宋史》卷二五五《向拱傳》均作「何徽」，《五代史記注》同。《舊五代史》載：顯德元年（九五四）三月，河東劉崇入寇，命宣徽使向訓（向拱原名）、馬軍都指揮使樊愛能、步軍都指揮使何徽等領兵先赴澤州，旋車駕親征，大戰於高平。樊、何臨陣脱逃，並伏誅，被誅諸將校共七十餘人。

〔一七〕中　此字原無，據《四庫》本補。

張相夫人始否終泰〔一〕

張齊賢　撰

張相諱從恩，有繼室夫人某氏，訪其姓字、國號未獲〔二〕。河東人，有容色，慧黠〔三〕多伎藝。十四五時，失身於軍校爲側室，洎軍校替歸洛下，與之偕〔四〕來。至上黨得病，因舁之而進。至北小紀地名，厥病且甚，湯飲不能下，自辰至酉，痢百餘度，形骸骨立，臭穢狼藉，不可嚮邇。軍校厭之，遂棄之道周而去。不食者數日，行路爲之傷嗟。道旁有一土龕，可容數人，蓋樵童牧豎避風雨之處所也。過客憫之，衆爲舁至於土窟〔五〕中。又數日，病〔六〕漸愈，衣服悉爲暴客所褫，但以敗葉〔七〕亂草蔽形而已。漸行至店〔八〕，日求匃餘〔九〕食，夜即宿於逆旅簷下。

一日〔一〇〕，有老嫗謂曰：「觀爾非求乞者也，我住處非遠，可三百許步。」即攜之而往。姥爲洗沐，衣以故舊衣，日進〔一一〕粥飲蔬飯而已。不數月，平復如故，顏狀豔麗，殆神仙中人也。里民有子來結婚者，爭欲娶之，張氏〔一二〕拒之。忽有士子過小紀，知之，堅求見之。既見，謂姥曰：「可能娉？某當贈姥綵絹五十匹。」姥許之，易以鮮衣首飾等，以車載之而去。士人遂偕往襄陽，僦宅居之。會襄帥安大王從進叛，左右利其財，殺其士子，納其妻。從進敗，爲亂兵所得。人有知其殊色，遂送至都監張相寨內，張相即從恩也。張相共獲婦女十餘人，獨寵待士子之妻深厚。數歲，張之正室亡，遂以士子之妻爲繼室，後封郡夫人。及爲中〔一三〕饋也，善治家，尤嚴整，動有禮法。及張加使相，進封大國夫人，壽終於洛陽第中。

吁！婦人女子，何先困而後遇〔一四〕，險阻艱難備嘗之矣。前有失身求匃之厄，終享富貴大國之封。則〔一五〕古之賢人君子，當未遇也，則困〔一六〕風塵，蒙菜色〔一七〕，有呼天求死而不能。一旦建功業，會雲龍，爵位通顯，恩寵稠疊，功業書之史策，令名播之不朽者，何可勝數哉！因書之者，有以知婦人微賤者，豈可輕易之乎？況有文武才幹，困布衣及下位者歟？（據清鮑廷博《知不足齋叢書》本《洛陽搢紳舊聞記》卷三）

〔一〕《説郛》明抄殘本題《始否終泰》。

〔二〕有繼室夫人某氏訪其姓字國號未獲　以上十五字原作「國號，訪其姓氏未獲」，皆爲正文，而有脱闕。《説郛》作「有繼室，訪其姓氏未獲」，皆爲正文。據《説郛》補「有繼室」三字，餘據《四庫》本補改。

〔三〕慧黠　《説郛》作「兼」，明抄殘本作「惠黠」。

〔四〕偕　原校：「一作俱」。《四庫》本作「俱」。

〔五〕窟　《説郛》作「龕」。

〔六〕病　原校：「一作痢」。《説郛》、《四庫》本並作「痢」。

〔七〕葉　原校：「一作蓆」。《四庫》本作「蓆」，《説郛》作「席」。

〔八〕漸行至店　原校：「《説郛》云漸起行至店中。」《説郛》今本作「漸行至店」。

〔九〕餘　原校：「一作乞」。《四庫》本作「乞」，《説郛》作「飲」。

〔一〇〕日　原校：「一作旦」。《四庫》本作「旦」。

〔一一〕進　《説郛》作「啜」。

〔一二〕氏　《四庫》本作「悉」。
〔一三〕中　《説郛》作「主」。
〔一四〕遇　《説郛》作「亨」。
〔一五〕則　《四庫》本作「緬」。
〔一六〕困　《説郛》作「冒」，《四庫》本作「因」。
〔一七〕蒙菜色　「菜」原譌作「集」，校：「案：蒙集色三字未詳。」據《説郛》、《四庫》本改。

田太尉候神仙夜降

張齊賢　撰

田太尉重進，始起於戎行，常爲太祖皇帝前隊，積勞至侍衛、馬步軍都虞候。太宗朝，移鎮永興軍。重進晚年好道，酷信黄白可成。有揀停軍人張花項，衣道士服，俗以其項多雕篆，故目之爲「花項」。晚出家爲道士，今時有人見，尚在關右〔一〕。自言有術，黄白金可成，重進甚信重之。花項又引一道士爲同志。重進與之同飲食，前後所要錢帛〔二〕悉資之，無少違者。

久之無成，遂紿重進云：「涇州本城有一人，即某二人之師。太尉暫能召至，至則其藥立就。」重進發牒詣涇州，令暫發遣至永興軍。涇州以不奉宣命，不敢發。重進使人教之，爲有疾不可醫者。本州上言，重進爲經營之，得出軍籍。涇之軍既至，重進喜甚。花項曰：「得此人至，同去採所少藥，今年八月必得就。」時已六月矣，前後費用重進錢物，且懼八月無成，必當及禍。遂密同設計，潛謀〔三〕遁去。花項素不飲酒，僞稱不飲酒。一日，昏黑方來歸衙，田訝之，既至則已醉矣。明日，怒歸遲，面詰之曰：「尊師從來對重進言，不解喫酒，昨晚大醉。」辭色俱厲。花項微笑，徐荅曰：「某從來實不飲酒，昨日街市偶見仙人。」言訖，向西望空頂禮。重進曰：「仙人是誰？即今何在？」花項肅容低聲而言曰：「即吕洞賓。」時人皆知吕洞賓爲神仙，故花項言見之〔四〕。重進曰：「見却何言？」曰〔五〕：「既見，吕洞賓須相召於街市飲酒，某言不喫，曰：『但飲，必不大醉。』某禮拜謝訖，凡二十餘盞。仍問某何處下，某荅云在太尉處。吕曰：『某聞之久矣，太尉武人，好事如此〔六〕。此人有壽，今已有微疾矣時田微染風疴〔七〕。某當暫去〔八〕，與少藥療之。』」田聞言大喜曰：「重進粗人，何消神仙下降？」且曰：「何時至？」花項曰：「此月十五日，夜三更必至。吕言不欲多見人，望太尉於東位射弓處〔九〕，排當帳設〔一〇〕，用新好細薦〔一一〕，於静室燃香燭，須鮮果好酒。太尉自齋沐，換新衣，具靴笏，深夜候之，必來降矣。」重進曰：「謹受教〔一二〕。」

至期，命陳設東位，帷帳裀褟，一一新潔，焚香燃燭，齋潔披秉，瞻望星斗拜告，以俟其至。須臾，報三更矣，不至。又取香燃之，望空再拜。時重進足重，兼染風恙，甚難折腰。是夕熱，拜訖，大喘流汗，衣皆霑溼，略無倦怠。須臾，又報四更，重進雖燃香未輟，意疑訝，引頸瞻望，略無兆眹〔一三〕。報四更五點，重進疑怪殊甚，問花項等三人，欲責其虚誕。親信人來白：「尊師門大開，中竝無人，向來囊篋般運已盡。」蓋花項等誑令開東邊便門，揭篋俱潛遁矣。重進慚恨嗟歎，但嗚指顧左右曰：「無良漢！無良漢！」自是無復求道術矣。

時永興有匿名人，遺詩二首嘲之，置詩於廳事前。田命賓席讀之，愈慚，乃散差人追捕，皆不獲。詩本失其一首〔一四〕，永興士人多能誦之。余授右僕射、判永興軍，備知其事，録之以戒貪夫云。匿名詩曰：「鉛作黄金汞作銀〔一五〕，藪梁姦倖轉災新〔一六〕。一朝誑〔一七〕惑田重進，半夜攀〔一八〕迎吕洞賓。獃漢出門時引領，黠兒得路已潛身。惟稱三箇〔一九〕無良漢，笑殺長安萬萬人。」（據清鮑廷博《知不足齋叢書》本《洛陽搢紳舊聞記》卷三）

〔一〕今時有人見尚在關右　以上小字注張氏刊本、《四庫》本誤在正文。
〔二〕帛　原作「幣」，據《詩話總龜》前集卷三六引《洛陽舊聞》、張氏刊本、《四庫》本改。
〔三〕潛謀　《四庫》本作「謀潛」。

〔四〕時人皆知吕洞賓爲神仙故花項言見之　此小字注原在正文，據《四庫》本改。見，原校：「一作及。」

〔五〕重進曰見却何言曰　以上八字原無，據《四庫》本補。

〔六〕好事如此　《四庫》本作「却能如此好道」。《詩總》則作「好事如此」。

〔七〕疴　《詩總》作「痾」。

〔八〕去　《詩總》作「届」，至也。

〔九〕東位射弓處　《詩總》作「射廳」。

〔一〇〕排當帳設　《四庫》本作「安排張設」。

〔一一〕用新好細蓆　《詩總》作「用好新裀褥」。

〔一二〕謹受教　原作「非常時」，校：「疑有脱誤。」據《四庫》本改。

〔一三〕朕　《四庫》本、《筆記小説大觀》本作「朕」。朕，通「朕」。

〔一四〕首　《四庫》本作「前」，連下讀。

〔一五〕鉛作黄金汞作銀　《詩總》作「或作黄金或作銀」。

〔一六〕爇粱姦倖轉災新　《詩總》作「熱人好倖摶尖新」（清鈔本好作奸），《四庫》本作「無端姦倖計生新」。

〔一七〕誑　《詩總》作「狂」。

〔一八〕攀　《詩總》作「板」，周本淳校點本作「扳」。

〔一九〕惟稱三箇　《詩總》作「雖稱兩箇」。

白萬州遇劍客〔一〕

張齊賢　撰

萬州白太保，名廷誨，即致政〔二〕中令諱文珂之長子也。任莊宅使時，權五司，兼水北巡檢。五司者，莊宅、皇城、内園、洛苑、宫〔三〕苑也。平蜀有功，就除萬州刺史。受代歸，歿〔四〕於荆南。白性好奇，重道士之術〔五〕。從兄廷讓，爲親事都將，不履行檢，屢遊行於鄽市中。忽有客謂廷讓曰：「劍客嘗聞之乎？」廷讓曰：「聞〔六〕。」「曾見之乎？」曰：「未嘗見。」客曰：「見在通利坊逆旅中，呼爲處士，即劍客也，可同往見之〔七〕。」廷讓如其言，明日，同詣逆旅中。見五六人席地環坐，中有一人，深目豐眉，紫黑色，黄鬚。廷讓至，黄鬚獨不起。客曰：「可拜。」廷讓拜，黄鬚據〔八〕受，徐曰：「誰氏子至〔九〕？」客曰：「白令公姝〔一〇〕與某同來，專起居處士。」黄鬚笑曰：「爾同來，可坐共飲。」

須臾，將一木盆至，取酒數瓶，滿其盆，各置一甆椀在面前，舁一案驢肉置其側。中一人鼓刀切肉作大臠，用杓酌酒於椀中，每人前設一肉器〔一一〕。廷讓視之，有難色。黄鬚者一舉〔一二〕而盡，數輩亦然，且〔一三〕引手取肉啖之。顧廷讓，揚眉攝目，若怒色。廷讓强飲半椀許，咀嚼少肉而已。酒食罷散去，廷讓熟視，皆狗屠、角抵〔一四〕輩。廷讓與同來客獨住〔一五〕款曲，客語黃鬚曰：「白公志士也，處士幸勿形跡。」黃鬚於牀上〔一六〕取一短劍，引出匣，以手籔弄訖，以指彈劍，鏗然〔一七〕有聲。廷讓視之，意謂劍客爾，復起，再三拜之曰：「幸覩處士，他日終願乞爲弟子。」黃鬚曰：「此劍凡殺五七十人，皆慳財輕侮人者。取首級煮食之，味〔一八〕如猪羊頭爾。」廷讓聞之，若芒刺滿身，恐悚而退。

歸，具以事語〔一九〕於弟。廷誨貴家子，聞異人奇士素所尚，且曰：「某如何得一見之？」「可謀於客。」遂告之，客曰：「但備酒饌俟之。」明日辰巳閒，客果與俱來，白兄弟迎接之，延入。白俱設拜，黃鬚悉據受之。飲食訖，謂白曰：「君家有好劍否？」對曰：「有。」因取數十口，置於前。黃鬚一一閱之，曰：「皆凡鐵也。」廷讓曰：「某房中有兩口劍，試取觀之。」黃鬚置一於地，亦曰：「凡鐵爾。」再取一，云〔二〇〕：「此可。」乃命工磨之。黃鬚命取火筯至，引劍斷之，刃無復缺〔二一〕。黃鬚曰：「果稍堪爾。」以手擲〔二二〕，若劍舞狀〔二三〕。久之告去，廷誨奇而留之，命止於廳側，待之甚厚。

黃鬚大率少語，但應唯〔二四〕而已。忽一日，借一駿蹄暫出，數日徒步而來，曰：「馬驚逸，不知所之。」旬日，有人送馬至。又月餘，黃鬚謂廷讓曰：「於爾弟處借銀十挺〔二五〕，皮篋一，好馬一匹，僕〔二六〕一二人，暫至華陽，迴日銀與馬却〔二七〕奉還。」白兄潛思之，欲不與，聞其多殺慳財者，欲與，慮其不返。猶豫未決，黃鬚果怒，告去，不可留。白昆弟〔二八〕遜謝之曰：「十挺銀一馬暫借，小事爾，却是選人力〔二九〕，恐不稱處士指顧〔三〇〕。」悉依〔三一〕借與之。黄鬚不辭，上馬而去，白之昆仲亦不之測。

數日，一僕至曰：「處士至土壕，怒行遲，遣回。」又旬日，一僕至曰：「到陝州，處士怒，遣回。」白之昆仲謂是〔三二〕劍客，不敢竊議，恐知而及禍。踰年不至。有賈客乘所借馬過門者，白之左右皆識之，聞於白，詰之，曰：「於華州八十千買之。」契券分明，賣馬姓名易之矣，方知其詐。三〔三三〕數年後，有人陝州〔三四〕見之，蓋素善鍛者也。大凡人平常厚貌深衷〔三五〕，未易輕信。黄鬚假劍術以惑〔三六〕人，宜乎白之可欺也。書之者，亦鑄鼎備物之象，使人入山林不逢不若〔三七〕爾。斯〔三八〕亦自古欺詐之尤者也，君子誌〔三九〕之，抑鑄鼎之類也，誠之！誡之！（據清鮑廷博《知不足齋叢書》本《洛陽搢紳舊聞記》卷三）

〔一〕《説郛》明抄殘本題《假劍客》。

〔二〕致政　《説郛》作「致仕」，義同。明隆慶三年履謙子刊本《劍俠傳・附録》作「故」。

〔三〕宫　北宋韋驤《錢唐韋先生文集》卷一七《白廷誨傳》據本篇改寫，作「京」。

〔四〕殁　《説郛》作「家」。按：《錢唐韋先生文集》亦作「殁」，作「家」當誤。

〔五〕白性好奇重道士之術　《説郛》作「廷誨素好重道術之士」。《劍俠傳》「性」譌作「姓」。

〔六〕聞　《説郛》作「未聞」。
〔七〕可同往見之　《劍俠傳》末有「乎」字。
〔八〕據　《四庫》本、《劍俠傳》作「踞」，下同。
〔九〕誰氏子至　《説郛》作「誰引子至此」，《劍俠傳》作「誰氏子至此」。
〔一〇〕妷　《説郛》、《四庫》本、《劍俠傳》作「姪」，字同。
〔一一〕一肉器　《説郛》作「一器肉」，《劍俠傳》作「一器」。
〔一二〕舉　《説郛》作「吸」。
〔一三〕且　《説郛》、《劍俠傳》作「俱」。
〔一四〕角抵　《説郛》明抄殘本、《劍俠傳》作「角觝」。
〔一五〕住　《説郛》、《劍俠傳》無此字。
〔一六〕牀上　《説郛》、《劍俠傳》下多「席下」二字。
〔一七〕鏗然　《説郛》、《劍俠傳》作「錚然」。
〔一八〕味　《説郛》、《劍俠傳》作「味美」。
〔一九〕語　《説郛》、《劍俠傳》作「洛」。
〔二〇〕云　《説郛》作「覩之曰」，《劍俠傳》作「視之曰」。
〔二一〕刃無復缺　《説郛》、《劍俠傳》「復」作「傷」。「刃」《劍俠傳》作「兩」，當譌。

〔二二〕擲　《説郛》作「彈擲」，《劍俠傳》作「揮擲」。

〔二三〕若劍舞狀　《説郛》作「若舞劍狀」，《劍俠傳》作「若舞劍者」。

〔二四〕唯　《説郛》作「諸」。

〔二五〕挺　《説郛》、《劍俠傳》作「鋌」。

〔二六〕僕　《説郛》、《劍俠傳》作「健僕」。

〔二七〕却　《説郛》作「即」。

〔二八〕白昆弟　《劍俠傳》作「白弟」。

〔二九〕選人力　《説郛》、《劍俠傳》無「選」字。《四庫》本作「奴僕輩」。

〔三〇〕恐不稱處士指顧　《劍俠傳》作「恐不中意。處士指顧間」，「處士指顧間」連下讀，當誤。按：指顧，指揮。

〔三一〕悉依　《劍俠傳》作「勉」。

〔三二〕是　此字據《説郛》、《劍俠傳》補。

〔三三〕三　《説郛》、《劍俠傳》無此字。

〔三四〕有人陜州　《説郛》作「有入陜者」，《劍俠傳》作「有人於陜右」。

〔三五〕衷　《説郛》作「情」。

〔三六〕惑　《説郛》作「威」。

〔三七〕不逢不若　原譌作「逢之不敢」，據《説郛》、《四庫》本改。按：此本《左傳》宣公三年：「昔夏之方有德也，遠方圖物，貢金九牧，鑄鼎象物，百物而爲之備，使民知神姦。故民入川澤山林，不逢不若，螭魅罔兩，莫能逢之。」

〔三八〕斯　原譌作「思」，據《説郛》改。《四庫》本作「彼」。

〔三九〕誌　《説郛》明抄殘本作「覽」，《四庫》本作「知」。

安中令大度

張齊賢　撰

安中令諱彦威，山後人，《五代史》有傳。元隨都押衙劉，失其名〔一〕，見訪之。讀數經書，略通大義，涉獵史傳，俊辨有識。端謹事中令歲久，自中令貴，常左右之。中令所至有威惠，刑賞〔二〕之際未嘗私，必委之佐寮詳之，然後行。中令寬宏大度，不妄喜怒，事無大小，既與賓寮商議，至夜必召劉某審之。故中令歷大藩，位望隆重，無苛擾之稱者，蓋劉某常内助之爾。中令歷永興軍節度使、西京留守，以壽終，亦近世五福之全者。

中令河東時，嘗前後奏請十數事，内有再奏請者，皆寢而不報。一日，賓客盛會，有語及之者，中令意有不平，似微嫌當時執權者。因言：「所奏事皆可行者，況某爲京留守、河東節度使，豈有前後奏章皆不下？必有所擁閼爾。」賓席逡巡未對閒，劉某於中令後屬耳偶語，劉某謂賓客曰：「令公腹微痛，且起。」賓客謂之誠然，俱退。中令既入宅，劉某隨之。中令入中門，漸至堂前中庭，劉某亦隨之。中令怪而顧之，劉某曰：「某有所白，不欲外人聞。」至堂前中庭，中令坐，劉某曰：「某伏事歲久，受恩亦多。忽見近日作爲，某憂懼及禍，不忍遽辭訣。某今日乞令公與罪名殺之，以荅從來受恩。」言訖，兩手捧巾擲之於地，怒目却立，氣咽久之，遂蹶然而倒。中令自扶抱之，令女使數人扶翼坐。久之能言，但曰：「某死罪。」中令不之測，滿宅驚懼。中令却其婢妾輩，低顏安慰，自問其故。劉某曰：「中令既貴如是，富如是，朝廷用如是，此外更欲何求？且令公勳名位望，朝廷非不知，前後所奏皆不欲行，却是好事。」中令曰：「凡奏事前後十餘度皆不行，何謂之好事？」劉某曰：「若令公情性兇險，此地表裏山河，朝廷務姑息，即事無大小悉行之，不爾即禍旋及之。今天子明聖，輔弼得人，察令公忠賢，所奏事皆纖細不行者，不疑令公爾。朝廷既不疑令公，令公又何自疑？旦來對諸廳，某恐令公因此及他日更失言，若執政知之，豈不疑令公乎？某家祇數口，令公百餘口，幸令公慎於言樞。」對訖，取土實其口中，令公自奪其土。劉某曰：「古人對君不顧而唾，尚求必死之地以謝罪。況某至愚，無禮之極，乞一罪名斬之，以謝無禮於上。」中令遽曰：「爾憂主人如此，却出恁言，轉教我不安。大都是這老漢〔三〕死日到，罪過烴亂〔四〕得你如此，干你甚事？我知罪過，今後不敢，你便休，你便休。」唤小大取鏉鑼將篦照來，中令自就地取幞頭，用公服袖揩拭，令女使與裹之。劉某摇首不之受，中令遂自將幞頭與裹，令女使抿掠之。中令再三安慰遜謝，劉某涕泣謝罪。數日不食，幾至殂殞，安每日使子弟候問，待之如骨肉焉。

大凡常人之性，得一酒一食，即甘言美語以悦之。若食人之食，鮮能知幸感激思報〔五〕，必諂辭飾貌以奉之矣。觀劉某，始即執覊靮〔六〕之下吏也，感主公之知，受主公之惠，立節慷慨，有以死報。當其擲巾於地，抗直使氣，吐辭梹理，昭昭然使主公覺悟，引以正道，欲置主公於無過之地。且主公以一言之失，尚欲以死諍之，況其大者乎！度其志操，雖臨以白刃，脅之湯火，亦不能變易矣。磊磊落落，真大丈夫赤心事上者也。向使食朝廷之禄，遇真主之知，朝有遺闕，君有小失，則正色直諫，大則犯顔觸鱗，方諸古之引裾斷鞅者，我〔七〕無愧矣。感中令之遇，戀戀然不忍去，老死於門下，惜〔八〕哉！人之賢不肖，不繫高下，劉某職雖卑，所爲所履甚高。

中令退，召子弟誡之曰：「汝等勿謂此人作没意智漢，是切言救我。前後似此者多矣，使我百口保富貴，朝廷待我厚，皆此人之力也。他日我死，汝等看此人如我今日，不得令有少乏。」中令既殁，諸子弟如其教，衣食財物無虚日，至於終身。賢乎哉！中令所宜保富貴，歷仕累朝，以令名終始。觀其一言之〔九〕失，納劉某之諫，傲岸無禮，擲巾於地，任直使氣，反和顏怡聲，以美言慰悦之，取巾揮拂，親爲裹櫛，謝過數四，有以見大度從諫，不遠而復者歟？觀夫片言之失，納諫自悔，已若不足〔一〇〕，信可以無大過矣。五代以還，侯王之賢者也。

中令長子守忠，温和多禮，善接下。孝友出於天性，撫其弟姝慈愛。弟守亮，好學，守忠廣延儒士，厚以衣食奉之，由是賓客學院中，常有數十人。食客春冬散衣，無不及者。由是賓客常滿其門，日厭酒肉。守忠在洛下，畜馬數十匹，有時欲出，左右以後槽無馬對。守忠驚問之，對曰：「早來被一隊措大亂騎去也。」蓋食客不量去就，各乘之而出矣。守忠斂容曰：「不得無禮！稱他諸秀才爲一隊措大，後度如此，即喫杖。待秀才迴來，有馬到即報。」其寬厚也如此。廣聚書籍，有西齋之數焉。故守亮篤學，善書札，敏辭賦，開封府首薦，一舉狀元及第。釋褐爲司寇參軍〔一一〕，次任鳳翔府節度推官。時余已佐著作〔一二〕、直史館，余舉之，授太常丞，後終於尚書外郎〔一三〕、直史館。内明外晦，孝友誠信，惜哉！太宗皇帝漸知其才器，未大用而殂，亦命矣夫！守忠太祖朝自環衛隨駕親征河東，揔徒築隄擁〔一四〕汾水，勞悴没於逆城〔一五〕之下。余布衣時，守亮待余厚，知其門多賓客，恥與之混，故〔一六〕未嘗足及其第。守亮登庸〔一七〕之初，余以詩寄賀，記其略曰：「數曾馬上揖容輝，欲款仙蹤與願違。」味此，即知余不及其門矣。余數年前過其門，已爲他人所有。感今懷昔，悵然者久之。慮史氏之闕，書之以示來者。（據清鮑廷博《知不足齋叢書》本《洛陽搢紳舊聞記》卷四）

〔一〕失其名　此三字疑應爲注文。

〔二〕賞　原作「殺」，《四庫》本作「賞」義勝，據改。

〔三〕這老漢　《四庫》本作「我老憒」。

〔四〕烴亂　《四庫》本作「淆亂」，《五代史記注》卷四七引《洛陽搢紳舊聞記》作「搖亂」。

〔五〕鮮能知幸感激思報　《四庫》本作「鮮能知報，幸而知感」。

〔六〕靮　《四庫》本作「勒」。靮，馬繮繩。

〔七〕我　明張氏刊本作「幾」。

〔八〕惜　原校：「别本作異。」

〔九〕之　《四庫》本作「知」，疑誤。

〔一〇〕納諫自悔已若不足　《四庫》本作「納諫如不及，率此以行」。

〔一一〕釋褐爲司寇參軍　「釋」原譌作「擇」，據《四庫》本、《五代史記注》改。《叢書集成初編》本、《筆記小説大觀》本均改作「釋」。司寇，《五代史記注》作「司法」。按：司寇即司法。

〔一二〕佐著作　原作「大著作」，即著作郎。《四庫》本作「佐著作」。按：張齊賢太宗太平興國四年（九七九）遷祕書丞、知忻州，五年年改著作佐郎、直史館，改左拾遺。據《四庫》本改。

〔一三〕外郎　《四庫》本作「員外郎」。按：外郎即員外郎。

〔一四〕擁　《四庫》本作「壅」。擁，壅也。

〔一五〕逆城　《四庫》本作「圍城」。

〔一六〕故　原作「然」，據《四庫》本改。

〔一七〕登庸　《四庫》本作「榮登」。

宋太師彥筠奉佛

張齊賢　撰

宋彥筠，正史有傳。起于行伍，善用槍，初隸滑州。莊宗有天下，遷禁軍指揮使。從康延孝爲伐蜀先鋒，以戰功授渝州刺史。彥筠多力勇健，走及奔馬。爲小校時，欲立奇功，每見陣敵，于兜牟上闊爲雙髻，故軍中目之爲「宋芒兒〔一〕」。後雖貴爲節將，遠近皆謂之「宋芒兒」。周初，李諫議知損有詩名，當時號曰「李羅隱」。彥筠嘗問李曰：「諫議姓李，因何人皆言李羅隱？」李性峻多急，好戲，應聲荅曰：「如太師姓宋，滿朝皆喚作宋芒兒，又何異乎？」宋聞之喜甚，與之笑而退。

初破西蜀，彥筠占一蜀將之宅，主已亡，妻見存，姬妾且衆，財貨數萬計。宋知宅中窖藏之物甚多，主妻祕之，使婢妾輩勿泄言，乃紿主妻云：「某無正室，今納夫人爲之。」日與同飲食，以齊體之禮禮待之。及朝廷就除渝牧，與之偕行，私藏之物皆爲彥筠所有。然侍妾已衆，中心厭薄主妻，將自渝歸闕，乃醉而殺之，埋于渝之衙後。自峽乘舟下水，昏晚閒見一小舟，中有數婦人，漸及彥筠船。逼而視之，渝州所殺蜀中主妻也，濃妝鮮衣，戟手慢駡曰：「爾虜我全家，奪我金帛，既納我爲妻，發掘我家地中所有，一毫不遺。我與爾無負，何冤而殺我？我已上訴，終還我命。」聲甚厲，船上人俱聞，須臾失之。彥筠駭懼，許齋僧造功德。自是，每晚見之如初。洎及荆渚之夕，不之見。宋登陸，首詣僧寺施財，爲設齋造功德。爲狀首罪，許歲歲營造功德，詞甚懇切。對佛懺悔，僧爲禮念焚之。邇後或一月、半歲見之，宋必頂禮首罪。到闕，除汝州防禦使，于州之西建寺一所，今額號「等慈」，此則專爲主妻所造也。

彥筠歷鄧、晉、陝、河中等州節使，上將軍，以太子太師致仕。然性安忍，所幸婢妾有小過，鞭捶備至，多黥面者，尚存焉。宅中多諷經禮念，專心奉佛，蓋目覩所殺主妻，自此知因果報應之驗爾。久歷藩鎮，既富且壽，啓手足于正寢，豈不以收心改過之效歟？向非早覩冤鬼，常懷憂畏，不爾，即所莅之地，得無酷刑專殺之枉乎？主妻見形，足爲商鑒。

或謂之佞佛，非宋之素志也。史傳略之，故備書其事焉。（據清鮑廷博《知不足齋叢書》本《洛陽搢紳舊聞記》卷四）

〔一〕芒兒　「芒」原作「忙」，據《四庫》本改，下同。《五代史補》卷四《李知損輕薄》、《五代史考異》卷四《周書·宋彥筠傳》引《洛陽縉紳舊聞記》皆作「忙」。按：《澠水燕談録》卷一〇《談諺》：「蓋江（江仲甫）小字芒兒，俚語以牧童爲芒兒。」又《分門古今類事》卷一三《興國芒兒》引《成都記》：「太平興國二年冬，縣司以春牛呈知府，就午門外安排，薦以香燈酒果。其芒兒塐之頗精。……芒兒者，耕墾之人。」宋彥筠兜牟上爲雙髻，乃牧童妝扮，故稱芒兒。

水中照見王者服冕

張齊賢　撰

洛陽甘露院主事僧，年六十餘，長大豐肥，甚有衣糧〔一〕。開寶中，有布衣貌古美鬚髯，策筇杖，引一僕，鬚眉皓白，擔布囊隨之。命老僕叩院門，僧啓扉納之。既陞堂，院主相揖，共語且久。布衣命老僕取茯苓湯來，老僕聲諾〔二〕，開布囊取湯末，并金盂兩隻、小金湯鉼一隻，從行者索火燒金瓶，借院家托子點湯，俟温而進之，老僕禮甚恭順。僧將備食，布衣曰：「某與此僕不食旬日矣，不須食。」遂起，遍遊諸院，瞻禮功德。見佛毫相稍小，曰：

「某有好者，可奉施换之。」命老僕開布囊，中取綿複解開，内各用綿裹大小珠數千枚，雜以琥珀、馬腦、大真珠可升許。僧甚訝之，衆僧童行〔三〕，悉來窺視。内選一珠，大如佛額毫相，與院主僧，僧感謝數四。老僕收囊中物，更無他語，策杖揖僧而去，苦留之不可。院主與衆僧相顧歎，重頂禮，咸謂異人神仙耳。院主遣行者隨而伺之，至通利稠人中失之。歸白院主，愈感激之。

旬日復來，闔院僧迎接恭謹，過于初百倍。布衣命去侍者，謂院主曰：「某前者觀院主神形骨法，若不出家爲佛弟子，即爲一小國王。」院主唯唯，謙遜久之。布衣笑曰：「院主欲見大師形相否？」僧曰：「願見之。」命取一大盆，置諸中庭日内，滿盆添水。坐久，布衣引院主僧先焚香，向空作禮訖，再三瞻視，不得使人知，恐洩天機。須臾，使僧引頸照水中影，不復有僧儀相，見頂平天冠，垂旒，衣王者服，秉圭。僧驚喜，向空作禮。布衣又命僧焚香視水中，有白煙自水中出，起高丈餘，漸成五色，逼而視之，水色亦爾，食頃時方散。僧延問，布衣默然退陞堂。院主曰〔四〕：「恨爲僧，不敢禮拜。」院主僧果謂之神仙爾。又謂院主曰：「今已出家，不可返衣初服也，尤須精進。然合大有錢帛，分可至三五萬貫。」僧愈謙懼，曰：「何由至如是錢帛？」布衣笑曰：「可爾。市中有數般藥，但依數自買取來，當爲院主脩合三五百丸藥，每丸可點百兩銅作爲黄金。」僧聞之起立，合掌久之，又出下階，向空禮拜。退坐，問曰：「藥如何知真虛？」曰：「但去商量定後，將來某自辨之。」僧曰：「託長者買之如何？」布衣怒曰：「我豈是與和尚買藥者乎？」僧起，慚懼遜謝之。遂每日〔五〕于街市尋訪。布衣已出，約旬日復來。

忽有〔六〕老人于市内問院主曰：「每日見來藥鋪中，買甚藥物？」僧云買某色藥，老人曰：「試往水北小清化内路某人鋪子内問之，合有此藥。」院主急去訪之，鋪主暫出，一兩日當迴。院主僧且憂旬日之期漸逼，忘寢與食，目不交睫兩日，急詣小清化，鋪已開矣。僧甚喜，遂問有某色某色藥否，鋪主徐往架上閲之，荅曰：「皆有。」取藥示僧。僧素不識此藥，試問都要若干，其價如何，鋪主曰：「若全要此藥，非四百千不可。」僧聞聳駭，鋪主袖手瞬目，默而不顧。僧不之測，遂起行數坊，再三念之：索錢雖多，若藥成，則三數萬兩黄金立就，即此藥之所須非多爾。再詣前鋪，僧曰：「近下多少來錢可買？」鋪主曰：「在京除道政坊張家亦有此藥，張須五百千方賣。某之藥四百千以下，少一錢亦不賣。」僧遂詣道政坊張家訪之，果有此藥，詢其價，曰：「非五百千不可。」于是返詣小清化鋪，依價買之。已定，僧曰：「請鋪主自將藥與某同到荒院，暫呈一相識，即便交錢，可乎？」鋪主曰：「至日可院主自來，同將藥去即可。」僧許之。至期，與鋪主將藥歸院。齋午間布衣至，出藥示之，布衣曰：「皆是本色真藥，一色〔七〕稍次，然市上如有，可換之。」鋪主曰：

「除道政坊張家有。」退此一色，價錢八十千，依數命僧往買之。餘藥悉留，清化鋪主輩三百二十千歸。僧用八十千詣張鋪買藥，張鋪須得一百千方可，僧依價市之而歸。

遂設醮起壇，泥爐齋戒，擇日合鍊點化藥。布衣齋午與老僕至，申未歸。院主使童行潛隨之，或出城門，或遊市肆，或遊龍門，行步輕健。童行輩見布衣迴顧便退，恐疑覺之。爐就下火，云三百六十日當成，教以添減火候，教之潔淨焚香，貓犬悉〔八〕羈縶之。微陰，有雷雨〔九〕，群僧高聲念佛，行者晝夜不息〔一〇〕。布衣曰：「比俟藥成，某暫至王屋天壇，候某迴開爐。」期年，布衣不至，院僧焚香啓藥爐視之，鼎器如故，藥皆成煨燼矣，但嗚指驚歎而已。懼是神仙，相誡勿洩。後院僧中有辭詣別院者，與洛下余之舊知熟夜〔一一〕靜話及之。何妖誕設怪取利之如是哉！亦僧貪財之甚者也。僧俗知是事者，足爲深誡！足爲深誡！（據清鮑廷博《知不足齋叢書》本《洛陽搢紳舊聞記》卷四）

〔一〕衣糧　《四庫》本作「蓄積」。

〔二〕諾　《四庫》本作「喏」。

〔三〕衆僧童行　「童」《四庫》本作「同」。按：衆僧童行，即衆僧及童子輩。

〔四〕退陞堂院主曰　原校：「一本云退堂謂院主曰。」

〔五〕日 《四庫》本作「月」，當譌。
〔六〕有 原校：「一作見。」
〔七〕一色 此二字原脱，據《四庫》本補。
〔八〕悉 原校：「別本悉下有以字。」
〔九〕雷雨 原校：「一無雨字。」
〔一〇〕行者晝夜不息 原校：「別本不息下有未幾二字。」
〔一一〕熟夜 《四庫》本作「深夜」。熟夜，即深夜。

洛陽染工見冤鬼

張齊賢 撰

開寶初，洛陽賢相坊染工人姓李，能打裝花纈，衆謂之李裝花。微有家活，性剛戾，不信佛，若有僧持盂至門者，視僧如木偶人，雖植足遲久之，裝花竟不荅一言。與之同類者謂之曰：「既不報施，何不荅一言令去？」李〔一〕曰：「若爲一言，恐後度復來。」聞者大笑之。

忽一旦，假借繡畫佛數幀〔二〕及經數帙供養，飯僧數十人，鄰仵〔三〕怪之。有富人樊澄潛詰之，李以實對，且曰：「某于晉末饑荒之歲，家貧，祇有一兩貫錢，本于鄉村雜販。有一人姓孫，亦有錢三兩貫，與之同于鄉村雜販，早出晚歸，皆與同行。每至郊野無人之處，姓孫人屢瞻顧，或前或後，若欲行窺伺之狀，某覺之。一旦，遇陰晦，咫尺不相辨，某以圓石從後擊之，正中其腦，再以石于頭面擊之，遂死。棄屍道周，盡得孫之物貨而歸，終無人知者。近因夜市自去買熟食，忽見姓孫人亦在買物。某懼其告官，欲潛遁，則姓孫人步步相隨，無由逃免。某遂拜告之，自言今某家微有錢物，乞不告官，要少錢物，依數相奉。謂是當時暫死而復活矣。孫亦無一言。某遂召入酒店内，同坐喫酒。數巡，孫徐言曰：『當時何故打殺我？多少年歲尋覓你不得。』某遂言：『實死罪。當時覺你待暗〔四〕算我，遂先下手爾。』某遂拜告之，孫曰：『我辛苦尋覓不得，見却竝不濟事。我非人，即鬼也。你打殺我後，被村人棄我屍半里許枯井中。今來堙塞，微有井形狀爾。骸骨尚存，受生無所，你爲我取出葬之，易新衣，無恨矣。』裝花許諾，尋失之。所以齋僧造小功德，爲此冤鬼。」

樊澄素奉佛，知因果，謂李曰：「何不速于初打殺他處，尋覓枯井取屍，與造新衣服，爲轉經齋僧，擇地重葬之？不爾，終當及禍。」李聞之懼，如言尋之。數日，果見有枯井蹤跡，掘之，得所棄屍。造新衣，于山下買地葬之。數年後，李與親家姓傅人相爭，互〔五〕擒拽至南州廂。廂有古獄，獄無門，李自投身獄中。會主廂吏邊其〔六〕姓，偶適他所，李即于獄中穀樹上，以衣帶自絞而死，廂吏由是獲罪。吁！李、孫俱微人也，晉末殺之，至我朝開寶初尚見之。既改葬，終于自縊，豈非鬼神報應之驗昭昭乎？余在洛中目覩之，故書以示勸誡云〔七〕。時相州節使焦繼勳知當府事，滕大諫中正任通理。（據清鮑廷博《知不足齋叢書》本《洛陽搢紳舊聞記》卷四）

〔一〕李　原作「李公」，「公」字當衍，據《四庫》本删。

〔二〕蹬　《四庫》本作「軸」。

〔三〕鄰仵　《四庫》本作「鄰里」。

〔四〕暗　《四庫》本作「歸」。

〔五〕互　《四庫》本作「角」。

〔六〕其　《四庫》本無此字。

〔七〕原校：「别本止此，無以下二十字。」按：《四庫》本即止於此。

宋代傳奇集第一編卷五

白中令知人

張齊賢　撰

白中令諱文珂，河東遼州人。由軍職積勞至藩方馬步都校、遥郡〔一〕，後爲遼州刺史、代州刺史。在代州日，值漢祖授北京留守、河東節度使，代屬郡也。中令長子曰廷誨，時爲衙内指揮使，每日以事干郡政。漢祖聞之，怒其失教，遂奏之，罷郡。白以屬郡路由并州，遂詣府參謁。漢祖見之，覩其儀貌敦厚，舉止閑雅。訪以時事，對荅有條貫，一二中〔二〕。漢祖由是大喜，屢開筵宴，命賓客盡歡而罷。時漢祖已奏乞除一人北京副留守，未報，漢祖因奏公乞就除副留守，朝廷可之。除書既下，中令日接漢祖從容。

會晉末胡寇猾夏〔三〕，漢祖有掃除天下之志，奇謀密畫，中令之力居〔四〕多，遂成攀鱗之遇焉。中令〔五〕漢祖建義授河中府節使。漢祖即大位，改授天平軍，未久，移授陜府。屬蒲、岐、雍三州連叛，授河中府招討之，命兼知府行事〔六〕。周太祖時爲樞密使，命摠戎律，督三路攻取之。政〔七〕中令在北京日，素與周祖親洽，周太祖屢召中令諮詢戎事。三叛平，周祖德之，師旋與同來。時西京留守王相守恩，爲左右所惑，大納賄賂，衆口諠譁。周祖即日移牒中令，權守宮鑰，替王相。歸第密奏之，漢少祖遂下制，除西京留守、大尹事、兼中書令。周祖即大位之數年，公求入覲，懇乞致政。周祖敦喻頗切，中令辭以年老，堅請不已，遂許之，授太子太師致仕，許歸洛下頤養，賜以肩輿鳩杖，命宰臣備祖筵于板橋餞之，咸謂公〔八〕上繼二疎之跡，千載之下，一人而已。

公仗鉞之後，宣差昝相居潤，充都押衙，與公之肘腋牛從福爲校練使，常預心腹之寄。屢〔九〕以昝相有識略，密言于周祖。後漸用之，驟至顯位使相，嘗判開封府焉，贈王爵。沈中令諱倫，常客于白中令門下。昝相既顯，白中令使人密以沈相名姓薦之，昝相遂稱薦于太祖皇帝。時太祖潛龍，握天下兵柄，留沈相門下，遂成魚水雲龍之契焉。太祖常告時宰，懇爲沈中令乞一出身，時宰以無例拒之。太祖登極，召見沈相，未除官，先賜緋袍牙笏。數日稱：「賜緋人，時宰相執尚欲取旨除散官，何見之晚耶？」及中書取進止，上曰：「合與何官？」中書見上顏色，遽曰：「欲除京官。」上不荅。中書再欲除昇朝官，上曰：「除何官？」中書相顧未奏。上曰：「且與除郎中。」遂除户部郎中。時宰尚欲置之散地，差監關市于維揚，相次拜給事中。有事西蜀，差充轉運使，餉饋飛輓無闕，以清白律身。蜀平師旋。無財色所惑〔一〇〕者，中令與曹濟陽二人而已。太祖識中令遠略深識，寡言沈靜，遂大用焉。二公之貴達，亦由中令之知人乎！中令既歿，余熟其門，余布衣受中令見知，詳其事，遂記之。（據清鮑廷博《知不足齋叢書》本《洛陽搢紳舊聞記》卷五）

〔一〕遥郡　《四庫》本作「領郡」。遥郡，遠州。

〔二〕一二中　張氏刊本作「二三中」。《四庫》本作「皆中肯要」。

〔三〕胡寇猾夏　《四庫》本改作「契丹南下」。《五代史記注》卷一〇上引《洛陽搢紳舊聞記》「胡」改作「邊」。

〔四〕居　原作「俱」，疑譌，據《四庫》本、《五代史記注》改。

〔五〕中令　《四庫》本作「其後」。

〔六〕知府行事　《五代史記注》作「知行府事」。

〔七〕政　原作「執」，同「勢」。原校：「一作執之，似誤。」《四庫》本作「政」，姑據改。政，通「正」。

〔八〕咸謂公　原作「遺榮之」，校：「句似有脱誤。」據《四庫》本改。

〔九〕屢　《四庫》本作「公」。

〔一〇〕所惑　《四庫》本作「之累」。

張大監正直

張齊賢　撰

贈大監張公諱燦，本農家。年三十餘，未知書。忽有同里舉人相過，即公之姻表爾，因問曰：「某可學乎？」舉人曰：「豈有年長立矣，尚未識一字，安可更從學乎？」張公不悦，憤志欲尋師從學。張公所居，直南一二里臨官路，有店數十户。一日，有儒士過之，暫憩于店中。張公前揖拜之，儒士起荅拜，坐與語。張公頗恭恪，問儒士曰：「某年長，以恨未嘗知書，志欲從師受業，可乎？」儒士曰：「觀子志性，苟能勤苦讀書，十年必有成。」張公曰：「晝夜不息，五年可乎？」儒士驚喜曰：「若如此有志，何憂不成！」再三勸勉之。張公拜謝之，乞爲弟子，延請歸莊，具饌食，留之數宿。泣告其父母，乞五年假，願隨此儒士出入讀書。父雖田家，素長者，聞子言切，遂許之。與儒士偕往，五年不知音耗，父母憂之。一旦歸，已儒服矣，蓋晝夜勤苦，能通大小經，皆精〔一〕聖人閫奥。尤善書札，有體法。又數年，善詞賦詩篇。鄉黨推伏，四遠稱之，遂成通儒焉。

晚居絳臺，同人日造其門，聲價藉甚。會絳州牧長紀綱中，多〔二〕私受富人賂遺，撓其獄市〔三〕者，郡人苦之。郡主亦知之，未能去。適有郡長故人銜命過其郡者，客亦聞之〔四〕，郡長與過客密謀之，且懼朝廷知之，過客曰：「莫如請一正直人居賓席，即郡事必治，公之左右亦悛改矣。」郡長屢訪之，未得其人。或有言大監之名者，郡主曰：「聞之久矣。」即以簡牒衣物鞍馬請之。大監但以書啓致謝，託以讀書因患肺疾，懼不任事爲辭。郡主訝之，曰：「張秀才貧乏如是，某已簡牒服玩鞍馬請之，禮亦厚矣，忽爾見拒託疾，必有所謂。」命親識私詰之，大監曰：「郡主真良牧，但左右非才，玷污之爾。某若受其請，欲求盡去左右之不良者，慮不能行，且憂反爲此輩所賣，則某之道不行必矣。」郡主聞之，愈更嗟賞，使謂之曰：「秀才但受禮命，某皆可行之。」尋奏署絳州防禦推官，朝廷可其奏。向來所爲〔五〕不法者盡逐之，杜絶請託，獄訟無私。行之期年，翕然稱治。明宗知之，就轉防禦判官，蓋瀛王馮令公譖其操履爾。

至漢祖既即位之初，爲上黨戎判。漢祖在北京時，大聚甲兵，禁牛皮不得私貨易〔六〕及民間盜用之，如有牛死，即時官納其皮，其有犯者甚衆。及即大位，三司舉行請禁天下牛皮，其立法與河東時同，天下苦之。會上黨民犯牛皮者二十餘人，獄成，罪俱當死。大監時爲判官，獨執曰：「主上欽明，三司不合如此起請。二十來人死尚聞可〔七〕，況〔八〕天下犯者皆銜冤而死乎？且主上在河東大聚甲兵，須藉牛皮，嚴禁之可也。今爲天下君，何少牛皮，立法至于此乎？」遂封奏之。時三司使方用事，執政之地，除馮瀛王外皆惡之，曰：「豈有州郡使敢非朝廷詔敕！」力言于漢祖，漢祖亦怒曰：「昭義一判官是何人，爲作敢如是？」其犯牛皮者依敕俱死，大監以其非毁詔敕亦死。敕未下，獨瀛王非時請見。漢祖出，瀛王曰：「陛下在河東時，斷牛皮可也。今既有天下，牛皮不合禁。陛下赤子枉殺之，亦足爲陛下惜。昭義判官以卑位食陛下禄，居陛下官，不惜軀命，敢執而奏之，可賞不可殺。臣當輔弼之任，使此敕枉害天下人性命，臣不能早奏，使陛下正之，臣罪當誅。」稽首再拜。又曰：「張燦不合加罪，望寬〔九〕敕赦之。」漢祖久之曰：「已行之矣。」馮瀛王曰：「敕未下。」漢祖遽曰：「與赦之。」馮曰：「欲勒停可乎？」上曰：「可。」由是改其敕，記其略曰：「三司邦計，國法攸依。張燦體事未明，執理乖當，宜停見職。犯牛〔一〇〕皮者貸命放之。」大監聽敕〔一一〕拜訖，聞敕云「執理乖當」，尚曰：「中書自不能執〔一二〕，若一一教外道判官執，則焉用彼相乎？」未久，朝廷知之，且愛其直，敢言事，欲用之爲諫官，無何，授監察御史。初授監察命詞云：「前件官澄之不清，撓之不濁。」捧敕牒官告遍詣時宰，謂之呈官告。馮瀛王于官告上改一字，云「澄之必清」，用堂印印之，聚廳屬示〔一三〕之。馮曰：「此官已有清白，豈合言『澄之不清』乎？」由是清白之名，遍于朝野。

後轉殿中侍御史，特〔一四〕留憲於西京，辭中執憲劉公温叟〔一五〕，劉不爲之禮。大監至西京，知劉中丞母在外，不迎侍，遂彈奏之。時宰范魯公諱質〔一六〕，素重劉，召至中書，以彈奏示之。劉掩面慘容曰：「若朝廷行之，某誠名教之罪人爾，爲之柰何？」復泣而告曰：「某之慈母，其母實繼母爾。性愛寬靜居第，且不便此中水土，堅意自便，前拜告皆弗聽，非不迎侍也。張公所彈，是某之罪。」范曰：「有人與素相厚者，請早爲書以告之。若奏章再來，則無及矣。」劉惶恐，親爲書以謝，且告之，命所素親厚者馳往，由是所彈事中寢焉。大監曰：「安有教化之地，泄人彈辭，使來相告！然吾老矣。」遂有山林長往之心焉。病久之，奏乞長假，衆亦憚其直，不敢起用。歲餘，終于玉泉之別墅。既殁，無財可營葬事，其正直清苦也如是。

次子素，少俊秀勤敏，善詞賦，年十四五有成人器。太祖皇帝親征澤、潞，素方年二十餘，詣行在，進《有征無戰頌》。召詞臣對御讀之，曰：「若舉人中不易得。」太祖皇帝曰：「逆黨下兵，屢爲王師所破，豈可言『有征無戰』乎？」戎事方繁，遂賜束帛而退，由是聲價飛走于遠邇矣。家貧，累舉罷歸。李相中令諱昉掌文柄，擢之上第。太宗朝任使且久，今上方知其有才力，欲擢用之，忽搆疾于路〔一七〕，時自荆湖運輸旋也。上賜錢二百千給其家，賜一子出身，優禮也。大監執奏牛皮，天下之民受其賜者多，其子孫必有榮顯者，今數子〔一八〕甚肖。余周知其事跡，遂紀之。（據清鮑廷博《知不足齋叢書》本《洛陽搢紳舊聞記》卷五）

〔一〕精　《四庫》本作「臻」。
〔二〕多　《四庫》本作「有」。
〔三〕獄市　《四庫》本作「獄訟」。獄市，獄訟及市集交易。
〔四〕客亦聞之　《四庫》本作「亦頗聞之」。
〔五〕爲　原校：「别本作謂。」
〔六〕不得私貨易　原校：「别本作不得私賣。」
〔七〕尚閒可　「可」字原無，據《舊五代史考異》卷四《周書・馮道傳》引《洛陽縉紳舊聞記》補（作閒可）。閒可，不要緊。閒，同「閑」。《四庫》本作「已屈」。
〔八〕況　《舊五代史考異》作「使」。
〔九〕寬　《舊五代史考異》作「加」。
〔一〇〕牛　此字原無，據《舊五代史考異》補。
〔一一〕聽敕　原校：「元本作廳敕，疑誤，今從别本作聽命。」《舊五代史考異》作「聽勅」，是「廳」乃「聽」譌，據改。《四庫》本作「奉敕」。
〔一二〕執　《舊五代史考異》作「執理」，下同。
〔一三〕屬示　原譌作「屈見」，據《四庫》本改。
〔一四〕特　原作「持」，據《四庫》本改。

〔一五〕 温叟 《四庫》本爲正文。

〔一六〕 質 原爲小字側注。按：本書各篇凡言「諱某」者皆在正文中，《四庫》本屬正文，據改。《叢書集成初編》本已改。下文「李相中令諱昉」同此。

〔一七〕 于路 《四庫》本作「以卒」。

〔一八〕 子 此字原爲闕字，據《四庫》本補。《筆記小説大觀》本亦補「子」字。

焦生見亡妻

張齊賢 撰

焦生，不知何許人，客于洛陽久之。生通《詩》、《易》、《何論》〔一〕，嘗以講説爲事于洛城西宫南里。有同人莊居，積困食且多，村民之豪者也。有同里民姓劉，家亦豐實。姓劉者忽暴亡，有二女一男，長者才十餘歲。劉之妻以租税且重，全無所依。夫既葬，村人不知禮教，欲納一人爲夫，俚語謂之接脚。村之豪儒，以焦生塊然，命媒氏于劉之妻言之。劉妻知焦生于州縣熟，許之，未半歲納之爲夫。焦久貧悴，一旦得劉之活業，幾爲富家翁，自以爲平生之大遇也。凡十餘年，家道益盛，牛羊之蹄角倍多。入城市，昏晚醉歸，妻率兒女輩于莊門，及令丁壯一二里候之，未嘗反目。一旦，焦之妻亦暴亡，焦生痛悼，追念不已。妻既葬，晝夜號呼，涕泣無暫輟，爲之飯僧看經，造功德備至。豪儒暨洛中之友人，以理勸喻，稍止。

後數月，焦生復早詣城市，昏晚方歸，半醉策驢，去其居十許里，大慟而歸，家人扶接而入。凡數度，村民亦不之訝。一日，自城中醉歸，行及柿園店，柿園，即天后時御苑中柿園，若多種梨者，目之爲梨園〔二〕。數十年前，尚有存者。以鞭亂毆其家客。家客怒，先馳歸，焦生獨乘驢，不由故道，東南望荒地而去也，見者不之測。焦之居在西南，家人不知。村民爲其昏晚，恐爲狼蟲〔三〕所傷，五七人共持白梃後隨之。漸近，生即回，以言告相隨之者：「日前〔四〕某與數人爲約，慎勿相逐。」衆遂迴。焦生乘驢直詣洛河崖岸最深險處，急鞭驢使前，驢見岸深不之進。焦生下，以手用力推之，驢雙脚踢焦生，焦生倒，死卧在地，驢亦歸。

時已十月〔五〕，崖下水深處，河道彎曲，有筏數十隻，上有人宿止。筏上人見乘驢欲投崖，謂是風狂。焦生起，筏上人連聲大叫云：「莫向前！向前岸下是潭水，渰殺你。」焦生聞之，自棄沿身衣服于地，望西北下急走，潛伏不見。筏人上岸，覩其衣服，曰：「果是風狂人，幾合渰殺。若向前有疎失，況遺衣服在地，來日人尋踪至此，帶累人。」咫尺村中人有耆長，遂夜深叩門告之。村耆曰：「適昏晚見焦生去，必狂醉。」乃夜詣焦生家告之。來早，尋之不見，于百餘步外，草中有微血踪，蓋跣足爲棘刺所傷故也。焦之家誣筏主數人害之，送官鞫之，無狀。

又數日，人有于三山後澗側草中，見一人坐，被髮無衣裝，視之，焦生也。與語不荅，雙目閃閃微有光。見者懼，馳詣焦莊告之。家人依其言往，果尚在澗側叢草中。見家人至，欲奔走，丁壯者追及，執縛而歸。滿身及手足多棘刺，血污狼藉。不飲食，不知親疎，但云：「放我去歸本家。」遂召善符禁者。時有道士丁自然，能使湯火符禁，祛捉鬼魅精怪多驗。依法設壇，敕水訖，熾火沸湯，書符禁之。遂釋縛，呼焦生及死妻姓氏，厲聲持劍呼詰之曰：「爾爲鬼，焦乃生人，人鬼異路，爾鬼物，敢輒干人！」又〔六〕責焦曰：「彼鬼爾，何輒隨之？」久之〔七〕，焦生流汗，戰慄伏地，若知過之狀，然終無言語。于是與拔棘刺，且湯沐，衣之新衣，扶之令卧睡。數日，亦不食不飢，始微能言語呻吟，覺肌骨閒疼痛。

道士去，又數旬日，問其故，焦曰：「某到柿園店，見亡妻先行，某不知其鬼也，中心喜。妻以手指相隨者莊客，似欲令去，不覺用鞭朴擊之。莊客去，妻行漸急，恐失之，遂鞭驢而往東南，見道路寬闊。妻先行，某乘驢逐之，妻回顧曰：『爾向後覷，引他許多人來，我怕，我怕，可速教他迴。』某遂却回，逆其相逐者，紿之云：『我與數人在前路相約。』相逐者信，俱回，妻喜笑。前行數里，妻指前面一所莊云：『此家也。』將及數百步，有二紅衣女子，一大一小，迎笑曰：『耶來，耶來。』有大門，不同向者所居，妻先入，女子亦先入。某驢不肎前行，鞭之不動，某怒，自下以手推之，驢雙脚起踢某倒，遂昏然不知。覺久之，妻與紅衣小女子前引某上山入澗，尤覺身健，日隨之。及尊師至，妻與女子號泣辭去，遂不復見。」家人始驚，相謂〔八〕曰：「二女子皆劉先亡之女也，皆妻之出，妻之强魂若是乎？」

《傳》曰：「人生始化曰魄，精之强者曰魂。」則豕立而啼，伯有至，謀杜〔九〕結草，皆是鬼爾。余以爲人未生也無形，既生曰有，既死復歸于無，故謂死曰歸，蓋却歸無爾。焦生本庸人，無正直氣，久爲羈遊客，一旦據劉之物業，擅劉之財穀，惑于死妻，眷眷然不忍割其情，朝昏號泣，已魂魄散矣。妖之來，乘其氣餒〔一〇〕以取之，或爲邪物依憑之爾。焦生數年而卒。家人共觀焦妻所指之莊，焦生推驢之所，前則斷岸，下臨不測之潭，四顧閴寂，皆荒蕪不可耕鑿之地。且人平昔之情如是，豈可〔一一〕爲鬼之後，與平昔之情頓殊乎？返昏惑其夫，俾投于深險之岸，溺于不測之潭乎？妻之鬼耶？物之依憑耶？白太傅歌所謂「生亦惑，死亦惑」者也。焦生雖常人，死妻雖常事，書之者，欲使世之君子，無惑溺其情于婦人女子。況生死異之大者，其〔一二〕可重惑者歟？則道士符，何其神驗乎？（據清鮑廷博《知不足齋叢書》本《洛陽搢紳舊聞記》卷五）

〔一〕何論　《四庫》本作「論語」。按：《何論》指三國魏何晏等注《論語》。

〔二〕若多種梨者目之爲梨園　《四庫》本作「後多種梨，因爲梨園」。
〔三〕蟲　《四庫》本作「虎」。
〔四〕日前　原作「次南」，校：「二字疑誤，别本無。」《四庫》本作「日前」，據改。
〔五〕十月　原校：「别本作十一月。」
〔六〕又　此字上《四庫》本有「久之」二字。
〔七〕久之　《四庫》本無此二字。
〔八〕謂　《四庫》本作「告」。
〔九〕杜　原譌作「社」，《筆記小説大觀》本改作「杜」。按：杜即杜回，《左傳》宣公十五年載：魏顆嫁父嬖妾，未以爲殉。及輔氏之役，見老人結草以亢杜回，杜顛而獲之。夜夢老人，稱是妾之父，以嫁妾之故以報。今改。
〔一〇〕餤　原校：「别本作衰。」
〔一一〕可　《四庫》本作「至」。
〔一二〕其　《四庫》本作「豈」。其，豈也。

石中獲小龜〔一〕

張齊賢　撰

洛河出美石，其中時有滑淨光瑩類玉者，人多取白石，春末，用法合鍊爲藥。玉即皆洛河之所出也。建隆初暮春月，五六人稱閒于洛濱選揀白石，爲玩物。中有儒家子李元者，得一石，長四寸餘，闊厚稱之，重于〔二〕常石，光潔温潤，衆謂之玉。李將歸，置于佛前。經歲，李素與玉工人姓崔者熟，謂工曰：「某得一白石，真玉也，可解治之乎？」崔因往視之，沈吟久之，曰：「謂之爲石，即重而且潤；謂之爲玉，又外狀不類。可試治之。」遂以解玉砂截五之一焉，視之，果石之美者也。其截處中心，空虛有物，在其内微動，崔與李驚訝之。須臾，有一物如錢許大，徐徐而出，即小白龜也，六甲皆具，體瘦而健，驤首引殼，猶猶〔三〕而行。且石既混成，又周無隙罅，則是龜也從何而入？李取漆合貯之，日于佛前燃香供養之。人知，求觀者甚衆。李命數人同送于洛濱，去水三數步放之。龜甲不動，食頃引首左顧，向水而去。及入水不没，履水逆行。約數丈，漸没入水，遂不復見。龍耶？龜耶？衆不之測。

太宗朝，浙中進一小白龜，至以銀合盛之。時趙韓王普在中書，余初入密地，韓王取龜視之，中書密院共覩之。龜長祇可寸餘，潔白，亦體瘦，頸微長，如尋常龜，眼目光明，不藏六甲，不畏人。余聞靈龜千載，巢于蓮葉之上，蓋壽多愈小。入于石者，蓋石初結化時在其閒，石堅而潛其内，因玉工而出之。蓋所謂神物，其龍之化乎？

開寶初，太祖皇帝將西幸于洛，命修大内，督工役甚急。兼開鑿漕河，從嘉猷坊東出，穿掘民田，通于鞏，入黄河，欲大通舟楫之利，輦運軍食于洛下。去洛城二十餘里，鑿地深二丈餘，旁有穴土微潤〔四〕，築之〔五〕，中有物跳躍撥刺，役夫觀者甚衆。其役徒中有惡少者，訖引手探而取出，乃一頭鯉魚，重六七斤。穴之下，以意度之，更數丈，方達泉脈。鯉魚在地中，不知幾何年，尚如是跳躍撥刺耶？役夫等烹而食之，尤甘美，亦無他異。晉司空食草積内魚，其味異常，謂之爲龍，當時亦食之，竟無他怪，此其類乎？是年掘地得卵，其大如冬瓜狀，棄之水，衆謂之龍卵。《漢書》：「射蛟江水中。」注：「蛟狀如蜥蜴，卵生，項下有白數〔六〕。」則所得之卵蛟卵也。黄門八作使〔七〕趙失其名，揔作徒督功。余居洛下，皆當時親所聞見之事也，故書。（據清鮑廷博《知不足齋叢書》本《洛陽搢紳舊聞記》卷五）

〔一〕題注：「開渠得蛟卵，掘地得鯉魚，皆附。」

〔二〕于 《四庫》本作「如」。

〔三〕猶猶 原作「尤□」，據《四庫》本改。猶猶，疾舒自如貌。

〔四〕旁有穴土微潤 原作「旁微有潤」，據《四庫》本補改。

〔五〕築之 《四庫》本無此二字。

〔六〕「漢書」至此二十字 《漢書》卷六《武帝紀六》：「（元封五年）自尋陽浮江，親射蛟江中，獲之。」顔師古注：「許慎云：『蛟，龍屬也。』郭璞説其狀云：『似蛇而四脚，細頸，頸有白嬰，大者數圍，卵生，子如一二斛瓮，能吞人也。』」張齊賢記憶有誤。

〔七〕八作使　《四庫》本作「將作使」。按：《宋史》卷四《太宗紀一》，太平興國五年七月，有「八作使張濬」。卷九四《河渠志四・白河》：「又開古白河，可通襄漢漕路至京，詔八作使石全振往視之。」卷一六五《職官志五・將作監》：「東西八作司，掌京城內外繕修之事。」

程君友

黄休復　撰

黄休復，字歸本，一作端本。成都（今屬四川）人。值後蜀北宋間，隱居不仕。曾受道於處士李諶，鬻丹養親。通《春秋》學，校左氏、公羊、穀梁書。兼精畫學，收藏甚富。太宗淳化五年（九九四）李順陷成都，家藏書畫焚掠殆盡。景德中收拾劫餘，著《益州名畫録》三卷。（據《益州名畫録》李畋序、《直齋書録解題》卷一一小説家類、《茅亭客話》卷三《蘭亭會序》及卷四《劉長官》）

遂州小溪縣石城鎮仙女埡村民程翁，名君友。家數口，墾耕力作，常於鄉里傭力，織草履自給。人質鄙朴，而性慈仁行，見禽獸常下道迴避，不欲驚之。寡訥少與人交言。年六十許，凡見山人道士，聚得傭負之直，以接奉之。凡有行李者，即與之負檐〔一〕，無遠近。或遺其錢，即不顧而迴，如此率以爲常。

開寶九年春，往雲頂山寺，遇一道士，古皃神俊，布衣麤幘，引一黑狗。見君友云：「願與我攜柱〔二〕杖藥囊到青城山，當倍酬爾直。」君友忻然隨之。入一小徑，初則田疇荒梗，漸見花木，與常所歷者路稍異。行三四里，又見怪石夾道，皆生細竹桃花，飛泉鳴籟，響亮山谷。望中有觀宇，依山臨水，松桂清寂，薄霧輕煙，披拂左右。黑狗前奔，道士昇廳，君友致藥囊柱杖于階上。道士曰：「爾有仙表，得至於此。」開囊取瓢，傾丹一粒，令吞之，曰：「若有飢渴，則可嚼柏葉柏實些些。」君友懇祈：「願住仙齋，以効廝役。」道士曰：「爾且歸家，別止一室，精思妙道。吾至九月八日，當來迎爾。」君友拜謝，未終，黑狗起吠，因出門避之。向來所遇如失，寂無影響，若夢寐中。逡巡見一負薪者，問之，云是青城山洞天觀路。

君友歸家，無飢渴之念，遂別止一室，不顧家事。嘗焚柏子柏葉，靜坐無所營爲，不飲不食，時嚼柏實三五顆而已。門外有一柏樹，下有一大盤石，常織草屨及偃息于上。至九月七日夜，山谷月皎風清，君友於居前後如有所待。達旦，雲霞相映，有如五色。君友仰觀躡空，祥風忽生，彩霧鬱起。妻孥悲號，遂越巨壑層巒，涕泗追望，極目而没。鄉里皆見聞。

時知州、右補闕李公準，通判張公蔚，以爲妖訛，囚繫君友妻男於獄，遣吏民於遠近尋其蹤由。時村耆鄉里不堪其擾衆，焚香告曰：「君若得道，卻乞下降，勿使鄉人濫獲其罪。」忽一日，君友在州衙門請見，通判張公怒而詈之曰：「若仙，當往矣，豈得復還？顯是妖也。」將加責辱，令拘之。君友但俛首默坐，唯不飲食。吏人有私問之曰：「何以得免？」對曰：「新主將立，何患乎不免？」言辭安詳，人皆不諭。至十二月初，值太宗皇帝登極遇赦，至是方悟新主之驗也。

君友歸家，入諸舊室。有真仙時降，輝光燭空，升牀連榻，笑語通宵，妻男聽之，皆不可曉。至太平興國元年三月三日〔三〕，於柏樹下石上復〔四〕騰空，冉冉而去。妻男望之，已在霄漢，唯聞音樂及香風，終日不止。本州以事奏聞，恩賜其妻男粟帛。時鞫獄吏張漢璆覩其事蹟，因是棄妻子，遊歷名山，至今尚在。（據清胡珽《琳琅祕室叢書》木活字排印尹家書籍鋪刊本《茅亭客話》卷一）

〔一〕檐　《琳琅祕室叢書》胡珽《校勘記》：「負檐，宋本誤。毛本（《津逮祕書》本）、張本（《學津討原》本）並作擔。」《四庫全書》本、《説庫》本亦作「擔」。按：檐，同「擔」。

〔二〕柱　《對雨樓叢書》、《湖北先正遺書》、《四庫》本作「拄」，下同。柱，音義同「拄」。

〔三〕太平興國元年三月三日　按：太宗開寶九年十月繼位，十二月改元太平興國，疑「元年」爲「二年」

之誤。

〔四〕復　原譌作「腹」。胡珽《校譌》：「腹字誤，各本並作復。」今改。

按：《郡齋讀書志》小説類著録《茅亭客話》十卷，云：「右皇朝黄休復撰，茅亭其所居也。暇日賓客話，言及虚無變化，謡俗卜筮，雖異端而合道，旨屬懲勸者皆録之。」當據自序，今本無也。《直齋書録解題》小説家類著録同，解題云：「江夏黄休復端本撰，所記多蜀事。別有《成都名畫記》，蓋蜀人也。」《成都名畫記》即《益州名畫録》。《文獻通考·經籍考》小説家據晁志、陳録而載。《宋志》小説類譌作黄林復（按：中華書局點校本校改作休），書名卷帙乃同。《遂初堂書目》小説類只載書名。

本書明代有鈔本流傳，明末毛晉刊於《津逮祕書》，並作跋，前題宋江夏黄休復集。清黄丕烈得宋刻，乃南宋臨安太廟前尹家書籍鋪刊行本，錢曾《讀書敏求記》卷三雜家著録本即此本（見《士禮居藏書題跋記》卷四、《蕘圃藏書題識》卷六），此本亦題江夏黄休復集，有宋元祐癸酉（八年，一〇九三）西平清真子石京後序。邵恩多應照曠閣主人張海鵬之命録出此本，由張氏刊於《學津討原》（見《學津討原》本邵恩多跋），後《學津》本又印入《説庫》。咸豐三年（一八五三）胡珽《琳琅祕室叢書》據尹家書籍鋪刊本木活字排印，末附《校勘記》、《校譌》。光緒十四年（一八八八）董金鑑木活字重印此本，末加董氏《續校》、《補校》。《叢書集成初編》據董本排印。

黃丕烈猶藏明錢罄室（錢穀）家藏舊鈔本及穴研齋繕寫本（《蕘圃藏書題識》卷六）。穴研齋鈔本今藏國家圖書館，繆荃孫光緒中景刻於《對雨樓叢書》。後民國中盧靖《湖北先正遺書》、張鈞衡《擇是居叢書初集》均據《對雨樓叢書》本景印。穴研齋本亦影寫宋刻，觀其本可知也。此外，又有《四庫全書》本、嘉慶二十年（一八一五）吴澄之鈔本（今藏國圖）等。上海古籍出版社二〇〇一年出版《宋元筆記小説大觀》，第一册收李夢生校點本，以琳琅祕室本爲底本，校以《四庫全書》本。大象出版社二〇〇六年出版《全宋筆記》第二編，第一册收趙維國整理本，則以《津逮》本爲底本，參校以《四庫》、《學津》、《琳琅》本。各本内容相同，皆十卷，八十九條，各有標目。

《類説》卷五四摘録十八條，天啓刊本無撰人，嘉靖伯玉翁舊鈔本卷四六題江夏處士黄休復記。其中《婆羅花》條不見今本，知今本有闕文，此條疑在卷八《滕處士》中，皆言養植花木也。《説郛》卷一四節録七條，全見於今本。《説郛》本題宋黄休復，注：「字歸本，江夏處士」。標目有與今本不合者。《五朝小説·宋人百家小説》偏録家、《重編説郛》弓三七收入《説郛》本。

據書中自述，作者所居名茅亭，此立名之由。休復乃蜀人，故所載全爲蜀事。記事上起前後蜀，下迄真宗天禧中。卷二《王容》稱天禧戊午歲（二年，一〇一八），卷五《龍女堂》稱天禧己未歲（三年）、庚申歲（四年），卷一〇《任先生》稱天禧元年、二年。天禧四年爲紀時最晚者，書成殆在真宗末年之天禧五年至乾興（一〇二一—一〇二二）間，休復晚年之作也。

崔尊師

黄休復 撰

崔尊師，名無斁。王氏據蜀，由江吴而來，託以聾聵，誠有道之士也。每觀人書字，而知其休咎，能察隱伏逃亡，山藏地秘，生期死限，千里之外骨肉安否，未嘗遺策。時朝賢士庶，奉之如神明。龍興觀道士唐洞卿，令童子以器盛蘿蔔送杜天師光庭，值崔在院門坐，遂乞射覆。崔令童子於地上劃一箇字，童子劃一「此」字，崔曰：「蘿蔔爾。」童子送迴，拾一片損梳，置于器中，再乞射覆，崔曰：「劃字於地。」童子指前來「此」字，崔曰：「梳爾。」洞卿怪童子來遲，童子具以崔射覆爲對。洞卿久知崔有道，令童子握空拳，再指「此」字，崔曰：「空拳爾。」洞卿親詣崔云：「一字而射覆者三，皆不同，非有道詎能及此？」崔曰：「皆是童子先言，非老夫能知爾。「此」字象蘿蔔，亦象梳，亦象空拳，何有道耶？」崔相字託意指事，皆如此類。

王先主自天復甲子歲封蜀王霸〔一〕盛之後，展拓子城，西南收玉局化，起五鳳樓，開五門，雉堞巍峩，飾以金碧，窮極瑰麗，輝焕通衢，署曰得賢樓，爲當代之盛。玉局化尊像，並遷就龍興觀，以其基址立殿宇，廣庫藏。時杜天師詣崔曰：「今主上遷移仙化，其有證應乎？」崔歎息良久，言曰：「皇嗣作難爾。」甲戌歲，果僞皇太子元膺叛，尋伏誅。後杜天師謂崔曰：「有道之士，先識未然〔二〕。」崔曰：「動局子亂，必然之事，何有道先識者哉！」杜天師曰：「此化畢竟若何？」崔曰：「局必須復，非王氏不可也。」先主殂，少主嗣位，明年再起仙化，以爲王氏復局之驗也。聖宋大中祥符甲寅歲，知州、諫大夫凌公策奏乞移王先主祠，取其材植，以修此化，土木備極，樓殿壯麗。工木未畢，或於玉局洞中出五色雲，觀者千餘人，移時而散。尋畫圖呈進，降詔獎諭，即崔所言王氏復局之事，證應何其遠哉！

休復嘗讀《仙傳拾遺》云：「二十四化，各有一大洞，或深廣千里、五百里。其中有日月飛精，謂之伏晨〔三〕之根，下照洞中〔四〕，與人間無異。有仙王仙官，卿相輔佐，如世之職司。凡得道之人，積功遷神返生者，皆居其中，以爲民庶。每年三元八節，諸天上真，下降洞中，以觀其理善惡。人世生死興廢，水旱風雨，皆預〔五〕關於洞府，及龍神祠廟血食之司，皆洞府之統攝也。二十四化之外，有青城、峨眉、益登、慈母、繁陽、嶓冢等洞，又不在十大洞天并三十六洞天之數。洞府之仙曹，亦如人間之州郡爾。」夫天之所有，誰能廢之？違天必有大咎，子亂之禍，能無及此乎？（據清胡珽《琳琅祕室叢書》木活字排印本《茅亭客話》卷二）

〔一〕霸　胡珽《校勘記》：「毛本、張本並作伯。按：古字通。」《四庫》本、《説庫》本亦作「伯」。

〔二〕未然　胡珽《校勘記》：「毛本、張本並誤未能。」《四庫》本、《説庫》本亦作「未能」。

〔三〕伏晨　胡珽《校勘記》：「毛本作伏辰。」《四庫》本亦同。按：《左傳》僖公五年：「童謡云：丙之晨，龍尾伏辰。」孔穎達疏：「夜之向明爲晨，日月聚會爲辰，星宿不見爲伏。……丙日將旦之時，龍尾之星伏在合辰之下。」晨，通「辰」。

〔四〕中　《津逮》、《學津》、《四庫》、《説庫》本作「口」。按：《太平廣記》卷三七《陽平謫仙》（出《仙傳拾遺》）作「中」。

〔五〕預　《對雨樓叢書》、《湖北先正遺書》本作「須」。按：《廣記》亦作「預」。

淘沙子〔一〕

黄休復　撰

僞蜀大東市，有養病院，凡乞丐貧病者，皆得居之。中有携畚鍤日循街坊溝渠内淘泥沙，時獲碎銅鐵及諸物，以給口食，人呼爲淘沙子焉。辛酉歲，有隱跡於淘沙者，不知所從來及名氏。常戴破〔二〕帽，携鐵把竹畚，多於寺觀閒靜處坐卧。進士文谷，因下第往聖興寺訪相識僧，見淘沙子披褐〔三〕於佛殿上坐。谷見其狀貌古峭，辭韻清越，以禮接之。因念谷新吟者詩數首，谷愕然。又諷其自作者數篇，其詩或譏諷時態，或警勵流俗，或説神仙之事，谷莫之測。因問谷：「今將何往？」谷曰：「謁此寺相識僧，求少紙筆之資，別謀投獻。」其人於懷内探一布囊，中有麻繩貫數小鋌銀，遂解一鋌遺谷，戴帽將所携器，長揖出寺而去。

谷後得僞通奏使王昭遠禮於賓席，因話及感遇淘沙子之事，念其詩曰：「九重城裏人中貴，五等諸侯閫外尊。爭似布衣雲水客，不將名字掛乾坤。」王公曰：「有此異人。」遂聞於蜀主，因令内園子於諸街坊尋訪之。時東市國清寺街有民宇文氏，宅門有大桐樹，淘沙子休息樹陰下。宇文頗留心至道，見其人容質有異，遂延於廳，問其藝業。云：「某攻詩嗜酒。」言論非俗。因飲之數爵，與約再會。浹旬，淘沙子或到其門，將破帽等寄與門僕，令報主人。其僕忿然厲〔四〕聲罵之曰：「主人豈見此等貧兒耶？」宇文聞之，遽出迎候，愧謝曰：「翹望日久，何來晚耶？」即與飲。且酣，宇文曰：「神仙可致乎？至道可求乎？」淘沙子曰：「得之在心，失之亦心。」宇文曰：「某數年前遇人，教令嚥氣，未得其驗，廢之已久。」淘沙子曰：「修道如初，得道有餘，皆是初勤而中惰，前功將棄之矣。世有黄白，有之乎？好之乎？」宇文曰：「某雖未嘗留心，安敢言不有？安敢言好之？」淘沙子因索銅錢十文，衣帶中解丹一粒，醋浸塗之，燒成白金。「此則神仙之藝，不可厚誣之，但罕遇也。有自言者，皆妄也。」遽辭而去。翌日，凌晨扣門，將一新手帕裹一物，云：「淘沙子寄與主人。」宇文開而視之，乃髻髮一顆，莫測其由。至日高，門僕不來，令召之，云：「今早五更睡中，被人截卻頭髻將去。」蜀主聞之，訪於宇文。宇文尋於養病院，云：「今早出去不歸。」自兹無復影響。

休復見道書云，刺客者得隱形之法也。言刺客若死，屍亦不見。每二十年一度，易形改名姓，謂之脱難。多有奇怪之事，名籍已係地仙，淘沙子是其流也。（據清胡珽《琳琅祕室叢書》木活字排印尹家書籍鋪刊本《茅亭客話》卷三）

〔一〕題下原有小字注：「沙作去聲。」

〔二〕破　原作「故」，下文作「破」。《對雨樓叢書》、《湖北先正遺書》本作「破」，據改。

〔三〕披褐　「褐」原作「揖」。胡珽《校勘記》：「毛本、張本並誤褐。」其餘各本亦作「褐」。按：披揖，作揖。《瀟湘録·焦封》：「此女僕齊稱夫人，欲披揖。」（《太平廣記》卷四四六）《北夢瑣言》卷四：「俄而州將擁旆而至，方遂披揖。」然此處作「披揖」實不通，作「褐」是也，據諸本改。

〔四〕厲　原作「勵」。胡珽《校勘記》：「毛本、張本並作厲，是也。」《四庫》、《説庫》、《對雨樓叢書》、《湖北先正遺書》本亦作「厲」，據改。

黎海陽

黄休復　撰

道士黎海陽，其父僞蜀時爲軍職。天兵伐蜀，海陽隨父戍劍門。蜀軍潰散，子父遂還於川城東門外丁村古冢。忽聞冢内有非常香氣。一日因晴明，微隙中見少骸骨，朽腐至甚，旁有一蘖黄粉。因撥開，乃見三小塊雄黄。海陽父頗好燒鍊，素知冢内雄黄可用，遂以衣襟裹之。至中夜，忽聞人語，父子問之曰：「語者鬼耶？」答云：「某非鬼，某宋人也。家世食禄，而某不樂名宦，退身學道於楚丘，有别墅稍遠囂塵。凡五金八石，難得者必能致之。或方法之士欲合鍊試驗者，必資其藥品，給以爐鼎，使成之。時德宗疑韋中令在蜀與蠻人連結，遂令某爲道士，入川見中令，伺其動静居止。皇觀〔一〕三年，又遣僧行勤入蜀，伺察中令。初以談議苦空，後説燒鍊點化之事，中令歷試，一一皆驗。凡三年，中令甚誠敬之。或一日，説還丹延駐之法，中令愈加景奉。後煉丹既成，中令齋戒餌之。初覺神氣清爽，嗜好倍常，僧遂辤去。至貞元二十年暮春〔二〕，藥毒發而薨。某爲與行勤往還，遂罹其禍而及此。遭樵夫牧豎蹂踐遺骸，潛壞朽骨，憤憤不已。」

海陽父曰：「君去世已遠，何不還生人中，而久處冥寞？」應曰：「某曾遇一高士，以陰景鍊形之道傳我。遂於我楚丘別墅深山濬谷中，選得一嵌室，囑我：『祇持六年，慎莫令諸物所犯，歲滿則以衣服迎我於此。』其人初則支體臭敗，唯藏腑不變，某遂依其教諭，乃閉護之。至期開視，則身全矣，端坐於嵌室之內。髮垂而黑，髭直而麤，顏皃光澤，愈於初日。某具湯沐新衣迎之，云能如是三迴，乃度世畢矣。某傳得此道，今形已不全。某今卻自無形而煉成有形爾，則上天入地，千變萬化，無不可也。某之形雖未圓，且飛行自在，出幽入明。軒冕之貴，不樂於吾。吾已離人世勞苦，豈復降志於其間？吾今之死，不愈昔之生乎？」

海陽父曰：「敢問其衣襟中藥，是何等藥？」對曰：「某常從道士入山煉丹，修葺爐鼎，爨薪鼓鞴，靡不勤力。每嘆光景短促，筋骸衰老。所聞者上藥有九轉還丹，不離乎神水華池；其次有雲母、雄黃，服之雖不乘雲駕鳳，役使鬼神，亦可袪除百病，補益壽年。某得煉雄黃之法，自二十歲服至四十歲，獲其藥力。苟再以火養，就以水吞，可冀道於髣髴。」海陽父告之曰：「餌藥之法則聞之矣，煉形之道少得聞乎？」言未畢，值天曉人行，恐有人搜捕，不及盡聽，因別卜逃竄之所，自後不復至此。

海陽父乾德中卒。海陽遂依其教，服煉雄黃，衣道士衣，尋師訪道。二十餘年不食，唯飲酒，衣服肌膚，常有雄黃香氣。淯化中，在益州錦江橋下貨丹，筋骨輕健。甲午歲，外寇入城，海陽不出，端坐繩牀，爲賊所殺，惜哉！（據清胡珽《琳琅祕室叢書》木活字排印尹家書

籍鋪刊本《茅亭客話》卷五）

〔一〕皇觀　董金鑑《續校》：「皇觀二字誤。」按：皇觀謂德宗觀察。

〔二〕至貞元二十年暮春　董金鑑《續校》：「按：史稱韋皋忠於王室，非藩鎮跋扈者比，何致爲德宗所忌？監國之請奠安宗社綱目，於其卒也，特書爵謚，以深予之，安得有餌丹暴卒之事？又考《唐書》及《通鑑》，貞元二十一年正月，德宗崩，順宗即位，改元永貞，八月傳位太子，從韋皋之請也。皋之薨，在憲宗受禪之後，安得卒於二十年之暮春乎？術士荒謬之言，其不可信類如此。」按：《舊唐書·憲宗紀上》：「（永貞元年）八月丁酉朔，受内禪。乙巳，即皇帝位於宣政殿。……癸丑，劍南西川節度使、檢校太尉、中書令、南康郡王韋皋薨。」

孫處士

黄休復　撰

孫處士名知微，字太古，眉州彭山人也。因師益部攻水墨僧令宗，俗姓丘氏。知微形貌山野，爲性介潔。凡欲圖畫道釋尊像，則精心率意，虛神静思，不茹葷〔一〕飲酒，多在山觀村院，終冬夏方能周就。嘗寓青城白侯垻〔二〕趙村，愛其水竹重深，囂塵不入，冀絶外慮，得專藝學。知微畫思遲澁，無羈〔三〕束。有位者或求之不動，即絶食託疾而遁。

導江縣有一女巫，人皆肅敬，能逆知人事。知微素尚奇異，嘗問其鬼神形狀，欲資其畫。女巫曰：「鬼有數等，有福德者精神俊爽，而自與人交言；若是薄相者，氣劣神悴，假某傳言。皆在乎一時之所遇，非某能知之也。今與求一鬼，請處士親問之。」知微曰：「鬼何所求？」女巫曰：「今道途人鬼各半，人自不能辨之。」知微曰：「嘗聞人死爲冥官追捕，案籍罪福，有生天者，有生爲人者，有生爲畜者，有受罪苦經劫者。今聞世間人鬼各半，得非謬乎？」女巫曰：「不然。冥途與人世無異，苟或平生不爲不道事，行無過矩〔四〕，有桎梏及身者乎？今見有王三郎在冥中，足知鬼神之事，處士有疑，請自問之。」

知微曰：「敢問三郎鬼神形狀，欲資所畫。」俄有應者曰：「今之所問，形狀醜惡怪異之者，皆是魍魎輩。神者一如陽間尊貴大臣，體貌魁梧，氣岸高邁，蓋魂魄强盛，是以有精爽，至於神明，非同淫厲之鬼爾。」知微曰：「鬼神形狀已得知矣，敢問鬼神何以侵害於生人？」應者曰：「鬼神之事，人皆不知。凡鬼神必不能〔五〕無故侵害生人。或有侵害者，恐是土木之精，千歲異物，血食之妖鬼也，此物猶人間之盜賊。若無故侵害生人，偶聞於明神，必不〔六〕侵害，亦不異盜賊之抵於憲法爾。若人爲鬼所害者，不聞乎爲惡於隱者，鬼得而誅之；爲惡於顯者，人得而誅之乎？」知微曰：「明神禱之而求福，有之乎？」應者曰：「鬼神非人，實親於德是依；皇天無親，亦惟德而是輔。凡有德者，不假禱祈，神自福之；

若素無德行，雖勤禱之，得福鮮矣。」知微曰：「今冥中所重者罪，在是何等？」應者曰：「殺生與負心爾。所景奉者，浮圖教也。」

知微曰：「某之後事，可得聞乎？」應者曰：「禍福之事，不可前告，神道幽祕，弗許預知也。」知微曰：「今欲酬君，君欲希我何物？」應者曰：「望君濟我資鏹數百千貫。」知微辭之。應者曰：「所求者非世間銅鐵爲者，乃楮貨爾。」知微乃許之。應者曰：「燒時慎勿使著地，可以薪草薦藉之，向一處以火爇，不得攪剔，其錢則不破碎，一一可達也。」遂依教燔帋錢數百千貫。噫！昔漢世已前，未知幽冥以何爲賂遺之物爾。（據清胡珽《琳琅祕室叢書》木活字排印尹家書籍鋪刊本《茅亭客話》卷一〇）

〔一〕葷　原譌作「暈」，據諸本改。

〔二〕埧　《四庫》、《説庫》本作「壩」。埧，同「壩」。

〔三〕羈　原譌作「霸」。董金鑑《續校》：「霸，字誤，原作羈。」諸本皆作「羈」，據改。

〔四〕矩　《四庫》本作「詎」，屬下讀。

〔五〕必不能　原無「不」字。胡珽《校勘記》：「必能當作必不能。毛本、張本皆不誤。」《四庫》、《説庫》本亦皆有「不」字。

〔六〕不　《津逮》、《四庫》本作「加」。胡珽《校勘記》：「必不，毛本誤作必加。」

宋代傳奇集第二編卷一

桑維翰

錢易撰

錢易(九六八—一〇二六),字希白。杭州臨安(今浙江杭州市臨安區)人。曾祖錢鏐,吴越國王。父倧,後漢天福十二年(九四七)嗣爲吴越王,爲大將胡進思所廢,立弟俶。太宗太平興國三年(九七八),隨錢俶歸宋。真宗咸平元年(九九八),進士試第二,自謂當第一,上書言試《朽索之馭六馬賦》,意涉譏諷,真宗惡其無行,降第三。明年第二人中第,補濠州團練推官,召試中書,改光禄寺丞、通判蘄州。景德三年(一〇〇六)試賢良方正能直言極諫科,入第四等,除祕書丞、通判信州。大中祥符元年(一〇〇八)真宗封泰山,獻《殊祥録》,改太常博士、直集賢院。四年祀汾陰,修車駕所過圖經,遷祠部員外郎。明年坐發國子監諸科非其人,降監潁州商税。數月召還,爲度支員外郎、直集賢院、知開封縣。七年真宗幸亳州,復修所過圖經,攝鴻臚少卿。九年預修《道藏》畢,賜緋。天禧元年(一〇一七),判三司都磨勘司。擢知制誥、判登聞鼓院、糾察在京刑獄,累遷左司郎中。仁宗天聖三年(一〇二五),拜翰林學士。四年正月卒,年五十九。著《金閨集》六十卷、《瀛州集》五十卷、《西垣集》三十卷、《内制集》二十卷、《滑稽集》四卷、《青(一作青)雲總録》

一百卷、《南部新書》十卷、《洞微志》十卷、《殺生顯戒》三卷等。《南部新書》今存，餘皆散佚。（據《宋史》卷三一七，《隆平集》卷一四，《東都事略》卷四八，《續資治通鑑長編》卷三三、卷六四、卷七七、卷九〇，《學士年表》，《咸淳臨安志》卷六五，《分門古今類事》卷七《錢公自述》，《祕書省續編到四庫闕書目》，《郡齋讀書志》，《直齋書録解題》）

桑維翰大拜，方居政地，有布衣故人韓魚謁公。左右通名，候[一]甚久，公方出。魚趨階甚恭，公但少離席。既坐，公默然不語，有不可犯之色。遽引退歸，謂其僕曰：「桑公吾故人也，有疇昔之舊。今余見之，有不可犯之色，何也？」僕夫亦通敏人，云：「上相氣燄如此，事防不可知。」魚翌日告別，將歸故鄉。既坐，公笑曰：「近者書殿缺人，吾以子姓名奏御，授子學士。」俄有二吏自東廊持箱，中有黄誥及藍袍靴笏之類。魚遽降階，再拜受命。公乃置酒。公方開懷言笑，詢及里閭，語笑殊歡[二]。復謂魚曰：「朱炳秀才安乎？」魚對曰：「無恙。但家貧親老[三]，尚走場屋。」公曰：「吾向與之同鄉薦，最蒙他相愛。吾文字數卷，伊常對人稱賞。子作一書爲[四]吾意，召之來[五]，與一官。」魚素長者，忻然答曰：「諾。」魚乃作書，特遣一人召。不久炳至，一如魚禮，箱中[六]出誥洎公裳，兼授軍巡判官。

公他日又召魚中堂會酒，公又詢魚曰：「羌岵秀才今在何地？」魚曰：「聞見客東魯，顔甚悽悽。」公曰：「吾與之同場屋，最相鄙薄，見侮頗甚。今吾在政地，伊尚區區日困於塵土間。君子固不念舊事〔七〕，子爲吾復作一書召之，當與一官。」魚應曰：「諾。」魚又特令一僕求之，月餘日，方策蹇而至。魚遣人道意，同魚入見。坐客次，公召一吏附耳而言。吏至言：「公致意，今日有公議，未得相見，且令去巡判官處待，少時即有美命。」岵乃從吏至巡判衙署。岵坐客次，見其吏直升廳，附耳言於巡判，判云：「領旨。」吏乃去。巡判又呼吏升廳，附耳言。吏下陛，巡判曰：「速行。」吏出門。少頃，巡判别呼一吏云：「你傳語秀才，請去府中授官。」岵莫知其由，出。有白衣吏數人，隨岵行百步，兩人執岵手，岵亦不知。及通衢稠人間，數人執岵，一吏云：「羌岵謀反，罪當處斬。」岵大呼曰：「我家有少妻幼子，韓魚召我來授官，我何罪而死也？我死，須告上帝，訴於天。」言未絶，斬之。韓魚聞之，慟曰：「岵之死，吾召之也。丞相如此，安可自保？」乃告疾還鄉。

一日，公坐小軒中，見岵自門外來，不覺起揖〔八〕。既坐，叙問闊數十句。岵曰：「相公貴人也，生殺在己。岵昔日與公同閭里場屋，當時聚念，閑相諧謔，乃戲笑耳，相公何相報之深也？使吾頸受利刃，屍棄郊野之中，狗彘共食之。妻子凍餒〔九〕，子售他人，相公心安乎？吾近上訴於天帝，帝憫無辜，授司命判官，得與公對。」公又見階下半醉而跛者，與岵同立階下，公曰：「此又何怪也？」岵笑曰：「相公眼高，豈不識此是唐贊？」唐贊向爲衛吏，曾辱公，公命府尹致之極法。府尹不欲曉然殺之，乃三次鞭之方死，不勝其苦。公〔一〇〕曰：「如唐贊輩，有何足報？」又曰：「子能貸我乎？吾爲飯僧千人，誦佛書千卷報子，可乎？」岵曰：「得君之命乃已，他無所用焉。」岵乃起曰：「且相攜。」入庭下竹叢中乃没。公不久死，時手足皆有傷處，不知從何有也。（據上海古籍出版社點校本北宋劉斧《青瑣高議》後集卷六）

〔一〕候　原作「謁」，據明萬曆張夢錫刻本（二十卷）卷一六改。

〔二〕殊歡　原作「如舊」，據張本改。清紅藥山房鈔本「舊」作「歡」，眉批：「如，墨校殊。」

〔三〕家貧親老　張本、紅藥本作「家貧族重老」，疑有誤。

〔四〕爲　《大明仁孝皇后勸善書》卷一八作「道」。

〔五〕召之來　張本、紅藥本作「薦召來」。

〔六〕中　此字原無，據《類説》卷四六《青瑣高議·桑維翰召故人》補。

〔七〕事　《類説》作「惡」。

〔八〕不覺起揖　上海古籍出版社點校本校：「鈔本作公下坐起揖。」紅藥本同。

〔九〕餒　《類説》及張本、紅藥本作「殍」。

〔一〇〕公　張本、紅藥本作「岵」，當誤。

按：《青瑣高議》題注「枉殺羌岵訴上帝」，作者題錢希白内翰作。末有議，當出劉斧，兹録以備參：「議曰：桑公居丞相之貴，不能大其量。以疇昔言語之怨，致人於必死之地，竟召其冤報，不亦宜乎！」

越娘記

錢　易　撰

楊舜俞，字才叔，西洛人也。少苦學，頗有才。家貧，久客都下，多依倚顯宦門。念鄉人有客蔡其姓者〔一〕，將往省焉。舜俞性尤嗜酒，中道於野店，乃行，居人曰：「前去乃鳳樓坡也，其間六十里，今日已酉矣，其中亦多怪，不若宿於此。」舜俞方乘醉，曰：「何怪之有？」鞭馭而去。行未二十里，則日已西沉，四顧昏黑，陰風或作，愈行愈昏暗，不辨道路。舜俞酒初醒，意甚悔恨，亦不知所在焉，但信馬而已。

忽遠遠有火光，舜俞與其僕望火而去。又若行十數里，皆荆棘間，狐兔呼鳴，陰風愈惡。方至一家，惟茅屋一間，四壁闃無鄰里。叩户久，方有一婦人出，曰：「某獨此居，又屋室隘小，無待客之所。」舜俞曰：「暮夜昏暗，迷失道路，别無干浼，但憩馬休僕，坐而待旦。」婦人曰：「居至貧，但恐君子見，亦不堪其憂也。」乃邀舜俞入。室了無他物，惟土榻而已，無烟爨迹。視婦人衣裾襤褸〔二〕，燈青而不光，若無一意。婦人又面壁坐，不語。舜俞意徘徊不樂，乃遣僕在外求薪，搆火環而坐。乃召婦人共火，推託久，方就坐。熟視，乃出世色也。臉無鉛華，首無珠翠，色澤淡薄，宛然天真。舜俞驚喜，問曰：「子何故居此？」婦人云：「妾之始末，皆可具道，長者留問，不敢自匿。妾本越州人，于氏。家初豐足，良人作使越地，妾見而私慕之，從伊歸中國，妾乃流落此地。」舜俞曰：「子之夫何人也，而使子流落如此？」婦人容色悽愴，若不自勝，曰：「妾非今世人，乃後唐少主〔三〕時人也。妾之夫奉命入越取弓矢，將妾回。良人爲偏將，死於兵。時天下喪亂，妾爲武人奪而有之。武人又兵死，妾乃髡髮，以泥塗面，自壞其形，欲竄回故鄉。晝伏夜行，至此，又爲群盜脅入古林中，執爨補衣。數日，妾不忍群盜見欺，乃自縊於古木，群盜乃哀而埋之於此。不知今日何代也？烟水茫茫，信耗莫問，引領鄉原，目斷平野，幽沉久埋之骨，何日可回故原？」

舜俞曰：「當時子試言之。」曰：「所言之事，皆妾耳目聞見，他不知者，亦可概見。當時自郎官以下，廩米皆自負，雖公卿亦有菜色。聞宫中悉衣補完之服，所賜士卒之袍袴，皆宫人爲之。民間之有妻者，十之二三耳。兵火饑饉，不能自救，故不暇畜妻子也。穀米未熟則刈，且慮爲兵掠焉。金革之聲，日暮盈耳。當是時，父不保子，夫不保妻，兄不保弟，朝不保暮。市里索莫，郊坰寂然，目斷平野，千里無烟。加之疾疫相仍，水旱繼至，易子而屠有之矣，兄弟夫婦又可知也。當時人詩云：『火内燒成羅綺灰，九衢踏盡〔四〕公卿骨。』古語云：『寧作治世犬，莫作亂離人。』」復流涕曰：「今不知是何代也？」舜俞曰：「今乃大宋也。數聖相承，治平日久，封疆萬里，天下一家。四民各有業，百官各有職，聲教所同，莫知紀極。南踰交趾，北過黑水，西越洮川，東止海外，烟火萬里，太平百餘年。外户不閉，道不拾遺，遊商坐賈，草行露宿，悉無所慮。百姓但饑而食，渴而飲，倦而寢，飲酒食肉，歌詠聖時耳。」婦人曰：「今之窮民，勝當時之卿相也，子知幸乎？」

舜俞愛其敏慧，固有意焉。命僕囊中取箋管，作詩爲贈，意挑之也。詩云：「子是西施國裏人，精神婉麗好腰身。撥開幽壤牡丹種，交見陽和一點春。」婦人曰：「知雅意不可克當，其餘款曲，即俟他日。今夕之言，願不及亂。」復曰：「妾本儒家，稍知書藝，至今吟詠，亦嘗究懷。君子此過〔五〕，室若懸磬，既無酒醴，又無殽饌，主禮空疎，令人愧腆。君子有義，不責小禮，敢作詩攄幽懷忿恨，君子無誚焉。」口占詩曰：「欲説當時事，君應不喜聞。軍兵交戰地，骨血踐成塵。兵革常〔六〕盈耳，高低孰保身。變形歸越國，中道值兇人。執役無辭苦，遭欺願喪身。沉魂驚曉月，寒骨怯新春。狐兔爲朋友，荆榛即四鄰。君能挈我去，異日得相親。」舜俞見詩，尤愛其才。復曰：「妾之骨，幽埋莫知歲月。君他日復回，如法安葬，羈魂永當依附。」相對終夕，不可以非語犯。將曉，乃送舜俞出門，微笑曰：「楊郎勿負懇託。」舜俞行數步，回顧，人與屋俱不見。舜俞神昏恍惚，乃復下馬，結草聚土，記其地而去。

遊蔡復回，乃掘其地，深三尺，乃得骨一具。舜俞以衣裹之，致於篋中，於都西買高地葬焉。其死甚草草，作棺、衣衾、器物、車輿之類，如法葬。後三日，舜俞宿於邸中，一更後有人款扉而入，舜俞起而視，乃越娘也。再拜曰：「妾之朽骨，久埋塵土，無有告訴，積有歲時。不意君子遷之爽塏，孤魂有依，莫知爲報。」視衣服鮮明，梳掠豔麗，愈於疇昔。舜俞尤喜動於顏色，乃自取酒市果殽對飲。是夕，宿舜俞處，相得懽意，終身未已。將曉，別舜俞曰：「後夜再約焉。」

舜俞備酒果待之，如期而來。酒數行，越娘斂躬曰：「郎之大恩，踵頂何報？妾有至懇，凂〔七〕瀆於郎。妾既有安宅，住身亦非晚也。若再有罪戾，又延歲月。妾此來，欲別郎也。」舜俞驚云：「方與子意如膠漆，情若夫妻，何遽言別？」越娘曰：「妾之初遇郎，不敢以朽敗塵土迹交君子下體之懽者，無他，誠恐君子思而惡之也。以君之私我，我之愛君，何時而竭焉？妾乃幽陰之極〔八〕，君子至盛之陽，在妾無損，於君有傷，此非厚報之德意也。願止濃懽，請從此別。」舜俞作色云：「吾方睠此，安可議別？人之賦情，不宜若此。」

越娘見舜俞不諾，又宿邸中。舜俞申約，自是每夕至矣。數月日，舜俞臥病，越娘晝隱去，夜則來侍湯劑。且曰：「君不相悉，至有此苦。」越娘多泣涕。後舜俞稍安。一夕，越娘曰：「我本陰物，固有管轄，事苟發露，永墮幽獄，君反欲累之也，向之德不爲德矣。妾不再至，君復取其骨擲之，亦無所避。」乃去。

自此杳不再來，舜俞日夕望之。既久，一日至越娘墓下大慟曰：「吾不敢他望，但復〔九〕得一見，即亡恨矣。」又火冥財，酹酒拜祝。是夕，舜俞宿於墓側，欲遇之，終不可得。舜俞留園中三夕，復作詩禱於墓前，其詩曰：「香魂妖魄日相從，倚玉憐花意正濃。夢覺曲幃天又曉，雨消雲歇陡無踪。」舜俞神思都喪，寢食不舉，惟日飲少酒。形體骨立，容顔憔悴。雖舜俞思念至深，而越娘不復再見。舜俞恃有德于彼，忿恨至切，乃顧彼伐其墓。適會有道士過而見之，揖舜俞而詢其故。舜俞不獲已，且道焉。道士止其事，俾不伐，且謂舜俞曰：「子憾此鬼乎？吾爲君辱之。」乃削木爲符，丹書其上，長數尺，釘墓錚鏗有聲。道士復長嘯，甚清遠，聞者肅然。又命舜俞以碧紗覆面向墓。頃之，俄見越娘五木披身，數卒守而箠撻之，越娘號叫。少選，道士會卒吏少止。越娘訴舜俞曰：「古之義士葬骨遷神者多矣，不聞亂之，使反受殃禍者焉。今子因其事反圖淫欲，我懼罪藏匿不出，子則伐吾墓。今又困於道者，使我荷枷，痛被鞭撻，血流至足，子安忍乎？我如知子小人，我骨雖在污泥下，不願至此地，自貽今日之困。」涕泣交〔一〇〕下。舜俞乃再拜道士，求改其過，而方令去，乃不見。

道士曰：「幽冥異道，人鬼殊途，相遇兩不利，尤損於子。凡人之生，初歲則陽多而陰少，壯年則陰陽相半，及老也，陽少而陰多，陽盡而陰存則死。子自壯，氣血方剛，自甘逐陰純異物，耗其氣，子之死可立而待。儒者不適於理，徒讀其書，將安用也？」舜俞再拜曰：「茲僕之過也。越娘乃僕遷骨於此地，今受重禍，敢祈赦之。」道士笑曰：「子尚有勁情〔一一〕，亦須薄譴。」舜俞又拜哀求，道士曰：「與子憫之，罪非彼造。」隨即乃引手出墓上符逕〔一二〕去，舜俞欲邀留，不顧而行。

後舜俞反〔一三〕復至念。一夕，夢中見越娘云：「子幾陷我，蒙君曲救〔一四〕，重有故情，幽冥之間，寧不感戀？千萬珍重！」舜俞亦昌言於人，故人多知之。迄今人呼爲越娘墓。有情者多作詩嘲之曰：「越娘墓下秋風起，脱葉紛紛逐流水。只如明月〔一五〕葬高原，不奈霜威損桃李。妖魂受賜欲報郎，夜夜飛入重城裏。幽訴千端郎不聽，傾心吐肝猶不止。仙都道士不知名，能用丹書鎮幽鬼。楊郎至此方醒然，孤鸞獨宿重泉底。」（據上海古籍出版社點校本北宋劉斧《青瑣高議》別集卷三）

〔一〕念鄉人有客蔡其姓者　此句「蔡」字下疑脱姓氏。

〔二〕襤褸　民國精刻本作「襤縷」，義同。

〔三〕後唐少主　紅藥本作「後唐石少主」，誤。或誤「晉」爲「唐」，或衍「石」字。據《舊五代史》卷四五《唐書・閔帝紀》，長興四年（九三三）十一月明宗李嗣源崩，子從厚即位，應順元年（九三四）四月遇害，年二十一。史臣稱爲少主。又卷八一《晉書・少帝紀》，晉高祖石敬瑭從子重貴，天福七年（九四二）即位，開運三年（九四六）十二月降契丹。

〔四〕踏盡　紅藥本作「盡踏」。按：以上引當時人詩，乃借用韋莊詩。《北夢瑣言》卷六云：「蜀相韋莊應舉時，遇黄寇犯闕，著《秦婦吟》一篇，内一聯云：『内庫燒爲錦繡灰，天街踏盡公卿骨。』爾後公卿亦多垂訝，莊乃諱之。時人號『秦婦吟秀才』。」

〔五〕此過　紅藥本作「過此」。

〔六〕常　紅藥本作「當」。

〔七〕凂　原爲闕字，據民國精刻本補。

〔八〕極　紅藥本作「極下」。

〔九〕復　此字原無，據紅藥本補。

〔一〇〕交　原作「之」，據紅藥本改。

〔一一〕勁情　「勁」原爲闕字，據民國精刻本、紅藥本補。《宋文選》卷二一李邦直《辨邪策》：「忠臣之所以多不遇，以其勁情直指而不恤可疑之地也。」

〔二〕逕　原爲闕字，據民國精刻本補。紅藥本譌作「勁」。

〔三〕反　紅藥本作「非」。

〔四〕救　原作「换」，據民國精刻本改。

〔五〕月　紅藥本作「日」，誤。

按：此篇《青瑣高議》題注「夢託楊舜俞改葬」，題錢希白内翰。文中楊舜俞云大宋「數聖相承，治平日久」，「太平百餘年」，然宋初至錢易天聖四年（一〇二六）卒不足七十年。疑「百餘年」者固誇飾之詞，或今本文字有誤。末繫劉斧所作議，兹録於此：「議曰：愚哉舜俞也！始以遷骨爲德，不及於亂，豈不美乎！既亂之，又從而累彼。舜俞雖死，亦甘惑之甚也。夫惑死者猶且若是，生者從可知也。後此爲戒焉。」

烏衣傳

錢易撰

唐王謝〔一〕，金陵人，家巨富，祖以航海爲業。一日，謝具大舶，欲之大食國。行踰月，海風大作，驚濤際天，陰雲如墨，巨浪走山，鯨鼇出没，魚龍隱現，吹波鼓浪，莫知其數。然風勢益壯，巨浪一來，身若上於九天；大浪既回，舟如墮於海底〔二〕。舉舟之人，興而復顛，顛而又仆。不久舟破，獨謝一板之附，又爲風濤飄蕩。開目則魚怪出其左，海獸浮其右，張目呀口，欲相吞噬，謝閉目待死而已。

三日，抵一洲，捨板登岸。行及百步，見一翁媼〔三〕，皆皂衣服，年七十餘，喜曰：「此吾主人郎也，何由至此？」謝以實對。乃引到其家。坐未久，曰：「主人遠來，必甚餒。」進食，□〔四〕殽皆水族。月餘，謝方平復，飲食如故。翁曰：「至〔五〕吾國者，必先見君。向以郎爲〔六〕倦，未可往，今可矣。」謝諾。

翁乃引行三里，過闤闠民居，亦甚煩會。又過一長橋，方見宮室臺榭，連延相接，若王公大人之居。至大殿門，閽者入報。不久，一婦人出，服頗美麗，傳言曰：「王召君入見。」王坐大殿，左右皆女人立。王衣皂袍，烏冠，金花閃閃〔七〕。謝即殿階，王曰：「君北渡人也，禮無統制，無拜也。」謝曰：「既至其國，豈有不拜乎？」王亦折躬勞謝。王喜，召謝上殿，賜坐，曰：「卑遠之國，賢者何由及此？」謝以〔八〕「風濤破舟，不意及此，惟祈王見矜」。曰：「君舍何處？」謝曰：「見居翁家。」王令急召來。翁至，王〔九〕曰：「此本鄉主人也，凡百無令其不如意。」王曰：「有所須但諭〔一〇〕。」乃引去，復寓翁家。

翁有一女，甚美色。或進茶餌，簾牖間偷視私顧，亦無避忌。翁一日召謝飲，半酣，白翁曰：「某身居異地，賴翁母存活，旅況如不失家，爲德甚厚。然萬里一身，憐憫孤苦，寢不成寐，食不成甘，使人鬱鬱。但恐成疾伏枕，以累翁也。」翁曰：「方欲發言，又恐輕冒。家有小女，年十七，此主人家所生也。欲以結好，少適旅懷，如何？」謝答：「甚善。」翁乃擇日備禮，王亦遺酒殽采禮，助結姻好。成親，謝細視女，俊目狹腰，杏臉紺鬢，體輕欲飛，妖姿多態。謝詢其國名，曰：「烏衣國也。」謝曰：「翁常目我爲主人郎，我亦不識者，所不役使，何主人云也？」女曰：「君久即自知也。」後常飲燕，帷席之間，女多淚眼偎〔二〕人，愁眉蹙黛。謝曰：「何故？」女曰：「恐不久睽別。」謝曰：「吾雖萍寄，得子亦忘歸，子何言離意？」女曰：「事由陰數，不由人也。」

王召謝，宴於寶墨殿，器皿陳設俱黑，亭下之樂亦然。杯行樂作，亦甚清婉，但不曉其曲耳。王命玄玉杯勸酒，曰：「至吾國者，古今止兩人，漢有梅成，今有足下。願得一篇，爲異日佳話。」給箋，謝爲詩曰：「基業祖來興大舶，萬里梯航慣爲客。今年歲運頓衰零，中道偶然罹此厄。巨風迅急若追兵，千疊雲陰如墨色。魚龍吹浪洒面腥，全舟靈葬魚龍宅。陰火連空紫焰飛，直疑浪與天相拍。鯨目光連半海紅，鼇頭波湧掀天白。桅檣倒折海底開，聲若雷霆以分別。隨我神助不沉淪，一板漂來此岸側。君恩雖重賜宴頻，無奈旅人自悽惻。引領鄉原涕淚零，恨不此身生羽翼〔三〕。」王覽詩，欣然曰：「君詩甚好。無苦懷家，不久令歸。雖不能與君生羽翼，亦可令君跨烟霧〔一三〕。」宴回，各人作□〔一四〕詩。女曰：「末句何相譏也？」謝亦不曉。

不久，海上風和日暖，女泣曰：「君歸有日矣。」王遣人謂曰：「君某日當回，宜與家人叙别。」女置酒，但悲泣，不能發言。雨洗嬌花，露沾弱柳，緑慘紅愁，香消膩瘦。謝亦悲感。女作别詩曰：「從來懽會惟憂少，自古恩情到底稀。此夕孤幃千載恨，夢魂應逐北風飛。」又曰：「我自此不復北渡矣。使君見我非今形容，且將憎惡之，何暇憐愛？我見君亦有疾妬之情。今不復北渡，願老死於故鄉。此中所有之物，郎俱不可持去，非所惜也。」令侍中取丸靈丹來，曰：「此丹可以召人之神魂，死未逾月者，皆可使之更生。其法，用一明鏡致死者胸上，以丹安於項，以東南艾枝作柱〔一五〕，灸之立活。此丹海神秘惜，若不以崑崙玉盒盛之，即不可逾海。」適有玉盒，併付以繫謝左臂，大慟而别。

王曰：「吾國無以爲贈。」取箋，作〔一六〕詩曰：「昔向南溟浮大舶，漂流偶作吾鄉客。從兹相見不復期，萬里風烟雲水隔。」謝辭拜。王命取飛雲軒來，既至，乃一烏毡兜子耳。命謝入其中，復命取化羽〔一七〕池水，洒之其毡乘。又召翁嫗，扶持謝回。王戒謝曰：「當閉目，少息即至君家。不爾，即墮大海矣。」謝合目，但聞風聲怒濤。既久，開目，已至其家。坐堂上，四顧無人，惟梁上有雙燕呢喃。謝仰視，乃知所止之國，燕子國也。

須臾，家人出相勞問，俱曰：「聞爲風濤破舟死矣，何故遽歸？」謝曰：「獨我附板而生。」亦不告所居之國。謝惟一子，去時方三歲，不見，乃問家人，曰：「死已半月矣。」謝感泣。因思靈丹之言，命開棺取尸，如法灸之，果生。至秋，二燕將去，悲鳴庭户之間。謝招之，飛集於臂。乃取紙，細書一絶，繫於尾，云：「悞到華胥國裏來，玉人終日重〔一八〕憐才。雲軒飄去無消息，淚洒臨風〔一九〕幾百回。」來春燕來，徑泊謝臂，尾有小柬，取視乃詩也，□〔二〇〕有一絶云：「昔日相逢真〔二一〕數合，而今睽隔〔二二〕是生離。來春縱〔二三〕有相思字，三月天南無燕〔二四〕飛。」謝深自恨。明年，亦不來。

其事流傳衆人口，因目謝所居處爲烏衣巷。劉禹錫《金陵五詠》有《烏衣巷》，詩云：「朱雀橋邊野草花，烏衣巷口夕陽斜。舊時王謝堂前燕，飛入尋常百姓家。」即知王謝之事非虚矣。（據上海古籍出版社點校本北宋劉斧《青瑣高議》別集卷四）

〔一〕王謝　原作「王榭」，下同。《類説》卷三四《摭遺·烏衣國》、《海録碎事》卷九下《王榭燕》、《六朝事迹編類》卷七《烏衣巷》引《摭遺》、《野客叢書》卷二六《劉夢得烏衣巷詩》引《摭遺》、《苕溪漁隱叢話》後集卷一二引《六朝事迹》、《方輿勝覽》卷一四《建康府·古跡·烏衣巷》引異聞小説、《古今事文類聚》後集卷四五《烏衣國》引《摭遺》、《古今合璧事類備要》別集卷七三引《拾（摭）遺》、《詩林廣記》前集卷四《烏衣巷》引劉斧《青瑣摭遺》、《群書類編故事》卷二四《烏衣國》引《摭遺》等亦復如此，而《詩話總龜》前集卷四六引《摭遺》、《苕溪漁隱叢話》後集卷一二《劉夢得》引《藝苑雌黄》、《能改齋漫録》卷四《辨誤・王謝燕》則作王謝。《事文類聚》後集卷四五引劉禹錫《烏衣巷》云：「晉南渡，王、謝諸名族居秦淮之南烏衣巷，而詩話多言王謝至烏衣國，妄也。」名亦從言。《野客叢書》亦辨云：「蓋王謝與王榭相類，而又有烏衣之名，或者往往誤焉。烏戍張仲均家有陳唯室親染此詩，謝字從言，蓋此也。」按：此人由劉禹錫詩「舊時王謝堂前燕」化出，自應作王謝，《青瑣高議》等所載劉詩及人名均作王榭者實是傳寫之譌。今改，下同。

〔二〕舟如墮於海底　紅藥本作「舟人如於海底」，與上文失對。

〔三〕媪　紅藥本、《詩話總龜》、《六朝事迹編類》、《漁隱叢話》、《方輿勝覽》、《詩林廣記》作「嫗」。

〔四〕□　紅藥本作「勇」，誤也。

〔五〕至　原爲闕字，據民國精刻本補。

〔六〕爲　原爲闕字，據民國精刻本、紅藥本補。

〔七〕金花閃閃　此四字原無，據《類説》、《事文類聚》、《事類備要》、《類編故事》補。

〔八〕以　此字上疑脱「對」字。

〔九〕王　原爲闕字，據民國精刻本、紅藥本補。

〔一〇〕諭　原譌作「論」，據紅藥本改。

〔一一〕偎　原作「畏」，當譌，據紅藥本改。

〔一二〕翼　《類説》作「翮」。

〔一三〕雖不能與君生羽翼亦可令君跨烟霧　原作「雖不能羽翼，亦令君跨烟霧」，據《類説》、《事文類聚》、《事類備要》、《類編故事》補「與君生」、「可」四字。

〔一四〕□　民國精刻本、紅藥本作「此」，疑誤。

〔一五〕柱　民國精刻本、紅藥本作「炷」，義同，艾炷呈柱狀，用以燃燒，故又從火。

〔一六〕作　此字原無，據民國精刻本、紅藥本補。

〔一七〕化羽　《紺珠集》卷一二《摭遺·烏衣國》作「羽毛」。

〔一八〕重　《類説》、《詩話總龜》、《六朝事迹編類》、《事文類聚》、《事類備要》、《詩林廣記》、《類編故事》並作「苦」。

〔一九〕淚洒臨風　《類説》作「洒淚春風」，《事文類聚》、《事類備要》、《類編故事》作「淚洒春風」，《詩話總龜》、《六朝事迹編類》、《詩林廣記》作「灑淚臨風」。

〔二〇〕□　民國精刻本、紅藥本作「擇」，當誤。

〔二一〕真　《類説》、《詩話總龜》、《六朝事迹編類》、《事文類聚》、《事類備要》、《類編故事》並作「冥」。

〔二二〕而今睽隔　紅藥本「隔」作「遠」。《類説》、《詩話總龜》、《六朝事迹編類》、《事文類聚》、《事類備要》、《詩林廣記》、《類編故事》並作「如今睽遠」。

〔三〕縱　《類說》作「總」。

〔四〕燕　《詩話總龜》、《六朝事迹編類》、《事文類聚》、《事類備要》、《詩林廣記》、《類編故事》、《片玉集》卷七《六醜》注引《摭遺》並作「鴈」，當誤。

按：《青瑣高議》別集卷四《王榭(謝)》，注「風濤飄入烏衣國」，不著撰人。《類說》卷三四《摭遺》有《烏衣國》，乃此傳節文。今本《青瑣高議》係南宋重編本，此篇實取自劉斧《青瑣摭遺》，故別集目録注「新增」二字。《青瑣摭遺》乃《青瑣高議》續編，體例一仍之，中亦兼取前人之作，且或具其撰名。其原作者，據《苕溪漁隱叢話》後集卷一二《劉夢得》引《藝苑雌黄》(北宋嚴有翼撰)云：「夢得詩：『朱雀橋邊野草花，烏衣巷口夕陽斜。舊時王謝堂前燕，飛入尋常百姓家。』……比觀劉斧《摭遺》載《烏衣傳》，乃以王謝爲一人姓名。其言既怪誕，遂託名錢希白。終篇又取夢得詩實其事。希白不應如此謬，是直劉斧之妄言耳。大抵小説所載事，多不足信，而《青瑣摭遺》誕妄尤多。」據此，《摭遺》所載《烏衣傳》原題爲錢希白撰，嚴氏以其事怪誕，故謂託名。《青瑣高議》載有錢希白《桑維翰》、《越娘記》，所題作者亦稱字而不稱名，二者相契，可信此作確爲錢易作，固無疑也。錢易《洞微志》亦多言鬼神，固不可以虚實量之。今本《青瑣高議》所載《王榭》，蓋脱去作者姓名。作品原題應爲《烏衣傳》，吴曾《能改齋漫録》卷四《辨誤·王謝燕》亦云：「近世小説尤可笑者，莫如劉斧《摭遺集》所載《烏衣傳》。」可爲佐證。《烏衣國》、《王榭（謝）》皆改題也。

李忠

上官融　撰

上官融（九九五—一〇四三），字仲川。其先成都府華陽縣（今四川成都市）人，後爲濟陰縣（今山東定陶縣西南）人。父佖，官至兵部員外郎、京東轉運使，贈光禄少卿。仁宗天聖二年（一〇二四）秋廣文館舉進士，試第一，明年春别試於太常寺，又首薦之，然因丁父憂未第。五年舉進士又不第，朝廷以其光禄少卿之後，賜同學究科出身，授信州貴溪縣主簿。因江南東路轉運使蔣希魯、吴安道舉薦，遷蔡州平興縣令。吴安道移使淮南，奏掌真州鹽倉。因疾除太子中舍致仕。慶曆三年病卒，年四十九。著《友會談叢》三卷。（據范仲淹《范文正公集》卷一三《太子中舍致仕上官君墓誌銘》及《友會談叢》自序）

貝州歷亭縣民李忠，爲本郡鄉兵首領，家頗儲蓄，雄視門里。多借貸與人，至收穫時必親往聚斂。有石氏兄弟，事母不孝，最推凶暴。亦嘗舉忠物，每怨忠躬來督責，俟忠及門，二石潛殺其母，曳忠於官，誣其殺也。忠以二石所執，旁證明白，甘心伏法。案成棄市，忠家載其柩歸焚之。未幾，風雨暴作，掣電迅雷，擊死二石。頃刻開霽，踣尸於户外，背上各有朱字，言殺母之由，鄉人始知忠之冤也。

時鄰村蘇氏被疾亡，經信宿，忽然而興。鄉人喜其再生，競來問訊，遽〔一〕揮霍將起，曰：「茲非我家也。我本李忠，昨爲石氏執，稱殺其母，致自誣伏法。陰府主者曰：『爾被枉死，其執爾者，今已俱至，於理甚明，爾須却回。』我訴以本身已焚爇，回且何依。主者召案吏，持簿閲之，云：『恰有李忠近鄰蘇公到方兩日，但令托其身以生。』我是以得歸。」蘇家以爲狂言，都不之信。因問蘇氏之事，懵然莫省，李氏之家事，細微畢知。

先是忠少壯而形美，蘇則長髯而麄朴〔二〕，及召忠妻至，見其朴貌惡之。忠曰：「爾何得棄我？我真爾夫也。」妻問以生平所有，乃曰：「我有烏色馬，兼有銀數笏，埋於東窗壁下。曾與戲，竊采桑刀，置西屋瓦溝中。」驗之皆然。以至話幃箔之密，悉親屬小字，妻方果決爲信。其蘇家不肯，李氏偕詣郡訴，靡能裁剸其始末。聲聞朝廷，亦無奈何，但勑本路均輸爲辨析焉。其人後終歸李氏。時大中祥符八年也。（據上海文明書局石印明顧元慶《廣四十家小説》本《友會談叢》卷上）

〔一〕遽　陸本（《十萬卷樓叢書》本）作「遂」。

〔二〕朴　陸本作「村」。

按：本書著録於《四庫闕書目》、《祕書省續編到四庫闕書目》、《通志·藝文略》、《宋史·藝文志》小説類，皆三卷。《直齋書録解題》小説家類謌作《文會談叢》一卷，解題云：「題華陽上官融撰，不知何人。天聖五年序。」《文獻通考·經籍考》同。《遂初堂書目》則作《友會叢談》，無撰人、卷數，「叢談」二字倒置。

書今存，三卷，有天聖五年（一〇二七）自序，題華陽上官融撰，與宋本同。載於《廣四十家小説》、《稽古堂叢刻》、《宛委別藏》、《十萬卷樓叢書》。《十萬卷樓叢書》本有陸心源光緒六年（一八八〇）《刊友會談叢叙》，《續修四庫全書》子部一二六〇册影印此本。諸本「太宗」、「真宗」前皆空格，洵出宋本。凡三十條，上卷九條，中卷九條，下卷十二條。自序云六十事，阮元《友會談叢三卷提要》（《揅經室外集》卷二）謂「非有缺佚，或六爲三之誤字」，是也。《説郛》卷四〇選録六條，注三卷，題宋上官融，注華陽人，與今本合。《五朝小説·宋人百家小説》偏録家、《重編説郛》弖二九收入《説郛》本。各事原無標目，今自擬。

自序云：「余讀古今小説，洎志怪之書多矣，常有跋（按：陸本作跋）纂述之意。自幼隨侍南北，及長旅進科場。每接縉紳先生，貢闈名輩，劇談正論之暇，開樽抵掌之餘，或引所聞，輒形紀録，並諧辭俚語，非由臆説，亦綜緝之，頗盈編簡。今年春策不中，掩袂東歸，用舍行藏，下學上達。賴庭闈之蔭，無菽水之勞。顧駑駘之已然，詎規磨之可益。身閒晝永，何以自娱，因發篋所記之言百餘紙。始則勤於採綴，終則涉乎繁蕪。於是乎筆削芟夷，得在人耳目者六十事，不拘詮次，但釐爲三卷，目之曰《友會談叢》。且念袁郊以步武生疾，則《甘澤》之謠興；李玫以養病端居，乃《纂異》之記作。苟非閑暇，曷遂摛（按：原作擒，據《宛委》本、陸本改）毫。彼前輩屬辭，不將迎而遇物；而小子晞驥，甘萋菲以成章。深慚雞肋之微，竊懷敝帚之愛。《穀梁》曰：『信以傳信，疑以傳疑。』子夏曰：『雖小道必有可觀者。』博練精識者，幸體兹而恕焉。其如杼軸靡工，序述非據，蓋事質而言鄙，學淺而辭荒。誠語怪之亂倫，匪精神之可補。聊貽同志，敢冀開顔。時天聖五年七月朔華陽上官融序。」（《廣四十家小説》本）觀序，此書乃天聖五年下第後歸家閒居，整理剪裁舊稿而成，意以效唐人袁郊《甘澤謡》、李玫《纂異記》之作也。

柳開潘閬

上官融　撰

柳如京開〔一〕，與處士〔二〕潘閬爲莫逆交，尚氣自任，潘常嗤之。端拱中典全州〔三〕，途出睢陽〔四〕。潘先卜居在彼〔五〕，迎謁河〔六〕涘。時正炎酷，柳云：「可偕往傳舍，就清涼宵話也。」洎到傳舍，止於廳事。中堂扃鐍甚秘，柳怒，將笞驛吏。吏曰：「此非敢靳，舊傳舍宿〔七〕者多不自安，向無人居，十稔矣。」柳强曰：「吾文章可以驚鬼神，膽氣可以讋夷夏，縱有凶怪，因而屏之〔八〕。」於是啓門掃除，處中坐〔九〕。閬潛思曰：「古人尚不敢欺暗室，何紿我之甚？豈有人不畏神〔一〇〕乎？」乃謂柳曰：「今夕且歸，製少湯餌〔一一〕凌晨用，藉手爲別。此室虛寂，請公卜宵可也〔一二〕。」柳喏之〔一三〕。

閬出，密謂驛吏曰：「柳公我之故人，常輕言自衒。今作戲怖渠，無致訝也。」閬薄暮方來〔一四〕，以黛染身〔一五〕，衣豹文犢鼻，吐牙〔一六〕被髮，執巨箠，由外垣上，正據廳脊，俯視堂前〔一七〕。是夜，月色晴〔一八〕霽，洞鑒毛髮，柳尚不寐，或斂衣循墻〔一九〕而行。閬忽叱之〔二〇〕，柳竦然舉目，初不甚懼。再呵之，似〔二一〕覺皇恐，遽云：「某假道赴任，暫憩此館，非意干忤，幸乞恕之。」閬遂疏〔二二〕柳平生幽隱不法之事，揚聲曰：「陰府以汝積戾如此，俾吾持符追攝，便須行也。」柳乃茫然〔二三〕設拜曰：「事誠有之，其如官署〔二四〕未達，家〔二五〕事未了，盛年昭代，忽〔二六〕便捨焉。倘垂恩庇之，誠有厚報。」言訖再拜，繼之以泣。閬徐曰：「汝識吾否？」柳曰：「塵〔二七〕下士，不識聖者。」乃曰：「只吾便是潘閬也。」柳知其所爲，不勝慚沮，再三邀閬下屋，閬曰：「公性躁暴，不柰人戲，他日必辱我以惡言矣。」於是潛遁。柳亟歸舟，解纜便去。

聞者爲之絕倒。河東剛毅，人皆畏之，一旦爲逍遥所怖，幾乎泣血。古人云：「雖能言之，而不能行之。」此之謂也，況其下者乎？（據上海文明書局民國四年石印明顧元慶《廣四十家小説》本《友會談叢》卷上）

〔一〕柳如京開　《續湘山野録》(按：《續湘山野録》取自《友會談叢》，略有删縮)改作「如京使柳開」。按：《宋史》卷四四〇《柳開傳》：「真宗即位，加如京使。」

〔二〕處士　原作「處諸」，據陸本、《説郛》卷四〇《友會談叢》、《續湘山野録》改。阮本(《宛委别藏》本)作「處諸藩」。

〔三〕全州　原無「全」字，據《續湘山野録》補。《説郛》譌作「金州」。按：《宋史》本傳載：開雍熙中爲崇儀使、知寧邊軍，徙全州，淳化初移知桂州。

〔四〕睢陽　《續湘山野録》作「維揚」。按：睢陽，宋名宋城，今河南商丘市南。維揚，即揚州。

〔五〕潘先卜居在彼　《續湘山野録》作「潘先世卜居於彼」。

〔六〕河　《續湘山野録》作「江」。揚州在長江北。

〔七〕宿　此字原無，據《續湘山野録》、《説郛》補。

〔八〕因而屏之　《續湘山野録》作「何畏哉」。

〔九〕處中坐　《續湘山野録》作「處中而坐」，《説郛》作「静處其中」。

〔一〇〕神　《續湘山野録》作「鬼神」。

〔一一〕餌　《説郛》作「餅」。

〔一二〕此室虚寂請公卜宵可也　「請」原譌作「諸」，據阮本、陸本、《説郛》改。《續湘山野録》縮作「乃託事告歸，請公獨宿」。

〔一三〕喏之　《説郛》作「不答」。
〔一四〕方來　《續湘山野録》、《説郛》無此二字。
〔一五〕身　《説郛》作「身貌」。
〔一六〕牙　《續湘山野録》作「獸牙」。
〔一七〕堂前　《續湘山野録》作「堂廡」。
〔一八〕晴　《續湘山野録》作「倍」。
〔一九〕或斂衣循墻　「或」《説郛》作「正」。「斂衣循墻」《續湘山野録》作「曳劍循階」。
〔二〇〕叱之　《續湘山野録》作「變聲呵之」。
〔二一〕似　《説郛》作「已」。
〔二二〕疏　《説郛》作「斥」。
〔二三〕茫然　《續湘山野録》作「忙然」，别本乃作「茫然」。忙然，義同「茫然」。
〔二四〕署　《續湘山野録》、《説郛》並作「序」。
〔二五〕家　《説郭》作「宧」。
〔二六〕忽　《説郛》作「忍」。
〔二七〕塵　《續湘山野録》作「塵土」。

天禧丐者

上官融 撰

天禧中，有丐者，莫知姓氏，往來闤闠間。每至之處，亦不妄取。衣雖弊陋，形且充澤，祁寒暑雨，未嘗改易。人或呵叱，俛首便過。如此十餘年，率以爲常。市井徒有張生者，貨銀爲業，設肆於界中。丐者旬歲間凌晨必至，生怜之，日以五錢贈焉，頗懷感激。忽一日，生見丐者袍帶巾櫛，跨馬引僕而過，生深以爲訝。丐者曰：「某有兄，官於交廣，連綿數任，留某〔一〕京師，以至貧窶，地遠絶信，乃丐於人。兄適方歸，相見甚歡，衣裝僕馬，皆兄與也。」生然之。又曰：「自十餘年，感君之恩多矣，思欲報答，今得其時。兄於曹門斜街僦得一宅，暫邀過門，夙令具饌奉俟。」生辭以故。丐者曰：「已約數賓，不可拒矣。」遂留僕導生而來，丐者躍馬先行。生隨僕出曹門，入斜街，委曲深巷，生心疑惑，且曰：「此間豈有宅乎？」僕出門指曰：「更進百步，便到也。」

及至門，但破簾蔽之。及入，見丐者，却著弊衣如故。出邀生入一堂中，惟破薦而已，糞穢堆積，生愈惡之。復謂僕曰：「召諸賓來。」又見數人，藍縷更甚，從堂後至，身皆瘡穢，環席而坐，生益不自安。又勑其僕携一器，貯濁水斗餘〔二〕，置之而去。旋又取一盤，中有蒸小兒，手足具備，炎氣蓬勃。丐者親加擘折，酌水舉肉勸生。生掩口愕懼，只欲逃竄。丐者嘆曰：「此而不食，信是命也。以感恩之厚，方有兹設，他人固不得預食。吾亦無奈。」生惶恐，丐者乃於懷中出藥一帖與生，曰：「酒肉不食，君命也。此藥百粒，聊以爲報。」生急寘懷中，奔競而回。開視之，乃真金也，均約其直，與十數年日贈之數，恰相酬也。生方悟其神仙，悔恨無地。尋再詣其處，則迷而莫知。（據上海文明書局民國四年石印明顧元慶《廣四十家小説》本《友會談叢》卷中）

〔一〕某　此字原空闕，據陸本補。阮本亦無此字，然不空。

〔二〕餘　原譌作「於」，據阮本、陸本改。

史公公宅

上官融　撰

光禄寺丞劉泳，少游洛下，嘗謂予言：「昔天津橋南有一第，人稱史公公宅，亦傳凶怪，閉而不居，將三十年。水竹臺榭，花木亭館，靡不備具。每春時，遊人多率其徒，挈酒殽，攜管絃，以就賞，實洛下之勝槩也。端拱中，有酒徒朱生者，使氣凌人。一日，少年輩邀置于席，乃曰：『兹宅凶怪，公素知之，我等願獻一醉，可能宵乎？』生曰：『是吾心也。夫人之所畏者死，吾死且無畏，况凶宅乎！』少年以爲然，遂掃除堂前，設一榻而去。生酣寢其上。

「時方首夏，竹樹陰薄，風聲月色，蕭然滿軒。忽見兩廂閣子内門次第而開，各有小丫環攜燈檠而出，置於階際，抽身却入。未久，有數婦人盛飾，分坐于燈下縫紉〔一〕焉，生凝睇訝之。俄頃，後堂門一時大啓，牀帳〔二〕器用，倏忽皆至。然後燭引二婦人，艶粧袨服，執毬杖前驅而出，傳語呼云：『令公至。』見生，不覺驚，又言：『且住。』中有一人，峩帽戎粧，據胡床而坐，連叱婦人輩曰：『此必盗也，舁棄他所。』回顧間至榻前，身已在空中，被擲于堂西竹林中，體爲枯枿所傷，流血焉。生憤怒而起，徑至中堂，戟手大詬曰：『爾生前盗名位，佞媚于時，殁後盗人居室，煩擾于世，反以吾爲盗，不自媿乎？』於是舉枕而擊之，正中其肩，驚惶而散，俄失其在。

「時初五更，少年輩持火炬突門而入，訝生之無恙，競詢其由。生具以實對，及示爲枯枿所傷，衆方服其膽勇焉。兹宅厥後終無人敢居，淳化四年爲洛水所漂，但存故基。」（據上海文明書局民國四年石印明顧元慶《廣四十家小説》本《友會談叢》卷下）

〔一〕縫紉　阮本、陸本作「紉縫」。

〔二〕帳　阮本、陸本作「帷」。

盧平

上官融　撰

曹州司吏盧平，秉性姦蠹，侮文尤甚，恃茲酷虐，儕伍憚焉。好擿人陰私，多歧致害。至道中，殿中丞蔣非熊悦之，凡有施爲，無不信納，郡人畏之。閒〔一〕日，平謂非熊曰：「州界累年薦經荒歉，民室逃散，閑田且多。兼併之家冒恣耕墾，縣胥與里户之輩交結爲弊，掩而不發，當爲申明。」非熊諾其請。於是追攝四縣民吏，連繫者八百餘人，委平推約。平任性拷掠，鞫〔二〕出其妄官税，洎收子價，錢十餘萬緡。平喜得實待，悉寘於法。會真宗即位，赦恩宥之。

平枉法受財，是時非熊已替，郡政又新，平失所倚，復知單坦告訐，懼亦潛匿。新守素知始末，仍怒平巧詆，嚴加搜訪。未幾就擒，先笞而後鞫，平甘從吏訊，情無隱焉。案牘將具，平忽瘍生兩髀，信宿潰爛，呼號苦楚，晝夜不息。一夕，爲群鼠食其雙睛及齒唇舌，手足桎梏，無柰之何，頃刻告〔三〕斃，人謂慘毒所召。歲餘，告人單坦者，因迎官出城，至安院間死於井中。

陵店，俄墜馬，奔逸哀祈。衆頗訝之，逐而致詰，則曰：「盧平將刃斫我。」衆皆愕懼，旋踵

平與坦相報之後，非熊在闕下，愈不自安。朝廷令非熊鞠獄于陶丘，每就食，則見平在前，必先祭，方敢下箸〔四〕。非熊謂曰：「當初之事，職汝之由，及至其死，又是單坦。且互聞報讐，彼此無冤，今却復來向我，何意？」平曰：「前事雖平造意，實自殿丞方行。陰司辨析〔五〕甚明，須要殿丞爲證。更月餘，方來追攝也。」後非熊鞠勘畢，到曹州果卒。尋火化，轊櫝值雷雨大作，浹旬不止，暴露野外，靡能致〔六〕焚，時亦謂其報應焉。（據上海文明書局民國四年石印明顧元慶《廣四十家小説》本《友會談叢》卷下）

〔一〕間　阮本、陸本作「間」，同「閒」，空閑也。

〔二〕鞠　陸本作「鞫」，下同。鞠，通「鞫」，審問也。

〔三〕告　陸本作「苦」。

〔四〕箸　阮本、陸本作「筯」。筯，同「箸」，筷子。

〔五〕析　陸本作「折」。

〔六〕致　原譌作「救」，據阮本、陸本改。

宋代傳奇集第二編卷二

愛愛歌序

蘇舜欽 撰

蘇舜欽（一〇〇八—一〇四九），字子美。梓州銅山（今四川德陽市中江縣東南）人，世居開封（今屬河南）。參知政事蘇易簡孫，工部郎中、直集賢院蘇耆子。好爲古文歌詩。初以父任補太廟齋郎，調滎陽縣尉。仁宗景祐元年（一〇三四）第進士，改光禄寺主簿，知蒙城、長垣二縣。遷大理評事、監在京店宅務。范仲淹薦其才，爲集賢校理、監進奏院。慶曆四年（一〇四四）岳父宰相杜衍與范仲淹主新政，爲御史中丞王拱辰所陷，遂被除名。寓居蘇州，買水石作滄浪亭，時發憤懣於詩文，其體豪放。又善草書，爲世所重。二年後起爲湖州長史，八年十二月卒，年四十一。有《蘇學士文集》十六卷傳世。（據《歐陽文忠公文集·居士集》卷三一《湖州長史蘇君墓誌銘并序》、《宋史》卷四四二《文苑傳四》、《隆平集》卷六、《東都事略》卷一一五、《續資治通鑑長編》卷一五三、《中吴紀聞》卷一）

愛愛，姓楊氏，本錢唐倡家女。年十五，尚垂鬟[一]，性善[二]歌舞。幼[三]學胡琴數曲，遂能緣其聲以通其調〔四〕。七月七日〔五〕，泛舟西湖，採荷香，爲金陵少年張逞所調，遂相携潛遁，旅〔六〕於京師。逞家雄於財，雅亦曉音律。歲時嬉遊，以犢車同載。故鑾輅之幸，琳館之闢，雖遠必先，雖喧〔七〕必前，京都偉麗之觀，無不及也。踰二年，逞爲父捕去，不及與愛別。留於巷中，舍與予家相隣。吾母少寡居，性高嚴，憐愛愛豔麗，失於人，棄置不收，而所爲不妄，時往與語〔八〕。一日，人傳逞已〔九〕死，吾母往慰〔一〇〕，問其所歸〔一一〕，愛愴〔一二〕然泣下曰：「是必虛語。若果然，亦不願他從。故鄉道遠，出非以禮，必不能自還。當死此舍。」自爾素服蔬膳，日呱呱而泣，不復親近〔一三〕樂器。里之他婦欲往見之，即反關不納。好事有力者百計圖之，終不可及〔一四〕。愛姿體纖素豔發，不類人間人。明年清明，飲楚子之舍，偶聞〔一五〕居舍後壁隙，見雜花數樹盛開，二婦女以〔一六〕鞦韆之戲。詢于楚，即其妻〔一七〕與愛愛也。予登第後，再至都下，遂往楚舍，問其良苦。楚云：「愛愛念逞之勤，感疾而死，已終歲矣。我家爲槀葬〔一八〕國門之東郊。其節介高絕，至死無能侵亂之者〔一九〕。」小婢子錦兒今尚在，出其故〔二〇〕繡手籍、香囊、纈履數物，香皆郁然而新。（據清康熙中振鷺堂重刊明商濬半埜堂萬曆刊《稗海》本南宋張邦幾《侍兒小名録拾遺》引蘇子美《愛愛集》，又南宋曾慥《類説》卷二九《麗情集》、上海《藝文雜誌》一九三六年連載皇都風月主人《緑牕新話》卷下引蘇子美爲作傳、明梅鼎祚《青泥蓮花記》卷五引《麗情集》）

〔一〕鬟　《青泥蓮花記》作「髻」。
〔二〕善　《緑牕新話》、《青泥蓮花記》作「喜」。
〔三〕幼　《緑牕新話》、《青泥蓮花記》作「初」。
〔四〕其調　「其」《緑牕新話》、《青泥蓮花記》作「他」，「調」《緑牕新話》作「詞」，周夷（周楞伽）校本（一九五七）改作「調」。
〔五〕七月七日　此四字據《緑牕新話》、《青泥蓮花記》補。《類説》作「七夕」。
〔六〕旅　此字據《緑牕新話》、《青泥蓮花記》補。
〔七〕喧　原譌作「暄」，今改。
〔八〕「吾母少寡居」至此　據《青泥蓮花記》補。按：《緑窗新話》周夷校：「以上七句原無，據《愛愛集》補。」誤。《侍兒小名録拾遺》所引《愛愛集》實無此七句。《青泥蓮花記》所載《楊愛愛》雖注出《麗情集》，實本《緑牕新話》。又《緑牕新話》「置」作□，周校本改作置。《青泥蓮花記》「時」譌作「脉」。
〔九〕已　此字據《類説》、《緑牕新話》、《青泥蓮花記》補。
〔一〇〕吾母往慰　原作「或往慰」，據《緑牕新話》、《青泥蓮花記》改。
〔一一〕問其所歸　原脱「歸」字，據《緑牕新話》、《青泥蓮花記》補，《緑牕新話》無「所」字。
〔一二〕愴　《緑牕新話》、《青泥蓮花記》作「摧」。

〔一三〕親近　《青泥蓮花記》作「近拈」，《緑牕新話》「拈」作□，周校本改作「親近」。

〔一四〕及　《青泥蓮花記》作「得」。

〔一五〕聞　《緑牕新話》周校本改作「過」。

〔一六〕以　《緑牕新話》周校本改作「作」。

〔一七〕妻　《緑牕新話》原作□，周校本改作「妻」，姑從。

〔一八〕橐葬　「橐」《緑窗新話》周校本改作「槀」，《青泥蓮花記》作「槀」，字同。按：橐葬，以口袋裝遺體埋葬，言簡陋也。槀葬，草草埋葬，意近。

〔一九〕「明年清明」至此　據《緑牕新話》補。《青泥蓮花記》無「明年清明」至「即其妻與愛愛也」一節。《侍兄小名録拾遺》此段只作「後三年，念逞之勤，感疾而死」。

〔二〇〕故　此字據《類説》補。

按：蘇子美《愛愛歌》不載於《蘇學士文集》，原歌并序已亡。徐積《節孝集》卷一三《愛愛歌并序》，序云：「子美爲《愛愛歌》已失之矣，又其辭淫漫，而序事不得愛愛本心，甚無以示後學。」張君房《麗情集》曾採之，然《麗情集》只存節本，今可見者只原序節文及原歌逸句。歌只存四句。《片玉集》卷九《月中行・怨恨》注引《麗情集・愛愛歌》：「帳虚膽怯夢易破。」又卷一《瑞龍吟》注引蘇子美：「常云癡小失所記，倚柱愔愔更有情。」《箋註妙選群英草堂詩餘》卷上周美成《瑞龍吟》注亦引，文同。《山谷詩集注》卷一四《次韻石七三六言七首》其四注、《箋註簡齋詩集》卷二四《正月十二日至邵州十三日夜暴雨滂沱》注引蘇子美《愛愛歌》：「此樂亦可牋天公。」《類説》卷二九《麗情集》所節《愛愛》七十五字，無歌，乃序文。《侍兒小名録拾遺》引蘇子美《愛愛集》，《緑牕新話》卷下《楊愛愛不嫁後夫》引蘇子美爲作傳（據《藝文雜誌》所載注，周楞伽校注本作「蘇子美文」），《青泥蓮花記》卷五《楊愛愛》，注《麗情集》，皆亦序文。四本互校得近五百字，叙事仍較簡略，觀徐積歌序「幼孤，託於嫂氏」云云，原序當較此詳贍。

歌序中云：「予登第後，再至都下。」據《隆平集》，子美景祐元年（一〇三四）登進士第，此作）當作於是年，時二十七歲。

子美此作歌序相配，序實是傳體，格近傳奇。《侍兒小名録拾遺》引作《愛愛集》，《愛愛集》者似集子美及徐積《愛愛歌并序》而成，或亦有他人所作，亦未可知也。

孫氏記

丘　濬　撰

丘濬，字道源，自號迂愚叟。歙州黟縣（今屬安徽省）人。十歲即能詩。仁宗天聖五年（一〇二七）進士及第。景祐中以衛尉寺丞知句容縣事。慶曆四年（一〇四四），因作詩訕謗朝政及有印書令州縣强賣以圖厚利等事，爲人所劾，降饒州軍事推官、監邵武軍酒税。又謫職昭州，作《天繪亭記》。失意遍游山陽(楚州)、儀真(真州)、南海(廣州)諸郡,所到之處作詩,於各地郡守頗事譏誚。後改監新淦縣税。皇祐四年(一〇五二),淮南安撫使陳旭、湖北提點刑獄祖無擇表薦,遷簽書滁州判官。官至殿中丞。年八十一,終於池州。著有《觀時感事詩》一卷、《洛陽貴尚録》十卷、《牡丹榮辱志》一卷(今存)、《征蠻議》一卷、《霸國環周立成曆》一卷、《天一遁甲賦》一卷等。(據《新安志》卷八又卷一〇、《輿地紀勝》卷二〇、《咸淳臨安志》卷九七、《至正金陵新志》卷一三下之下、《乾隆句容縣志》卷七、《續資治通鑑長編》卷一四九又卷一七三、《宋會要輯稿·職官六四》、《詩話總龜》前集卷三五引《翰府名談》、《能改齊漫録》卷一五、鄒浩《道鄉集》卷一一《讀丘濬寺丞天繪亭記》、《祕書省續編到四庫闕書目》、《通志·藝文略》、《直齊書録解題》、《宋史·藝文志》)

周默,字明道,都下人也。以延賞爲太廟郎,歲久改授常州宜興簿。默幼小知書,尤好方藥之書〔一〕,亦稍稍通其術,里巷稱其能醫。比隣有張復秀才,聚閭巷小童爲學。一日,復謁默曰:「有懇〔二〕,敢浼長者。」默詢其故,曰:「復之妻得病甚危,居貧不能得醫,敢煩君子診其脈,視其證〔三〕,倘獲愈,必爲報〔四〕。」默許之。往見,其妻孫氏卧小榻,容雖不脩飾,然而幽豔雅淡,眉宇妍秀,回顧精彩射人。默見之愕然,乃診〔五〕臂視脈。久之曰:「娘子心脈盛,痰積其中,氣出入尤劇〔六〕,則昏眩。」乃留犀角湯下之。默日日往候之,復妻病愈〔七〕。復將召默飲於市,以謝默,默曰:「隣里緩急固當救〔八〕,何煩致謝?」

是時，默喪妻纔經歲，既見孫氏，心發狂悖。念無計得之，乃白其母曰：「孫氏，默治之愈矣，可召之飲，以接隣里之好。」母不識默意，乃召孫，孫託事不來。默贊其母，復召之。久乃至，與默母叙拜禮，又以言謝默。是時孫薄妝，雖有首飾，衣服無金翠，豔麗絶天下，語言飄飄然，宛神仙之類也〔九〕。默精神蕩散，因以目挑之，語言試之，終不蒙對。召入内〔一〇〕，復飲於軒前。默時時入室，啓母勸之酒，孫以禮謝，終不飲，逼晚方散。

默日夜思所以得孫氏之計。默陰念：有功於孫，吾且年少，彼亦妙齡〔一一〕，孫之夫極老，復年五十三，孫方年二十〔一二〕。吾固勝他〔一三〕遠矣，吾必得之。默乃暗遣學童以柬投孫，竟不蒙答。又投之，亦然。默詢童曰：「彼何言也？」童曰：「孫略觀，但默默而已。」默私〔一四〕計：我有功於孫，事〔一五〕雖不諧，亦無後慮。乃至意投書與孫氏，云：「世之樂事，男女配合；人之常情，少年雅致。今慕子之美色妙年，甘心於一老翁，自以爲得意〔一六〕，吾爲子羞之。兼有鄙詩，略爲舉陳，幸留意也〔一七〕。」詩曰：「五十衰翁二十妻，目昏髮白已〔一八〕頭低。絳幃深處休論議，天外青鸞伴木雞。」孫氏看畢〔一九〕，亦爲書上默，曰：「數辱書問，荷意甚勤。上有良人，安敢私答。妾之本末，略爲君言：妾本富貴家女，幼歲常近筆硯。及長繼遭凶災，兄又死邊州，弟妹散去。家貧不能自振，信媒氏之説，歸身此翁。至於今日，皆不可言，亦不復恨。婦人無他能，惟端節自持爲令節。欲不白君子，則子之意未絶。千萬自保，無貽深念，爲異時恨。妾心匪石，兼有詩道其意。」詩曰：「雨集枯池時漸滿〔二〇〕，藤籠老木一飆〔二一〕新。如今且悦目前景〔二二〕，粧點亭臺隨分春。」默得書詩，又見其有〔二三〕才，愈思念之，乃再爲書，丁寧懇切，此不具載。

孫復有書曰：「前詩書已〔二四〕少道區區之意，君尚不已。今爲君少言天下物理之大分，以解君惑〔二五〕。夫鷦鷯棲木，不過一枝；鼴鼠飲河，不過滿腹。上苑之花，色奪西錦，遇大風怒號，飄蕩四起，或落銀瓶繡幙之間，或委空閑坑溷之所，此各繫乎分也。我之夫固老矣，求爲非禮以累之，則吾所不忍。君雖百計，其如我何！可絶來意〔二六〕，無勞後悔。」默意欲速得，又以柬詩侵逼之。孫又爲書與默曰：「近者妾病，知子有術，可以起我之疾。居貧，我乃謀於夫曰：『隣居周君善醫，彼士君子，且以隣里之故，必不予拒。』今因妾病，而召污穢之事入其家，使子爲翁，子能忍而捨之乎？翁雖老，聞此安肯爲子下而不發耶？向〔二七〕得子柬，欲聞於翁，且發人之私，不仁也，忘人之恩，不義也，是以不爲。每得子柬急看，或火或毁，恐露而彰子之惡〔二八〕。今子之言甚詳〔二九〕，侵逼尤甚，子意欲因醫之功，邀而娶之也。若然，雖商賈市里庸人有不爲者〔三〇〕，况士人乎！古之烈女，吾之儔也，子無多言。青松固不凋於雪中，千萬無惑〔三一〕焉。」默知不可亂，乃止。

默不久赴官，意尤未已，乃爲柬别孫曰：「我聞古人之詩曰：『長〔三二〕江後浪催前浪，浮世〔三三〕新人換舊人。』是老當先寢也，我願終身不娶，以待之耳。」孫得柬，感默之意，爲緘謝絶曰：「愧感深誠〔三四〕。早晚疾聽〔三五〕君子啓行，無緣叙別。破囊久空，不能爲贐，空自悚愧。承諭雅意，安可預道？無妄之言，未敢奉〔三六〕許。人之修短，固自有期，設或不幸，即俟他日。況君慶門當高援，無以鄙陋，獨貽伊戚。彩舫長浮，知有日矣。氣象尚和，惟以自愛。千萬珍重！」默得書，但恨惋而已。

後三年，默滿〔三七〕替歸，泊家於相藍〔三八〕之南。默思孫，因往舊巷訪之。詢其隣，則曰：「復死已經歲矣，孫今獨居。」默大喜，歸告其母，遣媒通好。久之，孫乃許。既成，合巹之夕，孫謂默曰：「期人之死，而欲奪其室，此何罪耶？」默曰：「老少非偶，理所必然，何期之有？」孫曰：「料子之意，已萌於切脈之時，今日不遽子之闔闠矣。」默笑而不答〔三九〕。相得甚歡。

彼此方濃，復授鄆州東阿尉。默本好賄，居官尤甚。據案決事則冒貨，出證田訟則賕〔四〇〕民，笥中多私蓄幣帛以歸。孫因詢其故，默以實告。孫大慟曰：「吾及今三適人矣。始者良人，年少狂蕩不返；中間適老翁，不幸其先逝。今歸身於子，自爲得矣，而彼此方相愛。不意子不能奉法愛民，治獄則曲直高下，其心〔四一〕惟利是嗜，去就予奪，賄賂公行，民受其枉多矣。子不愛〔四二〕其官，則禍延子孫矣，吾不忍周氏之門無遺類。子不若復歸其財於民，慎守清素。況子俸錢所入，用〔四三〕之有餘矣。賢者多財損其志，愚者多財益其過。夫婦大義，死生共處。君既自敗壞，不若我先赴死地，不忍見子之死也。今與子訣矣。」乃遽趨井。默急持其衣〔四四〕曰：「子入井，吾亦相從矣。願改過，以謝子。」默以其財復歸於民，而自守清慎，終身無過。孫生二子，親教之，皆舉進士成名。（據上海古籍出版社點校本北宋劉斧《青瑣高議》前集卷七）

〔一〕方藥之書　《綠牕新話》卷上《周簿切脈娶孫氏》（引《青瑣高議》）「方藥」作「方脈」。清紅藥山房鈔本「書」作「集」。

〔二〕有懇　明張夢錫刊本作「妻孫氏有恙」。

〔三〕證　張本作「形證」，紅藥本作「形症」。

〔四〕必爲報　張本作「自當謝焉」，紅藥本作「久必爲謝」。

〔五〕診　張本作「聄」，當譌。

〔六〕氣出入尤劇　「尤劇」二字原無，據紅藥本補。張本作「氣難出入難劇」，有誤。

〔七〕復妻病愈　紅藥本作「及病愈」，連下讀。

〔八〕救　紅藥本作「耳」。

〔九〕「是時孫薄妝」至此　《青瑣高議》上古本校：「清鈔本作是時孫薄粧，宛如神仙，語言飄飄，人物濟楚，殆神仙也」。「衣服無金翠」以下，紅藥本作「艷麗天下，宛如神仙，語言飄飄然，神仙之類也」。

〔一〇〕召入內　張本、紅藥本作「默入召」。

〔一一〕彼亦妙齡　此句據紅藥本補。張本無「彼」字。《類説》卷四六《青瑣高議・切孫氏脉》、《緑牕新話》、《古今事文類聚》前集卷三八引《青瑣》（題《因病求昏》）「彼」作「孫」。

〔一二〕孫方年二十　原作「孫方二十一」，據張本、紅藥本改。下文作「二十」。

〔一三〕他　張本作「彼夫」，紅藥本作「他夫」。

〔一四〕私　張本、紅藥本作「思」。

〔一五〕事　紅藥本作「氏」，連上讀。

〔一六〕意　張本無此字，紅藥本作「已」。

〔一七〕幸留意也　張本「幸」下有「才子」二字。紅藥本作「才子留意」。

〔一八〕已　《緑牕新話》作「又」。

〔一九〕看畢　此二字據紅藥本補。

〔二〇〕漸滿　《緑牕新話》作「漸緑」，《類説》、《事文類聚》作「暫緑」。

〔二一〕飜　紅藥本、《類説》、《緑牕新話》、《事文類聚》並作「番」。

〔二二〕如今且悦目前景　「悦」《緑牕新話》作「説」，周夷（周楞伽）校本（一九五七）改作「悦」。「景」紅藥本作「樂」。

〔二三〕有　紅藥本作「文」。

〔二四〕已　紅藥本作「以」。

〔二五〕惑　張本、紅藥本作「意」。
〔二六〕可絶來意　清鈔本作「幸絶此意」。
〔二七〕向　張本、紅藥本作「如」。
〔二八〕惡　紅藥本作「意」。
〔二九〕甚詳　此二字據張本、紅藥本補。
〔三〇〕雖商賈市里庸人有不爲者　「里」紅藥本作「纏」。按：當作「廛」，店鋪。「有」紅藥本作「猶」。
〔三一〕惑　紅藥本作「憾」。
〔三二〕長　《類説》作「寒」。
〔三三〕浮世　紅藥本作「世上」。
〔三四〕誠　張本作「意」，紅藥本作「章」。
〔三五〕早晚疾聽　張本作「早夜聽」，紅藥本作「早夜疾聽」。
〔三六〕奉　《緑牕新話》作「善」。
〔三七〕滿　此字據《緑牕新話》補。周校本删去。按：滿，任滿也。
〔三八〕泊家於相藍　「泊」原譌作「洎」，據張本改。「相藍」原譌作「湘藍」。按：相藍乃宋人對開封大相國寺之稱呼。陸游《老學庵筆記》卷一〇：「俗謂南人入京師，效北語，過相藍，輒讀其牓曰大廝國寺，傳以爲笑。」今改。

〔三九〕「合巹之夕」至此　此節原無，據《緑牕新話》補。遽，通「劇」，勞也。周校本改作「枉」。「闍覽」，似爲眷顧覬覦之意。周校本改作「睠睠」。
〔四〇〕賕　紅藥本作「賍」。
〔四一〕其心　此二字據張本、紅藥本補。
〔四二〕愛　原作「害」，當譌，據紅藥本改。
〔四三〕用　張本、紅藥本作「日用」。
〔四四〕衣　紅藥本作「臂」。

按：《青瑣高議》題注「周生切脈娶孫氏」，署名寺丞丘濬撰，寺丞指衛尉寺丞（寄禄官），作記時約在景祐至慶曆中。劉斧作議繫於末，今移録於下：「議曰：婦人女子有節義，皆可記也。如孫氏，近世亦稀有也。爲婦則壁立不可亂，俾夫能改過立世，終爲命婦也宜矣（張本、紅藥本作俾夫立無過之地，終爲命婦）。」

郎君神傳

張亢撰

張亢（九九九—一〇六一），字公壽。其先濮州臨濮（今山東菏澤市鄄城縣西南）人。真宗天禧三年（一〇一九）擢進士第，爲廣安軍判官，調應天府推官，改大理寺丞、知南京留守判官，轉殿中丞。應李迪辟，簽書西京留守判官。遷太常博士，改屯田員外郎。通判鎮戎軍，上言西北攻守之計，仁宗景祐元年（一〇三四）擢如京使、知安肅軍。遷莊宅使、知瀛州。寶元初（一〇三八）趙元昊反，改右騏驥使、涇原路兵馬鈐轄兼知渭州。康定元年（一〇四〇）領忠州刺史、充鄜延路鈐轄兼知鄜州。未幾改西上閤門使、充本路都鈐轄，屯延州。慶曆元年（一〇四一）徙爲并代都鈐轄、管勾麟府軍馬事，屢挫西夏。二年契丹渝盟，領果州團練使，爲高陽關鈐轄，兼知瀛州、權本路副都部署。元昊入涇原，改四方館使、充涇原路經略安撫招討使、本路都部署兼知渭州。三年遷引進使，徙并代副都部署兼經略招討副使。次年初因細故奪引進使，充本路鈐轄，未幾復引進使，爲并代副都部署、兼知代州、兼河東緣邊安撫事。久之徙高陽關路副都部署兼知瀛州，七年加領眉州防禦使，復爲涇原路副都部署兼知渭州。坐事奪防禦使，降知磁州，尋又降爲右領軍衛大將軍、知壽州。八年爲將作監、知和州，坐失舉徙筠州。久之復引進使、領果州團練使，又復眉州防禦使、充真定路副都部署。遷客省使，以足疾求解兵任，改知衛州，徙懷州，坐事降曹州鈐轄。嘉祐五年（一〇六〇）改授河陽部署，以疾辭，請復文資，許爲祕書監，逾月復客省使、眉州防禦使、徐州部署。六年卒，年六十三，贈遂州觀察使。（據韓琦《安陽集》卷四七《故客省使、眉州防禦使、贈遂州觀察使張公墓志銘并序》、《續資治通鑑長編》、《隆平集》卷一九、《東都事略》卷六一、《宋史》卷三二四本傳）

蔡侍禁者，故參知政事文忠公之近屬也。景祐中，常〔一〕爲京城西巡檢。一日，冠帶坐〔二〕廳事，有緑衣蒼頭展刺云：「郎君奉謁。」旋見一少年，狀貌如十五六歲〔三〕人，衣淺黄衫，玉帶紗帽，升階拜伏，自稱郎君，云：「前生與兄爲昆弟，固請納拜。」蔡知其異，不得已受其禮。與之偶坐，凝定神思，拭目熟視之，曰：「郎君必天地間貴神〔四〕也，何故惠然相過？」曰：「先居安上門譙三十年，今期滿，爲皇城司主者所遣，故詣兄求一居止之所。」蔡曰：「某之廨宇湫隘，豈堪郎君之處也？」即詣西廡下貯蒿秸之室，曰：「乞糞除之，補隟封户，得此足矣。」乃辭去。蔡亦僶俛令從者潔其室，而扃鎖焉。

少時，有虹〔五〕梁自東南抵室門而止，驢駕橐駝負載巨橐者〔六〕，罔知其數。復〔七〕有金飾犢車，垂珠〔八〕簾、張青蓋者數十乘。又有衣錦袍、屬櫜鞬而騎者，執撾而趨者，左右前後亦數千人。有伶人百餘，衣紫緋緑袍，奏樂前導，郎君者乘馬按轡，徐行其後。又有臂鷹隼、牽獵犬洎四夷之人數百，偕入於室中。大抵類車駕之儀仗，他人弗之見也。俄頃，郎君復至，叙謝再三：「幸得居此，必無絲毫奉擾。苟有凶吉，謹當奉報。但勿令家人穴壁竊覘。或要相覿，宜焚香密啓，即至矣。」言訖不見。

蔡氏舉族大恐怖，雖白晝不敢正視其室。月餘，寂無他怪。間聞合樂聲，如風吹傳〔九〕，自遠而至者，自此差不懼。蔡之細君，由隟窺之，見郎君者乘步輦，擁姬侍數百，皆有殊色。樓觀壯麗，池館邃袤，若宮室[一〇]然。蔡有男，卒已十餘年，亦侍其側。因燔香告啓[一一]，郎君即至曰：「嫂何爲者？」對以求見亡男，曰：「嫂之[一二]子在郎君處甚樂，無用見，恐因驚而他適，則有所苦。」懇告以母子之情，呼出，母見即大慟，急就之，遂滅去，嘆[一三]曰：「果驚去矣。」

又數月，遇蔡誕辰，贄紈素數疋以爲壽。舉視之，若煙綃霧縠，又如蛛絲組織而成，固非女工[一四]之所能杼軸也。逮半歲，來告曰：「兄已授明、越巡檢，明日宣下。今先兄往彼，擇閒室而止[一五]焉。揚子江神相與素善，恐知是親戚，故起風濤相戲，不須憚也。」言訖即不見，虹梁自室門而起，南望無際，輜重儀衛如來時。翌日，果徙明、越巡檢。將至任，一日郎君前，方丈悉水陸珍品，顧蔡曰：「非敢故爲異味，有恪於兄，恐不相益耳。」到任又半年，一旦來見曰：「與兄緣數已盡，從此辭矣。」復由虹梁而去，竟不知所適。蔡族亦無他咎。（據上海商務印書館《四部叢刊編續》景印明景宋鈔本北宋張師正《括異志》卷一〇《蔡侍禁》）

[一] 常　《四庫全書存目叢書》影印明鈔本作「嘗」。常，通「嘗」。

[二] 坐　明鈔本作「上」。

[三] 歲　此字原無，據明鈔本補。

〔四〕神　明鈔本作「人」。

〔五〕虹　明鈔本作「紅」，下文「復由虹梁而去」亦作「紅」。「虹梁自室門而起」則作「虹」。

〔六〕驢駕槖駝負載巨槖者　明鈔本前有「見」字。

〔七〕復　明鈔本作「後」。

〔八〕珠　明鈔本作「朱」。

〔九〕如風吹傳　原作「如聞□風傳」，據明鈔本改。

〔一〇〕室　明鈔本作「闕」。

〔一一〕告啓　原作「已告」，據明鈔本改。

〔一二〕之　此字原無，據明鈔本補。

〔一三〕嘆　明鈔本作「啨」，嘆也。

〔一四〕女工　明鈔本作「女紅」。紅，通「工」。

〔一五〕止　原譌作「上」，據明鈔本改。

按：《括異志》載此末有小字注：「故客省張公亢守早涼之日説斯事，公亦有傳。」「早」字譌，白化文、許德楠點校本（中華書局，一九九六）據北京圖書館（即國家圖書館）藏清鈔本改作「平」。平涼，渭州治所。原傳不傳，師正所記聞於亢，或竟據亢傳所記，固可視作亢作也。原題不知，今擬。據《張公墓誌銘》及《續資治通鑑長編》卷一二七、卷一三八、卷一四二、卷一六〇、卷一六一，張亢三次知渭州，首次在寶元初（一〇三八）至康定元年（一〇四〇），二次在慶曆二年（一〇四二）至三年，三次在慶曆七年。而張師正早年曾爲渭州推官（見《括異志》卷二《楊省副》），洎嘉祐四年（一〇五九）纔領郡宜州（《長編》卷一九〇）。然則師正聞此事乃在張亢渭州幕中，惟無法確指在何年。此事在景祐中（一〇三四—一〇三八），疑亢作此傳殆在慶曆中也。

書仙傳

任信臣　撰

任信臣，身世不詳。

曹文姬，本長安娼女也。生四五歲，好〔一〕文字戲。每讀一卷〔二〕，能通大義，人疑其夙習也。及笄，姿豔絶倫，尤工翰墨。自牋素外至於羅綺窗户，可書之處必書之，日數千字〔三〕，人〔四〕號爲書仙，筆力〔五〕爲關中第一。當時工部周郎中越、馬監察端〔六〕，一見稱賞不已。家人教以絲竹宫商，則〔七〕曰：「此賤事，吾豈樂爲之！惟墨池筆〔八〕塚，使吾老於此間足矣。」由是藉藉聲名，豪貴〔九〕之士，願輸金委玉求與偶者，不可勝計。女曰：「皆非吾偶也〔一〇〕。欲偶吾者〔一一〕，請先〔一二〕投詩，當自裁擇。」自是長篇短句，豔詞麗語，日馳數百，女悉無意〔一三〕。

有岷江〔一四〕任生，客于長安，賦才敏捷，聞之喜曰：「吾得偶矣。」或問之，則曰：「鳳棲梧而魚躍淵，物有〔一五〕所歸耳。」遂投之詩曰：「玉皇殿上〔一六〕掌書仙，一染塵心謫九天〔一七〕。莫怪濃香薰骨膩〔一八〕，霞衣〔一九〕曾惹御爐烟。」女得詩，喜〔二〇〕曰：「此真吾夫也，不然，何以知吾行事耶？吾願妻〔二一〕之，幸勿他顧。」家人不能阻〔二二〕，遂以爲偶。自此春朝秋夕，夫婦相攜〔二三〕，微吟小酌，以盡〔二四〕一時之景。如是五年。

因三月晦日〔二五〕，送春對飲〔二六〕，女題詩曰：「仙家無夏〔二七〕亦無秋，紅日清風滿翠樓。況有〔二八〕碧霄歸路穩，可能同駕五雲遊〔二九〕？」吟畢，嗚咽泣〔三〇〕曰：「吾本上天司書仙人，以情愛謫居塵寰二紀。」謂任曰：「子亦先世得道仙人，謫於人世。吾於子有宿緣，故吾得託於子〔三一〕。吾將歸，子可偕行乎〔三二〕？天上之樂勝於人間，幸無疑焉〔三三〕。」俄聞仙樂飄空，異香滿室。家人驚異共窺，見朱衣吏持玉版，朱書篆文，且〔三四〕曰：「李長吉新撰《玉樓記〔三五〕》就，天帝召汝寫碑，可速駕無緩。」家人曰：「李長吉唐之詩人〔三六〕，迄今僅〔三七〕三百年，焉有此說？必〔三八〕妖也。」女笑曰：「非爾等所知，人世三百年，仙家猶頃刻耳。」女與生易衣拜命，舉步騰空，但見雲霞爍爍〔三九〕，鸞鶴繚繞，于時觀者萬計〔四〇〕。以其所居地爲書仙里。

長安小隱永元之善丹青，因圖其狀，使余作記。時慶曆甲申上元日記。（據上海古籍出版社點校本北宋劉斧《青瑣高議》前集卷二）

〔一〕好　《歷世真仙體道通鑑》後集卷六《曹文姬》作「妙」。

〔二〕每讀一卷　明張夢錫刊本、清紅藥山房鈔本、《真仙通鑑》、《青泥蓮花記》卷二《曹文姬》（題注《書仙傳》，末注《青瑣高議》）、《廣豔異編》卷一一及《續豔異編》卷六《書僊傳》作「每一卷書」。

〔三〕日數千字　「千」《真仙通鑑》作「萬」。紅藥本「字」作「里」，連下讀。

〔四〕人　《緑牕新話》卷上《任生娶天上書仙》（注出《麗情集》）、《一見賞心編》卷六《書仙女》作「時人」。

〔五〕筆力　《廣豔異編》、《續豔異編》作「筆方」，「筆」屬上讀。《情史類略》卷一九《書仙》作「筆法」。

〔六〕馬監察端　「監」原作「觀」，據《真仙通鑑》改。按：觀察，觀察使，北宋爲武臣寄禄官。監察，監察御史。《續資治通鑑長編》卷一四二慶曆三年（一〇四三）：「會除太常博士馬端爲監察御史，紳（蘇紳）所薦也。」《宋史》卷二九四《蘇紳傳》：「諫官亦言紳舉御史馬端，非其人。」

〔七〕宮商則　此三字原無，據張本、紅藥本、《真仙通鑑》、《青泥蓮花記》、《廣豔異編》、《續豔異編》、《情史》補。

〔八〕筆　紅藥本作「硯」。

〔九〕貴　《緑牕新話》、《真仙通鑑》作「傑」。

〔一〇〕皆非吾偶也　「皆」原作「此」,《真仙通鑑》作「皆」,義勝,據改。張本、《廣豔異編》、《續豔異編》全句作「豈吾偶也」,紅藥本作「豈吾偶」,《情史》作「非吾偶也」。

〔一一〕欲偶吾者　「吾」字原無,據《緑牕新話》、《真仙通鑑》、《賞心編》補。紅藥本作「欲偶者」。

〔一二〕請先　「先」原作「託」,據《青泥蓮花記》、《廣豔異編》、《續豔異編》、《情史》改。《緑牕新話》、《賞心編》作「必先」,《真仙通鑑》作「可先」。

〔一三〕無意　原作「阿意」,疑誤,據《真仙通鑑》、《廣豔異編》、《續豔異編》、《情史》改。

〔一四〕岷江　《真仙通鑑》、《賞心編》作「岷山」。

〔一五〕有　《真仙通鑑》作「各有」。

〔一六〕殿上　原作「殿前」,不合平仄,據清鈔本、紅藥本、《青泥蓮花記》、《廣豔異編》、《續豔異編》、《情史》、《賞心編》改。《真仙通鑑》及《錦繡萬花谷》前集卷一七、《古今合璧事類備要》前集卷五三引《麗情集》作「前殿」。

〔一七〕一染塵心謫九天　「染」《青泥蓮花記》、《廣豔異編》、《續豔異編》、《情史》作「點」。「謫」《萬花谷》、《事類備要》作「下」。

〔一八〕莫怪濃香薰骨膩　「莫」紅藥本作「若」,誤。「骨膩」《青泥蓮花記》、《續豔異編》、《情史》二字互乙。《四庫全書》本《萬花谷》作「肉膩」。

〔一九〕霞衣　《萬花谷》作「雪衣」,《事類備要》作「雲衣」。

〔二〇〕喜　《緑牕新話》作「大笑」。
〔二一〕妻　《真仙通鑑》作「事」。
〔二二〕家人不能阻　《真仙通鑑》作「家不能抑」。
〔二三〕攜　《真仙通鑑》作「同」。
〔二四〕盡　《真仙通鑑》作「罄」。
〔二五〕因三月晦日　《緑牕新話》前有「後」字。
〔二六〕送春對飲　《緑牕新話》前有「相與」二字。
〔二七〕夏　《緑牕新話》、《賞心編》作「夜」，當誤，《緑牕新話》周夷（周楞伽）校本改作「夏」。
〔二八〕有　《緑牕新話》作「是」。
〔二九〕遊　《真仙通鑑》、《緑牕新話》、《賞心編》作「虬」。
〔三〇〕嗚咽泣　《真仙通鑑》作「嘆」。
〔三一〕子亦先世得道仙人謫於人世吾於子有宿緣故吾得託於子　此數句原無，據《真仙通鑑》補。末原有「今日當偕行矣」一句，删，詳下。
〔三二〕吾將歸子可偕行乎　《真仙通鑑》無此二句，而作「今日當偕行矣」。
〔三三〕天上之樂勝於人間幸無疑焉　《真仙通鑑》無此二句。
〔三四〕且　《真仙通鑑》作「降」。

〔三五〕玉樓記　《緑牕新話》作「白玉樓記」。

〔三六〕詩人　《真仙通鑑》作「才人」。

〔三七〕僅　此字原無，據張本、紅藥本、《青泥蓮花記》、《廣豔異編》、《續豔異編》、《情史》補。按：李長吉至慶曆間不足三百年。僅，去聲，近也。

〔三八〕説必　此二字據《真仙通鑑》補。

〔三九〕但見雲霞爍爍　「但見」二字據《真仙通鑑》補。《真仙通鑑》「爍爍」作「燦燦」。

〔四〇〕于時觀者萬計　「時」原作「是」，據張本、清鈔本、紅藥本及《真仙通鑑》、《青泥蓮花記》、《廣豔異編》、《續豔異編》、《情史》改。「計」《真仙通鑑》作「許」。

按：《青瑣高議》題注「曹文姬本係書仙」。本篇張君房《麗情集》曾採入，見引於《緑牕新話》卷上（《題《任生娶天上書仙》）及《錦繡萬花谷》前集卷一七、《古今事文類聚》後集卷一七、《古今合璧事類備要》前集卷五三，均係節文。《青瑣高議》則存全文，不著撰人。篇末云：「長安小隱永元之善丹青，因圖其狀，使余作記。時慶曆甲申上元日記。」按慶曆甲申乃四年（一〇四四），時劉斧猶年少，所謂「余」者當是他人。考南宋薛季宣《浪語集》卷一《李長吉詩集序》云：「近世任信臣者，又記書仙事實之。仙者，慶曆中長安女娼曹文姬也。穎而工書，名以藝得。睹朱衣吏持篆玉示曰：『帝使李賀記白玉樓竟，召而寫之琬琰。』家人曰：『賀死歲三百矣，烏有是?』文姬曰:『是非若所知也,世載三百,仙家猶頃刻然。』乃拜命更衣,飈然飛去。」引事與此傳全合,則作者乃任信臣也。長安小隱永元之不詳何人。傳文中言及工部郎中周越、監察馬端,則生世可考,皆爲仁宗時人。(按:周越,《宋史》卷二八八《周起傳》附有事跡,周起弟,譌作周超。)

《施註蘇詩》卷一五《百步洪》注引《異聞集·書仙歌》二句:「長安南坡名臙脂,曹家有女名文姬。」傳文中無「長安南坡名臙脂」語,疑歌作者自爲增飾。歌作者失考。《麗情集》當亦採入此歌,而施註誤作唐人陳翰所編《異聞集》耳。

賈知微〔一〕

開寶中〔二〕,賈知微寓舟洞庭,因吟《懷古詩》云:「極目煙波是九嶷,吟魂愁見暮鴻肥〔三〕。二妃有恨君知否?何事經旬去不歸?」即岳陽,因賦詩曰:「湖平天遣草如雲,偶泊巴陵舊水濱。可惜仙娥差用意,張碩〔四〕不是有才人。」俄見蓮舟,有數女郎鼓瑟而下。生目送之,舟通西岸,即曾城夫人京兆君宅。生趍堂,見備筵饌。有三女郎,一稱曾城夫人杜蘭香〔五〕,一稱湘君夫人,一稱湘夫人。二妃誦李群玉《黃陵廟詩》曰:「黃陵廟前青草春〔六〕,黃陵女兒茜裙新〔七〕。輕舟短棹〔八〕唱歌去,水遠天長愁殺人〔九〕。」

酒行，各請吟詩。生曰：「偶棹扁舟泛渺茫，不期有幸跡仙鄉。玉堂久照星辰聚，雪扇雙開日月長。豈只恩憐爲上客，又容懽笑宴中堂。預愁明發分飛去，衣上人聞有異香。」湘君曰：「南望蒼梧慘玉容，九嶷山色互重重。須知暮雨朝雲處，不獨陽臺十二峰。」湘夫人曰：「夜唱蓮歌入洞庭，採蓮人旅著青蘋。長歌一棹空歸去，莫把蓮花讓主人。」京兆君曰：「一解征鴻下蓼汀，便隨仙馭返曾城。傷心遠別張生去，翻得人間薄倖名。」詩畢，二湘夫人別去，京兆君邀生止宿。

明日，賈與夫人別，命青衣以秋雲羅帕裹定年丹五十粒贈生〔一〇〕，曰：「此羅是織女繅玉蠶繭織成〔一一〕，遇雷雨密收之。其仙丹每歲但服一粒，則保一年〔一二〕。」生既受，吟詩謝曰：「丹是曾城定年藥，帕爲織女秋雲羅。勤奉致贈東行客，以表相思恩愛多。」乃拜別去。離岸百步，回視夫人宅，已失矣。後大雷雨，見篋間一物如雲烟，騰空而去〔一三〕。（據《稗海》本元闕名《異聞總録》卷二，又南宋朱勝非《紺珠集》卷一一、曾慥《類説》卷二九《麗情集》，孔傳《孔帖》卷八、陳元靚《歲時廣記》卷七、《片玉集》卷七《解語花》陳元龍注、謝維新《古今合璧事類備要》外集卷六四、元林坤《誠齋雜記》卷下、明詹詹外史《情史類略》卷一九亦引，南宋祝穆《方輿勝覽》卷二九《岳州·山川·洞庭湖》引小説）

〔一〕《類説》題《黄陵廟詩》，《紺珠集》題《秋雲羅帕》，皆編者自加，今别擬。

〔二〕開寶中　此二字據《類説》、《歲時廣記》（題《服歲丹》）、《方輿勝覽》補。

〔三〕肥　《筆記小説大觀》本《異聞總録》作「飛」。

〔四〕張碩　《筆記小説大觀》本誤作「張頎」。按：《藝文類聚》卷七九引《杜蘭香别傳》：「杜蘭香，自稱南陽人。以建興四年春數詣張傳……傳先改名碩。」

〔五〕曾城夫人杜蘭香　「杜蘭香」三字原無。《類説》及《歲時廣記》：「賈知微遇曾城夫人杜蘭香及舜二妃於巴陵。」《孔帖·秋雲羅帕》、《古今合璧事類備要·杜蘭香帕》、《情史·杜蘭香》：「賈知微遇曾城夫人杜蘭香。」《紺珠集》：「賈知微、曾城夫人杜蘭香既别……」據補於此。《片玉集》注作「雲容夫人杜蘭若」，《誠齋襍記》作「會城夫人杜若蘭」，並誤。

〔六〕青草春　《歲時廣記》、《方輿勝覽》作「春草生」，「生」字出韻，誤。按：《雲谿友議》卷中《雲中夢》李詩作「莎草春」，《詩話總龜》前集卷四七引《百斛明珠》作「芳草春」。

〔七〕茜裙新　《方輿勝覽》作「茜羅裙」。

〔八〕短棹　《歲時廣記》作「短楫」。按：《雲谿友議》、《百斛明珠》均作「小檝」。

〔九〕水遠天長愁殺人　「天」《雲谿友議》、《百斛明珠》作「山」。「二妃誦李群玉黄陵廟詩」至此，據《類説》補，《歲時廣記》亦引有此節。

〔一〇〕賈與夫人别命青衣以秋雲羅帕裹定年丹五十粒贈生　「賈與夫人别命青衣」八字據《類説》、《歲時廣記》補。「秋雲羅帕」原無「雲」字，據《紺珠集》、《類説》、《孔帖》、《片玉集》注、《事類備要》、《誠齋襍記》、《情史》補。「裹」《類説》、《歲時廣記》作「覆」。「定年丹」《類説》、《歲時廣記》作「定命丹」。

〔二〕此羅是織女繰玉蠶繭織成　「織女」《紺珠集》作「玉女」。「玉蠶繭」原脱「繭」字，據《紺珠集》、《片玉集》注補。

〔三〕「曰此羅」至此　據《類説》補。《歲時廣記》亦引有此節，「繰」作「採」，「但」作「旦」。《孔帖》作「曰：此羅是織女繰玉繭織成，遇雷雨而密藏之」，《事類備要》作「曰：此羅是織女練玉蠒織成，遇雷雨時密藏之」。

〔三〕「後大雷雨」至此　據《類説》、《歲時廣記》補。《孔帖》、《事類備要》、《誠齋襍記》、《情史》作「後大雷雨，失帕所在」。

按：本篇原載於張君房《麗情集》，《郡齋讀書志》小説類著録此書二十卷，今不見傳，只存《紺珠集》（卷一一）、《類説》（卷二九）摘録本，諸書引用亦夥，遺文可得四十餘篇。此書乃「編古今情感事」而成，多爲唐宋傳奇及歌序。書中收有慶曆四年（一〇四四）《書仙傳》，君房約卒於慶曆五年，是則本書編於臨終前不久。本篇事在開寶中（九六八—九七六），原出何人何書不可考。元人《異聞總録》卷二亦載此事，所據不明，文詳，然亦多有删節。李群玉題詩黄陵廟，事見《雲谿友議》卷中《雲中夢》，賈知微事不唯借其詩，實亦襲其事，而又援入女仙杜蘭香。

芙蓉城傳

胡微之　撰

胡微之，生世不詳。

王君迥，字子高〔一〕，虞部員外郎正路之次子〔二〕。行西城道上，遇青衣曰：「君東齋有客，候君久矣。」君歸〔三〕，家延女客。既夕酒罷，見一女子，華冠盛服，坐廳西〔四〕。君怪問之，答曰：「少頃至〔五〕君寢。」君疑其爲妖也，正色遠之，女亦徐逝〔六〕。君懼，不敢寢。更深〔七〕困甚，視牕户掩闑〔八〕，欲卧。及入解衣，聞屏幃間有喘息聲〔九〕，忽有人自帳中挽其衣，乃適見之女〔一〇〕，已脱衣而卧。君懼欲去〔一一〕，女曰：「我於人間嗜欲未盡，緣以冥契，當侍巾幘。是以奉尋，非一朝一夕之分也〔一二〕。君毋避〔一三〕。」因强歡事，君懼不從〔一四〕。天明女去，衾枕之屬，餘香不散〔一五〕。

後三日復至，君與之合。固問之曰：「汝何氏族？當實爲我言之〔一六〕。」女曰：「我周太尉之女，名瑶英〔一七〕。」自是朝去暮來，凡百餘日〔一八〕。一日，出藥與君服，又遺詩曰：「陰魄〔一九〕陽精寶鍊成，服之一日可長生。芙蓉闕下多仙侶，休羨人間利與名。」一日，周語君曰：「即預朝列。」君曰：「何謂朝列？」曰：「朝帝也。」不言其詳。由此倏去，不來者數日〔二〇〕。

忽一夕〔二一〕，夢周道服而至，謂君曰：「我居幽僻，君能一往否？」君〔二二〕喜而從之。但覺其身飄然，與周同舉。須臾過一嶺，及一門，珍禽佳木，清流怪石，殿閣金碧相照。遂與君自東箱門入，循廊至一殿亭，甚雄壯。下有三樓，相視而聳，亦甚雄麗。廊間半開，周忽入，君少留。須臾，周與一女郎至，周曰：「三山之事息乎？」曰：「雖已息，奈情何！」於是拊掌而去。逡巡東廊之門，門〔二三〕啓，有女流道裝而出者百餘人，立於庭下。俄聞〔二四〕殿上卷簾，有美丈夫一人，朝服憑几，而庭下之女循次而上。少頃，憑几者起，簾復下，諸女流亦復不見。周遂命君登東箱之樓，上有酒具。憑欄縱觀，山川清秀。梁上有碑，題曰「碧雲樓〔二五〕」，其字則《真誥》飛天之書〔二六〕、八龍雲篆。君未及下，有〔二七〕一女郎復登是樓，年可十五，容色嬌媚，亦周之比。周謂君〔二八〕曰：「此芳卿也，與我最相愛。」芳卿蓋其字耳。夢之明日，周來，君語以夢。周笑曰：「芳卿之意甚勤也〔二九〕。」君問何地，周曰：「芙蓉城也。」曰：「憑几者誰？三山之事何謂？」周皆不對。君曰〔三〇〕：「芳卿何姓？」曰：「與我同。」君感其事，作詩遺周云。

虞曹公狀其事以奏帝。春花秋月，悽愴悲泣而去。周臨別，留詩云：「久事屏幃不暫閑，今朝離意尚闌珊。臨行惟有相思淚，滴在羅衣一半斑〔三一〕。」（據上海《藝文雜誌》一九三六年連載南宋皇都風月主人《緑牕新話》卷上《王子喬（高）遇芙蓉仙》、《古香齋袖珍十種》本南宋施元之註《施註蘇詩》卷一四《芙蓉城》引《芙蓉城傳》、明刊本鳩兹洛源子《一見賞心編》卷六《芙蓉女》，又南宋王十朋集註《東坡先生詩集註》卷四《芙蓉城》引《王子高傳》）

〔一〕字子高　《緑牕新話》譌作「書子喬」，據《施註蘇詩》註、《一見賞心編》改。下文「喬」亦改「高」。《緑窗新話》周夷（周楞伽）校本亦改。王子喬，傳説中仙人。按：《雲麓漫鈔》卷一〇云：「王迥字子高，族弟子立，爲蘇黄門壻，故兄弟皆從二蘇遊。子高後受學於荆公。舊有周瓊姬事，胡徽（按：當作微）之爲作傳，或用其傳作《六么》，東坡復作《芙蓉城詩》，以實其事。迥後改名蘧，字子開，宅在江陰。予囊居江陰，常見其行狀，著受學荆公甚詳。」《玉照新志》卷一：「王子高遇芙蓉仙人事，舉世皆知之。子高初名迥，後以傳其詞徧國中，於是改名蘧，字子開。」

〔二〕虞部員外郎正路之次子　此句據《東坡先生詩集註》趙次公註、施註補。按：《默記》卷上作「王璐」，疑「璐」乃「正路」之誤。蘇軾《王子立（適）墓誌銘》（《蘇文忠公全集·東坡後集》卷一八）：「考諱正路，比部郎中、知濮州，贈光禄大夫。」

〔三〕行西城道上遇青衣曰君東齋有客候君久矣君歸　以上二十字據《賞心編》補，「君」作「逈」，今統一作「君」，從上文也。

〔四〕見一女子華冠盛服坐廳西　《賞心編》作「見庭際有一女子，靚粧盛餙，弄蕋花陰」。

〔五〕至 《賞心編》作「當奉」。
〔六〕君疑其爲妖也正色遠之女亦徐逝 以上十四字據《賞心編》補，「君」作「逈」。
〔七〕更深 此二字據施註補。
〔八〕視牕户掩闃 此句據施註補。
〔九〕及入解衣聞屏幃閒有喘息聲 以上二句據施註補。
〔一〇〕乃適見之女 「適」《緑牕新話》譌作「邊」，周校本改作「適」。施註作「乃適女郎」，據改。
〔一一〕君懼欲去 《賞心編》作「逈起避」。
〔一二〕「我於人閒嗜欲未盡」至此 以上二十八字據施註校補，《緑牕新話》只作「我以冥契，當侍巾櫛」。《賞心編》作「妾以冥數，當侍巾櫛」。
〔一三〕君毋避 此三字據《賞心編》補。
〔一四〕君懼不從 《賞心編》作「逈見其情□狎□，姿色艷絶，遂相與即枕席焉」，中二字模糊不清。
〔一五〕衾枕之屬餘香不散 此二句據施註補。按：古香齋本脱「衾枕之屬」四字，據宋犖刊本補。
〔一六〕固問之曰汝何氏族當實爲我言之 以上十四字原作「問女何族」，此據《賞心編》。
〔一七〕瑶英 《緑牕新話》作「瓊嫗」，疑爲「瓊姬」之譌，周校本改作「瓊姬」。《賞心編》作「瓊姬」。按：周之名，《雲麓漫鈔》卷一〇云：「舊有周瓊姬事，胡徽（微）之爲作傳。」亦作「瓊姬」。《雍熙樂府》卷一三載無名氏曲《禿廝兒》中云：「謝瓊姬不嫌王子高，同跨鳳，宴蟠桃，吹簫。」易周姓爲謝，名則同。而《施註蘇詩》卷二〇《生日王郎以詩見慶次其韻并寄茶二十一片》註：「胡微之《芙蓉城傳》，爲王迥子高作。子高遇仙人周瑶英事，見十四卷。」《東坡先生詩集註》卷一八同詩趙次公註：「世傳王子立之兄子高，與仙人周瑶英遊芙蓉城，見先生本詩。」《芙蓉城引》亦云：「世傳王迥子高與仙人周瑶英游芙蓉城。」則作「瑶英」。《默記》亦云：「世傳王迥遇女仙周瑶英事，或言非實，託寓而爲之爾。」姑改作「瑶英」。

〔一八〕凡百餘日　此四字據施註補。《賞心編》作「情好甚篤」。

〔一九〕魄　《賞心編》譌作「别」。

〔二〇〕「一日周語君曰」至此　以上三十三字據施註補。古香齋本作：「周云：『即御朝列。』王曰：『朝帝耶？』」此據宋犖本。「君」施註作「王」，據王十朋集註本無逸（謝無逸）註引《子高傳》改。按：王十朋集註所引或作次公、無逸、堯卿（趙堯卿），下文均作王註。

〔二一〕忽一夕　《緑牕新話》作「一日」。

〔二二〕君　此字據《緑牕新話》補。

〔二三〕門　此字據王註補。

〔二四〕俄聞　王註作「須臾」。

〔二五〕樓　此字據王註補。

〔二六〕飛天之書　此四字據王註補。

〔二七〕有　此字據王註補。

〔二八〕謂君　此二字據王註補。

〔二九〕勤也　王註作「動人」。

〔三〇〕君曰　此二字施註作「問」，從王註改。

〔三一〕按：自「周云即預朝列」至結末據《施註蘇詩》校録，此前據《緑牕新話》校録。

按：原傳不存。《東坡先生詩集註》卷四《芙蓉城并引》云：「世傳王迥子高與仙人周瑶英游芙蓉城。元豐元年（原作三年，據《施註蘇詩》改）三月，余始識子高，問之信然。乃作此詩，極其情而歸之正，亦變風止乎禮義之意也。」趙次公註云：「按：胡微之作《王子高傳》，子高，虞部員外郎正路之次子，載其所遇周事甚詳。人用其傳爲《六么曲》。先生詩中稍涉其事，今略取之。」註中引《子高傳》五節。古香齋本《施註蘇詩》卷一四註引胡微之《芙蓉城傳》四節（按：原十一節）。邵長蘅按云：「《芙蓉城傳》，施氏注散入句下。王注録之亦不詳。蘅未見全傳，又無他本可校，兹從施氏句注中掇拾出之，未免句字脱落，殘闕多有。而先生是詩大概采用其意，不可略也，乃附著之如此。」其註較前註爲詳。《緑牕新話》卷上《王子喬（高）遇芙蓉仙》一篇，未注出處，此文當節自胡傳，文雖簡略，然可補蘇註之闕。又《一見賞心編》卷六僊女類《芙蓉女》，所出不詳，文句亦多有可補者。據《默記》卷上載，仁宗慶曆（一〇四一—一〇四八）中王迥假託某女子編造遇仙奇聞，廣傳於世。時王、周正相交往，未有胡傳所叙二人離別之事，則慶曆中尚未作傳，傳殆作於此後不久。

《六么曲》亦佚，趙次公註引有《六么曲》「夢中共跨青鸞翼」、「一簇樓臺」二句。《萍洲可談》卷一云：「朝士王迥，美姿容，有才思。少年時不甚持重，間爲狹邪輩所誣，播入樂府，今《六幺》所歌『奇俊王家郎』者，乃迥也。元豐中，蔡持正舉之可任監司，神宗忽云：『此乃奇俊王家郎乎？』持正叩頭謝罪。」知神宗元豐（一〇七八—一〇八五）前《六幺》已廣傳於世。《畫墁録》等亦引「奇俊王家郎」。《六幺》爲宋雜劇，《武林舊事》卷一〇載官本雜劇段數中有《王子高六幺》一本。

宋代傳奇集第二編卷三

女仙傳

太子中允王綸，祥符中登進士第。有女子年十八歲，一日晝寢中忽魘聲。其父與家人亟往問之，已起，謂父曰：「與汝有洞天之緣，降人間四百年矣，今又會此。」自是謂父曰清非生，自稱曰燕華君。初不識字，忽善三十六體天篆〔一〕，皆世所未識。每與清非生唱和，及百餘篇。有《送人詩》云：「南去過瀟湘，休問屈氏狂。而今聖天子，不是楚懷王。」又《贈清非生》末句云：「自有燕華無限景，清非何事戀東宫？」又《雪詩》云：「何事月娥欺〔二〕不在，亂飛瑞葉〔三〕落人間？」説與人云：「天上瑞木，開花六出。」《贈清非生》云：「君爲秋桐，我爲春風。春風會使秋桐變，秋桐不識春風面。」《題金山》云：「濤頭風滚〔四〕雪，山脚石蟠虬。」又詩云：「落筆非俗子，鼓吹皆天聲。豈俟耳目既，慰子華燕〔五〕情。」蔣穎叔以楷字釋之，刻於石。後嫁爲廣陵〔六〕吕氏妻，既嫁則懵然不復能詩。康定間進篆字二十四軸〔七〕，仁宗嘉之。（據上海商務印書館《四部叢刊初編》景印明月窗道人校刊本北宋阮閱

《增修詩話總龜》前集卷四七，又明梅鼎祚《才鬼記》卷一五引《唐宋遺史·燕華君》）

〔一〕天篆　原作「大篆」，據明鈔本（據周本淳校點本卷四九）、《紺珠集》卷五詹玠《唐宋遺史·清非生》、《錦繡萬花谷》前集卷三九引《雍洛舊聞·清非生》、《才鬼記》改。

〔二〕欺　原作「期」，據明鈔本、《中山詩話》、《才鬼記》改。

〔三〕瑞葉　「瑞」原作「端」，據《中山詩話》、《才鬼記》改。下「端木」之「端」同。按：范成大《石湖居士詩集》卷二一《雪後雨作》：「瑞葉飛來麥已青，更煩膏雨發欣榮。」瑞葉喻雪花。

〔四〕滾　明鈔本、《中山詩話》作「捲」。

〔五〕燕　《才鬼記》作「宴」。燕，通「宴」。

〔六〕廣陵　此二字據《中山詩話》補。

〔七〕軸　《才鬼記》作「幅」。

按：《詩話總龜》所引缺出處，考《錦繡萬花谷》引《雍洛舊聞》，雖删節過簡，然與《詩總》相較甚合。《詩總》前之《集一百家詩話總目》中有《雍洛靈異記》，《雍洛舊聞》即《雍洛靈異記》，則此條引自《雍洛靈異記》耳。《雍洛靈異記》所記疑本《唐宋遺史》。《才鬼記》文同《詩總》，注《唐宋遺史》。《唐宋遺史》北宋詹玠作於治平四年（一〇六七）（見《玉海》卷四七引《書目》），

《紺珠集》卷五摘此書，《清非生》一條即此，頗略。梅鼎祚蓋據《紺珠集》而注出處，非所見《詩總》有此注也。

《詩總》、《才鬼記》所引末云：「有《女仙傳》行於時。」其所述即本《女仙傳》。原傳不存，所述僅其大略。《夢溪筆談》卷二一《異事》述王綸家女仙事云：「景祐中，太常博士王綸家，因迎紫姑，有神降其閨女，自稱上帝後宫諸女。能文章，頗清麗，今謂之《女仙集》，行於世。……爲之記傳者甚詳。」詳其所記，與《詩總》頗不同，則爲之記傳者當非《女仙傳》，而《女仙集》者乃指彙女仙詩成集也。王綸仁宗景祐中（一〇三四—一〇三八）官太常博士（北宋階官），從七品上，太子中允（北宋階官）正五品下，綸官太子中允當在景祐後。《詩總》云康定間（一〇四〇—一〇四一）進篆字二十四軸，則官太子中允在康定間。是則傳作於康定以後，英宗治平四年詹玠作《唐宋遺史》以前，蓋慶曆至嘉祐間作品也。

流紅記

張實 撰

張實，或作碩，字子京。開封府祥符縣（今河南開封市）魏陵鄉人。約仁宗皇祐（一〇四九—一〇五四）中官大理寺丞。（據本篇題署及《青瑣高議》前集卷三《瓊奴記》、《緑牕新話》卷上《韓夫人題葉成親》末注）

唐僖宗時，有儒士于祐〔一〕，晚步禁衢〔二〕間。於時萬物摇落，悲風素秋，頹陽西傾，羈懷增感。視御溝，浮葉續續而下。祐臨流浣手，久之，有一脱葉，差大於他葉，遠視之，若有墨跡載於其上，浮紅泛泛，遠意綿綿。祐取而視之，果有兩句〔三〕題於其上，其詩曰：「殷勤謝〔四〕紅葉，好去到人間〔五〕。」祐得之，蓄於書笥，終日咏味，喜其句意新美，然莫知何人作而書於葉也。因念御溝水出禁掖，此必宫中美人所作也。祐但寶之，以爲念耳，亦時時對好事者説之。祐自此〔六〕思念，精神俱耗。

一日，友人見之曰：「子何清削如此？必有故，爲吾言之。」祐曰：「吾數月來眠食俱廢。」因以紅葉句言之。友人大笑曰：「子何愚如是也！彼書之者無意於子〔七〕，子偶得之，何置念如此？子雖思愛之勤，帝禁深宫，子雖有羽翼，莫敢往也。子之愚又〔八〕可笑也。」祐曰：「天雖高而聽卑，人苟有志，天必從人願耳。吾聞王仙客〔九〕遇無雙之事，卒得古生之奇計。但患無志耳，事固未可知也。」祐終不廢思慮，復題二句，書於紅葉上，云：「曾聞葉上題紅怨〔一〇〕，葉上題詩寄阿誰〔一一〕？」置御溝上流水中，俾其流入宫中。人爲笑之，亦爲〔一二〕好事者稱道，有贈之詩者曰：「君恩不禁東流水，流出宫情〔一三〕是此溝。」

祐後累舉不捷，迹頗羈倦，乃依河中貴人韓泳門館。得錢帛稍稍自給，亦無意進取。久之，韓泳召祐謂之曰：「帝禁宫人三千餘〔一四〕得罪，使各適人。有韓夫人者，吾同姓，久在宮，今出禁庭，來居吾舍。子今未娶，年又踰壯，困苦一身，無所成就，孤生獨處，吾甚憐汝。今韓夫人篋中不下千緡，本良家女，年纔三十，姿色甚麗。吾言之，使聘子，何如？」祐避席伏地曰：「窮困書生，寄食門下，晝飽夜温，受賜甚久。恨無一長〔一五〕，不能圖報，早暮愧懼，莫知所爲，安敢復望如此？」泳乃令人通媒妁，助祐進羔〔一六〕雁，盡六禮之數，交二姓之懽。祐就吉之夕，樂〔一七〕甚。明日，見韓氏裝橐甚厚，姿色絶豔。祐本不敢有此望，恍若泛舟悞入仙源，神魂飛遊閬苑之狀〔一八〕。

既而〔一九〕韓氏於祐書笥中見紅葉，大驚曰：「此吾所作之句，君何故得之？」祐以實告。韓氏復曰：「吾於水中亦得紅葉，不知何人作也。」乃開笥取之，乃祐所題之詩。相對驚歎，感泣久之，曰：「事豈偶然哉！莫非前定也。」韓氏曰：「吾得葉之初，嘗有詩，今尚藏篋中。」取以示〔二〇〕祐，詩云：「獨步天溝岸，臨流得葉時。此情誰會得？腸斷一聯詩。」聞者莫不歎異驚駭。

一日，韓泳開宴召祐洎韓氏，泳曰：「子二人今日可謝媒人也。」韓氏笑答曰：「吾爲〔二一〕祐之合，乃天也，非媒氏之力也。」泳曰：「何以言之？」韓氏索筆爲詩曰：「一聯佳句題〔二二〕流水，十載幽思〔二三〕滿素懷。今日却成鸞鳳友〔二四〕，方〔二五〕知紅葉是良媒。」泳曰：「吾今知天下事無偶然者也〔二六〕。」

僖宗之幸蜀，韓泳令祐將家僮百〔二七〕人前導。韓以宮人〔二八〕得見帝，具言適祐事。帝曰：「吾亦微聞之。」召祐，笑曰：「卿乃朕門下舊客也。」祐伏地拜謝罪。帝還西都，以從駕得官，爲神策軍虞候。韓氏生五子三女〔二九〕，子以力學俱有官，女配名家。韓氏治家有法度，終身爲命婦〔三〇〕。

宰相張濬作詩曰：「長安百萬户，御水日東注。水上有紅葉，子獨得佳句。子復題脱葉，流入宮中去。深宮千萬人，葉歸韓氏處。出宮三千人，韓氏籍中數。回首謝君恩，淚洒胭脂雨。寓居貴人家，方與子相遇。通媒六禮具，百歲爲夫婦。兒女滿眼前，青紫盈門户。兹事自古無，可以傳千古。」（據上海古籍出版社點校本北宋劉斧《青瑣高議》前集卷五）

〔一〕儒士于祐　明嘉靖伯玉翁舊鈔本《類説》卷四〇《青瑣高議·流紅記》作「舉子崔祐」。

〔二〕衢　舊鈔本《類説》作「渠」。

〔三〕果有兩句　「兩句」原作「四句」，上海圖書館藏清鈔本、紅葉山房鈔本作「兩句」，又《緑牕新話》卷上《韓夫人題葉成親》（末注張碩《流紅記》）、《類説》卷四六《青瑣高議·流紅記》作「上有二句」，《分門古今類事》卷一六《于祐紅葉》引《青瑣高議》云「果有詩一聯」。據改。

〔四〕謝　《玉芝堂談薈》卷六《御溝題葉》引《青瑣高議》作「寄」。

〔五〕好去到人間　紅葉本「去」作「句」。按：其詩原爲四句，前二句爲「流水何太急，深宮盡日閑」，明張夢錫刊本、《苕溪漁隱叢話》後集卷一六引《流紅記》、《玉芝堂談薈》同。清鈔本、紅葉本、《紺珠集》卷一一《青瑣高議・紅葉媒》、《類説》卷四六、《緑牕新話》並無此二句。按：韓氏詩云「腸斷一聯詩」，「一聯佳句題流水」，且于祐題紅葉及好事者所贈詩亦皆爲二句，知原文只有後二句，前二句殆淺人據《雲谿友議》卷下《題紅怨》所載盧渥所得紅葉詩妄添，今删。

〔六〕自此　張本、紅藥本、《剪燈叢話》卷一《流紅記》作「注意」，紅藥本作「志意」。

〔七〕子　張本、紅藥本、《剪燈叢話》作「人」。

〔八〕又　紅藥本作「有」。

〔九〕王仙客　原作「牛仙客」。按：王仙客、無雙事出《無雙傳》，據改。

〔一〇〕怨　《類説》天啓刊本作「意」，舊鈔本作「怨」。

〔一一〕寄阿誰　《類説》「寄」作「問」。紅藥本「阿」作「與」，《漁隱叢話》及《片玉集》卷一《掃花游》注引《青瑣高議》同。紅藥本眉批：「與，一本作阿。」

〔一二〕爲　清鈔本作「有」。

〔一三〕情　《古今類事》作「牆」。

〔一四〕三千餘　《古今類事》作「三十人」。

〔一五〕恨無一長　張本、紅藥本、《剪燈叢話》作「寒賤無他」。紅藥本眉批：「一本作恨無一長。」

〔一六〕羔　原譌作「恙」，據張本、紅藥本改。

〔一七〕樂　張本、紅藥本、《剪燈叢話》作「極」，紅藥本眉批：「一作樂。」

〔一八〕恍若泛舟悞入仙源神魂飛遊閬苑之狀　原作「自以爲誤入仙源，神魂飛越矣」，據張本、《剪燈叢話》改。紅藥本作「其懷有泛舟悞入仙源，神魂飛遊閬苑」，眉批：「其懷以下五字一作自以爲三字。遊，一作越，下有矣字。」

〔一九〕既而　張本、《剪燈叢話》作「既久」。

〔二〇〕示　張本、紅藥本、《剪燈叢話》作「視」，紅藥本眉批：「一作示。」

〔二一〕爲　《古今類事》作「與」。

〔二二〕題　《漁隱叢話》、《玉芝堂談薈》及《情史類略》卷一二《于祐》並作「隨」。

〔二三〕幽思　《片玉集》注作「相思」。

〔二四〕友　《玉芝堂談薈》、《情史》作「侶」。

〔二五〕方　《紺珠集》作「須」。

〔二六〕無偶然者也　《古今類事》作「非偶然得者也」。

〔二七〕家僮百　「僮」《剪燈叢話》作「兵」。「百」清鈔本作「下」。

〔二八〕宮人　《古今類事》作「宮中舊物」。

〔二九〕三女　《古今類事》作「二女」。

〔三〇〕命婦　《古今類事》作「令婦」。

按：《青瑣高議》題注「紅葉題詩娶韓氏」，題魏陵張實子京撰。《剪燈叢話》卷一據張夢錫刊本採入此記，題魏陵張實。《緑牕新話》卷上節録《韓夫人題葉成親》，末注「張碩《流紅記》」。碩、京，大也，疑作碩是，然爲孤證，尚難定斷。末繫議，乃出劉斧：「議曰：流水無情也，紅葉無情也。以無情寓無情，而求有情，終爲有情者得之，復與有情者合，信前世所未聞也。夫在天理可合，雖胡越之遠，亦可合也；天理不可，則雖比屋隣居，不可得也。悦於得，好於求者，觀此可以爲誡也。」

《青瑣高議》前集卷三《瓊奴記》云：王瓊奴年十三，父爲淮南憲。嘉祐初（一〇五六）父喪母死。幼年許嫁大理寺丞張實子定問，張以其孤貧而絶之。歲餘嫁趙奉常，時年十八。張實爲大理寺丞，約在皇祐中。本篇具體撰作年代不詳。

張佛子傳

王拱辰 撰

王拱辰（一〇一二—一〇八五），原名拱壽，字君貺。開封咸平（今河南開封市通許縣）人。天聖八年（一〇三〇）狀元及第，仁宗賜今名。通判懷州，改潁州。景祐二年（一〇三五）改祕書省著作郎、直集賢院。歷三司鹽鐵判官、修起居注、右正言。寶元二年（一〇三九）知制誥，使契丹，明年判太常禮院。慶曆元年（一〇四一）充益梓路體量安撫使，拜翰林學士，二年轉起居舍人、知開封府，明年以諫議大夫拜御史中丞。六年復拜翰林學士，兼龍圖閣學士、權三司使，改侍讀學士、知鄭州，七年移澶州。八年拜禮部侍郎，充高陽關路安撫使、知瀛州。皇祐元年（一〇四九）復兩學士，爲永興路都部署兼安撫使、知永興軍，改河南府兼西京留守，轉户部侍郎、河東安撫使、知并州。四年還知審官院，充翰林學士承旨兼侍讀、判太常寺。至和元年（一〇五四）拜三司使，出使契丹。還除宣徽北院使，罷爲端明殿學士、知永興軍。嘉祐中移知秦州、河南府、定州。八年四月英宗即位，拜兵部尚書，治平二年（一〇六五）知大名府兼北京留守。四年正月神宗即位，遷太子少保。熙寧元年（一〇六八）召還，再任宣徽北院使。王安石爲參知政事，拱辰反對新政，出判應天、河陽二府，八年召爲中太一宫使。元豐元年（一〇七八）爲南院宣徽使、西太一宫使，歸居洛陽。三年再守北京，六年拜武安軍節度使。八年三月哲宗即位，拜彰德軍節度使，加檢校太師。是年卒，年七十四，贈開府儀同三司，謚懿恪。著《平蠻雜議》十卷。（據《公是集》卷五一《王開府行狀》、《名臣碑傳琬琰集》下集卷二〇《王懿恪公拱辰傳》、《東都事略》卷七四、《宋史》卷三一八本傳及《宋史·藝文志》兵書類）

予少之時，聞都下有張佛子者，惜其未之見也，又慮好事者之偏辭也。逮予之職御史，得門下給事張亨者，始未之奇。明年，於直舍迺聞其徒相與語，始知亨乃張佛子之子。予因詰其詳於亨，亨遂書其本末。聞而驚且歎曰：「是其後必昌乎！」輒以亨之言紀其實，以垂鑒將來。

張佛子名慶，京師人也。以淳化元年生，生三歲而父母俱亡，亦無伯仲昆季，遂養於外戚趙氏。洎長，因襲姓趙氏，亦未知自出〔一〕。趙氏之鄰有郭榮者，世爲右軍巡院吏，趙氏因以慶屬焉。郭氏告老，慶遂補郭氏之闕，實祥符三年也。慶之司獄，常以矜慎自持。好潔，獄應囚具必親沐〔二〕，至暑月尤數。每戒其徒曰：「人之麗于法，豈得已哉！我輩以司獄爲職，若不知恤〔三〕，則罪者何所赴愬耶〔四〕？」飲食湯藥卧具，必加精潔。常爲其徒侮〔五〕之曰：「若區區爲此，乃欲要福乎？」慶亦莫之顧也。好看〔六〕《法華經》，每有重囚就戮，則爲之齋素誦佛，一月乃止。因有無辜者，輙私釋之，放其去〔七〕，乃祝〔八〕之曰：「若無辜〔九〕，我願以身贖若也。」坐罪後遇恩赦，旋亦自免〔一〇〕。其囚獄有訛鞫者，慶以至誠疏畫條令，美言以喻之〔一一〕，故不訊考而疑獄常決，獄官往往屬意焉。

其妻袁氏，年四十八。景祐五年〔一二〕京師疫，袁氏染疾而斃，已三日矣，尚未殮也。忽然而坐，不語。衆覩，以爲更生。踰時遍體流汗，遂甦。因告其家屬曰：「我始行至〔一三〕一所，穢污所聚，不覺身之在其間。乃啓念，欲得一清涼處。忽見一白衣，端嚴修長，謂吾〔一四〕曰：『汝不當在此，何爲而來？急去！急去！汝夫陰功〔一五〕甚多，子孫當有興者。汝今尚未有嗣，胡爲來此？』言未終，白衣人乃以手提吾之足，抛出穢污，遂乃復甦。」袁氏自念常事白衣觀音，精虔必有感應。自是里巷人相與言曰：「信乎趙佛子迺獲陰報也。」其後族人因告慶曰：「爾本張姓也。」乃述其始末，因歸〔一六〕其姓張焉。慶年八十二〔一七〕，一夕無病而卒。

袁氏更生之明年，生子乃亨。亨生三日，有一道士者，丐於慶之門。慶因延入，不復詢其誰何。既坐，謂慶曰：「若本無嗣，今乃聞嬰兒聲，非若子乎？」慶曰：「今四十九歲，止有二女，三日前偶得一子。」道者曰：「信乎陰功未易量也。爾必積累善事，非一朝一夕。聽嬰兒聲，不獨爾之有嗣，又喜子孫有文學者相繼而出也。爾善保之。」飯訖乃去。慶止生是男，既長，記名於門下後省。予以亨乃得其實，於是知慶之後必大。皇祐六年，以宣徽出守太原，因用門下給使恩例，乃以亨之年勞丐諸朝廷，補授亨以三班借職。今亨乃生六子，戒之曰：「當令讀書無怠。」乃誡：「旋顧爾考之餘澤〔一八〕，當有所授矣。」至和元年六月太原王拱辰撰。（據日本京都市中文出版社景印明萬曆三十二年金谿唐富春精校補遺重刻本南宋祝穆《新編古今事文類聚》別集卷三二人事部《陰報·雜著》）

〔一〕出　《四庫全書》本、《楓窗小牘》卷下、《勸善書》卷一一作「明」。

〔二〕獄應囚具必親沐　《楓窗小牘》作「獄囚囚具必親沐之」。

〔三〕恤　《楓窗小牘》、《勸善書》作「重」。

〔四〕則罪者何所赴愬耶　「罪」《汴京勼異記》卷八引「宋王拱辰撰《張佛子傳》節略」作「繫」。「愬」《勸善書》作「訴」，義同。
〔五〕侮　《楓窗小牘》作「譏」。
〔六〕看　《汴京勼異記》作「誦」。
〔七〕輒私釋之放其去　《汴京勼異記》「釋」作「宥」。《楓窗小牘》作「欲私釋也，趣其去」。
〔八〕祝　《汴京勼異記》作「囑」。
〔九〕若無辜　《楓窗小牘》作「若無舉」。
〔一〇〕坐罪後遇恩赦旋亦自免　《楓窗小牘》作「坐罪後遇囚得報，必自免」。
〔一一〕「囚有無辜者」至此　《勸善書》作：「囚有無辜者，輒爲之解釋。嘗爲好言教獄囚，果有罪，當自認，毋誣良善，以重己過。」疑爲增飾之語。
〔一二〕五年　《爲政善報事類》卷五作「四年」。
〔一三〕至　此字據《勸善書》補。
〔一四〕吾　原作「袁氏」，《勸善書》、《汴京勼異記》同，據《爲政善報事類》改，下同。
〔一五〕功　《爲政善報事類》、《勸善書》作「德」。
〔一六〕歸　《勸善書》作「復」。
〔一七〕年八十二　《爲政善報事類》作「年八十三」，《楓窗小牘》、《汴京勼異記》乃作「年八十有二」，《勸善書》作「年八十二」。

〔一八〕澤　原作「汗」，據《四庫》本改。

按：此傳作於至和元年（一〇五四）六月。慶曆三年（一〇四三）拱辰拜御史中丞，此即傳文謂「職御史」，明年聞張佛子事，慶曆四年也。至作傳已在十年之後。至和元年六月，時爲翰林學士承旨兼侍讀。據《續資治通鑑長編》卷一七七，是年九月，時爲三司使、吏部侍郎，爲回謝契丹使。《事文類聚》又載虞策《書張佛子傳後》，乃應張亨長子張洪之求，作於崇寧二年（一一〇三），記張慶一子六孫二曾孫獲功名事。虞策，《宋史》卷三五五有傳。

希夷先生傳

龐　覺　撰

龐覺，字從道。滑州胙城縣（今河南新鄉市延津縣東北）人。（據本篇題署）

先生姓陳名摶，字圖南，西洛人。生於唐德宗時。自束髮不爲兒戲事，年十五，詩禮書數之書，莫不通究，考校方藥之書，特餘事耳〔一〕。親蚤喪〔二〕。先生曰：「吾向所學，足以記姓名耳。吾將棄此，遊泰山之巔，長松之下，與安期、黃石論出世法，合不死藥，安能與世俗輩〔三〕汩没出入生死輪迴間！」乃盡以家資遺人，惟攜一石鐺〔四〕而去。

唐士大夫挹其清風，欲識先生面，如景星慶〔五〕雲之出，爭先覩之爲快，先生皆不與之友。由是謝絶人事，野冠草服，行歇坐卧〔六〕，日遊市肆，若入無人之境。或上酒樓，或宿野〔七〕店，多遊京索〔八〕間。僖宗待之愈謹，封先生爲清虚處士，仍以宫女三人賜先生。先生爲奏謝書云：「趙國名姬，後〔九〕庭淑女，行尤妙〔一〇〕美，身本良家，一入深宫，各安〔一一〕富貴。昔居天上，今落人間，臣不敢納於私家，謹用貯之别館。臣性如麋鹿，迹若萍蓬，飄然〔一二〕從風之雲，泛若〔一三〕無纜之舸。臣遣女復歸清禁，及有詩上浼聽覽。詩曰：『雪爲肌體玉爲腮，深謝君王送〔一四〕到來。處士不生巫峽夢，虚勞〔一五〕雲雨下陽臺。』」以奏赴宫使，即時遁去。

五代時，先生遊華山，多〔一六〕不出，或遊民家，或遊寺觀。一睡動經歲月。本朝真宗皇帝聞之，特遣使〔一七〕就山中宣召先生。先生曰：「極荷聖恩，臣且乞居華山。」先生意甚堅，使回具奏其事。真宗再遣使賫手詔茶藥等，仍仰所屬太守、縣令以禮遣〔一八〕之，安車蒲〔一九〕輪之異數迎先生。先生乃回奏上曰：「丁寧温詔，盡一札之細書；曲軫天資〔二〇〕，賜萬金之良藥。仰佩聖慈，俯躬增感。臣明時閒客〔二一〕，唐室書生。堯道昌而優容許由，漢世盛而任從〔二二〕四皓。嘉遯之士，何代無之？再念臣性同猿鶴〔二三〕，心若土灰，不曉仁義之淺深，安識禮儀之去就？敗荷作服，脱籜爲冠，體有青毛，足無草履，苟臨軒陛，貽笑聖明〔二四〕。願違〔二五〕天聽，得隱此山。聖世優賢〔二六〕，不讓〔二七〕前古。數行紫〔二八〕詔，徒煩彩〔二九〕鳳銜來；一片却心，却〔三〇〕被白雲留住。渴飲溪頭之水〔三一〕，飽吟〔三二〕松下之風。咏嘲風月之清〔三三〕，笑傲雲霞之表。遂性〔三四〕所樂，得意何言。精神高於物外〔三五〕，肌體浮乎雲烟。雖潛至道之根〔三六〕，第盡陶成之域〔三七〕。臣敢期〔三八〕睿眷，俯順愚衷。謹此以聞。」當時有一學士忘其姓名以先生累詔不起，爲詩譏先生云：「底事〔三九〕先生詔不出？若還出世没般人〔四〇〕。」先生復答云：「萬頃白雲獨自有，一枝丹〔四一〕桂阿誰無？」

後先生亦稀到人間。先生一日偶〔四二〕遊華陰，華陰尉〔四三〕王睦知先生來，倒履迎之〔四四〕。既坐，先生曰：「久不飲酒，思得少酒。」睦曰：「適有美酒，已〔四五〕知先生之來。」命滌器具饌。既歡〔四六〕，睦謂先生曰：「先生居處巖穴〔四七〕，寢止何室？出使何人守之？」先生微笑，乃索筆爲詩曰：「華陰〔四八〕高處是吾宫，出即凌空跨曉風〔四九〕。臺殿〔五〇〕不將金鎖閉，來時自有白雲封。」睦得詩愧謝。先生曰：「子更一年有大災，吾之來有意救子。守官當如是〔五一〕，雖有災患，神亦助焉〔五二〕。」睦爲官廉潔清慎，視民如子，不忍鞭扑，心性又明敏故也〔五三〕。先生乃出藥一粒曰：「服之可以禦來歲之禍。」睦起再拜，受藥服之。飲至中夜，先生如廁久不回，遂不見。睦歸汴，忽馬驚〔五四〕，墮汴水，善没者〔五五〕急救之，得不死。

先生亦時來山下民家，至今尚有見之者。今西嶽華山有先生宫觀，至今存焉。（據上海古籍出版社點校本北宋劉斧《青瑣高議》前集卷八）

〔一〕「詩禮書數之書」至此　張本、紅藥本、《剪燈叢話》卷七及《重編説郛》弓一一三《希夷先生傳》、《歷世真仙體道通鑑》卷四七《陳摶》作「詩禮書數及方藥之書，莫不通究」。

〔二〕親蚤喪　張本、《剪燈叢話》、《重編説郛》作「及親喪」，紅藥本、《真仙通鑑》作「親喪」。

〔三〕世俗輩　《真仙通鑑》下有「脂韋」二字。按：脂韋，謂圓滑處世，隨波逐流也。

〔四〕石鐺　張本、《剪燈叢話》、《重編説郛》作「古鐺」。

〔五〕慶　紅藥本、清鈔本、《真仙通鑑》作「彩」。

〔六〕行歇坐卧　張本、《剪燈叢話》、《重編説郛》作「行歌無止」，紅藥本、《真仙通鑑》作「行歌坐樂」。

〔七〕野　紅藥本作「夜」。

〔八〕京索　《真仙通鑑》作「京國」。按：京索指滎陽。《元和郡縣圖志》卷八《鄭州·滎陽縣》：「京水出縣南平地，索水出縣南三十五里小陘山。……楚漢戰於京、索閒，《漢書》注：京縣有大索亭、小索亭。」

〔九〕後　《真仙通鑑》作「漢」。

〔一〇〕妙　《真仙通鑑》作「婉」。

〔一一〕各安　《真仙通鑑》作「久膺」。

〔一三〕然　《真仙通鑑》作「若」。
〔一三〕若　《真仙通鑑》作「如」。
〔一四〕送　《古今事文類聚》後集卷一二引《青瑣高議》作「賜」。
〔一五〕虛勞　《真仙通鑑》作「空煩」。
〔一六〕多　明嘉靖伯玉翁舊鈔本《類説》卷四〇（天啓刊本卷四六）《青瑣高議·陳圖南詩》作「久」。
〔一七〕使　《類説》、《真仙通鑑》作「中使」。下文「遺使」《真仙通鑑》同。
〔一八〕遣　原作「迎」，據張本、紅藥本、《剪燈叢話》、《重編説郛》改。《真仙通鑑》作「遺」。
〔一九〕蒲　《真仙通鑑》作「輭」。
〔二〇〕天資　《真仙通鑑》作「宸恩」。
〔二一〕臣明時閒客　張本、《剪燈叢話》、《重編説郛》上有「謝云」二字，紅藥本作「詩云」，皆有誤。
〔二二〕任從　《真仙通鑑》作「善存」。
〔二三〕性同猿鶴　「鶴」《類説》作「鳥」。《真仙通鑑》四字作「形如槁木」。
〔二四〕明　《類説》作「朝」。
〔二五〕違　《真仙通鑑》作「回」。
〔二六〕賢　紅藥本作「明」。
〔二七〕讓　《真仙通鑑》作「忝」。

〔二八〕紫　《真仙通鑑》作「丹」。

〔二九〕彩　《類説》作「紫」。

〔三〇〕却　紅藥本作「自」，《類説》、《真仙通鑑》作「已」。

〔三一〕渴飲溪頭之水　「渴」張本、《剪燈叢話》、《重編説郛》作「濁」，當譌。《真仙通鑑》作「獲飲舊溪之水」。

〔三二〕吟　《真仙通鑑》作「聆」。

〔三三〕咏嘲風月之清　《真仙通鑑》作「詠味日月之清」。

〔三四〕性　紅藥本作「往」。

〔三五〕精神高於物外　「高」《真仙通鑑》作「超」。「物」紅藥本作「月」。

〔三六〕根　《真仙通鑑》作「根芽」。

〔三七〕第盡陶成之域　《真仙通鑑》作「盡陶聖域之水土」。

〔三八〕期　張本、《剪燈叢話》、《重編説郛》作「仰期」。《真仙通鑑》作「祈」。

〔三九〕底事　張本、紅藥本、《剪燈叢話》、《重編説郛》作「抵是」，《詩話總龜》前集卷四四引《青瑣集》作「秖是」。按：「抵」當爲「祗」字譌，「秖」同「祗」，亦作「衹」，只也。

〔四〇〕若還出世没般人　「世」張本、《剪燈叢話》、《重編説郛》作「也」，紅藥本空闕。《詩話總龜》全句作「若還詔出一般人」。

〔四一〕丹　張本、紅藥本、清鈔本及《詩話總龜》、《剪燈叢話》、《重編説郛》作「仙」。

〔四二〕一日偶　張本、《重編説郛》作「或」，紅藥本、《真仙通鑑》作「或然」。

〔四三〕尉　《詩話總龜》、《真仙通鑑》作「令」。

〔四四〕迎之　紅藥本、《真仙通鑑》作「門迎」。

〔四五〕已　《真仙通鑑》作「似」。

〔四六〕歡　張本、紅藥本、《真仙通鑑》、《剪燈叢話》、《重編説郛》作「飲」。

〔四七〕居處巖穴　《真仙通鑑》作「居溪岩」。

〔四八〕華陰　《類説》、《詩話總龜》、《真仙通鑑》作「華山」。

〔四九〕出即凌空跨曉風　「即」紅藥本作「則」。「曉」《詩話總龜》作「晚」。

〔五〇〕殿　《真仙通鑑》作「榭」。

〔五一〕守官當如是　紅藥本作「守官廉潔」，《真仙通鑑》作「子守官如是」。

〔五二〕雖有災患神亦助焉　張本、紅藥本、《剪燈叢話》、《重編説郛》作「雖有神理亦助焉」，《真仙通鑑》作「雖有患，神理亦祐焉」。

〔五三〕故也　此二字據張本、紅藥本、《真仙通鑑》、《剪燈叢話》、《重編説郛》補。

〔五四〕睦歸汴忽馬驚　紅藥本作「睦歸，或馬驚」，《真仙通鑑》作「睦替回都下，忽馬驚」。

〔五五〕善没者　清鈔本、紅藥本作「差役者」。

按：《青瑣高議》題注「謝真宗召赴闕表」，明張夢錫刊本、清紅藥山房鈔本「召」作「謝」，清鈔本無「召」字。署名南燕龐覺從道撰，《剪燈叢話》及《重編説郛》題南燕龐覺。南燕西漢縣名，隋改胙城，唐宋因之。傳中稱真宗廟號，殆作於仁宗時。

用城記

杜默撰

杜默（一〇一九—一〇八七？），字師雄。濮州（治今山東菏澤市鄄城縣北）人。少有逸才，尤長於歌詩，詩風粗豪。師事兖州奉符徂徠先生石介。仁宗康定元年（一〇四〇）辭師赴京，石介爲作《三豪詩送杜默師雄》，以杜與石延年、歐陽修並稱三豪，中云：「師雄二十二，筆距獰如鷹。才格自天來，辭華非學能。」至京訪歐陽修，時修任館閣校勘、太子中允，修亦有詩以贈，《贈杜默》云「杜默東土秀，能吟鳳凰聲。作歌幾百篇，長歌仍短行。」久舉不第，落魄不調，屢以私干修，不得薦而怨懟，作《桃花詩》以諷，士大夫薄之。至神宗熙寧九年（一〇七六）方以特奏名賜同進士出身，授臨江軍新淦縣尉。年近七十卒。（據《澠水燕談録》卷七《歌詠》、《青瑣高議》前集卷九《詩淵清格》、《雲齋廣録》卷三《詩話録》、《徂徠集》卷二、《歐陽文忠公文集》卷一、《詩話總龜》前集卷八引《王直方詩話》、《臨漢隱居詩話》）

法師名圓清，姓高，住提韋州用城村院。師爲人寡言語，尤不曉禪臘，默坐草堂間。

請齋則辭不能，縱往但飲食而已。亦不誦經，又無歌讚，亦不覺鐃鈸之類。村民多鄙之，亦爲鄰僧之所嘲，諸師亦顧〔一〕。自是民不召師。師惟布衣，亦求化民間。一日，師別鄰僧洎里人曰：「我明日舍去，又擾子等，故來一相別。」人亦不深信。明日，師奄然端立而化去，遠近皆往觀焉。有祝師者云：「人皆坐而化，師獨立，將以此異於衆乎？」師乃復坐而化焉。三日後，師〔二〕出息曰：「吾兄來省吾，欲見之，留少語與之，則終天之別也。」兄果入門。

鄰僧有常所惡師者，謂師曰：「師平生未嘗齋，經亦不能誦，何緣有此善事？師有法言，今對大衆可少留千百之妙，一言以清俗耳，以消塵累。」師云：「子所誦結穢之言何也？子試學之。」僧云：「蓮花不著水，心清淨。」又云：「無漏果園成佛道，此皆結齋數人也。」師謂僧曰：「如蓮花不著水，其義如何？」僧云：「蓮花顔殊異，花中之貴者也。故佛行步則蓮花自生，坐則蓮花中者也。」師曰：「非也。夫蓮生於水中，而不著乎水；人生於塵，不染於塵。此其喻世。」師又云：「泄漏果園如何？」僧云：「人之修行，貴有終始，則中道廢墮，即其果未成也。」師云：「亦非也。夫無漏然後有果焉。漏如器之漏，則不能載物；屋之漏，則不可居；天之漏，則淫雨晦泄，害及粢盛；地之漏，則水脈泛溢，不循故道。人漏若目之漏視，鼻之漏嗅，耳之漏聽，口之漏味，心之漏想，性之漏欲。目之漏於五色，心之漏於妄想，鼻之漏於美香，耳之漏於好音，口之漏於佳味，性之漏於愛欲。收其目則内視，回其耳則反聽，塞其鼻則無香，平其口則無味，焚其心則無想，茅其性則不流。天地之漏有時焉，其功自成；人之漏無時焉，其身乃壞。無漏之義，如此而已。」僧復云：「師平生未常齋戒，則常住所收，他日有餘糧。」師曰：「佛之所以立教之本，禪修行。子既云變易其衣，一褐一鉢，一食一粥，皆吾佛清儉之意。欲學者修心善，皆入於寂滅虚淡中也。子之所言，非佛之心，後世傳教之誤也。子少一食，無益於要；多一食，無害於善。夫齋爲治心之一法耳，清源本正，釋子之先行也。」師大開説百千至妙之道，無上至理之門，僧乃作禮焉。

師乃收足敷坐，奄然化去，其真身仍存院中。向惟茅堂數間而已，因師民竟捨財。今迴廊大殿，周環百楹，壯哉！（據上海古籍出版社點校本北宋劉斧《青瑣高議》別集卷六）

〔一〕諸師亦顧　此句疑有脱譌。

〔二〕師　原爲闕字，據民國精刻本補。紅藥山房鈔本作「眼」，誤。

按：《青瑣高議》題注「記像圓清坐化詩」，疑詩字有誤。題漢川杜默。漢川指漢陽，漢陽爲杜姓郡望之一。

王魁傳

夏噩　撰

夏噩，字公酉。池州貴池(今安徽池州市貴池市區)人。自題會稽夏噩公酉者，郡望也。仁宗嘉祐二年(一〇五七)八月，以明州觀察推官策試賢良方正能直言極諫科，入第四等，當改著作佐郎，宰相富弼以親嫌而授爲光禄寺丞。後知長洲縣，六年七月坐私貸民錢特勒停中制科，兩浙路提點刑獄王道古惡其輕傲，捃其事而廢之。英宗治平二年(一〇六五)游衡陽，曾作詩贈名娼王幼玉。卒於神宗熙寧九年(一〇七六)之前。郭祥正《青山集》卷一九有《哭夏寺丞公酉》詩，中云：「有才曾未施，負冤終莫雪。」知其被勒停後一直未能復職。《青山集》卷二《舟經池州先寄夏寺丞公酉》、卷四《夏公酉家藏老高村田樂教學圖》、卷一一《贈夏公酉寺丞》，亦爲夏噩而作。(據《八瓊室金石補正》卷一〇二《衡陽石鼓山題刻·薛俅等題名》，《續資治通鑑長編》卷一八六、卷一九四，《宋會要輯稿·選舉十一之四》，《太平治蹟統類》卷二七，《青瑣高議》前集卷一〇《王幼玉記》，《蘇軾詩集》卷一四《同年王中甫挽詞》及卷二四《王中甫哀辭叙》，《姑蘇志》卷四一《宦蹟五》)

王魁者，魁非其名也。以其父兄皆名宦，故不書其名。魁學行有聲，因秋試觸諱，爲有司搒，失意浩歎，遂遠遊山東萊州。萊之士人，素聞魁名，日與之遊。一日，爲三四友招，過北市深巷，有小宅，遂扣扉。有一婦人出，年可二十餘，姿色絶艷。言曰：「昨日得好夢，今日果有貴客至。」因相邀而入。婦人開樽，酌獻于魁曰：「某名桂英。酒乃天之美禄，使足下待〔一〕桂英而飲天禄，乃來春〔二〕登第之兆。」桂英謂人曰：「此大壯之士。」乃取擁項羅巾〔三〕，又謂魁曰：「聞君譽甚久，敢請一詩。」魁作詩曰：「謝氏筵中聞雅唱，何人戛玉在簾幃？一聲透過秋空碧，幾片行雲不敢飛。」桂英乃再拜。酒罷，桂英獨留魁宿。夜半，魁問：「娘子何姓？顔皃若此，反居此道，何也？」桂英曰：「妾姓王，世本良家。」復謂魁曰：「君獨一身，囊無寸金，倦遊閭里。君但日勉學，至於紙筆之費，四時之服〔四〕，我爲君辦之。」由是魁醺止息於桂之館〔五〕。

踰年，有詔求賢，魁乃求入京之費。桂曰：「妾家所有，不下數百千，君持半爲西遊之用。」魁乃長吁曰：「我客寓此踰歲，感君衣食之用，今又以金帛佐我西行之費。我不貴則已，若貴誓不負汝。」魁將告行，桂曰：「州北有望海神廟〔六〕，我與君對神痛誓，各表至誠而别。」魁忻然諾之。乃共至祠下，魁先盟曰：「某與桂英情好相得，誓不相負。若生離異，神當殛之。神若不誅，非靈神也，乃愚鬼耳。」桂大喜曰：「君之心可見矣。」又對神解髮，以綵絲合爲雙髻。復用小刀，各刺臂出血盈盃，以祭神之餘酒和之而交飲。至暮，連騎而歸。

翌日，魁行，桂爲祖席郊外，仍贈以詩云〔七〕：「靈沼文禽皆有匹，仙園美木盡交枝。無情微物猶如此，因甚風流言別離？」魁覽之愕然。桂曰：「以君才學，當首出群公，但患不得與君偕老。」魁驚曰：「何言之薄也！盟誓明如皎日，心誠固若精金，雖死亦相從於地下。」桂語魁曰：「妾未遇君前，一夕得夢。夢有人跨一龍，纔高數丈。仰望跨龍者狀貌甚大，跨龍者執一鞭，鞭絲拂地，傍觀者皆曰：『此神仙人也。』少頃，龍驤首欲上，我即執其鞭絲，陞未數丈，鞭絲中斷，而我墮地，仰望龍已不見，而微見其尾。忽然雷雨大作，望見一處有林木，欲休於其下。至則有一人亦欲避雨，顧其木曰：『此白楊木，不可止。』其人遂去。妾則竟避其下，雨勢甚急，而妾獨不濡。不久睡覺，竟思恐非吉兆也。洎此日見君狀貌，乃夢中跨龍者也。乃自解曰：鞭斷而我墜，君當升騰而去，妾不得同處矣。妾不識白楊木何物也，常詢人，皆曰人塋墓間多有此木。吁！妾不久其死乎！雨澤潤萬物，而我不濕。是知非善夢也。」魁曰：「夢何足遽信，但無慮，非久復相會。」於是執手大慟。移刻魁上馬，桂祝之：「得失〔八〕早還，無負約也。」魁遂行〔九〕。

抵京師就試，果頂高薦。乃遣介歸報書，後有一詩〔一〇〕，詩曰：「琢月〔一一〕磨雲輸我輩，攀花折柳〔一二〕是男兒。來春〔一三〕我若功成去，好養鴛鴦作一池。」桂得詩大喜，乃荅書賀之。

魁既試南宮，復若上游〔一四〕，及宸廷唱第，爲天下第一。魁乃私念曰：「吾科名若此，即登顯要，今被一娼玷辱。況家有嚴君，必不能容。」遂背其盟。自過省御試後，即絕書報。桂探聞魁擢弟爲龍首，大喜，乃遣人馳書賀之，兼有詩曰：「人來報喜敲門速〔一五〕，賤妾初聞喜可知。天馬果然先驟躍，神龍不肯後蛟螭。海中空却雲鼇窟，月裏都無丹桂枝。漢殿獨成〔一六〕司馬賦，晉庭惟許宋君詩。身登龍首雲雷疾，名落人間霹靂馳。一榜神仙隨馭出，九衢卿相盡行遲。煙霄路穩休回首，舜禹朝清正得時。夫貴婦榮千古事，與君〔一七〕才兒各相宜。」復書一絕，再寄良人，因以戲之。詩曰：「上都梳洗逐時宜，料得良人見即思。早晚歸來幽閣内，須教張敞畫新眉。」魁得書，閱畢涕下交頤，曰：「吾與桂英，事不諧矣。」乃竟無荅書。桂亦不知其中變，惟閉門以俟。及聞瓊林宴罷，乃復附書，又有一絕。詩曰：「上國〔一八〕笙歌錦綉鄉，仙郎得意正踈狂。誰知憔悴幽閨客〔一九〕，日覺春衣帶系長〔二〇〕。」

魁得書涕泣，隱忍未決。會其父已約崔家女，與之作親，魁不敢拒。遂授徐州簽判〔二一〕。乃歸江左覲父，回即赴任。桂聞魁授徐簽，又赴上〔二二〕了，喜曰：「徐去此不遠，必使人迎我。」乃作衣一襲，爲書遣僕往徐。魁方坐廳決事〔二三〕，人吏環擁。閽吏引僕見魁，魁因問之：「僕自何處來？」僕以桂英之言對之。魁當大怒，欲撻其僕，書遂擲地，並不受，遣僕還之。桂英喜迎之問，聞及此語，乃仆地大哭。久之，謂侍兒曰：「今王魁負我盟誓，必殺之而後已。然我婦人，吾當以死報之。」遂同侍兒，乃往海神祠中，語其神曰：「我初來與王魁結誓於此，魁今辜恩負約，神豈不知？既有靈通，神當與英決斷此事，吾即自殺以助神。」乃歸家，取一剃刀，將喉一揮，就死於地，侍兒救之不及。

桂英既死，數日後，忽於屏間露半身，謂侍兒曰：「我今得報魁之怨恨矣！今以〔二四〕得神以兵助我，我今告汝而去。」侍兒見桂英跨一大馬，手持一劍，執兵者數十人，隱隱望西而去。遂至魁所，家人見桂英仗劍，滿身鮮血，自空而墜，左右四走。桂曰：「我與汝它輩〔二五〕無冤，要得無義漢負心王魁尔！」或告之曰：「魁見在南京〔二六〕爲試官。」桂忽不見。魁正在試院中，夜深，方閱試卷，忽有人自空而來〔二七〕。乃見桂英披髮仗劍，指罵：「王魁負義漢！我上窮碧落下黄泉，尋汝不見，汝却在此！」魁曰：「汝固無恙乎？」桂曰：「君輕恩薄義，負誓渝盟，使我至此〔二八〕。」語言分辨，魁知理屈，乃嘆之曰：「吾之罪也！我今爲汝請僧，課經薦拔，多化紙錢，捨我可乎〔二九〕？」桂曰：「我只要汝命，何用佛書紙錢〔三〇〕！」左右皆聞之與桂言語，但不見桂之形。於是魁若發强悖，乃以剪刀自刺，左右救之，不甚傷也。留守乃差人送魁還徐。魁復以刀自刺，母救之，曰：「汝何悖亂如此？」魁曰：「日與冤會，逼迫以死〔三一〕。」然魁決無生意。

徐有道士馬守素〔三二〕者，設醮則有夢應，母乃召之使醮〔三三〕。母果夢見兒。守素夢至一官府〔三四〕，魁與一婦人以髮相繫而立〔三五〕。有人戒曰：「汝知則勿復拔〔三六〕。」守素告其魁母，曰：「魁不可救。」舉家大慟哭。後數日，果自刺死。（據上海古籍出版社《續修四庫全書》影印宋刻本南宋羅燁《新編醉翁談録》辛集卷二負約類《王魁負心桂英死報》、北京中華書局影印《永樂大典》卷一三一三九引《摭遺新説·夢人跨龍》，又南宋曾慥《類説》卷三四《摭遺·王魁傳》、張邦幾《侍兒小名録拾遺》引《摭遺》）

〔一〕待　《類説》作「得」。《豔異編》卷三〇及《情史》卷一六《王魁》，《青泥蓮花記》卷五《桂英》，《緑牕女史》卷五及《剪燈叢話》卷二《王魁傳》，《稗家粹編》卷三《王魁負約》同。

〔二〕來春　《類説》作「前春」，嘉靖伯玉翁舊鈔本及《豔異編》、《青泥蓮花記》、《緑牕女史》、《剪燈叢話》、《稗家粹編》、《情史》俱作「明春」。按：前春亦即來春、明春。

〔三〕乃取擁項羅巾　此五字《醉翁談録》無，據《類説》舊鈔本、《豔異編》、《青泥蓮花記》、《緑牕女史》、《情史》補，《稗家粹編》無「擁項」二字，《剪燈叢話》「巾」譌作「中」。《類説》天啓刊本脱「巾」字。

〔四〕之服　《類説》、《侍兒小名録拾遺》、《豔異編》、《青泥蓮花記》、《緑牕女史》、《情史》作「所須」，《稗家粹編》作「所需」。

〔五〕由是魁醮止息於桂之館　《類説》作「由是魁朝暮去來」，《侍兒小名録拾遺》、《豔異編》、《青泥蓮花記》、《緑牕女史》、《剪燈叢話》、《情史》作「由是魁朝去暮來」。《稗家粹編》「來」作「歸」，餘同。

〔六〕望海神廟　「廟」字據《類説》、《侍兒小名録拾遺》、《青泥蓮花記》、《稗家粹編》補。《豔異編》、《緑牕女史》、《剪燈叢話》、《情史》作「望海廟神」。
〔七〕云　原爲小字「云云」，今删去一字，改作正文。
〔八〕得失　《醉翁談録》作「但望」。
〔九〕「桂語魁曰」至此　據《永樂大典》本補。《大典》「桂」下有「嘗」字，乃節引時所加，今删。前又有「王桂英既遇王魁也，歲月既久，情好益篤」數句，亦櫽括前事之語。
〔一〇〕詩　原誤作「書」，今改。
〔一一〕瑑月　原作「瑑玉」，《類説》、《豔異編》、《青泥蓮花記》、《緑牕女史》、《剪燈叢話》、《稗家粹編》、《情史》作「瑑月」，語義較勝，從改。
〔一二〕攀花折柳　《類説》、《豔異編》、《青泥蓮花記》、《緑牕女史》、《剪燈叢話》、《稗家粹編》、《情史》作「都花占柳」。
〔一三〕來春　《類説》、《豔異編》、《青泥蓮花記》、《緑牕女史》、《剪燈叢話》、《稗家粹編》、《情史》作「前春」。
〔一四〕復若上游　此句疑有譌誤。
〔一五〕速　《青泥蓮花記》、《稗家粹編》、《情史》作「急」。
〔一六〕成　《情史》作「呈」。
〔一七〕君　《情史》作「郎」。

〔一八〕上國　《類説》作「陌上」，舊鈔本及《豔異編》、《青泥蓮花記》、《緑牕女史》、《剪燈叢話》、《稗家粹編》、《情史》乃作「上國」。

〔一九〕誰知憔悴幽閨客　《類説》作「不知憔悴幽閨者」，舊鈔本「者」作「客」。《豔異編》、《青泥蓮花記》、《緑牕女史》、《剪燈叢話》、《稗家粹編》乃同《醉翁談録》，《情史》則作「誰知憔悴幽閨質」。

〔二〇〕帶系長　《稗家粹編》、《情史》作「絲帶長」。

〔二一〕簽判　《類説》、《侍兒小名録拾遺》、《豔異編》、《青泥蓮花記》、《緑牕女史》、《剪燈叢話》、《稗家粹編》、《情史》作「僉判」。按：僉判、簽判同，全稱簽書判官廳公事，州府屬官。

〔二二〕赴上　《醉翁談録》點校本疑「上」爲「任」字之譌。按：《太平廣記》卷四四八《李參軍》（出《廣異記》）：「李郎赴上有期。」不誤。赴上，赴任也。

〔二三〕決事　此二字據《類説》、《侍兒小名録拾遺》、《豔異編》、《青泥蓮花記》、《緑牕女史》、《剪燈叢話》、《稗家粹編》、《情史》補。

〔二四〕以　《醉翁談録》點校本：「疑應作『已』。」按：以，通「已」。

〔二五〕汝它輩　《醉翁談録》點校本：「『它』字疑衍。」

〔二六〕南京　《類説》舊鈔本、《侍兒小名録拾遺》、《豔異編》、《青泥蓮花記》、《緑牕女史》、《剪燈叢話》、《稗家粹編》、《情史》作「南都」，《類説》天啓本作「南郡」。按：南都即南京，北宋以應天府（治今河南商丘市南）爲南京，乃東南西北四京之一（見《宋史・地理志》）。作「南郡」則誤。

〔二七〕忽有人自空而來 《類説》、《侍兒小名録拾遺》、《豔異編》、《青泥蓮花記》、《緑牕女史》、《剪燈叢話》、《稗家粹編》、《情史》作「有人自燭下出」。

〔二八〕「魁曰汝固無恙乎」至此 據《類説》、《侍兒小名録拾遺》、《豔異編》、《青泥蓮花記》、《緑牕女史》、《剪燈叢話》、《情史》補。

〔二九〕捨我可乎 原作「可也」，據《類説》、《侍兒小名録拾遺》、《豔異編》、《青泥蓮花記》、《緑牕女史》、《剪燈叢話》、《情史》改。

〔三〇〕我只要汝命何用佛書紙錢 《類説》、《青泥蓮花記》作「得君之命即止，不知其他也」，《侍兒小名録拾遺》亦同，唯末無「也」字。《豔異編》、《緑牕女史》、《剪燈叢話》、《情史》「即」作「乃」。

〔三一〕「曰汝何悖亂如此」至此 據《類説》、《豔異編》、《青泥蓮花記》、《緑牕女史》、《剪燈叢話》、《稗家粹編》、《情史》補。

〔三二〕馬守素 《類説》作「高守素」，《豔異編》、《青泥蓮花記》、《緑牕女史》、《剪燈叢話》、《稗家粹編》、《情史》皆作「馬守素」。

〔三三〕使醮 「醮」字原脱，據《類説》、《豔異編》、《青泥蓮花記》、《緑牕女史》、《剪燈叢話》、《情史》補，作「屢醮」。

〔三四〕守素夢至一官府 《醉翁談録》無此句，而在「以髮相繫」下有「在一官府中」五字，據《類説》補於此，而删此五字。《類説》「夢」作「夜」，據《豔異編》、《青泥蓮花記》、《緑牕女史》、《剪燈叢話》、《稗家粹編》、《情史》改。

〔三五〕魁與一婦人以髮相繫而立　「一婦人」《類説》、《豔異編》、《青泥蓮花記》、《緑牕女史》、《剪燈叢話》、《情史》作「桂」，《稗家粹編》作「桂英」。「而立」二字據《類説》、《豔異編》、《青泥蓮花記》、《緑牕女史》、《剪燈叢話》、《稗家粹編》、《情史》補。

〔三六〕有人戒曰汝知則勿復拔　此十字據《類説》補，舊鈔本「拔」作「醮也」，《豔異編》、《青泥蓮花記》、《緑牕女史》、《剪燈叢話》、《情史》同。按：李獻民《王魁歌》云「爲言寃會不可拔」，拔，拯救，作「拔」不誤，「醮也」亦可。

按：李獻民《雲齋廣録》卷六《王魁歌引》云：「故太學生王魁，嘉祐中行藝顯著，藉藉有聲。先丞相文公愛其美才，奏賦宸廷，爲天下第一。中間坎壈失志，情隨物遷，遂欲反正自持，投迹功名之會，而卒致妖釁，以殞厥身，可勝惜哉！賢良夏噩嘗傳其事，余故作歌以傷悼之云爾。」周密《齊東野語》卷六《王魁傳》引初虞世《養生必用方》亦云：「康侯（王俊民）既死，有妄人託夏噩姓名作《王魁傳》。」二書皆謂有夏噩《王魁傳》，顧初虞世以爲妄人託夏噩名耳。按李獻民親覩此傳，不言其僞，可信噩確作此傳，而初虞世欲爲王俊民辨誣，鑑於夏噩爲當時名公，故指爲妄人僞託。據初虞世云，王俊民死於嘉祐八年（一〇六三），然則此作殆撰於治平間。時夏噩已被勒停，治平二年遊衡陽作詩稱頌妓女王幼玉，有「嗟爾蘭蕙質，遠離幽谷青」之語，於妓女頗有賞歎。其述王魁負桂英之事，殆在此前後也。

原傳不存，劉斧《摭遺》曾有收載，《類説》節録《摭遺》，中有《王魁傳》，與《王魁歌》情事全合，可知《摭遺》所載即取自夏作。《侍兒小名録拾遺》亦引《摭遺》，文字較簡。《永樂大典》節引《摭遺新説》「夢人跨龍」一節，文字詳細，爲前二本所無。《醉翁談録》之《王魁負心桂英死報》一篇，多出若干細情，與《王魁歌》相較，凡《類説》本所無之情事多見於歌中。是則《醉翁談録》所載，或轉據《摭遺》，或徑節原傳也。

此傳節本明人稗編屢採入，見《豔異編》、《青泥蓮花記》、《緑牕女史》、《剪燈叢話》、《稗家粹編》、《情史》。《緑牕女史》、《剪燈叢話》題撰人爲宋柳貫，甚妄。諸書皆本《類説》。而桂英賀王魁登第詩《類説》只節末二句，《青泥蓮花記》、《稗家粹編》、《情史》則爲十六句，疑據《醉翁談録》本增補。《稗家粹編》其餘文字增改頗多。

宋代傳奇集第二編卷四

金華神記

崔公度　撰

崔公度（？—一〇九七），字伯易，號曲轅子。高郵（今屬江蘇）人。仁宗至和中宰相劉沆薦茂才異等科，辭疾不應命。用父任補三班差使，非所好而閉户讀書。英宗治平二年（一〇六五），參政歐陽修得其《感山賦》以示宰相韓琦，薦授試祕書省校書郎、和州防禦推官、充國子監直講，以母老辭。神宗熙寧二年（一〇六九）再授試大理評事、充彰德軍節度推官、國子監直講，復辭。四年獻《熙寧稽古一法萬利論》五卷，頗得宰相王安石器重，召對，進光禄寺丞、知陽武縣。未幾復召對，命爲崇文院校書，删定三司令式，參與王安石變法。九年以大理寺丞、館閣校勘檢正中書禮房公事。元豐元年（一〇七八）加太子中允、集賢校理、同知太常禮院。歷知海、潁、潤、宣、通五州。哲宗紹聖四年（一〇九七），自通州請管勾崇禧觀，尋致仕，是年八月卒。有《曲轅集》，佚。（據《宋史》卷三五三本傳，《墨莊漫録》卷九、卷一〇，《續資治通鑑長編》卷二〇五、卷二二六、卷二七七、卷二九二、卷四六三、卷四六五、卷四六九、卷四八四、卷四八九，蘇頌《蘇魏公文集》卷三二，劉攽《彭城集》卷一九，蘇轍《欒城集》卷二九、卷三〇，陸游《渭南文集》卷二二《崔伯易畫像贊》）

汴人有吴生者，世爲富人。而生以娶宗室女〔一〕，得官於三班。嘉祐中，罷任高郵，乃寓其家於治所，而獨與兄子賫金繒數百千，南適錢唐。道出晉陵，艤舟於望亭堰下。是夜月明風高，生乃危坐舷上，頓然〔二〕殊不有寢意。久之，忽有緋衣，被髮持兩〔三〕炬，自竹林間出者。後引一女子，冠玉鳳冠，曳蛟綃文錦之衣，顏色甚麗，而年十八九耳。生見而驚。俄頃至岸側，回叱緋衣者曰：「可去矣，無久留也。」於是滅炬，泣拜而去。

女子即登舟，面生坐，謂生曰：「見向來緋衣者乎？此君之夙仇也，而索君且數十年矣，乃今方得之。第以我故得免，不然，今夕君當死其手。」生聞益驚，駭不自安。女子笑曰：「君怯耶？」即以金縷衣置肩上。生稍安，乃問曰：「若神與？其鬼耶？」女子曰：「我非人，亦非鬼，蓋金華神也。過去生中，嘗與君爲姻好。竊知將有所不濟，故相救耳。今事已，我亦當去君矣。」遂去，不復返顧。生以目送，至竹林中不見。

將掩門〔四〕，忽覩女子坐其後，生大驚。女子笑曰：「知君怯，故相戲。安有數十年睽索，一得解后〔五〕而遽往者耶？」遂相與入舟中。取酒共飲，其言諧謔，悉如常人然。生誠曰：「毋高聲，恐兄子知之。」女子曰：「我言特君可聞〔六〕，他人雖厲聲亦不能聞也。」生益疑，竊自懼曰：「此果神也，固無所憚；倘鬼，則必有所畏矣。」因出劍鏡二物示之。女子曰：「此劍鏡耳，精與鬼則畏。夫劍，陽物而有威者也，鬼陰物而無形者也，以無形而遇有威，是故〔七〕銷鑠其妖而不能勝，故鬼畏劍也。鏡亦陽明而至明者也，精亦陰物而僞〔八〕變者也，以僞而當至明，是故暴著其形而不能逃，故精畏鏡也。昔《抱朴子》嘗言其略，而我知之且久矣，乃欲以相畏乎？」生懼，起謝曰：「誠無他意。」

至明起，謂生曰：「舟檝已有曉色，勢不能久留，當與君子决〔九〕矣。君後十年遊華山日，多置朱粉，於路隅梧桐下揚〔一〇〕之。雖然，君今不可終此行，恐復不濟也。」因索筆，題詩一章曰：「羅襪香消九九秋，淚痕空對月明流。塵埃不見金華路，滿目西風總是愁。」書已，輒復流涕，歔欷而去。明日思其言，遂回棹，不復南去。後〔一一〕以其事語人。人或詰其兄子，果亦不知也。（據上海商務印書館《四部叢刊三編》影印明鈔本南宋張邦基《墨莊漫録》卷一〇）

〔一〕宗室女　《稗海》本、《四庫全書》本、《剪燈叢話》卷一〇及《香豔叢書》第十集卷二《金華神記》作「宗女」，義同。

〔二〕頓然　《稗海》本、《四庫》本、《剪燈叢話》、《香豔叢書》作「頹然」。按：頓然，即刻。頹然，委頓貌，作「頹然」當誤。

〔三〕兩　《稗海》本、《四庫》本作「刅」，兩刃刀也。《剪燈叢話》作「刃」，《香豔叢書》作「刄」。按：下文但云「於是滅炬」，疑作「刅」、「刃」誤。

〔四〕門　《稗海》本、《四庫》本、《剪燈叢話》、《香豔叢書》、《堅瓠七集》卷三《金華神女》作「關」。

〔五〕解后　《稗海》本、《四庫》本、《剪燈叢話》、《香豔叢書》、《堅瓠七集》作「邂逅」，字同。
〔六〕我言特君可聞　「言」《稗海》本、《四庫》本、《剪燈叢話》、《香豔叢書》作「聲」。「特」中華書局版孔凡禮點校本作「時」，誤。
〔七〕故　原作「謂」，《稗海》本、《四庫》本、《剪燈叢話》、《香豔叢書》作「故」，與下文「是故暴著其形而不能逃」相應，據改。
〔八〕僞　原作「爲」，《稗海》本、《四庫》本、《剪燈叢話》、《香豔叢書》作「僞」。按：下云「以僞而當至明」，是應作「僞」，據改。
〔九〕決　《稗海》本、《四庫》本、《剪燈叢話》、《香豔叢書》、《堅瓠七集》作「訣」。決，通「訣」。
〔一〇〕揚　原作「楊」，據《稗海》本、《四庫》本、《剪燈叢話》、《堅瓠七集》改。
〔一一〕後　《稗海》本、《四庫》本、《剪燈叢話》、《香豔叢書》作「復」。

按：《墨莊漫録》云：「崔伯易書有《金華神記》，舊編入《聖宋文選》後集中，今無此集。近讀《曲轅集》，復見之，因載之，以廣所聞云。」所録當是原文。

陳明遠再生傳〔一〕

崔公度　撰

明遠，陳氏子〔二〕也，名公闢。興化軍人。嘗舉進士。皇祐三年春，過泗州，游普照王寺。時群僧會齋于南院。明遠遶浮圖，自西廂趣大殿。兩廡人甚譁，獨老僧弊衣，庭下倚樹，讀青紙書，其文光彩射百許步。明遠遽往揖之，僧小舉手，就視其書，則金字《金剛經》，繫以梁朝傅〔三〕大士之頌者。僧細諷自若，明遠從後聽之，疑其光徙日所〔四〕。既〔五〕久，僧回顧，笑謂明遠曰：「子亦樂此耶？」明遠對之稍恭。僧讀竟，遂以經授明遠，曰：「江南李氏所施。觀子之貌，且當持此。」明遠喜受之以歸。明旦取映日，則無復光彩，一讀之，徑藏書籠中。

明年，從父官海陵，忽得疾，不可治以死。三日，家人將大斂，覺其體復温，移刻稍蘇，又食頃乃能言。其族驚〔六〕。明遠自言：方疾革時，見四卒，深目虎喙，持文書，有大印，字莫可辨。共執明遠，桎兩手，驅西北行，其勢甚暴。所經依約皆廣野，塵埃射人，不可輒視。漸逼大河，府署嚴密。門外坐卒數十，悉持挺，内有考掠聲。三卒先入，一守明遠於大門外，如竢命者。須臾，坐卒盡起擎跪。明遠回視，一僧乘虚而行。過門見明遠，植杖而立，意若哀憫。明遠不覺手桎盡解，熟視其狀，即泗州嘗遇授經者也，因拜祈之。僧顧卒取文書略視，徐〔七〕曰：「府君知耶？」纔欲入門，而聞府中呼應甚遽，有二人服紫服朱，趨出迎之，其侍衛之盛，若世之達官。二人禮僧極恭，僧爲語，二人愈喜〔八〕，旁睨明遠，若夙有罪者〔九〕。僧呼明遠前，使自懺悔。俄二人詔吏聽還，二人亦謝僧去。

復〔一〇〕有吏馳出呼明遠，則明遠季父鈦。鈦大學〔一一〕進士，有聞，亡已三年矣。既見，訪明遠家事，云：「我當録冤簿三年，纔一二年尔，非佳職也。尔歸，持尊勝七俱胝〔一二〕呪，祈以免我。又有故服藏某處，幸焚之遺我。寄聲親戚如平生。」復告明遠言：「世之人冤憤勿復，復之後勢如索綯爲〔一三〕，若有，迨百千生不能解者。故吾此局置吏最多，而簿書期會，常若不及。神君聖靈，尤深厭此。」言未竟，若有呼之者，因疾馳去。

僧引明遠游旁兩大廡下，見繫囚不啻數百，亦有禽獸諸虫，悉能人言，與囚對辨。群吏見僧悉拜。有械囚，縶以大鐵鏁〔一四〕，左右文書没其首，口嘗囁嚅出血。卒守之，若使自讞，輕重不當又鞭之，其體〔一五〕幾壞。明遠竊視之，乃其表舅鄭生。生爲閩吏，喜以法自名，死且十年餘。見明遠，泣下，頻以手向〔一六〕僧，且目〔一七〕明遠。僧笑，出〔一八〕以杖指之，鏁械俱墮，然莫敢起，而口囁嚅出血則未已也。

又見坐沙門五六人，前列敗壞飲食數十甕，氣色殊惡。僧曰：「此嘗棄世中供養，且重使食耳。」僧亦不甚念，復引明遠出。前大河上虹橋蜿蜒，望彼岸城府樓觀，煙霧出其上。明遠請往觀焉，僧不許，曰：「子過此，無復歸矣。」亟隨僧趣東南，井閭人物，差類人世。但天氣垂〔一九〕慘，似欲雨時。而途中所遇，往往皆昔嘗所見。危冠大馬，出處前後，吏卒替更而迭趨。人指以爲名勢挾侈快〔二〇〕意不屈之士，皆趦趄狼狽，狀若爲物所迫；甚者咨嗟涕淚，悔怏自擲，意求有以亡匿而不可得。俄及前所過廣野，遇溪水漲甚，始思〔二一〕來時則無有也。明遠憂不能渡，僧乃執杖端，以末授明遠而導之。始涉亦甚淺，中流明遠失據將溺，因驚呼而甦。

明遠之復生也，桎縛之跡隱然在臂。家人持葷飲餉之，雖數十年輒掩鼻急遣去。瞻視間，僧已在室中，香氣異常。親族齋戒祈見者，必暫覩裙衲杖屨而已。僧自是日以先授經義教明遠，對其情品説一切世間所有之法，即心是佛，煩惱塵勞，究竟虚妄。其音靚圓若霜鍾，在庭户外之人，一歷耳驩然自信，終身不能忘其聲。每謂明遠曰：「吾即詣某寺齋。」既去，食頃復還。又言：「某氏齋私飲某僧酒，猶不齋耳。他時爲之，未免有罪。」時多疑以僧伽大師者，明遠請焉，僧曰：「僧伽吾師也。」幾一月，明遠軀體復壯。僧告去，曰：「後十四年吾傳〔二二〕子於祖山。」明遠問祖山，曰：「廬阜。」遂去。

陳氏後求鈥故衣，果得於其處，緇徒呪而火之。明遠母素好釋氏，悉疏其齋，雖遠數百里必使人驗之，明遠并告以言〔二三〕狀，具言有是爾。飲僧家聞之，終身不飲酒。然明遠向所懺之罪，今反不復能記，豈昔偶萌之於心，不自引悔，而神道已録，以爲非耶？抑他生所爲，不復自省，而幽冥記人功過，誅賞有時，而宴安人之苟爲，得以自將，則跬步之間不可以爲恐懼耶？

至和三年八月，明遠歸莆田，以故人訪予，且出所授經，具道其事，欲予〔二四〕記之。予固已恎其人爽辨謙畏，不類向時，其志真若有所得，然未暇從其請也。今年其兄公輔調官京師，特過予，復爲言。予與公輔游十五年矣，今亦稱其弟所爲，如予嘗所恎者，則明遠由是而有聞。倘求之益勤，修之益明，守其話言，不爲富貴貧賤〔二五〕之所遷，則其所至也，豈易量哉！因奮筆直載始末。明遠所述蓋多，其間有與佛經外史，若世人已傳之事略相同者，不復更録。明遠父名鑄，今爲尚書都官郎中、通判廣州。曲轅子記。（據上海商務印書館《四部叢刊三編》影印明鈔本南宋張邦基《墨莊漫録》卷一〇）

〔一〕《墨莊慢録》云：「曲轅先生又嘗作傳，記陳明遠再生事。」據此而擬題。

〔二〕子　《稗海》本、《四庫》本作「字」。

〔三〕傳　原譌作「傳」，據《稗海》本、《四庫》本、《勸善書》卷二改。按：傅翕，號善惠、雙林大士，義烏人。梁大通五年（五三三）曾爲武帝講《金剛經》，唱成四十九頌。陳太建元年（五六九）逝，年七十三。見《佛祖歷代通載》卷九。

〔四〕光徙日所　《勸善書》作「光彩暎日」。

〔五〕既　原譌作「記」，據《稗海》本、《四庫》本、《勸善書》改。

〔六〕驚　《稗海》本、《四庫》本、《勸善書》作「反驚」。

〔七〕徐　此字據《稗海》本補。
〔八〕僧爲語二人愈喜　原作「僧語二人語愈喜」，據《稗海》本、《四庫》本改。《勸善書》「爲」作「微」，餘同。
〔九〕若夙有罪者　《勸善書》作「若談夙罪者」。
〔一〇〕復　《稗海》本、《四庫》本作「後」。
〔一一〕大學　《稗海》本、《四庫》本、《勸善書》作「太學」。大，同「太」。
〔一二〕胝　《稗海》本、《四庫》本此字闕。
〔一三〕爲　《稗海》本、《四庫》本作「焉」。爲、焉，句末語氣詞。
〔一四〕鑠　原譌作「爍」，據《稗海》本、《四庫》本、《勸善書》改。
〔一五〕體　原作「餘」，據《勸善書》改。
〔一六〕向　《稗海》本作「尚」，《四庫》本作「拱」，並譌。
〔一七〕目　《勸善書》作「白」。
〔一八〕出　《稗海》本、《四庫》本、《勸善書》作「少」。
〔一九〕垂　《稗海》本、《四庫》本作「乖」。
〔二〇〕快　《稗海》本、《四庫》本作「决」。
〔二一〕始思　《稗海》本、《四庫》本作「思始」。

〔三二〕傳　《稗海》本、《四庫》本作「待」。

〔三三〕言　《稗海》本、《四庫》本作「類」。

〔三四〕欲予　原作「予欲」，據《稗海》本、《四庫》本改。

〔三五〕貧賤　此下《稗海》本、《四庫》本多「毀譽」二字。

按：末云：「明遠父名鑄，今爲尚書都官郎中、通判廣州。」鄭獬《鄖溪集》卷一四《朝賢送陳職方詩序》云仁宗至和初（一〇五四）鑄以職方員外郎佐淮揚幕。《宋會要輯稿·職官六十一》云英宗治平四年（一〇六七）鑄官光禄卿，其爲都官郎中、廣州通判當在官光禄卿之前，或在治平二、三年。蘇頌《蘇魏公文集》卷三四《外制》有《光禄卿陳鑄遺表第四男公彦可試秘書省校書郎》，而據《續資治通鑑長編》卷二一一載，頌熙寧三年（一〇七〇）知制誥，時陳鑄已故，殆在熙寧二、三年也。

傳文云：「家人持葷飲餉之，雖數十年輒掩鼻急遣去。」陳明遠入冥在皇祐四年（一〇五二），此後絶葷，即以二十年計，已到熙寧四年，時陳鑄已故。頗疑所謂數十年乃信筆所書，非確數，或爲十數年之誤。若作十數年，則至治平二、三年已十二三年，其時鑄得爲尚書都官郎中、通判廣州也。崔公度至和中用父任補三班差使，非所好而閉户讀書。治平二年參政歐陽修薦授試祕書省校書郎、和州防禦推官、充國子監直講，以母老辭。此傳及《金華神記》疑即作於治平二、三年間，時正讀書侍母也。

蔡箏娘記〔一〕

陳光道　撰

陳光道，字不矜。南城（今屬江西撫州市）人。仁宗嘉祐四年（一〇五九）劉煇榜進士。曾官桂林、河中幕府，通判撫州。哲宗元祐二年（一〇八七）爲朝散郎，居職不詳。（據本篇及《正德建昌府志》卷一五《選舉表·進士》、《乾隆建昌府志》卷二九《選舉表·進士》、《江西通志》卷四九《選舉》、《蘇魏公文集》卷六二《仁壽郡太君陳氏墓誌銘》、《能改齋漫録》卷一八《竹杖化龍夢魚獲薦之祥》）

陳光道〔二〕，字不矜，南城人。自桂林罷官歸，過洞庭，夢緑衣童子，自言是洞中龍子，奉命告君，勿食蒜韭及犬，後三年當有所遇。及期六月，在河中幕府，沿檄如商州，道經藍田，宿於藍橋驛，夢向所見童子執節而來，曰：「仙子候君至。」遂導以行。到一處，峻崖峭壁，童子〔三〕以節扣石壁，聞鎗〔四〕然掣鎖聲。俄入洞户，棟宇華焕，金璧絢赫〔五〕，佳花美木，世所未覩。

稍進，抵〔六〕中堂，望一麗女方笄歲，姿態縹緲，宛若神仙中人。正隱〔七〕几寫佛書，顧客至甚喜，延相對席，談詞如雲。陳乘間調之曰：「獨居悶乎？」笑曰：「神聖無悶。」既而置酒同飲，累十觴。引生〔八〕于室，室中皆錦綺文繡〔九〕之飾，燒蠟炬大如椽。女子曰：「人間方三伏，此處〔一〇〕則無暑氣。」陳但覺清涼如深秋。從容言：「吾蔡真人女，今住吉邑，以塵緣未盡，當與人會。我之氏族見于《春秋》，名嬞，字婧〔一一〕娘，小〔一二〕名次心。幼時善秦箏，父母以其與彭氏女名嫌，更字曰箏娘。得與君接，幸矣。君仙材也，但世故膠膠，不容久居此。」又言：「司命不欲與君大官，恐復墮落爾。」

因出白玉牌授之，請曰：「君既游物外，不可無紀。」陳操筆立成十絕句。其一曰：「玉貌青童洞裏回，洞中仙子有書催。書詞問我何多事，何不驂鸞〔一三〕早早來？」其二曰：「長恐凡材不合仙，喜逢神女報因緣〔一四〕。雲中隱隱開金鎖，路入麻姑小有天〔一五〕。」其三：「海石榴花映綺窗，碧芙蓉朵亞銀塘。青鸞不舞蒼虬〔一六〕卧，滿院春風白日長。」其四：「沉沉香霧映房櫳〔一七〕，剪剪簷頭盡日風。汗雨頓稀塵慮息，始知身在蘂珠宮。」其五：「老聃西逝即〔一八〕浮屠，莫怪窗間〔一九〕貝葉書。長哂楊妃仙格劣〔二〇〕，却教鸚鵡誦〔二一〕真如。」其六：「常怪樂天《長恨詞》，敘鈿寄〔二二〕語太傷悲。于今始信蓬山上〔二三〕，肯憶人間有問時〔二四〕。」其七：「一到仙宮白玉堂，氛氳薌澤〔二五〕滿衣裳。非龍非麝非沉水，疑是諸天異國香。」其八：「玉女倚天多喜笑，素娥如月與〔二六〕精神。假饒不許長年住，猶勝人間不遇人。」其九：「瓊漿飲罷日〔二七〕西沉，瞬息歡游直萬金〔二八〕。塵累滿懷〔二九〕那住得，鳳簫休作別離音。」其十：「玉水本流三島上，蟠桃生在五雲間。若非此處皆凡猥〔三〇〕，劉阮昏迷〔三一〕錯往還。」寫畢復飲〔三二〕，女命侍兒以簫度〔三三〕《離鳳之曲》。曲終而寤，簫聲故在耳。

後〔三四〕兩夕，復夢童攜詩牌白曰：「仙子謝君：玉女即天女也，素娥，月精以〔三五〕見況，甚無謂。劉、阮、太真列仙也，常相往還，君何訾詆之甚？老子爲九天最尊，奈何輒斥其名？今爲易『老聃』二字爲『道家』，『仙格劣』三字爲『苦輕肆』，『皆凡猥』三字爲『那真實』。」陳悉依其語。童遂去，且行且言曰：「人間文士輕薄，好譏毀人。」回頭微笑而去。自是不復再逢。（據北京中華書局版何卓點校本南宋洪邁《夷堅支甲》卷七《蔡箏娘》）

〔一〕篇題依《夷堅志》題加「記」字。

〔二〕陳光道　原作「陳道光」，《四庫全書》本（《夷堅志甲》）同，據《正德建昌府志》、《乾隆建昌府志》、《江西通志》、《蘇魏公文集》、《能改齋漫録》等及《一見賞心編》卷六《箏娘傳》、《稗家粹編》卷五《陳光道遇蔡箏娘傳》、《宋詩紀事》卷四九《陳光道》改。按：《宋詩紀事》引《夷堅志》，《堅瓠四集》卷一《蔡箏娘》引《夷堅志》，《賞心編》、《稗家粹編》亦據《夷堅志》，是則《夷堅志》原本作陳光道，今本誤耳。

〔三〕子　此字原脱，據《續修四庫全書》影印上海圖書館藏影宋鈔本補。

〔四〕鎗　影宋鈔本作「鏗」，眉注「鎗」字，《四庫》本、《賞心編》作「鎗」。《堅瓠四集》作「鏗」，《稗家粹編》作「鏘」。

〔五〕赫　《稗家粹編》作「赤」。

〔六〕抵　影宋鈔本無此字，眉注「抵」字。

〔七〕隱　影宋鈔本作「憑」，眉注「隱」字。

〔八〕生　《稗家粹編》、《四庫》本作「坐」。

〔九〕繡　影宋鈔本作「秀」，《稗家粹編》、《四庫》本、《賞心編》作「繡」。

〔一〇〕處　影宋鈔本作「地」。

〔一一〕婧　影宋鈔本、《賞心編》作「倩」，《堅瓠四集》作「清」，《四庫》本作「婧」。

〔一二〕小　影宋鈔本作「一」。

〔一三〕何不驂鸞　「何不」《賞心編》作「勸爾」。「鸞」影宋鈔本譌作「鑾」。

〔一四〕報因緣　「報」《稗家粹編》、《賞心編》作「締」，《四庫》本、《堅瓠四集》作「執」，《宋詩紀事》作「熟」。「因」影宋鈔本、《四庫》本作「姻」，影宋鈔本眉注「因」。

〔一五〕路入麻姑小有天　「姑」《堅瓠四集》作「仙」。「有」影宋鈔本、《稗家粹編》、《賞心編》作「洞」，影宋鈔本眉注「有」。

〔一六〕虬　《四庫》本作「蛇」。

〔一七〕櫳　影宋鈔本譌作「朧」。

〔一八〕即　影宋鈔本譌作「眼」，眉注「即」。

〔一九〕間　影宋鈔本、《賞心編》作「前」。

〔二〇〕長哂楊妃仙格劣　「哂」影宋鈔本作「笑」。《賞心編》全句作「長笑宮妃仙客劣」，下文亦作「仙客劣」，當誤。

〔二一〕誦　《堅瓠四集》作「念」。

〔二二〕寄　影宋鈔本譌作「奇」，眉注「寄」。

〔二三〕于今始信蓬山上　《堅瓠四集》「山」作「萊」。此句《賞心編》作「如何高隱蓬萊上」。

〔二四〕肯憶人間有問時　影宋鈔本誤作「有憶人時有問時」，眉注「有」、「時」作「肯」、「間」。《四庫》本作「有憶人間音問時」，《稗家粹編》作「猶憶人間有悶時」，《賞心編》作「猶憶人間惜別時」，《堅瓠四集》作「也憶人間有問時」。

〔二五〕氛氳薌澤　「氛」《賞心編》、《堅瓠四集》作「氤」。「薌」《四庫》本、《稗家粹編》、《賞心編》、《堅瓠四集》作「香」，字同。按：作「薌」是，「香」字末句重出。

〔二六〕與　《稗家粹編》作「愈」，《賞心編》作「倍」。

〔二七〕日　《稗家粹編》、《賞心編》作「月」。

〔二八〕瞬息歡游直萬金　《堅瓠四集》作「瞬息觀游抵萬金」。

〔二九〕塵累滿懷　《四庫》本作「塵慮滿襟」。

〔三〇〕此處皆凡猥　「此」《四庫》本作「彼」。「猥」《賞心編》作「品」。此五字《堅瓠四集》作「去處那真實」。

〔三一〕昏迷　《四庫》本作「迷昏」。

〔三二〕歙　《四庫》本作「吟」。

〔三三〕度　影宋鈔本作「吹」，眉注「度」。

〔三四〕後　原作「復」，據影宋鈔本、《四庫》本、《稗家粹編》、《賞心編》改。

〔三五〕以　《稗家粹編》作「何以」。

按：洪邁注云，此事乃建昌鄧直清説。蓋鄧覿原記，轉述於邁。原記當爲第一人稱，兹易爲他述之體。叙事亦當有所省縮。末云：「陳自作文記其事。女與陳歙款終宵，曾不及亂，非唐稗説所記（影宋鈔本作紀）諸仙比，其真玉妃輩乎？」乃洪邁語。陳光道嘉祐四年進士，所記爲在河中幕府時事，當去及第之年不甚遠，殆在治平間也。

淮陰節婦傳

呂夏卿　撰

呂夏卿（一〇一三—一〇六七），字縉叔。泉州晉江（今福建泉州市）人。少以蔭補爲太廟齋郎，仁宗慶曆二年（一〇四二）進士及第，調端州高要縣尉。時修《新唐書》，丁度、宋祁薦爲編修官。嘉祐五年（一〇六〇）書成，時任祕書丞。進直祕閣、同知禮院。八年仁宗崩，英宗即位，命翰林學士王珪等撰《仁宗實録》，夏卿兼充檢討官、同修起居注。遷兵部員外郎、知制誥。以本職出知潁州，踰年得奇疾卒，年五十五。夏卿長於史學，參與修《新唐書》，史稱博采傳記雜説數百家，又通譜學，創爲世系諸表，於《新唐書》最有功。撰有《唐書直筆》四卷、《唐書新例須知》一卷、《兵志》三卷、《吕舍人文集》五十卷及《唐文傳信》、《古今系表》等，唯《唐書直筆新例》及《新例須知》今存。（據《東都事略》卷六五，《宋史》卷三三一本傳及《藝文志》兵書類，《蘇魏公集》卷六六《吕舍人文集序》，《新唐書》附曾公亮《進唐書表》，《續資治通鑑長編》卷一九八、卷一九九、卷二〇四，《八閩通誌》卷五〇《選舉志》，《泉州府志》卷三三《選舉志》及卷五四《文苑傳》，《晉江縣志》卷八《選舉志》及卷一二《人物志·文苑》）

婦年少，美色，事姑甚謹。夫爲商，與里人共財出販，深相親好，至通家往來。其里人悦婦之美，因同江行，會傍無人，即排其夫水中。夫指水泡曰：「他日此當爲證。」既溺，里人大呼求救。得其尸，已死，即號慟，爲之制服如兄弟，厚爲棺斂，送終之禮甚備。録其行橐，一毫不私，至所販貨得利，亦均分著籍。既歸，盡舉以付其母，爲擇地卜葬。日至其家，奉其母如己親。若是者累年。婦以姑老，亦不忍去。皆感里人之恩，人亦喜其義也。姑以婦尚少，里人未娶，視之猶子，故以婦嫁之。夫婦尤歡睦，後有兒女數人。一日大雨，里人者獨坐簷〔一〕下，視庭中積水竊笑。婦問其故，不肯告，愈疑之，叩之不已。里人以婦相歡，又有數子，待己必厚，故以誠語之曰：「吾以愛汝之故，害汝前夫。其死時指水泡爲證，今見水泡，竟何能爲？此其所以笑也。」婦亦笑而已。後伺里人之出，即訴於官。鞫實其罪，而行法焉。婦慟哭曰：「以吾之色而殺二夫，亦何以生爲？」遂赴淮而死。（據上海涵芬樓據璜川吴氏鈔本排印《宋人小説》本南宋莊綽《雞肋編》卷下）

〔一〕簷　原譌作作「擔」，據《四庫全書》本、《琳琅祕室叢書》本、《説郛》卷六《雞肋編》改。中華書局版蕭魯陽點校本作「檐」，字同。

按：此傳之作殆在英宗朝。《雞肋編》云：「余家故書，有吕縉叔夏卿文集，載《淮陰節婦傳》云」。末又云：「此書吕氏既無，而余家者亦散於兵火。姓氏皆不能記，姑叙其大略而已。」所叙乃梗概。《古今説海》説纂部十二散録家六有《蓼花洲閒録》，末題宋高文虎録，書中引有此事，全取《雞肋編》而妄注《杜陽雜編》，蓋雜湊託名之書也。北宋徐積《節孝集》卷三《淮陰義婦》詩序亦述此事，淮陰婦爲李氏，與後夫生二子，告官後縛二子投淮，可補《雞肋編》所述之闕。

盈盈傳

王山撰

王山，大名府大名縣（今河北邯鄲市大名縣東北）人。仁宗皇祐五年（一〇五三）應省試不第。著有《筆奩録》七卷，已佚。（據本篇及《宋史·藝文志》等）

皇祐中，龍圖閣學士田公節制東海，予是歲不中春官氏選，杖策間行謁公。有吴女盈盈來遊，容豔〔一〕甚冶。十四善歌舞〔二〕，尤能箏，喜詞翰，情思綿緻，千態萬貌，奇性殊絶，所謂翹翹煌煌，出類甚遠。少豪多出金蹴驩，盈盈必遴柬，然後〔三〕一笑。公嘗召在宴，盈盈便巧，能用意賈公愛，公貴寵愈篤。盈盈頗快飲，予與之遊僅月。盈盈酷愛予尚情，頗學詞於予。每花色破春，老葉下柯，閑幌涼月，青樓夏風，往往沈吟章句，多叙幽怨，流涕不足。久之忘歸，必援箏一彈，么絃孤韻，瞥入人耳。能喜人，能悲人。予嘗憫其情之太極，雖元憑《賞金》之十八疊〔四〕，似未能多也。予因語通倅王公曰：「此子弟恐不復永年。」公亦以予言爲然。

予既戢東西歸，盈盈泣啼别予，不能止。明年夏，客有自東海過魏者，攜盈盈所寄《傷春曲》示予。予讀其詞，愈益嘆感〔五〕。詞曰：「芳菲時節，花壓枝折。蜂蝶撩亂，欄檻光發。一旦碎花魂，葬花骨。蜂兮蝶兮何不來，空餘欄檻〔六〕對寒月。」予尋撰一歌勉之：「東風豔豔桃李鬆，花園春入酴酥濃。龍腦透〔七〕縷鮫綃紅，鴛鴦十二羅芙蓉。盈盈初見十五六，眉試青膏〔八〕鬟垂緑。道字不正嬌滿懷，學得襄陽《大隄曲》。阿母偏憐掌上看，自此風流難管束。鶯啄含桃未嚥〔九〕時，便念郎詩風動竹〔一〇〕。日高一丈羅窗晚，啼鳥壓花新睡短。膩雲纖指攏還偏，半被可憐留翠暖。淡黄衫袖仙衣輕，紅玉闌干妝粉淺。酒痕落腮梅忍寒，春羞入眼水半豔上聲〔一一〕。一縷朱綃〔一二〕山枕紅，斜睇整衣移步懶。才如韓壽潘安〔一三〕亞，擲果竊香心暗嫁。小花靜院酒闌珊，别有私言銀燭下。簾聲浪皺金泥額，六尺〔一四〕牙床羅帳窄。釵横啼笑〔一五〕兩不分，歷盡風流腰一搦〔一六〕。若教飛上九天歌，一聲自可傾人國。嬌多必是春工與，有能動人情幾許。前年按舞使君筵，睡起忍羞頭不舉。鳳凰簫冷曲成遲，凝醉桃花過風雨〔一七〕。盈盈盈盈〔一八〕聽我語，勸君休向陽臺住。一生縱得楚王憐，宋玉才多惟〔一九〕解賦。洛陽無限青樓女，袖攏上聲紅牙金鳳縷。春衫粉面誰家郎，只把黄金買歌舞。就中薄倖五陵兒，一日憐新玉如土〔二〇〕。雲零雨落止堪悲，空入他人夢來去。浣花溪上〔二一〕海棠灣，薛濤朱户皆金鐶。韋臯筆逸〔二二〕玳瑁落，張祜〔二三〕盞滑琉璃乾。壓倒〔二四〕念奴價百倍，興來奇怪生毫端。醉眼覷紙但一掃〔二五〕，落花飛雪聲漫漫。夢得見之遽起撫〔二六〕，樂天況〔二七〕敢尋常看。花間不敢〔二八〕下翠幕，竟日烜赫羅雕鞍。掃眉塗粉迨七十，老大始頂菖蒲冠。濤七十始頂菖蒲冠，學謝自然上昇之術，竟卒於錦江者也。至今愁人錦江口，秋蛩露草孤墳寒。盈盈大雅真可惜，爾生〔二九〕此後不可得。滿天風月獨倚欄，醉岸濃雲揮逸墨〔三〇〕。久之不見予心憶，高城去天無幾尺。斜陽銜〔三一〕山雲半紅，遠水無風天自〔三二〕碧。望眼空遥沈翠翼，銀河易闊天南北〔三三〕。瘦盡休文〔三四〕帶眼移，除上〔三五〕小樓清淚滴。」

又一年，予寓游淄川。通倅王公秩滿西歸，遇予於郊舍〔三六〕，首出盈盈簡示予。開讀，召予偕遊東山。紙尾復有詞一首，曰：「枝上差差〔三七〕緑，林間簌簌〔三八〕紅。已歎芳菲盡，安能罇俎空。君不見銅駝茂草長安東，金鑣玉勒〔三九〕雪花驄。二十年前是俠少，累累〔四〇〕昨日成衰翁。幾時滿引〔四一〕流霞鍾，共君倒載夕陽中？」時夏〔四二〕，會予病，不果去。秋中再如山東，盈盈已死。予訪王公，公具道盈盈事。公曰：「子歸一年後，盈盈若平居時。醉寢，忽夢紅裳美人，手執幅〔四三〕紙字示盈盈曰：『玉女〔四四〕命汝掌奏牘。』及覺，泣以告母曰：『兒不復久居人間矣，異日當訪我於東山。』遂嗚咽流涕，永訣其母。母亦泣下，但勉之而已。既夕，母更召巫覡善祝者守之，竟卒。」公與予共感其事，歔欷不已。公命予作詩吊之，曰：「燭花紅死睡初醒，一枕孤懷病客情。海上有山應大夢，人間無路可長生。乾坤意入憑欄闊，風月人歸似舊清〔四五〕。漢殿香消春寂寂，夕陽無語下西城。」又：「絃絶銀箏鏡任塵，細腰休舞鳳凰茵。一枝濃豔埋香土，萬顆珠珍滴繡巾〔四六〕。行雨不歸魂夢斷，落花難伴綺羅春。漢皇甲帳當年意，縱有香〔四七〕魂不似真。」又：「小巷朱橋花又春，洞房何事不歸雲。二年前〔四八〕過曾攜手，今日〔四九〕重來忽見墳。香魄已飛天上去，鳳簫猶似月中聞。縱然却入襄王夢，會向陽臺憶使君。」

後至嘉祐五年春，予遊奉符，偶與同志陟泰山。歷水簾，攀援而登，箕踞以遨，披奇究異。至於絶頂，有玉女池在焉，石罅潺湲，湛然鏡清。州人重之，每歲無貴賤皆往祠謁。予恍然追思疇昔盈盈之所夢，徘徊池側，心憶神會，泣然〔五〇〕感愴久之。因題於石，曰：「浮世繁華一夢休，登臨因憶昔年遊。人歸依舊野花笑，玉冷幾經墳樹秋。風月過清〔五一〕須感慨，江山多恨即遲留。如今縱擬誇才思，事往情多特地愁。」又：「柳條黄盡杏梢新，山翠無非昔日春。花色笑風春似醉，寂寥惟少賞花人。」又：「憶昔閑粧淡苧〔五二〕衣，一枝紅拂牡丹微〔五三〕。無端不入襄王夢，爲雨爲雲到處飛。」予既歸就次，忽夢游日觀峰北，石上有大字甚〔五四〕密。予就閱，則詩一章，筆迹類盈盈，竟不究其意何也。詩曰：「絳闕琳宫鎖亂霞，長生未晚棄繁華〔五五〕。斷無方朔人間信，遠阻麻姑洞裏家。浩刦易番〔五六〕滄海水，濃春難謝碧桃花。紫臺樹穩瑶池闊，鳳懶龍驕〔五七〕日又斜。」予讀畢，忽寤，益大駭。

是夕，昏醉惘然。忽有女奴召予，予乘醉偕行。約十許里，至一溪洞，洞門重樓，綵檻雕楹，橋環溪水，花木繁麗，風香襲人。女奴先入，予立門下。俄有碧衣女短鬟，出迎予。

予既趣入，至一宮殿，飛樓連閣，帷幕珠翠，燈燭明列。中有一女子，年可二十四五，玉冠黄帔，衣絳綃曳地，長眸映容〔五八〕，多髪而不妝。予欲趨拜，女遽起止之，揖予昇階。予既就坐，曰：「予非嗜詩者，雅聞子風韻才思，吟諷之際，真有可喜。奉屈，且欲一相見。」指碧衣女奴，召盈盈輩來。少選，盈盈與一女子偕至，年可十七八，古鬟髻，薄妝，衣淡黄輕綃，長娥多態，時復好顰。女起迎。盈盈見予，斂袖微笑曰：「『爲雨爲雲到處飛』，何乃尤人如此也？」二女泫〔五九〕然，淺笑不禁。既坐，多道陳隋間事。又曰：「每諷子《南朝懷古》，髣髴如見吾家之遺臺老樹，使人未嘗不惋憤悽惻之不已也。今夕良會，可賦一篇。」遂命進酒。侍女環立，笙簫間雜，珠璫玉珮，相鳴琅琅。

酒既數行，女奴授予紙筆。予不得辭，書詩二〔六〇〕章曰：「兩行紅粉霧爲衣，畫燭香噴翠幕垂。烏鵲橋危星過晚，鳳凰簫冷曲成遲。鱗生酒面東風信，春入花枝半夜知。可惜歡悰都一瞬，白雲峰外玉繩欹〔六一〕。」又曰：「蓬萊珠翠隔星津，半夜驂鸞國姓秦。羅扇不開花似織，忍遮瓊樹兩枝春。」女詩曰：「春慵一枕夕陽山，珠箔無風盡日閑。不覺武陵溪下水，直流花片到人間。」又曰：「水聲寒隔洞天深，帳殿雲閑少客尋。門外路歧春色斷，老霜秦樹謾蕭森。」次女詩曰：「繁華如夢指堪彈，故國空餘萬疊山。簫管寂寥無處問，越江依舊水聲閑。」又曰：「絳綃春薄夢魂醒，對酒淒涼舊國情。一夜月華溪上水，潺湲猶作渡江聲。」盈盈詩曰：「亂山無數水聲東，鶯弄花枝恰恰紅。愁見緑窗明夜月，一場春夢玉樓空。」

諸女被酒，驚離吊往，愁豔幽寂，啼笑玄生，情若不勝致。夜既深，二女曰：「盈盈雅故，便可就寢。」須臾酒輟，盈盈召予寢。頃聞雞聲，女奴曰：「可起。」二女復置酒勞予，曰：「珍重珍重！異日慎無相忘。」予辭歸，命女奴送予。盈盈持予泣别，二女亦泫然。予遽行，怳然出一洞，但蒼崖古木，水聲山色，皆非向來所歷。予徘徊感愴，足不能去。後衣袖粉香，彌月乃已，不知何也。

嗚呼！盈盈女娼也。幼以高情妙翰，見愛於人，其風態奇怪，卓出常輩。卒能爲神用事，豈誣也乎！惜翦翦没身於娼，世無可道説。至二女之會，日觀之題，仙凡茫茫，精神會遇，是邪非邪，不可致詰，又可怪也。（據上海中央書店一九三六年排印北宋李獻民《雲齋廣録》卷九，又上海古籍出版社《續修四庫全書》影印金刻本《新添雲齋廣録後集》、南宋洪邁《夷堅三志己》卷一《吴女盈盈》）

〔一〕豔　《夷堅志》作「貌」，《情史》卷九情幻類《吴女盈盈》作「色」。

〔二〕十四善歌舞　《夷堅志》作「年才十六，善歌舞」，《豔異編》卷三〇妓女部五《吴女盈盈》、《青泥蓮花記》卷二記玄《吴女盈盈》引王山《筆奩録》、《夷堅志》作「年方十六，善歌舞」。按：王山《寄盈盈歌》曰「盈盈初見十五六」，洪邁據此而改。此言其十四歲善歌舞，非言其至東海時年十四也。

〔三〕後　金刻本作「得」。

〔四〕元憑賞金之十八疊　唐傳奇《冥音録》云《秦王賞金歌》二十八疊。

〔五〕感　金刻本作「咳」。

〔六〕空餘欄檻　《夷堅志》作「空使雕闌」，《豔異編》、《青泥蓮花記》、《情史》同。

〔七〕透　原作「逶」，據《夷堅志》改，《豔異編》、《青泥蓮花記》、《情史》同。

〔八〕青膏　原作「紅膏」，據《夷堅志》改，《豔異編》、《青泥蓮花記》、《情史》同。

〔九〕未嚥　原譌作「木燕」，據《夷堅志》改，《豔異編》、《青泥蓮花記》、《情史》同。

〔一〇〕便念郎詩風動竹　「念」原作「會」，《夷堅志》作「便會吟詩風動竹」，《情史》同。《夷堅志》《筆記小説大觀》本（卷二六）作「便會郎時風動竹」。《豔異編》、《青泥蓮花記》並作「便念郎詩風動竹」。按：此用《霍小玉傳》典：「母謂曰：『汝嘗愛念「開簾風動竹，疑是故人來。」此即十郎詩也。爾終日吟想，何如一見？』」據《豔異編》、《青泥蓮花記》改作「念」。

〔一一〕春羞入眼水半豔　「入」字原作「人」，《夷堅志》作「春羞入眼横波豔」，《情史》、《宋詩紀事》卷三〇王山《答盈盈長歌》同，據改「人」字爲「入」。《豔異編》、《青泥蓮花記》作「春羞入目波横灧」。

〔一二〕朱綃　金刻本譌作「未綃」，《夷堅志》作「未消」，《豔異編》、《青泥蓮花記》、《情史》同。

〔一三〕潘安　金刻本作「潘仁」。按：西晉潘岳字安仁，古常省作潘安、潘仁，如李端《山中寄苗員外》：「聞説潘安方寓直，與君相見漸難期。」李商隱《寄裴衡》：「沈約只能瘦，潘仁豈是才。」

〔一四〕六尺　原乙作「尺六」，據《夷堅志》改，《豔異編》、《青泥蓮花記》、《情史》同。按：古言牀常云六尺，如《藝文類聚》卷四〇引晉陸機《弔魏武帝文》：「施六尺牀，下繐帳。」白居易《招東鄰》：「小榼二升酒，新簟六尺牀。」

〔一五〕笑　此字原闕，據金刻本、《夷堅志》補，《豔異編》、《青泥蓮花記》、《情史》同。

〔一六〕歷盡風流腰一搦　「風流」《夷堅志》、《豔異編》、《青泥蓮花記》作「風期」。《豔異編》、《青泥蓮花記》「腰」作「肢」。《情史》作「歷盡風波腰一捻」。

〔一七〕凝醉桃花過風雨　「凝」原譌作「疑」，據《夷堅志》、《豔異編》、《青泥蓮花記》改。《豔異編》、《青泥蓮花記》「過」作「遇」。

〔一八〕盈盈盈盈　《夷堅志》作「阿盈阿盈」，《豔異編》、《青泥蓮花記》、《情史》同。

〔一九〕惟　《夷堅志》、《情史》、《宋詩紀事》作「誰」。《夷堅志》《筆記小説大觀》本作「惟」。

〔二〇〕一日憐新玉如土　「憐新」《夷堅志》作「冷心」，明呂胤昌校本及《筆記小説大觀》本則作「憐新」。《情史》作「心冷」。《豔異編》、《青泥蓮花記》、《宋詩紀事》作「一日憐新棄如土」。

〔二一〕上　原作「山」，據《夷堅志》改，《豔異編》、《青泥蓮花記》、《情史》同。

〔二二〕韋皋筆逸　原譌作「韋畢簫逸」，據《夷堅志》改，《豔異編》、《青泥蓮花記》、《情史》同。按：韋皋鎮蜀時與薛濤有交，見《鑑誡録》卷一〇《蜀才婦》。

〔二三〕張祜　原譌作「張枯」，《夷堅志》亦譌作「張祐」，《青泥蓮花記》、《宋詩紀事》作「張祐」，今改。

〔二四〕倒　原譌作「到」，據《夷堅志》改，《豔異編》、《青泥蓮花記》、《情史》同。

〔二五〕醉眼覷紙但一掃　《夷堅志》「眼」作「眸」，「但」作「聊」，《情史》、《宋詩紀事》同。《豔異編》、《青泥蓮花記》作「醉目見紙聊一掃」。

〔二六〕遽起撫　《夷堅志》作「爲改觀」，《豔異編》、《青泥蓮花記》、《情史》同。

〔二七〕況　《夷堅志》作「更」，《豔異編》、《青泥蓮花記》、《情史》同。

〔二八〕花間不敢　「間」原作「門」，《夷堅志》作「花間不肯」，《豔異編》、《青泥蓮花記》、《宋詩紀事》同，據改。《情史》「間」作「開」。

〔二九〕生　《夷堅志》作「身」，《宋詩紀事》同。

〔三〇〕醉岸濃雲揮逸墨　「濃」《情史》作「深」。「揮」《夷堅志》作「呼」，《豔異編》、《青泥蓮花記》、《情史》同。

〔三一〕銜　《夷堅志》譌作「衡」，《豔異編》、《青泥蓮花記》作「銜」。

〔三二〕自　《夷堅志》作「一」，《豔異編》、《青泥蓮花記》、《情史》同。

〔三三〕南北　原作「更北」，「更」字疑譌，據《夷堅志》改，《豔異編》、《青泥蓮花記》、《情史》同。

〔三四〕休文　原譌作「休交」，據《夷堅志》改，《豔異編》、《青泥蓮花記》、《情史》同。按：休文，沈約字。

自言其瘦有「革帶常應移孔語」，見《梁書》卷一三本傳。

〔三五〕除上　《夷堅志》作「忍向」，《豔異編》、《青泥蓮花記》、《情史》同。除上，疑謂登樓梯上樓，除，樓梯。按：《寄盈盈歌》原附《盈盈傳》後，今據《夷堅志》改入傳文。

〔三六〕郊舍　《夷堅志》作「邸舍」，《豔異編》、《青泥蓮花記》、《情史》同。

〔三七〕差差　原譌作「羌羌」，據《夷堅志》改，《豔異編》、《青泥蓮花記》同。

〔三八〕簌簌　原作「蔌蔌」，據金刻本、《夷堅志》改。簌簌，簇簇。

〔三九〕金鑣玉勒　「鑣」原譌作「轤」，據《夷堅志》改。《夷堅志》作「金玉鑣勒」，《豔異編》、《青泥蓮花記》作「金鑣玉勒」。

〔四〇〕累累　《夷堅志》、《豔異編》、《青泥蓮花記》作「纍纍」，字同。

〔四一〕引　《夷堅志》作「飲」，《豔異編》、《青泥蓮花記》同。

〔四二〕時夏　《夷堅志》作「時方初夏」，《豔異編》、《青泥蓮花記》、《情史》同。

〔四三〕幅　金刻本作「盈」。

〔四四〕玉女　原譌作「王女」，據《夷堅志》改，《豔異編》、《青泥蓮花記》、《情史》同。

〔四五〕舊清　「舊」《豔異編》、《青泥蓮花記》作「古」。「清」《夷堅志》譌作「情」，《筆記小説大觀》本作「清」。

〔四六〕萬顆珠珍滴繡巾　《夷堅志》作「萬顆珍珠濕袖巾」，《筆記小説大觀》本「濕」作「滴」。

〔四七〕香　《夷堅志》作「芳」，《豔異編》、《青泥蓮花記》同。

〔四八〕二年前　「二年」原作「三年」，據《夷堅志》、《豔異編》、《青泥蓮花記》改。「前」《豔異編》、《青泥蓮花記》作「中」。

〔四九〕今日　原譌作「手今」，據金刻本、《夷堅志》、《豔異編》、《青泥蓮花記》改。

〔五〇〕泣然　金刻本作「泫然」。

〔五一〕清　《夷堅志》作「情」，《豔異編》、《青泥蓮花記》同。

〔五二〕苧　《夷堅志》作「紵」，字同，苧麻也。

〔五三〕微　《夷堅志》作「徽」，《情史》同。吕本及《筆記小説大觀》本作「微」。

〔五四〕甚　金刻本作「且」。

〔五五〕長生未晚棄繁華　「晚」《夷堅志》作「曉」，《豔異編》、《青泥蓮花記》、《情史》同，《夷堅志》《筆記小説大觀》本作「晚」。「繁」《情史》作「奢」。

〔五六〕浩刦易番　《夷堅志》、《情史》作「歷切易翻」，《夷堅志》《筆記小説大觀》本作「歷劫遥翻」，《豔異編》、《青泥蓮花記》作「累切遥翻」。番，翻也。

〔五七〕鳳懶龍驕　「驕」《夷堅志》、《情史》作「嬌」。《豔異編》、《青泥蓮花記》作「鳳小龍嬌」。

〔五八〕長眸昳容　金刻本「昳」作「晬」。《夷堅志》作「長身晬容」，《豔異編》、《青泥蓮花記》作「晬容」，《情史》作「長眸皓容」。按：昳，豔麗。晬，通「睟」，温潤。

〔五九〕泫　金刻本作「伭」。

〔六〇〕二　金刻本譌作「三」。

〔六一〕欹　原譌作「歌」，據金刻本改。

按：《雲齋廣録》後集（或卷九，乃南宋人新添）載此文，未題撰人，而《寄盈盈歌》自傳中割出附後。《夷堅三志己》所録非原文，多有删略改易，題爲《吴女盈盈》。《青泥蓮花記》卷二、《豔異編》卷三〇、《情史類略》卷九均據《夷堅志》收入《吴女盈盈》，《情史》有删節，亦多異文。《夷堅志》末注「山（王山）有《筆奩録》，詳記所遇」，知原載於《筆奩録》中。此書共七卷，著録於《四庫闕書目》、《祕書省續編到四庫闕書目》、《通志·藝文略》、《宋史·藝文志》小説類。《四庫闕書目》、《宋志》皆題王山，餘不著撰人。原書已佚，只存本篇及《李妹傳》。《夷堅志》同卷所載《長安李妹》末注：「亦見《筆奩録》。」《夷堅志》所載皆經節略，非原《筆奩録》文。《盈盈傳》原文用第一人稱，《夷堅志》改爲第三人稱。

本篇記事至嘉祐五年（一〇六〇），李妹事似亦在嘉祐間，故疑《筆奩録》作於英宗治平中。

李妹傳〔一〕

王　山　撰

李妹〔二〕者，長安女倡也。家甚貧，年未笄，母以售於宗室四王宫，爲同州節度之妾，纔得錢十萬。王寵嬖專房。漸長益美，善歌舞，能祇事王意〔三〕。一日忤旨，命車載之戚里龍州刺史張侯别第。張嘗〔四〕於宴席見其人，心動不能忍，乃私願得之，雖竭死無憚。既〔五〕而獲焉，以爲籠中物，喜駭交抱，罄所蓄妓樂，張筵五六日不息。妹事之曲有禮節，大率如在王宫時。然每至調謔誘狎，輒莊色斂衽。餌以奇玩珍異，却而弗顧。張固狂淫者，必欲力制之。乘其理髮箸下，直前擁致之。妹大呼啜〔六〕泣，走取其佩刀，將自刎，婢媵奪救得止。

由是浸不合張意。張恥且怒，被酒〔七〕挺刃，突入室逼〔八〕之。妹猶〔九〕自若，謂之曰：「婦人以容德事人，職主中饋。妹不幸幼出賤污〔一〇〕，鬻身宫邸，委質妾御，不獲託久要於良家，罪實滋大。幸蒙同州憐愛，許侍巾履。同州性〔一一〕嚴忌，雖親子弟猶不得見妹之面。偶因微譴，暫託於君侯，則〔一二〕所以相待愈於愛子矣。不圖君侯乃欲持〔一三〕貨利見蠱，而又憑酒仗〔一四〕劍，威脅以死。欺天罔人，暴媟女子，此誠烈誼丈夫所不忍聞。妹寧以頸血污侯刀，願速斬妹頭送同州，雖〔一五〕死不憾。」遂膝行而前，拱手就刃。張羞愧流汗，掖之使起，曰：「我安敢如是！而今而後，有何面目復見同州哉！」自是不復與戲言。妹竟縊死。

它日，張晝寢，見妹披髮而立〔一六〕，曰：「爲妹報同州，已辨於地下矣。」張大懼，悒悒不食，數日而卒。初時張〔一七〕嘗爲王山談其節，故山爲作傳。（據北京中華書局版何卓點校本南

宋洪邁《夷堅三志己》卷一《長安李妹》）

〔一〕《夷堅志》題作《長安李妹》，當非原題。今仿《盈盈傳》題作《李妹傳》。

〔二〕妹　《筆記小説大觀》本（卷二六）及《青泥蓮花記》卷五《李妹》、《續豔異編》卷六《李妹》、《廣豔異編》卷一一《長安李妹》俱作「姝」，下同。《情史》卷一《李妹》作「妹」。

〔三〕祗事王意　《筆記小説大觀》本、《青泥蓮花記》作「敬事主意」，《廣豔異編》、《續豔異編》作「敬事王意」。

〔四〕嘗　《筆記小説大觀》本、《青泥蓮花記》、《廣豔異編》、《續豔異編》、《情史》作「頃」。

〔五〕既　《續修四庫全書》影印影宋鈔本作「説」，眉校：「説當作既。」《青泥蓮花記》、《廣豔異編》、《續豔異編》作「既」。

〔六〕啜　影宋鈔本譌作「輟」。

〔七〕被酒　原譌作「披酒」，據影宋鈔本、《筆記小説大觀》本及《青泥蓮花記》、《廣豔異編》、《續豔異編》、《情史》改。

〔八〕逼　影宋鈔本、《筆記小説大觀》本作「偪」。偪，逼迫。

〔九〕猶　影宋鈔本、《青泥蓮花記》、《廣豔異編》、《續豔異編》、《情史》作「殊」。

〔一〇〕污　《筆記小説大觀》本及《青泥蓮花記》、《廣豔異編》、《續豔異編》作「流」。

〔一二〕性　影宋鈔本、《情史》作「情」。

〔一三〕則　《筆記小説大觀》本作「側」，《青泥蓮花記》、《廣豔異編》、《續豔異編》作「之側」，連上讀。

〔一四〕持　《筆記小説大觀》本作「恃」。

〔一五〕仗　影宋鈔本譌作「伏」。

〔一六〕雖　《筆記小説大觀》本及《青泥蓮花記》、《廣豔異編》、《續豔異編》、《情史》作「正」。

〔一七〕立　影宋鈔本作「泣」。

〔一七〕張　影宋鈔本無此字。

按：《夷堅志》末注「亦見《筆奩録》」。原文不存，《夷堅志》所録當有删縮。

宋代傳奇集第三編卷一

玄宗遺録

玄宗一日坐朝，聞宫中奏《霓裳曲》，聽之甚久，已而俛首不適者。後刻朝起，顧近侍取筆，私書於殿柱〔一〕，又命取紙副其上，意不欲人見也。高力士跪膝前請：「臣晨侍立帝右，帝聽宫樂，何聖顔不怡之甚也？又宸翰親書後楹，副以外封，不使人見，臣竊惑〔二〕之，是以敢有請也。」帝仰面長吁曰：「非汝所知也。」上謂力士曰：「朕所書殿柱，乃半月後當有叛者而誌之也。事纏大禍，理在不收，朕早來聽宫樂知之也。夫五音克諧，无相奪倫。早來之音，宫聲弛而商聲重，角聲散，徵聲廢，羽聲濁。宫弛者，君弱也；商重者，臣强也。角爲民而散則流，徵爲事而廢則亂，羽爲物而濁則浮。又商音焦，焦者灰之象，其應主兵〔三〕。吾憂邊臣之將叛，天下之將亂，主弱而臣强〔四〕也。」帝又取蓍布卦，得離，曰：「重離二明相繼，上離白虎，下離青龍，白虎道路神，皆西方之物，吾將西遊矣〔五〕。」力士曰：「日近臺諫繼有封章言漁陽事，陛下尚未處置，豈非此乎？」上曰：「天下精兵所聚，無如漁陽，朕旦暮疚悵，久事以膠固，無計可解。」力士曰：「祿山，吐蕃奴也，無奇謀遠略。其所以叛者，臣知之矣。」上曰：「汝無再言，令人憒然不樂。」

後一日，帝幸虢國夫人第，貴妃曰：「妾昨夢與帝遊驪山，至興元驛，方對食，後宮忽告火發。倉卒出驛，回望驛木俱爲烈焰〔六〕，大木千株皆焚。俄有二龍〔七〕，帝遂跨一白龍，其〔八〕去如飛。妾跨一黑龍，其行〔九〕甚緩，叱之。左右無人，惟一蓬頭黑面物，貌不類人。望帝去甚遠〔一〇〕，鞭龍數下，龍觸一危〔一一〕峰而墮，沉烟靄中。開目，則獨在一小室〔一二〕。黑面物〔一三〕曰：『某，此峰神也。妃子合居此。』俄有一騎來〔一四〕曰：『帝命妃子受益州牧〔一五〕蠶元后，仍賜絲百鎰〔一六〕。』遂覺。不知是何祥也〔一七〕。」

翌日，漁陽叛書至。帝及御前殿，詔高力士護六宮，意留貴妃守宮。力士奏曰：「陛下留貴妃消患乎？天下謂之如何也？」帝許貴妃從駕，由承天門西去。出奔次〔一八〕，至馬嵬，前鋒不進，六師迴合，侍衛周旋。帝欲攬轡，近侍奏曰：「帝且待之，恐生不測。」力士前曰：「外議籍籍，皆曰楊國忠久盜天機，持國柄，結患邊臣，幾傾神器，致天步西游，蒙塵萬里，皆國忠一門之所致也。是以六軍不進，請圖之。」俄頃，有持國忠首奏曰：「國忠謀叛，以軍法誅之。」帝曰：「國忠非叛也。」力士遽躡帝足曰：「軍情萬變，不可有此言。」帝悟，顧左右曰：「國忠族矣。」不久，國忠弟妹少長皆爲兵〔一九〕所殺。

帝曰：「一門死矣，軍尚不進，何爲也？」力士奏曰：「軍中皆言禍胎尚在行宫。」帝曰：「朕不惜一人以謝天下，但恐後世之切譏後宫也。」神衛軍揮使侯元吉前奏：「願斬貴妃首，懸之於大白旗〔二〇〕，以令諸軍。」帝怒叱元吉曰：「妃子後宫之貴人，位亞元后之尊。古者投鼠尚忌器，何必懸首而軍中方知也！但令之死，則可矣。」力士曰：「此西有古佛廟，諸軍之所由路也，願令妃子死其中，貴諸軍知也。」「汝引妃子從他路去，無使我見而悲戚也。」力士曰：「陛下不見，左右不知，未爲便也。願陛下面賜妃子死，貴左右知而慰衆軍之心也。」帝可其奏。貴妃泣曰：「吾一門富貴傾天下，今以死謝之，又何恨也！」遽索朝服見帝曰：「夫上帝之尊，其勢豈不能庇一婦人，使之生乎？一門俱族而延〔二一〕及臣妾，得無甚乎？且妾居處深宫，事陛下未嘗有過失，外家事妾則不知也。」帝曰：「萬口一辭，牢不可破，國忠等雖死，軍師猶未發，妃子一死〔二二〕，以塞天下之謗。」妃子曰：「願得帝送妾數步，妾死無憾〔二三〕。」左右引妃子去，帝起立目〔二四〕送之，妃子十〔二五〕步而九反顧，帝涕下交頤。左右擁妃子行，速由軍中過至古寺。妃子用擁項羅掩面大慟，以其羅付力士曰：「將此進帝。」左右以帛縊之，陳其尸於寺門，乃解其帛。俄而氣復來，其喘綿綿，遽用帛縊之，乃絶。揮使侯元吉大呼于軍中曰：「賊本已死，吾屬無患矣。」於是鳴鼓揮旗，大軍以進。力士回奏，以妃子擁項羅上進，視其淚痕皆若淡血。帝不勝其悲，曰：「古者情恨之感，悉有所應。舜妃泣竹而爲斑，妃子擁羅而成血，異矣夫！」前軍作樂，帝不樂，欲止之，力士曰：「不可，今日之理，且順人情。」

前次安平驛，帝曰：「樂音與妃子之夢皆應矣。與朕遊驪山〔二六〕，驪與離同音。方食火發，失食之兆，火，兵氣也。驛木俱焚〔二七〕，驛與易同音，易旁木，楊字也，俱焚乃滅族之象也。吾跨白龍，西遊之象〔二八〕；彼跨黑龍，陰暗之理〔二九〕。龍墮沈於一室，乃古寺之應。獨行，無左右之助〔三〇〕。峰神乃山鬼，一騎爲馬，馬嵬是矣。益州牧蠶，蠶必有絲，絲而加益，縊字也。仍賜百鎰，再縊而後絕也。略無差誤，信夢之前定如此。」後肅宗即位靈武，非重離之應乎！帝曰：「重明乃一家事，吾家失之，吾家得之，又何憾〔三一〕！」

玄宗幸蜀回，居南内〔三二〕。帝謂力士曰：「吾自棄去妃子，杳無夢寐。齋心膳素，宜有所禱。」果有夢應。帝後〔三三〕夢至一處，萬壑烟霞，千峰花木，滿目寒濤，驚人絶景，翠烟絳氣云云。白玉掛障，黄金題字，曰「東虚第一宫」。又翠衣童子前導至一院，題曰「太一大真元上妃院〔三四〕」。入見太真，隔一雲母屏對坐，不見其形，但聞其聲〔三五〕。帝曰：「汝思吾乎？」妃曰：「人非木石，安得無情？異日當共跨晴暉〔三六〕，浮落景，遊玉虚中。」帝曰：「碧海無涯，仙山路絶，何計通耗〔三七〕？」妃曰：「若遇鴈府上人，可附信矣〔三八〕。」帝曰：「願得一見天姿，何恨此屏！似非疇昔相愛之意。」妃露半身，髣髴新粧，依稀舊色。帝一見踴躍，前執其手，則驚風起於足下，若墮天云〔三九〕。帝既覺，作詩曰：「風急雲驚雨不成，覺來仙夢甚分明。當時苦恨銀屏影，遮隔仙妃〔四〇〕只聽聲。」使焚於馬嵬山下〔四一〕。後思鴈府上人之言，果有洪都道士於海上仙峰得鈿合私言而回〔四二〕。

高力士於妃子臨刑遺一韈，取而懷之。彼玄宗夢妃子云云，詢力士曰：「妃子受禍時遺一韈，汝收乎？」力士因進之。玄宗作妃子所遺羅韈銘，有曰：「羅韈羅韈，香塵生不絶〔四三〕。細細圓圓，地下得瓊鈎。窄窄弓弓，手中弄初月。又如脱履露纖圓，恰似同衾見時節。方知清夢事非虛，暗引相思幾時歇〔四四〕。」（據朝鮮刻本唐杜牧《樊川詩集夾註》卷二《華清宫》佚名註引《翰府名談》，又南宋曾慥《類説》卷五二《翰府名談·明皇》，王楙《野客叢書》卷二二《楊妃韈事》引《玄宗遺録》，北宋阮閲《詩話總龜》前集卷三五引，《十萬卷樓叢書》本委心子宋氏《新編分門古今類事》卷二《審音知變》引《唐闕史》，高麗李奎報《東國李相國全集》卷四《開元天寶詠史詩四十三首》引《玄宗遺録》及《明皇遺録》）

〔一〕殿柱　《古今類事》作「前殿之楹」。
〔二〕惑　原譌作「感」，今改。
〔三〕「夫五音克諧」至此　據《古今類事》補。
〔四〕主弱而臣强　此五字據《古今類事》補。

〔五〕「帝又取著布卦」至此　據《古今類事》補。

〔六〕「至興元驛」至此　以上二十五字據《類説》補，《古今類事》作「方食，火發驛旁」。

〔七〕俄有二龍　據《類説》補。

〔八〕其　此字據《類説》補。

〔九〕其行　此二字據《類説》補。

〔一〇〕「左右無人」至此　據《類説》補，《古今類事》作「見一物青面」。

〔一一〕危　此字據《類説》補。

〔一二〕沉烟靄中開目則獨在一小室　以上十二字《古今類事》只作「妾亦沈一小室」，此據《類説》，原作「一室」，補「小」字。

〔一三〕黑面物　《古今類事》作「青面」，此從《類説》。

〔一四〕俄有一騎來　《古今類事》作「俄一騎」，據《類説》補「有」、「來」二字。

〔一五〕牧　《類説》作「養」，連下讀。

〔一六〕鎰　《十萬卷樓叢書》本《古今類事》譌作「縊」，據《四庫全書》本改，下同。

〔一七〕「後一日帝幸號國夫人第」至此　據《古今類事》補。

〔一八〕出奔次　此三字據《類説》伯玉翁舊鈔本補。

〔一九〕兵　此字據《古今類事》補。

〔二〇〕大白旗　《東國李相國全集·開元天寶詠史詩四十三首·送妃子》詩序引《明皇遺録》作「太白旗」。「大」通「太」。

〔二一〕延　此字據《開元天寶詠史詩·送妃子》詩序補。

〔二二〕妃子一死　原作「備子死」，當有譌誤，據《開元天寶詠史詩·送妃子》詩序改。

〔二三〕憾　原譌作「感」，據《開元天寶詠史詩·送妃子》詩序改。

〔二四〕目　此字據《開元天寶詠史詩·送妃子》詩序補。

〔二五〕妃子十　原作「如不可」，當誤，據《開元天寶詠史詩·送妃子》詩序改。

〔二六〕與朕遊驪山　此五字據《類説》補。

〔二七〕方食火發失食之兆火兵氣也驛木俱焚　以上十六字據《類説》補。

〔二八〕西遊之象　《古今類事》作「乃西遊耳」，此據《類説》。

〔二九〕理　《古今類事》作「象」，此據《類説》。

〔三〇〕獨行無左右之助　以上七字據《類説》補。

〔三一〕「前次安平驛」至此　據《古今類事》補。《古今類事》末云：「然則帝王興衰，豈偶然哉！」乃委心子語。

〔三二〕玄宗幸蜀回居南内　以上八字據《詩話總龜》補，「玄宗」原作「明皇」。

〔三三〕帝後　此二字據《類説》舊鈔本補。

〔三四〕「帝謂力士曰」至此　據《開元天寶詠史詩·夢遊太真院》詩序引《玄宗遺録》補。「大真」即「太真」,《類説》作「玉真」。《四庫》本《類説》「太一」作「太乙」。《詩話總龜》作「蓬山太真院」。
〔三五〕但聞其聲　此句《類説》無,據《開元天寶詠史詩·夢遊太真院》詩序補。
〔三六〕晴暉　《類説》天啓刊本譌作「暗脾」,據舊鈔本改。
〔三七〕秏　《類説》天啓刊本作「也」,此據舊鈔本。秏,音耗。
〔三八〕「入見太真」至此　據《類説》補。
〔三九〕「帝曰願得一見天姿」至此　據《開元天寶詠史詩·夢遊太真院》詩序補。
〔四〇〕妃　《詩話總龜》作「姬」。
〔四一〕使焚於馬嵬山下　此句據《詩話總龜》補。
〔四二〕「帝既覺」至此　據《類説》補。
〔四三〕「高力士於妃子臨刑遺一韈」至此　據《野客叢書》補。
〔四四〕「細細圓圓」至此　據《詩話總龜》補。

按:《樊川詩集夾註》引稱《翰府名談·玄宗遺録》一大段,知劉斧《翰府名談》録入此録。《野客叢書》引《玄宗遺録》,疑亦轉引自《翰府名談》。《詩話總龜》脱出處,實亦出《翰府名談》,觀其前事「侯復」注出此書可知。《類説》所摘《翰府名談·明皇》(嘉靖伯玉翁舊鈔本卷四四題《明皇楊妃》)一條與《夾註》多有相合,可證亦是《玄宗遺録》中文字。高麗朝李奎報(一一六八—一二四一)《東國李相國全集》卷四《開元天寶詠史詩四十三首》,《紅汗》詩序引《玄宗遺録》貴妃項羅淚痕若淡血事,《送妃子》詩序引《明皇遺録》力士奏請斬貴妃事,皆在《夾註》引文中。又《夢遊太真院》詩序引《玄宗遺録》玄宗夢遊太真院見太真事,則不見於《夾註》,而部分見於《類説》,《李相國全集》所引蓋亦據《翰府名談》。

《古今類事》之《審音知變》,相合者尤多,實亦爲《玄宗遺録》內容。唯《十萬卷樓叢書》本注「出《唐闕史》」,《四庫全書》本注「出《成都廣記》」,皆不云《翰府名談》。《闕史》二卷,晚唐高彦休撰,今本無此事,今本略有殘闕,此或爲其佚文耳。《成都廣記》不詳何人撰。二本出處不同,疑原載於《闕史》,《四庫》本作《成都廣記》者,若非有誤,則此事亦爲《成都廣記》所採。《玄宗遺録》所載疑亦取自《闕史》,但玄宗《羅韈銘》云云明謂陽妃纏足,自非唐人所能言,蓋北宋人附會。是知《玄宗遺録》除可能採録《闕史》外,又益以宋人之説。《翰府名談》亦多採他作,如《青瑣》然,《玄宗遺録》當非劉斧自撰。《翰府名談》約成於哲宗朝元祐、紹聖間,此作則出其前,今姑置於神宗朝之初。

任社娘傳

沈　遼　撰

沈遼(一〇三二—一〇八五),字睿達。錢塘(今浙江杭州市)人。龍圖閣學士沈括侄,翰林學士沈遘弟。少雋拔不群，泛覽經史，尤好左氏、班固書。應舉不中，用兄任爲將作監主簿、監壽州酒稅，未就丁母憂。三司使吴充薦爲監内藏庫，未逾年復薦監金耀門書庫。神宗熙寧初（一〇六八）爲審官西院主簿，坐與長官不合罷去。江淮發運使薛向薦爲明州市舶司，遷太常寺奉禮郎。二年市舶廢，改監杭州軍資庫。尋攝華亭縣，坐事奪官流永州，赦徙池州，築室於齊山，名曰雲巢。元豐八年卒，年五十四。沈遼長於詩，與曾鞏、蘇軾、黄庭堅唱酬往來。王安石亦賞其才，作詩贈之，然因政見不合，遂見疏。著《雲巢編》二十卷，一作十卷，今存。（據《雲巢編》附《沈睿達墓誌銘》、《宋史》卷三三一本傳）

吴越王時，有娼名社娘〔一〕者，姓任氏。妙麗善歌舞，性甚巧。其以意中人，人輒不自解，蓋其夭媚者出於天資。乾興中，陶侍郎使吴越。陶文雅醖藉，有不羈之名，神宗深寵睠之。王知其爲人也，使使謂社曰：「若能爲吾蠱使者，我重賜汝。」社即謝王曰：「此在使者何如，然我能得之，必假王寵臣，使我居客館，然後可爲也。」王許諾。

社即詐爲閽者女，居窮屋，服弊衣，就門中窺使者。使者時行屏間，社故爲遺其犬者，竊出捕之，悚懼，遷延户傍，陶一顧已心動。其莫〔二〕出汲水，駐立觀客車騎甚久，陶復覘之，然而社未嘗敢少望使者也。明日，王遣使勞客，樂作，社少爲塗餙，雜群女往來。樂後以縱觀，陶故逸蕩其〔三〕恉。既數目社，因劇飲爲歡笑。會且罷，使者休吏就舍。是時，客使左右非北吏，多知其事。吏既出，使者獨望廳事上，社繆爲不見使者，復出汲水。方陶意已不自持，乃呼謂社曰：「遺我一盃水來。」社四顧，已爲望見使者，乃大驚，投罌缾，拜而走。陶疾呼，謂社曰：「吾渴甚，疾持入來。」社爲羞澀畏人，久之方進。使者曰：「汝何爲乃自汲？」頻動不應。復問之，社又故作吴語曰：「王令國中，有敢邀使客語者，罪至死矣。」陶曰：「汝必死，復何憚我也？今汝不死。」迺强持其手曰：「我閨中故静，我與汝一觀。」社固辭不敢。即强引入閨中，排置榻上，曰：「敢動者死。」社即佯噤不敢語。陶即出呼吏，喜曰：「持燭來。」吏進奉燭，燭來已具，吏引闔其户而去。社曰：「我賤，不可，我歸矣。」比其就寢，甚艱難。已而晝漏且下，社曰：「我安從歸？」陶曰：「我送汝矣。然明日復來，我以金帛爲好也。」社曰：「我家貧，受使者金帛，是速我死。然我生平好歌，爲我度曲爲詞，使我爲好，足矣。」陶許諾，乃爲送至其家，然尚不知其爲倡也。

使者明日見王，王勞之，語甚歡。既還館，爲作歌，自歌之，歌曰：「好因〔四〕緣，惡因緣，奈何天。秖得郵亭幾〔五〕夜眠，别神仙。　琵琶撥斷〔六〕相思調，知音少。待得鸞膠續斷絃，是何年？」是夕，書以贈之。明日，王召使者曲宴於山亭。命倡進，社之班在下，其服之褒博，陶頗不能别也。王既知之，從容謂陶曰：「昔稱吴越之女善歌舞，今殊無之，未知燕趙之下定何如也。」陶曰：「在北時聞有任氏者，今安在？」王曰：「公孰得之？」陶曰：「久矣。」王乃使社出拜，陶熟視而笑，知其爲王所蠱也，亦不以爲意。而社遂歌其詞，飲酒甚樂。社前謝王，王大悦，賜之千金。明年北使來，請見社於王。王命社出，使者曰：「昔謂何如，今乃桃符〔七〕。」社應聲曰：「桃符正爲客厲所畏。」使者不悦。已而又嘲社曰〔八〕：「社如龜莢，何客不鑽。」社曰：「客兆得遊魂，請眡其文。」使者大慙。明日，王賜千金。

後社之家甚富。既老矣，將嫁爲人妻〔九〕，迺以其所居第與其橐中金百萬，爲佛寺在通衢中。自請其榜於王，王賜之名，所謂仁王院者也。至于今，其寺甚盛。

余初聞樂章事，云在胡中，蓋不信之。然其詞意可考者，宜在他國。及得仁王院近事，有客言其始終，頗異乎所聞，因爲叙之。寺爲沙門者多倡家，余所知凡數輩。（據上海商務印書館《四部叢刊三編》影印明覆宋本《沈氏三先生文集》之北宋沈遼《雲巢編》卷八《雜文》）

〔一〕社娘　《青泥蓮花記》卷一下引《巢雲編》（書名乙誤），題《任杜娘》，題注：「杜，一作社。」《研北雜志》卷下亦譌作「杜」。

〔二〕莫　《四庫全書》本作「暮」。莫，「暮」之古字。

〔三〕其　《四庫》本作「且」。

〔四〕因　《青泥蓮花記》作「姻」，下同。
〔五〕幾　《青泥蓮花記》作「一」。
〔六〕斷　《青泥蓮花記》作「盡」。
〔七〕符　原作「苻」，據《四庫》本改，下文作「符」。
〔八〕曰　原作「者」，據《四庫》本改。
〔九〕既老矣將嫁爲人妻　按：《青泥蓮花記》所引略云「杜娘竟落髮爲尼」，許景迓《野雪鍛排雜説》（《説郛》卷一二）亦云「娼得陶詞後還落髮」，皆誤讀原傳，非別有異文也。

按：陶穀周世宗顯德中歷爲户、兵、吏三部侍郎，翰林學士，入宋遷禮、刑、户部尚書，太祖開寶三年（九七〇）卒。（見《宋史》卷二六九本傳。）陶侍郎使吴越當在顯德中，此傳稱乾興（宋真宗年號）中，又云神宗（蓋指宋太宗）深寵睠之，顯然有誤。小説家言，不可究詰矣。

王幼玉記

柳師尹　撰

柳師尹，一作李師尹，安利軍衛縣（今河南鶴壁市淇縣東）人。

王生〔一〕，名真姬，小字幼玉，一字仙才〔二〕。本京師人，隨父流落於湖外〔三〕，家於衡州〔四〕。女弟女兄〔五〕二人皆爲名娼，而其顔色歌舞，角於倫輩之上，群妓亦不敢與之爭高下。幼玉更出於二人〔六〕之上。所與往還，皆衣冠士大夫，捨此雖巨商富賈以千金〔七〕不能動其意。夏公酉夏賢良名噩，字公酉。遊衡陽，郡侯開宴召之。公酉曰：「聞衡陽有歌妓名王幼玉，妙歌舞，美顔色，孰是也？」郡侯張郎中公紀〔八〕乃命幼玉出拜，公酉見之嗟吁曰：「使汝居東西二京，未必在名妓之下，今〔九〕居於此，其名不得聞於天下。」顧〔一〇〕左右取箋，爲詩贈幼玉，其詩曰：「真宰無私心，萬物逞殊形。嗟爾蘭蕙質，遠離幽谷青〔一一〕。清風暗助秀〔一二〕，雨露濡其泠。一朝居上〔一三〕苑，桃李讓芳馨。」由是益有光。

但幼玉暇日常幽豔愁寂，寒芳〔一四〕未吐。人或詢之，則曰：「此道非吾志也。」又〔一五〕詢其故，曰：「今之或工或商，或農或賈，或道或僧，皆足〔一六〕以自養。惟我儔塗脂抹粉，巧言令色〔一七〕，以取其財，我思之愧赧無限。逼於父母姊弟，莫得脱此。倘從良人〔一八〕，留〔一九〕事舅姑，主祭祀，俾人回指曰：『彼人婦也。』死有埋骨之地。」會東都人柳富，字潤卿〔二〇〕，豪俊之士〔二一〕。幼玉一見曰：「兹吾夫也。」富亦有意室之。富方倦遊，凡於風前月下，執手戀戀，兩不相捨。既久，其妹竊〔二二〕知之。一日，詬富以語曰：「子若復爲鄉時事，吾不捨子，即訟子於官府。」富從是不復往。

一日，遇幼玉於江上。幼玉泣曰：「過〔二三〕非我造也，君宜以理推之。異時幸有終身之約，無爲今日之恨。」相與飲於江上。幼玉云：「吾之骨，異日當附子之先隴。」又謂富曰：「我平生所知，離而復合者甚衆，雖言愛勤勤，不過取其財帛，未嘗以身許之也。我髮委〔二四〕地，寶之若金玉〔二五〕，他人無敢窺覘，於子無所惜。」乃自解鬟，剪一縷以遺富。富感悦深至，去，又羈思不得會〔二六〕爲恨，因而伏枕。幼玉日夜懷思，遣人侍病。既愈，富爲長歌贈之，云：「紫府樓閣高相倚，金碧户牖紅暉起。其間燕息皆仙子，絶世妖姿妙難比。偶然思念起塵心，幾年謫向衡陽市。阿嬌〔二七〕飛下九天來，長在娼家偶然耳。天姿才色擬絶倫，壓倒花衢衆羅綺。紺髮濃堆巫峽雲，翠眸横剪秋江水。素手纖長細細圓，春笋脱向青雲〔二八〕裏。紋履鮮花〔二九〕窄窄弓，鳳頭翅起〔三〇〕紅裙底。有時笑倚小欄杆，桃花無言〔三一〕亂紅委。王孫逆目似勞魂〔三二〕，東鄰一見還羞死。自此城中豪富兒，呼僮控馬相追隨。千金買得歌一曲，暮雨朝雲鎮相續。皇都年〔三三〕少是柳君，體段風流萬事足。幼玉一見苦留心，殷勤厚遺行人祝〔三四〕。青羽飛來〔三五〕洞户前，惟郎苦恨多〔三六〕拘束。偷身不使父母〔三七〕知，江亭〔三八〕暗共才郎宿。猶恐恩情未甚堅，解開鬟〔三九〕髻對郎前。一縷雲隨金剪斷，兩心濃更密如綿。自古美事多磨隔，無時〔四〇〕兩意空懸懸。清宵長歎明月下，花時洒淚東風前。怨入朱絃危更斷，淚如珠顆自相連。危樓獨倚無人會，新書寫恨託誰〔四一〕傳？奈何幼玉家有母，知此端倪蓄嗔怒。千金買醉囑傭人〔四二〕，密約幽歡鎮相娱〔四三〕。將刃欲加連理枝，引弓欲彈鵜鶘羽。仙山只〔四四〕在海中心，風逆波緊無船渡。桃源去路隔烟霞，咫尺塵埃無覓處。郎心玉意共殷勤，同指松筠情愈固。願郎誓死莫改移，人事有時自〔四五〕相遇。他日得郎歸來時，攜手同上烟霞路。」

富因久遊〔四六〕，親促其歸〔四七〕，幼玉潛往別，共飲野店〔四八〕中。玉曰：「子有清才，我有麗質〔四九〕，才色相得，誓不相捨，自然之理。我之心，子之意，質〔五〇〕諸神明，結之松筠久矣。子必異日有瀟湘之遊，我〔五一〕亦待君之來。」於是二人共盟，焚香，致其灰於酒中，共飲之。是夕同宿〔五二〕江上。翌日，富作詞別幼玉，名《醉高樓〔五三〕》，詞曰：「人間最苦，最苦是分離。伊愛我，我憐伊。青草岸頭人獨立，畫船東去〔五四〕櫓聲遲。楚天低，回望處，兩依依〔五五〕。後會也知俱有願，未知何日是佳期〔五六〕。心下事，亂如絲。好天良夜還虛〔五七〕過，辜負我，兩心知。願伊家，衷腸在，一雙飛。」富唱其曲以沽酒〔五八〕，音調辭意悲惋，不能終曲。乃飲酒，相與大慟。富乃登舟。

富至輦下，以親年老，家又多故〔五九〕，不得如其約，但對鏡灑涕。會有客自衡陽來，出幼玉書，但言幼玉近多病臥〔六〇〕。富遽開其書疾讀，尾有二句云：「春蠶到死絲方盡，蠟燭成灰淚始乾。」富大傷感，遺書以見其意，云：「憶昔瀟湘之逢，令人愴然。嘗欲拏舟，泛江一往，復其前盟，叙其舊契，以副子念切之心，適我生平之樂〔六一〕。奈因親老族重，心爲事奪，傾風結想，徒自蕭然〔六二〕。風月佳時，文酒勝處，他人怡怡，我獨惚惚，如有所失〔六三〕。或憑酒自釋，酒醒情思愈徬徨〔六四〕，幾無生理〔六五〕。古之兩有情者，或一如意，一不如意，則求合也易。今子與吾兩不如意，則求偶也難。君更待焉，事不易知，當如所願。不然，天理人事果不諧，則天外神姬，海中仙客，猶能相遇〔六六〕，吾二人獨不得遂，豈非命也！子宜勉强飲食，無使真元耗散。自殘其體，則子不吾見，吾何望焉。接子書尾有詩〔六七〕二句，吾爲子終其篇云：『臨流對月暗悲酸，瘦立東風自怯寒。湘水佳人方告疾，帝都才子亦非安。春蠶到死絲方盡，蠟燭成灰淚始乾。萬里雲山無路去〔六八〕，虚勞魂夢過湘灘。』」

一日，殘陽沉西，疎簾不捲，富獨立庭幃，見有半面出於屏間。富視之，乃幼玉也。玉曰：「吾以思君得疾，今已化去，欲得一見，故有是行。我以平生無惡，不陷幽獄，後日當生兖州〔六九〕西門張遂家，復爲女子。彼家賣餅。君子不忘昔日之舊，可過見我焉〔七〇〕。我雖不省前世事，然君之情當如是。我有遺物在侍兒處，君求之以爲驗。千萬珍重！」忽不見。富驚愕，但終歎惋。異日有過客自衡陽來，言幼玉已死，聞未死前囑〔七一〕侍兒曰：「我不得見郎，死爲恨〔七二〕。郎平日愛我手髮眉眼，他皆不可寄附，吾今剪髮一縷，手指甲數箇，郎來訪我，子與之。」後數日幼玉果死〔七三〕。

議曰：今之娼，去就狥利，其他不能動其心〔七四〕，求瀟女〔七五〕、霍生事，未嘗聞也。今幼玉之〔七六〕愛柳郎，一何厚耶！有情者觀之，莫不愴然。善諧〔七七〕音律者，廣以爲曲，俾行於世，使係於牙齒之間〔七八〕，則幼玉雖死不死也。吾故叙述之。（據上海古籍出版社點校本北宋劉斧《青瑣高議》前集卷一〇）

〔一〕生　《緑牕女史》卷一二及《剪燈叢話》卷六《王幼玉記》作「娃」，《青泥蓮花記》卷五、《廣豔異編》卷一一、《續豔異編》卷六《王幼玉記》，《情史類略》卷一〇《王幼玉》皆作「氏」。

〔二〕小字幼玉一字仙才　明張夢錫刊本、清紅藥山房鈔本及《緑牕女史》、《剪燈叢話》、《青泥蓮花記》、《廣豔異編》、《續豔異編》、《情史》作「字仙才，小字幼玉」。

〔三〕湖外　張本及《緑牕女史》、《剪燈叢話》、《青泥蓮花記》、《廣豔異編》、《續豔異編》、《情史》作「衡州」。

〔四〕家於衡州　原作「與衡州」，連下讀，據紅藥本改。

〔五〕女弟女兄　紅藥本作「女弟兄」，《情史》作「姊娣」。按：《情史》不遵原文，多有删改，以下凡臆改處不再出校。

〔六〕二人　張本、紅藥本及《緑牕女史》、《剪燈叢話》、《青泥蓮花記》、《廣豔異編》、《續豔異編》作「弟兄」。

〔七〕以千金　此三字原無，據紅藥本補。

〔八〕公紀　原譌作「公起」，紅藥本同，張本、《緑牕女史》、《剪燈叢話》、《青泥蓮花記》、《廣豔異編》、《續豔異編》、《情史》作「紀」，脱「公」字。按：《八瓊室金石補正》卷一〇二《石鼓山題刻·薛俅等題名》云：「河東薛俅肅□（按：范純仁《范忠宣集》卷一〇《薛氏樂安莊園亭記》：『公名俅，字肅之。』闕字爲之）、清河張公紀仲綱、高平過勗彦博、會稽夏噩公酉，瞻會□□□衡陽石鼓學宮。治平乙巳（二年）中元後一日記石。」郡侯（衡陽郡守）張郎中公起，即題名之張公紀（字仲綱），起字譌，據改。《永樂大典方志輯佚》第四册《衡州府圖經志》載，張公紀，景祐年登第，嘉祐八年（一〇六三）三月至治平二年（一〇六五）十月知衡州。

〔九〕今　張本、紅藥本及《緑牕女史》、《剪燈叢話》、《青泥蓮花記》、《廣豔異編》、《續豔異編》作「反」。

〔一〇〕顧　張本及《緑牕女史》、《剪燈叢話》、《青泥蓮花記》、《廣豔異編》、《續豔異編》、《情史》作「因命」，紅藥本作「因」。

〔一一〕青　張本及《青泥蓮花記》、《廣豔異編》、《續豔異編》、《情史》作「清」，《緑牕女史》、《剪燈叢話》作「濱」。

〔一二〕清風暗助秀　紅藥本作「風烟暗秀助」，清鈔本作「清風烟暗助」，《青泥蓮花記》、《廣豔異編》、《續豔異編》、《情史》作「風雲暗助秀」。

〔一三〕上　紅藥本作「士」，誤。

〔一四〕寒芳　張本、紅藥本及《緑牕女史》、《剪燈叢話》「芳」作「花」。《青泥蓮花記》、《廣豔異編》、《續豔異編》、《情史》作「含花」。

〔一五〕又　張本、紅藥本及《緑牕女史》、《剪燈叢話》、《青泥蓮花記》作「人」。

〔一六〕足　紅藥本作「適意」，張本及《緑牕女史》、《剪燈叢話》譌作「適育」。《青泥蓮花記》作「適欲」。

〔一七〕巧言令色　張本、紅藥本及《緑牕女史》、《剪燈叢話》、《青泥蓮花記》下有「待人至」三字。

〔一八〕倘從良人　紅藥本作「從良人未能」。

〔一九〕留　張本、《緑牕女史》、《剪燈叢話》、《青泥蓮花記》作「入則」。

〔二〇〕潤卿　清鈔本、紅藥本作「偃畏」。

〔二一〕豪俊之士　張本及《緑牕女史》、《剪燈叢話》、《青泥蓮花記》、《廣豔異編》、《續豔異編》上有「果」字。《緑牕新話》卷上節引《青瑣高議》（題《王幼玉慕戀柳富》）、《廣豔異編》、《續豔異編》、《情史》「俊」作「傑」。

〔二二〕竊　紅藥本譌作「幼」。

〔二三〕過　張本及《緑牕女史》、《剪燈叢話》、《青泥蓮花記》譌作「遇」。

〔二四〕委　紅藥本作「頹」。

〔二五〕金玉　紅藥本作「珍」，《緑牕女史》、《剪燈叢話》、《青泥蓮花記》、《廣豔異編》、《續豔異編》、《情史》作「玉」。

〔二六〕會　張本、紅藥本及《緑牕女史》、《剪燈叢話》、《青泥蓮花記》、《廣豔異編》、《續豔異編》作「會併」。

〔二七〕阿嬌　張本及《緑牕女史》、《剪燈叢話》、《青泥蓮花記》、《廣豔異編》、《豔異續編》、《情史》作「嬌嬈」，紅藥本作「多嬌」。

〔二八〕青雲　張本、紅藥本及《緑牕女史》、《剪燈叢話》、《青泥蓮花記》、《廣豔異編》、《續豔異編》、《情史》作「青烟」。

〔二九〕紋履鮮花　張本及《緑牕女史》、《剪燈叢話》、《青泥蓮花記》、《廣豔異編》、《豔異續編》、《情史》作「緩步蓮花」。

〔三〇〕鳳頭翅起　清鈔本、紅藥本「頭」作「鳴」。《青泥蓮花記》「翅」作「翅」，同「翅」。《廣豔異編》、《續豔異編》、《情史》作「翹」。

〔三一〕桃花無言　「花」紅藥本作「李」。「言」《青泥蓮花記》、《廣豔異編》、《豔異續編》、《情史》作「顔」。

〔三二〕逆目似勞魂　紅藥本「似」作「以」。張本及《緑牕女史》、《剪燈叢話》作「送目已勞魂」，《青泥蓮花記》、《廣豔異編》、《續豔異編》、《情史》「已」作「以」，餘同。

〔三三〕年　紅藥本譌作「老」。

〔三四〕祝　張本及《緑牕女史》、《剪燈叢話》、《青泥蓮花記》、《廣豔異編》、《續豔異編》、《情史》作「囑」。

〔三五〕來　紅藥本譌作「前」。

〔三六〕多　紅藥本譌作「名」。

〔三七〕父母　紅藥本作「爹娘」。

〔三八〕江亭　清鈔本、紅藥本作「江西」。

〔三九〕鬢　張本及《緑牕女史》、《剪燈叢話》作「鬓」，紅藥本作「髩」，皆同「鬢」。

〔四〇〕無時　《續豔異編》、《情史》作「别時」。

〔四一〕誰　《青泥蓮花記》、《廣豔異編》、《續豔異編》作「難」。

〔四二〕千金買醉囑傭人　「買」《廣豔異編》、《續豔異編》譌作「器」。「囑」張本、紅藥本及《緑牕女史》、《剪燈叢話》、《青泥蓮花記》、《廣豔異編》、《續豔異編》、《情史》作「屬」。屬，囑咐。

〔四三〕娱　原作「悮」，同「誤」，據紅藥本改。

〔四四〕只　紅藥本作「即」。

〔四五〕自　紅藥本作「是」。

〔四六〕富因久遊　紅藥本作「富遊久之」。

〔四七〕親促其歸　清鈔本前有「加之」二字。

〔四八〕店　紅藥本作「庄」。

〔四九〕我有麗質　「我」紅藥本作「妾」。「質」張本、紅藥本及《緑牕女史》、《剪燈叢話》、《青泥蓮花記》、《廣豔異編》、《續豔異編》作「豔」。

〔五〇〕質　張本、紅藥本及《緑牕女史》、《剪燈叢話》、《青泥蓮花記》、《廣豔異編》、《續豔異編》作「卜」。

〔五一〕我　紅藥本譌作「或」。

〔五二〕宿　下原有「之」字，據張本、紅藥本及《緑牕女史》、《剪燈叢話》、《青泥蓮花記》、《廣豔異編》、《續豔異編》、《情史》删。

〔五三〕醉高樓　「樓」紅藥本作「歌」，《情史》作「春」，《續豔異編》作「一」，並誤。按：《花草粹編》卷一六作《最高樓》。

〔五四〕畫船東去　「船」紅藥本作「舫」。「東」《廣豔異編》、《續豔異編》、《情史》作「歸」。

〔五五〕楚天低回望處兩依依　「回」清鈔本作「回首」。紅藥本作「楚天回處兩依依」。

〔五六〕後會也知俱有願未知何日是佳期　紅藥本作「後會也知俱有會，願後未知何日再」，清鈔本下句作「後會未知何日再」。《花草粹編》引《青瑣高議》之《别妓王幼玉》作「後會也難知，未知何日重歡會」。

〔五七〕虚　紅藥本作「須」。

〔五八〕沽酒　「沽」字疑爲「佐」字之譌。佐酒，勸酒。沽，買也。

〔五九〕以親年老家又多故　清鈔本、紅藥本作「以親有事，私家多故」。

〔六〇〕但言幼玉近多病卧　紅藥本作「但知幼玉多卧病」。

〔六一〕以副子念切之心適我生平之樂　張本及《緑牕女史》、《剪燈叢話》、《青泥蓮花記》作「副子之望，適吾之樂」。紅藥本作「以副子望之心，適吾平生之樂」。

〔六二〕蕭然　原作「瀟然」，據《青泥蓮花記》改。紅藥本作「消然」。

〔六三〕如有所失　張本及《緑牕女史》、《剪燈叢話》、《青泥蓮花記》作「如覺自失」，紅藥本作「如是少失」。

〔六四〕徬徨　紅藥本作「徊徨」。

〔六五〕理　張本、紅藥本及《緑牕女史》、《剪燈叢話》、《青泥蓮花記》作「意」。

〔六六〕猶能相遇　紅藥本作「能道」，有脱譌。

〔六七〕詩　此字據張本、紅藥本及《緑牕女史》、《剪燈叢話》、《青泥蓮花記》補。

〔六八〕去　《青泥蓮花記》作「盡」。

〔六九〕兖州　原譌作「衮州」，據張本、紅藥本及《緑牕新話》、《緑牕女史》、《剪燈叢話》、《青泥蓮花記》、《廣豔異編》、《續豔異編》、《情史》改。

〔七〇〕可過見我焉　張本及《緑牕女史》、《剪燈叢話》、《青泥蓮花記》、《廣豔異編》、《續豔異編》、《情史》作「因有事相過，幸見我焉」，紅藥本作「因有故過，見我焉」。

〔七一〕囑　紅藥本作「祝」。祝，囑也。

〔七二〕死爲恨　張本及《緑牕女史》、《剪燈叢話》、《青泥蓮花記》、《廣豔異編》、《續豔異編》作「死亦不安」，《情史》「安」作「瞑」。紅藥本作「死其不足」。

〔七三〕按：《緑牕新話》於幼玉云「後日當生兖州西門張家爲女，君可來訪我」下云：「富往彼問之，果然。」

〔七四〕其心　紅藥本作「必」，連下讀。

〔七五〕瀟女　紅藥本作「肖女」，《青泥蓮花記》作「蕭女」。按：瀟女，不詳。

〔七六〕之　此字原無，據張本、紅藥本及《緑牕女史》、《剪燈叢話》、《青泥蓮花記》補。

〔七七〕諧　張本、紅藥本及《緑牕女史》、《剪燈叢話》、《青泥蓮花記》作「諧和」。

〔七八〕俾行於世使係於牙齒之間　紅藥本作「俾以後世係於牙齒之間」，清鈔本作「俾欲後世，使係於牙齒之間」。

按：《青瑣高議》收録此記，題注「幼玉思柳富而死」，撰名題淇上柳師尹撰。淇指淇水，春秋屬衛國，《詩經·衛風》多言之。北宋衛縣在淇側，故稱淇上。衛縣原屬衛州，仁宗天聖四年（一〇二六）改隸安利軍（見《宋史·地理志二》）。明張夢錫刊本及清紅藥山房鈔本皆題淇上李師尹撰，《緑牕女史》、《剪燈叢話》、《青泥蓮花記》亦署淇上李師尹。按《宋元學案補遺》卷七六南宋有餘姚人李師尹，曾師事沈季文，非其人也。作者姓柳姓李，已難考知。

篇末議云「吾故叙述之」，疑爲原有，唯「議曰」二字或劉斧所加。

《花草稡編》卷四朱秋娘《採桑子·集句》中引王幼玉「粉面羞搽淚滿腮」一句（《全宋詞》第二册輯入），爲今本無，若《稡編》不誤，則今本殆有闕文。

傳文云夏噩在衡陽守張公紀處見王幼玉，作詩贈之。據《八瓊室金石補正》卷一〇二《石鼓山題刻·薛俅等題名》，噩英宗治平二年（一〇六五）曾至衡州，而據《永樂大典方志輯佚》第四册《衡州府圖經志》載，張公紀仁宗嘉祐八年（一〇六三）三月至治平二年十月知衡州。幼玉與柳富結好，後柳歸王死，殆此後二三年間之事，則此傳約作於神宗熙寧（一〇六八—一〇七七）初期。

夢仙記

蘇轍撰

蘇轍（一〇三九—一一一二），字子由。眉州眉山（今屬四川）人。蘇軾弟。仁宗嘉祐二年（一〇五七）與兄軾同登進士第，六年又同策制舉，登賢良方正能直言極諫科四等，授試祕書省校書郎、充商州軍事推官。英宗治平二年（一〇六五）爲大名府留守推官。神宗熙寧間王安石以執政領三司條例，命轍爲之屬，因反對青苗法，出爲河南府留守推官。歷陳州教授、齊州掌書記、著作佐郎、簽書南京判官。元豐二年（一〇七九）坐兄軾以詩得罪，謫監筠州鹽酒税，居五年移知績溪縣。哲宗立，召爲祕書省校書郎。元祐元年（一〇八六）爲右司諫，遷起居郎、中書舍人。六年拜尚書右丞，進門下侍郎。紹聖元年（一〇九四）落職出知汝州，尋降分司南京，筠州居住。三年又責化州别駕，雷州安置，移循州。徽宗立，徙永州、岳州，已而復太中大夫，提舉鳳翔上清太平宫，任便居住。崇寧中蔡京當國，罷祠居許州致仕，自號潁濱遺老。政和二年卒，年七十四。至南宋孝宗淳熙中謚文定。著述頗夥，今存《蘇氏詩集傳》（一名《詩解集傳》）二十卷、《春秋集解》（一名《春秋集傳》）十二卷、《論語拾遺》一卷、《孟子解》一卷、《道德經解》（一名《老子道德經義》）二卷、《古史》六十卷、《龍川略志》十卷、《龍川别志》二卷、《欒城集》八十四卷、《欒城應詔集》十二卷。又有《儋耳手澤》一卷、《潁濱遺老傳》二卷、《策論》十卷、《均陽雜著》一卷等。（據《宋史》卷三三九本傳、

《宋史·藝文志》、《直齋書録解題》，參見曾棗莊及孔凡禮《蘇轍年譜》）

熙寧十年，予〔一〕在南京幕府。四月一日，以卧病方愈，忽忽不樂，因起獨步於庭〔二〕。天清日高，乃命僕暴書。閑取《山海經》，隱几而讀，不覺假寐。夢薄游一所，樓觀巍然，金朱〔三〕晶熒，叢以奇花香草，雜以丹霞紫煙。入其門，登其堂，門之牓曰「神府」，堂之牓曰「朝真」。自堂趨殿，殿名篆體難識。旋臨一閣，閣名甚高，不可辨〔四〕。左碧池，右雕欄，中有一亭，几案酒殽悉備。九人聚坐其間，所披鶴氅或紫或白，其冠或鐵〔五〕或鹿皮。或熊經鳥伸，或彈琴對弈〔六〕，懽笑談話，視予自若。予頗嫌其簡傲，捨而出〔七〕。

俄聞招呼之聲，回〔八〕顧之，一青鬟也。謂曰：「君何人而到此？奉靈君之命有請〔九〕。」引詣庭〔一〇〕，中一人云：「邀至與〔一一〕坐。」予辭〔一二〕不獲，輒廁〔一三〕其傍。其一蒼髯〔一四〕白髮者問曰：「子塵中人耶？」曰：「然。」曰：「何以至此？」曰：「信步而來。」其人笑曰：「非信步也。豈非心有所祈〔一五〕，意有所感〔一六〕而然歟？」予曰：「此爲何所〔一七〕？」曰：「金泉洞天也。」予曰：「孔、孟之道，心有所祈〔一八〕；顏、冉之學，意有所感〔一九〕。若夫神仙之事，了〔二〇〕未嘗攖慮，而至於此者，真信步耳。」其人與之劇論儒老之同〔二一〕異，遂及長生。曰：「金丹之術百數，其要在神水華池〔二二〕；玉女之術百數，其要在還精采氣〔二三〕。馴致之久，則自能脱百骸，遺六腑，如蜩甲焉，蟬蜕焉。形貌有移，而神炁無改〔二四〕。若夫迷於煉石化金，惑於金籙玉檢，以求長生者，非吾所謂道也。」予曰：「世傳白日飛昇者何邪〔二五〕？」曰：「其變靡常，其化無方，此又非所以語子也。」

言畢，命酒同酌。有抵掌而歌者曰：「紅塵紛〔二六〕處兮人間世，白雲深處兮神仙地。仙家春色兮億萬年，蟠桃香煖兮雙〔二七〕鸞睡。北看瀛洲兮咫尺間，西顧方壺兮三百里。逍遥無爲兮古洞天，洞天不老〔二八〕兮無人至。」酒酣，予求退。其人曰：「盍不少留，以竟揮塵之樂乎？」予曰：「有生則不能無形，有形則不能無累。故物色之際，相仍〔二九〕而不停；憂患之來，有進〔三〇〕而無已。」其人曰：「子知有形而不知所以有形，知有累而不知所以有累，如影之隨形，響之應聲者，皆有以招之故也。」予謝曰：「謹受教。」

良久，爲家人所驚，遂寤。乃作《夢仙記》〔三一〕。（據北京中華書局版何卓點校本南宋洪邁《夷堅支癸》卷七《蘇文定夢游仙》）

〔一〕予　此字原作「蘇文定公」，乃洪邁引録時所改。原文當爲第一人稱，《五朝小説·宋人百家小説》傳奇家及《剪燈叢話》卷九《遊仙夢記》據《夷堅志》收入，改作「予」，今從之。下文凡遇「蘇公」、「蘇」皆改作「予」。

〔二〕忽忽不樂因起獨步於庭　《筆記小説大觀》本（卷四八）作「因不樂，忽起獨步於庭」。

〔三〕金朱　《宋人百家小説》、《剪燈叢話》作「朱碧」。

〔四〕閣名甚高不可辨　《筆記小説大觀》本作「甚高，名不可辨」。

〔五〕鐵　明葉祖榮《分類夷堅志》及《宋人百家小説》、《剪燈叢話》作「金」。

〔六〕對弈　《宋人百家小説》、《剪燈叢話》作「弈棋」。

〔七〕出　《筆記小説大觀》本作「趨出」。

〔八〕回　明鈔本作「回首」，《筆記小説大觀》本作「翹首」。

〔九〕有請　《筆記小説大觀》本下有「於君」二字。

〔一〇〕引詣庭　《筆記小説大觀》本作「遂引，再詣亭上」。

〔一一〕與　《宋人百家小説》、《剪燈叢話》作「預」。

〔一二〕辭　《筆記小説大觀》本作「固辭」。

〔一三〕廁　《筆記小説大觀》本作「坐」。

〔一四〕髯　《筆記小説大觀》本作「顔」。

〔一五〕祈　《筆記小説大觀》本作「祈嚮」。

〔一六〕感　《筆記小説大觀》本作「感發」。

〔一七〕所　《筆記小説大觀》本作「地」。

〔一八〕心有所祈　《筆記小説大觀》本作「則心所祈嚮」。

〔一九〕意有所感　《筆記小説大觀》本作「則意所感發」。
〔二〇〕了　《筆記小説大觀》本作「事了」。
〔二一〕同　《筆記小説大觀》本作「不」。
〔二二〕曰金丹之術百數其要在神水華池　《筆記小説大觀》本作「金丹之術，一曰其要數在神水華池」。
〔二三〕玉女之術百數其要在還精采氣　《筆記小説大觀》本作「玉女之術，一曰其要數在還精采氣」。
〔二四〕形貌有移而神炁無改　《筆記小説大觀》本作「其形有移，而其神未嘗改也」。
〔二五〕何邪　《筆記小説大觀》本作「有是邪」。
〔二六〕紛　明鈔本、明吕胤昌校本作「深」。
〔二七〕雙　明鈔本、吕本、《筆記小説大觀》本作「珪」。
〔二八〕老　《筆記小説大觀》本作「鎖」。
〔二九〕仍　明鈔本、吕本、《筆記小説大觀》本作「刃」。
〔三〇〕進　明鈔本、吕本、《筆記小説大觀》本作「迷」。
〔三一〕夢仙記　葉本及《宋人百家小説》、《剪燈叢話》作「游仙記」，《筆記小説大觀》本作「夢記」。

按：記云熙寧十年（一〇七七）蘇轍在南京幕府，知此記作於熙寧十年，時蘇轍爲簽書南京判官。蘇轍《欒城集》無此記，僅見《夷堅支癸》引録。《五朝小説·宋人百家小説》傳奇家、《剪燈叢話》卷九據《夷堅志》輯入，題爲《遊仙夢記》。《夷堅志》末云：「或謂蘇公借夢以成文章，未必有實，予竊愛其語而書之。」今傳《欒城集》五十卷、《後集》二十四卷、《三集》十卷，中未有此文。按集乃轍手定，豈偶有遺漏，抑或以小説家言未取耶？

高安趙生

蘇　轍　撰

高安丐者趙生，敝衣蓬髮，未嘗洗浴。好飲酒，醉輒毆駡其市人。雖有好事者時常與語，生亦慢駡，斥其過惡，故高安之人皆謂之狂人，不敢近也。然其與人遇，雖未相識，皆能道其宿疾與其平生善惡〔一〕。以此或曰：「此誠有道者耶？」元豐三年，予謫居高安〔二〕，時見之於途，亦畏其狂，不敢問。是歲歲暮，生來見予，予詰之曰：「生未嘗求人而謁我，何也？」生曰：「吾意欲見爾。」既而曰：「吾知君好道而不得要，陽不降，陰不昇，故肉多而浮，面赤而瘡。吾將教君梡水以灌溉子骸〔三〕，經旬諸疾可去，經歲不怠，雖度世可也。」予用其説，信然，惟怠不能久，故不能極其妙。

生嘗約予會宿，既而不至。予問其故，曰：「吾將與君出遊，度君不能無驚，驚或傷神，故不敢〔四〕。」予曰：「生所遊何處？」曰：「吾嘗至泰山下，所見與世説地獄同。君若見此，歸當不願仕矣。」予曰：「何故？」生曰：「彼多僧與官吏，僧逾分、吏囊〔五〕物故耳。」

予曰：「生能至彼，彼亦知相敬乎？」生曰：「不然，吾則見彼，彼不見吾也。譬如〔六〕鬼耳，鬼入人家，鬼能見人，而人不見鬼也。」自歎曰：「此亦邪術，非正法也。君能自養，使氣與性俱全，則出入之際，不學而能，然後爲正也。」予曰：「養〔七〕氣，從生説可矣，至於養性，奈何？」生不答。一日，遽問曰：「君亦嘗夢乎？」曰：「然。」「亦嘗夢先公乎？」曰：「然。」「方其夢也，亦有存没憂樂之知乎〔八〕？」曰：「是不可常〔九〕也。」生笑曰：「嘗問我養性，今有夢覺〔一〇〕之異，則性不全矣。」予矍然異其言，自此知生非特挾術，亦知道者也。

生兩目皆翳，視物不能明，然時能脱翳，見瞳子碧色。自臍以上，骨如龜殼，自心已下，骨如鋒刃，兩骨相值，其間不合如指。自言生於甲寅〔一一〕，今一百二十七年矣。家本代州，名吉，事〔一二〕五臺僧不終，棄之遊四方。少年無行，所爲多不法。與揚州蔣君俱學，蔣惡之〔一三〕，以藥毒其目，遂翳。然生亦非蔣不循禮，槁死無爲也。

是時，予兄子瞻謫居黄州，求書而往，一見喜其樂易，留半歲不去。及子瞻北歸，從之，與興國知軍楊繪〔一四〕見而留之。生喜禽鳥六畜，嘗以一物自隨，寢食與之同。居興國畜騾，爲騾所傷〔一五〕而死，繪具棺葬之〔一六〕。元祐元年，予與子瞻皆召還京師，蜀僧法震來見，曰：「震泝江將謁公黄州，至雲安酒家，見一丐者，曰：『吾姓趙，頃在黄州識蘇公，爲我謝之〔一七〕。』」予驚問其狀，良是。時知興國軍朱彦博之子〔一八〕在坐，歸告其父，發其葬，空無所有，惟一杖及兩脛〔一九〕在。予聞有道者惡人知之，多以惡言穢行自晦，然亦不能自揜，故順德時見於外。予觀趙鄙拙忿隘，非專自晦者也，然其言時有合於道。蓋於道無所見，則術不能神，術雖已至，而道未全盡，雖能久〔二〇〕，亦未可以語古之真人也。古書尸假之下者，留脚一骨，生豈假者耶？（據北京中華書局版俞宗憲點校本北宋蘇轍《龍川略志》卷二《趙生挾術而又知道》，又南宋洪邁《夷堅志補》卷一三《高安趙生》）

〔一〕惡　《夷堅志補》作「否」。否音匹，惡也。

〔二〕高安　《夷堅志補》作「筠」。筠州治高安縣，元豐二年蘇轍謫監筠州鹽酒稅。

〔三〕子骸　《百川學海》本、《四庫全書》本「骸」作「而」，連下讀。《夷堅志補》作「百骸」。

〔四〕故不敢　《夷堅志補》作「故不果」，校：「明鈔本作『故不敢』。」

〔五〕囊　《夷堅志補》作「壞」。《百川》本、《四庫》本作「曰」，當誤。

〔六〕譬如　《百川》本、《四庫》本作「不如」。

〔七〕養　《百川》本、《四庫》本作「奉」，下同。

〔八〕亦有存没憂樂之知乎　《夷堅志補》作「亦知存没憂樂乎」。明鈔本同此。

〔九〕常　《夷堅志補》作「知」，明鈔本作「常」。。

〔一〇〕覺　《百川》本、《四庫》本作「見」。

〔一二〕甲寅 《夷堅志補》作「周甲寅」。周甲寅指後周顯德元年（九五四），去元豐三年（一〇八〇）正虚計一百二十七年。

〔一三〕事 《夷堅志補》作「少事」。

〔一三〕蔣惡之 《夷堅志補》作「爲蔣所忌」。

〔一四〕楊繪 《夷堅志補》作「楊元素」。按：繪字元素，見《宋史》卷三二二本傳。

〔一五〕傷 《夷堅志補》作「踶」。踶，踢也。

〔一六〕之 《夷堅志補》作「諸野」。

〔一七〕謝之 《夷堅志補》作「寄聲」。

〔一八〕之子 此二字原無，據《夷堅志補》補。

〔一九〕脛 《夷堅志補》作「脛骨」。

〔二〇〕雖能久 俞宗憲點校本校：「傅本（傅增湘校影宋抄本）作『雖能久生變化』。」

按：《龍川略志》俞宗憲點校本底本爲上海涵芬樓本（據叢書堂抄本），有夏敬觀校、跋。此篇原標目作《趙生挾術而又知道》，屬提要性質（各事皆然）。《郡齋讀書志》小説類、《直齋書録解題》小説家類著録均爲《龍川略志》六卷、《龍川别志》四卷。今通行本皆爲《略志》十卷（《百川學海》本、《四庫全書》本），《别志》二卷（《稗海》本、《四庫全書》本）。涵芬樓夏敬觀校本亦如是，唯傳增湘校影宋抄本與《讀書志》、《書録解題》合。據蘇轍序，原書即爲六卷（傳本，通行本作十卷）、四卷也。

據傳增湘校影宋抄本《龍川略志》自序，此書成於元符二年（一〇九九）孟夏，時蘇轍謫居循州龍川，《别志》自序亦云作於此年孟秋。蘇轍於筠州高安見趙生在元豐三年（一〇八〇），末及元祐元年（一〇八六），則龍川所記爲十數年前舊事也。

《夷堅志補》係涵芬樓據建安葉祖榮輯《新編分類夷堅志》而補輯，此篇末云「見蘇文定《龍川略志》」，而易題《高安趙生》，今從之。

甘棠遺事

清虚子　撰

清虚子，姓名不詳。陝州（治今河南三門峽市西）人，居開封，故又自稱京師人或陳留人。作者自稱「少跌宕不檢，不治生事，落魄寄傲於酒色間，未始有分毫顧惜，籍心於功名事業也。故天下不聞予名，而予亦忌名之聞於人。」而熙寧中曾赴調抵京師，知亦在官。與休父、西河陳希言爲友，皆不詳何人。（據本篇）

都下名娼以色稱者多矣，以德稱者甚尠焉。余聞琬爲士君子共〔一〕稱道久矣。又曰：「彼娼也，不過自矯飾以釣虚譽，詐於爲善〔二〕，何益？」思識其面甚切〔三〕，及〔四〕一見之，其舉動則有禮度，其語言則合詩書，余頗歎息之。會有人持數君〔五〕之文，託余傳於世，其請甚堅。余佳其文意深密，士君子固能通曉，第恐不快世俗之耳目焉。予實京師人，少跌宕不檢，不治生事，落魄寄傲於酒色間，未始有分毫顧惜，籍心於功名事業也〔六〕。故天下不聞予名，而予亦忌名之聞於人。丁巳冬，返河內，休父〔七〕惠然見訪，屬予爲《温琬傳》。温生，予亦嘗識其面目，接其談論久〔八〕矣，義不可辭。然予竊嘗以爲，大凡爲傳記稱道人之善者，苟文勝於事實，則不惟似近鄉愿，後之讀者亦不信〔九〕，反所以爲其人累也。乃今直取温生數事，次第列之，非敢加焉。且以予之性荒唐幻没如此，是傳也亦喜作，非勉强也。因目之曰《甘棠遺事》。熙寧丁巳〔一〇〕仲冬澣日陳留清虚子序。

甘棠娼姓温者，名琬，字仲圭，本姓郝氏，小名室奴。本良家子，父逵，遊商。至和〔一一〕中得風痺疾，朞年而殞〔一二〕。無子嗣，甚貧，徒四壁立。母氏才舉琬，以不能定息〔一三〕，輒委琬養於鳳翔其妹之夫郭祥家，而隻身也寓邸中，流爲娼婦〔一四〕。琬情柔意閑雅，少不好嬉戲。六歲則明敏〔一五〕，訓以詩書，則達旦不寐。從母授以絲枲〔一六〕，訓篤〔一七〕甚嚴，琬欣然承。暇日誦千言，又能約通其大義。喜字學，落筆無婦人體，遒渾〔一八〕且有格。嘗衣以男袍，同學與之居，積年不知其女子也。鄰里或謂之曰：「郝氏有子矣。」久之，郭祥因與從母議曰：「此女識量聰明，苟教不輟，數年間迤邐能通曉時事。第恐有異志，累我教矣。」遂藏取所讀詩〔一九〕文，止使專於女事。琬既心醉詩書，深知其趣，至於日夜默誦，未嘗已。和睦敦重，九族説之。從母尤鍾愛，不異己之子。

十四歲乃與議婚，媒妁來求，足迹相躡。遂擇張氏之子某者。問名納采，即在朝夕。而母氏來召，初不歸之，復訟官，乃寢其婚。琬是時陰識母氏之謀，因默自言曰：「琬少學讀書，今日粗識道理，盡姨夫之賜也。將謂得託身於良家，以終此生也，薄命不偶，一至於此！」因泣下，悲不自勝。遂東還陝侍母，因寓府中。琬見群妓麗服靚妝，以市廛内爲荒穢之態，旦暮出則倚門，皆有所待。邂逅而入，則交臂促膝，淫言媟語，以相夸尚。竊自爲計曰：「吁！吾苟不能自持，入此流不頃刻耳。」嗟念恨不能自翼以避之。又常曰：「人之所以異於禽獸者，以其識禮義，知其所自先也。傳曰：『萬物本乎天，人本乎祖。』《詩》云：『哀哀父母，生我劬勞，欲報之德，昊天罔極。』則恩之重無過父母，章章明矣。琬之生，凡十有二月而誕，既誕逾年〔二〇〕，不幸父以天年終。既無長兄，致母氏失所依倚，食不足飽腹，衣不足煖體〔二一〕。又所逋於人者幾三十萬，苟不圖以養，轉死溝壑有日矣。琬若〔二二〕婦人，直自謀之善耳，親將誰託哉？豈獨悖逆於人情，天地鬼神臨之在上，質之在旁，琬又安自存乎？當圖以償之。」又思曰〔二三〕：「琬一女子，上既不能成功業，下又不能奉箕帚於良家，以活其親，而復睠顧名之榮辱〔二四〕，使老母竟至於飢餓無死所，則琬雖感慨自殺，亦非能勇者也，復何面目見祖宗於地下耶？」屢至灑涕，猶豫不能決。

未幾，會有賂賄母氏，求於〔二五〕琬合者，琬知情必不可免也，姑以前日之念〔二六〕，自是流爲娼。性不樂笙竽，終日沉坐，惟喜讀書。楊、孟、《文選》、諸史典、名賢文章，率能誦之，尤長於孟軻書。嘗自言：琬少時最忌蚊蚋，每讀書輒相〔二七〕忘。暑之酷，汗交流至踵，亦弗復之顧也〔二八〕。夜則單衣諷誦，必過更，家人固請，乃略就寢，尚思有未解者乎〔二九〕。及旦復然。有來解之者，琬則對以「琬之性愚，素不喜他技」，厚謝之，揖使退。又嘗學寫書字，每日有求書寫者〔三〇〕，琬熟視其紙，一揮而成，若有神助〔三一〕。於是染指間郡將知之，欲呼琬入官籍，而辭以不笙歌，不足以備尊俎歡。太守亦以其女弟占籍，乃輟之。累次如此。然郡邑關蜀秦晉之地，舟車商賈之輻輳〔三二〕，金玉錦繡之所積，肩摩車擊，人物最盛於他州。而督師〔三三〕官屬，往來過客，不斷如市〔三四〕，府中無事，遊宴之樂日多相繼。太守熟琬名，會有名公賢士〔三五〕，則召之。琬凡侍燕，從行止一僕，攜書篋筆硯以隨。遇士夫縉紳，則書《孟子》以寄其志，人人愛之。

始琬不學吟詩，太守張公靖嘗謂之曰：「歌詩人之所難，古〔三六〕君子莫不有作。爾既讀書，不學詩何以留名？」琬退而編詩，獨喜李杜。初學絶句，已有文彩可觀〔三七〕，亦未嘗師人也。他日，見太守曰：「琬已學詩〔三八〕矣。」太守命題，執筆而成，深慕其敏且贍。由是間或席上有所贈答，多警句。關中以至淮甸，人人爭傳誦，於是又以詩名愈盛。同列者疾之，每太守與客〔三九〕會，出題賦詩，或問以《孟子》，則衆環指之，日伺隙以非語毀之。琬處之晏然，曾不矚顧。琬於《孟子》，不獨能造其義理，至於暗誦不失一字。太守嘗背其書以舉，則應聲曰：「是篇也，在某板之某行上。」故太守張公贈之詩，其尾有「桂枝若許佳人折，應作甘棠女狀元」之句。

時司馬光〔四〇〕君實請告焚黄，自外邑而來。肅至府下，郡將以宴，命琬侍。君實陝人也，久知琬而未之識，因顧問曰：「甘棠乃光之鄉里也，聞娼籍有善談《孟子》者，爲誰？」主人指琬以對。乃詢其義，謙避不肯應。固問，則曰：「孟子幾聖者也，琬何人，詎敢談其書？」久促之，復曰：「琬婦人也，對大儒而言《孟子》，挾泰山以超北海，不量其力，不知其分者也。」君實喜，顧謂主人曰：「君子識之，婦人其謙能如此〔四一〕。」太守尤悦，待之益厚，竟使係官籍。

琬自流爲娼，所與合者，皆當世豪邁之士。而厥母始爲一商所據，日夜沉寢，五〔四二〕月一出，醉未嘗醒。致琬所接士惡之，足踈踵門。琬已而自謀曰：「琬既沉爲此輩，苟不擇人而與之游，徒以輕才薄義，而重富商巨賈之倫〔四三〕，志乎利而已，則與俗奴奚别？雖殺身不足以滅恥矣。今〔四四〕爲娼而唯母氏之制，則不得自由。又所接者，必利而後可也。當自圖之。」居數日，乃潛匿於郊外莊家〔四五〕，爲易衣服，權使人爲兄弟，乘一蹇驢，類流民，西如鳳翔。既而太守求之，令下甚急。行次潼關，守吏因止之曰：「郡失一妓，太守傳檄捕之方急，爾非邪？」琬以言詐之〔四六〕，遂得脱去。至鳳翔，纔定居，而遣僕至陝，洩其事。太守訪得之，掠訊諸苦，晝夜〔四七〕備極不堪，乃具言之。遂移文鳳翔攝。攝下，琬不免，隨牒而至。始至，衆以爲太守怒，必被刑，群妓往往私相賀。及至庭下，太守問曰：「何故而去？」琬對曰：「以非公，私故而去。」言甚悽愴。有頃，太守顧左右審之，左右有知其故者，以實對，太守愈喜。然以妓之有故，不得脱籍輒他去者，例不許，乃出金贖之免。琬既歸，從容言母氏：「過荷太守慇懃，今乃復來，非欲還也。今日〔四八〕母氏格前日之非可矣，不然琬五日内復去。此去，雖太守召不還也，加之刀鋸弗顧也。有以亮之。」母氏泣，且曰：「自今後果絶商者，恩愛如往時。」

琬居手不釋卷，非太守召，未嘗出門閾。後既被籍其名府中，自府主而下呼叫頻數，日不得在家，頗廢書。願欲脱籍，初未有路〔四九〕。其家自是亦稍富足，乃欲適人，以遂初心。屢白太守，太守艱之。坐間，因命賦《香篆》，詩曰：「一縷祥煙綺席浮，瑞香濃膩遶賢侯。還同薄命增惆悵，萬轉千回不自由。」太守識而喜之，然終不聽其去。後太守交代，乘其時謁告，挈母氏骨肉徙京師。既至，爲右軍訪得之而係其名，不得已而居京師。所居并鄰良家〔五〇〕，其門常閉，罕得見之，是以角勝圖中無其名，而譽不播皇都也。時人欲得一見，往往推故，故人亦不足而謗之〔五一〕。其所接者，惟一兩故人而已。居數年後，求去籍，得〔五二〕遂所請。始與太原王生有舊，乙卯中，生戰交趾，没於兵間。琬聞之，至深慟哭，又召舉浮屠者誦經累日，以薦生生天〔五三〕。人欽其能全恩義。

其故人甘棠清虚子，嘗赴調抵京師，訪其友西河陳希言〔五四〕，語及琬始末之操。希言驚歎且喜，翌日爲長書〔五五〕遺清虚子，今姑録其略曰：「某聞天下談説之士相聚而言曰：『從遊蓬島宴桃溪，不如一見温仲圭。』仲圭娼家女也，處幽邃之地。其言語動作，不過閨門之内，目顧手挽，不出於衽席之上而已矣，夫何以得此譽於天壤間哉？其以色而後文耶？抑復有異乎？或謂其善翰墨，頗通孟軻書，尤長於詩筆，有節操廉恥，而不以娼自待〔五六〕。而交游宴會，名碩多禮貌之〔五七〕，然雖士君子不能遠過。平居所爲崇重，經時足未嘗踐外庭，鄰居亦不識其面。又所與契者，盡當世豪俊之士，至於輕浮儇浪之狂子弟，皆望風披靡，而不敢側目以矚視。其然耶？其不然耶？僕竊傾慕之。家世居京師，京師之娼最繁盛於天下，僕無不登其門而觀之者。又嘗侍親遊四方，四方之妓，一一皆審較其優劣。視其所得，察其所操，如仲圭者，實未之有焉。是以日夜孜孜，思慕一見，而邈無緣〔五八〕可往，不勝飲渴瞻向之至。兹者竊聞足下與之游有日矣，又且鄉里人也，其於爲人表裏，必〔五九〕可以盡知之。談説者果其虛言也？其果如僕之所聞耶？果如僕之所聞，則足下爲紹介，僕將謁之。僕嘗謂天賦陰陽之粹，以流形於區域間，嘴而喙〔六〇〕、手而爪、蹄而走、翼而飛者，皆不可謂之人流。人之生，有性斯有情，雖愚者與同焉。誰不欲開口而笑，以傲區區之名利，潛心而靜，心靜而安，以恝〔六一〕夫死生哉！若鄭子産知公孫丑爲亂，而不識其爲真人；禽滑釐聞端木賜狂，而不知其爲達士。夫仲圭之賢，世固知之矣，不待僕言而後知也。僕何人哉？乃敢接近於真人達士耶？雖然，孟子之書，取一賢之言可效可師，又焉得自異而不法之哉！且夫蓬島桃溪之路，與俗世之事其不可相比侔，不猶〔六二〕天地之懸絶哉？今議者乃願彼之樂，而求一見仲圭之面，一接仲圭之談，則仲圭之所以負荷膺得是譽者，宜〔六三〕如何也？僕固拳拳焉。」

丁巳孟冬晦日，與君實同造其館。希言世居京師，號〔六四〕能識人，一見如夢覺，知所聞且非妄譽〔六五〕。琬有詩僅五百篇，自編爲一集，爲〔六六〕好事者竊去。後繼吟百首，乃不肖類成者。《孟子解義》八卷，辭理優當，祕未嘗示人，非篤友不得聞其説。有求觀其帙〔六七〕者，則盡己見從而釋之，於道固無謙讓云。然名藩大府，多士如林，聞之曰：「是自眩其不知分也。況琬婦人也，而釋聖賢之書，義〔六八〕固不足觀也。」予始正爲〔六九〕一帙，自題其上曰《南軒雜録》。其間九經、十二史、諸子百家，自兩漢以來文章議論、天文、兵法、陰陽、釋道之要，莫不賅備，以至於往古當世成敗，皆次列之〔七〇〕。常日披閱，賅博遠過宿〔七一〕學之士。其字學〔七二〕頗爲人推許，有得之者，寶藏珍重，不啻金玉。就染指書，尤極其妙。性雖不喜謳歌〔七三〕，或自爲辭清雅，有意到筆不到之妙〔七四〕，信其才也。或人求其所書，則拒應曰：「德成而上，藝成而下，琬於此不願得名也。」其謙遜嫻〔七五〕惠，形而不〔七六〕言，率皆類此云。至於微言片善，著在人耳目，銘在人心腹者，固非筆舌能盡述，知者其默而識之。琬今日尚寓京師。

清虛子曰：韓退之嘗有言曰：「欲觀聖人之道，自《孟子》始。」温琬區區一娼婦人耳，少嗜讀書，長而能〔七七〕解究其義，亦可愛也。且觀其施設措置，是非明白，誠鮮儷於天下〔七八〕。惜其生不適時〔七九〕，丁家之多難〔八〇〕而失身，亦不幸矣。惜哉！使其身歸於人，得或全〔八一〕其節操，天下稱道在史策也，豈特言傳之所能盡耶！姑且叙其略，云《甘棠遺事新録》。（據上海古籍出版社點校本北宋劉斧《青瑣高議》後集卷七《温琬》）

〔一〕共　此字據明張夢錫刊本卷一七、《青泥蓮花記》卷一一《温琬》引《青瑣高議》補。
〔二〕詐於爲善　清紅藥山房鈔本作「爲詐於善」。
〔三〕甚切　此二字據張本、《青泥蓮花記》補。
〔四〕及　此字據張本、《青泥蓮花記》補。

〔五〕君　張本、紅藥本、《青泥蓮花記》作「君子」。

〔六〕未始有分毫顧惜籍心於功名事業也　張本、《青泥蓮花記》作「未始有分毫心思于功名事業也」。

〔七〕返河内休父　張本、紅藥本、《青泥蓮花記》作「友人河内休父」。

〔八〕久　紅藥本作「慕之」。

〔九〕不信　張本、《青泥蓮花記》作「不足信」。

〔一〇〕丁巳　原譌作「乙巳」。熙寧無乙巳，當爲丁巳之誤，前文作丁巳，今改。

〔一一〕至和　原作「致和」，今改。

〔一二〕而殞　張本、紅藥本、《青泥蓮花記》作「破損」。

〔一三〕以不能定息　此五字據清鈔本補。定息，氣息平定。紅藥本作「以不定息，才學（眉校：學，舉）輒死」，有誤。

〔一四〕流爲娼婦　紅藥本下有「人亡」二字。按：其母未亡，見下文。

〔一五〕則明敏　張本「敏」作「叡」。《青泥蓮花記》作「質明叡」。

〔一六〕絲枲　原譌作「絲竹」，據張本、紅藥本、《青泥蓮花記》改。絲枲，生絲與麻。

〔一七〕篤　《青泥蓮花記》作「督」。篤，通「督」。

〔一八〕渾　張本作「運」，《青泥蓮花記》作「韻」。

〔一九〕詩　張本、紅藥本、《青泥蓮花記》作「書」。

〔二〇〕逾年　清鈔本作「三年」。

〔二一〕食不足飽腹衣不足煖體　張本、紅藥本、《青泥蓮花記》作「食且不足飽腹之飢，衣且不足暖體之寒」。

〔二二〕若　此字據張本、紅藥本、《青泥蓮花記》補。

〔二三〕又思曰　張本、紅藥本、《青泥蓮花記》作「則又曰」。

〔二四〕睠顧名之榮辱　張本、紅藥本、《青泥蓮花記》下有「爲念」二字。

〔二五〕於　《青泥蓮花記》作「與」。於，與也。

〔二六〕姑以前日之念　據張本、《青泥蓮花記》補。紅藥本「姑」譌作「往」。

〔二七〕相　張本、紅藥本、《青泥蓮花記》作「俱」。

〔二八〕亦弗復之顧也　張本、紅藥本、《青泥蓮花記》作「亦弗之他顧也」。

〔二九〕尚思有未解者乎　此句據清鈔本補。

〔三〇〕書寫者　張本、紅藥本、《青泥蓮花記》作「寫蠟箋者」。

〔三一〕若有神助　此四字據張本、紅藥本、《青泥蓮花記》補。

〔三二〕輻輳　張本、紅藥本、《青泥蓮花記》作「輳聚」。

〔三三〕督師　張本、紅藥本、《青泥蓮花記》作「督司」。

〔三四〕往來過客不斷如市　原作「往來不斷」，據張本、紅藥本、《青泥蓮花記》補四字。

〔三五〕名公賢士　清鈔本、紅藥本作「客至府」。

〔三六〕古　《青泥蓮花記》作「故」。
〔三七〕可觀　張本、紅藥本、《青泥蓮花記》作「成倫理」。
〔三八〕詩　原作「之」，據張本、《青泥蓮花記》改。
〔三九〕客　張本、紅藥本、《青泥蓮花記》作「過客」。
〔四〇〕司馬光　上有「宰相」二字。按：據《宋史》卷三三六本傳及卷一七《哲宗紀一》，光於哲宗元祐元年（一〇八六）始拜尚書左僕射、門下侍郎（宰相），「宰相」二字疑爲劉斧所加，今删。
〔四一〕其謙能如此　張本、《青泥蓮花記》作「甚謙能然」，紅藥本作「其謙能然」。
〔四二〕五　張本、紅藥本、《青泥蓮花記》作「三」。
〔四三〕徒以輕才薄義而重富商巨賈之倫　以上十四字張本、紅藥本、《青泥蓮花記》作「徒喜輕財薄義才子、富商巨賈之倫」。
〔四四〕今　張本、紅藥本、《青泥蓮花記》作「況」。
〔四五〕莊家　張本、《青泥蓮花記》作「曾家」。
〔四六〕琬以言許之　張本、紅藥本作「守以言訐之」，訐，詢問。《青泥蓮花記》作「言，守以許之」。
〔四七〕晝夜　據張本、紅藥本、《青泥蓮花記》補。
〔四八〕今日　張本、紅藥本、《青泥蓮花記》作「今自後」。
〔四九〕路　張本作「賂」，紅藥本作「略」。

〔五〇〕所居并鄰良家　此句據張本、紅藥本、《青泥蓮花記》補。
〔五一〕時人欲得一見往往推故故人亦不足而謗之　張本、《青泥蓮花記》作「復欲見而不受者，往往謗之」，紅藥本「受」譌作「愛」，餘同。
〔五二〕得　據張本、《青泥蓮花記》補。
〔五三〕以薦生生天　紅藥本下有「之果」二字。
〔五四〕陳希言　張本、《青泥蓮花記》作「希言」。
〔五五〕書　張本、《青泥蓮花記》作「籍」。
〔五六〕不以娼自待　清鈔本作「不以流輩自處」，紅藥本作「而其自待不以娼之輩」。
〔五七〕而交游宴會名碩多禮貌之　紅藥本作「交友游宴而禮樂」，有誤。
〔五八〕緣　張本、紅藥本、《青泥蓮花記》作「夤緣」。
〔五九〕必　原譌作「不」，張本、紅藥本同，據《青泥蓮花記》改。
〔六〇〕嘴而喙　原作「角而分」，據張本、紅藥本、《青泥蓮花記》改。
〔六一〕恝　張本、《青泥蓮花記》作「念」，誤。恝，淡然。紅藥本作「忽」。
〔六二〕不猶　紅藥本作「幾」。
〔六三〕宜　紅藥本作「且」。
〔六四〕號　張本、紅藥本、《青泥蓮花記》作「未」。

〔六五〕一見如夢覺知所聞且非妄譽　張本、紅藥本、《青泥蓮花記》作「一見故如夢，未曾見有，而知前書所聞，且非妄譽」，紅藥本無「而」字。

〔六六〕爲　紅藥本作「某」。

〔六七〕帙　張本、紅藥本、《青泥蓮花記》作「秩」，下同。秩，義同「帙」，卷册。

〔六八〕書義　張本、紅藥本、《青泥蓮花記》作「義其」。

〔六九〕正爲　張本、紅藥本、《青泥蓮花記》作「止嘗爲」。

〔七〇〕皆次列之　張本、《青泥蓮花記》作「皆編次第之」。

〔七一〕宿　張本、《青泥蓮花記》作「博」，紅藥本作「承」。

〔七二〕字學　張本、紅藥本、《青泥蓮花記》無「學」字。

〔七三〕性雖不喜謳歌　清鈔本「喜」作「善」。紅藥本上有「昔爲人愚」一句。

〔七四〕有意到筆不到之妙　張本、紅藥本、《青泥蓮花記》作「有意到人所不及之地」。

〔七五〕嫺　民國精刻本、紅藥本作「閒」，通「嫺」。

〔七六〕不　張本、紅藥本、《青泥蓮花記》作「爲」。

〔七七〕能　紅藥本作「先」。

〔七八〕「且觀其施設措置」至此　清鈔本作「就中誠鮮麗于天下，且觀設施措置，是深明向道，何以于此」。紅藥本作「就中誠鮮麗於天下，且觀其施設措置，是非深明向道，何以至此」。

〔七九〕惜其生不適時　「適時」張本、《青泥蓮花記》作「意適」。紅藥本作「噫！其生不適」。

〔八〇〕丁家之多難　張本、《青泥蓮花記》作「丁多難」。丁，遭也。

〔八一〕全　張本、紅藥本、《青泥蓮花記》作「成」。

按：此作撰於神宗熙寧十年（一〇七七）仲冬（十一月）。原題《甘棠遺事》，又曰《甘棠遺事新録》，蓋已有「數君之文」，故復以「新録」別之也。《青瑣高議》改題《温琬》，題下注「陳留清虚子作傳」。《青瑣高議》後集卷八又載丹邱（丘）蔡子醇《甘棠遺事後序》，亦作於熙寧丁巳（十年）冬。稱友人河南張洞（字端誠）出清虚子《琬傳》相示，云「惜夫尚有缺漏者，我爲子言之，爲我補述之」。以下記温琬談吐才學及詩三十篇，復頌琬之品格名節，亦贊清虚子傳「意存諷譏，殆非苟作，欲人人致身於善地耳」。端誠亦與琬交往者，故能細説如此，蔡子醇記其言以爲《後序》也。

録龍井辯才事

秦　觀　撰

秦觀（一〇四九—一一〇〇），字太虚，改字少游，別號淮海居士、邗溝處士，學者稱淮海先生。揚州高郵（今屬江蘇）人。善文詞，受知於蘇軾。選進士不中，至神宗元豐八年（一〇八五）始登第，除定海主簿，調蔡州教授。哲宗元祐二年（一〇八七）四月復制科，蘇軾與鮮于侁以賢良方正薦於朝，明年入京應舉，進《策論》五十篇，不售，引疾歸蔡。五年除太學博士，爲右諫議大夫朱光庭所攻而罷命，詔入祕書省校對書籍。六年遷正字，尋罷，依舊校對書籍。八年再除正字，未幾遷國史院編修官。紹聖元年（一〇九四）坐黨籍改館閣校勘，出爲杭州通判，道貶監處州酒税。三年削秩徙郴州，明年詔編管横州，元符二年（一〇九九）徙雷州編管。明年正月徽宗立，詔移衡州，歸至藤州而病卒，年五十二。崇寧元年（一一〇二）九月，詔立元祐元符黨人碑，凡百二十人，觀與焉。明年藁葬於長沙橘子洲，政和元年（一一一一）還葬無錫惠山二茅峰。高宗建炎四年（一一三〇）追贈直龍圖閣。著有《淮海集》四十卷、《後集》六卷、《長短句》三卷，今存。（據《宋史》卷四四四《文苑傳》、《續資治通鑑長編》卷四四二、卷四四三、卷四六二、卷四六四、卷四八四、卷五〇二、《直齋書録解題》别集類、《四部備要》本《淮海集》前附清秦瀛原撰、王敬之節録《重編淮海先生年譜節要》，清錢大昕《淮海先生年譜跋》、徐培均《秦少游年譜長編》）

熙寧九年，秀州嘉興縣令陶象，有子得疾甚異，形色語笑，非復平人〔一〕。令患之，乃大出錢財，聘謁巫祝，厭勝百方，終莫能治。是歲，辯才法師元淨，適以事至秀。法師，高僧也，隱於錢塘之天竺山，傳天台教，學者數百人。又特善咒水，疾病者飲其所咒水輒愈，吴人尊事之。令素聞其名，即馳詣師，具狀告曰：「兒始得疾時，見一女子自外來，相調笑，久之俱去。稍行至水濱，遺詩曰：『生爲木卯人，死作幽獨鬼。泉門長夜開，衾幃待君至。』自是屢來，且有言曰：『仲冬之月，二七之間，月盈之夕，車馬來迎。』今去妖期逼矣，未知所處，願賜哀憐。」師乃許諾。

因杖策從至其家，除地爲壇，設觀音像於中央，取楊枝霑水灑而咒之，三遶壇而去。是夜，兒寢安然，不復如他時矣。明日復來，結跏趺坐〔二〕引兒問曰：「汝居何地，而來至此？」答曰：「會稽之東，卞山之陽，是吾之宅，古木蒼蒼。」師又問：「汝姓誰氏？」答曰：「吴王山下〔三〕無人處，幾度臨風學舞腰。」師曰：「汝柳姓〔四〕乎？」乃囅然而笑。師良久呵曰：「汝無始已來，迷己逐物，爲物所轉〔五〕，溺於淫邪，流浪千劫，不自解脱，入魔趣中，横生災害，延及無辜。汝今當知，魔即非魔，魔即法界。我今爲汝宣説《首楞嚴祕密神咒》，汝當諦聽，痛自悔恨，訟〔六〕既往過愆，返本來清淨覺性。」於是號泣，不復有云。是夜，謂兒曰：「辯才之功，汝父之虔，無以加焉，吾將去矣。」後二日，復來曰：「久與子遊，情不能遽舍，願一舉觴爲別。」因相對引滿。既罷，作詩一章曰：「仲冬二七是良時，江下無緣與子期。今日臨岐一盃酒，共〔七〕君千里遠相離。」遂去，不復見。

予聞其事久矣。元豐二年，見辯才於龍井山，問之，信然。（據上海中華書局校刊清道光十七年王敬之高郵重刊本北宋秦觀《淮海後集》卷下《文》）

〔一〕平人　《夷堅丙志》卷一六《陶彖子》（末注秦少游記此事）及《異聞總録》卷一（末注秦少游記）作「平日」。

〔二〕坐　《四部叢刊初編》景印明嘉靖刊小字本《淮海後集》卷六、《四庫全書》本作「座」。座，同「坐」。

〔三〕下　《四部叢刊初編》本、《四庫全書》本、《夷堅丙志》、《異聞總録》、《才鬼記》卷八《秀州女》（末云「秦少游《録龍井辨才事》，見集」）作「上」。

〔四〕柳姓　原無「姓」字。按：前云「汝姓誰氏」，據《四部叢刊初編》本、《四庫》本補。《夷堅丙志》、《異聞總録》作「氏」。

〔五〕轉　《夷堅丙志》作「縛」。

〔六〕訟　《夷堅丙志》、《異聞總録》作「洗」。徐培均《淮海集箋注》校：「王（王敬之）本《攷證》云：『《異聞總録》「訟」作「洗」。』據此改。」按：訟，責也。

〔七〕共　《才鬼記》作「與」。

按：本篇作於神宗元豐二年（一〇七九）。《淮海集》卷三八《龍井記》云：「元豐二年，辨才法師元靜，自天竺謝講事，退休於此山之壽聖院。院去龍井一里，凡山中之人有事於錢塘與游客之將至壽聖者，皆取道井旁。法師乃即其處爲亭，又率其徒以浮屠法環而呪之，庶幾有慰。……是歲，余自淮南如越省親，過錢塘，訪法師於山中。」又《龍井題名記》云：「元豐二年中秋後一日，余自吴興過杭，東還會稽。龍井辨才法師，以書邀予入山。比出郭，已日夕。……行二鼓矣，始至壽聖院，謁辨才於潮音堂。明日乃還。」轍見辯才問柳妖事，即在錢塘龍井山。蘇轍《欒城後集》卷二四《龍井辯才法師塔碑》云：「秀州嘉興令陶彖，有子得魅疾，巫醫莫能治，師呪之而愈。」亦略記此事。

明代嘉興人釣鴛湖客周紹濂《鴛渚誌餘雪窗談異》卷上《妖柳傳》，據秦作改編，陶子名希侃，情事多有增飾，柳妖勸訓陶子絶仕進而事丘壑，作者藉以抒寫超塵出世之道家思想。《廣豔異編》卷二三、《續豔異編》卷一九、《徐文長先生秘集》卷六《妖柳傳》，《清談萬選》卷四《會稽妖柳》，《情史類略》卷二一《柳妖》，即取此文。

宋代傳奇集第三編卷二

驪山記

秦　醇　撰

秦醇，字子復，亳州譙縣（今安徽亳州市）人。（據《青瑣高議》之《温泉記》、《趙飛燕别傳》、《譚意哥》題署）

大宋張俞，字才叔，又字少愚，西蜀人。幼鋭於學〔一〕，久而愈勤〔二〕，心慕〔三〕至道。應制科〔四〕，辭理優贍賅博，意爲必擢高等〔五〕。有司罪其文訐鯁太直，不可進，俞由是不得意。尤爲議者所惜，愈〔六〕不樂，日與朋儕登高大醉。久乃還蜀，更不以進取爲事。亦多往來京索間，所過有山水之奇、名勝〔七〕之玩，未嘗不往觀焉。既觀，未嘗不吟咏，反覆爛熳〔八〕，終日嘯〔九〕傲，至有歷〔一〇〕時不能去。

俞嘗命一僕荷酒肉，一僕攜紙筆，一日與三四友人遊驪山。俞謂其友人曰：「吾走天下有日〔一一〕矣，足迹幾遍〔一二〕於四海，而山水宜乎厭飫〔一三〕，道也終不能使人忘情，吾之志如是也。驪山吾已數遊，不須再登也。不若山下見老叟，求古遺事。」乃同友人遍歷民家，皆曰：「惟田翁好蓄古書文籍，博覽古今〔一四〕。」俞乃倩〔一五〕一耕者，導至田翁家。翁久乃出，髮鬢如雪，進趨甚有禮，視聽不少衰。既坐，翁謂俞曰：「山野閒居，門無長者車騎久矣。君子惠然見過〔一六〕，何也？」俞曰：「余好古者也。聞翁有壽且知古，此來誠有意也。」翁始則悚而拒，終則愧而謝，且曰：「吾今年九十三矣，亦嘗見大父洎吾祖言往事。晉漢時吾不知也，唐自明皇而下吾素所記。」就衣帶間取鐵匙，命其子：「開鑰，取吾櫃中某〔一七〕書來。」

及啓〔一八〕，乃一幅圖也，即驪山宮殿圖〔一九〕。凡二門，大小九殿，臺亭〔二〇〕六十二處，回廊屈曲，莫知其數。東曰日華門，西曰月華門。東大殿曰萬壽殿，一殿曰迎陽，又一曰晨暉，又一曰紫極，又一曰寶林，又一曰寶基，又一曰明和，又一曰文慶。自日華門入，即大〔二一〕安殿；月華門入，即萬壽殿。大安殿後三殿：一曰迎〔二二〕陽，一曰紫極，一曰晨暉。萬壽殿後三殿：一曰寶基，一曰寶林，一曰明和〔二三〕。六殿後又一殿，曰文慶也。後即翠華門，乃入後宮。東即紫雲閣，閣東即先春館，西即桂香堂。西又有明華閣，閣東即惜花館，西即載月堂。紫雲閣東即碧瑤池，環池榭東即賞春臺，西即御釣臺、明霞閣，西乃寶積池，池北乃聖智堂，前曰清風軒也。宮中流水灌注，環遶臺榭。宮外又有臺殿，或架巖腹，或横危巔，皆有佳名，不知盡紀。翁按圖指示，豁然在目前。俞喜曰：「驪宮吾已知之矣。」

既久，翁復言曰：「吾之遠祖嘗爲守宫使，常出入禁中，故宫中事亦可得而言也。祖常言：明皇時天下無事，太平日久，常多幸驪山宫。從駕侍衛祇五六千人，百官供給亦有三四千人，常不滿萬，皆給於宫，而不少乏〔二四〕。如當時府庫之積丘山〔二五〕，茶布之貨堆露不恒，民間玉帛不知紀極〔二六〕，斗米不滿三十錢。帝又好花木，詔近郡送花赴驪宫。當時有獻牡丹者，謂之楊家紅，乃衛尉卿楊勉家花也。其花微紅，上甚愛之，命高力士將花上貴妃。貴妃方對妝，妃用手拈花，時勾面口脂在手〔二七〕，遂印於花上。帝見之，問其故，妃以狀對。詔其花栽於先春館〔二八〕。來歲花開，花上復有指印〔二九〕紅迹。帝賞花驚歎，神異其事，開宴召貴妃，乃名其花爲一捻紅，後樂府中有《一捻紅》曲。帝詔郡國鑄開元錢，妃指甲誤觸模，冶吏不敢换〔三〇〕，迄今開元錢背有甲痕焉。宫中牡丹，最上品者爲御衣黄，色若御服，次曰甘草黄，其色重於御衣，次曰建安黄。次皆紅紫，各有佳名，終不出三花之上。他日，近侍又貢一尺黄〔三一〕，乃山下民王文仲所接也。花面幾一尺，高數寸，祇開一朵，鮮豔清香，絳幃籠日，最愛護之。帝未及賞〔三二〕，一日，宫妃奏帝云：『花已爲鹿銜去，逐出宫牆不見。』帝甚驚訝，謂：『宫牆甚高，鹿何由入？』爲牆下水竇，因雨竇浸，野鹿是以得入也〔三三〕。宫中亦頗疑異，帝深爲不祥。當時有佞人奏云：『釋氏有鹿銜花，以獻金仙。帝園有此花，佛土未有耳。』帝亦私謂侍臣曰：『野鹿遊宫中，非佳兆。』」翁笑曰：「殊不知禄山遊〔三四〕深宮，此其應也。」

俞曰〔三五〕：「吾嘗觀唐紀〔三六〕，見妃與禄山事，則未之信。夫帝禁深沉，守衛嚴密，宮女數千，各有掌執，門庭禁肅，示〔三七〕有分限，雖蜉蝣蟻蠛莫能得入〔三八〕，果如是乎〔三九〕？」翁曰：「史氏書此作戒後世，當時事亦可言陳〔四〇〕。《易》曰：『慢藏誨盜，冶容誨淫。』正爲此也。婦人女子，性猶〔四一〕水也，置於方器則方，置於圓器則圓。且宮人數千，幽之深院，綺羅珠翠，甘鮮肥〔四二〕脆，皆足於體，所不足者，大慾耳。聖人深思此，故主宮殿用中貴人也〔四三〕。貴妃自處子入宮，上幸傾後宮〔四四〕，常與遊者禄山也。禄山日與貴妃嬉遊，帝從觀以爲笑，此得不謂之上慢乎？貴妃慮其醜聲落民間，乃以禄山爲子。一日，禄山醉戲，無禮尤甚，貴妃怒罵曰：『小鬼〔四五〕方一奴耳，聖上偶愛爾，今得官出入禁掖，獲私於吾，尚敢爾也！』禄山曰：『臣則〔四六〕出微賤，惟帝王能興廢也，他皆無畏焉。臣萬里〔四七〕無家，四海一身，死歸地下，臣且不顧。』叱貴妃，復引手抓傷〔四八〕貴妃胸乳間。貴妃泣曰：『吾私汝之過〔四九〕也，罪在我而不在爾。爾今不思報我，尚以死脅我。』時宮女王仙音旁立，乃大言：『安禄山夷狄賤物，受恩主上，蒙愛貴妃，乃敢悖慢如此！我必奏帝。』禄山猶不止，云：『奏帝我不過流徙，極即刑誅。貴妃未必無罪，得與貴妃同受禍，我所願也。此所謂魚目得伴明珠入水，碱砆同白玉入火，又何害焉？』會高力士賷福建緑荔枝上貴妃，禄山乃忸怩引去。力士久在屏外躬聽，且知所爭。力士上傳帝旨，跪進荔枝乃去。貴妃使人從力士謝曰：『慎無言適來之事。』高曰：『帝非貴妃，當受黜廢，出居於外，則主人不樂可知。爲我謝貴妃，臣知此久矣，非今日也。臣宮中老物也，豈不知愛君父乎？願貴妃勿憂。』貴妃慮帝見胸乳痕，乃以金爲訶子遮之。後宮中皆效之，迄今民間亦有之。」

俞復謂翁曰：「玄宗據崇高之勢，有天日之表，龍鳳之姿，兼文武全美。禄山醜類，安能動貴妃心？」翁云：「據祖言，禄山雖是胡兒，眉目疎秀，肌若凝脂。加之性靈敏慧，言語巧辯，音樂技藝，往往通曉，亦涉獵書數，尤能迎合上意，上所以愛寵。禄山亦多異處。」俞曰：「何異也？」翁曰：「禄山手足心俱有黑子，嘗自語人曰：『此王公之相也。』禄山素豐肥，盛暑酣寢，鼻聲如雷。宮人多以清泉洒其身，久而方醒，率以爲常。一日，禄山醉卧明霞閣下，誤爲宮人覆水於面。禄山俄瞋目噴氣〔五〇〕，頭上生角，體亦生鱗〔五一〕，驤首踠足，勢欲飛躍〔五二〕。宮人四走，莫知所避。有報帝曰：『禄山化作龍。』時帝與妃子弈棋，帝急往視，乃曰：『不足畏也，此乃猪龍〔五三〕。』少頃，禄山睡覺，帝因問禄山，禄山曰：『臣適夢中爲人以水沃臣，臣夢化爲龍。』異日，貴妃問帝曰：『禄山化龍之事甚可畏。』帝云：『不足畏。』『何也？』帝曰：『天地之神物，莫若龍之能變化也。真龍則角長而鬃密，腹緊而尾倍，目深而鼻高，鱗厚而爪長，朱目血舌，赤鬚火鬐，息則人莫見其蹤，動則雷雨滿天下。禄山乃猪龍者，吾見精出鼻肆，腹大尾赤，鱗薄爪秃，鬃疎角短，目青不光，鬐黑無焰，但能乘水勢敗壞堤岸，汩没泥水中爲害，非雲雷之主也，故不足畏。但恐禄山異日不能善終，須死兵刃。』貴妃復曰：『莫爲患乎？』帝曰：『此外非汝可知。』」

俞曰：「貴妃色冠後宫，爲天下第一，迄今傳爲絶代色，其美可得聞乎？」翁曰：「觀史氏所言，中人貴妃髮委地，光若傅漆。目長而媚，回顧射人。眉若遠山翠，臉若秋蓮紅。肌豐而有餘，體妖而婉淑。脣非膏而自丹，鬢非煙而自黑。真香嬌態，非由梳掠。乃物比之仙姬，非人間之常體。笑言巧麗，動移上意。帝對妃子論杜甫宫詞，他日帝因思其詩，命宫人取其詩，爲宫人遠去，妃子曰：『不須取，妾雖聽之，尚能記憶。』乃取紙録出，不差一字，其敏慧又可知也。一日，貴妃浴出，對鏡匀面，裙腰褪〔五四〕，微露一乳，帝以指捫弄曰：『吾有句，汝可對也。』乃指妃乳言曰：『軟温新剥雞頭肉。』妃未果對，禄山從旁曰：『臣有對。』帝曰：『可舉〔五五〕之。』禄山曰：『潤滑初來〔五六〕塞上酥。』妃子笑〔五七〕曰：『信是胡奴只識酥。』帝亦大笑。」

翁又曰：「當時西蜀有女髡，解造補鬢油膏面〔五八〕。用白胭脂、白杏仁心、梨自然汁、白龍腦相熬合和，用以調粉匀面，白而光潤。用紫芝蔴、胡桃油、黑松子、烏沉香合而潤鬢〔五九〕，黑〔六〇〕而復香。蜀中以二油進，後〔六一〕中貴竊鬻民間，富者〔六二〕亦用之。宫中呼爲錦里油，民間呼西蜀油。後明皇入蜀，此亦先兆之應也。」

翁曰：「禄山數失禮貴妃，貴妃私甚恨，第無計絶之耳。晚年尤不喜之。禄山之〔六三〕守漁陽，貴妃屢言於上曰：『漁陽天下之精兵所聚，宜用心腹臣，禄山陰賊，不可爲帥。』上不答。禄山辭貴妃，貴妃開宴餞之。酒半酣，禄山曰：『臣久出入宮掖，蒙私貴妃，而中道棄之。吾之此行，深非所樂，此别復有相見之期乎？』貴妃但笑而不答。禄山復曰：『人但恨〔六四〕無心耳。苟有心，雖抽腸濺血，萬死萬生猶不顧，臣須來見娘娘。禄山呼貴妃爲娘。』因涕泣交下，起抱貴妃，良久不止。左右勉之，久方辭去。明日，禄山尚未行，欲再入宮見貴妃，詔不得入内。禄山既行，甚怏怏，令前騎作樂。禄山曰：『樂有離聲，人多别恨，自古迄今無有也。』後楊國忠專政，深恨禄山。禄山至漁陽，多求珍異物，並私書上貴妃，盡爲國忠抑而不達。頃之，禄山怨國忠，益〔六五〕有反意，乃興兵向闕。言於左右曰：『吾之此行，非敢覬覦大寶，但欲殺國忠及大臣數人，並〔六六〕見貴妃，叙吾别後數年之離索。得回住〔六七〕三五日，便死亦快樂也。』此言流落民間，故馬嵬六軍不進，指妃子而爲言也。開元末童謡云：『山上〔六八〕一群鹿，大鹿來相逐。嘑〔六九〕殺澗下羊，却被猪兒觸。』後果爲帳下李猪兒所殺。

「禄山反書至，帝方食，貴妃不覺失匕筯〔七〇〕。帝驚顧左右甚久，詔〔七一〕楊國忠爲御營都元帥。都人驚駭，塵土四散，咫尺莫辨牛馬。帝登丹鳳樓置酒，樓下有人唱歌云：『不見只今汾水上〔七二〕，惟有年年秋雁飛〔七三〕。』其音甚悲。帝泣下，不終飲而止〔七四〕。左右奏曰：『陛下素大度，禄山雖兵變〔七五〕，安能遽至此也！』帝上馬，由承天西去，長安父老遮乘輿言曰：『陛下以重禄養禄山，禄山不以臣報陛下，天理不遠，人情莫順。禄山非久，血污鋒刃，身膏草野，不日臣等復出長安，西迎鑾輿之來。』帝曰：『朕已詔天下兵百道並進，必破此賊。深慮賊鋒未可當，終恐爲父老憂，各宜相率避之。』帝令一中貴人厲聲曰：『關東皆賊也，不可往，西可以避。』竟去。由是都人多入蜀避賊。」（據上海古籍出版社點校本北宋劉斧《青瑣高議》前集卷六）

〔一〕學　明張夢錫刊本、清紅藥山房鈔本作「爲學」。

〔二〕勤　張本、紅藥本作「慕」，當譌。

〔三〕慕　張本、紅藥本作「醉」。

〔四〕制科　張本、紅藥本作「大科」。大科即制科，即除正常進士科考試外由皇帝詔試之科目，如賢良方正能直言極諫科等。

〔五〕辭理優贍賅博意爲必擢高等　張本、紅藥本作「辭理優贍，第爲高等」，紅藥本「第」作「弟」。

〔六〕愈　張本作「俞」。

〔七〕名勝　原作「虚名」，據張本改。
〔八〕爛熳　張本作「徘徊」。
〔九〕嘯　紅藥本作「笑」。
〔一〇〕歷　張本作「逾」。
〔一一〕有日　張本作「積有日」，紅藥本作「亦有日」。
〔一二〕遍　清鈔本、紅藥本作「回」。
〔一三〕飫　張本作「聞沃」，紅藥本作「聞飫」。當譌。飫，宴會飲食，又飽也。
〔一四〕博覽古今　張本作「知古事」，紅藥本作「知古」。
〔一五〕倩　清鈔本作「請」，義同。
〔一六〕過　張本、紅藥本作「顧」。
〔一七〕某　紅藥本作「其」。
〔一八〕及啓　張本作「啓者」。
〔一九〕驪山宫殿圖　《類説》卷四六《青瑣高議·驪山記》作「驪山六幅圖」。
〔二〇〕亭　董康誦芬室刊本原作「庭」，張本、紅藥本同，點校本據清鈔本改。《類説》亦作「亭」。
〔二一〕大　張本作「天」，下文作「大」。
〔二二〕迎　紅藥本作「近」，誤也，前文作「迎」。

〔二三〕明和　張本、清鈔本、紅藥本作「和明」。按：前文作「明和」。

〔二四〕乏　張本作「加」，無下文「如」字，當誤。紅藥本無此字。

〔二五〕丘山　張本、紅藥本作「如山岳」。

〔二六〕民間玉帛不知紀極　紅藥本作「民間帛玉甚不踰數百」，有誤。

〔二七〕口脂在手　原作「手脂在上」，據《類説》、《古今合璧事類備要》別集卷二四引《青瑣高議》（題《口脂迎迹》）改。

〔二八〕先春館　《事類備要》作「仙春館」。按：前文作「先春館」。

〔二九〕指印　「指」《類説》明嘉靖伯玉翁舊鈔本作「脂」。「印」字原無，據《類説》、《事類備要》補。

〔三〇〕帝詔郡國鑄開元錢妃指甲誤觸模冶吏不敢换　此數句據《類説》補。《能改齋漫録》卷三《辨誤·開元錢》亦云：「世所傳《青瑣集·楊妃別傳》，以爲開元錢乃明皇所鑄，上有指甲痕，乃貴妃掐迹。」《楊妃別傳》乃本篇之改稱。

〔三一〕近侍又貢一尺黄　張本、紅藥本作「宫花近貢一寸黄」，作「寸」誤。

〔三二〕帝未及賞　此句據《類説》、《事類備要》別集卷二四引《青瑣高議》（題《野鹿銜去》）補，張本、紅藥本作「帝未會賞」。

〔三三〕「謂宫牆甚高」至此　張本作「夫宫牆有水竇，因大雨竇寖，大鹿是以得入也」，紅藥本「夫」譌作「無」，「寖」作「寢」。

〔三四〕遊　《類説》作「亂」。

〔三五〕俞曰　張本作「俞謂翁曰」，紅藥本作「俞乃對翁曰」。

〔三六〕唐紀　紅藥本作「唐書」。

〔三七〕示　紅藥本作「亦」。

〔三八〕莫能得入　張本作「莫得㳂堦而進」，紅藥本作「莫能得沿堦而進」，「㳂」同「沿」。

〔三九〕果如是乎　張本、紅藥本作「果有此事乎」。

〔四〇〕可言陳　張本作「有之」。

〔四一〕猶　紅藥本作「由」，通「猶」。

〔四二〕肥　清鈔本、紅藥本作「嘗」，同「嚐」。

〔四三〕用中貴人也　張本、紅藥本作「非中貴人不可也」。

〔四四〕上幸傾後宮　張本作「上絶幸，寵傾後宮」，紅藥本作「上絶幸，傾後宮寵」。

〔四五〕鬼　紅藥本作「兒」。

〔四六〕則　張本作「雖」。

〔四七〕里　紅藥本作「死」，當譌。

〔四八〕傷　此字據《類説》、《緑牕新話》卷上《楊貴妃私安禄山》（出《青瑣高議》）補。

〔四九〕過　原作「故」，據張本、紅藥本、《類説》、《緑牕新話》改。

〔五〇〕瞋目噴氣　原作「瞑目嗔氣」，據《類説》改。
〔五一〕鱗　《類説》作「翼」。
〔五二〕驤首踠足勢欲飛躍　《類説》作「蜿蜒欲飛」。
〔五三〕猪龍　原作「真猪龍」，《類説》無「真」字。按：下文以真龍、猪龍對舉而言其别。且禄山猪龍之説本《安禄山事迹》卷上：「禄山醉卧，化爲一黑豬而龍首，左右遽言之，玄宗曰：『豬龍也，無能爲者。』」又《太平廣記》卷二二二引《定命録》，玄宗亦謂「渠猪龍，無能爲也」。知「真」字乃衍文，今删。
〔五四〕褪　清鈔本、紅藥本作「襯」。《類説》作「上」，舊鈔本作「退」。
〔五五〕舉　張本作「語」。
〔五六〕初來　清鈔本作「渾如」。
〔五七〕妃子笑　張本作「妃子仰面大笑」，紅藥本作「妃子仰面笑」，《類説》、《緑牕新話》作「妃大笑」。
〔五八〕有女髡解造補鬢油膏面　張本作「有女髡解進，帝以補鬢油膏面」。
〔五九〕鬢　紅藥本作「髮」。
〔六〇〕黑　張本、紅藥本作「油黑」。
〔六一〕後　張本作「後宫」，連上讀。
〔六二〕者　張本作「家」，紅藥本作「皃」。

〔六三〕之　《類説》、《緑牕新話》作「出」。

〔六四〕恨　《類説》、《緑牕新話》作「患」。

〔六五〕益　紅藥本作「蓋」。

〔六六〕並　張本作「祇要」，紅藥本譌作「可抵要」。

〔六七〕回住　《類説》、《緑牕新話》作「同歡」。

〔六八〕上　紅藥本作「下」。

〔六九〕嚱　張本作「唬」。嚱，同「啼」。唬，同「嚇」。紅藥本作「喏」，誤。

〔七〇〕匕筯　紅藥本作「匙」。

〔七一〕詔　張本作「可詔」，紅藥本作「乃詔」。

〔七二〕不見只今汾水上　「汾水上」原乙作「汾上水」，據紅藥本改。按：此詩出《次柳氏舊聞》，乃李嶠作，原詩作「汾水上」。張本全句作「君去只今汾上水」。

〔七三〕惟有年年秋雁飛　張本作「年年唯有塞鴻飛」。

〔七四〕止　張本、紅藥本作「去」。

〔七五〕兵變　張本、紅藥本作「變兵」。

按：《驪山記》在秦醇《温泉記》之前，未著撰人，題注「張俞遊驪山作記」。二篇内容相關，

《温泉記》開篇緊接《驪山記》，張俞再過驪山題詩「不防野鹿踰垣入，銜出宫中第一花」，後文張俞云：「今見仙之姿艷，一禄山安能動仙之志，而仙自棄如此也？」皆爲《驪山記》事，是故必亦出秦醇。魯迅《中國小説史略》及《唐宋傳奇集·稗邊小綴》即定爲秦醇作。然清朱彝尊《曝書亭集》卷五五《書楊太真外傳後》云「張俞《驪山記》」，蓋據《青瑣高議》題注而斷。按《青瑣》之七字標目，疑係出《青瑣高議》南宋重編者之手，蓋未曾細審原文，誤斷爲張俞作記。或者標目本意是張俞遊驪山，而爲之作記，意思含混而已，未必指爲作者即張俞耳。

温泉記

秦醇 撰

西蜀張俞再過驪山，留題二絶云：「金玉樓臺插碧空〔一〕，笙歌〔二〕遞響入天風。當時國色并春色，盡在君王顧盼〔三〕中。」其二云：「玉帝樓前〔四〕鎖碧霞，終年培養牡丹芽。不防〔五〕野鹿踰垣入，銜出宫中第一花〔六〕。」

俞異日宿温湯市邸，於是儎鼓聲沉，萬動岑寂，客館後夜，悲風素秋。俞少負英氣，羈懷多感，高燭危坐〔七〕，遠意千里，强調脆管〔八〕，又撫朱絃，怨流絲竹，竟不成樂，乃就枕。纔合眼，見二短黄衣吏立於牀下。一吏曰：「召其魂也？召其夢也？」一吏曰：「奉命召其魂。」吏〔九〕曰：「魂俱去，留一魄以守其宅。」吏於袖間出一物若銀鈎，以刺入胸中，亦不甚苦痛，以手執鈎尾，大呼俞名姓，又小呼數聲〔一〇〕。俞或立於堦下，回顧卧屍〔一一〕於牀上。俞驚歎，恨不得作書寄家人囑後事。吏引其衣出門，又見二碧衣童，若常所見畫圖中神仙侍立之童也。俞久不敢問。約行十餘里〔一二〕之遠，俞乃足痛，願得一代步者。吏曰：「請君問碧衣者。」俞乃告之。一童呼吏曰：「勅界吏速取馬來。」有頃，騶從至，俞乃上馬。因詢黄衣吏曰：「吾死乎？吾此行何所之也？」黄衣吏曰：「吾地界之吏，奉命奔走，他皆不知也。君告碧衣童，必有所明。」俞私約下馬，折腰與碧衣童曰：「俞蜀中〔一三〕書生，未嘗造惡，今〔一四〕有此行，不識入於獄乎？能復回於世乎？願聞其休咎。」碧衣童曰：「吾乃海仙之侍者，被命召子，他皆不知。」俞曰：「仙何人也？」童曰：「蓬萊第一宫太真妃也。」俞曰：「召僕安用？」童子曰：「子驪山曾作詩否？」俞方憶其所作二絶。

又行百里，道左有大第，朱扉屼立，金獸銜鐶，萬户生烟，千兵守禦。入門則臺殿相向，金碧射人。簾掛瓊鈎，砌磨明玉，金門瑶池，彩楹瑣窗，幕捲輕紅，毬浮寒碧。童止俞曰：「可伺於此〔一五〕，吾入報矣。」童復出，呼左右備騶從。童謂俞曰：「上仙召子温泉共浴〔一六〕。」迤邐見絳旌前〔一七〕驅，翠幢雙〔一八〕引，赭傘玲瓏，仙車咿軋，綵仗鱗鱗，紋竿梟梟，九霞光裏過〔一九〕，五色雲中行。少頃，又至一宫，仙妃降車〔二〇〕，俞亦下馬。童引俞升殿，左右贊拜，仙賜坐。俞偷視仙，高髻堆雲，鳳釵横玉，黼服霞衣，瓊環瑶珮，鸞姿鳳骨，仙格清容〔二一〕。俞精神眩惑，情意恐懼，虚己危坐，莫敢出言。仙笑爲〔二二〕俞曰：「君無懼。吾召子無他意〔二三〕，欲少詢子人間一兩事耳。」仙子曰：「驪山所題之詩甚佳。」俞避席俛謝。仙子乃命其浴。仙乃入御浴〔二四〕，湯影沉沉〔二五〕，甃摇龍鳳。仙去衣先入浴，俞視，若蓮浮碧沼，玉泛甘泉，俞思意蕩浴〔二六〕。俞因以手拂水〔二七〕，沸熱不可近。仙笑，命左右别具湯沐〔二八〕。侍者進金盆，爲俞解衣入浴。仙與俞相去數步耳，一童以水沃仙，一童以水沃俞。俞白仙曰：「俞塵骨凡體，幸遇上仙，似有宿契，然何故不得共〔二九〕沐？」仙曰：「爾未有今日之分。」

浴已，次第取服。仙與俞攜手入後院，坐曲室。俞審〔三〇〕視，則白璧爲楹，碧瑶甃地，繡帛蒙窗，珠絲翳户〔三一〕，飾瓊玉於虚軒，安銅龍於畫棟。仙命進酒，寶器瑶盃，珍羞仙菓。但俞平生不酗酒，金壺至俞，則酒輒不出。仙笑，顧左右取他酒代之。童曰：「已爲取之。」頃間酒已至，乃人間之味，俞又自恨。仙謂俞曰：「今之婦人，首飾衣服〔三二〕如何？」俞對曰：「多用白角爲冠，金珠爲飾，民間多用兩川紅紫。」仙乃顧左右：「取吾舊服來。」長裙大袍，鳳冠口銜珠翠玉翹，但金釵若今之常所用者也，他皆不同。俞曰：「俞〔三三〕少好學，雖望道未見〔三四〕，然於唐史見仙事迹甚熟〔三五〕。今見仙之姿艷，一禄山安能動仙之志，而仙自棄如此也？」仙愧〔三六〕曰：「事係天理，非子可知，幸無見詰。」俞曰：「明皇蘊神聖之姿，天日之表，没當不化，今在何地？」仙曰：「人主皆天之高真也，明皇乃真人下降〔三七〕，今住〔三八〕玉羽川。」俞曰：「玉羽川何地也？」仙曰：「在潭、衡之間。」

不久，玉漏遞響，寶燈闌珊，侍者報仙曰：「鼓已三敲。」仙乃命撤〔三九〕去盃皿，與俞對榻寢。俞情思蕩摇，不能禁。俞曰：「召之來，不與之合，此係乎俞命之寡眇也。他物弗望，願〔四〇〕得共榻，以接佳話，雖死爲幸。」仙笑曰：「吾有愛子心，子有私吾意〔四一〕，宿契未合，終不可得。」俞乃欲昇仙榻，足不可引，若有萬觔繫之。仙曰：「子固無今日分。」俞乃就南榻，與仙對卧而語。不久，雞唱烟中，月沉户外，侍者促俞起。俞泣下別，仙曰：「後二紀待子於渭水之陽〔四二〕。」仙令〔四三〕取百合香一小器遺俞，曰：「留以爲憶。」繫俞臂。復見前童吏引還，入門，吏推仆乃覺。

俞驚起坐，默念：豈非夢邪？臂上香猶存，發器，異香襲人，非世所有。他日，俞題詩於温湯驛曰：「夢魂飛入瑶臺路，九霞宫裏曾相遇〔四四〕。壺天好景自愁人〔四五〕，春水泛花何處去？」又戲爲詩曰：「昨夜過温湯〔四六〕，夢與楊妃浴。敢將豫讓炭，却〔四七〕對卞和玉。同歡一宵〔四八〕間，平生萬事〔四九〕足。想得唐明皇，暢哉暢哉福〔五〇〕。」詩尚留温湯驛壁。俞後閒步野外，有牧童持書一紙。俞開封，乃仙所爲詩一首也。詩云：「虚堂壁上見清辭，似共幽人説所思。海上風烟〔五一〕雖可樂，人間聚散更堪悲。重簾透日温温煖〔五二〕，玉漏穿花滴滴遲。此景此情傳不盡，殷勤囑付隴頭兒。」俞詢牧童曰：「從何得此書？」牧兒曰：「前日有婦人過此，遺我百錢，授我此書，云：『明日有衣冠獨步野外，子可與之。』」俞聞之，愈傷感。俞多與士君子説此事，乃筆成傳。（據上海古籍出版社點校本北宋劉斧《青瑣高議》前集卷六）

〔一〕金玉樓臺插碧空　「金玉」《類説》卷四六《青瑣高議·題驪山詩》作「金碧」。「插」《緑牕新話》卷上《張俞驪山遇太真》引《青瑣高議》作「掃」。

〔二〕笙歌　《類説》及《詩話總龜》前集卷四七奇怪門下引《青瑣集》作「笙簫」。

〔三〕盼　《詩話總龜》、《類説》、《緑牕新話》、張本、紅藥本、民國精刻本、《才鬼記》卷八《温泉記》（未注《青瑣高議》）、《一見賞心編》卷一〇冥緣類《驪山女》作「眄」。眄，同「盼」。

〔四〕前　《類説》、張本、紅藥本、《才鬼記》作「臺」。

〔五〕防　《賞心編》作「妨」。

〔六〕第一花　清鈔本、紅藥本作「一朵花」。

〔七〕高燭危坐　張本、《才鬼記》作「高獨孤坐」，「獨」字譌。紅藥本作「高燭孤坐」。

〔八〕强調脆管　「强」紅藥本作「張」。「脆」張本、《才鬼記》作「危」。

〔九〕吏　紅藥本作「一吏」。

〔一〇〕大呼俞名姓又小呼數聲　張本、《才鬼記》作「大呼俞名姓小字數聲」，紅藥本無「小」字，餘亦同。

〔一一〕回顧卧屍　「回顧」張本、《才鬼記》作「實」。「卧」字原無，據張本、紅藥本、《才鬼記》補。

〔一二〕十餘里　張本、紅藥本、《才鬼記》作「二舍」。

〔一三〕中　紅藥本作「一」。

〔一四〕今　張本、紅藥本、《才鬼記》作「或」。

〔一五〕可伺於此　張本作「可此少伺」，紅藥本作「可住少伺」，《才鬼記》作「此可少伺」。

〔一六〕上仙召子温泉共浴　「共」字據《才鬼記》補。紅藥本作「止少召子温泉浴」，「止少」誤。

〔一七〕前　原譌作「見」，據張本、紅藥本、《才鬼記》改。

〔一八〕雙　張本作「奴」，當爲「双」字之譌。

〔一九〕九霞光裏過　原作「霞光明滅」，據張本、紅藥本、《才鬼記》改。

〔二〇〕車　紅藥本作「居」。

〔二一〕容　原作「瑩」，據紅藥本、《才鬼記》改，張本譌作「溶」。

〔二二〕爲　紅藥本、《才鬼記》作「謂」。爲，通「謂」。

〔二三〕他意　張本、《才鬼記》作「異思」，紅藥本作「意思」。

〔二四〕浴　民國精刻本作「池」。

〔二五〕沉沉　張本譌作「況況」。

〔二六〕蕩浴　「浴」字據張本、紅藥本補，《才鬼記》作「漾」。按：《吴都文粹續集》卷二二唐薛據《登秦望山》：「南登秦望山，目極大海空。朝陽半蕩浴，晃朗天水紅。」蕩浴，蕩漾。

〔二七〕俞因以手拂水　張本、紅藥本作「俞因拂水」，《才鬼記》作「俞因拂衣」，「衣」字譌。

〔二八〕沐　紅藥本作「浴」。

〔二九〕共　張本、《才鬼記》作「其」，當譌。

〔三〇〕審　張本、紅藥本作「精」，《才鬼記》作「指」。

〔三一〕繡帛蒙窗珠絲翳户　紅藥本作「紗帛蒙朱户」。

〔三二〕服　張本、紅藥本作「者」，當譌，《才鬼記》作「着」。

〔三三〕俞　清鈔本作「僕」。

〔三四〕雖望道未見　張本下多「亦未嘗敢隱」五字，《才鬼記》作「亦未敢隱」，紅藥本作「亦未常敢成」。

〔三五〕然於唐史見仙事迹甚熟　「然」張本、《才鬼記》作「屢」。紅藥本作「屢於是唐史事仙迹甚熟」。

〔三六〕愧　原作「復」，據《類説》改。

〔三七〕真人下降　《類説》、張本、紅藥本、《才鬼記》並作「高真」。

〔三八〕住　《類説》、紅藥本作「治」，清鈔本「治」字上又有「仍歸」二字。

〔三九〕撤　《類説》、張本、紅藥本、民國精刻本作「徹」。徹，撤也。

〔四〇〕願　張本作「顧」。

〔四一〕私吾意　紅藥本作「厚吾私意」。
〔四二〕渭水之陽　《類説》、《緑牕新話》、《賞心編》作「伊水」。
〔四三〕令　此字據張本、《才鬼記》補。紅藥本譌作「合」。
〔四四〕九霞宫裏曾相遇　張本、《才鬼記》作「九霞光裏曾相顧」，紅藥本作「九霞光裏曾相遇」。
〔四五〕壺天好景自愁人　「好景」《詩話總龜》作「晚景」。紅藥本全句作「壺天曉景自生愁」。
〔四六〕過温湯　《類説》作「遇温泉」，伯玉翁舊鈔本及《緑牕新話》、《賞心編》作「過温泉」。
〔四七〕却　《類説》作「輒」。
〔四八〕宵　《緑牕新話》、《賞心編》作「笑」。
〔四九〕平生萬事　《類説》、《緑牕新話》、《賞心編》作「千生萬生」，《類説》舊鈔本作「千生萬死」。
〔五〇〕暢哉暢哉福　「福」紅藥本作「樂」。《賞心編》全句作「暢哉天下樂」。
〔五一〕烟　紅藥本作「輕」。
〔五二〕煖　張本、紅藥本、《詩話總龜》、《才鬼記》作「曉」。

按：本篇題亳州秦醇子履撰，《趙飛燕别傳》、《譚意哥》皆作子復，疑「履」字形譌。

趙飛燕別傳

秦醇　撰

余里有李生，世業儒〔一〕。一日，家事零替，余往見之。牆角破筐中有古文數册，其間有《趙后別傳》，雖編次脱落，尚可觀覽。余就李生乞其文以歸，補正編次以成傳〔二〕，傳諸好事者。

趙后腰骨尤〔三〕纖細，善踽步〔四〕行，若人手持荏〔五〕枝，顫顫然，他人莫可學也。在主〔六〕家時，號爲飛燕。入宫後〔七〕復引援其妹，得寵爲昭儀。昭儀尤善笑語，肌骨清滑。二人皆稱天下第一〔八〕，色傾後宫。自昭儀入宫，帝亦稀幸東宫。昭儀居西宫，太后居中宫。后日夜欲求子，爲自固久遠計，多以小犢車載年少子與通。帝一日惟從三四人往后宫，后方與一人亂，不知〔九〕，左右急報，后驚遽出迎。帝見后冠髮散亂，言語失度，帝因〔一〇〕亦疑焉。帝坐未久，復聞壁衣中有人嗽聲，帝乃去。由是帝有害后意，以昭儀故〔一一〕，隱忍未發。

一日，帝與昭儀方飲，帝忽〔一二〕攘袖瞋目，直視昭儀，怒氣怫然〔一三〕不可犯。昭儀遽起避席，伏地謝曰：「臣妾族孤寒下，無强近之親〔一四〕。一旦得備後庭驅使之列，不意獨承幸遇〔一五〕，渥〔一六〕被聖私，立於衆人之上。恃寵邀愛，衆謗來集。加以不識忌諱，冒觸威怒。臣妾願賜速死，以寬聖抱。」因涕泣交下。帝自引昭儀臂曰：「汝復坐，吾語汝。」帝曰：「汝無罪。汝之姊，吾欲梟其首，斷其手足，置於溷中，乃快吾意。」昭儀曰：「何緣而得罪？」帝言壁衣中事。昭儀曰：「臣妾緣后得填後宮，后死則妾安能獨生？况陛下無故而殺一后，天下有以窺陛下也。願得身實〔一七〕鼎鑊，體膏斧鉞。」因大慟，以身投地。帝驚，遽起持昭儀曰：「吾以汝之故，固不害后，第言之耳，汝何自恨若是！」久之，昭儀方就坐，問壁衣中人。帝陰〔一八〕窮其跡，乃宿衛陳崇子也。帝使人就其家殺之，而廢陳崇。

昭儀往〔一九〕見后，具述帝所言，且曰：「姊曾憶家貧，寒餒無聊賴〔二〇〕，姊〔二一〕使我共隣家女爲草履，入市貨履〔二二〕市米。一日得米歸，遇風雨，無火可炊，饑寒甚，不能成寐，使我擁姊背同泣，此事姊豈不憶也？今日幸富貴，無他人次〔二三〕我，而自毁如此。脱或再有過，帝復怒，事不可救，身首異地，爲天下笑。今日妾能拯救也，存殁無定，或爾妾死，姊尚誰援〔二四〕乎？」乃涕泣不已，后亦泣焉。

自是帝不復往后宮，承幸御者〔二五〕，昭儀一人而已。昭儀方浴，帝私覘。侍者報昭儀，昭儀急趨燭後避。帝瞥見之，心愈眩惑。他日，昭儀浴，帝默〔二六〕賜侍者金錢，特令不言。帝自屏罅覘，蘭湯灩灩〔二七〕，昭儀坐其中，若三尺寒泉浸明玉。帝意思飛蕩，若無所主。帝常語近侍曰：「自古人主無二后，若有，則吾立昭儀爲后矣。」趙后知之，見昭儀益加寵幸〔二八〕，乃具湯浴〔二九〕，請帝以觀〔三〇〕。既往后宮入浴〔三一〕，后裸體而立〔三二〕，以水沃帝〔三三〕，愈親〔三四〕而帝愈不樂，不終浴〔三五〕而去。后泣曰：「愛在一身，無可奈何！」

后生日，昭儀爲賀，帝亦同往。酒半酣，后欲感動帝意，乃泣數行下。帝曰：「他人對酒而樂，子獨悲，豈有所〔三六〕不足耶？」后曰：「妾昔在主宮〔三七〕時，帝幸其第〔三八〕，妾立在〔三九〕後，帝時視妾不移目甚久，主〔四〇〕知帝意，遣妾侍帝，竟承更衣之幸。下體嘗污御衣，妾〔四一〕欲爲浣去，帝曰：『留以爲憶。』不數日備後宮，時帝囓痕猶在妾頸。今日思之，不覺感泣。」帝勃然〔四二〕懷舊，有愛后意，顧視嗟歎。昭儀知帝欲留，先辭去。帝逼暮方離后宮。

后因帝幸，心爲奸利〔四三〕，三月後〔四四〕乃詐託有孕，上箋奏云：「臣妾久備掖庭，先承幸御，遣賜大號，積有歲時。近因始生之日，優加喜祝之私〔四五〕，特屈乘輿，俯賜〔四六〕東掖，久侍宴私，再承幸御。臣妾數月來，内宮盈實，血脉〔四七〕不流，飲食美甘〔四八〕，不異常日。知聖躬之在體，辨六甲〔四九〕之入懷。虹初貫日，聽是珍祥〔五〇〕；龍據妾胸，兹爲佳瑞。更期誕育神嗣〔五一〕，抱日趨庭，瞻望聖明，踴躍臨賀。謹此以聞。」帝時在西宮，得奏，喜動顏色，答云：「因閲來奏，喜氣交集。夫妻之私，義均一體；社稷之重，嗣續爲先。姙體方初，保綏宜厚。藥有性者勿舉，食無毒者可親。有懇來上〔五二〕，無煩箋奏，口授宮使可矣。」兩宮候問，宮使交至。

后慮帝幸，見其詐，乃與宮使王盛，謀自爲〔五三〕之計。盛謂后曰：「莫若辭以有娠者不可近人，近人則有所觸，觸則孕或敗。」后乃遣王盛奏帝。帝不復見后，第遣使問安否而已〔五四〕。甫〔五五〕及誕月，帝具浴子之儀。后召王盛入宮中，謂曰〔五六〕：「汝自黃衣郎出入禁掖，吾引汝父子俱富貴〔五七〕。吾欲爲自利長久計，託孕乃吾之私意〔五八〕，實非也〔五九〕。今已及期，子能爲吾謀焉。若事成，子萬世有厚〔六〇〕利。」盛曰：「臣與后取民間纔生子，攜入宮爲后子。但事密不可泄〔六一〕。」后曰：「可。」盛於都城外有生子者，纔數日〔六二〕，以百金售之，以物囊之，入宮見后。既發器，則子死矣。后驚曰：「子死，安用也？」盛曰：「臣今知矣，載子之器不泄氣，子所以死也。臣今再求子，盛之器中，穴其器〔六三〕，使氣可出入，則子不死。」盛得子，趨宮門欲入，則子驚啼尤甚，盛不敢入。少選，復攜之趨門，子復如是，盛終不敢攜入宮。後宮守門吏嚴密，因向有壁衣中事，故帝令加嚴之甚〔六四〕。盛來見后，具言子驚啼事。后泣曰：「爲之奈何？」時已踰十二月矣，帝頗疑訝。或奏曰：「堯之母十四月而生堯，后所娠當是聖人。」后終無計，乃遣人奏帝云〔六五〕：「臣妾昨夢龍臥，不幸聖嗣不育。」帝但歎惋而已。昭儀知其詐，乃遣人謝后曰：「聖嗣不育，豈日月未滿也？三尺童子尚不可欺，况人主乎？一日手足俱見，妾不知姊之死所也。」

時後宮掌茶宮女朱氏生子，宦者李守光奏帝。帝方與昭儀共〔六六〕食，昭儀怒，言於帝曰：「前者帝言自中宮來，今朱氏生子，從何而得也？」乃以身投地，大慟。帝自持昭儀起坐。昭儀呼宫吏祭〔六七〕規曰：「急爲吾取此子來。」規取子上，昭儀謂規曰：「爲吾殺之。」規疑慮，昭儀怒駡曰：「吾重禄養汝，將安用也？不然，併戮汝！」規以子擊殿〔六八〕礎死，投之後宫〔六九〕。後宫人〔七〇〕凡孕子者，皆殺之。

後帝行步遲澀，氣頗憊，不能幸〔七一〕。有方士獻大丹〔七二〕，其丹〔七三〕養於火，百日乃成。先以甕貯水，滿即置丹於水中，即沸，又易去，復以新水。如是十日，不沸方可服。帝日服一粒，頗能幸昭儀。帝一夕在太慶殿〔七四〕，昭儀醉進十粒。初夜，絳〔七五〕帳中擁昭儀，帝笑聲吃吃〔七六〕不止。及中夜，帝昏昏，知不可起，或仆或卧〔七七〕。昭儀急起，秉燭視帝，精出如湧泉，有頃帝崩。太后遣人理〔七八〕昭儀，且急窮帝得疾之端，昭儀乃自縊〔七九〕。

后居東宫，久〔八〇〕失御。一夕后寢，驚啼甚久，侍者呼問方覺。乃言曰：「適吾夢中見帝，帝自雲中賜吾坐。帝命進茶，左右奏帝云：『后〔八一〕向日侍帝不謹，不合啜此茶。』吾意既不足，吾又問帝：『昭儀安在？』帝曰：『以數〔八二〕殺吾子，今罰爲巨黿，居北海之陰水穴間，受千歲水〔八三〕寒之苦。』故爾大慟。」後北鄙大月氏〔八四〕王獵於海上，見巨黿出於穴上，首猶貫玉釵，顒〔八五〕望波上，睠睠〔八六〕有戀人意。大月氏王遣使問梁武帝，武帝以昭儀事答之。

（據上海古籍出版社點校本北宋劉斧《青瑣高議》前集卷七，又北京市中國書店影印上海涵芬樓張宗祥校明鈔本元陶宗儀編《説郛》卷三二）

〔一〕世業儒　張本、紅藥本《趙飛燕外傳》、《説郛》、《豔異編》卷七宫掖部《趙飛燕合德别傳》作「世業儒術」，《緑牕女史》卷三宫闈部蠱惑門、《重編説郛》弖一一一、《龍威秘書》四集《晉唐小説暢觀》、《香豔叢書》四集卷一《趙后遺事》作「世習儒術」。

〔二〕傳　《緑牕女史》、《重編説郛》、《龍威秘書》、《香豔叢書》作「篇」。

〔三〕尤　此字據張本、紅藥本、《説郛》、《豔異編》、《緑牕女史》、《重編説郛》、《龍威秘書》、《香豔叢書》補。

〔四〕踽步　紅藥本作「禹步」，誤。按：踽步，慢步。禹步，據云大禹治水得偏枯之疾，行跛，步不相過，巫道之流作法效其步法，是謂禹步。

〔五〕荏　張本、紅藥本、《説郛》、《豔異編》、《緑牕女史》、《重編説郛》、《龍威秘書》、《香豔叢書》作「花」。荏，柔也。

〔六〕主　原作「王」，據《説郛》、《豔異編》、《緑牕女史》、《重編説郛》、《龍威秘書》、《香豔叢書》改。按：《漢書》卷九七下《外戚列傳·孝成趙皇后傳》載趙飛燕「及壯，屬陽阿主家」。託名漢伶玄之《趙飛燕外傳》亦云「飛燕妹弟事陽阿主家，爲舍直」。

〔七〕後　此字據《説郛》、《緑牕女史》、《重編説郛》、《龍威秘書》、《香豔叢書》補。

〔八〕第一　紅藥本作「第一色」。

〔九〕不知　此二字據張本、紅藥本、《説郛》、《豔異編》、《緑牕女史》、《重編説郛》、《龍威秘書》、《香豔叢書》補。

〔一〇〕因　此字據《説郛》、《緑牕女史》、《重編説郛》、《龍威秘書》、《香豔叢書》補。張本、紅藥本作「顧」，《豔異編》作「固」。

〔一一〕故　此字據《説郛》、《緑牕女史》、《重編説郛》、《龍威秘書》、《香豔叢書》補。

〔一二〕忽　原作「或」，據《説郛》、《豔異編》、《緑牕女史》、《重編説郛》、《龍威秘書》、《香豔叢書》改。

〔一三〕怫然　張本、《豔異編》作「拂然」，義同，憤怒貌，「拂」通「怫」。

〔一四〕親　《説郛》作「愛」，汪季清家藏明抄殘本作「親」（《説郛校勘記》），《緑牕女史》、《重編説郛》、《龍威秘書》作「宗」，《豔異編》作「援」。

〔一五〕遇　《説郛》、《豔異編》、《緑牕女史》、《重編説郛》、《香豔叢書》作「御」。

〔一六〕渥　張本、紅藥本、《説郛》、《豔異編》、《緑牕女史》、《重編説郛》、《龍威秘書》、《香豔叢書》作「濃」。

〔一七〕身實　原作「入身」，據《説郛》、《豔異編》、《緑牕女史》、《重編説郛》、《龍威秘書》、《香豔叢書》改。按：「身實」與下文「體膏」對。紅藥本作「身入」。

〔一八〕陰　清鈔本作「隱」。

〔一九〕往　此字據《説郛》、《豔異編》、《緑牕女史》、《重編説郛》、《龍威秘書》、《香豔叢書》補。

〔二〇〕聊賴　張本、紅藥本作「寥來」。

〔二一〕姊　此字據《説郛》、《豔異編》、《緑牕女史》、《重編説郛》、《龍威秘書》、《香豔叢書》補。

〔二二〕入市貨履　此四字據《説郛》、《豔異編》、《緑牕女史》、《重編説郛》、《龍威秘書》、《香豔叢書》補。張本作「入市米」。

〔二三〕次　《説郛》、《緑牕女史》、《重編説郛》、《龍威秘書》、《香豔叢書》作「戕」，《豔異編》作「比」。次，比也。戕，損害。

〔二四〕援　清鈔本、《説郛》、《豔異編》、《緑牕女史》、《重編説郛》、《龍威秘書》、《香豔叢書》作「攀」。

〔二五〕者　此字據《説郛》、《豔異編》、《緑牕女史》、《重編説郛》、《龍威秘書》、《香豔叢書》補。

〔二六〕默　紅藥本作「設」。

〔二七〕灩灩　紅藥本作「艷艷」。

〔二八〕趙后知之見昭儀益加寵幸　張本、《豔異編》作「趙后知帝見昭儀，益加寵幸」，紅藥本作「趙后知意見昭儀，益加寵幸」，「意」字譌，《説郛》作「趙后知帝見昭儀浴，益加寵幸」，《緑牕女史》、《重編説郛》、《龍威秘書》、《香豔叢書》作「后知昭儀以浴益寵幸」。

〔二九〕湯浴　張本作「蘭湯」。

〔三〇〕以觀　此二字據《説郛》、《豔異編》、《緑牕女史》、《重編説郛》、《龍威秘書》、《香豔叢書》補。紅藥本脱「觀」字。

〔三一〕既往后宫入浴　「后」原誤作「後」，《説郛》、《豔異編》、《緑牕女史》、《重編説郛》、《龍威秘書》、《香豔叢書》作「既往，后入浴」，據改。

〔三二〕而立　此二字據《説郛》、《緑牕女史》、《重編説郛》、《龍威秘書》、《香豔叢書》補。

〔三三〕帝　《説郛》、《緑牕女史》、《重編説郛》、《龍威秘書》、《香豔叢書》作「之」，《豔異編》無此字。

〔三四〕愈親　《説郛》、《緑牕女史》、《重編説郛》、《龍威秘書》、《香豔叢書》作「后愈親近」，《豔異編》作「愈親近」。

〔三五〕不終浴　紅藥本作「終不浴」，《説郛》、《豔異編》作「不終幸」，《緑牕女史》、《重編説郛》、《龍威秘書》、《香豔叢書》作「不幸」。

〔三六〕有所　此二字據《説郛》、《緑牕女史》、《重編説郛》、《龍威秘書》、《香豔叢書》補。

〔三七〕主宫　原誤作「後宫」，據《説郛》、《緑牕女史》、《重編説郛》、《龍威秘書》、《香豔叢書》改。主指陽阿主。

〔三八〕其第　張本作「非常」。

〔三九〕在　《説郛》、《豔異編》、《緑牕女史》、《重編説郛》、《龍威秘書》、《香豔叢書》作「主」。

〔四〇〕主　原作「固」，據《説郛》、《豔異編》、《緑牕女史》、《重編説郛》、《龍威秘書》、《香豔叢書》改。

〔四一〕妾　此字據《説郛》、《龍威秘書》補。《緑牕女史》、《重編説郛》、《香豔叢書》作「童」，《豔異編》作「急」，清鈔本、紅藥本作「重」。

〔四二〕勃然　《説郛》、《豔異編》、《緑牕女史》、《重編説郛》、《龍威秘書》、《香豔叢書》作「惻然」。

〔四三〕心爲奸利　張本作「欲固上愛」。此句下紅藥本有「上器主愛」四字，《説郛》作「上器主受」，舊鈔本作「上主器受」，《豔異編》作「器上生受」，不明其義。

〔四四〕三月後　張本、紅藥本、《説郛》、《豔異編》、《緑牕女史》、《重編説郛》、《龍威秘書》、《香豔叢書》作「經三月」。

〔四五〕優加喜祝之私　紅藥本「喜」作「善」。《説郛》、《龍威秘書》作「復加善視之私」，《緑牕女史》、《重編説郛》、《香豔叢書》作「復加善祝之私」。

〔四六〕賜　《説郛》、《豔異編》、《緑牕女史》、《重編説郛》、《龍威秘書》、《香豔叢書》作「臨」。

〔四七〕血脉　《説郛》、《豔異編》、《緑牕女史》、《重編説郛》、《龍威秘書》、《香豔叢書》作「月脉」。

〔四八〕美甘　紅藥本作「美甚」，清鈔本作「調治」。

〔四九〕辨六甲　張本、紅藥本「甲」譌作「日」。《説郛》、《緑牕女史》、《重編説郛》、《龍威秘書》、《香豔叢書》作「夢天日」，《豔異編》作「辨天日」。

〔五〇〕聽是珍祥　《説郛》、《豔異編》、《緑牕女史》、《重編説郛》、《龍威秘書》、《香豔叢書》作「總是珍符」，清鈔本作「聽是珍辭」，紅藥本作「聽是紾辭」，「紾」字譌。

〔五一〕更期誕育神嗣　「誕育」張本譌作「奮育」，紅藥本譌作「舊有」。《説郛》作「蕃育」。《緑牕女史》、《重編説郛》、《龍威秘書》、《香豔叢書》作「更約蕃育神嗣」，《豔異編》作「更奇蕃育神嗣」。

〔五二〕有懇來上　張本作「倘有欲言」。「來」《説郛》、《豔異編》作「求」。《緑牕女史》、《重編説郛》、《龍威秘書》、《香豔叢書》作「有求上字」。

〔五三〕爲　紅藥本作「謂」。

〔五四〕已　此字據《説郛》、《緑牕女史》、《重編説郛》、《龍威秘書》、《香豔叢書》補。

〔五五〕甫　《説郛》、《緑牕女史》、《重編説郛》、《龍威秘書》、《香豔叢書》作「俯」。

〔五六〕后召王盛入宫中謂曰　原作「后召王盛及宫中人曰」，按：后所言獨對王盛，據《説郛》、《緑牕女史》、《重編説郛》、《龍威秘書》、《香豔叢書》改。

〔五七〕俱富貴　「俱」原作「復」，疑譌，據《説郛》、《豔異編》、《緑牕女史》、《重編説郛》、《龍威秘書》、《香豔叢書》改。《緑牕女史》、《重編説郛》、《龍威秘書》、《香豔叢書》下有「無憾」二字。

〔五八〕意　原作「言」，當譌，據《説郛》、《豔異編》、《緑牕女史》、《重編説郛》、《龍威秘書》、《香豔叢書》改。

〔五九〕實非也　此三字據《説郛》、《緑牕女史》、《重編説郛》、《龍威秘書》、《香豔叢書》補。《説郛》明抄殘本作「非實言」，《豔異編》作「實非言也」，當作「非實言也」。紅藥本作「非言」，有脱字。

〔六〇〕厚　紅藥本作「後」。

〔六一〕但事密不可泄　張本、紅藥本、《説郛》、《豔異編》、《緑牕女史》、《重編説郛》、《龍威秘書》、《香豔叢書》作「但事密，不洩亦無害」。

〔六二〕盛於都城外有生子者纔數日　「纔數日」原無，據《説郛》、《豔異編》、《緑牕女史》、《重編説郛》、《龍威秘書》、《香豔叢書》補。張本作「盛於都城外有若生子者數日」。《豔異編》作「盛於都城外有若生子孫者纔數日者」，紅藥本末無「者」字。

〔六三〕臣今再求子盛之器中穴其器　張本、紅藥本、《説郛》作「臣今再求子，載之器，穴其上」（《説郛》無「再」字），《豔異編》作「臣今求載子之器，穴其上」，《緑牕女史》、《重編説郛》、《龍威秘書》、《香豔叢書》作「臣當穴其上」。

〔六四〕後宮守門吏嚴密因向有壁衣中事故帝令加嚴之甚　原校：「原缺有及中字，據鈔本補。」張本、紅藥本作「後宮守門吏甚嚴密，因向壁衣事，帝令加嚴切之甚」。

〔六五〕后終無計乃遣人奏帝云　紅藥本作「后終無計可遣，又奏帝云」。

〔六六〕共　張本作「對」。

〔六七〕祭　張本、紅藥本、《説郛》、《豔異編》、《緑牕女史》、《重編説郛》、《龍威秘書》、《香豔叢書》作「蔡」。按：有祭姓，音「寨」。

〔六八〕殿　紅藥本、清鈔本作「石」。

〔六九〕後宮　《説郛》、《緑牕女史》、《重編説郛》、《龍威秘書》、《香豔叢書》作「井」。

〔七〇〕後宮人　《説郛》、《緑牕女史》、《重編説郛》、《龍威秘書》、《香豔叢書》作「後宮宮人」，紅藥本、《豔異編》作「宫人」。

〔七一〕幸　張本、《説郛》、《豔異編》作「御昭儀」，紅藥本闕「御」字。《緑牕女史》、《重編説郛》、《龍威秘書》、《香豔叢書》作「御女」。

〔七二〕有方士獻大丹　張本「大」作「一」。《緑牕女史》、《重編説郛》、《龍威秘書》、《香豔叢書》作「有方士聞而獻丹」。

〔七三〕其丹　此二字據張本、紅藥本、《説郛》、《豔異編》、《緑牕女史》、《重編説郛》、《龍威秘書》、《香豔叢書》補。

〔七四〕太慶殿　《説郛》、《豔異編》、《緑牕女史》、《重編説郛》、《龍威秘書》、《香豔叢書》作「大慶殿」。大，同「太」。

〔七五〕絳　清鈔本作「居」。

〔七六〕吃吃　張本作「乞乞」，紅藥本作「訖訖」。

〔七七〕知不可起或仆或卧　紅藥本、清鈔本「起」下有「將半夜」三字。《説郛》作「知不可，將起坐，夜或仆卧」，《豔異編》作「知不可，將起坐，仆卧」，《緑牕女史》、《重編説郛》、《龍威秘書》作「不能起坐，向外卧」，《香豔叢書》作「不能起坐，聲息闐然」。

〔七八〕理　張本作「責」。

〔七九〕自縊　《説郛》、《豔異編》、《緑牕女史》、《重編説郛》、《龍威秘書》、《香豔叢書》作「自絶」。

〔八〇〕久　張本、紅藥本、《説郛》、《豔異編》、《緑牕女史》、《重編説郛》、《龍威秘書》、《香豔叢書》作「久益」。

〔八一〕后　此字據《説郛》補。

〔八二〕數　紅藥本作「數歲」。

〔八三〕水　《説郛》作「冰」。

〔八四〕大月氏　張本、紅藥本作「大月」，《説郛》、《緑牕女史》、《重編説郛》、《龍威秘書》、《香豔叢書》作「大月支」。按：大月支即大月氏，「氏」音「支」。

〔八五〕顚　此字據紅藥本、《説郛》、《緑牕女史》、《重編説郛》、《龍威秘書》、《香豔叢書》補。《豔異編》作「頭」。

〔八六〕睠睠　《説郛》、《緑牕女史》、《重編説郛》、《龍威秘書》、《香豔叢書》作「惓惓」。

按：《青瑣高議》所載《趙飛燕别傳》，題下注「别傳叙飛燕本末」，題譙川秦醇子復撰。譙川，即亳州譙縣。清紅藥山房鈔本題《趙飛燕外傳》，譙州秦醇子復撰。《説郛》卷三二亦載，傳名《趙飛燕别傳》，注：「一卷，一作《趙后遺事》」，題宋秦醇，注：「字子復，譙川人。」此本不及《青瑣》本爲備，文字亦多異同。《續百川學海》、《稗乘》、《緑牕女史》、《豔異編》、《重編説郛》、《龍威秘書》、《香豔叢書》大抵取《説郛》本，《稗乘》改題《趙氏二美遺踪》，《豔異編》改題《趙飛燕合德別傳》，殊爲多事，其餘則題《趙后遺事》。

傳前序云此傳係據《趙后别傳》補正編次以成。按《説郛》同卷有題漢伶玄之《趙飛燕外傳》，又載於顧元慶刊《顧氏文房小説》。伶玄自序稱與揚雄同時，實託名耳。《趙飛燕外傳》又稱《趙后别傳》，序中所言古文《趙后别傳》，似即影指所謂伶玄所傳者，秦傳確亦多本之，然以二傳相較，秦傳絶非伶傳之補正編次，實另起爐竈，序所言故弄狡獪耳。

譚意哥記〔一〕

秦　醇　撰

譚意哥〔二〕，小字英奴，隨親生於英州。喪親，流落長沙，今潭州也。年八歲，母又死，寄養小工〔三〕張文家，文造竹器自給。一日，官妓丁婉卿過之，見意姿艷〔四〕，私〔五〕念：苟得之，必豐吾屋。乃召文飲，不言而去。異日，復以財帛貺文，遺頗稠疊。文告婉卿曰：「文廛市賤工，深荷厚意，家貧無以爲報，不識子欲何圖也？子必有告，幸請言之，願盡愚圖報，少答厚意。」婉卿曰：「吾久不言，誠恐激君子之怒。今君懇言，吾方敢發。竊知意哥非君之子，我愛其容色。子能以此售我，不惟今日重酬子，異日亦獲厚利。無使其居〔六〕子家，徒受寒饑。子意若何？」文曰：「文揣知君意久矣，方欲先白。如是，敢不從命。」是時方十歲，知文與婉卿之意，怒詰文曰：「我非君之子，安忍棄於娼家乎？子能嫁我，雖貧窮〔七〕家所願也。」文竟以意歸婉卿。

過門，意哥大號泣曰：「我孤苦一身，流落萬里，勢力微弱，年齡幼小，無人憐救，不得從良人。」聞者莫不嗟慟。婉卿日以百計誘之，以珠翠飾其首，輕煖披其體，甘鮮足其口，既久益勤，若慈母之待嬰兒。辰〔八〕夕浸没，則心自愛奪，情由利遷，意哥忘其初志。未及笄，爲擇佳配。肌清骨秀，髮紺眸長，荑手纖纖，宫腰搦搦，獨步於一時，車馬駢溢，門館如市。加之性明敏慧，解音律，尤工詩筆〔九〕，年少千金買笑，春風惟恐居後，郡官宴聚，控騎迎之。

時運使周公權府會客，意先至府。醫博士及〔一〇〕有故至府，升廳拜公。及美髯可愛，公因笑曰：「有句，子能對乎？」及曰：「願聞之。」公曰：「醫士拜時鬚拂地〔一一〕。」及未暇對答，意從旁曰：「願代博士對。」公曰：「可。」意曰：「郡侯宴處幕侵〔一二〕天。」公大喜。意疾既愈〔一三〕，庭見府官，多自稱詩酒半刺〔一四〕。蔣田見其言，頗笑之，因令其對句，指其面曰：「冬瓜霜後頻添粉。」意乃執其公裳袂對曰：「木棗秋來也著緋。」公且愧且喜，衆口嗿然稱賞。魏諫議之鎮長沙，遊岳麓時，意隨軒。公知意能詩，呼意曰：「子可對吾句否？」公曰：「朱衣吏引登青障。」意對曰：「紅袖人扶下白雲。」公喜。因爲之立名文婉，字才姬。意再拜曰：「某微品也，而公爲之名字，榮踰萬金之賜。」

劉相之鎮長沙，云一日登碧湘門納凉，幕官從焉。公呼意對，意曰：「某賤品也，安敢敵公之〔一五〕才？公有命，不敢拒。」爾時迤邐望江外湘渚間，竹屋茅舍，有漁者攜雙魚入脩巷，公相曰：「雙魚入深巷。」意對曰：「尺素寄誰家。」公喜，讚美久之。他日，又從公軒遊岳麓，歷抱黄洞望山亭吟詩，坐客畢和。意爲詩以獻曰：「真仙去後已千載，此構危亭四望賒。靈跡幾迷三島路，凭高空想五雲車。清猿嘯月千巖曉，古木吟風一徑斜。鶴駕何時還古里？江城應少舊人家。」公見詩愈驚歎，坐客傳觀，莫不心服。公曰：「此詩之妖也。」公問所從來，意哥以實對，公愴然憫之。意乃告曰：「意入籍驅使迎候之列有年矣，不敢告勞。今幸遇公，倘得脱籍，爲良人箕帚之役，雖死〔一六〕必謝。」公許其脱。異日，詣投牒，公諾其請。意乃求良匹，久而未遇。

會汝州民張正字〔一七〕爲潭茶官，意一見，謂人曰：「吾得婿矣。」人詢之，意曰：「彼風調才學，皆中吾意。」張聞之，亦有意。一日，張約意會於江亭。于時亭高風怪，江空月明。陡帳垂絲，清風射牖，疎簾透月，銀鴨噴香。玉枕相連，繡衾低覆，密語調簧，春心飛絮，如仙葩之並蒂，若雙魚之同泉，相得之歡，雖死未已。翌日，意盡挈其裝囊歸張。有情者贈之以詩，曰：「才色相逢方得意，風流會遇事尤佳〔一八〕。牡丹移入仙都〔一九〕去，從此湘東無好花。」後二年，張調官，復來見，意〔二〇〕乃治行，餞之郊外。張登途，意把臂囑曰：「子本名家，我乃娼類，以賤偶貴，誠非佳婚。況室無主祭之婦，堂有垂白之親，今之分袂，決無後期。」張曰：「盟誓之言，皎如日月，苟或背此，神明非欺。」意曰：「我腹有君之息數月矣，此君之體也，君宜念之。」相與極慟，乃捨去。意閉户不出，雖比屋莫見意面。

既久，意爲書與張云：「陰老春回，坐移歲月。羽伏鱗潛，音問兩絶。首春氣候寒熱，切宜保愛。逆旅都輦，所見甚多，但幽遠之人，摇心左右。企望回轅，度日如歲，因成小詩，裁寄所思。玆外千萬珍重。」其詩曰：「瀟湘江上探春回，消盡寒〔二一〕冰落盡梅。願得兒夫似春色，一年一度一歸來〔二二〕。」踰歲，張尚未回，亦不聞張娶妻。意復有書曰：「相别入此新歲，湘東地煖，得春尤多。溪梅墮玉，檻杏吐紅，舊燕初歸，煖鶯已囀。對物如舊，感事自傷，或勉爲笑語，不覺淚泠〔二三〕。數月來頗不喜食，似病非病，不能自愈。孺子無恙，意子年二歲。無煩流念。向嘗面告，固匪自欺。君不能違親之言，又不能廢已之好，仰結高援，其無憚〔二四〕焉。或俯就微下，曲爲始終，百歲之恩，没齒何報！雖亡若存，摩頂至足，猶不足答君意。反覆其心，雖秃千兔毫，罄三江楮，亦不能究〔二五〕玆稠疊，上凂君聽。執筆不覺墮淚几硯中，鬱鬱之意，不能自已。千萬對時善育，無或以此爲至念也。短唱二闋，固非君子齒牙間可吟，蓋欲攄情耳。」曲名《極相思令》一首：「湘東最是得春先，和氣煖如綿。清明過了，殘花巷陌，猶〔二六〕見鞦韆。對景感時情緒亂，這密意、翠羽空傳。風前月下，花時永晝，灑淚何言。」又作《長相思令》一首：「舊燕初歸，梨花滿院，迤邐天氣融和。新晴巷陌，是處輕車驕〔二七〕馬，禊飲笙歌。舊賞人非，對佳時、一向樂少愁多。遠意沉沉，幽閨獨自顰蛾。正消黯無言，自感凭高遠意，空寄烟波。從來美事，因甚天教、兩處多磨？開懷强笑，向新來、寬却衣羅。似恁他、人恠憔悴〔二八〕，甘心總爲伊呵。」

張得意書辭，情悰久不快，亦私以意書示其所親，有情者莫不嗟歎。張內逼慈親之教，外爲物議之非。更朞月，親已〔二九〕約孫貫殿丞女爲姻。定問已行，媒妁素定，促其吉期，不日佳赴。張回腸危結，感淚自零，好天美景，對樂成悲，凭高悵望，默然自已，終不敢作書〔三〇〕報意。踰歲，意方知，爲書云：「妾之鄙陋，自知甚明。事由君子，安敢深扣。一入閨幃，克勤婦道，晨昏恭順，豈敢告勞。自執箕帚，三改歲華〔三一〕，苟有未至，固當垂誨。遽此見棄，致我失圖。求之人情，似傷薄惡；揆之天理，亦所不容。業〔三二〕已許君，不可貽咎。有義則合〔三三〕，常風服於前書〔三四〕；無故見離，深自傷于微弱。盟顧可欺，則不復道。稚子今已三歲，方能移步，期於成人，此猶可待。妾囊中尚有數百緡，當售附郭之田畝，日與老農耕耨〔三五〕別穰，卧漏復毳，鑿井灌園。教其子知詩書之訓，禮義之重，願其有成，終身休庇妾之此身，如此而已。其他清風館宇，明月亭軒，賞心樂事，不致如〔三六〕心久矣。今有此言，君固未信，俟在他日，乃知所懷。燕爾方初，宜君子之多喜；拔葵在地，徒向日之有心。自兹棄廢，莫敢凭高。思入白雲，魂遊天末。幽懷藴積，不能窮極。得官何地，因風寄聲。固無他意，貴知動止。飲泣爲書，意緒無極。千萬自愛。」張得意書，日夕歎悵。

後三年，張之妻孫氏謝世，湖外莫通信耗。會有客自長沙替歸，遇於南省書理間。張詢客意哥行没，客撫掌大駡曰：「張生乃木人石心也，使有情者見之，罪不容誅。」張曰：「何以言之？」客曰：「意自張之去，則掩户不出，雖比屋莫見其面。聞張已别娶，意之心愈堅。方買郭外田百畝以自給，治家清肅，異議纖毫不可入。親教其子。吾謂古之李住滿女，不能遠過此。吾或見張，當唾其面而非之。」張慚忸久之。召客飲於肆，云：「吾乃張生，子責我皆是。但子不知吾家有親，勢不得已。」客曰：「吾不知子乃張君也。」久乃散。張生乃如長沙，數日既至，則微服遊於市，詢意之所爲。言意之美者，不容刺口。默詢其鄰，莫有見者。門户瀟灑，庭宇清肅。張固已惻然。意見張，急閉户不出。張曰：「吾無故涉重河，跨大嶺，行數千里之地，心固在子，子何見拒之深也？豈昔相待之薄歟？」意云：「子已有室，我方端潔以全其素志。君宜去，無浼我。」張云：「吾妻已亡矣。曩者之事，君勿復爲念，以理推之可也。吾不得子，誓死於此矣。」意云：「我向慕君，忽遽入君之門，則棄之也容易。君若不棄焉，君當通媒妁，爲行吉禮〔三七〕，然後妾〔三八〕敢聞命。不然，無相見之期。」竟不出。張乃如其請，納彩問名，一如秦晉之禮焉。事已，乃挈意歸京師。意治閨門，深有禮法，處親族皆有恩意。内外和睦，家道已成。意後又生一子，以進士登科，終身爲命婦。夫妻偕老，子孫繁茂〔三九〕。嗚呼，賢哉！（據上海古籍出版社點校本北宋劉斧《青瑣高議》别集卷二）

〔一〕《青瑣高議》原題《譚意歌》，紅藥本同，今據《類説》卷四六《青瑣高議》改。

〔二〕哥　原作「歌」。按：紅藥本、《類説》及《緑牕新話》卷下引《青瑣高議》（題《譚意哥教張氏子》）作「哥」，而《青瑣高議》下文皆亦作「哥」，又張友鶴選註《唐宋傳奇選》校勘記云清惠定宇家抄本《青瑣高議》全作「哥」，今改。

〔三〕小工　《類説》作「竹工」，《緑牕新話》及《青泥蓮花記》卷五《譚意歌》、《情史》卷一三《譚意歌》、《一見賞心編》卷一一《譚意女》並作「竹莊」。

〔四〕見意姿艷　此四字據《類説》補。

〔五〕私　《類説》作「偶」。

〔六〕居　原譌作「君」，校：「疑當作居。」《唐宋傳奇集》校作「居」，今改。

〔七〕窮　紅藥本作「窘」。

〔八〕辰　紅藥本作「晨」。辰，通「晨」。

〔九〕「未及笄」至此　《青泥蓮花記》、《情史》作「女年未及笄，容貌俊美，工於文翰，車馬如市，未嘗枉見一人」(《情史》無年字)，《賞心編》作「年未及笄，色藝獨步一時，車馬如市，尤工吟咏」，皆有增飾之辭。

〔一〇〕及　疑上當脱姓。《類説》無此字。

〔一一〕醫士拜時鬟拂地　《類説》作「醫博拜時鬟瞥地」。

〔一二〕侵　紅藥本、《類説》作「漫」。按：《廣韻・二十九換》漫字莫半切。此處當爲平聲，當作「侵」。侵，七林切。

〔一三〕意疾既愈　此句上疑有闕文。

〔一四〕半刺　原譌作「于刺」，據《類説》改(按：《類説》以「半刺蔣田」相連，亦誤)。半刺，唐宋以稱州郡佐官長史、别駕、通判，言其位重，當刺史之半。

〔一五〕之　原衍一「之」字，據紅藥本删。

〔一六〕死　此字原脱，《唐宋傳奇集》補「死」字，今從。

〔一七〕張正字　「字」原作「宇」，民國精刻本、《類説》、《緑牕新話》、《青泥蓮花記》、《賞心編》均作「字」，紅藥本亦似爲「字」，疑是，下文均未出其名，今據改。正字，官名，屬祕書省，掌校讎典籍，判正譌謬。

〔一八〕風流會遇事尤佳　「會」原作「相」，與前句重字，《類説》、《賞心編》作「會」，據改。《緑牕新話》作

「風流□□會尤佳」。

〔一九〕仙都　《緑牕新話》、《賞心編》作「仙宫」。

〔二〇〕意　原爲闕字，據《類説》、《賞心編》補。《緑牕新話》作「意哥」，《青泥蓮花記》作「意歌」。民國精刻本、紅藥本作「子」，誤。

〔二一〕寒　《緑牕新話》作「殘」。

〔二二〕歸來　《緑牕新話》作「來歸」。

〔二三〕泠　紅藥本譌作「吟」。

〔二四〕憚　原爲闕字，據民國精刻本補。

〔二五〕究　原爲闕字，據民國精刻本補。究，窮也。

〔二六〕猶　紅藥本作「尤」。尤，猶也。

〔二七〕驕　原譌作「轎」，據紅藥本改。

〔二八〕似恁他人恠憔悴　原作「似凭他、人懷憔悴」，據紅藥本改。恁，任凭。按：依詞律，「凭」、「懷」二處當用仄聲字。見《詞律》卷二柳永《長相思》。

〔二九〕已　紅藥本作「以」。下文「定問已行」之「已」同。以，通「已」。

〔三〇〕作書　原作「爲記」，於義未諧。《類説》及《緑牕新話》、《青泥蓮花記》、《賞心編》均作「作書」，據改。

〔三一〕華　原爲闕字，據民國精刻本補。紅藥本作「垂」，誤也。

〔三二〕業　紅藥本作「樂」。

〔三三〕合　原作「企」，據紅藥本、《類説》改。按：《禮記・昏義》有「合二姓之好」，「夫婦有義」之語，下文云「前書」者即指此。

〔三四〕常風服於前書　《類説》作「佩服前言」，伯玉翁舊鈔本作「佩報前恩」。

〔三五〕耨　紅藥本作「耘」。

〔三六〕如　紅藥本作「於」，義同。

〔三七〕吉禮　《類説》作「六禮」。

〔三八〕妾　原爲闕字，據民國精刻本、紅藥本補。《類説》作「乃」。

〔三九〕子孫繁茂　紅藥本下有「甚焉」二字。

按：《青瑣高議》別集（按：《青瑣高議》原書並無別集，乃是南宋重編者另立名目，其内容則雜湊前後集及《摭遺》而成，或亦有取材他書者）載《譚意歌》注「記英奴才華秀色」，題譙郡秦醇子復，譙郡即亳州。《類説》題作《譚意哥記》，與《驪山記》、《温泉記》同，是原應有「記」字也。《唐宋傳奇集》據《青瑣高議》録入，題《譚意哥傳》。

記中稱運使周公權府及魏諫議鎮長沙時與意哥對句，劉相鎮長沙時意哥求其脱籍。運使周公即荆湖南路轉運使周沆，魏諫議即右諫議大夫魏瓘，劉相即宰相劉沆。魏瓘知潭，吴廷燮《北宋經撫年表》及李之亮《宋兩湖大郡守臣易替考》皆列在慶曆元年至三年（一〇四一—一〇四三）。劉沆知潭，據《續資治通鑑長編》載，慶曆二年四月右正言、知制誥劉沆出知潭州，三年十月由知江寧府再知潭州（卷一四四），五年十二月庚申（初九），以劉夔爲荆湖南路安撫使、知潭州，是月壬戌（十一日）劉沆降知鄂州提點刑獄（卷一五七）。同月戊寅（二十七日），開封府判官、祠部員外郎、益都周沆爲荆湖南路轉運使（同上）。周沆上任需費時日，其到長沙當已在慶曆六年春。或其時劉夔因故未到任，故周沆權知潭州。此時意哥猶到府祗應，知尚未脱籍。北宋制度，地方長官有許官妓脱籍之權，劉沆許其脱籍當在離長沙前，蓋呈牒批覆亦需時日也。然則意哥脱籍歸張在慶曆六年，洎孫氏死而娶意哥，據傳意推算，蓋在至和元年（一〇五四）。時意哥子已六歲，此後意哥又生一子，以進士登科，子孫繁茂，則至少在二十餘年後，時殆在元豐間（一〇七八—一〇八五），此作記之時也。

燕華仙傳

黄　裳　撰

黄裳（一〇四四—一一三〇），字冕仲，一作勉仲，又字道夫，號紫玄翁。其先金陵（今江蘇南京市）人，五代時遷南劍州劍浦（今福建南平市）。神宗元豐五年（一〇八二）狀元，授越州簽判，明年除太學博士。哲宗元祐中知大宗正丞事，四年（一〇八九）遷祕書省校書郎，六年詔爲集賢校理。歷考工員外郎、起居舍人、太常少卿，紹聖四年（一〇九七）除兵部侍郎。元符元年（一〇九八）權知開封府，二年兼權吏部侍郎，後轉工部。徽宗時遷禮部侍郎，求外任，崇寧元年（一一〇二）出知潁昌府，移河南府未行，留爲禮部尚書，數月除顯謨閣學士。出知青、廬、鄆州。丐宫祠，差提舉杭州洞霄宫。政和三年（一一一三）以龍圖閣直學士、中大夫知福州，七年以龍圖閣學士、大中大夫再知。宣和元年（一一一九）復以提舉杭州洞霄宫居錢塘，七年除端明殿學士，再領宫祠。高京建炎二年（一一二八）歸劍浦乞致仕，轉正議大夫。四年卒，年八十七。贈資政殿大學士，謚忠文。著《春秋講義》及《演山集》六十卷（今存）。（據《演山集》及王悦序，《經義考》卷二一引程瑀撰碑，《建炎以來繫年要録》卷三九，《續資治通鑑長編》卷三二四、卷三三四、卷四二五、卷四五八、卷四八九、卷五〇〇、卷五一六、卷五二〇，《淳熙三山志》卷二二《秩官》，《直齋書録解題》卷一八別集類，《大明一統志》卷六八《保寧府》，《嘉靖延平府志·人物志》卷三，《萬姓統譜》卷四七，《福建通志》卷四六《人物志·延平府》，《福州府志》卷三一《職官》）

燕華仙人，女子之得道者也。太子中允王綸，昔爲海陵時，有處子未及笄。一日，夢爲山中游。其山秀特，插立萬仞。煙雲縹緲之間，有華亭在其上。仰見二仙圍碁，對坐，冠服靡麗粲爛，如世之畫女仙者。相望之際，恍然已造其坐側。一仙顧謂之曰：「汝見吾一筆塔乎？」遂出而示之：「觀塔而寤思，復得見，且傳其塔，齋戒以自致焉。」後兩日，再遇于夢中，與頃所見無以異也。仙復出塔，顧謂之曰：「汝能傳吾塔，則將與爾會矣。」乃諭處子以發筆處。及覺而思之，一筆而塔就。大功萬象，世之畫工細窺其妙，不知其所以然而然，欲摸而去，不可得也。

一日，燕華降于海陵之公宇，綸淨其室以待之。與處子語笑居處，如人間世，然獨處子聞見之耳，綸等不得其髣髴。綸求名字於仙，仙以清非命其名，以道明命其字。嘗言與綸有契，故來此爾。綸問而荅，出其文篆，皆寓於處子而見焉。名篆八十四，名曲四十八，名書三十六，七荅、二告、十賦，歌行、諷吟、詞曲、銘誥、戒諭、書頌一百二十有八。寄贈招勉，其詩在綸尤多。處子陰受其書篆，發於紙筆，如素所習者。奇怪險絶，皆非人巧所至。綸出百軸進上，餘藏其家。處子求笛金篆〔一〕，仙曰：「姑俟筆至。」少頃，果有贈綸十筆者。發二筆，爲蟲食其鋒，正笛金所用爾。字無小大巨細，例以一筆寫之，未嘗易也。

或以禍福求之，皆默而不應。丁晉公之行，因有所請，仙言復還而已。處子問仙：「今幾千歲矣？」仙亦舉其問而應之。綸問仙：「處子可以歸乎？可以不歸乎？」仙亦舉其問而應之，終不爲之決。及其許嫁，而仙往矣。凡昔之所傳，遂不復記。臨歸，弟夢燕華相導，至大海邊，白石漫然，不可勝計。欲其渡海，處子不如其命，顧謂處子曰：「可於人世求《碧仙洞玉霞經》而讀之。」語已而覺。燕華之降，至此十年矣。處子之歸吕氏，後封萬年縣君，行六十四年而卒。前此，時復聞有音樂之聲，若相將者。然卒不得而遇也。

（據上海商務印書館張元濟等輯《續古逸叢書》之三十九景印日本福井氏崇蘭館藏南宋臨安府太廟前尹家書鋪刊本北宋章炳文《搜神祕覽》卷下《燕華仙》）

〔一〕笛金篆　《夢溪筆談》卷二一《異事》作「茁金篆」。

按：《演山集》不載此傳。《搜神祕覽》云：「黄裳爲《燕華仙傳》，因書其大略曰……」所録節録耳。王安石曾題此傳。《臨川先生文集》卷七一《題燕華仙傳》云：「燕華仙，事異矣。黄君所爲傳，亦辯麗可憙。十方世界，皆智所幻推，智無方，幻亦無窮，必有合焉，乃與爲類，則王夫人之遇，豈偶然哉！」安石卒於元祐元年（一〇八六）（《宋史》卷三二七本傳），則此傳作於其前。考黄裳元豐五年（一〇八二）狀元及第，授越州簽判，明年除太學博士，疑作於此間。

回仙録

陸元光　撰

陸元光，字明遠，一字蒙老。湖州長興（今屬浙江湖州市）人。神宗熙寧六年（一〇七三）余中榜進士。哲宗元符元年（一〇九八）六月知常州晉陵縣，散官通直郎，徽宗建中靖國元年（一一〇一)仍在任。又知秀州嘉興縣。官至河北轉運使。能詩。(據《庚溪詩話》卷下,《嘉泰吴興志》卷一七《進士題名》,《咸淳毗陵志》卷一〇《秩官》、卷一一《科目》、卷二九《碑碣》,《至元嘉禾志》卷三一《題詠》,《萬曆嘉興府志》卷一〇《邑職》,《萬曆湖州府誌》卷六《進士》,《吴興備志》卷五《官師徵》引《東林山志》參《西吴里語》,《同治湖州府志》卷一〇《選舉表》)

吴興之東林沈東老,能釀十八仙〔一〕白酒。一日,有客自號回道人〔二〕,長揖于門曰:「知公白酒新熟,遠來相訪,願求一醉。」實熙寧元年八月十九日也。公見其氣骨〔三〕秀偉,蹙然起迎。徐觀其碧眼有光,與之語,其聲清圓,於古今治亂,老莊浮圖氏之理,無所不通〔四〕。知其非塵埃中人也〔五〕,因出酒器十數〔六〕於席間,曰:「聞道人善飲,欲〔七〕以鼎先爲壽,如何?」回公〔八〕曰:「飲〔九〕器中惟鍾鼎爲大,屈巵螺杯次之,而梨花蕉葉最小。請戒侍人〔一〇〕,次第速斟〔一一〕,當爲公自小至大以飲之。」笑曰:「有如顧愷之食蔗,漸入佳境也。」又約周而復始。常易器滿斟於前,笑曰:「所謂尊〔一二〕中酒不空也。」回公興至,即舉杯浮白〔一三〕。常〔一四〕命東老鼓琴,回公〔一五〕浩歌以和之。又嘗圍棋〔一六〕以相娱,止〔一七〕弈數子,輒拂去,笑曰:「祇恐碁終〔一八〕爛斧柯。」回公自日中至暮,已飲數斗,了無醉〔一九〕色。

是夕,月微明,秋暑未退,蚊蚋〔二〇〕尚多,侍人秉扇敺拂〔二一〕,偶滅一燭。回公乃命取竹枝,以餘酒噀之,插于遠壁,須臾蚊蚋盡棲壁間〔二二〕,而所飲之地洒然〔二三〕。東老欲有所叩,先託以求驅蚊之法〔二四〕。回公曰：「且飲，小術何足道哉！聞公自能黃白之術，未嘗妄用，且篤於孝義，又多陰功，此予今日〔二五〕所以來尋訪，而將以發之也〔二六〕。」東老因叩長生輕舉之術。回公曰：「以四大假合之身，未可離形而頓去，惟死生去住爲大事，死知所往〔二七〕，則神生于彼矣。」東老攝衣起謝：「有以喻之。」回公曰：「此古今人〔二八〕所謂第一最上極則處也。此去五年，復遇今日，公當化去。然公之所鍾愛者，子偕〔二九〕也，治命時不得見之。當此之際，公亦先期而知〔三〇〕，謹勿動懷〔三一〕，恐喪失公之真性。」東老頷而悟之。

飲將達旦，則甕中所釀，止留糟粕而無餘瀝矣。回公曰：「久不游浙中，今日〔三二〕爲公而來，當留詩以贈，然吾不學世人用筆書。」乃就壁席上榴皮畫字，題于庵壁，其色微〔三三〕黃，而漸加〔三四〕黑。故其言有《回仙人題贈東老詩》〔三五〕：「西鄰已富憂不足，東老雖貧樂有餘。白酒釀來緣〔三六〕好客，黃金散盡爲收書。」凡三十六字。已而告別，東老啓關送之。天漸〔三七〕明矣，握手並行〔三八〕，笑約異時之集。至舍西石橋，回公〔三九〕先度，乘風而去，莫知所適〔四〇〕。

後四年中秋之吉〔四一〕，東老微恙，乃屬其族人〔四二〕而告之曰：「回公熙寧元年八月十九日嘗謂予曰：『此去五年，復遇今日，當化去。』予意明年〔四三〕。今乃熙寧之五年也，子偕又適在京師干薦，回公之言，其在今日乎！」及期捐館。凡回公所言，無有不驗〔四四〕。（據上海中華書局《四部備要》校刊芸經樓仿宋本南宋胡仔《苕溪漁隱叢話》後集卷三八引陸元光《回仙録》，又北宋阮閱《百家詩話總龜後集》卷三九《神仙門》引陸元光《回仙録》、南宋談鑰《嘉泰吴興志》卷一七《釋道・神仙》引《回仙録》、明董斯張《吴興備志》卷一三《藝術徵》引陸元老〔光〕《回仙録》、《東林山志》）

〔一〕十八仙　《歷世真仙體道通鑑》卷五一《沈東老》作「八仙」。

〔二〕有客自號回道人　《吴興備志》「有客」下有「布裘青巾」四字。《吴興藝文補》卷一六陸元光《東老祠堂碑記》「自號回道人」作「自稱回山人」，下文「道人」亦作「山人」。

〔三〕氣骨　《詩話總龜》、《吴興志》、《真仙通鑑》、《吴興備志》並作「風骨」。《碑記》作「丰姿」。

〔四〕老莊浮圖氏之理無所不通　《碑記》作「老莊浮圖氏之説，理無不通」。

〔五〕知其非塵埃中人也　《碑記》下有「公欣然爲之設飲」一句。

〔六〕十數　《吴興志》作「十數事」，《吴興備志》作「數十事」。事，量詞，件也。《碑記》「事」作「陳」。

〔七〕欲　《碑記》作「願」。

〔八〕回公　《吴興志》、《真仙通鑑》、《吴興備志》作「道人」，《真仙通鑑》下同。

〔九〕飲　《吴興志》、《吴興備志》作「酒」。

〔一〇〕請戒侍人　《碑記》作「命介侍」。

〔一一〕次第速斟　「速」《吴興志》、《真仙通鑑》作「連」。《碑記》此句作「遞斟于前」。

〔一二〕尊　《詩話總龜》、《吴興志》、《吴興備志》、《真仙通鑑》、《碑記》作「杯」。

〔一三〕回公興至即舉杯浮白　「浮白」《吴興志》、《吴興備志》作「而盡」。《碑記》作「興至輒舉手而拍」。《真仙通鑑》作「酒至前即盡飲，更相酬勸」。

〔一四〕常　《吴興志》、《吴興備志》作「乃」，《碑記》作「仍」。《真仙通鑑》作「道人因」。

〔一五〕回公　原作「回乃」，據《碑記》改。《真仙通鑑》作「乃」。

〔一六〕又嘗圍棋　《碑記》作「或取棊博」。

〔一七〕止　《碑記》作「纔」。

〔一八〕終　《吴興志》、《吴興備志》作「中」。

〔一九〕醉　《詩話總龜》、《吴興志》、《真仙通鑑》、《吴興備志》、《碑記》作「酒」。

〔二〇〕蚊蚋　「蚊」《吴興志》作「蟁」，同「蚊」，下同。「蚋」《真仙通鑑》作「寅」。

〔二一〕侍人秉扇敺拂　「扇」《真仙通鑑》作「燭」。「敺」《海山仙館叢書》本、《吴興志》、《吴興備志》作「驅」。敺，同「敺」，「驅」之古字。

〔二二〕蚊蚋盡棲壁間　《真仙通鑑》作「蚊蚋盡趨壁間」，《碑記》作「蚊蚋俱集竹枝上」。

〔二三〕洒然　《真仙通鑑》下有「無有」二字。

〔二四〕先託以求驅蚊之法　《真仙通鑑》作「請學敺蚊之法」。

〔二五〕日　《真仙通鑑》作「自」。

〔二六〕而將以發之也　《碑記》作「而警發之也」。

〔二七〕往　《真仙通鑑》、《碑記》作「住」。

〔二八〕古今人　《碑記》作「古人」。

〔二九〕偕　《詩話總龜》作「階」，誤，下同。按：諸本皆作「偕」。《東坡先生詩集註》卷一九《回先生過湖州東林沈氏飲，醉以石榴皮書其家東老庵之壁，云西鄰已富憂不足，東老雖貧樂有餘。白酒釀來因好客，黄金散盡爲收書。西蜀和仲聞而次其韻三首。東老，沈氏之老自謂也，湖人因以名之。其子偕，作詩有可觀者》。《搜神祕覽》卷上《回山人》：「湖州沈偕秀才父，以其晚年，自號曰東老。」

〔三〇〕知　原作「致」，誤，《詩話總龜》、《吴興志》、《真仙通鑑》、《吴興備志》、《碑記》並作「知」，據改。

〔三一〕懷　《真仙通鑑》作「念」。

〔三二〕日　原作「已」，誤，據《詩話總龜》、《吴興志》、《真仙通鑑》、《吴興備志》、《碑記》改。

〔三三〕微　《碑記》作「初」。

〔三四〕加　《碑記》作「微」。

〔三五〕故其言有回仙人題贈東老詩　《吴興志》作「其詩曰」，《吴興備志》、《碑記》作「詩曰」，《真仙通鑑》作「詩云」。

〔三六〕緣　《真仙通鑑》作「因」。

〔三七〕漸　《碑記》作「已」。

〔三八〕握手並行　《碑記》前有「二公」二字。

〔三九〕回公　《碑記》下有「分袂」二字。

〔四〇〕莫知所適　《碑記》下有「東老回顧數四，悒怏而歸。故其橋與酒，皆得回公之名」二十一字。

〔四一〕吉　《真仙通鑑》作「夕」。

〔四二〕其族人　《碑記》作「婣族」。

〔四三〕予意明年　《真仙通鑑》作「意在明年」。

〔四四〕「後四年中秋之吉」至此　《碑記》作：「後五年中秋，乃屬婣族而告之曰：『昔回山人期予五年再會，今期已至，吾當化去，故與諸婣族來訣耳。所弗及與訣者，吾子偕乎！』時偕在京也。乃沐浴更衣，神識湛然，就榻而逝。凡回公之言，至是皆驗。」

按：《吴興藝文補》卷一六陸元光《東老祠堂碑記》，首云：「吴興歸安之東林，有隱君子沈思，字持正，秘閣陳成伯以其隱德於東林而老，遂號其庵曰東老，鄉人榮之，亦相與稱焉。」末云：「或有言及于他者，秘以不語人，雖子亦不得而聞之也。蓋回者，吕字之拆，山人者，仙字也。所居之西有山獨秀，而環之皆水，垣屋澹然，無物外之累。公篤于事親，睦于宗族，尊賢禮士，濟物利人，故其孝義之名，聞于四方。人懷其惠，爲之立祠，歲時致敬焉。考其志銘與諸碑記，可見矣。予與公既同里閈，又爲婣家，義弗獲辭，姑序其實，以待當世大賢有道之士而文之也。」中叙沈東老、回山人之事，文字大同。頗疑《回仙録》即《東老祠堂碑記》，後人取其文題作《回仙録》，非元光别有作也。

《吴興備志》卷五《官師徵》引《東林山志》參《西吴里語》：「陸元光，字蒙老，長興人。熙寧中進士，歷吴興知州軍事、朝奉大夫、集賢院學士、提舉南京鴻慶宫。」卷二四《金石徵》引《東林山志》：「《沈東老祠堂碑記》，元豐七年吴興知州軍事、朝奉大夫、集賢院大學士（按：當作集賢院學士，集賢院大學士由宰相兼領）、提舉南京鴻慶宫、賜紫、金魚袋、里人陸元光撰。」按《吴興志》卷一四《郡守題名》中無陸元光，而云：「滕元發，正議大夫，元豐七年八月到任，八年五月轉光禄大夫，九月移知蘇州。吕希道，中散大夫，元豐八年十二月初二日到任，元祐二年八月二十八日罷。」李之亮《宋兩浙路郡守年表》，元豐七、八年著録爲滕元發。《吴興備志》所引《東林山志》有誤。

陸元光《碑記》無紀時，《吴興備志·金石徵》云元豐七年（一〇八四）里人陸元光撰，姑據而定爲元豐七年。沈東老卒於熙寧五年（一〇七二），卒後鄉人爲立祠，歲時致敬，作記時已去十餘年。

蘇小卿

蘇寺丞爲閭江知縣，有女，字小卿，性格妖嬈，儀容儼雅，瑩玉肌香，宫腰難比。因遊賞於花園之間，星眸四顧，見一人卧於花陰之下。女叱問曰：「何人敢至於此？」對曰：「姓雙名漸，本郡吏也。少覽經書，長工詞賦，期躍禹門之三浪，待攀仙桂之一枝。柰家貧無以進身，暫爲本縣之廳吏。」女子悦其顔貌，默念曰：「荆山之玉，自帶纖瑕，世之常理。今生精神端麗，誠爲佳士，但未知其才學。」遂指廳壁山水賦詩，漸乃借意挑之曰：「澗邊芳草連天碧，山下錦濤無丈尺。鶯稀燕少蝶未知，蜜意尋芳與誰惜。我有春情方似織，萬緒千頭難求覓。富貴榮華不早來，眼前光景空拋擲。」女子見詩，心加愛慕，乃曰：「昔相如有援琴之挑，文君潛附轂相逐，韓壽孤吟於牕下，賈氏竊之以香囊，此乃怜其才兒。」嬌羞微笑曰：「爾能學否？」生曰：「一介末吏，非匹耦，不敢當此。」女慙曰：「妾一言已出，反不見從，邇來詩涉淫辭，汝得何罪？」生不得已而諾之。亂紅深處，花爲屏障，尤雲殢雨，一霎懽情。生曰：「今日别後，再會何時？」女曰：「如今别後，可解職歸家，深心勵學，不忘勞苦，以俟搜賢取士，待折高枝。然後復令良媒，求親可矣。我乃它托不嫁，等待親音，更無忘也。」生方欲言，見侍婢數人走至園中，生乃遁去。

遂遊遠郡，訪其先覺。苦志二載，功業一成。歸詢本縣，公吏云：「寺丞不禄，縣君挈家以往揚州，投於外祖。」生乃往揚州，問其親音，有人云：「小卿母又告亡，小卿落於娼道。」生乃大慟。忽契友皇甫善、劉仲脩相訪，云：「吾兄有不樂之意。」生以它托告之。劉曰：「一盃與君解悶。」遂三人同往妓陌之所，但見綵樓與翠閣相連，綉幕共珠簾對捲。劉引其青衣出，請獻茶。應聲而趍，但見女子立於簾下，眉如柳葉，臉似桃花，玉削肌膚，百端嬌美。女子揖衆入於小閣中坐。茶了，衆方欲起，劉遂命酒開樽，四人共飲。酒既〔二〕行，女與衆人曰：「妾有少懇，仰于清聽。近畜一歌妓，世間罕有，願求新詞，收爲家寶，得不見阻深幸。」衆皆唯唯。酒再行之後，用青紗罩罩一女子，執板，筵前佐樽，各滿引盃，令女子歌。女子再起曰：「衆中如有詩詞，願示片言。」漸乃先成其詞，衆不敢措手，衆賓大服。雙生詞曰：「碧紗低映秦娥面，咫尺暗香濃。瑶池秋晚，長天共恨，煙鎖芙蓉。　夭桃再賞，流鶯聲巧，不待春工。樽前潛想，櫻桃破處，得似香紅。」女乃深謝。

酒再行，且再勸之。漸於樽前顧盼，見女子容貌，若小卿也，心悸魂飛，但忘所惜。其女子見漸面，默念之，依稀似雙郎也，心目皆眩，情魂俱失。數盃之後，女子不免問漸曰：「然平生未識高丰，敢問仙鄉姓氏。」漸暗喜曰：「乃閭江縣人也。漸姓雙，因訪親得至於斯。」女子亦曰：「妾先人前任閭江縣蘇寺丞也，因染疾不禄。妾隨母至揚州，母又厭世。不能自養，遂落於娼流，終不爲樂。」語畢，唏嘘流涕，悲不自勝。

是日筵散，各歸所邸。漸獨坐自念曰：「我當日共伊花間叙別，指山爲誓，永不别嫁，今已爲娼。」正嘆之，忽有人彈户，漸開户，見一青衣，曰：「適來筵娘子别具小酌，專候官人。」漸與青衣同去。小卿再拭鉛粉，别搔簪珥，出簾相引，就坐，各叙間别。於小閣中具小酌，三盃之後，小卿與漸曰：「自别之後，父母繼亡，失身娼道，每自思君，空勞夢寐。今得自就合歡之志，我所愿也。」是夜姻緣，再逢嬌態。次早生辭，小卿曰：「是何言也？相别三載，今方得見，安可遽去？」生曰：「聞伊與司理院薛官人爲親，安可久住也？」女曰：「我宅中有一小室，爾且安止。逐日俟司理回宅，却共妾偕行。遣興吟詩，與郎繼和，閑時促席飲樂。」

荏苒二春，美任歸京，官吏送至郵亭餞别。前至大江，泝流而上，漸觀江景寂寞，鬱鬱不樂。船因至鍾陵浦，夜泊豫章城下。是夜萬里無雲，月色如畫，凝情似醉，亂思如癡。一派江聲，促成愁思；數點漁灯，燒斷離情。浩飲長歌，不能自遣。忽聞樓櫓呀呷，有一畫舸將近，亦係垂楊之下，蓬牕相對。漸出視之，但見彼舟中馬門裏一佳人，年約二十餘；對坐一人，必是其夫，約五十餘歲，形貌古怪。明燭舉酒，左右二青衣女子。佳人抱一琵琶，品弄仙音，漸熟視之，即小卿也。漸因見佳人，遂成心感，不敢傳言，遂自歌而挑之。歌云：「樂天當日潯陽渚，舟中曾遇商人婦。坐間因感琵琶聲，與托微言〔二〕寫深訴。因念〔三〕佳人難再得，故言何必曾相識〔四〕。今日相逢相識人，青衫拭淚應無極。我因從官臨川去，豫章城下風帆住〔五〕。續有翩翩畫舸來，斜陽共繫垂楊樹。緑窻相近未多時，紅簾半動聞私語。認得舟中是故人〔六〕，從人來自韶陽路。柔情脉脉不得通，餘香冉冉時聞度。借問舟中是誰氏〔七〕，長自盧江佳麗地。蘇姓〔八〕從來字小卿，桃葉桃根皆姊妹。十歲清歌已遏雲，十一朱顔如桃李，十二能〔九〕描新月眉，十三解綰烏雲髻。亂花深處〔一〇〕偶相逢，一託深心許爲壻。翠鬟曾剪繫平生，暗斷金釵爲盟誓〔一一〕。無何官難兩相忘，因兹〔一二〕流落來天際。揚州一夢今何處，風月深〔一三〕情向誰訴。筭來爭似〔一四〕不相逢，空感當時無限事。昔日風光曾作主，今日風光如陌〔一五〕路。腸斷江頭夜不眠，風帆明日東西去。」

女子品弄之次，忽聽歌詠，熟認其音，乃雙郎也。女放琵琶而出視，見雙漸，立於馬門之外，四目相交，各有餘情，皆眷眷而不敢奉認。女入舟中，再抱琵琶品弄，其聲悲噎，人不忍聞。遂乃歌以荅之，歌曰小卿在舟中荅雙生：「妾家本住盧江曲，私處蘭閨嬌不足。金翹未綰翠雲低，羅裙已束尖腰玉。回眸雙泒秋水清，低眉兩點春山緑。妾之名兮世所聞，錢塘蘇小真仙屬。二三月兮春遲遲，鄰姬行樂相追隨。小竹青絲賞何處，笑言相指亂花溪。折花舉酒未成宴，倏然有客花前轉。青驄馬繫緑楊陰，低鬟便與迎相見。眼期心約情繚亂，與君一使柔腸斷。縱有西清松栢間，仝心許結連枝願。」「幸得伊救我，妾身願以死，以報君之德也。」漸曰：「此不可久住，恐被舟中人見。」令得力者押行李後進，二人易衣馳騎，先往京師參選注授。顯擢歷任，得偕老焉。（據北京中華書局影印明解縉、姚廣孝等編《永

樂大典》卷二四〇五引《醉翁談録·烟花奇遇》）

〔一〕既　原作「妓」，當爲「既」字之音譌，今改。

〔二〕與托微言　《永樂大典》卷三〇〇五引《詩海繪章·雙漸〈豫章逢故人歌〉》作「爲託微詞」。

〔三〕念　《豫章逢故人歌》作「重」。

〔四〕識　原作「適」，據《豫章逢故人歌》改。白居易《琵琶行》：「同是天涯淪落人，相逢何必曾相識。」

〔五〕住　《豫章逢故人歌》作「駐」。

〔六〕認得舟中是故人　「故人」原作「誰氏」，乃因詩句有脱，而與下文「誰氏」相連，《豫章逢故人歌》作「故人」，據改。

〔七〕「從人來自韶陽路」至「借問舟中是誰氏」　此四句原脱，據《豫章逢故人歌》補。

〔八〕姓　原作「小」，據《豫章逢故人歌》改。

〔九〕能　原作「難」，據《豫章逢故人歌》改。

〔一〇〕深處　《豫章逢故人歌》作「溪上」。

〔一一〕暗斷金釵爲盟誓　原作「暗斷平生與盟誓」，據《豫章逢故人歌》改。

〔一二〕茲　原作「病」，據《豫章逢故人歌》改。

〔一三〕深　《豫章逢故人歌》作「心」。

〔一四〕似　原作「信」，據《豫章逢故人歌》改。

〔一五〕陌　《豫章逢故人歌》作「驀」。驀，用同「陌」。

按：《永樂大典》所引《蘇小卿》，出《醉翁談録·烟花奇遇》。《醉翁談録》今存南宋金盈之、羅燁二書，金書雜記瑣聞，羅書多收唐宋傳奇，當出羅書也。今存羅書無《烟花奇遇》一門，唯有《煙花品藻》、《煙花詩集》，《烟花奇遇》當在此下，皆記妓女之事也。此爲逸文。原作者失考。

雙漸，無爲軍巢縣（今安徽巢湖市）人，慶曆二年（一〇四二）中進士（《乾隆無爲州志》卷一二《選舉》）。雙漸小卿故事發生於青年雙漸「苦志二載，功業一成」前後數年間，當在慶曆中。作者於雙漸事跡已不甚了了，據傳聞而述，多有不合事實處，是則作者去雙卿青年時代當已較遠。考張五牛曾編《雙漸小卿諸宫調》（元楊朝英《朝野新聲太平樂府》卷九《哨遍·楊立齋》），張五牛兩宋間人（吴自牧《夢粱録》卷二〇《妓樂》）。《雙漸小卿諸宫調》作於何時已難確考，然諸宫調由孔三傳創於熙寧、元豐、元祐間（王灼《碧雞漫志》卷二），則張五牛所作乃在此後，殆作於兩宋之交。張五牛所作諸宫調内容，觀楊立齋《哨遍》，涉及麗春園、村員外、商賈、茶船等，與本篇所叙内容出入頗大，而近於元雜劇，可見雙漸故事已經較長時間之流傳演變。是則無名氏所作《蘇小卿》産生時代較早，約在神宗元豐、哲宗元祐間，其時雙漸殆死去不久。

李氏女

黄庭堅 撰

黄庭堅(一〇四五—一一〇五),字魯直,號山谷道人、又號涪翁、八桂老人。洪州分寧(今江西九江市修水縣)人。英宗治平四年(一〇六七)舉進士,調汝州葉縣尉。神宗熙寧五年(一〇七二)除北京國子監教授。元豐三年(一〇八〇)改知吉州太和縣,六年移德平。哲宗立,召爲祕書省校書郎,未幾除《神宗實録》檢討官、集賢校理。元祐二年(一〇八七)遷著作佐郎。六年《實録》成,擢中書舍人。丁母艱,八年服除,除國史編修官,辭不就。紹聖初(一〇九四),出知宣州,改鄂州,未幾管勾亳州明道宫。二年章惇等論其《實録》多誣,貶涪州别駕,黔州安置,元符元年(一〇九八)移戎州。徽宗即位,起監鄂州在城鹽税,改簽書寧國軍判官,復命權知舒州,又以吏部員外郎召,皆辭不行。丐郡,崇寧元年(一一〇二)知太平州,九日而罷,主管洪州玉隆觀。明年羈管宜州。四年徙永州,未聞命而卒,年六十一。紹興間贈龍圖閣學士,加太師,謚曰文節先生。庭堅與張耒、晁補之、秦觀俱遊蘇軾門,時稱蘇門四學士。長於詩,詩宗杜甫,與蘇軾並稱「蘇黄」。復善行草書,楷法亦自成一家。著述今存《山谷内集》三十卷、《外集》十四卷、《别集》二十卷及《山谷詞》一卷等。(據《宋史》卷四四四本傳、黄㽦《山谷先生年譜》及卷首《豫章先生傳》、周季鳳《山谷黄先生别傳》)

昭德，趙郡李氏丙申女，初名如璋。往歲，泊舟僧伽浮圖下，夢人教改名曰昭德，遂依用之。熙寧甲寅歲春，隨侍其先君司封在曲江。夢一婦人，年三十許者，面正圓而身長〔一〕，莫能省識，曰：「汝負我命，歲在戊午，我得復冤。」是歲九月，夢一神女從空中而下，指昭德曰：「汝不是〔二〕汝母，九五齊行遍，汝今正好脩。」方夢時，不知問「九五齊行」是何義，覺而問人，莫能訓説。由此寄心香火因緣，不視世間事，且二歲餘。母氏怒曰：「女子無所歸，他日吾目不瞑。」昭德懼，夙夜女工。

元豐戊午仲冬十五夜戊子，夢曲江所夢之婦曰：「我來矣，汝償我債。」以物正刺昭德之心而去。從此遂病心痛，針灸、艾藥熨〔三〕，卜祭禨〔四〕鬼，盡世間法，楚毒增劇，家人莫知所爲。庚寅日昳時，忽得寐〔五〕，夢一女子，從衛如貴人，熟視之，乃甲寅所夢見之神女也。曰：「汝不感〔六〕我語，今奈何？」昭德曰：「弟子愚暗，惟垂慈救。」女曰：「此非吾可以爲汝，惟佛能之。」即將昭德詣佛〔七〕。仰見宫殿莊嚴，諸〔八〕佛皆語。昭德拜且泣，道所以來。内一佛曰：「冤對相逢，如世索債，須彼此息心，當自悟。」昭德曰：「世業所薰，根索〔九〕牢固，安能頓悟？」佛曰：「當此危苦，如何不悟？」昭德復哀請百餘〔一〇〕語，佛曰：「汝但發菩提心，盡此形壽，回向三寶，乃可以度脱出〔一一〕厄。不爾，二十五歲債償〔一二〕復來，雖吾亦不能爲汝。」佛乃爲其作法，以手加昭德項〔一三〕後，旋繞三匝。曰：「吾爲汝解冤竟〔一四〕，汝歸必〔一五〕安矣。」即覺，病去十九，頃之遂平。

昭德從此心絶華慕，口絶腥羶，身絶粉黛綺綉。洗濯三業，亦不復善惡〔一六〕諸夢。故追憶夢時，存其梗概。（據上海涵芬樓據璜川吴氏鈔本校排《宋人小説》本南宋王明清《投轄録》）

〔一〕面正圓而身長　《永樂大典》卷一三一三六《夢婦人訴冤》，引王明清《投轄録》作「面正圜而長身」。

〔二〕是　《大典》作「以」。

〔三〕針灸艾藥熨　《大典》作「針艾湯熨」。

〔四〕機　此字原無，據《大典》補。機，祥也。

〔五〕寐　《大典》作「寢」。

〔六〕感　《大典》作「取」。

〔七〕即將昭德詣佛　《大典》前有「神女」二字。

〔八〕諸　原譌作「詣」，據《大典》改。

〔九〕索　《大典》作「牽」。

〔一〇〕百餘　《大典》作「百十」。

〔一一〕出　《大典》作「此」。

〔一二〕債償　《大典》作「債家」。

〔一三〕項　《大典》作「頂」。
〔一四〕竟　原譌作「意」，據《大典》改。
〔一五〕必　原作「心」，《大典》引作「必」，據改。
〔一六〕惡　原譌作「心」，據《大典》改。

尼法悟

黄庭堅　撰

法悟，清源陳氏戊申女。早慧，能誦《金剛經》。嘗許適其姑之子，姑愛之異常。元祐三年二月初一日，在本家道堂内，忽以剪刀斷其髮。母見，持之而泣。頃刻兄嫂弟妹畢集，誘諭迫脅，無所不致。法悟神色怡然，笑而不答。曰：「法悟自有境界，已發大願。若遇明眼善知識，或敢言其一二。」舉家莫能爲計。

異日，謀請建隆長老，爲舉揚般若違恩義罪譴無邊。語未竟，法悟直前，拈香低頭禮拜，言曰：正月一日晡時，在道堂坐。忽見眼前黑暗，見遠處有火光，舉身從之。約行數里，入大門，榜曰「報冤門」。有緑衣判官持簿籍曰：「汝未可來，何爲至此？汝有宿冤當報，知否？」法悟心悸，對曰：「我〔一〕得生人間，未曾爲惡，何得有冤？」判官曰：「汝前世之妻，乃汝今生之夫。以嫉妬故，傷汝左耳，因而致死。今反爲汝之夫，合正其命。」法悟曰：「我雖有此宿冤，心不欲報。」判官曰：「此自當報，不由汝心。」法悟曰：「我若報冤，冤冤相報，無有了期。」判官曰：「不然。如世間殺人，若有不償報者，其冤終在。」法悟曰：「我但不生嗔恨，冤自消釋。譬如釋迦世尊，昔爲歌利王，割截身體，節節支解，不生嗔恨。我今亦不生嗔恨。」法悟仍見世間冤對，盡載簿內，念得火炬焚卻此簿，令一切冤仇盡得解脱。判官忽揚眉怒曰：「汝是何人，輒來亂吾法也？」叱之使去。

震恐之際，不覺身在荒〔二〕郊外。號泣曰：「是何惡業，却教我〔三〕殺人報冤？觀世音菩薩，來救取我去！」忽見一老僧云：「童子過來，汝須發願。」法悟應聲曰：「我若殺〔四〕人，願碎身如微塵河沙，劫不生人道。」僧曰：「善哉！當聽吾偈：萬丈紅絲結，何時解得徹。但脩頓教門，刹那見彌勒〔五〕。」法悟知僧不凡，因前問：「前生父母何在？」曰：「汝母已生天，父猶沈滯。可禮阿育王寶塔，一與父會〔六〕。」法悟旋歸，失足如〔七〕墮井中，驚不覺醒〔八〕，乃見身在道堂内。約日色，止逾一食時，而自初覺眼前黑暗，至入門與判官議論，及被叱，見老僧語言，不啻如終日也。

法悟既覺，心極惶駭。又重捨其姑之恩義，彷徨不決。至當月晦夜，忽夢前所見老僧，以手摩法悟頂。法悟確意，遂於翌日對佛發願〔九〕，願云：「若果有出家緣分，願剪髮時無人來見。」遂剪二十四刀，盡斷其髮，再以剪刀齊其蓬。母〔一〇〕忽見之。建隆聞説，不復阻〔一一〕難，但云：「不可思議。」先是，法悟之母某氏，學道參請已三十〔一二〕年矣，未有悟入。是日辰時，因舉之〔一三〕而故犯因緣，恍然有省。乃知時〔一四〕因緣不約並至，非擬議所及。時在揚州北門居。（據上海商務印書館據璜川吴氏鈔本校排《宋人小説》本南宋王明清《投轄録》）

〔一〕我　此字原無，據《四庫全書》本補。
〔二〕荒　此字原無，據《四庫》本補。
〔三〕我　此字原無，據《四庫》本補。
〔四〕殺　原作「事」，疑譌，據《四庫》本改。
〔五〕剎那見彌勒　原作「那見彌勒法」，《四庫》本作「剎那見彌勒」，蓋今本脱「剎」字，又涉下衍「法」字，據改。
〔六〕一與父會　原作「一會與父」，據《四庫》本乙改。
〔七〕如　此字原無，據《四庫》本補。
〔八〕驚不覺醒　《四庫》本作「不覺驚覺」。
〔九〕願　《四庫》本作「大誓願」，無下「願」字。
〔一〇〕母　《四庫》本作「姑」。按：《四庫》本「法悟心悸」以上脱去，前之「母見持之而泣」，必亦爲姑事。

下文「法悟之母某氏」,《四庫》本亦作「姑」。

〔二〕阻　《四庫》本作「沮」。

〔三〕三十　《四庫》本作「三」。

〔三〕之　《四庫》本作「知」。

〔四〕時　《四庫》本作「時節」。

按:本篇篇末原云:「右二事黄太史魯直子書云爾,不改易也。真蹟在周渤惟深家,紹興初獻于御府。」「子」字《四庫》本作「手」,是也。據《豫章先生傳》,黄庭堅子名相,無聞於世,不當有御府收其墨蹟之事。王明清採録此二篇,未加改易,猶爲原文。

《李氏女》事及元豐元年(一〇七八),《尼法悟》事在元祐三年(一〇八八)。山谷元祐二年至六年任著作佐郎,尋丁母艱,疑此二文撰於此間。

宋代傳奇集第三編卷三

群玉峰仙籍〔一〕

劉斧 撰

劉斧，字里不詳。仁宗至和末（一〇五六）曾自京至杭州謁資政殿大學士、樞密副使孫沔。嘉祐中（一〇五六—一〇六三）曾侍親通州，其父時爲獄吏。神宗熙寧二年（一〇六九）有故至海上，熙寧中自太原來汴京。曾過吴江，遊湘衡。所交多爲才藝之士，如孫次翁、張退翁、歐陽汾等。著有《青瑣高議》十八卷、《青瑣摭遺》二十卷、《翰府名談》二十五卷。（據《青瑣高議》及孫沔序、《通志·藝文略》及《宋史·藝文志》小説類）

進士牛益，萊州人。益少侍親江湘守官。益志意瀟洒，所爲俊壯，尤重然諾，平生未嘗輕許人，士君子慕之。求學京師，閉户罕接人事。一日，出都東門〔二〕，息柳陰下。忽然困息〔三〕，若暴疾，乃依古柳而坐。俄若寐，神魂若飛〔四〕，至一處，高門大第，朱楹碧檻〔五〕，房殿勢連霄漢。益詢門吏：「此何宫觀？」吏云：「群玉宫也。」益謂吏曰：「居此宫者何人也？」吏曰：「此宫載神仙名籍。」益平日好清虚，懇求吏入宫，吏曰：「常人不可往。」

益坐門，少選有乘馬而至者〔六〕，吏迎候甚恭。下馬，益熟視，乃故人呂內翰溱〔七〕。益喜，拜言〔八〕：「久暌闊，幸此相遇。公去世，今居此乎？」公曰：「吾掌此宮。」益云：「聞此宮皆神仙名氏，可一見乎？」公曰：「子志意甚清，加之與吾有舊，吾令子一見，以消罪戾。」公令益執其帶則可同往，不然不可也。益執公帶，步過三門，方見大殿九楹，堂高數丈，殿上皆大碑，蒙以絳紗〔九〕。公命益立砌下，公升殿舉紗。益望之，白玉爲碑，朱書字其上，上有大字云：「中州天仙籍〔一〇〕」。其次皆名氏，其數不啻數千。其中惟識數人，他皆不知也。所識者乃丞相呂公夷簡〔一一〕、丞相李公迪、尚書余公靖、龍圖何公中立而已。

乃下殿，與益在小室閒話。益曰：「天仙之詳，可得聞乎？」公曰：「自有次序，真人〔一二〕而上，非子〔一三〕可知也。道君次真人，天仙次道君，地仙次天仙，水仙次地仙，地上主者次水仙〔一四〕。率皆正功〔一五〕行進補，方遞昇仙陛〔一六〕。」益曰：「所見者皆當世之公卿，何也？」公曰：「今世之守令，亦異於常，況公相登金門，上玉堂，日與天子謀道者乎？此固非常人能至其地也。」益曰：「今居世卿相〔一七〕，率皆仙乎？」公曰：「十中八九〔一八〕焉。」益曰：「丞相富公弼〔一九〕，高卧伊洛，國之元老〔二〇〕，豈其仙乎？」公曰：「富公自是崑臺真人〔二一〕，況有壽，九十三歲方還崑府。」益曰：「公今何職？」公曰：「吾更三百〔二二〕年方補地上主者。」益曰：「主者又是何官？」公曰：「今之掌五嶽四瀆、名山大川者也。」公曰：

「子宅今在汴河柳下，若久不歸〔二三〕，汝宅舍且壞矣。」遽命一吏送焉。

益至河，吏引益觀河，爲吏推墮其中。益乃覺，身坐古柳下。夜已一更，昏黑，旁有巡卒〔二四〕守之，曰：「子疾乎？我屬守之不敢去。訊〔二五〕之則不應，扶之則不動，若死者，但有微息出入。子何若而又遽醒也？」益不告之。是夜宿都門外邸中，明日題詩壁上而去。其詩今尚存焉，詩曰：「須信出塵事，分明在目前。幾多浮世客，俱被利名牽。」

議曰：益，淳雅有信義者也。常與人〔二六〕言此事，故皆信之。益今七十歲矣，面〔二七〕色瑩然，若年少人。多遊雲水，不時來都下，今尚存焉。（據上海古籍出版社點校本北宋劉斧《青瑣高議》前集卷二）

〔一〕題注「牛益夢遊群玉宮」。

〔二〕出都東門　《新編分門古今類事》卷六《群玉仙籍》引《青瑣》作「出東都門」。按：北宋京城乃開封，稱東京，東都即東京。

〔三〕忽然困息　《古今類事》作「俄然困息」。

〔四〕神魂若飛　明張夢錫刊本、清紅藥山房鈔本作「若飛神魂」。

〔五〕碧檻　張本、紅藥本作「翠屋」。

〔六〕者　此字據《類説》卷四六《青瑣高議·群玉宮》、《古今類事》補。

〔七〕吕内翰溱　原作「吴内翰臻」，《類説》作「吕臻内翰」，《古今類事》作「吕内翰臻」，《三洞群仙録》卷三引作「吕臻」。按：檢《學士年表》，無吴臻而有吕溱，至和元年九月以起居舍人、知制誥拜翰林學士，二年二月以翰林侍讀學士知徐州罷。《宋史》卷三二〇《吕溱傳》亦云「進知制誥，又出知杭州，入爲翰林學士」。吴、吕，臻、溱形近似，且臻、溱同音，故誤。據改。

〔八〕言　張本、紅藥本作「公」。

〔九〕蒙以絳紗　前原有「壁」字，紅藥本、《類説》、《古今類事》、《群仙録》皆無，知爲衍文，據删。

〔一〇〕中州天仙籍　「州」《類説》譌作「洲」。「天」張本、紅藥本、清鈔本作「大」，下文作「天」。

〔一一〕丞相吕公夷簡　《古今類事》作「丞相蘇易簡」，《類説》作「吕夷簡」。按：據《宋史》卷二六六《蘇易簡傳》，易簡官至參知政事，未嘗爲丞相。誤。

〔一二〕真人　《古今類事》作「貞人」，《四庫全書》本作「真人」。下同。

〔一三〕子　紅藥本作「一」。

〔一四〕水仙　《類説》作「神仙」，誤。

〔一五〕正功　《類説》作「由初」，明嘉靖伯玉翁舊鈔本作「主功」，《古今類事》作「立功」。

〔一六〕陛　《古今類事》作「階」。

〔一七〕今居世卿相　紅藥本作「今見居乎世卿相」，《古今類事》作「今見居世之卿相」。

〔一八〕八九　《類説》、《古今類事》、《群仙録》作「七八」。

〔一九〕丞相富公弼　中華書局版《古今類事》金心點校本作「丞相蘇易簡」，校云：「以上六字原缺，據《四庫全書》本補。」按：《四庫》本前作「丞相蘇易簡」，此處則補作「諸公出入廊廟」。

〔二〇〕元老　《古今類事》作「故老」。

〔二一〕富公自是崑臺真人　金心點校本《古今類事》作「蘇公乃丹臺貞人」，校：「以上四字原缺，據《四庫全書》本補。」按：《四庫》本作「真仙者皆玉臺真人」。

〔二二〕百　張本、民國精刻本作「伯」，通「百」。

〔二三〕若久不歸　張本作「久則汝不得歸」，紅藥本作「久之汝不得歸」。

〔二四〕巡卒　張本、紅藥本作「巡喝卒」。

〔二五〕訊　張本、紅藥本作「詢」。

〔二六〕常與人　張本、紅藥本作「亦各與人」。

〔二七〕面　原作「而」，據張本、紅藥本改。

按：南宋晁公武《郡齋讀書志》小説類著録《青瑣高議》十八卷，叙云：「右不題撰人。載皇朝雜事及名士所撰記傳，然其所書辭意頗鄙淺。」《通考》小説家類據晁氏著録。《通志略》、《宋志》小説類均著録爲劉斧撰，亦十八卷。今本《遂初堂書目》小説類只存書名，無卷數撰人。按《詩話總龜》前集兼引《青瑣集》與《青瑣後集》，《類説》兼收《青瑣高議》與《續青瑣高議》，而今本後集卷一《議醫》明云「前集嘗言之矣」，是知原書分爲前後集，晁志等所著録十八卷，應含後集在内。前後集各爲多少卷，因原書已亡，難以確指。

今傳董康誦芬室刻本，據黄丕烈寫本（據明正德十二年鈔本鈔録，黄氏寫本後歸陸心源）刊行，前後集各十卷、別集七卷，蓋南宋書賈重編，與原書差異頗巨，非原書也。夫別集者，乃是重編者另立名目，其内容則是雜湊前後集及《摭遺》而成，或亦有取資他書者。二〇〇七年《中國書店藏版古籍叢刊》影印民國精刻二十七卷本，據《出版前言》稱，乃據誦芬室刻本複刻，然經覈對，誦芬室刻本闕字，此本多有補苴，其餘個別文字有異者亦多，疑此本乃據別本修補。《北京圖書館善本書目》卷五及《北京圖書館古籍善本書目》子部小説家類著録有明抄本二十七卷，有陳寶晉跋。《四庫全書存目叢書》影印南京圖書館藏清紅藥山房鈔本二十七卷。一九五八年上海古典文學出版社、一九八三年上海古籍出版社點校本以誦芬室刻本爲底本，校以上海圖書館所藏清鈔本。又有明萬曆二十三年（一五九五）張夢錫校刊二十卷本，不分前後集，無別集，每卷前署元劉斧著。《北京圖書館古籍善本書目》又著録有《新增京本青瑣高議》明抄本前集十卷後集十卷，存十三卷（前集一至五，後集一至八），及清抄本前後集各十卷。北京圖書館即今國家圖書館也。今本佚文頗多，考得五十二條，不具列焉。

據本書孫沔序，至和三年劉斧索序時已積有數百篇，但當時似未分卷成編。此後不斷增補，故而書中有大量至和以後事，不算佚文，僅今本即有四十多篇事在至和以後。除可疑者（後集卷二《時邦美》記事至大觀初，據《苕溪漁隱叢話》後集卷三六，此事出自《東皐雜録》，孫宗鑑撰），前集卷一《紫府真人記》稱韓琦爲韓魏公，韓琦卒於熙寧八年（一〇七五），後集卷二《王荆公》稱王安石爲王荆公，王安石元豐三年（一〇八〇）改封荆國公，元祐元年（一〇八六）卒，《司馬温公》稱司馬光爲温公，司馬光亦卒於是年，贈温國公，《直筆》稱范純仁後至丞相，而范元祐三年爲右僕射兼門下侍郎。由此推斷，最後定稿約在哲宗元祐間。書中多採前人傳奇及雜説，小部分注明原作者，然當屬自撰者亦夥。

本篇之議補叙牛益後事，而議者、評者皆爲劉斧所加，故本篇當出斧手。牛益獲夢之時，富弼方卧伊洛，吕溱人已作古。考《宋史》卷三一三《富弼傳》及《神宗紀》，弼熙寧二年（一〇六九）拜相，五年以司空致仕，家居洛。又卷三二〇《吕溱傳》及《開封府題名記》（徐伯勇《簡介開封府題名記》，鄭州《中原文物》一九八六年第二期）、《玉壺清話》卷一，溱熙寧元年知開封府，年末以疾罷，不起而卒，約在二年初。吕溱卒時年五十五，牛益既與溱爲故人，則熙寧五年後當亦在五六十歲間。劉斧作記時益年七十，蓋元豐、元祐間也。

高言〔一〕

劉　斧　撰

高言，字明道，京師人。好學〔二〕，倜儻豪杰〔三〕，不守小節，酒酣氣壯，顧命若毛髮，非人莫與結交〔四〕。其或風月佳時，賓朋宴聚浩歌，音調慷慨，泣下云：「使我生高、光時，萬户侯何足道哉！」好高視大，論言狂訐，直攻人過，不顧名節。家資蕩盡，乃遊中牟，干友人，作詩曰：「昨夜陰風透膽寒，地爐無火酒瓶乾。男兒慷慨平生事，時復挑燈把劍看。」翌日，友人以雙縑贈之，言怒，擲縑，毆其价曰：「何遇我之薄！」他日閒遊，遇前友人於途，數之曰：「子平日客都下，吾接子以禮，及子歸，吾厚餞子。今此來，而子託以他適。吾何負子？今不捨子。」因探囊取匕首殺之，並殺其從者二人〔五〕。言思身觸憲網，無所取逃〔六〕，馳入京，見故人柳敷，以實告：「吾當走南北，以延旦暮〔七〕。」柳贈帛爲別。

後屬仁廟崩，新君即位，有罪者咸得自新，歸見柳云：「吾得復歸，身如更生，向時使氣，徒自悔恨。」言：「別後，北走入胡地〔八〕，數日爲候騎所得，縶我兩馬間，以獻名王〔九〕。王問：『汝長於何術〔一〇〕？』對曰〔一一〕：『知書數，能詩，善臂鷹放〔一二〕犬。』名王頗喜。由是久之，王如漠北，令吾往焉，二十餘日，方至其地。黄沙千里，不生五穀。地氣大寒，五月草始生。木皮二寸，冰厚六尺。食草木之實，飲牛羊之乳。名王爲吾娶妻，妻年雖少，腥羶垢膩，逆鼻不可近〔一三〕。夜宿於土室，衣獸皮，胡婦不通語言。吾是時思欲爲中國之犬〔一四〕，莫可得也。凡在漠北，只見草生〔一五〕。時亦得酒飲並麵食〔一六〕，皆名王特令人遺吾也。吾自思：此活千百年，不若中國之生一日也。徒〔一七〕日逐胡婦刈沙草，掘野鼠，生奚爲也！或臨野水自見其形，不覺驚走，爲鬼出於水中，枯黑不類可知也。

「一日，胡婦爲盜去，吾愈不足，爲書上名王，得還舊地。他日，名王〔一八〕至境上，吾夜盜騎馬南走。至吾國，縱其馬歸。因奪牧兒之衣，易去吾服。南走二萬里，至海上廣州。會有大舶入大食，吾願執役從焉。舶離岸，海水滔滔，有紫光色〔一九〕，惟見四遠天耳。鯨鯢出没，水怪萬狀。二年方抵大食。地氣大熱，稻歲再熟。王金冠，身佩金珠瓔珞〔二〇〕，有佛腦骨藏於中宫。人亦好鬬，驅〔二一〕象而戰。百羊生於地中，人知羊將生，乃築牆環之，羊臍於地，人撻馬而奔馳叫呼，羊驚臍斷，便逐水草。

「大食南有林明國，大食具舟欲往，吾又從之，一年方至。國地氣熱甚於大食，稻一歲數熟。人皆裸，惟用尺布〔二二〕蔽形。盛暑則以石灰塗屋堅密，引水其上〔二三〕，四簷飛注如瀑布，激氣成涼風，其人機巧可知也。王坐金車。有刑罰，殺人者復殺之，折人者復折之。他犯小過者，罰布一尺〔二四〕，歸之王。王之宫極富，以金磚甃地，明珠如梔李〔二五〕者莫知其數，沉香如薪，亦用以爨。林明國曾發船，十年不及南岸而回。中間有一國，莫知其名。人長數寸，出必聯絡〔二六〕。禽高數尺，時食其人，故出必聯絡耳〔二七〕。聞東南有女子國，皆女子。每春月開自然花，有胎乳石、生池、望孕井，群女皆往焉。咽其石，飲其水，望其井，即有孕，生必女子。舟人取小人數人載回，中道而死〔二八〕。海中有大石山，山有大木數十本〔二九〕，枝上皆生小兒。兒頭著木枝，見人亦解動手笑焉，若折枝，兒立死。乃折數枝歸，國王藏於宮中。

「吾往林明國六年，又聞東南日慶國，林明有船往焉，吾又從之。既至，結髮如烏雀，王坐石床上，無禮儀亂雜，最爲惡穢。爭鬭好很〔三〇〕，婦女動即殺戮〔三一〕。無刑罰，犯罪，王與人共破其家而奪之〔三二〕。南有山，遠望日照之如金，至則皆硫黄也。硫黄山之南，皆大山焉，火燃山晝夜不息。火中有鼠，時出火邊。人捕之，織其毛爲布造衣，有垢污則火中燃之，即潔也〔三三〕，吾得數尺存焉。吾厭彼，復還，會有船歸林明，吾登其船。娶婦方生一子，踰歲，奔而呼吾回國。舟已解縛〔三四〕，知吾意不還，執子而裂殺之。

「自林明回大食，航海二年方抵廣。吾不埋黄沙之下，免藏江魚之腹，奔走二十年，身行至者四國。溪行山宿，水伏蒿潛，寒熱饑苦，集於一身。以逃死，幸得餘息，復見華風。間心〔三五〕自明，再遊都輦，復觀先子丘壠。身再衣幣帛，口重味甘鮮。有人唾吾面，扼吾〔三六〕喉，拊吾背，吾且俛首受辱，焉敢復賊害人命乎！」

余矜〔三七〕其人奔竄南北，身踐數國，言所遊地，人物詭異，因具直書之，且喜其人知過自〔三八〕新云耳。

議曰：馬伏波云：「爲謹願事〔三九〕，如刻鵠不成猶類鶩者也；學豪俠士，如畫虎不成反類狗者也。」此伏波誨子弟，欲其爲謹肅端雅之士，不願其爲豪俠也。嘗佩服前言。恃其才，卒以凶酗而殺人害命，其竄服鬼方，苦寒無人境，求草水之一飲〔四〇〕，捕鼠而食，安敢比於人哉！得生還以爲大幸，偶脱伏屍東市，復齒人倫，亦萬之一二也。士君子觀之，以爲戒焉。（據上海古籍出版社點校本北宋劉斧《青瑣高議》前集卷三）

〔一〕題注「殺友人走竄諸國」。

〔二〕好學　《詩話總龜》前集卷三引（無出處）、《類説》卷四六《青瑣高議·高言詩》下有「有志義」三字，《類説》明嘉靖伯玉翁舊鈔本作「有志慕義」。

〔三〕杰　張本作「偉」。

〔四〕非人莫與結交　「非」原作「是」，張本作「非人莫與結友」，據改。非人，又作「匪人」，惡人也。

〔五〕因探囊取匕首殺之並殺其從者二人　張本、紅藥本作「因殺之，探囊取匕首，并傷殺者二人」，有誤。

〔六〕無所取逃　張本作「無所逃罪」，紅藥本作「因自逃」。

〔七〕以延旦暮　張本、紅藥本下有「之命」二字。

〔八〕北走入胡地　張本、紅藥本作「北走入胡，入其地」。

〔九〕以獻名王　張本、紅藥本下有「復欲東歸京，吾告以實」九字。

〔一〇〕王問汝長於何術　張本、紅藥本作「詢吾長於何術」。

〔一一〕曰　此字原無，據張本、紅藥本補。
〔一二〕放　紅藥本作「逐」。
〔一三〕近　張本作「忍」。
〔一四〕犬　紅藥本作「人」，誤也。
〔一五〕只見草生　原作「不見生草」，誤。據張本、紅藥本改。
〔一六〕時亦得酒飲並麵食　張本作「一得酒飲，三得麵食」。紅藥本「三」作「二」，餘同。
〔一七〕徒　此字原無，據張本、紅藥本補。
〔一八〕名王　清鈔本無此二字。紅藥本作「明王」。按：名王，古以稱少數民族王之聲名顯赫者。
〔一九〕色　張本、紅藥本作「朝」。
〔二〇〕瓔珞　紅藥本作「纓絡」。
〔二一〕驅　張本、紅藥本作「旅」。
〔二二〕尺布　原無「尺」字，據紅藥本補。
〔二三〕引水其上　張本前有「名王」二字，疑衍。紅藥本譌作「若玉」。
〔二四〕尺　紅藥本作「疋」。
〔二五〕梔李　張本、紅藥本作「桃李」。
〔二六〕出必聯絡　紅藥本作「惟懼排設」，疑誤。

〔二七〕故出必聯絡耳　張本作「出則排行以防之」。

〔二八〕中道而死　張本作「其半」，紅藥本作「其有中」，均有脱譌。

〔二九〕海中有大石山山有大木數十本　張本、紅藥本作「海中有大石，石上有大木數十本」。

〔三〇〕很　張本作「恨」，紅藥本作「狠」。很，同「狠」。

〔三一〕殺戳　張本、紅藥本作「相殺戳」。

〔三二〕犯罪王與人共破其家而奪之　張本作「惟不輸者王，與人共破其家而奪之」，紅藥本「而」作「有」，餘同。

〔三三〕有垢污則火中燃之即潔也　張本、紅藥本作「有垢則烈於火中，視之若燃，舉之則雪如也」。

〔三四〕縛　此字原無，據張本、紅藥本補。

〔三五〕間心　張本作「心間」。

〔三六〕吾　原作「其」，據上下文改。

〔三七〕矜　清鈔本作「驚」。

〔三八〕自　張本、紅藥本作「日」，當譌。

〔三九〕爲謹願事　「謹願」張本作「謹厚」。按：《後漢書》卷二四《馬援傳》：「效伯高不得，猶爲謹勑之士，所謂刻鵠不成尚類鶩者也；効季良不得，陷爲天下輕薄子，所謂畫虎不成反類狗者也。」

〔四〇〕求草水之一飲　張本作「衣草木，飲氷水」。紅藥本下有「氷水」二字。

按：此篇末有「余矜其人」、「因具直書之」云云，當屬劉斧自撰。參見《王寂傳》按語。

王寂傳〔一〕

劉斧撰

大宋王寂，汾州邑人也〔二〕。不妄然諾，尤重信義。里人云：「得千金不如寂之一諾。」其爲鄉閭信重如此。爲文不喜從少年輩趨時〔三〕，由是落魄，不售於有司。一日，拊騎仰面歎曰：「大丈夫當躍馬食肉，取富貴易若拾芥。使吾逢高、光時，與韓、彭並轡，長驅中原，取封侯，臂懸金印大如斗。反從小後生輩學〔四〕爲聲律句，組繡對偶，低回周旋筆硯間，使人奄然無氣。設或得入仕，方折腰升斗之粟，所得幾何哉！」乃毀筆硯，裂冠服，向所蘊藉，一無所顧。日就旗亭民舍里兒社父飲醇酒，恣胸臆，陶然得興，累日忘歸。酒酣耳熱，醉歌春風，往往踞坐擊銅壺爲長謡，音調慷慨，流淚交下。

一日，有邑尉證田訟，入邑前道，吏趨門傳呼甚肅。時寂酒方盛，氣愈壯〔五〕，垂手瞋目不避。吏責其〔六〕慢，遂侵辱寂。寂怒，以手批吏，首抵牆上，墮三齒。寂大呼而出，叱尉下馬，就奪所佩刀劃地數尉曰：「子賄賂公行，反覆曲直，民受其弊者多〔七〕，其罪一也；冒貨踐穢，殘刑以掩其迹，其罪二也；子數鍾之禄，其職甚卑，妄作威勢，縱小吏欺辱壯士，其罪三也。」乃就斬尉，並〔八〕害其胥保十數人，死傷潰〔九〕道，血流染足。比屋民居，闔户莫敢出。寂擲〔一〇〕劍於地，呼其常與飲博儕類，聚而言曰：「尉不法辱人，不殺之無以立勇。今吾罪在不宥，吾將入溪谷，以延朝夕之命。從吾與吾盟，不樂亦各從爾志也。」無賴惡少年皆起應之，相與割牲祭神，結爲黨〔一一〕。出入數百，椎牛、椎豕〔一二〕、掠墓、刼民、燒市，取富貴〔一三〕屋財。民拱手垂頭，莫敢出氣。白晝殺人，官吏引避。視州縣若無有，觀〔一四〕詔條如等閑。

久之，屬章聖上仙，一切無道得從自新。寂聞陰喜，乃取酒飲其徒，告之曰：「山行水宿，草伏蒿潛，跳躍岩谷中，與豺虎爲類，吾志已倦。今幸天子濡大澤，以洗天下罪惡，吾黨轉禍爲福之祥。願從吾者皆行，不然吾自爲計。」黨中有鼠輩睊睨〔一五〕，顔色拂厲，悖語囁然，寂捽斬之坐前。他皆跳躍叫呼曰：「吾今得爲良民，歸見故鄉親戚，死無恨焉。」寂率衆皆出。有司縶之，請命於朝。朝宿聞其名，得赴闕，許自陳其藝，欲以一官榮之。

寂至闕，宿閶闔門外逆旅。久未見朝命，其心站站，若驚風所抑，無所著〔一六〕。一日，扣户聲甚急，寂驚起，開户出，見黄冠道士自外入，笑曰：「群玉峰前，子悟之乎？」寂方默然，回顧道士袖間出鏡，謂寂曰：「子能視之，則可悟也。」寂收神定息視之，澄湛瑩徹，清光滿室。中有山川，遠岫平田，飛瀑流泉，山川高下〔一七〕，掩映其間。從北有堂廡壯麗，有坐藤牀上，若今佛家所爲入定者一人，衣緇素衣，前披幡葆，掩護甚密。道士指之曰：「此子之前身也，余子之師也。以子塵俗未斷，故令托質人間三十年，以窒其慾耳。」道士取鏡，後乃失其往。

寂舞劍鋏，爲之歌曰：「人間冉冉混塵埃，身後身前事莫猜。早悟勞生皆是夢〔一八〕，當時悔向夢中來。」又歌曰：「當年壯氣〔一九〕謾如虹，回首都歸含笑〔二〇〕中。群玉峰前好歸路〔二一〕，可憐三十二秋風。」寂年三十二也。明年，寂知事莫非前定，笑出都門而去，至〔二二〕太行驛舍暴卒，同行者遂葬之西庵下〔二三〕。嘉祐中，雨泛壞其塚，尸出隧外，兩頰拊紅，脉脉如生人，而眉鬢鬚髮，悉不少敗。

熙寧中，余自太原來汴京，道出驛下，適驛下老父詳其本末，故余亦〔二四〕得以傳之。老父亦其黨中人也。（據上海古籍出版社點校本北宋劉斧《青瑣高議》前集卷四）

〔一〕題注「王寂因殺人悟道」。

〔二〕汾州邑人也　《詩話總龜》前集卷三二引《青瑣集》作「都下人」。按：王寂後入闕作歌，《詩話總龜》蓋緣此而誤。

〔三〕爲文不喜從少年輩趨時　張本、紅藥本作「不喜從少年輩爲時文」。

〔四〕學　此字原無，據張本、紅藥本補。

〔五〕酒方盛氣愈壯　紅藥本作「酒方甚，盛氣愈壯」。

〔六〕其　紅藥本作「甚」。

〔七〕民受其弊者多　「者多」二字原無，據張本、紅藥本補。

〔八〕並　張本、紅藥本作「併」。併，連同。

〔九〕潰　清鈔本、紅藥本作「積」。

〔一〇〕擲　原作「置」，張本作「擲」，義勝，據改。

〔一一〕黨　原作「友」，張本作「黨」，按：後文有「吾黨」、「黨中」、「黨中人」，據改。

〔一二〕椎豕　張本、紅藥本無此二字。

〔一三〕貴　張本、紅藥本無此字。

〔一四〕觀　張本作「顧」。

〔一五〕眪睨　民國精刻本、張本作「毗睨」，紅藥本作「毗昵」，「眪」、「毗」皆同「睥」，「昵」字譌。

〔一六〕若驚風所抑無所著　張本作「若驚風無所着」。紅藥本「抑」譌作「益」。

〔一七〕飛瀑流泉山川高下　張本作「飛流高下」。

〔一八〕早悟勞生皆是夢　紅藥本「悟」作「誤」，譌也。《詩話總龜》此句作「早悟浮生都是夢」。

〔一九〕壯氣　《詩話總龜》作「吁氣」。

〔二〇〕含笑　《詩話總龜》作「冷笑」。
〔二一〕群玉峰前好歸路　《詩話總龜》作「翠玉峰前好歸去」。
〔二二〕至　此字原無，據《詩話總龜》補。
〔二三〕同行者遂葬之西庵下　《詩話總龜》作「在仕者遂葬於西崦下」。
〔二四〕亦　民國精刻本、張本無此字。紅藥本作「自」。

按：據「熙寧中余自太原來汴京」云云，本篇乃出劉斧親筆。且「群玉峰」之設，正與《群玉峰仙籍》同。而「使吾逢高、光時」，「一切無道得從自新」，「草伏蒿潛」等語，與《高言》「使我生高、光時」，「有罪者咸得自新」，「水伏蒿潛」，如出一轍。

異魚記〔一〕

劉斧撰

嘉祐歲中，廣州漁者夜網得一魚，重百斤，舟載以歸。洎曉視之，人面龜身，腹有數十足，頸下有兩手如人手。其背似鼊〔二〕，細視，項〔三〕有短髮甚密，腦後又有一目，胸腹五色，皆紺碧可愛。衆漁環視，莫能知其名，詢諸漁人，亦無識者。衆謂殺〔四〕之不祥，漁人以物東荷而歸〔五〕，求人辨之。置於庭下，以敗薦覆之。夜切切有聲，漁者起，尋其聲而聽之，其聲出於敗薦之下。其音雖細，而分明可辨，乃魚也。漁者躡足附耳聽之，云：「因爭閑事離天界，却被漁人網取歸。」漁者不覺失聲，則魚不復言。漁者以爲怪，欲棄之，且倡言於人。

有市將蔣慶，知而求之於漁者。得之，以巨竹器荷歸，復致於軒楹間，以物覆之。中夜則潛足往聽之，魚言云：「不合漏泄閑言語，今又〔六〕移來別一家。」至曉不復言。明日，慶他出，妻子環而觀之，魚或言曰：「渴殺我也！」觀者回走，急求慶而語之。慶曰：「我載之以巨盆，汲井水以沃之。」及暮，魚又言曰：「此非吾所食。」慶詢漁者，魚出於海，海水至鹹，慶遣僕取海水養之。是夜，慶與妻又聽之，魚曰：「放我者生，留我者死。」妻謂慶曰：「亟放出，無招禍也。」慶曰：「我本北人〔七〕，安懼？」竟不放。更後兩日，慶乘醉執刀，臨魚而祝曰：「汝能言，乃魚之靈者。汝今明言告我，我當放汝歸海。汝若默默，則吾以刀屠汝矣。」魚即言曰：「我龍之幼妻也，因與龍競閑事，我忿然離所居至近岸，不意入於魚網中。汝若殺我無益，放我當有厚〔八〕報。」慶即以小舟載入海，深水而放之。

後半年，慶遊於市，有執美珠貨者。慶愛之，問其價，貨者曰：「五百緡。」慶以爲廉〔九〕，乃酧〔一〇〕之半。貨者許諾，曰：「我識君，君且持珠歸，吾明日就君之第取其直。」乃去。後竟不來。慶歸，私念：此珠可直數千金，吾既得甚廉，又不來取直，何也？異日復見貨珠人，慶謂來取價，其人曰：「龍之幼妻使我以珠報君不殺之恩〔一一〕也。」其人乃遠去。此事〔一二〕人多傳聞者，余見慶子，得其實而書之也。（據上海古籍出版社點校本北宋劉斧《青瑣高議》後集卷三）

〔一〕題注「龍女以珠報蔣慶」。

〔二〕似鼊　張本、紅藥本作「或熊或鱉」。

〔三〕項　張本、紅藥本作「頂」，當譌。

〔四〕殺　紅藥本無此字。

〔五〕以物束荷而歸　原作「以複荷而歸」，據張本、紅藥本改。

〔六〕又　紅藥本作「有」。

〔七〕我本北人　原作「我不比人」，據張本改。紅藥本作「吾本北人」。

〔八〕厚　紅藥本作「後」。

〔九〕慶以爲廉　民國精刻本「廉」作「甚廉」。張本作「慶疑其甚廉」。紅藥本作「慶宜其甚廉」，眉批：「宜，墨校疑。」

〔一〇〕酧　原譌作「酹」，據張本、紅藥本改。

〔一一〕恩　張本、紅藥本作「賜」。

〔三〕此事　張本、紅藥本下有「五年」二字。

按：觀篇末云「余見慶子，得其實而書之也」，爲劉斧作無疑。

程説〔一〕

劉斧　撰

程説，字潛道，潭州長邑人。家甚貧，説爲工以日〔二〕給其家，暇則就學舍授業〔三〕。士君子聞之，頗哀其志。好義者〔四〕與之米帛，以助其困，説益得以爲學。慶曆間魁薦〔五〕於潭，次舉及登第，授郴州獄官。替〔六〕日赴調中銓，泊家於隋河之南小巷中。一夕卧病，冥冥然都不省〔七〕悟，但心頭微熱，氣出入綿綿，若毫髮之細。凡三日，起而長吁〔八〕，家人環之，泣而問曰：「子何若而如此也？」説遽詢家人曰：「視吾篋中，前知州王虞部柬〔九〕曾在乎？」求於笥中，已失之矣。

説曰：「甚哉，陰吏之門而使人可畏也！吾病，見一青衣吏手執書曰：『府君召子。』」出宋門〔一〇〕，行至五七十里，天色凝陰，昏風颯颯，四顧不聞雞犬。又百里，至一河，説極困，息於古木下，仰視其木，但枯枝而已。二吏亦環坐，説曰：「此木高百尺，約大六十圍，其勢甚壯，絶無枝幹翠葉，其故何也？」一吏曰：「罪人多休於其下，爲業火熏灼，故其葉殞墮。」説方悟身死，泣涕謂吏曰：「説守官以清素，決獄畏慎，無欺於心，自知甚明，何罪而死也？吾家世甚貧，薄寄都下，此身客死，家無所依。」乃慟哭。一吏曰：「吾亦長沙人。今爲走吏，甚不樂。子與吾同里，有胡押院，亦吾鄉人，引子見之，求之，當得休庇也。」乃行。引過一水〔一一〕，有府庭，入門，兩廊皆高屋。一吏引説立於廡下，曰：「子且於此少待，吾爲子召胡君。」久方至，乃衡州蔡陵胡茂也，與説有舊，相見極喜。胡曰：「子必有重罪，此二吏乃地獄鞠事司吏也。」説恐懼。胡曰：「子行矣，吾爲子見本行吏。」復爲説曰：「地獄罪惡不容私飾，見王便〔一二〕直陳其事，慎勿隱諱。」

俄入大門，一人坐大殿上，吏曰：「此王也。」説俯砌下。王曰：「汝權知郴縣日，殺牛五十隻。牛本施力養人者，無罪殺之，汝當復其命，仍生異道。」説曰：「非説殺也，乃知州王真征蠻，要犒軍也。」王曰：「有何證也？」説曰：「真有親書手柬〔一三〕在説處。」王曰：「其柬曾將來乎？」説曰：「在説書笥中。」王命一吏取來，少選即至。王執其柬〔一四〕，急令召王真來。俄王虞部至庭，王以柬擲砌下，謂真曰：「此豈君手迹也？」真曰：「此誠某所書柬，但真受命山下戰蠻日，兵官胡禮賓令真取牛，兩人共議，然後犒軍。」王命引去。謂説曰：「召子證事，子壽未終，可速回。」

説出門外，見茂，且叙久別之意。茂曰：「吾在此亦薄有權。」説禱茂曰：「我今幸得更生，常聞地獄，遣我一觀之乎？」茂曰：「不惜令子見，但恐無益於子。」説堅欲往，茂乃呼一吏，作符付吏曰：「當〔一五〕速回。」囑〔一六〕説曰：「無捨吏，若一失，子陷大獄不可出。」説與吏至一處高垣，垣上荆棘自生，若鋒刃，獰密，雖蛇虺不可過。有一門不甚高，極壯厚，吏乃扣門，自内應曰：「有罪人乎？」吏曰：「吾有押院符。」門乃開，有一赤髮短臂鬼，胸前後鐵甲。吏急叱曰：「胡押院親戚，欲暫見地獄，可急去，恐見汝驚懼也。」鬼隱去。吏與説乃入獄。左右皆大屋，下有數千百牀，牀下有微火，或滅或燃，牀上或卧或坐，呻吟號呼，形色焦黑，蒼然不可辨男子婦人。説迤邐行看，吏促其出。又至一處，吏曰：「乃鋸獄。」大屋之前，人莫知其數，皆體貫刃，有蛇千百條，周旋於罪人間，或以尾或以口銜其刃，刃動則人號呼，所不忍聞。吏人又促之出。吏曰：「此乃湯火獄，人不可近。」説望之，烈焰時時出於上，俯聽若數萬人求救聲。説覺心臆微痛，吏引説出獄，俄口鼻出血。又行過一瓦礫堆積之所，有一人手出於上，説曰：「何人也？」吏曰：「此秦將白起也，受罪於此。」説謂吏曰：「白起死已千餘年〔一七〕矣，尚在此乎？」吏曰：「昔起殺降人四十萬〔一八〕，禍莫大焉。此瓦礫乃人骨也，爲風雨刼火消磨至此。更千年，瓦礫復歸於本〔一九〕，起方出平地上。又千年，起方入異類中。」

吏曰：「子急歸，無累我。」吏乃同〔二〇〕説歸。不久，路上見殿閣，説曰：「此是何宮宅？」吏曰：「相國寺也。」説方悟。吏或歛容鞠躬俛首而行，説曰：「何故如此？」吏回指寺曰：「此中有聖像故也。」同吏升寺橋，沿汴水南岸東去，行方數步，以手推説墮汴水，説乃覺。説終於蘄州黄岡令，今其子存焉。

議曰：程説與余先子嘗同官守，都下寓居，又與比鄰，故得其詳也。觀陰司決遣，甚實甚明。起之殺趙降人，誠可寒心。陰報果如此，安可爲不善耶？（據上海古籍出版社點校本北宋劉斧《青瑣高議》後集卷三）

〔一〕題注「夢入陰府證公事」。

〔二〕日　張本、紅藥本無此字。

〔三〕業　張本、紅藥本作「道」。

〔四〕好義者　張本作「於尚義者」，紅藥本作「於義者」，均有誤。

〔五〕魁薦　張本無「魁」字。魁薦，州府鄉試以第一名舉薦省試，鄉試第一名稱解元。

〔六〕替　張本、紅藥本作「潛」，誤。替，官員任職替代。

〔七〕省　紅藥本作「醒」。

〔八〕起而長吁　張本、紅藥本前有「或」字。

〔九〕柬　紅藥本作「簡」，下文亦多作「簡」。柬、簡，書信。

〔一〇〕宋門　原譌作「木門」，張本、紅藥本同。按：宋門乃汴京東門之一，見《宋東京考》卷一。《青瑣高議》别集卷一《西池春遊》亦有云：「有故出宋門。」今改。

〔一一〕水　張本、紅藥本作「所」。

〔一二〕見王便　張本作「見主使」。紅藥本眉注：「便，墨校使。」按：作「便」是也。

〔一三〕柬　張本作「簡」，下文「其柬曾將來乎」同。

〔一四〕柬　原作「吏」，張本同。紅藥本作「令」，改作「書」，眉批：「令，当是書。」按：「吏」形近「柬」，蓋「柬」之譌，今改。

〔一五〕當　張本作「作」。

〔一六〕囑　張本、紅藥本作「祝」。祝，用同「囑」。

〔一七〕千餘年　民國精刻本、張本、紅藥本作「千年餘」。

〔一八〕四十萬　張本作「四十八萬」。按：《史記》卷五《秦本紀》：「四十七年……秦使武安君白起擊，大破趙於長平，四十餘萬盡殺之。」卷七三《白起傳》：「四十七年……秦軍射殺趙括。括軍敗，卒四十萬人降武安君。……而盡阬殺之。」

〔一九〕復歸於本　紅藥本作「復歸本於土」，張本「土」譌作「上」。

〔二〇〕同　張本作「倍」，紅藥本作「陪」。「倍」即古字「陪」。

按：議云：「程説與余先子嘗同官守，都下寓居，又與比鄰，故得其詳也。」同卷《巨魚記》云：「嘉祐年，余侍親通州獄吏。」即此「先子」也。此篇爲劉斧自撰無疑。

陳叔文〔一〕

劉斧撰

陳叔文，京師人也。專經登第，調選銓衡，授常州宜興簿。家至窘窶，無數日之用，不能之官。然叔文丰骨秀美，但多鬱結〔二〕，時在娼妓崔蘭英家閑坐。叔文言及已〔三〕有所授，家貧未能之官。蘭英謂叔文曰：「我雖與子無故，我於囊中可餘千緡，久欲適人，子若無妻，即我將嫁子也。」叔文曰：「吾未娶，若然，則美事。」一約即定。叔文歸，欺〔四〕其妻曰：「貧無道途費，勢不可共往，吾且一身赴官，時以俸錢賙爾。」妻〔五〕諾其説。

叔文與蘭英泛汴東下。叔文與英頗相得。叔文時以物遺妻。後三年替回，舟泝汴而進。叔文私念：英囊篋不下千緡，而有德於我。然不知我有妻，妻不知有彼，兩不相知。歸而相見，不惟不可，當起獄訟。叔文日夜思計，以圖其便，思惟無方，若不殺之，乃爲後患。遂與英痛飲大醉，一更後，推英於水，便併女奴推墮焉。叔文號泣曰：「吾妻誤墮汴水，女奴救之併墮水。」以時昏黑，汴水如箭，舟人沿岸救撈，莫之見也。

叔文至京，與妻相聚，遂〔六〕共同商議。叔文曰：「家本甚貧，篋笥間幸有二三千緡，不往〔七〕之仕路矣。」乃爲庫以解物。經歲，家事尤豐足。遇冬至，叔文與妻往宫觀，至相國寺，稠人中有兩女人隨其後。叔文回頭看，切似英與女奴焉。舉蒙首望叔文，乃英也，俄遣向墮水中女奴召叔文〔八〕，叔文托他故，遣其妻子先行。叔文與英並坐廊砌下，叔文曰：「汝無恙乎？」英曰：「向時中子計，我二人墮水，相抱浮沉一二里，得木礙不得下，號呼救人，方得人撈救得活〔九〕。」叔文愧赧，泣下曰：「汝甚醉，立於船上，自失脚入於水，此婢救汝，從而墮焉。」英曰：「昔日之事不必再言，令人至恨，但我活即不怨君。我居此已久，在魚巷城下住，君明日當急來訪我。不來，我將訟子於官，必有大獄，令子爲虀粉。」叔文詐諾，各散去。

叔文歸憂懼。巷口有王震臣〔一〇〕，聚小童爲學，叔文具道其事，求計於震臣。震臣曰：「子若不往，且有爭訟，於子身非利也。」叔文乃市羊果壺酒，又恐家人輩知其詳，乃僦別巷小童攜往焉〔一一〕。至城下，則女奴已立門迎之。叔文入，至暮不出。荷擔者立門外，不聞耗〔一二〕。人〔一三〕詢之云：「子何久在此，昏晚不去也？」荷擔人云：「吾爲人所使，其人在此宅，尚未出門，故候之。」居人〔一四〕曰：「此乃空屋耳。」因執燭共入〔一五〕，有杯盤在地，叔文仰〔一六〕面，兩手自束於背上，形若今之伏法死者。申之官司，呼其妻識其屍，然無他損，乃命歸葬焉。

議曰：兹事都人共聞。冤施於人，不爲法誅，則爲鬼誅，其理彰彰然，異矣。（據上海古籍出版社點校本北宋劉斧《青瑣高議》後集卷四）

〔一〕題注「叔文推蘭英墮水」。

〔二〕但多鬱結　張本、紅藥本及《青泥蓮花記》卷一三《崔蘭英》（末注《青瑣高議》）作「但鬱結亦多」。

〔三〕已　張本、紅藥本及《青泥蓮花記》作「以」。以，通「已」。

〔四〕欺　《青泥蓮花記》作「紿」。紿，欺騙。

〔五〕妻　張本、紅藥本及《青泥蓮花記》作「妻子」。妻子，妻及子也。

〔六〕遂　此字原無，據張本、紅藥本及《青泥蓮花記》補。

〔七〕往　《青泥蓮花記》作「復」。

〔八〕舉蒙首望叔文乃英也俄遣向墮水中女奴召叔文　原作「俄而女上前招叔文」，據張本、紅藥本及《青泥蓮花記》改。《類説》卷四六《青瑣高議·娼妓崔蘭英》亦作「遣女奴召叔文」。

〔九〕號呼救人方得人撈救得活　原作「號呼撈救得活」，據張本、紅藥本及《青泥蓮花記》補五字。《類説》作「號呼求救，人拯之得活」。

〔一〇〕王震臣　張本、紅藥本及《青泥蓮花記》「震」作「正」，下同。

〔一一〕乃僦别巷小童攜往焉　張本、紅藥本及《青泥蓮花記》作「乃就别家里巷人同往焉」。

〔一二〕不聞耗　張本及《青泥蓮花記》「耗」作「動静」。紅藥本下有「還之」二字。

〔一三〕人　紅藥本作「吏」。

〔一四〕居人　原譌作「居之」，據民國精刻本改。張本及《青泥蓮花記》作「人」，紅藥本作「吏」。

〔一五〕因執燭共入　《類説》作「其僕乃入」。

〔一六〕仰　《類説》作「仆」。

按：議有「兹事都人共聞」語，當屬劉斧自撰。

仁鹿記〔一〕

劉斧撰

殿直蔣彦明誠之《地理志》云：「楚有雲夢之澤，方一千五百里。東有仁鹿山、仁鹿谷、仁鹿廟，世數延遠，莫知其端。」余嘗游湘共衡，下洞庭，入雲夢，詢諸故老〔二〕，莫有知者。因遊岳陽，見休退崔公長官，且叩仁鹿事。公曰：「吾得古書於禹穴所藏，探而得之〔三〕，子爲我編集成傳。」余既起，獲其書，乃許之。

楚元王在鬱林凱旋，大獵於雲夢之澤。有群鹿萬餘趨於山背，王引兵逐之。值晚，鹿陷大谷，四面壁立，中惟一鳥道，盡入曲阿〔四〕。王曰：「晚矣，以兵塞其歸路，明日盡取此鹿，天賜吾犒軍也。」既曉，王令重兵環谷口，王自執弓矢。有一巨鹿突〔五〕圍而入，至於王前，跪前膝若拜焉，口作人言曰：「我鹿之首也。爲王見逐奔走，逃死無地，今〔六〕又陷絶谷。王欲盡取犒軍，乞王赦之，願有臆説，惟王裁之。」王曰：「何言也？」鹿曰：「我聞古者不竭澤，不焚山，不取巢卵，不殺乳獸，由是仁及飛走，鳥獸得以繁息。舜積仁而鳳巢閣，湯去羅而德最高。人與鹿雖若異也，其於愛性命之理則一焉。吾欲日輸一鹿與王，則王庖之不虛，吾類得以繁息，王得食肥鮮矣。若王盡取之，吾無噍類矣，王將何而食焉？於王孰利也？王宜察之。」王乃擲弓矢於地，言曰：「汝亦王也，吾亦王也，汝愛其類，何異吾愛其民？傷爾之類，乃傷吾之民也。」王乃下令云：「有敢殺鹿者，與殺人之罪同。」王謂鹿曰：「歸告爾類，吾將觀爾類之出谷。」乃先令鹿行，王登峰而望焉。巨鹿入群鹿中，如告如訴。巨鹿前引，群鹿相從，呦呦和鳴而出谷。王歎惋還國。

後王軍伐吴，不勝而還。吴王復侵楚，楚王與吴戰，又失利。楚王乃深溝高壘〔七〕堅壁，以老吴師。楚多爲疑兵，然吴兵尚鋭，楚王深慮焉。吴軍一夕還營，若萬馬奔馳，吴軍爲鄰國救至，乃遁去。楚王明日遶吴營，見鹿迹無數環其營。王坐郊外，見向巨鹿突至，曰：「今日乃是報恩焉。吾乘〔八〕月黑，引萬鹿馳遶其營，彼必爲救至，乃遁去。」王勞謝曰：「今欲酬子，將〔九〕欲何物？」鹿曰：「我鹿也，食野草而飲溪水，又安用報也？願有説上陳。楚含九澤，包四湖，回環萬里，負山背水，天下莫強焉。加有山林魚鹽之利，蝦蟹果栗之饒，苟能善修仁德，勤撫吾民，可坐取五伯〔一〇〕。彼不修仁義，毒其人民，王從而征之，彼將開門而内吾軍，此不戰而勝者也。王不修仁德，而事征伐，向吴之侵楚，乃王先伐之也。何不愛民行仁義，坐而朝天下，豈不美也？」王曰：「善哉！」王曰：「吾爲子立廟，以旌爾德。」乃名其山曰仁鹿山，谷曰仁鹿谷，廟曰仁鹿廟。（據上海古籍出版社點校本北宋劉斧《青瑣高議》後集卷九）

〔一〕題注「楚元王不殺仁鹿」，張本、紅藥本作「神鹿」。

〔二〕故老　紅藥本作「古老」。古，通「故」。

〔三〕探而得之　紅藥本下有「新書」二字，當衍。

〔四〕盡入曲阿　張本、紅藥本作「盡曲河入」。

〔五〕突　張本作「穴」。

〔六〕今　張本作「令」。

〔七〕高壘　張本、紅藥本無此二字。

〔八〕乘　紅藥本作「承」。

〔九〕將　張本、紅藥本作「又」。

〔一〇〕伯　紅藥本作「百」，眉校：「百，墨校伯。」伯，通「霸」。

按：此記前云：「余嘗游湘共衡，下洞庭，入雲夢，詢諸故老，莫有知者。因遊岳陽，見休退崔公長官，且叩仁鹿事。……余既起，獲其書，乃許之。」以「余」自稱，乃劉斧自撰也。

朱蛇記〔一〕

劉斧撰

大宋李元〔二〕，字百善，鄭州管城人。慶曆年，隨親之官錢塘縣。下元〔三〕赴舉，泛舟道出吴江。元獨步於岸，見一小朱蛇，長不滿尺〔四〕，赭鱗錦腹，銅鬣紺尾，迎日望之，光彩可愛。爲牧童所困〔五〕，元憫之，以百錢售之。元以衣裹歸，沐以蘭湯，澣去傷血，夜分，放於茂草中，明日乃去〔六〕。

元明年復之隋渠東歸，再經吴江。元縱步長橋，有一青衣童展謁曰：「朱秀才拜謁。」元覩其刺，稱「進士朱浚〔七〕」。元以其聲類，乃冠帶出。既揖，乃一少年子弟〔八〕，風骨清聳，趨進閒雅〔九〕，曰：「浚受大人旨，召君子閒話。浚之居，長橋尾數百步耳。」元謂浚曰：「素不識君子之父，何相召也？」浚曰：「大人言與君子之大父有世契，固遣奉召也。大人已年老，久不出入，幸恕〔一〇〕坐邀。」意甚勤厚。元拒不獲已，乃相從過長橋，已有彩舫艤岸。浚與元同泛舟，桂楫雙舉，舟去如飛。

俄至一山，已有如公吏者數十立俟〔一一〕於岸。元乘肩輿既至，則朱扉高闕，侍衛甚嚴。修廊繩直，大殿雲齊，紫閣臨空，危亭枕水，寶飾虛簷，砌甃寒玉，穿珠結〔一二〕簾，磨璧成牖，雖世之王侯之居莫及也。俄一老人高冠道服，立於殿上，左右侍立皆美婦人。吏曰：「此吾王也。」浚乃引元升殿，元再拜，王亦答拜。既坐，曰〔一三〕：「久絶人事，不得奉謁，坐邀車駕〔一四〕，幸無見疑。因〔一五〕有少懇，即當面聞〔一六〕。前日小兒閒遊江岸，不幸爲頑童所辱，幾死群小之手。賴君子仁義存心，特用百錢救此微命，不然，遂爲江壖〔一七〕之土也。」元方記救朱蛇之意。王顧浚曰：「此君乃使子更生者也，汝當百拜。」元起欲答拜，王自起持元手曰：「君當坐受其禮，此不足報君之厚賜〔一八〕。」

王乃命置酒高會，器皿金玉，水陸交錯。後出清歌妙舞之姬，又奏仙韶鈞天之樂，俱非世所有。酒數巡，元起曰：「元一介賤士，誠無他能，過荷恩私，不勝厚幸，深恐留滯行舟，切欲速歸侍下。」王曰：「君與吾家有厚恩，幸無遽去，以盡款曲。」元曰：「王之居此，願聞其詳。」王曰：「吾乃南海之鱗長，有薄功於世，天帝詔使居此，仍封爲安流王。幸而江闊湖深，可以棲居〔一九〕，水甘泉潔，足以養吾老也。」王曰〔二〇〕：「知君方急利祿，以爲親榮，吾爲君得少報厚恩，可乎？」元曰：「兩就禮闈，未霑聖澤，如蒙蔭〔二一〕庇，生死爲榮。」王曰：「吾有女奴〔二二〕，年未及笄，欲贈君子爲箕帚，納之〔二三〕當得其助。」又以白金百斤遺之，王〔二四〕曰：「珠璣之類，非敢惜也，但白金易售耳。」乃別去。

既出宫，復乘前舟，女奴亦登舟同濟。少選至岸，吏賣金至元舟乃去。元細視女奴，精神雅淡，顔色清美，詢其年，曰：「十三歲矣。」自言小字雲姐〔二五〕。言笑慧敏，元心寵愛。後三年〔二六〕，科詔〔二七〕下，明日〔二八〕當試。雲姐曰：「吾爲君偷入禮闈，竊所試題目。」元喜。雲姐出門，不久復還，探知題目〔二九〕。元乃檢閱宿構，來日入試，果所盜之題〔三〇〕。元大得意，乃捷〔三一〕。薦名後，省御試，雲姐皆然。元乃榮登科第，授潤州丹徒簿。雲姐或告辭，元泣留之，不可。雲姐曰：「某奉王命，安可〔三二〕久留？」元開宴餞之，雲姐作詩曰：「六年於此報深恩，水國魚鄉是去程〔三三〕。莫謂〔三四〕初婚又相別，都將舊愛與新人。」時元新娶。元觀詩，不勝其悲。雲姐泣下，再拜離席，求之不見〔三五〕。元多對所親言之，今元見存焉。

議曰：魚蛇，靈物也。見不可殺，況救之乎？宜其報人也。古之龜蛇報義之說，彰彰甚明，此不復道。未若元之事，近而詳，因筆爲傳。（據上海古籍出版社點校本北宋劉斧《青瑣高議》後集卷九）

〔一〕題注「李百善救蛇登第」。

〔二〕大宋李元　《大明仁孝皇后勸善書》卷一四作「唐李元」，朝代誤。

〔三〕下元　張本無此二字。按：下元，陰曆十月十五日。正月十五爲上元，七月十五爲中元，皆節日也，合稱三元。

〔四〕長不滿尺　《吴郡志》卷四六《異聞》、《姑蘇志》卷五九《紀異》引《朱蛇記》作「長尺餘」。

〔五〕爲牧童所困　《姑蘇志》下有「疑其怪物」四字。按：《姑蘇志》乃節自《吴郡志》，此四字蓋撰人王鏊妄增。

〔六〕去　張本、紅藥本作「行」。按：去、行，謂李元也。

〔七〕朱浚　《紺珠集》卷一一《青瑣高議·朱浚元》作「朱浚元」，蓋連下文「元」字而誤。《勸善書》作「諸浚」，姓誤。

〔八〕乃一少年子弟　《類説》卷四六《青瑣高議·朱蛇記》作「有邏士朱浚」。邏士，巡邏士兵，誤。

〔九〕閒雅　《吴郡志》作「可觀」。

〔一〇〕幸恕　《吴郡志》、《姑蘇志》作「敢爾」。

〔一一〕俟　張本、紅藥本、《吴郡志》作「竢」。俟、竢義同，等待。

〔一二〕結　原作「落」，紅藥本同，據張本改。

〔一三〕曰　紅藥本前有「王」字。

〔一四〕駕　張本、紅藥本作「馬」。

〔一五〕因　紅藥本作「固」，眉校：「固，朱校因。」

〔一六〕聞　紅藥本作「聋」，下文「願聞其詳」同。按：「聋」當作「耷」，古「聞」字。

〔一七〕江壖　《吴郡志》作「江濱」。江壖，江邊空地。

〔一八〕賜　《吴郡志》作「德」。

〔一九〕可以棲居　張本、紅藥本作「可以興高澤」，《吴郡志》、《姑蘇志》作「易作膏澤」，作「高」誤。

〔二〇〕也王曰　原校：「以上三字原缺，據鈔本補。」張本亦無此三字，紅藥本無「也」字。

〔二一〕蔭　張本、紅藥本作「陰」。陰，去聲，通「蔭」。

〔二二〕女奴　原脱「奴」字，張本、紅藥本同，據下文及《類説》補。《吴郡志》、《姑蘇志》作「女童」。《勸善書》作「愛女」，誤。

〔二三〕欲贈君子爲箕帚納之　張本、紅藥本作「欲贈結，子若納之」。

〔二四〕王　張本作「元」，誤。紅藥本作「王」。

〔二五〕雲姐　《紺珠集》作「雲姬」。

〔二六〕三年　《吴郡志》、《姑蘇志》作「二年」。

〔二七〕科詔　原無「科」字，據《吴郡志》、《姑蘇志》補。按：科詔，科舉之詔令。《東坡集》卷三《監試呈諸試官》：「每聞科詔下，白汗如流瀋。」《宋史》卷一五六《選舉志二》：「舊制，凡即位，一降科詔。」

〔二八〕明日　此二字原無，據張本、紅藥本、《勸善書》、《吴郡志》、《姑蘇志》補。

〔二九〕探知題目　《吴郡志》、《姑蘇志》作「探懷出題」。

〔三〇〕果所盜之題　張本作「題果如之」。

〔三一〕捷　張本、紅藥本作「高捷」。

〔三二〕安可　《類説》、《勸善書》作「不敢」。

〔三三〕水國魚鄉是去程　《勸善書》作「水國魚邦省二親」。按：《廣韻》「程」字屬「十四清」，出韻，疑誤。

〔三四〕謂　《類説》、《勸善書》作「爲」，通「謂」。

〔三五〕求之不見　《吴郡志》作「苒苒不復見」。

按：據議中「元之事，近而詳，因筆爲傳」語，本篇似屬劉斧自撰。

楚王門客〔一〕

劉斧　撰

劉大方，維州昌都邑人也。少有豪氣，落筆句意遒健，人所歎服。尤嗜酒，兇酗不顧廉恥，人所不爲者亦爲之，由是士君子不與爲交。待罪竄身海上，嗜飲亦盛。一日晚，醉野店。既醉，臨流浣足。一輕舟自水外來，疾若過焉〔二〕。舟中有人厲聲呼大方姓名曰：

「來日大楚王召子。」大方亦愕然。洎歸，中夜後大方心痛，息吐納且綿綿，若不可救者。後兩日方醒，自言：「中夜見介冑吏甚偉，曰：『王召子。』我欲拒，則已爲引去。」至一小山，即有宫殿臺閣，遂令大方坐室，入報，久不出。大方顧守室兵曰：「王何所之，遺客於此久也？」兵云：「王與要離方擊劍。」大方謂兵曰：「王何姓也？」兵曰：「子儒者也，還不知有西楚霸王乎？」大方悟楚王項羽也。少選，中門開，侍從雲集，中有一人，長幾盈丈。兵曰：「此吾主也。」有朱衣吏引大方拜堦上，王亦答之半。既坐，大方偷視王，面色黝赤如紫，長眉方口，目若明水而加圓，顧視若熊虎。王曰：「居處荒僻，不合奉邀，輒有少意，當浼視聽，未欲便煩侍者，更俟少選。」王命進酒。俄盃盤交錯，皿品畢集，聲樂作於堂下。王與大方巨觥獻酬〔三〕，終日不醉，王喜曰：「君真吾儔也。」

是夜〔四〕，王又宴大方於他室。王謂大方曰：「余之失意，居此幾年。近娶鄰國李王故姬爲妃，吾乘醉歌之，爲其所訴，王者見罪，以文掬〔五〕吾受過。近令門下一儒者吳軒作書，文字懦弱，頗有脂粉氣，令人無意焉。子爲作書，如令文意庶幾，彼見而且喜，吾苟免微過，奉報匪輕。」大方曰：「王者何人也？」王曰：「蔣山道君程助也。但少用數十句，明白即佳矣。」大方乃濡毫謂曰：「籍，東吳編户，將門遺旅〔六〕。屬中原〔七〕之鹿走，則萬國以蟻〔八〕爭。不意籍不先臨宫内〔九〕，倏然劍磨纓血〔一〇〕，戟洗秦〔一一〕膏，大孽既去，餘奸悉遁〔一二〕，自謂四海盡歸掌握，天下可以指揮。大勢難留，已失門中之望；天心不佑，卒亡〔一三〕垓下之師。寧戰死於烏江，恥獨回於吴土。斯民愛惜，廟食〔一四〕存焉。近因娶妃，反招罪戾。非心之故造，實乃狂藥之酗人。如蒙貸赦，全賴仙慈。起仰霓旌，不勝恐竦。」王見，喜云：「正合吾意。」命書吏速寫奏進王。

於是大方促席間坐，玉斝交飛。有絳衣姬，色甚豔冶，大方數目之，陰以手引其衣，復以餘觴贈姬。王大怒，命武士引大方坐砌下，曰：「是何狂生，輒敢無禮吾之侍者，意欲窺圖，我今殺汝矣。」絳衣姬曰：「事方未已，又欲故爲罪，安可解也？」王叱姬曰：「汝愛此狂奴乎？何庇救也？」王愈怒，聲如闞〔一五〕虎。大方方乘酒，氣亦壯，可知以理奪，大言曰：「昔楚襄王好夜飲，風滅燭，客有引姬衣者，美人斷其纓而請於王曰：『有人引妾衣，妾已〔一六〕斷其纓。明燭見斷纓，乃得引妾衣者。』王曰：『飲人以狂藥，責人以正禮，是不可。奈何尊酒之間而責人乎？』王命坐客俱斷纓，然後明燭。史氏書此爲千古之美話。何襄王之大度，量容也如此！王召我來作奏上道，來免罪咎，飲我〔一七〕以酒，我爲酒所醉，既醉悞焉，非故也。而凌辱壯士，王乃妄人也。」楚王愧赧，自下砌引大方上堂，曰：「吾生長於兵，無聞正義。」復置酒高會。

王曰：「子言漢所以得，吾所以失，吾將知過焉。」大方曰：「王之失有十焉。王之不主關中，其失一也；王之鴻門不殺沛公，其失二也；王之信讒逐去范增，其失三也；王之不攻滎陽，其失四也；王之不仗仁義，其失五也；王之專任暴虐，其失六也；王之得地不封其功，其失七也；王之殺義帝，其失八也；王之聽漢計而割鴻溝，其失九也；王之不養鋭以待時，回兵力爭，其失十也。」王喜曰：「子之所言，皆謀之不敏。」王曰：「異日煩子居門下，可乎？」大方對以「親老家遠，身居異地，未敢奉許」。王曰：「兼子陽壽未終，候子還鄉，方去奉召。」大方曰：「敢不從命。」王命速送大方回。仍遣絳衣姬送大方，臨水登舟，姬笑曰：「後期非遠，千萬自愛。」吏送大方回，呼大方名姓，乃覺。後大方遇恩回故里。數年，一日見介冑吏控所馬〔一八〕云：「王令召子。」大方別家人，乃奄然。一何異哉！

大方有詩數篇，吾雖鄙其人而愛其才，亦愛而知惡、憎而知善之意也，故存之。其詩《詠海》云：「沌元初一判，天地此居窪。今古乾坤腹，朝昏日月家。闊疑包地盡，勢欲極天涯。誓斬鯨鯢輩，臨風按鏌鋣。」《詠泰山》詩：「萬古春之主，群山孰可曹。都因敦〔一九〕厚大，不是嶮巇高。頂襯天池穩，根盤野葛〔二〇〕牢。坎離分背面，日月轉周遭。仙館鸞朝舞，神亭鬼夜號。雲來諸夏雨，風去百川濤。東渭藏陰重，西秦抱勢豪。龍蛇藏隙穴，草木立毫毛。陝谷三升土，黃河五尺壕。誓登臨日觀，直下釣靈鼇。」《病虎行》歌：「海北愁雲無從〔二一〕裂，風如追兵雪如撒。哀者老虎病無力，百尺泉源都凍絕。山中牛羊竟不來，牙爪寂寂傷饑渴。萬里兵刃色慘悽，獐嬌鹿倨豺狼悦。安得肉食復如初，平地紛紛羽毛血。一吼千年白日寒，群獸幽憂心骨折。如今纏病未能興，長戈硬弩無相殺。世上青山不敢生，青山盡是狐貍穴。」

議曰：良賈深藏若虚，君子盛德，容貌若愚。大方之才，亦可愛賞，不克負荷，竟殘其軀，破其美名，不得齒士君子列。非他人之所詿誤，乃自取之也。悲夫！（據上海古籍出版社點校本北宋劉斧《青瑣高議》别集卷七）

〔一〕題注「劉大方夢爲門客」。

〔二〕焉　疑爲「馬」字之譌。

〔三〕王與大方巨觥獻酬　紅藥本下衍「不醉」二字。

〔四〕夜　紅藥本譌作「也」。

〔五〕掬　疑當作「鞠」。鞠，告也，誡也。

〔六〕旅　原爲闕字，據民國精刻本補。

〔七〕屬中原　原爲三闕字，據民國精刻本補。

〔八〕蟻　原作「議」。按：此字與上句「鹿」對，當作「蟻」，今改。

〔九〕籍不先臨宫内　「宫」原作「官」，疑當作「宫」，秦宫也。今改。按：秦末沛公劉邦與諸侯約，先入咸陽者王，沛公先入。項羽受阻於函谷關，聞沛公已破咸陽，大怒。見《史記》卷八《高祖本紀》及卷七《項羽本紀》。

〔一〇〕劍磨纓血　「劍」原作「見」，據紅藥本改。按：「劍」與下文「戟」相對。「血」原爲闕字，據民國精刻本補。

〔一一〕戟洗秦　原爲三闕字，據民國精刻本補。

〔一二〕遁　原爲闕字，據民國精刻本補。

〔一三〕亡　原爲闕字，據民國精刻本補。紅藥本譌作「忘」。

〔一四〕食　紅藥本作「設」。

〔一五〕鬬　原爲闕字，據民國精刻本補。紅藥本譌作「聞」。

〔一六〕已　紅藥本作「以」。以，通「已」。

〔一七〕飲我　原爲二闕字，據民國精刻本補。

〔一八〕控所馬　紅藥本作「所控馬」，誤。所，官所。

〔一九〕敦　紅藥本譌作「敢」。

〔二〇〕葛　原爲闕字，據民國精刻本補。

〔二一〕從　紅藥本作「縱」。

按：本篇中云「吾雖鄙其人而愛其才」，當屬劉斧所作。

宋代傳奇集第三編卷四

蒨桃〔一〕

劉斧撰

寇萊公少時過大梁，宿邸中，夢至一處，翠峰流水〔二〕。有女童引至磐石上，與兩人對坐〔三〕，共食蒨桃。女童曰：「某〔四〕有分。」曰：「乘高履險，有危道焉〔五〕。」趨左〔六〕，公引執其手而下〔七〕，須臾〔八〕即覺。後公自汴回梁〔九〕，再宿舊邸〔一〇〕。有老姥〔一一〕曰：「吾孫女小名蒨桃〔一二〕，衣冠家欲娶之。可出拜〔一三〕。」則女大罵，曰：「我已有夫〔一四〕。」公曰：「爾試呼之。」少選出拜曰：「此吾主也。」公悟向所夢，大駭曰：「此曩昔之夜所夢者也〔一五〕。」遺姥銀百星，售女爲妾〔一六〕。語言多有補益。

後公自相府出鎮北門〔一七〕，燕集無虚日。有善歌者，至庭下，公取金鍾獨酌，令歌數闋〔一八〕。公贈之束綵〔一九〕，意尚未滿。蒨桃自内窺之，立爲詩二章呈公云〔二〇〕：「一曲清歌一束綾，美人猶似〔二二〕意嫌輕。不知織女螢窗〔二三〕下，幾度抛梭織得成。」其二云：「夜冷〔二四〕衣單手屢呵，幽窗軋軋度〔二五〕寒梭。臘天日短不盈尺〔二六〕，何似妖姬〔二七〕一曲歌。」公覽詩，悵然有感，乃和韻一首曰〔二八〕：「將相功名終若何，不堪急景似奔梭〔二九〕。人間萬事君休問〔三〇〕，且向樽前聽艷歌〔三一〕。」

後公南遷雷州〔三二〕，蒨桃泣曰：「妾無奇功，不升於仙；有薄効，亦不入於鬼。前世師事仙人爲俠〔三三〕。嘗有巨官〔三四〕爲侍兒所鴆，妾往戮之，失於詳審，孕已數月，是一戮而殺二人。受譴再入輪迴〔三五〕，宿根有契，爲公侍妾，今將別去。敢有所托，願葬杭州天竺寺。」萊公諾，曰：「吾去非久也，何之？」桃曰：「吾向不言，恐泄陰理，今欲去，言亦無害〔三六〕。公當爲地下主者，乃閻浮提王也。天符即下，宜集〔三七〕後事。」明日，蒨桃果卒。公不久亦逝。有王克勤，見公於曹州境上，擁驢北去。克勤詢後騎曰：「公何往？」曰：「閻浮提王交政也。」果爲閻羅王矣〔三八〕。（據北京中華書局影印本明解縉、姚廣孝等編《永樂大典》卷一三一三六《夢女子相遇》引《翰府名談》，又北宋阮閱《增修詩話總龜》前集卷二二宴遊門引《翰府名談》，吳幵《優古堂詩話》引《翰府名談》，南宋曾慥《類説》卷五二《翰府名談·萊公蒨桃》，胡仔《苕溪漁隱叢話》後集卷四〇《麗人雜記》引《翰府名談》，皇都風月主人《緑牕新話》卷下《蒨桃諫寇公節用》，吳曾《能改齋漫録》卷八《沿襲》引《翰府名談》，闕名《錦繡萬花谷》前集卷二六《閻浮提王》，張邦幾《侍兒小名録拾遺》引《翰府名談》，祝穆《新編古今事文類聚》後集卷一六《蒨桃能詩》，何汶《竹莊詩話》卷二二《閨秀》引《翰府名談》，周守忠《姬侍類偶》卷下《蒨桃束綾》引《翰府名談》，謝維新《古今合璧事類備要》前集卷五四《蒨桃二詩》，又卷六三《閻浮提王》引《翰府名談》，元陶宗儀《説郛》卷一七宋葉□□《愛日齋叢鈔·閻羅王》引《翰府名談》，闕名《群書通要》乙集卷九優賤門俳優類《蒨桃賦詩》，明鳩兹洛源子《一見賞心編》卷一一賢節類《蒨桃女》）

〔一〕篇題自擬。

〔二〕宿邸中夢至一處翠峰流水　《賞心編》作「夜宿邸館，夢遊一佳境，層峰聳翠，絶澗交流」。《緑牕新話》同《大典》。

〔三〕與兩人對坐　《緑牕新話》同。《賞心編》作「相與對坐」。

〔四〕某　《緑牕新話》作「人」。

〔五〕曰乘高履險有危道焉　以上九字據《賞心編》補，原作「女童曰」，蒙上删「女童」二字。

〔六〕左　《緑牕新話》作「左右」。

〔七〕公引執其手而下　「而下」二字原無，《賞心編》作「迺執其手而下」，據補「而下」二字。

〔八〕須臾　此二字據《賞心編》補。

〔九〕後公自汴回梁　「後公」二字據《賞心編》補。《緑牕新話》「回」作「向」。

〔一〇〕舊邸　《賞心編》作「邸館」。

〔一一〕老姥　《賞心編》作「老嫗」。

〔一二〕蒨桃　《類説》嘉靖伯玉翁舊鈔本題作《倩桃詩》，《漁隱叢話》亦作「倩桃」。按：蒨，絳色。倩，美也。

〔一三〕可出拜　此句據《賞心編》補。《緑牕新話》連上作「孫女蒨桃出拜」。

〔一四〕我已有夫　以上至此《類説》作：「寇萊夢得麗人蒨桃，後有姥携女，公造焉。姥曰：『女不見客。』」

〔一五〕大駭曰此囊昔之夜所夢者也　此十二字據《賞心編》補。

〔一六〕遺姥銀百星售女爲妾　《賞心編》作「厚爲之聘而納焉」。

〔一七〕後公自相府出鎮北門　「公」《類説》舊鈔本作「寇平仲公」。按：寇準字平仲，封萊國公，見《宋史》卷二八一本傳。「自相府」三字據《漁隱叢話》補。

〔一八〕至庭下公取金鍾獨酌令歌數闋　此十三字據《漁隱叢話》補。《事類備要》卷五四無「下」字，餘同。

〔一九〕束綵　《類説》作「束絲」，《詩話總龜》、《侍兒小名録拾遺》、《事文類聚》、《竹莊詩話》、《姬侍類偶》、《事類備要》卷五四、《群書通要》、《賞心編》並作「束綾」。

〔二〇〕蒨桃自内窺之立爲詩二章呈公云　以上十四字據《漁隱叢話》補。《事類備要》卷五四作「侍兒蒨桃自内窺之，作二詩主公曰」。《類説》舊鈔本作「侍兒蒨桃爲詩曰」。

〔二一〕清　《緑牕新話》譌作「青」。

〔二二〕似　《漁隱叢話》、《詩話總龜》、《緑牕新話》、《侍兒小名録拾遺》、《事文類聚》、《竹莊詩話》、《姬侍類偶》、《事類備要》卷五四、《群書通要》並作「自」。

〔二三〕螢窗　《類説》譌作「營窗」。《能改齋漫録》、《事文類聚》、《事類備要》卷五四、《賞心編》作「寒窗」。

〔二四〕夜冷　《詩話總龜》、《侍兒小名録拾遺》、《竹莊詩話》作「風勁」，《事文類聚》、《姬侍類偶》、《事類備要》卷五四、《群書通要》、《賞心編》作「風動」。

〔二五〕度　《賞心編》作「動」。

〔二六〕臘天日短不盈尺　《賞心編》作「吁嗟短日難盈尺」。

〔二七〕妖姬　《詩話總龜》作「燕姬」。

〔二八〕公覽詩悵然有感乃和韻一首曰　以上十三字據《賞心編》補。《詩話總龜》、《事文類聚》、《侍兒小名録拾遺》、《姬侍類偶》、《事類備要》卷五四、《群書通要》作「公和曰」，《漁隱叢話》作「公和云」。

〔二九〕奔梭　《詩話總龜》作「飛梭」。

〔三〇〕君休問　《詩話總龜》、《事文類聚》、《侍兒小名録拾遺》、《姬侍類偶》、《事類備要》卷五四、《群書通要》、《賞心編》作「何須問」。

〔三一〕且向樽前聽艷歌　《事類備要》「樽」作「博」。「其二云」至此據《漁隱叢話》補。

〔三二〕後公南遷雷州　《錦繡萬花谷》、《事類備要》卷六三作「蒨桃隨南遷再移光州」，《愛日齋叢鈔》作「萊公南遷，再移光州」按：光州乃雷州之誤。《宋史·寇準傳》：「降準爲太常卿、知相州，徙安州，貶道州司馬。……乾興元年，再貶雷州司户參軍。」

〔三三〕俠　《類説》舊鈔本作「使」。

〔三四〕巨官　原作「官」，「巨」字據《類説》補。《勸善書》卷一七作「達官」。

〔三五〕受譴再入輪迴　《勸善書》作「此妾所以受譴，今復輪迴至此也」。

〔三六〕「敢有所托」至此　據《錦繡萬花谷》、《事類備要》卷六三補。

〔三七〕集　《類説》作「即」。

〔三八〕「有王克勤」至此　據《錦繡萬花谷》、《事類備要》卷六三補。《愛日齋叢鈔》亦引，稍簡。

按：此篇載劉斧《翰府名談》，原文不存。《翰府名談》二十五卷，見於《通志·藝文略》、《宋史·藝文志》小説類著録。《類説》卷五二摘録十五條，明天啓刊本不著撰人，嘉靖伯玉翁舊鈔本卷四四署劉斧撰。其他宋人書亦多引其佚文，較多者爲《詩話總龜》前集、《分門古今類事》。《分門古今類事》引作《翰苑名談》，異稱也。遺文凡得五十九事。

本書當是纂集名公巨卿、文士詞臣所談而成，故以《翰府名談》爲名。最晚記事在元豐中。《古今類事》卷一八、卷一九引《于生遇風》、《樊元遇僧》，事皆在元豐中。《三洞群仙録》卷一三引《澤民燕堂》載元豐中張澤民死，宰相富弼三年後卒，富弼卒於元豐六年（一〇八三），此後第三年即元祐元年（一〇八六）。按至和三年（一〇五六）《青瑣高議》初成，時孫沔稱劉斧秀才，斧時當少壯之年。元祐中《青瑣高議》定稿成書，已過三十餘年，此間似不能再撰《翰府名談》。疑《青瑣》成書後復撰本書，時殆在哲宗元祐、紹聖中也。

書中所記大都爲北宋事，少數出唐五代。唐事多因襲唐人書，北宋事則大抵自記聞見。本篇不見諸他書，蓋屬劉斧自撰也。

白龜年〔一〕

劉斧 撰

白龜年至嵩山，遥望東岩，古木㡘幕〔二〕窣地。步至其旁，樽俎羅列。有一人前曰：「李翰林相召。」龜年趨進，其人褒衣博帶，色澤秀發，曰：「吾則唐李白也，子之祖乃白居易也〔三〕。雖不同代，亦一時人，以其道同，今相往復。吾自水解之後〔四〕，放遁山水之間，因思故鄉，西歸嵩峰。中帝飛章上奏，見辟於此掌牋奏，已百年矣。近過潼關〔五〕，適有詞曰：『誤入〔六〕桃源深洞，一曲妙歌〔七〕舞鳳。常記欲別時，明月落花烟重。如夢，如夢，和淚出門相送。』」龜年曰：「吾祖今在何處？」曰：「在五臺掌功德所〔八〕，從昔日之志也。」又出書一卷〔九〕遺龜年，曰：「讀之可辨九天禽語、大地〔一〇〕獸言。更修功行〔一一〕，可得仙也〔一二〕。」

後龜年遊潞州，太守知有異術，召而詢之〔一三〕。庭下有二雀啾唧而過，太守曰：「彼何言也？」曰：「彼言城西民家開廩〔一四〕，有餘粟在地，共食之。」使人驗之，果然。又見厩馬仰首而嘶，問曰：「此又何言？」曰：「彼言〔一五〕槽中料熱，不可食。」後驗之亦然〔一六〕。時近清明，將吏驅羊二十餘口〔一七〕，後一羊不行，鞭之有聲〔一八〕。太守曰：「羊不行有説乎？」曰：「羊言腹内羔將産，待其生子，然後就死〔一九〕。」守乃留羊，月餘果産〔二〇〕。後〔二一〕龜年放迹方外，時有人見之者〔一三〕。（據北京文學古籍刊行社影印明天啓六年刊本南宋曾慥《類説》卷五二《翰府名談·嵩山見李白》，又陳葆光《三洞群仙録》卷一〇《龜年辨禽》引《翰府名談》，李昌齡傳《太上感應篇》卷一二《覆巢》及《傷胎》引仙傳，元趙道一《歷世真仙體道通鑑》卷三七《李白》）

〔一〕《類説》題《嵩山見李白》，今别擬如題。

〔二〕㡘幕　《真仙通鑑》作「簾幙」，字同。

〔三〕子之祖乃白居易也　《太上感應篇·覆巢》作「吾與汝父樂天」，誤。

〔四〕水解之後　「之後」二字據《三洞群仙録》補。

〔五〕潼關　「關」字原闕，據《類説》舊鈔本、《三洞群仙録》、《真仙通鑑》補。

〔六〕誤入　《類説》舊鈔本、《真仙通鑑》作「曾向」，《三洞群仙録》作「曾宴」。

〔七〕妙歌　《三洞群仙録》作「歌鸞」。

〔八〕在五臺掌功德所　原作「在臺上功德所」，《類説》舊鈔本作「在五臺山功德所」，據《真仙通鑑》改。

〔九〕出書一卷　《太上感應篇·覆巢》作「出一軸素書」，《傷胎》亦作「一軸素書」。

〔一〇〕大地　《太上感應篇·覆巢》及《傷胎》作「九地」。

〔一一〕功行　《三洞群仙録》作「陰德」。

〔一二〕可得仙也　《三洞群仙録》作「可作地仙也」。《太上感應篇·覆巢》作「仙亦可冀」。按：《太上感應篇·覆巢》下有「龜年如戒，果得其效」八字。

〔一三〕後龜年遊潞州太守知有異術召而詢之　《太上感應篇·覆巢》作「一日過潞州，太守知其如此，延與之坐」，《傷胎》作「太守知其能」，餘同。

〔一四〕彼言城西民家開廩　「彼言」原無，《真仙通鑑》全句作「彼城西家開廩」，《太上感應篇·覆巢》作「彼言城西民家廩」，據補「彼言」二字。「開」原譌作「閑」，據《類説》舊鈔本、《真仙通鑑》改。

〔一五〕彼言　此二字原無，據《真仙通鑑》補。

〔一六〕後驗之亦然　此句原無，據《真仙通鑑》補。《太上感應篇·覆巢》作「問之亦然」。

〔一七〕將吏驅羊二十餘口　「將」《真仙通鑑》作「人」。「口」原譌作「曰」，據《類説》舊鈔本及《真仙通鑑》改。《太上感應篇·傷胎》作「將吏驅三十羊過庭下」。

〔一八〕後一羊不行鞭之有聲　《太上感應篇·傷胎》作「中有一羊鞭不肯行，又且悲鳴」。

〔一九〕待其生子然後就死　《真仙通鑑》作「乞生，然復就死」，《太上感應篇·傷胎》作「俟産訖，甘就死」。

〔二〇〕守乃留羊月餘果産　《太上感應篇·傷胎》作「守乃留羊不殺，驗之，既而果生二羔」。

〔二一〕後　此字據《真仙通鑑》補。

〔二二〕時有人見之者　《真仙通鑑》作「不知所之」。

按：本篇原文不傳，此當係節文。

溷獄對事

劉斧撰

市民丘信暴卒，經宿復活〔一〕，云：「初見一吏，出草囊蒙吾口，氣遂絶〔二〕，擲於門外。俯首〔三〕入門，望其屍，卧堂〔四〕下。又一吏曰：『無令氣絶，此但對事耳，留一魂以守屍。』俄至一處，若公所〔五〕，令赴溷獄對事。入一棘門，污地臭穢不可近。地面有亂髮〔六〕，一吏以杖擊一髻〔七〕曰：『樵成。』髻即露頭應聲〔八〕曰：『某是〔九〕。』吏曰：『汝適擬言〔一〇〕，某年某〔一一〕月日殺羊豕十二隻，乃丘信遣汝殺，今以〔一二〕信對。』信聞其聲，乃州南樵二郎也，面色醜惡不可辨，呼信曰：『我罪迷天地，子爲我〔一三〕分其十二之數，以減我過。』信曰：『昨以衆户賽神，信實主之，但於子處市肉〔一四〕，非我遣子殺也。』其頭復没穢下。吏曰：『子無罪，當回。』信問：『此人何時可出？』吏曰：『殺猪羊踰數萬，受此苦滿數千歲方受生，復割其肉，以償殺者。死而復生，生而復死，雖千百世償之未盡。』」（據北京文學古籍刊行社影印明天啓六年刊本南宋曾慥《類説》卷五二《翰府名談·溷獄對事》）

〔一〕活　《類説》舊鈔本作「醒」。

〔二〕出草囊蒙吾口氣遂絶　原作「出吾口氣遂絶」，據《勸善書》卷二〇補三字。

〔三〕俯首　《勸善書》作「自」。

〔四〕堂　舊鈔本作「墻」。《勸善書》字形似「街」，不明何字。

〔五〕所　《勸善書》作「宇」。

〔六〕亂髮　《勸善書》下有一字，形似「塊」。

〔七〕一吏以杖擊一髻　「一吏」原作「吏」，據舊鈔本補「一」字。「一髻」舊鈔本作「人髻」，《勸善書》作「其髻」。

〔八〕髻即露頭應聲　原作「即出頭應聲」，據《勸善書》補改。

〔九〕曰某是　此三字據舊鈔本補。

〔一〇〕適擬言　《勸善書》作「通欵言」。適，剛才。擬言，進言。通欵，交好。

〔一一〕某　此字原無，據《勸善書》補。

〔一二〕以　《勸善書》作「與」。

〔一三〕我　此字原無，據《勸善書》補。

〔一四〕市肉　原作「過」，據《勸善書》改。舊鈔本作「買」。

按：此爲節文，原文不傳。

侯復〔一〕

劉斧　撰

侯復，字復之，世本三秦人。嘗登乾陵，賦詩曰：「勢欲傾江移泰華，乾坤都在手心中。幾時直欲更唐祚，不柰簾前有狄公。」又曰：「太宗蹀血平寰宇，何事高宗信女主〔二〕。當時朝端無正人，天下分毫皆姓武。」歸寢，夢一朱衣人引至大宮闕，有一婦人坐殿上，衣王者服，侍立皆婦人，知其爲唐天后也。問復曰：「前代帝可譏而陵寢可登乎？」復遜謝之。令升殿，與論當時事，酌以酒，再令賦詩，曰：「堂殿無人古苑空，幽花盡日度春風。山鶯海燕舊時在，時復飛來入故宮。」「唐宮秦苑皆離黍，常〔三〕遣詩人興倍增。落日牛羊歸已盡，朦朧初月上乾陵。」

后覽詩尤異，令呼杜夫人來。至即謂復曰：「此如晦之遠孫也，當時爲第一色。帝欲見之多稱疾，其强項與爾敵。」令與復飲。杜夫人贈復詩曰：「深宮鎖閉暗生塵，默默那知歲月新。泉室久無人氣味，不知今日再逢春。」留數日而歸。臨行，復以詩別夫人曰：「丈夫剛鐵腸，因花反柔弱。男子忠義心，於情安可薄。几有瀲灧巵，席有燕趙姬。人生捨此外，萬事俱不知。魂魄恍遊仙，自信皆偶然。匆遽又分散，涕淚何流漣。從斯對佳景，蕭索春風前。今夕天角月，光滿人不圓。幽池雙鸂鶒，日日浮清泉。霜鶻長天外，驚飛急似弦。一落江沙上，一墮古溪邊。獨行寒水畔，悲鴻誰見憐。何時再相遇，共戲復雙眠。」復徘徊不忍去，因爲執織者擊〔四〕其腦，遂覺。（據上海商務印書館張元濟等輯《四部叢刊初編》景印明月窗道人校刊本北宋阮閱《增修詩話總龜》前集卷三三紀夢門上引《翰府名談》）

〔一〕篇題自擬。

〔二〕主　原譌作「王」，據《四庫全書》本改。周本淳校點本（卷三五）依明鈔本亦改。

〔三〕常　《四庫》本作「嘗」。

〔四〕擊　《四庫》本作「激」。

李珣〔一〕

劉斧撰

李珣，字温叔，都官外郎之幼女也。八歲能詩，嘗作《榴花》一絶云：「烈火真紅輕皺面，晨霞碎剪貼枝條。金刀刺出猩猩血，濺落芳叢久不銷。」後適江夏人王常，同泛舟射利江湖間。婁徹爲《江州清風亭記》，常方〔二〕歎美，珣曰：「未之盡也。何不云『好山渌〔三〕

水，萬里有盡處；清風明月，千古無老時』？」一日舉其文於徹，徹卒用其言爲破題。不久常死，而珣溺舟於三山磯下。後三日，屍忽出於水中，士人〔四〕異之，爲立廟。

熙寧間，都人〔五〕張芝過廟，作三絕焚於廟中。一云：「風軟潮生江水平，遙峰隱隱浸寒青。自從香骨沉波底，獨我爲詩吊尔靈。」二云：「軋軋櫓聲離遠浦，蕭蕭帆影落寒濤〔六〕。殷勤滴〔七〕酒陳佳果，將此深心慰寂寥。」三云：「江雨初晴遠岸低，心因啼鳥陡思歸。爾如會我題詩意，魂夢相求一處飛。」既夜，一青衣召云：「娘子奉俟久矣。」芝曰：「娘子爲誰？」青衣曰：「早來獻詩與誰耶？」芝乃悟。見一婦人，謂芝曰：「早來佳章，欲托以夢寐，是或不真，不能盡所懷，故求面見。妾溺此時，水官令賦詩，及校《九江會源録》，一夕而畢。水官大悦，令江神出其屍顯其靈，今有祠在此，血食於人。謝子之詩，意所不敢當。」荅以詩曰：「梅天半霽江水漲，水摇花影紅蕩漾。東風抛雨過江西，截江一瞬生銀浪。閴然〔八〕不見鷗鷺飛，漁唱四沉烟暝〔九〕蕩。忽然晴霽碧虛〔一〇〕闊，水色天光月下上。柳風和軟浪無聲，客櫓嘔軋中流鳴。两岍沙頭拾〔一一〕翠女，嬉笑携手相將行。秋入空江潦水〔一二〕靜，澄江〔一三〕一碧如寒鏡。遠帆滅没入雲中，菱唱微茫晚風暝。西風脱木露三山，隱隱樵歸〔一四〕亂石間。霜猿哀落岩前月，杜宇枝間〔一五〕更啼血。蓬囱〔一六〕風緊客衣單，中夜危腸幾欲絕。我本名家閨中女，聘得良人共途路。相將雲水二十年，所得歡心亦無數。

豈其天禍及一身，夫死身沉大江去。猛風吹雲無定踪，盡日陰愁難得雨。秋高水冷白骨寒，孤兒稚女歸何處。因公遺我白玉篇，慰此窮泉生和煦〔一七〕。明朝仙舸宿何州，回首寒江烟雨暮。」芝見詩，嘆賞久之。又〔一八〕出白金二百星贈芝，曰：「煩礲一石，載妾前事，亦有奉報，如何？」芝受其金。送芝出幄，則已五鼓矣。

芝後因循不能爲立石，舟再過三山磯〔一九〕下，幾至傾覆。是夜又夢其女深訴，責之負其事。（據上海商務印書館張元濟等輯《四部叢刊初編》景印明月窗道人校刊本北宋阮閱《增修詩話總龜》前集卷四七鬼神門引《翰府名談》，又南宋周應合《景定建康志》卷五〇《拾遺》引《翰林〔府〕名談》，元張鉉《至正金陵新志》卷一四《摭遺》引《翰林〔府〕名談》）

〔一〕 篇題自擬。

〔二〕 方　原作「萬」，據《建康志》、《金陵新志》改。周本淳校點本（卷四九）依明鈔本亦改。

〔三〕 淥　《建康志》、《金陵新志》作「緑」。

〔四〕 士人　《建康志》、《金陵新志》作「土人」。

〔五〕 都人　《建康志》、《金陵新志》作「都山」，疑誤。

〔六〕 濤　《金陵新志》作「潮」。按：《廣韻》「濤」屬平聲「六豪」，「潮」屬「四宵」，而末句「寥」屬「三蕭」，皆可通押。

〔七〕滴　《建康志》、《金陵新志》作「瀝」。

〔八〕闃然　《建康志》《四庫全書》本作「闇然」。

〔九〕瞑　《建康志》《四庫》本作「暝」，下同。暝，通「瞑」。

〔一〇〕虚　《建康志》作「雲」。

〔一一〕拾　《建康志》《四庫》本作「捻」。

〔一二〕潦水　《建康志》作「源水」。

〔一三〕江　《建康志》作「流」。

〔一四〕歸　《建康志》作「居」。

〔一五〕間　《建康志》《四庫》本作「開」。

〔一六〕蓬囪　《建康志》《四庫》本作「篷窗」。蓬，通「篷」。囪，「窗」之古字。

〔一七〕煦　《建康志》作「氣」。

〔一八〕又　《建康志》、《金陵新志》作「俄」。

〔一九〕磯　此字據《建康志》、《金陵新志》補。

林文叔〔一〕

劉　斧　撰

林文叔，字野夫，興化軍人。治平間，遊上都，寓甘泉坊後巷。貧甚，幾不聊生。比隣一孀婦，年三十餘，朝肩故衣出售，暮即歸。居之對門有茶肆，文叔多坐其中，婦人亦時來飲茗。時初冬，文叔尚衣暑服，婦人憐之，乃以全體之服與之。月餘雪寒，又以一衾遺之。數日，又以錢與文叔。文叔愧謝，婦人曰：「人有急難而不拯者，非壯義士也。」後遂與文叔爲婚。問其姓氏祖先，皆不荅。二歲，育一子。

一夕同寢，中夜失之。文叔驚起，燭以尋之，杳然不見，其户牖則如故。俄自天牕而下，手携紫囊，胷插匕首〔二〕，喘猶未定。婦人曰：「與子別矣。子以視〔三〕我爲何等人？吾在仙鬼之間者，率以忠義爲心。吾居此十年者，吾故夫爲軍使枉殺，吾久欲報之。吾上訴天，下訟陰，方得旨。」囊中取其頭示文叔曰：「此吾戮其神也。」執文叔手，戀語曰：「吾覿子之面與氣，禄甚薄，有禄則壽不永，宜切戒之。可貨宅携緡〔四〕歸故鄉，溪山魚酒，醉臥一生足矣，何必區區利禄哉！」言訖躍出。文叔依其言而歸，壽八十餘而卒。（據清光緒陸心源輯刊《十萬卷樓叢書》本南宋委心子宋氏《新編分門古今類事》卷五異兆門下《文叔遇俠》引《翰苑名談》）

〔一〕《分門古今類事》標目作《文叔遇俠》，今別擬如題。

〔二〕匕首　《四庫全書》本作「人首」。按：下文云「囊中取其頭」，作「匕首」是。

〔三〕視 《四庫》本無此字。

〔四〕緡 此字原脱，據《四庫》本補。

按：《分門古今類事》所引當有删略，非其原文。末云：「以此知禄薄而貪冒僥倖，壽必不永。録之可爲浮躁者之戒。」乃編者委心子所加，今不取。

宋代傳奇集第三編卷五

葬骨記〔一〕

熙寧四年，皮郎中赴任，道出北都，館於憲車行府〔二〕。時公卧疾，侍者方供湯劑，火爐倏爾起去，藥鼎墮地。時公卧而見〔三〕之，頗驚〔四〕。俄有女奴，叫呼呻吟，仆於廊砌，自言曰：「吾，公子〔五〕之妻族中某人也。」少選，公子持劍叱〔六〕之，曰：「爾何鬼？而敢憑人也？」女奴自道曰：「我非公子之妻族也，託此爲先容耳。我即謝紅蓮者也，向爲人側室〔七〕，不幸主婦見即殺之，埋骨於此，不得往生。遇公過此，請謀遷此沉骨故耳。」語訖不復聞。女奴乃無恙，良已。

翌日見魏公〔八〕，具道其事。公曰：「伏尸往往能爲怪。」乃命官吏往求之。數日，了不見骨。一夕，役夫夢一婦人曰：「我骨在廚浴之間。」役夫遂告主者，果得骨，但無腦耳。公念其死時必非命，卒遽埋掩，故其草草〔九〕。乃以温絮裹之，綵衣覆之。因思無首骨，亦未爲全。會恩州兵官〔一〇〕出巡，過府見公，乃命宿於其地，以候〔一一〕其怪。中夜後，月甚明，兵官〔一二〕見一婦人，無首而舞於庭。翌日，兵官以此聞。公復命求之，又獲腦骨。公遣擇日如法葬於高原。

一夕，公門下吏李生忘其名，夢一婦人，貌甚美，鮮衣麗服，斂躬謂李生曰：「我乃向沉骨，蒙魏公遷之爽塏〔一三〕，俾得安宅，則往生亦有日矣。夫遷神之德，何可議報？子爲我多謝魏公。」李生曰：「汝何不往謝焉？而託人，得無不恭乎？」婦人曰：「我非敢懈，蓋魏公時之正人，又方貴顯，所居有衛吏兵擁護〔一四〕，是以我不敢見。幸煩子致誠懇也。」李生翌日以此事陳於魏公。（據上海古籍出版社點校本北宋劉斧《青瑣高議》前集卷一）

〔一〕題注「衛公爲埋葬沉骨」。

〔二〕憲車行府　《類説》卷四六《青瑣高議·謝紅蓮》作「憲司」。按：憲車行府、憲司指各路所設提點刑獄司，簡稱提刑司、憲司、憲臺。此爲設於河北東路大名府之提刑司。大名府北宋爲北京，又稱北都。

〔三〕見　明張夢錫刊本、清紅藥山房鈔本作「看」。

〔四〕頗驚　張本下有一闕字，紅藥本作「曰」。

〔五〕公子　原作「公」，據下文補「子」字。

〔六〕叱　張本、紅藥本作「𦝫」。

〔七〕側室　紅藥本作「間室」。

〔八〕魏公　原譌作「衛公」，據紅藥本、《類説》改，下同。紅藥本下文或作「衛公」。按：魏公即韓琦。仁宗嘉祐三年（一〇五八）拜相，六年封儀國公，英宗立進封衛國公，治平元年（一〇六四）封魏國公。神宗熙寧元年（一〇六八）判大名府（北京），六年改判相州（見《宋史》卷三一二本傳）。熙寧四年判大名時已封魏國公者久，不得仍稱衛公。

〔九〕故其草草　此句原無，據紅藥本補。「草草」譌作「章章」，今改。

〔一〇〕兵官　紅藥本作「兵馬」。

〔一一〕候　紅藥本似爲「顧」字，眉校：「顧，疑作偵。」

〔一二〕兵官　紅藥本作「官」，下同。

〔一三〕爽塏　紅藥本作「塽塏」，義同，高暢乾燥之地也。

〔一四〕衛吏兵擁護　紅藥本作「吏兵衛擁」。

按：本篇是否爲劉斧自撰無從判知，姑列爲無名氏作品。以下各篇皆屬此類。

彭郎中記〔一〕

彭郎中介〔二〕，潭州湘陰人也。有才學，由進士登甲科。歷官所至有美聲，爲吏民所愛服。公晚年授郴州〔三〕刺史。到家歲餘，中夜如廁，見庖廊下有燈〔四〕，公謂女使未〔五〕寢。俄聞呼叱，若呵責人。公乃潛往，自牖窺之。有烏衣朱冠者，箕踞坐前，箠撻一人。公亦不知神鬼，乃推户而入。他皆散去，惟烏衣起而揖公。公視其面，蒼然焦黑，不類人。公知其異，乃安定神室而問之：「子何人也，而居此？」烏衣者云：「我，公之屬吏。公，吾之主人。某即竈神。」公曰：「適所譴責者何人？」神曰：「饑餓無主之鬼，入公厩庖竊食耳。」公曰：「餓而盜食，汝何責之深也？」神曰：「吾主内外事，酉刻則出巡，遇魑魅魍魎皆逐之，此吾職也。」

神又曰：「在吾境内，無主之鬼日受饑凍，公能春秋於臨水處，多爲酒肉祭之，其爲德不細。無主之骨，擇土掩之，其賜甚厚。若有災患，此屬亦〔六〕能展力。」又〔七〕云：「吾職雖微，權實頗著。公之見吾〔八〕，當有微恙。公歸，當急服牛黄，以生犀致鼻中，即無患。」公起入，過門限即仆〔九〕。侍者引起，至卧榻，徐醒〔一〇〕。乃如所言而服之，方愈。

後公如其言，祭餓鬼於水濱，葬遺骨於高原。公没，靈柩歸長沙，空中聞百人泣聲。人〔一一〕曰：「無主之鬼，感恩而泣彭公。」移時乃滅。（據上海古籍出版社點校本北宋劉斧《青瑣高議》前集卷一）

〔一〕題注「彭介見竈神治鬼」。
〔二〕介　紅藥本作「者」。
〔三〕郴州《類説》卷四六《青瑣高議·竈神》作「荆州」，舊鈔本作「柳州」。按：宋無荆州，而稱江陵府。《萬曆郴州志》卷二《秩官表上》宋知軍題名中有彭介，注「由屯田郎中任」，時在仁宗慶曆前。據《光緒湘陰縣圖志》卷二一《選舉表上》及卷三二《人物傳上》，彭介字粲之，大中祥符八年（一〇一五）進士，官至柳州刺史。查《廣西通志》卷五一《秩官》，宋知柳州題名中無彭介。故疑柳州實爲郴州之譌。
〔四〕見庖廊下有燈　《類説》「庖廊」作「庖厨」，「燈」作「燈火」。
〔五〕未　紅藥本作「來」。
〔六〕亦　紅藥本作「必」。
〔七〕又　紅藥本、清鈔本作「烏衣」。
〔八〕見吾　紅藥本作「目下」。
〔九〕公起入過門限即仆　張本作「公至當仆地」，紅藥本作「公至堂仆地」，作「當」誤。
〔一〇〕侍者引起至卧榻徐醒　張本作「侍者引歸」，紅藥本作「侍者引起」。
〔一一〕人　紅藥本譌作「又」。

按：南宋李昌齡《樂善録》卷九引《夷堅志》：「昔彭介亦施食，每遇節朔，則設食至禱，遣人祭餓鬼於江濱，遇有遺骸及死無以葬者，則爲具棺，瘞于别墅。官至二千石，未嘗一日廢。及死，柩歸長沙，空中隱隱有哭泣聲，隨柩而行。」即據本篇。

紫府真人記〔一〕

右侍禁孫勉，受元城史〔二〕。城下〔三〕一埽，多墊陷，頗費工役材料。勉深患之，乃詢埽卒：「其故何也？」卒曰：「有巨黿，穴於其下，兹埽所以壞也。」勉曰：「其黿可得見乎？」卒答以「平日黿居埽陰，莫得見也。或天氣晴朗，黿或出水，近洲曝背〔四〕，動經移時」。勉曰：「伺其出報我，我當射殺之，以絶埽害。」他日，卒報曰：「出矣。」勉馳往觀之。於時雨霽日上，氣候温煦，黿於沙上迎日曝背，目或開或閉，頗甚舒適。勉蔽於柳陰間，伺其便，連引矢射之，正中其頸，黿匍匐入水。後三日，黿死於水中，臭聞遠近。

勉一日晝卧公宇，有一吏執書〔五〕召勉。勉曰：「我有官守，子召吾何之？」吏曰：「子已〔六〕殺黿，今被其訴，召子證事。」勉不得已，隨之行。若百里，道左右〔七〕官闕甚壯，守衛皆金甲吏兵。勉詢吏曰：「此何所也？」吏曰：「此乃紫府真人宫也。」勉曰：「真人何姓氏？」曰：「韓魏公〔八〕也。」勉私念：向蒙魏公提拂，乃故吏，見之求助焉。勉乃祝守門吏入報。少選，引入。勉望魏公坐殿上，衣冠若世間嘗所見圖畫神仙也，侍立皆碧衣童子。勉再拜，立砌〔九〕，魏公亦微勞謝，云：「汝離人世，當往陰府證事乎？」勉曰：「以殺黿被召。」乃再拜曰：「勉久蒙持拂，今入陰獄，慮不得回，又恐陷罪，望真人大庇。」又懇拜。魏公顧左右，於東廡紫複架中，取青囊中黄誥〔一〇〕，公自視之。傍侍立童讀誥曰：「黿不與人同。黿百餘歲，更後五百世，方比人身之貴。」勉曰：「黿穴殘埽岸，乃勉職也。」公以黄誥示勉。公乃遣去。勉出門，見追吏云：「真人放子，吾安敢攝也。」乃去。一青衣童送勉至家，童呼勉名，勉乃覺。勉見移監第九埽。（據上海古籍出版社點校本北宋劉斧《青瑣高議》前集卷一）

〔一〕題注「殺黿被訴於陰府」。

〔二〕受元城史　張本、紅藥本「史」作「埽」。《類説》卷四六《青瑣高議·韓魏公爲紫府真人》、《三洞群仙録》卷五《紫府真人》（引《青瑣高議》）作「爲元城埽官」，韓琦《安陽集》附韓忠彦（琦子）《忠獻韓魏公家傳》卷一〇、《清波雜志》卷七《殺黿》引《魏公家傳》、《賓退録》卷六作「監元城埽」。史，低級佐吏。埽，秫秸、石塊、樹枝等護岸之物，亦指以埽所構築之堤岸。《類説》舊鈔本「埽」作「驛」，非也。

〔三〕城下　張本作「岸下」，紅藥本作「岸上」。

〔四〕或天氣晴朗黿或出水近洲曝背　張本、紅藥本作「或天氣晴，以黿出水上，或近洲曝背」。

〔五〕執書　《家傳》作「持檄」。

〔六〕已　紅藥本作「以」。已，同「以」，因爲。

〔七〕左右　《賓退録》作「左」。

〔八〕韓魏公　《賓退録》作「韓忠獻」。

〔九〕再拜立砌　「砌」字原無，據張本補，張本下無「魏」字。《家傳》作「砌下俯伏，哀訴不已」，蓋增益之詞。

〔一〇〕黄誥　《類説》作「黄詔章」。

按：《安陽集》（五十卷）附《忠獻韓魏公家傳》卷一〇載有此事，文句大同而略。《直齋書録解題》傳記類著録《韓魏公家傳》十卷，云「不著名氏」，正與今本同。而《郡齋讀書志》傳記類著録作二卷，稱「皇朝韓忠彦撰，録其父琦平生行事」。觀《家傳》卷一〇末云「元豐中，忠彦以壙基久闕照管，乞弟粹彦監相州酒税」，信爲韓忠彦（一〇三八—一一〇九）所作。忠彦叙此事，實採《青瑣高議》，故文字略之，非《青瑣》反採《家傳》也。至於本篇是否係劉斧自作，抑或劉斧鈔録他人之作，不可知矣。

周煇《清波雜志》卷七《殺黿》引《魏公家傳》，即《忠獻韓魏公家傳》，趙與時《賓退録》卷六亦據而略載。《清波雜志》又引《韓魏公别録》，情事有異。《安陽集》所附王巖叟《忠獻韓魏王别録》（上中下三卷），中無此事，而《皇宋事實類苑》卷六九《黿》引《魏王别録》則記述頗詳。《勸善書》卷二〇所記事同《魏王别録》，文字頗多删略。

慈雲記〔一〕

慈雲長老，姓袁，始名道，益州市人。家甚窘〔二〕，母織席爲業，少供鹽米醯醢之給，皆自專之。暇日則就鄰學從役，以補束脩。既久，師恤其勤，盡術誨之。道乃益自勉勵〔三〕，厚自染〔四〕磨。學成，求試於秋官，高捷鄉書，得去於上都，待試南宫。俄染沉疴〔五〕，既久，生意幾亡。困卧〔六〕客館，裝囊素薄，洎愈，已明省榜〔七〕矣。道極歎惋。

不久春晚，友人强邀遊西池。波澄萬頃寒碧，橋飛千尺長虹，水殿澄澄〔八〕，彩舟泛泛。士人和會，簫鼓沸溢，憧憧往來，莫知其數。行於遊人中失其友〔九〕，道乃獨步訪尋久。忽見一僧〔一〇〕，立於池岸，若素識〔一一〕，延頸望道，略不回目。道乃揖之，僧曰：「子風骨清羸，久行倦怠。」道告曰：「久客輦轂，卧病纏綿。」僧曰：「弊院非遠，暫邀長者，可乎？」道即與僧同行。由池南〔一二〕去，不百步，道〔一三〕北有小室，入門土階竹窗〔一四〕。僧邀坐。僧曰：「吾暫息少時，子亦可休於此矣。」僧乃就榻。

道性本恬靜，甚愛清潔而不華〔一五〕。見此居茅屋〔一六〕三間，一無所有，似無煙爨氣味。中室惟巨甕一枚，破笠覆之。道私念：此甕必積穀其中。試舉其笠，甕中明朗若月光。道俯視，則樓臺高下，人馬〔一七〕往來，有若人世。有人呼道名姓，道應之，則隨聲已在其中。道都忘前事。有宰相李文國〔一八〕，召道爲賓〔一九〕。文國愛其才學，又以女妻之。是年秋試，文國以道名上於春官，道中魁選，唱第宸庭，道爲天下第一。初授南都通理，不久詔還，繼爲御史〔二〇〕。

斯時天子方征北狄，道上奏云：「臣本書生，幸逢聖世，繼叨禄食，久冒官榮。素無敏才，不能圖報；猥仕〔二一〕嚴近，承乏諫垣。敢竭愚衷，上補聖政。近者醜類内侵，疆邊幅塞，吏不善撫綏遠人，則生猜異。興師十萬，深入虜庭，飛芻輓粟，帑竭廩虚。州軍授鉞，面奉聖顔〔二二〕，取燉煌之舊地，爲大國之提封。臣究前書，深明至理，攻夷狄如以明珠彈雀，雖得雀〔二三〕亦亡其珠矣，得彼地猶〔二四〕石田不可耕也。古人〔二五〕謂禦戎無上策，臣思之未爲至論〔二六〕。臣以忠信結之爲上策，擇將守邊爲次策，以兵伏〔二七〕之爲中策，以女妻之爲下策，玉帛結之爲無策。臣雖甚愚，不識忌諱，身有言責，固當上陳。」帝喜其奏，詔授中丞。危言鯁直，傾動朝野，姦邪沮氣，中外屬望〔二八〕。俄而拜道居政地，曲盡弼諧之理，天下稱爲賢相。

天子立馬得〔二九〕女爲后，而廢王皇后。道極諫曰：「陛下無故廢一后，天下謂陛下如何也？」庭〔三〇〕奪馬后策投殿砌下。帝大怒，即日貶瓊州司馬，即令就道〔三一〕。至瓊州，與妻子對泣曰：「布衣致身卿相，足矣。今得脱死，歸見故鄉，休官高卧，盡我餘年〔三二〕。」妻曰：「我有謀，君能從吾，可以生還。」道曰：「何謀而可還也？」妻曰：「内臣繼忠，帝方寵用，公以千金投之，當獲其報。」道命童賫金寶〔三三〕獻繼忠，言於帝，道乃得還都，居私第。會諫臣論其忠，復拜相。帝方大興軍征遼，道復爲奏〔三四〕，言甚鯁忤。妻謂道曰：「昔在南瓊，四望瘴烟，昏昏相雜〔三五〕，常對而泣〔三六〕，願見還故里，歸骨田原，莫可得也。今再用於朝，又欲觸聖怒，逆龍鱗，自取其禍敗。」道曰：「吾志已決，多言何爲？」帝怒，罷相，歸於私第。

時帝叔魏王有忠誼，多與道往還。後王萌逆節，金臺上奏言：「道已罷相，怨望朝廷，又教王叛。」帝震怒，朝服斬東市。道別妻曰：「憶昔釣錦水，沿錦岸嬉戲，今日思之，不可復得。」於時刀劍在前，喪車在後，觀者如堵，神魂飛揚。道坐裀上，莫敢回顧。刃拂然及頸，道乃覺，身坐〔三七〕甕傍。回視僧，拭目方起，恍然而醒，矍然〔三八〕而興。道〔三九〕曰：「賢者以此營心〔四〇〕，意窒吾欲，而誘吾歸。」乃再拜，謂僧曰：「富貴窮寒〔四一〕，命也，此天之所有〔四二〕，性命心智，氣也〔四三〕，此身之所有。吾將聽於天〔四四〕而養乎內。」僧曰：「是矣。」乃送道出門。數步回顧，僧與寺俱不見。

翌日，道遂別都門西歸，至益州，剃髮披緇，居大慈寺〔四五〕。禪臘俱高，修行淳潔，合寺推尊〔四六〕。不久，大衆請升堂，道敷演妙門，開導〔四七〕聖意，聞者冰釋。衣惟一衲，食即一盂。升堂七十年，學者雲集。尚書張詠鎮益州，知師德，乃往見師。師促膝拱手，高座禪榻。公訝其慢〔四八〕，怒見乎色。公曰：「師能禪乎？」師曰：「然。」師乃引杖擊故燕窠，曰：「擊彼無明當，從教透網羅。」公爲〔四九〕念甚久，乃去，然公知師異人也。他日，公與錦水道士楊緒同謁師，緒亦辯敏之士〔五〇〕。時過日中，有負束薪過堂下者，緒曰：「禿棘子將安用也？」蜀人呼斫爲禿。師曰：「用以覆君〔五一〕墻，蓋防賊盜事。」公大笑。由是益於師往還。異日，師升座，公與郡官往聽焉。衆散，公與師促膝靜坐〔五二〕。公曰：「何路去得西天？」師曰：「濟川須用楫，渡水必從橋。」公曰：「若無橋，如何過得？」師曰：「渡水無橋過，憑河必湛〔五三〕身。」公曰：「無橋有船亦可也。」師曰：「乘船雖可渡，不若涉橋安。」公曰：「橋亦有壞時。」師云：「船覆尋常事，橋摧乃偶然。」公由是與師爲忘形友〔五四〕。通判牛注謂師曰：「天堂地獄有之乎？」師曰：「寧可無而信〔五五〕，不可使有而不信也。」張深以爲至言。公病，朞月愈，召師郊外，以快心目。乃作詩贈師，詩曰：「相見溪山無限好，相迎和笑步雲霞。共知樂道閒方健，且喜新年鬢〔五六〕未華。不向目前求假景，自於心地種真芽。須知達摩〔五七〕兒孫盛，祖席重開一葉花。」

一日，開元寺僧惠明告師曰：「欲新鐘閣，别造佛殿，若得師一言，則其緣易化，殿閣不日成矣。」師曰：「吾非造惡人，爾何故遣爲此事？」惠明曰：「爲造佛殿閣乃福善之大門〔五八〕，師何故有此言也？」師曰：「佛閣，汝〔五九〕求之乎？汝自欲造之乎？佛無故求於汝，汝自爲之也。今之佛宫，凌雲之閣，萬木之殿，迴廊四合，臺榭相連，萬瓦鱗鱗，軒牖金碧，雖世之王公大人之居，不能敵此也。子之身，一席之地足矣。今市里蓬蒿之間，民無立錐之地，或税居，或茅屋，亦足以庇身。子欲天下之財盡歸汝乎？」惠明曰：「彼自樂施也。」師曰：「安得樂施？汝虚高天堂以喜人〔六〇〕，妄起地獄以懼人〔六一〕，施其財則獲福，背其意〔六二〕則陷罪，是汝脅而取之也。以教言，與，汝有所福，不與，汝有何罪報之也？」惠明曰：「佛言喜捨，何也？」師曰：「吾乃空門也，不耕不桑，無所自養。第以食養性，默行善道，彼見而喜，乃曰吾與之衣以食〔六三〕，此所謂喜捨也。施不求報，不祈福，自然之施。」惠明曰：「師言佛之宫壞而不振，豈主張吾道者焉？」師云：「子所言外，吾所言内也。昔吾聖人之教後人也，使〔六四〕去其髮，又褐其衣，一食以飽其腹，一榻以去其慾，俾其性不亂，而入於空寂之間。汝以無厭之求，侵漁其民，今子身庇大廈之居，口食酥油之上味〔六五〕，體被綾縠之鮮麗，而又更求自豐，不知彼乏，豈吾佛之本心哉！汝宜入幽獄，永爲下鬼。」因叱之。惠明乃禮師，師又杖擊之云：「醒未？」惠明曰：「此身將出醉中矣。」作禮而去。

寺僧有煉指者，報師，師答之曰：「汝何故自棄〔六六〕傷父母之遺體？」僧曰：「火指供佛，當以無上報，師反拒之，然教中實載之矣。」師云：「佛之立〔六七〕言割截肢體，人有本根六惡之情，肢體尚可截，而豈不能斷彼哉！此吾佛之善喻。至於古有燃燈佛，乃燃心燈耳。心自明，可以照無明。吁！吾佛大智慧也，大慈悲也，大聰明也。子當煉指之時，子面若死灰，痛苦萬狀。佛見子當憂戚焉，又安得而樂乎？子何愚如此！」僧於是曰：「我悟焉。」不復火指〔六八〕。張公聞師之言，曰：「此活〔六九〕佛也。」

師沐浴非時〔七〇〕，忽擊鼓集衆，謂曰：「吾將去世，與子等别。」復開説百千妙門。又作詩别張公，詩曰：「來自無中來，去自〔七一〕無中去。總是恁地去，莫要錯却路。愛民民皆慕，慎則增福佑。若能行此路，共君一處住。」乃擲筆於地，收足聳肩端坐，奄然化去。公見其詩聞其事愴然，親覯師之化形，五體投地，不勝悲歎。乃捨〔七二〕俸作塔，迄今師身存焉。

議曰：今之釋子，皆以勢力〔七三〕相尚，奔走富貴之門，歲時伏臘，朔望慶弔，惟恐居後。遇貧賤，雖道途曾不回顧。見師之行，議論聖人之根本，得無愧于心乎？（據上海古籍出版社點校本北宋劉斧《青瑣高議》前集卷二）

〔一〕題注「夢入巨甕因悟道」。

〔二〕窘　清鈔本作「貧」。

〔三〕勵　張本、紅藥本作「强」。

〔四〕染　張本作「漸」。

〔五〕疴　張本作「痾」，義同，疾病。

〔六〕卧　張本作「餓」。

〔七〕已明省榜　張本作「已過會榜」。按：明，公佈。省榜，省試之後所發及第榜。會榜，亦指省榜。

〔八〕澄澄　清鈔本作「沉沉」。

〔九〕失其友　張本前有「或」字，紅藥本作「若」。

〔一〇〕道乃獨步訪尋久忽見一僧　張本、紅藥本作「道乃獨步訪尋，久而未見。有一僧」。

〔一一〕若素識　張本、紅藥本下有「者」字。

〔一二〕南　原譌作「面」，據張本改。紅藥本作「而」。

〔一三〕道　張本作「向」。

〔一四〕入門土階竹窗　張本、紅藥本作「入門簷土階竹窗瓦牖」，「牖」同「墉」，牆也。

〔一五〕而不華　此三字原無，據張本補。紅藥本「華」譌作「畢」。

〔一六〕茅屋　原作「惟屋」，據張本、《類説》卷四六《青瑣高議·身入甕中》改。

〔一七〕人馬　《類説》作「人物」。

〔一八〕李文國　《類説》作「李輔國」。

〔一九〕賓　《類説》作「門賓」。

〔二〇〕繼爲御史　原作「開府儀同三司」，張本作「開府」，紅藥本作「開府御之命」。按：開府儀同三司爲一品文散官，誤也，據《類説》改。

〔二一〕猥仕　張本譌作「尉任」。

〔二二〕面奉聖顏　紅藥本下有「之」字，與下二句相連。

〔二三〕雀　此字原無，據張本、《類説》補。

〔二四〕猶　張本、紅藥本作「由」。由，通「猶」。

〔二五〕古人　原作「故人」，據《類説》改。

〔二六〕至論　清鈔本作「致論」，《類説》作「正論」。

〔二七〕伏　《類説》作「攻」。

〔二八〕望　張本作「意」。紅藥本譌作「遠」。

〔二九〕馬得　清鈔本作「馬德」。

〔三〇〕庭　張本作「道」。

〔三一〕即令就道　「令」字原無，據張本補。紅藥本作「中道敦就道」。

〔三二〕年　張本、紅藥本作「日」。

〔三三〕金寶　張本作「至寶」，紅藥本作「玉寶」。

〔三四〕奏　張本、紅藥本下有「上帝」二字。

〔三五〕昏昏相雜　原作「昏相守」，據張本、紅藥本改。

〔三六〕常對而泣　張本、紅藥本作「相對而泣」。

〔三七〕坐　原作「在」，據張本、紅藥本、《類説》改。

〔三八〕矍然　張本、紅藥本作「钁然」，誤。矍然，驚懼貌。

〔三九〕道　原作「僧」。按：詳其語非僧所言，今改作「道」。

〔四〇〕以此營心　張本、紅藥本作「以此門容心而悟」。

〔四一〕窮寒　《類説》作「通塞」。

〔四二〕有　原作「以」，據《類説》改。

〔四三〕性命心智氣也　原作「生命心氣」，紅藥本同，張本作「生心氣意」，據《類説》補正。

〔四四〕聽於天　張本、紅藥本作「顧於天」，《類説》作「順乎天」。

〔四五〕大慈寺　《類説》作「太慈寺」。

〔四六〕尊　張本、紅藥本作「大」。

〔四七〕導　張本、紅藥本作「道」。道，音義同「導」。

〔四八〕慢　紅藥本作「倨」。
〔四九〕公爲　清鈔本作「爲公」。
〔五〇〕之士　此二字原無，據張本補。紅藥本譌作「之中」。
〔五一〕君　紅藥本作「屋」。
〔五二〕坐　張本作「居」。
〔五三〕湛　張本作「損」。紅藥本譌作「堪」。
〔五四〕友　紅藥本作「交」。
〔五五〕寧可無而信　紅藥本作「子可無不信」，誤。
〔五六〕鬢　紅藥本作「髮」。
〔五七〕達摩　張本作「達磨」，紅藥本作「達母」，「母」字譌。
〔五八〕大門　張本、紅藥本無「門」字。
〔五九〕汝　此字原無，據張本、紅藥本補。
〔六〇〕喜人　張本作「惑之」，紅藥本校改作「喜之」。
〔六一〕懼人　張本、紅藥本作「懼之」。
〔六二〕意　原作「義」，據張本、紅藥本改。
〔六三〕吾與之衣以食　原作「吾衣采耳」，紅藥本同，「采」當爲「食」字之譌，據張本改。

〔六四〕使　清鈔本作「披」，紅藥本作「彼」。

〔六五〕上味　紅藥本作「味」。

〔六六〕自棄　紅藥本無此二字。

〔六七〕立　張本作「意」。

〔六八〕火指　紅藥本作「火燃指」。

〔六九〕活　紅藥本作「古」。

〔七〇〕非時　紅藥本作「其時」，連下讀，下句無「忽」字。

〔七一〕自　清鈔本作「是」。

〔七二〕捨　張本作「請捐」。紅藥本作「捨請」，誤。

〔七三〕勢力　張本、紅藥本、清鈔本作「勢利」。

按：本篇未著撰人，不知是否出自劉斧。篇末之議則係斧作，今姑存之。

瓊奴記〔一〕

瓊奴姓王，湖外人王郎中之女。不言其里，隱之也；不廣其名，諱之也。父刺瓊館而生，因以名。瓊奴年十三，父爲淮南憲，所至不避貴勢。發擿官吏，按歷郡縣，推洗刑垢。苟有所聞，毫髮不赦，屬吏震〔二〕恐，莫敢自保。瓊當是時，方居富貴，戲擲金錢，閑調玉管。初學吟詩，後能刺繡，舉動敏麗，父母憐愛。是時，瓊父以嚴酷聞於中外，罷憲歸，死於輦下，瓊母亦不久謝世。其囊橐盡歸兄嫂〔三〕，分挈〔四〕以去，瓊之〔五〕所有金珠衣物不及百緡。兄嫂散去，瓊傍無强近之親，孤處都下。

瓊先許大理寺丞張實〔六〕子定問，張知瓊孤且貧，遣人絶之。瓊泣曰：「雖有媒妁之約〔七〕，我命〔八〕孤苦無依，不能自振。彼絶我甚易，我絶彼則難。」遂見棄張氏。瓊久益困，或爲隣婦里女訪之，云：「向能固守，今〔九〕不可得，人能擇子，子不能擇人。我爲爾代嫁某人子，可乎？」瓊曰：「彼工商賤伎〔一〇〕，安能動余志？」又不諧。歲餘，瓊大窘，泣曰：「蔓短不能攀長松，蠅翼安能附驥尾〔一一〕？家無蔽體之衣，則爲僵屍；地〔一二〕無三日之食，則饑且死。此身不得齒人倫矣。」會傭者嫗知，乃欺之曰：「子雖肌髮形骨分甚端麗，奈囊無寸金，誰肯顧子？有趙奉常累世簪裾，家極豐富，俾子爲別室，雖非嫁亦嫁也。捨此，則子必餓死溝中矣。」瓊泣許之。

翌日，嫗持金〔一三〕縠，携珠〔一四〕翠之飾，蜀錦之衣〔一五〕，與瓊服之〔一六〕，乃登車。是時瓊方年十八歲，修目翠眉，櫻唇玉齒，紺髮蓮臉〔一七〕，趙一見，傾心慕愛〔一八〕。瓊小心下氣，盡得內外歡心〔一九〕。同列者見嫉，讒之於主婦，譖之數四〔二〇〕。婦〔二一〕大惡之，遂生垢罵。久則浸加鞭扑毀辱，延及良人，趙弗敢顧。瓊愈勤，主愈不樂。瓊語趙曰：「堂堂男子，獨不能庇一婦人乎？」趙曰：「吾自恐愧〔二二〕無地，子無絶我。」瓊知無所告，灰心凌毀鞭撻之苦。每春日秋風，花朝月夜，懷舊念身〔二三〕，淚不可制。

趙赴官荆楚，出淮，館荒山古驛。瓊感舊無所攄發，閱書驛壁，使有情者見之，傷感稱道。好事者往往傳聞。王平甫爲之作歌，辭意精當，盛傳于世。今以平甫之歌，洎瓊所題之文，具載於此，使後之人〔二四〕得其詳也。

瓊奴題〔二五〕

其題於壁曰〔二六〕：「昨因侍父過此，時父業顯宦，家富貴，凡所動作，悉皆如意。日夕宴樂，或歌或酒，或管絃，或吟咏，每日得之，安顧有貧賤饑寒之厄也！嘉祐初，不幸嚴霜夏墜，父喪母死，從其家世所有，悉歸掃地。兄弟散去〔二七〕，各逐妻子，使我流離狼狽，茫然無歸。幼年許〔二八〕嫁與清河張氏，迨其困苦，遽棄前好，終身知無所偶矣。偷生苟活，將以全身，豈免編身於人，遂流落於趙奉常家。其始也合族皆喜，一旦有行譖之禍，遽見棄於主母，日加〔二九〕鞭箠，欲長往自逝，不可得也。每欲〔三〇〕殞命，或臨其刀繩二物〔三一〕，則又驚歎不敢向。平昔之心皎皎，雖今復過此館，見物態景色如故〔三二〕，當時之人宛如在左右，痛惜嗟歎，其誰我知也？因夜執燭私出，筆墨書此，使壯夫義士見之，哀其困苦若是。太原瓊奴謹題。」

王平甫詠瓊奴歌〔三三〕

其歌曰：「驚風吹雲不成雨，落葉辭柯寧擇土。飄飄散葉如之何？茹苦食酸君聽取。淮山蒼蒼古驛空，壁間題者瓊奴語。瓊奴家世業顯官，過此驛時身是女。銀鞍白馬青絲韁，紅襦織出金鴛鴦。寶隊前呵路人避，繡幞後擁春風香。弟兄追隨似鴻鴈，嚴親氣槩臨秋霜。州官邀臨〔三四〕縣官送，下馬傳舍羅壺漿。僕夫成行奏絃管，侍姬行酒明新妝。朝歌暮飲不知極，已許結髮清河郎。明年父喪母繼死，弟兄流離逐妻子。哀哀瓊奴無所歸，郎已棄奴奴已矣。饑寒漸漸來逼身，富貴回頭如夢裏。從茲轉徙〔三五〕奉常家，於初纔見始驚喜。偷生苟活聊託〔三六〕身，讒言或入夫人耳。衾寒轉展遮淚眼，殘月射窗嗔起晚。執巾持帚先衆姬，無奈夫人責慵〔三七〕懶。織羅日日遭鞭箠，經年四體無完肌。每期殞命脱辛苦，刀繩向手還驚疑。今朝侍行復此驛〔三八〕，景物完全人已非。悠悠萬事信難料，耿耿一心徒自知。西廊月高衆人睡，展轉空床獨無寐。昔日寧知今日愁，五尺羅巾拭珠淚〔三九〕。潛行啓户防人知，把筆親臨素壁題。自陳本末既如此，欲使壯夫觀者悲。哀哀瓊奴何戚戚，飜作長歌啾唧唧。弟兄可戮郎可誅，奉常家法妻凌夫。儻知瓊奴出宦族，忍使無故〔四〇〕受鞭扑？我願奉常聞此歌，瓊奴之身猶可贖。千金贖去覓〔四二〕良人，爲向污泥濯明玉。」（據上海古籍出版社點校本北宋劉斧《青瑣高議》前集卷三）

〔一〕題注「宦女王瓊奴事迹」。

〔二〕震　紅藥本作「振」，通「震」。

〔三〕其囊橐盡歸兄嫂　張本、紅藥本作「囊橐中物，盡爲兄嫂」。

〔四〕分挈　清鈔本作「挈之」。

〔五〕瓊之　此二字原無，據張本、紅藥本補。

〔六〕張實　張本作「張寔」。寔，同「實」。按：張實即《流紅記》作者。

〔七〕媒妁之約　張本、紅藥本作「定問媒妁之約」。定問，指問名、納采等聘婚手續。

〔八〕命　張本、紅藥本作「令」。

〔九〕今　紅藥本作「見」。見，「現」之古字。

〔一〇〕伎　紅藥本作「技」。

〔一一〕蠅翼安能附驥尾　「蠅翼」紅藥本、清鈔本作「無翼」。「附」紅藥本作「拊」，誤。

〔一二〕地　紅藥本作「家」。

〔一三〕金　張本、紅藥本作「朱」。

〔一四〕珠　張本、紅藥本作「金」。
〔一五〕蜀錦之衣　此四字原無，據紅藥本補。張本作「蜀繡之衣」。按：蜀地所産錦乃名品。
〔一六〕與瓊服之　張本、紅藥本作「瓊次第取服」。
〔一七〕紺髪蓮臉　張本、紅藥本下有「輕笑」二字。張本作「咲」，「笑」之古字。
〔一八〕傾心慕愛　張本、紅藥本下有「如之」二字。
〔一九〕盡得内外歡心　紅藥本下有「慕愛」二字。
〔二〇〕譖之數四　此四字原無，據張本補。紅藥本脱「四」字。
〔二一〕婦　張本、紅藥本作「主婦」。
〔二二〕愧　張本作「懼」。
〔二三〕身　張本作「新」。
〔二四〕使後之人　紅藥本作「士君子」。
〔二五〕瓊奴題　原有注「記瓊奴題淮山驛」，今刪。張本作「瓊奴記」，注無「記」字，蓋脱「題」字而將「記」字誤屬上。「驛」張本作「馹」。「馹」音「日」，驛也。
〔二六〕其題於壁曰　張本無此五字。
〔二七〕悉歸掃地兄弟散去　張本、紅藥本作「悉皆掃地散去，兄弟流離」。
〔二八〕許　張本、紅藥本作「尚許」。

〔二九〕加　張本、紅藥本作「苦」。

〔三〇〕欲　張本作「期」。

〔三一〕或臨其刀繩二物　張本作「或臨期刀繩」。

〔三二〕見物態景色如故　張本作「惟物態景槩如故」。紅藥本「惟」作「雖」，餘同。

〔三三〕王平甫詠瓊奴歌　張本、紅藥本作「王平甫歌」，小字注「平甫作歌咏瓊奴」。

〔三四〕臨　紅藥本作「迎」。

〔三五〕徙　紅藥本作「從」。

〔三六〕託　張本、紅藥本作「自」。

〔三七〕慵　張本作「庸」，通「慵」。

〔三八〕驛　張本作「駟」。

〔三九〕拭珠淚　張本、紅藥本作「濕輕淚」。

〔四〇〕無故　張本、紅藥本作「無辜」。

〔四一〕覓　紅藥本作「聘」。

王實傳〔一〕

國朝王實，字子厚，隨州〔二〕市人也。少尚氣，多與無賴少年子，連臂出入娼家、酒肆，散耗家財〔三〕，不自檢束。久之，得罪於父母，見輕於鄉黨，衣冠視之甚薄，不與之交言。實仰面長歎曰：「大丈夫生世不諧，見棄如此。」乃盡竊家之金，北入帝都，折節自克，入太學爲生員。苦志〔四〕不自休息，尊謹師友，同志稱美。爲文又有新意，庠校往往名占上游，頗爲時輩心服。一舉進士至省下。

慶曆初，父告疾，實馳去。中道得父遺書云：「家有不可言者事，吾由是得疾。吾計必死，言之醜也，非父子不可〔五〕聞。能依父所告，子能振之〔六〕，吾死無恨。吾所不足者，不見子也。」言詞深切，實大傷心。實至家，日夜號泣，形軀骨立。既久，家事尤零替。除服，更不以文學爲意。多與市西狗屠孫立爲酒友，鄉人陰笑。實聞，益與立往來不絕。時時以錢帛遺立，立多拒而不受，間或受少許。人或問立曰：「實士人也，與子厚，而以物貺，子多拒之，何也？」立拊髀歎曰：「遇吾薄者答之尠，待吾厚者報之重。彼酒食相慕，心强語笑，第相取容，此市里之交〔七〕也。實之待我，意隆而情至。吾乃一屠者，而實如此。彼以國士遇我，吾當以國士報之，則吾亦不知死所也。」

一日，實〔八〕召立，自攜醪醭〔九〕出郭，山溪林木之下，幕天席地〔一〇〕對飲。酒半酣，實起告〔一一〕立曰：「實有至恨，填結臆膈間久矣，今日欲對吾弟剖之，可乎？」立曰：「願聞之也。」實曰：「吾向不檢，走都下爲太學生，欲學古入官，以爲親榮。不意吾父久攖沉痾〔一二〕，家頗乏闕。吾母爲一匪人乃同里張本行賄，因循浸漬，卒爲家醜。吾之還，匪人尚陰出入吾舍。彼匪人尤兇惡，力若熊虎，吾欲伺便殺之，力非彼敵，則吾虛死無益也。吾欲奉公而行之，則暴親之惡，其罪尤大。吾欲自死，痛父之遺言不雪。念匪人非子莫敢敵也，吾欲以此浼君，何如也？」立曰：「知兄之懷久矣。余死亦分定焉。兄知吾能敵彼，願盡〔一三〕報之，幸勿泄也。」乃各散去。

他日，立登張本門，呼本出，語之曰：「子恃富而淫良人家婦，豈有爲人而蹈〔一四〕禽獸之事乎？吾今〔一五〕便以刀刺汝腹中以殺子，此懦弱者所爲，非壯士也。今吾與子角勝，力窮而不能心服者，乃殺之，不則〔一六〕便殺子矣。」立取刀插於地，袒衣攘臂。本知勢不可却，亦袒衣。立大言謂觀者曰：「敢助我，我必殺之；有敢助本者，吾亦殺之。」兩人角力，手足交鬭，運臂愈疾，面血淋漓，仆而復起，自寅至午。本卧而求救，立乃取刃謂之曰：「子服未？」本曰：「服矣！子救吾乎？吾以千金報子。」立曰：「不可！」本曰：「與子非冤也，子殺吾，子亦隨手死矣。」立笑曰：「將爲子壯勇之士，何多言！惜命如此，乃妄人耳。」叱本伸頸受刃。本知不免，乃回顧其門中子弟曰：「非立殺吾也，乃實教之也。」言絕，立斷其頸，破腦，取其心，以祭實父墓。

乃投刃就公府自陳。太守視其讞，惻然。立曰：「殺人立也，固甘死，願不旁其枝，即立死何恨焉〔一七〕！」本之子告公府曰〔一八〕：「殺父非立本心，受教於實。」太守曰：「罪已本死，何及他人也〔一九〕？」立曰：「誠如太守言，不可詳言之也。立雖縻爛獄吏手，終不盡〔二〇〕言也。」太守曰：「真義士也！」召獄吏受之曰：「緩其枷械，可厚具酒饌。」後日旬餘，至太守庭下，立曰：「立無子，適妻孕已八九月矣，女與男不可知也。願延月餘之命，得見妻所誕子，使父子一見歸泉下，不忘厚意〔二一〕。」太守乃緩其獄。其妻果生子，太守使抱所生子就獄見立，立祝其妻曰：「吾不數日當死東市，令子送吾數步，以盡父子之意。」太守聞，爲之泣下。立就誅，太守登樓望之，觀者多揮涕。（據上海古籍出版社點校本北宋劉斧《青瑣高議》前集卷四）

〔一〕題注「孫立爲王氏報冤」。

〔二〕隨州　紅藥本作「隋州」，誤。隨州，宋州名，屬京西路。見《宋史》卷八五《地理志一》。

〔三〕財　張本作「貲」，紅藥本作「資」。

〔四〕志　張本、紅藥本作「學」。

〔五〕不可　張本、紅藥本無「不」字，當脱。

〔六〕能依父所告子能振之　張本作「然君父所告，子能報之」，紅藥本「報」作「振」，餘同。

〔七〕市里之交　紅藥本作「市井之友」。

〔八〕實　紅藥本作「疾」。

〔九〕醰　張本作「饌」，字同。

〔一〇〕席地　紅藥本作「席下」，當譌。

〔一一〕告　原作「白」，清鈔本作「告」。按：「白」多用爲下對上，據改。

〔一二〕久攖沉疴　張本作「久抱沉痾」。攖，纏也，受也。痾，病也。

〔一三〕盡　原作「畫」，據張本、紅藥本改。

〔一四〕蹈　張本、紅藥本作「爲」。

〔一五〕今　張本、紅藥本作「不若」。

〔一六〕則　張本、紅藥本作「欲」。

〔一七〕願不旁其枝即立死何恨焉　張本作「雖即死何恨焉」，紅藥本作「願不旁理，即立死何恨焉」。

〔一八〕本之子告公府曰　張本前有「會」字，紅藥本作「謂」，譌也。

〔一九〕罪已本死何及他人也　張本作「其罪已大，何惜他人也」。紅藥本作「子罪已本死，何惜他人也」。

〔二〇〕不盡　紅藥本作「弃」。

〔二一〕不忘厚意　「忘」原作「望」，據張本、紅藥本改。紅藥本「意」作「恩」。

任愿〔一〕

任愿，字謹叔，京師人也。少常侍親之官江淮間，亦稍學書藝，淳雅寬厚之士。家粗紹祖業，無他圖，但閉户而已，不汲汲於名利。熙寧二年正月上元，愿晝遊街，時車騎駢溢，士女和會，愿乘酒足軟仆，觸良人家婦〔二〕。良人大怒，毆擊交至，愿惟以衣掩面不語。毆既久，觀者環遶，莫知其數〔三〕。有青巾傍觀者忽不平，俄毆良人仆地，乃引愿而去，觀者莫知其由。愿曰：「與君舊無分，極蒙〔四〕見救。」青巾者不顧〔五〕而去。

異日〔六〕，愿又遇青巾者於途中，召之飲，乃同入市邸。既坐，熟視，目聳神峻，毅然可畏。飲甚久，愿謝曰：「前日見辱於庸人〔七〕，非豪義之士，孰肯援哉！」青巾曰：「此乃小故，何足稱〔八〕謝？後日復期子於此，無前却也。」乃各歸。愿及期而往，青巾者且〔九〕先至矣，共入酒肆。酒十餘舉，青巾者曰：「吾乃刺客也。有至冤，銜之數年，今始少伸。」乃於袴〔一〇〕間取烏革囊，中出死人首，以刀截爲鮓〔一一〕，以半授愿。愿驚恐，莫知所措。青巾者食其肉，無孑遺，讓愿，愿辭不食。青巾者笑，探手取愿盤中者又食之。取腦骨，以短刀削之，如劈朽木，棄之於地。

復云：「吾有術授子，能學之乎？」愿曰：「何術也？」曰：「吾能用藥點鐵成金，點銅成銀。」愿曰：「旗亭門有先子别業，日得一緡，數口之家，寒衣綿〔一二〕，暑衣葛〔一三〕，日食膏鮮〔一四〕，自爲踰分，常恐召禍，安敢學此？幸先生愛之。」青巾者歎服〔一五〕曰：「如子，真知命者也。子當有壽。」仍出藥一粒，云：「服之，百鬼不近。」愿以酒服之。夜深乃散。後

不復見也。（據上海古籍出版社點校本北宋劉斧《青瑣高議》前集卷四）

〔一〕題注「青巾救任愿被毆」。民國精校本、紅藥本「毆」作「歐」，通「毆」。

〔二〕婦　紅藥本作「娘」，當譌。《劍俠傳》卷四《任愿》作「從姬」。

〔三〕數　紅藥本作「故」。

〔四〕蒙　張本作「荷」，紅藥本、《劍俠傳》作「蒙荷」。

〔五〕顧　紅藥本作「諭」。

〔六〕異日　紅藥本作「翌日」。

〔七〕庸人　紅藥本、《劍俠傳》作「傭人」。傭人，僕人。

〔八〕稱　張本、紅藥本、《劍俠傳》作「多」。

〔九〕且　張本、紅藥本、《劍俠傳》作「亦」。

〔一〇〕袴　紅藥本作「胯」，《劍俠傳》作「跨」，通「胯」。胯，衣服掩蔽股脛之處。

〔一一〕以刀截爲齿　紅藥本作「以刀截爲皆平」，清鈔本作「以刀截皆平」。「皆平」當爲「齿」字之譌。《劍俠傳》「齿」作「半」。

〔一二〕綿　張本、紅藥本作「純綿」。

〔一三〕暑衣葛　張本作「暑服輕葛」，紅藥本作「暑月輕葛」。

〔一四〕日食膏鮮　前原有「麗」字，紅藥本同，疑爲衍字，據張本、《劍俠傳》删。

〔一五〕服　張本、紅藥本、《劍俠傳》作「伏」。

遠煙記〔一〕

戴敷，筠州邑人也。父爲遊商，出入多從焉。後敷納粟爲太學生〔二〕，娶都下酒肆王生女爲婦。歲久，父没於道途。敷多與浮薄子出處，耗其家資，則裝囊盡虚，屋〔三〕無擔石。妻爲其父奪之以歸，敷日夜號泣。妻王氏亦然，誓於父曰：「若不從吾志，則〔四〕我身不踐他人之庭，願死以報敷。」

及王氏卧病〔五〕，久則沉綿。家人多勉父使王氏復歸於敷。父剛毅很〔六〕人也，曰：「吾頭可斷，女不可歸敷。」因大訴女：「汝寡識無知，如敷者，凍餓死道路矣。」王氏自念病且不愈，私謂侍兒曰：「汝爲我報郎，取吾骨歸筠，久當〔七〕與郎共義也。」後數日王氏死。侍兒一日遇敷於道，具述王氏意，敷大傷感。方夜乃潛往都外，脱衣遺園人，取其骨，自負而歸筠。

敷後愈貧，無衣食，乃傭於人爲篙工〔八〕。下汴，迤邐至江外。萍寄岳陽，學釣魚自給。

敷懷妻，居常傷感，多獨咏齊己詩曰：「誰知遠煙浪，多有好思量〔九〕。」於時窮秋木脱，水落湖平，溶溶若萬頃寒玉。敷行數里外，隱約〔一〇〕煙波中，亭亭有人望焉。數日，釣無魚，只見煙波人。歲餘則似近，又半歲愈近焉。經月則相去不踰五十步，熟視乃其妻王氏也。敷號泣，妻亦然，道離索之恨。更旬日，不過數步。敷乃題詩於壁，詩曰：「湖中煙水平天遠，波上佳人恨未休。收拾鴛鴦好歸去，滿船明月洞庭秋。」

一日，敷乃别主人，具道其事。主人不甚信，乃遣子與敷翌日往焉。敷移舟入湖〔一一〕，俄有婦人相近，與敷執手曰：「自子持吾骨歸筠，我即隨子于〔一二〕道塗間。子陽旺，不敢〔一三〕見子。子釣湖上，相望者二載〔一四〕，以歲月未合，莫可相近。今其時矣。」乃引敷入水中。主人子大驚而回。後數日〔一五〕，屍出水上。岳陽尉侯誼驗覆其屍，容色如生，聞其事於人。（據上海古籍出版社點校本北宋劉斧《青瑣高議》前集卷五）

〔一〕題注「戴敷竊歸王氏骨」。

〔二〕納粟爲太學生　張本、紅藥本、《緑牕女史》卷七冥感部下幽合門及《剪燈叢話》卷一元劉斧《遠烟記》作「學於太學」。

〔三〕屋　張本、《緑牕女史》、《剪燈叢話》作「儲」。

〔四〕則　此字原無，據張本、紅藥本、《緑牕女史》、《剪燈叢話》補。

〔五〕及王氏卧病　張本、《緑牕女史》、《剪燈叢話》作「王氏及卧病」。紅藥本作「王氏及卧之病」，「之」字衍。

〔六〕很　張本、《緑牕女史》、《剪燈叢話》作「狠」，字同。

〔七〕當　紅藥本作「貴」。

〔八〕爲篙工　張本、紅藥本、《緑牕女史》、《剪燈叢話》作「篙船」。

〔九〕多有好思量　齊己《白蓮集》卷六《看水》作「别有好思量」。

〔一〇〕約　張本、紅藥本、《緑牕女史》、《剪燈叢話》作「釣」。

〔一一〕敷移舟入湖　紅藥本作「敷後出入湖」，有誤。

〔一二〕于　點校本校：「原作以，據鈔本改。」按：以，於也。張本、紅藥本、《緑牕女史》、《剪燈叢話》亦作「以」。

〔一三〕敢　原作「欲」，點校本校：「原作欲，據鈔本改。」張本、紅藥本、《緑牕女史》、《剪燈叢話》亦作「欲」。

〔一四〕二載　張本、《緑牕女史》、《剪燈叢話》作「二載有餘」。

〔一五〕數日　張本、紅藥本、《緑牕女史》、《剪燈叢話》無此二字。

長橋記〔一〕

治平年，錢忠字惟思，少好學多聞，隨侍父湖湘。後以家禍零替，惟忠一身流客，因如二浙。道過吴江，愛水鄉風物清佳，私心戀戀，不能去。每江上春和，湖邊〔二〕風軟，翠浪無聲，畫橋烟白，忠盡日諷詠游賞，多與採蓮客、拾翠女相逐，周旋洲渚間。忠尤悦一女，方及笄，垂螺淺黛，脩眉麗目，宛然天質。忠雖與游，卒不敢以異語犯焉。

凡數月，浸於女熟〔三〕，女亦若睠睠有意〔四〕。一日，忠爲酒所使，謂其女曰：「吾與子相從江渚舟楫間數月矣〔五〕，吾甚動〔六〕子之色，獨不知乎？」女曰：「吾之志亦然也。家有嚴尊，乃隱綸〔七〕客也，常獨釣湖〔八〕上，尤好吟咏。子能爲詩，以動其心，妾可終身奉君箕帚，不然，未可知也。」至暮舉楫，扁舟入雲水中。忠歸，愓意爲詩曰：「八十清翁〔九〕今釣客，一綸一艇一漁〔一〇〕簑。碧潭波底繫船卧，紅〔一一〕蓼香中對月歌。玉鱠盈盤同美酒〔一二〕，錦鱗隨手出清波。風烟幽隱無人到，俗客如何願一過。」忠以詩付女，女持而去。

明日，女復持詩至，曰：「翁和子詩，亦有〔一三〕不許君之句，子更爲之。」翁和詩曰：「向晚雲情〔一四〕無限好，船頭又見亂堆簑。却無塵世利名厭，盡是市朝〔一五〕興廢歌。全宅合來居水澤，此身常得弄烟波。肥魚美酒尤豐足，自是幽人不願過。」忠復依前韻爲詩云：「小舟泛泛遊春水，竹笠團團覆敗簑。盈棹長風〔一六〕三尺浪，滿船明月一聲歌。非干奔走厭浮世，自是情懷慕素波。惟有仙翁爲密友，就魚攜酒每相過。」付女上翁〔一七〕。他日，又遇女於湖上，女曰：「翁亦不甚愛子之詩。」又數日，忠又搆成詩云〔一八〕：「吴江高隱仙鄉客，衰鬢長髯白髮乾。滿目生涯千頃浪，全家衣食一綸竿。長橋水隱秋風軟，極浦〔一九〕烟浮夜釣寒。因笑區區名利者，是非榮辱苦相干。」翌〔二〇〕日，忠見女，女喜曰：「翁方愛子之詩，我與君事諧矣〔二一〕！」又去，忠終不知所止。

一日，忠與數友晚步江岸，過小橋，遇女於其上，不語相顧，喜笑而去，同行者頗疑焉。明日早，忠尚伏卧，有人持書於窗牖，忠起視之〔二二〕，乃女所作之詩也，詩云：「昨日相逢小木橋，風牽裙帶纏郎腰。此情不語〔二三〕無人覺，只恐猜疑眼動摇。」他日，忠又與隣漁泛舟，釣於湖上，漁唱四發，忠亦遞相應和其間，女又遣人遺忠詩，曰：「輕橈直入湖心裏，渡入〔二四〕荷花窣窣鳴。何處漁謡相調戲？住船側耳認〔二五〕郎聲。」

月餘，忠别里巷隣友〔二六〕，泛舟深入烟波，不知所往。忠有姑之子曰王師孟〔二七〕，登第後失官。有故人居錢塘，道經〔二八〕吴江，泊舟水際，登長橋，有彩船來甚速，中有人呼曰：「王兄固無恙乎？」師孟審其聲，乃忠也。俄見舟艤橋下〔二九〕，果忠也。邀師孟登舟，音樂酒肉、器皿服用如王公，皆非人世所有。忠復命其妻以大兄之禮拜師孟，師孟但覺瑶枝玉榦，輝映左右。因三人共飲。至明，忠謂師孟曰：「吾之居處在烟波之外，不欲奉召兄。兄方貴〔三〇〕游，弟〔三一〕能無情！」乃以黄金十斤〔三二〕贈之，師孟謝之。忠曰：「相别二紀，而兄之髪白，傷愴塵世間烟波〔三三〕使人易老。」師孟曰：「子爲神仙，吾今遊客，命也如何〔三四〕！」因而唏嘘泣下。忠爲詩曰：「水國神仙宅，吾〔三五〕今過此中。長橋千古月，不復怨春風。」已而别去。後不復有人見之云。（據上海古籍出版社點校本北宋劉斧《青瑣高議》前集卷五）

〔一〕原題《長橋怨》，注「錢忠長橋遇水仙」。按：《施註蘇詩》卷二二《贈梁道人》註引《青瑣集·長橋記》：「贈採蓮公詩：『八十仙翁今釣客，一綸一艇一漁蓑。』」文無怨意，篇名當以《長橋記》爲是。殆緣篇末詩云「長橋千古月，不復怨春風」而誤也。今改。

〔二〕湖邊　原作「湖天」，清鈔本作「湖邊」爲是，乃與前句「江上」相對，據改。

〔三〕浸於女熟　「浸」張本作「寖」，音義皆同，漸也。又作「寢」。紅藥本眉校：「於，一作與」。

〔四〕女亦若睠睠有意　《緑牕新話》卷上《錢忠娶吴江仙女》（無出處）作「女亦時復偷覷，若有睠睠之意」。

〔五〕數月矣　《緑牕新話》作「許時」。

〔六〕動　紅藥本譌作「勤」。《緑牕新話》作「慕」。

〔七〕隱綸　張本、《緑牕新話》作「隱淪」。綸，音「倫」，釣絲。

〔八〕湖　《緑牕新話》作「江」。

〔九〕清翁　《施註蘇詩》作「仙翁」。

〔一〇〕漁　原作「魚」，據張本、紅藥本、《施註蘇詩》改。魚，古「漁」字。

〔一一〕紅　紅藥本作「江」，眉校：「江，當作紅。」

〔一二〕玉鱠盈盤同美酒　「鱠」原譌作「繪」，據張本、紅藥本改。「盈」紅藥本作「銀」。

〔一三〕有　紅藥本作「可」。

〔一四〕情　紅藥本作「晴」。

〔一五〕市朝　紅藥本作「六朝」。按：「六朝」與上句「塵世」失對，當誤。

〔一六〕盈棹長風　清鈔本作「贏得霜紘」，紅藥本作「盈得泫泫」，眉校：「泫泫，當作霜煙」。

〔一七〕付女上翁　張本作「詩付女與翁」。

〔一八〕又數日忠又搆成詩云　紅藥本作「忠不出數日，搆成詩云」。

〔一九〕極浦　紅藥本、清鈔本作「南浦」。

〔二〇〕翌　紅藥本作「異」，眉校：「異，一作翌。」

〔二一〕我與君事諧矣　《緑牕新話》下多「忠一見女，情不自禁，乃抱入舟中雲雨之。羅（按：此字譌，周楞伽點校本作事）罷，忽見（按：周校本作聞）船外人聲，匆匆而別」數句。

〔二二〕忠起視之　此句原無「起」字，清鈔本作「起視之」，紅藥本眉校：「忠視之，一作起視之。」據補「起」字。

〔二三〕語　紅藥本作「話」。

〔二四〕渡入　紅藥本作「船渡」，清鈔本作「舡渡」，「舡」同「船」。

〔二五〕認　清鈔本作「聽」。紅藥本眉校：「認，一作聽。」

〔二六〕隣友　紅藥本作「自兹」，連下讀，眉校：「一本自兹作鄰友。」

〔二七〕王師孟　紅藥本作「王思孟」，眉校：「思，當作師。」下文皆作「師」。

〔二八〕道經　紅藥本作「過」，眉校：「過，一作道經二字。」

〔二九〕橋下　紅藥本作「岸」，眉校：「一本……岸作橋下二字。」

〔三〇〕貴　張本作「遠」，紅藥本譌作「遺」，眉校：「遺，當作貴。」

〔三一〕弟　張本作「寧」。紅藥本作「客」，眉校：「客，一作弟。」

〔三二〕斤　紅藥本作「觔」。觔，同「斤」。

〔三三〕塵世間烟波　張本、紅藥本作「塵土間汩没」，紅藥本眉校：「汩没，一作煙波。」

〔三四〕吾今遊客命也如何　張本作「吾今遊客，莫非命也」，紅藥本作「吾今遊落，莫非命也」，眉校：「一本落作客，無莫非二字，客下有如何因而唏嘘泣下八字。」

〔三五〕吾　紅藥本作「古」，眉校：「古，當作吾。」

宋代傳奇集

李劍國 輯校

中册

中華書局

宋代傳奇集第三編卷六

呂先生續記〔一〕

崔中〔二〕舉進士，有學問。春間泛汴水東下，迤邐至湖北，遊岳陽，謁故人李〔三〕郎中。時李知彼州〔四〕。方至，未見太守，寓宿市邸，聞前客肆中唱曲〔五〕子《沁園春》。肆内有補鞋人，傾聽甚久，顧中曰：「此何曲也？其聲甚清美。」中曰〔六〕：「乃都下〔七〕新聲也。」其人曰：「吾不解書，子能爲吾書，吾於此調間作一詞〔八〕，可乎？」中愕然，因見其眉目踈秀，乃勉取紙筆爲寫。其人略不思慮，若宿搆者，及唱，又諧和聲調。中觀其意，皆深入至道。中疑歎，欲召之飲，其人曰：「吾今日少倦，不欲飲酒。」欲〔九〕辭去，曰：「與子同邸，明日復相會。」中遽引其衣曰：「願聞處士之姓可乎？名則不敢問。」其人曰：「吾生於江口，長於山口〔一〇〕，即今爲守谷之客，姓名不知也。」乃白中曰：「吾且寢矣，其餘來日言之〔一一〕。」入室〔一二〕，則閉户。

中待曉〔一三〕見太守，具〔一四〕言其事，因以詞示太守。太守曰：「此乃隱逸高士也。」令一急脚召之。卒擊户，具道太守意，其人曰：「子且待之，吾將著衣而出。」久不見出。卒又擊門，其人又應，已〔一五〕漸遠。又呼，則應又愈遠。再呼，則不應。排户而入，則不見人，但見壁間有字〔一六〕。乃録以呈太守，即〔一七〕詩一首也：「腹内嬰孩〔一八〕養已成，且居廛市〔一九〕暫娱情。無端措大多饒舌〔二〇〕，即〔二一〕入白雲深處行。」太守與中，但歎恨塵緣相隔〔二二〕，不得遇真仙。中謂太守曰：「問其姓名，彼答以生於江口，長於山口，即今爲守谷之客，何也？」太守沉吟思慮，少選曰：「吾得之矣。生於江口，長於山口，二口乃吕字也。爲守谷之客，谷者洞也，客者賓也。仙之姓名曉然。」二人又嗟歎。仙翁所作之詞，此乃今之所傳道〔二三〕《沁園春》也。（據上海古籍出版社點校本北宋劉斧《青瑣高議》前集卷八）

〔一〕此篇原題《續記》，前篇爲《吕先生記》，乃一短記。原題不知，姑據而加「吕先生」三字爲題。題下注「吕仙翁作沁園春」。

〔二〕崔中 《詩話總龜》前集卷四五引《青瑣集》作「顧中」，周本淳校點本卷四七據明鈔本所補此條作「崔中」。

〔三〕李 《詩話總龜》作「季」。

〔四〕彼州 張本作「汴州」，誤。

〔五〕曲 紅藥本作「歌」。

〔六〕中曰　此二字原無，據《詩話總龜》補。《類説》卷四六《青瑣高議·吕洞賓沁園春》及《詩話總龜》明鈔本作「崔曰」。

〔七〕都下　《詩話總龜》明鈔本作「東都」。紅藥本譌作「柳下」。

〔八〕吾於此調間作一詞　《類説》作「吾倣此調撰一詞」。

〔九〕欲　張本作「乃」。

〔一〇〕生於江口長於山口　《詩話總龜》作「生於山口，長於江口」。

〔一一〕其餘來日言之　張本、紅藥本作「其餘俟來日」。

〔一二〕入室　此二字原無，據張本、紅藥本補。

〔一三〕中待曉　原作「傍晚」，據紅藥本改。張本作「待曉」，無「中」字。《詩話總龜》作「中翌日」，《類説》作「崔明日」。

〔一四〕具　紅藥本作「且」。

〔一五〕已　張本、紅藥本作「以」，通「已」。

〔一六〕排户而入則不見人但見壁間有字　張本作「排户則不見人，卒入室，但見壁有字」，紅藥本無「但」字，餘同。

〔一七〕即　此字原無，據張本、紅藥本補。

〔一八〕嬰孩　《類説》、《詩話總龜》作「嬰兒」。紅藥本譌作「嬰孫」。

〔一九〕塵市　《詩話總龜》作「塵世」，明鈔本作「城市」。

〔二〇〕多饒舌　張本、《詩話總龜》「多」作「剛」。《類説》作「輕摇舌」。

〔二一〕即　《類説》、《詩話總龜》作「却」。

〔二二〕但歎恨塵緣相隔　《類説》作「俱嘆恨塵緣魔隔」。

〔二三〕道　張本、紅藥本作「道意」。

韓湘子〔一〕

韓湘，字清夫，唐韓文公之姪也，幼養於文公門下。文公諸子皆力學，惟湘落魄不羈，見書則擲，對酒則醉，醉則高歌。公呼而教之曰：「汝豈不知吾生孤苦，無田園可歸。自從發志磨激，得官，出入金〔二〕闥書殿，家粗豐足。今且觀書，是吾不忘初也。汝堂堂七尺之軀，未嘗見〔三〕讀一行書，久遠何以立身〔四〕？不思之甚也！」湘笑曰：「湘之所學，非公所知。」公曰：「是有異聞乎？可陳之也。」湘曰：「亦微解作詩。」公曰：「汝作言志詩來。」湘執筆，略不搆思而就，曰：「青山雲水窟，此地是吾家〔五〕。後〔六〕夜流瓊液，凌晨散〔七〕絳霞。琴彈碧玉調，爐養〔八〕白硃砂。寶鼎存金虎，丹田〔九〕養白鵶。一壺〔一〇〕藏世界，三尺〔一一〕斬妖邪。解造逡巡酒，能開頃刻花。有人能學我，同共看仙葩〔一二〕。」

公見詩，詰之曰：「汝虛言也，安爲用哉？」湘曰：「此皆塵外事，非虛言也。」公必欲驗，指詩中一句，試爲成之。」公曰：「子安能奪造化開花乎？」湘曰：「此事甚易。」公適〔一三〕開宴，湘預末坐〔一四〕，取土聚於盆，用籠覆之〔一五〕。巡酌間，湘曰：「花已開矣。」舉籠〔一六〕，見碧花二朵〔一七〕，類世之牡丹，差大而豔美，葉榦翠軟，合座驚異。公細視之〔一八〕，花朵上有小金字〔一九〕，分明可辨，其〔二〇〕詩曰：「雲横秦嶺家何在，雪擁藍關馬不前。」公亦莫曉其意。飲罷，公曰：「此亦幻化之一術耳，非真也。」湘曰：「事久乃驗。」不久，湘告去，不可留。

公以言佛骨事，貶潮州。一日，途中遇雪〔二一〕，公方悽倦，俄有一人冒雪而來，既見乃湘也。公喜曰：「汝何久捨吾乎？」因泣下。湘曰：「公憶向日花上之句乎？乃今日之驗也〔二二〕。」公思少頃曰：「亦記憶之矣〔二三〕。」因詢地名，即藍關也。公歎曰：「今知汝異人，乃爲汝足成此詩。」詩曰：「一封朝奏九重天，夕貶潮陽路八千。本爲聖明除弊事〔二四〕，敢將衰朽惜殘年〔二五〕。雲横秦嶺家何在，雪擁藍關馬不前。知汝遠來深〔二六〕有意，好收吾骨瘴〔二七〕江邊。」乃與湘同宿傳舍，通夕議論。湘曰：「公排二家之學，何也？道與釋，遺教久矣。公不信則已，何鋭然横身獨排也？焉〔二八〕能俾之不熾乎？故有今日之禍。湘亦其人也。」公曰：「豈不知二家之教？然與吾儒背馳。儒教則待〔二九〕英雄才俊之士，行忠孝〔三〇〕仁義之道。昔太宗以此籠絡天下之士，思與之同治。今上惟主張二教，虛己以信事之。恐吾道不振，天下之流入於昏亂之域矣，是以力拒也。今因汝又知其不誣也。」公與湘途中〔三一〕唱和甚多。

一日，湘忽告去，堅留之不可，公爲詩別湘曰：「未爲世用〔三二〕古來多，如子〔三三〕雄文世孰過？好待功成身退後〔三四〕，却抽身去卧煙蘿〔三五〕。」湘別公詩曰：「舉世都爲名利役〔三六〕，吾今〔三七〕獨向道中醒。他時定見飛昇去〔三八〕，衝破秋空〔三九〕一點青。」湘謂公曰：「在瘴毒之鄉，難爲保育。」乃出藥一瓢〔四〇〕曰：「服一粒可禦瘴毒〔四一〕。」公謂湘曰：「我實慮不脱死，魂遊海外。一思至此，不覺垂淚。吾不敢復希富貴，但得生入鬼門關足矣〔四二〕。」湘曰：「公不久即歸〔四三〕，不惟〔四四〕全家無恙，當復用於朝矣。」公曰：「此別復有相見之期乎？」湘曰：「前約未可知也。」後皆如其說焉。（據上海古籍出版社點校本北宋劉斧《青瑣高議》前集卷九）

〔一〕題注「湘子作詩讖文公」，清鈔本「讖」作「贈」。

〔二〕金　張本作「禁」。

〔三〕見　此字原無，據《類説》卷四六《青瑣高議·韓湘詩》補。

〔四〕何以立身　《類説》作「立身何地」。
〔五〕此地是吾家　紅藥本作「此家自吾家」，譌。
〔六〕後　《類説》作「徹」。
〔七〕散　《類説》、《詩話總龜》前集卷四五神仙門下及《詩人玉屑》卷二〇《方外・韓湘》引《青瑣集》、《三洞群仙録》卷三《韓湘藍關》引《青瑣》俱作「咀」，《歷世真仙體道通鑑》卷四二《韓湘》亦同。
〔八〕養　《類説》作「煖」，《詩話總龜》、《詩人玉屑》、《三洞群仙録》及《真仙通鑑》並作「鍊」（或作煉）。
〔九〕丹田　紅藥本、《詩話總龜》、《類説》、《詩人玉屑》、《真仙通鑑》作「元田」，《三洞群仙録》作「玄田」。
〔一〇〕壺　《詩話總龜》、《類説》、《詩人玉屑》、《三洞群仙録》、《真仙通鑑》並作「瓢」。
〔一一〕三尺　《類説》作「五尺」。
〔一二〕同共看仙葩　紅藥本作「同看共仙葩」。
〔一三〕適　張本、紅藥本無此字。
〔一四〕湘預末坐　張本、紅藥本作「湘侍坐」。
〔一五〕取土聚於盆用籠覆之　張本作「取土聚之，以盆覆之」，紅藥本「盆」作「蓋」，餘同。《詩話總龜》、《詩人玉屑》作「湘聚土以盆覆之」。《類説》、《三洞群仙録》作「取土聚之以盆」。《分門古今類事》卷四異兆門中《韓湘開花》引《青瑣高議》作「乃聚土以盆覆之」，《真仙通鑑》「聚」譌作「娶」，餘同。

〔一六〕籠　張本、紅藥本、《古今類事》、《苕溪漁隱叢話》後集卷一〇《韓退之》載《藝苑雌黄》引劉斧《青瑣》作「盆」。

〔一七〕碧花二朵　「碧」原作「巖」，據《詩話總龜》、《類説》、《古今類事》、《詩人玉屑》、《真仙通鑑》改。張本「二朵」作「三朵」。《漁隱叢話》作「碧花數朵」，《三洞群仙録》作「碧蓮二朵」。

〔一八〕公細視之　張本作「公環而視之」，紅藥本作「公環而看之」，《古今類事》作「公環而觀之」。

〔一九〕花朵上有小金字　《類説》作「花葉有小金書」，《三洞群仙録》同，唯「書」作「字」。《漁隱叢話》作「花葉間有金字」。

〔二〇〕其　張本、紅藥本作「即」。

〔二一〕遇雪　此二字原無，據《詩話總龜》、《漁隱叢話》、《古今類事》、《三洞群仙録》、《詩人玉屑》、《真仙通鑑》補。

〔二二〕乃今日之驗也　清鈔本作「乃驗往日之事」，紅藥本作「驗今日之事」。《詩話總龜》、《真仙通鑑》作「正今日事也」，《古今類事》作「正今日事」。

〔二三〕之矣　此二字原無，據張本補。

〔二四〕事　張本、紅藥本、《詩話總龜》作「政」。

〔二五〕敢將衰朽惜殘年　「敢將」清鈔本及《古今類事》、《真仙通鑑》作「豈將」，《詩話總龜》、《詩人玉屑》作「豈於」。「惜」《古今類事》作「繼」。

〔二六〕深　張本、《真仙通鑑》作「應」，《詩話總龜》、《詩人玉屑》作「須」。

〔二七〕瘴　清鈔本作「葬」。

〔二八〕焉　紅藥本作「今」。

〔二九〕則待　張本作「恃」，紅藥本作「則恃」。

〔三〇〕孝　紅藥本作「信」。

〔三一〕公與湘途中　《類説》、《三洞群仙録》作「倶至沅湘」。

〔三二〕未爲世用　《類説》、《真仙通鑑》「未」作「才」，《詩話總龜》、《詩人玉屑》作「人才爲世」。

〔三三〕子　《類説》作「此」，舊鈔本作「子」。

〔三四〕好待功成身退後　張本「退」作「遂」。《詩話總龜》、《類説》、《詩人玉屑》、《真仙通鑑》並作「好待功名成就日」。

〔三五〕却抽身去卧煙蘿　「抽」《真仙通鑑》作「收」，「卧」《詩話總龜》、《詩人玉屑》作「上」。

〔三六〕舉世都爲名利役　「都」《類説》作「多」，「役」《詩話總龜》、《詩人玉屑》、《真仙通鑑》作「醉」。

〔三七〕吾今　《詩話總龜》、《詩人玉屑》作「伊余」，《類説》、《真仙通鑑》同，「余」作「予」。

〔三八〕他時定見飛昇去　「見」《詩話總龜》、《類説》、《詩人玉屑》、《真仙通鑑》並作「是」。「昇」紅藥本作「身」。

〔三九〕空　《詩話總龜》作「雲」。

〔四〇〕一瓢　此二字原無，據《真仙通鑑》補。

〔四一〕服一粒可禦瘴毒　「服」張本、紅藥本作「各服」。《真仙通鑑》作「服一粒可禦瘴煙之毒」。

〔四二〕一思至此不覺垂淚吾不敢復希富貴但得生入鬼門關足矣　原作「但得生入玉門關足矣，不敢復希富貴」，據《真仙通鑑》補改，張本、紅藥本亦作「鬼門關」。按：《舊唐書》卷四一《地理志四》「嶺南道·容州·北流縣」：「縣南三十里，有兩石相對，其間闊三十步，俗號鬼門關。……昔時趨交趾，皆由此關。其南尤多瘴癘，去者罕得生還。諺曰：『鬼門關，十人九不還。』」韓愈謫潮，據《昌黎先生文集》卷一〇諸詩，乃取道藍田、商洛、鄧州、韶州等地，自不得入容州之鬼門關，但藉以泛指嶺南險僻瘴毒之地耳。至作玉門關者，乃用《後漢書》卷四七班超語：「臣不敢望到酒泉郡，但願生入玉門關。」

〔四三〕公不久即歸　「歸」《真仙通鑑》作「西」。張本、紅藥本作「公非久即醒」，「醒」字譌。

〔四四〕不惟　此二字原無，據張本、《真仙通鑑》補。紅藥本譌作「不具」。

大姆記〔一〕

究地理，今巢湖，古巢州〔二〕也，或改爲巢邑。一日江水暴泛，城幾没。水復故道，城溝〔三〕有巨魚，長數十丈，血鬣金鱗，電目赭尾，困卧淺水，傾郡人觀焉。後三日，魚乃死。

郡人臠其肉以歸，貨於市，人皆食之〔四〕。有漁者與姆同里巷，以肉數斤遺姆。姆不食，懸之於門。

一日，有老叟霜鬢雪鬚，行步語言甚異，詢姆曰：「人皆食魚之肉，爾獨不食懸之，何也？」姆曰：「我聞魚之數百斤者，皆異物也。今此魚萬斤，我恐是龍焉，固不可食。」叟曰：「此乃吾子之肉也，不幸罹此大禍，反膏人口腹，痛淪骨髓，吾誓不捨食吾子之肉者也。爾獨不食，吾將厚報爾。吾又知爾善能拯救貧苦。若東寺門〔五〕石龜目赤，此城當陷。爾時往〔六〕候之，若然，爾當急去，無留也。」叟乃去。

姆日日往視，有稚子訝母，問之，姆以實告。稚子欺人〔七〕，乃以朱傅龜目。姆見，急去出城。俄有小青衣童子曰：「吾龍之幼子。」引姆升山。回視，全城陷於驚波巨浪，魚龍交現〔八〕。

大姆廟今存於湖邊〔九〕。迄今漁者不敢釣於湖，簫鼓不敢作於船。天氣晴明，尚聞水下歌呼人物之聲。秋高水落，潦靜湖清，則屋宇堦砌，尚隱見焉。居人則皆龍氏之族〔一〇〕，他不可居，一何異哉！（據上海古籍出版社點校本北宋劉斧《青瑣高議》後集卷一）

〔一〕題注「因食龍肉陷巢湖」。

〔二〕巢州　《古今事文類聚》前集卷一七《城陷爲湖》、《方輿勝覽》卷四八《淮西路・無爲軍・山川・巢湖》及《古今合璧事類備要》前集卷八《陷城爲湖》引《青瑣高議》作「巢縣」。

〔三〕城溝　《事文類聚》、《方輿勝覽》、《事類備要》作「港」。

〔四〕貨於市人皆食之　張本、紅藥本作「漁者貨於市，合郡人皆食之」，《方輿勝覽》作「漁者取以貨於市，合郡食之」。

〔五〕東寺門　《事文類聚》、《方輿勝覽》、《事類備要》、《續道藏》本《搜神記》卷三《巢湖太姥》引《青瑣高議》作「東門」。

〔六〕往　此字原無，據張本補

〔七〕人　《事文類聚》、《方輿勝覽》、《事類備要》、《搜神記》作「之」。

〔八〕交現　張本、紅藥本作「出没」。

〔九〕邊　張本作「側」，紅藥本作「邊側」。

〔一〇〕居人則皆龍氏之族　張本作「居龍人廟側，皆龍氏之族」，有誤。紅藥本「側」作「皆」，眉校作「側」。

小蓮記〔一〕

李郎中，忘其姓名〔二〕，京師人。家豪，屢典郡。公爲人瓌偉〔三〕，厚自奉養。嘉祐中，售一女奴，名曰小蓮，年方十三。教以絲竹則不能，授以〔四〕女工則不敏。數日，公欲復歸之老嫗，女奴泣告曰：「儻蒙庇育，後必圖報。」公亦異其言。久而〔五〕稍稍能歌舞，顏色日益美豔。公欲室之，則趨避。異時誘以私語，則斂容〔六〕正色，毅然不可犯。公意欲亟得，乃醉以酒，一夕亂之。明日謝曰：「妾非薄，安敢自惜？顧不足接君之盛。」乃再拜。自兹公大惑之。公妻孫氏賢甚〔七〕，亦不禁公。

一夕月晦，侍公寢，中夜不見。公驚，秉燭求之，庖廚井廁俱不見。公意其與人私，頗憒。至曉方至，怒甚，欲加箠，且詢〔八〕所往。小蓮曰：「願少選，當露底隱〔九〕于公。」公引於靜室，詰之，曰：「今日不幸見拙於長者，不敢隱諱，則手足俱見。妾非人也，非鬼也，容盡陳委曲。妾自愧，固當引去。公若憐照，不加深究，則永得依附，以報厚意。」公曰：「他皆可恕，汝何往而不我報也？」泣曰：「妾非敢遠去，惟每至晦夕，例參界吏，設或不至，坐貽伊戚。亦若民間之農籍，自有定分也。」公終疑焉。又至月晦，公開宴，以醇酒醉之。小蓮熟寐，高燭四列，公自守之。將曉，攫然而興曰：「公私我厚，使我不得去，我因公被罪矣。」而次夕中夜復失之，及曉乃歸。公詢之，小蓮袒衣視公，青痕滿背，公謝焉。自兹月晦則失之，公無怪焉。

公一日病，小蓮曰：「公無求醫。」公好食辛辣，膈有痰，但煎犀角、人參、膩粉、白礬，服之自愈。」果然〔一〇〕。家人有疾，從其説皆驗〔一一〕。亦時言人休咎，無不驗。公尤愛信之〔一二〕。或言公之親族，其人某日死矣，若合符契。一日，語公云：「某日授命當守〔一三〕某州。」皆合其言。公將行，小蓮泣告：「某有所屬，不能侍從，懷德戀愛，但自感恨。君不遺舊，時復念之。」公堅欲〔一四〕同行，小蓮曰：「某向一夕不往，已遭重責。去經〔一五〕歲月，罪不容誅。」公知不可强〔一六〕。公行有日，小蓮送公，執手言曰：「公妻到官一歲當化去。公與都漕交競〔一七〕，公亦失意歸，妾當復見公。宜謹祕之，勿泄。」

公到官，經歲妻死。會都運到，都運責公留住錢穀，艱阻公事，公力辯不聽，乃去公焉。公中道罷郡妻喪，意尤怏怏〔一八〕，乃入都，不以仕宦爲意。閑居闔户，終日兀坐。適聞叩户聲，及出，乃小蓮也。公喜，延之坐。公感泣久之〔一九〕，云：「别後一如汝言。」因命開軒〔二〇〕置酒，命小蓮舞，終日極歡。是夜小蓮宿公處。踰月乃去，小蓮且泣且拜：「妾有私懇浼長者，願以此身託死〔二一〕。」公曰：「何遽出此言？」小蓮曰：「妾實非人，乃城上之狐也。前世嘗爲人次室，搆語百端，讒其冢婦〔二二〕，浸潤既久，良人聽焉。自兹妾獨蒙寵愛，冢婦憂憤乃死，訴於陰官，妾受此罰。歲月既〔二三〕滿，得復故形，業報所招，例當死鷹犬之下〔二四〕。苟或身落鼎俎，膏人口腹，又成留滯，未得往生。公可某日出都門，遇獵狐者〔二五〕，公多以錢與〔二六〕之，云欲得獵狐造藥。死狐耳間有花毫而紫，長數寸者，乃妾也。公能以北紙爲衣，木皮〔二七〕爲棺，葬我高壤，始終之賜多矣〔二八〕。」再拜又泣。因出黄金一兩：「聊備一葬，無以異類而無情。」公皆許諾。公留之宿，小蓮云：「醜迹已彰，公當惡之。」公堅留，乃宿。翌日拜辭曰：「陰限有期，往生有日，無容款曲，幸公不忘平日之意。」大慟而去。

公如期出鎮〔二九〕，北行數里，果有荷數狐者，擇耳中有紫毫者售之以歸。擇日葬之，公親爲祭文，如法葬於都城坊店之南。迄今人呼爲狐墓焉。（據上海古籍出版社點校本北宋劉斧《青瑣高議》後集卷三）

〔一〕題注「小蓮狐精迷郎中」。

〔二〕忘其姓名　此四字紅藥本爲小字注文。

〔三〕瓌偉　紅藥本作「瓌瑋」。

〔四〕以　此字原無，據張本、紅藥本、《緑牕女史》卷八妖豔部狐粉門及《剪燈叢話》卷八元劉斧《小蓮記》補。

〔五〕而　張本、紅藥本、《緑牕女史》、《剪燈叢話》作「但」。

〔六〕斂容　張本、紅藥本、《緑牕女史》、《剪燈叢話》作「斂袵」。

〔七〕甚　此字原無，據張本、紅藥本補。

〔八〕詢　清鈔本作「訊」，下同。

〔九〕底隱　張本、《緑牕女史》、《剪燈叢話》無此二字。

〔一〇〕果然　張本、紅藥本、《緑牕女史》、《剪燈叢話》作「果如其説」。

〔一一〕驗　張本、紅藥本、《緑牕女史》、《剪燈叢話》作「愈」。

〔一二〕信之　紅藥本作「其信」。

〔一三〕守　《緑牕女史》、《剪燈叢話》作「授」。

〔一四〕堅欲　張本、《緑牕女史》、《剪燈叢話》作「堅召」。紅藥本作「望召」，眉注：「堅，朱校。」

〔一五〕經　張本、紅藥本、《緑牕女史》、《剪燈叢話》作「餘」。

〔一六〕强　張本、紅藥本、《緑牕女史》、《剪燈叢話》作「留」。

〔一七〕競　紅藥本眉注：「競，舊抄兢。」《緑牕女史》、《剪燈叢話》作「兢」。「兢」乃「競」之俗字。

〔一八〕快快　張本、紅藥本、《緑牕女史》、《剪燈叢話》作「不足」。

〔一九〕久之　此二字原無，據《緑牕女史》、《剪燈叢話》補。

〔二〇〕因命開軒　此四字原無，據《緑牕女史》、《剪燈叢話》補。

〔二一〕託死　張本、紅藥本、《緑牕女史》、《剪燈叢話》下有「長者」二字。

〔二二〕冢婦　張本、紅藥本、《緑牕女史》、《剪燈叢話》作「家婦」，下同。冢婦，主婦。《類説》卷四六《青瑣高議·小蓮》作「主母」。

〔二三〕既　此字原無，據《類説》補。

〔二四〕之下　此二字原無，據《類説》補。

〔二五〕遇獵狐者　「遇」張本、紅藥本、《緑牕女史》、《剪燈叢話》譌作「捕」。《類説》作「有荷狐者」。

〔二六〕與　《類説》作「售」。

〔二七〕木皮　《類説》作「以布」。

〔二八〕始終之賜多矣　張本、紅藥本、《緑牕女史》、《剪燈叢話》無「多矣」二字。《類説》作「公之惠也」。

〔二九〕鎮　《類説》作「門」。

李雲娘〔一〕

慶曆元年〔二〕，李雲娘，都下之倡姬也。家住隋河大隄曲。粗有金帛，與解普有故舊。是時普待闕中銓，寓京經歲，囊無寸金，多就雲娘假貸，以供用。普紿雲娘曰：「吾赴官娶汝歸。」由是雲娘罄篋所有，以助普焉。普陰念，家自有妻，與雲娘非久遠計也。一日，召雲娘并其母〔三〕，極飲市肆中。夜沿汴岸歸，雲娘大醉，普乃推雲娘墮汴水中，詐驚呼號泣不已。明以善言誘其母〔四〕。適會普家書至，附五十緡，又以錢十緡遺雲娘母。

不日，普授秀州青龍尉，乃挈家之官。一日，普同家人閒坐，有人揭簾而入者，普熟視，乃雲娘也。責普曰：「我罄囊助子，子不爲恩[五]，復以私[六]計害吾性命，子之不仁可知也。我已得報子[七]矣。」普叱曰：「是何妖鬼，敢至此囁嚅也！」引劍擊之，俄而不見。冷風觸人面，甚急，舉家大驚。

後數日，報有劫盜，普乘舟警捕[八]。行半日，普或唾水曰：「汝又來也！」有一手出水中，挽普入水，舉舟皆見。公吏沉水拯之，不獲。翌日方得屍，普面與身皆有傷處。

議[九]曰：逋[一〇]人之財，猶曰不可，況陰賊其命乎！觀雲娘之報解普，明白如此，有情者所宜深戒焉。（據上海古籍出版社點校本北宋劉斧《青瑣高議》後集卷四）

〔一〕題注《解普殺妓獲惡報》。張本、紅藥本「妓」作「妻」，誤。
〔二〕元年　清鈔本作「年間」，《勸善書》卷一八作「中」。
〔三〕母　《勸善書》作「父母」，下文皆作「母」，「父」字當衍。
〔四〕明以善言誘其母誘　《勸善書》作「曰以善言慰其母」，下有「母不察其詐」一句。
〔五〕不爲恩　紅藥本作「不償」。
〔六〕私　《勸善書》作「邪」。
〔七〕子　原作「生」，疑譌，據《勸善書》改。
〔八〕警捕　《勸善書》作「緝捕」。

〔九〕議　張本、紅藥本作「評」。

〔一〇〕逋　紅藥本作「奪」，眉注：「奪，按逋字。」逋，欠也。

按：末之「議曰」，當爲劉斧語，姑存之。

卜起傳〔一〕

卜起，東都人也。庇身於百司，以年勞補計仕路，中銓，注授端州高要〔二〕尉。起哀其從弟德成無所歸，邀以同行。遊吉與虔，出〔三〕大庾嶺，經韶，下泝〔四〕江。德成慕起妻白氏既美艾，日夕思念，無計得之。德成私意謂：舟浮江中〔五〕，可以害起。一夕晚，德成與起共立舟上閑話，德成伺其不意，推起墮江。德成詐驚呼救之，至明日，方得起屍。德成謂白氏曰：「無舉哀。今身落萬里之外，兄又溺死，方乏用度，別無人知，我承兄之名到官，且利其俸禄。終此一任，可以歸耳。」白氏大哭，德成引劍示之曰：「子若不從，當爲刃下鬼。」白氏默默自恨，但暗中揮涕。德成乃室白氏，白氏不敢拒，思欲報德成，無以爲計。

是時起之子方七歲，德成愛之如己子。不久官滿，欲挈白氏入京，乃泊家於嶺上。德成又授楚州山陽簿，方往嶺外挈白氏。德成謂白氏不念舊事，與之和好〔六〕，乃教其子爲庠學生，任秩復寓家於楚。德成入京，去甚久。一日，其子忽問其父，白氏泣下曰：「且非汝父也。」子驚曰：「何以言之？」白氏云：「今德成乃汝之讎焉，殺汝父者也。汝父起官嶺外，下湍江，爲德成推墮溺死矣，詐代汝父之官。今七八年矣，我痛貫肝膈。我常欲報之，私念婦人之謀，易爲泄露，無所成就，即汝父之仇，終身無報焉。今子已十五歲，可成大事，汝能報之，吾死無怨。此乃天啓之也〔七〕。」

子乃同母詣府〔八〕，具陳其冤。公吏入都追德成，押而歸，具伏〔九〕。事成，上其事奏太宗，降旨法德成於楚州，仍與其子一官。母不先告，連坐，其子訴訟，乃獲免焉。（據上海古籍出版社點校本北宋劉斧《青瑣高議》後集卷四）

〔一〕題注「從第害起謀其妻」。

〔二〕端州高要　原作「瑞州高安」，張本、紅藥本同。按：下文云卜起赴任「出大庾嶺，經韶，下泝江」，則非瑞州高安。《宋史》卷八八《地理志四》載，瑞州本名筠州，紹興十三年改高安郡，寶慶元年避理宗諱（昀）改瑞州。屬江南西路，治高安縣，即今江西高安市。卷九〇《地理志六・廣南東路》：「肇慶府，望，高要郡，肇慶軍節度。本端州軍事，元符三年升興慶軍節度。」端州治高要縣，即今廣東肇慶市。今改。

〔三〕出　張本、紅藥本作「于」，譌。

〔四〕泝　張本、紅藥本作「湍」。

〔五〕江中　張本、紅藥本作「湍流」。

〔六〕與之和好　此句原無，據張本、紅藥本補。

〔七〕此乃天啓之也　此句原無，據張本、紅藥本補。

〔八〕府　張本、紅藥本作「公府」。

〔九〕伏　張本、紅藥本作「伏事」。

龔球記〔一〕

龔球，京師人也。父任嶺外，染瘴死，球由是久流落，漂泊南中。治平年〔二〕，方歸都下。球素家寒，無所依倚，乞丐以度日。一日將暮，有與球中外親者，遇球於道，哀之，贈之十千，仍副以衣物，球乃始自給。

時元夜燈火，車騎騰沸，球閑隨一青毡車走。車中有一女人，自車後下，手把青囊，其去甚速〔三〕。球逐之暗所〔四〕，女人告曰：「我李太保家青衣也。售身之年，已過其期〔五〕，彼不捨吾，又加苦焉，今夕吾伺其便走耳。若能容吾於室，願爲侍妾〔六〕。」球喜，許之。與婦人攜手，婦人以青囊付球，即與同行。球心思計以欺之。球乃妄指一巷云〔七〕：「此乃市者，其中吾所居也。汝且坐巷口，吾先報家人，然後呼汝入家。」女人不知其詐。球攜青囊入巷尾，出於他市〔八〕，暗視青囊中物，皆金珠。球不敢貨於京師，乃去於江淮間，以其物售，獲千緡。遂遊商往來〔九〕，益增羨，球乃娶妻賃奴。

一夕，泊舟楚州〔一〇〕北神堰下，月色又明，球與家人飲於舟上。俄有小舟，附球舟而泊焉。球謂〔一一〕是漁者，熟視舟中，乃一女人，面似曾見而不憶。婦人曰：「我天之涯，地之角，下入九泉，皆不見子，子只在此也。」球思惟：於吾何求，而求吾若是？女人云：「我向車上奔婢也，子挈我青囊中物去，我坐待君至曉〔一二〕，爲市吏〔一三〕所收。家知，訟官府獄，公吏窮治青囊中物，我無所訴，荷械〔一四〕鞭箠，自朝至夕，肌肉潰壞，手足墮落，不勝其苦，竟死獄中。訴於陰府，今得與子對。」球曰：「汝能捨我乎？」婦人云：「吾思向獄中之苦，恨不斬子萬段！」球自以言和浼〔一五〕，女乃忿然升舟毆球。家人驚呼，乃〔一六〕無所見。

球如醉，扶卧。中夜少醒，起坐謂妻曰〔一七〕：「人安可爲不善，陰報甚明。我爲一吏攝去陰府，見王坐大殿，服紫衣臨案〔一八〕。王云：『汝何故竊婦人王氏金珠？今當伏罪。』王召吏云：『球命禄已盡，但王氏受重苦，合償之。』王曰：『令於〔一九〕人世償之。』王命吏送還。」球體生惡瘡，稍延及四肢〔二〇〕，瘡血污於裀褥，盛夏臭惡不可近，妻奴皆惡之。苦痛異常，日夜呼號，手足墮落乃死。

議〔一二〕曰：冤不可施於人，陰報如此，觀者宜以爲戒焉。（據上海古籍出版社點校本北宋劉斧《青瑣高議》後集卷四）

〔一〕題注「龔球奪金疾病死」。紅藥本題作《龔俅記》，注作「龔俅奪金病疾病死」，正文除首作「俅」，餘皆作「球」。

〔二〕治平年　《歲時廣記》卷一二《償冤鬼》引《青鎖（瑣）高議》作「宣和間」，誤。

〔三〕速　《類説》卷四六《青瑣高議・李太保家青衣》作「急」。

〔四〕逐之暗所　《類説》、《歲時廣記》作「逐至暗處」。

〔五〕售身之年已過其期　《類説》作「身年過限」。

〔六〕侍妾　張本、紅藥本作「行者」。行者，侍者。《類説》作「侍者」，《歲時廣記》作「侍人」。

〔七〕云　此字原無，據《類説》、《歲時廣記》、《勸善書》卷一八補。

〔八〕出於他市　《類説》作「出他衢而去」，《歲時廣記》作「從他衢而去」。

〔九〕遂遊商往來　張本、紅藥本作「約遊商以往來去」。

〔一〇〕楚州　《類説》、《歲時廣記》、《勸善書》作「山陽」。山陽縣乃楚州治所。

〔一一〕謂　張本、紅藥本作「恐」。

〔一二〕曉　原作「晚」，《類説》、《歲時廣記》、《勸善書》作「曉」爲是，據改。

〔一三〕市吏　《類説》、《歲時廣記》、《勸善書》作「街吏」。

〔一四〕械　紅藥本作「枷」。

〔一五〕浼　張本、紅藥本作「免」。浼，求也。

〔一六〕乃　此字原無，據《類説》補。

〔一七〕中夜少醒起坐謂妻曰　張本、紅藥本作「中夜乃奄然雖宿乃坐謂妻曰」，有誤。

〔一八〕服紫衣臨案　張本、紅藥本作「臨紫衣案」，有誤。

〔一九〕於　此字原無，據《類説》、《歲時廣記》補。

〔二〇〕稍延及四肢　張本作「稍稍生於四肢」。

〔二一〕議　張本、紅藥本作「評」。

按：議爲劉斧作，正文是否亦出斧手難遽判定。

劉煇〔一〕

劉煇，信州人。祖父世力稼穡，家貧。煇好遊學，寓於江州之東林佛舍中，有白公樂天影堂存焉。煇常以薰果薦於堂〔二〕，默禱之：「儻得才性類公十之一二，即荷神賜。」一日，煇出寺院，行於溪旁。俄有叟坐石上，顔貌温粹，宛若士人。煇知非田翁，就與之語，議論精通，無所不至，煇但唯諾〔三〕柔順而已。既久，煇曰：「叟真有道者也，何故寓此？」叟笑曰：「吾即白居易，蒙子厚意，愧無以報子之所請，將有説焉。夫才〔四〕者，繫乎性之所賦厚薄〔五〕，兹所謂〔六〕『青出於藍而青於藍，冰生於水而寒於水』者也。若記問，可以〔七〕積累而至焉，如『人一能之己百之，人十能之己千之』之類是也。人之才乃天相稟，不能勉强〔八〕。若〔九〕其聞見之博，落筆無凝滯若宿搆，繫乎人出入生死間，得爲人世數多也。吾生唐德、順朝，已二十一世爲人矣，其所聞所見，莫非稔熟乎耳目。故命思〔一〇〕爲文，蹈厲風發，莫不出入九經百氏。藴其遠者爲事業，發其清者爲歌詩，刓割風月，搜窮造化，耳目若素得之也。今子爲人方六世，固未甚出乎人也。然子亦有禄，科名極巍峨。」煇乃再拜曰：「禄已知矣〔一一〕，壽數修短，可得聞乎？」叟曰：「此陰吏自有籍主之，吾不知也。」叟乃去，入於竹圃不見。後煇果爲殿元。（據上海古籍出版社點校本北宋劉斧《青瑣高議》後集卷六）

〔一〕題注「默禱白氏乞聰明」。

〔二〕煇常以薰果薦於堂　張本、紅藥本「常」作「累」，「堂」作「堂下」。
〔三〕諾　張本、紅藥本作「喏」。
〔四〕才　清鈔本作「天才」。
〔五〕所賦厚薄　張本作「所賦有之厚薄」，紅藥本作「所賦之厚薄」，眉注：「賦之，朱校作賦有。」
〔六〕謂　紅藥本作「爲」，通「謂」。
〔七〕可以　張本、紅藥本作「即可」。
〔八〕人之才乃天相稟不能勉强　張本作「人之有才，非世自有也」，紅藥本作「人之有才，非有世自有也」。
〔九〕若　張本、紅藥本作「蓋」。
〔一〇〕思　紅藥本、清鈔本作「意」。
〔一一〕禄已知矣　張本、紅藥本作「禄既聞命矣」。

范敏〔一〕

范敏，齊人也，博通經史。嘗預州薦至省，失意還舊居，久不以進取爲意。一日，有故人鄆。時大暑，敏但見星月而行。未數里，浮雲蔽月，不甚明朗。忽一禽〔二〕觸馬首，敏急下馬，捕而獲之。其大若鶉雀，且不識其名，乃置於僕懷中。敏跨馬而行，則昏然失道路，乃信馬行。望數里有煙火，若居人，鞭馬速行，約三十里，望之其火愈遠。敏倦，僕人亦不能行，乃縱馬囓草，僕亦倚木〔三〕而休，敏抗鞍而卧。不久，天將曉，四顧無人，荆刺縱横。見樵者，敏求路焉。樵者云：「吾居處不遠，子暫休止館宇，早膳却去。」敏忻然從之。不數里即至，雖田舍家，茅簷幢頂〔四〕，亦頗清潔。

敏至，樵者曰：「吾樵於野，子且盤桓。」俄有青衣設席，布饌數種〔五〕。時有一婦人望於户罅間，貌極妖冶。食已，又啜茶。茶已，又陳酒斝。數杯後，敏云：「失道之人，偶至於此，主禮優厚，何以報答？」婦人自内言曰：「上客至，田野疎澹，不能盡主人意。知君好笛，我爲子横笛，勸君一杯。」敏極喜。聞笛音清脆雄壯，敏甚愛，但不曉是何曲。敏曰：「終日煩浼足矣，又以笛侑酒，鄙薄何敢克當〔六〕！如何略一拜見，致謝而後去，即某心無不足也。」婦人云：「敢不從命，但居田野，蓬首垢面，久不修飾，候匀面易衣而出。」敏聞，即冠帶修謹待之。婦人出，敏拜，少叙間〔七〕，頗有去就。婦人高髻濃鬟，杏臉柳眉，目剪秋水，脣奪夏櫻，敏三十歲未嘗見如是美色〔八〕。

復命進酒。敏曰：「夫人必仕宦家也，願聞其詳。」婦人曰：「妾欲遽言，慮驚貴客。知子有志義，言固無害。昨夜特遣錦衣兒〔九〕奉迎，誤觸君馬，有辱見捕。妾乃唐莊宗之内樂笛部首〔一〇〕也。」敏方知此必鬼也。敏安定神識，端雅待之。敏云：「夫人適吹者何曲也？」婦人云：「此莊宗自製曲也，名《清秋月》。帝多愛之〔一一〕，遇夜有月，必自横笛數曲。秋氣清，月兔〔一二〕明，方動笛，其韻倍高〔一三〕，與秋月相感也，故爲曲名。今夜乃六月十四日，有月，留君宿此，妾當吹數曲，以娱雅意。」敏曰：「莊宗英武善用兵，隔河對壘二十年〔一四〕，馬不解鞍，人不脱甲，介胄生蟣虱，大小數十〔一五〕百戰，方有天下，得之艱難，可知之也。一旦縱心歌舞，簫鼓間作，不憶前〔一六〕，忘後患，何也？」婦人曰：「妾在宮中六年，備見始末。帝長八尺，面色類紫玉，聲如巨鐘，行步若龍虎。自言一日不聞樂，則飲食不美，忽忽若墮諸淵者。或輒暴怒，鞭箠左右，惟聞樂聲怡然自適，萬事都忘焉。晝夜賞賜樂人，不知紀極。妾民間有寡嫂，時進宮來見妾，具言官庫皆空，人民飢凍，妻子分散。妾乘暇常具言如此，帝默然都不答。後河北背反，帝大懼，令開府庫賞軍，庫吏奏帛不及三千疋，他物〔一七〕及寶亦不及萬。乃歛取富民、後宮所有，以至宮中裝囊物，皆用賞賜兵馬。其得疋帛，或棄之道路，曰：『今天下徨徨，妻子離散，安用此也？』帝知士卒離心，勉强置酒，令妾吹笛。笛音嗚咽不快，帝擲杯掩面泣下。翌日，帝出，兵亂。帝引弓抗賊，郭從謙蔽後〔一八〕，射中帝腰腹。帝拔矢入後宮，殿門隨闔。帝〔一九〕急求水飲，嬪謂上腹有箭血，不可飲水。乃取酒進，帝飲酒，復嘔出。帝怒曰：『吾悔不與李嗣源〔二〇〕同行。』大慟，有頃帝崩。兵大亂，入後宮，妾爲一武人挈至此。今思舊事，令人感慟。」泣數行下。是夕，敏宿於帳〔二一〕，閨帷之間，極盡人間之樂〔二二〕。

明日，敏告行，婦人曰：「妾不幸爲兇人以兵刃所脅，今〔二三〕爲之側室。」敏曰：「良人何人也？」曰：「齊王之猶子田權〔二四〕也。嘗弒其叔，後爲韓信兵殺之。伊今往陰府受罪，弒叔之故也。」敏曰：「田王迄今千餘年，權尚未得受生，何也？」曰：「陰府之罪，重莫過於殺人，權又殺其叔。其叔已往生人間二十餘世矣，其案尚在。田叔死，又攝去受苦。始則一年，今〔二五〕受苦之日差少，日月有減焉。」敏連綿〔二六〕住十餘日。

一日，有青衣走報曰：「將軍至矣。」婦人忽趨入室。有介冑者貌峻神聳，執戈而來，言曰：「安得有世間人氣乎？」猛見敏，以戈刺敏。敏執其戈，兩相角力。婦人自內呼曰：「房國公如何不來救？萬一不虞，亦累及鄰舍也。」俄有一人衣冠甚偉，趨來奪介冑者戟〔二七〕折之，推其人仆地，罵曰：「魍魎幽囚於此千餘年，猶不知過，尚敢辱人乎？你自家裏人〔二八〕引誘他方人至此，不然，彼何緣而來也？此爾不教誨家人之罪也。」將軍曰：「我今夜勢不兩立，須殺〔二九〕李氏。」婦人大呼曰：「好待〔三〇〕共你入地獄對會，你殺叔案底尚在，今又脅我爲婦。我乃帝王家宮人，你〔三一〕得甚罪？」將軍乃止。敏欲去，巨翁呼敏曰：「且坐！且坐！必不至害君。」翁謂將軍曰：「客乃衣冠之士，今又晚，教他何處去？」將軍曰：「總是壯夫，且休相爭。」揖敏曰〔三二〕：「非禮衝突，實爲鄙俗〔三三〕，幸仁人恕之，當盡今夜之懽。」復高燭置酒，數行〔三四〕，敏曰：「不知將軍之家，誤宿於此，幸將軍恕之。」將軍曰：「權嘗將兵三千，夜劫韓信營，血戰至中夜，兵盡陷，惟權獨得歸。吾手殺百餘人，身中箭如蝟毛。今居此悒悒，復何言也！」於是不爭閑氣〔三五〕。敏是夜又宿焉，婦人則不至。

明日，將軍又召敏飲，巨翁亦至焉。三人環坐，飲甚久，將軍顧敏曰：「君子不樂，當令李氏侑坐。」將軍呼李氏，李氏俄至。李氏坐將軍及敏之間，敏乘醉請李夫人吹笛。將軍曰：「瓮酒臠肉，真勇夫之事也。」又命取酒。大肉盈盤，巨翁飲酒〔三六〕。李氏橫笛，音愈憤怨，將軍曰：「不知怨何人也？」巨翁曰：「且休發狂狷，當歌對酒，不要忿怒。」巨翁索箋管，贈李氏《吹笛》詩，曰：「一聲吹起管欲裂，竅中迸出火不滅。半夜蒼龍伸頸〔三七〕吟，五湖四海波濤竭。自從埋没塵〔三八〕土中，玉管無聲寶篋空。今日重吹舊時曲，幾多怨思悲秋風。此意無心伴寒骨，夢魂飛入李王宫。」將軍見而不悦，曰：「巨翁安知李氏憶舊事而無新意乎？」李氏忿然曰：「唐帝有甚不如你這小鬼！」乃回面視敏。既久，將軍曰：「子之舊情，未當全替。」乃勸李氏飲，李氏不之飲〔三九〕。將軍執杯令李氏歌，李氏默然，略〔四〇〕不發聲。敏舉杯，李氏不求而自歌。將軍怒，面若死灰，曰：「歌即不望，酒則須勸一杯。」

李氏取其酒覆之。敏乃執杯與李氏，則忻然而飲。將軍大叫云：「今夜一處做血！」李氏云：「小魍魎！你今日其如何我〔四一〕？有兩箇人管轄得你。」李氏引手執敏衣，曰：「我今夜再侍君子枕席，看待如何？」將軍以手批李氏頰，復唾其面。將軍走入室，持劍而出。李氏云：「范郎不要驚。」引頸受刃，「這鬼不敢殺我〔四二〕。」巨翁起，奪將軍劍擲屋上，云：「你當荷鐵枷，食鐵丸，方肯止也。」李氏謂〔四三〕巨翁曰：「好人相勸，尚不自止〔四四〕，此不足勉也。我自共伊有證於陰府，這鬼曾對巨翁罵五道將軍來。」方紛拏，有人空中叫云：「一千年死骨頭，相次化作土也，猶不息心乎？李氏極是〔四五〕貴家，因甚共這至愚賤下鬼同室？我待如今報四世界探子，交報陰冥，這鬼卒令入無間地獄，三五千年不得出。兼如今你殺他馬〔四六〕，又把他衣服貰酒，似如此怎得穩便！」或有人自空中下一棒，擊破酒瓮，鏗然作聲，人屋俱不見。

日色暮〔四七〕，四顧無人，荊棘間塚纍纍然。視其馬，惟皮骨存焉。開篋，則衣服無有也。有小童投〔四八〕敏曰：「將軍致意子〔四九〕，人間之娼室，亦須財賂，今〔五〇〕十餘日在此，費耗兼不多。」忽不見。敏急去十餘里，酒肆間主人曰：「數日來〔五一〕，前有人稱范五經，累將衣服換〔五二〕酒。」敏取其衣，乃己者也。詢其僕，云：「數日他家以酒肉〔五三〕醉我，他皆不知也。」敏身猶在焉〔五四〕，至今爲東人所笑。（據上海古籍出版社點校本北宋劉斧《青瑣高議》後集卷六）

〔一〕題注「夜行遇鬼李將軍」，點校本據文意改作「夜行遇鬼李氏女、田將軍」。按：題注皆七字句，校改不當，似應爲「夜行遇鬼李氏女」。

〔二〕禽　《紺珠集》卷一一劉斧《青瑣高議·錦羽兒》、《海録碎事》卷一三下《錦羽兒》引《青瑣高議》作「彩禽」。

〔三〕木　《才鬼記》卷九《唐莊宗内樂》引《青瑣高議》作「馬」。

〔四〕茅簷幢頂　此四字原無，據張本、紅藥本、《才鬼記》補。幢，樹木枝幹。

〔五〕俄有青衣設席布饌數種　張本、紅藥本作「俄有青衣設席布飲饌備肉，有若人家」，紅藥本「飲」譌作「銀」。《才鬼記》作「俄有青衣設席布筵，飲饌備具，有若人家」。

〔六〕何敢克當　張本、紅藥本作「何可當克」，紅藥本眉批：「朱校：克當。」《才鬼記》作「何可克當」。

〔七〕敏拜少叙間　張本、紅藥本「間」作「見」。《才鬼記》作「敏拜見，少叙」，是則張本、紅藥本「見」字誤置。

〔八〕如是美色　張本、紅藥本、《才鬼記》作「美色之如是」。

〔九〕錦衣兒　《紺珠集》、《海録碎事》作「錦羽兒」。

〔一〇〕内樂笛部首　《紺珠集》、《海録碎事》作「女樂笛部頭」。

〔一一〕之　此字原無，據《才鬼記》補。

〔一二〕兔　原作「更」，據張本、紅藥本、《才鬼記》改。

〔一三〕方動笛其韻倍高　張本、紅藥本、《才鬼記》作「方動笛聲，笛之韻倍高」。

〔一四〕隔河對壘二十年　張本、紅藥本、《才鬼記》作「二十年隔河對壘」。

〔一五〕十　張本、紅藥本、《才鬼記》無此字。

〔一六〕前　《才鬼記》作「前車」。

〔一七〕物　張本、紅藥本、《才鬼記》作「雜物」。

〔一八〕蔽後　張本、紅藥本作「蔽射後」。

〔一九〕帝　張本、紅藥本、《才鬼記》作「意」。

〔二〇〕李嗣源　原誤作「李源」，據《才鬼記》改。按：李嗣源即後唐明宗。

〔二一〕敏宿於帳　張本、紅藥本、《才鬼記》無「於帳」二字。

〔二二〕樂　張本、紅藥本、《才鬼記》作「歡」。

〔二三〕今　張本、《才鬼記》作「令」。

〔二四〕齊王之猶子田權　「齊王」張本、紅藥本、《才鬼記》作「齊田王」。按：《史記》卷九四《田儋列傳》載，田儋，故齊王田氏族，秦末自立爲齊王，爲秦將章邯所殺。儋從弟田榮立儋子市爲齊王，後又殺之，自立爲齊王，兵敗於項羽，走平原被殺。榮弟田横立榮子廣爲齊王，廣爲漢軍韓信所虜。横聞齊王死，自立爲齊王，兵敗與其徒屬五百餘人入海島，後自剄。《史記》無田權，虚構也。

〔二五〕今　張本、《才鬼記》作「近」。

〔二六〕連綿　紅藥本作「連連」。
〔二七〕戟　張本、《才鬼記》譌作「擊」，紅藥本改作「戈」。
〔二八〕人　張本、紅藥本、《才鬼記》作「婦人」。
〔二九〕殺　張本、紅藥本、《才鬼記》作「顯」，疑譌。
〔三〇〕好待　張本、紅藥本、《才鬼記》作「恰好待」。
〔三一〕你　此字原無，據張本、紅藥本、《才鬼記》補。
〔三二〕且休相爭揖敏曰　原作「且休爭，可相揖。敏曰」，有誤，據《才鬼記》改。張本、紅藥本作「且休爭，相揖敏曰」。
〔三三〕俗　張本、紅藥本、《才鬼記》作「俚」。
〔三四〕數行　此二字原無，據張本、紅藥本、《才鬼記》補。
〔三五〕於是不爭閑氣　張本、紅藥本、《才鬼記》無「於是」二字。
〔三六〕大肉盈盤巨觥飲酒　張本、紅藥本、《才鬼記》作「立觥飲酒，大肉盈盤」。
〔三七〕伸頸　張本、《才鬼記》作「引須」，「須」同「鬚」。紅藥本作「引領」。
〔三八〕塵　《才鬼記》作「沉」。
〔三九〕李氏不之飲　「李」字原闕，據《才鬼記》補。《才鬼記》作「李不欲飲」。「之」張本譌作「知」。
〔四〇〕略　此字原無，據張本、紅藥本、《才鬼記》補。

〔四一〕如何我　《才鬼記》作「如我何」。

〔四二〕這鬼不敢殺我　張本、紅藥本、《才鬼記》末有「平人」二字，疑衍。

〔四三〕謂　張本、紅藥本、《才鬼記》作「大呼」。

〔四四〕好人相勸尚不自止　張本、紅藥本、《才鬼記》作「更勸好人，即聽善人」。

〔四五〕極是　此二字原無，據張本、紅藥本、《才鬼記》補。

〔四六〕兼如今你殺他馬　原作「如今殺他馬」，據張本、《才鬼記》補「兼」、「你」二字。紅藥本作「兼如今作殺殺他馬」，有誤。

〔四七〕暮　張本、《才鬼記》作「將暮」。紅藥本眉注：「朱校：暮上增將字。」

〔四八〕投　張本、紅藥本、《才鬼記》作「報」。

〔四九〕子　張本、紅藥本作「于」，連下讀，當誤。紅藥本眉注：「子，朱校于。」

〔五〇〕今　紅藥本作「子」，眉注：「子，朱校今。」

〔五一〕來　此字原無，據張本、紅藥本、《才鬼記》補。

〔五二〕換　張本、紅藥本、《才鬼記》作「貫」。

〔五三〕肉　張本、紅藥本作「肏」，《才鬼記》作「炙」。「肏」同「炙」。

〔五四〕焉　張本、《才鬼記》作「馬」，下多「竟無存」三字。

宋代傳奇集第三編卷七

張宿〔一〕

慶曆年間，殿直張宿受命湖南軍前討蠻，宿屬〔二〕胡賓麾下。胡爲將也，嘗謂軍吏曰：「使吾平地破此賊，如摧枯拉朽耳。」命宿將兵數百人入賊洞，覘賊虚實。宿引兵深入，爲盗斷後路，危嶺在前，進退皆不可得。宿激勵士卒曰：「今日之事，非只圖功名富貴也。陷此絶地，若不濺血爭戰，無一人可還者也。既所爭在命，各宜奮勵死戰。」士卒於是爭死赴敵。蠻賊據高處，木石交下，士卒所傷甚衆。宿乃引其兵，回爭歸路，賊扼隘，勢不得過。宿揮戈當前力戰，自寅至午，宿手殺百人〔三〕，宿之兵亡七八矣。宿大呼曰：「使吾更得百人，可以脱身。」又戰，身被十餘創〔四〕，墮澗下，宿兵盡亡。

宿三日方歸營，胡責之曰：「兵盡亡而獨歸，何也？」宿爲人氣勁語直，言曰：「宿將兵纔二百人耳，深入溪洞，彼斷吾歸路，宿勵兵力戰爭死〔五〕，殺傷千人，吾手殺者百人。吾兵雖没，亦〔六〕足以報國也。吾今自身被重創者十餘，墮澗下，三日方脱，將軍何酷之深也?」語言剛毅,曾不少屈。胡大怒,命左右斬之。宿引手攀帳哭曰:「將軍貸賤命,我必立功報將軍。死於此,不若死於賊,則吾之子孫當蒙恩澤,可以養老母及妻。」胡愈怒,叱兵擒去,宿攀帳木折乃行。宿出門叫屈,言云:「若有神明,吾必訴焉。」

後日,胡如廁,見宿立於旁。胡叱之曰:「爾安得來此?」宿曰:「吾已訴於有司,得報子矣!」胡但陰默自歎。不久,胡引兵入洞征蠻,大戰得退。胡又深入過溪,見宿行於前。胡自知不免,又力戰,乃陷,軍盡死之。(據上海古籍出版社點校本北宋劉斧《青瑣高議》後集卷七)

〔一〕題注「胡賓枉殺張宿報」。

〔二〕宿屬　張本、紅藥本作「屬宿」。

〔三〕宿手殺百人　張本、紅藥本作「宿中殺者百人」,「中」字當誤,下文作「手」。

〔四〕創　張本、紅藥本作「鎗」,下同,當誤。

〔五〕力戰爭死　張本、紅藥本作「力爭死戰」。

〔六〕亦　張本、紅藥本作「不」,當誤。

夢龍傳〔一〕

大宋天聖中，曹鈞，郴縣人也。其先遠挺秀公，以豐功偉績守白州刺史，除南安節度使。高、曾以來皆守藩，寓〔二〕南海焉。洎乎子孫分裔，文武立身，世禄於晉，受永業之西湖塘〔三〕，建書院，藏書萬卷，組繡儒風。友朋自遠方來者，悉贍以朝昏之費，推以寒暑之服，前後相繼〔四〕數世。書堂即基於西湖塘之陽〔五〕，幽奇淵深之所也。曹氏以家世富貴，日喜延接〔六〕，遠方擔簦是邑横經者，盡〔七〕求學焉。功業成就、辭門應選登科第者，十有八九。自以〔八〕温習所暇，則同二三友人泛湖漣漪〔九〕，短楫輕舟，吟煙嘯月。

一夕，因風清波息，景寂人斷〔一〇〕，恍然夢一老人白衣來見〔一一〕，曰：「我即非世人，乃郎君〔一二〕塘中龍也。居此塘，愛〔一三〕其澄澈，戀以門户〔一四〕，凡〔一五〕興致雲雨之期，皆從天命。庶免鱗甲枯乾之慮，實藉水源。未報厚恩，輒露底蘊。知君勇義，必救難危。明日午時，西北有陷池龍來茲小戲，慮失大機。夙知郎君善於弓矢，可相救乎？」曰：「可，則若〔一六〕爲審其彼此焉？」叟曰〔一七〕：「彼龍爲青牛，吾亦如之。吾以素帛纏身，但腰有白者，即吾也。願細别形儀，幸無悮失〔一八〕。」曰：「余射雖無功〔一九〕，敢不從命！」叟乃辭去。

及覺〔二〇〕，覩光明燦爛，舟中明月皓然，欲覩斯兆，展轉不寐。不久雞唱，細思老叟形影，尚髣髴目中〔二一〕。至其時，不違所託，挽弓於塘側伺之。未移時，見二青牛於平川〔二二〕中酣鬬。鈞挽弓流矢，中其俱青者膊，於是白腰者勝。既有强弩〔二三〕，鼓〔二四〕其餘勇，逐龍〔二五〕過岡原，而無所覩矣。

是夜三更，復夢〔二六〕叟謝曰：「君善射，真號猿手〔二七〕也。而欲相報，擬須何寶？」曰：「僕自處人世，酷愛詩書，不重寸璧。若云〔二八〕珍寶，幸不介懷。惟願子孫不離鄉邑而榮也〔二九〕。」叟曰：「不離鄉邑而榮者何？」曰：「都押衙，則軍州之最也。」叟曰：「君之所圖〔三〇〕，一何劣哉！」對曰：「知足不辱，知止不殆〔三一〕。」叟曰：「善哉言乎！吾嘗聞『以約失之者鮮矣〔三二〕』，即郎君之謂。天〔三三〕不奪人願，必能副其志，保從郎君世世相繼矣。」及〔三四〕後果如其言，是知報恩龍神可託〔三五〕。（據上海古籍出版社點校本北宋劉斧《青瑣高議》後集卷九）

〔一〕題注「曹鈞夢池龍求救」。

〔二〕藩寓　以上二字《永樂大典》卷一三一三九《夢龍求救》引《青瑣高議·夢龍傳》作「番禺」，疑誤。

〔三〕塘　原作「堂」，張本、紅藥本、《大典》同。按：下文云「西湖塘」，張本、《大典》同，惟紅藥本作

「堂」，據改。

〔四〕繼　《大典》作「維」。

〔五〕陽　張本、紅藥本、《大典》無此字，連下讀。

〔六〕日喜延接　原作「日延慶於」，連下讀，張本、紅藥本作「日善延慶」，據《大典》改。

〔七〕盡　張本作「盡從」，紅藥本作「盡求」。

〔八〕自以　張本、紅藥本、《大典》作「成就」，疑誤。

〔九〕則同二三友人泛湖漣漪　張本、《大典》作「或泛漪漣」，紅藥本作「或泛海漪漣」，「海」字譌。

〔一〇〕斷　張本、紅藥本、《大典》作「移」。

〔一一〕恍然夢一老人白衣來見　張本、紅藥本作「夢有一老人，白衣，述素昧之志」，《大典》作「夢有一老，衣白衣，述素昧之志」。

〔一二〕郎君　原作「即郡」，據《大典》改。

〔一三〕愛　張本、紅藥本、《大典》作「惜」。

〔一四〕門户　《大典》作「愛門」。

〔一五〕凡　張本、紅藥本、《大典》作「於」。

〔一六〕則若　原作「君」，紅藥本作「則君」，據清鈔本、《大典》改。

〔一七〕叟曰　此二字原無，據《大典》補。

〔一八〕失　《大典》作「矣」。
〔一九〕無功　紅藥本作「老幼」，眉注：「老幼，墨校無功。」
〔二〇〕覺　張本、紅藥本、《大典》作「眠覺」。
〔二一〕欲覩斯兆展轉不寐不久雞唱細思老叟形影尚髣髴目中　張本、紅藥本、《大典》作「覩斯兆，不久聞雞唱，乃能記人事，思夢中之由，尚髣髴見老叟，形影未滅」。
〔二二〕平川　《大典》作「平洲」。
〔二三〕弩　《大典》作「勢」。張本譌作「努」。
〔二四〕鼓　《大典》作「奮」。
〔二五〕逐龍　《大典》作「遂襲」。
〔二六〕復夢　此二字原無，據《大典》補。
〔二七〕猿手　《大典》作「佳手」。
〔二八〕若云　張本作「與」，連上讀，紅藥本、《大典》作「者以」，俱有誤。
〔二九〕惟願子孫不離鄉邑而榮也　《雲麓漫鈔》卷三引《青瑣高議》作「惟願子孫世世不離鄉里而榮者」。
〔三〇〕圖　原作「爲」，《大典》作「圖」，義勝，據改。
〔三一〕知足不辱知止不殆　張本、紅藥本作「知足下不辱」，有脱譌。《大典》只「知足不辱」四字。
〔三二〕以約失之者鮮矣　「矣」字《大典》無。按：語見《論語・里仁》，原有「矣」字。

〔三三〕天　張本、紅藥本作「天下」。《大典》無此字。
〔三四〕及　《大典》作「是」。張本、紅藥本作「亦」，當譌。
〔三五〕託　原作「記」，據張本、紅藥本、《大典》改。

袁元〔一〕

先生袁元〔二〕，不知何地〔三〕人也。葛裘草履，遍遊天下，所至終日沉醉。一日，遊齊州長清縣〔四〕。市有李生，以財豪於邑下。先生日過其門，則引手謂李生曰：「贈吾〔五〕百金爲酒費。」生不違〔六〕其請，即時遺之。比日而來，凡經歲，生無倦色。一日，先生別生曰：「久此擾〔七〕子，吾將遠游，子能觴我，則主人之意盡矣，亦將有以教子。」生曰：「方將爲餞別〔八〕。」乃與先生出郊外。酒半酣，先生云：「子有大厄，子能慎之乃免，不然禍在不測。」生曰：「先生如〔九〕賜教，敢不從命。」先生取筆，於生手掌中書一「慎」字，曰：「子慎勿毆人，否則人死子手〔一〇〕，出一月乃無患。」

生歸，日夕思慮，不敢出户。經浹旬〔一一〕，一日忽聞門外喧競，生忘先生之言，遽出視焉。有跛而丐者，在生開典庫前，出言穢惡。生忿然毆之，跛者仆地，首觸户限，奄然無氣，既久不復生。生大悔泣，謂其母曰：「不聽先生之教，果有大禍。逃則不忍去膝下〔一二〕，住則當受極法。」因大慟。生性至孝〔一三〕，母曰：「竄可偷生〔一四〕，無坐而待縛。」乃由居之後户而去。方出，忽〔一五〕見先生，泣拜曰：「别未〔一六〕踰月，滅裂教誨，今果如先生之言，爲之奈何？」先生曰：「子復歸，吾爲畫之〔一七〕。」

先生坐一静室，謂生曰：「子出受縶，吾自有計〔一八〕。」先生乃闔户閉目〔一九〕。生出户，觀者如堵，吏乃執生。俄而跛者起坐，少選乃行，去甚速。吏乃捨生令歸。生入室，視先生尚閉目端坐，若入定者。翌日乃開眼，謂生曰：「跛者固已死矣，吾出神入其屍使走焉。吾驅其屍，今在靈巖山洞澗旁〔二〇〕，人迹所不至處矣。」先生又〔二一〕曰：「子至孝，當有善報。子壽期合至七十四，今以毆跛者，促其四年矣。」先生將去，生曰：「死生再造之賜，罄家所有，不足報德，不識先生意欲何物？」先生笑曰：「吾方與星辰出没，同天地長久〔二二〕，安用世貨焉〔二三〕？」竟去〔二四〕。（據上海古籍出版社點校本北宋劉斧《青瑣高議》後集卷一〇）

〔一〕題注「仙翁出神救李生」。

〔二〕袁元《新編分門古今類事》卷二〇爲惡而削門《李生促年》引《青瑣高議》、《歷世真仙體道通鑑》卷三三《袁亢》作「袁亢」。

〔三〕地　《真仙通鑑》作「所」。
〔四〕長清縣　《真仙通鑑》譌作「長青縣」。齊州長清縣見《宋史》卷八五《地理志一·濟南府》，政和六年升爲府。
〔五〕贈吾　《古今類事》作「匄我」，《真仙通鑑》作「日乞我」。匄、乞，給予。
〔六〕違　紅藥本、《真仙通鑑》作「礙」。
〔七〕擾　《古今類事》作「撓」。撓，擾也。
〔八〕方將爲餞別　原作「諾」，據《真仙通鑑》改。張本、紅藥本無「别」字。
〔九〕如　此字原無，據張本、紅藥本、《真仙通鑑》補。
〔一〇〕否則人死子手　原作「毆人則人死，子守」，據《真仙通鑑》改。
〔一一〕經浹旬　《真仙通鑑》作「經旬浹」，義同，十日也。張本作「經月浹旬」，「月」字衍。
〔一二〕逃則不忍去膝下　張本、紅藥本、《真仙通鑑》「膝」作「侍」。張本全句作「逃不得忍去侍下」。
〔一三〕因大慟生性至孝　《真仙通鑑》作「生性至孝，於是大慟」。
〔一四〕竄可偷生　張本、紅藥本作「可竄則偷生」，《古今類事》、《真仙通鑑》作「可竄以偷生」。
〔一五〕忽　此字原無，據《真仙通鑑》補。
〔一六〕未　原作「後」，據《真仙通鑑》改。
〔一七〕吾爲畫之　《古今類事》作「吾爲子圖之」，《真仙通鑑》作「吾爲子别圖之」。

〔一八〕吾自有計　張本作「吾有好計」。紅藥本作「吾有存計」，眉注：「存，朱校好。」

〔一九〕閉目　《真仙通鑑》下有「而坐」二字。

〔二〇〕吾驅其屍今在靈巖山洞澗旁　「驅」《永樂大典》卷九一三《出神入屍》引《青瑣高議》作「馳」。「今」字原無，據張本、紅藥本、《大典》補。《真仙通鑑》作「今置其屍在靈巖山洄澗傍」，疑「洞」當作「洄」。

〔二一〕又　此字據《真仙通鑑》補。

〔二二〕同天地長久　原作「天地久長」，據《真仙通鑑》改。

〔二三〕焉　《真仙通鑑》作「爲哉」。

〔二四〕竟去　《真仙通鑑》作「乃去矣」。《古今類事》作「先生後去，不知所之」，乃其所增改。

養素先生〔一〕

先生姓藍，名方，字元道，亳州人。父老言：「自兒童時見先生狀貌〔二〕，迄今如一。」先生髮委地，黑光可鑑〔三〕，肌若截膏，眉目踈遠〔四〕，面若堆瓊〔五〕，齒如排玉。舉動溫厚，接物以和，大小皆得其歡心。或遊〔六〕旗亭，遇癈民〔七〕丐於道路，探懷出錢盈掬遺之。頗好施藥，診〔八〕救疾苦。

仁廟聞先生之名，特詔上殿賜坐，及賜茶藥，館先生於芳林園。先生告去〔九〕，帝賜先生號南岳養素先生〔一〇〕，乃往南岳招仙觀〔一一〕。是日〔一二〕，學士賈公昌朝〔一三〕贈先生詩曰：「聖澤濃霑〔一四〕隱逸身，道裝宜用葛爲巾。祝融峰下醉明月，湘水源頭釣紫鱗〔一五〕。曾見海桃三結子，不知邛豆〔一六〕幾回春。他年我若功成去，願作靈橋跪履人〔一七〕。」先生和云：「仰〔一八〕告明君乞得身，不妨林下戴紗巾〔一九〕。滿斟村酒〔二〇〕浮瓊蟻，旋釣溪魚鱠〔二一〕錦鱗。元府烏鵶〔二二〕飛後夜，洞中花木鎮長春〔二三〕。吾宫〔二四〕儻若爲同志，續有壺天兩箇人〔二五〕。」

先生獨宿〔二六〕閣上，一夕與人語言，侍者穴牖窺之〔二七〕，則見紅光滿室。明日，客問〔二八〕之，先生曰：「吾師劉道君行雨〔二九〕過此，叙話少刻耳。」先生一日沐浴，坐而〔三〇〕召侍者，謂之〔三一〕曰：「吾今二百〔三二〕七十二歲，安可復受〔三三〕先生位號？但不欲拒聖君之意，今當捨去。」乃奄然逝。先生多遊西川，亦往來湖湘間，今〔三四〕人時復見之。（據上海古籍出版社點校本北宋劉斧《青瑣高議》後集卷一〇）

〔一〕題注「詔上殿宣賜茶藥」。

〔二〕狀貌　原作「初見」，疑譌，據《三洞群仙録》卷七《藍方温厚》引《青瑣》、《南嶽總勝集》卷下《叙唐宋得道異人高僧》、《歷世真仙體道通鑑》卷四八《藍方》改。

〔三〕鑑　張本、紅藥本、《南嶽總勝集》、《真仙通鑑》作「愛」。
〔四〕遠《南嶽總勝集》作「秀」。
〔五〕面若堆瓊《南嶽總勝集》、《真仙通鑑》作「脣若積朱」。
〔六〕遊《真仙通鑑》作「醉遊」。
〔七〕民《真仙通鑑》作「人」。
〔八〕診《南嶽總勝集》作「軫」，《真仙通鑑》作「拯」。
〔九〕先生告去《真仙通鑑》作「未幾告去」。
〔一〇〕南岳素養先生　原作「南岳嵩山養素先生」。按：嵩山非南岳，中岳也。《三洞群仙録》、《南嶽總勝集》、《真仙通鑑》無此二字，據删。
〔一一〕招仙觀　原作「道觀」，據《南嶽總勝集》、《真仙通鑑》改。按：《南嶽總勝集》卷中《叙觀寺》：「招仙觀，在廟（真君廟）東八里。」
〔一二〕日《南嶽總勝集》、《真仙通鑑》作「時」。
〔一三〕賈公昌朝　原譌作「麗公昌」，據《三洞群仙録》、《南嶽總勝集》、《真仙通鑑》改。賈昌朝，《宋史》卷二八五有傳，仁宗朝爲龍圖閣直學士，後拜同中書門下平章事、集賢殿大學士、兼樞密使，復拜昭文館大學士、監修國史，後又拜尚書右僕射、觀文殿大學士等。
〔一四〕雲　原譌作「雲」，據《三洞群仙録》、《南嶽總勝集》、《真仙通鑑》改。

〔一五〕湘水源頭釣紫鱗　「湘水」原譌作「緑水」，據《三洞群仙録》、《南嶽總勝集》、《真仙通鑑》改。「紫」《南嶽總勝集》作「錦」。

〔一六〕邛豆　原作「仙豆」，《真仙通鑑》作「邛豆」，《三洞群仙録》作「卯豆」，蓋「邛」之形譌。按：「邛豆」對「海桃」，「邛」、「海」皆屬地理，當以「邛豆」爲是，據改。邛豆，用典不詳。

〔一七〕願作靈橋跪履人　「靈橋」原作「雲橋」，《三洞群仙録》、《真仙通鑑》作「靈橋」。按：此句用黄石公、張良事，《史記》卷五五《留侯世家》「圯上」《索隱》解「圯」，舉會稽東湖大橋名靈圯爲證，頗疑詩中「靈橋」出此。據改。「履」《南嶽總勝集》作「禮」。

〔一八〕仰　紅藥本、《三洞群仙録》、《真仙通鑑》作「近」。紅藥本眉注：「近，朱校仰。」

〔一九〕紗巾　《真仙通鑑》作「緇巾」。

〔二〇〕村酒　《三洞群仙録》、《真仙通鑑》作「野酒」。

〔二一〕鱠　《三洞群仙録》作「贈」，誤。

〔二二〕烏鴉　《三洞群仙録》、《真仙通鑑》作「烏雛」。

〔二三〕洞中花木鎮長春　「中」紅藥本作「庭」，「花木鎮」《三洞群仙録》、《真仙通鑑》作「龍子養」。

〔二四〕吾宫　原譌作「吾官」，據《真仙通鑑》改。《三洞群仙録》作「君今」。

〔二五〕續有壺天兩箇人　原作「箇裏才由兩箇人」，張本「才」作「酒」，紅藥本作「須」，疑均有誤，據《三洞群仙録》、《真仙通鑑》改。

〔二六〕宿　原譌作「立」，據《南嶽總勝集》、《真仙通鑑》改。

〔二七〕穴牖窺之　《南嶽總勝集》作「窺牖望之」。

〔二八〕問　張本、紅藥本、《南嶽總勝集》、《真仙通鑑》作「詢」。

〔二九〕行雨　「雨」字原無，據《南嶽總勝集》、《真仙通鑑》補。按：劉道君行雨不詳。

〔三〇〕坐而　《真仙通鑑》作「竟」，連上讀。

〔三一〕謂之　此二字據張本、紅藥本、《南嶽總勝集》、《真仙通鑑》補。

〔三二〕二百　張本、《南嶽總勝集》、《真仙通鑑》作「一百」。

〔三三〕受　《南嶽總勝集》作「願」，《真仙通鑑》作「顧」。

〔三四〕今　此字原無，據《南嶽總勝集》、《真仙通鑑》補。

僧卜記〔一〕

慶曆年，錢塘張圭調官都下，多與里人馬存往還。存亦待缺。中銓之日，兩人同遊都門外古寺。時有一僧坐户門，衰朽特異〔二〕，閉目拱手，默然而坐。圭與存亦在其旁。不久僧開目揖存、圭復坐，圭與存議曰：「久客都下，未有所及。」各嗟歎。僧曰：「子二人欲知食禄之地乎？」圭、存曰：「然。」僧曰：「吾爲子作卦兆之。」圭、存極喜。

三人環坐，僧乃探懷出皂囊，中有算〔三〕竹及大錢十六文。僧以錢疊作浮屠〔四〕，命圭以手觸之，錢散於地，僧乃俯而觀焉。又取錢如前疊之，命存以手觸之，僧復觀焉。曰：「張君乃潰卦〔五〕，東至泰山則可，西至華山路塞。馬君〔六〕乃散卦也，南至大庾有路，北至嵩岳無緣。張則一幞蓋天，馬則一尾〔七〕掃地。」圭曰：「《易》中無潰、散二卦。」僧曰：「此乃焦贛〔八〕《易林》言也。」俄雨作，僧曰：「老僧笠子在殿後，去取之。」乃入殿後不出。圭、存乃入殿後尋之〔九〕，但見凝塵滿地，又無人跡。出〔一〇〕詢寺僧，云：「此寺祇一僧，無衰老者。」兩人愕然，共記其言。

然圭授筠州〔一一〕推官，存授端州高要〔一二〕縣尉。圭至筠州，以受賄敗歸去〔一三〕。存到端州，爲儂賊蕩殺〔一四〕，俱不得永其官〔一五〕。所云〔一六〕「張一幞蓋天，馬〔一七〕一尾掃地」之應也。彼僧之卦兆也，何先知之審歟〔一八〕！（據上海古籍出版社點校本北宋劉斧《青瑣高議》後集卷一〇）

〔一〕題注「張圭與馬存問卜」。

〔二〕特異　張本作「殆甚」，紅藥本作「之甚」。

〔三〕算　張本作「弄」，誤。算，字又作「筭」。

〔四〕浮屠　紅藥本作「浮圖」，義同，梵語音譯，佛塔也。

〔五〕張君乃潰卦　張本、紅藥本作「張之卦乃潰之卦」。

〔六〕馬君　張本、紅藥本作「存卦」。

〔七〕尾　張本、紅藥本作「邑」，形譌也。

〔八〕焦贛　原譌作「焦貢」。按：焦贛，名延壽，贛爲字，見《漢書》卷七五《京房傳》及卷八八《儒林傳》。《隋書·經籍志》曆數類著録焦贛《易林》十六卷。

〔九〕尋之　張本、紅藥本作「追尋」。

〔一〇〕出　原本作「訪」，點校本據清鈔本改作「出」。紅藥本作「方」，眉注：「方，朱校訪。」

〔一一〕筠州　按：前文云「張君乃潰卦，東至泰山則可」，筠州遠在江西，泰山在兖州奉符縣。疑「筠州」誤。

〔一二〕端州高要　原作「瑞州高安」，張本、紅藥本同，並誤。按：前文云馬存「南至大庾有路」，大庾即大庾嶺，五嶺之一，端州高要縣（今廣東肇慶市）在大庾嶺東南。而瑞州（本名筠州，寶慶元年（一二二五）避理宗趙昀諱始改瑞州）高安縣，即今江西高安市，在大庾嶺北。下文又云「存到瑞（端）州，爲儂賊蕩殺」，儂即儂智高，皇祐四年（一〇五二）起兵反宋，破邕州稱帝，又連破横、貴、龔、藤、梧、封、康、端等州（見《續資治通鑑長編》卷一七二）。今改，下文「存到瑞州」亦改。

〔一三〕敗歸去　張本、紅藥本作「敗其身」。

〔一四〕爲儂賊蕩殺　張本作「爲流賊所殺」，「流」字誤。紅藥本作「爲儂賊所殺」。

〔一五〕俱不得永其官　此句原無，據張本、紅藥本補。

〔一六〕所云　張本、紅藥本作「是非」，下文「之應也」作「之應乎」，乃反問句。

〔一七〕馬　原譌作「存」，據前文改。

〔一八〕彼僧之卦兆也何先知之審歟　張本作「彼僧，人也，何先知之審夫？亦神之所爲也」。紅藥本作「彼僧，人也，何先知之審」。

西池春遊記〔一〕

侯誠叔，潭州人，久寓都下，惟以筆耕自給。嘉佑〔二〕年，有都官與生有世契，誠叔得庇身百司，復從巨位出鎮，獲補右武〔三〕，乃授臨江軍市征〔四〕。是時年二十八歲，尚未婚，雖媒妁通好，猶未諧。

一日，友人約遊西池。於時小雨初霽，清無纖塵，水面翠光，花梢紅粉，望外樓臺，疑中簫管，春意和煦，思生其間。誠叔與友肩摩迤邐步長橋，遠有〔五〕一婦人，從小青衣獨遊池西，舉蒙首望焉，其容甚冶〔六〕，誠叔亦不致念。翌日，又同友人遊焉，步至橋中，前婦人復於故處。誠叔默念：池西遊人多不往，彼婦人獨步而望，固可疑。將往從之，逼友人弗克如意。日西傾，將出池門，小青衣呼誠叔云：「主婦遺子書。」誠叔急懷之以歸。視之，乃詩一首也。詩云：「人間春色多〔七〕三月，池上風光直萬金。幸有桃源歸去路，如何才子不相尋？」復云：「後日相見於舊地。」誠叔愛其詩，但字體柔弱，若五七歲小童所書。

又如期而往，遇於池畔。誠叔偷視，乃西子之豔麗，飛燕之腰肢，笑語輕巧，顧視□誠叔，與之攜手〔八〕池上，復遊西岸，誠叔問其姓，則云：「妾姓獨孤，家居都北，異日欲邀君子相過。」迤邐又還池西而〔九〕步，復以書一封投誠叔〔一〇〕，云：「今日有中表親姻約於池上，不得款邀，其餘更俟他日。」誠叔歸視其書，亦詩也，詩曰：「幾回獨步碧波西，自是尋君去路迷。妾已有情君有意，相攜同步入桃溪。」後日復□〔一一〕相遇，乃去。

翌日大風雨，稍霽，誠叔税〔一二〕騎去，去〔一三〕泥濘尤甚，池門闃闃無人。誠叔意思索寞，將回，有人呼生，回顧，乃向青衣。女曰：「今日泥雨，道遠不通車騎，有詩與君。」觀之，即詩也，詩曰〔一四〕：「春光入水到底碧，野色隨人是處同。不得殷勤頻問妾〔一五〕，吾〔一六〕家祇住杏園東。」青衣尋去，不復有異日之約。生戀戀，他日復遊，杳不可見。雲平天晚，生意愈不足，乃回。將出池門，向青衣復遺誠叔書，云：「妾住桃溪杏圃之間，花時爛漫，無足可愛。或風月佳夕，弟妹燕集，未始不傾夙結相思。與郎遇，逼父母兄弟鄰里，莫得如意。異日君出都門，當遂披對，弛〔一七〕皆一侍者通道委曲。」青衣曰：「君某日出酸棗門，西北去，有名園景物異處，乃我家也。我至日以俟君於柳陰之下。」

生如期往焉。出都門數里，果見青衣。同行十餘里，青衣指一處，花木茂甚，青衣邀生入於其中，乃酒肆。青衣與生共飲。青衣曰：「君且待之。娘子以父母兄弟，又與朱官家比鄰，晝不可至，君宜待夜。」生與青衣徐徐飲，以俟夜。已而頹陽西〔一八〕下，居人合户，青衣乃引誠叔往焉。高門大第，回廊四合，若王公家。生入一曲室，盃皿交輝，寶蠟並燃，簾垂珠綫，幕捲輕紅。生情意恍惚，與姬對飲。姬云：「郊野幽窟，不意君子惠然見臨。妾居侍下，兄弟衆多，村〔一九〕西善鄰，未諧良聚。今日父母遠遊，經月方回，兄弟赴親吉席。今日之會，乃天賜之也。」命小僮舞以侑酒。少選，青衣報云：「王夫人來矣。」笑迎夫人曰：「雖處鄰里，不相見久矣。」夫人曰：「知子今日花燭，我乃助喜耳。」生起揖之，夫人亦躬斂謝生。三人共集，水陸並集。夜將半，王夫人云：「日月易得，會聚尤難。玉漏催曉，金雞司晨。笑語從容，更俟他日。」王夫人乃辭去。

生乃與姬就枕，燈火如晝，錦屏雙接，玉枕相挨，文絪並寢，帳紗透燭，光彩動人。姬肌滑骨秀目麗，異香錦衾，下覆明玉。生不意今日得此，雖巫山、華胥不足道也。生因詢：「王夫人何人？而姿〔二〇〕色秀美如此。」姬曰：「彼帝王家也。」生驚曰：「安得居此？」姬曰：「今未可道，他日子自知之耳。」是夜各盡所懷。不久鐘敲殘月，雞唱寒村，姬起，謂生曰：「郎且回，恐兄弟歸，隣里起，郎且不得歸矣。不惟辱於郎，且不利於妾。君不忘菲薄，異日再得侍几席。」生曰：「後會可期也？」姬曰：「當令青衣往告。」姬送生出門，生回顧，見姬倚門，風袂泛泛，宛若神仙中人。生愈惑，百步十顧，生猶望焉。

生歸數日，心益〔二〕惑亂，自疑豈其妖也？所可驗，臂粉仍存，香在懷抱。後踰月無耗，生乃復至相遇之地，都迷舊路，但民〔三〕園圃相接，翠陰環合。乃詢人曰：「此有獨孤氏居？」卒皆莫有知者。有老叟坐柳陰下，抱簑笠，生往叩之，且道向所遇之實。叟曰：「此妖怪爾。」生驚。叟曰：「事雖驚異，亦不至害人。可席地，吾將告子。」叟云：「此有隋將獨孤將軍之墓，即不知果是否，下有群狐所聚。西去百步有王夫人墓，乃梁高祖子之妻耳。」生覆叟曰：「彼何知其爲怪也？」叟云：「向三十年前，吾聞此怪，多爲人妻，夫主至有三十載，情意深密。人或負之，亦能報人。」生曰：「此怪獨孤之鬼乎？」叟曰：「非也，獨孤死已數百年，安得鬼？此〔三〕乃群狐耳。吾今九十歲矣，所見狐之爲怪多矣。今若此狐，能幻惑年少。向一田家子年少，身姿雅美。彼狐與之偶，踰歲生一子，歸田家，夜則乳其子，晝則隱去。後家人惡之，伺其便，以刃傷其足，乃不復來。」叟以手撫生背曰：「子聽之，子若不能忘情，與之久相遇則已；子若中變，即〔二四〕不測，雖不能賊子之命，亦有後患耳。」生曰：「彼狐也，以情而愛人，安能爲患？」叟曰：「此狐吾見之，莫知其幾百歲也。智意過人，逆知先事。有耕者耕壞塚，見老狐凭腐棺而觀書，耕者擊之而奪其書，字皆不可識，經日復失之，不知其何書。此狐善吟詩，能歌唱伎藝，靡〔二五〕不能者。子過厚，彼亦依於人也，但恐子棄遺〔二六〕即報子矣。吾見兹怪已七八十年矣，不知吾未生之前爲怪又不可知也。」叟亦扶杖而歸，生亦歸所居。

生日夜思慕其顔色，欲再見之，有如饑渴。時方盛熱，生出，息於廳廊下，猛見青衣復攜書至。生遽起，啓封而觀焉，乃一詩也，其詞云：「睽違〔二七〕經月音書斷，君問田翁〔二八〕盡得因。沽〔二九〕酒暗思前古事，鄭生的是賦情人〔三〇〕。」生見青衣慧麗，顔色亦甚佳，乃云：「隨我至室，意將爲詩謝姬。」青衣既入室，生則强之。青衣拒曰：「非敢僭也，但娘子性不可犯，如此〔三一〕妾當死矣。豈可順君子之意，因一權而巧言百端？」生固不聽。青衣弱力，不能拒生，久之乃去。出門謝生曰：「辱君子愛慕，非敢惜也，第恐此後不見郎也。」揮淚而去。復回，謂生曰：「郎某日至某園中，北有高陵叢墓處，子必見姬也。」

生至日，至其所約之處，闃不見人。時盛暑，生乃卧木陰下熟寐。既起，則日沉天暗，宿鳥投林，輕風微發，暮色四起，驚喧欲回，念都門已閉。俄有人出於林後，生視之，乃姬也。且喜且問：「君何捨我久乎？」姬至一處，云：「此妾之别第也。」攜生同往。姬謝云：「妾之醜惡，君已盡知，不敢自匿，故圖再見。」姬俯首愧謝，玉軟花羞，鸞柔鳳倦。生爲之愴然，曰：「大丈夫生當眠烟卧月，占柳憐花，眼前長有奇花，手内且將醇酎，則吾無憂矣。」於是高燭促席，酌玉醴獻酬，吐盟辭固，遠挽松筠，近祝神鬼。是後與姬晝燕夜寐，凡十日。

姬云：「君且歸數日，妾亦從君遊。君爲擇一深院清潔，比屋無異類，蓋君子居必擇隣。」是夜又置酒。不久侍者報云：「夫人至。」生益喜。三人共坐。生詢云：「夫人何故居此？」夫人愁慘吁嗟，久方曰：「妾非今世人，妾朱高祖中子之婦也。妾婦人，高祖掠地見妾，得爲婦。」生曰：「某長觀《五代史》，高祖事醜，史之疑也，實有之？」夫人容貌愈愧，若無所容，久方曰：「高祖之醜聲傳千古，至於今日，妾一人安能獨諱之？妾自入宫，最承顧遇，妾深抗拒，以全端潔。高祖性若狼虎，順則偷生，逆則速死。高祖自言：『我一日不殺數人，則吾目昏思睡，體倦若病。』高祖病，妾侍帝，高祖指妾云：『其玉璽，吾氣纔絶，汝急取之，與夫作取家，人〔三二〕勿與之。友生〔三三〕逆物，吾誓勿與。』時友生婦屏外竊〔三四〕聽，歸報友生云：『大家已將傳國璽與王新婦〔三五〕，我等受禍非晚也。』翌日，友生擕白刃上殿。時帝合目偃卧，妾急呼帝云：『友生將不利於陛下。』帝遽起。帝亦常致刀於床首，時求之不獲，不知何人竊之也。帝甚急，以銀鉼擲友生，不中。帝罵曰：『爾與吾父子，輒敢爲大逆也！吾死，子亦亡矣。』帝云：『吾殺此賊不早，故有今日之禍。』友生母曰：『我子乃以緩步遲爾。』急逐帝，帝大呼求救，繞柱而走。時帝被單，友生逆斬帝腹，腸胃俱墮地。帝口含血，噴友生盈面，友生乃退。帝自以腸胃内腹中，久方仆地。友生爲血所噀，神色都喪，乃下殿呼其兵。宫中大亂。高祖惟用紫褥裹之。友生殺君父死如此，友生非天地之所容也。吁！高祖本巢賊之餘黨，不識禮□度宫闈□濁亂□〔三六〕，自貽大禍。今日思之，亦陰報也。妾親見逼唐昭宗遷都，皇后乳房方數日，昭宗親爲詔請高祖，高祖不從，昭宗竟行。帝所爲，他皆類此。」侍兒進曰：「異代事言之令人忿恨。」乃作樂縱酒。夜半，王夫人去。

及曉，生乃歸。姬復曰：「子急試第，我將往焉。」生幽居數日，姬先來。姬裝囊最厚，生煖愈温。生久寓都輦，至起官費用，皆姬囊中物。姬隨生之官，治家嚴肅，不喜揉雜，遇奴婢亦有禮法，接親族俱有恩愛。暇日論議，生有不直，姬必折之。生所謂爲，必出姬口，雖毫髮必詢於姬。所爲無異於人，但不見姬理髮組縫裳。姬天未明，則整髮結髻，人未嘗見。三牲五味茶果，姬皆食，惟不味野物。飲亦不過數盃，辭以小户〔三七〕。他皆無所異。姬凡適生子，不數日輒失之。

前後七年，生甫補官都下。有故遊相國，遇建隆〔三八〕孫道士，驚曰：「生面異乎常人。」生曰：「君何以言也？」孫曰：「凡人之相，皆本二儀之正氣，高厚之覆載。今子之形，正爲邪奪，陽爲陰侵，體之微弱，唇根浮黑，面青而不榮，形衰而靡壯，君必爲妖孽所惑。子若隱默不覺乎非，必至於死也。人之所以異於物〔三九〕者，善知性命之重，禮義之尊。今子幻惑〔四〇〕異物，非知性命者也；惑此邪妖，非尊禮義者也。吾將見子〔四一〕尸卧於空郊矣。」生聞其論甚懼，但諾以他事，不言其實。生歸，意思不足，姬詰之，生對以道士之言。姬笑曰：「妖道士之言，烏足信也！我以君思我甚厚，不能拒君，故子情削。」姬出囊中藥令生服。後月餘，復見孫道士，孫驚曰：「子今日之容，氣清形峻，又可怪也！」生答以服姬之劑若此。孫云：「妖惑人也，吾子〔四二〕不知也。」

生一日告姬云：「吾欲售一嬖妾，足以代子之勞。」姬不唯。生請甚堅，姬曰：「先青衣，子嘗犯之，吾已〔四三〕逐之海外。子若售妾，吾亦害之。」由是生乃止。生有舅家南陽，甚富，不與會十餘年。生欲往謁之，乃别姬云：「吾往不過踰月，子但端居掩户。」姬淚别生曰：「子慎無見新而忘故，重利而遺義。」生至鄧，舅極喜。南陽太守乃生之主人，生見之，太守云：「子久待闕都下，吾此正乏一官，令子補填之。」太守乃飛章申請。舅暇日詢曰：「汝娶未？」生答云：「已娶矣。」「何氏族姓？」生則顧舅而言他，舅亦疑矣。他日，會其妻詰生，生乘醉道其實。舅責生曰：「汝人也，其必於異類乎？」乃爲生娶郝氏。郝大族，成婚之期，生尤慰意。

不久，生受鄧之官。生乃默遣人持書謝姬。後爲書與生云：「士之去就，不可忘義；人之反覆，無甚於君！恩雖可負，心安可欺？視盟誓若無有，顧神明如等閑。子本窮愁，我令温煖。子口厭甘肥，身披衣帛，我無負子，子何負我？吾將見子墮死溝中，亦不引手援子。我雖婦人，義須報子！」

生後官滿，挈其妻治家於汝海，獨出京師。蒙遠出，生被命廣州抽兵。生數日後，忽有僕持書授郝氏，開書乃夫之親筆，云：「吾已蒙廣州刺史舉授此州兵官，汝可火急治行。」妻詢其僕，云生令郝氏自東路洪州來，郝氏乃貨物市馬而去。生在廣，復得郝氏書，乃郝之親筆，云：「我久卧病，必死不起，君此來即可相見，不然乃終天之别。我已遣兄荆州待子，君當由此途來。」生自廣急歸，至京，不見郝氏。郝氏至廣，不見生。後年□〔四四〕，方復聚於京師，生與郝氏大慟，家資蕩盡。一日，生與郝氏對坐，有人投書於門。生取觀之，云：「暫施小智，以困二人。今子之情深，乃可惜之寥落也。」書尾無名氏，生知姬所爲也。

後一〔四五〕年，郝氏死，生亦失官，風埃滿面，衣冠襤褸〔四六〕。有故出宋門〔四七〕，見輕車駕花牛行於道中，有揭簾呼生曰：「子非侯郎乎？」生曰：「然。」姬曰：「吾已委身從人矣。子病貧如此，以子昔時之事，我得子顧盡，人不能無情。」乃以束素〔四八〕、錢五緡遺生，曰：

「我不敢多言，同車乃良人之族也，千萬珍重。」

議曰：鬼與異類，相半於世，但人不知耳。觀姬之事一何怪！余幼年時，見田家婦爲物所惑，晝則〔四九〕妝飾，言笑自若，夜則不與夫共榻，獨卧，若切切與人語。禁其梳飾，則欲自盡，悲泣不止。其家召老巫治之，巫至，則曰：「此爲狐所惑濡〔五〇〕，鄰家犬作媒。」乃以柳條□〔五一〕卻犬，犬伏禁所。又爲壇以治婦，少選，一狐嘷於屋後。巫乃爲一火輪，坐〔五二〕其上，而旋其輪，婦及犬恐而走，百步乃止。雖有之，惟姬與生之事，爲如此之極也。（據上海古籍出版社點校本北宋劉斧《青瑣高議》别集卷一）

〔一〕篇題原無「記」字，據《類説》卷四六《青瑣高議》補。題注「侯生春遊遇狐怪」。

〔二〕嘉佑　原作「□古」，據民國精刻本補。按：嘉佑即嘉祐，宋仁宗年號。

〔三〕右武　「武」字原闕，據民國精刻本、紅藥本補。按：右武，疑指北宋環衛官之右武衛，有上將軍、大將軍、將軍、中郎將、郎將等，相對應猶有左武衛。環衛官包括左右十六衛，皆無職事。參見《宋代官制辭典》第七編附《環衛官門》。

〔四〕市征　「征」字原闕，據民國精刻本、紅藥本補。按：市征，掌市場征税。

〔五〕有　原爲闕字，據《類説》補。民國精刻本、紅藥本作「懷」。

〔六〕治　紅藥本作「洽」，當譌。

〔七〕多　《類説》本作「都」。

〔八〕與之携手　原爲四闕字，據民國精刻本補。

〔九〕而　原爲闕字，據民國精刻本補。

〔一〇〕誠叔　「叔」原譌作「書」，據紅藥本改。

〔一一〕□　民國精刻本作「北」，疑譌。

〔一二〕税　此字原闕，據民國精刻本補。税，租賃。

〔一三〕去　此字疑涉上而衍。

〔一四〕詩曰　此二字原無，據民國精刻本補。

〔一五〕不得殷勤頻問妾　《類説》作「不必殷勤頻借問」。

〔一六〕吾　《類説》作「妾」。

〔一七〕弛　此字疑爲「他」字之譌。

〔一八〕西　紅藥本作「山」，疑譌。

〔一九〕村　原爲闕字，據民國精刻本補。

〔二〇〕而姿　原爲三闕字，據民國精刻本補。

〔二一〕益　紅藥本作「意」。

〔二二〕民　原爲闕字，據民國精刻本、紅藥本補。

〔二三〕此　紅藥本作「則」。

〔二四〕即　原爲闕字，據民國精刻本補。

〔二五〕靡　原爲闕字，據民國精刻本補。

〔二六〕棄遺　原爲二闕字，據民國精刻本補。

〔二七〕違　《類説》作「離」。

〔二八〕田翁　《類説》本作「隣翁」。

〔二九〕沾　《類説》作「沾」。

〔三〇〕鄭生的是賦情人　「賦」，《類説》舊鈔本作「負」，疑誤。按：唐傳奇《任氏傳》，鄭六非有負任氏，此以鄭生比侯誠叔，言其有情者。賦情，用情。《越娘記》：「人之賦情，不宜若此。」

〔三一〕如此　原爲二闕字，據民國精刻本補。

〔三二〕人　原爲闕字，據民國精刻本補。紅藥本作「俱」。

〔三三〕友生　據新舊《五代史》，弒高祖者乃友珪，疑「生」爲「珪」字之譌，或友生爲其初名，不能明也。

〔三四〕竊　紅藥本作「切」，同「竊」。

〔三五〕王新婦　「王」原作「五」。按：《資治通鑑》卷二六八《後梁紀三》乾化元年：「帝長子郴王友裕早卒。次假子博王友文（注：友文本姓康，名勤），帝特愛之，常留守東都，兼建昌宫使。次郢王友珪，其母亳州營倡也，爲左右控鶴都指揮使。次均王友貞，爲東都馬步都指揮使。……帝縱意聲色，諸子雖在外，常徵其婦入侍，帝往往亂之。友文婦王氏色美，帝尤寵之。雖未以友文爲太子，帝意常屬之。友珪心不平。……帝疾甚，命王氏召友文於東都，欲與之訣，且付以後事。友珪婦張氏，亦朝夕侍帝側，知之，密告友珪曰：『大家以傳國寶付王氏，懷往東都，吾屬死無日矣。』夫婦相泣。」文中「朱高祖中子之婦」，即友文婦王氏也。今改「五」爲「王」。新婦，兒媳婦。

〔三六〕不識禮□度宫闈□濁亂□　原作「不識□□度宫□□濁亂□」，據民國精刻本補二闕字。

〔三七〕小户　户字原闕，據民國精刻本、紅藥本補。小户，酒量小。

〔三八〕建隆　原作「建龍」，據紅藥本改。按：《宋史》多言及京城建隆觀。《事物紀原》卷七《建隆觀》：「錢易《洞微志》曰：周顯德中營道宫於皇城之西梁門外，賜爲太清觀。太祖有天下，始重飾之，因改爲建隆觀。」

〔三九〕物　原譌作「人」，以意改。

〔四〇〕幻惑　「幻」原作「紉」，疑乃「幻」字形譌，據民國精刻本改。

〔四一〕子　原譌作「之」，據民國精刻本改。

〔四二〕吾子　紅藥本作「吾」。

〔四三〕已　紅藥本作「以」。以，通「已」。

〔四四〕後年□　闕字民國精刻本、紅藥本作「似」，當誤。

〔四五〕一　《類説》作「十」。

〔四六〕 襤褸 民國精刻本作「襤縷」，義同。

〔四七〕 宋門 《類説》舊鈔本作「東門」。按：北宋東京（開封）東有二門，北曰望春（即舊曹門），南曰麗京（即舊宋門）。見《宋東京考》卷一《京城》。

〔四八〕 東素 原作「東□」，據民國精刻本補改。

〔四九〕 晝則 原爲二闕字，據民國精刻本補。

〔五〇〕 惑濡 「濡」原爲闕字，據民國精刻本補。

〔五一〕 柳條□ 民國精刻本闕字作「柳」，字重，當誤。

〔五二〕 坐 紅藥本作「婦坐」。

按：本篇有劉斧所作議，然正文不知是否亦出斧手。

張浩〔一〕

張浩，字巨源，西洛人也。蔭補爲刊正。家財巨萬，豪於里中，甲第壯麗，與王公大人侔。浩好學，年及冠，洛中士人多慕其名。貴族多與結姻好，每拒之曰：「聲迹晦陋，未願婚也。」第北構圃，爲宴私之所。風軒月榭，水館雲樓，危橋曲檻，奇花異草，靡所不有，日與俊傑士遊宴其間。

一日，與廖山甫閑坐。時桃李已芳，牡丹未坼，春意浩蕩。步至軒東，有方束髮小鬟，引一青衣倚立。細視，乃出世色，新月籠眉，秋蓮著臉，垂螺壓鬢，皓齒排瓊，嫩玉生光，幽花未豔。見浩亦不避。浩乃告廖曰：「僕非好色者，今日深不自持，魂魄幾喪，爲之奈何？」廖曰：「以君才學門第，結婚於此，易若反掌。」浩曰：「待媒成好，當逾歲月，則我在枯魚肆矣。」廖曰：「但患不得之，苟得之，何晚早爲恨？君試以言謔之。」浩乃進揖之，女亦斂容致恭。浩曰：「願聞子族望姓氏。」女曰：「某乃君之東鄰也。家有嚴君，無故不得出，無緣見君也。」浩乃知李氏耳。曰：「敝苑幸有隙館，欲少備酒殽，以接鄰里之懽，如何？」女曰：「某之此來，誠欲見君。今日幸遇，願無及亂即幸也。異日倘執箕帚，預祭祀之末，乃某之志。」浩曰：「若得與麗人偕老〔三〕，即平生之樂，不知命分如何耳。」女曰：「願得一物爲信，即某之志有所定，亦用以取信於父母。」浩乃解羅帶與之，女曰：「無用也，願得一篇親筆即可矣。」浩喜，詢其年月，曰：「十三歲。」乃指未開牡丹爲題，作詩曰：「迎日香苞四五枝，我來恰見未開時。包藏春色獨無語，分付芳心更待誰？碧玉蔀中藏蜀錦，東吴宫裏鎖西施。神功造化有先後，倚檻王孫休怨遲。」女閲之益喜，曰：「君真有才者，生平在君，願君留意。」乃去。

浩自茲忽忽如有所失，寢食俱廢。月餘，有尼至，蓋常出入浩門者。曰：「李氏致意：近以前事託乳母白父母，不幸堅不諾。業已許君，幸無疑焉。」至明年，牡丹正芳，浩開軒賞之，獨歎。乃剪花數枝，使人竊遺李。曰：「去歲花未坼，遇君於闌〔三〕畔，今歲花已開，而人未合。既爲夫妻，竊相見〔四〕，亦非亂也，如何？」李復遺尼曰：「初夏二十日，親族中有適人者，父母俱去，必挈同行，我託病不往，可於前苑軒中相會也。」浩大喜，嚴潔館宇，預備酒醴以俟。至望後一日，前尼復至，曰：「李氏遺君書。」浩開讀，乃詞一首，云：「昨夜賞月堂前，頗有所感，因成小闋，以寄情郎。」曲名《極相思》，曰：「紅疎翠密晴暄〔五〕，初夏〔六〕困人天。風流滋味，傷懷盡在，花下風前〔七〕。後約已知君定〔八〕，這心緒、盡日懸懸〔九〕。鴛鴦兩處〔一〇〕，清宵最苦，月甚〔一一〕先圓？」至期，浩入苑待至。不久，有紅綢覆牆，乃李踰而來也。生迎歸館。時街鼓聲沉，萬動俱息，輕幕搖風，疎簾透月。秋水盈盈，纖腰嫋嫋，解衣就枕，羞淚〔一二〕成交。浩以爲巫山、華胥之遇，不過此也。天將曉，青衣復擁李去。浩爲〔一三〕詩戲曰：「華胥佳夢惟〔一四〕聞說，解佩江皋浪得聲。一夕東軒多少事，韓郎〔一五〕虛負竊香名。」

不數月，李隨父之官，李遺尼謂浩曰：「俟父替回，當成秦晉之約。」李去二載，杳然無耗。及浩叔典郡替回，謂浩曰：「汝年及冠，未有室，吾爲掌婚。」浩不敢拒。叔乃與約孫氏，亦大族也。方納采問名，會李父替回。李知浩已約婚孫，李告父母曰：「兒先已許歸浩，父母若更不諾，兒有〔一六〕死而已。」一夕，李不見，父母急尋之，已在井中矣。使人救之，則喘然尚有餘息。既甦，父曰：「吾不復拒汝矣。」遣人通好，浩以約孫氏〔一七〕。李曰：「自有計。」

一日，詣府陳詞曰：「某已與浩結姻素定，會父赴官，洎歸，則浩復約孫氏。」因泣下，陳浩詩及箋記之類。府尹乃下符召浩，曰：「汝先約李而復約孫乎？」浩曰：「非某本心，叔父之命，不敢拒耳。」尹曰：「孫未成娶，吾爲汝作伐，復娶李氏。」遂判曰：「花下相逢，已有終身之約；道中〔一八〕而止，欲乖偕老之心。在人情深有所傷〔一九〕，於律文亦有所禁。宜從先約，可絕後婚。」由是浩復娶李氏。二人再拜謝府尹，歸而成親。夫婦恩愛，偕老百年。生二子，皆登科矣。（據上海古籍出版社點校本北宋劉斧《青瑣高議》別集卷四）

〔一〕題注「花下與李氏結婚」。

〔二〕若得與麗人偕老　原作「若不與儷不偕老」（紅藥本「儷」譌作「邐」），有誤，姑據《警世通言》卷二九《宿香亭張浩遇鶯鶯》改。

〔三〕闌　清紅藥山房鈔本作「蘭」，誤。

〔四〕竊相見　「相」原爲闕字，據民國精刻本補。紅藥本闕字作「洎」，誤。
〔五〕紅疎翠密晴暄　《警世通言》作「紅疎緑密時暄」。按：此詞文句馮夢龍多有所改。
〔六〕初夏　《警世通言》作「還是」。
〔七〕風流滋味傷懷盡在花下風前　《警世通言》作「相思極處，凝睛月下，洒泪花前」。
〔八〕後約已知君定　紅藥本無「定」字。《警世通言》作「誓約已知俱有願」。按：據《詞律》卷五，此爲七字句。
〔九〕這心緒盡日懸懸　《警世通言》作「奈目前、兩處懸懸」。
〔一〇〕鴛鴦兩處　《警世通言》作「鸞鳳未偶」。
〔一一〕甚　《警世通言》作「色」。
〔一二〕淚　紅藥本作「自」。
〔一三〕爲　此字原無，據民國精刻本補。
〔一四〕惟　《警世通言》作「徒」。
〔一五〕郎　《警世通言》作「生」。
〔一六〕有　紅藥本作「自」。
〔一七〕浩以約孫氏　原作「浩□□孫自」，據民國精刻本改補。以，通「已」。
〔一八〕道中　《警世通言》作「中道」。

〔一九〕深有所傷　《警世通言》作「既出至誠」。

按：此篇編在《青瑣高議》別集，未著撰人。《青瑣高議》本無所謂別集，而目録中此篇注「新增」二字，疑《青瑣高議》原無此篇，南宋人重編《青瑣高議》而增入。原出何書何人，均不可考。《緑牕新話》卷上《張浩私通李鶯鶯》即此事，未注引書，莫詳所出。《新話》約作於南宋初期，故此文當出北宋。《新話》所載區區二百多字，僅述梗概而已，然異辭頗多，似別有所據。如中云「一日，同友人共坐宿香亭下」，《青瑣高議》本作「一日與廖山甫閑坐」，不云宿香亭。又云：「忽有老尼惠寂，謂浩曰：『君之東鄰李氏小娘子鶯鶯致意，令無忘宿香亭之約。』」此則老尼、李氏俱無名。今録全文如下備參：「張浩既冠未娶，家財鉅萬。致一花園，奇花異卉，無不畢萃。一日，同友人共坐宿香亭下，忽見一美女，對牡丹而立。浩私念：得娶此女，其福非細。遂前揖問之，女曰：『妾乃君家東隣也。偶父母不在，特啓隙户，借觀盛圃奇花。然更有衷情，倘不嫌醜陋，願奉箕箒。』浩喜出望外。女曰：『君果見許，願求一物爲定。』浩遂解紫羅綉帶，女以擁項香羅，令浩題詩。攜手花陰，略敍倉卒之歡，女遂歸去。一日，忽有老尼惠寂，謂浩曰：『君之東隣李氏小娘子鶯鶯致意，令無忘宿香亭之約。』自此常令惠報傳密意。時當初夏，鶯鶯密附小柬，夜靜踰牆，相會於亭中。鶯鶯曰：『奴之此身，爲君所有，幸終始成之。』」《警世通言》卷二九《宿香亭張浩遇鶯鶯》，據考殆爲南宋後期作品（胡士瑩《話本小説概論》第七章）。此本有宿香亭、鶯鶯、尼惠寂等名，全同《緑牕新話》（而廖山甫者則同《青瑣高議》本）。《醉翁談録》著録話本名目，傳奇類中有《牡丹記》，《寶文堂書目》著録有《宿香亭記》，《警世通言》或即據此本改編。而《緑牕新話》所據之未删本，疑爲《牡丹記》、《宿香亭記》所本也。

蔣道傳〔一〕

蔣道，字勉之，晉州人也。幼好學，多遊東蔡間。嘗宿陳寨傳舍，中夜有人扣户云：「前將軍吴忠上謁。」道默念：中〔二〕夜又非相謁時也，疑慮不應。則户忽然自開，有戎衣人年四十餘，將見，甚糾糾〔三〕。道急取衣起揖。既坐，道曰：「不識將軍自何地來守官於此也？」將軍忽顔色慘沮，久之曰：「某非今時人焉。欲言之，竊〔四〕恐驚動長者。知足下儒人，必有全義，有懇煩浼侍者，非敢遽言。」一卒自外攜杯皿，陳設酒殽。道起謝曰：「行路之人，遽蒙見譏〔五〕，深爲愧悚。」將軍曰：「且欲延話。」□□□飲。

道曰：「將軍非今之人，何代也？」將軍曰：「某即唐之吴少誠之□□□□，姓吴名忠。少誠以同姓之故，忠亦常有戰功，尤加恩遇甚□。」道曰〔六〕：「嘗觀《唐書》，自德、順之朝，强臣據國，擅修守備，務深溝壘，不遵□□，□人死子副，兄終弟復，天下四分五裂矣。少誠據有陳、蔡之地，□□□强盛，少不如意，則縱兵四刼，鄰州極被其害。道觀察平原廣□□□，被山帶河，以天下之兵，不能破其國，竊據蔡五十年，兵强□□□謀也。今卒遇將軍，願聞其詳。」忠曰：「當時不從王命者，非少誠□□也。少誠善撫士卒，飲食與士卒最下者同。卒之有疾者，少誠□□命醫治之，又親臨存問。有死於兵者，給其葬財，又週其遺□。□□人之長亡没於戰，少誠親哭之。由是士卒咸悦，爭先爲死。□□□敵，少誠親執旗鼓，以令軍中，故勝多而負少也。後陳有劉全諒〔七〕□有人少誠爲二師，據要地，由是不得志。少誠臨死，謂其子元濟曰：『吾〔八〕死，蔡人以吾之故，必帥〔九〕子矣。子守吾平日之志，愼勿貪利□□□於朝廷。方今主上明聖，毅然敢爲，將相和，汝若有所爲，必爲所〔一〇〕破，敗吾成業。』少誠乃噬指出血洒地，大言呼元濟云：『記取此言！』及少誠死，元濟勇而無謀。其後鄰郡又請命於朝廷内賊公卿，天子赫怒，選將出師，四面而進。當時有勸，元濟怒，力斬言者。官兵壓境，元濟遣兵分頭霸據。忠是時爲前鋒，禦陳師，戰没於此。忠之骨正於此堂之西間，沉伏數百年，不勝幽滯。子能救吾骨而出，葬之於高原，使我有往生之日，則我當厚報之。」道曰：「如力可成，敢不從教。」又飲。將至曉，忠曰：「我今與公不得久，幸子言曰〔一一〕。」乃以白銀數錠、金瓶一隻贈道，不久乃去。道歡，諳視瓶，真金也，重數斤。

道乃遷入正堂屏西，中夜掘地，尋深數尺，不見其骨。翌日又求之，不獲。道慮其骨在楹壁之下，乃官之傳舍，不敢壞其楹壁，乃去。道私心爲不足。一日，客京師，沿汴岸東出宋門，忽有人揖，若舊相識者。並行數步，其人曰：「子憶我乎？」道曰：「君面甚熟，但不記耳。」其人曰：「我陳寨中沉骨之靈也。向以託子，子何負焉？」道曰：「求之兩夕，不獲乃已。恐在楹壁之下，以官舍不敢以毀壞，乃止。」其人曰：「正在西南楹下，君何不旁穴而求之？」其人云〔一二〕：「不可託。然子無德〔一三〕而受吾白金，吾必取之。」後道卧病，凡百不足，其所得白金，皆非禮用盡。後道不復敢過陳寨。（據上海古籍出版社點校本北宋劉斧《青瑣高議》别集卷五）

〔一〕題注「蔣道不掘蔣漏骨」，上海古籍出版社版點校本據文意改作「蔣道不掘吴忠骨」。按：漏，濁也。

〔二〕中　原譌作「忠」，據紅藥本改。

〔三〕糾糾　紅藥本作「抖抖」。

〔四〕竊　紅藥本作「切」。切，同「竊」。

〔五〕讌　紅藥本作「醼」。讌、醼，同「宴」。

〔六〕道曰　原爲二闕字，以意補之。

〔七〕劉全諒　「全諒」原爲闕字。按：《資治通鑑》卷二三五德宗貞元十五年：「（九月）辛酉，以韓弘爲宣武節度使。先是，少誠與劉全諒約共攻陳、許，以陳州歸宣武。使者數輩猶在館，弘悉驅出斬之。選卒三千，會諸軍，擊少誠於許下。少誠由是失勢。」二闕字疑是「全諒」，今補。

〔八〕吾　原爲闕字，以意補之。

〔九〕帥　紅藥本作「師」。師，通「帥」。

〔一〇〕爲所　原爲二闕字，據民國精刻本補。

〔一一〕幸子言日　「言日」二字原爲闕字，據民國精刻本補，紅藥本作「幸子言曰」，「曰」字誤。幸子言日，意謂盼望有汝所言之日，指遷骨葬高原。

〔一二〕其人云　原爲三闕字，據民國精刻本、紅藥本補。

〔一三〕德　紅藥本作「得」。

按：下篇《骨偶記》末劉斧議曰：「觀蔣道、越娘骨體、勝金之事，而君子莫不歎異焉，故其存之也。」則本篇非出斧手。

宋代傳奇集第三編卷八

骨偶記〔一〕

胡輔，京師人。父祖兄弟皆補名在相府遞，其年登仕途甚衆。輔妻生一女，曰勝金，方十四歲，精神婉〔二〕麗，舉動端雅。父母愛勝，踰於他女。

一日，方與母對食，瞥然走入房中，切切若與人語言。母呼而詢之，但笑而不答，母固疑焉。是夜，勝金病，中夜又若與人交語。母躡足俯而聽之，但莫辨其所言。明日即小愈。母詰之，勝金慚赧曰：「五孏昨夜來，與我作伐，教我嫁宋二郎。」五孏，乳勝金者也，死已數年。宋二亦與金同年，年少時亦死矣。母但驚憂。

他日，勝金方刺繡，急起〔三〕入房。母連呼之，即曰：「五孏已將宋二郎來矣。」由是勝卧疾，召巫禁治之，百術不愈。既久，勝金伏枕，晝夜昏昏似睡，若聞私語。金不食，但飲湯劑耳，形體但皮骨而已，轉側待人。或爾起坐，召其母曰：「我近曉宋郎迎我，登車有期。郎愛我豔妝。」家人爲梳掠。既妝成，又求新衣。偃卧，乃死。合家悲泣，父母尤甚焉。父乃攢其尸於郭外。衆攢高下壘壘，莫知其數。金攢一攢相近，就視，乃宋氏攢也。人皆異之。

議曰：幽鬼之能爲能，誠有之矣。夫於白晝憑〔四〕人也，卒能致人於此，一何怪也！觀蔣道、越娘骨體〔五〕、勝金之事，而君子莫不歎異焉，故其存之也。（據上海古籍出版社點校本北宋劉斧《青瑣高議》别集卷五）

〔一〕題注「勝金死後嫁宋郎」。
〔二〕婉　紅藥本作「宛」。
〔三〕起　紅藥本作「趋」。
〔四〕憑　紅藥本作「憑呼」。
〔五〕體　紅藥本作「骸」。

按：議爲劉斧作，觀語及蔣道、越娘，且云「故其存之也」，此文則出他人手。姑存其議。

大眼師〔一〕

大眼師，越州〔二〕蕭山邑人。幼而不爲童子士，多忽坐而言。既落髪，則雲遊天下。自言晝夜不寐，不知師之異。熙寧二年，遊京師，寓報慈寺。士君子言有知師者，惟與進士石堅爲往還友。師一日與堅遊西池，時士女和會，簫鼓間作，民物憧憧往來。堅與師並坐池上。堅久而自〔三〕顧，衣冠破弊，仰面吐氣。師云：「春時佳景，池上風烟，衆人皆樂，子獨歎，何也？」堅曰：「我十歲親友，二十與英俊並遊，中間不意家禍繼至，資産殆盡。求試有司，無所成就。孑然一身，孤苦無以自立。某人所舉，不能加吾之上，而高顯仕途。某久俟，不能先衆食肥衣輕。」師反顧笑云：「不意子之愚至於此也。孔子，孟子之師也，聖智參乎天地，位不踰陪臣，卒爲旅人。身後之名，則與三皇五帝均矣。貧者士之常，死者人之終，修其常以待其終，此士之分也。士之恥衣食之薄，未足與義。此在子術内，而子弗悟，况他人。」師乃邀飲於市。既暮，謂曰：「子他日復過吾，將令子知終身舉世休咎。」乃散去。

堅擇日沐浴見師，乃留堅宿。且曰：「人之出入死生，亦如天之五行四時，循環不絶，故釋氏以生死爲輪迴焉。人之爲人，獸之爲畜，爲蟲，爲魚，爲鳥，爲禽，各有因，以至於若是也。人之爲人以數世，則皆富貴由命，或大貴者是也。或才以〔四〕人，或一兩世者，首則人焉，其足或手也異類矣，但世人不知也，非正慧眼莫之見。吾常極九天秘法，用五明水洗目，即皆見世人之異同。子能從吾，吾當令子見也。」

師告行，堅送至隨州。師云：「吾將入深山茂林之域，無人，與虎豹麋鹿爲友，子不可從焉。吾許子知輪迴生死道，當令子一見也。」乃以九天秘法視之，又令以五明水洗目。翌日，命堅出遊於市。見刺史而下皆無異焉，惟一主簿，人身而虎足。環視市人，人首而異物足者十之八九。復見一女人抱一子，雞手足而衣小兒之衣。過東市小巷，二〔五〕鬼躍跳，隨一人入於宅，一鬼相隨而入，一鬼坐於門。堅迤邐而還，見師云：「果如師言。」堅云：「彼主簿人身而一虎足，何也？」師云：「彼三世爲人矣，來歲方脱虎足。」堅云：「人之首，異物足，或牛，或馬，或獐，或猿，或鹿，或熊，何也？」師云：「皆宿根之造作，乃前世事，不可卒道。亦若農之植穀則生穀，植麥則生麥焉。苗之秀，有不幸而枯病而死，非天地之不均，乃其根有惡害之也。人亦由是也。」堅云：「女人抱子而雞身，何也？」師云：「今人生子，不數年輒失之，彼固未有過惡。凡異類之有一善，亦皆有報焉。教中言：『暫主托化。』乃暫得生於善，死又歸之類也。」堅曰：「二鬼逐人，何也？」師云：「彼人將死之，一鬼入其室，召其魂；一鬼守其門，防家鬼之入救也。」堅云：「我恐入輪迴中，迷其性，守其路，則轉爲異物。幸師一決，少救塵骸。」師云：「道由道也，坦然可履。由是之焉，可以至都輦，見衣冠之盛，宫闕之美，仁義之善；不入於是，自入於荆榛，蹶而且斃。爲行道有義也，非道之罪也。」師云：「此外人，非子可知也。劫火方高，業根益著，宜求念清涼，擺撼煩惱，亦至善也。」爲詩別堅，詩云：「心如一片苗，是苗皆可植。莫種亦堆培，莫容荆與棘。」乃入隨山。今不復見矣。（據上海古籍出版社點校本北宋劉斧《青瑣高議》別集卷六）

〔一〕題注「用秘法師悟異類」。

〔二〕越州　原作「趙州」。按：趙州無蕭山縣，蕭山屬越州，形近而譌，今改。

〔三〕自　紅藥本作「目」。

〔四〕以　原爲闕字，據民國精刻本、紅藥本補。按：似應作「爲」。

〔五〕二　原譌作「三」，據下文改。

異夢記〔一〕

朱高祖，幼名温，後改名全忠。以功加封節度使兼四鎮令公。如汴，□□高燭〔二〕。既寢，驚中鬼聲甚惡，若不救者，左右□共扶□□方清醒〔三〕，□左右歎嗟〔四〕。侍者謂曰：「何故而驚魘也？」高祖曰：「吾適夢中所見甚怪，不可卒語。」乃起坐，後且召敬翔而問焉。

曰：「我既寐，一若常時，升廳據案〔五〕決事。有一錦衣金帶吏自外入，白吾曰：『有界吏來參見。』未久，有一人金冠而翠纓，朱衣緑履，立於庭下，錦衣吏抗聲曰：『天下城隍土地主周厚德參拜真人。』再拜乃去。少頃，有一僧牽一驢來，曰：『貧僧專來請令公齋。』其僧升廳，與吾對坐。吾夢中私念：吾已建節作貴矣，又居重地，掌握精兵十五萬，而一僧敢召吾也？吾乃謂僧曰：『爾何敢率易而請吾也？』其僧曰：『今日事又安得由令公哉？』乃起，而引吾衣曰：『便請行。』吾意大怒，欲呼左右擒僧，則爲僧引下堦。吾意曰：『若然，當召騶而去。』僧曰：『不用，自有乘騎。』乃抱吾上一驢。驢甚劣，意似南而去。驢行甚速，不久至一上臺，隆隆然，吾在臺，乘驢坐於臺上，而僧曰：『令公且〔六〕坐，貧道去取齋食。』吾意〔七〕尤不樂。去而其僧不至。俄有猿猴百餘人，四面而來，升臺引吾衣而與吾體。吾大怒，連臂擊之。方鬬酣，吾怒益張，而揮臂猶擊。吾或一臂墮地，吾大呼，不覺睡覺。吾猶引手攔臂，方知臂存焉，而顧左右。待曉，召子而告。以吾察之，必非吉兆。每出兵尚忌見乎婦人僧人輩，乘驢墮臂之理，實非美事。子意如何？」

翔俛〔八〕首少頃，起而再拜曰：「此乃大吉，神明先告，是以翔拜賀也。」高祖曰：「何以言之？請子急解而明我。」翔曰：「錦衣吏，衣錦還鄉，榮之極也。廳下吏尚錦衣，即公之貴不言可知也。天下城隍土地來參，令公合爲天下城隍土地〔九〕也。僧乃是喜門中人，抱令公升驢者，登位也。南去上臺〔一〇〕上者，高處面南稱尊像。猿猴之來，天下諸侯必與公爭戰。方鬬而墮臂者，獨權天下也。」高祖起，顧敬翔曰：「若如君〔一一〕言，不敢相忘，交你措大作宰相。」由是高祖益有覬覦大器之意。翌日，逼昭宗遷都，竟有望夷之禍焉。悲矣！（據上海古籍出版社點校本北宋劉斧《青瑣高議》别集卷七）

〔一〕題注「敬翔與朱温解夢」。

〔二〕□□高燭　二闕字民國精刻本、紅藥本作「天下」，疑有誤。

〔三〕左右□共扶□□方清醒　民國精刻本、紅藥本作「左右據共扶晝大方清醒」，三闕字當有誤，似作「左右遽共扶攜，久方清醒」。

〔四〕□左右歎嗟　民國精刻本、紅藥本闕字作「夢」，疑有誤。

〔五〕案　紅藥本作「按」。按，通「案」。

〔六〕且　原作「請」，據紅藥本改。

〔七〕意　原譌作「竟」，據紅藥本改。

〔八〕俛　原譌作「免」，據紅藥本改。俛，同「俯」。

〔九〕土地　民國精刻本、紅藥本作「地土」。地土，即土地。

〔一〇〕上臺　紅藥本作「土臺」，誤，前文作「上臺」。上臺指朝廷。

〔二〕君　紅藥本作「公」。

泥子記

衛士錢千，沿河岸行。見一泥兒卧冰上，彩色鮮明。千取歸，遺其妻，曰〔一〕：「天〔二〕以我無子，遺我也。」乃造綵衣，晝致懷抱，夜卧寢所。一夕，泥子遺溺茵蓐，千乃棄於溝中。中夜，泥子自門而入，悲啼求母乳，升床入衾。千懼，求康生占焉。康布卦，云：「事係三人之命。」愈恐，求術。康曰：「子歸，以利刃擊之，當絶其怪。」千淬劍，伺怪至擊之，鏗然有聲。執燭視之，怪無有也，其妻斃於血中。明日，衛士縶千有司，千以康生教之。吏追康生爲證，康惧自縊。千竟不能自明，伏法東市。（據北京文學古籍刊行社影印明天啓六年刊本南宋曾慥《類説》卷四六《青瑣高議》）

〔一〕曰　原作「妻曰」，據明嘉靖伯玉翁舊鈔本删「妻」字。

〔二〕天　原作「君」，據舊鈔本改。

按：今本《青瑣高議》無，《類説》據原書録之，係節文，原文已佚，姑録之。

秦宗權〔一〕

秦宗權方爲府吏，一日晝寢。夢中見一朱衣吏，手持黄紙書，謂秦宗權曰：「府君乃召足下。」宗權曰：「府君何人也？公所執何書也？可一見乎？」吏曰：「府君召子，他不知也，書不可得而見也。」宗權視遠山中，隱然天氣昏慘，迥野四顧無人，宗權不勝嘆息。乃至一城，四面絶無居人。入城，有公府相對。直北有大門，入門有大殿，吏前報曰：「宗權至矣。」乃軸簾，有紫衣人據案稱王，宗權立砌下。

王顧左右曰：「取黄巢來。」少頃，有枷械者一人，持勒撲者數人從之。宗權視枷械者，形体骨文皆黑，不類人色。王曰：「汝伏乎？」枷械者對曰：「賤書生勢力寡獨，安敢與唐室爲患？」王怒，命左右取鐵丸來。一鬼持一鼎致庭下，鼎中火自燃，鼎中銅汁沸溢。吏乃取鐵丸内鼎中，丸即紅若烈火。王命以丸内枷者口中，枷者乃通頂焰發，不覺聲冤。焰止，王曰：「伏未？」枷者曰：「巢不敢。」王又以丸吞之。如是數四，枷者未伏。王乃問宗權曰：「汝當與唐室爲患，可乎？」宗權曰：「宗權一衙吏爾，且安敢如此？」王命執手坐，取鐵丸内宗權口中，其痛苦楚，熱油沃心。宗權大叫，連呼「來」字三聲，王顧謂左右曰：「彼已伏，天子安能久受此苦！」王又命左右取丸，枷者曰：「巢已伏矣。」

王命吏取案來，二吏抱案掩其前，令枷者書，及令宗權書，書已，則二吏復抱去。王命取蛇皮來，二吏持一巨蛇皮蒙枷者。俄而化爲巨蛇，長百尺，黄鱗炬目，金頸赤舌，蛇首四顧，精神恐人。俄有一吏持雙角來安蛇之首，王遽叱吏曰：「此豈可安角也？」王命驗天符：「有安角之言乎？」忽有一青衣童出東户，曰：「天符不令安角。」童升殿語王曰：「此非雲雨之主，何可使之有角？則禍愈大。」王命將蛇食料生口姓名來，兩廡下户盡開，青衣童抱文卷，皆合抱擲於地。蛇先吞東南文卷，次第而至，蛇因首向西，蛇將食其卷，一童子則將鏡照其蛇，蛇抵徊不敢吞其卷。

王曰：「宗權亦合皮化。」命取豹皮來。一吏以豹皮蒙宗權首，乃化爲豹。一童子升殿，王曰：「宗權合居何地？」童曰：「合居陳、許之間。」童曰：「祇〔二〕在平地。」王曰：「何也？」童曰：「豹居山則可以抗虎，平地不能敵猪。」王曰：「事畢矣。」乃命吏送宗權出門，爲吏推墮溝中，乃覺。宗權驚駭，莫知其休咎。

後宗權謀叛，爲朱高祖擒獻天子。朱高祖年甲屬猪，又猪，朱也。「不能敵猪」，此其驗乎！宗權所見枷械者，乃黄巢也。唐末童謡云：「黄蛇獨吼，天下人走。」不能吞西廡之文卷，天下皆被其屠毒焉，獨不至西蜀。宗權之夢，一何異哉！（據北京中華書局影印明解縉、姚廣孝等編《永樂大典》卷一三一四〇引《青瑣高議》）

〔一〕《永樂大典》原題《夢黄巢化蛇》，非原題，今别擬之。

〔二〕祇　原作「秖」，今改。

按：《青瑣高議》今本不載，乃佚文，而文字繁富，當無删略。

賢鷄君傳

賢鷄君魯敢，因行〔一〕西城道上，遇青衣曰：「君東齋有〔二〕客，伺君〔三〕久矣。」乃〔四〕歸。步〔五〕庭際，見女子挼英弄蕋，映身花陰。君疑狐妖，正色遠之。女亦徐去。月餘，飛空而來曰：「奴，西王母之裔，家于瑶池西真閣。」恍如夢中，引君同跨彩麟〔六〕，在寒光碧虚〔七〕中，臨萬丈絶壑。陟蟠桃嶺。四〔八〕顧瓊林，爛若金銀世界。曰：「此瑶池也。」藍波烟〔九〕浪，瀲灔萬頃；珠樓玉閣，玲瓏千疊。紅光翠靄間，若虹光掛天，雨脚貫地。命君升西真閣，曰：「嘗見紫雲娘誦君佳句。」語未畢，見千萬紅粧，珠珮丁當，星眸丹臉，霞冠霓裳〔一〇〕。一人〔一一〕特秀麗，艷發其旁，西真曰：「此吾西王母也。」久之，紫雲娘亦至，西真曰：「此賢鷄君也。」須臾，觥籌遞舉，霞衣吏請奏《鸞鳳和鳴曲》，又奏《雲雨慶仙〔一二〕期曲》。酒酣，復入一洞，碧桃艷杏，香凝如霧。西真顧謂君〔一三〕曰：「他日與君人間還，雙棲於此。」是夕，同宿於五雲帳中。次早〔一四〕，君乃辭歸，諸仙舉樂而別〔一五〕。（據北京文學古籍刊行社影印明天啓六年刊本南宋曾慥《類説》卷四六《續青瑣高議》，又《緑牕新話》卷上《賢鷄君遇西真仙》，無出處）

〔一〕因行　此二字據《緑牕新話》補。

〔二〕有　此字據《緑牕新話》補。

〔三〕君　此字據《緑牕新話》補。

〔四〕乃　此字據《緑牕新話》補。

〔五〕步　《緑牕新話》作「至」。

〔六〕麟　《緑牕新話》作「鸞」。

〔七〕寒光碧虛　《緑牕新話》前有「廣」字。

〔八〕四　原作「西」，據明嘉靖伯玉翁舊鈔本及《緑牕新話》改。

〔九〕烟　《緑牕新話》作「碧」。
〔一〇〕霞冠霓裳　「冠」、「霓」二字據《緑牕新話》補。
〔一一〕一人　原作「人面」，據舊鈔本、《緑牕新話》改。
〔一二〕仙　原作「先」，此從《緑牕新話》。
〔一三〕顧謂君　此三字據《緑牕新話》補。
〔一四〕是夕同宿於五雲帳中次早　此十一字據《緑牕新話》補。
〔一五〕諸仙舉樂而別　此句據《緑牕新話》補。

按：此係節文，原傳不傳。

桃源三夫人〔一〕

陳純，字元朴，莆田人。因遊桃源，愛其山水秀絶〔二〕，乃裹糧沿溪而行〔三〕。凡九日，至萬仞〔四〕絶壁下，夜聞石壁間人語。純糧盡困卧，忽〔五〕聞有美香，流巨〔六〕花十餘片，其去甚急。純速取得一花，面盈尺，五蕚，乃食之。渴甚，飲溪水數斗，因〔七〕下利三日，覺身輕〔八〕，行步愈疾。

有〔九〕青衣採蘋岸下，乃詰之〔一〇〕，曰：「此桃源三夫人〔一一〕之地。上府玉源，中府靈源，下府桃源。後夜中秋，三仙將〔一二〕會於此，君可待之〔一三〕。」至〔一四〕其夕，俄水際有樓閣相望〔一五〕，有仙〔一六〕童曰：「玉源夫人召。」純往見。三夫人坐絳殿中，衆樂並作。玉源請純登殿，敍禮畢，引純過西臺翫月。酒至數行〔一七〕，玉源謂純〔一八〕曰：「近世中秋月詩，可舉一二句。」純言一聯云〔一九〕：「莫辭終夕看，動是隔年期。」桃源曰：「意思〔二〇〕雖佳，但不見中秋月，作七月十五夜月亦可，未見得便是中秋〔二一〕。」玉源因作詩曰：「金風時拂袂，氣象更分明。不是月華別，都緣秋氣清。一輪方極滿，群籟正無聲。曉魄沉烟外，人間萬事驚〔二二〕。」靈源和〔二三〕曰：「高秋渾似水，萬里正圓明。玉兔步虛碧，氷輪輾太清。廣寒低有露〔二四〕，桂子落無聲。吾館無弦彈，棲烏莫要驚。」桃源詩曰：「金吹掃天幕，無雲方瑩然。九秋今夕〔二五〕半，萬里一輪圓〔二六〕。皓彩盈虛碧，清光射玉川。瑶樽何〔二七〕惜醉，幽意正緜緜。」

玉源謂純曰：「子能繼桃源之什乎？」純乃賡曰：「仙源嘗誤到，羈思正蕭然。秋靜夜方〔二八〕靜，月圓人更〔二九〕圓。清樽歌越調，仙棹泛晴川。幽意知多少，重重類楚綿。」玉源笑曰：「此書生好莫與仙葩食，教異日作枯骨，如何敢亂生意思！」純曰：「和韻偶然耳。」玉源曰：「天數會合，必非偶然耳。」因命酌，言語褻狎，遂伸繾綣〔三〇〕。

將曉，同舟而下，有頃，即至玉源之宫〔三一〕。瑣窗朱閣〔三二〕，非人世所有。玉源戒純曰〔三三〕：「君〔三四〕愼無入南軒，當不利於子。」純竊往焉。軒中見案間有一玉笛〔三五〕，純〔三六〕取吹之。忽見人物山川，乃其鄉里〔三七〕，子呼他人爲父，妻呼他人爲夫，方宴聚語笑。久之不見。純不覺〔三八〕嘔一卵於地，化爲紅鶴飛去。仙來，見純責曰：「不聽吾戒，今不能救矣，莫非命也！後三十年當復來此〔三九〕，宜内養真元，外崇善行〔四〇〕。」以舟送純歸。（據清陸心源《十萬卷樓叢書》本南宋陳元靚《歲時廣記》卷三二《入桃源》引《青瑣高議》，又北宋阮閲《增修詩話總龜》前集卷四五神仙門下引《青瑣集》、南宋曾慥《類説》卷四六《續青瑣高議》、皇都風月主人《緑牕新話》卷上《陳純會玉源夫人》、陳應行《吟窗雜録》卷五〇《雜詠》、陳葆光《三洞群仙録》卷九《陳純鶴嘔》引《青瑣》、明鳩兹洛源子《一見賞心編》卷六僊女類《玉源夫人》）

〔一〕題據《類説》。按：桃源三夫人，非謂位居末位之桃源夫人，乃指會於桃源之三仙也。

〔二〕山水秀絶　「山水」《三洞群仙録》作「溪山」。「秀絶」《類説》作「秀艷」。

〔三〕乃裹糧沿溪而行　「溪」原作「蹊」，蹊，小路，據《類説》、《吟窗雜録》、《三洞群仙録》、《賞心編》改。「而行」《三洞群仙録》作「尋勝」。按：《賞心編》下云：「忽逢桃花夾岸數百步，芳華鮮美，落英繽紛。」當爲自增，用《桃花源記》中語也。其餘增飾尚有，概不出校。

〔四〕仞　《類説》作「丈」，伯玉翁舊鈔本作「仞」。

〔五〕忽　此字據《三洞群仙録》補。

〔六〕巨　《緑牕新話》作「回」，回轉也。按：《類説》、《三洞群仙録》、《賞心編》亦作「巨」，「回」當爲「巨」字形譌。

〔七〕因　此字據《緑牕新話》補。

〔八〕覺身輕　此三字據《緑牕新話》、《賞心編》補，《賞心編》前有「頓」字。

〔九〕有　《三洞群仙録》作「復見」。

〔一〇〕乃詰之　此三字據《三洞群仙録》補。

〔一一〕桃源三夫人　《緑牕新話》作「玉源夫人」，《三洞群仙録》、《賞心編》作「三源夫人」，「三」當爲「玉」字譌。按：觀下文云「即至玉源之宫」，此當爲桃源夫人之地，《類説》亦作桃源夫人，以其位三，故稱三夫人也。

〔一二〕將　《類説》作「相」，《賞心編》作「當」。

〔一三〕君可待之　此句據《緑牕新話》、《賞心編》補。

〔一四〕至　此字據《緑牕新話》、《賞心編》補。

〔一五〕俄水際有樓閣相望　此句《歲時廣記》原作「水際臺閣相望」，《類説》同，惟「臺」作「樓」。此從《緑牕新話》。

〔一六〕仙　此字據《緑牕新話》、《賞心編》補。

〔一七〕玉源請純登殿敍禮畢引純過西臺翫月酒至數行　此二十字據《緑牕新話》補。

〔一八〕玉源謂純　《類説》「謂」作「請」。《吟窗雜録》作「靈源詢純」，當誤。

〔一九〕純言一聯云　此句《歲時廣記》作「純曰」，《類説》、《吟窗雜録》同，《緑牕新話》、《賞心編》作「純乃曰」，此據《詩話總龜》。

〔二〇〕思　此字據《類説》補。

〔二一〕未見得便是中秋　此句據《緑牕新話》、《賞心編》補。

〔二二〕按：《類説》只載「不是月華别」一聯，以爲靈源作（《吟窗雜録》同），玉源所作乃「玉兔步虚碧」一聯。

〔二三〕和　原作「詩」，《詩話總龜》同，據《類説》改。

〔二四〕低有露　《詩話總龜》作「宫有路」。

〔二五〕夕　《類説》作「又」，當誤。

〔二六〕圓　《類説》作「懸」。

〔二七〕何　《詩話總龜》作「休」。

〔二八〕方　《緑牕新話》、《賞心編》作「尤」。

〔二九〕更　《緑牕新話》作「未」。

〔三〇〕玉源曰天數會合必非偶然耳因命酌言語褻狎遂伸繾綣　以上二十三字據《緑牕新話》補。《賞心編》作「玉源曰：天數會合，必非偶然。因命配（酌）盡歡，遂伸繾綣」。

〔三一〕玉源之宫　此四字據《緑牕新話》、《賞心編》補。

〔三二〕瑣窗朱閣　《三洞群仙録》作「碧窗朱户」。
〔三三〕曰　此字據《三洞群仙録》補。
〔三四〕君　此字據《三洞群仙録》補。
〔三五〕軒中見案間有一玉笛　《類説》原作「軒中有玉笛」，此據《三洞群仙録》。
〔三六〕純　《三洞群仙録》作「試」。
〔三七〕忽見人物山川乃其鄉里　《三洞群仙録》作「忽見故鄉人物山川儼然」。
〔三八〕不覺　此二字據《三洞群仙録》補。
〔三九〕來此　原作「此來」，據《類説》舊鈔本、《三洞群仙録改。
〔四〇〕按：「同舟而下」至此一大段《歲時廣記》無，據《類説》補。

按：原文不存，今據諸書所引輯綴如右。原文當詳於此。

隆和曲丐者〔一〕

李無競入都調官，至朱僊鎮〔二〕，有二丐者喧爭〔三〕於道。老嫗〔四〕曰：「我終年〔五〕丐乞，聚金數百〔六〕，此子貸去，半載不償〔七〕。」無競見其毆擊頗猛〔八〕，取緡，如所逋數與之〔九〕，嫗乃捨去〔一〇〕。丐者謝曰：「吾實逋其錢，君行路人，能償之，以〔一一〕解其鬬，真善人也〔一二〕。吾家在隆和曲，筠栅青簾，乃所居也。子能訪我，當有厚謝〔一三〕。」無競異其言。無競行既數里，復自念曰：「彼丐者也，而欲謝我，豈異人乎？」

既至東都，乘暇訪之〔一四〕。入隆和曲〔一五〕，果有簾栅。入門，見數丐者地〔一六〕爐共火。入室，有冠帶者立於堂，乃向丐者，喜見於色，命坐〔一七〕。丐既坐，曰：「可小酌禦寒。」無競恍惚甚疑，其人勤勸遜辭，終不飲，但濡唇而已。時方大寒，盤中皆夏果，無競重拂其意〔一八〕，略取小御桃三枚懷歸〔一九〕。丐者作詩送之〔二〇〕，曰：「君子多疑即多悮，世人無信即無成〔二一〕。吾家路徑平如砥，何事夫君不肯行。」

無競至邸，取桃〔二二〕，乃紫金三塊。因大悔恨，翌日再訪之，已不見。詢問，皆無知者。無競琢其金爲飲器。年七十餘，面色紅潤，豈酒濡唇之力乎？（據北京文學古籍刊行社影印明天啓六年刊本南宋曾慥《類説》卷四六《續青瑣高議》，又南宋陳葆光《三洞群仙録》卷一〇《無競懷果》引《青瑣》、《太上感應篇》卷二一《鬪合爭訟》南宋李昌齡傳引，無出處）

〔一〕題據《類説》。

〔二〕朱傳鎮　原作「朱廷鎮」，據《類説》伯玉翁舊鈔本及《太上感應篇》傳、《堅瓠八集》卷三《李無競遇仙》改。《三洞群仙録》「僊」作「遷」，亦誤。

〔三〕喧爭　《太上感應篇》傳作「爭打」，《堅瓠集》作「爭」。

〔四〕嫗　原作「姬」，據《三洞群仙録》、《堅瓠集》改。《四庫全書》本《類説》作「者」。

〔五〕年　原作「身」，《三洞群仙録》同，據《類説》舊鈔本、《太上感應篇》傳、《堅瓠集》改。

〔六〕聚金數百　《太上感應篇》傳作「得錢數百」，《堅瓠集》作「聚錢數百」，《三洞群仙録》作「聚得少金」。按：金即指錢。

〔七〕此子貸去半載不償　《太上感應篇》傳作「被你借用，頑不肯還」。

〔八〕見其毆擊頗猛　此句據《太上感應篇》傳補。

〔九〕取緡如所逋數與之　「緡」《三洞群仙録》作「金」。《太上感應篇》傳作「因以己錢代償」。

〔一〇〕嫗乃捨去　此句據《太上感應篇》傳補，「嫗」原作「一」，姑從上改。

〔一一〕以　《三洞群仙録》作「又」。

〔一二〕真善人也　此句據《太上感應篇》傳補。

〔一三〕子能訪我當有厚謝　《太上感應篇》傳作「他日訪我，必當有報」，《三洞群仙録》作「子能訪我否」。

〔一四〕「無競行既數里」至此　以上據《太上感應篇》傳補。

〔一五〕入隆和曲　前原有「後」字，承上删。「曲」字原無，據《類説》舊鈔本補。《三洞群仙録》作「即往焉」。

〔一六〕地　《三洞群仙録》作「擁」。

〔一七〕喜見於色命坐　此六字據《三洞群仙録》補。

〔一八〕無競重拂其意　《太上感應篇》傳作「復進以桃，無競重拂其意」，據補六字。

〔一九〕略取小御桃三枚懷歸　「略」字據《太上感應篇》傳補，傳作「略取二枚懷之」。

〔二〇〕送之　此二字據《三洞群仙録》補。

〔二一〕成　《三洞群仙録》、《堅瓠集》作「誠」。

〔二二〕無競至邸取桃　《太上感應篇》傳作「中途取看」。

按：此爲節文，原文不存。

茹魁傳〔一〕

茹魁，河東人。不載其名字，諱之也。在都下，與名妓胡文媛往來，既久，媛欣然奉之。魁出則闔户，雖萬金之子莫得見。媛嘗爲《蜀葵花詩》曰：「却有一端宜恨處。開花相背不傾陽〔二〕。」媛曰：「物之同本者，開花則相背，況二姓結一生之好，能無反覆乎？」歲餘，媛生一女。魁凡百皆取足於媛。

後數年，魁高第，唱名又居第一。與其友謀絶媛之策，乃置酒，召嘗往還者爲會。媛知其意，曰：「妾遇君情同伉儷，君背盟約，輕信閒談。」魁曰：「爾心如玉，事有不得已者。且天地有混闢，日月有圓缺，夫婦有義則合，無義則離。」媛曰：「妾盡家資以奉子，導通塞以遂君，何嘗無義？　夫飛燕本從宮妓，李娃亦是倡始。　今仕宦之家，淪没售身，流而爲娼者，幸不幸也。君女候成人嫁之，妾剄首以謝，鄭玉爲厲，當踵前人。」自是不食。魁留滯未有計。或謂：「子之父知子成名兼歸，見其面，一切不問。」魁喜告媛曰：「吾與子事諧矣！」乃治裝挈媛以歸〔三〕。（據北京文學古籍刊行社影印明天啓六年刊本南宋曾慥《類説》卷四六《續青瑣高議》，又明梅鼎祚《青泥蓮花記》卷七《記從七》引《續青瑣高議》，題《胡文媛》，注《茹魁傳》）

〔一〕題據《類説》。

〔二〕不傾陽　《青泥蓮花記》作「有何功」。

〔三〕「媛曰物之同本者」至此　據《青泥蓮花記》輯録。按：疑《青泥蓮花記》實亦轉録《類説》，而今本《類説》闕其後半耳。

按：此係節文，原傳不存。

宋代傳奇集第三編卷九

蔓定僧

陳覺埸屋失意，遊鴈蕩山。遠視一木如翠蓋狀，乃扳蘿捫石，至木下。蔓草纏遶，一僧坐入定，手觸其衣，則隨風而化。覺結庵其旁。僧忽欠伸開目，曰：「吾有衣寄山岩，命虎守之。持吾錫杖取衣，虎自不加害。」覺入岩，得衣，虎摇尾而去。僧衣新衣，説法申〔二〕曰：「妙中得妙，即法性；空中得定，乃真空。積善累凶，皆由汝意；成佛作鬼，悉自心原。一切法門，本來無門；一切妙用，本來無用。一身何所有，萬法本歸空。汝可削髮，以順吾教。」覺曰：「髮膚受之父母，不敢毁傷。」僧曰：「日月星爲三光，明則一也；天地人爲三才，道則一也。儒釋道三教，道亦一也。道，養性也；釋，適性也；儒，脩性也。」因授覺度世法。後人呼其岩爲説法岩。（據北京文學古籍刊行社影印明天啓六年刊本南宋曾慥《類説》卷三四《摭遺》）

〔一〕申　明嘉靖伯玉翁舊鈔本無此字。

按：《通志略》小説類著録《摭遺集》二十卷，未著撰人。《遂初堂書目》小説類作《青瑣摭遺》，無撰人卷數。《宋志》亦著録《摭遺》二十卷。《遂初目》及《苕溪漁隱叢話》後集卷一二《劉夢得》引《藝苑雌黄》作《青瑣摭遺》，當係全稱，乃摭《青瑣高議》之遺也。《宋志》著録在劉斧《翰府名談》之後，蓋誤爲《翰府名談》之遺耳。任淵《后山詩註》卷二《出清口》註引作《摭遺新説》，《永樂大典》所引亦多作此稱，或又作《摭遺新書》。又朝鮮成任編《太平通載》卷六六《鬼四》亦引《摭遺新説》二事（《崔慶成》、《周助》）。《文淵閣書目》卷八《雜附》亦著録作《摭遺新説》。此名乃南宋人改稱，蓋欲以「新説」與「高議」相對，殊失原意也。

原書不存，《紺珠集》卷一二摘録五條（題《摭遺》，注闕名）。《類説》卷三四摘録二十三條（題《摭遺》，不著撰人）。《詩話總龜》前集、《分門古今類事》、《錦繡萬花谷》、《三洞群仙録》、《增廣分門類林雜説》、《永樂大典》、《太平通載》等亦多所引録，以《詩話總龜》、《分門古今類事》爲多。遺文可得六十一事。

本書《東坡入海》條（《分門古今類事》卷一四）末謂東坡「果有海南之竄，議者謂入海之讖」。按海南之竄指哲宗紹聖四年（一〇九七）蘇軾責授瓊州別駕，移昌化軍安置（見《宋史·哲宗紀》），然則本書之成似在哲宗元符中（一〇九八—一一〇〇）。

本書是《青瑣高議》續書，體例亦同，採録唐宋五代現成作品，兼亦自撰。宋事蓋多爲自録聞見，然亦難以遽斷何出斧手，故是卷所録各篇作者姑且付闕。《類説》所録皆摘録不完，兹選節文稍長者録之，以其原文當近傳奇體爾。

玉溪夢

金俞〔一〕遊關中，過大回山，望西峰石壁，日射如血。父老云：「秦坑儒於此。」俞題詩曰：「儒血未乾秦鹿走，焚書烟斷漢兵呼。歸仁棄虐蒼生意，黔首從來本不愚。」夜夢二吏追至一處，若王者居，曰：「此秦皇玉溪宫也。」俄見秦皇曰：「與汝時異而代變，何今是而古非？謗古者律文所禁，訕上者罪不容誅。」命左右斬之。俞曰：「向使陛下納直士之正言，拒佞人之邪説，天下從何而叛也？尚以昔時不道之氣，加今日無過之人。」秦皇怒少霽，令爲文謝過。乃命東偏賜食。又令著秦所以失漢所以得。秦皇覽奏，涕下曰：「卿言正中吾過，恨不與卿同時。」俞曰：「使臣生於陛下時，亦不能用，當時豈無正人哉？」秦皇曰：「吾幽處此宫，不知歲月多少。因卿言，自咎不已。卿可還矣。」命吏送還。（據北京文學古籍刊行社影印明天啓六年刊本南宋曾慥《類説》卷三四《摭遺》）

〔一〕金俞　《類説》舊鈔本作「俞前」。

胡大婆

牛世基就學東林山寺，夜有叩門者，云：「胡三婆祗候。」既坐，曰：「吾東海龍王之姑。龍王功德高，上天許作碑，故來奉託。」世基未許，乃曰：「某言輕，當令二家姊奉告〔一〕。」俄有胡二婆祇候，曰：「何故不爲下筆？當令大家姊奉告，伊甚有性氣。」旋有冷風觸面，大婆目若雷光，正色云：「適令二妹託作碑，已磨白螭石，仍請紫陽大人題額。足下若入此緣，萬刼不朽。」世基急取紙，書云：「洪因聖果，雖已有成。」有僕勾龍信，持迴杖〔二〕云：「空山夜半，是何神鬼，輒敢撓人？」於大婆腦〔三〕後擊之。大婆戟手曰：「此事當令孫驃騎斷〔四〕。」又聞人語曰：「地下幸有韓文公、李白輩，隨分道得文字。那個冤家教託此人，唆使來〔五〕打損大婆？這公事了不得！」忽有甲馬泊殿東，召世基曰：「某即孫驃騎也。勾龍信自有處置，秀才亦須薄譴。」一吏刺世基面，云：「配北山放羊。」驃騎領兵出寺，視勾龍信已斃於竈下。

世基以妖恠文其面，欲自盡。老僧曰：「何不飛章告天〔六〕？」世基纔執筆，面上字已

失，其僕則竟不生矣。（據北京文學古籍刊行社影印明天啓六年刊本南宋曾慥《類説》卷三四《摭遺》）

〔一〕當令二家姊奉告　「當」字據舊鈔本補。「姊」原作「婦」，據舊鈔本改。下文「大家姊」原作「大家婦」，亦從改。
〔二〕持迴杖　原作「乃持杖」，據舊鈔本改。
〔三〕腦　原作「脛」，據舊鈔本改。
〔四〕斷　原作「折」，據舊鈔本改。
〔五〕來　原作「下」，據舊鈔本改。
〔六〕告天　原作「上告」，據舊鈔本改。

崔慶成〔一〕

廣州都押衙〔二〕崔慶成，美風姿而寡言語，植性淳厚。明道年中，爲本府差，轄送香藥綱〔三〕詣内庫進投。抵皇華驛〔四〕，值肆舍過客填溢，無虚室，惟西北隅有閑宇數間，軒窻傾毁，似無人跡居止。慶成呼驛吏曰：「此可宿乎？」吏云：「過客宿此，則驚悸不安，由是此館久壞。」慶成曰：「既夜，不能别卜所館。」乃卸裝休僕秣馬偃卧。因念過客宿此驚悸，此必有怪也，乃露一劍於寢首，置一明燭於堂心。

夜分不能寢，乃提劍拂户，出望庭外。瞥然見一人過窗下，衣服不甚鮮潔，而容色絶世。欲致恭於慶成，慶成急闔户而入。其人言曰：「君既風儀秀潔，妾亦容色非常。本是衣冠，故非異類，閉關見拒，深駭人情。今日見君，而君必見疑；今日捨君，而我寧不悔？竢君迴轅，别圖後會。留十二字爲别，其意乃君今日之事。君能悟其理，則冥數自合，不然，亦未可知耳。」乃擲書於窗間。既久，寂不聞耗。慶成乃呼僕開户，就燈下閲之，乃十二字也，云：「川中狗，百姓眼，媽〔五〕撲兒，御厨飯。」别無他語。慶成不悟其理，但經由之館，悉書其字於屋壁，欲人晤而告之。

洎了官事，復還南海，路出皇華。思前事則不敢宿前館，乃於旅邸寓宿。是夜，風雨陰晦，旅館凄然，及中夜尚不成眠。有一人挨户而來，慶成驚起而視，乃前婦人也。艷服美粧，光彩可掬，引一青衣，曰：「今日之事可諧否？君十二字能辨否？君試言之。」慶成俛首，迄不能對。婦人復云：「跡既發露，理不偶然。妾欲已則不可，君見拒則不宜。」慶成不荅。婦人云：「君儀容秀美，外即類人，其中無物。當始遇君也，月白風細，館寂人孤。值我陰數未同偶，君獨卧無味。爾既于事不通，我亦前言輕發。去住之誠，君宜見察。」慶成亦不言。婦人曰：「手內有花，面前有酒，人生美事，君能獨不愛乎？」慶成但俛首不對。婦人曰：「有酒可飲，有情可寄，此亦故人自遺之一說也。」囙命青衣進酒，婦人連飲數樽，慶成終不舉盞。婦人曰：「以匪人求接君子之歡，故不足也。今夕始知足下妄人耳。羊中而虎外，木樸而塊尸。爲之逝者，其氣存焉；爲之生者，語言不出。乃土木偶耳。詎可尤人，固當罪己。」乃作詩云：「妖魄才魂自古靈〔六〕，多情心膽似平生。知君不是風流物，却上幽原怨月明。」慶成視之，如不聞。婦人曰：「鄙句不辱收採，已矣，酒須當勸一器。」乃自酌酒，以勸慶成，慶成終不飲，復不言。婦人曰：「君豈非啞者乎？」因低咲回首言云：「人面不言，禽獸之不若也。」青衣從傍言曰：「小〔七〕娘子常養鸚鵡，愛其毛羽，貯以雕籠，飼以珎果，十餘年竟不言，乃開籠放去。此先郎中昔日之事，今其驗乎！」婦人感嘆曰：「是矣，此可爲題。」乃作《啞鸚鵡》詩云：「雕籠馴養許多時，終歲曾無一句辞〔八〕。深恨化工情太〔九〕悮，因何便〔一〇〕與好毛衣？」因擲之于地，灯火俱〔一一〕滅。其時慶成悉收得，其十二字則終不能辨。

後湘陽守逆還闕，常於傳舍見此十二字，因記著，求敏之而解之。因謁丁晉公，乃道其事。公曰：「子退矣！吾當思之。」後數日，晉公曰：「此乃四字也。『川中狗』，蜀犬也，『蜀犬』乃『獨』字。『百姓眼』，民目也，『民目』乃『眠』字。『媽撲兒』，爪子也，『爪子』

乃『孤』字。『御厨飯』，官食也，『官食』乃『館』字。乃『獨眠孤館』四字耳。」丁公大愛其意。異日，丁公復聞慶成之事，愈又嗟嘆。

評曰：見色不惑，亦方潔之士。慶成終不及亂，是可嘉美。丁晉公博，故能辨十二字，一何異也！（據韓國首爾中韓翻譯文獻研究所學古房影印朝鮮刻本成任《太平通載》卷六六《鬼四》引《摭遺新説》，又南宋曾慥《類説》卷三四《摭遺》）

〔一〕題據《太平通載》。

〔二〕廣州都押衙　《類説》卷三四《摭遺·獨眠孤館》作「唐州押衙」。按：《錦繡萬花谷》後集卷三九《獨眠孤館》引《摭遺》、《古今事文類聚》續集卷六《驛舍美婦》、《古今合璧事類備要》别集卷一四《見美婦人》均作「廣州押衙」。下文云「復還南海」，作「唐州」誤。

〔三〕綳　此字據《類説》、《萬花谷》、《事文類聚》、《事類備要》補。

〔四〕皇華驛　「皇」原作「黄」，據《類説》、《萬花谷》、《事文類聚》、《事類備要》改，下同。按：《新安志》卷四《休寧沿革·官廨》：「皇華驛，在縣南九十五里，舊名憩賢驛。」休寧縣今屬安徽黄山市。

〔五〕嫣　原作「焉」，《萬花谷》、《事文類聚》、《事類備要》同，疑譌，據《類説》改，下同。

〔六〕妖魄才魂　《類説》作「妖魂芳魄」。按：「魂」、「魄」不合平仄。

〔七〕小　原作「少」，據《類説》、《萬花谷》改。

〔八〕曾無一句辞　「曾」原作「終」，《類説》、《萬花谷》作「曾無一句詞」，據改。

〔九〕太　《類説》作「大」。

〔一〇〕便　《類説》、《萬花谷》作「偏」。

〔一一〕俱　原作「具」，據《類説》、《萬花谷》改。

周助〔一〕

周助，畿邑封丘人也。家居某邑下，粗有産，足以爲生。助年十七八，風采亦甚秀美。父爲助約同邑孫氏爲婦，已問名納采。一夕，孫卧病，不數日沉綿。孫告其父母曰：「我料不起矣，所不足者，不得侍助之巾櫛，雖死爲泉下恨也。」是夕，孫氏卒。權窆於城南蔬圃中。

助聞孫氏容色絶品，又知其瞑目之説，私心怏怏，思如昏醉。助與同里李生甚善，乃以情告之。李生本庸人，不識古今，但其志鋭然，敢爲者也。因爲助曰：「此易耳。今方大冬，且孫死未數日，其尸固未變，容色如旧。就往南城，開其欑破其棺觀之，已則復合柩修欑如故，何害？」助喜曰：「甚善。」乃與李生極飲。欲暮出郭，至其窆所。郭外既暮則無人，李生乃毁欑，不久見柩。李生乃令助自舉其盖，則其尸欻然起，執助衣曰：「郎真有情者也。我已化去而能見訪，夫婦之情尽矣。」乃起，與助携手而行。助初爲之鬼也，又疑其更生，復見其顏色若桃李，亦不懼。乃共踰一短垣，助脱袍藉地，與孫合，助大愜幽抱。既已，助復詢之，則不語；以手舉之，則不動。玉冷香銷，蘭衰柳困。舉其支，則春藕輕柔；視其臉，則輕紅已淡。星目瞑而不開，檀唇合而復冷。膩魄不返，嬌魂再飄，復奄然死矣。助驚呼李生，共舉其尸，復還窆所，盖棺整欑〔二〕而去。

次夕，孫氏之父夢孫氏曰：「助來見我矣，我已與助成夫婦之禮。但同來者竊我金釵耳環而去，父爲我取之。」父覺驚，未甚深信，乃遣一子視其欑，還則曰：「欑破棺毁。」亦有人竊見助遇尸之事。孫父怒，乃訟於邑廷。獄成，邑上其事於府。助以不知李生之竊釵，又以祖廕贖銅。李生則黥面鞭背，流於遠方。後助不半歲亦死。未死，中夜多聞孫、助語笑如平生。（據韓國首爾中韓翻譯文獻研究所學古房影印朝鮮刻本成任《太平通載》卷六六《鬼四》引《摭遺新説》，又《永樂大典》卷九一三《屍異》引《摭遺新説》）

〔一〕題據《太平通載》。

〔二〕欑　《永樂大典》作「殯」。按：欑、殯義同，以草木掩柩待葬。

黄遵

張師正 撰

張師正（一〇一七—？），字不疑。邢州龍岡（今河北邢臺市）人。進士試擢甲科。歷任渭州推官、太常博士、西班諸司使。仁宗嘉祐四年（一〇五九）知宜州。後由文官换武，爲儀鸞使、英州刺史，因過落刺史。嘉祐末爲荆南州鈐轄，英宗治平初（一〇六四）爲大名府鈐轄，三年爲辰州帥，十年移帥鼎州。著《倦遊録》（一作《倦遊雜録》）八卷、《志怪集》五卷及《括異志》二十卷。（據《括異志》卷二《楊省副》、卷八《高舜臣》，《東軒筆録》卷一一，《臨漢隱居詩話》，《玉壺清話》卷五，《麈史》卷下，王安石《臨川先生集》卷五五《外制》，《東坡先生詩集註》卷七《觀張師正所蓄辰砂》，《能改齋漫録》卷一八，《續資治通鑑長編》卷一九〇，《郡齋讀書志》卷一三小説類，《直齋書録解題》卷一一小説家類，《宋史·藝文志》小説類）

黄遵者，家興國軍。性踈放，頗知書，而能丹青，善傳人之形神，曲盡其妙。事母篤孝，凡得畫直，未嘗私畜，供甘旨外，悉歸於母。慶曆中，遵忽感疾而死，凡三日，心尚暖，母不敢歛。

是夕〔一〕，遵復甦，家人扶坐，問皆不語，遽索紙筆，圖一人形容。良久乃語曰〔二〕：始入一公府，見廊廡肅靜，皆垂簾。閽吏通曰：「興國軍黃遵今追到。」有吏問遵曰：「爾黃遵耶？」遵曰：「唯〔三〕。」即〔四〕前謂吏曰：「遵未嘗有過，何以見逮？」吏曰：「爾筭盡，乃至此。」遵方知身死，遂號泣拜曰：「母老，無兄弟，乞終母壽。」吏曰：「此不敢與聞。」遵拜泣〔五〕不已。吏哀其誠，乃曰：「俟〔六〕主者來，若自告之。」

移刻，兩廡吏喧然曰：「至矣。」一吏升堂軸簾，東北隅有户洞開〔七〕，朱衣吏〔八〕數人前導，見一人紫衣金帶者升堂坐，諸吏僅百人，列階下，致恭畢，分入諸〔九〕局。始見領數十人荷校者、露首者，至紫衣前，訊訖駈出。已而呼遵，問里閈姓名。遵號慟叩頭拜曰：「念母老，無兄弟，遵若死，母必餓殍，乞終母壽。」遵〔一〇〕叩階，額血濺地。紫衣顧左右，索籍視之，久乃謂曰：「汝母壽尚有十餘年，念〔一一〕爾至孝，許終母壽。」紫衣以筆注其籍，命左右速奏覆。遵拜而出，復呼之，命俯階戺〔一二〕，問曰：「汝在人間，與人傳神者，是乎？」遵曰：「愚昧無能，僅成其形耳。」又曰：「爾識我否？」遵曰：「凡目豈識神儀。」曰：「我乃人間所謂崔府君也。爾熟視吾貌，歸人間寫之。然慎勿多傳，若所傳惟肖，恐人間祭祀不常，返昏吾慮。記之，勿忘。」

自後遵在興國凡所寫者三本，正一本在於〔一三〕地藏院，二爲好事者所取〔一四〕。厥後十年，母以壽終。既葬服除，遵一日徧辭親識，因大醉數日〔一五〕而卒。前進士朱光復嘗遊興國軍，

熟知其事。(據上海商務印書館《四部叢刊續編》子部景印清瞿鏞鐵琴銅劍樓藏景宋鈔本北宋張師正《括異志》卷八)

〔一〕夕　《勸善書》卷四作「日」。
〔二〕曰　此字原無,據《四庫全書存目叢書》影印南京太史公藏明鈔本、《勸善書》補。
〔三〕唯　原譌作「准」,據明鈔本、清鈔本、《勸善書》改。
〔四〕即　此字原無,據明鈔本補。
〔五〕泣　《勸善書》作「乞」。
〔六〕俟　明鈔本作「候」。
〔七〕有户洞開　明鈔本作「有洞户開」。
〔八〕朱衣吏　「衣」字原脱,據明鈔本補。《勸善書》作「緋衣」。
〔九〕諸　《勸善書》作「法」。
〔一〇〕遵　明鈔本作「即」。
〔一一〕念　《勸善書》作「矜」。
〔一二〕命俯階戺　《勸善書》作「命立堦下」。
〔一三〕正一本在於　原作「正一畫於」,據明鈔本改。

〔一四〕取　明鈔本作「請」。

〔一五〕數日　《勸善書》作「數十日」。

《括異志》始著録於《郡齋讀書志》小説類，十卷，衢本云：「右皇朝張師正撰。師正擢甲科，得太常博士。後遊宦四十年不得志，於是推變怪之理，參見聞之異，得二百五十篇。魏泰爲之序。」《文獻通考》同，唯作《括異記》。《遂初堂書目》小説類亦作《括異記》，無撰人、卷數。《宋志》小説類書名、卷數、撰人全同《讀書志》。然《直齋書録解題》小説家類著録爲《括異志》十卷、《後志》十卷，稱「襄國張師正撰」。《説郛》卷四四《括異志》題注二十卷，則合前後志。按《讀書志》云《括異志》二百五十篇，查今本只一百三十三篇，則《讀書志》只著録前志卷數，篇數則合前後志二十卷而計之。原書有魏秦序，今本佚。

今本《括異志》最晚記事在神宗熙寧九年（一〇七六，卷一《大名監埽》），而卷二《韓侍中》稱神宗廟號，可見書成時已至哲宗朝。而據《讀書志》所叙，書成時去中進士得太常博士已四十年，中進士約在皇祐中（一〇四九—一〇五四），四十年後蓋在元祐間。又洪邁《夷堅三志甲序》（趙與時《賓退録》卷八引）云張師正《述（括）異志》等七書多歷年二十，可知本書隨時而記，積久成編。約在熙寧間動筆，到元豐中積至數萬言（《玉壺清話》），元祐中整理成編耳。

本書今存版本，常見者爲上海商務印書館《四部叢刊續編》景印鐵琴銅劍樓藏景宋鈔本，十卷，題襄國張師正纂。《續修四庫全書》第一二六四册影印此本。據清人瞿鏞《鐵琴銅劍樓藏書目録》卷一七小説類，此本原爲明正德十年（一五一五）虞山逸民俞洪鈔本（據宋建寧府麻沙鎮虞叔異宅刊本傳録），今藏於國家圖書館。該館還藏另一清鈔本，凡百三十一則，卷一較正德鈔本少二則，其餘次序相同，字句有異（見白化文、許德楠點校本《點校説明》）。《四庫全書存目叢書》子部二四五册影印南京太史公藏明鈔本，題襄國張師正纂。前有蕘圃黄丕烈識語。此本條目全同，惟卷一〇《鄭前》、《陳州女厲》，正德本在卷九末。白化文、許德楠點校本書（中華書局，一九九六），以《四部叢刊》本爲底本，參校以清鈔本與正德本朱筆校識，補《輯佚》七則。《輯佚》只據《説郛》，未備，且有誤輯。

《類説》卷二四删摘二十八條，其中《費孝先軌革》、《茅處士叱鬼》二條不見十卷本。《説郛》卷六自《類説》取四條，中亦有費孝先（按：先字譌作成）、茅處士二事。又卷四四自原書録入七條，後三條《嬰怪》、《李德裕繫幽獄》、《女子變男》不見十卷本。此本署宋張思政，名譌，題下注二十卷，所據採之本包括前後志，所多三條及《類説》多出二條當爲後志文字。《重編説郛》弓一一六收有七條，前四條全同《説郛》卷六，後三條則剌取他書以冒。

天宮院記〔一〕

舒亶　撰

舒亶（一〇四一—一一〇三），字信道。明州慈溪（今浙江寧波市西北）人。試禮部第一，調臨海尉。王安石當政，御史張商英薦之，用爲審官院主簿。遷奉禮郎，擢太子中允、提舉兩浙常平。神宗熙寧八年（一〇七五），權監察御史裏行。元豐二年（一〇七九）三月加集賢校理，七月與御史中丞李定劾蘇軾作詩譏訕時政，鑄成文字獄。三年同修起居注，改知諫院。進知侍御史雜事、知制誥，兼判國子監、司農寺。五年試給事中、權直學士院，踰月試御史中丞。六年坐罪廢斥，十餘年始復通直郎。徽宗崇寧初（一一〇二）知南康軍，改知荆南府，以邊功由直龍圖閣進待制。明年卒，年六十三，贈直學士。著《舒亶文集》一百卷、《元豐聖訓》三卷、《六朝寶訓》一部。今存《舒嬾堂詩文存》三卷、《補遺》一卷、《舒學士詞》一卷。（據《宋史》卷三二九本傳，《東都事略》卷九八，《續資治通鑑長編》卷二七〇、卷二九七、卷二九九，卷三〇二、卷三一一、卷三二五、卷三二六、卷三三九，《宋史·藝文志》）

明州士人陳生，失其名。不知何年間赴舉京師，家貧，治行後時，乃於定海求附大賈之舟，欲航海至通州而西焉。時同行十餘舟。一日正在大洋，忽遇暴風，巨浪如山，舟人〔二〕失措。俄視前後舟覆溺相繼也，獨相寄之舟人力健捷，張蓬隨風而去，欲葬魚腹者屢矣。凡東行數日，風方止，恍然〔三〕迷津，不知涯涘，蓋非常日所經行也。俄聞鐘聲舂容，指顧之際，見山川甚邇，乃急趨焉。果得浦溆，遂維矴近岸。

陳生驚悸稍定，乃登岸。前有徑路，因跬步而前，左右皆佳木薈蔚，珎禽鳴弄。行十里許，見一精舍，金碧明焕，榜曰「天宫之院」，遂瞻禮而入。長廊幽閬〔四〕，寂無諠譁。堂上一老人，據牀而坐，厖眉鶴髮，神觀清矐，方若講説。環侍左右皆白袍烏巾，約三百餘人。見客皆驚，問其行止，告以飄風之事，惻然憫之。授舘于一室，懸錦帳，乃饌客焉。器皿皆金玉，飲食精潔，蔬茹皆藥苗，極甘美，而不識名。

老人自言：「我輩皆中原人，自唐末巢寇之亂，避地至此，不知今幾甲子也。中原天子今誰氏？尚都長安否？」陳生爲言：「自李唐之後更五代，凡五十餘年，天下太〔五〕定。今皇帝趙氏，國號宋，都于汴，海内承平，兵革不用，如唐虞之世也。」老人首肎〔六〕嗟嘆之。又命二弟子相與游處，因問二人：「此何所也？老人謂〔七〕誰？」曰：「我輩號處士，非神仙，皆人也。老人唐丞相裴休也。弟子凡三等，每等一百人，皆授學於先生者。」復引登山觀覽，崎嶇而上，至於峻極，有一亭，榜曰「笑秦」，意以秦始皇遣徐福求三山神藥爲可笑也。二人遥指一峰，突兀干霄，峰頂積雪皓白，曰：「此蓬萊島也。山脚有蛟龍蟠繞，故異物畏之，莫可干犯也。」

陳生留彼久之。一日西望，浩然有歸思，口未言也。老人者微笑曰：「尔乃懷家耶？尔以夙契得践此地，豈易得也？而乃俗緣未盡，此别無復再來矣。然尔既得至此，吾當助尔舟楫，一至蓬萊，登覽勝境而後去。」遂使具舟，倏已至山下。時夜已暝，曉見日輪晃曜，傍山而出，波聲先騰沸，洶湧澎湃，聲若雷霆，赤光勃鬱，洞貫太虛。頃之天明，見重樓複閣，翬飛雲外，迨非人力之所爲。但不見有人居之，惟瑞霧葱蘢而已。同來處士云：「近世嘗〔八〕有人跡至此，群仙厭之，故超然遠引鴻濛之外矣。唯吕洞賓一歲兩來，卧聽松風耳。」

乃復至老人所，陳生求歸甚力，老人曰：「當送尔歸。」山中生人葠，甚大，多如人形。陳生欲乞數本，老人曰：「此物爲鬼神所護惜，持歸經涉海洋，恐貽禍也。山中良金美玉，皆至寶也，任尔取之。」老人再三教告，皆修心養性，爲善遠惡之事。仍云：「世人慎勿卧而語言，爲害甚大。」又云：「《楞嚴經》乃諸佛心地之本，當循習之。」陳生再拜而辭。復令人導之，登一舟，轉盼之久，已至明州海次矣。時元祐間也。比至里門，則妻子已死矣。皇皇無所之，方悔其歸。復欲求往，不可得也。遂爲人言之。後病而狂，未幾以〔九〕死，惜哉！（據上海商務印書館《四部叢刊三編》影印江安傅氏雙鑑樓藏明鈔本南宋張邦基《墨莊漫録》卷三）

〔一〕篇題自擬。

〔二〕人　此字原無，孔凡禮點校本據錢曾本、傅增湘校《稗海》本補，今從補。

〔三〕恍然　錢本作「塊然」。

〔四〕閬　《四庫全書》本作「閒」。
〔五〕太　《稗海》本、《四庫》本作「泰」。
〔六〕肎　《稗海》本、《四庫》本作「肯」。肎，古「肯」字。
〔七〕謂　《稗海》本、《四庫》本作「爲」。謂，通「爲」。
〔八〕嘗　《稗海》本、《四庫》本作「常」。常，通「嘗」。
〔九〕以　《稗海》本、《四庫》本作「而」。以，義同「而」。

按：《墨莊漫録》末云：「余在四明，見郡人有能言此事者。又聞舒信道嘗記之，甚詳。求其本不獲，乃以所聞書之。」舒亶原作已佚，四明人所言者蓋傳自舒氏，張氏據聞而記，其文非原作也。舒亶同時人鄒浩（一〇六〇—一一一一）《道鄉集》卷二《悼陳生》長詩亦歌此事，序云：「鄞川進士陳生者，失其名字。傾赴舉開封，後時，于是寄海舟經通、泰而西焉。同行十舟。一日，前舟逆遇暴風，覆溺殆盡，獨陳生所寄舟回帆轉舵，隨風以往。已而陳生乃獲遊古天宫院、蓬萊峰。浸久思歸就試，天宫人固留之，莫能奪。比歸，則妻孥之墓木且拱矣。皇皇閭里間，追惟昨者所接，始悟其風塵表也。復欲從之而不可得，遂病狂以死。唐城令建安章潛顯父語其事，故作此詩，備他日寓目云。」觀序及歌中所言，情事相同。唐城令建安章潛（字顯父）所語，蓋覩舒亶此記而爲言也。

《墨莊漫録》卷二云：「舒信道謫居四明，幾二十年。」此作當撰於謫居四明期間。按舒亶熙寧六年坐罪廢斥歸鄉，近二十年始復通直郎。《舒嬾堂詩文存》卷三《西湖記》作於元祐甲戌三月，即元祐九年（一〇九四），是年四月改元紹聖。《西湖引水記》作於十月，乃紹聖元年。時亶猶在明州故鄉。而此作時涉元祐中，故疑作於元祐至元符間。

石六山美女

歸虛子　撰

歸虛子，不詳何人，曾棲居羅漢寺。（據《夷堅三志己》卷一《秦忠印背》）

寧越靈山縣外，六山相連，故名曰石六山。巖谷奇偉，山容秀絶。舊爲墟市，居民益廣〔一〕，商旅〔二〕交會，至於成邑。郡胥寧賞，主藏於驛中〔三〕。嘗曉起〔四〕盥櫛，俄一女子至，荷�候門，徘徊羞怯，將汲井。賞凝睇久之，蓋〔五〕美色也。所著布縗〔六〕，淨〔七〕白無垢污，訝爲異物。執而訊之，對曰：「我只山下村家，喪夫半歲矣。姑舅嚴急，每天明必使負水，少遲則遭撻，不計其數，臀脊常流血，不如無生。」因汪汪泣下。賞已羨其色，又悦其語音儇利，欲加以非義，拒不肯。賞奮怒，令驛〔八〕卒縶之柱間，殊不懾怖。至曉〔九〕，始悲告求釋。賞再詰〔一〇〕之，收淚而言曰：「碧嵓之前，緑水之濱，喬木之上，白雲之間，君幸勿相苛窘，他日當自知。」賞命解縛遣之，與俱出門，倏爾不見，惟筠筒在焉。

賞料必靈山〔一一〕之精，邀朋輩好事者，挈壺酒往遊，冀有值遇，略無所睹。日將〔一二〕暮，陰雲〔一三〕四合，於林杪一白獮猴引手垂足，且往且來，擲一木葉墮前，其大如扇，書二十字於上，墨猶未乾。其詞曰：「桃花洞口開，香蕊落莓苔。佳景雖堪翫，蕭郎尚未來。」衆傳觀驚〔一四〕嘆，即隨失之。賞慮其爲妖孽〔一五〕，亟率衆奔歸，消息遂絶。

後十年，縣市一少年，狂醉繼日。因過嵓畔，逢女子，秀色奪目，留盼〔一六〕不能進步。女亦注視，含笑而迎曰：「慕君之心舊矣〔一七〕，能過我乎？」少年喜甚，便握手相從。入石室，但見瓊樓瑶砌，碧玉階梯〔一八〕，中鋪寶帳，名香芬馥，奇葩仙卉，不可殫〔一九〕述。遂留飲同寢，各各愜適〔二〇〕。居數〔二一〕日，女於席上歌曰：「洞府深沉春日長，山花無主自芬芳。憑欄寂寂看明月，欲種桃花待阮郎。」少年不思歸，女曰：「與君邂逅合歡，恨不得偕老。君之家人失君久，曉夕叫呼，尋訪於絶崦孤寂〔二二〕之墟。行且抵此，恐爲不便，君宜遽歸。」猶眷戀弗忍，不獲已而行。及家已三更，妻孥言失之兩月矣。後亦無恙。（據北京中華書局版何卓點校本南宋洪邁《夷堅三志己》卷一）

〔一〕廣 《豔異編》卷三二妖怪部一《石六山美人》作「多」。

〔二〕旅　《豔異編》作「人」。
〔三〕中　《筆記小説大觀》本（卷二一六）作「口」。
〔四〕嘗曉起　《筆記小説大觀》本作「嘗以未曉起」，《豔異編》作「以未曉起」。
〔五〕蓋　《豔異編》作「以」。
〔六〕縗　《豔異編》作「衣」。縗，喪服。
〔七〕淨　《續修四庫全書》影印上海圖書館藏影宋鈔本、《筆記小説大觀》本、《豔異編》作「潔」。
〔八〕驛　影宋鈔本、《豔異編》作「馹」。馹，驛也。
〔九〕曉　《豔異編》作「晚」。
〔一〇〕詰　影宋鈔本作「語」。
〔一一〕靈山　《豔異編》作「山靈」，當誤。
〔一二〕將　《豔異編》作「陰」。
〔一三〕陰雲　原作「雲陰」，據影宋鈔本、《豔異編》乙改。
〔一四〕驚　《豔異編》作「吁」。
〔一五〕妖孽　《豔異編》作「祟」。
〔一六〕盼　影宋鈔本作「眄」。《筆記小説大觀》本、《豔異編》作「盻」，同「盼」。
〔一七〕慕君之心舊矣　原作「慕君之能舊矣」，呂胤昌本及《筆記小説大觀》本「能」作「心」，據改。《豔異編》作「思君已舊矣」。舊，久也。

〔一八〕瓊樓瑶砌碧玉階梯　《豔異編》作「珠樓玉砌，白玉階梯」。

〔一九〕殫　《豔異編》作「具」。

〔二〇〕留飲同寢各各愜適　《豔異編》作「留卧同床，各各忻慰」。

〔二一〕數　《豔異編》作「十」。

〔二二〕寂　《豔異編》作「塚」。

按：《夷堅三志己》卷一首三篇爲《石六山美女》、《孝感寺石魚》、《秦忠印背》，《秦忠印背》末云：「有一書名曰《説異》，自序云羅漢寺僧舍歸虚子述，凡兩卷，纔十事。以其不傳於世，擇取其三。」《宋志》小説類著録《説異集》二卷，注「不知作者」，即此書也。三事俱無紀時。《秦忠印背》稱「龍州人秦忠」，考《宋史·地理志》有二龍州：一爲利州路屬州，治江油縣（今四川江油市北），政和五年（一一一五）改爲政州，紹興元年（一一三一）復爲龍州。一爲羈縻州，屬左江道，由廣南西路邕州都督府管轄，治今廣西龍州縣北。《秦忠印背》之龍州當爲利州路之龍州，乃少數民族地區。文稱龍州必是在北宋政和五年之前或南宋紹興元年之後。洪邁慶元四年（一一九八）撰《夷堅三志己》時此書不傳於世已久，頗疑書出北宋政和五年前也。

宋代傳奇集第三編卷十

嘉林居士

李獻民　撰

李獻民，字彦文。自序題麇延李獻民彦文，則開封府酸棗縣（今河南新鄉市延津縣西）人。王庭珪《盧溪文集》有《和李彦文》（卷一二）、《重陽日送李彦文之衡湘兼簡向豐之》（卷一三）、《和李彦文春雪》（卷一五）三首。《和李彦文》題注：「名獻民，嘗撰《芸齋廣録》，行于世。」中有「曾讀芸齋編廣録，固知天下有奇才」句。

張平先生，江南人也。志傲羲皇，性樂水石。嘗誅茅構舍於廬山之下，或琴或酒，時歌時詠，惟意所適，可謂逍遥之人矣。彼冠蓋車馬，當世士流，亦罕到焉。

一日，有客候之，稱嘉林居士盧甲。視其人，烏巾玄服，目圓而腰大。倨然長揖，略無卑折。平解榻與之坐，乃曰：「甲朔方人也，世以卜筮爲業，萍梗於兹，已十年矣。嘗竊慕君之高義，欲〔一〕延頸而願交者，固非一日也。此乃不避僭易之罪，以款從者。」平曰：「某逃跡山林，陸沉藪澤。春耕秋斂，足以糊口；冬裘夏葛，足以蔽身。志存物外，未嘗從顯者遊。不意足下親屈高步，以光弊廬，豈勝幸甚！」平因與論《易》。甲乃考隱推顯，原始見終，爻盡其變，象闡其幽，窮消長於剥復，辨去來於否泰，憂虞莫不極其理，悔吝莫不究其義。至於日月星辰之運，不待旋璣土圭之制，而後可知，與夫黄帝老子之書，皆造其妙。平乃忽而自失，芒乎無色，徐謂之曰：「平山野鄙人，忽聞高論，實有開發，則足下之學，固以見矣。」嘉林居士復謂平曰：「吾之所藴，無事於學，孟子所謂『良能良知』者是也。以其性中所有，故不學而能，不慮而知，此吾所以爲物之靈。」

平曰：「今朝廷廣開入仕之路，悉延百端之學。占小善者率以録，名一藝者無不庸。寸長小道，咸得自効。如公者博聞遠見，何韜光晦跡，而不求於進乎？」甲曰：「吾昔居北方之時，嘗得服氣長年之法。因避九江納錫之患，竄居民間，潛伏於老人床下，遂獲脱焉。每思事君立朝，則復懼其臣下，有如衛子之多言。故讀莊周書，見其『曳尾於塗中』之説，竊有取焉。吾不復云仕矣，將寄跡於江上編户之家，可使主人大富，唯恐其背德。又嘗蓄奇藥，凡人之聵者，治之無不痊焉。以此居世，而又厭其勞苦。近者復起江湖之興，流連之遊，固可以全身遠害，終其天年矣。」平曰：「如公之術，能知吉凶，固足以衛身，何急急於避世乎？」曰：「吾之所謂知吉凶者，蓋能知於人而未能知己，此吾所以求隱也。」

問答移時，甲乃告别，曰：「今與君幸有一日之雅也。君若有毛公之難，則必能濟君之險，以酬今日見遇之意。」平不解其旨，但謝之而已。遂相送至前溪，忽留行而不進，頃謂平曰：「吾於此住〔二〕矣，子無嗤焉。」平始訝其言，則翻然入水，化爲一大鼃，浮於溪面。平嗟異驚駭，久而方回。行數十步，反顧其鼃，猶舉首而望平，有戀故人之意。平歸舍，復省其論情敍事，無非鼃也。夫狐狸歷世之久，尚能變化爲殊色以惑人者多矣，況鼃之爲物，又靈於狐狸者哉！嘉林居士誠不謬焉。（據上海中央書店一九三六年排印本北宋李獻民《雲齋廣録》卷四《靈怪新説》，又上海古籍出版社《續修四庫全書》影印金刻本）

〔一〕欲　此字據金刻本補。

〔二〕住　金刻本作「往」。

按：《郡齋讀書志》（衢本）卷一三小説類著録《雲齋廣録》十卷，叙云：「右皇朝政和中李獻民撰。分九門，記一時奇麗雜事，鄙陋無所稽考之言爲多。」《文獻通考》同。《宋志》小説類作《雲齋新説》，當爲南宋人所改，蓋因書中各門多以「新説」立名也。今傳本主要有二：《續修四庫全書》影印金刻本，八卷，每卷皆題《新雕雲齋廣録》，後集題《新添雲齋廣録後集》。一爲民國二十五年（一九三六）上海中央書店排印本，《四庫全書存目叢書》影印此本。周由廑識語稱所據本乃越弟所得影宋鈔本。内容同金刻本無異，惟將後集編爲卷九。八卷本卷帙不合《讀書志》著録，少二卷三門，而宋人徵引亦有逸出八卷本者。後集爲《盈盈傳》及《寄盈盈歌》，乃王山作，載其《筆奩録》中，與前八卷皆爲獻民自撰不合，《讀書志》亦無後集之説，是故後集必是南宋人增益，即所謂「新添」也。金刻本後集闕半頁，且刻工粗劣，文字多有漫漶，故不及中央書店排印本佳，然文字足可校改。中華書局一九九七年出版程毅中、程有慶點校本，即以中央書店排印本爲底本，未以金刻本校改。

《類説》卷一八摘録本書十五條（題李獻民撰），次第同今本，無出八卷本之外者。然末條《蘸小歌蝶戀花》（即卷七《錢塘異夢》）末多「其弟棫」云云一節，可知其所據蓋爲十卷原刊本。《説郛》卷三宋李獻民《雲齋廣録》，自《類説》録入洪浩、丁渥二事，合爲一條。《重編説郛》弓二九、《龍威秘書》五集自《類説》選録六條。

本書佚文檢得四篇：《陵井鹽》（《錦繡萬花谷》前集卷六引《雲齋廣記》），爲天師張道陵與陰神玉女事，疑原在《神仙新説》中。《僧惠圓》（《宋朝事實類苑》卷四四引《雲齋新説》），爲開封酸棗人僧惠圓事。《風和尚》，亦見前書引。此二條所記爲僧徒逸事，疑原書有一門專記僧道。《豪俠張義傳》（《志雅堂雜鈔》卷下《書史》引），原在《靈怪新説》内。

本書自序末署「政和辛卯五月八日廩延李獻民彥文序」，乃政和元年（一一一一），此成書之時。觀序文，獻民此書有意效法前人，尤受唐人小説影響。然就體例以觀，近於劉斧《青瑣》，薈傳奇作品及名公逸事、詩人掌故於一書，間或篇末加評。

甘陵異事

李獻民 撰

供奉官宋潛，授〔一〕河北路七州巡檢，公署在甘陵。將行，有故人趙當者，久貧，求依栖於門館，訓其子弟。潛欣然相許，遂同之任。既至，廳事西偏一位閴〔二〕然，乃前政學序之所也，潛乃令趙生居之。

越三宿，生欹枕間，有一美婦人綽立燈下，纖腰一搦，顔色動人，舉手唱曰：「郎行久不歸，妾心傷亦苦。低迷羅箔風，泣背〔三〕西牕雨。」遂滅其燈，移就趙寢〔四〕。生喜其容質豔麗，乃與之偶。良久，生乃詢其所從來，則曰：「妾君之隣也。妾本東方人，不幸失身，流落至此，遂鬻身於彭城郎。妾在後房，獨承寵顧。郎少年好書，每至中夜，覽究經史，雖妻子不得在左右，惟妾侍焉。其或春宵命客，月夕邀賓，妾無不預席上。今郎觀光上國，歲久未還，寂寞一身，孤眠暗室，其誰知我！近聞君子至斯，無緣展見。適乘月暗，不免踰垣，輒造齋釁，私薦枕席，此誠多幸。願君密之，恐事露即不得來也。」天未及曉，婦人辭去，約翌日再至。達旦，生乃起，教授子弟。

至夜，生乃高燭危坐，以俟之。婦人果來，又唱曰：「一自別來音信杳〔五〕，相思瘦得肌膚小。秋夜迢迢更漏長，守盡寒燈〔六〕天未曉。」遂與生卸衣就寢。久之，斜月尚明，寒雞未唱，婦人辭去，又約再至。是夜，生亦候焉。頃之，婦人自外而入，徐行而唱云：「世間誰有相思藥？無奈薄情棄後約。有時緩步出蘭房，傍人竟笑身如削。」乃褰幃就枕，又宿生館。因泣謂生曰：「妾之爲人，性靈而心通，非愚者也。唯恐溺於恩愛，惑於情慾，終必喪身。彼〔七〕大本之樗，以臃腫而全；不才之木，以拳曲而壽，蓋其無知而不靈也。」言訖，歔欷不已。生曰：「兩意方濃，雙鴦正美，何遽言此也？願無他念，以盡今夕之歡。」婦人乃推枕相就，語笑和洽。玉漏未殘，婦人告去，乃撫生曰：「每至夜頭，郎留户以俟妾。」

及曉，生乃起。訓導諸生，言辭舛錯，衆皆疑焉。抵暮，生乃促弟子還舍，設榻以待之。婦人俄至，又唱云：「獨倚柴〔八〕扉翠黛顰，傷嗟良夜暫相親。如今且伴才郎宿，應爲才郎喪此身。」生聞之，意頗不樂，乃謂之曰：「汝何屢出不祥之語，使吾惑也？」婦人不答，乃與生就寢。更漏四鼓，婦人辭去。翌旦，生意緒恓惶，精神恍惚。諸生大怪之，乃以所疑具告於父。宋度其有濫，乃曰：「俟晚，吾必潛往觀焉。」入夜，宋乃私詣生所，映立牕外，窺見趙生挑燈排榻，若有所待。宋乃四望無人。忽於西北隅有一婦人，飄然而至，直詣燈下，唱曰：「向晚臨鸞拂黛眉，紅粧妖豔〔九〕照羅幃。不辭夜夜偷相訪，只恐傍人又得知。」婦人吹燈，復欲就寢。宋乃大呼遽入，以手抱之，覺所抱之婦人甚細，命燭視之，乃一燈檠〔一〇〕耳。尋取火，令焚之，其怪遂絶。「喪身」之説，不其驗歟？趙被大疾，越明而卒。

（據上海中央書店一九三六年排印本北宋李獻民《雲齋廣録》卷四《靈怪新説》，又上海古籍出版社《續修四庫全書》影印金刻本）

〔一〕授　金刻本作「受」，同「授」。

〔二〕闃然　原譌作「闃然」，《説文》門部：「闃，門梱也。從門臬聲。」。據金刻本改。闃，同「闃」。

〔三〕泣背　明嘉靖伯玉翁舊鈔本《類説》卷一五（天啓刊本卷一八）《雲齋廣録·趙當遇燈檠》、《古今合璧事類備要》前集卷六九《燈檠精》引《雲齋録》作「背泣」。《事類備要》外集卷五四《見一婦人》引《雲齋廣録》作「泣向」。

〔四〕移就趙寢　《類説》、《古今事文類聚》前集卷四八及續集卷一八《燈檠精》引《雲齋廣録》、《事類備要》二引、《群書類編故事》卷一一《燈檠精》引《雲齋廣録》均作「趍趙就寢」。

〔五〕音信杳　《類説》作「信音少」，舊鈔本作「信音稀」。

〔六〕燈　《類説》作「爐」。

〔七〕彼　金刻本作「退以」，疑「退」乃「彼」字之譌。

〔八〕柴　《類説》、《事文類聚》續集、《事類備要》外集作「朱」。金刻本似亦作「朱」。

〔九〕紅粧妖豔　《事文類聚》續集作「紅夭艷冶」，《事類備要》外集作「紅妖艷冶」。

〔一〇〕燈擎　《類説》、《事文類聚》及《事類備要》二引、《類編故事》俱作「燈檠」。按：燈擎即燈檠，燈架也。

西蜀異遇

李獻民　撰

宣德郎李褒，字聖與，於紹聖間調眉州丹稜縣令。下車日，布宣詔條，訪民利病。居數月，邑人大稱之。其公舍之後有花圃，圃之中築一亭，名〔一〕曰「九思」。其子達道，每進修之暇，以此爲宴息之地。達道一日獨坐於其間，忽於花陰柳影之中，聞撫掌輕謳，其音韻清婉可愛，生遂潛往觀焉。見一女子，年十四五許，緩移蓮步，微嚲香鬟，臉瑩紅蓮，眉匀翠柳，真蓬島之仙子也。生復避於亭上，沉思久之。以謂娼家也，則標韻瀟洒，態有餘妍，固非風塵之列；以謂良家也，則行無侍姬，入無來徑，亦何由而至此。疑念之際，則女子者嶷然已至於亭下。生謂之曰：「娘子誰氏之家，而獨遊於此地？」曰：「妾君之近隣也，姓宋名媛，敍行第六。適因蘭堂睡起，選勝徐行，覩麗景和風，暖煙遲日，流鶯並語，紫燕交飛，妾乃春思蕩摇，幽情拂鬱，攀花折柳，誤踰短垣，入君之圃。不爲從者在兹，豈勝羞愧！」生曰：「汝必嚴親在堂，久出而不返，寧無恇耶？」曰：「妾幼失怙恃，繼亡兄嫂，今姊妹數人，唯妾爲長。」生復詢之曰：「汝還有所適否？」媛逡巡有赧色，乃謂生曰：「妾未嘗嫁也，然則君嘗娶乎？」生應之曰：「方議姻連，而未諧佳匹。」媛乃微笑，顧謂生曰：「如妾者門閥卑微，容質鄙陋，還可以奉蘋蘩者乎？」生曰：「某孱弱之軀〔二〕，幸無見戲。」媛曰：「第恐兔絲蔓短，不能上附長松，安敢厚説君子！」生竊〔三〕自喜，遂與過亭之西，欲與之合，則曰：「寧當款曲，容妾歸舍，近晚復來於此，君無他往。」言訖而去。

生候之，坐不安席，側身以待。頃之，紅日西下〔四〕，碧雲暮合，鍾動盡□□□樓古木，而星斗燦然〔五〕。生忽聞異香馥郁，乃拭目而望焉，則媛冉冉而至矣。生起迎之，謂媛曰：「子之來此，得無貽婢僕之疑乎？」媛曰：「無畏！無畏！」乃相與攜手，入生之寢所。須臾，生備嘉肴旨酒，相與敍話，各盡所懷。至夜闌，衣卸薄羅，裀鋪市繡，芙蓉帳悄，雲雨聲低，曲盡人間之歡。及曉，媛乃辭去。自是晨隱而往，暮隱而來，宿於生之第者幾一月矣。

有日，生神疲意怠，乃隱几晝暝於齋室。忽夢一人通柬，稱「李二秀才候謁」。生出迎之門，見其人風觀極麗，舉止甚偉。生與之坐，乃曰：「某常蒙尊丈見待殊厚，無以爲報。今知君爲妖所惑，故來拯君之難。」生曰：「何謂也？」客曰：「君嘗與會遇之女子，非人類也，還欲察其狀否？」生曰：「唯。」客乃勑左右使擒來。少頃，則媛爲一力士駈至矣。玉惨花愁，蘭柔柳困，羞容寂寞，粉淚闌干。客乃叱之，則媛化爲一大狐，狼狽而去。生起謝之，客乃出一符，留於几上，曰：「君當佩之，則可絶也。然有少懇，復得浼君。某弊廬近市，湫隘囂塵，不可以居。加之人民雜蹂，榱桷隳廢。還能爲我完之，使左右肅清，則君之惠也。」生曰：「蒙君見憐，脱此患難，豈敢背德，當即圖之。」客乃告去。

生欻而夢覺，涣然汗流，危坐而思，曉然無所忘。及於几上得符，生視之，乃《易》之坤卦也。生大惶恐，遂以其所遇之事，并夢中之語，具以告父。父驚異之，乃謂生曰：「見夢於汝者，自謂李二秀才，又稱『尊丈見待』，得非吾所事灌口神君者乎？」褒遽詣其祠，觀其殿陛廊宇，悉皆頽毁，命工葺焉。生乃佩其符，而不敢暫捨。後常見媛，雖咫尺之間，卒不能相近，生亦不與之語，媛但揮涕而已。如是者旬日。

生乘閑獨步後圃，於小徑傍得花牋一幅，生覽之，乃媛所作之詞也，詞寄《蝶戀花》：「雲破蟾光穿曉户，欹枕凄凉，多少傷心處。唯有相思情最苦，檀郎咫尺千山阻。莫學飛花兼落絮，摇蕩春風，迤邐抛人去。結盡寸腸千萬縷，如今認得先辜負。」生諷咏甚久，愛其才而復思其色。方躊躇之間，忽見媛映立於垂楊之下，鮮容美服，甚於曩昔。生乃仰天而歎曰：「人之所悦者不過色也，今覩媛之色，可謂悦人也深矣，安顧其他哉！然則吾生之前、死之後，安知其不爲異類乎？媛不可捨也。」遂毁其符，而再與之合。媛且喜且愧，乃謂生曰：「妾之醜惡，君已備悉，分甘委弃，望絶攀緣。豈意君子不以鄙陋見疎，猶能終始爲念。戴天履地，恩可忘乎！」因泣數行下。生遽止之，曰：「第無見疑，吾終不負子矣。」遂相與如初，而繾綣之情，則又彌篤。

如是者閱月，生容色枯悴，肌肉瘦削。父母恐其疾不起，遂召師巫禁治。終不能制，乃閉生於密室中，則媛不得而至焉。翌日，怪變大作，有群猴數百，攀緣屋舍，百術不可止，但累累然懸於户牖之間，褒大以爲撓〔六〕。一日，褒獨坐於書室中，忽於牕隙間有人擲書一通於坐側。褒急出視之，了無形迹，乃啓其封而觀之，云：「夔州進士孔昌宗，謹栽書投獻於李公閤下。某啓：欽服高義久矣，素以不獲一覘犀角爲恨，豈勝悵然！昌宗兖聖之後裔，徙居巴川，故今爲巴川人也。家素以儒爲業，衣冠世系，紆朱搢紳者多矣。曩昔以才調自高，風韻絶人，不幸爲妖物所媚。耽惑沉溺，歲月既久，則與之俱化，同爲醜類。竊聆閤下之子亦然，久而不去，亦將與之俱化矣。昌宗與之爲伉儷者，迺宋媛之妹也。姊妹朋濟，變爲妖麗，以惑人者多矣。閤下之子，至於毁符除禁，蹈死而不悔，可不哀耶？又聞妖狐不獲所欲，爲癘現怪，沐猴纍纍。此易爲耳，可多畜鷹犬以禦之，則無患矣。足下以父子之相親，某與公人獸之殊途，哀君子之無辜，傷我生之異類，不敢不告也。狂斐惟足下裁之。」

公覽畢，驚異甚久。乃用其言，多致鷹犬以懼之，而群猴稍息。一夕，公夢人謂己曰：「我孔昌宗也。嘗爲書獻公，以泄群狐之機，群狐恚怒，乃殺我於西溪之側。且生不得齒於人倫，死不得終其正命，魂煢煢而無所歸焉。公豁達抱義，能濟人之難，周人之急，此吾所以有望於公也。某之遺骸，暴露原野，腐在草莽，公能閔而葬之，則荷德於九泉之下矣。」公許之而寤。及明，遍詣西溪，求其屍而弗得。因爲飯僧數十，持誦佛書，以追薦焉。并作文以祭之，其辭曰：「萬物盈於天地兮，莫知去來之因。謂大鈞之可度兮，曷變化之無垠〔七〕？形非可以長久兮，造物與之而棲神。周旋上下無不知兮，乃獨棲此而不去者，蓋以吾之有身。孕陰陽而更寒暑兮，是未離乎死生之津。凡物隨緣而異觀兮，然自宇宙言之，不啻乎太山之與微塵。彼動植與飛走兮，忽然化而爲人。安知人之去世兮，不爲木石之類、鳥獸之群？睠兹理之固然兮，則又何戚而何欣！痛夫君之不幸兮，百年怨結而聲吞。捨大廈之處兮，伏丘原之荒榛。志儒服而規行兮，逐醜類而馳奔。今以余爲可訴兮，故投書而慇慇。觀其言之反復兮，知君平昔之能文。悵西溪之遺骸兮，數往來而不存。苟前形爲不足愛兮，奚事覆土而爲墳？惟佛果之妙兮，可以薦君之幽魂，君慎所往兮毋失門。秋天淒兮雲昏昏，君安在昔聞不聞？」

祭訖後數日，又現怪百端，鷹犬所不能制。公知其無可奈何，因縱達道，不復檢轄，怪遂寧息。媛既復得與達道相見，歡愛益甚，乃持繒綺毛罽之屬，以謝舅姑。褒始不欲受〔八〕，復恐其怒而現怪，故不得已而留之。有日，達道母暴發心痛，幾致殞絶，徧召名醫皆不能已。媛謂達道曰：「姑之病不足爲也。子可持此藥，急以湯煮之，令進少許，則可差也。」生受其藥，發而視之，則見青木葉如錢許。生不之信而漫從之，因使其母服，不食頃而其疾立愈。一家盡驚，以爲媛通神矣。自是家屬稍稍與之親密，而無疑忌焉。

時抵暮春，生與媛同遊後圃，飲於荼蘼花下，盃盤間列，絲竹遞奏，放懷攄思，各極其歡。媛既醉，乃作詩一絶，詩云：「緑鞅盤紆成紺幄，屑玉紛紛迎面落。美人欲醉朱顔酡，青天任作劉伶幕。」生大賞其才，因戲謂媛曰：「還可對屬否？」媛曰：「請。」於時欄有芍藥，方葩而未坼，然蝴蝶團飛，已集其上矣。生乃曰：「芍藥欄邊春蝶亂。」媛應聲曰：「海棠梢外曉鶯啼。」少選，生復曰：「垂楊夾道裊青絲。」媛復應聲曰：「嫩竹出欄抽碧玉。」生愈服其敏捷而律切也。於是謳吟諧謔，終日而罷。

他時生有幹入眉州，乃與媛約曰：「我此行十日定歸，無見訝也。」生既抵州，賓朋故舊喜生之來，曲留二十日，方得返舍。媛謂生曰：「何愆期之甚也？」生曰：「朋友見留耳。」媛曰：「自君之行，閑窗晝永，芳閤無人，膏沐不施，鉛華不御。離恨之深，思君之切，因成《落花辭》一闋，用以見意。」辭寄《阮郎歸》：「東風成陣送春歸，庭花高下飛。柔條繚繞入簾幃，斑斑裝舞衣。雲鬟亂，坐偷啼，郎來何負期？人生恰似這芳菲，芳菲能幾時？」讀訖，生謝不敏焉。

時邑中有鄉先生張其性〔九〕者，就僧寺中下帷講學，後進多往從之。褒聞，乃遣生受業。媛每至夜，常潛往與生寢。其同輩悉知之，爭來一見，而媛亦不之避，皆得與語。媛性慧敏，能迎合衆意，人人自以爲媛親己，而莫肯爲先生言者，以故媛常得與生會聚于彼。會有進士楊彪者，自輦下歸，聞生之偶，遂求謁達道，因欲見媛，媛乃許之。彪因起，謂媛曰：「某自出京日，嘗致金縷花鈿，頗極工巧。山邑麄醜，念無足以稱者，欲奉左右，願得佳篇以易之。」媛欣然，乃命牋管，立成詩一首，云：「妙手裝成顏色新，東君別付一家春。勸君莫與情人戴，戴着褰簾惱殺人。」楊歎服而去。

媛後誕一子，已及晬矣。一夕，媛忽悲跪，哽咽不能語。生怪而問之，媛乃洒涕，默而不答。生再四叩之，徐謂生曰：「妾與君相遇，事非偶然。今冥數已盡，當與子別。」遂斂袂振衣而言：「古人謂女爲悦己者容，妾幸得附託君子，歡愛之私，始終無嫌，雖粉骨亡〔一〇〕身而無恨矣。昔鵲巢〔一一〕之誓，間闊雖久，仍有後會之期；錦字之詩，哀怨雖深，終有再來之意。妾與君敍別之日甚邇，相見之期無涯，離魂片飛，愁腸寸斷，常爲恨別之人，永作銜冤之物。」言訖而翠黛頻蹙，珠淚滿襟，生亦爲之涕泣。又曰：「昔孔昌宗以無稽之言，見讒於舅姑，而舅姑終不以賤妾見疑，乃得與君奉枕席。歲再暮矣，情深義重，雖人間夫婦亦所不及此。恨無以報德，豈肯賊人之命，傷人之生，使聞之者惡也？彼昌宗腐儒耳，庸詎知我耶？」又叮寧復謂生曰：「君方少年，可力學問，親師友，以榮宗族，以顯父母，則盡人子之道。願勿以妾爲意，餘冀自愛。」生曰：「後會復有相見之期乎？」媛乃援筆爲詩一絶以示生，云：「二年衾枕偶多才，此去天涯更不回。欲話他時相見處，巫山嶂外白雲堆。」敍話久之，乃各就枕。達旦，生起晨省，復歸於室，則媛與其子俱不復見矣。生不勝感恨歎息，臨風對月，每想芳容豔態，竟絶秏焉。（據上海中央書店一九三六年排印本北宋李獻民《雲齋廣録》卷五《麗情新説上》，又上海古籍出版社《續修四庫全書》影印金刻本）

〔一〕名　金刻本作「目」。

〔二〕軀　原作「駈」，同「驅」，當爲「軀」字之譌，今改。

〔三〕竊　金刻本作「切」。切，同「竊」。

〔四〕紅日西下　金刻本前有「則」字。

〔五〕燦然　金刻本作「粲然」，音義皆同。

〔六〕撓　金刻本作「橈」，音義皆同，擾亂。

〔七〕垠　金刻本作「根」。

〔八〕受　金刻本作「授」，通「受」。
〔九〕性　疑當作「姓」。
〔一〇〕亡　金刻本作「忘」，當譌。
〔一一〕鵲巢　金刻本作「鵲橋」，當譌。按：《詩經·國風·召南》有《鵲巢》，首章云：「維鵲有巢，維鳩居之。之子于歸，百兩御之。」乃嫁婦之辭。

丁生佳夢

李獻民　撰

進士丁渥〔一〕，家世揚州〔二〕。年方弱冠，賦性純厚，舉止詳雅，而又與人多至誠。元符間，肄業太學，雖佳時令節，亦嘗少出，而修爲不輟，實有志於學者也。忽一日，收家君書，令趣歸，以成婚媾之禮。生遂謁告，僦僕税馬，治裝而南。及抵侍下，父母謂生曰：「吾爲汝約里巷崔氏之女爲姻，彼亦簪纓之後，抑所謂慶門者也。」乃擇良日，刲羊刺豕，肆筵設席，備童僕車馬，迎崔氏於其家。至中夜，行姑舅之禮畢，生見其妻單帔曳霞，羅裙繡鳳，飄飄然若神仙中人。及侍妾皆散，崔欲就枕，鴛帳褰紅，鸞篦抽翠，則生心已醉矣。於是低幃眠枕，極盡歡愛，雖相如文君、弄玉蕭史〔三〕，未足以比此，真所謂佳人才子之匹也。崔氏又善於翰墨，尤工於爲詩。每臨風對月，更相酬唱，同以爲樂。其眠食坐卧，未嘗相捨，意以謂永奉合歡，終諧比翼。

有日，家君召生於庭下，謂生曰：「子可旦暮備行計，赴輦下參告。」生雖有慘色，而不敢拒。回謂其妻曰：「適家君召我，令朝暮赴太學參告，决與爾别矣，此將奈何？」崔曰：「子以少年，欲射策甲科，致身於青雲之上，則君之志也。豈可以男女之慾，重違嚴君之命，而墮其志耶？《傳》不云乎？『懷與安，實敗名。』子其行矣。妾嘗聞帝闕有花衢酒市，年少輩往往控馬攜金，秦樓縱飲，薄倖於夫婦之間者多矣。君若篤志於學，不以此爲心，時以我爲念，則雖與君别，妾亦何恨！」後數日，生遂辭親，與崔氏泣别。生謂其妻曰：「如鱗鴻有便，頻嗣好音，貴知動静，慰我翹想耳。」言訖，生乃策馬而進。

既抵太學，生以乍别，不勝索寞。及數月，思念之心不已，恨不能御風縮地，一至其家。魚沉鴈遠，杳無音耗。一日，遇上巳，車馬駢闐，士女和會。同舍皆出，生獨處黌館，轉增鬱結。及夕，乃神凝心想，就枕而寐。忽夢至〔四〕其家，見崔于燈下，方披牋搦管，爲書以寄生，其辭悽惻，其情周至。生謂之曰：「我已至矣，何用書爲？」告之數四，崔但揮淚〔五〕而不答。又於别幅見詩一絶，其詞曰：「淚濕香羅袖〔六〕，臨風不肯乾。欲憑西去鴈，寄與薄情看。」崔方緘題次，生倏然而醒，傍徨失志，展轉不瞑。生乃追憶其夢，但忘其書，惟記其詩耳。質明，乃録其詩於紙，以示同舍，具道其所以。同舍曰：「蓋以君思念之極，以至於此，非有他也。」後經旬日，生收家信并崔氏書。啓緘，詳味其旨，皆髣髴夢中所見之書也。生固已〔七〕疑之，及展別幅，有詩一絶，乃夢中所記之詩，無少差焉。生愕然大驚，以示諸友，衆莫不爲嘆息。并讀其〔八〕書月日，乃上巳之夕也。以是知生之夢，乃神往矣，何其異焉！

評曰：《易》之語神，有曰：「不疾而速，不行而至。」非若萬物滯于形體，疾而後能速，行而後有至也。故其俛仰之間，可以再撫四夷；惚恍之際，足以經緯萬方。神之妙物，有如此者。丁生一念，瞬息千里，所記短章，悉合符節。非神往焉，曷以臻此？乃知華胥之夢，化人之遊，不誣矣。（據上海中央書店一九三六年排印本北宋李獻民《雲齋廣録》卷五《麗情新説上》，又上海古籍出版社《續修四庫全書》影印金刻本）

〔一〕進士丁渥　《類説·夢妻寄詩》作「進士登渥」，舊鈔本作「進士丁登渥」，並誤。《説郛》卷三宋李獻民《雲齋廣録》不誤。

〔二〕揚州　金刻本作「楊州」。按：揚州古常作楊州。

〔三〕蕭史　「蕭」原作「簫」。按：蕭史見《列仙傳》卷上《蕭史》，以其「善吹簫」，故或誤作「簫史」。本書《華陽仙姻》作「蕭史」。今改。

〔四〕至　此字據《類説》補。《説郛》作「歸」。

〔五〕淚　金刻本作「涕」。

〔六〕袖　《説郛》作「帕」。

〔七〕已　金刻本作「以」。以，通「已」。

〔八〕其　金刻本作「爲」。

四和香

李獻民　撰

孫敏，字彦明，河朔人也。父守官於淮陽。敏住太學爲外舍生，乃於崇寧乙酉上元前一日，請告出城西，省謁一親。其親乃貴戚，而族屬甚厚，其族之長，乃生之姑丈也。既至，接坐於堂上，備肴〔一〕酒，敍話甚久。時見綺羅珠翠，交雜於堂下。往往皆妙齡秀色，生亦不敢顧視。及酒罷，生告歸，乃取道於閶闔門，因遊啓聖禪刹。過法堂之後，軒窗四敞，竹檻相對，生乃憑欄而坐。

久之，見一麗人，衣不尚彩，但淺紅淡碧而已，然而姿色殊絶，生目所未覩也。與一侍妾同行，徐止於生旁〔二〕，乃憩於坐末，數眄生微笑，與其侍妾竊竊〔三〕有語。生疑之，以爲〔四〕所謁貴戚之家耳。然不欲問其故，乃起遊別殿，徘徊周覽，復憩於前竹軒之地。少頃，其麗人又至，似相親密。適會一鬻茶者過其側，姬乃呼茶以飲生，敏不敢措辭。茶徹，遂遽起，因遊相藍〔五〕，入東塔院。方行於廊上，後有一女使呼生甚急，生回視，乃啓聖麗人之侍妾也。言：「娘子在前殿奉候，令妾邀君子敍話，幸無見疑。」生驚喜交集，隨侍妾至前殿。麗人凝立於堦下，見生乃嫣然微笑，曰：「適邂逅相遇，傾慕風采，雖不待援琴之挑，而已有竊香之志，君何避焉？」生對以「素非識面，實不謂有意於疎拙」。姬乃斂眉籌思，復謂生曰：「妾之微誠，已聞左右，然繾綣之情，未暇款曲。君可來日於崇夏寺西廂以南爲〔六〕上，尋第二院老李師，則妾在彼矣。可與君相見，願無愆期。」生曰：「敏河朔鄙人也，重辱垂顧，雖千里之遠，亦當從命，況咫尺之間，而敢愆期乎？願效尾生之信。」言訖，遂各別去。

抵暮，生歸太學，是夜心意恍惚，坐以待旦。及曉乃出齋，迤邐詣崇夏，訪老李師院，則姬之侍妾，斜倚朱扉。見生至，則含笑入報曰：「郎至矣！至矣！」姬出以迎，相見皆不勝其喜。生亦慰謝於李師。李師乃令一女童，設飲饌於小閣中。師與姬邀生於席上，視其珍品異菓，皆殊方絶域所有，與其器皿什物，迥遠塵俗。酒行數四，互相勸勉，談笑熙熙，莫不盡其樂。至中夜酒闌，姬乃促生歸寢。至其寢所，則燭摇紅彩，麝裊清煙，帳掩流蘇，衾鋪繡鳳。生意愈惑，遂相與就枕，雲情雨意，不可具道。生問其居處姓氏，但笑而不答。叩之尤切，乃曰：「君他日當自知，願無相詰。」不久，寺鐘鳴曉，姬與生同起，乃謂生曰：「君能不以菲薄見外，如欲相見，請於皇建院前賣時菓張生處，先達一信，則妾翌日至此，以俟車馬。君千萬無稀闊也。」曰：「敬聞命矣。」生乃辭去。後數日，生乃訪問皇建院前，果有張生者，遂令通耗。翌日，生至李師之院，則姬已至矣。又命生於小閤中，杯盤間列，水陸畢具，甚於前日。是夜，又同寢焉。爾後每令張生通耗，會遇於李師之院者，月内不下數四。敏累於張生處窮詰麗人姓氏，則托以他故而不言，生常以此爲不足。

一日，生在太學與同舍聚話，忽有一老僕持一小盒〔七〕子，言以遺生，用碧紗緘封，上書〔八〕「香和」二字。生不解其旨，然已知其麗人所贈也。同舍共觀，或曰：「此四和香字耳。」啓封，乃四和香也。衆以謂敏有佳約，悉皆奪去。生私竊自喜，以謂麗人姓名因可得也，乃避衆竊問其僕曰：「誰遣汝送是香至此？」曰：「崇夏寺老李師也。」他皆不知焉，則麗人居處姓氏，生又不可得而知之。

至六月間，生忽抱疾，容采〔九〕憔悴，飲食頓減。同舍趣令歸侍下，生但佯諾之，而終不成行。同舍有與生素相善者，乃寓書與生之父，具道疾狀，父乃遣僕馬召生歸。生不得已而備行計焉，乃令張生預約麗人，於水櫃街一祖宅内敍別。至期日，姬乘一小轎詣生所，生延入，飲食草略，意緒愁慘。生謂姬曰：「此者家君召我歸侍下調攝，暫當暌闊，實非所願。」姬乃躊躇，顧謂生曰：「君此行固不可抑留。如不相忘，能於中秋日復至京輦，則可得相見；如或過期，則不得與郎再會矣。千萬自愛，以副卑願。」相與泣別，久之而去。

生後到淮陽，軀〔一〇〕漸康愈。時將及中秋，恐負麗人之約，乃辭親欲赴太學參告。父母以爲敏未甚平復，故强留之，乃不遂其志，但鬱鬱而已。至重陽，父母方遣生成行。及抵都下，首詢皇建院張生處，求麗人之耗，則是年〔一一〕皇建院爲火焚，張生不知其所。敏亦未以爲怪，乃訪崇夏寺老李師，至其院，則無老李師焉。乃問其在院者，則云：「老李師非本寺中尼，税此院居半年餘，今去已二旬矣。」生錯愕失措，盤桓於昔所聚小閣中。於壁間有《留示故人》詩一絶，乃麗人所題也。詩曰：「雨滴梧桐韻轉淒，黄昏凝竚倚朱扉。相期已過中秋後，不見郎來泪濕衣。」生覽訖，驚駭無地。以此熒惑，幾及周載。後亦無他焉。

評曰：孫敏之遇，竟不知其誰氏之家，亦不知其居處何地。暨敏之歸，謂過中秋之後，無復再會。及重陽，敏方抵闕下，則張生失在，李師遽往，麗人之耗，不復聞矣，何言之驗也！然則敏之所遇，人耶？鬼耶？仙耶？此不可得而知也，豈不異哉！（據上海中央書店一九三六年排印本北宋李獻民《雲齋廣録》卷六《麗情新説下》，又上海古籍出版社《續修四庫全

書》影印金刻本）

〔一〕肴　原譌作「有」，據金刻本改。

〔二〕旁　金刻本作「傍」。傍，同「旁」。

〔三〕竊竊　金刻本作「切切」，義同。

〔四〕爲　金刻本作「謂」。謂，通「爲」。

〔五〕相藍　原作「伽藍」，據金刻本改。相藍，即開封相國寺。藍，伽藍，佛寺也。下文之東塔院，即相國寺東塔普滿塔。見《宋東京考》卷一四《寺》。《續資治通鑑長編》卷一四太祖開寶六年三月：「丙子，幸相國寺，觀新修普滿塔。」

〔六〕爲　原爲空闕，金刻本作「爲」，據補。

〔七〕盒　金刻本作「合」，即「盒」字。

〔八〕上書　金刻本下有「目」字。目，題目。

〔九〕采　金刻本作「彩」。

〔一〇〕軀　金刻本作「躰」，同「體」。

〔一一〕是年　金刻本字迹模糊，似爲「其地」。

雙桃記

李獻民　撰

太原王氏，廩延人也，小字蕭娘。年未及笄，色已冠衆。眉掃春山之翠，目裁秋水之明。香體凝酥，垂螺綰黛。雖古名姝，不足以擬其豔麗。有里巷李生者，世系頗著，不欲書其名，諱之也。生賦性不羈，丰姿茂美。氣宇擴清，辭章華麗。卓犖豪邁，非塵土中人。生嘗見蕭娘出入於門户間，固有意挑之而未敢，然私慕之情，已不自勝矣。時抵禁煙，夭桃灼灼，嫩柳盈盈，風日如芳酒之濃，郊原如錦繡之煥。寶鞍驕馬，絡繹道路，紛如也。生忽於路傍遇蕭娘，領一青衣，緩步於途。生不勝其喜，乃以微言少露其意以感之。蕭乃微笑而言曰：「遽敢爾耶？」迫於〔一〕群目所視，不暇留行，故無他語，徒目成而已。

自是之後，日夕於户牖間但相窺視，終未遂一語。然眷戀之情，魂飛神往矣。同里有一老嫗，嘗出入於蕭之館。生欲使之通慇懃，而未欲逕言〔二〕。乃召嫗與語，多問其所闕，因厚賂之，以懷其心。至於再，至於三，嫗乃謂生曰：「妾本微賤，閭巷之貧婦也。每辱郎君賙其不給，雖粉骨碎身，將何以報！如可備驅策，雖赴湯蹈火，惟君命之。」乃邀嫗於密室中，因語及悦蕭之意，使之致繾綣焉。嫗曰：「蕭賦性持重，不妄笑語，豈敢直言其事乎？俟方便間，試爲郎君以言誘之，亦不可必也。」

嫗乃辭去，遂往蕭之館。時蕭晝寢方興，雲鬟堆鴉，月眉斂黛，臨鸞無緒，若有所思。嫗適止其傍，謂蕭曰：「娘子數日來玉肌清減，得非天氣乍暖，飲食之間有愆調御乎？」蕭曰：「然，此一端耳。」因起，乃執嫗之臂曰：「爾可與有言乎？」嫗曰：「如有所託，當盡力以圖之。」蕭曰：「我前因禁煙出遊西圃，偶於路隅邂逅李生，實有意於彼。彼以數言及我，我亦以言戲之〔三〕。迫以車馬往來，不遑款語。自此心常不釋，臨風對月〔四〕，不覺失聲。其誰知我哉？今日之事，緣汝慎言人也，故我及之。」嫗曰：「知之久矣。彼李生者，亦嘗謂我言。而某以微賤，不敢具道。」蕭喜曰：「李生何言？」嫗曰：「李生自謂數日來〔五〕行止都乖，飲食俱廢，至有達旦而不瞑〔六〕者。」蕭曰：「誠如是乎？我亦如之。」乃祝嫗曰：「我舍之西，短牆可踰。後三日可令生來，我當伺於其側。少攄□花，以慰相慕之誠。幸爲我成之。如果能相遇，不敢忘德。」

嫗遂他往見生，李生曰：「事如之何？」嫗曰：「諧〔七〕矣。」生大喜，徐謂嫗曰：「所期何處？」嫗道其處。生乃潔容鮮服以俟。於時乃壬午季春之晦也。至期抵暮，街鼓聲遲，萬籟俱〔八〕息，生乃潛往蕭舍之西，逾其短垣，則蕭已至矣。於是與生入一小室中，生以手擁抱之。嬌羞融冶，喜而復驚，翠羅微解，香玉乍倚，眉黛輕顰，花心已破。生以人間天上無以易之。蕭曰：「我家君素嚴毅，不敢久留。若或見疑，則不得出矣。如再有便，當令嫗報。」乃怱怱別去。爾後寖歷歲月，情慾所使，都無避忌，所不知者父母也。

生嘗得一並〔九〕蒂雙桃，並作詩以寄之。詩曰：「可憐物態能儔匹，故念人生忍別離。爲寄佳人當愛惜，願同偕老亦如斯。」蕭得之，不勝其喜。一日，生謂蕭曰：「我欲出妻而娶爾，可乎？」蕭曰：「不可。夫男子以無故而離其妻，則有缺士行；女子以有私而奪人之夫，則實愆婦德。顯則人非之，幽則鬼責之，此非所宜言。願君自持，無復及此。」生大服其說，而前意遂已。頃之，蕭乃斂眉歎息，徐謂生曰：「我同里有劉氏者，近通媒妁〔一〇〕，欲以其子而娶我，我家君諾之矣。而阿母稍加防閑，不同曩日。又常令姊妹輩隨我，第〔一一〕恐自此後不復見郎矣，事當奈何？」言訖，不勝哽咽。生亦爲之泣下。久之，乃別去。

自後雲天杳隔，邈無見期。然音問往來，亦所不絕。有日，嫗款生，傳蕭之意，言：「近日多與姊妹輩遊戲於郎所期之地，郎若不忘疇昔之情，入夜可潛依短牆之側。萬一無人在左右，當略與郎敍契闊〔一二〕之意，使郎知我情悰也。千萬！千萬！」生乃抵暮潛至其所。蕭固知生之在側也，乃謳寓情之曲，其辭激切，其聲哀怨，若不自勝。又多歎息，以見其意，使生知其愁戚也。如是月餘，其姊妹輩未嘗少離其傍，故終不獲一語。生乃作《漁家傲》一闋以寄之，其辭曰：「庭院黄昏人悄悄，兩情暗約誰知道。咫尺蓬山難一到，明月照，潛身只得聽言笑。　特地嗟吁傳密耗，芳衷要使郎心表。此際歸來愁不少，縈懷抱，卿卿銷得人煩惱。」蕭覽之，涕淚交頤，幾至暈絶。

翌日，復令嫗以謝生曰：「妾後月當與劉氏之子成姻，迫以父母之命，不得與君子相見矣。□仰之心，痛入骨髓。花前月底，徒自感傷。郎千萬自愛，幸無以妾爲念而致憔悴也。」無何，秦晉之期至。蕭乃執嫗之手，喟然歎曰：「文君，一寡婦也。慕相如之高義，卒往奔之。遂見棄於父母，取譏於後世，爲天下笑。此我之所不能也。緑珠，一賤妾也。蒙石崇一顧，當趙王倫之亂，猶能効死於前，義不見辱，後世稱之。我縱不爲文君之奔，願效緑珠之死，以報李生遇我之厚也。」言訖，欷歔流涕，嫗遂以言解之。其鬱鬱之懷，終不可易。嫗回[一三]，具以此告生。生聞之，愈不樂，然不以謂蕭果如此也。翌日，劉氏遣其子親迎蕭於王氏之館。比至，則蕭已自縊於室中矣。

嗚呼！人之有情，至於是耶！觀其始與李生亂[一四]，而終爲李生死，其志操有所不移也。使其不遇李生，以適劉氏之子，則爲貞婦也明矣。可不尚歟！（據上海中央書店一九三六年排印本北宋李獻民《雲齋廣録》卷六《麗情新説下》，又上海古籍出版社《續修四庫全書》影印金刻本）

〔一〕於　金刻本作「以」。

〔二〕逕言　金刻本似作「勁言」，直言也。

〔三〕我亦以言戲之　原作「我亦言賦之」，據金刻本改。按：以言戲之即前文「微笑而言曰：『遽敢爾耶？』」

〔四〕臨風對月　金刻本前有「何」字。

〔五〕來　此字據金刻本補。

〔六〕瞑　原譌作「瞑」，金刻本似爲「瞑」字，據改。

〔七〕諧　金刻本作「偕」。

〔八〕俱　金刻本作「向」。

〔九〕並　金刻本作「共」。

〔一〇〕妁　原譌作「灼」，今改。

〔一一〕第　金刻本作「弟」，義同，只也。

〔一二〕契闊　金刻本作「缺闊」。

〔一三〕回　此字據金刻本補。

〔一四〕亂　金刻本作「爲亂」。

宋代傳奇集第三編卷十一

錢塘異夢

李獻民 撰

賢良司馬櫄，陝州夏臺人也。好學博藝，爲世巨儒，而飄逸之材，尤爲過人。元祐中，應方正賢良科，君以第三人過閣中第。天下之士，莫不想望其風采。君衣錦還鄉，里人迎迓，充塞道路。翌日，君乃遍詣親戚故舊，至於閭巷屠沽之輩，莫不往謝，鄉人以此知其大度。

一日〔一〕，在私第賜書閣下晝寢，乃夢一美人，翠冠珠珥〔二〕，玉佩羅裙，行步虛徐，顏色豔麗，徘徊閣下。頃謂君曰：「妾幼以姿色名冠天下，而身無所依，常以爲恨。久欲託附君子，未敢面問，餘俟他日。今輒有小詞一闋，寄《蝶戀花》〔三〕，浼黷左右，爲君謳焉。」乃命板緩歌之。唱訖，復爲君曰：「君異日受王命守官之所，乃妾之居也。當得會遇，幸無相忘。」君欲與之語，遂飄然而去。君乃欻然而覺，嗟異久之。因省其詞，唯記其半。詞曰：「妾本〔四〕錢塘江上住，花落花開〔五〕，不管流年度〔六〕。燕子銜將〔七〕春色去，紗窗幾陣黄梅雨〔八〕。」君愛其詞旨幽淒，乃續其後云：「斜插犀梳雲半吐〔九〕，檀板朱脣〔一〇〕，唱徹《黄金縷》。望斷行雲無覓處〔一一〕，夢回明月生春浦〔一二〕。」君後常以此夢爲念。

及君赴闕調官，得餘杭幕客。挐舟東下，及過錢塘，因憶曩昔夢中美人自謂「妾本錢塘江上住」，今至於此，何所問耗？君意淒惻，乃爲詞以思之，詞寄《河傳》：「銀河漾漾，正桐飛露井，寒生斗帳。芳草夢驚，人憶高唐惆悵。感離愁，甚情況！春風二月桃花浪，扁舟征棹，又過吴江上。人去雁回，千里風雲相望。倚江樓，倍悽愴。」君謳之數四，意頗不懌。是夕君寢，復夢向之美人喜謂君曰：「自别之後，睽闊千里，春風秋月，徒積悲傷。然感君不以微賤見疎，每承思念。加以新詞見憶，足認君之於妾，亦以厚矣！則妾之於君，奉箕帚，薦枕席，安可辭也！」君曰：「昔獲相遇，不暇款曲，使我愁憤。今再辱過訪，幸無遽去。願接歡愛，以慰疇昔之心。」美人微笑曰：「此來妾亦願與郎爲偶，況時當諧矣，又何避焉！」乃相將就寢，雖高唐之遇，未易比也。及曉，乃留詩爲别。詩曰：「長天書闊〔一三〕雁來盡，深院〔一四〕落花鶯更多。發策決科〔一五〕君自爾，求田問舍我如何？」君曰：「吾方以少年中第，始食王禄，將致身於公輔而後已。子何遽爲此詩，以勸吾之退也？」美人曰：「人之得失進退，壽夭貧富，莫不有命。君雖欲進，而奈命何？此非君所知。如妾與君遇，蓋亦有緣，豈偶然哉！」美人告去，君乃覺焉。

及抵餘杭，每夕無間，夢中必來。君遂與僚屬言，具道其本末。衆謂之曰：「君公署之後有蘇小〔一六〕墓。君初夢之日〔一七〕，言『幼以姿色名冠天下』，又稱『君守官之所乃妾之居』，得非是乎？」坐客或謂君曰：「此誠佳夢，吾雖願之，安可得也！」君爲之一笑。君後剏一〔一八〕畫舫，頗極工巧，每與僚屬登舫，遊於江上。罇酒之間，吟詠景物，終日而罷。常令舟卒守之。一日昏後，舟卒行於江上，復至岸側，見一少年衣緑袍，攜一美人同赴畫舫〔一九〕。卒遽往止之，則舫中火發，不可向邇。頃之，畫舫已没。卒急以報，比至公署，則君已暴亡矣。

其弟棫，字才叔，亦登第。善屬文，長於詩。《哭兄詩》有云：「一〔二〇〕舸南遊遂不歸。」乃記畫船事也。此詩之作，因夢與才仲燕語如平生，既寤，遂賦詩以寫其悲悵之意。詩曰：「誰教旅〔二一〕鴈破群飛，一舸南遊遂不歸。乍〔二二〕見音容悲且喜，不知魂夢是邪非。陟岡望遠心猶在，携幼還家意已違。泪眼重尋丘壑去，可堪猶采故山薇〔二三〕。」（據上海中央書店一九三六年排印本北宋李獻民《雲齋廣録》卷七《奇異新説》，又上海古籍出版社《續修四庫全書》影印金刻本）

〔一〕一日　原作「第一日」，「第」字當衍，今删。

〔二〕珥　原譌作「耳」，據金刻本改。珥，耳飾也。

〔三〕蝶戀花　《春渚紀聞》卷七《詩詞事略》作「黃金縷」。按：《蝶戀花》一名《黃金縷》。

〔四〕妾本　《苕溪漁隱叢話》後集卷三八《鬼詩》引《雲齋廣録》作「妾在」，《詩話總龜》後集卷四二鬼神門引《苕溪漁隱》同。北宋張耒《張右史文集》卷四七《書司馬槱事》作「家在」。

〔五〕花落花開　《漁隱叢話》、《詩話總龜》作「花開花落」，失律。《張右史文集》不誤。

〔六〕不管流年度　「不管」《漁隱叢話》、《詩話總龜》作「不記」。「流年」《張右史文集》作「年華」。

〔七〕銜將　《詩話總龜》作「卻啣」。《張右史文集》作「又將」。

〔八〕紗窗幾陣黃梅雨　《漁隱叢話》作「黃昏幾度瀟瀟雨」，《詩話總龜》「瀟瀟」作「消消」。《張右史文集》作「紗窓一陣黃昏雨」。

〔九〕斜插犀梳雲半吐　「斜插」《漁隱叢話》、《詩話總龜》作「蟬鬢」，「半」《詩話總龜》作「欲」。

〔一〇〕朱脣　《類説》節本《藕小歌蝶戀花》作「珠唇」，舊鈔本作「輕敲」。《漁隱叢話》、《詩話總龜》作「新聲」。《張右史文集》作「清歌」。《春渚紀聞》作「輕籠」。按：《春渚紀聞》以續詞出錢塘尉秦少章。

〔一一〕望斷行雲無覓處　「處」原作「趣」，據《類説》改。《漁隱叢話》全句作「酒醒夢回無處覓」，《詩話總龜》作「酒醒夢回無覓處」。《張右史文集》作「望斷雲行無去處」，《春渚紀聞》作「夢斷彩雲無覓處」。

〔一二〕夢回明月生春浦　《類説》舊鈔本「春」作「南」。《漁隱叢話》、《詩話總龜》全句作「凄涼明月生秋浦」。《春渚紀聞》作「夜涼明月生春渚」。

〔一三〕闊　《類說》作「錦」，舊鈔本作「闊」。

〔一四〕院　《類說》舊鈔本作「塢」。

〔一五〕科　原譌作「利」，據金刻本、《類說》改。揚雄《法言·學行》：「須以發策決科。」

〔一六〕蘇小　《漁隱叢話》、《詩話總龜》作「蘇小小」。

〔一七〕日　原譌作「言」，據金刻本改。

〔一八〕一　《類說》作「二」，當譌，舊鈔本作「一」。

〔一九〕攜一美人同赴畫舫　《類說》作「携二美人同升畫舫」，舊鈔本「携」作「抱」。「二」字當譌。

〔二〇〕一　《類說》原作「畫」，據舊鈔本改。下文作「一」。

〔二一〕旅　《類說》原作「作」，據舊鈔本改。

〔二二〕乍　《類說》舊鈔本作「忽」。

〔二三〕「其弟棫」至此　原闕，據《類說》補。

按：《西湖遊覽志餘》卷一六《香奩豔語》、《豔異編》卷二二《司馬才仲》、《青泥蓮花記》卷九《蘇小小》、《綠牕女史》卷六及《剪燈叢話》卷四《司馬才仲傳》（撰人妄題宋王宇）、《情史類略》卷九《司馬才仲》，大抵據《春渚紀聞》而又摻入本篇情節。以上諸書皆不出校。

玉尺記

李獻民　撰

海州舉子王生者，寓迹僧舍爲學。一夕，行吟月下。有一女子立於廊廡之間，神閑而清，色美而艷〔一〕，弱質輕盈，如不勝衣。生乃近之，略無避忌，因笑謂生曰：「須臾求謁君子。」生還舍待之。不久，女子者果至，曰：「兒良家子，居君舍之東，映竹朱門，即兒家也。每聞絃誦之聲，復窺君風采，特相慕而來，固不異東隣之子登垣矣。君其許乎？幸無見鄙。」生曰：「兒女之情，嗜慾之性，誠不可遏。然恐汝父母兄弟得而知之，則子愛我之情，反爲禍我之實矣。悔其可追，願無及亂。」女子曰：「妾不幸久違侍下，兄弟異處，獨居於此，已數年矣。今日幸接賢者，實慰蕭索。」生喜其顔色殊絶，言語敏慧，遂扃户與之寢。女子曰：「兒幼喜筆硯，經史傳記，亦所嫻〔二〕習，至於歌詩，粗能髣髴。」及曉辭去，乃留詩以贈生。詩曰：「芳姿況晦幾經秋，風響梧桐夜夜愁。惆悵平生渾似〔三〕夢，滿懷幽怨甚時休。」

自兹朝往昔來，未嘗愆期。每從容與生究古論今，吟風詠月，雖巨儒宿學，未易過也。一日，攜一白玉尺謂生曰：「此妾平昔所寶，又玉君子用以比德，持以贈君，用以見意。尺若常在，君應不我忘也。」時逼寒食，因謂生曰：「君久客於此，而佳節密邇，得無衣服製浣乎？願以見委。」生授以素縑，令作單衣之類。復云：「近節多事，不能數來。當清明前一日，攜衣奉謁。」

去三日，有客來館於隣室。生揖之，因問其所來，復有何幹。客曰：「有亡妹殯此，將展寒食奠禮。」客夜過生閑話，見生几〔四〕上玉尺，驚而問曰：「此尺君從何而得之？」生曰：「此吾家舊物耳。」客曰：「非也。此吾亡妹柩中之物，子必發吾妹之殯而竊取之。不爾，安得至此耶？」客遂欲質生於有司，以刻其情，生不獲已，具告以實。客曰：「豈有是哉？」乃率寺僧共視其殯，封識如故。客頗疑訝，遂啓殯〔五〕，發棺視之，其亡妹面色，宛然如生，惟玉尺不在，所製單衣已成。客默然，掩封設奠而去。生亦徙居他所。

蓋鬼神幻化，人所不知。夫玉尺與縑之出入，略無實迹，抑有何理也？豈不異哉！豈不異哉！（據上海中央書店一九三六年排印本北宋李獻民《雲齋廣録》卷七《奇異新説》，又上海古籍出版社《續修四庫全書》影印金刻本）

〔一〕艷　原作「清」，據金刻本改。

〔二〕嫺　金刻本作「閑」。閑，通「嫺」。

〔三〕似　原作「如」，據金刻本改。按：此處應作仄聲字。

〔四〕几　金刻本作「机」。机，通「几」。

〔五〕殯　金刻本作「殰」。殰，又作「櫕」、「攢」，不葬而以物掩棺，與「殯」義同。按：其妹未歸葬，暫殯於佛寺。

無鬼論

李獻民　撰

進士黄肅，字敬之，隴右人也。素剛介，尤悍勇，然蹉跎場屋十餘年，志無少挫。常謂人曰：「吾不第〔一〕則已，一旦使吾遇知音，必獲甲科。坐致青雲之上，以快恩讎。此大丈夫得志之秋也，吾今之貧實暫耳。」生無妻子，久寓都下，厭其塵冗，遂謀居京之西八角店〔二〕，以聚學爲業。

一日，謂其弟子曰：「孔子不語怪力亂神，吾爲正人端士，誠不敢外聖人之教，亦未嘗談此。吾將著《無鬼論》，以解天下之惑。」時抵清明，生徒皆散，生乘閑乃濡毫運思。方欲下筆，忽有一人自户而入，舉止蒼惶。生驚視之，乃一村僕耳。生問其故，僕云：「某主人有二子方幼，知先生在此，欲令從學，故遣某奉召。」生曰：「主人姓氏爲誰？」僕曰：「王大夫也。此去其居數里而已，君無憚勞焉。」生念其二子欲從己學，遂具冠帶隨僕以往。

果行數里，至一大莊，溝池環而竹木周布，場圃築於前，果園樹於後，葱葱鬱鬱，真幽勝之地也。僕乃止生於遲賓之館，曰：「俟某先入以報。」頃之，僕出曰：「大夫請見。」生入，視其人紫袍金帶，風觀甚偉。邀生就坐，生察其進退揖讓，雍容可觀。大夫曰：「某村居性懶，有倦出入，所以坐屈長者，豈勝惶懼！」生曰：「某連蹇寒儒，特辱見召，誠爲過幸。」須臾，命僕進茶，乃謂生曰：「某有二子，甚頑劣，欲遣就學，又憚其往來之遠。不罪率易，敢屈致從者於敝止，訓誨二子，不識尊意如何？所有費用，某雖貧家，當得盡力，必不致菲薄也。」生曰：「第恐學業荒蕪，才能疎略，不足以表率後來，爲人師範。如果不見棄，固所願也，敢不奉命。」大夫遂命二子出拜。生視二子皆垂髫，眉目俊爽，殆非凡類。二子復入。大夫曰：「從者可暫歸，來日甚吉，即得使人邀先生矣。」生辭出，大夫送之門。

生由前徑而還，及抵其舍，則生恍然夢覺。生曰：「吾方著《無鬼論》，而遽有此夢，何其怪也！吾以謂夢邪，則所由之徑，所覩之人，明然在目。其間揖讓之儀，論議之事，皎然在懷。彼大夫云『來日使人邀君就館』，吾試俟之，當復如何。」翌日生起，至辰巳間，生乃正色危坐以待焉。良久，其僕果至，謂生曰：「大夫請先生就館。」生熟其僕，而私自念曰：「吾方正色危坐，略不瞑目，此非夢也。」乃隨僕而前。至其所，宛然昨日所詣之地也。

生又疑爲夢，徘徊不進，瞪目回顧，野色明朗，嘉禾葱倩，曉明非夢也。僕乃促入，大夫出迎曰：「越宿無恙乎？」遂引生入廳事東偏一小室中，陳設盃皿，間列海陸，命生就席，仍出二青衣以侑酒。生顧視青衣，皆殊色也。酒行數四，生意愈惑，但默而不語。大夫曰：「先生殊不語笑，席上無歡，何以終日？」乃命青衣一捧觴，一執板，以勸生酒，生不能辭。如是者再。大夫復令青衣求生爲詩，生不獲已，遂爲詩云：「主人高義惜多才，時遣青衣勸巨盃。莫訝書生無語笑，只疑身是夢中來。」大夫見詩，笑謂生曰：「君豈不知頓悟之後，浮生之事皆夢也，又何疑也？」再命青衣連勸至數盃。

大夫徐謂生曰：「吾有一女，予素所鍾愛。今始笄矣，未有佳配。遴選雖衆，頗難其人，念無足以相稱者。竊觀足下儀容秀頴，德量淵深，學爲人師，行爲世表，真佳士也。如不鄙門閥卑微，世系寒落，使得親箕帚，侍巾櫛，則吾女可謂得夫矣。君其許乎？」生猶豫未有以應。大夫曰：「君豈非疑吾女子陋質，不堪爲配乎？」遽令二青衣扶女子者出。生瞥視之，髻鬟峨峨，星眸瀲瀲。香腮瑩膩，芙蕖綽約於秋江；體態輕盈，雛燕翔飛於曉霧。婉媚横生，嬌羞可掬，立於座間，如不勝衣。生乃神盪魂逸，幾不自持。大夫曰：「某常奇此女，欲與貴人，而未□□付。非君多才多藝，吾寧肯令女子出乎？中饋之選，必不累君矣，如之何？」生曰：「敬奉教。」青衣乃復扶女子者入。大夫顧左右曰：「可召來家時媪來，令作媒。」頃之，媪至，縞服練帨，垂白而傴，立於其前。大夫曰：「吾欲納壻，令子作媒，可乎？」媪曰：「固所願也。」乃視生曰：「此非新郎乎？」大夫曰：「然。」媪遂入室，取一絳綃香囊，悉以蟬胎爲飾，窮極精巧，笑授生曰：「請以爲定。」大夫復謂生曰：「後三日宿直甚良，可就此吉日爲禮慶之期。」因以花牋贈生詩一首，其辭曰：「怱怱席上莫相疑，百歲光陰能幾時。攜取香囊歸去後，吾家風誼亦當知。」生未悟其旨，但遜謝而已。日暮酒闌，媪曰：「新郎請歸，後至日當遣騶從迎君就槽，幸是□□。」生辭出，大夫曰：「醉中不及攀送，希無訝也。」生亦被酒。及尋舊徑歸，豁然乃省，又其夢也。

生大嗟異，而酒醬未散，香囊在懷。生□□日□始過午矣。因諷大夫詩曰：「攜取香囊歸去後，吾家風誼亦當知。」生乃歎而言曰：「吾常讀《左傳》，見晉狐突之遇申生，鄭伯有之殺帶、段，皆紀爲鬼之説。吾甚不取，以謂左氏豔而富，其失也誣，正爲此等事耳。今吾身自遇之，然後信其言爲不謬矣。」越三日，凌晨，生起盥漱，則已聞車馬喧闐，徒隸紛擾之聲。生心疑念之際，忽聞擊户之聲，生未敢應。一人大呼曰：「王大夫遣人來取新郎，請早備辦，恐日晚大夫見責。」連呼不已。生乃啓户，見僕從皆鮮衣美服，簪花□首，填塞門外，若錦繡焉。媒氏時媪前謂生曰：「時將至矣，可速行。」乃命左右控馬而前，狨鞍金勒，玉鐙繡韉，被褥華麗。生乃攝衣上馬，徒隸呵喝道路，供給之人各執其物，擁衛而前。

其去如飛，頃刻而至。

生入户，見庭宇嚴潔，陳設文綉，倡優□□，鶩列以俟。頃之，大夫命生就席，酒行樂作。至暮，一青衣出，請生□□行禮。生乃避席而起，二青衣者導引而前。至其室，則紋燭摇□，□香囊碧，珠翠縱横，羅綺充仞。生意謂人間天上，無以過也。侍兒侍母，環列於前。結縭合巹，一如世俗之禮。於是鴛帳低紅，鸞衾重繡，如紋禽比翼，玉樹連枝。加以漏永更遲，衾香枕穩，雨意雲情，不可名狀。至曉，媪促生起謝姻屬，内外更相稱慶。大夫乃留生舍於其家。生以新婚之際，情意頗密，朝遊夕宴，未嘗暫捨。

居月餘，大夫忽謂生曰：「某近承彌命，功忝汀南憲使，仍疾速起發，不敢稽留，朝暮成行。復以少事，義不得與子偕往。女子驕騃，難以留此，須當挈行。子可復歸，容吾到任，來歲清明日，遣兵卒令迓子，可乎？」生曰：「既承尊命，安敢違迕？當静居以俟。」大夫乃大會賓客，敍别于家。抵暮，賓客即散去，□□□□，妻乃命青衣復令具酒展别，愁容慘淒，芳辭愁抑。徐謂生曰：「妾以疎容陋質，幸得託附君子，終身之望足矣。今當有江□□□□□經歲，佳時令節，枕冷衾孤，何以消遣？」言訖泣下。生亦□□□□□謂生曰：「妾居常女功之暇，尤喜讀書，至於歌詩，粗能髣髴。來日遂當隔闊，離情别恨，無以攄發，因成小詩一章，用以見意。辭鄙義拙，幸无見笑也。」乃出其詩以示生。其辭曰：

「人别忽忽□□□，須知後會不爲賒。黄斑用事當青䠷，騂騎翩翩踏落花。」生覽後不勝咽哽，因各就寢。拂旦，則大夫已具車馬，令送生之家。生乃與妻訣，并辭其大夫。復至其家，又悟其夢也。

因以所遇之事，并其妻所贈之詩，以示友人何臯。臯嗟異久之，而皆莫曉其詩之意。及來歲清明，生忽暴亡。臯乃悟生妻之詩，皆隱肅死之年并其月日，無少差焉。初生之遇也，以紹聖之丁丑，及生之卒，以元符之戊寅。其詩曰「黄斑用事當青䠷」。蓋黄斑者，黄虎也。戊之色黄，寅之辰虎，則黄斑爲戊寅年也。青䠷者，青兔也。乙之色青，卯之辰兔，則青䠷爲乙卯月也。戊寅〔二〕之年二月建乙卯故也。又曰「騂騎翩翩踏落花」。騂騎者，赤馬也。丙之色赤，午之辰馬，則騂騎爲丙午日也。生以其年二月二十七日告終，其日丙午，始得清明之節。「翩翩踏落花」，則長往之意也。一何異哉！臯字唐臣，河朔人，賦性敏慧，俶儻不拘。與生友善，具道本末，故予得而書之。（據上海中央書店一九三六年排印本北宋李獻民《雲齋廣録》卷七《奇異新説》，又上海古籍出版社《續修四庫全書》影印金刻本）

〔一〕第　金刻本作「弟」，同「第」。第，科名及第。

〔二〕八角店　原譌作「入角店」。按：《唐國史補》卷中《韓弘賊張圓》：「張圓者，韓弘舊吏。初弘秉節，事無大小委之，後乃奏貶，圓多怨言。乃量移，誘至汴州，極歡而遣。次八角店，白日殺之，盡收所賂而還。」或又名八角岡，《宋東京考》卷二〇《岡》：「八角岡在城西三十里。」

〔三〕戊寅　原誤作「戊癸」，金刻本同，今據上文改。

豐山廟

李獻民　撰

書生呂煥，西蜀人也。萍梗天下，二十〔二〕年矣。一日遊滁州，過豐山，謁漢高祖廟，乃題其壁云：「野禽殫，走犬烹；敵國破，謀臣亡。蒯通之言，誠不謬矣！」是夕，生乃寢於逆旅，夢一力士謂生曰：「漢祖召子。」生辭以他事，不欲往，力士乃執生之臂。生力不能拒，因隨至廟中。

高祖負扆而坐，陛戟百重，禦衛甚嚴，叱謂生曰：「汝一書生，輒敢容易譏訕寡人。汝豈不知韓信教陳豨背漢，而信爲内應乎？豈朕以敵國之破而故誅謀臣也？汝之所題，不揣其本而輕過朕，可乎？」生大有慚色。高祖曰：「汝腐儒寡聞，吾與項羽得失，應不得而知之。」生曰：「臣雖蹇淺，漢史亦嘗涉獵。至於陛下之得，項羽之失，粗能知之。」高祖曰：「汝能陳之則生，不能即死。」生乃頓首曰：「夫鴻門之會，范增數目項羽，示以玉玦。

羽有不忍之心，增乃使項莊舞劍，意在陛下。張良知其事急，出召樊噲，因以誚羽，得與陛下間行，故得脱禍。此楚之一失也。陛下初入關，財物無所取，婦女無所幸，約法三章，以收民心。及羽入關，殺降王子嬰，燒其宫室，取其貨物美女，□君□□失望。此楚之二失也。韓信事楚，數以計干項羽，羽不用信，信乃歸漢，遂并三秦、燕、趙、齊、魏，爲信所取。此楚之三失也。項羽放逐義帝，天下怒之。後遭英布之難，陛下爲之縞素，以從民望。此楚之四失也。又陛下滎陽〔二〕之困，命垂虎口，危在旦夕。用陳平之計，以黄金四萬間楚君臣，而羽果疑之。故紀信詐以出降，以欺項羽，而陛下得出。此楚之五失也。項羽戰勝而不與人功，得地而不與人利，故人多怨〔三〕而莫從。此楚之六失也。」

高祖遽止生曰：「汝之所陳，皆項羽之失。吾之所得，卿能陳之乎？」生曰：「陛下隱約之時，則有雲氣之異，斷蛇之祥。及入關之後，五星聚於東井。此受命之符，昭然可見，則天命已歸矣。彼區區項羽，雖陸梁中原，而塗炭生靈，適足以爲陛下敺〔四〕民耳，何能爲也？則大王所得，爰俟多云。」高祖喜，遂賜生巵酒。生飲訖，而復令力士送生出門，則欻然而覺。

乃以其夢告其友人。余聞而異之，故爲好事者言。（據上海中央書店一九三六年排印本北宋李獻民《雲齋廣録》卷七《奇異新説》，又上海古籍出版社《續修四庫全書》影印金刻本）

〔一〕二十　原作「五十」，金刻本作「二十」，疑是，據改。

〔二〕滎陽　原譌作「榮陽」，據金刻本改。按：此以下所云，事見《史記》卷八《高祖本紀》。

〔三〕怨　金刻本作「恐」，當譌。

〔四〕毆　金刻本作「毆」。毆、毆皆古「驅」字。

華陽仙姻〔一〕

李獻民　撰

蕭防，字仲幾，世居南昌。本衣冠之裔，美風調，麗辭藻，博學强志。好黄老書，慕攝生理，然未之有得也。後以生事不振，投故人於新淦，舍於逆旅。旬餘，故人未遑延致。防疑其忘舊，圖歸甚速。其如匱乏，不能遽去，乃質衣以糊口。時同邸有女冠諸葛氏者，善《易》，以卜筮爲業，年未逾笄，姿色極麗。防數目逆，而未始接談。一夕，忽叩防扉曰：「竊聞公謀歸甚速，恐朝暮成行，某囊篋無他資，適有餘鏹半千，聊助道塗之費。」防喜而受之，意謂諸葛氏顧己悦而賂之也，因此感慕焉。

防翌日告别於故人，故人謂防曰：「何去之遽也？容贐從者而後首途。」乃遷防於邸傍僧舍館之。自是，與諸葛聲容無片頃不相接，凡筮卦所得，不計多寡，悉以奉防。又經旬餘，氣語甚洽。防因以他語挑之，諸葛乃正色而言曰：「某家先世，自西晉居近侍之職，至今猶有食方伯之祿。某自西吴漂泊江外，鬻薄伎取資，唯以正潔自守，豈敢輒辱門閥，爲宗族羞？與君交遊，非結朝夕之好，願無及亂，即旅身之幸也。」防曰：「前言戲之耳，非有他心，冀爲情照也。」忽一日謂防曰：「公歸有期，然故人所贈不腆，難逾五萬。」翌日賮至，果不滿五十千。防乃理棹北歸，時以故人相餞，不得與諸葛相別，深以爲恨。

防歸數月，忽夢諸葛執而言曰：「當日不得一别，迄今怏怏。願君無忘舊好，豈敢以睽阻爲恨。」防亦悽惻。因贈防詩一首，其辭曰：「常嗟前會夢中身，今夕相逢豈是真。願得君心堅舊好，年周四十復相親。」防既寤，吁悒不已。明年詔下，防預鄉薦，乃挈家之都下。是歲南宫不利，棲止侯門，以俟再戰。自此累舉不捷，蹭蹬迨三十餘年。食口嗷嗷，京師不能僑處，乃拂袖南歸，屈揚、楚之間。因循萍寄，又七八載，遂抵儀真。因遊市肆，忽逢諸葛，相見愕然。各敍間闊，遞相歔欷，不勝〔二〕悲喜。防始憶夢中之詩，有四十年復相見之語，因問曰：「子何寓此？」諸葛曰：「知君遠來，故奉迎爾。」防大異之。復問所居何在，乃指一小坊曰：「此去數十步，循牆而東，即某所居也。」防曰：「隔闊雲水，今四十年矣，願得就謁，少攄平昔之懷，可乎？」諸葛曰：「固所願也。然某適爲一士族見召，今日未暇，君來日相過，則幸矣。」乃別去。

防詰旦攜醞一壺往焉。既入小坊，皆荒榛野蔓，人迹不到之地。躊躇欲返，忽於壞垣間見一舍，敧側將仆，支以數木，懸一牌曰「諸葛氏貨易卦」，宛然新塗所攜之牌也。防乃褰衣擇步，緩抵其舍。諸葛出迎，相揖而入。防視舍中，唯有土榻，弊席破薦相覆。諸葛衣著不甚鮮華，亦無膏澤之飾，然而翠眉[三]緑髮，丹臉朱脣，光彩射人，芳香襲鼻，宛若神仙，頓異於前所見也。榻之東有茶鐺、酒榼，陶器數事而已。乃與防偶坐於榻，徐謂防曰：「僦舍傾頹，家徒四壁，寢無幃帳，爨乏樵薪，衣服苟完，鉛華不御，玆皆婺婦之所羞，甚乖[四]故人之所望。雖蒙枉駕，必悔其來矣。」防曰：「某迹同萍梗，年俯桑榆，邂逅故人，敦敍契闊，事出望外，餘何足道哉！」

防乃開醞同飲。因謂諸葛曰：「相別四十年，韶顏不謝，無異曩昔，豈非常餌丹藥乎？」諸葛曰：「吾父避永嘉之亂，隱於茅山。至天興中，有方外士教吾以默朝之道、漱嚥之方，力行有効，所以年齡雖邁，而華色不衰者以此，又安知丹藥之説乎？」防默計永嘉之年，即西晉懷帝之世，逮今淳化，已逾七百年矣，不知諸葛之甲子又幾年也。乃詰其端，但雜以他語，竟不之答。復問曰：「默朝之道何如？」諸葛曰：「去華室而樂茅廬，賤歡娱而貴寂寞，謹默沉靜，不動不摇。《南華真經》曰：『慎汝内，閑汝外。』此其理也。」「漱嚥之方何如？」曰：「仰吸五氣，漱[五]嚥入胃，自致五臟和適，顏色光華，則邪不勝正矣。《黄庭經》云：『漱嗽靈液災不干，體生光華氣香蘭。』此其理也。」防曰：「某幼爲科舉所迫，不知保身養命之術，應當骨化形消，沉爲下鬼。今聞玄旨，如剖棺布氣，生枯起朽。如能哀其沉迷，憐其淪喪，使得仰希萬一，則天地之賜，無以過矣。」諸葛曰：「某謬聞緒餘，不達奧妙，方且修爲，誠難傳□。公蕭史之遠孫也，夙注仙籍，生鍾道骨，壽當出世〔六〕，何俟於某！況君前境中自當棄俗，因故害物命，致隔一塵。」防曰：「何謂一塵？」諸葛曰：「儒謂之壯，釋謂之刦，道謂之塵。」防曰：「世傳蕭史與弄玉爲夫婦升仙，事有之乎？」諸葛曰：「有之。」防曰：「仙家夫婦何如？」諸葛曰：「不生淫心而亂其匹也。」防曰：「子安知我爲蕭史之遠孫？」諸葛曰：「凡升仙之人，各有職任，以後世子孫賢不肖第〔七〕其階品。蓋諸天皆有世系譜牒，常得其詳觀而備究之，由是而知之。」防曰：「蕭史後世之子孫，賢不肖可得聞乎？」諸葛曰：「既辱見詢，不能概舉。自歷代以來，或君或臣，或佛或老，好尚不同，可略道五七人矣。漢丞相蕭何，上爲蕭史十三代孫，下爲蕭望之八代祖。何小子延，避呂氏之禍，遯居蘭陵。由是蕭之苗裔，或居中原，或居江表。居江表者，則前梁蕭叔達，始以清淨得民，後屈一國之尊，爲寺家奴。居中原者，則後梁蕭詧，始以德望禪位，後荒於酒色，爲閹宦所廢。至唐，洛陽蕭曠，出於南齊鬱林王。始因遊蕩棄親，後隱於玉峰洞，至大和中，以辟穀升仙。鍾陵蕭洞玄，出於後梁明帝。始以一獵破家，後師事馬湘，至開成中，以煉丹得道。此四人或善於始，或善於終。若論其終始完具，則不若蕭望之。望之自少小性樂雲水，志〔八〕慕清虛，起自布衣，參佐帝室，以忠正立朝，以孝義居家。外則矜孤恤貧，扶危拯弱；内則鳴天鼓，飲玉漿，蕩華池，固金鎖。行之累年，道業成就。至元帝時，閹尹用事，奪去政權，人勸其自裁，望之飲酖自殺。當時非不能依阿取容，侍禄固寵，蓋心厭濁世，而乘釁委脱者也。比蕭何無社稷之功，亦一代之名臣也。」防曰：「望之果死否？」諸葛曰：「非真死也。道法之中有尸解，有水解，有火解，其門實多。若嵇康、郭璞之受刃，乃劍解耳。李太白投江捉月，水解也。介之推抱木甘焚，火解也。望之飲酖自殺，尸解也。至唐末，又有蕭頊登進士弟。至朱梁得天下，高祖重其器識，擢居近侍，未幾入相。經綸之才，有足稱道。後遇異人傳服氣法，棄家入少室山。頊於昭明太子爲二十八代孫，於公爲九代祖。此數人者，於仙籍人世皆有功行可録，餘無足道。然某先人仲君，與公遠祖蕭真人有金石之契，與君相遇，豈偶然哉，由冥合也，不久當自知矣。」

自開樽同飲，語論極洽。防之醖不覺告竭，諸葛曰：「某有百花醖一榼，願繼之，以盡今日之歡。」乃於榻東取醴就席，懷中出二大葉，紺潤如玉。傾酒葉中，滿□數四，其甘香不可名狀。諸葛氏之色，轉加温麗，漸覺醺酣，如花欹玉側。防之情雖不能禁，然不敢正視。酒闌徹器，顧謂防曰：「君可歸舍，兒有東隣之會，勢不得止，來日無惜再訪也。」防揖而出。行數步許反視，舍前旌幢羅列，劍佩雍容。中有一女子，頂鳳髻，衣銖衣，綽約若諸葛氏，登羽車升虛而去。仍有珍禽異獸，飛躍前後；慶雲瑞彩，輝耀方隅。羽葆漸高，没於空碧。防大驚駭，復入舍中，果不見諸葛氏矣。防不勝悵然。翌日乃行，不逾旬〔九〕，遂達南昌。防自飲百花醞之後，日覺髭髮青鬒，肌體紅潤，如三十許人，時皆疑其得道。

防次年再預鄉薦赴闕，又爲春官見黜。防頃刻無生意，忽聞有旨應咸平〔一〇〕元年兩經省下者，並令赴殿試。次日出榜曉喻，□者百餘人，防其數也。遂於牓尾登第，釋褐授許州長史。待次一年，調江寧府句容縣簿。作〔一一〕書報妻子，令赴金陵相待。未及發，乃收家信，報妻子繼踵而亡。防不勝悲悼，乃獨之任。到官後，塵緣世事，俱不介懷，唯以訪幽尋勝爲心。縣境内有三茅宮、九錫亭、白鶴觀、玉晨觀、桃花塢、瑞芝館、碧柰澗〔一二〕、白李溪，皆仙跡顯著處，防遍遊之。唯有玉晨觀乃許真君上升之地，觀中塑九天真聖、八洞神仙，殿宇崢嶸，樓閣歧嶷，頗極華麗。防遂齋戒而往。到觀中朝拜三十餘處，甚是困乏，憩於道院。

食頃，萬寧觀主召茶，仍具靴簡而往。到一齋廳，幽邃雅潔，不類凡俗。有一紫衣道士，龐眉〔一三〕巨脣，神氣超逸，相揖而坐。遽有一青童至，謂防曰：「東方大夫相召。」防問道士曰：「何人也？」道士不答。青童促曰：「此去稍遠，請速行。」防揖別而去。青童相引，出觀後門，見煙靄葱蒨，景色妍媚，與觀前甚殊。約行十餘里，至一大門，上有金書牌曰「華陽洞」。入門，又行百餘步，至一樓，名曰「排雲樓」。前東廡有瑶臺，西廡有玄圃。樓之北又至一門，名曰「蕊珠門」，內曰「蕊珠殿」，階陛崇峻，儀衛森嚴。右偏一室，名曰「明珠閣」。內有一人，紫袍金帶，屹立相竢〔一四〕，童指曰：「此東方大夫也。」防致恭而前，大夫勞之曰：「脩途之來，想亦勤動。」乃揖防就坐。觀其出入侍御，多參鸞駕鶴，頂冠佩劍。防不知其所以，乃問曰：「某塵世之人，大夫緣何相召？」大夫曰：「公豈不知漢有東方朔者乎？」防曰：「知之。」大夫曰：「某即是也。今夕爲華陽洞主董侍御有姻事，命某爲贊引者。」防曰：「某何預焉？」朔曰：「公之遠祖蕭史真人，孌晉董侍御女雙成與公爲婦〔一五〕，所以相召。」防曰：「某前妻已死，不願再娶。况某凡朽之軀，安敢奉命？」朔曰：「匹偶之事繫天，豈可辭也？」防曰：「誠如此，即乞暫還，少備羔雁幣帛之禮，復來可乎？」朔曰：「此禮過之久矣。」

頃之，有一美人擕鮮服一篋出，曰：「請蕭郎易衣。」易畢，朔引至殿西隅一室中，見供帳如貴戚家焉。俄又一美人□曰：「吉期將至，請蕭郎成禮。」朔問：「禮堂儐相者已擇定否？」曰：「定矣。」朔曰：「試爲我詳言之。」美人曰：「扶侍者雲英夫人、巫山神女，秉扇者吳綵鸞、許飛瓊，執障者明星玉女、雲華夫人，接引者梁玉清、衛承莊，姮娥結縭〔一六〕，麻姑合巹，此其大略也。」朔謂防曰：「婚姻之禮與人世不殊，請無懼也。」至中夜，有二美人，乃梁玉清、衛承莊也，夾引防而去。朔隨至蕊珠殿，謂防曰：「某只此相待。」北有一堂，名曰「雙景」，即禮堂也。堂之上下花燭相照，爛如白日。金童玉女，拖雲曳霞，各相往來，莫知其數。防入禮堂，西向而立。少頃，徹障去扇，見一女子，年可十五六，頂雙鳳髻，衣綵綃衣，天姿掩靄，儀容絶世，與防相對而立。防竊覘之，乃諸葛氏也。防驚喜交集，不敢詰其所以。梁玉清致辭曰：「華陽玉女，聖世才郎，仙凡契合，如鳳如〔一七〕凰。今夕相偶，和鳴相鏘〔一八〕。壽等〔一九〕天地，慶衍無疆。」辭畢，男女交拜。女回身之帳，男接踵而往。姮娥、麻姑擁入帳内，偶坐於床。姮娥結縭，麻姑進巹，交互三飲，乃撒巹解縭，下帳而退。樂部奏《雙合鳳曲》，仙眷亞肩而立，屏息而竢。防曰：「昔新淦、儀真之遇，何不〔二〇〕預言之？」雙成曰：「蓋以時之未至，不得與君爲偶，故託以諸葛爲氏。每得見郎，用慰思渴，而郎不知也。」

　　須臾曲罷，一美人傳聲曰：「蕭真人遣胡奴賫禮物至，玄雲錦一百段，鳳文綃五十疋，夜光珠二斛，葡萄酒百壺，以酬儐相者。」朔乃促防出，立於堂下。俄自東偏有一人冠遠遊冠，衣鶴氅衣，出坐堂上。朔唱曰：「晉董侍御，即君之妻父也。」防鞠躬致辭曰：「俗世從宦，久食腥羶，愁慾之火，燄於胸中。今者得攀仙援，脱去塵緣，百生厚幸。」乃拜之。又一人至，頂七星冠，衣紫道袍，面如瑩玉。朔唱曰：「蕭真人，乃君之七十二代祖也。」防拜之。真人目之曰：「虛薄之人，得見遠孫娶婦，實爲門第之光。」復一女子至，年可十六七，頂雲霞冠，衣金翠衣。朔唱曰：「七十二代祖母弄玉夫人也。」防拜之，夫人慰勞甚勤。餘二十人，皆辭而不肯出。朔引防至蕊珠殿，乃張筵之所也。几案罇俎，優伎□□□□煥。仙官就坐，董侍御主席，蕭真人次之，防與朔坐於東。□□□□穆王、漢武帝、大茅君、奉策使者、紫陽真人、費長房、□□□□元文、張道陵、安期生外，有十餘客，皆不記。酒行樂作，曲奏《宴瑶池》。金石絲竹之音，振動天地；沈檀龍麝之氣，紛馥庭除。群仙劇飲，言笑盡洽。又有二美人，各執樂器。防問朔曰：「此誰氏也？」朔曰：「抱緑綺琴者蔡文姬，抱雲和瑟者湘靈妃。」乃奏《鳳吟鸞》曲。

曲終，有女童〔二二〕召防曰：「雙成夫人請君暫起。」防避席，恍如夢覺，躊躇久之，已失蕊珠殿矣，但見〔二三〕深林茂草，飛禽噪集。行數里，復至玉晨觀，道衆謂防曰：「主簿何往？半月不返。」防但唯唯而已。尋歸縣署，僚屬窮叩，竟不少言。自此疎棄凡俗，無仕宦意，乃申陳乞歸大葬。幾兩月得請，促裝而去。方出境，有牧人持書遺防，啓緘，乃雙成書也，及黄金十斤。舉首，牧人已不見矣。防到里社，貨金備葬，餘鏹分惠貧親。託疾休官，逕入茅山。後幾半載，乃變服爲道士，詣玉晨觀求宿。翌日，題詩于壁，其詩曰：

「超〔二三〕俗離塵世所稀，華陽高宴衆焉知。桂宫露冷鶴歸早，琪樹風清鸞去遲。星斗夜明三尺劍，洞天秋静一枰碁。自從飛步朝元後，忘却鰲頭舊賦詩。」適會句容縣尉徐起自外至，謂防曰：「豈非舊同事蕭公乎？寧忍不相認也？」防曰：「吾亦知汝來此。」遂握手敘舊，因説得道之由。飲宴通夕，留贈徐黄金百兩、美玉五斤而去。自後無有遇防者。（據上海中央書店一九三六年排印本北宋李獻民《雲齋廣録》卷八《神仙新説》，又上海古籍出版社《續修四庫全書》影印金刻本）

〔一〕此篇原分爲《華陽仙姻上》、《華陽仙姻下》兩篇。下篇起於「防次年再預鄉薦赴闕」。

〔二〕勝　金刻本作「成」。

〔三〕翠眉　原作「眉翠」，據金刻本改。「翠眉」與下文「緑髮」、「丹臉」、「朱脣」相協。

〔四〕乖　原譌作「乘」，據金刻本改。

〔五〕漱　原作「嗽」，據上下文改。

〔六〕出世　原爲二闕字，據金刻本補。

〔七〕第　金刻本作「弟」，義同，次第。

〔八〕志　原譌作「去」，據金刻本改。

〔九〕旬　原譌作「仞」，據金刻本改。

〔一〇〕咸平　原譌作「治平」，金刻本作「咸平」。按：前云「逮今淳化」，太宗淳化中也，此言治平，英宗之時，相去七十餘年，必有誤。考《宋史·選舉一》云：「自淳化末，停貢舉五年，（按：《宋史·太宗紀二》：淳化四年三月壬子，詔權停貢舉。）真宗即位，復試，而高句麗始貢一人。……咸平三年，親試陳堯咨等八百四十人，特奏名者九百餘人，有晉天福中嘗預貢者。凡士貢于鄉而屢絀于禮部，或廷試所不録者，積前後舉數，參其年而差等之，遇親策士則別籍其名以奏，徑許附試，故曰特奏名。」蕭防被禮部黜而復赴殿試及第，必是此年之事。據金刻本改。

〔一一〕作　原譌作「竹」，據金刻本改。

〔一二〕碧柰澗　「柰」原譌作「奈」，據金刻本、《四庫全書》本《錦繡萬花谷》前集卷一八《華陽洞仙姻》引《雲堂廣記》（書名譌）改。《北京圖書館古籍珍本叢刊》影印宋刊本則譌作「奈」。《古今合璧事類備要》前集卷六〇《仙遇華陽玉女》引《雲堂廣記》亦譌作「碧奈洞」。柰，與林檎同類。

〔一三〕龐眉　金刻本作「厖眉」。義同，眉毛黑白雜色。

〔一四〕竢　原譌作「竣」，據金刻本改。下同。竢，等待。

〔一五〕孌晉董侍御女雙成與公爲婦　「孌」字原無，《錦繡萬花谷》、《事類備要》作「孌董雙成與公爲婦」，據補「孌」字。孌，意謂擇取珍貴之物，語出《世説新語·排調》之「禁孌」。

〔一六〕結縭　《錦繡萬花谷》、《事類備要》作「結髮」。

〔一七〕如　《錦繡萬花谷》、《事類備要》作「求」。

〔一八〕相鏘 《錦繡萬花谷》、《事類備要》作「鏘鏘」。

〔一九〕等 《錦繡萬花谷》、《事類備要》作「筭」，同「算」。

〔二〇〕不 原譌作「必」，據金刻本改。

〔二一〕女童 《錦繡萬花谷》、《事類備要》作「青童」。

〔二二〕但見 《錦繡萬花谷》、《事類備要》下有「左右」二字。

〔二三〕超 金刻本作「起」。

居士遇仙

李獻民 撰

南唐居士郭智，汾州平遥人也。爲人有標致，喜怒不形于色，鄉閭高之。其父嘗曰：「起家者必此子夫？」无何，有白犢之戚，居士處之自若也。其妻向氏憂之，忽夜夢神告曰：「若無憂，起家之事，將□□〔一〕自此始。」遂投以金文一帙。向發而視之，惟「僬僥兩子御史巖叟」八字而已。明日以告居士，居士莫究其旨。

會皇宋龍興，太祖、太宗削平僭亂，河東底平。朝廷以河東負隅，最後歸化，遂遷其民於河南。居士既至河南數月，忽有窶者款門，其容甚瘁。已乃箕踞而坐，曰：「與吾取水。」居士呼從者進之，寠者怒而起，曰：「飲長者水而不能親授，乃使從者進之乎？」遂不顧而去。明日復來索水，居士蹶然親起進之，寠者亦不飲而去。如是者三，居士之意愈勤，不少息也。寠者曰：「此子可教。」即探囊以藥一瓢遺之，曰：「用此藥可愈子疾。」居士拜而受之。既用之，其効若神，居士以衣一襲爲謝。明年，復具冬夏時服，他歲亦如之。

數稔，朝廷復其民，居士將有河東之行，即奉幣以別，曰：「今朝廷詔還，得奉先人之丘壠，固厚幸也。然不能擁篲以從先生爲方外之遊，斯爲不足。」寠者歎曰：「吾閲人多矣，未有如郭君之賢者。」於是始以方授之。居士尚未神其事也。後至平遥之初夕，夜未央，忽有呼居士者。居士自念曰：「吾方抵此，寧有識之者耶？」意甚疑之，蒼黄未有以應。俄見紅光如線，自外透入，須臾明照室中，秋毫可數。又見一異人頭出屋楹間，大約數斗，目圓而碧，光彩射人。居士驚且走，異人曰：「若無恐也，吾即河南之寠人爾。若尚能記汝室昔日之夢乎？即河南相會之□也。吾以宿世負子鏹三兆緡，未有以報。向所遺書，切宜寶之。」言訖，忽不見，光亦漸斂。居士因悟昔八字云：「僬僥」者小人也，小人「尒〔二〕」字；「兩子」者二人也，二人「夫」字；「御史」者直人也，直人「值」字；「巖叟」者山人也，山人「仙」字。居士自是方神其術。後有目疾者，無問遠近，咸被其賜焉。

先是，居士之祖以子孫不競，令日者筮之，遇坤䷁坤下坤上之謙䷎艮下坤上〔三〕，日者喜曰：「是殊遇之卦也。夫坤，順也，衆也；謙，致和而卑以自牧也。六爻無犯，而三爲陽，陽爲德，爲報，爲朋〔四〕，其於人也爲真仙。君之子孫，久將蕃盛，上下協睦，六世同爨乎？才及三世，將遇真仙。三者，八之牡也，逮八世亦然。君其誌之。」至居士果有河南之遇。居士曾孫壽從，兄弟七人，家百餘口，尚同釜而食，竟如日者語。

初，居士與友人冀使君樂郊居，遂卜居於平遥之東。人景慕之，相繼而居者百有餘家，遂成里第，人因號其居曰「冀郭里」，或曰「南唐」者，蓋亦由居士之號也。其使人愛慕，大率如此。余初聞此説，未甚然之，後因見居士□世孫述，復詢其事，合若符節，方知其不誣云。述字祖聖。（據上海中央書店一九三六年排印本北宋李獻民《雲齋廣録》卷八《神仙新説》，又上海古籍出版社《續修四庫全書》影印金刻本）

〔一〕□□　金刻本無此二闕字。

〔二〕尒　金刻本作「尔」，字同，即「爾」。

〔三〕坤下坤上艮下坤上　原作「坤上坤下」、「坤上艮下」，據金刻本改。按：《周易》作「坤下坤上」、「艮下坤上」，皆以下上爲序。

〔四〕朋　金刻本作「明」，當譌。按：《周易》坤卦卦辭云：「君子有攸往，先迷後得，主利西南得朋，東北喪朋，安貞吉。」彖曰：「君子攸行，先迷失道，後順得常。西南得朋，乃與類行，東北喪朋，乃終有慶。安貞之吉，應地无疆。」

宋代傳奇集第三編卷十二

孔之翰

章炳文　撰

章炳文，字叔虎。建州浦城（今屬福建南平市）人。叔祖章得象，仁宗宰相，封郇國公。父章衡，嘉祐二年（一〇五七）狀元，官至寶文閣待制。炳文徽宗崇寧二年（一一〇三）爲興化軍通判。後爲應天府（南京）虞城令。著《搜神祕覽》三卷、《壑源茶録》一卷。（據《搜神祕覽》題署及卷上《楊文公》、卷中《郇公》、《預兆》，《宋史》卷三一一《章得象傳》及卷三四七《章衡傳》，《宋史·藝文志》農家類，《大明一統志》卷二七《歸德府·名宦》，《八閩通誌》卷一九《地理志·橋梁·興化府》、卷三五《秩官志·興化府·通判》，《福建通志》卷八《橋梁·興化府》及卷二三《職官四·興化府》）

鄆州平陰孔之翰暴卒，歷日而覺。因言始有人引去，見一宫殿，朱衣王者坐其上，左右遮擁而出之。翰自省其死，恐悚戰股，口稱無罪。王曰：「召汝證對王倫耳。」之翰復曰：「時異，豈得而知？誤見追攝。」王曰：「王倫肆暴，今皆明白。惟在揚州山光寺前殺一家七人，不伏此辜。移檄會證，當處地神稱：『康秀才嘗過，嗟嘆曰：「豈無天道！豈無神明！」』死案偏撿，並無姓康者。再勘生案，主者云：『今世託蔭孔氏，在鄆州平陰。』乃卿也。」遂盛氣呼指諸吏，問倫所在。須臾，引一枷械囚人至。王指曰：「此乃康秀才也。」倫低首下氣。叱令持繫廊廡，火洋銅汁，溉灌其口，號聲苦抑，意不忍聞。

之翰徐白，以家貧親老，願得還生，以卒侍養。王曰：「汝天數未盡，今事曉然，可得脱矣。」令吏送行。出府門，見有鞠勘者，之翰問：「此何人？」曰：「胡判官。」迤邐相近，乃之翰之舅也。相見悲泣，問問家事。因相引行，曰：「地府六道，生雖熟聞，不得而見，今可一閱之。」復過一門，見牛羊犬馬之類盈滿，胡生指曰：「六畜業報，爲牛與犬爲最近於人，業緣將盡，還復人身。乃爲牛犬，此肉切不可食。嘗見世人無知，横多嗜樂。其他魚鱉猪羊之類，皆爲人食料，充口腹阻飢而已，不加非理，即罪稀矣。」又與之翰符牒一道，命二使者引視諸獄，再三戒曰：「視此符即門開，然不可久停止，速出可也。」已而見門户相次，各有守衛，人物怪變森懼。示以所持文牒，即啓關，所見髣髴，受諸苦毒。經歷十餘獄，之翰四竅忽迸鮮血，使者急以水噀之，即如故。復見一獄，陰闇廣漠，不聞音聲。問，曰：「此無間地獄。雖有文牒，不可開也，入則不復出矣。」之翰誦《金剛經》，諸守衛獄吏，皆合掌胡跪而聽。

既終秩，乃由舊路至胡判官前。言别，胡生因告曰：「天堂地獄，世人有信之者，有不信之者。信之者雖信而不明，不信者妄生端倪，其報愈重，其業愈深。汝今皆目擊之矣，當自勉勵，去惡就善。」及祝託家事，即令二人遣行。道遠疲倦。逢一河流，上有小橋，其勢危殆。之翰欲涉，二人止之曰：「不可涉，涉之即不還矣。」渡橋復行，墮井而蘇。（據上海商務印書館張元濟等輯《續古逸叢書》之三十九景印日本福井氏崇蘭館藏宋刻本北宋章炳文《搜神祕覽》卷中）

按：此書始著録於《直齋書録解題》小説家類，三卷，稱「京兆章炳文叔虎撰」。《文獻通考》小説家類、《宋志》小説類亦有著録。今存《續古逸叢書》景印本，《續修四庫全書》影印《續古逸叢書》本，此本乃南宋臨安府太廟前尹家書籍鋪刊行本。自序題京兆章炳文叔虎，作於政和癸巳，即政和三年（一一一三），此成書之時也。

宋刻本上中下三卷，共七十六條，猶爲完帙。《説郛》卷三三自原書節録段化、費孝先二事，署章炳文，注「字叔虎，京兆人」，但題下注二卷，誤。《説郛》本後爲《重編説郛》（弓一一九）、《龍威秘書》、《叢書集成初編》收入。

方技

章炳文 撰

皇甫道人言：昔長安有黄翁者，家粗贍足。自持藥術東走京師，流離歲月，蕩掃幾盡，復還故里。夫婦攜持，不勝其勞。道傍有一貧人，倚樹而坐，似欲售者。翁曰：「爲我負檐數舍，即當報汝。」是人唯之，乃與俱行。晚泊抵店，勤渠整辦，甚確法度。翁極喜之，乃售。至長安，因而留焉，日使從攜藥囊，幾一二歲。

翁家計貧窘，夫婦悲歎曰：「槖中所留無幾，盡此，闔門皆爲餓莩。」其僕側聆之，前進曰：「主人憂中若是，所須幾何？」翁曰：「得五百千足矣。」僕言：「此亦不多，當爲主人求之。」翁曰：「爾安得也？」僕言：「某無他能，有小術可以致之。願於市廛中僦一棚欄，市好紙二千，筆硯、剪刀、瓦缶、蒻芟各一。」乃爲置之。

明辰，與主翁婦俱往，坐棚欄中，僕但以刀裂割紙幅。日將午〔二〕，寂無觀者，一二浮薄輩而來嗤之。僕乃剪一紙人，以氣吹行，且戒之曰：「爾於州首招提中上刹竿坐。」紙人即騰空而往，高入丈尺間耳。嗤者隨去，果如其言，莫不驚駭。須臾人環合，肩摩足踵。僕復剪一紙人，又戒之曰：「爾往刹竿上，叫前去者同來。」再以氣吹行，空中冉冉而進。人復隨之，果二紙人相繫而回。僕悉疊紙數百重，持筆謂稠人曰：「今書一符在紙面，使皆津透。來年長安疾疫，此符即能却除之。每道當丐五十金，不然幸勿顧也。」洎符就，所言無復妄爲。主翁婦應接，左右不暇給。僕乃告曰：「已五百千矣。」遂以氣嘘草，而草生火，光焰相燭。以瓦缶覆其首，入坐於火中，乃不知所在。來年長安果疫，惟有是符者免

焉。（據上海商務印書館張元濟等輯《續古逸叢書》之三十九景印日本福井氏崇蘭館藏宋刻本北宋章炳文《搜神祕覽》卷中）

〔一〕午　原作「千」，疑爲「午」字之形譌，今改。

神怪

章炳文　撰

建州浦城夏氏者，天禧中，其家嘗爲鬼物所擾，已至炮爨飲食幾可供羞，忽致穢壤於甑釜中。夜則羅列器用什物，盈廊廡之下。嘗群居語笑，與人相應荅，無所忌憚，遂密徙居以避焉。不數日，忽空中撫掌群笑曰：「徧尋汝等，乃只在此。」復肆恠變。楊國輔者，夏氏姑之夫也。每來訊問，群鬼相謂曰：「福人來矣。」悉皆遁去，少獲安息，及國輔去，則復至。凡衣冠器用忘所寘，鬼則曰：「在某處。」如其言而獲。夏氏一子七歲，一日不見，鬼又曰：「某處。」果在焉，然爲之剖腹而死矣。聞松溪縣師巫即善祛邪怪，乃招致之。巫將及境，聞其鬼相告曰：「惡人來矣！」皆有悲愁浩歎之聲。巫既至，周視其家，指新造倉廩曰：「禍生於此。」遽命工具援啓倉之基，探土得一古石塚，一棺槨已糜廢，惟四維有木俑數十人，彩繪若新。焚之乃絶。

朝散趙君奭，監在京都商税院。所居宅之西位素凶怪，人不敢寓處。設釋老星耀像，以爲供事之所。一日，飯僧薦佛事。夜漏半，諸孩童見其陳設綺麗，皆奔競嬉。有頃，盡馳走，曰：「帟幕下有一大毛脚出焉。」君奭聞之，審知其真，即趍入，果有之。乃以手束勒，呼諸兒取刀。左右驚惕，悉不敢近。須臾，毛脚漸小而亡矣。

王湛閤使指使王仲元，以過逐還蘄州蘄水縣。家極貧窘，因求居第。或人謂之曰：「我有一宅，亦不求僦資，能居即自便居耳。」仲元不達其意，人曰：「此第素凶故也。」仲元不然是説，晚即獨秉燭仗刀坐於庭中，大罵曰：「鬼何有哉？安能近人！」夜半，四圍若衆屋顛仆。仲元又曰：「我知其無能爲也。」即秉燭仗刀而起，入堂奥中。門欲開，忽有物自手掣取燭，而燭繼滅。仲元懼，刀墜地，奔走而出。至廳門，昏黑未能啓關，聞自後有物擊門，聲喧大，愈戰慄。得出，呼人共視之，乃墜地之刀也，入木數寸許矣。

衢州開化縣程郎中宅，欲講姻親之好，呼匠者爲花。夜嘗有小女童，年十七八許，問匠者求之，經數日皆然。匠者内懼，疑其有他意，翌旦即告焉。程公怒，詢其家人，未嘗有也。或者曰：「昔年有一女童，縊亡於外閤中，疑此是也。」程公出，以報匠者知之。是夜復至，匠者詢之曰：「爾非郎中宅左右，乃是外閤所自縊鬼耳，數來此，何有哉？」女童即驚惕張口吐舌，舌大若盤。其人嚂呼，遂滅。（據上海商務印書館張元濟等輯《續古逸叢書》之三十九景印日本福井氏崇蘭館藏宋刻本北宋章炳文《搜神祕覽》卷下）

楊柔姬

章炳文 撰

予自真定還都下，道由邯鄲，因得柔姬所題壁曰：「妾家圃田世族豪貴，門舘幽邃，竟日閴然。時與伴侣有追隨調笑之懽，不知寒暑之催人。年始及笄，閑情漸生，遂託身於良人，因此遠適真定。離親去國之意，悵戀不已。而鎮陽風景，酷似吾鄉，有佳花幽圃，可以行樂於春時；有脩竹小洞，可以迎凉於朱夏。魚稻果實，與夫醪酒之美，又足以供膳飲之具，而資燕笑之娱。不幸居未半紀，而良人傾亡。家宗無親，身將安託？由是飄然南歸，每臨當時留食寓宵之地，逝而復甦者數矣。鄉關千里，欲到未能，上無以副父母之望，中不得盡良人之情。哀哀此心，非可述矣。反視三鄉佛寺所題，此有甚於彼矣。因以拙句書之，亦不欲直見名氏，隱語以道焉。箕子狂，寬夫性，腹長空，麟之定。詩曰：憶昔鬟初合，離家千里征。鳳鞋金鐙穩，羅袖玉鞭輕。月下並肩語，花間把手行。歡娱將半紀，恩愛卜平生。豈謂中途誤，飜爲一夢驚。撫心嗟薄命，飲淚想當情。疋馬溪邊影，哀鴻枕上聲。重經舊遊處，幽恨寫難成。」

杜儼仲觀爲之作歌曰：「君不見叢臺驛，圃田柔姬自題壁。柔姬姓楊族緒豪，朱碧輝空門舘闐。春風女伴戲青樓，窈窕文章語笑柔。雲鬟初攏釵梁重，脉脉蘭心春思動。一朝選配少年郎，粉質飄流入鎮陽。鎮陽巖巖甲第好，風景髣髴同吾鄉。三春桃李照亭榭，六月竹洞薰風涼。四時佳景供清賞，翡翠屏風鴛枕兩。酒闌拂鏡匀挑花，良霄爉燭燒紅紗。紅紗熒熒夜復曉，五歲歌吹時節少。良人一旦捐仙居，羅幌無光愁悄悄。寶鑑同心不忍看，回看前歡仙夢杳。良人之家無宗戚，千里鄉城獨南適。與郎曾宿此傳舍，門掩回廊宛如昔。竝肩行處長莓苔，井上梧桐空自碧。無言看月立空堦，鏤金霑露鴛鴦鞋。鉛華不御見天質，珠淚淹浥芙蓉腮。一身有違父母託，九泉無路追多才。君不見三鄉寺，昔時弄玉甞題字。今日柔姬歸故鄉，悲愁更過當時事。婦人無非亦無儀，賦筆雖留隱名氏。卒章飲恨令人哀，吟誦拂拂悲風來。想君題時翠眉促，彤管纖纖指如玉。行雲往矣無復尋，寂寂洞天三十六。噫嘘！楊柔姬，未亡人，何用歸。多情既如此，有色將安施？儻能節死同邃穴，猶勝風月長相思。」（據上海商務印書館張元濟等輯《續古逸叢書》之三十九景印日本福井氏崇蘭館藏宋刻本北宋章炳文《搜神祕覽》卷下）

月禪師

章炳文 撰

信州白華巖，法號寶月字淨空禪師，幼年樂浮圖氏，即有見解，因而出家，隱於白華巖之絕頂，脩持戒行，幾二十餘載。夜常講解經論，則有虎豹山魈異類，俛仰而聽。過有賓客，則遣去，率以爲常。信州刺史以祥符之名刹不治也，深患之，皆以謂非淨空不可。四衆堅懇，道路携持，以至童稚，悉叩禮俯伏曰：「願師以大慈心，俯從衆請，廣度生齒之緣。」師度勢不可屈，遂乃下山。席未及暖，人所施之資，已至數百萬。開堂之次，有僧問曰：「釋迦出世，黄金布地。今師出世，有何祥瑞？」師應曰：「老僧出世，靈龜自至。」果於座前得一緑毛金線龜。易歲月，一寺悉皆完葺，殿閣廊廡，光耀相射。師曰：「刺史所命者，興此寺耳，我將復還山矣。」一日晚，即不知所在。

衆共訪迹，至貴溪縣仙巖，鄉民相語曰：「和尚數日前執一香爐，步履險阻，冉冉而上，疾若風雨。」衆皆發大善心，竭力開徑，斧斤運風，聲振山谷。迴環曲折，峭壁深扃，湍溪注流，幾十餘里，始達絕頂。師方瞑目晏坐，如如不動。相與興建庵宇，始遂衆請而居焉。朝廷常遣使者召之，辭以老病，終不下山，亦遂其性也。

王僕射安石亦常遣人，請歸金陵之蔣山，其書曰：「祈嚮妙法，不爲不久，以塵牢自障，道力甚少。神耀觀之，無所不知，輒求志言，以自救藥。自昔有道者，不以幽閑獨處爲樂，而以忘疲利他爲行。師能無北遊人間，廣度衆生之緣乎？今令曾道人去，望早下山。」師但以偈荅之而已。

師嘗好食餈與山芋，日一齋粥，不置侍者，惟自庖爨。一日，有人獻餈，甚欽謹。師以杖叩脛，終不受，曰：「汝生佛不養，何必供我？」其人泣曰：「某始造此，母不知，將欲食，某止之曰：『欲來獻耳。』」凡事先達，大率如此，不可具載。

山之前後三二十里，無有殺生者，强竊盜賊，莫不易心從善，悔過自新。常有一盜，性本頑惡，人素畏懾，慕望風聲，而來禮謁。師延之座，語以冤債未償。盜因發大願，盡以力産建寺，削髪從師。師曰：「汝當以此生畢還冤對，雖彌勒内院亦不可避，來世當度脱爾。努力善道，報無迷誤。」盜號泣而出，行至山半，倚松而逝。師升座鳴鍾，謂大衆曰：「某盜今在山下託世。」既踰歲月，其家乃請歸于師，以備侍奉，形肖無二焉。

李無咎秀才，自京師慕師高名，弃儒從釋，徒步而來。王待制雱有詩送之曰：「白華巖下水幢幢，萬壑千林一草堂。已脱衣冠辭苦海，好將香火事空王。聞君已悞如來教，嗟我由隨世路忙。還聽夜猿相憶否？古摯明月照經窗。」又曰：「白華巖主是金僊，假作山僧學坐禪。珍重此行吾不及，爲傳消息結因緣。」

人多繪師形像，必求師自讚。凡千餘首，皆無重意，句語朴混，不可企及。師正慧眼通他心，目若耀睛，齒如編貝，髮常紺色，細軟如濛。每行住坐卧，有五色舍利在仙巖。又幾三十餘年，後歸建州浦城縣南峰禪院之祥雲庵。復六七載，一夕沐浴，據繩床端然而座，因留頌曰：「吾以不動爲動尊，利與人間識妙玄。我此定成真如處，天龍恭敬至光新。」享年九十有九。其餘偈頌之類，信州自有文集，此更不録。（據上海商務印書館張元濟等輯《續古逸叢書》之三十九景印日本福井氏崇蘭館藏宋刻本北宋章炳文《搜神祕覽》卷下）

異夢記

穆度 撰

穆度，字次裴。青州（今屬山東）人。政和四年（一一一四）爲潁州沈丘主簿。（據本篇）

穆度，字次裴，青州人。政和四年，爲潁州〔一〕沈丘主簿，赴同官宴集。及雞臛至，不下筯。揖之再三，但拱手而已。問其故，曰：「度平生好鬬雞。一雞既勝矣，復使再與他雞鬬而敗。度甚怒，盡拔其腹背毛羽。雞哀鳴宛轉，一夕死。未幾，夢爲二皂衣追去。行無人之境，遇冠〔二〕金冠七道人，皂衣黑帶〔三〕，拱立於側，執禮絶恭。度意其神也，趨揖致禱。

其一人曰：『汝生於酉，雞爲相屬，何得〔四〕殘暴如是？今訴於陰司，決不可免。』度懼甚，乞放還人世〔五〕，當設醮六十分位〔六〕，以謝過，仍資薦雞託生。道人敕二吏釋之，遂寤。因循憚費，經歲未償。復夢二童來攝，迫趣急行。到官府，七金冠者列位，責亦如前所言。度俯伏請命，乞至本家，增脩百二十分。蒙見許，且戒以宣科之際，勿燒降真香，蓋吾輩私營救汝耳。俄頃得回。度不寐待旦，亟延道流，誠慤還賽。自是之後，不復敢食雞，舉家亦因斷此味，今十餘年矣。』諸客爲之悚然。穆作《異夢記》，具述所睹。七道人者，實北斗七星靈化，穆氏素所嚴事，故委曲救護至此。（據北京中華書局版何卓點校本南宋洪邁《夷堅支癸》卷二《穆次裴鬬雞》）

〔一〕潁州　《勸善書》卷一二作「潁水」。按：潁水流經潁州。
〔二〕冠　《續修四庫全書》影印上海圖書館藏影宋鈔本、《勸善書》作「戴」。
〔三〕黑帶　影宋鈔本作「舍度」，《勸善書》作「捨度」。舍，同「捨」。
〔四〕何得　影宋鈔本作「何得爲」。
〔五〕人世　影宋鈔本無「人」字。
〔六〕位　影宋鈔本無此字。《勸善書》有。

按：此爲節文，且開頭結尾俱爲洪邁叙述語，今悉照録。此記作於政和四年（一一一四）或稍後。

張文規傳〔一〕

吴可撰

吴可，臨川（今江西撫州市）人。哲宗元祐六年（一〇九一）馬涓榜進士。（據《撫州府志》卷四二《選舉志》）

張文規，字正夫，高安〔二〕人。以特奏名入官，再調英州司理參軍。真陽縣民張五〔三〕數輩盜牛，里人胡達、朱圭〔四〕、張運、張周孫〔五〕等，率保伍追捕之。群盜散走，獨張五拒抗不去，達殺之而取其貲。盜不得志，反〔六〕以被刦告于縣。縣令吴邈欲邀功，盡取達、圭以下十二人送獄〔七〕，劾以〔八〕强盜殺人，鍛鍊備至，皆自誣服。圭、運二人瘐死〔九〕。既上府，事下司理院〔一〇〕。文規察囚辭色，疑不實，一問得其情，又獲盜牛黨以證，獄具。胡達以手殺人杖脊〔一一〕，餘人但等第杖臀而已，圭、運乃無罪。時元祐七年也。邈計不行，恚忿歸番禺，嘔血死。文規雪冤獄，活十人，當得京秩。郡守方希覺以其老生〔一二〕無援，不爲剡奏〔一三〕，但用舉者遷臨川丞〔一四〕，紹聖四年之官。

明年夏四月癸卯，以驗屍感疾，遂困，勺飲〔一五〕不入口者一月，昏不知人〔一六〕，四體皆冷，喘息不屬，醫以爲必死〔一七〕，家人環泣待盡。越五月辛未，忽微作聲，索水飲，身漸能動，大言曰：「速差人般〔一八〕取船上行李。」家人以爲狂〔一九〕。至夜半，神氣始定，乃言：「方〔二〇〕病在牀，聞一人呼云：『英州下文字。』即出視之，有公吏三四輩曰：『攝官人照證事〔二一〕。』吾甚恐，不知其由〔二二〕，告以病篤乏力不能行，又無公服。吏曰：『彼中自有公服。已具舟岸下矣。』不得已與俱往登舟〔二三〕，頃刻間至英。入城〔二四〕，視井邑〔二五〕人物，歷歷如舊，唯市中酒樓不見，問左右，曰〔二六〕：『焚之矣。』吏止之，令少待，曰：『俟取公案。』須臾而回，問：『何等文書？』曰：『吳遐解胡達案也。』吾念遐死已久，何爲追我？方悟已死。

「稍〔二七〕行前，入大官府，門廡嚴峻，戈戟列衛甚整。同行者十餘人，將入門，一卒持衣冠至，服而入。或告曰：『有持水漿來者，切勿飲，飲則不得還。』又前至一門，衛兵愈盛，力士數十〔二八〕，皆執斧鉞。果有持水至者，同行皆飲，吾辭以不渴。又易茶以〔二九〕來，復辭之。其人怒曰：『何爲難伏事〔三〇〕！』復前行。追者先入門，出，引衆俱進。見〔三一〕殿宇樓觀，金碧相照，殿上垂簾〔三二〕，皆〔三三〕不敢仰視。潛問追者〔三四〕：『殿上爲誰？』曰：『王也。』俄傳呼，驅同行者使前，旋即捽去。最後方及吾，聞簾内所問，果吳遐事，一一以實對。王曰：『吾亦詳知，然必須卿至結正者〔三五〕，貴審實〔三六〕爾。』吾奏曰：『臣自勘此獄，使十人將死得生，獨不蒙朝廷賞勞，敢問其説。』王曰：『臨川丞即酬賞也。』吾曰：『若准〔三七〕賞格，當改合入官〔三八〕，而今但用舉者循資耳。』王曰：『豈有舉主二人而遽得丞大邑乎？』蓋吾初得二薦章〔三九〕，既赴部，而廣東提刑王彭年者已不可用〔四〇〕。不謂冥間知之如此之的。遂奏曰：『官職既有定分，願以微功少延壽數。』即聞殿上索簿。俄有〔四一〕吏抗聲云：『已蒙王判。』則見文書自簾出，降付衛者，引吾至所司。

「遥見吴邈荷校於簾下〔四二〕，而朱圭、張運立其傍。吾借書欲觀，衛者不可，曰：『至司則見矣。』指司吏曰：『此濮州舉人也。行己正直，明法不第〔四三〕，故死得主判于此。』至司，揖吏問所判，吏出示，紙尾有『添一紀』三字。吾佯爲不曉，以問吏，吏曰：『子宿學老儒，豈不曉其義乎？一紀者，十二年也〔四四〕。子有雪活十人之功，故王以是〔四五〕報子，此人間稀有事也。適在王所，聞子應對，王甚喜〔四六〕。夫上帝好生而惡殺，《經》云：「與其殺不辜，寧失不經。」又云：「好生之德，洽于民心。」』凡引此類數十端，不能盡記。吾從容謂之曰：『公本貫濮州邪？』吏愕曰：『何以知之？』吾笑曰：『平生聞濮州大鐘，果有之乎？』京師人戲語有濮州鐘。吏作色曰：『此非戲所，勿輕言。』

「復引出，至殿下，叩簾奏訖，吏舉手〔四七〕令退。吾又前白曰：『適蒙判增一紀，今六十七矣，計其所增，當至七十九。然先父壽止七十八，豈有人子而壽過其父乎？』王曰：『不然。人壽短長，係乎所修，父子雖親，不必同也。』遂拜謝而出。見〔四八〕廊下一大門，守衛嚴密。吏曰：『都獄門也。其間各有獄〔四九〕，凡貪淫殺害、嚴刑酷法、讒譖〔五〇〕忠良、毁敗善類，不問貴賤久近，俱受罪于此。』欲入觀，不可。望見〔五一〕門内，一僧持磬，吏曰：『導冥和尚也。凡人魂魄皆此僧導引。』廊上有欄楯，如州縣所謂沙子〔五二〕者，其間囚亦多。一女子年十七八，呼曰：『聞官人得歸撫州，煩爲白知州許朝散，云十二娘至今未得生天，願營功果救拔我。朝散將來亦〔五三〕解保舉官人。』吾默思，許守今年舉狀已盡，安能及我？俄聞傳呼：『張文規與罪人通語言，驅至王所。』王問焉，以實告。王曰：『能爲言之，理無所礙，彼此當有利益。』

「吾遂行，恐忘女子之言，又至司，就吏借筆，書十二字於臂，急趨〔五四〕出。見元追者，引登舟。行至一城，乃南雄州也。有黄衣〔五五〕來報：『方提舉已死，追至此。』蓋英守方希覺者，見提舉江西常平。吾猶意〔五六〕其在英時不保奏鞫獄事，走卒妄言，悦我以求利。詰其所在，曰在某所。往求之，不見。復登舟，即抵岸，送者推出船，遂寤。」視臂間十二字，隱隱若存。

時病已經月，腰胯間肉壞見骨，善醫者以水銀粉傅之，肌肉立生。許朝散者，臨川守許中復也。十二娘者，乃其兄之女。聞其事，爲誦佛書，飯僧薦之。而方希覺者，以文規甦後始死，蓋氣未絶時，精爽已逝矣。文規在告幾百日，漕司以爲不勝任，檄郡守體量，將〔五七〕罷之。許守具事實保明，言病愈，已堪釐務，乃悟女子所謂保舉及王言彼此利益之説。後有客自英來，云市樓果爲火所毁。明年，文規以通直郎致仕。至大觀三年〔五八〕，年七十八，夢一羽衣來云：「向增壽一紀，今數足矣。陰君以公在英州嘗權司法，斷婦人曹氏斬罪降作絞刑，又添半紀。」文規寤而思之，曹氏者本罪當斬，欲全其首領，故以處死定斷。既去官，刑部駁問，以爲失出。偶事在赦前，又曹氏〔五九〕已死，無所追正，但索印紙批書而已。至政和四年乃卒，年八十三。考其再生及夢，凡增一紀有半，當得十八年，而只〔六〇〕十六年者，蓋自生還之歲至得夢時，首尾爲一紀，又自夢歲至終年爲半紀云。（據北京中華書局版何卓點校本南宋洪邁《夷堅乙志》卷四《張文規》）

〔一〕《夷堅志》題《張文規》，今加「傳」字。

〔三〕高安 《皇朝仕學規範》卷三二《陰德》、《爲政善報事類》卷八引《夷堅志》、《説郛》卷九七洪邁《夷堅志陰德》（汪季清家藏明抄殘本此條標目爲《張文規爲善增壽》）上有「筠州」二字。按：高安縣，筠州治所。即今江西高安市。

〔三〕張五　《仕學規範》、《善報事類》、《説郛》、《勸善書》卷一一下有「者」字。
〔四〕朱圭　《説郛》作「朱炎」，下同。
〔五〕張周孫　《善報事類》作「張圄孫」。
〔六〕反　《説郛》作「妄」。
〔七〕盡取達圭以下十二人送獄　《善報事類》作「盡取達以下十一人送獄」，《説郛》作「盡取達、炎以下十一人送獄」。
〔八〕以　《仕學規範》、《善報事類》、《説郛》作「以爲」。
〔九〕瘐死　《勸善書》作「病死」。按：瘐死，謂病死於獄中。
〔一〇〕司理院　《仕學規範》、《善報事類》、《説郛》作「理院」。按：理院即司理院簡稱，州之官署，掌刑獄。
〔一一〕杖脊　《説郛》明抄殘本作「抵罪」。
〔一二〕老生　《説郛》作「老年」。
〔一三〕剡奏　《説郛》明抄殘本作「例奏」。剡奏，舉奏，舉薦。例奏，依官例舉奏。
〔一四〕但用舉者遷臨川丞　《仕學規範》、《説郛》作「但以舉者遷撫州臨川丞」。《善報事類》作「但以舉楮遷撫州臨川丞」，下文「但用舉者」同。楮，紙也。舉楮，舉薦奏狀。撫州治臨川，今江西撫州市。
〔一五〕飲　《善報事類》、《説郛》作「水」。

〔一六〕人　《善報事類》作「人事」。

〔一七〕四體皆冷喘息不屬醫以爲必死　此十三字原無，據《仕學規範》、《善報事類》、《説郛》補。

〔一八〕般　《善報事類》、《説郛》作「搬」。般，同「搬」。

〔一九〕家人以爲狂　此句原無，據《仕學規範》、《善報事類》、《説郛》補。

〔二〇〕方　《善報事類》作「初」。

〔二一〕照證事　《善報事類》作「照驗公事」。

〔二二〕甚恐不知其由　以上六字原無，據《仕學規範》、《善報事類》、《説郛》補。

〔二三〕登舟　此二字原無，據《仕學規範》、《善報事類》、《説郛》補。

〔二四〕入城　此二字原無，據《仕學規範》、《善報事類》、《説郛》、《勸善書》補。

〔二五〕井邑　《善報事類》作「市井」。

〔二六〕少待曰　此三字原無，據《仕學規範》、《勸善書》補。《説郛》作「少行曰」，「行」字譌。

〔二七〕稍　《説郛》作「强」。

〔二八〕數十　《説郛》作「數百」。

〔二九〕以　《説郛》作「持」。

〔三〇〕伏事　《説郛》作「服事」，義同。

〔三一〕見　此字原無，據《仕學規範》、《善報事類》、《説郛》補。

〔三二〕簾　《善報事類》作「一簾」。
〔三三〕皆　《説郛》作「目」。
〔三四〕追者　此二字原無，據《仕學規範》、《説郛》、《勸善書》補。
〔三五〕結正者　《善報事類》作「結案」。
〔三六〕審實　《善報事類》作「詳審」。
〔三七〕准　《善報事類》作「推」。
〔三八〕當改合入官　《勸善書》作「當改在京官」。
〔三九〕二薦章　《仕學規範》、《説郛》、《勸善書》「二」作「三」。按：前云「舉主二人」，作「二」疑誤。
〔四〇〕已不可用　《説郛》作「以不用」。已，同「以」，以爲。
〔四一〕俄有　此二字原無，據《仕學規範》、《善報事類》、《説郛》補。
〔四二〕下　《勸善書》作「前」。
〔四三〕不第　《説郛》作「下第」，義同，落第也。
〔四四〕豈不曉其義乎一紀者十二年也　《仕學規範》、《説郛》作「豈不曉一紀之義乎？十二年也」。《勸善書》「其義」亦作「一紀之義」。
〔四五〕是　《仕學規範》、《説郛》、《勸善書》作「一紀」。
〔四六〕喜　《説郛》作「善」，明抄殘本作「喜」。

〔四七〕舉手　《説郛》作「牽吾」。

〔四八〕見　此字原無，據《仕學規範》、《説郛》補。

〔四九〕獄　《説郛》明抄殘本作「獄犯」。

〔五〇〕諂　《説郛》作「陷」。

〔五一〕見　此字原無，據《仕學規範》、《説郛》、《勸善書》補。

〔五二〕沙子　《説郛》明抄殘本作「障子」。按：《夷堅支戊》卷三《李興都監》：「人見其身軀壯偉，又膂力異常時，避不與校。至裸膊蓬首，扣内前沙子門云：『欲謁官家叫屈。』」

〔五三〕亦　《説郛》作「欲」。

〔五四〕趨　《説郛》作「迫」。

〔五五〕黄衣　《勸善書》作「青衣」。

〔五六〕意　《説郛》作「憶」。意，憶也。

〔五七〕將　《説郛》作「時」，明抄殘本作「特」。

〔五八〕大觀三年　「三」原作「二」。按：據下文，文規自生還之歲至得夢時首尾一紀，自夢歲至終年爲半紀。紹聖四年（一〇九七）文規爲臨川丞，明年入冥並再生，則元符元年。由此年至大觀二年（一一〇八）得夢才首尾十一年，而自大觀二年至政和四年（一一一四）終首尾七年，皆不合一紀半紀之説。又者文規卒時年八十三，推得生年爲明道元年（一〇三二），洎大觀二年七十七歲，亦與下文所云年七十八不合。故知大觀二年必是大觀三年之誤，今改。

〔五九〕曹氏　《仕學規範》、《說郛》作「王氏」，誤也。《勸善書》不誤。

〔六〇〕只　《說郛》作「盡」，明抄殘本作「只」。

按：《夷堅志》末注：「臨川人吴可嘗作傳，文規之孫平傳之。」知原係吴可撰。傳文頗長，當近全文。作於政和四年之後數年内。

宋代傳奇集第三編卷十三

羅浮仙人傳〔一〕

鄭　總　撰

鄭總，英州（治今廣東英德市）人。（據《夷堅甲志》卷一五《羅浮仙人》）

藍喬，字子升，循州龍川人。母陳氏，無子，禱於〔二〕羅浮山而孕。及期，夢仙鶴集其居，是夕生喬，室有異光。年十二已能爲詩文〔三〕。有相者謂陳曰：「爾子有奇骨，仕宦當至將相，學道必爲神仙。」喬曰：「將相不足爲，乃所願則輕舉耳。」自是求道書讀之。患獨學無師友〔四〕，因辭母，之江淮，抵京師。七年而歸，語母曰：「兒本漂〔五〕然江湖，所以復反者，念母故也。」瓢中出丹一粒餽焉，曰：「服之可長年無疾。」留歲餘，復有所往，以黄金數斤遺母，曰：「是真氣噓冶所成，母寶用之，兒不歸矣。」

潮人吴子野遇之于京師，方大暑，同登汴橋買瓜。喬曰：「塵埃汙吾瓜，當於水中噉耳。」自擲於河。吴注目以視，時時有瓜皮浮出水面，齕迹儼然。至夜不出，吴往候其邸，則已酣寢，鼻間氣如雷。徐開目云：「波中待子食瓜，久之不至，何也？」吴始知喬已得道，再拜愧謝，遂與執爨。

後遊洛陽，布衣百結。每入酒肆，輒飲數斗。常置紙百番〔六〕於足下，令人片片拽之，無一破者，蓋身輕乃爾。語人曰：「吾羅浮仙人也，由此升天矣。」一日，貨藥郊外，復置紙足底，令觀者取之。紙盡足浮，風雲倏倏，躡而上征〔七〕。仙鶴成群，自南來迎〔八〕，望之隱然。歷歷聞空中笙簫音，猶長吟〔九〕李太白詩云：「下窺夫子不可及，矯首相思空斷腸。」母壽九十七而終。葬之日，樵牧者聞墟墓間哭聲，識者知其來歸〔一〇〕云。（據北京中華書局版何卓點校本南宋洪邁《夷堅甲志》卷一五《羅浮仙人》）

〔一〕《夷堅甲志》題《羅浮仙人》，今加「傳」字。
〔二〕於　此字原無，據《歷世真仙體道通鑑》卷五《藍喬》、《羅浮山志會編》卷五《人物志·仙二》補。
〔三〕文　《真仙通鑑》、《羅浮山志會編》作「章」。
〔四〕師友　《真仙通鑑》、《羅浮山志會編》無「師」字。
〔五〕漂　《真仙通鑑》、《羅浮山志會編》作「飄」。
〔六〕常置紙百番　《真仙通鑑》作「能置紙百幅」，《羅浮山志會編》亦作「幅」。番，幅也。
〔七〕征　《真仙通鑑》、《羅浮山志會編》作「昇」。

〔八〕迎　《真仙通鑑》作「起」，連下讀。
〔九〕吟　《真仙通鑑》、《羅浮山志會編》作「誦」。
〔一〇〕歸　《真仙通鑑》作「去」。

按：《夷堅甲志》末小字注：「英州人鄭總作傳。」《夷堅志》採録他作，大都有所删略，此傳當係節文。《真仙通鑑》乃又轉録洪書，原傳蓋已久佚。傳文稱：「潮人吴子野遇之（藍喬）于京師，方大暑，同登汴橋買瓜。」按吴子野名復古，潮州揭陽人。《東坡後集》卷一五有《祭吴子野文》，作於元符三年（一一〇〇）十二月。藍喬與吴子野同時，亦神宗、哲宗時人。傳稱藍喬「循州龍川人」，據《宋史·地理志六》，循州龍川宣和三年（一一二一）改曰雷鄉，紹興元年（一一三一）復舊，然則此傳似作於宣和三年前，約政和間（一一一一—一一一八）也。據凌郁之《洪邁年譜》（上海古籍出版社，二〇〇六），紹興十七年洪邁父洪皓謫英州安置，洪邁從行，十八年十一月洪邁爲福州教授，英州鄭總所作此傳當得於此間。當時洪邁正撰《夷堅甲志》，遂採之。

玉華侍郎記〔一〕

莆田人方朝散，失其名，政和初爲歙州婺源宰〔二〕。病熱困卧，覺耳中鏘鏘天樂聲，少焉有女童二十四輩，各執旌纛幢幡至前。俄采雲從足起，掩苒〔三〕飛騰，瞬息間到一城。城中大樓明奐高潔，金書其門曰「太華之宮〔四〕」。正中〔五〕設榻，使就坐，侍女列立。有〔六〕長髯道士乘雲至，碧冠霞衣，執玉簡〔七〕，直前再拜。方驚起，欲致答，道士拱手言：「某於先生，役隸也，願端坐〔八〕受敬。」拜畢，跽白曰：「碧落洞玉華宮莫真君敬問先生，瑶臺一別，人間甲子周矣。嗣見有日，欽遲好音。」方懵然不知所答。道士曰：「下土溷濁，能移人肺腸，先生應已忘前事，今當縷陳之。先生唐武后時人也，生於冀州，能屬文，而嗜酒不檢，浮沉里中。時河北大疫，死者如亂麻，先生書所得藥方，揭于通衢間，病者如方治之即愈。由此相傳益廣，所活不可計。夢中有人告曰：『子陰德上通于天，上帝嘉其功，當以仙班相召〔九〕。』先生素落魄，且自恃將爲天人，愈益放誕，竟以狂醉墮井死。

「死後久之，乃用前功得召見于白玉樓，蓋李長吉所作記處也。時有四人同召，當試文一首，帝自書《大道無爲賦》爲題。先生有警句曰：『帝鑿竅而喪魄，蛇畫足而失杯。』帝覽之大喜，擢列第一，拜爲修文郎，專以文字爲職。繼有玉華侍郎之命，同寮十八人，皆上清仙伯也。每侍帝左右，出則陪從金輿。嘗曉幸紫霞宫〔一〇〕，宫人不知輦至，或晚起，纔畫一眉，即趨出迎謁。帝顧之笑，命諸侍郎賦詩，先生卒章云：『曉粧不覺星輿至，只畫人間一壁眉。』帝吟諷激賞。卒以恃才怙寵，爲衆所嫉，下遷群玉外監。既陛辭，帝曰：『群玉殿乃吾圖書之府，非卿文學出倫，未易居此。』是後宴見〔一二〕稍疎。一日，帝與諸仙遊瑶圃，思先生之材〔一三〕，遣使來召。先生辭以疾，獨與侍女宋道華泛舟池上，執手眷眷，有人間夫婦之想。爲使者所劾，帝批其奏曰：『男爲東家男，女爲西家女，皆謫墮人世。』道華生於蜀中，而先生乃爲閩人。先生既登第，爲邵武判官日，帝命召還。有不相樂者奏云：『邵武分野災氣方重，須此人仙骨以鎮之。』乃止。近已有詔〔一三〕，更一紀復故處〔一四〕。莫真君乃代先生爲侍郎者，懼塵世易流，又有他過，則仙梯愈不可攀，故遣弟子來，鄭重達意。」

宋道華者先已得歸正，持寶幢立於側〔一五〕，拜而言曰：「人世紛綸〔一六〕，真可厭苦。若得再入碧落洞中，望見金毛師子，千秋萬歲永無閑思念也。」方君聞兩人語，始瞿然如有所省〔一七〕。道士及衆女皆謝去。遍體汗流，遂寤，蓋已三日。即召會丞尉及子孫，歷道所見。遂申郡乞致仕，時年六十有二。後不知所終云。（據北京中華書局版何卓點校本南宋洪邁《夷堅乙志》卷一一《玉華侍郎》）

〔一〕《夷堅志》題《玉華侍郎》，今加「記」字。

〔二〕政和初爲歙州婺源宰　《古今合璧事類備要》前集卷三二《玉華侍郎》引《夷堅志》作「政和中爲歙縣宰」。按：歙州治歙縣，婺源乃歙州屬縣。

〔三〕掩苒　葉祖榮輯《新編分類夷堅志》、《廣豔異編》卷三《玉華侍郎傳》作「荏苒」。

〔四〕太華之宫　明鈔本「太」作「玉」。《錦繡萬花谷》前集卷一引《夷堅志》作「玉華殿」。《永樂大典》卷七三二八《玉華侍郎》引《夷堅志》作「太華之宫」，《事類備要》作「大華之宫」，「大」即古「太」字。

〔五〕正中　《事類備要》作「正中殿」。

〔六〕有　此字原無，據葉本、《廣豔異編》補。

〔七〕簡　葉本、《廣豔異編》作「圭」。

〔八〕端坐　《廣豔異編》作「尊重」。

〔九〕召　原譌作「告」，據葉本、陸心源刊《十萬卷樓叢書》本、阮元《宛委别藏》本、《大典》、《廣豔異編》改。

〔一〇〕紫霞宫　《廣豔異編》作「紫華宫」。

〔一一〕宴見　《廣豔異編》作「接見」。

〔一二〕材　葉本作「才」。材，才也。

〔一三〕近已有詔　《廣豔異編》作「近有詔云」。

〔一四〕處　葉本、《廣豔異編》作「職」。

〔一五〕宋道華者先已得歸正持寶幢立於側　《廣豔異編》作「宋道華已仙得歸，時正持寶幢於側」。

〔一六〕紛綸　《廣豔異編》作「紛紜」。

〔一七〕如有所省　《廣豔異編》作「若有所失」。

按：本篇末云：「先君頃於鄉人胡霖卿（涓）處得此事。亦有人作記甚詳，久而失去。詢諸胡氏子及婺源人，皆莫知，但能道其梗槩如是。今追書之，復有遺忘處矣。」方朝散夢入仙宫，時在政和初（一一一一），時年六十有二，後不知所終。先君乃洪邁父洪皓，卒於紹興二十五年（一一五五，《建炎以來繫年要録》卷一六九），則自鄱陽同鄉胡涓處得此事在紹興二十五年前，而胡涓當親見無名氏記，此記已久而失去，因而無名氏此記似作於北宋末。洪邁所記僅爲所聞梗概，姑據而輯録，以窺其大略。按：《醉翁談録》乃宋末坊刻，多用簡體，爲與《歲時廣記》一致，可改作繁體。

鴛鴦燈傳

天聖二年元夕〔一〕，有貴家出遊，停車乾明寺〔二〕側。頃而有一美婦人，降車登殿。抽懷袖間，取紅綃帕，裹一香囊，異香芬馥〔三〕，持於香上，默祝久之。出門登車，擲之于地。時有張生者，美丈夫貴公子〔四〕也，因遊偶得之，持歸玩。生愛賞久之〔五〕，見紅帕上有細字，字体柔軟，誠女子之書。熟視之〔六〕，乃書詩三章於其上〔七〕。其一曰：「囊香著郎衣，輕綃著郎手。此意不及綃，共郎永長久。」其二曰：「囊裹真香誰見竊？絲紋滴血〔八〕染成紅。殷勤遺下輕綃〔九〕意，好付才郎懷袖中〔一〇〕。」其三曰：「金珠富貴吾家事，常渴佳期乃〔一一〕寂寥。偶用至誠求雅合，良媒未必勝紅綃〔一二〕。」又有小字書於詩尾云：「有情者若得此物，如〔一三〕不相忘，而欲與妾一面者，請來年正月十五夜，於相藍後門相待〔一四〕，車前有雙鴛鴦燈者是也。可得相見矣。」生嘆賞久之，乃和其詩三〔一五〕首。其一曰：「香來著吾懷，先想纖纖手。果遇贈香人，經年何恨久。」其二〔一六〕曰：「濃麝應同瓊體膩〔一七〕，輕綃料比杏腮〔一八〕紅。雖然未近來春約，也〔一九〕勝襄王魂夢中。」其三曰：「自得〔二〇〕佳人遺贈物，書臆終日獨無寥〔二一〕。未能得會〔二二〕真仙面，時賞囊香〔二三〕與絳綃。」

歲月如流，忽又換新年，將屆元宵。生思之，自十四日晚，伺候於相藍之後。至夜，果見彫輪繡轂，翠蓋爭飛。其中一車，呵衛甚衆，分明燈掛雙鴛。生驚喜，莫知所措，無計通音〔二四〕。須臾，車中人揭簾，持鏡匀面，意者恐去年相約之人，未見奴面，故託以匀面，使人覩之。生凝顧，但見花容艷質，賽過姮娥，萬態千嬌，不能名狀。生牽役輕情，無計通意女郎，思念所約十五日，今且歸，明日復來。須臾，香車已失所在。生神迷恍惚，歸去，不能成寐，坐以待旦。

次晚，再候於故地。至夜，其車又來。生計獲萬端，不能通耗，因誦詩近車，或前或後。詩曰：「何人遺下一紅綃？暗遺吟懷意氣饒。勒馬住時金鐙脱，亞〔二五〕身親用寶燈挑。輕輕滴滴深深染〔二六〕，慢慢尋尋緊緊□〔二七〕。料想佳人初失却〔二八〕，幾回纖手摸裙腰。」詩畢，車中女子聞之驚喜，默念：「去年遺香囊之事諧矣。」遂啓簾，雇〔二九〕見張生脩眉俊目，骨秀神清，真風流之士。女子愈喜，怎奈車前侍衛甚衆，無計通音。忽有賣花者，女子叫令買花，因使賣花者説與張生，唤來日可於此來相候。生會女意。

次日，伺候於茶肆中。至晚，無消耗。直到三鼓初，俄有一青蓋舊車來，更無人從，駐於昨夜所遇之地，車前掛以雙鴛鴦燈。生驚疑間，簾後觀昨夜相遇之女，乃一尼耳。車中一人〔三〇〕云：「送師歸院。」尼轉面揮手，招生相近。生潛逐之，但驚疑昨日紅粧，今日尼也。隨至乾明寺，有老尼迎于門，云：「來何遲也？」尼入院，生亦隨之。過曲扉，入一小軒中，已張燈列筵，珍羞畢備。尼乃去包系〔三一〕，則紺髮〔三二〕堆雲；脱僧衣，而紅裳映月〔三三〕。千嬌隨眼轉，百媚笑中生。張生與女子對坐。酒行之後，女曰：「今夕相會，豈非夙契？願見去歲相約之媒。」因取紅綃香囊示之。女笑曰：「京輦人物繁華，獨君得之，豈非天契耶？」生曰：「當時得之，自料必貴家麗人所造。觀其上三篇，亦嘗賡和。」因夆〔三四〕之。女喜曰：「真我夫也！」於是擁生去，就枕〔三五〕，如魚得水，極盡歡情。

兩意方濃，鄰雞報曉。生曰：「終歲密約，幸得歡會。敢問娘子誰氏之家？」女曰：

「妾本貴家，稍親詩筆，不逢佳偶，每阻歡情。特仗紅綃，欲求雅合，果是天從厚願。輒獻一盃，與郎爲壽。」生曰：「吾幸與神仙配合，雖古之劉、阮，亦不過此。」於是二人交歡，飲一盃。生曰：「今日飲香醪，親麗色，平生幸甚！且願知娘子族氏。」女曰：「乞賜牋管。」落筆即成一詩，其詩曰：「門前畫戟尋常設，堂上犀簪取次看。最是惱人情亂〔三六〕處，鳳凰樓上月華寒。」生讀訖，執女子手而言曰：「門排畫戟，堂列犀簪，家起鳳凰樓，伊果誰氏？」女曰：「妾乃節度使李公之偏室〔三七〕也。公性强暴，威德之名，聞於輦下，伊必知之。妾雖處富貴，奈公年老，誤妾芳年懽會，惟此爲恨。遂遺香囊，祝天求合，因得今日之遇。」生曰：「此別未卜何時再會？」女曰：「妾之此去，定當永訣，幽囚深院，無復再會，相思抱恨，有死無生。不若以死向君，願君無忘今日之語，妾亦感恩地下。」言訖，香腮褁淚，翠黛愁縈。生曰：「不意昨夜濃懽，變成今日離索！伊賦情如是，我非土木，豈能獨生？願與伊共死，庶免兩處離愁。」女曰：「子有此心，我之願也。生既不得同床，同死庶得同穴。」乃解衣帶，作同心結，繫於梁上，乞與郎共死。老尼在傍曰：「是何言也！累刼修行，方得爲人，豈可輕生就死？你門若要百年偕老，但患無心耳。」女與郎問計於尼。尼曰：「但不得以富貴爲計，父母爲心。遠涉江湖，更名姓於千里之外，可得盡終世之懽矣。」生曰：「但願與伊共處平生，此外皆不介意。」女曰：「誠如是，我當備其財。」因告歸：「今夜三鼓後，子可來城北，待我於巨柳之下。我當握金錢數萬，從子往千里之外，以盡此生之樂。」生曰：「果然否？」女曰：「妾與子誓共死，性命尚拚却，況餘事乎？不宜以二心相待。」

生如約，伺候柳下。二鼓已深，天色陰晦，忽見女子携一綉囊，躡足而來。生迎之，女子執手而言：「非我兩個情堅，乃天助我。公方大醉困睡，我得承便而來。」生曰：「毋多言，恐覔而追之。」方欲速往，忽見一人，來勢如飛。女回視，乃李氏〔三八〕侍女彩雲也。彩雲曰：「妾恨〔三九〕娘子恩厚，不忍使娘子獨往，及恐太尉酒醒，問妾求娘子所往，承怒何能免禍？願與娘子同行。」於是三人潛宿通津近邸。次早，沿流而下，自汴涉淮，至蘇州居焉。日夕飲宴，結集豪俠，專務賭博。

纔經三載，家道零替，生計蕭然。漸至困窶，廚絶庖爨，身衣百結，但朝夕共坐〔四〇〕破席而已。不免將彩雲轉雇他人，所得少米，以度朝夕。一日，生謂李氏曰：「我之父母，近聞知秀州。我欲一見，次第言之，迎尔歸去，作成家之道。」李氏曰：「子奔出已久，得罪父母，恐不見容。」生曰：「父子之情，必不至絶我。」李氏曰：「我恐子歸而絶我。」生曰：「你與我異體同心，況情義綿密，忍可相負？稍乖誠信，天地不容。但約半月，必得再回。」李氏曰：「子之身，衣不蓋形，何面見尊親？」生曰：「事到此，無奈何。」李氏髮長委地，保之若氣〔四一〕，密地剪一縷，貨於市，得衣數件與生。乃泣曰：「使子見父母，雖痛無恨。」生亦泣下曰：「我痛入骨髓，將何以報？」李氏曰：「夫妻但願偕老，何必言報？」次日將行，李氏曰：「不果餞行。事濟與不濟，早垂見報。稍失期信，求我於枯魚之肆。」言訖哽噎，淚成行下。彩雲曰：「君之此去後，使我娘子將何以度朝夕？但願早回，以濟不足。」生亦悲恨而別。

既到秀州，即居行首梁越英之店。明日，梁行首獻茶，行首請入他房内，生忻然而往。命茶訖，生曰：「此間郡守，某之父也。某别父數歲，遊孛京師，今特來一見。」越英曰：「賢尊方始去任，恰則未行，尚可往見。」越英見生口辨皃美，頗有愛戀之意。生歸房。次日，欲見使君，偶遇舊蒼頭曰：「使君知小官人與乾明寺尼遠走江湖，常懷怒色，每言『他日若歸，不許入門』。使君震怒，無人敢犯。」生曰：「我方窮困，試爲我於娘處通一信息。」蒼頭諾之。去久方出，手攜白金數兩，與生曰：「夫人令將此物相惠。父方怒，不要進門，恐禍將及。」生得之，歸店中。自思此物除路費外，能有幾何！又思李氏懸望，恐失期約，不勝悲怨，遂大哭。

越英聞之，問青衣曰：「誰人泣下？」青衣曰：「昨日張秀才。」越英令召生至，問：「所哭何事？」生曰：「此來省侍慈父，已失今年科〔四二〕場之望，而父又不許入門，幸母氏見惠白金數兩。旅途無依，是以泣下。」越英曰：「大丈夫當存志節，留心向孝。異時顯達，謝過嚴君，必能容納，何自苦如此？妾有裝奩，不啻數萬貫，願充爲下妾。異日功名成就，任選嘉姻，但願以侍妾見待足矣。」生沉思：「李氏雖有厚恩，我往見，共受飢餓，死亡可待，不若辜負李氏爲便。又况越英容貌聰慧，差勝李氏。」於是謂越英曰：「寒士苟不見棄，當願結髮偕老，何以婢妾自謙？」越英遂解真珠紅抹肚，親繫郎腰爲定。是日，詣府陳狀，許從良。立媒，備六禮而成親。日夕宴樂，情愛綢繆。

李氏窮困尤甚，因謂彩雲曰：「生衣薄天寒，裹糧不足，必是困於道路，乃能過期不歸。」彩雲曰：「容我探問路人。」得知秀州知郡張大夫，已於某時去任矣。李氏曰：「此天之亡我夫妻。必是生既不見其親，中途頓挫，存亡未可知。我心轉不安，當與你同往秀州，問其端(四三)的。」彩雲曰：「娘子何以爲道路之費？」李氏曰：「但得尺布蔽體，丐於道路，得見其夫，雖死不悔！」彩雲泣下，李亦大慟。次日，税舟抵秀，遂問子細。人曰：「兩旬前，有一貧士，稱是知郡張大夫長子，遠來省親，見他舊蒼頭云，大夫震怒，不許入門。夫人得白金數兩與之，倉惶而去。」李氏大哭曰：「向者貧士，妾之良人，既不得見其父母，不知何往。」因遣彩雲更探消息。忽至一巷，覩一宅，稍壯麗，門前掛斑竹簾兒，廳前歌舞，廳上會宴。彩雲感舊，泣下曰：「我秀才娘子，向日常有此會，誰知今日窮困如此。」因拭淚。於簾下一覷，見一女子，對坐一郎君，皃似張官人，言笑自若。更熟認之，果然是也。遂問青衣：「此是誰家？」青衣曰：「此張解元宅，乃前知郡張大夫之長子。大夫以生狂蕩，不内于門。我娘子慕它才貌，遂成婚姻。常開芳宴，表夫妻相愛耳。」

彩雲氣噎，奔告李氏。李氏與彩雲俱至，視之果然。李氏突至堦下，越英驚問，李氏指生曰：「此我夫也。」遂駡張生：「辜恩負義，停妻娶妻。既爲士人，豈不識法？」越英當時謂生曰：「君既有妻，復求奴姻，是君負心之過。」於是三人共爭，以彩雲爲證，遂告於包公待制之廳。各各供狀，果是張生〔四〕之負心，遂將其繫於廳監。張生責娶李氏爲正室，其越英爲偏室。（據清陸心源編刊《十萬卷樓叢書》本南宋陳元靚《歲時廣記》卷一二上元下《約寵姬》引《蕙畝拾英集》、上海古籍出版社《續修四庫全書》影印宋刻本南宋羅燁《新編醉翁談録》壬集卷一負心類《紅綃密約張生負李氏娘》引《太平廣記》，參酌上海古典文學出版社校點本）

〔一〕元夕　《醉翁談録》、《玉芝堂談薈》卷六《御溝題葉》、《一見賞心編》卷四奇逢類《落霞女》、《情史》卷三情私類《李節度使妾》作「元宵」。元夕即元宵。

〔二〕乾明寺　《歲時廣記》作「慈孝寺」，然後文又作「乾明寺」。按：《宋東京考》卷一四《寺》：「乾明寺，在城内安業坊席箔巷，始建未詳，燬於金兵。」「慈孝寺，在雷家橋西北，尚太宗女駙馬都尉吴元扆宅也。天聖二年（一〇二四）真宗神御，初議名慈聖，時太后號有此二字，以賜今名。金末兵燬。」

據《宋史·仁宗紀一》天聖二年十一月，加上真宗謚。百官上尊號曰聖文睿武仁明孝德皇帝，上皇太后尊號曰應元崇德仁壽慈聖皇太后。知慈孝寺之建成當在天聖二年十一月稍前。貴家婦於天聖二年元宵遊寺，時慈孝寺猶未建成賜名，當以乾明寺爲是。《醉翁談録》、《玉芝堂談薈》、《賞心編》、《情史》作「乾明寺」，據改。然《醉翁談録》「乾明寺」下注：「據《太平廣記》云慈孝寺。」《太平廣記》實無此事。參見本篇篇末按語。

〔三〕異香芬馥　此四字據《醉翁談録》補。

〔四〕貴公子　《醉翁談録》作「貴官子」。

〔五〕生愛賞久之　此句據《醉翁談録》補。

〔六〕字体柔軟誠女子之書熟視之　此十二字據《醉翁談録》補。

〔七〕乃書詩三章於其上　此句《歲時廣記》作「書三章」，《醉翁談録》作「乃詩二於其上」，據補五字。《醉翁談録》只載詩二首，故「三」作「二」。

〔八〕絲紋滴血　「絲紋」《醉翁談録》、話本《張生彩鸞燈傳》入話作「鮫綃」。《賞心編》及《玉芝堂談薈》作「鮫綃滴淚」，《情史》作「絞綃滴淚」。「絞」字譌。

〔九〕輕綃　《賞心編》作「芬芳」。

〔一〇〕好付才郎懷袖中　「付」《醉翁談録》、《情史》、話本作「與」，《賞心編》作「入」，又「才」作「情」，《情史》亦同。「懷」話本作「置」。《玉芝堂談薈》全句作「留與情郎懷袖中」。

〔一一〕乃　《玉芝堂談薈》作「今」。

〔一二〕按：以上據《歲時廣記》校録，此以下據《醉翁談録》，張生三和詩則仍據《歲時廣記》。

〔一三〕如　此字據《歲時廣記》補。

〔一四〕於相藍後門相待　「相藍」《歲時廣記》譌作「相籃」。藍，伽藍簡稱。相藍即相國寺。《賞心編》作「伽藍」。「相待」二字據《歲時廣記》補。

〔一五〕三　原作「二」。按：《醉翁談録》只載後二首，《歲時廣記》三首全録，故改作「三」。

〔一六〕其二　原作「其一」，今改。下文「其二」依次改作「其三」。

〔一七〕膩　《醉翁談録》譌作「織」。話本作「纖」，當仄用平，亦誤。

〔一八〕杏腮　話本作「杏花」，誤。

〔一九〕也　《醉翁談録》作「已」。

〔二〇〕得　《賞心編》、《情史》作「覩」。

〔二一〕書牕終日獨無寥　「日」《醉翁談録》作「自」。《賞心編》全句作「書齋終日獨無聊」，《情史》亦作「聊」。「無寥」即「無聊」。

〔二二〕得會　《賞心編》作「會得」。

〔二三〕囊香　《醉翁談録》、《賞心編》、《情史》作「香囊」。

〔二四〕音　原譌作「君」，下文有「通意」、「通耗」、「通音」，疑乃「音」字之形譌，姑改。

〔二五〕亞　話本作「掗」。

〔二六〕染　話本作「韻」。

〔二七〕□　此字難以辨識，左偏旁「扌」則清晰可覩。依《廣韻》，此詩韻字「綃」、「饒」、「腰」皆屬下平「宵」韻，「挑」屬「蕭」韻。然檢此二韻及「肴」、「豪」韻，未能確定爲從手何字。古典文學出版社校點本改作□，今從。話本改作「瞧」，不取。

〔二八〕却　話本作「去」。

〔二九〕雇　校點本改作「顧」。雇，同「顧」。

〔三〇〕車中一人　話本作「車夫」，疑是。

〔三一〕包系　話本作「包絲」。

〔三二〕紺髮　話本作「緑髮」。

〔三三〕月　原作「日」，據話本改。

〔三四〕夆　校點本改作「舉」。夆，同「舉」。

〔三五〕枕　此字原脱，據話本補。

〔三六〕亂　《玉芝堂談薈》、《情史》作「緒」。

〔三七〕之偏室　《賞心編》作「寵姬落霞」。按：稱其名落霞，蓋爲增飾。《玉芝堂談薈》作「侍妾」，《情史》作「寵姬」。

〔三八〕李氏　按：此前皆未言女之姓名，此言李氏，實爲其夫之姓。疑爲《醉翁談録》所改。

〔三九〕恨　此字疑當作「懷」。

〔四〇〕坐　原作「生」，疑爲「坐」字形譌，今改。

〔四一〕若氣　「氣」字疑譌。點校本「若」誤作「苦」，校云：「疑應作『若命』。」

〔四二〕科　原譌作「利」，今改。

〔四三〕端　原譌作「瑞」，今改。點校本亦改。

〔四四〕張生　原作「張資」。按：此前皆不云張資，且《歲時廣記》云：「婦人乃貴人李公偏室，故皆不詳載其名也。」考南戲有《張資鴛鴦燈》（錢南揚《宋元戲文輯佚》），正作張資。羅燁編《醉翁談録》，多有改易，如其採録《李娃傳》，李字亞仙，鄭字元和，全係宋人稱呼，而徑爲增飾，此稱張資亦爲此故。今仍改爲「張生」，以復其舊。下同。

按：《歲時廣記》引《蕙畝拾英集》云：「近世有《鴛鴦燈傳》，事意可取。第綴緝繁冗，出於閭閻，讀之使人絶倒。今一切略去，掇其大概而載之。」《蕙畝拾英集》不詳何人作，宋元書目皆不載。《文淵閣書目》卷一〇《詩詞》著録《蕙畝拾英集》一部一册（注闕）。《歲時廣記》卷二一、卷二八、卷三五尚引該書鄱陽護戎女、資陽士人妻、錦官官妓三事。《雋永録》（《説郛》卷三〇）引吴給事女事。《天中記》卷二〇、《捧腹編》卷五、《宋豔》卷一引趙清獻公抃妓。《青泥蓮花記》卷一三引《李師師》（作《蕙圃拾英録》）。《永樂大典》卷二二六五、卷一三三四四引張熙妻王氏作西湖曲、介甫示文淑及文淑次韻詩。據清文廷式《純常子枝語》卷四，《大典》卷一四三八九引韓擇中妻馬氏、郭晦妻、黄公舉妻三事，卷五一五七引蜀婦田氏詩。以上十三條，皆爲宋代才女事。屈原《離騷》：「余既滋蘭之九畹兮，又樹蕙之百畝。」《蕙畝拾英集》書名本此。《青泥蓮花記》作蕙圃，誤。人物事件可考者皆在神、哲、徽宗時，故疑《蕙畝拾英集》成於兩宋間。《鴛鴦燈傳》事在仁宗天聖中，而《蕙畝拾英集》稱「近世有《鴛鴦燈傳》」，殆出北宋後期也。《醉翁談録》所載遠詳於《蕙畝拾英集》，然亦有省略處。末云「事見《太平廣記》」，《太平廣記》不當有此。南宋説話人常借《太平廣記》、《翰府名談》以指文人稗集，蓋亦如是耳。熊龍峰所刊《張生彩鸞燈傳》入話演此事，其據則《醉翁談録》而有省略，非本原傳。

黄損

秀士黄損者，丰姿韶秀，早有雋譽。家世閥閲，至生旁落。生有玉馬墜，色澤温栗，鏤刻精工，生自幼佩帶。一日遊市中，遇老叟鶴髮朱標，大類有道者。生與談竟日，語多玄解。向生乞取玉墜，生亦無所吝惜，解授老人，不謝而去。

荆襄守帥慕生才名，聘爲記室。生應其聘，行至江渚，見一舟泊岸，篷窗雅潔，朱闌油幕。訊之，乃賈于蜀者，道出荆襄。生求附舟，主人欣然諾焉。抵暮，生方解衣假寐，忽聞箏聲悽惋，大似薛瓊瓊。瓊瓊狹邪女，箏得郝善素遺法，爲當時第一手，此生素所狎昵者也，入宫供奉矣。生急披衣起，從窗中窺伺，見幼女，年未及笄，衣杏紅輕綃，雲鬟半嚲，燃蘭膏，焚鳳腦，纖手撫箏，而嬌艷之容，婉媚之態，非目所睹。少選，箏聲闃寂，蘭銷篆滅。生視之，神魂俱蕩，情不自持，挑燈成一詞云：「生平〔一〕無所願，願作樂中箏。得近佳人〔二〕纖手子，呀羅〔三〕裙上放嬌聲。便死也爲榮。」遂展轉不寐。

早起伺之，女理粧甫畢，容更鮮妍。以金盆潔手，玉腕蘭芽，香氣芬馥，撲出窗櫺。生恐舟人知之，不敢久視，乘間以前詞書名字，從門隙中投入。女拾詞閲之，歎賞良久，曰：「豈意庾子山復見今日耶！」遂啓半窗窺生，見生丰姿皎然，乃曰：「生平耻爲販夫販婦，若與此生偕伉儷，願畢矣。」自是啓朱户，露半體，頻以目挑。畏父在舟，倐啓倐閉，終不通一語。停午，主人出舟理楫，女隔窗招生，密語曰：「夜無先寢，妾有一言。」生喜不自勝，惟恨陽烏不速墜也。

至夜，新月微明，輕風徐拂，女開半户，謂生曰：「君室中有婦乎？」生曰：「未也。」女曰：「妾賈人女，小字玉娥，幼喜弄柔翰。承示佳詞，逸思新美。君一片有心人也，願得從伯鸞，齊眉德曜足矣。儻不如願，有相從地下耳。慕君才華，不羞自獻。君異日富貴，萬勿相忘。」生曰：「卿家雅意，陽侯、河伯，實聞此言。所不如盟者，無能濟河。」女曰：「舟子在前，嚴父在側，難以盡言。某月某日，舟至涪州，父偕舟人往賽水神，日晡方返。君來當爲决策，勿以紆道失期，使妾望眼空穿也。」生曰：「敬如約。」生欲執其手，女謹避不可犯。其父呼女，女急掩門就寢。生恍惚如在柯蟻夢中，五夜目不交睫。

次日，舟泊荆江，群從促行，生徘徊不忍去。促之再三，始簡裝登岸，復竚立顧望。女亦從窗中以目送生，粉黛淫淫，有淚痕矣，生唏嘘哽咽。頃之，輕舟挂帆，迅速如飛，生益不勝情。入謁守帥，心摇摇如懸旌。帥屢扣之，不能舉詞，惟辭帥欲往謁故友，數日復來。帥曰：「軍務倥傯，急需借箸，且無他往。」命使潔幸舍，治供具，館生。生逡巡就旅舍，陴守甚嚴。生度不得出，恐失前期，踰垣逸走。沿途問訊，間關險阻，如期抵涪州。客舟雲集，見一水崖。緑陰拂岸，女舟孤泊其下。女獨倚篷窗，如有所待。見生至，喜動顔色，招之曰：「郎君可謂信士矣。」囑生水急，縋纜登舟。生以手解維欲登，水勢洶湧，力不能持，舟逐水漂漾，瞬息順流去若飛電。生自岸叫呼，女從舟哭泣。生沿河渚狂走十餘里，望舟若滅若没，不復見矣。晚，女父至，覓舟不得，或謂纜斷，舟隨水去多時矣。女父急覔舟，追尋無跡，涕泗而回故里。

適瓊瓊之假母薛媪者，以瓊瓊供奉内庭，隨之長安。行抵漢水，見舟覆中流，急命長年纔起。舟中一幼女，有殊色，氣息奄奄。媪負以紵絮，調以蘇合，踰日方甦。詰其姓氏，曰：「妾裴姓，玉娥小字也。隨父入蜀，至涪州，父偕舟人賽神，妾獨居舟中，纜解漂没至此。」媪曰：「字人無也？」女言與生訂盟矣，出其詞爲信。媪素契重生，乃善視女，携入長安。謂之曰：「黄生，吾素所向慕也。歲當試士，生必入長安，爲女偵訪，宿盟可諧也。」女唧謝不已。

自此女修容不整，扃户深藏，刺繡自給。思生之念，寢食俱廢，或夢呼生名而不覺也。一日，有胡僧直抵其室募化。女見僧有異狀，胡跪膜拜曰：「弟子墮落火坑，有宿緣未了，望師指迷津。」僧曰：「汝誠念皈依，但汝有塵劫，我授汝玉墜，佩之可解，勿輕離衣裾。」授女而出。女心竊異之，未敢泄于媪也。

然〔四〕生遍訪女，杳然無踪，若醉若狂，功名無復置念。窮途資盡，每望門投止。適至荒林，見古刹，生入投宿。有老僧趺坐入定，生以五體投地。老僧曰：「先生欲了生死耶？」生曰：「否，否。舊與一女子有約涪州，爲天吴漂没。師聖僧也，敢以叩問。」僧曰：「老僧心若死灰，豈知兒女子事？速去，毋溷我。」生固求，僧以杖驅之使出。生禮拜益堅，僧曰：「姑俟君試後，徐爲訪求，當有報命。」生曰：「富貴吾所自有也，佳人難再得。願慈悲憐憫，速爲指示。」僧曰：「大丈夫致身青雲，亢宗顯親，乃其事也。迷念慾海，非丈〔五〕夫矣。」迫之再三，復出數金，以助行裝。

生不得已，一宿戒行，終戀不能捨。勉强應制，得通籍，授金部郎。時呂用之柄政，歛怨中外，生疏其不法，呂免官就第。生少年高第，長安議婚者踵至，悉爲謝却，蓋不忍背女初盟也。呂閑居，遍覓姬妾，聞薛媪有女佳麗，以五百緡爲聘，隨遣婢數十人，劫之歸第。呂見女姿容，喜曰：「我得此女，不數石家緑珠矣。」女布素縞衣，雲髻不理。呂出綦組紈綺，命易粧飾，女啼泣不已，擲之于地。呂令諸婢擁女入曲房。諸客賀呂得尤物，置酒高會。有牧夫狂呼曰：「一白馬突至厩爭櫪，嚙傷群馬，白馬從堂奔入内室。」呂命索之，則寂無所見。衆咸駭異，因而罷酒。

呂入女寢室，叱去諸婢，好言慰之曰：「女從我，何患不生富貴乎？」女曰：「妾本闤闠女子，裙布椎作〔六〕，固所甘之，無願富貴也。相公後房玉立，豈少一女子耶？羅敷自有夫，如苦相迫，願以頸血濺相公衣，此志不可奪也。」呂自爲解衣，女力拒不得脱。忽有白馬長丈餘，從床第騰躍，向呂蹄嚙。呂釋女，環室而走。急呼女侍入，馬嚙女侍，傷數人倒地。呂驚惶趨出寢所，馬遂不見。呂曰：「此妖孽也。」然貪戀女姿，不忍驅去，亦不敢復入女室矣。惟遍求禳遣。

有胡僧自言能禳妖，呂延僧入。僧曰：「此上帝玉馬，爲祟女家，非人力所能遣也。

兆不利於主人。」呂曰：「將柰之何？」僧曰：「移之他人可代也。」呂曰：「誰爲我代耶？」僧良久曰：「長安貴人，相公有素所仇恨者，贈以此女，彼當之矣。」呂恨生刺己，思得甘心，乃曰：「得其人矣。」以金帛酬僧，僧不受，拂衣而出。呂呼薛媪至曰：「我欲以爾女贈故人，爾當偕往。」媪曰：「故人爲誰？」呂曰：「金部郎黄損也。」媪聞之私喜，入謂女曰：「相公欲以汝贈故人，汝願酬矣。」女曰：「所不即死者，意黄郎入長安，了此宿盟耳。蕭郎從此是〔七〕路人矣，我九原死骨，柰何驅之若東西水也？」媪曰：「黄郎爲金部郎，相公以汝不利于主，故欲以贈之。此胡僧之力也，女當急去。」

呂乃以後房奩飾，悉以贈女。先令長鬚〔八〕持刺投生，生力拒不允。適薛媪至，生曰：「此薛家媪也，何因至此？」媪曰：「相公欲以我女充下陳，故與偕來。」生曰：「媪女已供奉内庭矣。」媪曰：「昔在漢水中復得一女。」遂出其詞示生。生曰：「是贈裴玉娥者，媪女豈玉娥耶？」媪曰：「香車及于門矣。」生趨迎入，相抱嗚咽。生曰：「今日之會，夢耶？真耶？」女出玉馬，謂生曰：「非此物，妾爲泉下人矣。」生曰：「此吾幼時所贈老叟者，何從得之？」女言是胡僧所贈。方知離而復合，皆胡僧之力。胡僧真神人，玉馬真神物也。乃設香燭供玉馬而拜之，馬忽自案上躍起，長丈餘，直入雲際。前時老叟於空中跨去，不知所適。（據上海古籍出版社編印《古本小説集成》影印明刊本明詹詹外史輯《情史》卷九情幻類引

《北窗志異》）

〔一〕生平　《類説》卷二九《麗情集·薛瓊瓊》、《歲時廣記》卷一七《賜宫娥》引《麗情集》載崔懷寶小詞作「平生」。

〔二〕佳人　《麗情集》作「玉人」。

〔三〕砑羅裙　「砑」原作「呀」，《古今圖書集成·明倫彙編·閨媛典》卷三五九引《北窗志異》、《古今閨媛逸事》卷四情愛類《玉馬姻緣》引《北窗志異》及《麗情集》作「砑」，據改。按：砑羅，碾壓而有亮光之羅。辛棄疾《江城子·戲同官》：「留仙初試砑羅裙。小腰身，可憐人。」（《稼軒詞補遺》）

〔四〕然　《古今圖書集成》、《古今閨媛逸事》作「自舟没後」。

〔五〕丈　此字原脱，據《古今圖書集成》補。

〔六〕椎作　《古今圖書集成》、《古今閨媛逸事》作「荆釵」。

〔七〕是　原作「自」，《古今圖書集成》、《古今閨媛逸事》作「是」。按：此出《雲谿友議》卷上《襄陽傑》崔郊姑婢詩：「從此蕭郎是路人。」應作「是」，據改。

〔八〕長鬚　《古今圖書集成》、《古今閨媛逸事》作「長班」。按：長鬚謂男僕。

按：《情史》引此文末云「事見《北窗志異》」，《古今圖書集成》、《古今閨媛逸事》所引蓋又據《情史》。《宋志》小說類著録《北窗記異》一卷，注「不知作者」，當爲同一書，惟「志」、「記」之異耳。南宋賈似道《悦生隨抄》（《説郛》卷二二）引《北窗記異》犬心化石、人羊二事，皆簡。前事云及任丘縣（莫州州治），後事云「頃在寧州真寧縣」，皆屬北宋，北宋亡淪爲金國之地，當爲北宋作品。

《黄損》乃演自五代無名氏《鐙下閑談》卷上《神仙雪冤》商人劉損及裴氏事，此易劉爲黄，以裴氏爲裴玉娥，虬鬚叟則演爲胡僧、老叟。玉馬墜變化，乃本唐余知古《渚宫舊事》所載劉宋時荆州刺史沈攸之愛妾馮月華玉馬佩顯靈事（《姬侍類偶》卷上《月華玉馬》引）。薛瓊瓊見張君房《麗情集》（《類説》卷二九《麗情集·薛瓊瓊》、《歲時廣記》卷一七《賜宫娥》引），云是教坊第一筝手，選入宫中，明皇賜與崔懷寶爲妻。黄損所作詞「生平無所願」云云，即取崔懷寶所作。黄損故事乃是劉損故事演變而成，作者根據民間流傳加工創作而成此文。

宋代傳奇集第四編卷一

劍仙[一]

淄川姜子簡廉夫之祖寺丞[二]，未第時肄業鄉校。嘗偕同舍生出游，入神祠，睹捧印女子塑容端麗[三]，有惑志焉。戲解手帕，繫其臂爲定。才歸即被疾，同舍生謂其獲罪於神，使備牲酒往謝，於是力疾以行。奠享禮畢，諸人馳馬先還，姜在後，失道。日且暮，恍惚見白氣亘空，常[四]當馬首。天將曉，始到家，妻孥相視，問訊勞苦。

方就枕，忽[五]聞外間有呵殿聲，一女子絶色，自轎出，上堂拜姜母，啓云：「妾與郎君有嘉約，願得一至卧内[六]。」姜[七]欣然而起。妻將[八]引避，女請曰：「吾久棄人間事，不可以我故，間汝夫婦之情。」妻亦相拊接，驩如姊妹[九]。女事姑甚謹。值端午節，一夕[一〇]製綵絲百副，盡餉族黨。其人物花草字畫點綴，歷歷可數。自是皆以仙婦[一一]呼之。居無何，白其姑言：「新婦且[一二]有大厄，乞暫許它適避災[一三]。」再拜而別，出門遂不見，姜氏盡室驚憂。

少頃，一道士來，問姜曰：「君面色不祥，奇禍立〔一四〕至，何爲而然？」具以曲折告。道士令於淨室設榻。明日復來，使姜徑就榻堅臥，戒家人須正午乃開關〔一五〕。久之，寒氣逼人，刀劍戛擊之聲不絶，忽若一物墜榻下。日午啓鑰〔一六〕，道士已至，姜出迎，笑曰：「無慮矣。」令視所墜物，一髑髏如五斗大。出篋中藥一刀圭糝之，悉化爲水。姜問其怪，道士曰：「吾與女子皆劍仙。女先與一人綢繆，遽捨而從汝，以故〔一七〕懷忿，欲殺汝二人。吾亦相與有宿契，特出力救汝。今事幸獲濟，吾亦去矣。」

才去，女即來，遂同室如初。罷姜母之喪，哀哭嘔血。姜妻繼亡，撫育其子如己出。靖康之變，不知所終〔一八〕。（據北京中華書局版何卓點校本南宋洪邁《夷堅支庚》卷四《花月新聞》）

〔一〕篇題自擬。

〔二〕淄川姜子簡廉夫之祖寺丞　「丞淄川姜子簡」五字據《夷堅支庚》開篇所述補於此。「祖」《豔異編》卷二四義俠部《花月新聞》誤作「子」。

〔三〕塑容端麗　「塑」《豔異編》作「像」。「麗」《續修四庫全書》影印上海圖書館藏影宋鈔本作「嚴」。

〔四〕常　《豔異編》、《劍俠傳》卷四《花月新聞》作「正」。

〔五〕忽　此字原無，據明葉祖榮輯《新編分類夷堅志》、《誠齋襍記》卷下、《劍俠傳》補。

〔六〕一至卧内　葉本、《誠齋襍記》、《劍俠傳》作「一見」。

〔七〕姜　《誠齋襍記》、《劍俠傳》作「姜聞」。
〔八〕將　《誠齋襍記》、《劍俠傳》作「時」。
〔九〕驩如姊妹　「驩」《誠齋襍記》作「歡」，《劍俠傳》作「懽」，「驩」通「歡」、「懽」。「姊」影宋鈔本作「娣」。
〔一〇〕一夕　《筆記小説大觀》本（卷三二）作「多」。
〔一一〕仙婦　《筆記小説大觀》本作「仙女」。《誠齋襍記》、《豔異編》、《劍俠傳》作「仙姑」。
〔一二〕且　葉本作「當」。
〔一三〕乞暫許它適避災　《誠齋襍記》、《劍俠傳》作「乞暫適他所避之」。
〔一四〕立　《誠齋襍記》、《劍俠傳》作「將」。
〔一五〕開闗　《誠齋襍記》、《豔異編》、《劍俠傳》作「啓門」。
〔一六〕鑰　《誠齋襍記》、《劍俠傳》作「門」。
〔一七〕故　此字原無，據《筆記小説大觀》本及《誠齋襍記》、《豔異編》、《劍俠傳》、《情史》卷一九情疑類《劍仙》補。
〔一八〕不知所終　《劍俠傳》前有「後」字。

按：洪邁於此事前叙云：「《己（按：原譌作巳）志》書姜秀才劍仙事，以爲舒人。（按：葉祖榮本下多『少孤，奉母寓河北。嘗與同輩謁龍女廟，睹侍女捧鏡奩者』二十二字）今得淄川姜子簡廉夫手抄《花月新聞》一編，紀此段甚的，故復書之。貴於志異審實，不嫌復重，然大槩本末略同也。」末云：「廉夫後寓鄱陽而卒。厥孫曰好古，至今爲饒人。」亦爲洪邁補叙語。《花月新聞》此篇所記爲姜廉夫先祖事，故廉夫手抄其書。廉夫本淄川人，南渡後寓於鄱陽，與洪邁同鄉。然洪邁實得此書於呂大年（字德卿），《支庚》卷四末注：「此卷皆呂德卿所傳。」蓋呂大年得於姜好古，而又傳於洪邁。《夷堅己志》亦載有此事，《己志》已佚，不得其詳，僅據葉祖榮《新編分類夷堅志》得其數語。

《花月新聞》作者失考。清初褚人穫《堅瓠秘集》引《花月新聞》二條，即卷一《木客》、卷二《金陵黠卒》。《古今圖書集成·曆象彙編·乾象典》卷四二月部引《花月新聞》，叙建炎二年揚州士人見女子四五輩織《登科記》事，即《夷堅支庚》卷九《揚州茅舍女子》，原出吴良史《時軒居士筆記》，文詳，《古今圖書集成》所引係節録，疑出處誤。劍仙事及靖康之變，事在北宋末（一一二六）。而《夷堅支庚》作於慶元二年（一一九六），其時姜廉夫已卒，唯其孫居於饒州（鄱陽），可見無名氏《花月新聞》所出較早，疑書成當在南宋初也。

林靈素傳

耿延禧　撰

耿延禧（？—一一三六），開封（今屬河南）人。耿南仲子。徽宗宣和間爲太學官，以其父在東宫，勢傾一時。耿南仲爲門下侍郎，延禧除太常少卿，遷中書舍人。金人南侵，父子力主割地議和。二年正月，加龍圖閣直學士，入康王趙構元帥府爲參議官，尋加樞密直學士、龍圖閣學士。五月康王即位南京（商丘）後，提舉萬壽觀，留行在，兼侍讀，復爲京城撫諭使副。因與主戰派李綱不和，乞知宣州。已而論者言其主和誤國，父子皆落職，延禧提舉江州太平觀。高宗紹興元年（一一三一）起爲徽猷閣待制，仍提舉太平觀。二年復龍圖閣直學士，三年知處州，五年爲龍圖閣待制。六年八月卒於温州，贈龍圖閣學士。著《建炎中興記》一卷，佚。（據《建炎以來繫年要録》卷一、卷三、卷四、卷五、卷七、卷四八、卷六一、卷六九、卷一〇四、卷一五四，翟汝文《忠惠集》卷一《賜門下侍郎耿南仲辭免男延禧除太常少卿恩命不允詔》，《直齋書録解題》卷五雜史類）

林靈素，初名靈噩，字歲昌。家世寒微，慕遠遊。至蜀，從趙昇道人數載。趙卒，得其書，秘藏之，由是善妖術，輔以五雷法。往來宿、亳、淮、泗間，乞食諸寺〔一〕。

政和三年，至京師，寓東太一〔二〕宫。上〔三〕夢赴東華帝君召，遊神霄宫。覺而異之，敕道録徐知常訪神霄事跡。知常素不曉，告假。或告曰：「道堂有温州林道士，累言神霄，亦作《神霄詩》題壁間。」知常得之大驚，以聞。召見，上問有何術，對曰：「臣上知天宫，中識人間，下知地府。」上視靈噩，風貌如舊識，賜名靈素，號金門羽客、通真達靈元〔四〕妙先生，賜金牌，無時入内。五年，築通真宫以居之。

時宫禁多怪，命靈素治之，埋鐵簡長九尺于地，其怪遂絶。因建寶籙宫，太一西宫建仁濟亭，施符水，開神霄寶籙壇。詔天下：天寧觀〔五〕改爲神霄玉清萬壽宫，無觀者，以寺充。仍設長生大帝君、青華大帝君像。上自稱教主道君皇帝。皆靈素所建也。靈素被旨修道書，改正諸家〔六〕醮儀，校讎丹經靈篇，删修注解。每遇初七日升座〔七〕，座下〔八〕皆宰執、百官、三衙、親王、中貴，士俗〔九〕觀者如堵。講説三洞道經，京師士民始知〔一〇〕奉道矣。

靈素爲幻〔一一〕不一，上每以「聰明神仙」呼之。御筆賜玉真教主、神霄凝神殿侍宸，立兩府班〔一二〕。上思明達后，欲見之。靈素復爲葉靜能致太真之術〔一三〕，上尤異之。謂靈素曰：「朕昔到青華帝君處，獲言『改除魔髠』，何謂也？」靈素遂縱言佛教害道，今雖不可滅，合與改正，將佛剎改爲宫觀，釋迦〔一四〕改爲天尊，菩薩改爲大士，羅漢改尊者，和尚改德士，皆留髮頂冠執簡。有旨依奏。皇太子上殿爭之，令胡僧一立藏〔一五〕十二人，并五臺僧二人道堅等，與靈素鬭法。僧不勝，情願戴冠執簡。太子乞贖僧罪。有旨：胡僧放，道堅係中國人，送開封府刺面決配，于開寶寺前令衆。

明年，京師大旱，命靈素祈雨，未應。蔡京奏其妄。上密召靈素曰：「朕諸事一聽卿，且與祈三日大雨〔一六〕，以塞大臣之謗。」靈素請急召建昌軍南豐道士王文卿，乃神霄甲子之神〔一七〕，兼雨部，與之同告上帝。文卿既至，執簡敕水，果得雨三日。上喜〔一八〕，賜文卿亦充凝神殿侍宸。靈素眷益隆。

忽京城傳吕洞賓訪靈素，遂捻土燒香，氣直至禁中。遣人探問〔一九〕，香氣自通真宫來。上亟乘小車到宫，見壁間有詩云：「捻土焚香事有因，世間宜假不宜真。太平無事張天覺，四海閑遊吕洞賓。」京城印行，遶街叫賣。太子亦買數本進。上大駭〔二〇〕，推〔二一〕賞錢千緡，開封府捕之。有太學齋僕王青告首，是福州士人黄待聘令青賣。送大理寺勘招，待聘兄弟及外族爲僧行，不喜改道，故云。有旨斬馬行街。靈素知蔡京鄉人所爲，上表乞歸本貫，詔不允。通真有一室，靈素入静之所，常封鎖，雖駕來亦不入。京遣人廉得，有黄羅大帳、金龍朱紅倚卓〔二二〕、金龍香爐。京具奏：「請上親往，臣當從駕。」上幸通真宫，引京至，開鎖同入，無一物，粉壁明窗而已。京惶恐待罪。

宣和元年三月，京師大水臨城，上令中貴同靈素登城治水。敕之，水勢不退。回奏：「臣非不能治水，一者事乃天道，二者水自太子而得，但令太子拜之，可信也。」遂遣太子登城，賜御香，設四拜，水退四丈。是夜水退盡，京城之民，皆仰太子聖德。靈素遂上表乞骸，不允。

秋九月，金臺〔二三〕上言：「靈素妄議〔二四〕遷都，妖惑聖聰〔二五〕，改除釋教，毁謗大臣。」靈素即時擕衣被行出宫。十一月，與宫祠，温州居住。二年，靈素一日擕所上表見太守閭丘鶚〔二六〕，乞與繳進，及與州官親黨訣别而卒。生前自卜〔二七〕墳于城南山，戒〔二八〕其隨行弟子皇城使張如晦，可掘穴深五尺〔二九〕，見龜蛇便下棺。既掘，不見龜蛇，而深不可視，葬焉。靖康初，遣使監温州伐墓，不知所踪〔三〇〕，但見亂石縱横，强進多死，遂已。（據上海古籍出版社版齊治平校點本南宋趙與時《賓退録》卷一）

〔一〕乞食諸寺　此句下《古今説海》説淵部别傳六十三《林靈素傳》、《逸史搜奇》壬集九《林靈素》多「僧多厭之」一句。

〔二〕太一　《説海》、《逸史搜奇》作「太乙」，下同。

〔三〕上　原作「徽宗」。按：《宋史·徽宗紀四》載：紹興五年崩於五國城，七年九月凶問始至江南，遥上廟號徽宗。其時耿延禧已卒，不得有此稱。傳中凡遇徽宗皆稱「上」，唯此處作「徽宗」，必是後人所改。今改作「上」。

〔四〕元　《四庫全書》本、《説海》、《逸史搜奇》作「玄」。按：齊治平校點本底本爲乾隆十七年存恕堂仿宋本，而南宋臨安府刻本亦作「元」，知非清人避康熙諱所改也。趙鼎《林靈蘁傳》亦作「元」。

〔五〕天寧觀　《説海》、《逸史搜奇》、《汴京勼異記》卷二《道士》（末注耿延禧撰傳節略）作「宮觀」，連上讀。

〔六〕家　《説海》、《逸史搜奇》、《汴京勼異記》作「經」。

〔七〕升座　《説海》、《逸史搜奇》下有「講」字。

〔八〕座下　《説海》、《逸史搜奇》作「聽講」。

〔九〕俗　《説海》、《逸史搜奇》、《汴京勼異記》作「庶」。

〔一〇〕知　《説海》、《逸史搜奇》作「化」。

〔一一〕幻　《説海》、《逸史搜奇》作「閟」。閟，神也。

〔一二〕班　《説海》、《逸史搜奇》、《汴京勼異記》作「班上」。

〔一三〕葉靜能致太真之術　「太真」《説海》、《逸史搜奇》作「太香」，當誤。按：太真即楊貴妃。葉靜能致太真之術，不詳所出。

〔一四〕釋迦　《説海》、《逸史搜奇》作「釋伽」，「伽」字譌。

〔一五〕一立藏　《説海》、《逸史搜奇》無「一」字。

〔一六〕大雨　原作「天雨」，此從南宋臨安府刻本及《四庫》本。《説海》、《逸史搜奇》、《汴京勼異記》亦作「大雨」。

〔一七〕神　《説海》、《逸史搜奇》作「臣」，疑是。

〔一八〕喜　《説海》、《逸史搜奇》、《汴京勼異記》作「大喜」。

〔一九〕遣人探問　《説海》、《逸史搜奇》前有「上」字。

〔二〇〕駭　《説海》、《逸史搜奇》作「震怒」。

〔二一〕推 《説海》、《逸史搜奇》作「捐」。

〔二二〕倚卓 仿宋本作「椅桌」，《説海》、《逸史搜奇》同，宋本作「倚卓」，《四庫》本作「倚桌」。按：宋人書本作「倚卓」，《靖康湘素雜記》卷三《倚卓》引《楊文公談苑》云「主家造檀香倚卓一副」，謂「今人用倚卓字，多從木旁，殊無義理」。據宋本改。《汴京勼異記》改作「椅桌」。

〔二三〕金臺 原譌作「全臺」。按：金臺指御史臺，《永樂大典》卷二六〇六引《燕語考異》：「京師省寺皆南向，惟御史臺北向，蓋自唐已來如此。……或云御史彈治不法，北向取肅殺之義，莫知孰是。然金臺門上獨設鴟吻，亦非他官司所有也。」《青瑣高議》卷二《慈雲記》：「後王萌逆節，金臺上奏。」

〔二四〕議 原譌作「改」，仿宋本校：「改字疑恐是議字。」據趙鼎《林靈蘁傳》、《説海》、《逸史搜奇》改。

〔二五〕聰 《説海》、《逸史搜奇》作「聽」。

〔二六〕閭丘鶚 「鶚」原作「顎」，《説海》、《逸史搜奇》同，《學海類編》本作「額」，並譌。《浙江通志》卷一一五《職官五》及《温州府志》卷七《秩官志》均作「鶚」，又《温州府志》卷一八《雜志》亦云宣和庚子年（二年）郡守閭丘鶚，據改。

〔二七〕卜 《説海》、《逸史搜奇》作「下」，當譌。

〔二八〕戒 《説海》、《逸史搜奇》作「命」。

〔二九〕尺 《説海》、《逸史搜奇》作「丈」。

〔三〇〕踪 《説海》、《逸史搜奇》作「跡」。

按：《賓退録》末云：「此狄延禧所作《靈素傳》也。靈素本末，世不知其全，故著之，不敢增易一字。」所録乃原文。卷二亦言及《林靈素傳》，云：「《林靈素傳》中，徽宗神霄夢亦此類。」《古今説海》據《賓退録》採入傳文及趙與時所叙，而題宋趙與時撰。《重編説郛》弓一一三取入《説海》本。《逸史搜奇》亦取《説海》，題《林靈素》，不著撰名，删末「在京神霄玉清萬壽宫管轄、提舉通真宫林靈素」十九字。

林靈素温州人，晚年居住温州而終，趙與時云：「今温州天慶宫有題銜云：太中大夫、沖和殿侍宸、金門羽客、通真達靈元妙先生、在京神霄玉清萬壽宫管轄、提舉通真宫林靈素。」即温州居住時所題。耿延禧卒於温洲，此傳必是作於温州，故詳熟其事。據《建炎以來繫年要録》卷六九及卷八三，紹興三年（一一三三）至四年耿延禧知處州，卷九六載紹興五年十二月詔龍圖閣待制耿延禧等，令所在州賜田五頃，爲言官諫止，其所在州亦爲温州，次年八月即卒於温。是則此傳當作於紹興五年或六年。

趙三翁記〔一〕

張壽昌　撰

張壽昌，字朋父。嵩山（在今河南登封市北）人。

趙三翁名進，字從先，中牟縣白沙鎮人。自言遇孫思邈，授以道要，從之十稔。一日，留於縣境淳澤村，曰：「切勿離此，非天子召，勿往也。俟吾再來，與汝同歸。」宣和壬寅歲，果被召見，館于葆真宮。頃之丐歸，徽廟詢所欲，奏曰：「臣本歸兵，去役未有放停公憑，願得給賜，餘無所欲。」即日降旨，命開封尹盛章出給與。其實年已一百八歲矣。技術無所不通，能役使鬼神，知未來事。吹呵按摩，疾痛立愈。

密縣隳門山道友席洞雲，築室於獨紇嶺瀑水潭側，慕其清峭高爽，落成甚喜。既遷入，百恠畢見。未及一年，禍變相踵。席謁翁，且告之故。翁曰：「得無居五箭之地乎？」席曰：「地理之説多矣，素不聞五箭之説，敢問何謂也？」翁曰：「峰顛嶺脊，陵首隴背，土囊之口，直當風門〔二〕，急如激矢者，名曰風箭。峻溪〔三〕急流，懸泉瀉瀑，衝石走沙，聲如雷動，晝夜不息者，名曰水箭。堅剛爍〔四〕燥，斥鹵〔五〕沙磧，不生草木，不澤水泉，硬鐵腥錫，毒虫〔六〕蟻聚，散若壞壤者，名曰土箭。層崖疊巘，峻壁巉岩，鋭峰峭岫，拔刃攢鍔，聳齒露骨，狀如浮圖者，名曰石箭。長林古木，茂樾叢薄，翳天蔽日，垂蘿蔓藤，陰森肅冽，如墟墓間者，名曰木箭。五箭之地，射傷居人，皆不可用。要在回環紆抱，氣象明邃，形勢寬閑，壤肥土沃，泉甘石清，乃爲上地，固不必一一泥天星地卦也。子歸，依我言，去凶就吉，當自無恙。」席悉遵其教，居止遂安。

有頓保義公孺者，苦冷疾二年矣，幾至骨立，百藥不効。一日方灼艾，翁過之，詢其病源，頓以實告。翁令徹去火艾。時方盛暑，俾就屋開三天窻，放日光下射。令頓仰卧，揉艾遍布腹上，約十數斤，就日光炙〔七〕之。移時，覺熱透臍腹，不可忍。俄而腹中雷鳴，冷氣下泄，口鼻間皆濃艾氣，乃止。明日又復爲之，如是一月，疾愈。仍令爲之一百二十日，自此病不作，壯健〔八〕如初。且曰：「此孫真人秘訣也。世人但知着艾炷，而不知點穴，虚忍痛楚〔九〕，耗損氣力。日者太陽真火，艾既遍腹，又且徐徐照射，功力〔一〇〕極大。但五六七月爲上，若秋冬間，當以艾十數斤鋪腹，蒙以綿衣，熨斗盛炭火，徐熨之，候聞濃艾氣方止〔一一〕，亦其次也。」其術每出奇而中理，事跡甚多。（據清康熙振鷺堂重刊明商濬半埜堂萬曆刊《稗海》本《睽車志》卷六）

〔一〕篇題自擬。

〔二〕直當風門　《夷堅支丁》卷八《趙三翁》作「直風當門」。

〔三〕溪　《夷堅志》作「灘」。

〔四〕爍　《夷堅志》作「礫」。

〔五〕斥鹵　《夷堅志》作「斥岸」，作「岸」誤。按：《史記》卷二《夏本紀》：「厥田斥鹵。」《集解》：「鄭玄曰：斥謂地鹹鹵。」《索隱》：「鹵音魯。《説文》云：鹵，鹹地。東方謂之斥，西方謂之鹵。」

〔六〕毒虫　《夷堅志》作「蟲毒」，吕胤昌校本「蟲」作「蠱」。

〔七〕炙　《四庫全書》本、《筆記小説大觀》本作「灸」。按：《夷堅志》作「灸」。

〔八〕健　原作「建」，通「健」。《四庫》本、《筆記小説大觀》本及《夷堅志》作「健」，以其通用，據改。

〔九〕虛忍痛楚　《夷堅志》作「又不審虛實，楚痛」。

〔一〇〕功力　《夷堅志》作「入腹之功」。

〔一一〕候聞濃艾氣方止　《夷堅志》作「以聞濃艾氣爲度」。

按：末云：「嵩山張壽昌朋父爲作記。」蓋全文也。中云宣和壬寅歲，乃宣和四年（一一二二）。又稱徽廟，據《宋史》卷二二《徽宗紀四》，徽宗紹興五年四月崩于五國城。七年九月凶問至江南，遥上尊謚曰聖文仁德顯孝皇帝，廟號徽宗。則此記作於紹興七年（一一三七）之後。洪邁《夷堅支丁》卷八《趙三翁》，末云：「嵩山張壽昌朋父爲作記，郭象伯（按：當作次）象得其文，載於《睽車志》末。予欲廣其傳，復志於此。」文有删改。其稱趙「本黄河掃兵，避役亡命，遇孫思邈於棗林」，「翁亦不知所終」，皆爲原傳所無。且將席洞雲、頓公孺二事次序倒置。

毛烈傳〔一〕

劉望之　撰

劉望之（？—一一五九），字夷叔，一作彝叔，又字叔儀，號觀堂。瀘州合江（今屬四川瀘州市）人，一説成都（今屬四川）人。紹興十二年（一一四二）陳誠之榜同進士出身。二十七年宰臣沈該薦其才，以左文林郎、達州教授行國子正，明年除祕書省正字，二十九年七月病卒。著《觀堂集》，佚。（據《南宋館閣録》卷八《官聯下·正字》，《夷堅丙志》卷一七《劉夷叔》，《建炎以來繫年要録》卷一四五、卷一七六、卷一七九、卷一八二，《輿地紀勝》卷一五三《瀘州·人物》，《桯史》卷五《劉觀堂讀赦詩》，《大明一統志》卷七二《瀘州·人物》，雍正《四川通志》卷九上《人物·直隸瀘州》）

瀘州合江縣趙市村民毛烈，以不義起富。他人有善田宅〔二〕，輒百〔三〕計謀之，必得乃已。昌州人陳祈，與烈善。祈有弟三人，皆少，慮弟壯而析其産也，則悉舉田質于烈，累錢數千緡。其母死，但以見田分爲四。於是載錢詣毛氏，贖所質。烈受錢，有乾没心，約以他日取券。祈曰：「得一紙書〔四〕爲證，足〔五〕矣。」烈曰：「君與我待是耶？」祈信之。後數日往，則烈避不出。

祈訟于縣，縣吏受烈賄，曰：「官用文書〔六〕耳，安得交易錢數千緡而無券者？吾且言之令。」令決獄〔七〕，果如吏旨，祈以誣罔受杖。訴于州、于轉運使〔八〕，皆不得直。乃具牲酒詛于社，夢與神遇，告之曰：「此非吾所能辨，盍往禱東嶽行宫，當如汝請〔九〕。」既至殿上，於幡帷蔽映之中，屑然〔一〇〕若有言曰：「夜間來。」祈急趨出。迨夜，復入拜謁，置狀于几上。又聞有語曰：「出去。」遂退。時紹興四年四月二十日〔一一〕也。

如是三日，烈在門内，黄衣人〔一二〕直入，捽其胸毆之，奔迸得脱，至家死。又三日，牙儈一僧死，一奴爲左者亦死。最後，祈亦死。少焉復蘇，謂家人曰：「吾往對毛張大事，即烈也。善守我七日至十日，勿斂也。」祈入陰府，追者引烈及僧參對，烈猶以無償錢券爲解。獄吏指其心曰：「所憑唯此耳，安用券？」取業鏡照之，睹烈夫婦並坐受祈錢狀。曰：「信矣。」引入大庭下，兵衛甚盛。其上袞冕人，怒叱吏械烈。烈懼，乃首服。主者又曰：「縣令聽決不直，已黜官。若干吏受賕者，盡火其居，仍削壽之半。」烈遂赴獄。且行〔一三〕，泣謂祈曰：「吾還無日，爲語吾妻，多作佛果救我。君元券在某櫝中。又〔一四〕吾平生以詐得人田，凡十有三契，皆在室中錢積下，幸呼十三家人併償之，以減罪。」主者又命引僧前，僧曰：「但見初質田時事，他不預知也。」與祈俱得釋。既出，經聚落屋室，大抵皆囹圄。送者指曰：「此治〔一五〕殺降者、不孝者、巫祝淫祠〔一六〕者、逋誑佛事〔一七〕者，其類甚衆。自周秦以來，貴賤華夷悉治，不擇〔一八〕也。」又謂祈曰：「子來七日矣，可急歸。」遂抵其家而寤。

遣子視縣吏，則其廬焚矣。視其僧，茶毗已三日。往毛氏述其事，其子如父言，取券還之。是夕，僧來擊毛氏門，罵曰：「我坐汝父之故被逮，得還而身已焚，將何以處我？」毛氏曰：「業已至此，惟有奉〔一九〕爲作佛事耳。」僧曰：「我未合死，鬼録所不受，又不可爲人，雖得冥福，無用也。俟此世數盡，方別受生。今只守爾門，不可去矣。」自是，每夕必至。久之，其聲漸遠，曰：「以爾作福，我稍退舍，然終無生理也。」後數年，毛氏衰替始已。

（據北京中華書局版何卓點校本南宋洪邁《夷堅甲志》卷一九《毛烈陰獄》）

〔一〕《夷堅志》原題《毛烈陰獄》，當非原題，今別擬。

〔二〕宅　《勸善書》卷一六作「産」。

〔三〕百　《勸善書》作「下」。

〔四〕一紙書　《勸善書》作「數字」。

〔五〕足　《續修四庫全書》影印上海圖書館藏影宋鈔本作「定」。

〔六〕官用文書　《勸善書》「用」作「信」。葉祖榮分類本作「要文券驗」。

〔七〕決獄　葉本作「審讞」。

〔八〕轉運使　《勸善書》作「曹臺」。

〔九〕當如汝請　葉本作「當得理明」，明鈔本作「決當如請」。

〔一〇〕屑然　《勸善書》作「悄然」。

〔一一〕二十日　《勸善書》作「二十七日」。

〔一二〕黄衣人　《勸善書》作「有青衣」。按：《勸善書》乃明成祖皇后徐妙雲編。凡遇「黄衣」皆改作「青衣」，蓋因帝服色黄也。

〔一三〕且行　葉本作「行且」，連下讀。

〔一四〕又　《勸善書》作「又云」。

〔一五〕治　葉本作「乃」。

〔一六〕祠　葉本作「穢」。

〔一七〕逋詆佛事　葉本作「詆瀆佛道」。《勸善書》「逋」作「訕」。逋，怠也。

〔一八〕擇　葉本作「釋」。

〔一九〕奉　原爲闕字，據《宛委别藏》本、《勸善書》補。

按：《夷堅志》末注：「杜起莘説。時劉夷叔居瀘，爲作傳。」洪邁所叙實據他人所説，非録自原文，然文字繁富，夷叔原作當更詳贍。故事發生在紹興四年（一一三四），末又言「後數年，毛氏衰替始已」，殆作於紹興十年左右。時夷叔尚未進士及第，居於瀘州合江，聞此事而述之。

林靈蘁傳

趙　鼎　撰

趙鼎（一〇八五——一一四七），字元鎮，晚號得全居士。解州聞喜（今屬山西運城市）人。徽宗崇寧五年（一一〇六）進士登第，調鳳州兩當尉、岷州長道尉，累官河南洛陽令。欽宗靖康元年（一一二六），擢開封士曹，尋改右判官。金人南侵，反對割地議和。高宗建炎三年（一一二九），除司勳員外郎。歷右（一作左）司諫、殿中侍御史、侍御史，在官多所建言。金兵至江，陳戰、守、避三策，拜御史中丞。四年五月，除端明殿學士、簽書樞密院事。紹興二年（一一三二）十月，出知平江府，道改江東安撫大使、知建康府。三年三月，移江西安撫大使、知洪州。四年三月，除太中大夫、參知政事，力薦岳飛收復襄陽。八月，除知樞密院事、充川陝宣撫使，尋改都督川陝荆襄軍馬。九月，爲左通議大夫、守尚書右僕射、同中書門下平章事、兼知樞密院事。五年二月遷左僕射、兼樞密使、都督諸路軍馬、監修國史。六年十二月，因與右僕射張浚不和，引疾除觀文殿大學士、充浙東安撫制置大使、知紹興府。七年張浚罷，復拜左相。八年三月秦檜拜尚書右僕射、同中書門下平章事，鼎因力辟和議，爲秦檜所傾，十月罷爲檢校少傅、奉國軍節度使、充浙東安撫大使、知紹興府。九年徙知泉州，復又罷。十年六月謫居興化軍，移漳州，七月責授清遠軍節度副使，潮州安置。在潮五年，十四年又受誣移吉陽軍。十七年八月不食而死，年六十三。孝宗即位謚忠簡，贈太傅，追封豐國公。著《神宗實録考異》二百卷、《哲宗實録》一百五十卷、《忠正德文集》十卷、《得全居士集》三卷、《得全詞》一卷，今存輯本《忠正德文集》十卷、《得全居士集》一卷。（據《宋史》卷三六〇本傳，《忠正德文集》卷一〇《家訓筆録》、《自誌筆録》，《建炎以來繫年要録》卷二二、卷二四、卷三三、卷五九、卷六三、卷七四、卷七九、卷八〇、卷八五、卷一〇七、卷一一八、卷一二二、卷一二六、卷一三六、卷一五二、卷一五六，《直齋書録解題》起居注類、别集類、詩集類、歌詞類）

先生姓林，本名靈蘁，字通叟，温州永嘉人也。家業寒微。其母夜歸，覺紅雲覆身，因而有孕。懷胎二十四月。一夕，夢日光入室，有神人衣緑袍玉帶，眼出日光，執筆告曰：「來日借此居也。」翌日，陰雲四合，霹靂三聲，先生即降誕，金光滿室，相貌殊倫。長五歲不語。時五月五日，風雨大作，有道士頂青玉冠，衣霞衣，不告而入，見先生，喜曰：「久不相覿，特來上謁。」相顧撫掌，大笑出門，追之不及。自此能言，出語有據，不雜兒戲。七歲讀書，粗能作詩，日記萬字。蘇東坡軾來見，以曆日與讀，一覽了無遺誤。東坡驚異曰：「子聰明過我，富貴可立待。」先生笑而答曰：「我之志則異於先生矣。」東坡云：「子當如何？」先生曰：「生封侯死立廟，未爲貴也。封侯虚名，廟食不離下鬼，願作神仙，予之志也。」

先生年將三十，博通儒道經典，志慕清虚，語論孤高，迥脱塵俗。初，先生遊西洛，遇一道人姓趙，交游數載。忽一日道人云：「我大數將至，與子暫别，後事望子主之。」七日果死，乃在客舍。先生竟爲沐浴安葬，遺下青錢二十五貫，盡其數用，不餘不闕。及遺衣囊中，有書三册，細字如珠，間有天篆，人莫能識。分爲十九篇，盛以絳紗，題云「付與林某」。册上題曰《神霄天壇玉書》，皆有神仙變化法言，興雲致雨符呪，驅遣下鬼，役使萬靈。册尾有支使二十五貫錢數，逐項皆合。先生自受其玉書，豁然神悟，察見鬼神，誦呪書符，策役雷電，追攝邪魔，與人禁治疾苦，立見功驗，驅瘟伐廟，無施不靈。

先生次年至岳陽酒肆，復見趙道人，云：「予乃漢天師弟子趙昇也。向者所授五雷玉書，謹而行之，不可輕泄。即日爲神霄教主、雷霆大判官，東華帝君有難，力當救之。」崇寧五年中秋夜，徽宗皇帝夢遊神霄府，赴玉帝所召，乘車輦，侍衛森列，騰空而上。遥望金闕門，仙官玉童、金甲力士備守之。次見一人，星冠法服執圭，前引帝入闕門，上有朱牌金字，曰「神霄玉闕之門」。次向西有一門，殿上牌曰「碧霞之殿」，殿上金光如日，不能仰視。次過一小院，金釘朱户，曰「玉樞院」，分司列局，官吏嚴肅。有一朱衣吏，迎引而入，揖云：「此帝君舊居，請坐東位，少待。」須臾，有一玉童引帝朝見玉皇，帝稽首再拜，惟見金光中傳旨下云：「修國事，去姦臣，任忠賢，守宗社。」帝即再拜。出見朱衣吏，送出金闕門，復以七寶華車及侍衛官吏送帝，自天門而下。約百餘步，見一道人，青服青巾，跨青牛而上，從者皆鬼面岩鋑。二鬼面四目，執旛而前，仗劒持戈，導從甚肅，至御駕前，揚鞭呼萬歲。帝急駐車按問，道人奏曰：「今日伏覩天顔，臣之萬幸。」言訖，駕青牛自天門而上。帝夢覺，録記之。

大觀二年四月，詔求天下有道之士。茅山宗師劉混康奏曰：「臣以愚蒙，無可副聖意。有在世神仙林靈蘁，生居永嘉，何下詔之晚也？」帝即遣使求之，不起。至政和六年十月，駕幸於太乙東宫，敕委道録徐知常奏：「所有温州道士林靈蘁，在道院安下，言貌異常，累言神霄事，人莫能曉。嘗作《神霄謡》題于壁，今録奏呈。」帝覽讀其文，皆神仙妙語，喜甚。乃令徐知常引林靈蘁入見，帝曰：「卿有何法術？」先生奏云：「臣上知天上，中識人間，下知地府等事。」帝視先生風貌，如舊日識之，帝曰：「卿昔仕乎？舊曾面朕乎？」先生奏對：「臣往年中秋，上朝玉帝，瞻見陛下天顔，曾起居聖駕。」帝曰：「朕方省之。記得卿乘青牛，今牛何在？」先生奏曰：「青牛寄牧外國，非久進來。」帝甚奇之，御書改名靈素，賜號通真達靈先生，非時宣召入内，删定道史經籙靈壇等事。

帝以師事之，特建通真宫爲居，興寶籙宫，建仁濟亭，散施符藥，次開神霄籙壇。神霄官成，帝領群臣蔡京等慶宫。早齋罷，帝引百官遊行，曰：「宣德五門來萬國。」蔡京等沈思，無以答。帝顧林曰：「師能對否？」先生應聲曰：「神霄一府總諸天。」帝大喜。先生被旨修正一黄籙、青醮科儀，編排三界聖位，校正丹經子書。每月初七日陞座，洎親王内貴、文武百官皆集，聽講三洞道經。或御駕親臨，亦于座下。自此，東京人方知奉道也[一]。

先生集九天祕書、龍章鳳篆、九等雷法，集成《玉篇》進上。昔漢天師有《神霄雷書》二十卷，并天部霆司八角雷印六顆，至第八代天師，藏十卷并六印文，并晉火痕印文。國初，張守真遇翊聖真君，傳賜五卷。帝欲得《雷書》金經全足，收入《道藏》，求訪不得。先生靜夜飛神，從玉華天尊奏告上帝，乞賜觀看《雷文》并霆司等印。帝遣六丁、玉女，以印授之，一天壇玉印，一神霄嗣教宗師印，一都管雷公印，一天部霆司印，皆堅如鐵石，非金非玉。及以《雷書》五卷，賜靈素看。先生拜謝，懷印而還，省録《雷書》進奏，遂得全集。

政和七年七月，高麗國果進青牛到京，帝不勝欣喜，百官拜賀。帝即賜先生乘騎入朝，先生遂作《青牛歌》一篇，首句有云：「政和丁酉西風秋，天子賜以騎青牛。」成篇進奏，帝大悦。八月，先生復撰《明點綱紀録》進，帝賜鋟梓。重和元年，華山因開三清殿基，巨石匣中有《雷文法書》一册，乃金地繭紙。進至御前，與先生上年所進《雷書》不差一字，帝喜曰：「何靈素神聖聰明，記之如此！」帝又於禁中自書青詞，實封密奏。翌日宣先生問曰：「卿嘗言能知天上事，朕昨夜奏青詞，達否？」對曰：「青詞不達，緣誤寫一字，爲靈官所收。」歷歷讀奏。帝撫先生背曰：「真人聰明神仙也。」奉勑賜玉真教主。

神霄宮林公伴鐠，帝嘆曰：「每思皇后英魂何歸，朕嘗聞唐明皇令葉先生追楊太真相見，師能致否？」先生應云：「謹領聖諭。」至夜設醮，飛符召之，奏云：「皇后見在玉華宮，與西王母宴集，聞宣召，頃刻駕青鸞而至。」移時，聞異香襲人，天花亂墜，仙樂滿空，皇后即至矣。帝熟視，與存日無異，但仙服圭履與人間不同。后見帝曰：「臣妾昔爲仙官主者，因神霄相會，思凡得罪，謫下人間。今業緣已滿，還遂舊職。荷帝寵召，聞命即臨。願陛下知丙午之亂，奉大道，去華飾，任忠良，滅姦黨，修德行，誅童、蔡，此禍可免，他時玉府再會。天顔不然，則大禍將臨，因循沈墜，切爲陛下憂之。」帝問：「卿昔在仙班是何職位？」曰：「臣妾即紫虚元君，陰神也；陛下即東華帝君也。」帝曰：「禁中諸人并臣僚等，無惜一言。」曰：「明節乃紫虚玄靈夫人，王皇后乃獻花菩薩，太子乃龜山羅漢尊者，蔡京乃北都六洞魔王第二洞大鬼頭，童貫是飛天大鬼母，林先生是神霄教主兼雷霆大判官，徐知常是東海巨蟾精。」帝又問：「國祚如何？」默然不答。良久云：「天數有限，不敢久留。」言訖，漸漸不見。

先生嘗與帝飛神遊青華宫，上遊月府，福地洞天，靡所不到。凡有醮告，多致景雲仙鶴之翔；亢旱祈禳，則嘯命風雷，興雲降雨。五月，賜金門羽客、通真達靈元妙先生、侍中大夫。九月，特授本品真官，免視法。十月，天寧節前三日，建祝壽大醮，奏邀御駕。候三更，瞻見鬱羅蕭臺，天仙衆真俱從，太上道君親降，與陛下增壽。帝聞之齋沐，同三殿九宫宰執親王，同觀勝事。是夜，天無浮翳，月朗風清。初聞天香滿席，仙鶴翺翔，五色彩雲四合而上，仙樂聲喧，環佩振響。去地五丈餘，虚光明中，閃出樓臺宫殿，天丁力士、玉女金童建節捧香，遶於臺畔，上有玉牌，金篆「鬱羅蕭臺」四字。衆人皆不見，惟帝與張虚靜見之。帝上香再拜。宣皇太子看，良久太子曰：「泗州大聖寶塔也。」帝怒，勑内侍策出，奉聖旨：「皇太子不得再與神霄醮會。」上謂先生曰：「太子元是龜山尊者，亦曰聖賢，何如此不通正教？」先生對曰：「羅漢生前持齋執戒，忍辱修行，既墮凡間，合爲貴人，但有孝慈，不通玄旨，願陛下勿責太子也。」

十一月，賜沖和殿侍宸。十二月，奉修佑聖殿，帝曰：「願見真武聖像。」先生曰：「容臣同虚靜天師奏請。」宿殿至齋，於正午時，黑雲蔽日，大雷霹靂，火光中現蒼龜巨蛇，塞于殿下。帝祝香，再拜告曰：「願見真君，幸垂降鑒。」霹靂一聲，龜蛇不見，但見一巨足，塞于帝殿下。帝又上香，再拜云：「伏願玄元聖祖，應化慈悲，既沐降臨，得見一小身，不勝慶幸。」須臾遂現身，長丈餘，端嚴妙相，披髮，皂袍垂地，金甲大袖玉帶，腕劍，跣足，頂有圓光，結帶飛繞，立一時久。帝自能寫真，更宣畫院，寫成間，忽不見。次日，安奉醮謝，蔡京奏云：「切恐真君未易降于人間。昔日太宗皇帝曾命張守真請降，亦有畫本，用匣御封，藏于閣下，群臣皆不許見之。乞取對之，可見真僞。」奉聖旨宣取，太宗御封尚在，拆展看，與今來現本一同，更無差殊，帝愈悦。又請北斗七真，二使者乘金橋而降，此不畫録。帝瞻拜七真，聞斗中降語云：「幸速避地，勿尚奢華，當出聖斷，毋聽姦邪所敗。」言訖，迤邐昇空。此夜帝喜，邀虚靜與先生同宴。宴罷，同遊禁中，一閣下見碑，題曰「元祐姦黨之碑」。先生與虚靜看之，各俛首致敬。因請紙筆，題詩云：「蘇黄不作文章客，童蔡反爲社稷臣。三十年來無定論，不知姦黨是何人。」帝翌日以詩示太師蔡京，京皇恐無地，乞出，不允。

先生有一室，兩面牕，前門後壁，乃入靖之處，中有二椅，外常封鎖，不許一切人入，雖駕到亦不引入其室。蔡京疑，遣八廂密探之，有黃羅帳，上銷金龍床及朱紅椅卓。奏上：「林公有僭意，願陛下親往，臣當從駕指示，敢有不實，臣當萬死。」帝即幸通真宮，先生迎駕起居。帝與京徑入其室，啓封開鎖，但見粉壁明窻，椅卓二隻，他無一物。蔡京驚惶戰懼，叩頭請罪。先生請問其因，帝曰：「蔡京可誅。」先生奏乞赦之。乃指室中壁上，請帝近觀。帝子細看之，有一小符，乃金樓玉殿符也。下畫黃羅帳，如錢大，上有細字書云「天尊御座」。先生曰：「臣每請玉華天尊，下降坐此，臣焉敢僭？」帝笑曰：「卿遊戲得好。」帝曰：「朕聞漢武帝嘗請西王母降見問道，朕欲見西王母，卿能致否？」先生云：「謹領聖諭。」乃於香爐上燒一小符。少頃，見王母領諸玉女乘雲而降，一如常人，與帝對坐，顧先生曰：「今日何緣特蒙相召？」先生曰：「今天子慕道，願見元君。」帝即起，拈香再拜。王母曰：「東華帝君免拜。」帝曰：「今覩仙顏，萬劫千生實爲榮幸。若有指教，敢望聖慈。」王母曰：「凡事可請問侍宸林先生、張虛靜天師，可脱大難。」帝曰：「元君既降，得無垂訓。」王母遂授帝神丹補益之術，曰：「察姦臣，遷都長安，法太祖、太宗行事，雖見小災，不爲大禍。不然，後悔無及矣。」言訖而去。

一日，皇太子上殿奏曰：「林靈素妖術，願陛下誅之。臣每日念他，自知法廣大，不可思議。如陛下不信，乞宣法師等，皆見在京，可與林靈素鬭法，别其邪正。」時有十四人會於凝神殿，帝宣太子、諸王暨群臣觀看。先生噀水一口，化成五色雲，中有仙鶴百數，飛繞殿前，又有金龍、獅子，雜於雲間。某等奏曰：「此非也，乃紙龍鶴耳。容臣等諷大神呪，即令龍鶴墜地，化爲紙也。」太子聞之，喜曰：「若果然，則林靈素法僞當斬。」正誦呪間，十四人中止有兩人能諷，餘者皆不能語言，面若死灰。皇太子叱先生曰：「諸人若死，教爾還命！」念呪訖，仙鶴龍加百數，蔽日遮雲。帝曰：「此件無效，别有何術？」十二人皆伏地戰懼。其二人奏云：「臣能呪水百沸。」宣水令呪，果然。太子擎水盂向帝前，呼先生看。先生取氣一口吹水中，水即清涼，且結成冰。帝責云：「本朝待汝等甚厚，敢來妄言！」先生奏云：「乞燒木炭一千斤，爲火洞，表裏通紅，臣乞與二人同入試驗。」良久，火洞已成。先生云：「臣乞先入洞，乞令二人隨入。」先生入火洞，火不著衣。諸人伏地哀鳴，告太子曰：「乞救臣等性命，情願戴冠執簡，聽役施行。」皇太子下殿拜告，乞納皇太子册贖罪。奉聖旨免罪，惟道堅二人係中國人，不應罔上，送開封府刺面決配，於前令衆。

宣和元年正月八日，上詔天下僧徒並改稱德士。先生上表云：「臣本山林之士，誤蒙聖恩，若更改僧徒，必招衆怨，乞依舊布衣還鄉。」聖旨不允，不得再有陳請。五月，大水犯都城，帝命先生治之。先生奏曰：「此水難治，乃天意以戒陛下，兼此水自太子而得，臣不敢漏泄天機，但試令太子拜之，可信也。」即令太子上城，降御香四拜，水退一丈，至夜水退盡，京城人皆言太子德也。

先生上奏云：「臣初奉天命而來，爲陛下去陰魔，斷妖異，興神霄，建寶籙，崇大道，贊忠賢。今蔡京鬼之首，任之以重權；童貫國之賊，付之以兵衛。國事不修，奢華太甚。彗星所臨，陛下不能積行以禳之；太乙離宮，陛下不能遷都以避之。人心則天之舍，皇天雖高，人心易感也，故修人事可應天心。若言大數不可逃，豈知有過期之曆？臣今擬暫別龍顔，無復再瞻天表。切忌丙午、丁未，甲兵長驅，血腥萬里，天眷兩宮，不能保守。陛下豈不見袁天綱《推背圖》詩云：『兩朝天子笑欣欣，引領群臣渡孟津。拱手自然難進退，欲去不去愁殺人。』臣靈素疾苦在身，乞骸骨歸鄉。」又降詔不允。冬，金臺〔二〕上言：「林靈素妄議遷都，妖惑聖聽，改除釋教，毀謗大臣。」先生聞之大笑，呼諸弟子并監宫官吏曰：「前後宣賜之物，約三百檐。自去年用《千字文》字號封鎖，籍書分明，一無所用，可迴納宫中。」只喚一童子擕衣被，行出國門。宣喚不迴，帝賜宫温州。

先生頃在京時，雖宰執親王不與交談，亦不接見賓客，惟虚静天師至即開門，對話終日終宵。此外則東西皇城使張如晦者，舊在通真宮，出則同行，坐則同席。宗師法教，獨張一人得其妙也，既還鄉，則同居永嘉。宣和元年八月，忽一日攜表見太守，乞爲進。及別州官、親族、隣里曰：「塵世不可久戀，况大禍將及，即當辭去。」至十五日既望，命如晦曰：「吾法門以付惟汝，尚有六印九符并六丁妙用神機，盡付與汝。世代只傳一人，無致輕泄。并七寶素珠一串，如主上來取，即便分付。汝將來當爲朝廷全節大忠，今則別去，他時神霄再會。」言訖，索紙筆書頌云：「四十五歲勞生，浮名滿世崢嶸。只記神霄舊路，中秋月上三更。」書訖，上香一炷。時正三更，月朗風清，忽有霹靂一聲，先生坐化而去。先自指壙於郭外，遺囑張公與諸弟子曰：「可於正穴下更開深五尺，見龜蛇，即遂下棺。見五色氣出，不候蓋土，急走百步。」弟子依其言，果見山崩石裂，不知所在。

帝聞之，驚嘆嗚噎，御製祭文，勅：「嗚呼！生者假有，死者返真。志道者爲洞達之士，哀死者非悟解之倫。倏爾而來，洞然而去。去住不以形骸爲己累，存亡不以顯榮爲足珍。乃超生死之道，達幻化之理，惟仙卿之能乎！嗚呼！仙卿之生非生也，天將假乎！佐天行化，助國濟民。仙卿之死非死也，復歸乎天。大道咸行，群迷已覺。故神凝粹乎天真，尸解託乎世數。乘雲氣，騎日月，遊蓬瀛之巔乎？步紫虚之玉墀乎？不可得而測之者也。今仰守臣，執人間之世禮，致祭柩前。若精爽不昧，歆此寵嘉。尚饗！」勅：「侍宸林公羽化，仰守臣閭丘曡〔三〕如法致祭，仰侍從官吏卜地安瘞。將囊中金器出賣，作黄籙大醮一月日，欠錢將省庫錢支用，録奏呈。不得觀望滅裂，當别差官審察，以稱朕旨始終待遇之意。」勑封九十五字尊號，賓誥勑賜「高上神霄玉清府右極西臺仙卿、雷霆玉樞元明普化天師、洞明文逸契元應真傳道輔教宗師、金門羽客、沖和殿侍宸、行特進太宰同中書門下平章事、上柱國、魯國郡開國公，食邑八千一百户，實封三千户，賜紫玉方符、通真達靈元妙護國先生林靈素」。

靖康元年，淵聖皇帝即位，果元取七寶素珠，次遣使監温州郡守巡尉伐墓。三日，不知去處，但見亂石縱横，黑風大雨，雷電火光，霹靂震地，人面不能相覩，異獸巨蛇交出。護衛乃實録其事具奏，淵聖聞之大驚。再遣使賜御香至温州，委守臣修設大醮，奉安謝罪，勑封通真達靈真人。仍下詔令綵繪真容，立祠于天慶觀。迨今存焉。

本傳始以翰林學士耿延禧作，華飾文章，引證故事，旨趣淵深，非博學士夫，莫能曉識。僕今將事實作常言，切欲奉道士俗咸知先生之仙迹。僕初未任，居西洛，遇先生，以文字一册實封見及，曰：「後當相中興，若遇春頭木會之賊，可以致仕，開吾册依法行之，可脱大難，即悟長生。不然，則潮陽相遇於古驛中，此時之悔晚矣。」初不以爲然，亦不記先生所教文字。因奏檢事，果春頭木會之賊。被罪海島，道過潮陽驛中，方抵驛亭，見一少年綉衣紅顏，徑入驛中，熟視之，即先生也。笑問曰：「前言不謬乎？」始知先生是真神仙也。於是重編本傳，以示後人。前尚書左僕射趙鼎謹記〔四〕。（據明正統《道藏》本元趙道一《歷世真仙體道通鑑》卷五三《林靈蘁》）

〔一〕按：此句下原有注云：「《皇朝通鑑》云：政和七年，兩浙道士林靈素至京師。二月，御上清寶籙宫，命通真先生作（按：當作林）靈素講道經及《玉清神霄王降生記》，有翔鶴數千，飛鳴久之。」下文「帝賜宫温州」之下亦有注云：「《東都事略》云：宣和元年冬十一月乙卯，祀昊天上帝于圜壇，大赦天下，放林靈素歸山。」皆係編者趙道一所加，今删。

〔二〕金臺　原譌作「全臺」，今改。按：金臺即御史臺。參見《林靈素傳》校記。

〔三〕間丘咢　《浙江通志》卷一一五、《温州府志》卷一七《職官志》並作間丘鶚，疑「咢」字乃譌傳。《賓退録》引耿延禧《林靈素傳》作「顎」，則當爲傳寫之譌。

〔四〕按：末節《歷世真仙體道通鑑》爲雙行小字注，今改作正文而低兩格。

按：趙鼎《忠正德文集》卷一〇《自誌筆録》載：庚申七月「責授清遠軍節度副使、潮州安置」。趙鼎於紹興十年庚申歲（一一四〇）七月自漳州抵潮陽，此傳當作於此時。耿延禧作《林靈素傳》，在此四五年前。據耿傳，林靈素卒於宣和二年（一一二〇），紹興十年林卒已二十年，焉能相遇於潮陽？所言居西洛遇林云云，實趙鼎假託之辭，蓋假「神仙」之口以斥「春頭木會之賊」（秦檜）也。

謝石拆字

何薳 撰

何薳（一〇七七—一一四五），字子楚，一作子遠，號韓青老農、富春樵隱。建州浦城（今屬福建南平市）人。武學博士何去非（字正通）中子。博學多聞，工詩，善鼓琴。章惇、蔡京相繼柄國，遂不仕。父死葬富陽縣韓青谷，卜築韓青以保先塋。紹興十五年卒，年六十九。著《春渚紀聞》十卷。（據南宋王洋《東牟集》卷一四《隱士何君墓誌》、《續修浦城縣志》卷二三《人物三·文苑》）

謝石潤夫，成都人。宣和間至京師，以相〔一〕字言人禍福。求相者但隨意書一字，即就其字離析，而言無不奇中者。名聞九重，上皇因書一「朝」字，令中貴人持往試之。石見字，即端視中貴人曰：「此非觀察所書也。然謝石賤術，據字而言，今日遭遇即因此字，黥配遠行亦此字也，但未敢遽言之耳。」中貴人愕然，且謂之曰：「但有所據，盡言無懼也。」石以手加額曰：「『朝』字離之爲『十月十日』字，非此月此日所生之天人，當誰書也？」一坐盡驚。中貴馳奏，翌日召至後苑，令左右及宮嬪書字示之，皆據字論説禍福，俱有精理。

錫賫甚厚，并與補承信郎。緣此四方來求相者，其門如市。

有朝士，其室懷姙過月，手書一「也」字，令其夫持問石。是日座客甚衆。石詳視字，謂朝士曰：「此閤〔二〕中所書否？」曰：「何以言之？」石曰：「謂語助者焉哉乎也，固知是公内助所書。尊閤〔三〕盛年三十一否？」曰：「是也。」「以『也』字上爲『三十』，下爲『一』字也。然吾官人寄此，當力謀遷動而不可得否？」曰：「正以此爲撓耳。」「蓋『也』字著水則爲『池』，有『馬』則爲『馳』。今池運則無水，陸馳則無馬，是安可動也？又尊閤父母兄弟近身親人，當皆無一存者。以『也』字著『人』則是『他』字，今獨見『也』字而不見『人』故也。又尊閤其家物産亦當蕩盡否？以『也』字著『土』則爲『地』字，今又不見『土』也。二者俱是否？」曰：「誠如所言也。」朝士即謂之曰：「此皆非所問者，但賤室以懷姙過月，方切憂之，所以問耳。」石曰：「是必十三箇月也。以『也』字中有『十』字，并兩傍二豎下一畫爲『十三』也。」石熟視朝士有曰：「有一事似涉奇怪，因欲不言，則吾官人所問，正決此事，可盡言否？」朝士因請其說，石曰：「『也』字著『虫』爲『虵』字，今尊閤所姙，殆蛇妖也。然不見蟲蠱，則不能爲害。謝石亦有薄術，可爲吾官人以藥下驗之，無苦也。」朝士大異其說，因請至家。以藥投之，果下數〔四〕小蛇而體平。都人益〔五〕共神之，而不知其竟挾何術也。（據北京中華書局版張明華點校本南宋何薳《春渚紀聞》卷二《雜記》）

〔一〕相　明唐順之《唐荆川先生稗編》卷六四《諸家二十二·術數》引洪邁《夷堅志》之《謝石拆字》作「折」，《四庫全書》本作「拆」。下同。

〔二〕閤　《寶顔堂祕笈》本、《夷堅志》作「閨」。《津逮祕書》本、《四庫全書》本作「閣」。《剪燈叢話》卷九宋陳直（按：撰人妄題）《謝石拆字傳》此處及下文皆作「閣」。按：閤、閣、閨均指女子住室。

〔三〕閤　寶顔堂本作「閣」，《夷堅志》作「閫」，下同。閫，妻室。

〔四〕數　《夷堅志》作「百數」。

〔五〕益　《夷堅志》作「盡」。

按：《直齋書録解題》卷一一小説家類著録浦城何薳《春渚紀聞》十卷，《宋志》雜家類則作十三卷。今本十卷，載《津逮祕書》、《四庫全書》（用《津逮》本）、《學津討原》、《浦城遺書》、《宋人小説》等，《寶顔堂祕笈》本止六卷，殘本也。《宋人小説》本出自明影南宋尹家書籍鋪刊本，上海涵芬樓夏敬觀校。中華書局一九八三年版張明華點校本即以此本爲底本，校以《寶顔堂》、《津逮》、《學津》本及《説郛》卷四二節本。本書卷三《挽經牛》記紹興九年事，知書成於紹興九年後、十五年前。

明編《剪燈叢話》卷九《謝石拆字傳》即取本篇，而妄題撰名爲宋陳直。唐順之《稗編》卷六四輯入《謝石拆字》，題洪邁《夷堅志》（上海涵芬樓編印《夷堅志再補》輯入），則本篇曾爲洪書採入，文句微有删略耳。謝石相術《夷堅志》猶有記，見《夷堅志補》卷一九《謝石拆字》、《蓬州樵夫》。

中霤神

何薳 撰

中霤之神，實司一家之事，而陰佑於人者。晨夕香火之奉，故不可不盡誠敬。余少時過林棣趙倅家，見其莊僕陳青者，睡中多爲陰府驅，令收〔一〕攝死者魂識。云每奉符至追者之門，則中霤之神先收訊問，不許擅入。青乃出符示之，審驗反覆得實，而後蹙蹙而入。青於門外呼死者姓名，則其神魂已隨青往矣。其或有官品崇高之人，則自有陰官迎取，青止隨從而已。

建安李明仲秀才山居，偶赴遠村會集，醉歸侵夜，僕從不隨。中道爲山鬼推墮澗仄，醉不能支。因熟睡中，其神徑還其家，見母妻於燭下共坐，乃於母前聲喏，而母略不之應。又以肘撞其婦，亦不之覺。忽見一白髯老人，自中霤而出，揖明仲而言曰：「主人之身，今爲山鬼所害，不亟往，則真死矣。」乃拉明仲自家而出，行十里許，見明仲之屍卧澗仄。老人極力自後推之，直呼明仲姓名。明仲忽若睡醒，起坐驚顧，而月色明甚，乃扶路而歸，至家已三鼓矣。乃語母妻其故，晨起率家人具酒醴，敬謝於神云。

又朝奉郎劉安行，東州人，每遇啜茶，必先酹中霤神而後飲。一夕，忽夢一老人告之曰：「主人禄命告終，陰符已下，而少遲之，幸速處置後事，明日午時不可踰也。」劉起拜老人，且詢其誰氏，曰：「我主人中霤神也。每承主人酹茶之薦，常思有以致效，今故奉報也。」劉既悟，點計其家事，且語家人神告之詳，云：「生死去來，理之常也。我自度平生無大過惡，獨有一事，吾家廚婢採蘋者，執性剛戾，與其輩不足。若我死，必不能久留我家，出外則必大狼狽。今當急與求一親，使之從良，且有所歸，則我瞑目矣。」因呼與白金十星，以爲資遣。語畢，沐浴易服，以俟時至。過午，忽覺少倦，就憩枕間。復夢其神欣躍而告曰：「主人今以嫁遣廚婢之事，天帝嘉〔二〕之，已許延一紀之數矣。」已而睡起安然。後至宣和間，無病而卒。（據北京中華書局版張明華點校本南宋何薳《春渚紀聞》卷二《雜記》）

〔一〕收　寶顔堂本（卷三）、《津逮祕書》本、《四庫全書》本、《剪燈叢話》卷一〇宋何薳《中霤神傳》作「放」，當譌。

〔二〕嘉　寶顔堂本、《津逮》本、《四庫》本作「佳」，《剪燈叢話》作「喜」。

楊醇叟道術

何 薳 撰

餘杭沈野，字醇仲，權智之士也。喜蓄書畫，頗有精識。嘗於錢塘與一道士楊希孟醇叟相遇，喜其開爽善談，即延與同邸而居。沈善談人倫，而不知醇叟妙於此術也。時蔡元長自翰長〔一〕黜居西湖，日遣人邀致醇叟。一日晚歸，沈語楊曰：「余嘗觀翰林風骨氣宇，皆足以貴，而定〔二〕不入相。」楊徐曰：「子目力未至，此人要〔三〕如美玉琢成，百體完就，無一不佳者。是人尚〔四〕作二十年太平宰相位，但其終未可盡談也。」

楊復善笛，蓄鐵笛大如常笛，每酒酣必引笛自娱，聽者莫不稱善。一日，與沈飲於娼樓，月色如晝，而笛素〔五〕不從。客有〔六〕舉酒而言曰：「今夕月色佳甚，盃觴〔七〕之樂至矣，獨恨不聞笛聲也。」楊徐笑曰：「俟令往取。」實無所遣〔八〕也。酒再行，忽引袖出笛，快作數弄。座客皆不知笛所從來，徐扣之，云：「小術耳。乃某左右，常驅役使鬼也，俾之取物，雖千里外可立待，但不可使盜取耳。子欲學之，當以奉授。然又有切於性命者，子不問何〔九〕也？」沈始敬異之，擇日焚香，跪請其術。且言：「吾術斷欲爲先，子欲得之，當先誓於天尊像前，無不可者。」沈與一姓闞人，同授盟戒〔一〇〕而行其教。闞未滿百日而輒有所犯，即夜夢受杖於像前，晨起背發癰，數日而卒。

既而楊辭以有行，沈問所之，楊亦知沈有河朔之遊，云：「我此行且先適淮南，子若北行過楚，幸訪我於紫極宮。以八月十五日爲約，踰期恐行止無定，不能再見也。」楊既行，而沈以事留，逮至楚，則九月初矣。徑往紫極宮訪之，了無所聞。回過殿角，有老道士坐睡，因揖以詢楊之存亡。道士驚顧，對曰：「左右與醇叟何處相期？且當約以何日也？」沈告之故。道士嘆息而言曰：「楊誠奇士，奇士！左右之來〔二〕，惜較旬日之遲〔三〕也。楊至此月餘，一日無疾焚香趺坐，與衆道士語。久之，揖座人曰：『希孟今當有所適，然此行學道未竟，更當一來也。』語訖，長嘯而逝，正八月十五日也。今殯東城矣。」沈於是即觀中設位，拜泣醮謝而後行。沈後亦不能畢行其所授而終。（據北京中華書局版張明華點校本南宋何薳《春渚紀聞》卷三《雜記》）

〔一〕翰長　寶顔堂本作「翰林」。按：據《宋史》卷四七二《蔡京傳》，哲宗末蔡京（字元長）進翰林學士承旨。徽宗即位後數月，爲御史陳次升等所論，奪職，提舉洞霄宫，居杭州。

〔二〕定　寶顔堂本無此字。

〔三〕要　張明華點校本據寶顔堂本改作「面」。按：《宋人小説》及諸本皆作「要」，今回改。要，當也，非「腰」字。

〔四〕尚　點校本據寶顏堂本、《津逮》本、《學津》本改作「當」。按：《宋人小説》本原作「尚」。尚，當也。今回改。

〔五〕素　寶顏堂本無此字。

〔六〕客有　寶顏堂本作「衆皆」。

〔七〕觴　寶顏堂本、《津逮》本、《四庫》本作「酒」。

〔八〕實無所遣也　「遣」寶顏堂本作「妨」，此句連上讀。

〔九〕何　點校本據寶顏堂本改作「可」。按：《宋人小説》及諸本皆作「何」，今回改。可，通「何」。

〔一〇〕盟戒　寶顏堂本作「戒盟」。

〔一一〕來　寶顏堂本、《津逮》本、《四庫》本、《學津》本作「違來」。

〔一二〕遲　寶顏堂本作「違」。

王樂仙得道

何薳　撰

道人王樂仙，或云潭州人。初爲舉子，赴試禮部，一不中即裂冠從太一宫王道録〔一〕，行胎養之術。歲餘，勤至不怠。王云：「我非汝師，相州天慶觀李先生，汝師也。汝持我書訪之，當有所授。」樂仙得書，徑至湯陰求之，無有也。一日坐觀門，有老道士見之，呼與語曰：「子尋李先生，此去市口茶肆中候之。」果見赤目蓬首，携瓶至前瀹茶者，因揖之，便呼李先生。李佯驚曰：「汝何人也？」樂仙探懷出王書授之，李微笑曰：「王師乃爾管人閒事耶？此非相語處，三日黎明，候我於觀門也。」樂仙辭〔二〕謝而歸。

三日，鷄鳴坐門，未久李至，以手撩髮，則兩目燁然，如巖電燭人。握手入觀中，謂樂仙曰：「汝刳心求道，而燒假銀何〔三〕也？」樂仙謝：「誠有，以備乏絶無告耳。然是乾水銀法，非若世人點銅爲之，以誤後人也。」李探懷出銀小鋌：「請以是易子所作，如何？」樂仙取以示之，範製輕重，與李所授無異也。即令取油鐺於前，投樂仙所作烹之，須臾粉碎還元。曰：「豈不誤後人耶？」樂仙悔謝久之，李勉之曰：「知子不妄用，亦欲子知此術於子無益耳。我且歸，後更就汝語也。」明日訪之，主人云：「夙昔折券而去，不云所適也。」

樂仙既蹤跡數日，不復再見。乃西遊黨山中，寓一〔四〕僧舍，主僧亦喜延客，因留止旬日。而主僧復善壬遁，旦旦〔五〕必焚香轉式，以占一日之事。忽謂樂仙曰：「今日當有一大貴人臨門，不然亦非常之士見過，當與子候之。」并戒其徒掃室以待。至日欲入，略無貴達至者。忽遠望林下，有一舉子從羸童，負書篋竹笥而來。主僧揣之曰：「我所占貴人，豈此舉子異日非常之兆耶？」更當復占以驗之，即喜躍而出，謂樂仙曰：「貴者審此人也。」因相與迎門，延至客室，相語甚久。云姓蔡，嘗舉進士也。既而主僧請具飯，蔡曰：「某行李中亦自有薄具，二公居山之久，若不拘葷素，當可共享也。」即呼燭設席，命其僮於竹筒中出果實數種既，皆遠方珍新。至傾酒榼，樂仙味之，元是潭州公廚十香酒也。酒行，筒中出三大煎鮭魚，尚未冷。酒再行，又出三肉餅，亦若新出爐者。至餘品，燒羊鵝炙，皆若公侯家珍饌，而取諸左右。笑語至夜半而罷。二公大異之，而不敢詰其所從至也。蔡繼云：「某亦於此候一親知罷官者，當與二公少周旋也。」

日復一日，亦問及養煉事。樂仙心獨喜之，亦意其有道者。至夕，主僧與僕從皆已熟寢，樂仙即炷香前拜，而請其從來，即以先生禮之，且哀懇言其罷舉求道，了未有遇，願賜憐憫生死骨肉也。蔡徐笑曰：「我南嶽蔡真人也。固知子棲心之久，更俟與子勘問之也。」樂仙稽首，謝其垂接。次夕，復扣户伺之。忽見一大人，膝與簷齊，而不見其面目，音響極厲，云：「仙童萬福。」投一白紙於蔡前，蔡取以示樂仙曰：「與子勘問至矣。」紙間有書云：「某於十洲三島究訪，並無此人名籍。後檢蓬萊謫籍中，始見其名〔六〕氏鄉里也。某人供呈。」蔡語樂仙曰：「子無憂也。」因授以内丹真訣。數日別去，云：「汝有未解處，但焚香啓我，我當自告汝也。」

後樂仙聞通直郎章〔七〕子才自九江棄官，遷居錢塘金地山，行符水救人疾苦，外丹已成，因南遊過之。夜語〔八〕及蔡真人事，取所授白紙示章，視其供呈人姓名，乃其法籙中六丁名字也。即熾炭於爐，取紙投之，炭盡而紙字如故。因相與驚異，且乞之以藏其家。樂仙既去，了不知所向，或傳其解化矣。章亦數歲而終。將葬之夕，有一道人不言姓字，來護葬事，且留物以助其子，或疑是樂仙也。（據北京中華書局版張明華點校本南宋何薳《春渚紀聞》卷三《雜記》）

〔一〕道録　寶顔堂本作「道禄」，誤。道録，道教職事名。《宋史》卷四七二《蔡京傳》：「太學博士范致虚，素與左街道録徐知常善。」

〔二〕辭　寶顔堂本作「拜」。《津逮》本作「詞」，《四庫》本作「詷」，疑爲「詞」字之譌，「詞」通「辭」。

〔三〕何　寶顔堂本作「可」。可，通「何」。

〔四〕一　寶顔堂本作「于」。

〔五〕旦日　寶顔堂本、《津逮》本、《四庫》本作「旦日」，《學津》本作「但日」。

〔六〕名　寶顔堂本作「姓」。

〔七〕章　寶顔堂本作「張」，下文作「章」，知「張」字誤也。

〔八〕語　寶顔堂本下空一字。

隴州鸚歌

何薳 撰

王景源〔一〕云：有韓奉議者，爲隴州通守。家人得鸚歌，忽語家人曰：「鸚歌數日來甚思量鄉地，若得放鸚歌一往，即死生無忘也。」家人聞其語，甚憐之，即謂之曰：「我放你甚易，此去隴州數千里外，你怎生歸得？」曰：「鸚歌亦自記得來時驛程道路，日中且去深林中藏身，以避鷹鷂〔二〕之擊，夜則飛行求食，以止饑渴爾。」家人即啓籠，及與解所繫縚線，且祝其好去。鸚歌亦低首答曰：「娘子濾更各自好將息，莫憶鸚歌也。」遂振翼望西而去。家人輩亦悵然者久之，謂必無遠達之理。

至數月，舊任有經使何忠者，自隴州差至京師投下文字。始出州城，因憩一木下，忽聞木杪有呼急足者，忠愕然，謂是鬼物。呼之再三，不免仰首視之，即有鸚歌，且顧忠曰：「你記得我否？我便是韓通判家所養鸚歌也。你到京師，切記爲我傳語通判宅〔三〕眷，鸚歌已歸到鄉地，甚快活，深謝見放也。」忠咨嗟而行。至都，遂至韓第，問鸚歌所在，具言其所見。舉家驚異，且念其慧黠，及能偵候何忠傳達〔四〕其言，爲可念者。

或未以爲信，余曰：「昔唐太宗時，林邑獻五色鸚鵡〔五〕，新羅獻美女二人。魏鄭公以爲不宜受，太宗喜曰：『林邑鸚䳇猶能自言苦寒思歸，況二女之遠別親戚乎？』并鸚䳇各付使者歸之。又明皇時，太真妃得白鸚䳇，聰慧可愛。妃每有燕遊，必置之輦竿自隨。一日，鸚䳇忽低首愁慘，太真呼問之，云：『鸚䳇夜夢甚惡，恐不免一死。』已而妃〔六〕出後苑，有飛鷹就輦攫之而去。宮人多於金花紙上寫《心經》追薦之者。此又能通曉夢事，則其靈慧非止一鸚歌也。」（據北京中華書局版張明華點校本南宋何薳《春渚紀聞》卷五《雜記》）

〔一〕源　寶顔堂本、《剪燈叢話》卷八及《五朝小説·宋人百家小説》傳奇家宋何薳《韓奉議鸚歌傳》作「原」。

〔二〕鷂　寶顔堂本、《剪燈叢話》、《宋人百家小説》作「隼」。

〔三〕宅　寶顔堂本、《剪燈叢話》、《宋人百家小説》作「家」。

〔四〕達　寶顔堂本、《剪燈叢話》、《宋人百家小説》作「道」。

〔五〕䳇　寶顔堂本、《津逮》本、《四庫》本、《學津》本、《剪燈叢話》、《宋人百家小説》作「歌」，下二「䳇」字同。

〔六〕妃　寶顔堂本、《津逮》本、《四庫》本、《學津》本、《剪燈叢話》、《宋人百家小説》作「太真妃」。

宋代傳奇集第四編卷二

狄氏〔一〕

廉布 撰

廉布，字宣仲，晚號射澤老人。楚州山陽（今江蘇淮安市）人。初入太學，徽宗宣和三年（一一二一）上舍登第，張邦昌納爲婿，明年徵爲太學博士。建炎初（一一二七），攜家自鄉里避亂南下，寓居杭州錢塘縣吴山下，遇郡兵陳通等作亂被掠，復又買舟往霅川（湖州），投奔王明清外祖曾紆。建炎元年九月張邦昌賜死潭州後，廉布坐妻黨被擯棄不用。三年，詔赴行在，任何職不詳。曾監某州縣酒税。紹興十八年（一一四八）官左從事郎，入都調官，右正言巫伋奏其乃叛臣壻，遂止。後閒居紹興，名居室曰容齋，絶仕宦之念，專意繪事。病廢累年以死。其子廉孚，亦有父風。（據《投轄録·楚先覺》、《揮麈前録跋》、《揮麈録餘話》卷二、《夷堅乙志》卷一五《京師酒肆》、《甕牖閒評》卷三、《東牟集》卷二《寄廉仲宣》、《渭南文集》卷一四《容齋燕集詩序》、《建炎以來繫年要録》卷二〇又卷一五七、《畫繼》卷三、《畫鑒》、《圖繪寶鑑》卷四、《畫史會要》卷三）

狄氏者，家故貴，以色名動京師。稍長，所嫁亦貴〔二〕。明豔絶世。每燈夕及西池春遊，都城士女讙集，自諸王邸第及公侯戚里中貴人家，帟幕車馬相屬，雖歌姝舞姬，皆飾鐺翠，佩珠犀，覽鏡顧影，人人自謂傾國。及狄氏至，靚妝卻扇，亭亭獨出，雖平時妒悍自銜者皆羞伏〔三〕。至相忿詆，輒曰：「若美如狄夫人耶？乃敢凌我！」其名動一時如此。然狄氏資性貞淑，遇族遊群飲，淡如也。

有滕生者，因出遊觀之，駭慕喪魂魄，歸悒悒不聊生。訪狄氏所厚善者，或曰：「尼慧澄與之習。」生過尼，厚遺之。日日往，尼媿謝問故，生曰：「極知不可，幸萬分一耳，不然且死。」尼曰：「試言之。」生以狄氏告，尼笑曰：「大難！大難！此豈可動耶？」具道其決不可狀。生曰：「然則有所好乎？」曰：「亦無有，唯旬日前屬我求珠璣，頗急。」生大喜曰：「可也。」即索馬馳去。俄懷大珠二囊，示尼曰：「直二萬緡，願以萬緡歸之。」尼曰：「其夫方使北，豈能遽辦如許償邪？」生亟言曰：「四五千緡，不則千緡、數百緡皆可。」又曰：「但可動，不願一錢也。」

尼乃持詣狄氏，果大喜，玩不釋。問須直幾何，尼以萬緡告。狄氏驚曰：「是纔半直爾。然我未能辦，奈何？」尼因屏人曰：「不必錢，此一官欲祝事耳。」狄氏曰：「何事？」曰：「雪失官耳。夫人弟兄夫族，皆可爲也。」狄氏〔四〕曰：「持去，我徐思之。」尼曰：「彼事急，且投他人，可復得耶？姑留之，明旦來問報。」遂辭去。具〔五〕以告生，生益厚餉之。

尼明日復往，狄氏曰：「我爲營之，良易。」尼曰：「事有難言者，二萬緡物付一禿媪，如〔六〕客主不相問，使彼何以爲信？」狄氏曰：「奈何？」尼曰：「夫人以設齋來院中，使彼若邂逅者，可乎？」狄氏頳面摇手曰：「不可。」尼愠曰：「非有他，但欲言雪官事，使彼無疑耳。果不可，亦不相〔七〕强也。」狄氏乃徐曰：「後二日我亡兄忌日〔八〕，可往，然立語亟遣之。」尼曰：「固也。」

尼歸及門，生已先在，詰之，具道本末。拜曰：「儀、秦之辨，不加於此矣。」及期，尼爲齋具，而匿生小室中，具酒肴俟之。晡時，狄氏褖飾〔九〕而至，屏從者，獨攜一小侍兒。見尼曰：「其人來乎？」曰：「未也。」唄祝畢，尼使童子主侍兒，引狄氏至小室。搴簾，見生及飲具，大驚，欲避去。生出拜，狄氏答拜。尼曰：「郎君欲以一卮爲夫人壽，願勿辭。」生固頎秀，狄氏頗心動，睇而笑曰：「有事第言之。」尼固挽使坐，生持酒勸之。狄氏不能卻，爲釂卮，即自持酒酬生。生因徙坐，擁狄氏曰：「我爲子且死，不意果得子。」擁之即幃中。狄氏亦讙然，恨相得之晚也。比夜散去，猶徘徊顧生，挈其手曰：「非今日，幾虚作一世人。夜當與子會。」自是夜輒開垣門召生，無闕夕。所以奉生者，靡不至，惟恐毫髮〔一〇〕不當其意也。

數月，狄氏夫歸。生小人也，陰計已得狄氏，不能棄重賄。伺其夫與客坐，遣僕入白曰：「某官嘗以珠直二萬緡賣第中，久未得直，且訟於官。」夫謂眙，入詰，狄氏語塞，曰：「然。」夫督取還之。生得珠後〔一一〕，遺尼謝狄氏曰：「我安得此？貸於親戚，以動子耳。」狄氏雖恚甚，終不能忘生，夫出輒召與處〔一二〕。數年〔一三〕夫覺，閑之嚴密。狄氏竟以念生病死。予在大學〔一四〕時親見。（據北京中國書店影印上海涵芬樓排印張宗祥校明鈔本元陶宗儀編《說郛》卷一一《清尊録》）

〔一〕《説郛》原無題。據張宗祥撰《説郛校勘記》，休寧汪季清家藏明抄殘本題《狄氏》，今從。

〔二〕貴　《古今説海》説略部雜記家十七、《重編説郛》弓三四、《五朝小説·宋人百家小説》偏録家、《香豔叢書》第四集卷一《清尊録》，《豔異編》卷二五徂異部、《稗家粹編》卷二徂異部、《情史》卷三情私類《狄氏》，《緑牕女史》卷一一妾婢部徂異門、《剪燈叢話》卷二（上二書妄題宋康譽之）、《繡谷春容》仁集卷八《怡耳摭粹》、《一見賞心編》卷一一淫冶類《狄氏傳》，《雪窗談異》卷一《談異録·狄姬爲珠賣》，並作「貴家」。

〔三〕伏　《説海》、《重編説郛》、《宋人百家小説》、《香豔叢書》、《豔異編》、《稗家粹編》、《情史》、《緑牕女史》、《剪燈叢話》、《繡谷春容》、《賞心編》並作「服」。

〔四〕氏　此字原無，據《重編説郛》、《宋人百家小説》、《香豔叢書》補。按：上下文皆作「狄氏」。

〔五〕具　原作「且」，據《説郛》明抄殘本改。

〔六〕如《説海》、《重編説郛》、《宋人百家小説》、《香豔叢書》、《豔異編》、《稗家粹編》、《情史》、《緑牕女史》、《剪燈叢話》、《繡谷春容》、《賞心編》並作「而」。

〔七〕相《説海》、《重編説郛》、《宋人百家小説》、《香豔叢書》、《豔異編》、《稗家粹編》、《情史》、《緑牕女史》、《剪燈叢話》、《繡谷春容》、《賞心編》、《雪窗談異》並作「敢」。

〔八〕日　此字原無，據明抄殘本、《説海》、《重編説郛》、《宋人百家小説》、《香豔叢書》、《豔異編》、《稗家粹編》、《情史》、《緑牕女史》、《剪燈叢話》、《繡谷春容》、《賞心編》、《雪窗談異》補。

〔九〕襐飾　《説海》、《重編説郛》、《宋人百家小説》、《香豔叢書》、《豔異編》、《稗家粹編》、《情史》、《緑牕女史》、《剪燈叢話》、《繡谷春容》、《賞心編》、《雪窗談異》並作「嚴飾」。襐，飾也。

〔一〇〕毫髪　《説海》、《重編説郛》、《宋人百家小説》、《香豔叢書》、《豔異編》、《稗家粹編》、《情史》、《緑牕女史》、《剪燈叢話》、《繡谷春容》、《賞心編》、《雪窗談異》並作「毫絲」。

〔一一〕後　《説海》、《重編説郛》、《宋人百家小説》、《香豔叢書》、《豔異編》、《稗家粹編》、《情史》、《緑牕女史》、《剪燈叢話》、《繡谷春容》、《賞心編》、《雪窗談異》並作「復」，連下讀。

〔一二〕處　《説海》、《重編説郛》、《宋人百家小説》、《香豔叢書》、《豔異編》、《稗家粹編》、《情史》、《緑牕女史》、《剪燈叢話》、《繡谷春容》、《賞心編》並作「通」。

〔一三〕數年　《説海》、《重編説郛》、《宋人百家小説》、《豔異編》、《稗家粹編》、《情史》、《緑牕女史》、《剪燈叢話》、《繡谷春容》、《賞心編》並作「逾年」。

〔一四〕大學 《説海》、《重編説郛》、《宋人百家小説》、《豔異編》、《緑牕女史》、《剪燈叢話》、《繡谷春容》、《賞心編》並作「太學」。大，同「太」。

按：《清尊録》不見宋元書目著録，原本不傳。《説郛》卷一一收載《清尊録》十條，注一卷，題宋廉布，注：「字宣仲，射澤人。」（按：射澤即射陽湖，又稱射陂，在山陽縣。）末有元人華石山人、王東二跋。前跋稱「凡七十三則」。《古今説海》説略部雜記家十七取入《説郛》本，删王東跋，且復删落華石山人跋中「凡七十三則」五字，蓋欲充爲全帙。《古今説海》本後又被採入《廣百川學海》丁集、《重編説郛》弓三四、《五朝小説·宋人百家小説》偏録家、《香豔叢書》第四集卷一、《楚州叢書》第一集等。《重編説郛》等本均誤題宋廉宣。《百川書志》小説家、《澹生堂藏書目》小説家均有《清尊録》一卷，當即《古今説海》本。

華石山人謂本書「廉宣仲布所撰……或謂陸公務觀所作，非也。二公同時，後人因誤指耳」。王東則力主陸作，云：「右此録實山陰陸務觀所記也，前人誤以爲廉宣仲紀述，半村俞則大亦承前誤。予嘗讀王明清《揮麈録》有云：『近日陸務觀《清尊録》載紹興間老内侍見林靈素於蜀道。』此最切著。明清之父銍字性之，務觀曾攜文謁之，備見於《老學菴續筆記》中。半村之言似無所據。」李心傳《建炎以來繫年要録》卷五注亦云「陸游《清尊録》云」。按王明清《揮麈後録》卷五「李順」條確曾云：「近日陸務觀《清尊録》言老内侍見林靈素於蜀道。」台灣昌彼得《説郛考·書目考》亦據而定爲陸作。然稽之本書，其爲廉作無疑。《狄氏》事在北宋開封，云「西池春遊」可證，西池則金明池也。《狄氏》又云狄氏「其夫方使北」，北指遼國。而作者末云「予在大(太)學時親見」，陸游宣和七年(一一二五)始生，自不能入汴京太學。考《夷堅乙志》卷一五《京師酒肆》云：「廉布宣仲、孫惔肖之在太學，遇元夕，與同舍生三人告假出游。」則廉布確曾入北宋太學。此外如《某官妻》云政和初冀州客次中」；《王生》崇寧中事，末云「生表弟臨淮李從爲予言」；《大桶張氏》崇寧元年(一一〇二)前後事，末云「時吴拭顧道尹京云」，凡此皆不能爲陸游所能道。王東所舉王明清《揮麈後録》之證，頗疑今本「陸務觀」下脱一「云」字。明清與廉、陸並爲友，同居會稽，必不至指爲陸書也。

本書最晚之事在紹興中(《雷申錫》、佚文「林靈素」)，而《興元民》末稱「時張子公尹蜀云」，據《南宋制撫年表》卷下，張燾(字子公)尹蜀(成都府)在紹興九年(一一三九)至十三年，本書之作殆在此間或稍後。至紹興二十九年王明清亦撰小説《投轄録》，本書已行於世，《投轄録》中《玉條脱》一篇即同本書《大桶張氏》。

《説郛》本以外之佚文，今檢得四條。其一，《揮塵後録》所引林靈素事。其二，王明清《玉照新志》卷一載元符中饒州舉子張生游太學，與東曲妓楊六相戀事，末云「此得之廉宣仲布所記云」，蓋出本書。其三，《嘉泰會稽志》卷一九《雜記》引北宋石景術事。其四，《建炎以來繫年要録》卷五引姚平仲事。本書遺文總共十四條，尚遺五十九條。

王生[一]

廉布撰

崇寧中，有王生者，貴家之子也。隨計至都下。嘗薄暮被酒，至延秋坊，過一小宅，有女子甚美，獨立於門，徘徊徙倚，若有所待者。生方注目，忽有騶騎呵衛而至，下馬於此宅，女子亦避去。生匆匆遂行，初不暇問其何姓氏也。抵夜歸，復過其門，則寂然無人聲。循牆而東，數十步，有隙地丈餘，蓋其宅後也。忽自内擲一瓦出，拾視之，有字云：「今夜於此相候。」生以牆上剥粉戲書瓦背云：「三更後宜出也。」復擲入焉。因稍遠[二]十餘步伺之。少頃，一男子至，周視地上，無所見，微歎而去。

既而三鼓，月高霧合，生亦倦睡欲歸矣。忽牆門軋然而開，一女子先出，一老媪負笥從後。生遽就之，乃適所見立於門首者。熟視生，愕然曰：「非也。」回顧媪，媪亦曰：「非也。」將復入，生挽而劫之曰：「汝爲女子，而夜與人期至此，我執汝詣官，醜聲一出，辱汝門户。我邂逅遇汝，亦有前緣，不若從我去。」女泣而從之。生攜歸逆旅，匿小樓中。女自言曹氏，父早死，獨有己一女，母鍾愛之。爲擇所歸，女素悦姑之子某，欲嫁之，使乳媪達意於母。母意以某無官，勿從，遂私約相奔，牆下微歎而去者當是也。

生既南宫不利，遷延數月，無歸意。其父使人詢之，頗知有女子偕處，大怒，促生歸，扃之别室。女所賫甚厚，大半爲生費，所餘與媪坐食垂盡。使人訪其母，則以亡女故，抑鬱而死久矣。女不得已，與媪謀下汴，訪生所在。時生侍父官閩中，女至廣陵，資盡不能進，遂隸樂籍，易姓名爲蘇媛〔三〕。生遊四方，亦不知女安否。數年自浙中召赴闕，過廣陵，女以娼侍燕，識生。生亦訝其似女，屢目之。酒半，女捧觴勸，不覺雙〔四〕淚墮酒中。生悽然曰：「汝何以至此？」女以本末告，淚隨語零，生亦愧歎流涕。不終席辭疾而起，密召女，納爲側室。其後生子，仕至尚書郎，歷數郡。生表弟臨淮李從爲予言。（據北京中國書店影印上海涵芬樓排印張宗祥校明鈔本元陶宗儀編《説郛》卷一一《清尊録》）

〔一〕《説郛》原無題，明抄殘本題《私奔》，今擬。

〔二〕遠　《説海》、《重編説郛》、《宋人百家小説》、《香豔叢書》、《豔異編》卷二五徂異部、《稗家粹編》卷二徂異部、《情史》卷三情私類《王生》、《雪窗談異》卷一《談異録·情女錯鴛鴦》，並作「退」。

〔三〕蘇媛　原作「妓」，據明抄殘本、《説海》、《重編説郛》、《宋人百家小説》、《香豔叢書》、《豔異編》、《稗家粹編》、《情史》、《雪窗談異》改。

〔四〕雙　原作「雙雙」，據明抄殘本删一字。《説海》、《重編説郛》、《宋人百家小説》、《香豔叢書》、《豔異編》、《稗家粹編》、《情史》、《雪窗談異》作「兩」。

大桶張氏〔一〕

廉布　撰

大桶張氏者，以財雄長京師。凡富人以錢委人，權其出入而取其半息〔二〕，謂之行錢。富人視行錢如部曲也。或過行錢之家，設特位，置酒，婦人出勸，主人乃〔三〕立侍。富人遜謝，强令坐再三，乃敢就位。張氏子年少，父母死，主家事，未娶。因祠州西灌口神，歸過其行錢孫助教家。孫置酒，酒數行，其未嫁女出勸，容色絶世。張目之曰：「我欲娶爲婦。」孫皇恐不可，且曰：「我公家奴也。奴爲郎主丈人，鄰里笑怪。」張曰：「不然，煩主少錢物耳，豈敢相僕隸也？」張固豪侈，奇衣飾，即取臂上古玉條脱〔四〕與女，且曰：「擇日納幣也。」飲罷去。孫鄰里交來賀曰：「有女爲百萬主母矣。」

其後張别議婚，孫念勢不敵，不敢往問期。而張亦恃醉戲言耳，非實有意也。逾年張婚他族，而孫女不肯嫁。其母曰：「張已娶矣。」女不對而私曰：「豈有信約如此而别娶乎？」其父乃復因張與妻祝神回，并邀飲其家，而使女窺之。既去，曰：「汝見其有妻，可嫁矣。」女語塞，去房内蒙被卧〔五〕，俄頃即死。父母哀慟，呼其鄰鄭三者告之，使治其喪〔六〕。鄭以送喪爲業，世所謂仵作行者也。且曰：「小口死，勿停喪，即日穴壁出瘞之。」

告鄭以致死之由。鄭辦喪具，見其臂古玉條脱。鄭心利之，迺曰：「某有一園在州西。」孫謝之曰：「良便，且厚相酬。」號泣不忍視，急揮去。即與親族往送其殯而歸。

夜半月明，鄭發棺，欲取條脱。女蹷然起，顧見鄭曰：「我何故在此？」亦幼識鄭。鄭以言恐曰：「汝之父母怒汝不肯嫁而念張氏，若〔七〕辱其門户，使我生埋汝於此。我實不忍，乃私發棺，而汝果生。」女曰：「第送我還家。」鄭曰：「若歸必死，我亦得罪矣。」女不得已，聊從鄭匿他處，以爲妻。完其殯，而徙居州東。鄭有母，亦喜其子之有婦。彼小人，不暇究所從來也。

積數年，女每語及張氏，猶忿恚，欲往質問前約者。鄭每勸阻，防閑之。崇寧元年，聖瑞〔八〕太妃上仙，鄭當從御翣至永安。將行，祝其母：「勿令婦出遊。」居一日，鄭母晝睡。孫出僦馬，直詣張氏門，語其僕曰：「孫氏第幾女欲見某人。」其僕往通，張驚且怒，謂僕戲己，罵曰：「賤奴！誰教汝如此？」對曰：「實有之。」乃與其僕俱往視焉。孫氏望見張，跳踉而前，曳其衣，且哭且罵。其僕以婦女不敢往解。張以爲鬼也，驚走。女持之益急，乃擘其手，手破流血，推仆地，立死。僦馬者恐累己，往報鄭母。母訴之有司，因追鄭對獄，具狀。已而園陵復土，鄭發冢罪該流，值赦得原。而張實傷〔九〕女而殺之，雜死罪也。雖奏獲貸，猶杖脊，竟憂畏死獄中。時吴拭〔一〇〕顧道尹京，云有其事〔一一〕。（據北京中國書店影

印上海涵芬樓排印張宗祥校明鈔本元陶宗儀編《説郛》卷一一《清尊録》)

〔一〕《説郛》原無題,明抄殘本題《再生》,今擬。

〔二〕權其出入而取其半息　《説海》、《重編説郛》、《宋人百家小説》、《香豔叢書》、《廣豔異編》卷一九冤報部《大桶張氏》、《情史》卷一六情報類《孫助教女》作「權其子而取其半」。

〔三〕乃　《説海》、《重編説郛》、《宋人百家小説》、《香豔叢書》、《廣豔異編》作「皆」。

〔四〕玉條脱　「條」《説海》、《重編説郛》、《香豔叢書》、《廣豔異編》、《汴京勼異記》卷八《報應》引《清尊録》作「絛」,下同。按:「絛」字譌,絲帶也。《能改齋漫録》卷三《辨誤·條脱爲臂飾》:「唐《盧氏雜説》:文宗問宰臣條脱是何物,宰臣未對,上曰:『《真誥》言安妃有金條脱爲臂飾,即今釧也。』又《真誥》:萼緑華贈羊權金玉條脱各一枚。」《勸善書》卷一六作「玉帕」,誤,下文作「玉環」。按:《勸善書》所記多不合,或記憶有誤耳。

〔五〕臥　此字原無,據《説海》、《重編説郛》、《宋人百家小説》、《香豔叢書》、《廣豔異編》、《情史》、《汴京勼異記》補。

〔六〕其喪　《説海》、《重編説郛》、《宋人百家小説》、《香豔叢書》、《廣豔異編》、《情史》、《汴京勼異記》作「喪具」。

〔七〕若　《説海》、《重編説郛》、《宋人百家小説》、《香豔叢書》、《廣豔異編》、《情史》、《汴京勼異記》無此字。

〔八〕聖瑞　原譌作「聖端」，《説海》、《重編説郛》等本同，《情史》則作「聖瑞」。按：《宋史・徽宗紀一》載：崇寧元年二月辛丑，「聖瑞皇太妃薨，追尊爲皇太后」。據改。《投轄録》作「欽成」，《徽宗紀一》：「夏四月己亥，上皇太后謚曰欽成。」

〔九〕傷　《説海》、《重編説郛》、《宋人百家小説》、《香豔叢書》、《廣豔異編》、《汴京勼異記》作「推」。

〔一〇〕吴拭　原譌作「吴興」，據《説海》、《重編説郛》、《宋人百家小説》、《香豔叢書》、《汴京勼異記》、《投轄録》改。《情史》譌作「吴趙」。按：吴拭，字顧道，甌寧人。熙寧六年（一〇七三）進士。崇寧二年（一一〇三）以龍圖閣直學士權知開封府。政和中歷知成都、江寧、鄆州、河南卒。見《渭南文集》卷一八《銅壺閣記》、《開封府題名記》（徐伯勇《簡介開封府題名記》，鄭州《中原文物》一九八六年第二期）、《萬姓統譜》卷一〇、《北宋經撫年表》、《宋詩紀事》卷二六等。

〔一一〕云有其事　「有其事」三字原無，據明抄殘本補。《説海》、《重編説郛》、《宋人百家小説》作「有其事云」，《汴京勼異記》作「目其事云」，《香豔叢書》作「傳其事云」。

按：此篇又載王明清《投轄録》，題《玉條脱》，末亦注「是時吴拭顧道尹京云」，然又接謂「以上二事許彦周云」，《賈生》並此篇，事皆聞於許顗（字彦周）也。許顗兩宋間人，建炎二年撰《許彦周詩話》（參見郭紹虞《宋詩話考》）。彼與吴拭同時，疑聞此事於吴而記其始末，復先後以示廉、王二人，而廉、王各載入己書，故二書文句大同也。唯廉布删削較多，故反不及王書文繁。或謂王取自廉書，非是；若謂廉删取於王書，然王年輩晚廉，紹興二十九年作《投轄録》時，廉書當已久成。

來歲狀元賦

王銍 撰

王銍（一〇八八？—一一四六），字性之。先世本開封酸棗（今河南新鄉市延津縣西）人，後徙居潁州汝陰（今安徽阜陽市），遂爲汝陰人。曾祖王昭素，宋初著名學者，開寶三年（九七〇）拜國子博士致仕。父王莘，嘗從歐陽修學，哲宗元符末（一一〇〇）坐元祐黨籍謫官湖外，居於安陸。岳父曾紆，徽宗右僕射曾布子。建炎四年（一一三〇）王銍官迪功郎、權樞密院編修官，被旨纂集《祖宗兵制》。書成高宗稱善，詔改京官，賜書名《樞庭備檢》。時秦檜爲參知政事，以議論不合而被斥去國。紹興四年（一一三四）官右承事郎、守太府寺丞。八年御史中丞常同薦之，詔奉祠中，視史官秩，給札奏御，會秦檜再相而止。九年爲主管台州崇道觀，上《哲宗皇帝元祐八年補録》及《七朝國史》，擢右宣義郎。十三年爲湖南安撫司參議官，獻《太玄經解義》，明年又獻《祖宗八朝聖學通紀論》，詔遷一官。不久避地浙中剡溪，築雪溪亭，人稱雪溪先生。紹興十六年卒，年不足六十。著有《補侍兒小名録》一卷、《四六話》一卷、《默記》三卷、《雪溪集》五卷（一作《雪谿集略》八卷）等。二子廉清（字仲信）、明清（字仲言），亦有名於世。（據《宋史》卷四三一《儒林傳》及卷二

《太祖紀》，《揮麈前録》卷一及末附《王知府自跋》，《揮麈後録》卷七又卷一一，《揮麈録餘話跋》，《東都事略》卷一一三，《建炎以來繫年要録》卷三五、卷七四、卷一二五、卷一二六、卷一四九、卷一五一，《宋會要輯稿・崇儒》五《獻書升秩》，《雪溪集》卷三、卷四、卷五，張嵲《紫微集》卷三六《祭姊夫王性之文》，《老學庵筆記》卷二，《直齋書録解題》卷一一小説家類《揮麈録》解題、卷一八別集類《雪谿集略》解題、卷二二文史類）

祥符中，西蜀有二人〔一〕學同硯席。既得舉，貧甚，干索旁郡，乃能〔二〕辦行。已迫歲〔三〕，始發鄉里，懼引保後時，窮日夜以行。至劍門張惡子廟，號英顯王，其靈響〔四〕震三川，過者必禱焉。二子過廟已昏晚，大風雪，苦寒，不可夜行。遂禱于神，各占其得失，且祈夢爲信，草草就廟廡下席地而寢。

入夜，風雪轉甚。忽見廟中燈燭如晝，然後〔五〕肴俎甚盛，人物紛然往來。俄傳導自遠而至，聲振四山，皆嶽瀆貴神也。既就席，賓主勸酬，如世人。二子大懼，已無可奈何，潛起，伏暗處觀焉。酒行，忽一神曰：「帝命吾儕作來歲狀元賦，當議題。」一神曰：「以『鑄鼎象物』爲題。」既而諸神皆賦〔六〕一韻，且各删潤，雕改商確，又久之，遂畢，朗然誦之。曰：「當召作狀元者魂魄授之。」二子默喜〔七〕，私相謂曰：「此正爲吾二人發。」迨將曉，見神各起致別，傳呼出廟而去。視廟中，寂然如故。

二子素聰警，各盡記其賦，亟寫于書帙後，無一字忘。相與拜賜，鼓舞而去，倍道以行，笑語欣然，唯恐富貴之逼身也。至京，適及〔八〕引保。就試過省，益志氣洋溢〔九〕，半驗矣。至御試，二子坐東西廊。御題出，果是《鑄鼎象物賦》，韻腳盡同。東廊者下筆，思廟中所書，懵然一字不能上口。間關過西廊問之。西廊者望見東廊來者，曰：「御題驗矣。我乃不能記，欲起問子，幸無隱也。」東廊者曰：「我正欲問子也。」于是二子交相疑〔一〇〕曰：「臨利害之際，乃見平生。且此神賜，而獨私以自用，天其福爾耶？」各忿怒不得意，草草信筆而出。

及〔一一〕唱名，二子皆被黜。狀元乃徐奭也。既見印賣賦，二子比廟中所記者，無一字異也。二子嘆息，始悟凡得失皆有假手者。遂皆罷筆入山，不復事筆硯。恨不能記其姓名云。（據北京中國書店影印上海涵芬樓排印張宗祥校明鈔本元陶宗儀編《説郛》卷三〇《雋永録》引《續清夜録》，又《古今説海》説纂部散録家六題宋高文虎録《蓼花洲閒録》引《雋永録》）

〔一〕人　《説海》、《宋人百家小説》偏録家《蓼花洲閒録》、《蜀中廣記》卷七九引《雋永録》、《廣豔異編》卷一七定數部《西蜀舉人》作「舉人」。

〔二〕乃能　《説海》、《宋人百家小説》、《廣豔異編》作「以」。

〔三〕已迫歲　《説海》、《宋人百家小説》、《廣豔異編》作「將迫歲」，《蜀中廣記》作「歲已迫」。

〔四〕響　《説海》作「蠁」，通「響」。

〔五〕然後　《説海》、《宋人百家小説》、《廣豔異編》、《蜀中廣記》無此二字，疑是。

〔六〕賦　《蜀中廣記》作「分」。

〔七〕默喜　原作「默然」，據《説海》、《宋人百家小説》、《廣豔異編》改。

〔八〕及　《説海》、《宋人百家小説》、《廣豔異編》作「將」。

〔九〕洋溢　《説海》、《宋人百家小説》、《廣豔異編》作「洋洋」。

〔一〇〕疑　《説海》、《宋人百家小説》、《廣豔異編》作「怒」。

〔一一〕及　此字原無，據《説海》、《宋人百家小説》、《廣豔異編》補。

按：《直齋書録解題》小説家類著録《續清夜録》一卷，王銍性之撰，《文獻通考》、《宋志》同。沈括有《清夜録》一卷（已佚，佚文存六條），此續沈書也。書已佚，佚文檢得二條，另條見《永樂大典》卷一三一三六《夢子辭胎》引王銍《續清夜録》。

朱曉容〔一〕

方勺　撰

方勺（一〇六六—？），字仁聲，號泊宅翁。婺州金華（今屬浙江）人。一説本嚴瀨（在今浙江杭州市桐廬縣南)人。神宗元豐六年(一〇八三)入太學。哲宗元祐中蘇軾守杭,自江西來應舉,獲薦送省試,未第。約紹興九年(一一三九)始得一官,管勾贛州常平倉。無意仕進,寓居湖州烏程(今浙江湖州市),築廬西溪,名曰雲茅庵,明年買田寓泊宅村。著《雲茅漫録》十卷(佚)、《泊宅編》十卷。(據《泊宅編》十卷本洪興祖序、卷一、卷二、卷八、卷一〇,三卷本卷上、卷中,南宋葉夢得《石林居士建康集》卷三《書方勺雲茅漫録後》,元吴師道《敬鄉録》卷五,明應廷育《金華先民傳》卷九,萬曆《金華府志》卷一六《人物二》,《直齋書録解題》卷一一小説家類)

朱曉容,不詳何許人。嘗爲浮屠,以善相游公卿閒,號容大師。後因事返初,惟工相貴人,他人雖强之使言,終非所喜,而中者亦寡。初,朱臨、姚闢久同場屋〔二〕,每試榜出,姚往往在朱上。馮太尉京榜中,二人俱赴廷入對。未唱名前數日,京師忽傳一小賦,乃朱君殿試之作也。姚謂人曰:「果爾,縱不魁多士,亦須在第一甲。」自歎平時濫居其先,及至魚龍變化之地,便爾懸絶,因徧詣術士,以二人命率質之,亦訪容師未見。

殿唱日,禁門未開,曈曨未明,或云曉容在茶肆中。姚聞之走覓,容果與一白袍偶坐。姚連揖,懇容略屈鄰邸,一覰氣色。容指偶坐者曰:「狀元已在此,何勞他閲?」偶坐者,馮當世京也。姚力挽之,容不得已,爲就鄰邸燈火下視之,曰:「公〔三〕第幾甲,朱第幾甲。」言訖,復還前肆。相次辨色,入聽臚傳,皆如師言。

朱正夫臨年未〔四〕四十，以大理寺丞致仕，居吴興城西〔五〕。取訓詞中「仰而高風」之語，作仰高亭於城上。常杜門謝客。忽一日，曉容自京師來謁，公欣然接之。是時，二子行中、久中秋賦不利，皆在侍下，公强使冠帶而出。容一見行中，驚起賀曰：「後舉狀元也。」睥睨久之，徑辭去。公留之不可，問以何適，容曰：「老僧自此不復更閲人，便往杭州六和寺求一小室閒坐〔六〕，以待科場開〔七〕，乃西游爾。」公初未之信。

後三年春，久中薄游會稽，謀赴舉之資。潮船絶江，暮至六和，才泊岸，見容在寺門，遥揖久中歸，與之款。因叩伯仲行期，久中告之，師曰：「某是月亦當離杭矣。」久中至家道之，公笑，且怪其任術之篤如此。是秋至京師，二朱舍開寶塔寺，容寓智海禪刹。相次行中預薦，明年省闈優等，惟殿試病作，不能執筆。是時，王氏之學士人未多得，行中獨記其《詩義》最詳，因信筆寫以荅所問，極不如意。卷上，日方午，遂經御覽，神宗良愛之。行中不知也，日與同舍蔡沖允蹈、丁葆光經圍棋，每拈子欲下，必駡曰：「賊禿。」蓋恨容許之誤也。未唱名前數日，有士人通謁，行中方棋，遽使人卻之。須臾，謁者又至，且云曰：「願見朱先輩。」行中叱其僕曰：「此必有下第舉人欲丐出關之資，吾捐閟中，誰能見之！」然士人立於門不肎去，沖允曰：「事不可知，何惜一見？」行中乃出，延之坐。不暇寒温，揖行中起，附耳而語曰：「某乃梁御藥門客，御藥特令奉報足下，卷子上已寘在魁等，他日幸相記。」行中唯唯而入，再執棋子手輒顫，緣寵辱交戰，不能自持。沖允覺而叩之，具述士人之言。沖允曰：「曾詢梁氏所居否？」曰：「不曾。」或曰在州西，急賃馬偕往，欲審其事。至梁門，日已曛，度不能返，遂復歸。而行中念容，獨往智海宿。容聞其來，迎門握手曰：「非晚唱名，何爲來見老僧？必是得甚消息來。」行中曰：「久不相見，略來問訊爾。」師曰：「胡不實告我？馮當世未唱名時，氣象亦如此。」行中知不可欺，因道梁氏之事。師喜甚，爲開尊設具，且曰：「吾奉許固有素，只有一人未見爾，當爲邀來同飲。」仍戒曰：「此人藍縷，不可倨見，亦不得發問，問則彼行矣。」燭至，師引寺廊一丐者入，見行中不甚爲禮，便據上坐，相與飲酒斗餘，不交一談。師徐曰：「此子當唱名，先生能一留目否？」丐者曰：「爾云何？」師曰：「已定他冠多士。」丐者擺頭曰：「第二人。」師躡行中足，使先起，密徵其意，但曰：「偶數多。」更無他語，遂罷去。

明日，飯罷，率行中寺庭閒步，出門遥見余行老亦入寺，師不覺拊髀驚歎，謂行中曰：「始吾見子，以爲天下之美盡此矣，不知乃有此人。」行中曰：「此常州小余也，某識之，何遽及是？」師曰：「子正怕此人。昨日聞『偶多』之説，今〔八〕又覩此人，兹事可知矣。」蓋行中發解過省，皆占二數。及聽臚傳，行老果第一，行中次之。行中解褐了，往謝師，師勞之曰：「子誠福人，今日日辰，以法推之，魁天下者官不顯，子至侍從〔九〕。」其後余止館職，知湖州卒〔一〇〕。行老名中。行中名服〔一一〕，至中書舍人。（據清顧修嘉慶四年編刊《讀畫齋叢書》丁集南宋方勺《泊宅編》三卷本卷下）

〔一〕篇題自擬。

〔二〕場屋　《讀畫齋叢書》丁集十卷本卷四作「學校」。

〔三〕公　原作「姚」，據《讀畫齋叢書》十卷本改。

〔四〕未　《讀畫齋叢書》十卷本無此字。

〔五〕西　《稗海》本及《四庫全書》本作「迺」，屬下讀。

〔六〕閒坐　《讀畫齋叢書》十卷本作「寄跡」。

〔七〕以待科場開　《讀畫齋叢書》十卷本作「待科詔下」。

〔八〕今　此字原無，據《稗海》本、《讀畫齋叢書》及《金華叢書》三卷本并十卷本補。

〔九〕魁天下者官不顯子至侍從　《讀畫齋叢書》十卷本作「魁天下者官不至侍從」。

〔一〇〕其後余止館職知湖州卒　《讀畫齋叢書》十卷本作「其後行老止帶貼職領郡而已」。

〔一一〕行老名中行中名服　原作「行老名中，服行中」。《讀畫齋叢書》十卷本爲注文，作「行中名服，行老名中」，據改。

按：《泊宅編》《直齋書録解題》小説家類、《宋志》小説類俱著録作十卷。今存三卷本及十卷本。三卷本原刊於明商濬《稗海》，《四庫全書》、《讀畫齋叢書》、清葛元煦《嘯園叢書》所載者即出此。清胡鳳丹《金華叢書》所收三卷本則從《金臺叢書》鈔出（見重刻序）。十卷本原出宋本，爲明隆慶錫山秦汝立藏本，亦刊於《讀畫齋叢書》及《金華叢書》（見胡鳳丹光緒八年序）。二本條目有同有異而三卷本文詳。疑三卷本乃其初稿，後經增删成十卷本也。中華書局一九八三年出版許沛藻、楊立揚點校本，取《讀畫齋叢書》二本爲底本。十卷本卷九「思慧」條載「紹興壬戌，始游徑山」，事在紹興十二年（一一四二），書殆成於此後不久。

出神記

余嗣撰

余嗣（？—一一五六），字昭祖，一作德紹。福州羅源（今屬福建福州市）人。徽宗政和二年（一一一二）莫儔榜進士。高宗建炎間曾官越州，又爲潮州通判。後居鄉里。紹興十八年（一一四八）至福州，見同年進士、福建路安撫使、知福州薛弼。明年以朝散郎致仕，二十六年卒。（據本篇、《淳熙三山志》卷二七《人物類二・科名》、《福州府志》卷三六《選舉一・宋進士》、《八閩通誌》卷四六《科第・福州府》、《福建通志》卷五《選舉・宋科目》、嘉靖《潮州府志》卷五《官師志》、乾隆余嗣，字昭祖，福州羅源人。官朝散郎。紹興十八年，居鄉里，與福帥薛直老有同年進士之好，丐部銀綱往行在，欲覬賞典，合年勞還兩秩，明年郊祀恩任子。九月五日至郡中，館于所親林氏。十九日往大中寺，飲于表弟韓知剛〔一〕邑家。歸時已二鼓，倦甚就枕。月色甚明，似夢非夢，見一人排闥而入，道衣小冠，持旌幢，立於牀前，呼曰：「司命真君相召。」嗣索所逮符檄，曰：「面奉嚴旨，並無文書。」嗣即起，著紫窄衫，繫帶而出。回視己身，臥榻如故，歎曰：「吾必死矣。逆旅中至此，爲之奈何！」追者前導，常遠數步，欲與之語不可得。

纔出東門，覺非平日所行路，夾道高木，陰森蔽虧，日色晃曜，乃似辰巳間。經五六里許，不逢行人，心甚怖。俄見一城巍然，門旁兩人對立，軟巾束帶，如唐人衣冠。追者曰：「真君門下引進使者在此相候，可進矣。」二使揖入門。門內有亭，供張甚盛，一人華冠螺髻，衣紅綃袈裟。嗣升亭，二使俱坐，不交一談，飲湯而退。復引入，度行三四里，所過金碧輝映，甃地皆琉璃。私喜，知決非惡地，憂心稍釋。入轉一曲角，舍宇益〔二〕雄麗，使者曰：「此真官〔三〕治事所也。」嗣問曰：「若至彼，用何禮以見？」曰：「公無朝服，只合肅揖。」

聞呼，即登殿。入門，揭金書牌曰「司命真官之殿」。如儀以謁，即引上，視真官冠服，與今朝服等。熟視之，蓋建炎間越州同官某也。嗣不欲言之，或云張讀聖行也〔四〕。笑謂嗣曰：「此間今年考校，得二十〔五〕人。見公姓名，特去相召〔六〕。」嗣皇恐謝曰：「嗣官卑材下，無寸長可紀，安得預考校之列？」真官厲聲曰：「此間不問人貴賤，不問官尊卑，但看一念之間正不正爾。與公有舊，欲公知前程事。公官資儘有，而所享之壽，止七十四。若能辭榮納禄〔七〕，可延一紀。自此以往積功累行，又有乘除，所得之數，蓋不止此。公欲之乎？」嗣曰：「敢不聽命。」真官曰：「今日非奏過天曹主宰〔八〕，亦召公不得。然不可過三時，宜速歸。」顧二使令引出。遂退，由元路行。

經一殿門，聞人聲嘈嘈，有呻吟號泣者，使者曰：「司過真君殿也，方坐殿訊囚。」嗣問曰：「人世何事爲重罪？」曰：「不孝爲大，欺詐次之，殺生又次之。」及外門，花〔九〕冠者出，向嗣合爪曰：「此官員不可思議。吾到此半年，見多少人入來，何嘗有出去者。此官員實是不可思議。」復揖坐，飲湯。下階，使者曰：「尋常只到此，以公與真官有分，且又慈仁，今特遠相送。」既出，嗣問曰：「適花冠者何人？」曰：「渠是三十三天上人，以微過謫監門，滿一年即復歸矣。」「所飲何湯？」曰：「入時是醍醐，出時爲甘露。」嗣懇曰：「今幸得歸，何以見教？」曰：「輒有厭禳之術。公到家日，取門上桃符，親用利刃斫碎，以淨盥貯之。至夕二更，令人去家一里外，於東南方穴地三尺埋之。此人出，公即静坐，冥心呪〔一〇〕曰：『天皇地皇，三綱五常，急急如律令。』俟其還，乃止。」又云：「公歸家，食當異席，寢當異被，食當祭先，寢當存息，皆修持之要。」嗣曰：「此行念無以報德，使者何所須？」二人相視而笑，掉頭曰：「此中無用，此中無用。」固問之，曰：「公平日誦《金剛經》，回向一兩卷足矣。」往來酬答唯一人，其一默不語。又行一二里，辭去，曰：「此去無他歧徑，歸即至。」

嗣獨行，如及城東門，足跌而寤，已三更矣，儼如白晝出謁之狀。遂呼僕張燈，作辭綱劄子。遲明，詣薛白之，且言欲致仕。洎還家，取桃符如所教以行，然不曉何理也。竟自列掛冠。明年拜命，始爲人道其始末如此，且自作記。（據北京中華書局版何卓點校本南宋洪邁《夷堅乙志》卷五《司命真君》）

〔一〕剛　《勸善書》卷一作「綱」。

〔二〕益　《勸善書》作「亦」。

〔三〕真官　《勸善書》作「真君」，下同。按：真官即指真君。

〔四〕按：《樂善録》卷一引余氏《出神記》，注文作「姓章字文起」。

〔五〕二十　《樂善録》引作「三十」。
〔六〕特去相召　《樂善録》「特相召」下有「欲令公知」四字。
〔七〕禄　《勸善書》作「慶」。
〔八〕主宰　《勸善書》作「主者」。
〔九〕花　《勸善書》作「華」，下同。
〔一〇〕呪　《勸善書》作「祝」。

按：《夷堅乙志》題作《司命真君》，《樂善録》所引注余氏《出神記》，原題也。《樂善録》引文簡略，遠不及《夷堅志》詳備。然《夷堅志》所引人稱當有改易，首尾皆非原文語。又末云：「人謂嗣必享上壽，福未艾也。然是後七年而卒，殊與所夢不侔云。」是乃洪邁所述。事在紹興十八年，明年拜命致仕，當作於紹興十九年。

亂漢道人記〔一〕

陳世材　撰

陳世材，福州（治今福建福州市）人。紹興十五年（一一四五）劉章榜特奏名進士。十七年爲南康縣尉，二十年猶在任。（據本篇及《淳熙三山志》卷二八《人物類三・科名》、《南安府志》卷三

五《雜傳》、《福州府志》卷三八《選舉三·特奏名》、《八閩通誌》卷四六《選舉·科第·福州府》）

陽大明〔二〕者，南康縣程龍里士人。父喪，廬墓〔三〕次。其明年，歲在壬戌〔四〕，七月七日晨興，有道人從山下來。陽時與學童三四人處，一僕執炊。荒山寂寞，左右前後十里間，絶無人居，扳緣蘿蔓乃得到。正無可與語，見客來，喜而迎之坐。客曰：「子八月當有厄，服吾藥可免。」取腰間小瓢，出藥一粒，令以水吞，且曰：「吾有求於子，其許我乎？」曰：「何求？」客指架上布衫曰：「以此見與。」陽欲許而頗疑其僞，未即與。請至再，不得已付之。客捲納瓢中，瓢口僅〔五〕容指。陽雖怪咤，然默念：「豈幻我歟？」既而言：「吾豈真欲衫，聊相試耳。便能見贈，爲可嘉也。」探瓢出還之，索椀水，置藥末一撮，撥旋久之，成紅丸如彈。揖陽曰：「能服此否？」陽曰：「身幸無病，不願服。」客即自吞之。徐徐語曰：「子久此當窘用，吾有遺於子。」呼學童掬塊土，大如拳，握而嘘之者三，顧陽曰：「意吾手中何物？」曰：「不知也。」置諸几，則爛然金一塊，歷歷有五指〔六〕痕。曰：「可收此，以助晨昏之費。」蓋陽母尚存。陽方知爲異人，尚疑其以財利嘗試我，拒弗受。客笑，擲之地，引脚蹴之，遂成頑石。

起辭去，留與飲，不可。漫指壁間詩謂曰：「此皆諸公見寄者，願得先生一篇，如何？」客曰：「子欲詩，可矣。」取案上秃筆，就地拂數四，蘸椀水中，大書于壁，略無丹墨之跡，殊不可辨。既送之下山，回視，已若淡紫色。其詩云：「陽君真確士，孝行洞穹壤。皇上憐其艱，七夕遣回往。逡巡樂〔七〕頑石，遺子爲饋享。子既不我受，吾亦不汝强。風埃難少留，願子志勿爽。會當首鼠紀〔八〕，青雲看反掌。」前題「亂漢道人」四字，字徑四寸許。俄又加赤色，正如赤土所書。明日，遍詢村民，皆莫見所謂道人者。鄉之士共以告縣，縣告郡，郡聞於朝，賜束帛。

後五年，世材自福州來爲尉，親見陽，談始末如此。訪程龍之廬，草屋摧頹，他詩悉剥落，獨道人者洒然如新。詩中云「遣回往」，疑必吕洞賓云。陽廬父墓終喪，母繼亡，亦〔九〕

（據北京中華書局版何卓點校本南宋洪邁《夷堅丁志》卷八《亂漢道人》）

〔一〕原題失考，今依《夷堅志》題加「記」字。

〔二〕陽大明　原作「大明」，今補加其姓。

〔三〕墓　原譌作「慕」，據陸心源刊《十萬卷樓叢書》本改。

〔四〕壬戌　《夷堅志》原注：「《乙志》作癸亥。」按：《乙志》卷三《陽大明》云：「時紹興十三年也。」紹興十三年乃癸亥歲，壬戌則十二年。

〔五〕僊　原譌作「倦」，據阮元《宛委别藏》寫本、陸本改。

〔六〕五指　阮本作「手指」。

〔七〕樂　阮本作「藥」。按：《乙志》、《庚溪詩話》卷下及《南安府志》所引亦作「藥」。《南安府志》見附録。

〔八〕首鼠紀　「紀」原作「記」，據《庚溪詩話》、《南安府志》改。按：首鼠紀指此年後首個子年，紹興十四年爲甲子年，蓋此年得朝廷賜帛。

〔九〕按：以下原闕十二行，行十八字。

按：《夷堅志》首云：「《乙志》所載陽大明呵石成紫金事，予於《起居注》得之。今又得南康尉陳世材所記，微有不同而甚詳，故復書於此。」

明劉節嘉靖中撰《南安府志》卷三五《雜傳》亦載此事，云：「宋陽大明，字知甫，南康程龍里人。性至孝，執親喪，廬墓三年。紹興壬戌，在廬所黄公坑，地極深邃，比近無人煙。七月七日，忽有道人自山而下，大明喜延之坐。道人曰：『今兹八月，子當有厄。』乃探腰間藥壺，出一圓藥與之，曰：『服此可免。』且曰：『吾有求於子，其許我乎？』大明曰：『何也？』道人指架上布衫。大明疑其僞，諾不即與。則又促之，納壺中。大明駭之，意其幻我。道人曰：『吾豈真欲子衣邪？聊以相試耳。子能見與，亦可佳也。』探壺還其衣。又以藥末置碗中，以水和之，旋轉成紅圓，如彈。揖大明：『能服此否？』大明曰：『幸無病，不願服。』道人自吞之。少頃曰：『君於此必乏用，吾將有遺於子。』顧童取塊土，榁三噓之，曰：『意吾手中何物？』大明曰：『不知也。』

置几上，化爲黄金，指痕歷然。又曰：『收此，可助晨昏之費。』大明疑其以利嘗己，弗受。道人擲金於地，蹴之，則化爲元石矣。乃辭去，留之飲，不可。因指壁間詩曰：『皆諸公見贈者，願得先生一篇。』道人曰：『可矣。』取禿筆拂地數四，蘸碗水，引手大書，略無丹墨之蹟，殊不可辨。送之門外，回看，淡紫色成字，久加赤色成丹書。詩云：『陽君真確士，孝行動穹壤。皇上憐其難，七夕遣回往。逡巡藥頑石，遺子爲饋享。子既不我受，吾亦不汝强。風誒（按：當作埃）難少留，願子志勿爽。會當首鼠紀，青雲看反掌。』後題『亂漢道人』，字蹟廓落，人間罕見。鄉人告于縣，縣告于郡，上諸朝，陽（按：當作賜）束帛。庚午歲，陳世材爲尉，躬至其廬，以爲唐人吕洞賓，得道遊人間，變姓名爲回道人，念云『遣回往』，必真人吕公。於是摹刻于石，而跋之。（注：石舊在大庾縣治裕民堂後，縣遷徙無常，今不知所在矣。《庾〔庚〕溪詩話》載此事，又以陽爲楊，又以爲閩人。）」核以《丁志》，所記爲節略之文，然亦有爲《丁志》所無者，則皆有删略也。其云陳世材「摹刻于石，而跋之」，是知陳氏乃將亂漢道人題詩刻石，而將記文附後。原刻石當在南康縣，屬南安軍，而《南安府志》注云「石舊在大庾縣治裕民堂後」，大庾縣爲南安軍治所，在南康西南，石刻蓋移耳。劉節所記當據刻石拓片而撮述大意，非删自《丁志》也。

《府志》云「庚午歲，陳世材爲尉，躬至其廬」，庚午乃紹興二十年，去紹興十七年尉南康已三年，記當作於是年。

宋代傳奇集第四編卷三

潘原怪〔一〕

張邦基　撰

張邦基，字子賢，揚州（今屬江蘇）人。伯父康伯（字倪老），吏部尚書，康國（字賓老），尚書左丞，謚文簡。兄子章，兵部郎、知無爲軍。少年在襄陽。政和二年（一一一二）侍親在陳州，六年、七年侍親在在真州。宣和中客唐州外祖父吴豪家。曾在明州市舶局任官。建炎元年（一一二七）閑居揚州里廬。喜藏書，室名墨莊。紹興中歸耕山間，著《墨莊漫録》十卷。（據《墨莊漫録》序及卷一、卷七、卷九、卷一〇，《宋史》卷三五一《張康國傳》）

建炎改元冬，予閑居揚州里廬，因閱《太平廣記》。每過予兄子章家，夜集談記中異事，以供笑語。時子章舘客天長解養直剛中，因言頃聞一異事云：元符末年，渭州潘原縣民方耕田，有民自地間湧出。耕者見之驚怛，棄犁而走，則斥逐擊之，不得走。執耕者及縣，縣吏遇之，輒毆縣吏，吏皆散走。見縣令馬敦古，又毆令，令亦走。俄而仆〔二〕於庭，奄然一土偶人也。視之，則歲所嘗奉土牛傍所謂勾芒神者，於是共舁出之。未幾，復有至者，亦事皆同。日十數至，不能禦，官吏皇恐，令不敢復視事。

居若干日，有物人類，蓬首，黑而矬〔三〕肥，降令舍，莫知所從來。令罔測，乃曰：「爾無庸恐吾也，我爲爾食盡芒兒矣，爾恭事我。」乃汛洒廳事之東室居之。凡十餘人，其長者自稱天神，其次曰王褒、李貴，其餘有姓名。有婦人二，曰雲英、月英。日謹伺候，供億其飲食。嘗闔户〔四〕自竇中出入，有所須召，則其長者呼王褒、李貴，而令爲〔五〕置吏門外爲傳呼，事之甚嚴。自是土恠不至，民亦以其無他，用止恠，頗安焉，令猶〔六〕德之。

久之，提〔七〕點刑獄程棠行縣，問令所以，室中遽呼曰：「王褒，爲我傳語提刑，適贈詩，不省已得乎？」置吏以告，棠起立曰：「某適至此，已晚，不敢見也。所賜詩者，實未得。」吏去，復至曰：「詩在提刑汗衫上。」祖視之果然，乃不敢復語，相與遽起。先是，渭州都巡檢侯恩老矣，其爲人剛方不撓，好面折人，一州號爲木强。自聞見恠，獨心常易之。方棠巡按時，恩如州界，方奉迎，從至縣。恩以職事從在縣衙，獨踞胡床，坐廳事傍。俄有物自東隅來階下，兩手扳堦基，首與堦平，徐過恩坐。恩徒手搏得之，號掣不放，觸其體若冰石，有力，能反曳人。恩素有力，一手捽其領，捩左手著胡牀從之，卒不放。至所謂恠室者，兩足入户內，引恩手戛户頰，久乃放之。一縣大驚。令猶〔八〕恐，失舉止，往來語曰：「都巡，都巡，敗我事矣。」棠亦愈惶恐，徘徊夜中。不聞有聲，棠乃罷歸，宿于縣驛。

明旦，棠盛服至上謁，令洒掃設香案以俟，恩亦戎服待〔九〕事。謁入，不出。日高，稍稍摩户視之，闃其無人，室中凝塵尺餘，亦不見有人跡。令猶愕曰：「竟爲都巡所誤，禍至若何？」恩曰：「某已爲除害，去之矣，何禍爲？」棠乃從令及恩，共入視之，廳〔一〇〕壁間得細書一行云：「侯公正直，予等謹退。」自後恠遂兩絶。

侯公者，開封人，字澤之。有子名傳，爲天長巡檢，常爲人言此，曰：「某是時侍親渭上，目所見也。」傳又曰：「今天長尉賈壇，時亦侍〔一一〕其父在焉。」解生聞此事於巡檢，後賈尉亦能言之，又得程棠、王褒、李貴之姓名。不疑尚有闕者，皆幼不記也。異哉！異哉！

（據上海商務印書館《四部叢刊三編》影印江安傅氏雙鑑樓藏明鈔本南宋張邦基《墨莊漫録》卷二）

〔一〕篇題自擬，下同。

〔二〕仆　原作「赴」，據《稗海》本、《四庫全書》本改。

〔三〕矬　原作「痤」，據《稗海》本、《四庫》本改。

〔四〕户　此字原脱，據《稗海》本、《四庫》本補。

〔五〕爲　原作「焉」，據《稗海》本、《四庫》本改。

〔六〕猶　《稗海》本、《四庫》本作「尤」。

〔七〕提　原譌作「題」，下文皆作「提」，據《稗海》本、《四庫》本改。

〔八〕猶　《稗海》本、《四庫》本作「尤」。

〔九〕待　《稗海》本、《四庫》本作「將」。

〔一〇〕廳　此字原無，據《稗海》本、《四庫》本補。

〔一一〕侍　原譌作「待」，據《稗海》本、《四庫》本改。

按：張邦基《墨莊漫録》十卷，不見宋元史志書目著録，蓋流傳不廣。《稗海》始刊之，《四庫全書》、《筆記小説大觀》、《叢書集成初編》所收皆此本。上海涵芬樓影印入《四部叢刊三編》者，乃江安傅氏雙鑑樓藏明鈔本。此本原出明唐寅校本，各卷末多有唐寅識語，卷五末題「正德辛巳夏五月端午後一日燈下勘畢，姑蘇唐寅借勘俞子容家鈔書」，知校於正德十六年。明鈔本原有張邦基一序一跋，皆無紀時。考卷一載紹興十八年（一一四八）始除趙不棄侍郎，則作於紹興十八年後也。中華書局二〇〇二年出版孔凡禮點校本，以《四部叢刊三編》影印明鈔本爲底本，校以正德本（即國家圖書館藏明鈔唐寅、陸師道校本）、《稗海》本等，各條皆擬題。

金源洞

張邦基　撰

睦寇方臘〔一〕未起之前一年，歙州生麟即死。後十日，州人葉世寧夢乘麟而登山，山東北有洞，乃捨鱗而登入。二武士執而問之，世寧以實對，且言：「幸得放還，當有重報。」一武士笑曰：「誤矣，我即歙州某橋南停紙朱慶也〔二〕。與子不熟，頗識其面。此洞有三堂四室，試令子觀之。」遂引而前。中堂垂簾，曰：「此堂是陳公文，帳帷堆壅，不敢登〔三〕。」左堂簾捲其半，慶曰：「天符已差羅浮天王居此，諸司往迓矣。」既昇有牌，牌有三字，世寧惟記一「定」字。右堂無簾，上有衣紫袢〔四〕，曳杖而行，吏數十輩隨之。二武士止世寧立，世寧識〔五〕視，即尚書彭公汝礪也。遽出拜之，公勞之，曰：「近到饒州否？」曰：「去歲到饒州，公〔六〕無恙，公何以至此？」公曰：「吾位高，不當治獄，以吾最知本末，故受命至此。汝何能來也？」世寧驟對乘洞前石馬而來。公曰：「獸今安在？」二武士趨出曰：「介獸誤取至。」公曰：「杖之百。」朱慶者唯而出。

一武士領世寧欲出〔七〕，世寧曰：「願一觀四室，不敢泄於人。」公逡巡首肯。一吏持鑰而下，引世寧往。開東室，有十餘人露首愁坐，竹器數十，封鑰甚固，旁有金帶十餘〔八〕條。持鑰者復開一室，架大木於兩楹之間〔九〕，有官者〔一〇〕凡九人，亦露頂蹲踞其上，見人皆泣下。持鑰者未嘗少佇，世寧請入他〔一一〕室，持鑰者曰：「西有貴臣大閹及前唐後唐末具獄囚，法嚴不可輒近。」言未幾〔一二〕，忽有聲如雷震，見巨虵自屋東垂首而下，火舌電目，口鼻氣出如煙。世寧懼而走，持鑰者曰：「東將入西室矣，此類甚多，豈可近也！」

世寧因問：「何以至是？」曰：「吁！吾姓嚴，前唐宦者。親見當時中官勢甚，士人知有中官〔一三〕，不知有朝廷，吾私竊笑而薄之。有能言中官太盛者，吾必咨嗟嘆賞。聞近代亦然，業力所招也。」世寧不盡記，大略如此。復往謝彭公，則堂已虛矣。世寧不敢問，覺〔一四〕心動，求出。持鑰者復曰：「吾在北司〔一五〕無過，即世後凡三領江淮要職。此事了，則吾爲地下主者矣。汝到人間，爲吾誦《金光明經》，具疏燒與嚴直事，吾能報汝。」

世寧拜辭，獨與武士出洞〔一六〕。見朱慶騎麟自山頂來，下而揖世寧，世寧〔一七〕撫麟，乃石也。慶曰：「山高不可陟，遵河甚徑。」煩語慶家人，蘄、黄間卜居甚善，鄉中當大亂。慶亦自以夢報，得子言，當信而不疑也。」一武士曰：「《金光明經》亦望垂賜，得免追取之勞，幸矣。」世寧曰：「仍爲公等設醮及水陸〔一八〕。」二人以手加額。世寧曰：「此洞何名？」慶曰：「洞名金源，司名某。」凡四字，世寧不曉而問之，忽失足墜河而寤。汗浹脊，病瘖三日而愈。其後歙人稍稍聞之。（據上海商務印書館《四部叢刊三編》影印江安傅氏雙鑑樓藏明鈔本南宋張邦基《墨莊漫録》卷三）

〔一〕睦寇方臘　《夷堅志補》卷六《金源洞》作「青溪寇」。按：青溪縣屬睦州。方勺《青溪寇軌》：「宣和二年十月，睦州青溪縣堨村居人方臘，託左道以惑衆。」

〔二〕我即歙州某橋南停紙朱慶也　《夷堅志》作「吾即州橋賣紙朱慶也」。停，停放。

〔三〕此堂是陳公文帳帷堆壅不敢登　原作「此堂待陳公，文帳堆壅，吏不敢登」，據《夷堅志》改。

〔四〕袢　《稗海》本、《四庫》本作「袍」。

〔五〕識　《稗海》本、《四庫》本、《夷堅志》作「熟」。

〔六〕公　《夷堅志》作「公宅」，屬上讀。

〔七〕出　《夷堅志》作「回」。

〔八〕十餘　《夷堅志》作「千」，明鈔本作「十」。

〔九〕架大木於兩楹之間　《夷堅志》作「户楹間架大木」。

〔一〇〕官者　《夷堅志》作「宦者」。

〔一一〕他　《夷堅志》作「西」。

〔一二〕幾　《稗海》本、《四庫》本、《夷堅志》作「既」。

〔一三〕中官　《夷堅志》作「北司」。

〔一四〕覺　此字原無，據《夷堅志》補。

〔一五〕北司　《稗海》本、《四庫》本譌作「此司」。按：北司，即唐内侍省。《新唐書》卷一七八《劉蕡傳》：「方宦人握兵，横制海内，號曰北司。」

〔一六〕洞　此字原無，據《稗海》本、《四庫》本、《夷堅志》補。

〔一七〕世寧　此二字原無，據《夷堅志》補，《夷堅志》作「寧」。

〔一八〕水陸　《夷堅志》下有「齋」字，明鈔本無。

按：《夷堅志》所載此事，當取自《墨莊漫録》，文字稍有删改。

關子東三夢

張邦基　撰

宣和二年，睦寇方臘起幫源，浙西震恐，士大夫相與奔竄。關注子東在錢塘，避地携家於無錫之梁溪。明年臘就擒，離散之家悉還桑梓，子東以貧甚未能歸，乃僑寓於毗陵郡崇安寺古栢院中。一日，忽夢臨水有軒，主人延客，可年五十，儀觀甚偉，玄衣而美鬚髯。揖坐，使兩女子以銅盃酌酒，謂子東曰：「自來歌曲新聲，先奏天曹，然後散落人間。他日東南休兵，有樂府曰《太平樂》，汝先聽其聲。」遂使兩女子舞，主人抵掌而爲之節。已而恍然而覺，猶能記其五拍。子東因作詩記云：「玄衣仙子從雙鬟，緩節長歌一解顔。滿引銅盃効鯨吸，低回紅袖作弓彎。舞留月殿春風冷，樂奏鈞天曉夢還。行聽新聲《太平樂》，先傳五拍到人間。」

後四年，子東始歸杭州，而先廬已焚於兵火，因寄家菩提寺。復夢前美鬚〔一〕者，腰一長笛，手披書册，舉以示子東。紙白如玉，小朱欄界，間行以〔二〕譜，有其聲而無其詞。笑謂子東曰：「將有待也。往時在梁溪，曾按《太平樂》，尚能記其聲否乎？」子東因爲之歌。美鬚者援腰間笛，復作一弄，亦私記其聲，蓋是重頭小令。已而遂覺。

其後又夢〔三〕至一處，榜曰「廣寒宫」。宫門夾兩池，水瑩浄無波，地無纖草。仰觀，巍峩若洞府然。門鑰不啓，或有告之者曰：「但曳鈴索，呼月姊，則門開矣。」子東從其言，試曳鈴索，果有應者。乃引〔四〕至堂宇，見二仙子，皆眉目踈秀，端莊靚麗，冠青瑶冠，衣彩霞衣，似錦非錦，似綉非綉。因問引者曰：「此謂誰？」曰：「月姊也。」乃引子東升堂，皆再拜。月姊因問：「往時梁溪曾令雙〔五〕鬟歌舞，傳《太平樂》，尚能記否？又遣紫髯翁吹新聲，亦能記否？」子東曰：「悉記之。」因爲歌之。月姊喜見顔面，復出一紙書以示子東，曰：「亦新詞也。」姊歌之，其聲宛轉，似樂府《昆明池》。子東因欲强記之，姊有難色。顧視手中紙，化爲碧，字皆滅迹矣。因揖而退，乃覺，時已夜闌矣。獨記其一句云：「深誠杳隔無疑。」亦不知爲何等語也。

前後三夢，後多忘其聲，惟紫鬚翁笛聲尚在。乃倚其聲而爲之詞，名曰《桂花〔六〕明》。云：「縹緲神清開洞府，遇廣寒宫女。問我雙鬟梁溪舞，還記得、當時否？　碧玉詞章教仙語〔七〕，爲按歌宮羽。皓月滿窗人何處？聲未〔八〕斷、瑶臺路。」子東嘗自爲予言。（據上海商務印書館《四部叢刊三編》影印江安傅氏雙鑑樓藏明鈔本南宋張邦基《墨莊漫録》卷四）

〔一〕鬚　《稗海》本、《四庫》本作「髯」，下同。
〔二〕以　《稗海》本、《四庫》本作「似」。
〔三〕又夢　原作「夢又」，據《稗海》本、《四庫》本乙改。
〔四〕引　《稗海》本、《四庫》本下有「入」字。
〔五〕雙　原作「奴」，蓋「双」之譌寫，據《稗海》本、《四庫》本改。
〔六〕花　《稗海》本、《四庫》本作「華」，同「花」。
〔七〕語　《稗海》本、《四庫》本作「女」。
〔八〕未　《稗海》本、《四庫》本作「永」。

黄法師醮記〔一〕

魏良臣　撰

魏良臣（一〇九四—一一六二），字道弼。建康府溧水縣（今屬江蘇）崇教鄉南塘人。宣和三年（一一二一）登進士第，詣闕投書伸太學生陳東冤，天下高其義，調嚴州壽昌令。紹興二年（一一一三二）以左從政郎充樞密院編修官，復除敕令所删定官。三年爲尚書刑部員外郎，十二月爲都官員外郎，明年七月移吏部。八月充金國軍前奉表通問使，五年正月坐應對失詞，誇大敵情而罷，五月奉祠主管台州崇道觀。七年知漳州，八年入爲吏部員外郎，九年遷右司員外郎，移左司，遷吏部郎中。十年爲中書門下省檢正諸房公事。十一年爲吏部侍郎，十三年罷，出知池州。十五年復敷文閣待制，十七年升直學士、提舉江州太平觀，十九年知廬州。二十五年十一月拜參知政事，明年二月因「分朋植黨，背公營私」而罷，以資政殿學士出知紹興府。本年十二月罷府，提舉臨安府洞霄宫。二十八年二月知宣州，九月移潭州，三十一年正月復移洪州。三十二年閏二月提舉臨安府洞霄宫，四月卒，年六十九。贈光禄大夫、建康郡開國侯，謚敏肅。（據《至正金陵新志》卷一三下之上《人物志·耆舊》，《建炎以來繫年要録》卷五二、卷五七、卷七一、卷七八、卷七九、卷八四、卷八九、卷一一四、卷一二三、卷一二八、卷一三二、卷一三八、卷一四一、卷一四二、卷一五〇、卷一五四、卷一五六、卷一五九、卷一七〇、卷一七一、卷一七五、卷一七九、卷一八〇、卷一八八、卷一九八、卷一九九，《宋會要輯稿·職官》七十、七八，又《禮》五九、《儀制》一一，張綱《華陽集》卷四《魏良臣除刑部郎官》，劉一止《苕溪集》卷三二又卷四三《外制》，《夷堅支戊》卷四《豫章神廟》）

魏道弼參政夫人趙氏，紹興二十一年十月十六日以病亡。至四七日，女壻胡長文元質延洞真法師黄在中，設九幽醮。影響所接，報應殊偉，魏公敬異之。及五七日，復命主黄籙醮。先三日，招魂入浴。幼子叔介，年十二歲，以念母之切，願自入室，持幡伺視。既入，慟哭云：「母自白幡下，坐椅上，垂足入浴盆，左右挂所著衣。正舉首相顧，忽焉不見，所以哀泣。」

已而迎魂至東偏靈位，黄師見夫人在坐，叔介至前，即仆地曰：「媽媽在此，家婢小奴，先因病腫死，亦從而至。」語言甚久。黄慮鬼氣傷兒神，乃布氣吹其面，取湯一杯令飲，即醒。云：「適往市門下看迎仙女，見數十人衣金錦袍，擁一轎，四角皆金鳳，口銜金絲毬，二仙童行前，捧金香爐、唾壺。到吾家門，仙女出轎，見先生再拜請符。才得符，收置袖間，却乘金毛羚羊，二童導而去，遂覺。」蓋所見者，乃是夕壇上所供神虎堂追召魂魄者也。

時已五鼓，方就睡，又夢入大門，將軍長丈許，金甲青鞾，引而行。殿上人服青服，戴青冠，執青圭，坐龍椅上，云太一救苦天尊也。聞呼第二曹，請九天司命第一〔二〕主者同坐。俄空中青雲起，玉女數百捧紅〔三〕幡幢，迎上清宫第六位至，共食仙果。叔介前觀之，爲異鬼如師子形者逼逐令去。將軍叱曰：「救苦天尊請來對罪〔四〕，安得輒逐！」命獄卒碎斫之。左右天仙無數，嬉戲自如，或戴碎玉花冠，動摇有聲，云是狼茫冠。上天真宰下降，檢察地獄。將軍曰：「三界各有體：天界逍遥自在，故多快樂；人世務禮法，故尚恭敬謙遜；地府治人罪，故尚威猛。正自不同。」

又聞呼都案判官追在獄囚，列廷下，約萬人，皆荷鐵校。傳呼引第十人，直符使乘雲持牒下取，牒闊可二尺，長袤〔五〕丈，徑至地，挾此人同上雲去。其餘火輪、銅柱、銅狗、鐵蛇，鍛治於前，楚毒備極。三人著公服在其中，將軍曰：「一爲臨政酷虐，二爲事父不孝，三爲作監官不廉。監官乃吾弟，曾任潭州税官，盜用公家錢而逃，至今在獄。而酷虐者獲罪尤重。」叔介問：「如何可救？」曰：「除是轉《九天生神章》一萬遍，即可救拔。」又引至鑊湯、碚石、喬律等獄，縱觀諸囚。

叔介言：「敢問將軍何姓？」曰：「舊在人間姓王，此間無姓。每見世人設水陸，請地府諸司，稱崔判官、李判官之類，皆不肯赴，不若只稱第幾司第幾案判官便了。」又曰：「吾得一幕次甚窄，身却不在彼，常在壇上聽指揮，不敢離一步，便一兩字亦從吾手中過，然後奏上。吾一看三清，二看法師至誠，便是喫一盞白湯，也奏去。只爲排得幕次不是，左右多有穢觸。又黄衣人炷香，衣服不潔，負水人身體腥穢，一青衫小兒抱嬰孩，來天尊位前戲狎。天尊怒，皆追來枷了。青詞甚好，宣開地獄，赦亦至誠。特以判官聲雄，道字不真，有一字讀作『潭』字，數人猜不出，天尊、主者皆怒。已而辨之，乃『濤』字也。主者白請放六人，判官密言赦文不明〔六〕白，再墮其四，只赦兩人，其一則趙氏也。」

將軍曰：「汝父常誚汝懶惰不讀書，我教汝《聰明呪》云：『無礙無遮廣聰明，喬律莎訶無緊揭。』又《聰明偈》云：『大廣天地無礙遮，三界〔七〕遲奇比江海。一磨二磨轉不覺，才管一覺無礙空。』」戒令勿泄，每遇節序，焚香默誦百過。且謂人心如鏡，須管常磨，勿令塵染汙，自然聰明。又言：「吾一身五職：第一，三天門下引進主者；第二，黄先生主掌文字；第三，自然山主；第四，監灰河主；第五職事微，不可説。」遂引叔介至灰河。無罪者過橋，業重者解其下服，著度河褌，由河中過。岸上大枯木數株，鬼卒以所脱衣挂於上，續以車載從橋行。衣上各書姓名，窺其一，標云「屠氏十娘」。叔介臨欲歸，拜將軍曰：「自到冥間，荷將軍慈顧。」答曰：「汝何所謝！吾實當謝汝。憶昔嘗與汝同官，曾緣公累，賴汝調護得免，至今不忘。今歸時，凡此中所見所説，盡爲人道之，使知省戒，無得隱情。」

揖别而行，望其家已近，母在一室塗澤畢，令引至壇，對曰：「黄先生不許孝子登壇。」母乃獨登〔八〕之，徧禮列位，詣黄君幕前，焚香拜曰：「謝救苦黄法師。」便冉冉翔空，回首言：「宿世寃家皆得解脱，汝勿復悲惱。」令從者取盂水，噀叔介面，仍叱之，遂寤。天方明，自寢至覺僅數刻，而所經歷聞見，連日言之不能盡。魏公以其事物色之，蓋醮筵置龍虎堂於西〔九〕廂，偪近外庖，往來喧〔一〇〕雜。炷香者乃老卒，而汲水一兵患疥瘍，圃中兒每敖戲聖位前，皆符其語。乃告白龍虎神，徙位於靜處，而易執事者，禁兒勿得至。又考所謂

「潭」字之誤，蓋詞文舊語内云「或死於水濤之中」，道童書「濤」爲「淘」，以唾潤指，指作「濤」字，不甚明了，故讀者誤焉。（據北京中華書局版何卓點校本南宋洪邁《夷堅丙志》卷一○《黄法師醮》）

〔一〕原題失考，據《夷堅志》所題加一「記」字。

〔二〕一　此字原空闕，據葉祖榮《新編分類夷堅志》本、《廣豔異編》卷一八冥跡部《魏叔介》補。

〔三〕紅　葉本、《廣豔異編》作「黄」。

〔四〕罪　葉本、《廣豔異編》作「事」。

〔五〕袞　《廣豔異編》作「幾」。

〔六〕明　《廣豔異編》作「清」。

〔七〕三界　《續修四庫全書》影印影宋鈔本、阮元《宛委别藏》本、陸心源刊《十萬卷樓叢書》本作「一界」。

〔八〕獨登　葉本、《廣豔異編》作「强」。

〔九〕西　原譌作「四」，據阮本改。《廣豔異編》作「兩」。

〔一〇〕喧　原譌作「暄」，據影宋鈔本、阮本、陸本、《廣豔異編》改。

按：此記當作於紹興二十一年。《夷堅志》末云：「魏公自作記五千言，今摭取其大要如此。」知係原文之節縮。

飛猴傳

趙彥成　撰

趙彥成，台州天台（今屬浙江）人。魏王趙廷美（太祖匡胤、太宗光義異母弟）八世孫。李新《跨鼇集》卷三有《江邊行貽趙彥成》，卷一八有《送趙彥成序》，云：「某與彥成身儒行儒，幾三十年矣。」（據本篇及《宋史·宗室世系表二十》又二十六）

天台市吳醫，有女年及笄，方擇壻。忽於中庭見故嫂，恍惚間忘其死，與敍間闊。嫂曰：「當春光澹蕩，鶯花可人，景物如此，姑獨無念乎？」女不答。又曰：「必待媒妁之言，不過得一書生，或一小吏，或富室〔一〕，或豪子，如是極矣。有侯將軍者，富貴名族，仕御馬院，蒙天子眷寵，得大官。風標態度，魁梧磊落〔二〕，過餘子百倍。如苟有意，吾當爲平章。」女曰：「唯父母命，我安得專？」嫂曰：「汝謂之可即可爾，何庸待二親？」言畢而沒。

女自是精爽迷罔，頓如癡人。正晝昏睡，暮則華裝靚飾，伺夜若有所之。殆一年許，形悴質變〔三〕。其家莫之測，巫師禳解，萬端不效。忽語曰：「我將軍明日當至，宜〔四〕延接，不然，將降大禍。」父母不敢拒，强爲設盛饌，呼倡樂，羅陳於堂。至期，聞外傳呼甚雄，已而高牙大纛，騶從戈戟，絳燭前列，後騎歌吹，軒蓋陸續而來。十餘輩衣巾各殊，或被戎服，或絳綃而冠，或赭黄而帽，大抵皆美丈夫也。吴叟拜之，皆答拜。揖遜就席，觴行酬勸，謔浪盡歡。敬酒〔五〕，與女同載而出。

繼此時一來，吴氏不勝擾費。郡人言：「此地有寧先生，道法通神，盍往告？」吴即日持牒奔謁。寧書符籙，使置於門首。妖見之曰：「吾非鬼，何畏此哉！」笑而出。寧聞之大怒，亟訪吴。建壇置獄，皆見騰龍驟虎，神物亂雜，環繞其居。妖正在女室，頗窘懼，呼卒索馬，欲趨小樓而上，既出復入者數四。明日，寧謂吴氏曰：「但見物如飛鳥者，急擊勿失。」吴伏〔六〕壯僕，持梃候門。夜有黄雀入，急捻〔七〕之，應手化爲鶯。再擊之，已如鷹，少選，大如車輪，見者怖走。寧敕神將擒撲，始仆地死，乃巨猴也，兩翅如蝙蝠。凡三夕，獲三物，其一首若熊。復畫地爲牢，命力士搜捕妖黨，得狐狸、蛇虺、木石、鳥獸之怪，不可計，皆輂致鐵臼内杵碎之。

詰其嫂導誘之狀，即引伏，以親故不治。焚猴尸，揚灰江上，竄其魄於海陬，女遂如初。寧辭去，凡賂謝錢帛，分毫不受。女益蘇，白父母曰：「向者明知爲妖類，方肆虐時，正欲上訴於天，亦不可得。蓋其徒千百成群，往來太空間，縱有章奏，必爲所邀奪。雖城隍里域之神尚不能制，況於人乎！」寧先生名全真，字立之，京師人。紹興二十一年七月也。（據北京中華書局版何卓點校本南宋洪邁《夷堅志補》卷二二《侯將軍》）

〔一〕室　原作「商」，何卓點校本校：「葉本作『室』，從明鈔本改。」按：《逸史搜奇》癸集八《吴氏女》、《廣豔異編》卷二七獸部二《侯將軍》、《情史》卷二一情妖類《猴精》皆作「室」，今回改。

〔二〕風標態度魁梧磊落　《情史》作「風態標度，魁梧異常」。按：《情史》文字有删改，如此者不再出校。

〔三〕變　葉本、《逸史搜奇》、《廣豔異編》作「消變」。

〔四〕宜　明鈔本下有「具」字。

〔五〕敬酒　何卓校：「按此句疑有脱誤。」《情史》作「竟酒」。

〔六〕伏　明鈔本作「使」。

〔七〕捻　《逸史搜奇》、《廣豔異編》、《情史》作「擊」。

按：《夷堅志》引此題《侯將軍》，而末云：「赤城趙彦成親見其事，作《飛猴傳》記之。」是知原題《飛猴傳》。事在紹興二十一年（一一五一）七月，傳當作於此年或稍後。

趙士遏治瘵記〔一〕

魏彥良　撰

魏彥良，紹興二十二年（一一五二）爲右朝請大夫、池州同判。（據本篇）

武功大夫、閤門宣贊舍人黄某〔二〕，爲江東兵馬鈐轄。紹興二十二年正月，秩滿將歸弋陽。過池州，值雪小留，郡守假以教授廨舍。遇舊同官趙士遏，趙訝其顔色青黑而欬不已，語言動作非復如疇昔時，從容問所苦。黄愀然久之，曰：「吾家不幸，祖傳瘵疾，緣是殞命者世世有之。自半年來，此證已萌芽，吾次子沆〔三〕亦然，殆將死矣。」遂悲傷出涕。趙曰：「每聞此疾可畏，間亦有愈者，而不能絶其本根。吾能以太上法籙治之，但慮人不知道，因循喪軀。公果生信心，試爲公驗。」於是焚香書符，以授黄及沆，使吞之。吞未久，遍手指内外皆生黄毛，長寸餘。趙曰：「疾深矣，稍復遷延，當生黑毛，則不能救〔四〕療，今猶可爲也。」

於是擇日別書符，牒城隍，申東嶽，奏上帝。訖，令黄君汛掃寓舍之西偏小室，紙糊其中，置石灰於壁下，設大油鼎一枚，父子著白衣，閉門對牀坐。吞符訖，命數童男秉燭注視。有頃，兩人身中飛出黑花蟬蛾四五，壁間別有蟲，作聲而出，或如蜣螂，如蜘蛛，大小凡三十六，悉投沸鼎中，臭不可聞，啾啾猶未止。繼一蟲，細如絲髮，蜿蜒而行，入於童袖間，急捕得，亦投鼎中。便覺四體泰然，了無患苦。

黄氏舉室歎〔五〕異，知其靈驗，默禱於天，願爲先世因此疾致死者，作九幽大醮拔〔六〕度之。未醮數日，黄之妻夢先亡十餘人，内有衣皁小團花衫者，持素黄籙白簡，來拜謝曰：「汝救我，則我救汝。」妻覺，以告夫，黄泣曰：「衣小花衫者，吾父也。吾父死於兵戈中，衣服不備，但得一衫以殮。夢中所見者，真是矣。」遂以二月朔設醮於天慶觀。是夕，陰雲四垂，雨意欲作，中夜隱隱聞雷聲，所供聖位，茶皆白如乳。道衆恐雨作，不能焚詞。既而至五鼓，醮事畢，雨乃大至。黄氏歷世惡疾，自此而絶。士遏，字進臣。（據北京中華書局版何卓點校本南宋洪邁《夷堅丙志》卷八《趙士遏》）

〔一〕題目自擬。

〔二〕黄某　《勸善書》卷五作「黄順」。

〔三〕沅　《續修四庫全書》影印影宋鈔本、阮元《宛委别藏》本、陸心源《十萬卷樓叢書》本、《永樂大典》卷二〇三一〇《瘵疾》引《夷堅志》、《勸善書》皆作「沅」，下同。

〔四〕救　影宋鈔本、阮本、陸本、《大典》作「捄」，同「救」。

〔五〕歎　影宋鈔本、阮本、陸本、《大典》皆作「歡」。《勸善書》作「嘆」。

〔六〕拔　影宋鈔本、阮本、陸本作「救」。《勸善書》、《大典》作「拔」。

按：《夷堅志》末云：「時右朝請大夫魏彦良通判池州，爲作記。」事在紹興二十二年，蓋作於此年。

高俊入冥記〔一〕

晁公遡　撰

晁公遡（一一一七—？），字子西，號嵩山先生。晁公武弟。世爲澶州清豐縣（今屬河南濮陽市）人，自七世祖佺始徙家彭門（彭城），厥後因仕而居開封。高宗紹興八年（一一三八）登進士第。爲左迪功郎、梁山軍梁山縣尉。十五年爲涪州軍事判官、涪陵令，三十年通判施州，明年官左承議郎、知梁山軍。孝宗乾道元年（一一六五）知眉州，四年爲成都府路提點刑獄。五年爲兵部員外郎。官終朝奉大夫、直祕閣。著《嵩山居士文全集》（又名《嵩山集》）五十四卷。（據《嵩山居士文全集》卷一二《丙戌元夕》、卷三四上費寶文劄子、卷三七上查運使劄子、卷四五《上周通判書》、卷四七《送子嘉兄赴達州司户序》、卷四八《梁山縣令題名記》、卷四九《程氏經史閣記》、卷五〇《眉州州學藏書記》及《眉州起文堂記》，師璿《嵩山先生文集序》，晁補之《濟北晁先生雞肋集》卷六四《右朝議大夫致仕晁公墓誌銘》，王珪《華陽集》卷五〇《晁君（仲衍）墓誌銘》，周必大《文忠集》卷三五《期請大夫知潼川府何君耕墓誌銘》，《建炎以來繫年要録》卷一九〇，《宋會要輯稿・選舉》二〇，《宋史》卷三〇五《晁迥傳》，《萬姓統譜》卷三〇，《宋元學案補遺》卷四引《姓譜》，《新修清豐縣志》卷四《進士》、卷七《鄉賢》，《涪陵縣續修涪州志》卷九《秩官志・文職》）

昔東坡先生居儋耳，有處女病死，已而復蘇，云：「追至地獄，其繫者率儋耳人也。」近夔州戍兵高俊事大類此，豈非所謂地獄者，一方各有之，時〔二〕託人以傳，用爲世戒歟？俊家睢陽，世爲卒，隸雄威軍。紹興二十二年〔三〕正月辛亥，登夔之高山，逢一人〔四〕，披髮執杖，出符示俊曰：「受命追汝。」俊恐怖，亟歸，彼人隨之不置。俊至家，舉食器擲之，彼人怒扼其喉，俊立仆地，即覺，從而西。且行且出其符，凡大書數行，後有押字，俊不識也。

行久之，路正黑，俄豁然明，見城郭嚴峻，四隅鐵扉甚高，四顧廛市列肆，如一郡邑。其中若大府，兩廡囚繫幾滿。一女子懸足於桁，吏曰：「前生妄〔五〕費膏油以塗髮，故懸以瀝之。」又一女反縛，以鉗鉗其舌，吏曰：「生前好摇脣鼓舌者。」俊〔六〕所識寧江都將，荷鐵校，曳鐵鎖，獄卒割剔其股文〔七〕，血肉淋漓，形容枯瘠不類人，左右破腦者、折脛者、折肱者、穴胸者百十人環守之。吏曰：「生前賊殺無辜者也。」一部〔八〕將亦同繫，箠掠無全膚。次則市之鬻麵者曰冉二，死已數年矣，前列十〔九〕大甕，畜腐水敗泔，其七已空。吏曰：「是嘗棄麵與水漿，今積于此，日使盡三杯。」又有鬻餳者黄小二，爲獄卒，勞問俊曰：「汝何時來耶？」與俊同曹追者，凡三百餘人，奉節令趙洪先一夕死，亦彷徨庭下。堂上黄綬主者呼俊曰：「汝以何年月日時生乎？」俊曰：「俊年二十五歲，六月二十四日辰時生。」主者披籍曰：「吾所追乃生于巳時者。」使俊止以俟命。其它一一問如前，有即荷校驅而東去者，亦有閉諸廡者。庭中壯士金甲持斧立，俊進揖曰：「主者留俊而未有以命，柰何？」曰：「吾爲汝入白。」頃之出曰：「可去也。」戒一童曰：「速與偕行，或埋瘞，則無及矣。」童導俊由始來之路，其正黑者既窮，即失此童，惟望西而行。

殆數里，登山，下有河流，溺者不可計。官曹坐岸上，使卒徒擁行人入于河，入者爲魚龍所噉食，能涉而得岸者，百不一二也。益大恐，奔及重嶺，乃東行。至平川，二徑交午，不知所適。憩川上，伺過者將問津。有犬來牽俊衣，趨左徑，凡七里許，復失犬。獨進，踰前岡，抵大溪，甫過橋而橋壞。後一騎來，迫壞橋呼曰：「急治橋。」尋有四五人，負大木横其溪，騎者不克度。俊愈益疾步，踰時達夔之東津。視其體則裸也。或訴之，歐其背，遂驚寤。蓋死二日，家方謀瘞之云。（據北京中華書局版何卓點校本南宋洪邁《夷堅甲志》卷一二《高俊入冥》）

〔一〕此記原題失考，《夷堅志》題《高俊入冥》，今從而加「記」字。

〔二〕時　陸心源刊《十萬卷樓叢書》本作「事」。

〔三〕紹興二十二年　《樂善録》卷五引《夷堅録》作「紹興辛巳」，乃三十一年，疑誤。二十二年爲壬申歲。

〔四〕一人　《樂善録》作「二吏」。按：《樂善録》所引非照原文，文字多有增删。

〔五〕妄　《勸善書》卷一作「多」。

〔六〕俊　原譌作「後」，陸本同，據《續修四庫全書》影印影宋鈔本、《勸善書》改。

〔七〕文　《樂善録》無此字。《勸善書》作「又」，連下讀。

〔八〕部　《樂善録》作「郡」。

〔九〕十　原譌作「一」，據《樂善録》、《勸善書》改。

按：上海涵芬樓《新校輯補夷堅志》本、中華書局點校本、《十萬卷樓叢書》本末小字注「晁公遡作説」，影宋鈔本、《宛委别藏》本「説」作「記」，是也。《嵩山居士文全集》未有此記。據師璿《嵩山先生文集序》，《嵩山集》乃門人師傳甫所編，刻於乾道四年（一一六八）。公遡平生所著詩文散落極多，「傳甫之所得，殆筦中之豹」。此記未被編入文集，蓋時已亡佚。故事發生在紹興二十二年（一一五二），乃公遡作記時之近事，殆作於此後數年間。《夷堅甲志》二十卷撰成於紹興三十二年，而此記編在第十二卷，似記成後不久洪即採焉。

解三娘記〔一〕

關耆孫　撰

關耆孫，字壽卿。永康軍青城縣（今四川都江堰市東南）人，一説永州零陵（今湖南永州市）人。高宗紹興十八年（一一四八）進士出身。二十七年爲果州教授。孝宗隆興元年（一一六三）詣闕，乾道元年（一一六五）爲國子録。二年爲著作佐郎，是年十二月除祕書省正字，明年七月遷校書郎，九月出知簡州。後遷著作郎，六年免歸，爲夔州路轉運使。明年歸臥青城山中。著《建隆垂統略》一卷，佚。（據《南宋館閣録》卷八《官聯下》、《宋會要輯稿·選舉》二〇《試官下》及《選舉》三一《召試》、《庚溪詩話》卷下、《夷堅丙志》卷三《楊抽馬》及卷一九《青城監税子》、洪适《盤洲文集》卷二三《關耆孫國子録制》、陸游《渭南文集》卷一四《送關漕詩序》及卷二六《跋關著作行記》、《全蜀藝文志》卷六四關耆孫《瞿塘關行記》、《宋史·藝文志》傳記類）

右武大夫〔二〕興州後軍統領趙豐，紹興二十七年春，以帥檄按兵蜀中〔三〕諸郡。次〔四〕果州，館于南充驛。命吏置榻中堂，驛人前白曰：「是堂有怪，夜必聞哭聲。常時賓客至此，多避不敢就，但舍于廳之西閤。」豐笑曰：「吾豈畏鬼者耶？」竟寢堂上。至夜，聞哭聲從外來，若有物〔五〕直赴寢所。豐曰：「汝豈有冤欲言者乎？言之，吾爲汝直，否則亟去。」果去。頃之又來，群從者皆聞履聲趾趾〔六〕然。明日，以語太守王中孚弗，王以爲妄也。

是夕，赴郡宴，夜歸方酒酣，未得寐，倚胡牀以憩。一女子散髮在前立，曰：「妾乃解通判女三娘者也，名蓮奴。本中原人，遭亂入蜀。失身於秦司茶馬〔七〕李忞户部家，實居此館。李有女嫁郡守馬大夫之子紹京，以妾爲媵。不幸以姿貌見私於馬君，有娠〔八〕。李氏告其父，户部怒〔九〕，杖妾至死〔一〇〕。氣猶未絶，户部〔一一〕即命掘大窨，倒下妾屍瘞之，覆以木床〔一二〕。今三十年矣。然李、馬二姓亦以此遂微，今皆物故〔一三〕。幸將軍哀我，掘出妾骨〔一四〕，使得受生。」豐曰：「汝死許久，士大夫日日過此，何不早自直？」曰：「遺骸思葬，未嘗須臾忘。是間有神司守，不許數出。十年前，妾夜哭出訴，地神告曰：『後有趙將軍來此，是汝冤獲伸之時。』日夜望將軍至，故敢以請。」豐曰：「果如是，吾當念之。」女謝去。遣人隨視之，至堂外牆下，没不見。

明日，召僧爲誦佛書，作薦事，遂行。晚至潼川之東關縣，止縣驛。復見解氏哭于前〔一五〕，已束髮爲高髻。豐怒〔一六〕曰：「昨已爲汝作佛事，何苦復來相逐〔一七〕？」曰：「將軍之賜固已大矣。然妾頂骨今倒埋在下，非發出正之，不能生〔一八〕，非將軍誰爲出之？」豐曰：「吾爲客，又已去彼，豈能爲汝出力？胡不訴于郡守王郎中？」曰：「非不知也。戟門有神明，詎容輒入！然妾之冤，非王郎中不能理，非將軍爲之〔一九〕地，何以達於王郎中乎？妾骨不出，則妾不得生，使妾骨獲出而得生，在將軍一言宛轉〔二〇〕間耳。妾得生路，其敢忘將軍乎〔二一〕？」豐又許之。

遲明〔二二〕，再具其事，走介白王守。王得書異之，命訪求李户部舊日婢僕，惟老卒譚詠尚無恙。王即以十數卒付詠，戒令必欲取出解氏骨〔二三〕。詠率卒來牆下，發土求之〔二四〕，凡兩日，迷不得所在。詠致一巫母問之，巫自稱「聖婆」，口作鬼語，呼詠責曰〔二五〕：「汝當時手埋我，豈真忘所在耶？今發土處即是，但尚淺耳〔二六〕。當時〔二七〕倒下我，蓋以木床，木今尚在。若得木，骨即隨之。頂骨最在下，千萬爲我必取，我不得頂骨不可生。」詠驚佈伏狀。又明日，果得屍，其頂骨果在下，見者莫不感傷〔二八〕。郡爲徙葬于高原〔二九〕。時紹京爲渠州鄰水尉，未幾就調普州推官。忽一夕，解氏在前，歷歷具道當時事，馬倉卒仆地，遂卒〔三〇〕。（據北京中華書局版何卓點校本南宋洪邁《夷堅甲志》卷一七《解三娘》，又南宋李昌齡《樂善録》卷四引果州教授闞耆孫記）

〔一〕《夷堅志》題《謝三娘》，今加「記」字。

〔二〕右武大夫　此四字據《樂善録》補。

〔三〕蜀中　此二字據《樂善録》補。
〔四〕次《樂善録》作「兵歷」。
〔五〕物　明鈔本作「人」。
〔六〕跐跐　葉祖榮《新編分類夷堅志》本作「跕跕」。
〔七〕司茶馬　葉本作「茶馬司」，義同。
〔八〕有娠　此二字據《樂善録》補。
〔九〕户部怒　此三字據《樂善録》補。
〔一〇〕至死《樂善録》作「無數」。
〔一一〕户部　此二字據《樂善録》補。
〔一二〕覆以木床　此句據《樂善録》補。
〔一三〕然李馬二姓亦以此遂微今皆物故　以上十四字據《樂善録》補。
〔一四〕掘出妾骨　此句據《樂善録》補。
〔一五〕復見解氏哭于前　原作「女子復在前」，此從《樂善録》。
〔一六〕怒　此字據《樂善録》補。
〔一七〕昨已爲汝作佛事何苦復來相逐　此二句原作「吾既爲汝作佛事，何爲相逐」。此從《樂善録》。
〔一八〕然妾頂骨今倒埋在下非發出正之不能生　以上十七字據《樂善録》，《夷堅志》原作「但白骨尚在堂外牆下」。

〔一九〕之　此字據葉本補。

〔二〇〕宛轉　葉本作「轉移」。

〔二一〕妾得生路其敢忘將軍乎　以上二句據《樂善録》補。

〔二二〕遲明　此二字據《樂善録》補。

〔二三〕「王得書」至此　據《樂善録》。《夷堅志》作「王乃訪昔時李户部所使從卒，獨有譚詠一人在，委詠訪其骨」。

〔二四〕詠率卒來牆下發土求之　此二句《樂善録》作「詠恐事生，不即於其處出之」。又前句原作「詠率十數兵來牆下」，蒙上删去「十數」，並改「兵」爲「卒」。

〔二五〕「詠致一巫母問之」至此　《樂善録》作「忽空中有聲責詠曰」。

〔二六〕今發土處即是但尚淺耳　《樂善録》作「但更進前數尺」。

〔二七〕時　此字原闕，據《續修四庫全書》影印影宋鈔本、葉本、阮元《宛委別藏》本、陸心源《十萬卷樓叢書》本補。

〔二八〕其頂骨果在下見者莫不感傷　以上二句據《樂善録》補，原作「骨頂」，今改。

〔二九〕高原　《樂善録》作「別埜」。埜，古字「野」。

〔三〇〕忽一夕解氏在前歷歷具道當時事馬倉卒仆地遂卒　以上據《樂善録》。《夷堅志》作「見解氏來説當日事，紹京繼踵亦卒」。

按：《夷堅甲志》末云：「關壽卿耆孫初赴教官，適館于此，嘗爲作記。虞并甫爲渠州守，紹京正作尉云。」《樂善録》末注曰：「果州教授關耆孫記。」《樂善録》據關記節録。洪邁所記乃得于虞允文（字并甫），本卷《魚腹佛頭》末注：「八事皆虞并甫説」，《解三娘》在焉。記末云馬紹京時爲渠州鄰水尉，未幾調普州推官，而虞并甫時爲渠州守。解三娘果州訴冤在紹興二十七年，時虞守渠，二十八年自渠州守被召至臨安（見本卷《夢藥方》）。據《宋史》卷三八三本傳，虞允文被薦入朝後歷任祕書丞、禮部郎官、中書舍人等，三十二年二月充川陝宣諭使而至蜀。虞對洪邁所説八事中之《孟蜀宫人》末云「甲以紹興三十年登乙科」，知此八事説於紹興三十年或三十一年，時洪邁在京任樞密院檢詳諸房文字，到三十二年爲接伴使而使金（見錢大昕《洪文敏公年譜》）。是故概言之，關氏作記蓋在紹興二十七年後、三十一年前。然虞并甫紹興二十八年入京後當無見關之可能，因直到紹興三十二年宣諭川陝時關仍在蜀（見《夷堅乙志》卷二〇《王祖德》、《丙志》卷四《餅店道人》）。故而關氏此記極可能作於紹興二十七年或二十八年，上任果州教授館于南充驛聞此事而記之。虞守渠州，與果州相鄰（果州在渠州西），得其記而攜至京，洪邁正撰《夷堅志》，遂爲述之。洪邁蓋曾寓目此記，故記之頗詳也。

黄十翁入冥記〔一〕

秦　綷　撰

秦綷，紹興二十七年（一一五七）爲撫州崇仁縣主簿。（據本篇）

黄十翁者，名大言。浦城人，寓居廣德軍。紹興二十七年十一月四日，因病久心悸，爲黄衣童〔二〕呼出門。行大衢路，兩〔三〕旁植垂柳，池水清澈可愛，荷花如盛夏時。經十餘里，更無居民。望樓觀嵯峨，金碧相照。童引入門，罪人萬數，立廷下。殿上四人，冠通天冠，衣縷金袍，分席而坐。一吏唤黄大言，云：「汝數未盡，誤追汝來。」命青衣童引出東門。回顧，餘人已驅之北去。

東門外如陽間市肆，往來闐闐。行未遠，别見宫闕甚麗，内外多牛頭阿旁，王者旒冕秉圭坐〔四〕，威嚴肅然。紫衣吏問曰：「汝住世作何因果？」對曰：「頃歲兵亂時，曾爲二寇掠財物。徐就擒捕，保伍欲戮之〔五〕，大言愍焉，以錢二十千贖其死。」及平生戒殺、持經、造像數十事。俄持巨鏡下照，了無冤業，即令詣總管司照對。總管司之長稱舍人，其副乃廣德出攝吏〔六〕王珣，與大言素厚，謂之曰：「汝當再還人世。若見世人，但勸修善，敬畏天地，孝養父母，歸向三寶，行平等心，莫殺生命，莫愛非己財物，莫貪女色，莫懷疾妬，莫謗良善，莫損他人。造惡在身，一朝數盡，墮大地獄，永無出期。受業報竟，方得生於餓鬼、畜生道中。佛經百種勸戒，的非虛語。」又囑曰：「爲吾口達信於我家，我在公門，豈能無過，但曾出死罪〔七〕三十一人，有此陰德，故得爲神。可造衣服一襲，多誦經文，化錢萬七千貫，具疏奏城隍司，以達我要贖餘過。」且言：「世人以功德薦亡，須憑城隍證明，方得獲福。若歲時殺物命祭祀，亦祖先不享。此二事不可不知。後二日，陰府會善男女於無憂閣下，隨其善行，俾證道果。至於地獄囚人，亦驅至彼，如州郡囚聽〔八〕赦罪，輕者亦脱苦受生，宜往觀之。」

至則睹所謂無憂閣者，衆寶所成，高出雲表，祥光徹天，男女皆在其下。其善者衣服盛麗，持香花經卷，徜徉采雲之間，玉砌金階之上。而地獄之〔九〕衆，皆鎖梏囚執，尪劣憔悴，跪伏門外，喜懼相半。方顧視感歎，忽蕩無所睹。王總管云：「已憑今日佛蔭，脱地獄苦，然皆失人身矣。」回至總管司，見對事者亦衆。其相識者，託爲囑子孫丐功德，所付之語，皆生平闈門隱祕，非外人所得知。

事畢，童導之歸。望一鐵山，烈火熾然燒炙〔一〇〕，群囚號叫不絕。又一山，有樹無葉，垂植刀劍，囚扳〔一一〕援而上，受剸割之苦，積屍無數。大言合掌誦觀世音、地藏二菩薩，忽震雷一聲，二山皆不見。前行，過一巖洞，臭河不可近。童子云：「世人棄殘飲食酒茗於溝渠，皆爲地神收貯於此。俟其命終，則令食之。」又行數里，再至王所。王敕云：「汝還世五年，傳吾語於人間：作善者即生人世，受安樂福；作惡者萬劫不回，受無間〔一二〕苦。令聞此者，口口相傳。」遂別命一青衣童，引出長春門，荷〔一三〕花如初。過橋〔一四〕，失足而寤，已初八日矣。黄翁時年八十五。（據北京中華書局版何卓點校本南宋洪邁《夷堅丙志》卷八《黄十翁》）

〔一〕篇題自擬。
〔二〕爲黄衣童　《勸善書》卷一二作「夢青衣童」。
〔三〕兩　原譌作「雨」，據《續修四庫全書》影印影宋鈔本、阮元《宛委别藏》本、陸心源《十萬卷樓叢書》本、葉祖榮《新編分類夷堅志》本改。
〔四〕坐　《勸善書》下有「其中」二字。
〔五〕曾爲二寇掠財物徐就擒捕保伍欲戮之　《勸善書》作「保五掠二人，索財物，無則欲戮之」。
〔六〕出攝吏　《勸善書》作「故吏」。
〔七〕出死罪　《勸善書》作「活」。
〔八〕聽　《勸善書》作「廳」
〔九〕之　葉本作「中」。
〔一〇〕熾然燒灸　「熾」《勸善書》作「焰」。「灸」阮本作「炙」。灸，燒灼。

〔一一〕扳　陸本作「攀」。

〔一二〕間　葉本作「限」。

〔一三〕荷　原譌作「有」，據葉本、阮本改。

〔一四〕過橋　葉本下有「次」字。

按：《夷堅志》末云：「崇仁縣主簿秦絳爲作記。」事在紹興二十七年，記蓋作於此年或次年。

宋代傳奇集第四編卷四

賈生

王明清 撰

王明清（一一二七—一二〇二後），字仲言。先世本開封酸棗（今河南新鄉市延津縣西）人，後徙居潁州汝陰（今安徽阜陽市），遂爲汝陰人。王銍次子。少游外祖曾紆家，年十八九從舅父曾宏父守台州，高宗紹興十七年（一一四七）又從守潤州。二十六年娶方滋（字務德）次女，時三十歲。三十二年從方滋帥淮西。是年六月孝宗即位，以異姓補官。乾道元年（一一六五）爲宫觀官，奉親會稽，明年冬成《揮麈録》。後在高郵軍爲官。八年爲安豐軍判官。淳熙中爲滁州來安令，十二年（一一八五）官朝請大夫、主管台州崇道觀。此後曾客居京城，生活貧困，靠向親朋乞貸爲生。光宗紹熙三年（一一九二）任簽書寧國軍節度判官，年末復爲臨安雜買務雜賣場提轄官。四年纂《揮麈後録》，五年年初書成，五月添差通判泰州。作《揮麈三録》，寧宗慶元元年（一一九五）仲春書成。後寓居嘉興甥家，四年撰《玉照新志》，此前又成《揮麈録餘話》。嘉泰二年（一二〇二）任浙西參議官。明清一生困頓而以著述爲務，除《揮麈録》、《玉照新志》，尚有《清林詩話》，佚。（據《揮麈前録》卷三、卷四及卷末識語、郭九悳《揮麈前録跋》、《王知府自跋》，《揮麈後録》卷七、卷一

一、《後録跋》、《三録跋》，《揮麈録餘話》卷一、卷二及趙不譾跋，《玉照新志》序、卷一、卷二、卷四，《中興行在雜買務雜賣場提轄官題名》，《渭南文集》卷二七《跋王仲言乞米詩》，《夷堅三志己》卷六《摩耶夫人》，韓元吉《南澗甲乙稿》卷二一《方公墓誌銘》，樓鑰《攻媿集》卷一〇六《參議方君墓誌銘》，《至元嘉禾志》卷一三《人物》）

拱州賈氏子，正議大夫昌衡之孫，美風姿。讀書能作詩與長短句，怨抑悽斷，富與〔一〕才情。又奉佛樂施，奉佛尤力。事交友〔二〕馴謹而簡諒，人皆喜之。常〔三〕與其友相約，如京師觀燈，寓於州西賢首教院〔四〕，尐空曰華嚴，舊所住也。監寺僧慈航，作黑布直裰五六領，背綴以帛，書寺名〔五〕，爲某事丐錢。賈戲披之，以爲笑，且曰：「今晚爲寺中教化。」夜果戲出丐錢，風度秀峙，詞辨横出，士女競施。寺僧遣二力舁錢歸，幾不能舉。翌日，其友戲之曰：「稱職哉！」賈曰：「都人美麗，不容傍窺，惟行者丐錢得恣觀視。雖邀逐而取焉，無害也，此吾亦薄有利焉耳。」夜，賈固欲往，而寺僧利其入，縱臾〔六〕之，遂盡五夜〔七〕。翌日〔八〕，其友睡未起，賈曰：「略出矣。」友欲與語，而賈已去。抵暮而還，袖中出黄柑兩枚，奇香數種。分柑爇香，談笑無異也。又兩日，友約以歸，賈但以一書致家。自是抵春暮，而猶在京師也。

間〔九〕有人自京師來，説賈瘦瘠。又言攜一婦人，但瘦瘠耳。即同歸。歸而瘦益甚，服藥不驗。舉止〔一〇〕無少差誤，但不喜其舊妾，獨寢于宅後書菴中，爲少異也。問之，則曰：「病而絶此，自嗇養耳。」瘦日甚，舉家不知所爲。老乳媪夜半後往候之，聞菴中切切有婦女密〔一一〕語。比曉告其兄弟，乃知賈爲鬼物所病也。百方禁斷之不能去，賈故〔一二〕自若，且曰：「我病在經絡臟腑，而禁呪何益哉！」

五六月間，天寧寺作般若會，長老宗戒請〔一三〕賈之昆季與賈之友往齋。既罷，同留〔一四〕納涼。寺之僧堂高廣，蔽以大殿，無西日，堂之前有風陰陰焉。並門長連床，一寓〔一五〕僧坐其上。戒老與客俱至，先語僧曰：「兄弟勿動，同此納涼，諸官皆道友也。」瀹茗剖瓜，均行而食之。從容戒老忽曰：「今歲賈宅幾官人〔一六〕獨不在此，聞久病，日來亦少瘥否？」其兄言其曲折，且曰：「知其爲鬼所困，而不能治也。」長連牀上寓〔一七〕僧忽曰：「審如此，我能治之。」衆競起問之，則天台僧道清也。僧取淨土斗許，念呪百餘遍，以授其兄。使候〔一八〕其來，以土圍之，連牆壁處穴穿敷土，令相接，或置之牆上，令遍〔一九〕。或以意想爲得至，哀鳴求免，即開菴中土而使之去，愼勿至日出也。

如其言圍之。方四鼓，忽聞菴中忿厲聲達於外，至五鼓，且哭且悔。賈兄問之，稱罪曰：「我京城之廟靈也，有封爵，慙不能自言。悦其風姿，不少忍，以至於此。明則醜惡俱露矣，伏願見憐。」曰：「復來乎？」曰：「我恃神力，以爲無如我何，而不知遭此。今得免，當洗心省咎，豈敢再至！」曰：「神見何物而懼也？」曰：「身在鉄城中，高際天矣。」「欲自何方去？」曰：「西北。」即開土尺許。既泣且謝，肅然有冷風自西北而去。

比明視之，則賈尚寢矣。亟往謝道清，施以二萬錢，不受。與之香數十兩，各取一片，如指面許，插笠中。曰：「方往五臺山〔二〇〕，爲〔二一〕檀越於文殊前燒結緣也。」問其呪，曰：「《觀世音菩薩羂索部》三十卷中《呪土法》，《藏經》具載。」即誦一遍。問：「何爲如此〔二二〕靈？」曰：「但人心念不一，若念一，則靈爾。」又問：「賈生所遭何物也？」曰：「何必〔二三〕問哉！神耶，鬼耶，精魅耶，狐妖耶，此《呪土法〔二四〕》皆可令去也。若愛欲纏縛，見造業〔二五〕而死，墮落其間，蓋頭下迎來者，非某《呪土法》所能了。諸官善思之。」聞者悚然，即邀上堂。食畢揖辭，以腰抵柱，繫包戴笠而去。

後月餘，賈生亦漸安。其友問之，曰：「自初教化錢之夕，與一奇婦女〔二六〕，施我百金，轉盼與我言。至第五夜，意愈密，并得一錢篋。篋中有片紙，書約以城西張園之後小圃中相見，或有問者，第云表兄則善。此乃我翌旦獨往時也。既赴約至園，有小圃，中見從衛如郡府吏，呵止之，答以表兄，乃徑入宇內，與此婦人相見。置酒，姿態絶出，神仙中恐無有也。且約翌日天清寺僧房款昵。自是惑之，朝暮往來。或相逐，亦與世人無異。比歸，更不念世間可樂者。相隨亦來鄉中。每人作法禁呪時亦不去，但以手畫圈相圍我及渠〔二七〕，曰：『彼如我們何！』衣服飲食珍麗顔色，則世所未見，人間亦無有也。」

噫！道清之言賢哉！人以〔二八〕爲賈病遇道清，亦奉佛樂施〔二九〕之報也。賈名□〔三〇〕，字顯之。所謂友則同郡之許覬〔三一〕彦周是也。其後先太史於《大藏》中檢得《罥索經呪》，今亦藏之於家也。（據上海商務印書館據璜川吴氏鈔本校排《宋人小説》本南宋王明清《投轄録》）

〔一〕與　《四庫全書》本作「於」。與，於也。

〔二〕交友　《四庫》本作「交遊」。

〔三〕常　《四庫》本作「嘗」。常，通「嘗」。

〔四〕賢首教院　「首」原作「寺」，據《四庫》本改。按：《宋高僧傳》卷五《周洛京佛授記寺法藏傳》，釋法藏字賢首，推爲華嚴宗第三祖。

〔五〕背綴以帛書寺名　「背」字原譌作「皆」，「帛」下脱「書」字，據《四庫》本改補。

〔六〕縱臾　「縱」《四庫》本作「從」。從，同「縱」。縱臾，慫恿。

〔七〕五夜　《四庫》本作「五更」。

〔八〕翌旦　原作「翌日」。按：後文云「此乃我翌旦獨往時也」，是應作「旦」。據《四庫》本改。

〔九〕間　原譌作「聞」，據《四庫》本改。

〔一〇〕舉止　《四庫》本作「舉措」。

〔一一〕密　原作「家」，疑譌，據《四庫》本改。

〔一二〕故　《四庫》本作「固」。

〔一三〕請　原譌作「謂」，據《四庫》本改。

〔一四〕留　原作「遊」，據《四庫》本改。

〔一五〕一寓　原作「且過」，疑譌，據《四庫》本改。

〔一六〕人　此字原無，據《四庫》本補。

〔一七〕寓　原作「有」，據《四庫》本改。

〔一八〕候　《四庫》本作「伺」。

〔一九〕遍　《四庫》本作「過」。

〔二〇〕五臺山　原作「五靈臺山」，據《四庫》本删「靈」字。

〔二一〕爲　此字原無，據《四庫》本補。

〔二二〕此　原譌作「何」，據《四庫》本改。

〔二三〕必　《四庫》本作「足」。

〔二四〕法　此字原無，據《四庫》本補。

〔二五〕業　《四庫》本作「孽」。

〔二六〕自初教化錢之夕與一奇婦女　《四庫》本作「自初教化錢，每夕一奇婦人」。

〔二七〕及渠　原譌作「又拒」，據《四庫》本改。

〔二八〕以　原作「之」，據《四庫》本改。

〔二九〕樂施　原譌作「施藥」，據《四庫》本改。

〔三〇〕賈名□　《宋人小説》校本改作「賈生」，今回改。

〔三一〕覬　原譌作「顗」，據《四庫》本改。

按：《投轄録》始著録於《遂初堂書目》小説類，無卷數，《直齋書録解題》小説家類作一卷，云：「王明清撰。所記奇聞異事，客所樂聽，不待投轄而留也。」《通考》同。清丁丙《善本書室藏書志》卷二一小説家雜事之屬著録《投轄録》一卷，注「舊鈔本，璜川吴氏藏書」，上海涵芬樓於民國九年（一九二〇）據丁丙原藏璜川吴氏鈔本校排，彙入《宋人小説》，有夏敬觀己未（一九一九）孟秋跋，稱「其書訛誤錯出，有不可句投者」，據《四庫全書》校改，「並補數十字」。上海古籍出版社一九九一年版汪新森、朱菊如校點本（與《玉照新志》合編）即據吴氏鈔本，校點頗欠精審。此本書前有汝陰王明清仲言自序，共四十九事，各有標目。《四庫全書》亦收此書，無序，中闕四事，《尼法悟》前亦有闕，故《提要》云「所列凡四十四事」。《説郛》卷三九選録自序及正文四條，題宋王明清（注：字仲言，汝陰人）。四事各有標目，與今本題目多不同，疑原書無標目，今本乃後人所加，而《説郛》之標目或爲陶宗儀自擬。《重編説郛》弓二七、《五朝小説·宋人百家小説》偏録家取入《説郛》本，削去標目。

序作於紹興己卯（紹興二十九年，一一五九），時明清三十三歲，尚未入仕。明清諸書，此爲首出。序中云：「齊諧志怪，繇古至今，無慮千帙。僕少年時，惟所耆讀（《説郛》作性所嗜讀）。家藏目覽，鱗集麕至，十踰六七。間有以新奇事相告語者，思欲識之，以續前聞，因仍未能。屬者屏迹杜門，居多暇日，記憶曩歲之所剽聆，遺亡（《説郛》作忘）之餘，僅存數十事，筆之簡編。因念晤言一室，親友話情（《説郛》作情話），夜漏既深，互談所覩（《説郛》作覩），皆側耳聳聽，使婦輩斂足，稚子不敢左顧，童僕顔變于外，則坐客愈忻怡（此三字今本作忻忻怡怡，據《説郛》校改）忘勸，神躍色揚，不待投轄，自然肯留，故命以爲名。後之僕同志者，當知斯言之不誣。」投轄典出《漢書》卷九二《陳遵傳》，陳遵投轄留客會飲，此則反其意而用之。

全書諸事大都得於他人所傳，其中有陸務觀（游）、許彦周（顗）、廉宣仲（布）等，皆爲作者好友，有名於世。明清一一注出事之所出，乃承廉布《清尊録》等，以求徵信。《玉條脱》末云「以上二事許彦周云」，則本篇得於許彦周。「其後先太史」云云，所指乃明清之父王銍，嘗爲史官修史，故以太史稱之。

玉條脱

王明清　撰

大桶張氏者，以財雄長京師。凡富人以錢委人，權其子而取其半〔一〕，謂之行錢。富人視行錢如部曲也。或過行錢之家，其人設特位，置酒，婦人出勸，主人反立侍。富人遜謝，强令坐再三，乃敢就賓位〔二〕，其謹如此。張氏子年少，父母死，主家事，未娶。因祠州西灌口神，歸過其行錢孫助教家。孫置酒，張勉令坐。孫氏未嫁女出勸酒，其女方笄矣，容色絶世。張目之曰：「我欲娶爲婦。」孫惶恐曰：「不可。」張曰：「願必得之。」言益確。孫曰：「予公之家奴也。奴爲郎主丈人，隣里笑怪。」張曰：「不然。我自欲之，蓋煩其女爲我主管少錢物耳，豈敢相僕隸也？且於皇法無礙。如我資産人才，爲公家之壻，不勞苦相阻也。」孫愈惶恐。張笑曰：「言已定矣，不可移易。」張固豪侈，奇衣飾物〔三〕，即取臂上所帶古玉條脱，俾與其女帶之，且曰：「擇日作書納幣也。」飲罷而去。孫之隣里交來賀曰：「行爲百萬財王主人〔四〕之婦翁，女爲百萬財主母〔五〕矣。」

其後張爲人所誘，别議其親。孫念勢不匹敵，不敢往問期，而張亦若相忘者。踰年，張就婚他族，而孫之女不肯嫁。其母密諭之曰：「張已别娶妻矣。」女不對，而私自論曰：「豈有如此而别娶乎？」父乃復因張與妻祀神回，并邀飲其家，而令女窺之。既去，曰：「汝適見其有妻，可以别嫁矣。」女語塞，去房内以被蒙頭，少刻遂死。父母哀慟，呼其隣鄭三者告之，使治喪具。鄭以送喪〔六〕爲業，世所謂仵作行者是也。且曰：「小口死，勿停喪，就今日穴壁出瘞之。」告鄭以致死之由，且語且哭。鄭辦喪具至，見其臂古玉條脱，時值數十萬錢。鄭心利之，乃曰：「某有一園在城〔七〕西。」孫謝之曰：「良善而便也，當厚相酬。」號慟不忍視，急揮去之，即與親族往送其殯而歸。

鄭蓋利其獨瘞己園中也。半夜月明，鄭發棺，欲取玉條脱。女蹙然〔八〕而起曰：「此何處也？」顧見鄭，曰：「我何故在此？」女自幼亦識鄭面目。鄭乃畏其事彰，而以言恐之曰：「汝父怒汝不肯嫁而張氏爲念，若辱其門户，使我生埋汝于此。我實不忍，乃私發棺，而汝果生。」女曰：「第送還父母家，勿卹其他。」鄭曰：「若送汝歸家，汝還定死，我亦得罪矣。」女乃久之曰：「惟汝所聽。」鄭即匿之它處，以爲己妻，完其殯而徙居州東〔九〕。鄭有母，亦喜其子之有婦。彼小人，不暇問所從來也。積數年，無子。每言張氏，輒恨怒忿恚，如欲往扣問者。鄭每勸，且防閑之甚。

至崇寧元年，欽成上仙，治園陵，鄭差往永安。臨行告其母，勿令其婦出遊。居一日，鄭之母晝睡，孫氏女出僦馬，直詣張氏門，語其僕曰：「孫氏第〔一〇〕幾女欲見某人。」其僕往通之，張且驚且怒，以僕爲戲己，罵曰：「賊奴〔一一〕，侮我耶？誰教汝如此？」其僕曰：「實有之。」張與其僕俱往視之。孫氏見張，跳踉而前，曳其衣。其僕以婦人女子，不敢往解〔一二〕。張認以爲鬼，驚避退走，而持之益急。乃擘其手，手且破血流，推去之，仆地而死。僦馬者怪其不出，恐累于己，往報鄭家。推求得鄭母，曰：「我子婦也。」訴之有司。因追取鄭，對獄具伏。已而園陵復土，鄭之發塚等罪止于流，以赦得原。而張實傷而殺之，雜死罪也。雖奏獲貸，猶杖脊，竟憂畏死獄中。因果冤對，有如此哉！是時吴拭顧道尹京云。以上二事許彦周云。

又政和中，外祖空青先生曾公公衮，攝守丹陽。屬邑丹徒縣主簿李某者，以漕檄往湖州境内方田〔一三〕，郡中差二小吏徐璋、蔡禋者，以備〔一四〕驅使。既至境，休于郊外之觀音院。僧室之隣有小房，扃鎖頗密。二吏竊窺之，有畫女子之像，甚美，張于壁下，設供養之屬。二人私自謂曰：「吾曹逆旅〔一五〕，得有若彼者，來爲一笑，何幸！」偶詢院中僧，云：「郡人張姓者〔一六〕，今爲明州象山令。此即其長婦，死殯于房中地下，畫其像，歲時祀之也。」

是夕，蔡禋者寐未熟，忽見女子搴幃而入，謂禋曰：「若嘗有意屬于我，故來奉子之周旋。幸勿以語人，及勿以爲〔一七〕怪而疑懼焉。」禋欣然領其意。自此與璋異榻，每夕即至，相與甚歡。如此者踰月。二吏以行囊告竭，因謁〔一八〕告于主簿者。主簿曰：「璋善筆札，吾不可闕，禋可行也。」是夜，婦女者來，語禋曰：「聞子欲歸，何也？」禋告以故，婦人曰：「吾有金釵遺子，可貨之，足以稍濟，幸無往也。」言畢，于鬢〔一九〕間取釵與之。禋詣舖中售之，得錢萬六千文以歸。紿謂璋曰：「我適入城遇鄉人〔二〇〕，惠然見假，勿須言歸也。」璋嘿然念：「我二人者同居里巷，豈有鄉人而已不識者？且聞禋夜若與女子竊語，他時事露，寧不自累！」由此每夕伺之。

一日，天欲曉，果見婦人下自禋榻。璋急向前掩之，仆于地，若初死狀，衣冠儼然。二吏大驚〔二〕，亟以告主簿者。屬〔三〕寺僧謹視之。拘繫二吏于獄，詰問，並無異詞。遂移牒象山令，令其家人共發棺，視之已空矣。及往舖索其金釵，驗之，誠張死時所帶者也。二吏遂得釋。未幾還丹陽〔二四〕，皆以驚憂得疾，不久而殂。仲舅目覩。與張氏事相類，併録于此云。（據上海商務印書館據璜川吴氏鈔本校排《宋人小説》本南宋王明清《投轄録》）

〔一〕權其子而取其半　此句「取」字原脱，據《清尊録・大桶張氏》補。按：《説郛》本《清尊録》作「權其出入而取其半息」，《古今説海》本作「權其子而取其半」。詳前《清尊録・大桶張氏》校記。《四庫》本《投轄録》作「權其子母所委」。

〔二〕賓位　《四庫》本作「主位」。按：《清尊録》作「位」。

〔三〕飭物　《四庫》本作「飾」，《清尊録》同。飭，飾也。

〔四〕百萬財王主人　《四庫》本作「百萬財主」，疑是。

〔五〕百萬財主母　原「主」下有「之」字，疑衍。《四庫》本作「百萬主母」，《清尊録》同，據删。

〔六〕使治喪具鄭以送喪　「具鄭以送喪」五字原脱，據《四庫》本補。

〔七〕城　此字原無，據《四庫》本補。

〔八〕䴪然　原譌作「壓然」，據《四庫》本及《清尊録》改。
〔九〕州東　原譌作「來州」，據《四庫》本及《清尊録》改。
〔一〇〕第　此字原脱，據《四庫》本及《清尊録》補。
〔一一〕賊奴　《四庫》本及《清尊録》作「賤奴」。
〔一二〕解　《四庫》本作「解紛」。
〔一三〕方田　原譌作「方由」，據《四庫》本及《異聞總録》卷四改。按：方田，丈量田畝。
〔一四〕備　原譌作「補」，據《四庫》本改。
〔一五〕吾曹逆旅　「曹」原譌作「遭」，據《四庫》本改。《異聞總録》作「我輩在旅凄單」。
〔一六〕張姓者　《異聞總録》作「張文林」。
〔一七〕爲　此字原無，據《四庫》本及《異聞總録》補。
〔一八〕因謁　此二字原無，據《四庫》本補。
〔一九〕鬌　《四庫》本作「髾」。
〔二〇〕鄉人　原譌作「親人」，據《四庫》本及《異聞總録》改。下文則作「鄉人」。
〔二一〕二吏大驚　下原有「詰問」二字，《四庫》本無，當是衍文，據删。
〔二二〕屬　此字下原有「之」字，《四庫》本無，據删。
〔二三〕移　此字原無，據《四庫》本及《異聞總録》補。

〔二四〕丹陽《異聞總録》作「丹徒」。按：潤州又稱丹陽郡，政和三年（一一一三）升爲鎮江府，治丹徒縣，即今江蘇鎮江市。前文云曾公袞攝守丹陽，即指鎮江府。鎮江府屬縣别有丹陽，即今江蘇丹陽市，在鎮江東南。《異聞總録》作「丹徒」，乃鎮江府治，亦不誤。

按：玉條脱事廉布《清尊録》先已有載，蓋均得於許彦周。二本文字大同，但此本較繁，多二百餘字，且又附蔡禋事，聞於曾氏仲舅。

趙詵之

王明清 撰

徽考朝，有宗室詵之者，自南京來赴春試。暇日步郊外，過一尼院，極幽寂。見老尼持誦，獨行廊下，指西隅謂之曰：「此間有大佳處，往一觀否？」生從其言。但廢屋數間，蕪穢不治，有碑一所甚高，亦復殘缺。生試以手撫之，碑忽洞開，若門宇。生試入視之，則皆非世所覩也。樓觀參差，萬門千户，世所謂玉宇金屋者皆不足道。香風馥然，有婦人數十，皆國色也。見生，迎拜甚恭，生恍然自失。引生〔一〕登堂，若人間宫〔二〕殿，金碧〔三〕羅列粲然，多所不識。有女子西向而坐，方二十餘，顔色之美，又大勝前所覩，群婦人皆列侍焉。問生曰：「子豈非趙某乎？候子久矣。」生愈駭懼。遂命置酒合樂，妙舞更奏。服勤執事，並無〔四〕男子。食前方丈，樂聲嘵嘹〔五〕，真鈞天之奏也。

至夜，遂相與共寢，亦極歡洽。生詢其地，答曰：「但知非人間即已，何勞固問？且勿爲疑慮可也。」如是留幾旬浹。女子忽謂生曰：「外訪子甚急，引試亦復有日。子須亟歸，時幸見思。」遂命酒作樂。酒罷，曰：「此中物雖多，悉非子所可携。玉環一，北珠直繫一奉之，以爲别後長相思〔六〕之資。環幸毋棄之，直繫可貨而用也。」衆人送出門，各皆吁嗟揮淚，生亦不自勝情。既出，則身在相國寺三門下。恍如夢覺，但腰間古玉環與北珠直繫在焉。

亟歸邸〔七〕，即見同舍與諸僕，驚喜曰：「試期甚邇，郎君前何往乎？如是之久耶？」生具以事告。入試罷，與二三子再訪蘭若。曲廊殘碑宛然，無改如前〔八〕，但扣之不復開〔九〕矣。誦經之尼亦復無見，悵然而返。已而下第，貨其直繫，得錢百餘萬。古玉環至今猶存。趙生自云。（據上海商務印書館據璜川吴氏鈔本校排《宋人小説》本南宋王明清《投轄録》）

〔一〕生　原譌作「至」，據《四庫》本改。

〔二〕宮　原譌作「空」，據《四庫》本改。

〔三〕碧 原作「璧」，據《四庫》本改。
〔四〕無 此字原無，《四庫》本有此字，疑是，從補。
〔五〕嘵嘹 《四庫》本作「嘹嘵」。
〔六〕別後長相思 以上五字原只作「想思」，據《四庫》本改。
〔七〕邸 此字原無，據《四庫》本補。
〔八〕無改如前 《四庫》本作「如昨」。
〔九〕開 《四庫》本作「如前日」。

沈生

王明清 撰

沈元用自言，與其從兄俱試南宮，共〔一〕客長安。從兄貧不可言，每仰于元用。忽謂元用曰：「我偶一伎，甚竗麗。」約其俱往見之。元用驚曰：「兄窮困如此，何以致之？」兄曰：「我前日偶至某處，有一婦人忽然招我入其家，自言倡也。館〔二〕我甚厚，且令我與子俱來。幸同往也。」元用從之。

同至州東一委巷中，有小宅子一所，門宇甚卑陋，入户則堂宇極雄壯。婦人者，人物真絶代也。置酒歡甚。因謂沈兄曰：「聞君未偶，他日中第，肯以爲汝家婦乎〔三〕？吾家累千金，室無他人，君年亦長矣。使名門貴胄，未必能逮我之容與資也。幸君勿以自媒爲誚。倘子文戰不利，吾亦當别爲之圖，亦須痛飲而别。」且咲指元用曰：「君在此〔四〕，知狀者也。」自是沈兄凡客中用度，悉取給于婦人，亦略無勸意。元用亦不時同造。

及榜出，元用奏名，兄不預。有日東下，約元用及〔五〕一二客，偕往婦人家。一見大悵然，謂沈曰：「志願相違，乃復如此。今夕須盡歡，然後分袂。」擊鮮釃酒〔六〕，合樽促席，婦人歌别離之辭以侑觴。酒酣，揮淚不止。中夜，忽狂風振地，門牖皆開，堂上燭滅，寂無人聲。與諸客呼婦人并常在家之使用者〔七〕，皆不應。二三子各移坐席相近，戰悚而已。至曉，但見各坐一椅于〔八〕敗屋數間之下，向來所覩，悉皆不見。亟走以問隣近，皆曰：「此〔九〕某氏之廢宅，久無人居矣〔一〇〕。亦未始覩諸君子之往來也。」竟不知其何所恠云。二事者趙宣明亦所親聞之于元用者也〔一一〕。（據上海商務印書館據璜川吴氏鈔本校排《宋人小説》本南宋王明清《投轄録》）

〔一〕共　原譌作「其」，據《四庫》本改。

〔二〕館　《四庫》本作「款」。

〔三〕乎　此字原無，據《四庫》本補。

〔四〕此　《四庫》本作「傍」。

〔五〕及　此字原無，據《四庫》本補。

〔六〕擊鮮釃酒　原作「繫觥釃酒」。按：《後漢書·馬援傳》：「援乃擊牛釃酒，勞饗軍士。」「繫觥」二字譌，據《四庫》本改。

〔七〕與諸客呼婦人并常在家之使用者　「并」字原無，據《四庫》本補。《四庫》本全句作「與客呼婦人并常使令者」。

〔八〕于　原譌作「子」，據《四庫》本改。

〔九〕此　此字原無，據《四庫》本補。

〔一〇〕矣　此字原無，據《四庫》本補。

〔一一〕二事者趙宣明亦所親聞之于元用者也　《四庫》本作「二事趙宣明親聞於元用」，爲小字注文。

按：末所云二事，前事爲《沈元用》，僅百餘字。

猪觜道人

王明清　撰

宣和初，西京有道人來，行吟跌宕。或負擔，賣查桃梨杏之屬。不常厥居。往往能道人未來事，而無所希求。以其喙長，號曰猪觜道人。居雒甚久。有賈邈、李瓛〔一〕者，以家資豪侈，少年憑藉。好客喜事，屢招與飲，至斗酒不亂。一日，閑步郊外，因謂曰：「諸君得無餒乎？」懷中探紙裹小麥，揞〔二〕於地，如種藝狀，頃之，即擢秀〔三〕騈實。因挽取，以手摩麵，紛然而落。汲水和餅，復内懷中，頃取出，已焦熟矣。擲之地中，出火氣，然後可食。同行下逮僕隸，悉皆累日不飢。二子自此頗敬之。洛人素重〔四〕桃花，時盛夏，置酒家圃水閣中，曰：「我能令小池盡開桃花，雜于荷葉中。」又探懷中，取小礫土擲之。酒未半，蓮跗冉冉擎桃開花，浮于水面，花葉映帶，深爲奇絶。鄉人親舊聞之，嗟駭競賞，幾旬而後謝。其餘奇異，悉皆此類。

李之外姻有陳朝議者，自東南罷守，僦居于雒。陳故貴家，後房十餘人，皆姝絶。而號越珍者尤出衆姬右，親舊未嘗得見。李嘗因春遊，邂逅相遇，與之目成。歸家神觀駘蕩，念慮不已。一日，道人者來，謂之曰：「子之所志，我知之矣。盍從我遊乎？」因出城，古社壇廢〔五〕屋中取一礫，如指許，云：「子以此劃壁可也。」李如言試劃之，即開去，如一角門。纔入，即有曲房綉帳，不知何所。褰幃，則越珍方晝寢于中。李驚喜，撼之使覺。越珍亦欣然曰：「我前日見君，固知君之在念。然門宇深嚴，晝日何能至此？」李不告以實，但言間關之狀。越珍歎息曰：「有心之士哉！」從容小款，極其歡狎，留信宿方出。因遵舊路，門闔〔六〕剨然復合，社壁如故。道人曰：「早來方兩時頃矣，何遽相忘而不返耶〔七〕？」因謂曰：「剨壁之礫在乎？」曰：「偶忘之矣。」因亟命李尋之，且曰：「子異日欲往，但持此礫如前即至。」自是李欲往即至，綈好甚密，將踰歲矣。

後李醉，偶道其事于賈，賈且尤欲俱往。道人謂李曰：「吾與子緣亦盡矣。子之不自慎，我亦不能安。子其餞我。」飲半，揖諸君曰：「移園中假山石來〔八〕。」叱之曰：「開門〔九〕！」及開門，望見樓臺屋宇，如人間然。道人投身而入，石合如故。其後李往扣社壁，不復開矣。

後李生以爲夢也，遣人物色越珍，道往來之迹，歷歷皆合。社壇距陳居各在一隅，相去數十里云。朱先生希真語。（據上海商務印書館據璜川吴氏鈔本校排《宋人小説》本南宋王明清《投轄録》）

〔一〕李瓛　《夷堅志補》卷一九《猪嘴道人》及《廣豔異編》卷一四、《續豔異編》卷七、《逸史搜奇》庚集五、《情史》卷九《猪嘴道人》作「李巘」。

〔二〕捨　《四庫》本作「十餘」，連上讀。

〔三〕秀　原譌作「莠」，據《四庫》本改。

〔四〕重　原作「種」，疑譌，據《四庫》本改。

〔五〕廢　此字原無，據《四庫》本補。

〔六〕闔　《四庫》本作「闔」。

〔七〕道人曰早來方兩時頃矣何遽相忘而不返耶　原「道人曰」三字在「何遽」之上，當爲錯簡，今改。又「兩」字原譌作「雨」字，據《四庫》本改。

〔八〕飲半揖諸君曰移園中假山石來　《四庫》本作「置酒，半，揖諸君趍園中假山石」。

〔九〕開門　《四庫》本作「開開」。

按：《夷堅志補》卷一九亦有《猪嘴道人》，《廣豔異編》卷一四、《續豔異編》卷七、《逸史搜奇》庚集五、《情史》卷九採之，與此文字不同，參見本書《夷堅志》之《猪嘴道人》。

龍主

王明清　撰

宣和七年元日，有太學生數人，共登豐樂樓會飲。都城樓上酒客坐所，各有小室，謂之酒閣子。鄰閣有一客，引盃獨酌，至數斗，浩歌箕踞，旁若無人，衣冠甚偉。諸生異之，因相率與之揖，且邀之共坐。客亦不辭，來前，又飲斗餘。議論鋒出，凡所啓問，悉出人意表，諸生心〔二〕降。問及姓氏，曰：「主姓龍。棄家訪道，隨所寓〔二〕而安之，亦有年矣。」諸生因以先生目之。問曰：「先生休歇之地，可得聞乎？」客曰：「在景龍門外某人小邸中安下。諸公翌日幸早至彼，恐差晚則某亦出矣。」

諸生中有如期訪之者，客果在焉。但見一室蕭然〔三〕，一榻，一老僕，他無有也。語生〔四〕曰：「某亦欲與諸君小款，但逆旅非所宜。某日有暇，幸與前日同席諸君子〔五〕偕行出郊，爲畢景之集〔六〕，某之願也。」生諾之。以告二三子。至日謁告以往，客復在焉。命老僕攜錢數千，出都門外，沽酒市果餌。徜徉一二小圃中，歡飲終日。間以經史未通處問之，皆迎刃而解。諸生中有以弧矢自隨者，會空中有群鴈穿雲而過，客取弓調矢，一箭雙鴈墜地，諸生又驚服。自是每有暇則訪之，客必在焉。

一日，俱過新城下，時土木方畢，連樓鬱峙。客忽指示諸生曰：「不過一歲，此城當毀，雖外城亦然，地皆瓦礫之場。」言訖嘆息。時告密者分布閭巷，諸生惶恐，重足周視而不敢答。復引諸生至近郊人稍稀處，曰：「幸諸君遊既久，亦有以告語者，幸毋忽。」諸生請所以，客曰：「胡騎將犯闕，天子當北狩。城破日大雪，天下自此遂亂。諸君毋以升斗之計，顧惜弗歸，宜各懷親念家，急出都，即可免。不然，非某所知。吾亦從此逝矣。」言畢而散。翌早，諸生再訪其居，將以扣其詳，則店媪云：「昨夕已告去矣。」諸生以爲異也。

遂請告，各給長假，還里中。後悉如其言。

叔外祖曾台州公永，語僕如此云。後觀《華嚴經》中有龍主鳩盤荼王，始悟即其人也。

（據上海商務印書館據璜川吴氏鈔本校排《宋人小説》本南宋王明清《投轄録》）

〔一〕心　此字原無，據《四庫》本補。

〔二〕寓　《四庫》本作「遇」。

〔三〕但見一室瀟然　「但見」二字原無，據《四庫》本補。「瀟然」《四庫》本作「蕭然」。

〔四〕語生　原作「語諸生」。按：鈔本原作「諸生」，涵芬樓校本據《四庫》本補「語」字。然訪龍者只一人，下文「生諾之」可證，故不得謂「語諸生」，鈔本「諸生」實是「語生」之譌。據《四庫》本改。

〔五〕君子　原作「公子」，據《四庫》本改。

〔六〕爲畢景之集　原作「爲之畢集」，當有脱譌，據《四庫》本改。

曾元賓

王明清　撰

温州平陽縣桂嶺里東溪人曾元賓者，有子三人〔一〕，長曰雄飛，次曰伊仲，季曰長翰〔二〕。紹興丁巳夏初，幼子長翰縱走山谷間，覩小青衣，容貌奇麗，夷然而前曰：「真仙欲邀君言少事。」長翰恍惚若驚，從而往之。縈迂行數里，至一林下，異香馥郁，非塵俗比。俄有五女子，二從者擁蓋而出，珠珮盛飾，奇容豔粧，世所稀見，真神仙中人也。長翰愈驚其異，勉而問曰：「子爲誰乎？」曰：「吾五人者，乃蓬萊島之真仙也。一曰仁靜〔三〕，字德俊；二曰仁粹，字德材；三曰仁嬌，字德懋；四曰仁玉，字德全；五曰仁姝，字德高。」顧二侍者曰：「此二人乃吾之嬪娥也，曰媚真，曰美真。吾于〔四〕君家有宿緣，不遠萬里而來。君之昆季三人，久雖當貴，然未有不學而自成者也。吾等博學該〔五〕古，無所不至，欲師授汝等昆仲。以未知汝家君可否耳，可以此言白父兄。如其可從，即於汝居之前山頂巔，營屋三室，几案之屬，亦可略備，吾當擇日自赴。如不願從，亦無固必。」言訖辭謝，由故道而去。

長翰彷徨不能自存，歸告父兄。元賓者欣躍謂衆子曰：「果吾家興焉。」如戒營室，累日而成，三子俟之。一日果至，命其室曰山堂。仁靜作詩戒三子曰：「東晉生華氣，儒生頗好閑。所居得山堂，楹檻稍虛寬。森羅對草樹，曉暮清陰寒。洒掃布几席，氣體飍可安。圖書雖非多，亦足侈覽觀。望聖〔六〕述事業，細大無不完。高出萬古表，遠窮四海端。于中苟得趣，自可忘寢飡。勉哉二三子，及時張羽翰。毋爲玩嬉戲，耽〔七〕取一咲歡。壯年不重來，光景如流丸。」自後教導日新〔八〕，規矩峻整，小有違犯，亦加棰楚。三人語人曰：「真仙雖日來夜去，某等〔九〕不敢懈怠，無不知者。它人罕見其形，但與人盃酌談笑。或有求文者，但展紙于案，惟聞墨筆剥劉〔一〇〕之聲，俄頃揮翰盈紙。」

一日，友人張彦忠大夫不信而謁之，得詩曰：「秀出〔一一〕溪分一石崖，等閑居此象蓬萊。舉眸盡是山林趣，何必東都長者來？」又曰：「特承臨訪索詩篇，無愧高談振坐前〔一二〕。細柳真風渾秀異，佇膺綸詔赴中天。」又曰：「曾統三軍執要權，妖氛掃盡復寧邊。鹽梅實〔一三〕是和羹手，共賀中興億万年。」又曰：「忠心報國不辭難，竭盡英雄險阻間。孽寇生擒如拾芥，未饒三箭定天山。」又林小尹左司乃元賓親家也，亦謁之，得詩與辭。其餘賦論策題，不可勝記。

馬子約〔一四〕自永嘉過會稽，語先太史云。在郡所目覩，别後又録其甥郭湯求彦同所敍云爾。馳寄書中且云：「事有不可勝言者。」其後不復〔一五〕聞。（據上海商務印書館據璜川吴氏鈔本校排《宋人小説》本南宋王明清《投轄録》）

〔一〕有子三人　原作「三子」，據《四庫》本改。

〔二〕長翰　《四庫》本作「良翰」，下同。

〔三〕仁靜　《四庫》本作「仁靚」，下同。

〔四〕于　《四庫》本作「與」。

〔五〕該　原譌作「談」，據《四庫》本改。該，博也。

〔六〕聖　原作「令」，《四庫》本作「聖」，疑是，從改。

〔七〕翫　原作「玩」，與上句字重，據《四庫》本改。

〔八〕新　《四庫》本作「親」。

〔九〕等　原譌作「事」，據《四庫》本改。

〔一〇〕剥劉　「剥」原譌作「削」，據《四庫》本改，《四庫》本作「剥斵」。「剥劉」通作「剥啄」，象聲詞。

〔一一〕出　原作「仙」，疑譌，據《四庫》本改。

〔一二〕無愧高談振坐前　《四庫》本「愧」譌作「鬼」，「振」作「震」。

〔一三〕實　《四庫》本作「自」。

〔一四〕馬子約　原譌作「焉約」，據《四庫》本改。按：馬子約即馬純，字子約，著《陶朱新録》一卷。書中有「永嘉災」條，記紹興己酉永嘉災。紹興無己酉，《宋史·五行志二上》載紹興十年（庚申）十一月丁巳温州（永嘉）大火，疑己酉乃庚申之譌。時純在永嘉。

〔一五〕復　此字原無，據《四庫》本補。

邢仙翁〔一〕

王明清　撰

熙寧辛亥、壬子間〔二〕，武侯李〔三〕忘其名，以供奉官爲衡州〔四〕管界巡檢。一日，捕盜入九嶷山，深歷岩洞，人跡罕到。忽瞻絶嶺，路窮不可上，徘徊民舍。遥見嶺中間有青烟一點，了然可辨。指以示村民，云：「居常見之，但不知爲何人所燎，樵夫牧子皆不能到也。」李侯識其處，歸以告同姓李君彦高者。李君業文，志未就，嘗以養生不死爲意，每聞有方士異人必訪之，與游處者皆此類，恨未有得也。聞侯言頗喜，即裹糧，假侯所與同行從者一人，往詣之。至其所，則獨尋路，望青烟處攀緣藤而上，嶮危備歷。

忽得平地，有草堂三數間，叩門而入，見一老人，燕坐其中。忽覩李君，驚相謂曰：「何爲至此？此非人跡可到也。」李揖前，叙以久慕仙道，聞所聞而來。老人笑揖，與之坐。李問老人姓名，曰：「吾唐末人，因離亂避世，隱歷名山，來此亦三五十春秋矣。姓邢氏，名字不必問，吾亦不欲聞於世。」李意其爲邢和璞，問之，則曰：「非也。」因問李曰：「吾避世久，不接人事。聞今國號宋，不知天子姓氏，傳代幾葉，年號謂何。」又指面前一〔五〕小池，仍有竹筒作刻漏狀，曰：「從來甲子日辰，吾盡知之，今日乃何日，所不知者，國姓、年號耳。」李因盡告以熙寧天子姓號〔六〕、傳序、年月，仙老頷之而已。李又問：「仙翁居此既久，曾略下山乎？」曰：「從來此凡三，因取水到半山下，他時未嘗出也。」因叩以仙經道術要訣，則曰：「此當修養自到，難以口耳傳授。」但以修心〔七〕治性，凡爲人倫慈愛忠孝〔八〕事告之。李不得問，糧盡乃歸。

又數日，即爲五日糧，裹之而去〔九〕。復至其所，其人笑喜問勞。李遂留五日，復叩之，則告以吐納鍊養之事。每〔一〇〕坐語倦，則援瑟鼓之，其聲韻非世間之音。李既〔一一〕不能辨其曲操，但覺草堂中逡巡如驚怒雷濤之聲〔一二〕，既罷，而餘韻不絶也。左右凡四窗，皆〔一三〕長几上文史，如世間書。李竊視之，皆墨字天篆古文，間以朱字，如刊正校讎者，李皆不能曉。五日糧盡，又歸。

歸數日，又攜五日糧以往，仙翁復笑延之如故。漸無間矣，李復叩之，遂以内丹真訣語之。李所説如此，恐其別有所得，亦不傳也。因謂李曰：「吾以天上校對天〔一四〕書，自有程課，不須復來，恐妨吾事。吾亦不久徙居他處矣。」李問以窗間道書，云：「此皆仙房所著〔一五〕天上書，凡繫仙籍者〔一六〕，皆與分校勘。此吾所校，已則歸之，別給他書也。」因贈李十二詩，臨行又書一絶，皆天篆古文，李初莫能識。其後竟不復往，莫知所之也。

李得詩，凡與同志或吾徒中善隸篆者討尋，十八年方盡識十三篇，遂以傳世。李今在衡、湘〔一七〕間，頗有所得，但人無知者耳。羅君言如此。羅善篆，親授於李君天篆本摹之，許他時見贈。因默記十三篇，手録示予，云：「此湘潭羅仲衛所記云。」詩列于後，其題云《詩贈晚學李君》：「虚皇天詔下仙家，不久星横借客槎。壁上風雲三尺劍，林前龍虎一爐砂。行乘海嶼千年鶴，坐折壺宫四序花〔一八〕。爲愛《陰符》問玄義，更隨驪海入烟霞。」「久掩山齋看古經，但矜猨鶴事高情。爐中且喜丹砂死，岩下近聞朱草生。堪鄙塵寰馳妄理，莫教流俗聽希聲。清溪有路無人入〔一九〕，獨弄滄浪一濯纓。」「詰曲川原幾里深，偶尋岩壑在前林。長懷萬古典墳樂，果稱幾年泉石心。將著〔二〇〕道經延白日，偷收岩藥化黄金。山中欲〔二一〕訪逍遥客，爲報白雲深處尋。」「人稀境盡〔二二〕絶塵埃，野客尋源或到來。怪石結成真洞府，亂峰粧〔二三〕就假樓臺。久窮至理難期老，獨放真機學未該。得共山翁話虚寂，不妨岩下且徘徊。」「翠微堆裏隱雲烟，石擁〔二四〕藤蘿小洞天。常篆丹符驅木魅，每呼山鬼汲溪泉。養成玉座千年石，煉過河車九轉鉛。記得潛虚真伴侣，出門爭贈買山錢。」「秋景澄清物象稀〔二五〕，山家沉寂俗難齊。常聽嶺瀑連雲瀉，時有林猿隔岫啼。月黑笈〔二六〕明靈武動，夜寒囊破蹇驢嘶〔二七〕。收〔二八〕身已脱人間世，贏得烟蘿自在題〔二九〕。」「丹雄初伏櫃方靈，萬里蓬壺第一程。神室不〔三〇〕封添夜火，金砂新結〔三一〕煉真形。稚川篋裏藏丹訣，鴻寶方中檢藥名。既得仙人小龍虎，便尋根本到長生。」「旋滴岩頭石裏泉，研硃將點洞靈篇。祇看塵〔三二〕外數千卷，勝走人間三百年。何事投〔三三〕心求妙友，更須窮力〔三四〕到真仙。竹關〔三五〕松逕逍遥境，雅使山〔三六〕翁恣意眠。」「眼前龍虎實紛紜，説破丹砂世莫聞。故脱衣冠尋舊隱，便將猿鶴入深雲。閑編野録前朝事，靜校仙經古篆文。滿腹分明惟是〔三七〕識，塵寰誰認紫陽君？」「無言隱几閉松扃，萬古襟懷獨自靈。篋契時鋪〔三八〕三卷篆，彈冠嘗動一簪星。青童去擨南山朮〔三九〕，野客來尋北帝經。天道不須窺牖見，滿門山岳自青青。」「山家何物是知音？也勝人間枉用心。學就萬年龜喘息，習成千歲鶴呻吟。冲和久養通靈獸，關節常調不死禽。獨對翠微誰更〔四〇〕問，鼎分三足伴光陰。」「世事功名不足論，好乘年少入真門。渾如一夢莊仙蝶，況是千年柱史孫〔四一〕。須向《黄庭》分内外，不交《周易》祕乾坤。他年陵谷還遷變，家住蓬瀛我尚存。」外有絶云：「日轉蓬窗影漸移，羅浮舊隱别〔四二〕多時。瀛州伴侣無消息，風撼岩前紫桂枝。」（據上海商務印書館據錢唐丁氏藏鮑廷博校本校排《宋人小説》本南宋王明清《玉照新志》卷五）

〔一〕篇題自擬。

〔二〕間　原作「聞」，鮑廷博校：「聞疑間。」是也，今改。

〔三〕李　明沈士龍校刊本、《四庫》本、《剪燈叢話》卷一一宋王明清《邢仙傳》作「事」，《寶顔堂祕笈》本作「氏」，當譌。按：《邢仙傳》止於「詩列其題云《詩贈晚學李君》」，以下闕。

〔四〕衡州　沈本、《寶顔堂》本、《四庫》本、《剪燈叢話》作「汾州」，誤。按：汾州在今山西，汾水過其境。

〔五〕面前一　沈本、《寶顔堂》本、《四庫》本、《剪燈叢話》作「前面二」。《學津討原》本「一」作「二」。

〔六〕號　沈本、《寶顔堂》本、《四庫》本、《剪燈叢話》作「名」。

〔七〕心　沈本、《寶顔堂》本、《四庫》本、《剪燈叢話》作「身」。

〔八〕孝　沈本、《寶顏堂》本、《四庫》本、《剪燈叢話》作「信」。

〔九〕去　原作「至」，與下文重，據《學津》本改。

〔一〇〕每　沈本、《四庫》本、《剪燈叢話》作「與」。

〔一一〕既　沈本、《寶顏堂》本、《四庫》本、《學津》本、《剪燈叢話》作「絶」。

〔一二〕逡巡如驚怒雷濤之聲　「如」字據沈本、《四庫》本、《寶顏堂》本、《學津》本、《剪燈叢話》補。沈本、《四庫》本、《寶顏堂》本、《剪燈叢話》作「如雷濤之聲」，《學津》本作「逡巡如驚雷怒濤之聲」。

〔一三〕皆　此字沈本、《寶顏堂》本、《四庫》本、《剪燈叢話》無。

〔一四〕天　沈本、《寶顏堂》本、《四庫》本、《剪燈叢話》作「仙」。

〔一五〕著　沈本、《寶顏堂》本、《四庫》本、《剪燈叢話》作「有」。

〔一六〕者　此字據沈本、《寶顏堂》本、《四庫》本、《剪燈叢話》補。

〔一七〕衡湘　原作「衡、汾、湘」，「汾」字當衍，今删。沈本、《寶顏堂》本、《四庫》本、《剪燈叢話》作「汾、湘」，「汾」當作「衡」。

〔一八〕坐折壺宮四序花　沈本、《寶顏堂》本、《四庫》本、《學津》本作「坐折壺中四季花」。

〔一九〕入　沈本、《寶顏堂》本、《四庫》本、《學津》本作「識」。

〔二〇〕著　沈本、《寶顏堂》本、《四庫》本作「看」。

〔二一〕欲　沈本、《寶顏堂》本、《四庫》本作「所」。

〔二二〕盡　《學津》本作「靜」。

〔二三〕亂峰粧　沈本、《寶顏堂》本、《四庫》本、《學津》本作「亂山堆」。

〔二四〕擁　沈本、《寶顏堂》本作「搏」，《四庫》本作「縛」。

〔二五〕稀　沈本、《寶顏堂》本、《四庫》本、《學津》本作「希」，同「稀」。

〔二六〕笈　《宋人小説》本夏敬觀校：「吳本（即吳方山本）作岌，明本（即沈本）同，《學津》本作笈，從改。」《寶顏堂》本亦作「岌」。《四庫》本改作「笈」。

〔二七〕嘶　沈本、《寶顏堂》本、《四庫》本作「啼」。按：「啼」字與本詩「時有林猿隔岫啼」重，當作「嘶」。

〔二八〕收　沈本、《寶顏堂》本作「牧」，《四庫》本作「此」。

〔二九〕贏得烟蘿自在題　「贏」原作「嬴」，據《四庫》本、《學津》本改。「自」沈本、《寶顏堂》本譌作「夕」。「自在」《學津》本作「在處」。

〔三〇〕不　沈本、《寶顏堂》本、《四庫》本作「下」。

〔三一〕結　沈本、《寶顏堂》本、《四庫》本、《學津》本作「浴」。

〔三二〕塵　沈本、《寶顏堂》本、《四庫》本、《學津》本作「壁」。

〔三三〕投　《學津》本作「役」。

〔三四〕更須窮力　「更」沈本、《寶顏堂》本、《四庫》本、《學津》本作「便」。《學津》本作「便須窮理」。

〔三五〕闢　沈本、《寶顏堂》本、《四庫》本作「間」。

〔三六〕山　沈本、《寳顔堂》本、《四庫》本作「仙」。
〔三七〕是　《學津》本作「自」。
〔三八〕箋契時鋪　沈本、《寳顔堂》本作「筆研鋪時」，《四庫》本作「點筆時研」，《學津》本作「筆研特鋪」。
〔三九〕朮　沈本、《寳顔堂》本、《四庫》本作「木」，誤。
〔四〇〕誰更　原作「更誰」，平仄失律，據沈本、《寳顔堂》本、《四庫》本、《學津》本改。
〔四一〕況是千年柱史孫　「是」原作「事」，疑譌，據沈本、《寳顔堂》本、《四庫》本、《學津》本改。「孫」沈本、《寳顔堂》本、《四庫》本作「文」。
〔四二〕别　沈本、《寳顔堂》本、《四庫》本作「到」。

按：《玉照新志》不見宋元書目著録，唯趙不譾慶元庚申（六年，一二〇〇）《揮麈録餘話跋》云王明清著《玉照新志》，然未言卷數。錢曾《讀書敏求記》卷三雜家著録作五卷，莫友芝《郘亭知見傳本書目》卷一一上小説家類著録山塘汪氏影元抄本五卷，則原帙爲五卷也。明繡水沈士龍校刊本作六卷，《寳顔堂祕笈》刊入此本，《四庫全書》所收者蓋亦出此本。清飽廷博（字以文，號渌飲）據秦西巖、吴方山本校明刊本，改作五卷，并以元人鈔本通校。張海鵬據吴方山（岫）藏本校刊，入於《學津討原》，末有張海鵬嘉慶九年（一八〇四）識語。《叢書集成初編》據《學津》本排印。丁丙《善本書室藏書志》卷二一小説家雜事之屬著録《玉照新志》五卷，注

「舊鈔本，鮑以文校藏」，上海涵芬樓夏敬觀以鮑校本爲底本，校以《學津》本，印入《宋人小説》。末有己未（一九一九）夏敬觀跋。上海古籍出版社一九九一年出版汪新森、朱菊如校點本，以《學津討原》本爲底本，對校以上海圖書館藏明鈔本等。《唐宋叢書》載籍、《古今説部叢書》六集、《説庫》所收爲四卷本，不全。

據明清自序，是書成於慶元戊午，即四年（一一九八）也。

宋代傳奇集第五編卷一

海陵三仙傳

王禹錫 撰

王禹錫，泰州海陵（今江蘇泰州市）人。紹興二十七年（一一五七）王十朋榜進士。曾爲通直郎、僉書鎮江軍節度判官廳公事。與王明清有交往，紹熙五年（一一九四）王明清《揮麈後録》書成，爲作跋。（據《崇禎泰州志》卷五《選舉志》、《嘉靖惟揚志》卷一九《人物志上·宋進士》、《建炎以來繫年要録》卷一七六、《天一閣書目》卷三之二道家類、《揮麈後録》跋）

徐神翁

徐神翁，名守信，海陵人也。生六七歲，始能言。父隸衙籍，少孤，無以自給。年十九歲，役于天慶觀。常持一箒，供灑掃，盡力煩辱之事。嘉祐四年，天台道士余元吉來遊，示惡疾，過者面〔一〕之，公獨事之無倦。忽於溺器得丹沙，餌之。元吉委化，公喪之以師禮，丐斂具于海安徐氏。葬之日，徐見公來謝，甫出户，取金贈之，相望數步而追莫及，實未嘗出也。自是常放言嘯歌，默誦道書，絶飲食至數日，然供役未始乏事。茹蔬取黄葉者自食，曰：「此先生菜也。」春〔二〕白粲奉衆，别貯粃稗，與丐士同食。

治平中，有客自蜀來，號黑道人。每至觀，獨與公語。既去，謂逆旅人曰：「吾無以謝爾，令爾邸暑無蚊耳。」已而信然。會糧竭，道正唐日嚴晨命公督租于遠郊。既往矣，晡時見三清殿後枕箒卧者公也，恠而問之，公曰：「來早米自至。」詰旦果然。唐謂田丁：「爾自運至，甚善。」皆笑曰：「徐二翁終日程督不少休，何謂自運至也？」日嚴大驚，始命名置弟子籍。

熙寧九年，以守金寶牌恩度爲道士，公笑曰：「我只解掃地，不事冠氅。」短褐力役如故。素不閒〔三〕書，忽作楷字，假《度人經》語，爲人言禍福。有謁而不見者，有自往神遇者，有不施而求者，有施而不受者，若怒駡戲笑，無非休咎所寓。或薄暮斂殿堂籍〔四〕香紙，肆筆書，置几間。明日來者，取而授之，一不經意，悉酧所問，紙盡而人亦絶。

元豐中，徐州獲妖人，辭連淮上。發運使蔣穎叔〔五〕疑於公，就見曰：「爾徐二翁邪？」曰：「然。」「知道乎？」「不知。」「解何事？」「解喫飯。」「日可幾米？」「飽便住。」「茹葷乎？」「茹葷。」由此不疑。公素蔬糲，半歲前忽嗜鮮肥，亦勸道流食，至是乃省。穎叔問：「我何如人也？」對曰：「宜省刑。」艴然而怒。公自捫背曰：「瘤痛不能語。」穎叔再拜曰：「經云：『神公受命，普掃不祥。』其公之謂矣。」因呼神公，故神公之名布天下。穎叔背有瘫〔六〕，盛怒則裂而内楚，至不能言，他人莫知也。寢室附廚側，因爲闢堂，榜之曰「守雌」。他日獨坐，有憂憤之色。俄穎叔來，不得見，竟日不出户。左右問之，公曰：「藥叉羅刹五百人生於世間，亂且至矣。」

憲使范鏜問公：「有夢否？」曰：「自不受道正庸錢，不復作夢。」江陰劉谷，與公語于竈下，藉藁而寢。未旦，光輝如日，谷驚躍而起，見公坐，哆口瞪目。聞空中語曰：「徐禧入蕃直立死，吕惠卿食枸杞夾子。」是時禧圖西邊，吕持母服，皆谷所善者。五年，禧有永樂之敗。吕常〔七〕修敬，端朝冠以拜，公平視自若，顧曰：「善守，善守。」果黜知單州。相繼竄責，至紹聖甲戌而還，始悟枸杞之讖，且以善守爲戒也。

七年，郡貢士謁行，示字皆從火，果貢院火。王介甫居金陵，求書，示「勑舒王」三字，而「勑」字不全，且曰：「勑不須用人也。」未幾薨，政和中追封王爵。八年，東坡先生起知登州，來謁，書「來王守」三字。問學道之要，曰：「毋作官即好。」東坡領之。至登召還，洎守揚州，馳書問方來，公不書。至南遷，遣子過來，亦不見。繼徙惠，過海矣。子由謂：「吾兄信其言而不能用也。」子由績溪寓訊求字，書曰：「運當滅度，身經太陰。」及歷侍從，至門下侍郎，實佐佑垂簾政。元祐末，出知袁州，遣使問之，書曰：「十遍轉經，福德立降。」告其使曰：「過去十，見在十。」子由聞之曰：「日者謂予戌運多福，酉運多厄，豈謂是乎？」未至袁，遷嶺表，幾十年而復。駙馬都尉張敦禮圖公像以進奏，賜紫衣，號圓通大師，公不受。公書字示人，來者日衆，主觀者因爲修造計，置櫝以受金錢。月吉起鑰，間有端疋，非函隙可投者，知出神所得也。江都姚叟，見持篛扣門者曰：「我徐二翁也，有篛在汝園中。」隨指見藂竹如篛狀，往視，已失其人。因率衆來訪，三清殿他郡助役者皆曰：「見先生行化吾里。」

九年四月，公在寢旬日，或問之，曰：「改元則出。」是月改紹聖。郡人問鄉舉，曰：「陸侍郎至，滿城著緑。」陸農師來守郡次，舉何昌言榜登科者甚衆。三年，郡大疫，公扃户六日，郡人數百請之，出曰：「作緣事故爾。」疫者飲呪水皆愈。居數月，淮陽人獻紫花石柱四。初，淮陽有山，而石頑不適用。有老父謂常姓者曰：「山有紫錦石，可取爲柱，施泰州天慶觀。」言訖不見。試鑿之，果紫錦文也。柱成，道海來，值大風雨，舟師拱而慄。霧電中有物挐舟，行甚駛，一宿達海門。洎至，公迎勞曰：「驚怖不易，不然，不如此速也。」山陽楊生家聞異香，見老父持篛入門，傍有識者揖之，遂隱，遺椽於其庭。生攜以至，視三官殿柱杪亡一椽，即所遺者。公曰：「欲新此殿。」乃施錢數十萬。農師除海州告别，公曰：「菜又貴也。」自海移蔡，召入爲右丞。無爲湯氏繪公像奉供，公見夢，乞其孫女出家。

覺語其妻秦，秦惡之。他日女死，秦投像于江。會疫，廢其左臂。湯請見，公數之曰：「爾棄我江，至長蘆乃濟。」湯慙負請死。繼潭商至，公笑曰：「謝汝相救。」商袖出像，云得之長蘆江中。哲宗未立元子，中宫遣寺人致禮以問，書「今日吉人」，蓋徽廟諱也。

元符中，鹽城時叟有請，告曰：「爾亟歸。九月中有道者來，宜善待，仍佈施。」至期，暴客夜集其門，時悟，出迎，設酒殺金帛慰遣，遂免陵暴。三年，上元張燈，前二日公以杖擊之盡，數日哲廟遺詔至。崇寧二年八月，忽於殿墀望闕致敬。壬申詔曰：「朕聞皇帝〔八〕問道於廣成，放勳往見乎姑射。蓋惟有道之主，能遵全德之人。以爾體性抱神，深不可測，心通夙慧，澹泊無爲，不出户庭，四方宗仰，宜隆褒命，益顯真風。亟其來思，毋執謙退。可特賜號虚靜冲和先生。」令運使許彦致禮，敦遣赴闕。至京師，館于上清儲祥宫之道院，屢召入。常服白紵玄都〔九〕衫、華陽巾、麻鞵大絛，與上從容言，不替俚語。每有忠規，語祕弗傳也。許肩輿歷嬪御閤，投金珠盈其懷，公解帶，委于地而不受。嘗小遺殿上，人止之，公弗顧。三年乞歸，會二月二十六日公誕日，降香設于道齋，賜五嶽金冠、象簡、密雲銷金上清服，詔畫像二，命親書「生身受度」等語。四年八月，賜勑書，令發運使胡師文禮遣赴闕。既至，會解池水溢，詔問之，對曰：「業龍爲害，惟天師可治。」召張繼先至，投以鐵符，龍震死而鹽復。五年告歸。

大觀元年，許大方攝郡事，寫公真求贊，書曰：「身色不自在，猶如脆瓦坯。色盡還歸土，神移別受胎。籍如〔一〇〕空裏月，輪轉幾千回。掉頭不識面，元作阿誰來。」公詩頌不常作，而援筆立就，略無停思。二月甲子，出門望西北稽首。大方問之，公曰：「我欲去矣。」大方曰：「欲覲邪？」遂以聞。是日詔建仙源萬壽宮，及有召命，外庭未知也。行日過闤闠，謂觀者曰：「二翁不來矣〔一一〕。」蔡京素敬事公，因設食，公取菜覆于地。問終身，曰：「東明及將死于潭之境。」趣就僧舍，問其處，曰：「東明寺也。」是歲令侍童理髮，或旬日不止，問其故，笑而不言。二年正月，默坐不飲食。至六旬時云：「世上悠悠，不如歸休。」三茅劉混康亦召至，公曰：「劉先生去，我亦去矣。」四月丁酉，劉先生解化。二十日庚子，上清知宮晨夢人叱云：「起！起！天帝召神公。」亟起問訊，無恙也。日暮，公擊手叩齒，四顧長揖已，曲左肱而卧，白氣自頂出西北去，空中聞鶴唳，公逝矣，壽七十有六。值歲早熱，氣已蘊隆。七日而斂，四體可屈伸如生，異香達于宮外。上聞，駭嘆久之。贈大中大夫，委內侍劉愛等視喪歸，本部給葬，用四品禮。九月庚申，葬城東饗林原。宣和中，建昇真觀以奉祀。初，老農錢甲每見公呼鄰舍，洎卜葬，惟饗林兆吉，而未合制度。東畛即錢氏也，錢悟，舉地以獻。

公三召至闕，以恩度弟子三十八人，賜紫及師名甚衆。官親族二人，再賜父潁宣教郎，母張蓬萊郡君，所生李永嘉郡君。奏建妙真觀，度劉崇仙、張貧女爲女冠。二人者常至觀獻果實，公取二果噓而與食，遂辟穀，容色如少女也。公初修觀，每日有大施主至。崇寧末，以片紙授張崇真，書「仙源萬壽」，踰年改建是宫。公每行廊廡間，必擊柱嘆息，如有所恨者。洎仙去，上勑有司，促成新宫。至紹興辛亥，火于兵，無孑遺矣。

公再召後，年七十餘，灑掃浄穢，無一日廢。郡人家有圖像事之，事無細大，咨而後行。向化遷行，不敢萌非心，有過必憚見。每戒人曰：「修福不如避罪，廣求不如儉用。」皆若服餌求神仙不死術者，尤不取。所閲人不可備舉，至驗於數十年後，非特知來而已。皆隨根器以示誨誘，大要使人知賦分有定，而乘除得以避就，善惡可以消長。一見即書，或示以言，隱而顯，簡而盡。其以字假借，離合增損，及摘經中語首尾以告。雖巧者注思，不能到也。其徒之四方者，預求公字置像前，俾來者射取，無異親見。凡有隱惡者，見之必摘發使悔。宿州陳生，致禮虔甚，公酌水使飲，至于三，辭曰：「不可强矣。」叱之曰：「汝不能此，河中人奈何？」陳泚顙錯愕不能對，遂入道。蓋嘗利人之財，溺而不救也。或詰盜，問所亡幾何，曰：「三十千。」公怒罵曰：「竊三十千，汝以爲盜乎？三十年後有朝服爲盜者矣。」其因事警世，類如此。小校濮真病瘵，數人掖而前，公杖掖者走，又杖真，真不覺投杖而逃。錢媪至，公勞苦之，媪曰：「髪白柰何？」公手拂其鬢，皆變鬒黑。陳護女疾，公兩嚙其頸，復欲嚙，女啼而走。公曰：「冤不可解也。」是夕縊死，視之，其繩三股，斷其二而一存焉。

在觀應酬無虛時，而神遊萬里之外，無所不至，有同日見者。或非雅素，夢授藥愈其疾，他時望見敘舊，其人所夢乃公也。遇齋帑空無，時攜數百錢畀主首市蔬。廝輩意積鏹，矚亡入户，忽有盌水在地，踐之而仆。亟起振袂，公儼然坐榻上。形解後，刻檀像于虛靜庵。政和八年九月辛卯，目有神光，仍墮淚，食頃乃止，識者喻焉。今禱于祠者，探籌以代公語，無不契合。祈暘雨若響答，雖亡猶存〔三〕云。

周處士

周處士，名恪，字執禮，海陵人。贈工部侍郎敬述五世孫，和州法曹定國之子也。元祐初，再舉進士下第，頗鬱鬱不得志。既壯不娶。嘗從郡學釋奠，方坐以待事，忽大呼仆地，不知人。閱四日而蘇，問之，云：「吾誦老子書，至『谷神不死』，若有人舁坐榻行數步，吾駭而呼，不覺其仆，且久矣。」因取儒衣書焚之，曰：「誤我此生者，非汝也邪？」自此動靜顛異，人直以爲狂耳。

先是徐神公語人云：「周家門前石生青毛，當得仙矣。」已而果然，人始敬之。家武烈帝祠側，未嘗遠遊。忽有老農負瓦木爲葺精廬，曰：「向病亟，賴先生至，以良藥起死。」乃知其出神也。族叔注爲推官，常呼曰朝議，後階逼卿監，不求改官者十五年，壽踰八十。蔡卞守揚州，遣使遺酒，旬日不授報書。賓至，命酒寒酌，曰：「喫箇冷。」揚州使來請書，問：「太尉面目端正乎？」使反命，則一夕病風，口目斜矣。州士掾吴令璋告別，迎呼「相公」，令璋心獨喜自負。既從調，乃相州工曹耳。

宣和中，屢召不起，謝使者曰：「吾太平衰末之人也。」蔡京嘗奉書，且俾大漕與郡守勸駕。先生卧不啓户，而危言譙[一三]京，不肯就駕。朝廷知不可致，乃止。復詔曰：「朕躬妙道，以宰制萬有；旌達士，以表迪群倫。庶幾清淨之風，丕變澆漓之俗。爾精微自得，淳白不踰。守虚澹以爲常，損[一四]紛華而無累。宜加美號，以示恩休。可特賜號守靜處士，視朝奉大夫，仍賜五品服。」先生服命服，常自號赤局右僕射。燕服必衫帽，破敝亦不修飾。自贊曰：「周四十五，衣破不補。土木形骸，神氣所聚。」四十五，其行第也。獨處一室，卧起方丈間，食酒肉如平時，而無更衣之所。畜一白鼠，或去或來，飲食同之。賓至，以水酌茗，或擷屋苦煮水以啜，其甘如飴。親族相率攜酒殽以謁，先生曰：「何故無某物？」對曰：「無是。」曰：「物在某處。」皆相視而笑，不能隱。先生音聲如鐘，不以詞色假人，皆望而畏之。行有負，雖高爵重位，一見叱罵不少卹，故鮮有見者。

建炎二年三月戊戌，裴淵陷城，殺掠焚蕩，民死什七八。先生於是且七十矣，攘袂詬賊，一卒擊其首，流血污衣。先生曰：「恪血恪血〔一五〕不得洗。」須臾，擊者至前嘔血死。是歲，不飲食，歷數旬，無疾側卧而化。目不瞑，神光射人，燁〔一六〕如也。初發殯，重莫能勝，漸輕若虚器然，略約兩夫荷之。

初，元祐中有陳豆豆者，不知何許人。披方毯，無他服，冬夏不易，行丐于市。郡人朱醫見其死瘞之矣，歷四〔一七〕十年復至，朱識之，始以爲異人也。居福田院，攜小籃，貯書卷，見可人即付與，得錢物復施丐者，人呼陳毯被。嘗與唐道人謁先生，笑語竟日，所言他人莫能解也。宣和末示化，葬神公之西。先生與唐道人相繼同域，號三仙墳焉。

唐先生

唐先生，名甘弼，海陵人。爲郡小吏，廉恪無他伎。一日晨出，若有所遇者，忽裂巾毀屨，解衣濡水滌橋，裸裎褻語，見者遭嫚駡。家人以爲狂，闔于别室，悉毁卧具，爲坎穽，寢處其間。歲餘，其母哀而縱之。冬夏一布襦，僅蔽膝，負敝衣于左肩，蓬首胡髯，垢面跣足，常以指按其頰，彷徉井閭中，人呼唐九郎。

或發語干休咎，人始異之，稍就占訊，喜怒語默無不驗。凡飲食，或捐半于地，或委溝渠而食其餘。得炊餅，漬渠泥啗之。得酒，或覆于几，又祭之地，復收飲，無少損也。所臨列肆，是日必大獲。競欲延致，有以禮招之而弗屑者。旗亭間以飲食爲博徒者，數負不自活，乞憐于先生。或與之錢，以爲博資，則終日勝。酤釀欲成而敗，先生至甕下索飲，釀者曰：「是不佳，當別酌以獻。」不從，漉而飲之，香味俱變，未竟日而售。

常寓宿王氏米肆高廩上，肆罵狂穢，無所避。其家婦子羞惡，俟其他之，竊相與誚詈。先生不復往，數日無所貿易，頻悔謝，乃復。比舍火延其屋，焮寢矣，獨堅卧不動，俄反風而火滅。人家非常所游者，亦憚其來，其來也必有異。晨至蔣氏舍，排闥入婦寢，取溺器黐衽席，衣衾淋漓，顧笑曰：「解了矣。」室中人頗怒。既而聞一婢自經，系絶得不死。

建炎二年，忽持甓自擊其頰。俄裴淵潰卒至，摽掠無遺，乃悟打頰者，隱語打劫耳。紹興元年，語人曰：「上元夜觀燈時，虜人〔一八〕陷城。」至上元日，火仙源宫，屋五百楹煨燼無餘矣。張榮來據城，聞其神異，執于酤肆。大雪中露坐，方數尺獨無雪，膚略〔一九〕不霑潤。乃積雪丈餘，穿洞穴埋其中，彌日出之，怡然也。人問：「寇亂何時已邪？」曰：「直待見閻羅。」聞者憂之，謂不可逃死。無幾何，有裨將李貴過城下，號李閻羅，自是歲小休矣。四年，劉豫犯淮南，郡守趙康直問之，書曰：「十三日硬齊。」又問，書曰：「十三日軟齊。」蓋僞齊始肆猖獗，終大敗而去。

七年冬十一月，大呼于市曰：「二十一日雪下，二十二日唐倒。」皆不測其意。至期大雪，明日往河西張氏舍求附火，潛抱薪自焚于隙屋。張覺之，體已灼爛。索寢衣披之，行至常所居米肆端坐，手擷燔肉以食，且以飼犬，須臾而逝。有田夫自斗門至，中途遇其西行，問：「先生安往？」曰：「吾歸也。」入城，既自焚矣。住世六十餘歲，葬嚳林原〔二〇〕。歲餘後，有鹺商見先生於江西，而蜀人亦見之于青城云。（據清道光元年邵松岩酉山堂重刻明嘉靖二十三年陸楫等編儼山書院刊《古今說海》說淵部別傳家六十四）

〔一〕面　《叢書集成初編》本（據《古今說海》本排印）改作「厭」。按：面，通「偭」，背也。

〔二〕春　原譌作「舂」，據《四庫全書》本《古今說海》、《叢書集成初編》本改。

〔三〕閒　《四庫》本作「嫺」，《叢書集成》本作「能」。閒，通「嫺」，熟悉。

〔四〕籍　《四庫》本作「藉」。「籍」音「借」，通「藉」，襯墊。

〔五〕蔣穎叔　原「穎」譌作「潁」，據《宋史》卷三四三《蔣之奇傳》改，下同。之奇字穎叔，元豐中擢江淮荆浙發運副使，升發運使。

〔六〕瘣　《四庫》本作「瘤」。瘣，腫瘤。

〔七〕常　《四庫》本作「嘗」。常，通「嘗」。

〔八〕皇帝　《四庫》本作「黄帝」。按：「皇」、「黄」通用。《莊子·齊物論》：「是皇帝之所聽熒也，而丘也何足以知之。」（此據《莊子集釋》本，《莊子集解》本作「黄帝」）。

〔九〕玄都　原作「元都」，「元」字當爲清人避諱改。道家常以「玄都」指神仙之境，見《海内十洲記》、《枕中書》。隋唐時長安有玄都觀，見《唐兩京城坊考》卷四。今回改。

〔一〇〕籍如　《四庫》本作「藉如」。籍，通「藉」。藉如，假如。

〔一一〕矣　原作「以」，當譌，據《四庫》本改。

〔一二〕雖亡猶存　此下《四庫》本多「靈應不可殫述」六字。

〔一三〕嘸　《四庫》本作「譙」。嘸，通「譙」，責備。

〔一四〕損　《四庫》本作「捐」。

〔一五〕恪血恪血　「恪」《四庫》本作「咯」。按：周處士名恪，作「恪」是，疑《四庫》本妄改。

〔一六〕燁　《四庫》本作「曄」。

〔一七〕四　《四庫》本作「數」。

〔一八〕虜人　《四庫》本改作「金人」。

〔一九〕略　原譌作「客」，據《四庫》本、《叢書集成》本改。

〔二〇〕響林原　「響」原譌作「鄉」，據《四庫》本改。按：前文作「響」。《崇禎泰州志》卷一：「響林，州治東七里，昇仙觀徐神翁瘞劍所也。宣和中敕葬神翁於此，墓木森拱，出迴四達，西鳴東應，故名。」

按：《古今説海》未著撰人，《宋志》道家神仙類著録王禹錫《海陵三仙傳》一卷。《趙定宇書目》道家書、《近古堂書目》道藏類、《絳雲樓書目》道藏類亦有目，無卷數。《稽瑞樓書目》小槲叢書、《竹崦盦傳鈔書目》道家類皆著録一卷，前者注「鈔，一册」，後者注「南宋人撰」。范邦甸《天一閣書目》卷三之二子部道家類著録藍絲闌鈔本《海陵三仙傳》一卷，云「宋通直郎、僉書鎮江軍節度判官廳公事、賜緋魚袋王禹錫撰」。傳存，載於《古今説海》。此本後又收入《叢書集成初編》釋道總傳與《舊小説》丁集（宋）。明清書目著録大抵無撰人，當據《古今説海》本。

王禹錫作此傳，時官通直郎、僉書鎮江軍節度判官廳公事，其時不詳。通直郎乃寄禄官，正八品，僉書判官廳公事乃職事官，從八品。禹錫紹興二十七年進士，去紹興末（三十二年）五年，疑任此官在孝宗隆興中（一一六三—一一六四），傳撰於此時也。

南宋王象之《輿地紀勝》卷四〇《泰州·仙釋》云：「周恪、陳豆豆、唐弼，三人俱得道。王禹錫作徐神翁及周、陳、唐三仙傳，甚詳。」又《詩》：「三仙周、陳、唐。」注：「郡人王禹錫作徐神翁及三仙周、陳、唐傳，甚詳。」

感夢記

郭端友　撰

郭端友，饒州（治今江西上饒市鄱陽縣）人。（據本篇）

饒州民郭端友，精意事佛。紹興乙亥之冬，募衆紙筆，緣自出力，以清旦淨念書《華嚴經》，期滿六部乃止。癸未之夏，五部將終〔一〕，染時疾，忽兩目失光，翳膜障蔽，醫巫救療〔二〕皆無功，自念惟佛力可救。次年四月晦，誓心一日三時禮拜觀音，願於夢中賜藥或方書。五月六日，夢皂衣人告曰：「汝要眼明，用獺掌散、熊膽圓〔三〕則可。」明日，遣〔四〕詣市訪二藥，但得獺掌散，點之不効。二十七日夜，夢赴薦福寺飯。飯罷歸，及天慶觀前，聞其中佛事鍾磬聲，入觀之。及門，見婦女三十餘人，中一人長八尺，著皂春羅衣，兩耳垂肩，青頭緑鬢，戴木香花冠，如五斗器大。郭心知其異，欲候回面瞻禮。俄紫衣道士執笏前揖曰：「我乃都正也，專爲華嚴來迎，請歸舍啜茶。」郭隨以入，過西廊，兩殿垂長黄簾，一女跪爐禮觀音，簾外青布幕下，十六僧對鋪坐具而坐。道士〔五〕下階取茶器，未及上，郭不告而退，徑趨法堂，似有所感遇，夜分乃覺。

明日，告其妻黄氏云：「熊膽圓方乃出《道藏》，可急往覓。」語未了，而甥朱彦明至，曰：「昨夜於觀中偶獲觀音治眼熊膽圓方。」舉室驚異，與夢脗合。即依方市藥，旬日乃成。服之二十餘日，藥盡眼明。至是年十月，平服如初。即日接書前帙〔六〕，感〔七〕靈應特異，增爲十部乃止。今〔八〕眸子瞭然。外人病目疾者，服其藥多愈。藥用十七品，南〔九〕熊膽一分爲主，黄連、密蒙花、羌活皆一兩半，防己二兩半，草龍膽〔一〇〕、蛇蛻、地骨皮、大木賊、仙靈脾〔一一〕皆一兩，瞿麥、旋覆花、甘菊花皆半兩，蕤仁一〔一二〕錢半，麒麟竭一錢，蔓菁〔一三〕子一合，同爲細末。以羯羊肝一具煮其半，焙乾，雜於藥中。取其半生者去膜乳爛〔一四〕，入上件〔一五〕藥，杵而圓之，如桐子大。飯後用米飲下三十粒。諸藥修治無別法，唯木賊去節，蕤仁用肉，蔓菁水淘，蛇蜕炙云〔一六〕。（據北京中華書局版何卓點校本南宋洪邁《夷堅丙志》卷一三《郭端友》）

〔一〕五部將終　原脱「部將終」三字，據《醫説》卷三《神方·夢藥愈眼疾》引《夷堅志》補。

〔二〕醫巫救療　《醫説》、《名醫類案》卷七《目》引《夷堅志》作「巫醫鍼刮」。

〔三〕圓　《醫説》、《名醫類案》、《勸善書》卷五作「丸」，下同。圓，丸也。

〔四〕遺　《醫説》作「遂」，《勸善書》無此字。

〔五〕道士　《勸善書》上有「又見一」三字。

〔六〕接書前帙　原作「便書前藥方」，誤，據《醫説》改。按：接書前帙，謂接書《華嚴經》，原計劃書六部，纔成五部耳。

〔七〕感　此字原無，據《醫説》補。

〔八〕今　《勸善書》作「後」。按：《醫説》作「今」。

〔九〕南　原作「而」。當誤，據《醫説》、《名醫類案》改。

〔一〇〕草龍膽　原作「龍膽草」，據《續修四庫全書》影印上海圖書館藏影宋鈔本、陸心源《十萬卷樓叢書》

本、《醫説》、《名醫類案》、《勸善書》改。按：草龍膽又名龍膽草。

〔一一〕仙靈脾　「脾」原作「脂」，據《醫説》、《名醫類案》改。按：古籍言仙靈脾者極多。

〔一二〕一　《醫説》作「二」，《名醫類案》作「三」。

〔一三〕菁　影宋鈔本、陸本作「青」，《醫説》、《勸善書》同，點校本改作「菁」。下文作「菁」。《名醫類案》亦作「菁」。

〔一四〕乳爛　《醫説》、《名醫類案》作「爛研」。

〔一五〕件　此字原無，據《醫説》、《名醫類案》補。

〔一六〕云　原譌作「去」，據《醫説》、《名醫類案》改。《勸善書》作「之」。

按：《夷堅志》載此文末云：「郭生自記其本末，但所謂法堂感遇，不以語人。」洪邁據郭記而述，非原文也。原題不知，姑擬作《感夢記》。孝宗隆興元年癸未（一一六三）夏郭端友病目，次年愈。記當作於隆興二年。

志過

薛季宣　撰

薛季宣（一一三四—一一七三），字士龍，一作士隆，號艮齋。其先河東（治今山西永濟市蒲州鎮）人，徙永嘉（今浙江温州市）。父徽言，起居舍人。六歲喪父，依伯父敷文閣待制薛弼。年十七，起從岳父荆南安撫使孫汝翼，辟爲書寫機宜文字，師事程頤弟子袁溉。同郡蕭振制置四川，往爲其屬。出蜀調鄂州武昌令，復調婺州司理參軍。居五年，孝宗乾道四年（一一六八）樞密使王炎薦入京，有旨改宣議郎、知平江府常熟縣。七年召爲大理寺主簿。會江淮大旱，十二月奉使淮西，明年夏歸，除大理正。居七日出知湖州，改常州，未上。乾道九年七月卒於家，年僅四十。陳亮作《祭薛士隆知府文》（《龍川先生文集》卷二二），吕祖謙作《薛常州墓誌銘》（《東萊吕太史文集》卷一〇）。薛季宣係著名學者，著述頗豐，今存《尚書隸古定經文》二卷、《書古文訓》十六卷、《浪語集》三十五卷，又著有《春秋經解》十二卷、《春秋指要》二卷、《論語小學》二卷、《武昌土俗編》二卷、《九州圖志》、《風后握奇經校定》一卷等。（據本篇、《宋史》卷四三四《儒林傳》、陳亮《祭薛士隆知府文》、吕祖謙《薛常州墓誌銘》、陳傅良《止齋先生文集》卷五一《右奉議郎新權發遣常州借紫薛公行狀》、《宋元學案》卷五二《艮齋學案》、《直齋書録解題》、《宋史·藝文志》、《宋史藝文志補》）

永嘉薛季宣，字士隆，左司郎中徽言之子也。隆興二年秋，比鄰沈氏母病，宣遣子沄與何氏二甥問之。其家方命巫沈安之治鬼。沄與二甥皆見神將，著戎服，長數寸，見於茶托上，飲食言語，與人不殊。得沈氏亡妾，挾與偕去，追沈母之魂，頃刻而至。形如生，身化爲流光，入母頂，疾爲稍間。沄歸，夸語薛族，神其事。

時從女之夫家苦魈怪，女積抱心恙。邀安之視之，執二魈焉，狀類猴而手足不具。神將曰：「其三遠遁，請得追迹。」俄甲士數百，建旗來前。旗章畫三辰八卦，舒光燁然。器械悉具，弩梁施八龍首，機藏柄中，觸一機則八龍張吻受箭，激而發之，躍如也。無何，縛三魈至。又執二人，一青巾，一髽髻，皆木葉被體。命置獄考竟，地獄百毒，湯鑊剉碓，隨索隨見，鬼形糜碎，死而復甦屢矣，訖不承。安之呼别將藍面跨馬者訊治。叱左右考鞫，親折鬼四支，投于空而承以槊。大抵不能過前酷，而鬼屈服受辭，具言〔二〕乃宅旁樹。刳其腹，得一卷書，曰：「此女魂也。」投之於口，亦入其頂中。是夕小愈。

明日，神將言：「魈黨三輩，挾大力不肯就逮，方以兵見拒，請擊之。」遽發卒數萬，且召會城隍五嶽兵，偵候絡繹。既而告敗，或有爲所劓刖竄而歸者，曰：「通郡郭爲戰場，我軍巷鬬皆不利。」又遣鐵幘將率十倍之衆以往，亦敗。安之色不怡，燒符追玉笥五雷〔三〕院兵爲援，會日暮，不決。後二日，始有執旗來獻捷者，如世間捷旗，而後加「謹報」二字。得一酋，冕服而朱纓，械之。大青鬼稱爲雷部，憑空立，雲氣覆冒其體，鼓於雲間，霆聲再震，金蛇長數丈，乘電光入幽圄中。沄及何甥謂與常雷電亡異，而餘人不覺。其夜，神將曰：「聞遠方神物爲諸鬼地，且將劫吾獄。」命檻車錮囚於内，羅甲卒衛守。安之焚楮鏹數萬以犒士，既焚，則已班給，人纔得七錢。

數日，女疾如故。安之復領神將來，曰：「女魂又爲鬼所奪矣。」於是解髮禹步，仗劍呵祝，每俘獲必囚之。何甥自是無所睹。沄見神將形漸長大如人，揖季宣就席，與論鬼神之事，曰：「是非真有，原皆起於人心，人心存而有之。無無有有，蓋無所致詰。」又語沄問學，曰：「當讀睿智、顯謨兩先生文集。」告以世無此書，曰：「書已爲秦政焚滅矣。承烈先生者，顯謨先生子也。」其意蓋指帝堯及文王、武王。又曰：「人無信不立，果知自信，則先王〔三〕之道可由學而致。」

宣外甥久病瘧，女兄睹此事，敬異之。神即傍顧曰：「聞親戚間有鬼瘧，可并案也。」安之不許。明日，女兄來，假室治甥病。神降者三人，其一類左司公，呼宣小字曰：「虎兒，吾汝父也。今爲天上明威王，位在岳飛右。吾兄吏部嘉言、待制弼，姻家孫祕丞端朝，分將五雷兵，亦爲三。明當與孫公過汝，宜治具以待。」凡捕得七鬼，悉繫獄。迨夜下漏，呼囚，大略如人世。明日，神將來甚衆，自此不復離堂户。或稱南北斗、真武、嶽帝、灌口神君、成湯、高宗、伊尹、周公、陳摶、司馬温公者。又言：「堯、舜在天爲左右相，文王典樞密，孔子居翰苑。」其語多鄙野可笑。閻羅王續至，望神將再拜謁，勑陰吏索薛氏先亡者，得男女十有六人，宣父母及外舅孫公咸在，皆公服帔裳，一家婢僕悉見。席罷，曰：「獄事未竟，明當再來。今日饌具殊薄惡，後必加豐，令足以成禮。」遂去，獨留兩偏將徼巡。沄出，見吏士塞途，所經祠廟，主者迎謁。一走卒還白曰：「上天以下元考功，吾王轉飛天大神，王以元帥董督五院矣。」五院者，安之所行法也。

宣兄寧仲竊怪之，誦言曰：「此奇鬼附託，不足復祀。」宣曰：「鬼神固難知，既稱吾先人，安得不祭？」神將稍不懌，爲奏誣寧仲等不孝，請于帝，減其算。旋得詔報可，意欲以懼宣。明夜，十六人復集，自設供張，變堂奥爲廣庭，幄帟皆錦繡，器用皆金玉。男子貂蟬冕服，婦人褘衣，侍女珠翠。金石備樂如塤篪柷敔之屬，浤所未嘗見。酒既酣，奏妓爲潑寒胡、曼延龍爵之戲，千詭萬態，聽其音調，若因風自遠而至。伶官致語多讖未來事，或誚不己信者，皆粗俗持兩端，自相繆戾，頗覺人議己。左司者哭而言曰：「汝謂死而無知，可乎？殆有相熒惑者，非汝之過。可繪我與孫公像并所事神將，祠于室。」宣曰：「大人死爲天神，甚善。子孫當蒙福，不宜見怪，以邀非正之享。今其絶影響，勿復來。」應曰：「諾。」

詰旦，久〔四〕未起。妻淑者，祕丞女也，亦疑，以爲不可復祀。宣未對，所謂左司、祕丞者已泣于床隅，曰：「真絶我乎？」淑曰：「阿舅、阿父幸見臨，何爲造兒女子床下？」皆大慚，曰：「汝言是也，吾即去。」遂跨虎以出。淑謂長姒：「吾翁、吾父皆正人，必不爲此，殆是假其名而竊食者。」語竟，即有驅先二人來，曰：「此等皆妄也，真飛天王使我捕之。」宣叱曰：

「汝輩魑魅亡狀，又欲以真飛天誑我。」拔劍擊之，則復其本質。少焉，盡室皆魈，移時乃没。

明日，沄誦書堂上，又有啓户者曰：「二魈已伏誅，吾來報子。」宣以劍拂其處，血光赫然。它奇形異狀者踵至，皆計窮捨去。其一槃辟於廷曰：「晝日吾無可奈何，夜能苦子耳。」及夜，徑來逼沄，宣抱之於懷。魈將以物置沄口，宣掩之。沄於手中得藥，投諸地有聲，墮宣指間，瘡即隱起。已，又投食器中，淑取食之，無傷也。夜半不去，沄困急，悶悶不自持，默誦《周易》乾卦，似小定。既而復然，淑取真武象挂于傍，沄覺如人噀水入身中，冷若冰雪。魈化爲光氣，穿牖而滅，精神始寧。

薛氏議呼道士行正法，魈歷指其短，惟不及張彦華。偶隨請而至，魈詐稱舊僕陳德。華叱令吐實，曰：「我西廟五通九聖也。沈安之所事，皆吾魈屬。此郡人事我謹，唯薛氏不然，故因沈巫以紿之，欲害其子。今手足俱露，請從此别。」華去之明日，妖復作，攻沄益甚。華始命考召。沄見神人散髮飛空，乘鐵火輪，魅以藥瓢迎拒之，人輪皆喪。九聖者自稱神將，著鈔帽赭服，與道士並步罡噀水，略無忌憚。華歸，焚章上奏，掃室爲獄，置灰焉。明旦閱灰跡，一鬼、一婦人就縶，獄吏朱衣在傍立。空中鬼反呼正神爲賊將，言曰：「勿得以戈揕我，我爲王邦佐，鐵心石腸人也。汝何能爲？趣修我廟乃已。」宣不復問，領僕毁其廟，悉斷土偶首。

初，沄夢爲群猴舁入穴，青色鬼牽虎齗齗然，於是□〔五〕其像。廟既壞，邦佐方引咎請於沄。宣還家，續又七人至，其一自名蕭邦貢。沄呼曰：「神將胡不擒此？」即有大星出中庭，雲烝其下，三魈扶摇而上，旋致于灰室，其四脱走。火輪石斧交涌雲際，凡俘鬼二十一，皆斬首。其十五尸印火文于背，曰：「山魈不道，天命誅之。」其六尸印文稱：「古埋伏尸，不著墳墓害及平人者，竿梟其首以徇。」是夕啓獄，灰迹從横凌亂，而縶者才五輩。將上送北酆，金甲神持黄紙符勑示沄，上爲列星九，中畫黑殺符，下云：「大小鬼神邪道者並誅之。」沄録示華，華喜曰：「上帝有命矣。」

質明，詣獄問吏，吏白：「制勑已定，行刑可也。首惡非王邦佐，實蕭文佐、蕭忠彦、李不逮，餘不可勝計，姓名不足問也。」甲卒以木驢、石砣、火印、木丸之屬列廷下，吏具成案，律書盈几，呼軍正案法。一吏捧策書至，曰：「已有特旨，無庸以律令從事。」先列罪於漆板，易以朱榜，金填之。立大旗，書「太清天樞院」，下揭牌曰：「奉勑某神將行刑。」吏以引示沄曰：「有勑，諸魈并其所偶，一切案誅之。」五雷判官者進曰：「元惡斃以陰雷，皆三生三死。次十五人支解，餘陰雷擊之。」引三魈震于前，酌水灌頂，旋復活，如是三擊乃死。以籃盛尸去，三朱榜標其後，曰九聖，曰山魈，曰五通。罪皆有狀，使徇于廟。相次以驢牀釘二男四女及六魈，劊者朱帊首，虎文衣，亦各書其罪。一人乃舊婢華奴，以震死而爲厲者，一人非命而爲木魅者。男强死而行疫者，魈正神而邪行者，詐稱九聖者，竊正神之廟食者，生不守正，死爲邪鬼，殺人誤國無所不至，而蹤跡詭祕如某人者，皆先啗以食，吞以木丸而後臠之。其斃於雷火者又二十二人。竟刑，皆失所在。武吏持天樞院牒致宣曰：「山魈之戮，非本院敢違天律，爲據臣僚奏請，專勑施行，牒請照會。」

初，郡人事九聖淫祠，久爲民患，及是光響訖熄。自沈巫治從女病，以十月七日迨二十八日乃畢事，首尾踰再旬。彦華所降天人，與沈巫之怪無以異，弟語音如鐘磬金玉，細若嬰兒，而怪聲則重濁類人云。宣恨其始以輕信召禍，自爲文曰《志過》。沄時方十四五歲。（據北京中華書局版何卓點校本南宋洪邁《夷堅丙志》卷一《九聖奇鬼》）

〔一〕言　此字原空闕，據阮元《宛委别藏》本及陸心源《十萬卷樓叢書》本補。

〔二〕五雷　原作「三雷」，據阮本改。下文作「五雷」。按：道教有五雷法。耿延禧《林靈素傳》：「由是善妖術，輔以五雷法。」《夷堅支乙》卷一《王彦太家》：「招道士行五雷法。」

〔三〕王　原作「生」，據《續修四庫全書》影印影宋鈔本、陸本改。

〔四〕久　影宋鈔本、阮本作「臥」。

〔五〕□　此闕字疑爲「毁」字。

按：《夷堅志》所載首尾皆洪邁轉述語。末云：「宣恨其始以輕信召禍，自爲文曰《志過》，記本末尤詳，予採取其大概著諸此。沄時方十四五歲。」知原題《志過》。洪邁有所節略，人稱亦作改易。

薛季宣《浪語集》不載此文，今傳《浪語集》三十五卷乃其姪孫朝請大夫、知撫州軍州、兼管内勸農營田事薛師旦於理宗寶慶二年（一二二六）編次刊行，師旦跋云：「此獨篋中所存者耳，遺帙尚多焉。」本文蓋即遺帙者。故事發生於孝宗隆興二年（一一六四）秋之永嘉故里，而洪邁撰《夷堅丙志》始於乾道二年（一一六六）底，終於七年，本篇被採爲《丙志》首條，知乾道二年已流傳於世。據《浪語集》，薛季宣於紹興三十年至隆興元年任武昌令，隆興元年調爲婺州司理參軍（見《浪語集》卷一五《諭保伍文》、《誠臺禮復文》，卷二一《與虞右相》及卷三《鴈蕩山賦》），乾道四年方罷。《鴈蕩山賦》云：「走家東甌有祠祭田，在鴈蕩山下，行年三十，而未之到。隆興初赴調，因取途焉。」隆興元年季宣三十歲，赴婺州任，特到鴈蕩山，而隆興二年則曾家居永嘉，本篇蓋作於隆興二年。

李倫〔一〕

康譽之 撰

康譽之，字叔聞，號退軒老人。箕山（今河南登封市東南）人，生於滑州（治今河南滑縣東）。

父康倬，高宗紹興元年（一一三一）卒。兄與之（字伯可）、譽之。紹興九年宋金通好，金人歸三京，曾往京師訪舊居。明年金渝盟，還歸宜興。兄與之附秦檜，二十五年檜死，遂被編管欽州，後移雷州，又移送新州牢城。二十九年，臨安府奏進士譽之、譽之兄弟妄説事端，詔送南康軍聽讀，令本軍拘管，三十一年猶聽讀於南康建昌。著《昨夢録》五卷。（據《説郛》卷二一《昨夢》及作者注，《建炎以來繫年要録》卷一五五、卷一七〇、卷一七九、卷一八二）

開封尹李倫，號李鐵面。命官有犯法當追究者，巧結形勢，竟不肯出。李憤之，以術羅致之，至又不遜。李大怒，真決之。數日後，李方決府事，有展牓以見者。廳吏遽下取以呈。其榜曰「臺院承差人某」。方閱視，二人遽升廳，懷中出一牘〔二〕云：「臺院奉聖旨推勘公事，數内一項〔三〕，要開封尹李倫一名前來照鑑。」云云。李即呼司廳〔四〕，以職事付少尹。遂索馬，顧二人曰：「有少私事，得至家與室人言乎？」對曰：「無害。」李未出中門，覺有尾〔五〕其後者，回顧則二人也。李不復入，但呼細君告之曰：「予平生違條礙法事，惟決某命官之失，汝等勿憂也。」

開封府南向，御史臺北向，相去密邇。倫上馬，二人前導，乃宛轉繚繞由別路，自辰巳至申酉，方至臺前。二人曰：「請索笏。」李秉笏。又大喝云：「從人散。」呵殿皆去。二人乃呼閽者云：「我勾人至矣。」以牘示〔六〕閽吏，吏曰：「請大尹入。」時臺門已半掩，地設重限，李于是搯笏攀緣以入，足跌顛於限下。閽吏導李至第二重，閽吏相付授如前。既入，則曰：「請大尹赴臺院，自此東行，小門樓是也。」時已昏黑矣，李入門，無人問焉。見燈數炬，不置之楣梁間，而置之柱礎。廊之第一間，則紫公裳被五木，捩其面向庭中。自是數門，或緑公裳者，皆如之。李既見，歎曰：「設使吾有謀反大逆事，見此境界，皆不待加箠楚而自伏矣。」

李方怪無公吏輩，有聲喏于庭下者。李遽還揖之，問之，即承行吏人也。白李請行，吏前導，盤繞曲屈，不知幾許。至土庫側，有小洞門，自地高無五尺。吏去幞頭，匍匐以入，李亦如之。李又自歎：「入門可得出否？」既入，則供帳床榻裀褥甚都。有幞頭紫衫腰金者出揖，吏〔七〕曰：「臺官恐大尹岑寂，此官特以伴大尹也。」後問之，乃監守李獄卒耳。吏告去。于是捶楚冤痛之聲四起，所不忍聞。既久，忽一卒持片紙書，云臺院問李某因何到院，李答以故。去又甚久，又一卒持片紙如前，問李：「出身以來有何公私過犯？」李答：「並無過犯，惟前真決命官，是爲罪犯。」去又甚久，再問李：「真決命官，依得祖宗是何條法？」李答：「祖宗即無真決命官條制。」時已五鼓矣，承勘吏至云：「大尹亦無苦事，莫飢否？」李謂自辰巳至是夜五鼓不食，平生未嘗如是忍飢。于是腰金者相對飲酒五杯，食亦如之。

食畢，天欲明，捶楚之聲乃止。腰金者與吏請李歸，送至洞門，曰：「不敢遠送，請大尹徐步勿遽。」二人閤〔八〕洞門，寂不見一人。李乃默記昨夕經由之所，至院門，又至中門，及出大門，則從人皆在，上馬呵殿以歸。後數日，李放罷。（據北京中國書店影印上海涵芬樓排印張宗祥校明鈔本元陶宗儀編《説郛》卷二一《昨夢録》）

〔一〕篇題自擬，下同。
〔二〕牘　原譌作「櫝」，據下文改。
〔三〕數内一項　此句上原衍「一項」二字，據《古今説海》、《宋人百家小説》、《重編説郛》等本删。
〔四〕司廳　《説海》、《宋人百家小説》、《重編説郛》等本作「廳司」。
〔五〕尾　《説海》、《宋人百家小説》、《重編説郛》等本作「躡」。
〔六〕示　《説海》、《宋人百家小説》、《重編説郛》等本作「付」。
〔七〕吏　《説海》、《宋人百家小説》、《重編説郛》等本譌作「李」。
〔八〕閤　《説海》、《宋人百家小説》、《重編説郛》等本作「闔」。閤，音義同「闔」。

按：《昨夢録》不見宋人史志書目著録，原帙亦不存，唯《説郛》卷二一存其節本，凡九事，題注「五卷」，原書也。《古今説海》説略部雜記家十、《廣百川學海》丁集、《五朝小説·宋人百家小説》偏録家、《重編説郛》弓三四、《學海類編》集餘四、《説庫》所收一卷本，即出《説郛》。張宗祥校明鈔本《説郛》題宋康與之，注：「字叔聞，號退軒老人，箕山人。」《古今説海》本末題宋康譽之撰，注則全同。《重編説郛》、《宋人百家小説》等本亦均題宋康譽之，唯《學海類編》本題宋箕山康與之叔聞撰。

按康與之乃康譽之長兄，字伯可，號順庵，曾著《順庵樂府》五卷（《直齋書録解題》卷二一歌詞類）。周南《山房集》卷四有《康伯可傳》，云康與之字伯可，家宛丘。當崇、觀間，往嵩山從晁以道學，又嘗從陳恬叔易遊澗上。監杭州太和酒樓，盗庫錢飾翠羽，爲妓金盻履，坐免官。紹興二十年，中傷忠善，致興蘇仁仲蘇玭父子之獄，爲人所棄。羅大經《鶴林玉露》乙編卷四載，建炎中康伯可上中興十策，時宰相汪、黄輩不能聽用，而名聲益著。厥後秦檜當國，伯可乃附會求進，擢爲臺郎。應制爲歌詞，諛艷粉飾，世但比柳耆卿輩。檜死，亦貶五羊。董史《皇宋書録》卷下載吴興陶定序其詞集，云昔在洛下受經傳於晁以道，受書法於陳叔易，有書傳於世。黄昇編《中興以來絶妙詞選》卷一康伯可小傳云，伯可渡江初有聲樂府，受知秦檜，薦於太上皇帝，以文詞待詔金馬門，故應制之詞爲多。王性之嘗稱伯可樂章，非近代所及。趙彦衛《雲麓漫鈔》卷四載秦太師十客，康伯可爲狎客。《建炎以來繫年要録》載其仕歷較詳：紹興十六年右承務郎康與之監尚書六部門，乃因上言爲秦檜所喜，故與京官（卷一五五）。十七年爲軍器監丞（卷一五七）。十八年因稱秦檜命往鎮江市玉帶等事，上聞而罷之，與外任宫觀（卷一五七）。二十五年殿中侍御史湯鵬舉奏右承事郎、福建路安撫司主管機宜文字康與之贓濫尤甚，詔除名勒停，送欽州編管（卷一七九）。四月，移送新州牢城（卷一七〇）。二十八年三月坐與土人爭交，移雷州編管。又王應麟《玉海》卷七六載，紹興十五年除康與之爲藉田令。《昨夢録》自述紹興三十一年辛巳聽讀於建昌，康與之無此經歷，拘令聽讀者乃其弟譽之、譽之。而《昨夢録》作者字叔聞，此必是康譽之，譽之行三也。考清徐秉義《培林堂書目》所載陶九成《説郛》目録，《昨夢録》題爲宋康譽之，張宗祥校明鈔本作康與之者，傳録之譌耳。《四庫全書總目》卷一四三小説家類存目著録此書，稱康與之撰，與之字伯可，又字叔聞，號退軒，滑州人。康氏伯叔混爲一人，而後人亦每從之，皆不考之過也。

《昨夢録》成書年代不詳，觀原書題署曰退軒老人，蓋已值晚年。而譽之生於滑州，曾親覩北宋興衰，回首猶如昨夢。其兄與之崇寧、大觀間業已成年，然則譽之紹興三十一年聽讀建昌時至少已五十餘歲，殆撰於乾道間。

中州仕宦者

康譽之　撰

建炎初，中州有仕宦者，踉蹌至新市，暫寓寺居。親舊絶無，牢落淒涼，斷其蹤跡茫茫，殊未有所向。寺僧忽相過，存問勤屬，時時餽肴酒。仕宦者極感之，語次問其姓，則曰姓湯。而仕宦之妻亦姓湯，于是通譜係〔一〕爲親戚，而致其周旋饋遺者愈厚。一日，告仕宦者曰：「聞金人且至，台眷盍早圖避地耶？」仕宦者曰：「某中州人，忽到異鄉，且未有措足之所，又安有避地可圖哉？」僧曰：「某山間有庵，血屬在焉，共處可乎？」于是欣然從之，即日命舟以往。

事已小定，僧云：「虜已去〔二〕，駐蹕之地不遠，公當速往註授。」仕宦者告以闕乏，僧于是辦一舟，贈資〔三〕二百緡使行。仕宦者曰：「吾師之德，于我至厚，何以爲報？」僧曰：「既爲親戚，義當爾也。」乃留其孥于庵中，僧爲酌別，飲大醉，遂行。翌日睡覺，時日已高，起視，乃泊舟太湖中，四旁十數里，皆無居人。舟人語啐啐，過午，督之使行，良久始慢應曰：「今行矣。」既而取巨石磨斧，仕宦者罔知所措，叩其所以，則曰：「我等與官人無讎〔四〕，故相假借，不忍下手。官當作書别家，付我訖，自爲之所耳。」仕宦者惶惑顧望，未忍即自引決，則曰：「今幸尚早，若至昏夜，恐官不得其死也。」仕宦者于是悲慟，作家書畢，自沉焉。

時内翰汪彦章守霅川，有赴郡自首者，鞫其情實，曰僧納仕宦之妻，酬舟人者甚厚。舟人每以是持僧，須索百出，僧不能堪。一夕中夜，往將殺之。舟人適出，其妻自内窺，月明中見僧持斧也。乃告其夫，舟人以是自首。汪以謂僧固當死，而舟人受賂殺命官，情罪俱重，難以首從論，其刑惟均可也。又其妻請以亡夫告敕易度牒爲尼，二事奏皆可。汪命獄吏故緩其死，使皆備受慘酷，數月然後刑之。（據北京中國書店影印上海涵芬樓排印張宗祥校明鈔本元陶宗儀編《説郛》卷二一《昨夢録》）

〔一〕係　《説海》、《宋人百家小説》、《重編説郛》等本作「系」。

〔二〕事已小定僧云虜已去　《説海》、《宋人百家小説》、《重編説郛》等本作「虜已去，僧曰：事已小定」。

〔三〕資　《説海》、《宋人百家小説》、《重編説郛》等本作「鎰」。

〔四〕讐　《説海》、《宋人百家小説》、《重編説郛》等本作「涉」。

楊氏三兄弟

康譽之　撰

宣、政間，楊可試、可弼、可輔兄弟，讀書精通《易》數，明風角、雲祲、鳥占、孤虚之術，于兵書尤邃，三人皆名將也。自燕山回，語先人曰：「吾數載前，在西京山中，遇老人〔一〕，語甚款。老人頗相喜，勸予勿仕，隱〔二〕可也。予問何地可隱，老人曰：『欲知之否？』乃引予入山。」有大穴焉，老人先入，楊從之。穴漸小，扶服以入，約三四十步即漸寬。又三四十步出穴，即田土雞犬陶冶，居民大聚落也。至一家，其人來迎，笑謂老人曰：「久不來矣。」老人謂曰：「此公欲來，能相容否？」對曰：「此中地闊，而民居鮮少，常欲人來居而不可得，敢不容耶？」乃以酒相勸飲，酒味薄而醇，其香郁烈，人間所無。且殺雞爲黍，意極歡至。

語楊曰：「速來居此，不幸天下亂，以一丸泥封穴口，則人何得而至？」又曰：「此間居民雖異姓，然皆信厚和睦，同氣不若也，故能同居。苟志趣不同，疑間爭奪，則皆不願其來。吾今觀子神氣骨相，非貴官即名士也。老人肯相引至此，則子必賢者矣。吾此間，凡衣服、飲食、牛畜、絲纊、麻枲之屬，皆不私藏，與衆均之，故可同處。子果來，勿攜金珠錦繡珍異等物，在此俱無用，且起爭端，徒手而來可也。」指一家曰：「彼來亦未久，有綺縠珠璣之屬，衆共焚之。所享者惟米薪魚肉蔬果，此殊不缺也。惟計口授地，以耕以蠶，不可取衣食于他人耳。」楊謝而從之。又戒曰：「子來或遲，則封穴矣。」

迫暮，與老人同出。「今吾兄弟皆休官以往矣，公能相從否？」于是三楊自中山歸洛，乃盡捐〔三〕囊箱所有，易絲與綿布絹，先寄穴中人。後聞可試幅巾布袍賣卜，一弟築室山中不出，俟天下果擾攘，則共入穴，自是聲不相聞。先人遺〔四〕人至築室之地訪之，則屋已易三主，三楊所向不可得而知也。

及紹興和好之成，金人歸我三京，予至京師訪舊居。忽有人問：「此有康通判居否？」出一書相示，則楊手札也。書中致問吾家，意極殷勤，且云：「予居于此，飲食安寢，終日無一毫事，何必更求仙乎？公能來甚善。」予報以「先人没于辛亥歲，今居宜興，俟三京帖然，則奉老母以還。先生不忘先人，再能寄聲以付諸孤，則可訪先生于清淨境中矣」。未幾，金人渝盟，予顛頓還江南，自此不復通問。（據北京中國書店影印上海涵芬樓排印張宗祥校明鈔本元陶宗儀編《説郛》卷二一《昨夢録》）

〔一〕老人　《説海》、《宋人百家小説》、《重編説郛》等本作「出世人」。
〔二〕隱　《説海》、《宋人百家小説》、《重編説郛》等本作「隱去」。
〔三〕捐　《説海》、《宋人百家小説》、《重編説郛》等本作「損」。
〔四〕遺　《説海》、《宋人百家小説》、《重編説郛》等本作「常遺」。常，通「嘗」。

江渭逢二仙

吴良史　撰

吴良史，饒州德興（今屬江西）人。號時軒居士。（據《夷堅支庚》序及卷九末注）

紹興七年上元夜，建康士人江渭元亮，偕一友出觀，游歷巷陌。迨于更闌，車馬稍闃〔一〕，見兩美人各跨小駟，侍妾五六輩，肩隨夾道，提絺〔二〕紗籠，全如内間〔三〕裝束，頻目江。江追躡到閑坊，一妾來言：「仙子知君雅志，果欲相親，便過杜家園中。臨溪有樓閣，足可款晤。」

江喜而往，不旋踵至彼，兩鬟持燈毬出迎，二士皆入。四人偶坐，展敍寒温，仙顧笑曰：「曩〔四〕我至此，勿問有緣無緣，且飲酒可也。」於是命侍女〔五〕設席，盃觴殽膳，一一整潔。仙滿酌勸客，酬之〔六〕，皆引滿，至於三行，賓主意愜。一侍女曰：「天上月圓，人間月半，教人似月，正在今宵。不應留連歌酒〔七〕，歌曲止能動情，未暢真情；酌醴止能助興，未洽真興。與其徒然笑語，何似羅帳交歡？」兩仙大悦曰：「小姬解人意。」

即起，各攜手〔八〕同詣一閣，對設兩榻，香煙〔九〕如雲，各就寢，使妾揜帳。妾曰：「滅燭乎？」一曰：「好。」一曰：「留。」久之，聞鷄聲，妾報曰：「東方且明，宜亟起。」倉皇著衣，就榻盥曠，相對傳觴〔一〇〕。授以丹兩丸，曰：「服之可辟穀延年。別卜〔一一〕再會。」江與友遽趨出，一鬟曰：「未曉裏，且緩步徐行。」仙送至門，慘愴而別。

二士自此不茹煙火，唯飡水果，殊喜爲得際上仙。三月往茅山，與道士劉法師語，自詫奇遇。劉曰：「以吾觀之，二君精神索漠，有〔一二〕妖氣，若遇真仙，當不如此。我能奉爲去之。」始猶不可，劉開諭以死生之異〔一三〕，豁然〔一四〕而寤曰：「唯先生之命是聽。」劉命具香案，擇童子三四人立於傍，結印噓呵，令童視案面，曰：「一圓光影，如日月。」曰：「是已。」令細窺光内，曰：「有吏兵。」劉勑吏追土地至，遣擒元夕杜家園祟物。才食頃，童云：「兩婦人脱去冠帔，伏地待罪，又有數婢側立。」劉勑通姓名，一云張麗華，一曰孔貴嬪，盡述向者本末。劉曰：「本合科罪，念其嘗列妃媛，生時遭刑，而於二君不致深害，秪責狀而釋之足矣。」二士謝去，復能飲饌如初。（據北京中華書局版何卓點校本南宋洪邁《夷堅支庚》卷八《江謂逢二仙》）

〔一〕車馬稍闃　明葉祖榮《新編分類夷堅志》本作「燈火漸稀，車馬已寂」。

〔二〕絺　明鈔本、《筆記小説大觀》本（卷三四）及《豔異編》卷三八鬼部三、《情史》卷二〇情鬼類並作「綘」。絺，細葛布。

〔三〕内間　明吕胤昌校本、《筆記小説大觀》本及《豔異編》、《情史》並作「内家」，明鈔本作「宫掖間」。

〔四〕襲　葉本作「躡」。

〔五〕侍女　此二字原無，據葉本補。

〔六〕酬之　葉本作「客酬之」。

〔七〕歌酒　原作「飲酒」，葉本作「歌酒」。按：觀下文當以「歌酒」爲是，據改。

〔八〕各攜手　此三字原無，據葉本補。

〔九〕煙　葉本作「靄」。

〔一〇〕傳觴　《豔異編》、《情史》作「戀戀」。

〔一一〕卜　《筆記小説大觀》本及《豔異編》、《情史》作「不」。

〔一二〕有　《筆記小説大觀》本及《豔異編》、《情史》作「大染」。

〔一三〕異　葉本作「説」，明鈔本作「意」。

〔一四〕豁然　《續修四庫全書》影印上海圖書館藏影宋鈔本及《豔異編》、《情史》作「涣然」。

按：此出吴良史佚名筆記。《夷堅支庚序》云：「鄉士吴潦（按：當作溱，見《支庚》卷六《潘統制妾》、《支癸》卷五末注）伯秦，出其迺公時軒居士昔年所著筆記，剽取三之一爲三卷，以足此篇。」書中卷七至卷九皆取吴書，共四十五條，末注云：「以上三卷皆德興吴良吏之子秦（溱）傳其父書。」卷七《應氏書院奴》稱「德興吴良史」，似作「史」爲是。卷九《朱少卿家奴》云：「張忠定公，邑人也，素識之。」按張忠定公即張燾，字子公，饒州德興人，隆興元年（一一六三）遷參知政事，以老病不拜，乾道二年（一一六六）卒，謚忠定（見《宋史》卷三八二本傳及周必大《文忠集》卷六一《張忠定公燾神道碑》）。然則此書之成在乾道二年之後。洪邁於慶元二年（一一九六）撰《夷堅支庚》時，良史當已下世，故由其子出其書。既稱

「昔年所著筆記」，年代當已較長，可能成書於乾道、淳熙間。

黎道人

吴良史　撰

黎道人者，溧陽人。少落托〔一〕去家，足跡遍秦〔二〕魏。政和間，走陜西沿道〔三〕，中塗值夜，爲虎所窘，竄入三官廟，跧伏紙錢中。半夜後，燈燭光明，見三道士飲酒，數人〔四〕侍立。一道士云：「此中安得有生人氣？」侍者以告。命呼出，問鄉里姓名畢，又問：「能飲乎？」曰：「能。」使酌酒飲之〔五〕，并與一棗梨。拜謝，復入紙錢中。道士、侍人〔六〕皆不見。自是不飢，唯飲水〔七〕。

宣和間，到邢、磁村落，聞四畔哭聲相續。扣店嫗，嫗曰：「此中有野狗爲暴〔八〕，夜至人家，搏食孩稚。」黎曰：「然則我爲殺之。」他夕，宿一處，正聞哭聲，其家叫云：「狗來也！」黎持梃追逐，狗行甚疾。狗〔九〕渡水，黎亦渡水；狗穿岡，黎亦穿岡。約百餘里，然只旋轉此一村。東方漸明，狗窘甚，奔古窑喘息。黎大呼傍近居人，壞窑取之，乃一老嫗，煤面裸身。衆有識之者，曰：「是某村某婆也，有子有婦有孫。」衆擊之百數，不作聲，唯口吐涎沫。執以赴郡，郡逮其子婦。婦至，詬之曰：「累向阿家道，莫作這般相態，今果了不得。」郡使婦具言之〔一〇〕，曰：「不知其他，但見每夜黄昏，必至竈前以火煤〔一一〕塗面，脱下衣裳而出，天曉復還。」郡積其宿愆，斬之〔一二〕，狗禍遂絶。

建炎多難，黎歸故鄉，結廬官道側，賣〔一三〕藥乞食。若有兵寇火疫〔一四〕，率預知之，輒告別邑人而去。踪跡稍露，人視其去留以卜安居。宗室子共爲營庵，事之甚謹。一夕，縣市災，居民鼎沸。黎助之救火，同時四門各有一黎。自是人愈崇禮。黎心不能安，忽奄然而逝，宗子買棺葬焉。後乃在建康，有遇之者，猶寄聲謝溧陽人。宗子與好事者開棺，但存草履。後隱不出〔一五〕。（據北京中華書局版何卓點校本南宋洪邁《夷堅支庚》卷八《黎道人》）

〔一〕托　葉本作「魄」。

〔二〕秦　《筆記小説大觀》本（卷三四）作「蔡」。

〔三〕沿道　葉本作「緣邊」，影宋鈔本作「松道」。

〔四〕人　葉本作「僮」。

〔五〕「侍者以告」至此　葉本作「僮以告，黎趨出拜。詢其姓名鄉里，以銀盌酌酒飲之」。

〔六〕侍人　葉本作「童子」。

〔七〕水　明鈔本作「冷水」。

〔八〕暴　葉本作「祟」。

〔九〕狗 原作「走」，據《筆記小説大觀》本改。

〔一〇〕郡使婦具言之 葉本作「郡扣其故」。

〔一一〕火煤 葉本作「炭」。

〔一二〕斬之 葉本作「斬諸市」。

〔一三〕賣 原譌作「買」，據影宋鈔本、《筆記小説大觀》本改。

〔一四〕火疫 葉本作「疫癘」。

〔一五〕開棺但存草履後隱不出 「但」字原無，據葉本、《筆記小説大觀》本補。葉本作「啓棺視之，但存雙草履，後遂隱，不復見」。

宋代傳奇集第五編卷二一

陰兵〔一〕

紹興辛巳冬，虜人〔二〕南侵，朝廷遣大軍屯淮東，以遏虜衝。虜勢漸逼，主將每遣小校，將數隊四出遊奕候望。有何兼資者，領五十人，至六合縣。西望，見一隊軍馬自西北來，旗幟不類虜人，又不類官軍。兼資躊躇，未知所措。其人馬行速，已出兼資之後，號令下寨。兼資遂令〔三〕所部，隱身蘆荻林中。須臾有一人傳令曰：「荻林中有人否？」一人應曰：「彼中乃生人，與吾不相關涉。」兼資聞有生人不相關之言，而知其爲鬼兵也。乃免冑出見守寨門官，因再拜曰：「某大宋劉太尉下踏白軍也，不知神兵自何道來，其所征討爲何事？」門者命報中軍，須臾中軍傳令，召兼資入。

凡五門，始至中軍〔四〕。一人廟坐〔五〕，冠服如天神；一人西向，形貌英毅，鬚鬢皆指天；一人面貌亦俊爽。餘二三人分坐于左右，皆金裝甲冑。兼資再拜致詞，未畢，忽西向者曰：「吾奉天符，來助汝太尉，管取必勝。」兼資再拜致謝，因問曰：「今日幸遇神將將兵相助，敢請廟位神號。」廟坐者瞪視不言，西向者乃曰：「此天蓬神〔六〕主事也，不與凡間通言，汝不必問。」兼資又再拜，就西向者問曰：「大王又何神也？」答曰：「某唐張巡也。」兼指對坐者曰：「此唐許遠也。」因徧指下坐者，謂兼資曰：「此雷萬春也，此南霽雲也。」兼資少亦讀書，頗記張巡、許遠事，因再拜頂禮曰：「某曾讀《唐書》，見二大王忠義之節，每正冠斂容，羨其英特，豈期今日得瞻拜風采。然信史所載，豈皆〔七〕實乎？」巡曰：「史有何疑？」兼資曰：「史言大王城守，凡食三萬餘人，不知果然否？」巡曰：「有之而實不然也，其所食者，皆已死之人，非殺生人也。」兼資又曰：「史言張大王殺愛妾，許大王殺愛奴，以享士，不知果然否？」巡曰：「非殺也。妾見孤城危逼，勢不能保，欲學虞姬、綠珠效死于吾前，故自刎。許大王奴亦以憂悸暴死。遂烹以享士，蓋用術以堅士卒之心耳。」兼資顧見雷萬春面上止有一瘢〔八〕，因再拜問曰：「史言將軍面著六箭〔九〕，而止有一瘢，何也？」萬春曰：「當時實著六箭，而五著兜鍪。虜人〔一〇〕相傳，謂吾面著六箭不動。吾亦當之，庶揚名以威虜也〔一一〕。」

須臾命酒，肴饌亦人間之物，惟天神者不食。良久，傳漏者報云：「天漸曉矣。」巡謂兼資曰：「汝歸語汝主〔一二〕，吾奉天符助兵，然此虜將〔一三〕悖逆，吾當斬其首，以報上帝。」語訖，命人引兼資出。兼資出，至荻林，呼其所部出。至張、許下寨之所，已不復有人矣。不半月，有皂角林〔一四〕之捷，未幾，虜主〔一五〕有龜山之禍，皆〔一六〕如其言。兼資後累功至正使，見今在京西，多與士大夫言之。（據北京中國書店影印上海涵芬樓排印張宗祥校明鈔本元陶宗儀編《說郛》卷三七《摭青雜說》）

〔一〕篇題據《說郛》。

〔二〕虜人　《重編說郛》弓一八、《五朝小說·宋人百家小說》偏録家、《龍威秘書》五集作「北人」，下同。按：上三書皆出清刻，《龍威秘書》編者馬俊良乃清人，當爲避滿清諱改。下文「以遏虜衝。虜勢漸逼」之「虜」亦改爲「其」字。

〔三〕令　《重編說郛》、《宋人百家小說》、《龍威秘書》作「歛」。

〔四〕中軍　原作「軍中」，據《重編說郛》、《宋人百家小說》、《龍威秘書》改。

〔五〕廟坐　《重編說郛》、《龍威秘書》「廟」作「廣」，《宋人百家小說》作「高」。按：《東都事略》卷六七《文彥博傳》：「彥博至河南，未交印，先就第廟坐，以見監司。」廟坐，正位坐。

〔六〕天蓬神　《重編說郛》、《宋人百家小說》、《龍威秘書》作「天蓬神司」。

〔七〕豈皆　《重編說郛》、《宋人百家小說》、《龍威秘書》作「其有」。

〔八〕瘢　《重編說郛》、《宋人百家小說》、《龍威秘書》作「疤」，下同。

〔九〕六箭　《重編說郛》、《宋人百家小說》、《龍威秘書》作「大箭有六」。

〔一〇〕虜人　《重編説郛》、《宋人百家小説》、《龍威秘書》作「人人」，亦避諱改。

〔一一〕庶揚名以威虜也　《重編説郛》、《宋人百家小説》、《龍威秘書》作「庶揚聲以威之也」。

〔一二〕主　《重編説郛》、《宋人百家小説》、《龍威秘書》作「主將」。

〔一三〕虜將　《重編説郛》、《宋人百家小説》、《龍威秘書》避諱改作「去」。

〔一四〕皂角林　《重編説郛》、《宋人百家小説》、《龍威秘書》譌作「造角林」。按：《宋史·高宗紀九》載：紹興三十一年冬十月，「乙丑，金人趨瓜州，劉錡遣統領員琦拒之于皂角林，大敗之，斬其統軍高景山」。

〔一五〕虜主　《重編説郛》、《宋人百家小説》、《龍威秘書》避諱改作「其主」。

〔一六〕皆　《重編説郛》、《宋人百家小説》、《龍威秘書》作「果」。

按：《摭青雜説》未見著録，僅《説郛》卷三七録入五篇，各有標目，注二十四卷，題宋□□□，作者姓名闕。清徐秉義《培林堂書目》載陶九成《説郛》目録，則題宋皇明清。而《重編説郛》弓一八、《五朝小説·宋人百家小説》偏録家、《龍威秘書》五集（《叢書集成初編》據《龍威秘書》本排印）取入《説郛》本，删去標目，乃題宋王明清。按宋人未聞有姓皇者，徐秉義所見陶宗儀《説郛》不知是何鈔本，觀其所載目録，譌誤極多，似不可信，頗疑所謂皇明清者實是淺人據《重編説郛》本署名而加，傳鈔中又誤王爲皇耳。考趙不譾慶元六年（一二〇〇）作《揮麈録餘話跋》云：「仲言（王明清字）著《投轄録》、《清林詩話》、《玉照新志》、《揮麈録》。」明清著作盡在於此而獨無此書，其非出明清明矣。

本書《陰兵》事在紹興辛巳即三十一年（一一六一），末云：「兼資後累功至正使，見今在京西，多與士大夫言之。」按正使指諸司正使，如武功大夫、武德大夫等，武臣階官名，正七品（見龔延明《宋代官制辭典》）。京西即京西南路，治襄陽府。所云「見今」即著書之時，估計在淳熙初期，因淳熙元年（一一七四）去紹興辛巳已十四年，何兼資由小校累功至正使，即以二十年計，亦才到淳熙七年爾。

范希周〔一〕

建炎庚戌歲，建州兇賊范汝爲，因飢荒嘯聚，至十餘萬。是時朝廷以邊境多故，未遑致討，遂命本路官司姑務招安。汝爲聽命，遂領其徒出屯州城。名曰招安，但不殺人而已，其刦人財帛〔二〕，掠人妻女，常自若也，州縣不能制。次年春，有吕忠翊，本關西人，得受福州税監官。方之任，道過建州，爲賊徒所劫。吕監有女十七八歲，亦爲所掠。是時賊徒正盛，吕監不敢陳理，委之而去。汝爲有族子范希周，本士人，三入上舍間，在學校曾試中上〔三〕，亦陷在賊中，不能自脱。年二十五六歲，猶未娶。吕監之女爲希周得〔四〕，見其爲宦家女，又顏色清麗，性〔五〕和柔，遂卜日，合族告祖，備禮册爲正室。

是冬，朝廷命韓郡王統大軍討捕。吕氏謂希周曰：「妾聞正女〔六〕不事二夫，君既告祖成婚，妾乃君家之婦也。孤城危迫，其勢必破，則君乃賊之親黨，必不能免，妾不忍見君之死。」引刀將自刎，希周救〔七〕之，曰：「我陷在賊中，雖非本心，無以自明，死有餘責〔八〕。汝衣冠宦族兒女，虜〔九〕刦在此，爲大不幸。大將軍士〔一〇〕皆是北人。汝既是北人，或言語相合，宛轉尋着親戚骨肉，又是再生也。」吕氏曰：「果然，妾亦終身不嫁人。但恐爲軍人將校所虜，吾誓再不〔一一〕辱，惟一死耳。」希周曰：「我萬一漏網，得延殘年〔一二〕，亦終身不娶，以答汝今日之心。」

先是，吕監與韓郡王有舊，韓過福州〔一三〕，辟〔一四〕吕監爲提轄官，同到建州。十餘日城破，希周不知所之。吕氏見兵勢正盛，勢〔一五〕不能免，乃就一荒屋中自縊。吕監巡視次，適見之，使人解下，乃其女也。良久方蘇，具言其所以。父子相見，且悲且喜。事定，吕監隨韓帥歸臨安，將令其女改適。吕氏不肯，父駡曰：「今嫁士人〔一六〕，文官未可知，武官可必有也。縣君不肯做，尚戀戀爲逆賊之妻，不忍抛耶？」吕氏曰：「彼名雖曰賊，其實君子人也。彼是讀書人，但爲其宗人所逼，不得已而從之。他在賊中，常與人作方便。若有天理，其人必不死。兒今且奉道，在家作老女，奉事二親，亦多少快活，何必嫁也？」

紹興壬戌歲，呂監爲封州將領。一日，有廣州使臣賀承信，以公牒到將領司，呂監延見于廳上。既去，呂氏謂呂監曰：「適來者何人也？」呂監曰：「廣州使臣。」呂氏曰：「言語步趨，宛類建州范氏子。」呂〔一七〕監笑曰：「汝范家子死于亂兵，骨已朽矣。彼自姓賀，自與你范家子了無半毫相惹。汝道世間只有一箇范家子耶？」呂氏爲父所沮〔一八〕，亦不敢復言。

後半載，賀承信又以職事到封州將領司。事務繚繞，未得了畢，時復至呂監廳事。呂監時或延以酒食，情契欵熟。呂氏屢窺之，知其爲希周也，乃情懇其父。因飲酒熟，問其鄉貫出身。賀羞愧向〔一九〕呂監曰：「某建州人也，實姓范。宗人范汝爲者〔二〇〕叛逆，某陷在賊〔二一〕中。既而大軍來討，城破，舉黃旂招安，某隨〔二二〕投降。恐以賊之〔二三〕宗族一併誅夷，遂改姓賀，出就招安。後撥在岳承宣軍下。收楊么時，某以南人便水，常前鋒，每戰某尤盡力。主將知之，賊平之後，遂特與某解由。初任和州指使。第二任〔二四〕合受監官，當以闕遠〔二五〕，遂只受此廣州指使。」呂監又問曰：「令〔二六〕孺人何姓？初娶再娶乎？」賀泣曰：「在賊中時，虜得一官員女爲妻。是冬城破，夫妻各分散走逃，且約苟存性命，彼此無娶嫁。後來又在信州尋得老母。見今不曾娶，只有母子二人，一箇爨妾而已。」語訖，悲泣失聲。呂監感其恩義，亦爲泣下。引入堂中，見其女。

住數日，事畢，結束奩具〔二七〕，令隨希周歸廣州。後一年，吕監解罷，迂道之廣州。待希周任滿，同赴臨安。吕得淮上州鈐，范得淮上監税官。廣州有一兵官郝大夫，嘗與予説其事。（據北京中國書店影印上海涵芬樓排印張宗祥校明鈔本元陶宗儀編《説郛》卷三七《摭青雜説》）

〔一〕《説郛》題《守節》，蓋爲自加，今别擬篇名。
〔二〕帛　《重編説郛》、《宋人百家小説》、《龍威秘書》作「物」。
〔三〕中上　《重編説郛》、《宋人百家小説》、《龍威秘書》作「中上等」。按：北宋太學行三舍法，學生分爲外舍生、内舍生、上舍生，經考序進。上舍生考試上等授官，中等以俟殿試，下等以俟省試。見《宋史·選舉志三》。
〔四〕得　此字據《重編説郛》、《宋人百家小説》、《龍威秘書》及《情史》卷一情貞類《范希周》補。
〔五〕性　《重編説郛》、《宋人百家小説》、《龍威秘書》作「性情」。
〔六〕正女　《重編説郛》、《宋人百家小説》、《龍威秘書》作「貞女」。
〔七〕救　《重編説郛》、《宋人百家小説》、《龍威秘書》作「止」，《情史》作「急止」。
〔八〕責　《重編説郛》、《宋人百家小説》、《龍威秘書》作「刑」。
〔九〕虜　《重編説郛》、《宋人百家小説》、《龍威秘書》、《情史》作「擄」，下同。虜，擄也。
〔一〇〕大將軍士　《情史》作「大將軍將士」。

〔一一〕再不　《重編説郛》、《宋人百家小説》、《龍威秘書》、《情史》作「不再」。

〔一二〕年　《重編説郛》、《宋人百家小説》、《龍威秘書》作「生」。

〔一三〕福州　原作「州郡」，據《重編説郛》、《宋人百家小説》、《龍威秘書》、《情史》改。按：《宋史》卷三六四《韓世忠傳》，世忠爲福建、江西、荆湖宣撫副使，領步卒三萬破建州。

〔一四〕辟　此字據《重編説郛》、《宋人百家小説》、《龍威秘書》、《情史》補。

〔一五〕勢　《重編説郛》、《宋人百家小説》、《龍威秘書》作「度」。

〔一六〕今嫁士人　《重編説郛》、《宋人百家小説》、《龍威秘書》作「令汝從人」。

〔一七〕吕　此字據《重編説郛》、《宋人百家小説》、《龍威秘書》補。

〔一八〕沮　《重編説郛》、《宋人百家小説》、《龍威秘書》作「阻」，義同。

〔一九〕向　《重編説郛》、《宋人百家小説》、《龍威秘書》作「白」。

〔二〇〕范汝爲者　《重編説郛》、《宋人百家小説》、《龍威秘書》作「范昔爲」。

〔二一〕賊　《重編説郛》、《宋人百家小説》、《龍威秘書》作「城」。

〔二二〕隨　《重編説郛》、《宋人百家小説》、《龍威秘書》作「遂」。

〔二三〕之　《重編説郛》、《宋人百家小説》、《龍威秘書》作「人」。

〔二四〕第二任　《重編説郛》、《宋人百家小説》、《龍威秘書》作「第一任」，誤。第一任乃和州指使。

〔二五〕闕遠　「遠」《重編説郛》、《宋人百家小説》、《龍威秘書》作「達」，當譌。闕遠，指補闕之地遥遠。

〔二六〕令　原作「今」，疑譌。據《重編説郛》、《宋人百家小説》、《龍威秘書》、《情史》改。

〔二七〕事畢結束奩具　原作「事結畢，束奩具」，據《重編説郛》、《宋人百家小説》、《龍威秘書》改。結束，整治。

項四郎〔一〕

項四郎，泰州鹽商也。嘗商販自荆湖歸，至太平州。中夜月明，睡不着，聞有一物觸舡，項起視之，有似一人。遂命梢子〔二〕急救之，乃一丫鬟女子也，十五六歲。問其所事，曰：「姓徐，本北人，澧州〔三〕寄居。玆者父自辰倅解官，舉家赴臨安。至此江中，忽逢刦賊。某驚墮水中，附一踏道，漂流至此。父母想皆遭賊手矣。」項以其貴人家女，意欲留之爲子婦，遂令獨寢。

比歸至家，以其意告厥妻，妻曰：「吾等商賈人家，止可娶農賈之家。彼驕貴家女，豈能攻苦食淡，緝麻織〔四〕布，爲村俗人事邪？不如貨得百十千，别與兒男〔五〕娶。」由是富家娼家競來索買。項曰：「彼一家遭難，獨彼留得餘生。今我既不留爲子婦，寧陪些少結束，嫁一本分人，豈可更教他作倡女婢妾，一生無出倫〔六〕耶？」其妻屢以爲言，至于喧爭，項終不肯。

項鄰里有一金官人，受得澧州安鄉尉，新喪妻，聞此女善能針綫，遂親見項求顧〔七〕。項執前言不肯，金尉求之不已。女常呼項爲阿爹，因謂項曰：「兒受阿爹厚恩，死無以報。阿爹許嫁我好人，好人不知來歷，亦不肯娶我。今此官人，看來亦是一箇周旋底人，又是尉職，或能獲賊，便能報仇。兼差遣在澧州，亦可以到彼，知得家人存亡。」項曰：「汝自意如此，吾豈可固執？但去後或有不足〔八〕處，不干我事。」女曰：「此兒甘心情願也。」遂許之，且戒金尉曰：「萬一不如意，須嫁事一好人，不要教他失所。」金尉笑曰：「吾與四郎爲鄰居，豈不知某不他〔九〕耶？」金尉問項所索，項曰：「吾始者更要陪些奩具嫁人，今與官人，既無結束，豈復需索也？」

徐氏既歸金尉，金尉見其是女身，又宦家兒女，又凡事曉了，大稱所望〔一〇〕。始名爲意奴，又改爲意姐，又以第行呼爲七娘。謂徐氏曰：「若得知汝家世分明，當册汝爲正室。縱無分明，亦不别娶也。」歲時往來項家，如親戚。居二〔一一〕年，相挈赴安鄉任。初到官，即遣人問徐倅信息，居人曰：「有一徐官人，昨自〔一二〕辰州通判替下，舉家赴行在，至今不曾歸，不知得甚處差使也。」七娘意其父母必死，但悲哀號哭，不復思念。後一年，尉司獲一火劫盜〔一三〕。因推勘，乃問其前後又曾在甚處刦掠甚〔一四〕人財物。内有二人招曰：「曾在有的耗。

太平州刦一徐通判舡。是時〔一五〕只有一梢子脚上中槍，船中人皆走舡尾去，方擔〔一六〕得一擔籠出，上岸，忽聞鑼鳴聲，恐是官軍來，遂走散去，並不曾傷人。」七娘聞之，稍稍自安，但未

又一年，金尉權一邑事。有一過往徐將仕借脚夫，七娘自屏後窺之，甚類其兄。比去，乃與金尉說。金尉乃具晚食，召將仕，因問其父歷任經由。將仕曰：「某河北人，流寓在此，寄居數年。自辰倅罷，得鄂倅，見今在岳州寄居。」金尉又問：「罷辰倅赴臨安日，舟行乎？步行乎？」將仕曰：「舟行。」金尉又問曰：「舟行如何？想無風波之恐？」將仕曰：「不曾有風波之患，只在大平州遭一火刦賊，財物無甚大失〔一七〕，但一小妹落水死，累日尋尸不得。」因淚下。金尉乃引將仕入中堂，見七娘〔一八〕，兄妹相持大哭。既而說雙親長幼皆無恙，又復相慰。

當日將仕但聞商人收得，轉顧在金尉處〔一九〕，其詳悉未及契勘。次日問金尉：「元直費幾金？當收贖以歸。」金尉笑曰：「某與令妹有言約矣，況今有娠，豈可復令嫁他人？」七娘乃與阿兄說及項四郎高義賢者，當初如此如此。將仕泣曰：「彼商賈乃高見如此，士大夫色重禮輕，有不如也。父母生汝，不克有終〔二〇〕，能終汝者項君也。」于是將仕發書告其父母，遂擇日告祖成婚。七娘畫項像爲生祠，終身奉事。（據北京中國書店影印上海涵芬樓

〔一〕《説郛》題《鹽商厚德》，今别擬。

〔二〕梢子　《重編説郛》、《宋人百家小説》作「稍子」，下同。稍，用同「梢」。

〔三〕澧州　原作「醴州」。按：下文云金官人受得醴州安鄉尉，據《宋史·地理志四》，安鄉縣屬澧州。《重編説郛》、《宋人百家小説》、《龍威秘書》作「澧州」，據改。下同。

〔四〕織　《重編説郛》、《宋人百家小説》、《龍威秘書》作「緝」。緝，織也。

〔五〕男　《五朝小説大觀·宋人百家小説》本作「另」。

〔六〕倫　《重編説郛》、《宋人百家小説》、《龍威秘書》作「頭」。

〔七〕顧　《重編説郛》、《宋人百家小説》、《龍威秘書》作「娶」。

〔八〕足　《重編説郛》、《宋人百家小説》、《龍威秘書》作「是」。

〔九〕不他　《重編説郛》、《宋人百家小説》、《龍威秘書》作「無他念」。

〔一〇〕凡事曉了大稱所望　「了」《重編説郛》、《宋人百家小説》作「得」。《龍威秘書》作「凡事曉得大體，稱所望」。

〔一二〕二　《重編説郛》、《宋人百家小説》、《龍威秘書》作「一」。

〔一三〕自　原譌作「日」，據《重編説郛》、《宋人百家小説》、《龍威秘書》改。

〔一三〕火刦盜　《重編説郛》、《宋人百家小説》、《龍威秘書》「火」作「大」，下同。按：宋戲文《張協狀元》第八出《客商遇盜》：「一柄朴刀，敢殺當巡底弓手。假使官程担仗，結隊火劫了均分。」（《永樂大典戲文三種校注》）是應作「火」。火，同「伙」。

〔一四〕甚　《重編説郛》、《宋人百家小説》、《龍威秘書》作「某」，當譌。

〔一五〕是時　《重編説郛》、《宋人百家小説》、《龍威秘書》作「是財物」。

〔一六〕方擔　此二字原倒，據《重編説郛》、《宋人百家小説》、《龍威秘書》乙改。

〔一七〕遭一火刦賊財物無甚大失　《重編説郛》、《宋人百家小説》錯作「遭一大劫財物賊，無甚大失」。

〔一八〕見七娘　此三字據《重編説郛》、《宋人百家小説》、《龍威秘書》補。

〔一九〕轉顧在金尉處　《重編説郛》、《宋人百家小説》、《龍威秘書》「顧」作「僱」，「處」作「適」，連下讀。顧，通「僱」、「雇」，買也。

〔二〇〕不克有終　《重編説郛》、《宋人百家小説》、《龍威秘書》作「不免有難」。

茶肆主人〔一〕

京師樊樓畔，有一小茶肆，甚瀟洒清潔，皆一品器皿，椅卓皆濟楚，故賣茶極盛。熙、豐間，有一士人，邵武軍〔二〕人李氏，在肆前遇一舊相知，引就茶肆，相敍濶别〔三〕之懷。先有金數十兩，別爲袋子，繫于肘腋間，以防水火盜賊之虞。時春月乍暖，士人因解卸衣服次，置此金于茶卓之上。未及收拾，舊知〔四〕招往樊樓會飲，遂忘記攜出。飲極歡，夜深將滅燈火〔五〕，方始省記。李以茶肆中往來者如織，必不可根究，遂息心，更不去詢問。

後數年，李復過此肆，因與同行者曰：「某往年在此曾失去一包金子，自謂狼狽凍餒，不能得回家。今日天與之〔六〕，幸復能至此。」主人聞之，進相揖曰：「官人説甚麽事？」李曰：「某三四年前，曾在盛肆啜茶，遺下一包金子。是時以相知招飲〔七〕，夜深方覺。自知其不可尋，遂一向歸安于下處，更不曾拜稟。」主人徐徐思之，曰：「官人彼時著毛衫，在裏邊坐乎？」李曰：「然。」又曰：「前面坐者著皂披〔八〕襖乎？」李曰：「然。」主人曰：「此物是小人收得，彼時亦隨背〔九〕趕來送還，而官人行速，于稠人廣衆中不可辨認，遂爲收取，意官人明日必來取。某不曾爲開，覺得甚重，想是黄白之物也。官人但説得片〔一〇〕數稱兩同，即領去。」李曰：「果收得，吾當與你中分。」主人笑而不答。

茶肆上有一小棚樓，主人捧小梯登樓，李隨至樓上。見其中收得人所遺失之物，如傘扇〔一一〕衣服器皿之屬甚多，各有標題，曰「某年某月某日某色人所遺下者」，僧道婦人即曰「僧道婦人」，其〔一二〕雜色人則曰「其人似商賈，似官員，似〔一三〕秀才，似公吏」，不知者則曰「不知其人」。就樓角尋得一小袱，封結〔一四〕如故，上標曰：「某年月日一官人所遺下」，遂相引下樓。集衆再問李片數稱兩，李曰：「計若干片，若干兩。」主人開之，與李所言相符，即舉以付李。李分一半與之，主人曰：「官人想亦讀書，何不知人如此！義利之分，古人所重。小人若重利輕義，則匿而不告，官人侍〔一五〕如何？又不可以官法相加。所以然者，常恐有愧于心故也。」李既知其不受，但慚怍失〔一六〕言，加禮遜謝。請上樊樓飲酒，亦堅辭不往。時茶肆中五十餘人，皆以手加額，咨嗟歎息，謂世所罕見焉。

識者謂伊尹之一介不取，楊震之畏四知，亦不過是。惜乎名不附于國史，附之亦卓行之流也。今邵武軍光澤縣烏州諸李，衣冠頗盛，乃士人之宗族子孫。高殿院之子元輔，乃李氏親，嘗與予具言其事。（據北京中國書店影印上海涵芬樓排印張宗祥校明鈔本元陶宗儀編《説郛》卷三七《摭青雜説》）

〔一〕《説郛》原題《茶肆還金》，今別擬篇名。

〔二〕邵武軍　《重編説郛》、《宋人百家小説》、《龍威秘書》無「軍」字。按：《宋史·地理志五》：「邵武軍，同下州。太平興國五年，以建州邵武縣建爲軍。」

〔三〕渴别　《重編説郛》、《宋人百家小説》、《龍威秘書》作「闊别」。按：《清江三孔集》卷一〇《送梅子明還吴》：「家園雖渴别，書社早歸來。」

〔四〕舊知　《重編説郛》、《宋人百家小説》、《龍威秘書》作「未幾」。

〔五〕夜深將滅燈火　《重編説郛》、《宋人百家小説》、《龍威秘書》作「夜將半，滅燈火」。
〔六〕今日天與之　《重編説郛》、《宋人百家小説》、《龍威秘書》作「今與若」。
〔七〕招飲　《重編説郛》、《宋人百家小説》、《龍威秘書》作「拉去」。
〔八〕披　《重編説郛》、《宋人百家小説》、《龍威秘書》作「皮」。
〔九〕背　《重編説郛》、《宋人百家小説》、《龍威秘書》作「背後」。
〔一〇〕片　《重編説郛》、《宋人百家小説》、《龍威秘書》作「塊」。下同。
〔一一〕扇　《重編説郛》、《宋人百家小説》、《龍威秘書》作「扅」。
〔一二〕其　《重編説郛》、《宋人百家小説》、《龍威秘書》作「某」，下句同。
〔一三〕似　此字據《重編説郛》、《宋人百家小説》、《龍威秘書》補。
〔一四〕結　《重編説郛》、《宋人百家小説》、《龍威秘書》作「記」。
〔一五〕待　《重編説郛》、《宋人百家小説》、《龍威秘書》作「將」。
〔一六〕失　《重編説郛》、《宋人百家小説》、《龍威秘書》作「不」。

單符郎〔一〕

京師孝感坊，有邢知縣、單推官並門居，邢之妻即單之娣〔二〕也。單有子名符郎，邢有女名春娘，年齒相上下，在襁褓中已議婚。宣和丙午〔三〕夏，邢挈家赴鄧州順陽縣官〔四〕，單亦舉家往揚州，待推官闕，約官滿日歸成婚。是冬戎寇大擾，邢夫妻皆遇害，春娘爲賊所虜，轉賣在金州〔五〕倡家，名楊玉。春娘十歲時，已能讀〔六〕《語》、《孟》、《詩》、《書》，作小詞。至是倡嫗教之，樂色事藝，無不精絶。每公庭侍宴，能將舊詞更改，皆對景有〔七〕着模處。玉爲人體態容貌清秀，舉措閑雅，不恃〔八〕口吻以相嘲謔，有良人風度，前後守倅皆重〔九〕之。

單推官渡江，累遷至郎官，與邢聲跡不相聞。紹興初，符郎受父蔭，爲金州〔一〇〕司户，是時一州官屬，惟〔一一〕司户年少。司户見〔一二〕楊玉，甚慕之，玉亦有意，而未有因。司理與司户契分相投，將與之爲地，而畏太守嚴明，有所未敢。居二年，會新守至，與司理有舊，司户又每蒙前席〔一三〕。于是司理置酒請司户，只點楊玉一名祇候。酒半酣，司户佯醉嘔吐，偃息于書齋，司理令楊玉侍湯藥，因得一遇會，以遂所欲。司户褒美楊玉，謂其知書〔一四〕多才藝，因曰：「汝必〔一五〕是一个名公苗裔，但不可推究，果是何人？」玉羞愧曰：「妾本是官族，流落至此，非楊嫗所生也。」司户因問其父是何官何姓，玉涕泣曰：「妾本姓邢，在京師孝感坊居住，幼年許與舅之子結婚〔一六〕。父授鄧州順陽縣知縣，不幸父母皆遭寇隕命，妾被人掠賣至此。」司户復問曰：「汝舅何姓？何官？其子何名？」玉曰：「舅姓單，是時得揚州推官，其子名符郎，今不知存亡如何。」因大泣下。司户慰勞之曰：「汝即日鮮衣美食，時官皆愛重，而不肯〔一七〕輕賤，有何不可？」玉曰：「妾聞女子生而願爲之有家，若即嫁一小民，布裙短衾〔一八〕，啜菽飲水，亦是人家媳婦。今在此迎新送故，是何情緒？」司户心知其爲春娘也，然未有所處，而未敢言。

後一日，司户置酒回〔一九〕司理，復招楊玉佐樽，遂不復與狎昵，因好言正問曰：「汝前日言，爲小民婦亦所甘心。我今喪偶，無正室，汝肯嫁我乎？」玉曰：「豐衣足食，不用送往迎來，此亦妾所願也。但恐新孺人歸，不能相容。若見有孺人，妾自去稟知，一言決矣。」司户知其厭惡風塵，出于誠心，乃發書告其父。

初，靖康之亂〔二〇〕，邢有弟，號四承務，渡江歸〔二一〕臨安，與單往來。單時在省爲郎官，乃使四承務具狀，經朝廷徑送金州，乞歸良續舊婚。符既下，單又致書與太守，四承務自賫符并單書到金州。司户請司理召玉，告之以實，且戒以勿泄。次日，司户自袖其父書并符〔二二〕見太守，太守曰：「此美事也，敢不如命。」既而至日中，文引不下。司户疑其有他變，密使人探之，見廚〔二三〕司正鋪排開宴。司户曰：「此老尚作少年態耶？然錯處非一拍〔二四〕，此亦何足惜〔二五〕也。」既而果召楊玉祗候，只通判二人。酒席半〔二六〕，太守謂玉曰：「汝今爲縣君矣，何以報我？」玉答曰：「妾一身皆判府〔二七〕之賜，所謂生死而骨肉也，何以報德？」太守乃抱持之，謂曰：「雖然，必有以報我。」通判起立，正色謂太守曰：「昔爲吾州弟子，今是司户孺人，君子進退當以禮。」太守踧踖謝曰：「老夫不能忘情，非府判之言，不知其爲過〔二八〕也。」乃令玉入宅堂，與諸女同處。却〔二九〕召司理、司户，四人同坐，飲至天明，極歡而罷。

晨朝視事，下文引，告翁媪。翁媪〔三〇〕出其不意，號哭而來，曰：「養女十餘年，用盡心力，今更不得別見。」春娘出，諭之曰：「吾夫妻相尋得著，亦是好事。我十年雖蒙汝恩養，所積金帛亦多，足爲汝養老之計。」嫗猶號哭不已，太守叱之使出。既而太守使州司人從自宅堂擡〔三一〕出玉，與司户同歸衙。司理爲媒，四承務爲主，如法成婚。

任將滿，春娘謂司户曰：「妾失身風塵，亦荷翁嫗愛育，亦有義姊妹情分厚者。今既遠去，終身不相見，欲少具酒食，與之話別，如何？」司户曰：「汝諸事〔三二〕，一州之人莫不聞知，又不可隱諱，此亦何害！」春娘遂置上禮，就會勝寺請翁媪及同列者十餘人會飲。酒酣，有李英者，本與春娘連居，其樂色皆春娘教之，常呼爲姊〔三三〕，情極相得，忽起持春娘手曰：「姊今超脱，出青雲之上，我沈淪糞土中，無有出期。」遂失聲慟哭，春娘亦哭。李英針綫妙絶，春娘曰：「我司户正少一針綫人，但吾妹平日與我一等人，今豈能爲我下耶？」英曰：「我在風塵中，常退姊一步，況今日有雲泥之隔，嫡庶之異。若得姊爲我方便，得脱此門路，也是一段陰德事。若司户左右要針綫人，姊得我爲之，則素相諳委，勝如生分人也。」春娘歸，以語司户，司户不許，曰：「一之爲甚，其可再乎？」既而英屢使人來催〔三四〕，司户不得已，拚一失色，懇告太守。太守曰：「君欲一箭射雙鵰耶？敬當奉命，以贖前此通判所責之罪。」

司户挈春娘歸，舅姑〔三五〕見之，相持大哭。既而問李英之事，遂責其子曰：「吾至親骨肉流落失所，理當收拾，又更旁及外人，豈得已而不已耶？」司户皇恐，欲令其改嫁。其母見李氏小心婉順，遂留之〔三六〕。居一年，李氏生男，邢氏養爲己子。符郎名飛英，字騰實。罷金州幕職，歷令丞。每有不了辦公事，上司督責，聞有此事，以爲知義〔三七〕，往往多得解釋。紹興乙亥歲，自夔罷倅，奉祠寄居武陵，邢、李皆在側。每對士大夫具言其事，無有隱諱，人皆義之。（據北京中國書店影印上海涵芬樓排印張宗祥校明鈔本元陶宗儀編《説郛》卷三七《摭青雜説》）

〔一〕《説郛》原題《夫妻復舊約》，今别擬。

〔二〕姊 《重編説郛》、《宋人百家小説》、《龍威秘書》及《青泥蓮花記》卷七記從一《楊玉》（末注《摭青雜説》）作「姊」。

〔三〕宣和丙午　按：宣和無丙午歲，丙午乃靖康元年。原文有誤。

〔四〕縣官　《重編説郛》、《宋人百家小説》、《龍威秘書》及《青泥蓮花記》、《豔異編》卷三〇妓女部五《符郎》、《情史》卷二情緣類《單飛英》下有「守」字。

〔五〕金州　《重編説郛》、《宋人百家小説》、《龍威秘書》及《青泥蓮花記》、《豔異編》、《情史》皆作「全州」。按：金州北宋隸京西南路，治西城縣（今陝西安康市），全州隸荆湖南路，治清湘縣（今廣西全州縣）。邢夫妻遇害於鄧州（治今河南鄧州市），其西南隔均州即爲金州，疑作「金州」爲是。

〔六〕讀　此字據《重編説郛》、《宋人百家小説》、《龍威秘書》補。《青泥蓮花記》、《豔異編》、《情史》作「誦」。

〔七〕有　此字據《重編説郛》、《宋人百家小説》、《龍威秘書》及《青泥蓮花記》、《豔異編》補。

〔八〕恃　《青泥蓮花記》、《豔異編》作「事持」，《情史》作「持」。

〔九〕重　《重編説郛》、《宋人百家小説》、《龍威秘書》作「從」。

〔一〇〕金州　原作「全州」，據前文改。

〔一一〕惟　《重編説郛》、《宋人百家小説》及《青泥蓮花記》作「推」。

〔一二〕見　《重編説郛》、《宋人百家小説》、《龍威秘書》作「知」。

〔一三〕每蒙前席　《重編説郛》、《宋人百家小説》、《龍威秘書》作「席每蒙前」。

〔一四〕知書　《重編説郛》、《宋人百家小説》、《龍威秘書》作「儘」。

〔一五〕必 《重編説郛》、《宋人百家小説》、《龍威秘書》作「又」，當譌。

〔一六〕幼年許與舅之子結婚 《重編説郛》、《宋人百家小説》、《龍威秘書》作「舅在幼年許與其子結婚」。

〔一七〕肯 《重編説郛》、《宋人百家小説》、《龍威秘書》作「爲」，《豔異編》作「有」。

〔一八〕衾 《重編説郛》、《宋人百家小説》、《龍威秘書》作「衣」，疑是。

〔一九〕回 《重編説郛》、《宋人百家小説》、《龍威秘書》作「爲」。

〔二〇〕亂 《重編説郛》、《宋人百家小説》、《龍威秘書》作「難」，《青泥蓮花記》、《豔異編》、《情史》作「末」。

〔二一〕歸 《重編説郛》、《宋人百家小説》、《龍威秘書》、《青泥蓮花記》、《豔異編》、《情史》作「居」。

〔二二〕符 《重編説郛》、《宋人百家小説》、《龍威秘書》、《青泥蓮花記》、《豔異編》、《情史》作「省符」。

〔二三〕廚 原譌作「尉」，據《重編説郛》、《宋人百家小説》、《龍威秘書》、《青泥蓮花記》、《豔異編》、《情史》改。

〔二四〕然錯處非一拍 《重編説郛》、《宋人百家小説》、《龍威秘書》作「錯然處非一」。

〔二五〕惜 《青泥蓮花記》、《豔異編》、《情史》作「恤」。

〔二六〕酒席半 原作「酒半席」，據《重編説郛》、《宋人百家小説》、《龍威秘書》、《青泥蓮花記》、《豔異編》改。《情史》作「酒半」。

〔二七〕判府 《重編説郛》、《宋人百家小説》、《龍威秘書》、《情史》作「明府」。判府，指太守。《清波別志》卷中：「若官稱僭冒，稱謂庶官，知州曰判府，知縣曰判縣。」

〔二八〕過　《重編説郛》、《宋人百家小説》、《龍威秘書》作「非」。

〔二九〕却　《重編説郛》、《宋人百家小説》、《龍威秘書》作「始」。

〔三〇〕翁媼　《重編説郛》、《宋人百家小説》、《龍威秘書》無「翁」字。

〔三一〕擡　《重編説郛》、《宋人百家小説》、《龍威秘書》作「接」。

〔三二〕諸事　《重編説郛》、《宋人百家小説》、《龍威秘書》作「昔事」，《青泥蓮花記》、《豔異編》、《情史》作「事」。

〔三三〕姊　《重編説郛》、《宋人百家小説》、《龍威秘書》作「姨」。按：下文或又作「姊」，且春娘稱其爲妹，作「姨」當譌。前文「義姊妹」，《重編説郛》、《宋人百家小説》亦譌作「姨」。

〔三四〕來催　《重編説郛》、《宋人百家小説》、《龍威秘書》作「求續」，《青泥蓮花記》、《豔異編》、《情史》作「來促」。

〔三五〕舅姑　《青泥蓮花記》、《豔異編》、《情史》作「舅妗」。按：舅姑指公婆，舅妗指舅父舅母。

〔三六〕留之　《重編説郛》、《宋人百家小説》、《龍威秘書》作「命之居」。

〔三七〕知義　《重編説郛》、《宋人百家小説》、《龍威秘書》作「義事」。

義倡傳

鍾將之　撰

鍾將之（一一三一—一一九六），字仲山，小名鳳哥，一字小飛。鎮江府丹陽縣（今屬江蘇鎮江市）練塘鄉龍許里人。紹興十八年（一一四八）登進士第，第十二名，時年十九。調楚州淮陰尉，改盱眙軍教授。秩滿調泰州教授，時在紹興三十一、三十二年。再歲以京秩薦，俄丁外艱。服闋，再調常州教授。選部計考更秩，合解印去，郡守楊萬里奏留之，在常七年。代還，周必大知政命爲監左藏庫，會援例者衆，將之謂不可以已廢法，即退就部注，知和州歷陽縣。後通判滁州。自滁歸，欲爲終焉計，母勉之仕，不得已造朝，遇疾而歸，道卒，時慶元二年（一一九六）四月，年六十七。積官至朝散大夫，累贈宣奉大夫。卒後葬於丹陽壽安鄉下邳村祥子岡之原。著有《岫雲詞》一卷，佚。（據《紹興十八年同年小録》、劉宰《漫塘文集》卷三〇《故通判滁州朝散鍾大夫墓誌銘》、《京口耆舊傳》卷五、《咸淳毗陵志》卷九《秩官》、《至順鎮江志》卷一《科舉》及卷一八《人材》、《直齋書録解題》卷二一歌詞類）

義倡者，長沙人也，不知其姓氏。家世倡籍。善謳，尤喜秦少游樂府，得一篇，輒手筆口詠不置。久之，少游坐鉤黨南遷，道長沙，訪潭土風俗，妓籍中可與言者，或言倡，遂往焉。少游初以潭去京數千里，其俗山獠夷陋，雖聞倡名，意甚易之。及見，觀其〔一〕姿容既美，而所居復瀟灑可人意，以爲非唯自湖外來所未有〔二〕，雖京洛間亦不易得。坐語間，顧見几上文一編，就視之，目曰《秦學士詞》。因取竟閲，皆己平日所作者。環視無他文。少游竊怪之，故問曰：「秦學士何人也？若何自得其詞之多？」倡不知其少游也，即具道所以。少游曰：「能歌乎？」曰：「素所習也。」少游愈益怪，曰：「樂府名家，毋慮數百，若何獨愛此乎？不惟愛之，而又習之歌之〔三〕。若素〔四〕愛秦學士者，彼秦學士亦嘗遇若乎？」曰：「妾僻陋在此，彼秦學士京師貴人也，焉得至此？藉令至此，豈顧妾哉！」少游乃〔五〕戲曰：「若愛秦學士，徒悦其詞爾，若使親見容貌，未必然也。」倡嘆曰：「嗟乎！使〔六〕得見秦學士，雖爲之妾御，死復何恨！」

少游察其語誠，因謂曰：「若欲見秦學士，即我是也。以朝命貶黜，因道而來此爾。」倡大驚，色若不懌者，稍稍引退，入謂母媪。有頃媪出，設位，坐少游於堂，倡冠帔立階下，北面拜。少游起且避，媪掖之坐以受。拜已，張具筵飲，虚左席，示不敢抗。母子左右侍觴，酒一行，率歌少游一闋以侑之。卒飲甚懽，比夜乃罷。止少游宿，衾枕席褥，必躬設，夜分寢定，倡乃寢。先平明起，飾冠帔，奉沃匜，立帳外以待。少游感其意，爲留數日。倡不敢以燕惰見，愈加敬禮。將别，囑曰：「妾不肖之身，幸得侍左右。今學士以王命不可久〔七〕留，妾又不敢從行，恐重以爲累，唯誓潔身以報。他日北歸，幸一過妾，妾願畢矣。」少游許之。

一别數年，少游竟死於藤。倡雖處風塵中，爲人婉娩有氣節，既與少游約，因閉門謝客，獨與媪處。官府有召，辭不獲，然後往，誓不以此身負少游也。一日，晝寢寤，驚泣曰：「自吾與秦學士别，未嘗見夢，今夢來别，非吉兆也，秦其死乎！」亟遣僕順途覘之。數日得報，秦果死矣。乃謂媪曰：「吾昔以此身許秦學士，今不可以死故背之。」遂衰服以赴。行數百里，遇於旅館，將入，門者禦焉，告之故而後入。臨其喪，拊棺繞之三週，舉聲一慟而絶。左右驚救，已死矣。

湖南人至今傳之，以爲奇事。京口人鍾〔八〕將之，常州校官，以聞於郡守李次山結。既爲作傳，又系贊曰：「倡慕少游之才，而卒踐其言，以身事之，而歸死焉，不以存亡間，可謂義倡矣。世之言倡者，徒曰下流不足道。嗚呼！今夫士之潔其身以許人，能不負其死而不愧於倡者，幾人哉！倡雖處賤而節義若此，然其處朝廷、處鄉里、處親識僚友之際，而士君子其稱者，乃有愧焉。則倡之義，豈可薄邪！《詩》曰：『采葑采菲，無以下體。』余聞李使君結言，其先大父往持節湖湘間，至長沙，聞倡之事而嘆異之，惜其姓氏之不傳云。」復書長句於後曰：「洞庭之南瀟湘浦，佳人娟娟〔九〕隔秋渚。門前冠蓋但〔一〇〕如雲，玉貌當年誰爲主？風流學士淮海英，解作多情斷腸句。流傳往往過湖嶺，未見誰知心已赴。舉首却在天一方，直〔一一〕北中原數千里。自憐容華能幾時，相見河清不可俟。北來遷客古藤州，度湘獨〔一二〕弔長沙傅。天涯流〔一三〕落行路難，暫解征鞍〔一四〕聊一顧。横波不作常人看，邂逅乃慰平生慕。蘭堂置酒羅饈珍，明燭燒膏爲延佇。清歌宛轉遶梁塵，博山空濛散烟霧。

雕床斗帳芙蓉褥，上有鴛鴦合懽被。紅顔深夜承燕娱，玉笋清晨奉巾屨。匆匆不盡新知樂，惟有此身爲君許。但説恩情有重來，何期一别〔一五〕歲將暮。午枕孤眠魂夢驚，夢君來别如平生。與君已别復何别，此别無乃非吉徵。萬里海風掀雪浪，魂招不歸竟長往。效死君前君〔一六〕不知，向來宿約無期爽〔一七〕。君不見二妃追舜〔一八〕號蒼梧，恨染湘竹終不枯。無情湘水自東注，至今斑笋盈江隅。屈原《九歌》豈不好〔一九〕，煎膠續絃千〔二〇〕古無。我今試作《義倡傳》，尚使風期後來見。」（據北京中華書局版何卓點校本南宋洪邁《夷堅志補》卷二《義倡傳》）

〔一〕觀其　明鈔本作「倡」。

〔二〕有　明鈔本作「見」。

〔三〕若何獨愛此乎不惟愛之而又習之歌之　明鈔本作「若何獨能此而愛之，又習焉」。

〔四〕素　明鈔本作「誠」。

〔五〕乃　明鈔本作「復」。

〔六〕使　明鈔本作「使妾」。

〔七〕久　明鈔本作「淹」。

〔八〕鍾　中華書局點校本作「鍾明」，校：「葉本空一字，從明鈔本補。」按：鍾將之字仲山，非名明也。

點校本乃以「明」爲其名，而下文「將之」遂成將赴任所之意，大誤。據《青泥蓮花記》卷五記節二鍾將之撰《義倡傳》（末注《夷堅志》）删。《豔異編》卷三〇妓女部五《義倡傳》、《删補文苑楂橘》卷一《義倡》作「鍾鳴」，亦誤。

〔九〕娟娟　《一見賞心編》卷一一賢節類《義娼傳》作「涓涓」。

〔一〇〕但　《賞心編》作「集」。

〔一一〕直　明鈔本作「南」。

〔一二〕獨　《青泥蓮花記》作「直」。

〔一三〕流　《賞心編》作「淪」。

〔一四〕鞍　《賞心編》作「鞭」。

〔一五〕一别　《青泥蓮花記》、《豔異編》、《文苑楂橘》作「不别」，疑誤。《賞心編》作「永訣」。

〔一六〕君　《豔異編》、《文苑楂橘》、《賞心編》作「若」。

〔一七〕無期爽　《青泥蓮花記》、《豔異編》、《文苑楂橘》、《賞心編》作「期無爽」。

〔一八〕舜　《豔異編》爲闕字，《文苑楂橘》作「帝」。

〔一九〕好　《賞心編》作「哀」。

〔二〇〕千　《賞心編》作「終」。

按：上海涵芬樓印行《新校輯補夷堅志》，其《志補》二十五卷，乃從明葉祖榮《新編分類夷堅志》刊本輯出。洪邁《容齋四筆》卷九《辯秦少游義娼》云：「《夷堅己志》載潭州義倡事，謂秦少游南遷過潭，與之往來，後倡竟爲秦死。常州教授鍾將之得其説於李結次山，爲作傳。」知此篇原在《夷堅己志》，今《己志》已亡。鍾氏所作長句末二句云：「我今試作《義倡傳》，尚使風期後來見。」知《夷堅志》標目乃其原題。依《夷堅志》例，凡引録他人作品，罕有全文照鈔者，於人稱文句恒有删改。此傳亦非原文，「京口人鍾將之」以下尤見改易之迹。顧原傳不傳，姑依《夷堅志》録之。

鍾將之贊云：「余聞李使君結言，其先大夫往持節湖湘間，至長沙，聞倡之事而嘆異之，惜其姓氏之不傳云。」義倡事原係李結父聞於長沙，李結知常州時，鍾將之爲教授，李結遂又傳於鍾，遂作傳。《咸淳毗陵志》卷八郡守題名，李結淳熙六年（一一七九）二月以承議郎任，轉朝奉郎，五月罷，知常才三四月。又卷九有州學教授題名，鍾將之在馬先覺下，項宋嘉、何珪、鄒補之上。鍾將之無任職年月，何在淳熙九年九月至十二年七月，鄒在淳熙十二年七月至十五年八月，首尾皆爲四年。以此推斷，項在職當在淳熙六年九、十月間至九年九月，而鍾將之「再調常州教授，遲次者七年」（劉宰《墓誌》），當在乾道九年（一一七三）至淳熙六年九、十月間，正及李結守常。然則此傳當作於淳熙六年，洪邁《夷堅己志》約作於淳熙十六年，其時傳已行世，故得採焉。

宋代傳奇集第五編卷三

馬絢娘

郭彖 撰

郭彖，字次象。和州歷陽（今安徽馬鞍山市和縣）人。高宗紹興十七年（一一四七），可能以蔭補爲兩浙東路某縣主簿，曾於處州參與漕試爲考官。二十四年張孝祥榜進士及第。孝宗淳熙十三四年（一一八六、一一八七）爲朝散郎、知興國軍。曾與《野客叢書》作者王楙有交，王贊其「多聞」。（據《野客叢書》卷三《漢唐酒價》、《睽車志》卷六、《直齋書録解題》卷一一小説家類、《萬曆和州志》卷四《科貢表》、《湖北通志》卷一一一《職官表五》、《古今圖書集成·明倫彙編·氏族典》卷五三〇、《重修安徽通志》卷一五四《選舉表》）

有士人寓迹三衢佛寺，忽有女子夜入其室。詢其所從來，輒云所居在近，詰其姓氏，即不荅，且云：「相慕〔一〕而來，何乃見疑？」士人惑之。自此比夜而至，第詰之終不言。

居月餘，士人復詰之，女子乃曰：「方將自陳，君宜勿訝。我實非人，然亦非鬼也。乃數政前郡倅馬公之第幾女，小字絢娘，死于公廨，叢塗于此，即君所居之隣空室是也。然將還生，得接燕寢之久，今體已甦矣。君可具斤鍤，夜密發棺，我自于中相助。然棺既開，則不復能施力矣，當懵然如熟寐。君但逼耳連呼我小字及行第，當微開目。即擁致卧榻，飲之醇酒，放令安寢，既寤，即復生矣。君能相從，再生之日，君之賜也，誓終身奉箕帚。」士人如其言，果再生。且曰：「此不可居矣。」脱金握臂，俾士人辦裝，與俱遁去。轉徙湖湘間數年，生二子。

其後馬倅來衢，遷葬此女。視殯有損，棺空無物，大驚。聞官，盡逮寺僧鞫之，莫知所以。馬亦疑若爲盗發取金帛，則不應失其屍。有一僧默念數歲前士人隣居久之，不告而去。物色訪之，得之湖湘間。士人先孑然，復疑其有妻子，問其所娶，則云馬氏女也。因逮士人，問得妻之由。女曰：「可併以我書寄父，業已委身從人，惟父母勿念。」父得書，真其亡女筆札。遣老僕往視，女出與語，問家人良苦，無一遺誤。士人略述本末，而隱其發棺一事。馬亦惡其涉恠，不復終詰，亦忌見其女，第遣人問勞之而已。盧縣丞連德廣説二事。

（據清康熙振鷺堂重刊明商濬半埜堂萬曆刊《稗海》本《睽車志》卷四）

〔一〕慕　原譌作「暮」，據《四庫全書》、《筆記小説大觀》、《叢書集成初編》本改。

按：《直齋書録解題》小説家類始著録《睽車志》五卷，云：「知興國軍歷陽郭彖次象撰。取

《睽》上六（按：當作上九）『載鬼一車』之語。」《通考》同。《宋志》小説類作一卷，若非字誤，蓋合之耳。《汲古閣珍藏秘本書目》子部小説家、《也是園藏書目》冥異類均著録有五卷本，《汲古目》注云：「郭彖字次象。後有沈與文跋，謂此書柳安愚在宋刻本臨摹者。」此本由明人從宋刻本摹出，殆與《書録解題》著録本同，卷數相同，作者名字亦合也。五卷本未見，今傳者乃六卷本，始刊於《稗海》（題《暌車志》，暌同睽），後又收入《四庫全書》、《筆記小説大觀》、《叢書集成初編》，題宋歷陽郭彖，無序跋。《説郛》卷三三節録《睽車志》十二條，題注云「五卷并續添」，而末條《枯骨抱人》見今本卷六。洪邁《夷堅支丁》卷八《趙三翁》末云：「嵩山張壽昌朋父作記，郭彖伯（按：當作次）象得其文，載於《睽車志》末。」趙三翁事正在六卷本卷六之末，末云：「嵩山張壽昌朋父作記。」洪邁在慶元二年（一一九六）作《夷堅支丁》時，郭彖業已完成續添。所續十一條初未編爲第六卷，故《書録解題》著録爲五卷，陶宗儀所見本實亦五卷本，但特地注明另有續添。後人將續添部分編爲第六卷，是爲六卷本。是則五卷六卷實無不同也。

《説郛》所取十二條，中第九條《孿生》不見今本，事非異聞，殊有可疑。《説郛》本後又載入《古今説海》説略部雜記二十八、《重編説郛》弓一一八、《五朝小説·宋人百家小説》偏録家、《龍威秘書》五集。《古今説海》本末題宋陸偉撰，大謬。

本書前三卷多條事在淳熙中，記事最晚者乃卷二張富事，在淳熙八年辛丑（一一八一）。南宋張端義《貴耳集》卷上云：「憲聖在南内，愛神怪幻誕等書。郭彖《睽車志》始出，洪景盧《夷堅志》繼之。」觀《貴耳集》所云，似憲聖高宗在南内親閲《睽車志》。按高宗趙構於紹興三十二年讓位於皇太子趙眘（孝宗），直到淳熙十四年才故去，謚曰聖神武文憲孝皇帝。是故本書之成當在淳熙八年後、十四年前。作者著此書時知興國軍，則書成於淳熙十三四年也。本書問世後，《夷堅志》已寫出甲乙丙丁戊五志，是則不得謂《睽車志》始出，《夷堅志》繼之。然《夷堅》以後各志出於本書之後，《支丁》卷八《趙三翁》、《三志辛》卷八《書廿七》及佚文「李知己」（《異聞總録》卷四）皆言及《睽車志》，張端義始出繼之之説殆緣此而斷也。

本書載事共一百四十四條（《四庫全書》本卷四缺末二條），大抵爲北宋末至南宋淳熙間事。大部分故事皆於末尾以某某説小字注形式注明來源，以示徵信，此乃南宋小説常見之式。注明故事提供者近六十人。除卷六「趙三翁」取張壽昌所記外，並不鈔録現成故事。然其中一些故事又見於《夷堅志》，如卷一「湖妓楊韻」事同《夷堅支庚》卷一〇《楊可人》，「劉觀」事同《丁志》卷一七《劉堯舉》等，事有詳略同異，來源非一，各自據聞而記也。

本書各事原無標目，今自擬。本篇末注：「盧縣丞連德廣説二事。」另事乃下條待制盧知原事。

楊道人

郭　彖　撰

成都楊道人，本坊正也。素嗜酒無行，遭杖罰者屢矣。嘗於市肆遇異人，風采秀聳，楊日與之飲，凡日所得，悉爲飲費。久之，異人曰：「能從我遊乎？然子有妻子之累，如何？」楊曰：「棄此直差易耳。」歸則手書與妻訣，仍尋配嫁之，一子數歲，以予人。他日，復遇異人，則曰：「累已遣矣。」因自述其詳。異人曰：「誠然乎，當隨我所之。」楊敬諾從之。復痛飲酒壚，日暮乃相將出城。

是夜，月明如晝，異人前行，相去常百步。初如行十餘里，乃下路，望大山林蔚茂處，漸行草莽中。又數里，楊覺履地甚濕，繼而水没足，乃大聲呼曰：「迷路入水矣。」異人曰：「第前無苦也。」楊復前行〔一〕，水寖〔二〕深。又行一二里，則没膝及股，而異人前行，無異平〔三〕地也。乃解衣深涉，水及腹，俄及胸臆，楊猶進不已，則水已承頤，乃復大呼，以水深不可進。異人喟曰：「惜哉！子未可往也。」恍惚間如夢覺，乃身在城濠橋上。異人亦在其傍，即於橋下取一小鐵鐺，及於腰間解一皮篋贈之，曰：「子緣未至。」乃長揖而去，追之數百步，忽不見。

楊自是發狂，乍悲乍喜，語言無倫，如病心人。往往頂言人休咎，學道者從之寖多。每月八日，輒施貧丐者，自府治之前，分坐通衢兩邊，直抵城門。楊以鐺煮粥，令其徒舁以自隨，躬以杓盛粥給丐者，仍於皮篋中取錢與之，人二十文。丐者率數百人，而所給常足。

李修撰任四川都漕，治所在成都，常邀相見，敬待之。子弟輩與之狎，或戲匿其篋，楊索之，不得而去。度明當施貧，乃來，求取甚力。既得，即欣然置腰間，以手撫之，錢已滿矣。身衣敝衲，或贈以新衣，即服之，顧視喜笑，仍收其故衲。或求之不與，明日視之，敝衲如故，新衣隨即施於貧者盡矣。一日謁李，時方獨坐後圃之舫齋。楊視左右無人，曰：「吾餉使君一物。」即作嘔噦之狀，鼻涕涎沫交下，吐出一物，以掌承之，明徹如冰玉。命李吞之，李有難色。遲疑間，楊即復自吞之，跳入齋前池水中，大呼「殺人」數聲，李命左右扶去。不數月而李卒。

又有寇先生者，有道之士，李亦招接之。一日，寇自山居詣城謁李，適出赴府會，子弟請坐書室。寇忽問曰：「運使每出赴公會，宅廚亦破食料否？」子弟曰：「然。」寇曰：「某來特報一事，近至冥府，視運使食簿無幾，宜極裁節。」子弟初不之信，未幾而李果卒。

二事殿撰之孫明仲親爲予言。又云：是時復有席子先生者，不知其何許人，亦莫詳其姓氏。蓬頭垢面，以一席裹身，伏于官道之側。以食與之，即伸首取食必盡。數日不與食，亦不饑。所處不復移徙，未常見其溲便，蓋亦異人也。李明仲言四事。（據清康熙振鷺堂重刊明商濬半埜堂萬曆刊《稗海》本《睽車志》卷四）

〔一〕行　原譌作「無」，據《四庫》、《筆記小説大觀》本改。

〔二〕寖 《四庫》、《筆記小説大觀》本作「寖」。寖，通「寖」，漸也。下文作「寖」。

〔三〕平 原譌作「乎」，據《四庫》、《筆記小説大觀》本改。

按：末注「李明仲言四事」，指此事與其下胡孩兒、逆亮（此二事《四庫》本脱）及卷五首條李尚書倞事。

李通判女

郭彖 撰

李通判〔一〕者，忘其名。一女既笄，遴擇佳壻，久未有可意者。一日，有陳察推者通謁，與李有舊，叙話甚欵。因言近喪偶，且及期矣，言及歔欷流涕，且言家有二女，皆已及嫁，思念逝者，悲不自勝。李女自青瑣間窺之，竊謂侍婢曰：「是人篤於情義如此，決非輕薄者，得爲之配者，亦幸矣。」因再三詢其姓氏，每言輒及之。

陳時年逾强仕，瘠黑而多髯，容狀塵垢，素好學，能詩妙書札。李喜之，每歎曰：「使其年貌稍稱吾女，亦足壻矣。」女聞之，竊謂傅姆曰：「女子託身，惟擇所歸，年之長少，貌之美醜，豈論也哉！」由是家人頗識女意，媒議他姻，則默不樂。父母恠之，曰：「豈宿緣耶？」乃遣媒通約。陳初固拒，以年長非偶。其議屢格，則女輒憂憤，或慍不食。父母憂之，固請，不得已乃委禽焉，女喜甚。

既成婚，伉儷和鳴，撫陳之二女，如己所生。謂陳曰：「女已長，婚對當及時，不宜緩也。」朝夕屢以爲言，且廣詢媒妁，不半載而嫁其長女，傾貲奉之。陳曰：「季女尚可二三年。」妻曰：「不然。」趣之尤力。陳辭曰：「縱得壻，今無以備奩具。」妻曰：「第求壻，吾爲營辦。」又數月，亦受幣，亟議嫁遣，陳曰：「柰何？」妻忽謂陳曰：「君昔貯金五十星於小罌中，埋床下，盍取用之？豈於己女而有吝耶？」陳大驚曰：「汝何從知之？」但笑而不言。蓋陳實嘗埋金，他人無知者，因取用之。不期年，而二女皆出適。妻謂陳曰：「吾責已塞，今無餘事矣，當置酒相賀。」乃與陳對飲，極量懽甚，各大醉而寢。

翌旦醒覺，妻忽驚遽大叫曰：「此何所耶？」顧陳曰：「爾何人也？」陳大驚，疑其心疾。媵侍輩圍守，妻驚恐惶惑，問曰：「我何爲在此？」媵侍曰：「夫人成親一年，豈不省耶？」妻都不曉。俄其父母至，撫慰之，因歷言其本末。妻大慟曰：「父母生女，不爲擇配，此人醜老可惡，忍以我弃之耶？」不肯留，乃送其家。自言恍如夢覺，前事皆不知之。陳亦悟埋金之事，惟其亡妻知之，疑其繫念二女，而魂附李女，以畢姻嫁也。後竟仳離而改醮焉。異哉！王教授伯廣師德言。（據清康熙振鷺堂重刊明商濬半埜堂萬曆刊《稗海》本《睽車

志》卷五）

〔二〕判　原譌作「州」，據《四庫》、《筆記小説大觀》、《叢書集成初編》本改。

靳瑶

郭　彖　撰

靳瑶者，丹陽牙校。嘗得譴避地維揚，與其妻偕謁后土祠。甫瞻禮間，妻遽得心痛，寖劇不省人，輿〔一〕歸即死。郡人素傳有五通神，依后土祠爲祟。瑶不勝哀憤，既斂火化畢事，即具羊酒，詣城隍祠禱且訟。翌日暮歸，還經后土祠東空曠處，見婦人獨行，漸近，乃其妻也。相持悲慟，妻曰：「我感君掛念之恩，且有憾焉。君既訟于神，神俾我還。既被焚，乃無所依。君若不忘平生伉儷之情，當爲至懇，萬一再生。」瑶請其故，妻曰：「城南十五里外，有茅君者，有道術，君往求焉。」言訖而隱。

瑶詰朝走城南訪茅君，果得於村巷中，茅簷荆扉，教授村童十數人。瑶前拜之，茅起遜謝，再四不已。茅問來意，瑶具陳其故。茅初笑曰：「此何等事而告我？」拒之甚力，繼之以怒。瑶懇益勤，茅默然良久，曰：「君真篤於伉儷者，姑以事狀來。」瑶已素備，即探懷出狀。茅覽之，就其書几取筆，連書數十字，類隸草，淡墨欹横，茫然不可曉。語瑤曰：「持此北去十里所，有林木神祠，扣扉當有應者。」即以授之。

瑤如其言，至則茂林蔭翳，廟極邃深，森然可畏。勉扣其扉，有青衣童出，受書而入。俄頃復出，斬竹一根，囑瑤曰：「騎此但閉目東行，當有所覩。」瑤跨竹，去如駛馬，時竊開目，則竹止不行，所向皆荆棘。復閉目，則又迅馳。久之，忽覺自止，開目，乃見粉垣華居，若王侯居第。有人引瑤入，指東廡下小門，令瑤入觀。迴廊四合，中有婦女，或笄或丱，以百數，而妻在焉。近語瑤曰：「感君之力，今冥官許借體還生。城東有朱氏，年十八九。某日當死，我之精魄，徑投其體，則再生矣。然彼身則朱氏女也，君當往求婚。冥數如此，必可再合也。」復遽曰：「君不宜久此。」送瑤廡門。瑤出，門亦隨閉，迴視殿堂，皆神物塑像。

亟趍出門，所乘竹故在，倉卒復跨之，瞑目覺去愈疾。如行三里所，忽若馬蹶墮地，驚顧乃在城濠側，已昏暗嚴鼓後矣。褰衣揭水，攀垝垣以入。至其日，訪城東朱氏，聞其女病甚。瑤固已疑，徊翔鄰近。至午後，聞其家哭聲甚哀。移頃哭聲遽止，詢之，云女復蘇矣。瑤怪其事頗驗，暨復訪茅君，則室已虚矣。自是，暇日時一至城東，密訪其鄰，皆云朱氏女自還魂，神識不復如舊，至不識其父母兄弟，但口時問靳瑤何在。瑤因託媒氏通意，父母聞瑶姓名，已駭愕，遽入謂女曰：「靳瑶今來議汝姻矣。」女曰：「此我夫也。」自此口不言靳瑶，其家竟以歸之。它日瑶從容訪以朱女及其故妻前事，皆懵然不省云。新廣州李司理篾説。（據清康熙振鷺堂重刊明商濬半埜堂萬曆刊《稗海》本《睽車志》卷五）

〔一〕輿　原作「與」，據《四庫》、《筆記小説大觀》本改。

閒樂異事

費衮撰

費衮，字補之，常州無錫（今屬江蘇）人。祖父費肅，字懿恭，徽宗大觀三年（一一〇九）進士，高宗建炎二年（一一二八）除校書郎，後歸隱錫山。衮仕歷不詳，僅知寧宗開禧元年（一二〇五）爲國子監發解進士，二年爲免解進士。著《梁谿漫志》十卷、《文章正派》十卷。（據《梁谿漫志》自序、國史實録院牒、卷六《大觀廷策士》、附録樓鑰書、施濟跋，《附釋文互註禮部韻略》附《貢舉條式》，《南宋館閣録》卷八《官聯下·校書郎》，《宋史·藝文志》小説類及古文史類）

閒樂〔一〕陳公伯修，宣和三年，以祠官居南徐。一日晝寢，夢至一處，殿宇巍然。中有人冠服如天帝，正坐，侍衛環列。贊者引公拜殿下，命之升殿，慰藉久之，謂曰：「卿平生論事章疏，可悉録以進呈。」公對曰：「臣在杭州日，因陳正彙事，郡守賈偉節遣人搜取，多已焚滅，今恐不能盡記。」帝曰：「能記者録以進。」即有僊官導公至廡下，幕中設几案筆硯，有一青册。公方沉吟間，僊官曰：「不必追記，盡在是矣。」開册示之，則平日所草章疏具在，雖經焚毁者，亦備載無遺。公即袖以進，帝喜曰：「已安排卿第六等官矣。」遂覺。

呼其子大理寺丞昱至前，引其手按其頂〔二〕，則十字裂如小兒顖，其熱如火。謂之曰：「與吾書謁刺數十，將别親舊，吾去矣。」其子請曰：「大人何往？」公告以夢。子曰：「此吉夢，其殆有歸詔耶？」公曰：「不然。豐相之臨終，亦夢朝帝，蓋永歸之兆也。」已而再寢，頃之覺，復謂其子曰：「適又夢入黑漆屋三間，此棺槨之象，吾去必矣。」俄南徐太守虞純臣遣人招其子，告之曰：「適尊公有狀，匄挂冠。正康彊，何乃爾？莫測其意，是以扣公。」言未既，聞傳呼陳殿院來，若已知其故者，謂太守曰：「死生定數也，公何訝！」戒其子曰：「凡吾治命事，不可妄易。」遂歸。攜親戚數十人，酌酒告别。既退，命諸子子婦皆坐，置酒，諄諄告戒。家人見公無疾而遽若是，愕眙不知所荅。迨夜入寢，有婢杏香奔告諸子曰：「殿院咳逆不止，若疾狀。」諸子亟走至，則已趺坐，而一足猶未上，命其子爲收之，纔畢而終。

終之七日，忽有僧欲入弔，其家以素不之識止之。僧云：「我誠不識公，但疇昔之夜在瓜洲，忽夢一官人著朱騎馬，導從甚盛，凌波而北，人馬皆不濡。傍人指云：『此陳殿院也。』洎入城，見群僧來作佛事，乃知之。故欲瞻敬遺像，非有所求也。」時名流多作挽詩紀其事。黄冕仲裳云：「不須更草玉樓記〔三〕，已作僊官〔四〕第六人。」張子韶九成云：「凌波應作水中僊〔五〕。」蓋謂此。乃知世之偉人，皆非混混流轉者，傅説騎箕而爲列星，其可信矣。

（據清鮑廷博輯《知不足齋叢書》第二集校刊明刻影宋鈔本《梁谿漫志》卷三）

〔一〕閒樂　《賓退録》卷六云：「陳伯修師錫，宣和三年，寓居京口，自稱閑適先生。」按：李光《莊簡集》卷一六有《閒樂先生奏議序》，史浩《鄮峰真隱漫録》卷三九有《跋閒樂先生論金陵日曆》，是則陳師錫（字伯修）號閒樂，作「閑適」誤。又按《賓退録》所載陳事疑爲《夷堅志》佚文，文句多有不同，情事亦有異，非徑據《梁谿漫志》也。

〔二〕頂　《四庫全書》本譌作「項」。

〔三〕記　《賓退録》作「賦」。

〔四〕僊官　《賓退録》作「神仙」。

〔五〕按：以上黄、張二詩，《賓退録》黄冕仲挽詩爲張詩，張子韶詩爲黄詩，詩句互易。

按：《梁谿漫志》於《宋志》小説類著録作一卷，當是字誤，今本皆十卷。《梁谿漫志》前附國史實録院牒中亦稱十卷。自序作於紹熙三年（一一九二），然施濟嘉泰元年（一二〇一）跋云：「予頃在戊申之歲，見其副於都城，則知愛慕之。今年春，補之以書來曰：『吾成此書，勤亦至矣，欲廣其傳，而力不逮。子爲邑之暇，盍爲我圖之。』予曰：『是吾心也。』乃命工刻之縣齋。」則孝宗淳熙十五年戊申（一一八八）已有鈔本行世。嘉泰元年施濟始刻之。今傳《稽古堂叢刻》、《知不足齋叢書》、《四庫全書》、《學海類編》、《常州先哲遺書》、《宋人小説》等本概由此出。《説郛》卷二選録七條。上海古籍出版社一九八五年出金圓點校本，以知不足齋本爲底本，校以《學海類編》、《常州先哲遺書》、夏敬觀校涵芬樓本（即《宋人小説》本）、《説郛》本。原書各條皆有標目，今從。

范信中

費衮　撰

范寥，字信中，蜀人，其名字見《山谷集》。負才豪縱不羈，家始饒給，從其叔分財，一月輒盡之。落莫無聊賴，欲應科舉，人曰：「若素不習此，奈何？」范曰：「我第往。」即以成都第二名薦送。益縱酒，遂毆殺人，因亡命，改姓名曰花但石，蓋增損其姓字爲庾語。遂匿傍郡爲園丁。久之，技癢不能忍，書一詩於亭壁。主人見之，愕然曰：「若非園丁也。」贈以白金半笏遣去。

乃往，稱進士，謁一鉅公，忘其人。鉅公與語奇之，延致書室教其子。范暮出，歸輒大醉，復毆其子，其家不得已遣之。遂椎髻野服詣某州，持狀投太守翟公思，求爲書吏。翟公視其所書絶精妙，即留之。時公巽參政立屏後，翟公視事退，公巽前問曰：「適道人何爲者？」翟公告以故。公巽曰：「某觀其眸子非常人，宜詰之。」乃召問所以來，范悉對以實。問習何經，曰：「治《易》、《書》。」翟公出五題試之，不移時而畢，文理高妙。翟公父子大驚，敬待之。已而歸南徐，寘之郡庠，以錢百千畀州教授，俾時賙其急闕，且囑之曰：「無盡予之，彼一日費之矣。」頃之，翟公得教授者書云：「自范之留，一學之士爲之不寧。已付百千與之去，不知所之矣。」未幾，翟公捐館於南徐，忽有人以袖掩面大哭，排闥徑詣繐帷，閽者不能禁，翟之人皆驚。公巽默念此必范寥，哭而出，果范也。相勞苦，留之宿。天明，則翟公几筵所陳白金器皿，蕩無孑遺，訪范亦不見。時靈幃婢僕、門内外人亦甚多，皆莫測其何以能攜去，而人不之見也。遂徑往廣西見山谷，相從久之。山谷下世，范乃出所攜翟氏器皿盡貨之，爲山谷辦後事。

已而往依一尊宿忘其名，師素知其人，問曰：「汝來何爲？」曰：「欲出家耳。」「能斷功名之念乎？」曰：「能。」「能斷色慾之念乎？」曰：「能。」如是問荅者十餘反，遂名之曰恪能。居亡何，尊宿死，又往茅山投落托道人，即張懷素也。有妖術，呂吉甫、蔡元長皆與之往來。懷素每約見吉甫，則於香合或茗具中見一圓藥，跳擲久之，旋轉於卓上，漸成小人。已而跳躍于地，駸駸長大與人等，視之則懷素也。相與笑語而去，率以爲常。時懷素方與吴儲侔謀不軌，儲侔見范愕然，私謂懷素曰：「此怪人，胡不殺之？」范已密知之矣。一夕，儲侔又與懷素謀，懷素出觀星象，曰：「未可。」范微聞之，明日乃告之曰：「某有祕藏遁甲文字，在金陵，此去無多地，願往取之。」懷素許諾。

范既脱，欲詣闕，而無裹糧。湯侍郎東野時爲諸生，范走謁之。值湯不在，其母與之萬錢。范得錢，徑走京師上變。時蔡元長、趙正夫當國，其狀止稱右僕射，而不及司空、左僕射，蓋范本欲併告蔡也。是日，趙相偶謁告，蔡當筆，據案問曰：「何故忘了司空耶？」范抗聲對曰：「草茅書生，不識朝廷儀。」蔡怒目嘻笑曰：「汝不識朝廷儀！」即下吏捕儲侔等。獄具，懷素將就刑，范往觀之。懷素謂曰：「殺我者乃汝耶？」范笑曰：「此朝廷之福爾。」又謂刑者曰：「汝能碎我腦蓋，乃可殺我。」刑者以刃斫其腦，不入，以鐵椎擊之，又不碎，然竟不能神，卒與儲侔等坐死。

洎第賞，范曰：「吾不能知，此湯東野教我也。」遂急逮湯，湯惶駭不測其由。既至，白身爲宣德郎、御史臺主簿。范但得供備庫副使、勾當在京延祥觀。後爲福州兵鈐。其人縱横豪俠，蓋蘇秦、東方朔、郭解之流云。（據清鮑廷博輯《知不足齋叢書》第二集校刊明刻影宋

俚語盜智

費衮 撰

俚語謂：「盜雖小人，智過君子。」此語固可鄙笑，然盜之姦詐，實有出人意表者，可誅也。高郵民尉九，疾足善走，日馳數百里，氣勢猛壯，非得樹不能止。爲盜寖淫傍郡，淮人皆苦之。其居高郵闤闠間，日則張食肆，夜則爲盜。一日，晨起方坐肆間，有道人來食湯餅。食已，邀尉至閒處，呼爲師父，且拜之。尉訝之曰：「何爲者？」道人曰：「某亦有薄技，然出師下遠甚。聞楚州城外有一富家，今願偕師行，庶憑藉有所獲。」尉許諾，使之先往，道人即馳去。

逮夜，尉張燈閉肆，怒其僕執事不謹，毆之。僕紛拏不服，乃呼邏者，廂官俱縶之，須翼日送郡。尉密謂邏曰：「吾與若厚，且家于此，必不竄，若姑縱吾歸，明當復至也。」邏許之。尉得釋，即踰城馳二百里，至楚城外，鼕鼕方二鼓矣。道人果先在，相見喜甚。尉自屋窗入，約道人伺于外。既入其室，視所藏金珠錦綺，爛然溢目，即以百縑擲出，道人分兩囊負之。斯須，尉復由屋窗出。道人思天下惟尉爲愈己，不如殺之，即拔刃斷其首。隨墜地，視之，則紙所爲也。尉由他户復馳歸高郵就逮，天方辨色。道人負重行遲，爲追者所及，執送楚州獄，自列與尉同爲盗狀。州爲檄高郵，高郵報云：「是夕尉自與僕有訟，方繫有司，無從可爲盗也。」道人終始墮其計，卒自伏辜。尉狡險萬端，有術以自將，屢爲穿窬，官卒不能捕。

又有士夫調官都下，所居逆旅前張茗坊，與染肆相直。士無事日，凭茶几閲過者。一日，見數人往來其前數四，若睥睨染肆者，殊訝之。一夫忽前耳語曰：「某輩經紀人也，欲得此家所暴縑帛，告官人勿言。」士曰：「此何頂吾事，而胃饒舌耶？」其人拱謝而退。士私念：「彼所染物，皆高揭于通衢之前，白晝萬目共觀。彼若有術可竊，則真黠盗也。」因諦觀之。但見其人時時經過，或左或右，漸久漸疎，薄暮則皆不見。士笑曰：「彼妄人，果紿我。」即入房，將索飯，則其室虛矣。（據清鮑廷博輯《知不足齋叢書》第二集校刊明刻影宋鈔本《梁谿漫志》卷一〇）

鄭超入冥記

鄭　超　撰

鄭超，寧宗慶元元年（一一九五）爲信州威果營節級。（據本篇）

信州威果營節級鄭超，祇役〔一〕郡府，爲人平直寡過。慶元元年八月二十一日夜半，若夢中見一人，衣幘如卒長，自稱爲祝太保，持文引來追取著家保狀知管。覺而得疾，便病篤，餌藥弗效。越兩夕，又夢一人姓張者同行，到溪岸，張向裏邊，至高峻處奪超傘，擠之入溪，幸而墮平地。延頸仰望，見五騎相逐來，皆下馬，呼超曰：「如何擲在塹下？」其中姓毛者，使超舉手，爲吹〔二〕之，水泉迸〔三〕出。即引上聚坐，皆云：「汝却好箇人。」超謝曰：「對都使不敢坐。蒙救得〔四〕殘命，何以報恩？」俄有人來言：「一壯漢落水，已浸死，手内尚執傘。」超曰：「乃是欲見殺者，渠那知身受其禍。」未及款曲而寤。

二十五夜五更後，忽手足軟緩〔五〕，咽間急窄，不能出聲，但喘息僅屬。一黄衫吏至云：「東嶽第八司生死案喚汝。」超答言：「只願死，亦不顧妻兒〔六〕，死不〔七〕怨恨。」見己身卧牀上，指之曰：「早與他盡命，莫教受苦。」黄衫曰：「我陰司取人不如此，只是引將去。如便與過了性命，是違犯天條也。」駐留食頃〔八〕，引手撮其喉，覺如火中取出新鍛鐵器淬於水盆之聲。且持索縛超，超曰：「不須你，我決不竄走，天涯海角也隨使者去。」其人曰：「於道理合如此。」遂行。

俄抵嶽下第八司，入至殿廷上唱云：「押到信州威果指揮鄭超。」超初離家時，軀幹驟長大，如市門〔九〕金剛，自駭其異，至是縮小，才如茶托。主者問：「汝在陽間，看誦是何經典？」對曰：「常念《金剛經》。」對甫罷，金光涌出，照耀上下，若日光明，四畔萬鬼衆，擎拳稱好。主者呼功德司者呈白主案，而書判語於兩漆板，令持示超，大略類篆書，全不可曉。又唱云：「照鄭超應有作過愆罪，並皆赦除。」顧追吏引憩左方，自朝至午。主者再升殿，又判展一紀半之年壽。語〔一〇〕超曰：「吾乃東平忠靖王，管人間生死案，正直無私。汝還世，説與人不妨。」超曰：「超到陽間，必不敢説，怕泄漏天機。」主者曰：「但依直説，勿妄言可也。」命押赴監門疏放。既及門，兩官人分居左右，裹幞頭，衣緑袍，各書空作字，以口吹入〔一一〕超身，又取小紅合内藥撒其腹，謂曰：「放汝自此歸，便吃得飲食，凡閑野神鬼，皆不敢輒侵犯。」元吏爲解索。出門，履級道數層，一足踏虚而醒，舉體冷如冰。妻子熟睡，呼語之曰：「聖王已放我回。」使妻以麥門冬水來，飲一杯，覺芬香透頂，旋索粥。明日即平安。（據北京中華書局版何卓點校本南宋洪邁《夷堅支戊》卷七《信州督卒鄭超》）

〔一〕役　原譌作「復」，據《四庫全書》本《夷堅志戊》卷七改。

〔二〕吹　《四庫》本作「援」。

〔三〕迸　《四庫》本作「近」。

〔四〕得　原作「人」，《四庫》本作「得」，義勝，從改。

〔五〕緩　此字原無，據《四庫》本補。
〔六〕兒　此字原無，據《四庫》本補。
〔七〕死不　《續修四庫全書》影印影宋鈔本、《四庫》本作「不生」。
〔八〕食頃　原譌作「日頃」，據《四庫》本改。
〔九〕寺門　影宋鈔本下有「内」字。
〔一〇〕語　《四庫》本作「與」。
〔一一〕入　原譌作「之」，據《四庫》本改。

按：洪邁《夷堅支戊》引述此事，末云：「超詳述所見，爲文散揭（按：原作撒諹，據《四庫》本改）諸門及邸店，凡二千言，摭其要於此。」原題不知，姑擬作《鄭超入冥記》。當作於寧宗慶元元年。

宋代傳奇集第五編卷四

竇道人

洪　邁　撰

洪邁（一一二三—一二〇二），字景盧，號容齋、野處。徽猷閣直學士、謚忠宣洪皓季子，兄适（謚文惠）、遵（謚文安）。饒州鄱陽（今屬江西上饒市）人。高宗紹興十五年（一一四五）三月中博學宏詞科第三名，賜同進士出身，授左承務郎、兩浙轉運司幹辦公事，四月除敕令所删定官。閏十一月出爲添差教授福州，未即赴，侍父於里，十七年侍父英州安置。十八年爲福州教授，二十年秩滿罷。二十八年三月除秘書省校書郎，明年二月兼權駕部員外郎，四月兼國史院編修官，八月除吏部員外郎。三十年正月充禮部貢院省試參詳官，三月改禮部員外郎，七月再兼國史院編修官，十一月兼樞密院檢詳諸房文字。三十一年三月正除樞密院檢詳諸房文字，十月知樞密院事葉義問督視江淮荆襄軍馬，邁主管機宜文字，參議軍事。三十二年正月，以樞密院檢詳諸房文字守左司員外郎，兼權行在檢詳。是月金國遣使告嗣位，邁以借左朝議大夫、試尚書禮部員外郎充接伴使。三月除起居舍人，以假翰林學士、左朝議大夫、知制誥、兼侍讀充賀金國登寶位國信使。七月使還，八月殿中侍御史張震論其奉使辱命，罷官，退居鄉里。孝宗隆興元年（一一六三）起知泉州，未赴任。

乾道二年(一一六六)六月改吉州,未及赴任,九月除起居舍人,十月兼權直學士院,十二月兼實録院同修撰。三年五月除起居郎,六月權中書舍人、權直學士院、兼實録院修撰,七月真除中書舍人、兼侍讀、兼直學士院。四年六月除集英殿修撰,尋罷爲提舉江州太平興國宫,居故里。六年起知贛州。淳熙四年(一一七七)移知建寧府,七年秋解官歸里。十一年春起知婺州,除敷文閣待制。十二年春除提舉佑神觀、兼侍講,六月兼同修國史。十三年四月除敷文閣直學士、兼直學士院,九月遷翰林學士、知制誥、兼修國史。十四年正月知貢舉。十五年五月出知鎮江府,九月移知太平府。光宗紹熙元年(一一九〇)二月進焕章閣學士,知紹興府,十二月罷爲提舉隆興府玉隆萬壽宫。歸鄱陽,以著書爲事。寧宗慶元四年(一一九八)上章告老,進龍圖閣學士。嘉泰二年(一二〇二)以端明殿學士致仕,未幾卒,年八十。贈光禄大夫,謚文敏。葬鄱陽縣西北龍口山。邁與兄适、遵號稱「三洪」,有名於當時。著述極豐,編著有《次李翰蒙求》三卷、《宋四朝國史》三百五十卷(與李燾合修)、《欽宗實録》四十卷、《節資治通鑑》一百五十卷、《太祖太宗本紀》三十五卷、《四朝史紀》三十卷、《列傳》一百三十五卷、《記紹興以來所見》二卷、《哲宗寶訓》六十卷、《漢苑群書》三卷、《會稽和買事宜録》七卷(與鄭湜合撰)、《皇族登科題名》一卷、《贅稿》三十八卷、《詞科進卷》六卷、《蘇黄押韻》三十二卷、《容齋隨筆》七十四卷(存)、《經子法語》二十四卷(存)、《左傳法語》六卷、《史記法語》十八卷(一作八卷)、《前漢法語》二十卷、《後漢精語》十六卷、《三國志精語》六卷、《晉書精語》五卷、《南史精語》十卷(一作六卷)、《唐書精語》一卷、《野處猥稿》一百四卷、《野處類藁》二卷(存)、《洪文敏制藁》二十八卷、《瓊野録》三卷(一作一卷)、《唐人絶句詩集》一百卷(今存《萬首唐人絶句》九十一卷)、《唐書補過》(與洪适合撰)、《隸纂》、《隸釋》、《隸韻》等,大都散佚。(據《宋史》卷三七三本傳,《南宋館閣録》卷八《官聯下·校書郎》,《建炎以來繫年要録》卷一八一,錢大昕撰、洪汝奎增訂《洪文敏公年譜》,《直齋書録解題》,《宋史·藝文志》,《皇宋書録》下篇,參酌王德毅及凌郁之《洪邁年譜》)

桂縝,字彦栗〔一〕,信州貴溪人。所居至龍虎山纔三十里,道流日過門,桂氏必與錢。縝素病疝,每作皆瀕死。醫者教以從方士受服氣訣,故尤屬意。紹興庚申六月二十有三日晚,浴畢散步小徑。有老道人來,年八九十矣,鬚鬢皤然,曲僂豐下。縝揖與語曰:「請至弊廬,取湯茗之資。」曰:「日已暮,不可至君家。君苟有意,能延我旬日否?」縝不應,遂行。復回首呼縝使前,入林間,坐古松根上。自云姓竇氏,聲音如山東人。劇談良久,語頗侵縝。縝見其老,雖貌敬而心不平。細視其目,清聳入鬢,着青幅巾,暑行不汗,未忍遽去。

復詢以氣術,道人曰:「吾行氣二百年,治病差易耳。」爲誦所習書千餘言,天文地理、兵法道要,錯綜其間,略不可曉。縝曰:「先生幸教我,此非我所能,盍言其粗者。」道人曰:「汝似可教。吾有一編書,藏衡山中,今往取之。又三十三年,當以授汝。」縝曰:「得非般運導引訣邪？」曰：「未也。姑以方書濟衆，稍儲陰功。」縝曰：「萬一及期，尋先生何所？」曰：「非汝所知，吾當來訪汝。」遂邀縝欲偕逝，縝以親年高及孥累爲解。道人不懌，間忽不見。縝且駭且懼，急歸，不敢語人。後數日，一道者及門，問曰：「八十三承事何在？」縝之父。家人辭以出。呼者怒曰：「吾非有所求，先生使來授公書耳，胡爲不出？」擲卷於堦而去。取視之，乃《呂洞賓傳》也。縝始悔之。

至壬戌年擢第，調鄱陽尉。歸至嚴、衢間，疾大作，不可。有〔二〕輿，行數里必下，投逆旅中，傍外户而卧。有商人過，倚擔問曰：「官人有疾邪？」曰：「然。」曰：「始發時，行坐立卧皆不可，某處最痛，祈死不能。證候若是否？」曰：「然。爾何以知之？」客曰：「某豫章人也，少亦病此，今日負百斤而不害，蓋有藥以療之耳。」遂解囊，如有所索，得一裹，如細剉桑葉者，教以酒三升浸服之。縝素不飲，未敢服，以千金謝客而行。及家，疾益甚，遍服它藥皆弗驗。姑如客言，以藥投酒中，甫酌一盃，其甘若飴蜜。隨渴隨飲，至曉而酒盡，病瘳什八，信宿脱然。後不復作。細思，商人乃昔所遇竇君也。（據北京中華書局版何卓點校本南宋洪邁《夷堅甲志》卷三）

〔一〕栗　《續修四庫全書》影印上海圖書館藏影宋鈔本作「粟」。

〔二〕有　原爲□，從上讀，校：「原本字形不全，陸本作『有』。」按：陸心源《十萬卷樓叢書》刻本及影宋鈔本、阮元《宛委别藏》鈔本作「有」，據改。

按：洪邁《夷堅志》最早著録於南宋尤袤《遂初堂書目》小説類，今本無撰人、卷數。尤袤卒於紹熙四年（一一九三），時洪邁猶在世而《夷堅志》全書未竟。淳祐中（一二四一—一二五二）陳振孫《直齋書録解題》小説家類始著録全書：「《夷堅志》甲至癸二百卷、支甲至支癸一百卷、三甲至三癸一百卷、四甲四乙二十卷，大凡四百二十卷。」《文獻通考》同。此前何異嘉定五年壬申（一二一二）作《容齋隨筆總序》云：「僕又嘗於陳日華曄，盡得《夷堅》十志與支志、三志及四志之二，共三百二十卷。」三字必是四字之譌。淳祐十年（一二五〇）趙希弁編撰《昭德先生讀書志附志》，其「拾遺」中著録《夷堅志》四十八卷，乃殘帙。《宋志》小説類亦只著録甲至庚七志一百四十卷。陶宗儀《説郛》卷九七只節録《夷堅志陰德》六條，《夷堅志陰德》凡十卷，乃摘録之本。《文淵閣書目》卷一一盈字號第六廚類書著録一部十八册，注「殘缺」，又著録一部十二册三種，注「闕」。焦竑《國史經籍志》小説家及陳第《世善堂藏書目録》「稗史野史并雜記」乃著録四百二十卷，然焦志多採前代史志書目，未盡親見，陳目亦有可疑。

今存版本甚多，或係原書之某部分，或係後人重編之本。原書四編傳世者乃正集甲至丁四志八十卷，又有支志甲至戊及庚、癸七志共七十卷，三志己、辛、壬三十卷，凡一百八十卷。《續修四庫全書》影印上海圖書館藏影宋鈔本一百八十卷。據元人沈天佑序，八十卷本原出建學所藏宋刻閩版，因「遺缺甚多」，沈氏據洪邁所刊浙本（刊於杭州）補刻四十三版而印行。然此本今傳者並非沈氏原印本，其中羼入《支志》、《三支》之文。蓋原版片已有殘闕，元書賈重印時遂事補版，而妄取他志以冒。此宋刻元印本原藏文徵明，後歸清人季振宜、徐乾學，徐氏著録於《傳是樓宋元本書目》。乾隆五十七年（一七九二）嚴元照購得此本，並録副校勘。後於嘉慶十年（一八〇五）元本爲阮元購去，影寫進呈，並撰提要，編入《宛委别藏》，以補《四庫全書》之闕。阮氏所藏復又歸黄丕烈，後又歸汪士鐘，汪氏著録於《藝芸書舍宋元本書目·宋板書目》子部。此後經胡珽歸於陸心源，陸氏著録於《皕宋樓藏書志》卷六四小説類，並刻入《十萬卷樓叢書》，《叢書集成初編》排印此本。清世藏書家著録此本者尚有莫友芝《郘亭知見傳本書目》（小説家類）、朱學勤《結一廬書目》（小説家類）、丁丙《善本書室藏書志》（小説類）等，皆爲影宋本。張鑑《冬青館乙集》卷七有《宋板夷堅志跋》，所跋者亦爲此宋刻元修之本。《中國古籍善本書目》子部卷一九小説類著録黄丕烈校跋及丁丙跋清抄八十卷本。

上海圖書館藏有一部明弘治間祝允明手抄《夷堅丁志》三卷，《中國古籍善本書目》子部卷一九小説類有著録，張祝平《夷堅志論稿》（中國文史出版社，二〇〇二）有詳盡紹介。此本實即《夷堅乙志》，然篇目條數、標題有異，文字多有異文，可資校補。張氏作《祝允明抄本〈夷堅丁志〉對今本〈夷堅乙志〉的校補》（《夷堅志論稿》附録三），據祝抄本校補中華本二十四條。其中

《陜婦人》、《趙士珧》殘缺甚多，而《興元鍾誌》宋本有目無文，張氏特作《〈夷堅乙志〉校補三則》，刊於《中國典籍與文化論叢》第五輯（二〇〇〇年二月）。

《支志》、《三志》一百卷，初著録於黄虞稷《千頃堂書目》卷一二小説類「補宋」，後又著録於倪燦《宋史藝文志補》小説家類。嘉慶間黄丕烈則有收藏（《蕘圃藏書題識》卷六、《百宋一廛書録》），係舊鈔本。黄氏尚藏宋刻殘本《支甲》五卷，《支壬》、《支癸》各八卷，舊鈔《乙志》三卷，後歸汪士鐘（《郘亭知見傳本書目》卷一一小説家類）。《支志》、《三志》一百卷舊鈔本，初爲胡應麟癸未歲（嘉靖二年，一五二三）得於王思延（《少室山房類藁》卷一〇四《讀夷堅志五則》）。據清初周亮工《書影》卷二，胡本後歸同邑章無逸。張祝平《夷堅志論稿》謂黄丕烈藏舊鈔本即出胡應麟。黄氏之前，編修汪如藻曾家藏《支甲》至《支戊》五十卷，《四庫全書》收入。《結一廬書目》小説家類著録有《夷堅支志》五十卷，乃影寫明嘉靖間刊本。《郘亭知見傳本書目》小説家類亦著録《夷堅支志》五十卷，稱是「嘉靖間刊本，板心有清平山堂四字」，則出洪楩刊。

其餘傳世版本，皆爲重編本。今國家圖書館藏有四本，均列爲善本：《新編分類夷堅志》五十一卷，甲至癸十集，除已集六卷餘各五卷，葉祖榮輯，嘉靖二十五年（一五四六）洪楩清平山堂刻本；《新訂增補夷堅志》五十卷，明鍾惺評，明李玄暉、鄧嗣德刻本；《新刻夷堅志》十卷，存七卷，明書林唐晟刻本；清乾隆四十三年（一七七八）周棨（字信傳）耕煙草堂刻本，甲至癸十集，集各二卷，共二十卷。按洪刊《新編分類夷堅志》五十一卷，《千頃堂書目》小説類「補宋」與《宋史藝文志補》小説家類中著録爲《類編夷堅志》五十一卷，曹寅《楝亭書目》卷三説部亦著録建安葉氏《類編夷堅志》五十一卷。錢謙益《絳雲樓書目》卷二小説類《夷堅志》注云：「田叔禾家翻宋刻《分類夷堅志》五十一卷。」所謂田叔禾翻宋刻即清平山堂刻本，因前有田汝成（字叔禾）序，故指爲田刻。此本上海圖書館亦有收藏，前有嘉靖二十五年田汝成序。清平山堂刊本曾收藏於陸心源與繆荃孫，《皕宋樓藏書志》卷六四小説類與《藝風藏書續記》卷八小説均有著録，前稱五十卷，後稱五十一卷。據陸氏《分類夷堅志跋》（《儀顧堂題跋》卷九），全書十集分三十六門，每門又各有子目。上海涵芬樓曾藏明鈔本，據張元濟云，與建安葉氏本「同出一源，詞句略殊，門類悉合」。葉氏《新編分類夷堅志》乃就《夷堅志》原書分類選編，參考價值極大。陸跋云：「此本猶宋人所輯，當見四百二十卷全書。其所甄録，出于今存八十卷及《支志》、巾箱本之外者甚多。不但全書崖略可以考見，即宋人遺聞佚事亦往往賴此以存，未可以删削薄之也。」張元濟跋亦稱：「所輯各事見於今存各卷中者，頗有異同，足資攷訂。」又云「不見於今存八十卷中者，凡二百七十七則」，數量頗巨。

國圖藏明刊本《新訂增補夷堅志》五十卷，曾著録於清金檀《文瑞樓藏書目録》卷五小説家宋人小説，書名作《增補夷堅志》。據張祝平云，此本題「宋鄱陽洪邁紀，明景陵鍾惺增評，後學李玄暉、鄧嗣德定次，錢塘鍾人傑校訂」。前有田汝成序，是以洪楩清平山堂本爲基礎增評，對葉氏《分類夷堅志》增删評。張祝平又云，上海圖書館藏《感應彙徵夷堅志纂》四卷，明上海王光祖纂梓，前有萬曆四十年王光祖序。此本乃葉本之再選本，凡一百八十七則。《筆記小説大觀》收有一種五十卷本，前載洪邁乾道二年序、乾道七年後序（按：原係乙、丙二志序）。覈其目録，大抵係重編《支志》、《三志》而成，次第混亂，其卷二五又羼入甲乙丙三志及《分類夷堅志》中段目。

國圖明唐晟刊《新刻夷堅志》十卷本（存七卷），繆荃孫《藝風藏書記》卷八小説著録舊鈔本《新刻夷堅志》十卷，當即鈔自唐晟刊本。此本分甲至癸十集，集一卷，明姚江吕胤昌校。王文進《文禄堂訪書記》卷三著録繆校本，稱爲清初鈔本。觀繆、王二人所言，諸集自序全係《支志》及《三志》序，當是重編《支志》、《三志》而成。清錢塘周棨耕煙草堂刊《夷堅志》二十卷本，乃袖珍本，周中孚《鄭堂讀書記》卷六小説家類著録此本，云前有沈屺瞻、何琪序。《郘亭知見傳本書目》於《夷堅支志》五十卷下亦附載錢塘周氏刊《夷堅志》袖珍本二十卷。嚴元照《書新刻袖珍本夷堅志後》（《悔菴學文》卷七）云：「此本非元書，蓋後人得殘帙，竄亂割裂，别分卷目，妄以十干爲之編次。」張元濟跋云上海涵芬樓藏有此本（周本）及《新刻夷堅志》（吕本），二本相較，吕本多於周本者凡二十四事，周本獨有者十八事。

民國間上海涵芬樓張元濟據諸本編印《新校輯補夷堅志》，前四志據嚴元照影宋手寫本，《支志》、《三志》據黄丕烈校定舊寫本，參用葉本、明鈔本、吕本、周本、陸本校訂。葉本出於今存百八十卷外者尚有二百七十七則，輯爲《志補》二十五卷。又自《賓退録》等十書輯出三十四事，編爲《再補》一卷。一九八一年中華書局出版新校本（何卓點校），以涵芬樓本爲底本重加校定。並從《永樂大典》等書輯出佚文二十六則（誤標爲凡二十八事），作爲《三補》，以應張元濟昔年「掇拾叢殘，賡續有得，亦可輯爲三補四補」之期耳。《再補》、《三補》頗有濫誤，未可盡從。予及今學者多人亦曾輯録《夷堅志》逸文，包括《再補》、《三補》在内，去其誤輯及重複者，凡二百一十四則。

《夷堅志》今存十四志，除《甲志》缺序外，十三志自序皆存。而全書三十二志，唯《四志乙》則絶筆之志，不及寫序。《賓退録》卷八撮述三十一序大意，又卷九引《三志癸》序。從所存自序及有關材料，推知《甲志》當成於紹興三十二年，《乙志》成於乾道二年十二月，《丙志》成於七年五月，《丁志》成於淳熙五年，《戊志》約成於淳熙十年，《己志》當成於淳熙十六年，《庚志》約成於紹熙元年，《辛志》當成於紹熙二年，《壬志》成於紹熙四年，《癸志》殆成於紹熙四五年間。《支甲》成於紹熙五年六月初，《支乙》成於慶元元年二月，《支景》（即《支丙》，避曾祖洪炳諱改）成於同年十月，《支丁》、《支戊》、《支己》、《支庚》分别成於慶元二年三月、七月、十月、十二月，《支辛》成於慶元三年二三月，《支壬》、《支癸》之成在是年四月、五月。《三志甲》成於慶元三年閏六月，《三志乙》成於是年九十月間，十一月成《三志丙》，十二月成《三志丁》，四年二月成《三志戊》，四月成《三志己》，五月成《三志庚》，六月成《三志辛》，九月成《三志壬》。其餘三書殆慶元五年成《三志癸》，六年成《四志甲》，嘉泰二年作《四志乙》，旋即下世矣。

洪邁紹興中著書，其名初非《夷堅志》。《賓退録》引《辛志序》云：「初著書時，欲倣段成式《諾皐記》，名以《容齋諾皐》。後惡其沿襲，且不堪讀者輒問，乃更今名。」其實今名亦非獨創，前已有之，《己志序》云：「昔以《夷堅》志吾書，謂與前人諸書不相襲。後得唐華原尉張慎素《夷堅録》，亦取《列子》之説，喜其與己合。」《列子·湯問》云：「大禹行而見之，伯益知而名之，夷堅聞而志之（張湛注：夷堅未聞，亦古博物者也）。」此其所本。《夷堅志》初亦無《甲志》之説，但稱《夷堅志》而已，待洪邁續寫時方擬定以十天干爲序，將第二本稱作《夷堅乙志》，而其初志則爲《甲志》，從《乙志序》可知也。十志以後則以支志名之，乃倣段成式《酉陽雜俎》。《支甲序》云：「又以段柯古《雜俎》謂其類相從四支，如《支諾皐》、《支動》、《支植》，體尤崛奇。於是名此志甲《支甲》，是於前志附庸，故降殺爲十卷。」

《夷堅志》雖出邁手，絶大部分係他人提供，而作整理記録。據對今存殘本粗計，故事提供者多達四百八十餘人，大抵爲邁之親朋好友。於故事提供人皆一一注明。其意蓋在表明「耳目相接，皆表表有據依」（《乙志序》），非出杜撰。又者，大量鈔録前人時人現成作品，即其「劖剽以爲助」（《支辛序》）之自嘲也。「劖剽」他人作品多達七十餘種，其中若《支庚》鈔吴良史筆記四十五事，此其最著者。鈔録時較長文字皆作節略。

後人於洪邁之寫作態度頗多垢病，如陳振孫責其「急於成書」而失於辨擇（《直齋書録解題》卷一一小説家類）。然其題材極爲廣泛，所謂「天下之怪怪奇奇，盡萃於是」（《乙志序》）。陸心源序謂其「文思雋永，層出不窮，實非後人所及」，「信乎文人之能事，小説之淵海也」（《儀顧堂集》卷五《重刻宋本夷堅志甲乙丙丁四集序》）。是書以志怪體爲主，由於故事本身不乏委曲宛轉者，而行文亦不乏藻繪雅麗處，故粗具傳奇意緒之作亦多。惟與《夷堅》巨編相較，數量誠亦寡矣。

洪邁生前《夷堅志》即引起巨大轟動。陸游曾有詩贊云：「筆近《反離騷》，書非《支諾皐》。豈惟堪史補，端足擅文豪。馳騁空凡馬，從容立斷鼇。陋儒那得議，汝輩亦徒勞。」（《劍南詩稿》卷三七《題夷堅志後》）語多溢美。《夷堅》多次刊印而成爲暢銷書，説唱藝人乃用爲重要資料書，宋末羅燁《醉翁談録》甲集卷一《小説開闢》有云：「《夷堅志》無有不覽。」《古今小説》卷一五《史弘肇龍虎君臣會》云：「洪内翰曾編了《夷堅》三十二志，有一代之史才。」元明小説彙編，若《異聞總録》、《汴京勼異記》、《劍俠傳》、《青泥蓮花記》、《豔異編》、《廣豔異編》、《續豔異編》、《稗家粹編》、《一見賞心編》、《剪燈叢話》、《緑牕女史》、《五朝小説·宋人百家小説》等，採録其故事甚多。明仁孝皇后徐妙雲《勸善書》二十卷採録《夷堅志》竟多達二百餘條，此稱最著者也。宋元明清話本戲曲亦多取材焉。

邵南神術

洪　邁　撰

邵南者，嚴州人。頗涉書記，好讀天文、五行志。邃於遁甲，占筮如神。然使酒尚氣，好面折人，人皆謂之狂。宣和四年，遊臨安。胡尚書少汲直孺以祕閣修撰爲兩浙轉運使，聞其名，召使筮之。曰：「六十日内仍舊職作大漕，替姓陳人。」時郭太尉仲荀爲路鈐轄，欲做三路式與部使者序官，蔡尚書文饒嶷帥杭，常抑之，須日日揖階下，乃得坐。不勝忿，奏乞致仕，亦召南決之。南曰：「候胡修撰除發運更四十日，太尉亦得郡北方，銜内帶安撫字，但非帥耳。」郭曰：「某已丐休致矣，豈有是事？」才五十七日，發運使陳亨伯被召，少汲代焉。郭具飯延南，復扣之，對曰：「兆與前卦同，無閑退象，前言必不妄。」既勑下，郭守本官致仕。復問南，南對如初。郭怒，取勑牒示之。南意不自得，曰：「若爾，則某亦不能曉。」會譚積與郭善，薦之，未旬日，以舊官起知代州、兼沿邊安撫司公事。

翁中丞端朝彦國守金陵，過杭訪少汲，南適在坐，少汲因言其奇中事。翁問錢塘如何，南大書卓上曰「火」。翁曰：「近已爇矣。」曰：「禍未息也，不出三日當驗。中丞須見之，它日却來鎮此。」翁不敢泄，時十二月五日也。明日，蔡帥生朝，大張樂置酒。會京畿戍卒代歸，當得犒絹，蔡榜于市，不許買，官以賤直取之，皆大怒。至夜，數處舉火，欲蔡出救而殺之。蔡已醉，知事勢洶洶，踰垣入巡檢寨，家人皆趨中和堂避之。於是州治皆煨燼。端朝未行，見蔡曰：「兩日前見邵先生言此事，未敢信，果然。」蔡素不喜卜筮，試呼詢之，對曰：「十五日内，當移官別京。」蔡曰：「得非分司乎？何遽也？」居二日，適爲言者論擊，罷爲提舉南京鴻慶宫。未幾，又落龍圖閣直學士，如期拜命而徙。

端朝鎮杭，提舉常平許子大之姪調官上都，久不歸，姪婦白子大，令詣南卜。南批曰：「令姪已出京，遇親舅邀往西洛差遣，見託兩火人受得官之州，當從水邊，必濱州也。非縣官、曹官，而又兼獄，必士曹掾也。」子大曰：「邵生言多中，然此亦太誕。」月餘，姪書來曰：「已出水門，逢舅氏，力邀往洛差遣，只託書鋪家耳。」已驚其驗。俄得報，果擬濱州士曹掾，兼左推院，乃其叔炎所受也。

南與衢人鄭甸爲酒侶，甸好博，然勝敗不過數千。南曰：「子小勝，無所濟。可辦進十萬，召博徒能相敵者，吾爲子擇一日與之戰。」甸曰：「吾囊中空空，豈能辦？」曰：「我當以物假子。」及期，聚博於靈隱山前冷泉亭上。南入僧寮偃卧，忽出門呼甸曰：「子有可止，已溢數矣。」急視之，正百千餘八百也。

南昔至通州，郎官范之才以言巢湖有鼎非是被責，來問休咎。南曰：「更十年，當於婺女相見。」范曰：「量移邪？」曰：「作郡守也。」後范罪拉拭，果得婺。聞南在杭，使召之，時相去九年矣。南不肯往，復書曰：「昔年雖有約，然吾自筮，二人入城〔二〕而不出，若往必死。」范連遣使齎酒醴，請意益勤。既度歲，遂行。過嚴州，嚴守周格非問：「吾此去官何地？」曰：「旦夕爲假龍，再任仍與范婺州同命。」曰：「後〔三〕當如何？」曰：「更一官而死。」周大怒，速湯遣去。至婺，范喜甚。南曰：「公當與周嚴州皆爲假龍。」一日，又至曰：「某昨通夕不寐，細推之，公來日當拜命，然某適當死。使巳〔三〕時至，猶及旅賀公，遷延可至午，緩則無及矣。」范曰：「先生何遽至此？」來日復謁范，屏人語曰：「告命且至，偶使人未到城二十里，爲石蹶足，願選一健步者往取之。」范曰：「某備位郡守，無故爲此舉，豈不爲邦人所笑？兼邸報尚未聞，不應如是之速。」曰：「某忍死相待，何惜此？」范即命一卒曰：「去城二十里外，遇持文字者，急攜來。」遂解帶款語，令具食。移時，所遣卒流汗而至，拜庭下，大呼曰：「賀龍圖。」取而觀之，乃除直龍圖閣告也。時王黼爲相，促告命付婺州回兵，仍令兼程而進，故外不及知。少頃，南促饌，遂食。食已，范入謝親。南趨至客次，使下簾，戒曰：「諸人敢至此者，當白龍圖撻治。」范家人喜抃，爭捧觴爲壽。良久方出，急召南，已坐逝矣。

南在杭，與家君善，嘗欲以其書傳授，家君不領。南無子，既死，其學遂絕云。（據北京中華書局版何卓點校本南宋洪邁《夷堅甲志》卷三）

〔二〕二人入城　原作「□人出城」，據影宋鈔本、陸本補改。阮元《宛委別藏》本亦作「入」。

〔三〕後　原作「復」，據影宋鈔本、陸本改。

〔三〕巳　原譌作「已」，據阮本、陸本改。

吳小員外

洪　邁　撰

趙應之，南京宗室也。偕弟茂之在〔一〕京師，與富人吳家小員外日日縱游。春時〔二〕至金明池上，行小徑，得酒肆，花竹扶疏，器用羅陳，極蕭灑可愛〔三〕，寂無人聲。當壚女年甚艾，三人駐留買酒，應之指女謂吳生曰：「呼此侑觴如何？」吳大喜，以言挑之，欣然而應，遂就坐。方舉盃，女望父母自外歸，亟起。三人興〔四〕既闌，皆捨去。時春已盡，不復再游，但思慕之心，形於夢寐。

明年，相率尋舊游，至其處，則門户蕭然，當壚人已不見。復少憩索酒，詢其家曰：「去年過此，見一女子，今何在？」翁媪顰蹙曰：「正吾女也。去歲舉家上冢，是女獨留。吾未歸時，有輕薄三少年從之飲，吾薄責以未嫁而爲此態，何以適人，遂悒怏不數日而死。今屋之側有小丘，即其冢也。」三人不敢復問，促飲畢，言旋，沿道傷惋。日已暮，將及門〔五〕，遇婦人冪首摇摇而前，呼曰：「我即去歲池上相見人也。員外得非往吾家訪我乎？我父母欲君絶望，詐言我死，設虚冢相紿。我亦一春尋〔六〕君，幸而相值。今徙居城中委巷，一樓極寬潔，可同往否？」三人喜，下馬偕行。既至，則共飲。吴生留宿。

往來逾三月，顔色益憔悴。其父責二趙曰：「汝向誘吾子何往？今病如是。萬一不起，當訴于有司。」兄弟相顧悚汗，心亦疑之。聞皇甫法師善治鬼，走謁之，邀同視吴生。皇甫纔望見，大驚曰：「鬼氣甚盛，祟深矣。宜急避諸西方三百里外，儻滿百二十日，必爲所死，不可治矣。」三人即命駕往西洛。每當食處，女必在房内，夜則據榻。到洛未幾，適滿十二旬，會訣〔七〕酒樓，且愁且懼。會皇甫跨驢過其下，拜揖祈哀。皇甫爲結壇行法，以劍授吴曰：「子當死，今歸，試緊閉户。黄昏時有擊者，無問何人，即刃之。幸而中鬼，庶幾可活；不幸誤殺人，即償命。均爲一死，猶有脱理耳〔八〕。」如其言。及昏，果有擊户者，投之以劍，應手仆地。命燭視之，乃女也，流血滂沱。爲街卒所録，并二趙、皇甫師，皆繫囹圄。鞫不成，府遣吏審池上之家，父母告云已死。發冢驗視，但衣服如蜕，無復形體。遂得脱。江續之説。（據北京中華書局版何卓點校本南宋洪邁《夷堅甲志》卷四）

〔一〕在　《汴京勼異記》卷三《鬼怪》引《夷堅志》、《豔異編》卷四〇鬼部五《吴小員外》、《情史》卷一〇情靈類《金明池當鑪女》作「入」。

〔二〕春時　《汴京勼異記》作「偶」，《豔異編》、《情史》作「一日」。

〔三〕器用羅陳極蕭灑可愛　《汴京勼異記》作「器用整潔可愛」，《豔異編》、《情史》同。按：《汴京勼異記》文字多有改易，《豔異編》大抵同之，而《情史》則本《豔異編》。凡此等改易處不再出校。
〔四〕興　明鈔本作「酒」。
〔五〕門　《汴京勼異記》作「城門」。按：汴京城西門二，南曰順天門（即新鄭門），金明池在新鄭門外西北。見《宋東京考》卷一《京城》、卷一〇《池》。
〔六〕尋　《汴京勼異記》、《豔異編》、《情史》作「望」。
〔七〕訣　葉本、《豔異編》、《情史》作「談」，《汴京勼異記》作「飲」。
〔八〕耳　葉本、《汴京勼異記》、《豔異編》、《情史》作「吴」，連下讀。

絳縣老人

洪　邁　撰

周公才，字子美，温州人。政和初，爲絳州絳縣尉。沿檄晉州，過姑射山，進謁真人祠。方下山，一人草衣丫髻，坐道左，睨周曰：「尊官大好，然須過六十方快。」周時年三十餘，又與絳守同姓，守爲經營薦書數章，自意後任當改秩，聞其言頗怒。而言不已，益忿，取劍欲擊之。忽騰上樹杪，復躍下，入木根穴中。周舉劍擊樹，其人呼曰：「我乃青羊也，與公誠言，何相苦如此！」周捨去。

會日將暮，即止山下邸中。有道人先在，以一鶴及僕鐵鬼自隨，揖周曰：「天氣差寒，能飲一杯乎？」酒至冷，不可飲。道人畫桉作「火」字，置杯其上，俄頃即熱。飲畢，含餘瀝噀壁間，復噀周面，曰：「爲君祓除不祥。君今日必見異物。」具以前事告。曰：「是矣，是矣，然亦不足怪。君知之乎？此正昔所遇呂洞賓老樹精輩也。」又取鯉鮓共食。時落日斜照盤〔一〕上，鮓皆作五色。笑曰：「略見張華手段。」迨夜，各就寢。

拂旦行，道人已起，曰：「欲與君款語，而行李甚遽，奈何！」是日入邑境，薄晚，不值驛舍，就民家假室。鐵鬼忽至曰：「先生以昨日不成款，今當相就，令我先攜酒果來。」周曰：「先生安在？」曰：「至矣。」周出迎，遥望道人跨鶴，去地數尺而行。既至，民帥妻子以下羅拜，道人亦慰接之，曰：「爾家皆無恙否？」民跪白曰：「縣尉至，方患無伴，而先生偶來。某家有麥麪，適又得驢肉，欲作不托爲供，何如？」道人頷之。民揖坐東向，而周爲客。食罷，步至牆下共飲，周連引滿，頗醉，不覺坐睡。

及醒，但鐵鬼在傍，曰：「先生不能待，已去矣。」獻一桃，甚大，曰：「先生令君食此，當終身無病。後八十年，相會於羅浮山。」周遜謝，且贈錢二百，大笑曰：「我何所用！」長揖而别，指顧間已不見。民曰：「是古絳縣老人也，今爲地仙，時一遊人間，識之者皆過百歲。某自少獲見之，今亦八十矣。」周始悔恨。果連蹇二十餘年，甫得京秩，後監進奏院。

紹興十六年，以正旦朝謁，感疾，召鄉人林亮功飯，具言平生所履，乃及此事。又三日而亡，壽止六十八。所謂羅浮再會之語不可曉云。林君說。（據北京中華書局版何卓點校本南宋洪邁《夷堅甲志》卷六）

〔一〕盤　上海涵芬樓編印《新校輯補夷堅志》原作「柈」，阮本、陸本同。柈，同「盤」。

京師異婦人

洪　邁　撰

宣和中，京師士人元夕出遊，至美美樓〔一〕下，觀者闐咽不可前。少駐步，見美婦人，舉措張皇，若有所失。問之，曰：「我逐隊〔二〕觀燈，適遇人極隘〔三〕，遂迷失侶，今無所歸矣。」士〔四〕以言誘之，欣然曰：「我在此稍久〔五〕，必爲他人掠賣，不若與子歸〔六〕。」士人喜，即攜手還〔七〕舍。

如是半年〔八〕，嬖寵殊甚，亦無有人蹤跡之者。一日，召所善友與飲，命婦人侍酒，甚款。後數日，友復來，曰：「前夕所見之人，安從得之？」曰：「吾以金買得之。」友曰：「不然〔九〕，子宜實告我。前夕飲酒時，見每過燭後，色必變。意非人類，不可不察。」士人曰：「相處累月，焉有是事？」友不能强，乃曰：「葆真宫王文卿法師善符籙，試與子謁之。若有〔一〇〕祟，渠必能言。不然，亦無傷也。」遂往〔一一〕。王師一見，驚曰：「妖氣極濃，將不可治〔一二〕。此祟異絶〔一三〕，非尋常鬼魅比也。」歷指坐上它客曰：「異日皆當爲左證。」坐者盡恐。士人已先聞友言，不敢復隱，備告之。王師曰：「此物平時有何嗜好？」曰：「一錢篋極精巧，常佩於腰間，不以示人。」王即朱書二符，授之曰：「公歸，俟其寢，以一置其首，一置篋中。」

士人歸，婦人已〔一四〕大駡曰：「託身於君許久，不能見信，乃令道士書符，以鬼待我，何故？」士初尚設辭諱〔一五〕，婦人曰：「某僕爲我言，一符欲置吾首，一置篋中，何諱也？」士人不能辯〔一六〕。密訪僕，僕初不言〔一七〕，始〔一八〕疑之。迨夜伺其睡，則〔一九〕張燈製衣，將〔二〇〕旦不息。士人愈窘，復走謁王師。師喜曰：「渠不過能忍一夕，今夕必寢，第從吾戒。」是夕，果熟睡，乃〔二一〕如教施符。天明無所見，意謂已去。

越二日，開封府〔二二〕遣獄吏逮王師下獄，曰：「某家婦人瘵疾三年，臨病革，忽大呼曰：『葆真宫王法師殺我。』遂死。家人爲之沐浴，見首上及腰間篋中皆有符，乃詣府投牒，云王以妖術取〔二三〕其女。」王具述所以，即追士人并向日坐上諸客，證之皆同，始得免。王師，建昌人。林亮功説，林與士人之友同齋。（據北京中華書局版何卓點校本南宋洪邁《夷堅甲志》卷八）

〔一〕美美樓　葉本、《汴京勼異記》卷三《鬼怪》引《夷堅志》、《稗家粹編》卷六鬼部《京師士人》、《情史》卷九情幻類《觀燈美婦》引《夷堅志》作「二美樓」。《歲時廣記》卷一二上元下《惑妖女》引《夷堅甲志》則作「美美樓」。

〔二〕逐隊　《汴京勼異記》作「縱步」，《稗家粹編》、《情史》作「逐時」。

〔三〕遇人極隘　葉本、《稗家粹編》、《情史》作「被入挨阻」，《汴京勼異記》作「被人挨擠」。

〔四〕士　此字原無，據葉本、《稗家粹編》、《情史》補。《汴京勼異記》作「士人」。

〔五〕在此稍久　葉本、《汴京九異記》、《稗家粹編》、《情史》作「不能歸」。

〔六〕不若與子歸　葉本、《汴京勼異記》、《稗家粹編》、《情史》作「幸君子憐之」。

〔七〕還　《汴京勼異記》、《稗家粹編》、《情史》作「與還」。

〔八〕如是半年　《汴京勼異記》作「相處半月」，《稗家粹編》、《情史》作「如是半月」。

〔九〕不然　《汴京勼異記》、《稗家粹編》、《情史》前有「恐」字。

〔一〇〕有　《汴京勼異記》、《稗家粹編》、《情史》作「是」。

〔一一〕遂往　葉本、《稗家粹編》、《情史》作「遂同往謁」，《汴京勼異記》作「遂同往謁之」。

〔一二〕將不可治　葉本、《汴京勼異記》、《稗家粹編》、《情史》作「勢將難治」。

〔一三〕異絶　葉本、《汴京勼異記》、《稗家粹編》、《情史》作「絶異」。

〔一四〕婦人已　葉本、《汴京勼異記》、《稗家粹編》、《情史》作「其婦」。

〔一五〕士初尚設辭諱　葉本作「士初尚設辭以對」，《稗家粹編》、《情史》作「士初猶設辭以對」，《汴京勼異記》作「士人初猶設辭以對」。按：以上諸書俱無前「何故」二字，而作「士」或「士人」，姑補「士」字。

〔一六〕辯　《汴京勼異記》、《稗家粹編》作「應」，《情史》作「隱」。

〔一七〕密訪僕僕初不言　《汴京勼異記》作「密詰其僕，僕實未之言」。按：疑爲所改，「初不言」亦「未之言」也。

〔一八〕始　葉本、《汴京勼異記》、《稗家粹編》、《情史》作「益」。

〔一九〕則　葉本、《汴京勼異記》、《稗家粹編》、《情史》作「婦」。

〔二〇〕將　葉本、《汴京勼異記》、《稗家粹編》、《情史》作「達」。

〔二一〕乃　此字原無，據葉本、《汴京勼異記》、《稗家粹編》、《情史》補。

〔二二〕府　此字原無，《汴京勼異記》、《情史》引有，從補。

〔二三〕取　明鈔本、《稗家粹編》、《情史》作「殺」。

宗本遇異人

洪　邁　撰

僧宗本者，邵武田家子。宣和元年，因餉田行山陘中，遇道人，麻衣椎髻，丐食。本曰：「吾父未晡餐，可同至家取食否？」道人怒，唾左拇端，抽一劍脅之。本對如初，道人笑曰：「獠子可教。」解衣帶小瓢，傾紅藥三顆授之。本舉掌欲服間，其二墜地，不可得，但噬其一。道人復笑曰：「分止此耳。」忽不見。本不復歸家，入近〔二〕村雙林院，止佛殿上，即能談僧徒隱事。咸驚異，走告其家。妻子來視，斥去，不使入。明日讙傳一鄉，來詢休咎者，系道不絕。郡將以下，咸遺書乞頌，本握筆瞑目，頌立成，筆法清勁可愛。寺僧指爲生佛，欲令久居，以壯聲勢。本曰：「吾緣不在是，當往汀州，謁定光佛。」奮臂便行。

至泰寧之豐巖，樂其山水秀邃，亦夢紫衣金章人挽留，遂止不去。縣人共出錢爲祝髮，得廢丹霞院額，標其巖。未幾，羅畸疇老自沙縣遺信招迎，欣然而往。時李伯紀丞相自右史斥監邑，征本與頌，曰：「青共立，米去皮，此時節，甚光輝。」伯紀罔測。洎靖康初得君，驟拜執政，方悟其語。鄧肅志宏以諸生見本，本指伯紀謂肅曰：「君他日貴，由此人。」及伯紀登庸，志宏白衣至左正言。本留沙縣踰年，復還丹霞。建炎四年，伯紀自嶺外歸，見本，本大書机上作「紹興」二字，明年果改元。語伯紀曰：「兹地血腥觸人，當有兵起，公可居福州。」從之。二月，環境盜起，邑落焚劉無餘。二年六月，伯紀帥長沙，過邵武，迂道訪本。本送至建寧，趣其速行，戒之如泰寧，復大書邑廳壁曰：「東燒西燒。」又連書「七七」數字。纔出境，江西賊李敦仁入邑縱火，正七月七日也。

本初住丹霞，有飛雀立化于佛前香爐上。疇老爲著《瑞雀頌》，人以爲師所感云。紹興十六年，豫言某日當去，至期無疾而化。本晚工詩，殖貨不已，尤嵉嗇，視出一錢如拔齒。其徒多諫之，曰：「此吾宿業也。」（據北京中華書局版何卓點校本南宋洪邁《夷堅甲志》卷九）

〔一〕近　陸本譌作「進」。

按：據本卷《卓筆峰》末注，此事及下《惠吉異術》，爲邵武士人黄文譽言。

惠吉異術

洪　邁　撰

僧惠吉張氏，饒州餘干人。少亡賴，爲縣五伯。因追胥村社，少休山麓，遇婦人乘竹輿，無所服，惟用匹布蔽體。訝其韶秀而結束詭異，揖而訊之。曰：「非汝所知也。」取一卷書授之，曰：「勉旃，後當爲僧。」言訖，輿去如飛，二僕夫冉冉履空中。張歸，即能談人意間事。

棄妻子出遊，過撫州宜黄縣，行止佯狂，人無知者。時大旱，縣人作土龍禱雨。張投牒請自祈禬，約明日午必雨，不爾，願焚軀以謝。即趺坐積薪上，民之輕慓猾賊者，爭益薪。及明，烈日滋熾，萬衆族觀，至秉炬以須。如期，果大雨，四境霑足。邑人始謹事之。鄒柄居是邑，惡其惑衆。張往見之，曰：「吾宿負公杖，幸少寬我。」會張爲邑人鳩治衢陌，裒金〔一〕數百萬。或譖於鄒曰：「彼乾没其半，間道以遺妻孥。」鄒怒，言於縣宰，捕笞之。已而悔，詣張謝，張曰：「曩固言之矣，無傷也。」

宣和三年，適邵武泰寧，謂縣人黄温甫曰：「吾與若隔生同爲五臺僧，若嘗病，費吾藥餌，今當館我以償。」黄爲築庵香爐峰頂，買僧牒落髮。師能呪水起疾，數百里間，來者絡繹。通直郎葉武爲令，夢一女子持火，東西焚庭廡，復爇鼓樓〔二〕門，驚覺。遲明，師造縣迎問曰：「昨夕無恐否？」葉愕然，具以夢告。師命輿土地木胎至庭，斧之，血津津然。初，縣有祟物，化爲美妹，惑宿直吏，至是遂已。

縣丞江定國母吕氏，有眩疾，每發，頭涔涔不可忍。以扣師，師曰：「無它故，要是銀兒爲孽。」定國駭懼。銀兒者，其父時故姬，吕氏陰殺之。於是丐爲禳謝。師引紙，畫爲禽畜百十種，令秉火炬，設瓜果，賓主置榻，戒其家人，皆就寢勿顧，獨一二僕使在。迨夜，師入吕氏寢，物色之，得於粧閤。僕者咸見好女子，年可十六七，緑衣黄裙，對之掩泣，若不從狀。師徐徐諭解，已而肯首〔三〕。乃以所畫并楮鏹付之，送使出門。吕氏明日疾不作。

富人江景淵，嘗與人爭田，不勝，用計殺之。忽得脾疾，詣師請救〔四〕。師具數其過，景淵叩頭哀祈。爲至其居，命斸地丈許，得蒼狗，呀牙怒視，左右皆恐。視之，乃塊石。師以杖擊之，應手糜碎，景淵即瘉。又有倡，棄籍歸一胥，同謁師。師所居山椒，林樾蔽繞，來者未至門，不知也。師逆告其徒曰：「某人夫婦少選至，勿令其婢子入。」及二人至，元無婢自隨。師言狀，倡驚泣求救，乃昔日曾逼一婢赴井死，胥固未之知。嘗入市，見搏揜〔五〕者立道左，呼使前，捫其項下如揭物狀，曰：「後不得復爾。」人問故，蓋此人昨夕負博進，恚而投繯，救至得不死。

師白晝捕魑魅，逆說禍福，甚多，不勝載。紹興四年死。泰寧人至今繪事其像，不呼其名，惟曰張公，或曰張和尚云。（據北京中華書局版何卓點校本南宋洪邁《夷堅甲志》卷九）

〔一〕金　葉本作「錢」。

〔二〕樓　此字原無，據葉本補。

〔三〕肯首　明鈔本作「首肯」，義同。

〔四〕救　原作「水」，疑譌，據明鈔本改。

〔五〕搏揜　葉本無「揜」字。按：搏揜，又作「搏掩」。《漢書》卷九一《貨殖傳》：「又況掘冢搏掩，犯姦成富。」顏師古注：「搏掩，謂搏擊掩襲，取人物者也。搏字或作博。」下文作「博」。

梅先遇人

洪邁　撰

予宗人慶善郎中興祖，紹興十二年爲江東提刑，治所在鄱陽。王元量尚書鼎從，假二卒往夔峽。既回，拜于廷。其一梅先者，獨着道服，拜至十數不已。慶善訝之，答曰：「伺郎中治事退，當請間以白。」少頃，慶善坐書室，梅復至，曰：「初至夔州數日，有道者歷問所從來，令某隨之去，某應曰：『諾。』道者曰：『汝當有妻孥，安能捨而從我？』某曰：『惟一妻一子，今得從先生，視彼如涕唾耳。』道者甚喜，曰：『汝能若此，良可教。吾將試汝。』即於糞壤中拾人所棄敗履，令食。初極臭穢，强齧不能進。道者笑，自取〔一〕啖之，曰：『如我法以食。』歷數日，覺不復臭，而味益甘軟。又問：『所以來此爲何事？』答曰：『奉主公命，爲王尚書取租入。』曰：『如是，當歸畢之。此公家錢，如未了，不可從我，他日未晚也。』某曰：『家在江東，相距數千里，豈能再來？』曰：『汝思我，我即至矣。』又授藥方三道，曰：『若乏用時，可合此藥貨。視一日所用留之，有餘，棄諸道上，以惠貧窶。或無食，則茹草履。人與酒食，但享之，特不可作意，大抵無心乃得道耳。』某拜之數十。又與某道服曰：『汝歸見主公時，拜之如拜我，但著〔二〕此衣，勿易也。』」慶善曰：「果如此，勿復爲走卒。」命直書閤以自近。嘗召使坐，取草履試之。梅展足據地坐，淨滌履而食，每數口，即飲水少許，久之吐其滓，瑩滑如碧玉。以示慶善，慶善復還之，梅徑取投口中，食履盡乃已。時方二十四歲，即與妻異榻，曰：「人世只爾，殊可厭惡。汝盍同我學道，不然，隨汝所之。」妻始猶勉從，不一年，竟改嫁。

慶善後予告，令往丹陽茅山，預三月鶴會。山有洞，常人欲入須秉燭，然極不過數十步即止。梅索手而入，無所礙，聞石壁中若人叩齒行持者。至最深處，得一澗，澗中水數尺，細視有書數軸，取得之，才霑漬其半，乃元祐中劉法師所受法籙也。後送慶善還丹陽，慶善有外兄病，每食輒吐，梅曰：「瓢中藥正爾治此。」取數粒與服，一日即思食，旬時病盡失去。慶善寓訊代者，爲除兵籍。既得文書，遂辭去。後數年曾一歸鄉里，今不知所之。

（據北京中華書局版何卓點校本南宋洪邁《夷堅甲志》卷一一）

〔一〕取　影宋鈔本、陸本作「亟」。

〔二〕著　陸本作「作」。

按：據同卷《蔡衡食鱠》末注，此事乃洪慶善説。

縉雲鬼仙

洪　邁　撰

處州縉雲鬼仙，名英華。姿色絶豔，肌膚綽約，如神仙中人，居主簿廨中。建炎間，主簿王傳表弟齊生者，與之相好，交歡如夫婦。簿家亦時見之，以詰齊，齊笑不答。一日，與英偶坐而簿至，英急入帳中。簿求見甚力，英曰：「吾容色迥出世人，若見我，必有惑志。子有室家，恐嫌隙遂成。非令弟比，決不可得見也。」居無何，簿妻病心痛，瀕死，更數醫，莫能療。英以藥一劑授齊生云：「以飲爾嫂，當有瘳。世間百藥不能起其疾，若不吾信，則死矣。」齊先以白簿，簿曰：「人有疾而服鬼藥，何邪？」妻雖病困，然微聞其言，亟攘藥服之。少頃即甦，明日而履地，舉室大感異之。

踰年，齊辭歸，英送至臨安城外，曰：「帝城多神明，不可入，將告别。」英泣曰：「相從之久，不忍語離。覩子異日必死於兵，吾授子一炷香，願謹藏去。脱有難，焚之，吾聞香煙即來救子。但天數已定，恐不可免爾。」既别，而齊生從張王俊軍淮上，與李成戰，竟死。久之，他盜犯縉雲，吏民奔竄。及盜去，堂吏某中奉者，據主簿官舍，簿乃居山間。英至山間，問簿妻何以未反邑，具以告。英曰：「吾能去之。」盛飾造中奉宅，因〔一〕稱主簿侍兒，厲聲譙責，忽不見。中奉大恐，急徙出。嘗有部使者至邑，威嚴凜然，官吏重足。正坐廳事，一婦人緩行廡下，歷階阤而升。訝之，以詢從吏，皆不敢對。會邑官白事，語之曰：「諸君婢媵，不爲隄防，乃令得至此。」衆以英爲解，懼甚，即日治行。後轉之丞廳，丞爲所染。沿檄桉行經界，英亦同塗。丞未幾死。邑令趙道之欲去其害，齋戒數日，將奏章上帝。英已知之，語令曰：「吾非下鬼比也，若我何？」俄齋室振動，令家大小皆病，遂不敢奏。至今猶存。閭丘寧孫叔永説。（據北京中華書局版何卓點校本南宋洪邁《夷堅甲志》卷一二）

〔一〕因　影宋鈔本、阮本作「自」。

楊靖償冤

洪　邁　撰

臨安人楊靖者，始以衙校部花石至京師，得事童貫。積官武功大夫，爲州都監。將滿秩，造螺鈿火鐨三合，窮極精巧。買土人陳六舟，令其子十一郎賣入京，以一供禁中，一獻老蔡，一與貫，以營再〔一〕任。子但以一進御，而貨其二於相國寺，得錢數百千，爲游冶費。

愆期不歸。靖望之久，乃解官北上，遇諸宿、泗間。子畏父責己，乃曰：「所獻物皆爲陳六所賣，兒幾不得免〔二〕。」靖信之。至京，呼陳六詰問。陳答語不遜，靖杖之，方三下，陳呼萬歲〔三〕，得釋。還至舟，謂其妻曰：「楊大夫不能訓厥子，翻以其言罪我，我不能堪。」遂赴汴水死。

靖得州鈐轄以歸。都轉運使王復領應奉局，辟靖兼幹官，常留使院中。時宣和七年也。是歲四月某日，靖在簽廳，有綱船挽卒醉相歐，破鼻出血，突入漕臺。紛紛〔四〕間靖矍然如有所睹，急趨入屏後，遂仆地。舁歸家，即卧病，語言無緒〔五〕，不食。時臨平鎮有僧，能以穢迹法治鬼，與靖善，遣招之。至則見鬼曰：「我稍〔六〕工陳六也。頃年以非罪爲楊大夫所殺，赴愬于東嶽。嶽帝命自持牒追逮，經年不得近。復還白，帝怒，立遣再來，云：『楊靖不至，汝無庸歸。』今又歲餘矣。公門多神明，久見壅遏。前日數人被血入，土地輩皆驚避，乘間而進，乃得至此。」僧諭之曰：「汝他生與是人有冤，今世故殺汝。汝又復取償，翻覆無窮，何時可已？吾令楊氏飯萬僧，營大水陸齋薦謝汝，汝捨之何如？」鬼拜而對曰：「疇昔之來，苟聞和尚此語，欣然去矣。今已貽怒主者，懼不〔七〕反命，則冥冥之中長無脱期。非得楊公不可也。」僧無策可出，視靖項下有鎖，曰：「事已爾，姑爲啓鑰，使之飽食，且理家事，可乎？」鬼〔八〕許諾。前拔鎖，靖即起，如平常。然與僧纔異處，則復昏困，數日死。

富陽人吴興舉，舊爲吾家[九]僕，親見靖病及其死云。（據北京中華書局版何卓點校本南宋洪邁《夷堅甲志》卷一八）

〔一〕再　葉本作「轉」。

〔二〕免　葉本作「歸」。

〔三〕陳呼萬歲　《大明仁孝皇后勸善書》卷一八作「陳極苦哀告」，疑爲所改。

〔四〕紛紛　葉本作「紛喧」。

〔五〕無緒　葉本作「諂妄」。

〔六〕稍　《勸善書》作「梢」。稍，用同「梢」。

〔七〕不　原爲闕字，據葉本、阮本補。《勸善書》作「難」。

〔八〕鬼　此字原無，據葉本補。

〔九〕吾家　葉本作「楊」。

宋代傳奇集第五編卷五

邵昱水厄

洪　邁　撰

邵昱，徐州沛人，從其婦翁任信孺居衢州。紹興丁卯〔一〕，張巨山舍人嵲爲郡，端午日競渡，舟舫甚盛，郡人爭往浮石寺前浮橋上觀。昱先與數友入寺，既而獨還，行至橋半道，鐵纜中斷，船皆漂流，橋板片片分拆〔二〕，在前者數百人盡溺。昱已墜水，覺有物承其足，故項以上不沉。眼界恍惚，見同溺人乍出乍没，其形已變，或蟹首人身，或人首魚身，或如江豚黿鱉狀。橋柱下數大神，皆長可三丈，執鉞立。又兩大神，從雲端下，其一亦蟹首，一如鬼。神空中語曰：「三百人逐一點過。」顧昱曰：「汝是姓邵人，不合死。」掖而擲之破船上，僅得達岸。既歸，不敢語人。

明年，同任公如明州，過餘姚之象亭待潮，乃東登亭上觀題壁。有從後呼者曰：「君不易過得去年水厄，非素積陰德，何以致此？」昱回顧，乃一道人，甚頎偉，著白苧衫，色漆黑。昱曰：「先生豈非同脱此厄乎？何以知我？」其人不答，乃曰：「歲在癸酉，君當有重災，宜百事謹畏。或再相見，可免也。」昱識其異人，即下拜。纔起，道人已在平地，其行如飛，長髯縹縹，下拂腰股間，遂不見。

昱常懼不得免，兢兢自持。至癸酉歲，夢數卒荷轎至，邀入府，如張巨川平生時。行約十數里，天氣陰陰如欲雪。至一大城，有市井，遂舁之入。昱覺非衢州，又憶巨山已謝世，自意其死，甚慘沮。行至廷下，殿上垂簾，聞二人相對語。追者與俱至廊下，一吏持簿書入白，聞主者責怒曰：「何得妄追人？」一人曰：「韓君已得旨了。」吏復下，捧杯水欲噀昱面，傍人止之曰：「不可。如是，將出手不得。」吏無計，遂遣追者送昱回。轎行至深岸，前者足跌，驚寤，已雞唱矣。道人不復再見，昱亦無他。後九年，昱以任公守宣州差，捧表賀登極補官，改名侃。予親扣其詳如此。（據北京中華書局版何卓點校本南宋洪邁《夷堅甲志》卷一八）

〔一〕紹興丁卯　《勸善書》卷一作「紹興十九年」。紹興丁卯乃十七年。按：《勸善書》頗略，敘事多有不合，疑據他書。明佚名《夢學全書》卷一《夢有災厄》所記尤略，事亦有異。

〔二〕拆　影宋鈔本、阮本作「坼」。

沈持要登科

洪　邁　撰

沈持要樞，湖州安吉人。紹興十四年，婦兄范彦煇監登聞鼓院，邀赴國子監秋試。既至，則有旨：唯同族親乃得試，異姓無預也。范氏親戚有欲借助於沈者，欲令冒臨安户籍爲流寓，當召保官，其費二萬五千。沈不可，范氏挽留之，爲共出錢以集事。約已定，沈殊不樂。而湖州當以八月十五日引試，時相去纔二日耳，雖欲還，亦無及。是日晚，忽見室中長人數十，皆如神祇，叱之曰：「此非爾所居，宜速去。不然，將殺汝。」沈驚怖得疾，急遣僕者買舟歸。

行至河濱，見小舟，呼舟人平章之。曰：「我安吉人，販米至此，官方需船，不敢歸。若得一官人，當不取其僦直。然所欲載何人也？」曰：「沈秀才。」復詢其居，曰：「吾鄰也。雖病，不可不載。」即率舟中人共舁以登。薄暮出門，疾已脱然如失。十六日早，抵吴興城下，見白袍紛紛往來，問之，云：「昨日已入舉場，而試卷遇暴雨多沾漬，須易之，移十七日矣。」沈遂得趁試。所親者來賀曰：「徙日之事，特爲君設耳。」試罷，且揭牓，夢大雷震而覺。出庭中視之，月星粲然。心以爲惑，欲決之蓍龜。遲明，有占軌革者過門，筮之，得震卦。畫一婦人，病卧牀上，一人趨而前，旁書「奔」字，其詞有「龍化」之語。占者曰：「公占文書甚吉，但家内當有陰人病，然無傷也。」卜者出，報榜人已至，姓名曰賁勝音奔，沈中魁選。及還家，妻果卧疾。

明年赴省，以范爲考官，避入别院。一之日，試經義。且出，有廂部邏者，守之不去。時挾書假手之禁甚嚴，沈頗訝其相物色，曰：「何爲者？」曰：「見君篋中一二燭甚佳，非湖州者邪？若無用，幸見與。」沈悉以與之。次日，試詩賦，其人又來，曰：「適詣謄録所，見主司抄一試卷，至于五六，絶類君所書，必高捷。今夕勿遽畢，吾已設一次于户外矣。」沈意其欲得燭，又以贈之。受而還其一，曰：「請君留此以自照，三年一來，不可不致詳也。」晚出中門，引手招就坐，設一几，四顧無人。沈欲納卷出，挽使再讀，至《家藏孝經》詩，乃覺誤押兩「方」字，亟更焉。明日，入訪之，了不復見。始驗神人以其誤，委曲爲地也。是年，遂擢第。蓋旅中所見鄰人挐舟，雨污試卷，軌革之卜，邏者之言，皆有默相之者。異哉！（據北京中華書局版何卓點校本南宋洪邁《夷堅甲志》卷一九）

鄧安民獄

洪　邁　撰

邵博，字公濟，康節先生之孫，紹興二十年爲眉州守。郡有貴客，素以持郡縣長短通賕謝爲業，二千石來者多委曲結奉。邵雖外盡禮，而凡以事來請，輒不答，客銜之。會轉運副使吴君從襄陽來，多以襄人自隨，分屬州取俸給，邵獨不與。客知吴已怒，乃誣邵過惡數十條以啗。吴大喜，立劾奏之。未得報，即逮邵繫成都獄。司理參軍韓抃懦不能事，吴擇深刻吏僉判楊均主鞫之。時二十二年。眉州都監鄧安民，以謹力得邵意，主倉庾之出入。首録置獄中，數日掠死。其家乞收葬，不許，裸其尸驗之。邵懼，每問即承。如是十〔一〕月許，凡眉之吏民，連繫者數百，而死者且十〔二〕輩。提點刑獄縉雲周彦約縉知其冤，亟自嘉州親詣獄疏決，邵乃得出。閲實其罪無有也，但得其以酒餽游客，使〔三〕用官紙札過數等事。方具獄，楊生〔四〕即死，獄吏數人繼亡。

明年命下，邵坐貶三官，歸犍爲之西山。其秋，眉山士人史君，正燕處，有〔五〕人邀迎出門，從者百餘，皆繡衫花帽。馭卒鞚大馬，甚神駿，上馬絶馳，目不容啓。到一甲第，朱門三重洞開，馬從中〔六〕以入。史欲趨〔七〕至客次，馭者不可，徑造廳事。坐上緋緑人數十，皆揖史〔八〕居東向，辭曰：「身是布衣，安得對尊客如此？」其一人曰：「今日之事公爲政，何必辭之？」前〔九〕白曰：「帝召公治鄧安民獄，今未也。俟公登科畢，即奉迎矣。」史不獲已，就坐欠伸而寤。不爲家人言，密書之。

又明年，史赴廷試，過荆南。時吴君適帥荆，得疾，親見鬼物往來其前，避正堂不敢居，無幾而死。史調官還至夔峽，小疾，語同舟者曰：「吾當死。君今報吾家，令取去秋所書者觀之，可知也。」是夕果卒。又二年，所謂貴客者，暴亡于成都驛舍。又明年十一月，邵見安民露首持文書來白曰：「安民冤已得伸，陰獄已具，須公來證之，公無罪也。」指牘尾請書名。已而復進曰：「有名無押字，不可用。」邵又花書之，始去。邵知不免，盛具延親賓樂飲。踰六日，正食間，覺腸中微痛。卻去醫藥，具衣冠待盡，中夜卒。成都人周時字行可説。邵守眉日，行可爲青神令。（據北京中華書局版何卓點校本南宋洪邁《夷堅甲志》卷二〇）

〔一〕十　影宋鈔本作「半」。

〔二〕十　葉本作「十餘」。

〔三〕使　影宋鈔本、陸本作「及」。

〔四〕楊生　葉本作「楊均」。

〔五〕有　此字原無，據葉本補。
〔六〕中　葉本作「中道」。
〔七〕史欲趨　葉本作「吏欲邀」。
〔八〕史　葉本作「使」。
〔九〕前　此字上葉本多一「吏」字。

俠婦人

洪邁撰

董國度〔一〕，字元卿，饒州德興人。宣和六年登進士第，調萊州膠水縣主簿。會北邊動兵，留〔二〕家於鄉，獨處官下〔三〕。未幾，虜陷中原〔四〕，不得歸，棄官走村落，頗與逆旅主人相往來〔五〕。主人〔六〕憐其羈窮，爲買一妾，不知何許人也。性慧解，有姿色。見董貧，則以治生爲己任。罄家所有，買磨驢七八頭，麥數十斛。每得麵，自騎驢入城〔七〕鬻之，至晚負錢以歸。率數日一出。如是三年，獲利愈益多，有〔八〕田宅矣。

董與母妻隔闊滋久，消息杳不通，居閑〔九〕戚戚，意緒終不聊賴。妾數問故，董嬖愛已甚〔一〇〕，不復隱，爲言：「我故南官也。一家皆處鄉里，身獨漂泊，茫無還期。每一深念，幾心折欲死〔一一〕。」妾曰：「如是，何不早告我？我有兄，喜〔一二〕爲人謀事，旦夕且至，請爲君籌之。」旬日，果有估客，長身而虬髯，騎大馬，驅車十餘乘過門。妾曰：「吾兄也〔一三〕。」出迎拜。使董相見，叙姻連〔一四〕。留飲至夜，妾始言前日事以屬客。是時虜下令：宋官亡命許自言，匿不自言而被首者死。董業已漏泄，又疑兩人〔一五〕欲圖己，大悔懼，乃抵〔一六〕曰：「無之。」客奮髯〔一七〕怒且笑曰：「以女弟託質數年，相與如骨肉，故冒禁欲致君南歸，而見疑若此！脱中道有變，且累我，當取君告身與我以爲信。不然，天明縛君告官矣。」董益懼，自分必死，然無可奈何〔一八〕，探囊中文書悉與之。終夕涕泣，一聽客。

客去，明日控一馬來，曰：「行矣。」董呼妾與俱，妾曰：「適有故，須少留，明年當相尋。吾手製納〔一九〕袍以贈君，君謹服之。惟吾兄馬首所向。若反國，兄或舉數十萬錢爲饋，宜勿取。如不可卻，則舉袍示之。彼嘗受我恩，今送君歸，未足以報德，當復護我去。萬一受其獻，則彼責塞，無復顧我矣。善守此袍，毋失去也。」董愕然，怪其語不倫，且慮鄰里覺，即揮涕上馬。疾馳到東海〔二〇〕上。有大舟臨解維，客麾董使登，揖而別。舟遽南行，略無資糧道路之備〔二一〕，茫不知所爲。而舟中人奉視甚謹，具食食之，特不相問訊。纔達南岸，客已先在水濱。邀詣旗亭上，相勞苦。出黄金二十〔二二〕兩，曰：「以是爲太夫人壽。」董憶妾別時語，力拒之。客〔二三〕曰：「赤手還國，欲與妻子餓死耶？」强留金而出。董追及〔二四〕，示以袍，客駭笑曰：「吾智果出彼下。吾事殊未了，明年當挈君麗人來。」徑去，不反顧。

董至家，母妻與二子俱無恙。取袍示家人，俾縫綻處，黄色隱然，拆視之，滿中皆箔金也。既詣闕自理，得添差宜興尉。踰年，客果以妾至。董妻余氏故妬悍，雖知其夫以妾力獲反，不暇恤，遇之多亡狀，或加箠掠不少貸。董不能制，而自痛負妾，怏怏成疾。同年故人問其病，具以本末言。同年曰：「君亦不義矣！客與妾豈世間庸常人哉！殆書傳所載俠士也。受人恩能爲盡死，人或負之，則飛劍報仇，如殺狐兔耳。爲君計，獨有置諸别館，待之如二妻。君婦復不容，則以情白於朝，臨以君命，宜不敢。」董牽拘未決。妾一旦不告去。董喜且懼，常忽忽若有所亡〔二五〕。秦丞相與董有同陷虜之舊，爲追叙向來歲月，改京秩，幹辦諸軍審計。纔數月，忽病，瘰癧繞項如循環，因大咳，頭忽墜地，距妾去日曾不一年〔二六〕。秦令其母汪氏哀訴於朝，自宣教郎特贈朝奉郎，而官其子仲堪者。時紹興十年五月〔二七〕云。范致能〔二八〕説。（據北京中華書局版何卓點校本南宋洪邁《夷堅乙志》卷一）

〔一〕董國度　原作「董國慶」，影宋鈔本、阮本、祝允明抄《夷堅丁（乙）志》本（據張祝平《夷堅志論稿》）及《劍俠傳》卷四《俠婦人》、《廣豔異編》卷一三義俠部《雙俠傳》、《國色天香》卷九《俠婦人傳》、

《稗家粹編》卷一義俠部《俠婦人傳》、《情史》卷四情俠類《董國度妾》並作「董國度」。《夷堅志補》卷一四《解洵娶婦》亦云：「此蓋古劍俠，事甚與董國度相類云。」按《同治德興縣志》卷七《選舉志》進士題名，宣和六年甲辰沈晦榜中有董國度，注：「八。都人。授膠水尉。靖康被執北行，不降者十年。後航海歸，表云：『十年去國，宜乘海上之槎；一日還朝，誰識遼東之鶴。』上嘉其忠，特擢宣教郎。」知應作「度」，據改。

〔二〕留　祝本作「其」。

〔三〕下　葉本、《劍俠傳》、《廣豔異編》、《國色天香》、《稗家粹編》、《情史》作「所」。明鈔本譌作「丁」。

〔四〕未幾虜陷中原　原作「中原陷」，據祝本補三字。

〔五〕往來　《劍俠傳》、《廣豔異編》、《國色天香》、《稗家粹編》、《情史》作「得」。

〔六〕主人　此二字原無，據祝本補。

〔七〕城　《劍俠傳》、《廣豔異編》、《國色天香》、《稗家粹編》、《情史》作「市」。

〔八〕有　明鈔本作「買」。

〔九〕閑　《劍俠傳》、《廣豔異編》、《國色天香》、《稗家粹編》、《情史》作「常」。

〔一〇〕甚　《劍俠傳》、《廣豔異編》、《國色天香》、《稗家粹編》、《情史》作「深」。

〔一一〕幾心折欲死　「幾」祝本作「輒」。「折」《劍俠傳》、《廣豔異編》、《國色天香》、《稗家粹編》、《情史》作「亂」。

〔一二〕喜 《劍俠傳》、《廣豔異編》、《國色天香》、《稗家粹編》、《情史》作「善」。

〔一三〕也 《劍俠傳》、《廣豔異編》、《國色天香》、《稗家粹編》、《情史》作「至矣」。

〔一四〕姻連 《劍俠傳》、《廣豔異編》、《國色天香》、《稗家粹編》作「姻戚之禮」，《情史》「戚」作「親」。

〔一五〕兩人 祝本下有「謀」字。

〔一六〕抵 葉本及《劍俠傳》、《廣豔異編》、《國色天香》、《稗家粹編》作「紿」，《情史》作「詒」。

〔一七〕髯 《劍俠傳》、《廣豔異編》、《國色天香》、《稗家粹編》、《情史》作「然」。

〔一八〕然無可奈何 此句原無，據祝本補。

〔一九〕納 葉本及《劍俠傳》、《廣豔異編》、《國色天香》、《稗家粹編》、《情史》作「衲」，義同。

〔二〇〕東海 「東」字據祝本補。

〔二一〕備 葉本及《劍俠傳》、《廣豔異編》、《國色天香》、《稗家粹編》、《情史》作「費」。

〔二二〕十 祝本作「百」。

〔二三〕客 《劍俠傳》、《廣豔異編》、《國色天香》、《稗家粹編》、《情史》下有「不可」二字。

〔二四〕追及 《劍俠傳》、《廣豔異編》、《國色天香》、《稗家粹編》作「追挽之」，《情史》「挽」作「還」。

〔二五〕「董妻余氏故妬悍」至此 以上據祝本補。

〔二六〕忽病瘰癧繞項如循環因大咳頭忽墜地距妾去日曾不一年 以上二十四字據祝本補。原只作「卒」。

〔二七〕五月 影宋鈔本、阮本、陸本作「三月」。

〔二八〕范致能　「致」原作「至」。按：祝本作「范成大」。《宋史》卷三八六《范成大傳》：「范成大，字致能。」據改。

按：明人所編《劍俠傳》、《廣豔異編》、《國色天香》、《稗家粹編》、《情史》，末云：「踰年，客果以妾至（按：《情史》作『客果携妾而至』），偕老焉。」偕老之説爲原文所無，乃增飾之詞。

蔣教授

洪　邁　撰

永嘉人蔣教授〔一〕，紹興二年登科，得處州縉雲主簿。再調信州教授，還鄉待次。未至家百里，行山中，聞嶺上二人哭聲絶悲。至則一叟挾雙鬟女子，攔〔二〕道哭。蔣悽然問其故，叟曰：「從軍二十年，方得自便。不幸遇盜，挈我告身去。將往吏部料理〔三〕，非五十萬錢不可辦。甚愛此女，今割愛鬻之，行有日矣，故哭不忍捨。」蔣曰：「以我囊中物與叟，少緩此計，何如？」即舉餘裝贈之，纔直十萬。叟曰：「感君高義，然顧亡益也。」蔣曰：「叟果不見疑，當以女寄我歸，叟姑持此錢往臨安。事若不濟，還吾家取之。吾善視叟女，非敢以爲姬妾，勿憂也。」叟謝曰：「諾。」約明年暮春再相見。以女授蔣，拭淚而別。蔣下車載女，自策杖踵其後。

將至家，置女外館，獨入見母妻。妻周氏迎謂曰：「聞有隨車人，今安在？」蔣以實告。妻曰：「然則美事也，其成之何害？」使人喚女歸。蔣母柯氏，愛之如己子，夜則與同寢處。女間至外舍，與蔣戲，或相調謔。方初見時，猶常常女子，至是顏色日艷，嫣然美好矣。一夕，醉不自持，遂留與亂。而叟亦絶不至。臨赴官，妻不肯往，曰：「自有麗人，何用我？」柯夫人亦曰：「汝受人託子，而一旦若是，前程事可知矣。吾老，當死鄉里，不能隨汝也。」蔣力請不能得，竟獨與女之信州。

居數月，薄晚呼女櫛髮，女把櫛揮涕不止。問之不答，咄曰：「憶汝父邪？欲去邪？」女曰：「身非有所悲，悲主君耳。人壽不可料，今數且盡，願急作書〔四〕報君夫人。」蔣怒，罵之曰：「小兒女子，安得爲不祥語？」女曰：「事極〔五〕矣，過頃刻便不可爲，吾言不敢妄。」顧廷下小史，令取筆札。女倉卒收櫛，秉筆强蔣使書。蔣怒且笑曰：「所書當云何？」曰：「但言得暴疾，以今日死。」蔣不得已，寫十數字。復問曰：「汝那得知？」女忽變色，厲聲曰：「君知縉雲有英華者乎？我是也。」拊掌而滅。蔣隨即〔六〕仆地死，耳鼻口眼皆血流。小史見一狐自室中穿牖升屋而去。

人皆謂蔣爲義不終至此。或説，蔣初赴縉雲，人語以英華事，蔣曰：「必殺之。」到官數日，行圃後隙地，得巨井，磻石覆之。意怪處其下，命發視，見大白蚓長丈餘，粗若柱。引錐刺其首，蚓即失去。及信州之死，疑是物云。唐信道、蔣子禮説。（據北京中華書局版何卓點校本南宋洪邁《夷堅乙志》卷二）

〔一〕永嘉人蔣教授　祝本(題《異女子》)作「蔣善昭，字仲晦，永嘉人」。

〔二〕攔　《勸善書》卷一六作「闌」。闌，攔也。

〔三〕將往吏部料理　祝本作「將之銓曹科理」。

〔四〕急作書　《勸善書》作「作急書」。

〔五〕極　影宋鈔本、阮本、《勸善書》作「亟」。極，通「亟」，緊急。

〔六〕隨即　祝本作「震怖」。

承天寺

洪　邁　撰

滕愷，字南夫，婺源人。紹興五年登科，調信州司户。既赴官，夢往它郡，遊僧舍，牓曰「承天寺」。室宇甚壯，了無僧〔一〕居，獨老頭陀出應客，曰：「此寺乃本師所建。既成，以緣事未了，捨之游方，踰期不還，衆僧亦悉委去。惟某僅存，老病無力，不得供掃洒事也。」「去幾何時？」曰：「二十七年。」「何時當來？」曰：「今歲歸矣。」愷時春秋二十七，既悟，以爲不祥〔二〕。

會是年秋試，被檄〔三〕考校南康軍。至中塗，日薄晚，投宿民家。不肯容，指支徑小曲曰：「是間佛刹頗絜，士大夫來者多就館，盍過之？」行纔〔四〕數十步，果得野寺，視其額，則「承天寺〔五〕」也。入門寂然，廊廡殿宇凝塵如積。徘徊良久，但一人出，相與問答，全如夢中所言。愷戲登禪牀，作長老説法，以爲夢證已應，無他矣。既而導至上方，啓户拂榻，凡室中之藏，器玩巾裓，皆歷歷可識，始大惡之。不能留，强宿於旁舍，明晨去之。

自爾以來，精爽常鬱鬱。既入試闈，晝減食，夜忘睡，與同院交際，無復笑語。訝而問之，始告之故，曰：「吾恐死，安得有樂趣？」同院更出言諭解，莫能得。畢事即還，抵樂平驛，有道士上謁曰：「吾欲見户曹君。」小史入白，愷拒弗見。道士直入，睨愷曰：「急治行，後三日猶可與家人訣，緩則無及矣。」不揖而出。愷愈懼，走信〔六〕告其家，遂奄奄感疾。越三日，至德興，急招邑令相見，曰：「愷且死〔七〕，不暇與君語。路逢狂道士，言當命盡今日。設如其言，以身後事累公。」令曰：「安有此！君當勞苦成疾。吾歸，取酒飲君，同宿於是，勿懼也。」令甫上車，愷果死。

其兄純夫在鄉里，自得樂平書，已憂之。是日，徙倚門閒，望一僧頂暖帽策杖且來，謂爲庵中人，迎與語。僧不答，以袂蒙面，徑造南夫書室。就視，無人焉。純夫失聲泣，而外間報〔八〕德興奉愷喪至，以卧轎輿歸，首戴暖帽。則所見僧，蓋愷也。程泰之說。（據北京中華書局版何卓點校本南宋洪邁《夷堅乙志》卷二）

〔一〕僧　陸本作「借」，形譌也。

〔二〕以爲不祥　祝本（題《夢承天寺》）作「深惡之」。

〔三〕被襒　此二字原無，據祝本補。

〔四〕纔　此字原無，據祝本補。

〔五〕寺　此字原無，據祝本補。

〔六〕走信　祝本作「命一介持節」。

〔七〕死　原作「鬼」，據祝本、影宋鈔本、阮本改。

〔八〕外間報　此三字原無，據祝本補。

莫小孺人

洪　邁　撰

紹興十五年，許子中叔容自丹陽還烏墩，舟至奔牛，與前廣州鄭通判柩船同泊堰下。

日且暮，一紫衣吏自稱林提轄，求見曰：「某鄭氏之隸也。主君嬖妾莫氏，本烏墩莫知録〔一〕庶女。嫡母不容，方在孕時逐其母，女生於外舍。既長，遂爲人妾。會正室虚位，實主家事，號小孺人。主君死於南方，一子絶幼，不能歸，賴平江王侍郎㬇有契好，使人致其柩，欲菆諸境内僧舍中。家貲絶豐，莫氏悉有之，將從此歸其父。聞君居烏墩，幸爲達一書，使來相迎。」許曰：「諾。」行數十里，明日復會。林曰：「莫氏願一見君，祈爲先致囊橐。」許恐有他嫌，拒弗受。頃之又至曰：「書不暇作，但致此意於知録君足矣。」

許至家，他日詣知録君，告其事，驚云：「無有也。」居數月，許與中表高公儒遇，語及之。高驚曰：「吾幾墮其計中。」乃話所見。初，泊舟姑蘇館，亦值林生，其詞略同，末云：「莫氏欲歸其父，自念平生不相聞，且失身於人，必不見禮。欲嫁爲人婦，士大夫有所不可，而闤闠市井又非厥偶，思欲復入大家爲姬侍。其人顔色絶美，隨身貲財可直數千萬。使君頗有意乎？」高入謀諸妻，妻慕其貨，許納焉。林曰：「欲先見之否？」高喜，留飲酒，出立舷外以俟。少時，婦人青衣紅裳，步堤上，令童子以小青蓋障面，腰支綽約，容止閑暇，爲之心醉。林笑曰：「頗當君意否？然此良家子，難立券，君當稍致幣帛如聘禮，乃可。」即以綵一束授之。及暮而來曰：「約定矣。今悉舉橐中物置君舟，明日相見於某寺，然後成禮。」話未訖，負十餘篋來，皆金珠犀象沈麝之屬。

及期，林導高入寺，至一室户外，望簾間數女子笑語，紅裳者在焉。顧見外人，皆反走。林曰：「君少止，吾當先告語之。」入半日許，悄無復命。堂下誦經僧訝高久立，來問故，具以所見言。僧曰：「山寺冷落，安得有此？」高猶以爲妄，厲聲咄之。老僧自室中出，歎曰：「必此怪也，比頻有所睹。」引入視，則藏院後列殯宫十餘所，皆出木牌書主名，有曰「小孺人莫氏」，最後曰「提轄林承信」。方震駭走出，僕人奔報舟且没，繼一僕云：「舟幸無恙，而所寄之物皆非矣。」遽視之，犀象香藥盡白黑紙錢灰，所謂金珠器皿，蓋髑髏、獸骨、馬〔三〕牛糞也。二人所遇如此，高僅得脱耳。太學生錢之望説，未質於許也。（據北京中華書局版何卓點校本南宋洪邁《夷堅乙志》卷二）

〔二〕知録　《姬侍類偶》卷下《莫稱孺人》引《夷堅志》作「司法」，下同。按：知録，即知録事參軍事，與司法參軍事同爲州屬官。

〔三〕馬　此字原無，據影宋鈔本、阮本、陸本及《姬侍類偶》補。

趙士珖

洪　邁　撰

徐擇之丞相帥北京，有趙士珖者，其父仲葩嘗爲南外宗正，與丞相善〔一〕。士珖已調興仁通判，棄不赴，而挈其母妻如北京，求入莫府，遂爲安撫司幹辦公事。丞相之子敦義庚、敦濟康、敦立，皆與之游。居二年，士珖告病，未幾卒。時宣和七年三月也。諸徐白丞相爲治喪，且津置其母妻甚厚。又令小吏趙沂者護逆之至京師，菆其柩於奉聖寺。訖事，沂辭歸。

拜未起，覺肩背凜然，即被疾。纔還家，忽忽如狂，舉止語言皆士珖也。自言死後事，歷歷不忘，且呼其舊使令勞苦如乎〔二〕生。敦義素好奇，聞之，即遣信殷切問所須。小吏復作士珖語，鄭重致謝。索紙筆，爲書與三徐曰：「士珖不善攝生，以方壯之年，遽墮鬼録。荷公父子周卹之恩，不惟死骨得所歸，而老母弱子得還京師，無流落失所之歎。幽明雖異，寧不懷感，恨不得親謁公道此意耳。」紙尾書云：「上敦義學士、敦誼學士。」以敦濟爲敦誼。停筆久之，思敦立字不可得，又書「誼學士」三字。敦義讀訖驚歎。明日遣卒輿入府，至戟門，如有物迎遏之者，轎中語曰：「學士邀我來，非敢自至，何爲爾？」少焉，得入。至謁所，三徐出見之。吏坐轎中如故，望敦義慟哭叙謝。旁人指問爲誰，曰：「大學士也。」敦義問：「公爲誰？」曰：「趙士珖。」「字爲何？」曰：「潤老〔三〕。」「尊公名爲何？」曰：「巴。」不能言仲葩。「字爲何？」沉吟〔四〕移晷，曰：「與權。」而其父乃字茂實。敦義正悔與鬼語，欲其去〔五〕，乘其誤叱之曰：「爾乃下鬼憑附，非真趙撫幹也。豈有爲人子而不知父字者乎？」命速輿出。吏拊式〔六〕歎曰：「招我來，不見禮而相逐，無故人意如此，令我羞見他人。」

既還家，敦義意殊未快〔七〕，復折簡詢其死後在何地，有何人拘録，何以能來此，世間所傳禍福報應事果何似。吏曰：「所問事多，容我緩爲報。」索紙方欲下筆，忽號呼數聲，大書曰：「奉差我捉〔八〕去見天齊仁聖帝。」蹶然仆地。凡三日，吏乃甦。蓋鬼留者幾半月，其去也，人疑戟門神所劾，或恐泄陰間事，故云。敦義自是不再歲〔九〕亦亡。三徐皆與珖往來〔一〇〕，同一紙書，而敦濟、敦立獨不爲所記録，豈非壽禄未艾，黠鬼不能知其名字〔一一〕邪？士珖死時才三十七。敦立説。（據北京中華書局版何卓點校本南宋洪邁《夷堅乙志》卷二）

〔一〕徐擇之丞相帥北京有趙士珖者其父仲葩嘗爲南外宗正與丞相善　以上原作「徐擇之丞相居睢陽，與南外宗正仲葩善，洎帥」，校：「此下宋本闕一葉。」據祝本改。祝本「珖」作「侊」，下同。

〔二〕乎　疑當作「平」。

〔三〕「士珖已調興仁通判」至此　據祝本補。

〔四〕吟　祝本作「思」。

〔五〕欲其去　此三字據祝本補。

〔六〕拊式　祝本作「撫輈」。

〔七〕快　陸本作「伏」。

〔八〕捉　祝本作「提」。

〔九〕再歲　祝本作「二年」，意同。

〔一〇〕皆與珧往來　此五字據祝本補。

〔一一〕知其名字　原作「窺」，據祝本改。

王夫人齋僧

洪　邁　撰

宗室瓊王仲儡之子士周，娶王晉卿都尉孫女，少年時墮胎死。死二十有二年，當紹興丁丑，士周以復州防禦使奉朝請，居臨安糯米倉巷。歲五月十二日，天未曉，妾楊氏夢人促使起，曰：「天竺和尚且至。」既明，上竺僧中左來謁，曰：「被命飯僧，敢請其〔一〕意。」出池紙〔二〕貼子一，其辭云：「奉太尉台旨，十五日就本院齋僧一堂。承受使臣陳興押。」士周愕曰：「初未嘗有此意，而使令中亦無陳興者。」中左慙而退。

出門，遇中竺僧慶敷、靈隱僧了心，皆言以齋意來白，遂俱入復謁。士周方拒，其説未了，聞室〔三〕中喧呼。入視之，乃其子不騫之婢來喜者，爲物所憑，作王氏語，謂士周曰：

「無詰三僧，爲此事者乃我也。我以平生洗頭洗足分外用水，及費纏帛履襪之罪，陰府積穢水五大甕，令日飲之。乳母亦代我飲，纔盡三甕，又逐去，不使代我。我不堪其苦，欲求佛功德以自救，無由可得。聞瓊王主龍瑞宮，從者數百輩，平生姬侍，如萬恭人、王恭人、夏棋童輩，皆在左右，獨我以身污穢，不得前。近從它人假大衣特髻，方得入拜庭下。王憫我窮，以陳保義借我，故使散齋貼於三寺。我自爾請料錢三十千。時爲夫婦，今月俸十倍，忍不救我？」又喚一乳媪曰：「汝嘗見我，何不言？」媪曰：「前日實見夫人立太尉牀前，恐太尉懼，不敢説。」又責家人，以其女嫁胡氏，資送太薄，至於典衣而不能贖。又囑使嫁孀妹。已而大慟，且勸家人力爲善，勿殺生。其言切至，聞者皆悲泣。

士周許爲齋三寺僧，且於仙林寺設水陸。王氏頗喜，戲〔四〕曰：「爲我典錢作功德，無誦言於後也。」三僧言陳興者貌甚黑，衣四褑皂衫，持舊青蓋。人與之語，輒退避，供〔五〕茶設食，但舉而嗅之。初疑其飽，與錢二百，苦辭其半。又從監寺僧取知委狀而去，且告以士周所居，云：「如得錢分從者時，無須留待我，我今往平江矣。」士周即以錢授三寺。後兩夕〔六〕，來喜者復夢王氏云：「我今坐蓮花盆中，去不來矣。」龍瑞宮在會稽山下，瓊王疑爲其神云。張掄才父，王壻也，嘗見所書齋貼，爲予言之〔七〕。（據北京中華書局版何卓點校本南宋洪邁《夷堅乙志》卷三）

〔一〕其　葉本作「具」。

〔二〕池紙　葉本無「池」字。按：池紙乃池州所産紙張。米芾《書史》：「池紙匀，硾之易軟，少毛。」

〔三〕室　原譌作「空」，據葉本、影宋鈔本、阮本改。

〔四〕戲　葉本無此字。

〔五〕供　原作「飲」，據葉本改。

〔六〕夕　原作「月」，據葉本、影宋鈔本、阮本、陸本改。

〔七〕爲予言之　此句原無，據祝本補。

李劍國 輯校

宋代傳奇集

下册

中華書局

宋代傳奇集第五編卷六

張女對冥事

洪　邁　撰

妻父張淵道，自兵部侍郎奉祠，寓居無錫縣南禪寺。次女〔一〕已嫁梁元明，來歸寧。紹興己未正月七日，因遊惠山寺，食煎餅差冷，還家心痛。至夜遂劇，正睡落枕。元明扶之起坐，但淚下不語，指其口曰：「説不得。」問何所見，應曰：「張渥在此。」渥者，淵道叔也，死於兵間。後降靈其家，云爲泰山府直符走吏。意其爲祟，呼洞虚觀道士視之。道士取紙焚香作法，請家人共視，皆曰：「髣髴見紙上有影，如人戴幞頭者。」道士曰：「然則正神，非祟也。是必陰府追對事耳。」書符，使吞之。

天明稍甦，猶心痛，忽忽如癡，晚乃能言。云〔二〕始病時，有持符來牀下，云：「官追汝。」女曰：「我士大夫家女子，何得輒喚？」曰：「陽間如此，陰府不問也。」便覺身隨此人去。至寺後牆門，欲出，一人長丈許〔三〕，推之入〔四〕，責〔五〕追者曰：「張侍郎小娘子，爾何人，而得呼之〔六〕？」追者不答〔七〕，則身已在〔八〕牆外。有兜檐〔九〕甚飾，使登焉〔一〇〕，兩人肩舁。約行數百里，又度錢塘江。久之，入一大府，朱門明煥，上施大金釘，殿屋九間，皆垂簾，其中三間簾捲。王者紅袍碧玉冠，坐其上。追者前白：「公事到。」王竦身凭案立，問曰：「張相公在陝西殺趙哲，汝父爲參議官，預其事否？」女欲言不知，恐累父，答云：「初不預謀，亦曾諫，不見聽。」王曰：「諫而不聽，何不去？」答曰：「嘗求一郡，不得請。」王顧左右，令詣司供狀。

方對答時，望西廡一人，側聽而笑，東廡亦有一人，皆狀貌堂堂。既詣曹，曹吏指曰：「笑者乃趙哲，其東則曲端也。」吏以下皆長一丈，戴鐵幞頭，著褐布袍，具筆札，令女爲狀。且曰：「當追長子，以其不慧，故免。」蓋淵道長子通，自幼多病，不解事。俄持盤食來，甚豐。或曰：「不可食，食則不得歸矣。」廡下各列門户，或榜云「鑊湯地獄」，或榜云「剉碓地獄」。其室甚多，皆扃鐍〔二〕，不見人。遥見故姻家宋氏母，據案相望而笑。傍人云：「見判善部。」須臾供狀畢，王命放還。無復轎乘，獨隨追者〔三〕。行及江頭，見貴人公服乘馬，導從甚盛，問人，云吕相公也。是時吕忠穆公已卧病，後一月始薨，蓋其魄兆先逝矣。

（據北京中華書局版何卓點校本南宋洪邁《夷堅乙志》卷五）

〔一〕次女 《勸善書》卷七下有「自幼好念佛號」六字。按：《勸善書》録之《夷堅志》，文句大都相合，疑爲原文，下同。

〔二〕云　此字原無，據《勸善書》補。

〔三〕一人長丈許　《勸善書》作「有一人金身，長丈六許」。

〔四〕推之入　《勸善書》無此三字。

〔五〕責　《勸善書》作「語」。

〔六〕爾何人而得呼之　《勸善書》作「吾弟子，爾往來善爲護衛」。

〔七〕不答　《勸善書》作「再拜聽命」。

〔八〕則身已在　《勸善書》作「既出」。

〔九〕檐　《勸善書》作「轎」。

〔一〇〕使登焉　《勸善書》作「追者使我登焉」。

〔一一〕鐍　《勸善書》下注「古穴切」三字。

〔一二〕無復轎乘獨隨追者　《勸善書》作「前追者復以轎乘見送」。

袁州獄

洪　邁　撰

向待制子長久中，元符中爲袁州司理。考試南安軍，與新昌令黄某并别州鄭判官二人〔一〕俱，畢事且還。鄭君有女弟，嫁爲宜春郡官妻，欲與向同如袁。而黃令者前三年〔二〕實爲袁理官，以故二人邀與偕往。黃不可，鄭强之，且笑曰：「公遽能忘情於煙花中人乎？」黃不得已，亦同塗，然意中殊不樂。

逮至，又欲止城外，向力挽入官舍。坐定，向將入省二親，揖之就便室，黃如不聞，即其側〔三〕呼之，瞪目不答。俄指向所用銅槃曰：「其價幾何？可輟〔四〕買否？」向得其發言，頗喜，顧小史令持往所館，問之曰：「此常物爾，何遽爲〔五〕？」曰：「將置吾棺中。」向始疑懼，引其手使少憩，亦不動。亟招鄭君同視之，掖以就榻。少頃，發聲大呼，若痛不可忍，遂洞泄血利〔六〕，穢滿一室。登榻復下，號叫通夕不少止。向與鄭同辭告曰：「君疾勢殊不佳，盍有以見屬？」黃頷首，曰：「願見母妻。」

向即日爲書，走馹步如新昌，告其家。又語之曰：「君本不欲來，徒以吾二人故。今病如是，尊夫人脱未能來，而君或不起，是吾二人殺君也，何以自明？願君力疾告我所以不欲來，及危惙〔七〕如此之狀。」黃開目傾聽，忍痛言曰：「吾官于此時，宜春尉遣弓手三人，買雞豚于村墅，閲四十日不歸。三人之妻訴于郡，郡守與尉有舊好，令尉自爲計。尉紿白府曰：『部内有盜起，已得其根株窟穴所在。遣三人者往偵，恐其徒泄此謀，姑以買物爲名。久而不還，是殆斃於賊手。願合諸邑求盜吏卒共捕之。』守然其言。尉自將以往，留山間兩月，無以復命。適村民四輩耕于野，貌蠢甚。使從吏持錢二萬招之，與語曰：『三弓手爲盜所殺，尉來逐捕，久不獲，不得歸。倩汝四人詐爲盜以應命，他日案成，名爲處斬，實不過受杖十數，即釋汝。汝曹貧若此，今各得五千錢，以與妻孥，且無性命之憂，何不可者？汝若至有司，如問汝殺人，但應曰有之，則飽食坐獄，計日脱歸矣。』四人許之，遂執縛詣縣。

「會縣令闕，司户攝其事。劾囚，服實如尉言。送府，吾適主治之，無異詞，乃具獄上憲臺，得報皆斬。既擇日赴市矣，吾視四人者皆無兇狀，意其或否，屏獄吏，以情詰之，皆曰不寃。吾又摘語之曰：『汝等果爾，明日當斬首。身首一分，不可復續矣。』囚相顧泣下，曰：『初以爲死且復生，歸家得錢用，不知果死也。』始具言其故。吾大驚，悉挺〔八〕其縛。尉已伺知之，密白守曰：『獄掾受囚賂，導之上〔九〕變。』明日吾入府白事，守盛怒，叱使下曰：『君治獄已竟，上諸外臺閲實矣，乃受賄賂，妄欲改變邪？』吾曰：『既得其寃，安敢不爲辨？』守無可奈何，移獄于録曹，又移于縣，不能決。法當復申憲臺，別置獄，守曰：『如是，則一郡失入之罪衆〔一〇〕矣。安有已論決而復變者？』悉取移獄辭焚之，但以付理院，使如初款。吾引義固爭，累十數日不得直。遂謁告郡守，令司户嘗攝邑者代吾事。臨欲殺囚，守復悔曰：『若黄司理不書獄〔一一〕，異時必訟我于朝矣〔一二〕。』令同官相鐫〔一三〕諭曰：『囚必死，君雖固執亦無益。今强爲書名于牘尾，人人知事出郡將〔一四〕，君何罪焉？』

吾黽俛書押，四人遂死。越二日，黃〔一五〕衣人持挺〔一六〕押二縣吏來追院中二吏，曰：『急取案。』吏方云云，黃衣以挺擊之。四吏俱入舍不出，吾自往視，舍門元未啓，望其中，案牘橫陳。逡巡，四吏皆暴卒。又數日，攝令死。尉用他賞改秩，已去官，亦死。而郡守中風不起。相去纔四十日。

「吾一日退食，見四囚拜于下曰：『某等枉死，訴于上帝，得請矣。欲逮公，吾懇曰：「所以知此寃而獲吐者，黃司理力也。今七人已死，足償微命，乞勿追竟。」帝曰：「使此人不書押，則汝四人不死。汝四人死，本於一押字。原情定罪，此人其首也。」某等哭拜天廷，凡四十九日，始許展三年。』即揎〔一七〕袴露膝，流血穿漏〔一八〕，曰〔一九〕：『拜不已，至於此。』又曰：『大限若滿，當來此地相尋。』又拜而去。吾適入門，四囚已先在，云：『候伺已久。』恐過期，且令亟取母妻與訣別。吾所以不欲來者，以此故爾。今復何言！」

向曰：「鬼安在？」黃指曰：「皆拱立于此。」向與鄭設席焚香，具衣冠拜禱曰：「爾四人明靈若此，黃君將死，勢無脱理，既許其與母妻訣，何必加以重疾，令痛苦若此哉？」禱畢，黃喜曰：「鬼聽公矣。」痛即止，利不復作，然厭厭無生意。又旬日，告向曰：「吾母已來，幸爲我辨肩輿出迎。」向曰：「所遺卒猶未還，安得遽至？」曰：「四人者已來告。」遂出，果相遇于院門之外，褰簾一揖而絕。向樂平人，其子元伯侍郎説。（據北京中華書局版何卓點

校本南宋洪邁《夷堅乙志》卷六）

〔一〕二人　原作「三人」，據影宋鈔本改。

〔二〕三年　影宋鈔本、阮本作「二年」，誤。下文作「始許展三年」。

〔三〕側　葉本作「前」。

〔四〕輟　《勸善書》卷一八作「轉」。

〔五〕爲　葉本作「言價」，《勸善書》作「問之」。

〔六〕利　《勸善書》作「痢」，下同。利，通「痢」。

〔七〕危慨　影宋鈔本、《勸善書》「危」作「厄」。

〔八〕挺　葉本作「去」，明鈔本作「縱」，《勸善書》作「解」。挺，解綁。

〔九〕上　葉本作「生」。

〔一〇〕衆　葉本作「成」。

〔一一〕獄　葉本作「判」。

〔一二〕矣　葉本作「廷」。

〔一三〕鐫　葉本作「勸」。鐫，勸也。

〔一四〕將　葉本作「守」。

〔一五〕黄　《勸善書》避嫌改作「皂」，下同。按：編者徐妙雲乃明成祖皇后。他處亦常改「黄衣」爲「青衣」。
〔一六〕挺　《勸善書》作「梃」，下同。挺，通「梃」，棍棒。
〔一七〕即揎　葉本作「却捲」。
〔一八〕漏　葉本作「破」。
〔一九〕曰　原譌作「日」，據影宋鈔本、阮本、陸本、《勸善書》改。

畢令女

洪　邁　撰

路時中，字當可。以符籙治鬼，著名士大夫間，目曰路真官。常齎鬼公案自隨。建炎元年，自都城東下，至靈壁縣。縣令畢造已受代，檥舟未發。聞路君至，來謁曰：「家有仲女，爲鬼所禍。前後迎道人、法師治之，翻爲所辱駡，至或遭箠去者。今病益深，非真官不能救，願辱臨舟中一視之。」路諾許。

入舟坐定，病女徑起，著衣出拜，凝〔一〕立於旁，略無病態，津津有喜色。曰：「大姐得見真官，天與之幸。平生壹鬱不得吐，今見真官，敢一一陳之。大姐乃前來媽媽所生，二姐則今媽媽所生也。恃母鍾愛，每事相陵侮。頃居京師，有人來議婚事。垂就，唯須金釵一雙，二姐執不與，竟不成昏，心鞅鞅〔二〕以死。死後冥司以命未盡，不復拘録，魂魄漂揺無所歸。遇九天玄女出遊，憐其枉，授以祕法。法欲成，又爲二姐壞了。大姐不幸，生死爲此妹〔三〕所困，今須與之俱逝，以償至〔四〕冤，且以謝九天玄女也。真官但當爲人治祟，我〔五〕有冤欲報，勢不可已，願真官勿復言。」路君沉思良久，曰：「其詞强正〔六〕。」顧畢令曰：「君當自以善力禱謝之，法不可治也。」女忽仆地，掖起之，復困憊如初。蓋出拜者，乃二姐之身，而其言則大姐之言〔七〕也，死已數年矣。

明日，二姐殂。路君來，弔〔八〕其父曰：「昨日之事，曲折吾所不曉。而玄女授法，乃死後事，二姐何以得壞之？君家必有影響，幸無隱，在我法中，當洞知其本末。」畢令曰：「向固有一異事，今而思之，必此也。長女既亡，葬於京城外僧寺。當寒食掃祭，舉家盡往。葬室之側，有士人居焉，出而扃其户。家人偶啓封，入房窺觀，仲女見案上銅鏡，呼曰：『此大姐柩中物，何以在此？必劫也。』吾以爲物有相類，且京師貨此者甚多。仲女力爭曰：『買鏡時，姊妹各得其一，鞶結襯緣，皆出我手。所用紙，某官謁刺也。』視之信然。方嗟歎，而士人歸，怒曰：『貧士寓舍，有何可觀？不告而入，何理也？』仲女曰：『汝發墓〔九〕取物，姦〔一〇〕贓具在，吾來擒盜耳。』遂縛之。士人乃言：『半年前夜坐讀書，有女子扣户，曰：「爲阿姑譴怒，逐使歸父母家。家在城中，無從可還〔一一〕，願見容一夕。」泣訴甚切。不獲已納之，繾綣情通〔一二〕。自是每夕必至，或白晝亦來。一日，方臨水掠鬢，女見而笑曰：「無鏡耶？我適有之。」遂取以相餉，即此物也。時時攜衣服去補治，獨不肯説爲誰家人。咋日見語曰：「明日我家與親賓聚會，須相周旋，不得到君所，後夜當復來。」遂去。今晨獨處無悰〔一三〕，故散步野外以遣日，不虞君之涉吾地也。』吾家聞之皆悲泣，獨仲女曰：『此郎固妄言，必發驗乃可。』走往殯所，蹤跡之，其後有罅，可容手。啓甎見棺，大釘皆拔起寸餘。及撤蓋板，則長女正疊足坐，縫男子頭巾。自腰以下，肉皆新生，膚理温軟，腰以上猶是枯腊〔一四〕。始悔恨，復掩之，釋士人使去。自是及今，蓋三年餘矣。所謂玄女之説，豈非道家所謂回骸起死，必得生人與久處，便可復活邪？事既彰露，不可復續，而白發其事，皆出仲女。所謂壞其法者，豈此邪？」

路君亦爲之驚咤。道出山陽，以語郭同升。升之子沰説〔一五〕。造字以道〔一六〕。（據北京中華書局版何卓點校本南宋洪邁《夷堅乙志》卷七）

〔一一〕凝　明鈔本作「迎」。

〔一二〕鞅鞅　《勸善書》卷一六作「怏怏」。鞅，通「怏」。按：《勸善書》極略，纔百餘字。

〔一三〕妹　葉本作「婢」。按：婢，此爲侮辭。

〔四〕至　葉本作「我」。

〔五〕我　此字原無，據葉本補。

〔六〕正　此字原無，據葉本補。

〔七〕之言　葉本作「聲」。

〔八〕弔　明鈔本作「謂」。

〔九〕墓　葉本作「棺」。

〔一〇〕姦　葉本作「真」。

〔一一〕無從可還　此四字葉本作「遠不可去」。

〔一二〕通　葉本作「密」。

〔一三〕無悰　葉本作「無聊」。無悰，無情緒。

〔一四〕腊　原譌作「脂」，據阮本改。腊，乾肉也。

〔一五〕升之子沔説　此五字疑當爲小字注。

〔一六〕以道　明鈔本作「子道」。

西内骨灰獄

洪　邁　撰

政和四年，有旨修西内，命京西轉運司董其役。轉運使王某坐科擾，爲河南尹蔡安持劾罷，起徽猷閣待制宋君於服中，以爲都轉運使。免判常程文書，專以修宮室爲職。宋鋭於立事，數以語督同列曰：「速成之，醲賞可立得也。」轉運判官孫晛，獨以役大不可成，戲答曰：「公聞狐壻虎之説乎？狐有女擇壻，得虎焉。成禮之夕，儐者祝之曰：『願早生五男二女。』狐拱立曰：『五男二女非敢望，但早放卻臊命爲幸耳。』今日之事，正類此也。」宋不樂，晛即引疾罷去。凡宫城廣袤十六里，創立御廊四百四十間，殿宇丹漆之飾猥多，率以趣辦。需牛骨和灰，不能給。洛城外二十里，有千人冢數十丘，幹官韓生獻計曰：「是皆無主朽骴，發而焚之，其骨不可勝用矣。自王漕時已用此。」宋然之。管幹官成州刺史郭璉〔一〕容、佐使臣彭玘十餘人，皆幸集事，舉無異詞。宋以功除顯謨閣學士，召爲殿中監而卒。

宣和中，孫晛病死，至泰山府，外門榜曰「清夷之門」。獄吏捽以入，令供滅族狀。孫曰：「我何罪？」殿上厲聲曰：「發洛陽古冢以幸賞，乃汝也，安得諱？」孫請與諸人對。望兩囚荷鐵校，立廡下，各有一卒持鐵扇障其面，時時揮之。扇上皆施釘，血流被體。引至前，乃宋、王二君也。猶與相撐拄，孫歷舉狐虎之説，及所以去官狀，廷下人皆大笑。兩人屈服去。孫復甦。他日，韓生亦夢，如孫所見者。供狀畢，將引退，仰而言曰：「某罪不勝誅，但先祖魏公，有大勳勞於宗社，不應坐一孫而赤族。」主者凝思良久，曰：「只供滅房狀。」乃如之。自是數月死，不一歲妻子皆盡，今唯取同宗之子以繼云。

予聞此事於臨川人吳虎臣曾，吳得之韓子蒼。予以國史院簡策參之，得其歲月、官職如此。邵武李郁光祖云：「有朝士亦以是役進秩。後居鄧州，得異疾，疽生於臀，長寸許，中有骨焉，不可坐卧。醫以藥齕之，久而墜地，拳曲如小豬尾。數日又如故，復以前法治之。如是歲餘，凡落三十六節，乃死。」王日嚴云：「宋君初與官屬議，或以爲不便。宋入宅思之，必欲行，自批一紙，出付司。孔目官某慮異時爲人所訟，以所批黏入牘中。後數年，冥府攝對獄，見牛頭卒引一人，從烈焰出，乃宋也。孔目訴曰：『事皆由待制，手筆尚存。』王者敕一卒往取，頃刻即至。以示宋，宋引伏，孔目者乃得歸。明日詣曹，閱故牘，首尾千百番皆在，獨失宋批矣。遂以病自列去吏，歸而棄家，爲苦行道者。」（據北京中華書局版何卓點校本南宋洪邁《夷堅乙志》卷七）

〔一〕璉　原作「漣」，據影宋鈔本、阮本、陸本改。

秀州司録廳

洪　邁　撰

秀州司録廳多怪，常有著青巾布袍，形短而〔一〕廣，行步遲重者。又有婦人，每夜輒出，惑打更吏卒者。先公居官時，伯兄丞相方九歲，白晝如有所見，張目瞪視，連稱「水三」〔二〕，移時方蘇。後兩日，公晚自郡歸，侍妾執公服在後，忽大呼仆地。公素聞鬼畏革帶，即取以縛妾，扶置牀。久之，乃言曰：「此人素侮鬼神，適右手持一物，甚可畏，謂帶也。我不敢近。却不知我從左邊來，方幸擒執，又爲官人打鍾馗陣留我。我即去，願勿相苦。」問：「汝何人？」不肯言。至於再三，乃曰：「我嘉興縣農人支九也。與鄉人水三者，兩家九口，皆以前年水災漂餓，方官賑濟活人時，獨〔三〕已先死。今居於宅後大樹上，前日小官人所見，乃水三也。」

公曰：「吾事真武甚靈，又有佛像及土地、竈神之屬，汝安得輒至〔四〕？」曰：「佛是善神，不管閑事。真聖每夜被髪杖劍，飛行屋上，我謹避之耳。宅後土地，不甚振職。唯宅前小廟，每見輒戒責。適入廚中，司命問：『何處去？』答曰：『閑行。』叱曰：『不得作過。』曰：『不敢。』遂得至此。」公曰：「常時出者二物爲何？」曰：「青巾者，石精也，稱爲石大郎，正在書院窗外籬下入地三尺許。婦人者秦二娘，居此久矣。」公曰：「吾每月朔望，以紙錢供大〔五〕土地，何爲反容外鬼？汝爲我往問，明日當毁其祠。」曰：「官豈不曉？雖有錢用，奈腹中飢餒何！我入人家有所得，必分以遺之，故相容至今。」默默〔六〕食頃，復言曰：「已如所戒，白之土地，怒我饒舌，以杖驅我出。」公曰：「曾見吾家廟祖先否？」曰：「每時節享祀，必往觀，聞飲食芬芬，欲食不得。列位中亦有虚席者，唯一黄衫夫人，見我必怒。」又使往覘，俄氣喘色變。徐乃言曰：「方及門，爲夫人持杖追逐，急反走，僅得脱。」所謂夫人者，曾祖母紀國也。公問所須，曰：「鬼趣〔七〕苦飢，願得一飽饌，好酒肥鵝，與衆人共之，無如常時以瘦雞相待也。」

語畢，竦然傾耳，如有人呼之，遽曰：「土地震怒，逐我兩家出。今〔八〕暫止城頭，無所歸託，願急放我歸，自此不敢復來矣。」乃解其帶。妾昏睡，經日乃醒。（據北京中華書局版何卓點校本南宋洪邁《夷堅乙志》卷八）

〔一〕而　葉本作「面」。

〔二〕連稱水三　「連」字原無，據影宋鈔本、阮本、陸本補。「水三」原作「水水」，明鈔本作「水三」。按：下文云「與鄉人水三者」，「前日小官人所見乃水三也」，是應作「水三」，據改。

〔三〕獨　葉本作「皆」。

〔四〕汝安得輒至　葉本作「汝不畏乎」。

〔五〕大　葉本作「獻」。

〔六〕默默　葉本作「如此」。

〔七〕趣　葉本、影宋鈔本、陸本作「輒」。按：趣，道也。佛教稱地獄、畜生、鬼、人、天五道輪回，又曰五趣。

〔八〕今　葉本作「令」。

胡氏子

洪　邁　撰

舒州人胡永孚説：其叔父頃爲蜀中倅，至官數日，季子適後圃，見牆隅小屋，垂箔若神祠。有老兵出拜曰：「前通判之女，年十八歲，未適人而死，葬此下。今去而官于某矣〔一〕。」問容貌何似，曰：「老兵無所識。聞諸倡言，自前後太守以至餘官，諸家所見婦人，未有如此女之美者。」胡子方弱冠，未授室，聞之心動，指几上香火曰：「此亦太冷落〔二〕。」明日，取熏爐、花壺往爲供，私酌酒奠之，心摇摇然，冀幸得一見。自是日日往，精誠之極，發於夢寐，凡兩月餘。

他日，又往焉。屋簾微動，若有人呼嘯聲。俄一女子袨服出，光麗動人。胡子心知所謂，徑前就之。女曰：「無用懼我，我乃室中人也。感子眷眷，是以一來。」胡驚喜欲狂，即與偕入室，夜分乃去。自是日〔三〕以爲常，讀書〔四〕盡廢，家人少見其面，亦不復窺園。唯精爽消鑠〔五〕，飲食益〔六〕損。父母竊〔七〕憂之，密以扣宿直小兵，云：「夜〔八〕與人切切笑語。」

呼問子，子不敢諱，以實告。父母曰：「此鬼也，當爲汝治之〔九〕。」子曰：「不然。相接以來，初頗爲疑。今有日矣，察其起居上下，言語動息，無少分不與人同者〔一〇〕，安得爲鬼？」父母曰：「然則有何異？」曰：「但每設食時，未嘗下箸，只飲酒啖果實而已。」父母曰：「俟其復至，使〔一一〕之食，吾當自觀之。」

子反室而女至，命具食延〔一二〕之，至於再三，不可，曰：「常時來往無所礙，今食此，則身有所著，欲歸不得矣。」子又强之，不得已一舉箸。父母從外入，女矍起，將避匿而形不能隱，踧踖慙窘，泣拜謝罪。胡氏盡室環之〔一三〕，問其情狀，曰：「亦自不能覺，向者意欲來則來，欲去則去，不謂今若此。」又問曰：「既不能去，今爲人邪，鬼邪？」曰：「身在也〔一四〕，留則爲人矣。有如不信，請發瘞驗之。」如其言破冢，見柩有隙可容指，中空空然。

胡氏皆〔一五〕大喜，曰：「冥數如此，是當爲吾家婦。」爲改館於外，擇謹厚婢服事，走介告其家，且納幣焉。女父遣長子與家人來視：「真吾女也。」遂成禮而去。後生男女數人云。今尚存，女姓趙氏。李德遠說，忘其州名及胡氏子名。（據北京中華書局版何卓點校本南宋洪邁《夷堅乙志》卷九）

〔一〕今去而官于某矣　葉本作「今其父去官於某處矣」，《廣豔異編》卷九情感部《胡氏子》，《情史》卷八情感類《胡氏子》引《夷堅志》同。

〔二〕指几上香火曰此亦太冷落　《廣豔異編》作「指几上香火曰：此香火亦大冷落」。《情史》前一「香火」作「香爐」，餘同。

〔三〕自是日　《廣豔異編》、《情史》作「且復至」。

〔四〕讀書　葉本、《廣豔異編》、《情史》作「課業」。

〔五〕消鑠　《廣豔異編》、《情史》作「憔悴」。

〔六〕益　葉本、《廣豔異編》、《情史》作「減」。

〔七〕竊　《廣豔異編》、《情史》作「深」。

〔八〕夜　《廣豔異編》、《情史》作「夜聞」。

〔九〕當爲汝治之　《情史》末有「乎」字。

〔一〇〕無少分不與人同者　《廣豔異編》、《情史》作「與人無分毫異」。

〔一一〕使　《廣豔異編》、《情史》作「強」。

〔一二〕延　葉本、《廣豔異編》、《情史》作「強」。

〔一三〕之　明鈔本、《廣豔異編》、《情史》作「視」。

〔一四〕也　《廣豔異編》、《情史》作「此」。

〔一五〕皆　《廣豔異編》、《情史》作「乃」。

八段錦

洪邁撰

政和七年，李似矩彌大爲起居郎。有欲爲親事官者，兩省員額素窄，不能容，却之使去。其人曰：「家自有生業，可活妻子。得爲〔一〕守闕在左右，無以俸爲也。」乃許之。早朝晏出，未嘗頃刻輒委去〔二〕，雖休沐日亦然。朝晡飲膳，無人曾窺見其處者。似矩嘉其謹，呼勞之曰：「臺省親事官，名爲取送〔三〕，每下馬歸宅，則散去不顧矣。况後省冷落，爾曹所棄，今獨如是，何也？」曰：「性不喜游嬉，且已爲皂隸，於事當爾。」

似矩素於聲色簡薄，多獨止外舍，傚方士熊經鳥申之術，得之甚喜。自是令席於牀下，正睡熟時，呼之無不應。嘗以夜半時起坐，嘘吸按摩，行所謂八段錦者。此人於屏後笑不止，怪之，詰其故，對曰：「愚鈍村野，目所未見，不覺笑耳，非有他也。」後夜復然，似矩謂爲玩己，叱曰：「我學長生安樂法，汝既不曉，胡爲屢笑？」此人但謝過。既而至于三，其笑如初。始疑之，下牀正容而問曰：「自爾之來，我固知其與衆異。今所以〔四〕笑，必有說，願明以告我。」對曰：「愚人耳，何所解？」固問之，踟躕良久，乃言曰：「吾非逐食庸庸者流。吾之師，嵩山王真人也。愍世俗學道趨真者益少，欲得淳朴端敬〔五〕之士教誨之，使我至京洛求訪，三年〔六〕于此矣。昨見舍人於馬上，風儀洒落〔七〕，似有道骨〔八〕可教，故託身〔九〕爲役，驗所營爲。比觀夜中所行，蓋速死之道，而以爲長生安樂法，豈不大可笑歟？」

似矩聽其言，面熱汗下。具衣冠，向之再拜，事以師禮，此人立受不辭。坐定，似矩拱手問道，此人略授以大指。至要妙處，則曰：「是事非吾所能及也，當爲君歸報王先生，以半歲爲期，復來矣。」凌晨，不告而去。明年五月，似矩出知光州，終身不再見。沈度公雅說。

（據北京中華書局版何卓點校本南宋洪邁《夷堅乙志》卷九）

〔一〕得爲　《汴京勼異記》卷四《異事》引《夷堅志》作「幸得」。
〔二〕輒委去　《汴京勼異記》作「離」。
〔三〕取送　《汴京勼異記》作「伴送」。
〔四〕所以　《汴京勼異記》作「屢」。
〔五〕敬　《汴京勼異記》作「謹」。
〔六〕三年　影宋鈔本作「二年」。
〔七〕洒落　《汴京勼異記》作「蕭灑」。
〔八〕骨　《汴京勼異記》作「質」。

〔九〕身　《汴京知異記》作「迹」。

張鋭醫

洪　邁　撰

成州團練使張鋭，字子剛〔一〕，以醫知名，居鄭州。政和中，蔡魯公之孫婦有娠，及期而病，國醫皆以爲陽證傷寒，懼胎之墮，不敢投涼劑。魯公密信邀鋭來〔二〕，鋭曰：「兒處胞十月，將生矣，何藥之能敗？」如〔三〕常法與藥，且使倍服。半日兒生，病亦失去。明日，婦大泄不止，而喉痺〔四〕不入食。衆醫交指〔五〕其疵，且曰：「二疾如冰炭，又産蓐甫爾〔六〕，雖扁鵲復生，無活理也〔七〕。」鋭曰：「無庸憂，將使即日愈。」取藥〔八〕數十粒，使吞之，咽喉即平〔九〕，泄〔一〇〕亦止。逮滿月，魯公開宴，自諸子諸孫及女婦〔一一〕甥壻，合六十人，請鋭爲客。公親酌酒爲壽，曰：「君之術通神，吾不敢知。敢問一藥而治兩疾，何也？」鋭曰：「此於經無所載，特以意處之。向者所用，乃附子理中圓〔一二〕，裹以紫雪耳。方喉閉不通，非至寒藥不爲用，既已下咽，則消釋無餘，其得至腹中者，附子力也，故一服而兩疾愈。」公大加歎異，盡斂席上金匕箸遺之。

慕容彦逢〔一三〕爲起居舍人，時母夫人病，亦召鋭於鄭，至則死矣。時方暑〔一四〕，鋭欲入視，慕容不忍，意其欲求錢，乃曰：「道路之費，當悉奉償，不煩入也。」銳曰：「傷寒法，有死一晝夜復生者，何惜一視？」不得已延入〔一五〕。銳揭面帛注視，呼仵匠語之曰：「若嘗見夏月死者面色赤乎？」曰：「無。」「口開乎？」曰：「無。」「然則汗不出而蹶耳，不死也，無亟殮。」趨出取藥，命以水二升煮其半，灌病者，戒曰：「善守之。」至夜半大瀉，則活矣。銳舍於外館，夜半時，守病者覺有聲勃勃然，遺矢已滿席，出穢惡物斗餘。一家盡喜，敲門呼銳，銳應曰：「吾今日體困，不能起，然亦不必起，明日方可進藥也。」天且明，徑命駕歸鄭〔一六〕。慕容詣其室，但留平胃散一貼而已。母服之，數日良愈。蓋銳忿求錢之疑〔一七〕，故不告而去。

紹興中入蜀〔一八〕，王秬叔堅問之曰：「公之術，古所謂十全者，幾是歟？」曰：「未也，僅能七八耳。吾長子病，診脈察色，皆爲熱極。命煮承氣湯，欲飲之。且飲復疑，至于再三。將遂飲，有如掣吾肘者。姑持盃以待，兒忽發顫悸，覆綿衾至四五始稍定，汗下如洗，明日而脱然。使吾藥入口，則死矣，安得爲造妙？世之庸醫，學方書未知萬一，自以爲足，吁！可懼哉！」王秬叔堅説。（據北京中華書局版何卓點校本南宋洪邁《夷堅乙志》卷一〇）

〔一〕剛　《醫説》卷二《神醫·以醫知名》引《夷堅志》作「綱」。

〔二〕密信邀鋭來　《醫説》、《歷代名醫蒙求》卷下《張鋭兩治》引《夷堅志》作「密邀鋭視之」。

〔三〕如　《醫説》、《歷代名醫蒙求》、《名醫類案》卷一一《胎産併病》引《夷堅志》作「即以」。

〔四〕痺　《醫説》、《歷代名醫蒙求》、《名醫類案》作「閉」。

〔五〕交指　《醫説》、《歷代名醫蒙求》作「復指言」，《名醫類案》作「復指」。

〔六〕爾　《醫説》、《名醫類案》作「近」。

〔七〕雖扁鵲復生無活理也　《名醫類案》作「雖司命無若之何」。

〔八〕取藥　《醫説》上有「乃入室」三字，《歷代名醫蒙求》、《名醫類案》作「乃」。

〔九〕平　《醫説》、《名醫類案》作「通」。

〔一〇〕泄　《醫説》、《名醫類案》作「下泄」。

〔一一〕女婦　《醫説》作「婦女」。

〔一二〕圓　《醫説》、《名醫類案》作「丸」，《歷代名醫蒙求》作「元」。「元」同「圓」，丸也。

〔一三〕慕容彦逢　《醫説》上有「刑部尚書」四字。按：《靖康要録》卷一及《三朝北盟會編》卷二二八：「（政和）六年四月，以禮部尚書白時中、刑部尚書慕容彦逢爲賓客。」

〔一四〕時方暑　《醫説》作「時方六月暑，將就木」。

〔一五〕不得已延入　《醫説》作「彦逢不得已，自延入，悲哭不止」。

〔一六〕徑命駕歸鄭　《醫説》作「出門，若將便旋，然徑命駕歸鄭」。

〔一七〕 蓋鋭忿求錢之疑 《醫説》作「蓋鋭以彦逢有求錢之疑」。
〔一八〕 入蜀 《醫説》上有「流落」二字。

真州異僧

洪 邁 撰

金華范茂載渭，建炎二年，以秀州通判權江淮發運司幹官，官舍在儀真。方劇賊張遇寇淮甸，民間正讙〔一〕。范泊家舟中，而日詣曹治事。其妻張夫人，平生躭信佛教。每游僧及門，目所見物悉與之，不少吝。郡有僧，鳴鐃鈸行乞于岸，呼曰：「泗州有箇張和尚，緣化〔二〕錢修外羅城。」張邀至舟所，僧於袖間出雕刻木人十許枚，指之曰：「此爲僧伽大聖，此爲木叉，此爲善財，此爲土地。」命之笑，則木人欣然啓齒，面有喜色。取一兒枕鼓而寢者以與張，曰：「此僧伽初生時像也。」又以藥一粒授張，戒使吞之。張施以紫紗、皂絹各一匹。僧甫去，范君適從外來，次子以告。問何在，曰：「未遠。」遣人追及，將折困之，僧殊不動容。索紙，書「十」字者三〔三〕，又書「九」字及「徐」字于下，以付范，即去。張氏取藥欲服，而其大如彈丸，不可吞，乃命婢磨碎，調以湯而飲之。明日僧復至，問曰：「曾餌吾藥否？」以實對。僧歎咤曰：「何不竟吞之，而碎吾藥？然亦無害也。」

後兩日，賊船數百渡江而南，將犯京口。最後十餘船，獨回泊真州，殺人肆掠。是時岸下舟多不可計，舳艫相銜，跬步不得動。范氏之人無長少皆登津散走，張以積病不能行，與一女并妾宜奴者三人不去，但默誦「救苦觀世音菩薩」。時正月十四日也。一賊登舟，從蓬背揕〔四〕矛入，當張坐處，所覆緜衾四重皆穿透，刃自腋下過，無所損。賊跳入〔五〕中，又舉矛刺之，出兩股之間，亦無傷焉。賊驚異，釋仗〔六〕問曰：「汝有何術至是？」曰：「我以産後得病，故待死於此，但誦佛耳，安得有〔七〕術哉！家藏金銀一小篋，持以相贈，幸捨我。」賊取之，而留其衣服，曰：「以爲買粥費。」去未久，又一賊來，持火藥罐發之，欲焚其舟。未及發而器墜水中，亦捨去。俄頃兩岸火大起，延及水中。范氏舟纜已爇斷，如有牽挽者，由千萬艘間無人自行，出大江，茫不知東西，唯宜奴扶柁，夷猶任所向。及天明，則在揚州矣。范之弟茂直爲司農丞，從車駕行在，即挈取之。是日，一家十四口，數處奔迸，並集于揚，不失一人，方悟碎藥無害之説。使如僧言呑之，當無驚散之苦矣。

范歸鄉，因溺水被疾而殂，正年三十九，葬于婺，買山于徐家，盡與紙上字合。僧不復見，而所留木兒亦不能動。其後張夫人沉痾去體，壽七十乃終。其子元卿端臣説〔七〕。（據北京中華書局版何卓點校本南宋洪邁《夷堅乙志》卷一二）

〔一〕讙　原作「驩」，《勸善書》卷一二作「讙」，據改。讙，喧譁。驩，通「歡」，蓋「讙」字形譌。葉本作「喧然」。

〔二〕緣化　葉本作「化緣」。按：緣化即化緣。《勸善書》亦作「緣化」。南宋趙汝愚《宋名臣奏議》卷一二八《方域門·營造》何郯《上仁宗乞罷修竇相寺》：「臣伏聞朝廷近有指揮以竇相寺昨遭焚蕩，許令寺僧緣化修葺。」

〔三〕三　原作「二」，葉本作「三」。按：下文言范殂正年三十九，是應作「三」，據改。

〔四〕揕　《勸善書》作「探」。揕，刺也。

〔五〕入　此下疑脱一字。葉本作「舟」，當誤，賊已登舟，不得再入舟中。

〔六〕仗　明鈔本作「之」。

〔六〕有　此字原無，據明鈔本補。

〔七〕其子元卿端臣説　此句疑當爲小字注文。

宋代傳奇集第五編卷七

武夷道人

洪 邁 撰

建州崇安縣武夷山，境像幽絶，中臨清溪，盤折九曲。游者泛舟其下，仰望極目。道流但指言古跡所在，云莫有登之者。紹興初，有道人至沖佑觀，獨欲深〔一〕入訪洞天。經數月，尋歷殆遍，無所遇。忽於山崦間得草庵，有道姑屏處，長眉紅頰，旁無侍女。問其來故，謂曰：「洞天有名無形，相傳如是，吾處此久矣，不見也。」道人曰：「業欲一往，要當盡此身尋之。」

時天色陰翳，日已暮，姑邀宿庵中。道人謝曰：「子婦人獨居，於義不可。」曰：「非有他也，兹地多虎狼，恐或傷君耳。」竟不肯入，危坐於户外。夜未久，果有虎咆哮來前，姑急開門呼之，答曰：「寧死於虎，決不入。」少焉又增一虎，嗥嘯愈甚，姑又語之曰：「此兩黑虎性慈仁，餘皆搏人不遺力，君將爲虀粉矣。」道人守前説，不爲動。俄而五虎同集，銜其頭足以往，纔十數步，擲於坡下而去。體無少損，遂堅坐達明。姑延入坐，嘉歎曰：「子有志如此，非我所及。洞天蓋去此不遠，然尚隔深淵。淵闊十餘丈，驚湍怒流，但一竿竹横其上，非身生羽翼不可過。亦時時有雙髻樵人往來，子試往，幸而相遇，當拜而問塗，不然無策也。」

既至，溪流洶湧崩騰，木石皆振，弱竹裊裊，不可著脚。適逢樵者出，乃前再拜。樵者矍然退避曰：「山中野人，采薪以供家，安敢當此！」具以所欲拱白之。樵始祕不言，既而曰：「誰爲君道此？」曰：「聞諸菴中女。」樵怒曰：「多口老婆，妄泄吾事。」令道人閉目，挽其衣以行。覺如騰虚空，雲龍出没，澒洞兩耳間。既履地，乃在平岡上，宫殿崔嵬，金鋪玉户。一人碧冠朱履，顧左右曰：「安得有凡氣？」道人趨出稽首，碧冠叱曰：「誰引汝來？」以樵者告。碧冠曰：「洞天乃高仙所聚，汝何人，乃得輒至？」即遣追至前，袒其背，以鐵拄杖鞭之三百六十，血肉分離，骨破髓出，道人亦戰懼。碧冠曰：「貰汝罪，宜速回。積行累功，他時或可來。」命取水一杓飲之，中有胡麻飯一顆。飲水畢嚼飯，咀嚥移時，僅能食三之一，腹已大飽。碧冠笑曰：「汝食吾飯，一粒尚不能盡，豈得居此？」遂還。

至崖下，見被杖者呻痛草間，曰：「坐汝至此，吾方被謫墮，不知經幾百刧，乃得釋。汝去矣。」歸塗不復見溪，安步長林，而足常去地寸許。回望高山深谷，窅非昨境，道姑與庵亦失其處。遂棲于巖石中，至今猶在。黄元道七八年前曾見之，云山東人也。（據北京

中華書局版何卓點校本南宋洪邁《夷堅乙志》卷一二）

〔一〕深　影宋鈔本、阮本、陸本作「罙」。罙，古字「深」。

按：據《乙志》下篇《龍泉張氏子》注，此事乃黄達真説。

九華天仙

洪　邁　撰

紹興九年，張淵道侍郎家居無錫縣南禪寺。其女請大仙，忽書曰「九華天仙降」。問爲誰，曰：「世人所謂巫山神女者是也。」賦《惜奴嬌》大曲一篇，凡九闋。其一曰〔一〕：「瑶闕瓊宫，高枕巫山十二。睹瞿塘、千載灩灩雲濤沸。異景無窮好，閑吟滿酌金巵。憶前時，楚襄王、曾來夢中相會。吾正鬢亂釵横，斂霞衣雲縷。向前低揖，問我仙職。桃杏遍開，緑草萋萋鋪地。燕子來時，向巫山、朝朝行雨暮行雲。有閑時，只恁畫堂高枕。」《瑶臺景》第二：「繞繞雲梯，上徹青霄霞外。與諸仙同飲，鎮長春醉。虎嘯猿吟，碧桃香異風飄細。希奇，想人間、難識這般滋味。姮娥奏樂簫韶，有仙音異品，自然清脆。遏住行雲不敢飛，空凝滯。好是波瀾澄湛，一溪香水。」《蓬萊景》第三：「山染青螺縹渺，人間難陟。有珠珍光照，晝夜無休息。仙景無極，欲言時，汝等何知。且修心，要觀游、亦非大段難易。下俯浮生，尚自爭名逐利。豈不省，來歲擾擾兵戈起。天慘雲愁，念時衰，如何是。使我輩、終日蓬宮下淚。」《勸人》第四：「再啓諸公，百歲還如電急，高名顯位瞬息爾。泛水輕漚，霎那間、難久立。晝燭當風裏，安能久之？速往茅峰，割愛休名避世。等功成，須有上真相引指。放死求生，施良藥，功無比。千萬記，此箇奇方第一。」《王母宮食蟠桃》第五：「方結實纍纍。翠枝交映，蟠桃顆顆，仙味真香美。遂命雙成，持靈刀割來耳〔二〕。服一粒，令我延年萬歲。堪笑東方，便起私心盜餌。使宮中仙伴，遞互相尤殢。無奈雙成，向王母高陳之。遂指方，偷了蟠桃是你。」《玉清宮》第六：「紫雲絳靄，高擁瑶砌。曉〔三〕光中，無限部〔四〕列，肅整天仙隊。又有殊音欲舉，聲還止。朝罷時、亦有清香飄世。玉駕纔興，高上真仙盡退。有瓊花如雪，散漫飛空裏。玉女金童，捧丹文，傳仙誨。撫諸仙，早起勞卿過耳。」《扶桑宮》第七：「光陰奇，扶桑宮裏。日月常晝，風物鮮明可愛，無陰晦。大帝頻鑒於瑶池，朱欄外、乘鳳飛。教主開顏命醉，寶樂齊吹，盡是瓊姿天妓。每三杯，須用聖母親來揖。異果名花幾千般，香盈袂。意欲歸，卻乘鸞車鳳翼。」《太清宮》第八：「顯煥明霞，萬丈祥雲高布。望仙官、衣帶曳曳臨香砌。玉獸齊焚，滿高穹、盤龍勢。

大帝起，玉女金童遍侍。奉勑宣言，甚荷諸仙厚意。復回奏，感恩頓首皆躬袂。奏畢還宮，尚依然雲霞密，奇更異。非我君，何聞耳？」《歸》第九：「吾歸矣，仙宮久離。洞户無人管之，專俟吾歸。欲要開金燧，千萬頻修己〔五〕。言訖無忘之，哩囉哩。此去無由再至，事冗難言，爾輩須能自會。汝之言，還便是如吾意。大抵方寸平平，無憂耳。雖改易之，愁何畏！」詞成，文不加點。又大書曰：「吾且歸。」遂去。

明日，別有一人，自稱歌曲仙，曰：「昨夕巫山神女見招，云在君家作詞，慮有不協律處，令吾潤色之。」及閱視，但改數字而已。其第三篇所云「來歲擾擾兵戈起」，時虜人方歸河南，人以此説爲不然。明年，淵道自祠官起提舉秦司茶馬，度淮而北，至鄭陽，虜兵大至，蒼黃奔歸，盡室幾不免，河南復陷。考詞中之句，神其知之矣。（據北京中華書局版何卓點校本南宋洪邁《夷堅乙志》卷一三）

〔一〕其一曰　此與以下八闋之名，影宋鈔本及阮本作虚字，陸本作黑底白字，點校本皆括以括號，今皆改。

〔二〕耳　原爲闕字，陸本作「耳」，據補。阮本作「凹」，譌。

〔三〕曉　原爲闕字，據陸本補。

〔四〕部　原作「剖」，疑譌，據影宋鈔本、阮本改。
〔五〕己　原作「已」，當爲「己」字之譌，今改。

宣州孟郎中

洪　邁　撰

乾道元年七月，婺源石田村汪氏僕王十五，正耘于田，忽僵仆。家人至，視之死矣。舁歸舍，尚有微喘，不敢殮。凡八日復甦，云：「初在田中，望十餘人自西來，皆著道服，所賫有箱篋、大扇。方注視，便爲捽着地上，加毆擊，驅令荷擔行。至縣五侯廟，有一人具冠帶出，結束若今通引官，傳侯旨，問：『來何所須？』答曰：『當於婺源行瘟。』冠帶者入，復出曰：『侯不可〔一〕。』趣令急去。其人猶遷延，俄聞廟中傳呼曰：『不即行，別有處分。』遂捨去。入嶽廟，復遭逐。乃從浙嶺適休寧縣，謁城隍及英濟王廟，所言如婺源，皆不許。遂至徽州，遍走三廟，亦不許。

「十人者〔二〕慘沮不樂，迤邐之宣州。入一大祠，才及門，數人已出迎，若先知其來者。相見大喜，入白神，神許諾，仍敕健步〔三〕偏報所屬土地，且假一鬼爲導，自北門孟郎中家始。既至，以所賫物藏竈下，運大木，立寨柵于外，若今營壘然。逮旦，各執其物巡行堂中。二子先出，椎其腦，即仆地。次遇僕婢輩，或擊或扇，無不應手而隕。凡留兩日〔四〕。其徒一人入報，西南火光起，恐救兵至。亟相率登陴，望火所來，彍弩射之，即滅。又二日，復報營外火光屬天，暨登陴，則已大熾，焚其栅立盡。不及措手，遂各潰散。獨我在，悟身已死，尋故道以歸，乃活。」

里人汪賡，新調廣德軍簽判，見其事。其妹壻余永觀適爲宣城尉，即遣書詢之，云：「孟生〔五〕乃醫者，七月間闔門大疫，自二子始，婢妾死者二人。招村巫治之，方作法，巫自得疾，歸而死。孟氏悉集一城師巫，併力禳禬，始愈。蓋所謂火焚其栅者，此也。」是歲浙西民疫禍不勝計，獨江東無事，歙之神可謂仁矣。石田人汪拱説，王十五〔六〕乃其家僕也。（據北京中華書局版何卓點校本南宋洪邁《夷堅乙志》卷一七）

〔一〕可　葉本作「許」。

〔二〕者　葉本作「皆」。

〔三〕健步　葉本作「急足」。

〔四〕日　此字原闕，據葉本、陸本補。阮本作「月」，誤。

〔五〕生　葉本作「氏」。

〔六〕王十五　原作「王十三」，據前文改。

女鬼惑仇鐸

洪　邁　撰

紫姑神，類多假託，或能害人，予所聞見者屢矣。今紀近事一節，以爲後生戒。

天台士人仇鐸者，本待制寓〔一〕之族派也。浮游江淮，壯年未娶。乾道元年秋，數數延紫姑求詩詞，諷翫不去口，遂爲所惑。晨夕繳繞之不捨〔二〕，必欲見真形爲夫婦〔三〕，又將託〔四〕於夢想。鐸雖已迷〔五〕，然尚畏死，猶自力拒之。鬼相隨愈密，至把其手以作字，不煩運箕也。同行者〔六〕知之，懼其不免，因出遊泰州市，徑與入城隍神祠，焚香代訴。始入廟，鐸兩齒相擊，已有恐栗之狀。暨還舍，即索紙，爲婦人對事，具述本末，辭殊褻冗。今删取其大略云：「大宋國東京城内四聖觀前居住弟子紀三六郎名爽，妻張氏三六娘，行年三十三歲〔七〕，辛酉年三月十一日巳時降生，癸巳年三月十四日死。是年九月，見吕先生於箕口，得導養之術。自後周遊四海，於今年八月三日過高郵軍，見台州進士仇鐸在延洪寺塔院内請蓬萊大島真仙。爲愛本人年少，遂降箕筆詐稱：『我姊妹在蓬萊山，承子供養，今日降汝。汝宜至誠，不得妄想，我當長降於汝。』又旬日，來往益熟，不合舉意寫媟語誘鐸。又説將來有宰相分，以此惑亂其心。

「十七日到泰州，要與相見，不許。又要入夢，亦不許。遂告鐸云：『汝父恨汝不孝，焚章奏天上〔八〕，天〔九〕降旨，三日内有雷震汝。宜多設茶果香燭，稽首乞命，我當爲汝祈天免禍。』又索《度人經》萬卷，『三年之後，要與汝爲夫妻。』意欲鐸恐懼從己〔一〇〕。又僞稱吕翁在門，令來日未明，來東門外石墳側相見。鐸欲往赴，爲衆人挽住。又寫『雲房』兩字，使鐸食乳香半兩，冀狂渴赴水死。至於引頭擊柱，用破磁敗面，皆不死。遂稱『天神已降，將燒汝左臂』。令鐸入稾薦中，伏於牀下，作吕翁救解之言曰：『天神幸以吕巖故，赦此人。此人若死，巖不復爲神仙。』如是經兩時久，不能殺鐸。至晚，方與鐸言：『我非蓬〔一一〕仙，是白犬精。今日代汝震死〔一二〕，永爲下鬼，宜以杯酒敍别。』明日又來云：『我乃興化阿母〔一三〕山白蛇精，從前所殺三千七百餘人矣。』衆人招法師來，欲見治，又降鐸曰：『我只畏龍虎山張天師，餘人不畏也。』緣三六娘本意，躭著〔一四〕仇鐸，迷而不返，須要纏繞本人，損其性命。今爲鐸訴于本郡城隍，奏天治罪，伏蒙取責文狀，所供並是詣實〔一五〕。如後異同，甘伏重憲。」

其所書凡千五百字，即日録焚之。鐸後三日始醒，蓋爲所困幾一月。婦人自稱死於癸巳歲，至是時已五十三年矣，鬼趣亦久矣哉！（據北京中華書局版何卓點校本南宋洪邁《夷堅乙志》卷一七）

〔一〕寓　《廣豔異編》卷三五鬼部《仇鐸》作「寓」。
〔二〕繳繞之不捨　《廣豔異編》作「瑩爲」。
〔三〕必欲見真形爲夫婦　《廣豔異編》作「必欲一覩真形，冀爲淫慾」。
〔四〕將託　《廣豔異編》作「每求」。
〔五〕已迷　《廣豔異編》作「迷於纏繞」。
〔六〕同行者　《廣豔異編》作「同侶」。
〔七〕三十三歲　《廣豔異編》作「三十二歲」。按：張三六娘辛酉年生，即元豐四年（一〇八一），癸巳年死，即政和三年（一一一三），虛歲三十三，作三十二歲誤。
〔八〕天上　《廣豔異編》作「上天」。
〔九〕天　《廣豔異編》作「天帝」。
〔一〇〕己　原作「已」，當譌，今改。《廣豔異編》作「言」。
〔一一〕蓬　葉本、《廣豔異編》作「蓬萊」。
〔一二〕代汝震死　葉本、《廣豔異編》作「代汝曹」。
〔一三〕母　葉本、《廣豔異編》作「姥」。姥，音「母」，老婦也。
〔一四〕著　葉本、《廣豔異編》作「戀」。
〔一五〕詣實　葉本、《廣豔異編》作「的實」。按：《史通》卷五《載文》：「唯王劭撰《齊》、《隋》二史，其所取也，文皆詣實，理多可信。」

張淡道人

洪　邁　撰

衢州人徐逢原，居郡之峽山。少年時好與方外人處，有張淡道人過之，留館其門。巾服蕭然，唯著青巾夾道衣，中無所有，雖盛冬不益也。每月夕，則攜鐵笛入山間吹之，徹曉乃止。逢原學《易》，嘗閉户揲大衍數，不得其法。張隔室呼之曰：「一秀才，此非君所解，明當語子。」明日，授以軌析算步之術，凡人生死日時與什器、草木、禽畜成壞壽夭，皆可坐致，持以驗之，不少差。最好飲酒，時時入市竟日，必酣醉乃返。而囊無一錢，人皆云能燒銀以自給。逢原欲測其量，召善飲者四人，更迭與飲，自朝至暮，皆大醉，張元自如。夜入室中，外人望見其倒立壁下，以足掛壁，散髮置瓦盆内，酒從髮際滴瀝而出。逢原之祖德詮，年七十餘矣，張曰：「十八翁明年五月有大厄，速用我法禳禬，可復延十歲。」徐氏不信，以爲道人善以言相恐，勿聽也。語纔出口，張已知之，即捨去，入城中羅漢寺。明〔二〕年五月，德詮病，逢原始往請之，不肯行，果死。

其徒有頭陁一人，又祕藏紙畫牛一頭，每與客戲，則取圖掛壁，剉生草其旁。良久，草或食盡，或齮齕過半，遺糞在地，可掃也。後以牛與頭陁，而令買火麻四十九斤，紐爲大索，囑之曰：「吾將死，死時勿棺殮，只以索從肩至足通纏之，掘寺後空地爲坎埋我，過七日輒一發視。」頭陁謹奉戒，既死七日，發其穴，面色如渥丹。至四十九日，凡七發，但餘麻縆在，并敗履一雙，尸空空矣。

逢原嘗贈之詩曰：「鐵笛愛吹風月夜，夾衣能禦雪霜天。伊予試問行年看，笑指松筠未是堅。」張以匹絹大書之，筆蹟甚偉。又以匹絹書汞法授逢原。逢原死，鄉人多求所書法，其子夢良不欲泄，舉而焚之。軌析之術，徐氏子孫略知其大概，而不精矣。逢原孫欽鄰說。

（據北京中華書局版何卓點校本南宋洪邁《夷堅乙志》卷一八）

〔一〕明　原譌作「時」，據影宋鈔本、阮本改。

趙小哥

洪　邁　撰

泉州通判李端彦說：紹興十六年，在秀州識道人趙小哥者，字進道。嘗隸兵籍，不知名，自云居咸平縣。狀貌短小，目視荒荒，有白膜蒙其上。尋常能以果實草木治人病，其所用物，蓋非方書所傳。或以冷水調燕支末療痔疾，或以狗尾草療沙石淋，皆隨手輒愈。喜飲酒，醉後略能談人禍福事。通判朱君館之舟中，因熱疾沉困，發狂躍入水，偶落漁罔中，救出之，汗被體，即蘇。

後三年，來臨安上省吏孫敏脩家，適卧病，不食七日，吐利垂死。有二走卒持洪州趙都監書，來市民陶婆家，報趙道人死于洪，蓋平時皆與厚善者。陶曰：「道人固無恙，正爾在孫中奉宅。」遽同往問訊。趙既聞之，亟起出，若未嘗病者。二人大駭，拜之不已。趙但默誦《真誥》中語，殊不答其說，即往後市街常知班家。好事者爭焚香致敬，趙拱手凝目，時舉手上下，不措一詞。逮夜，外人散去，其家遣一子侍直。至曉，前後門悉開，已不知所在。

久之，復歸湖上，過李氏墳庵，與端彦相見，塵垢盈體，若遠涉萬里狀。問所往，不肯言，但云：「前者爲人所戹苦，且避之，今不敢再入城矣。」半年，又告去，曰：「此地疫起，吾當治藥救人去，一年然後歸。」端彦問曰：「君爲道人，亦畏疫癘乎？」曰：「天災豈可不避！」自是還往浸闊。

紹興三十年，又來臨安，館于馬軍王小將家。進奏官劉某以風痺求醫，教以薄荷汁搜附子末服之。劉餌之過度，遂死。其子歸咎，欲訟于有司。趙曰：「不須爾。」取所餘藥盡服之，亦死。王氏爲買棺，殮而瘞諸小堰門外。役者封坎畢，還憩門側粥肆中，見趙在前呼，揖曰：「甚苦諸君見送。」衆人異之，急返窆處，啓其柩，空無一物矣。（據北京中華書局版何卓點校本南宋洪邁《夷堅乙志》卷一八）

青童神君

洪　邁　撰

龍大淵深父始事潛邸時，得傷寒疾，越五日而汗不出，膝下冷氣徹骨，舌端生白膏。醫者束手，以爲惡證。是夕，灼艾罷，昏寢。夢若至諸天闕下，四顧無人，獨仲子乳母在傍。方竚立，有騶導從東來，相續數百輩，身皆長大，著淡素寬袍。巾車〔一〕垂簾，色盡白，杳杳望西北方去。行聲稍絶，又有繼其後者，侍衛皆青衣女童，各執芙蓉花，麾纛旂幢，夾列左右。一人乘輅，如王者，戴捲雲玉冠，被青衣，兩綬自頂垂至腰，縹縹然。容貌清整，微有鬚，似十三四歲男子。深父望之，以手加額。

輅既過，一女童招深父使前，顧曰：「識車中尊神乎？曾施敬否？」曰：「車過速，僅得舉首〔二〕瞻仰耳。」曰：「甚善，甚善。此青童神君也。使子遇白輿中人，已成虀粉。然當再回，不可不避。」以手中花予深父，顧其後武士，令導往對街雙闔門，曰：「宜亟入，徐則及禍。」趨至門，門内人問曰：「用何物爲驗？」示以花，即引使入。乳媪繼進，户者止之，武士取花房下小蔦置其手，亦得入。遂登高樓，樓施楯檻，檻外飛閣繚繞，躡虛而成，四望極目。少選，白輿從西北轔轔復來，前後素衣紛紜，漸化爲白氣一道，長數百丈，霹靂從中起，聲震太空，望東北而去。凡所經亘，室屋垣牆，山阜林木，不以巨細高卑，在坑在谷，皆爲微塵，獨門内樓檻，屹立不動。

深父悸不自定，俯瞰閣下，澄潭瑩澈，如大圓鏡。正窺水小立，有人擠之，墜潭中，蹶然而寤，汗流浹膚。鐘既鳴矣，急呼其子記神名，設香火位。詰朝益愈，方能言其事。道士云：「此東海青童君也。白車者，疑爲蓐收白虎之屬。」吁！可畏哉！（據北京中華書局版何卓點校本南宋洪邁《夷堅乙志》卷一八）

〔一〕巾車　原作「中車」，當誤，據陸本改。巾車，有帷幕之車。陶淵明《歸去來兮辭》：「或命巾車，或棹孤舟。」

〔二〕首　影宋鈔本、阮本作「手」，當誤。

賈成之

洪　邁　撰

賈成之者，寶文閣學士讜之子，通判橫州。有吏材，負氣不肯處人下。太守鄱陽王翰不與校，以郡事付之，得其歡心，凡同寮四年。而後守趙持來，始至即與賈立敵，盡捕通判群吏械于獄，必令列其官不法事。吏不勝笞掠，强誣服，云：「通判每納經制銀，率取耗什三以入己。」持以告轉運判官朱玘，玘知其不然，移檄罷其獄，且召賈入莫〔一〕府。

持慮爲己害，與所善鄧教授謀，遣軍校黃賜采毒草于外，合爲藥，而具酒延賈。中席更衣，呼其子以藥授官奴阮玉，投酒中，捧以爲壽。寧浦令劉儼時在坐。酒入賈口，便覺腸胃掣痛，眼鼻血流。急命駕歸，及家，已冥冥。妻子環坐哭，賈開目曰：「勿哭。我落人先手，輸了性命。不用經有司，吾當下訴陰府，遠則五日，近以三日爲期，先取趙持，次取鄧某，然後及儼、玉輩。」經夕而死。臨入棺，頭面皆坼裂。

郡人見通判騎從如常日儀，趨詣府。閽者入白，持涔然如斗水沃體。明日，出視事，未至廳屏，有撒沙自上而下，每著身處，皆成火燃。典客立于傍，一沙濺之，亦遭灼。良久乃止。又明日，坐堂上，小孫八九歲，方戲劇，驚曰：「賈通判掣翁翁頭巾颺空去。」持摸其首，則巾乃在地上。遂得病，時時拊膺曰：「節級緩縛我，待教授來，我即去。」越三日死，時乾道元年七月也。

鄧教授考試象州，與監試簽判王粲然、試官盧覺參語，忽起，與人揖，回顧曰：「賈通判相守，勢須俱行，煩鄉人爲我治後事〔二〕。」鄉人者，覺也。二人曰：「白晝昭昭，焉有是事？君豈以心勞致恍忽邪？」鄧指廡下曰：「彼在此危立久矣。」趨入室，仆牀上，小吏喚之，已絶。黄賜、阮玉，不數旬繼死。劉儼罷官如桂林，乘舟上灘水〔三〕，見賈來壓其舟，遂病死，既而復蘇，如是者至于再，不知今爲如何。持之子護喪至貴州，亦暴卒，復生，然昏昏如狂醉矣。王翰説。（據北京中華書局版何卓點校本南宋洪邁《夷堅乙志》卷一九）

〔一〕莫　《勸善書》卷一作「幕」。莫，通「幕」。

〔二〕後事　《勸善書》無「後」字。

〔三〕灘水　《勸善書》作「灘水」。按：《太平寰宇記》卷一六二《嶺南道六·桂州·臨桂縣》：「縣界有灘水，一名桂江。」

馬識遠

洪　邁　撰

馬識遠，字彦達，東州人，宣和六年武舉進士第一。建炎三年，爲壽春守，虜騎南侵，過城下。識遠以靖康時嘗奉使至虜，虜將知之，扣城呼曰：「馬提刑，與我相識，何不開門？」壽春人籍籍言郡守與虜通者。識遠懼，不敢出，以印授通判。通判本有異志，即自爲降書，啓城迎拜。虜亦不入城，但邀識遠至軍，與俱行。通判又欲以虜退爲己功，乃上章言郡守降虜，己獨保全一城。奏方去而識遠得回，纔留北軍三日。通判窘懼，即爲惡言動衆，亡賴少年相與取識遠殺之，家人子弟〔一〕多死。朝廷嘉通判之功，擢爲本郡守。大喜過望，受命之日，合樂享吏士。酒纔三行，於坐上得疾，如有所見，叩頭雪泣〔二〕，引罪自責曰：「某實以城降，乃冒以爲功，而使公罹非命，某悔無及矣。」即仆地死。

至紹興十年，復河南地。觀文殿學士孟富文庾爲西京留守，辟掾屬十人，每日會食。承議郎王尚功者，忽以病不至，公遣掌客邀〔三〕之，良久不反命。復遣一人焉，至于四五，皆不來，滿坐怪之。既而數輩同至，面無人色〔四〕，言曰：「王制幹瞪坐于地，頭如栲栳，形容絶可怖，見之皆驚蹙〔五〕氣絶，移時乃蘇，是以後期至。」孟公率莫〔六〕府步往視之，王猶能言，曰：「乞與召嵩山道士。」時道士適在府，即結壇召呼鬼神。俄有暴風肅然起于庭，風止，一人長可尺餘〔七〕，紫袍金帶，眉目皆可睹。冉冉空際〔八〕，詰道士曰：「吾以冤訴于上帝，得請而來，非祟也，師安得以法繩我？」道士不敢對。孟公親焚香問之，始自言爲馬識遠，曰：「方守壽春時，王生爲法曹。嘗夜相過，説以迎虜。識遠拒不可，遂與通判謀翻城，又矯爲降文，宣言于下，以致吾〔九〕殺身破家之禍。通判既攘郡印有之，王生亦用保境受賞。嗟乎冤哉！」言訖泣下，歔欷曰：「帝許我報有罪矣。」瞥然而逝。王生明日死。前一説聞之馬氏子，後〔一〇〕一説聞之陳桷〔一一〕元承。世所傳或誤以爲一事云。（據北京中華書局版何卓點校本南宋洪邁《夷堅乙志》卷一九）

〔一〕弟　原作「亦」，據明鈔本改。

〔二〕酒纔三行於坐上得疾如有所見叩頭雪泣　「雪泣」葉本作「悲泣」。雪，拭也。泣，淚也。按：《勸善書》卷一五節録此事，多有删改。如以上數句作「酒方三行，通判倉皇失措，呼識遠名，如有所見，叩頭引罪」。

〔三〕邀　葉本作「速」。

〔四〕面無人色　葉本前有「皆」字。

〔五〕蹙　葉本作「仆」。

〔六〕莫　葉本作「幕」。莫，通「幕」。

〔七〕尺餘　葉本作「丈許」。

〔八〕空際　葉本作「降階」。

〔九〕吾　此字原無，據葉本補。

〔一〇〕後　原作「炎」，據葉本改。

〔一一〕陳桷　葉本作「陳解」，誤。按：《夷堅丁志》卷六《王文卿相》：「小兒者，陳桷元承也。」又《支景》卷九《陳待制》：「陳元承待制桷，閩中人。」

宋代傳奇集第五編卷八

潞府鬼

洪邁撰

潞州簽判廳，在府治西，相傳彊鬼宅其中，無敢居者，但以爲防城油藥庫。安陽王審言爲司法參軍，當春時，與同寮來之邵、綦亢數人，携妓載酒往游焉，且詣後園習射。射畢，酣飲于堂。忽聞屏後笑聲，如偉丈夫，一坐盡驚。客中有膽氣者呼問曰：「所笑何事？」答曰：「身居此久，壹鬱不自聊。知諸君春游，羨人生之樂，不覺失聲耳。」「能飲乎？」曰：「甚善。」客起，酌巨杯，翻手置屏内，即有接者，又聞引滿稱快聲，俄擲空杯出。客又問曰：「君爲烈士，當精於弓矢，能一發乎？」曰：「敢不爲君歡，然當小相避也。」既以弓矢入，衆各負壁坐。少焉，一矢破屏紙而出，捷疾中的，不少偏。始敬異之，皆起曰：「敢問君爲何代人？姓名爲何？何以終此地？」曰：「吾姓賀蘭，名鋈。」語未竟，或哂其名不雅馴，怒曰：「君何不學？豈不見《詩・小戎》篇『陰靷鋈續』者乎？」遂言曰：「鋈生於唐大歷〔一〕間，因至昭義謁節度使李抱真，干以平山東之策，爲讒口所譖，見殺於此地，身首異處，骸骨棄不收。經數百年，逢人必申訴，往往以鬼物見待，怖而出，故沉淪至今。諸君俊人也，頗相哀否？」坐客皆愀然。有問以休咎者，一一詢官氏，徐而語曰：「來司户位至侍從，然享壽之永，則不若王司法。」

時諸曹吏士及官奴，見如是，皆奔歸，讙傳一州。太守馬玿中玉獨不信，以爲僚吏湎于酒興妄言，盡械繫其從卒，且將論刻之。衆懼，各散去。明日，中玉自至其處察視之，屏上穴紙固在。命發堂門鐍，鐍已開，門閉如初。呼健卒併力推扉，牢不可啓。已而大聲起於梁間，叱曰：「汝何敢爾！獨不記作星子尉時某事耶？」中玉趨而出。自是無人復敢往。司户乃來之邵，果爲工部侍郎。審言以列大夫知萊州，壽七十五而卒。王公明説，萊州乃其伯祖也，余中牓及第。《括異志》亦載此事，甚略，誤以審言爲王丕，它皆不同。（據北京中華書局版何卓點校本南宋洪邁《夷堅乙志》卷二〇）

〔一〕大歷　影宋鈔本作「大曆」。按：唐代宗永泰二年十一月改大曆元年。歷，同「曆」。

南嶽判官

洪　邁　撰

李摭，字德粹，濟南人。建炎初，度江寓居縉雲，調台州教授，單車赴官。與州鈐轄趙士垚〔一〕善，以官舍去學遠，請於〔二〕趙，願易其處，趙許之。既徙家往居，摭稍葺鈐轄廨，且謁告歸迎妻子。未還，教授廨内有小樓，趙氏之人至其上，聞馳馬呼噪聲。恐而下，則歌吹間作，如大合樂。遽以告趙，即日反故宅。摭還，亦但處元廨中。

久之，從容謂趙曰：「吾前生爲天曹録事，坐有過，謫居人間。而吾平生操心復不善，故所享殊弗永。去此半月，當發惡瘡死，敢以後事累君。」趙噩然〔三〕曰：「必無是理，勿妄言。」才旬日，疽生于腦，信宿，侵淫〔四〕見骨，果死。死數日，家方飯僧，庖婢在房，舉止驟與常異，自稱教授來，遣僕急邀趙。趙至，婢泣而言曰：「摭死矣，以在生隱惡，受譴至重。可令吾家用今夕設醮，謝罪於天。」趙即呼道士，如其請。婢著青袍，執簡戴幘，雍容出拜。外間聞之，爭入觀。婢炷香跪〔五〕爐，與官人無少異。醮竟，又謂趙曰：「已蒙道力，得脱苦趣，猶當爲異類，只在郡城某橋下。過三日，幸一視我。」三日往焉，見巨黑蟒，蟠屈土中，半露其脊，趙酹之以酒。

他日，婢復作摭來，又邀趙，謂曰：「蟒禍已免，今爲南嶽判官，威權況味，非陽官可及。得請於上帝〔六〕，許般〔七〕家矣。遺骸滿室，唯君是託焉。」趙責之曰：「君爲士人，豈不知書？不孝有三，無後爲大。君既不幸早世，而令一家共入鬼録〔八〕，可乎？」婢不復答。少頃，即蘇。未幾，摭妻繼亡。三子皆幼，凡其送終之事，趙悉辦之。摭從兄德升尚書

擢，後居天台，始收衈其孤云。趙之子不拙説。（據北京中華書局版何卓點校本南宋洪邁《夷堅丙志》卷一）

〔一〕垚　點校本作「堯」。按：「垚」乃「堯」之古字，故改。然涵芬樓《新校輯補夷堅志》及影宋鈔本、阮本、陸本皆作「垚」，今回改。《勸善書》卷一譌作「世」。

〔二〕於　點校本原作「以」，據涵芬樓本及影宋鈔本、阮本、陸本改。《勸善書》亦作「於」。

〔三〕噩然　《勸善書》作「愕然」。噩，通「愕」。

〔四〕侵淫　點校本校：「『侵』當作『浸』。」按：侵淫，亦作「浸淫」，漸也。《文選》卷一三宋玉《風賦》：「夫風生於地，起於青蘋之末，侵淫谿谷，盛怒於土囊之口。」李善注：「侵淫，漸進也。」《勸善書》亦作「侵淫」。

〔五〕跪　《勸善書》作「執」。

〔六〕上帝　影宋鈔本、阮本、陸本及《勸善書》作「上天」。

〔七〕般　《勸善書》作「搬」。般，同「搬」。

〔八〕録　《勸善書》作「籙」。録，通「籙」。

羅赤脚

洪　邁　撰

羅赤脚，名晏，閬中人。少時遇異人携以出，歸而有所悟解。宣和中，或言於朝，賜封靜應處士。張魏公宣撫陝、蜀，延致軍中。金虜攻饒風關，盡鋭迭出，大將吴玠禦之，殺傷相當，猶堅持不去。公以爲憂，羅曰：「相公勿恐，明日虜遁矣。有如不然，晏當伏鈇質，以受誤軍之罪。」明日果引而歸。公始敬異之，連奏爲太和冲夷先生。

好游漢州，每至，必館於王志行朝奉家，王氏傳三世見之矣。其事志行夫婦禮甚敬，曰：「吾前身父母也。」紹興丙辰歲，蜀大饑，志行買妾於流民中，姿貌甚麗。羅見而駭曰：「此人安得在公家？」留之稍久，得禍將不細，當相爲除之。」命煮水數斗，取竈下灰一籃，唤妾前，以巾蒙其首，而注湯於灰上，煙氣勃勃然。妾即仆地，蓋枯骨一具也。羅曰：「渠來時經女儈否？今安在？」曰：「在某處。」亟呼之。伺且至，則又以巾蒙枯骨，復爲人形，舉止姿態與初時不異，遂付于儈，而取其直。

志行從弟志舉，登第歸。羅見之他所，授以書一卷，緘其外，戒曰：「還家逢不如意事，則啓之。」及家三日，而聞母訃。試發書，乃畫一官人，緑袍騎馬，前列賀客，最後輿一柩，凶服者隨之而哭。廣都龍華寺者，宇文氏功德院也。羅與主僧坐，忽起曰：「房令人來。」僧驚問何在，曰：「入祠堂矣。」僧謂其怪誕。明日，宇文時中信至，其妻房氏，正以前一日死。嘗往楊村鎮，館於陳氏。夜如廁，奔而還曰：「異事！異事！適四白衣人踰垣入圃中。」陳氏皆懼，羅曰：「無預君事，明晨當知之。」及旦，圃人告羊生四子。

紹興三十年，在鹽亭得疾，寓訊如温江，求迎於李芝提刑家。李遣數僕來，羅病良愈，即上道。戒其僕曰：「自此而左，唯金堂路近，且易行，然吾不欲往，願從廣漢或它塗以西，幸無誤。」僕應曰：「諾。」退而背其言。行抵古城鎮，羅悶然不怡，曰：「汝諸人必置我死地！固語汝勿爲此來，今無及矣。」是夕，病復作。古城者，金堂屬鎮也。及温江而殂，蜀人以爲年百七八十歲矣。士人往問科名得失，奇應如神，兹不載。（據北京中華書局版何卓點校本南宋洪邁《夷堅丙志》卷二）

按：《丙志》卷二末注：「此卷皆黄仲秉云。」據同卷《趙縮手》，黄仲秉名鈞。

趙縮手

洪　邁　撰

趙縮手者，不知其名，本普州士人也。少年時，父母與錢，令買書於成都。及半塗，有方外之遇，遂棄家出游。至紹興末，蓋百餘歲矣。喜來彭、漢間，行則縮兩手於胸次，以是得名。人延之食，不以多寡輒盡。飲之酒，自一盃至百盃，皆不辭。或終日不飲食，亦怡然自樂。嘗於醉中放言文潞公入蜀事，歷歷有本末。他日復詢之，曰：「不知也。」

黄〔一〕仲秉鈞家寫其真事之。成都人房偉爲贊云：「養氣近術，談道近禪。被褐懷玉，其樂也天。欲去即去，欲住即住。縮手袖間，孰測其故。」趙見而笑曰：「養氣安得謂之術？禪與道一也，安有二？我縮手於胸，非袖間也。」取筆續曰：「似驢無嘴，似牛無角。文殊普賢，摸索不著。」又自贊曰：「紅塵中，白雲裏，好箇道人活計。無事東行西行，有時半醒半醉。相逢大笑高談，不是胡歌虜沸。除非同道方知，同道世間有幾？」

綿竹人袁仲舉久病起，遇趙過門，邀入，飲以酒。問曰：「吾疾狀如此，先生將奈何？」趙不答，但歌詞一闋曰：「我有屋三間，柱用八山。周回四壁海遮闌。萬象森羅爲斗栱，瓦蓋青天。無漏得多年，結就因緣。修成功行滿三千〔二〕。降得火龍伏得虎，陸地通仙。」云：「此呂洞賓所作也。吾亦有一篇。」又歌曰：「損屋一間兒，好與支持。休教風雨等閑欺。覓箇帶修安穩路，休遣人知。須是著便宜，運轉臨時。衹知險裏卻防危。透得玄關歸去路，方步雲梯。」歌罷，滿引數杯，無所言而去。仲秉正與偕行，徐問其故，曰：「觀吾詞意可見矣。」後旬日，袁果死。

什邡縣風俗，每以正月作衛真人生日，道衆畢會。趙亦往，寓於居人謝氏。先一夕，告之曰：「住君家不爲便，假我此榻，吾將有所之。」拂旦，徑趨對門小寺，得一室，據榻趺坐。傍人怪其不言，就視，已卒矣。會者數千人，争先來觀，以香火致敬。越三日火化，其

骨鉤聯，如鎖子云。（據北京中華書局版何卓點校本南宋洪邁《夷堅丙志》卷二）

〔一〕黄　陸本譌作「蕭」。

〔二〕千　陸本譌作「年」。

李弼違

洪　邁　撰

李弼違者，東川〔一〕人。建炎間入蜀，後爲蜀州江原〔二〕宰。與邑人胡生游。胡生妻〔三〕，四川都轉運使之女。女嘗陷虜，後乃嫁胡。弼違每戲侮之，至作小詩，以資嘲誚。胡積不能堪，採摭其公過，肆溢惡之言，售於都漕。所善張君適〔四〕爲幹官，證以爲然，下其事於眉州。州令録事參軍閻忞典治，逮捕邑胥十餘人下獄，必欲求其入己〔五〕贓。弼違當官清白，無過可指，但得嘗買鐵湯瓶爲價錢七百五十，指爲虧〔六〕直。忞以爲非辜，難即追攝。郡守畏使者，不從忞言，立遣吏逮之。弼違不勝忿，自刎死。死財〔七〕一月，眉之獄吏與郡守相繼亡，都漕與胡生亦卒。

忞官罷，赴調成都，過雙流縣，就郭外民家宿。夜且半，聞扣寢門者。問爲誰，曰：

「弼違也。」又問之，答曰：「弼違姓李，君豈不憶乎？君雖不開關〔八〕，吾自能穿隙以過〔九〕。」語畢，已在牀前立。忞甚懼，回面向壁卧。弼違曰：「君不欲見我，當以項下不絜〔一〇〕之故，吾今自掩之。」即解腰間帛，匝其頸。忞不獲已，起坐。弼違曰：「吾前冤已白，無所憾。然連坐者衆，非君來證之不可。君固知我者，今禄命垂盡，故敢奉煩一行。尚有未到人甚多，天符在是，可一閲也。」取手〔一一〕中文書示忞，如黄紙，微淺碧，其上皆人姓名，而墨色濃淡不齊。弼違指曰：「此卷中皆將死，墨極濃者期甚近，最淡者亦不出十年。所以泄天機者，欲君傳於人間，知幽有鬼神，可信不疑如此。」揖别而去。忞〔一二〕略能記所書。它日，某〔一三〕人病，豫告其家，此必不起，已而果然，蓋以所見驗之也。忞少時〔一四〕亦卒。（據北京中華書局版何卓點校本南宋洪邁《夷堅丙志》卷三）

〔一〕東川　原作「東州」。按：宋無東州，葉本作「東川」，據改。

〔二〕江原　葉本作「江源」。按：《宋史・地理志四》：崇慶府（本蜀州）屬縣有江原，唐唐安縣，開寶四年改。

〔三〕妻　影宋鈔本、阮本、陸本作「妾」，誤。葉本及《勸善書》卷二作「娶」，連下讀。

〔四〕適　《勸善書》作「張適」。

〔五〕己　原譌作「已」，據《勸善書》改。
〔六〕虧　《勸善書》作「贓」。
〔七〕財　《勸善書》作「纔」。財，通「纔」。
〔八〕關　葉本作「門」。
〔九〕過　葉本作「入」。
〔一〇〕絜　《勸善書》作「潔」。絜，通「潔」。
〔一一〕手　明鈔本作「袖」。
〔一二〕忞　原譌作「故」，據影宋鈔本、阮本、陸本及《勸善書》改。
〔一三〕某　原作「其」，據葉本及《勸善書》改。
〔一四〕少時　《勸善書》作「數年」。

按：《丙志》卷三末注：「此卷皆員興宗顯道説。」

楊抽馬

洪　邁　撰

楊望才，字希吕，蜀州江原〔一〕人。自爲兒童，所見已異〔二〕。嘗從同學生借錢，預言其筩中所攜數，啓之而信。既長，遂以術聞，蜀人目爲楊抽馬。謂與人抽檢禄馬也。容狀醜怪，雙目如鬼，所言事絶奇。其居舍南，大木蔽芾數丈，忽書揭〔三〕於門曰：「明日午未間，行人不可過此，過則遇奇禍。」縣人皆相戒，勿敢往。如期，木自拔〔四〕仆地，盈塞街中，而兩旁屋瓦略不損。然所爲〔五〕初乃類妖誕。每持縑帛賣于肆，若三丈，若四丈，主人審度之，償錢使去。既而驗之，財三四尺爾。或跨騾訪人，而託故暫出，繫騾其庭，行久不反，騾亦無聲，視之，剪紙所爲也。

或詣郡告其妖，云：「每祠祀時，設爲位六，虚其東偏二位，而楊夫婦與相對，又一僧一道士坐其下。」左道惑衆，在法當死，坐是執送獄。獄吏素畏信之，不敢加械杻，又慮逸去。楊知其意，謂曰：「無懼我，我當再被刑責。數已定，吾含笑受之。吾前日爲某事某事，法所不捨，蓋魔業使然。度此兩厄，則成道矣。」司理楊忱，夜〔六〕定獄，楊言曰：「賢叔某有信來乎？殊可惜。」忱不答。暨出户，而成都人來，正報叔訃。他日，又謂忱曰：「明年君家有喜，名連『望』字者四人及第。」忱一女年十六七歲，暴得疾，更數醫不効，則又告之曰：「公女久病，醫者〔七〕陳生用某藥，李生用某藥，皆非是。此獨後庭朴樹内蛇爲〔八〕崇爾。急屏去藥，須我受杖了，爲以符治之，女當平安，勿憂也。」忱歸語其妻，且疑且信。蓋常見小蛇延緣樹間，而所説易醫用藥，皆不妄。後楊受杖歸，書符遺忱，使掛于樹，女即洒然。明年，忱群從兄弟類試，果四人中選，曰從望、民望、松望、泰望。先是，楊取倡女爲妻，一日招兩杖卒〔九〕，直至其居，與錢三萬，令用官大杖撻己及妻，各二十〔一〇〕下。兩人驚問故，曰：「吾夫婦當罹此禍，今先禳之。」皆不敢從而去。及獄成，與妻皆得杖，如所欲禳之數，而持杖者正其所招兩人。

晚來成都，其門如市。士人問命，應時即答。或作賦一首，詩數十韻，長歌序引，信筆輒成。每類試，必先爲一詩示人，語祕不可曉。迨揭牓，則魁者〔一一〕姓名必委曲見於詩。或全牓百餘人，豫書而緘之，多空缺偏傍，不成全字，等級高下，無有〔一二〕不合。四川制置司求三十年前案牘不得，以告楊，楊曰：「在某室某匱第幾沓〔一三〕中。」如言而獲。眉山師琛造其家，鄉人在坐，新得一馬，黑體而白鼻。楊曰：「以此馬與我，君將不利。」客恚曰：「先生恃有術，欲奪〔一四〕吾馬。吾用錢百千，未能旬日，而可脅取乎？」楊曰：「欲爲君救此厄，而不吾信，命也。明年五月二十日，寃當督報〔一五〕，謹志之。勿視其芻秣，善護左肋，過此日或可再相見。」客愈怒，固不聽，亦忘其語。明年是日，親飼馬，馬忽跑躍，踶其左肋下，即死。關壽卿耆孫爲果州教授，致書爲同僚詢休咎。僕未至，楊在室告其妻，令以飯犒關教授僕。飯已具，僕方及門。又迎問之曰：「不問己事而爲他人來，何也？」僕驚拜，殊不知所以然。

楊〔一六〕與華陽富家某氏子游，甚暱〔一七〕。嘗貸錢二十千，富子靳不與。夜處〔一八〕外室，聞扣門聲，曰：「我乃東家女，夫壻使酒見逐，夜不可遠去，幸見容一宿〔一九〕。」富子欣然延納，與共寢。慮父母覺〔二〇〕，未曉呼使起，杳不應，但聞血腥滿帳〔二一〕。挑燈照之，女身首斷爲三，鮮血橫流，如方被刑〔二二〕者，駭悸幾絶。自念奇禍作，非楊君無以救，奔詣其家，排闥入告急。楊曰：「與君游久〔二三〕，緩急當同〔二四〕之。前日相從假貸，拒不我與，今急而求我，何故？」富子哀泣〔二五〕引咎。楊笑曰：「此易爾，無庸憂。持吾符歸置室中，亟閉户，切勿語人。」富子謝曰：「果蒙君力，當奉百萬以報。」曰：「何用許，但當與我所需二萬錢〔二六〕。」遂以符歸，惴惴竟夜〔二七〕。遲明潛入室〔二八〕，不見尸，一榻皎然，若未嘗有〔二九〕漬汙者，不勝喜。即日携謝錢，且携酒殽過楊所〔三〇〕。楊曰：「吾家冗隘，不可飲，盍相與出郊乎？」遂行。訪酒家，命席對酌。視當壚婦，絶似前夕所偶者，唯顔色萎黄爲不類。婦亦頻屬目，類有所疑。呼問之，對曰：「兩日前，夢人召至一處，少年郎留連竟夕。暨睡醒，體中殊不佳，血下如注，幾二斗乃止。今猶奄奄短氣，平生未嘗感此疾也。」始悟所致蓋其魂云。

虞丞相自荆襄召還，子公亮遣書扣所向，楊答曰：「得蘇不得蘇，半月去作同簽書。」虞公以謂簽書不帶同字已久，既而守蘇臺，到官十五日，召爲同簽書樞密院事。時錢處和先爲簽書，故加同字。如此類甚多，不勝載。（據北京中華書局版何卓點校本南宋洪邁《夷堅丙

志》卷三）

〔一〕江原　葉本、《廣豔異編》卷一四幻術部《楊抽馬》作「江源」，誤。

〔二〕自爲兒童所見已異　《廣豔異編》作「爲兒童時，言動已異常人」。

〔三〕揭　影宋鈔本、阮本、陸本作「楬」。義同，告示。

〔四〕拔　葉本作「摧」。

〔五〕然所爲　葉本作「其所言」。

〔六〕夜　葉本作「議」。

〔七〕者　此字原無，據葉本補。

〔八〕爲　此字原無，據葉本補。

〔九〕卒　此字原無，據葉本補。

〔一〇〕二十　明鈔本作「二十六」。

〔一一〕魁者　葉本作「魁元」。

〔一二〕有　葉本作「一」。

〔一三〕沓　影宋鈔本、阮本、陸本譌作「呇」。

〔一四〕奪　葉本作「賺」。

〔一五〕冤當督報　明鈔本「當」作「家」，葉本「督」作「有」。

〔一六〕楊　此字原無，據葉本補。

〔一七〕暱　《廣豔異編》作「狎」。

〔一八〕處　《廣豔異編》作「偶於」。

〔一九〕一宿　此二字原無，據葉本、《廣豔異編》補。

〔二〇〕慮父母覺　葉本、《廣豔異編》作「慮人知覺」。

〔二一〕帳　《廣豔異編》作「室」。

〔二二〕刑　葉本、《廣豔異編》作「殺」。

〔二三〕游久　《廣豔異編》作「交厚」。

〔二四〕同　《廣豔異編》作「濟」。

〔二五〕哀泣　《廣豔異編》作「泣拜」。

〔二六〕何用許但當與我所需二萬錢　葉本、《廣豔異編》作「何用許錢，但貸我二萬足矣」。

〔二七〕竟夜　葉本、《廣豔異編》作「如戒」。

〔二八〕潛入室　《廣豔異編》作「潛窺室中」。

〔二九〕有　葉本、《廣豔異編》無此字。

〔三〇〕即日携謝錢且携酒殽過楊所　葉本作「即日携錢，且携酒殽往謝」。《廣豔異編》下「携」字作「具」，餘同。明鈔本亦作「具」。

范子珉

洪邁撰

處州道士范子珉，嗜酒落魄。初自鴈蕩游天台，至會稽，中道得異石，寳之，賞玩不去手。後爲同行道士竊去，遂若有所失，語多不倫，談人意外事，時時奇中。獨善畫，爲人作《煙江寒林》，深入妙品。而牛最工，浙東人以故呼爲「范牛」。但好弄溷穢，或匊於手，或濡以衣，或置冠髻間，或以污神祠道佛象，或染指作字，書人家牕壁，然不覺有穢氣。從人乞錢米，先以若干語之，如數即受，或多或少，皆棄去不取，其所得亦多投廁中。

青田縣吏留光死，家貧未能葬，稾殯於城隍祠前。次年冢爲雨所壞，露棺一角。范過其旁，取瓦礫敲之曰：「勿悲惱，更三日有親人伴汝矣。」時光弟矩亦爲吏，果以後三日暴死。諸子幼，群胥爲葬於光冢之側云。遂昌葉道士，結菴山間。范謁之，中塗失路，遇葉之僕，問津焉。僕畏其擾也，紿曰：「左。」左乃山窮絶處，非人所行。范知之，舉手指僕曰：「汝卻從此去。」乃由他路詣菴中。葉欲具食，而俟僕不至。范告之故，葉自往尋，僕正危坐大石上，神氣如癡。呼問之始醒，言曰：「適不合欺范先生。先生指令從此去，即覺有物牽引以行，茫如醉夢。非尊師見呼，不可還矣。」葉亦懼，令僕謝罪焉。

後至婺州赤松觀，見觀中人，無所不狎侮。每飲必斗餘，買牛肉就道室煮食，醉飽即臥，已則遺糞滿地。徐徐起，引手匊弄，以十指印壁上，一室皆滿。房内人悉捨去，無敢與校，但伺其出，汲水净滌之而已。唯陳樂天惡之，時對衆咄駡。范笑且怒曰：「汝乃敢毀我！」趨詣三清殿下再拜，呫囁有禱，拂衣出。過兩日，樂天無疾死。以是黄冠益謹事之。觀前横小溪，往來病涉。道士姓施者，與弟子一人，捐橐中錢爲石橋，工役已具。范曰：「勿爲此橋，君將不利。」施君曰：「吾以私錢爲濟衆事，何不可之有？」卒爲之。范亦不强止，笑謂之曰：「如此亦大好。我恰有紅合子兩箇，將持贈君，以助費。」施敬謝曰：「諾。」不知何物也。他日復至，無所携，施以爲請，曰：「吾既許子矣，必不妄言。」後三月橋成，二道士繼死，匠師輿兩紅棺以殮云。

太尉成閔責居婺，范嘗往謁。外報潘承宣來，閔將出迎，范曰：「勿見此人，恐公家不免。」閔有子娶秦國大長公主女，潘之妹也，以昏姻之故，竟延入坐。范曰：「禍作矣！禍作矣！急買紙錢，取公夫婦衣來，我爲爾解祟。」既具，范焚香誦呪，并衣與紙同焚之。居亡何，秦國薨，閔與夫人往弔，俱得疾。夫人在素幃裏〔一〕風涎暴作，冥不知人，閔泄利交下，殊困怠。强舁以歸，未幾平安，而夫人經年僅小愈。乃知元索衣時，侍婢但以閔兩袴往，非夫人者也。

乾道二年，錢竽爲縉雲守，范自衢往訪之，曰：「負公畫四軸，故來相償，畢則行矣。」畫成，儼然就逝。將殮，得片紙於席間，書曰：「庚申日天地詔范子珉。」蓋其亡日也。陳天與說。（據北京中華書局版何卓點校本南宋洪邁《夷堅丙志》卷六）

〔一〕裏　原譌作「裹」，據阮本改。

安氏冤

洪　邁　撰

京師安氏女，嫁李維能觀察之子。爲祟所憑，呼道士治之，乃白馬大王廟中小鬼也。用驅邪院法結正，斬其首，安氏遂甦。越旬日復作，又治之。祟憑附語曰：「前人罪不至殊〔一〕死，法師太不恕〔二〕。」須臾考問，亦廟鬼也，復斬之。後半月，病勢愈熾。道士至，安氏作鬼語曰：「前兩祟乃鬼爾，法師可以誅。吾爲正神，非師所得治。且師既用極刑損〔三〕二鬼矣，吾何畏之有！今將與師較勝負。」道士度力不能勝，潛遁去。

李訪諸姻舊，擇善法者拯之。纔至，安氏曰：「師〔四〕勿治我，我所訴者，隔世冤也。

我本蜀人，以商賈爲業，安氏吾妻也。乘吾之出，與外人宣淫。伺吾歸，陰以計見殺。冤魄棲棲，行求四方，二十有五年不獲。近詣白馬廟，始見二鬼言其詳，知前妻乃在此。今得命相償則可去，師無見苦也。」道士曰：「汝既有冤，吾不汝治。但曩事歲月已久，冤冤相報，寧有窮期！吾今令李宅作善緣薦汝，俾汝盡釋前憤，以得生天〔五〕，如何？」安氏自牀趨下，作蜀音聲喏，爲男子拜以謝。李公即命載錢二百千，送天慶觀，爲設九幽醮。安氏又再拜謝，欻然而蘇。李舉家齋素，將以某日醮。前一夕，又病如初。李大怒，自詣其室譙責之。拱而言曰：「諸事蒙盡力，冥途豈不知感？但明日醮指，當與何州何人，安氏前生爲何姓名〔六〕，前日失於稟白。今如不言，則功德失所付矣。」李大驚異，悉令道所以然〔七〕。又曰：「有舍弟某亦同行，乞併賜薦拔，庶幾皆得往生。」李從其請，安氏遂無恙。

安氏之姊嫁趙伯儀，伯儀居湖州武康，爲王盼〔八〕說。（據北京中華書局版何卓點校本南宋洪邁《夷堅丙志》卷七）

〔一〕殊　葉本作「誅」。

〔二〕太不恕　明鈔本作「大怒」。

〔三〕損　葉本作「殞」。

〔四〕師　此字原無，據影宋鈔本、阮本、陸本補。
〔五〕作善緣薦汝俾汝盡釋前憤以得生天　葉本作「作善緣拔薦，與汝解釋，得生人天」。
〔六〕名　此字原無，據葉本補。
〔七〕道所以然　葉本作「具言」。
〔八〕王盼　原作「王盼」，影宋鈔本、阮本、陸本作「王盼」。按：《夷堅丙志》卷七末注：「此卷皆王日嚴所傳，日嚴多得於其弟盼。」亦作「盼」。《南宋館閣録》卷八《官聯下·正字》：「王曮，字日嚴。」則作「盼」爲是，俱從日也。據改。

按：此篇及下篇《壽昌縣君》，事皆得於王日嚴。

壽昌縣君

洪　邁　撰

朝散大夫、池州通判丁餗，妻壽昌縣君施氏，病卒於官舍。越十四日，子愉夢母如存，且曰：「我將往生於淮南，然猶爲女人，壽復不永。所以然者，以宿負未償也。汝與汝父言，亟營勝事，使我得轉爲男子。」愉覺，以告父。後數日，孫百朋，又夢經官府〔一〕，衛卒羅陳，方趨而過，或呼於後曰：「縣君在此，安得不省謁？」遽回，入府門，至東廡簾下，果見之。言曰：「吾於此蕭然無親舊，而旦暮有趨府之勞。幸以命婦得乘車，不然則徒行，嬰拘縶之苦矣。」語未畢，簾外吏〔二〕曰：「可疾去，判司知之，不可也。」施氏亦曰：「可去矣。」

既出門，又有呼者曰：「判司召。」乃由西廡進，見緑衣人據案，熟視之，則故潭州通判李綱承議也。百朋憶其與乃祖同年進士，升堂再拜曰：「公與祖父同年，世契不薄，願毋答拜。」綱受之。既坐，詢「大夫安否」，甚悉。少頃，吏引施氏就訊，百朋離席，綱曰：「施縣君與子親歟？」曰：「新亡祖母。」綱曰：「天屬也。」百朋曰：「如聞已有往生之緣，而未脱女身，信否？」曰：「然。昨日符已至。」百朋泣曰：「祖父昔從公游，今祖母生緣在公謦欬，苟得轉爲男，存没被厚德矣。」綱曰：「奈事已定何？」百朋哀祈數四，綱曰：「子少俟，當試爲圖之。」於是綱出，循廡而上，迤邐升殿中，若無影響。須臾復下，則左右翼扶，步武詳緩，笑曰：「已遂所請，然須歸誦《佛説月上女經》及《不增不減經》，以助度〔三〕生可也。」百朋拜謝而退。視祖母猶立階下，大言曰：「二經多致之，勿忘也。」遂寤，盡記其説。

餗且驚且疑曰：「二經之名，所未嘗聞。」使訪諸乾明院，果得之。乃月上女以辨才聞道如來，授記轉女身爲男，及慧命舍利弗問佛以三界輪迴有無增減之義，餗始歎異。擇僧之賢〔四〕，及令家人女子皆齋絜〔五〕，持誦，數至千〔六〕卷，設冥陽水陸齋以侑之。迨百日，餗夢妻來曰：「佛〔七〕功德不可思議，蒙君追薦恩，今生於廬州霍家爲子〔八〕矣。」謝訣而去。

（據北京中華書局版何卓點校本南宋洪邁《夷堅丙志》卷七）

〔一〕官府　《勸善書》卷一四前有「一」字。

〔二〕吏　明鈔本作「二吏」。

〔三〕度　葉本作「往」。

〔四〕僧之賢　葉本作「戒行僧」。

〔五〕齋絜　葉本作「齋戒潔淨」。

〔六〕至千　葉本作「千百」。

〔七〕佛　葉本作「佛經」。

〔八〕子　葉本作「男子」。

宋代傳奇集第五編卷九

無足婦人

洪　邁　撰

　　闞子東説，其兄博士演，在京師見婦人丐於市，衣敝體垢，無兩足，但以手行，而容貌絶冶。有朝士見而悦之，駐馬問曰：「汝有父母乎？」曰：「無。」「有姻戚乎？」曰：「無。」「能縫紝〔一〕乎？」曰：「頗亦能之。」朝士曰：「與其行乞棲棲，孰若爲人妾？」歛眉歎曰：「形骸若此，不能自料理。若爲婢子，則役於人者也，安能使人爲己役乎？　且誰肯用之？」士歸語其妻，妻亦惻然。取致其家，爲之沐浴更衣。調視其飲食，授以針指，敏捷工緻，一家憐愛焉，士亦稍與之昵。

　　居一年許，出游相國寺，遇道人，駭曰：「子妖氣甚盛，奈何？」士以爲誑己，怒不應。異日再見，曰：「祟急矣！　子其實語我，我無求於子也。家豈有古器若折足鐺鼎之屬乎？」曰：「無之。」問不已，士不能掩，始以妾告。曰：「是矣！　是矣！　亟避之。明日宜馳往百里外，藉使不能及，姑隨日力所至託宿，深關固拒，中夜聞扣户者無得開，或可以免。捨是無策也。」士始怖，不謀於家，假良馬盡日極行。逼暮舍於逆旅，歇未定，道上塵起，旗幟前驅，一偉丈夫乘黑馬，亦詣焉。長揖而坐，指一房相對宿，略不交談。士愈懼，閉户不敢寢。夜艾，外間疾呼曰：「君家忽値喪禍，令我持書來。」時燈火尚存，自隙窺覘，乃無足婦人，負兩肉翼，翼色正青，士駭汗如雨。偉人遽撤關出，揮劍擊之，婦人長嘯而去。

明旦士起，見偉人拜而謝之，曰：「微尊官，吾不知死所矣。敢問公爲誰？」曰：「子識我乎？乃相國寺道人也，曩固告子矣。我即子之本命神，以子平生虔心奉我，故來救護。」言訖，與車馬皆不見。（據北京中華書局版何卓點校本南宋洪邁《夷堅丙志》卷八）

按：據同卷《謝七嫂》末注，此事得於王日嚴。日嚴，名曮。

〔一〕絍　原作「衽」，據阮本改。

上竺觀音

洪　邁　撰

紹興二年，兩浙進士類試於臨安。湖州談誼與鄉友七人，謁上天竺觀音祈夢。誼夢人以二樑貯六茄爲餽，惡之，惟徐揚夢食巨蟹甚美。迨旦，同舍聚坐，一客語及海物黄甲者，揚問其狀，曰：「視蝤蛑差小，而比螃蟹爲大。」揚竊喜，乃以夢告人，以爲必中黄甲之兆。洎牓出，六人皆不利，揚獨登科。

後二年，誼復與周元特操赴漕司舉，又同詣寺。前一夕，周夢與諸人同登殿，誼先抽籤，三反而三不吉，餘以次請禱。周立於後曰：「所以來，唯欲求夢爾，何以籤爲？」衆强之。方詣筒〔一〕下，遇婦人披髮，如新沐者，從佛背趨出。謂其貴家人，急避之，遂寤。明晨入寺，誼所啓〔二〕三籤，果不吉，餘或吉或否。周但焚香再拜，願得夢。是夜，夢鄉人徐廣之持省牓至，凡刊三等，己爲中等第一人。已而賀客四集，有道士在焉。

明年七月，省試罷，還吴興〔三〕待牓。他日閲市，聞呼於後曰：「元特，奉賀！奉賀！」回顧，乃徐廣之也。云：「適過郡門，見揭試貼〔四〕司牓，内一人與君姓名同，聊相戲耳。」周方譙責之，則又有言曰：「省牓自南門入矣。」遂相與散。歸〔五〕及家而報至。次日，數客來賀，一道士儼然其中。周曰：「與君不相識，何以辱顧我？」道士笑曰：「君豈忘之邪？去年君過我卜〔六〕，我推君五行，知今年必及第。今而實然，故來賀，以印吾術，非有所求也。」遽辭去。沉思其人，乃開元寺賣卜者，始驗昨夢無小〔七〕不合。周果居中等，雖非首選，而於吴興爲第一人。夫廣之之戲談，黄冠之旅賀，皆偶然細事也，而夢寐魄

兆，已先見於旬月之前。人生萬事，不素定乎？元特說。（據北京中華書局版何卓點校本南宋洪邁《夷堅丙志》卷九）

〔一〕筩　原作「筲」，據《咸淳臨安志》卷九二《紀遺四·紀事》引《夷堅志》、《臨安志》改。筩，盛籤之筒也。陸本作「籤」。

〔二〕啓　《臨安志》作「卜」。

〔三〕還吴興　「還吴」二字原空闕，「興」譌作「與」，據《臨安志》補改。

〔四〕揭試貼　此三字原空闕，據《臨安志》補。阮本有「揭」字。

〔五〕歸　此字原空闕，據《臨安志》補。

〔六〕卜　此字原空闕，據阮本、陸本及《臨安志》補。

〔七〕小　此字原空闕，據阮本及《臨安志》補。

河北道士

洪　邁　撰

宣和七年正月望夜，京師太一宫張燈，觀者塞道。二人墜於池，官卒急拯之，不肯上，肆言如狂。道衆施符敕，百端皆弗効。事聞禁中，詔寶籙宫主者往治。主者懼不勝，躬詣道堂，徧揖曰：「吾黨有高術者，願相與出力，不然，將爲教門之累。」堂中數百人，皆不敢答。某道士從河北來，獨奮身起，誚之曰：「平時不肯力學，緩急乃殢人。」即仗劍以往。

至池畔，二溺人皆拱手。某道士語衆曰：「此强鬼也，非先拔其骨不可。」衆固不曉爲何法。某道士繞池禹步，誦呪良久，遣健卒入水掖溺者，已身軟如緜。洎至岸，則凝然塊肉也。叱問所自來，同辭對曰：「某等亦道士也，生時善法籙，坐罪受譴。雖幽明殊塗，而平生所習固在，度非都下同儕所能敵。不意神師一臨，茫無所措。今過惡昭著，執而囚諸無間獄亦唯命，以爲齏粉亦唯命。儻慈悲不殺，導以生路，使得免於下鬼，師之惠也。」許之。復默存食頃，悉起立如常，其家人扶以去。兩觀黄冠，合詞喜謝，扣其故，曰：「此鬼不易制，若與之角力，雖千人不能勝。吾嘗學拔鬼筋法，故一施之，筋骨既盡，無能爲矣。」皆歎曰：「非所及也。」

撫州民宋善長，爲人傭入京，得事此道士。宋狡而慧，頗窺見所嘗爲，又嘗竊發其笥，習讀要訣，私爲閭閻治小祟輒驗。師亦喜之，將傳授祕旨。而宋詭譎無行，且懶惰，不肯竟其學。會靖康之變，西歸，後爲道士，居州之祥符觀。其治鬼魅亦如神，凡病瘧及疫者，以指畫其面中間，須臾，左熱如火，而右冷如冰，隨其冷熱呼吸之，應手而愈。門人數十，皆得其緒餘。一人嘗至村民家，民家大小皆以疫卧，治之不愈。詣郡邀宋行，宋入道室，取神將前茅鞭三擊地，又取供餅裂其半授之，曰：「無庸我去，汝持此與食，自能起矣。」門人還至民家，病者皆已起，言曰：「賴宋法師三聲雷救我。」蓋其所習者五雷法也。（據北京中華書局版何卓點校本南宋洪邁《夷堅丙志》卷一二）

按：《夷堅丙志》卷一二《河北道士》至《紅蜥蜴》六條末注：「右六事皆臨川劉名世説。」《夷堅支乙》卷二《羅春伯》至《黄溥夢名》十條，末注：「右十事臨川劉君所記《夢兆録》。」臨川劉君者，必是劉名世。六事皆非夢兆，時尚未撰《夢兆録》也。

黄烏喬

洪　邁　撰

邵武黄敦立，少時游學校，讀書不成，但以勇膽戲笑優游閭里間。邑人以其色黑而狡譎，目之曰烏喬。所居十里外有大廟，鄉民事之謹，施物甚多，皆門外祝者掌之。黄欲取其縑帛以嫁女，祝知難以詞卻，姑語之曰：「君盍以盃珓卜？若神許君，無不可者。」黄再拜禱曰：「積帛廟中，頗爲無用，移此以惠人，神所樂也。而庸祝不解神意，尚復云云。大王果見賜，願示以聖珓。或得陰珓，則天人〔一〕垂憐，尤爲上願；若得陽珓，則闔廟明神皆相許矣。」祝不敢言，竟負帛以歸。

它日，與里人會，或戲之曰：「君名有膽，今能持百錢詣廟，每偶人手中置一錢，然後歸，當醵酒肉以犒君。」黃奮衣即行。二少年輕勇者陰迹其後，間道先入廟，雜於土偶間，窺其所爲。有頃黃至，拜而入曰：「黃敦立來施錢，大王請知。」遂摸索偶像，各置其一，或手不可執，則置諸肩上。俄至少年所立處，突前執其臂。黃以爲鬼也，大呼曰：「大王不能鈐勒部曲，吾來俵〔二〕錢，而小鬼無禮如是。」又行如初，略無怯意。既畢事，扃廟門而出，其黨始歎服之。

溪北舊有異物，好以夜至水濱，見徒涉者必負之而南。或問其故，答曰：「吾發願如此，非有求也。」黃疑其必爲人害，詐爲它故，連夕往，是物如常態，負而南。後三日，黃謂之曰：「禮尚往來，吾煩子多矣，願施微力以報。」物謝不可，黃强舉而抱之。先已戒家僕束草然巨石，財達岸，即擲於石上，其物哀鳴丐命。及燭至，化爲青面大玃矣。毆殺投火中，環數里皆聞其臭，怪自此絶。徐搏〔三〕説。（據北京中華書局版何卓點校本南宋洪邁《夷堅丙志》卷一四）

〔一〕天人　原譌作「夫人」，據影宋鈔本、阮本改。

〔二〕俵　葉本作「捨」。俵，散發。

〔三〕徐摶　原作「徐槫」，阮本作「徐搏」，影宋鈔本、陸本作「徐槫」。按：《甲志》卷一六《衛達可再生》等四事及《乙志》卷一《蟹山》注徐槫説，影宋鈔本及陸本作「摶」，阮本作「槫」、「搏」，當爲一人。考《支景》卷八《小樓燭花詞》云：「紹興十五年三月十五日，予在臨安試詞科……同試者何作善伯明、徐摶升甫相率游市。」頗疑即此徐摶（字升甫），作「搏」、「槫」、「榑」皆形譌，故改。

魚肉道人

洪邁撰

黄元道，本成都小家子。生於大觀丁亥〔一〕，得風搐病，兩手攣縮不可展，膝上拄頤，面掣向後，又瘖不能啼。父母欲其死，置於室一隅，飢凍交切，然竟不死。獨祖母哀憐之，時時灌以粥飲。活至七歲，遇道人過門，從其母求施物，母愧謝曰：「家極〔二〕貧，安得有餘力？」道人曰：「然則與我一兒亦可。」母以病者告，曰：「得此足矣。」以布囊盛之，負而出。乃父跡其所往，則至野外，取兒置地上，掬白水洗濯，脱所披紙被蒙其體，□□□□一粒納兒口，旋繞行五六十里步〔三〕。

魚一頭，使生食，又溺於〔四〕□□□□染指嘗之，甘芳如醴，捧鉢盡飲有聲，入腹錚錚然。忽若推墮崖下，所見猶元牧之處，牛在旁齕草，無少異。覺四體不佳，跳入山澗中坐，水深及肩，展轉酣暢。越〔五〕一夜乃出，則神氣灑落，方寸豁如，非復前日事，不知幾何時矣。牽牛還王家，主人訝曰：「小兒何所往，許久不歸？」自此日游廛市，能説人〔六〕肺腑隱匿。或駡某人曰：「汝行負神明，且入鬼録。」又駡某人曰：「汝欺罔平民，將有官事。」已而果然。市人畏其發伏，相戒謹避之。王翁縛而閉諸室，尋縱去，入峩眉山累年。會張魏公爲宣撫使，奉母夫人來游山，見之，攜以出。後隨公出蜀，甫下峽，不辭而去。

過武當山，孫旭先生告之曰：「羅浮山黄野人，五代時□惠州刺史，棄官學道。今仙品已高，宜往敬拜，以求延年度世之術。」欣然而行，至羅浮崇真觀問津，觀主曰：「山有三石樓，高處殆無路可上，須扳〔七〕藤蘿援枯木，如猿猴〔八〕以登。不幸隕墜，必糜碎於不測之淵。君不爲性命計，則可往。」黄曰：「若顧戀性命，安肯來此？」乃告以其處。杖策徑行，而下石樓始自崖而升，僅可容足。將及中〔九〕樓，風雨驟至，急趨一石穴避之。迫暮留宿，夜聞林莽戛戛聲，大蚺蛇入穴，繼之者源源不已，蟠繞於旁。黄瞑目坐達旦，群蛇以次去。復前行，崖路中絶，獨巨藤枝下垂，援之以上，時時得小徑，然財數十步即途窮。俯瞰江水，相望極目，但隨蔓勢高下以進。日力垂盡，始到上樓。一穴圓明通中，匍匐過之。

達巖畔，望野人緑毛被體，踞石坐。肅容設拜，拱而立，其人殊不視，黄不敢喘息。久之，忽問曰：「汝爲誰？何自來此？亦何用見我？」具以對。曰：「料汝且飢且渴。」自起，揭所坐石，石下泉一泓極清，指曰：「此可飲。」黄以槲葉杓酌之，可二升許。腹大痛，亟出，大泄二十餘行，始定。復入侍，方命之坐，始言曰：「浮世榮華富貴，疑若可樂，至人達觀，直與腐鼠等耳。人能處此地，與居富貴等，雖盡今生至來生不厭倦。儻一毫蒂芥，頃刻不可留。汝觀此間，别有佳處否？」對曰：「游先生之庭，尚不敢左右眄，焉知其他？」野人曰：「汝試觀吾受用處。」引手捫石壁，劃然洞開，相與入其中。其上正平，光采如鏡。其下清泉巧石，奇花異卉，從横布列，兩池相對。謂黄曰：「汝留此爲我治花圃，東池水可供飲，西池以溉灌，勿誤也。」遂先出，閉壁門。黄奉所教。地方七八丈，而無所不有，牡丹五色，花皆徑尺。室中常明，不能辨晝夜。居之甚久，花葉常如春。

一日，野人啓門入，甚喜曰：「汝果能留意於此，真可教。汝姑去此，吾之學長生久視法也，與寂滅之道不同，當盡世間緣乃可。兼汝服珍泉，滌穢已盡，宜别有所食。」於鉢中取魚肉，如故山所得者，與之，指石窟宿溺使盡飲，遣下山，曰：「汝歸，逢人與魚肉，任意噉之，直俟不欲食時，復來見我。」黄再拜辭去。從此能啖生肉至十斤，後稍減少。

紹興二十八年，召入宫，賜名元道，封達真先生，戒令勿食魚。御製贊賜之曰：「不火而食，太古之民。不思而書，莫測其神。外示朴野，内含至真。白雲無迹，紫府常春。」周參政葵舊與之善，閑居宜興，黄過之，書「明月雙溪水，清風八詠樓」十字以獻。後二年，黄以口過逐居婺，周公適自當塗移守，所書始驗。凡此諸説，多得之於周。

乾道二年，予見之鄱陽，食肉二斤，而飲水猶一斗。證其得道始末，與周説不差，故采著其大略。又一年，在九江爲郡守林栗黄中所劾治，杖而編隸之。（據北京中華書局版何卓點校本南宋洪邁《夷堅丙志》卷一五）

〔一〕大觀丁亥　「丁」字原空闕，據陸本補。按：大觀丁亥乃元年（一一〇七）。

〔二〕極　此字原空闕，據陸本補。

〔三〕十里步　此三字原空闕，據陸本補。按：此下原本闕九行又十字，凡一百七十二字。

〔四〕於　此字原空闕，據陸本補。

〔五〕越　此字原字形不全，作「赱」，據影宋鈔本、陸本補。

〔六〕人　此字原空闕，據陸本補。

〔七〕扳　陸本作「攀」。

〔八〕猴　影宋鈔本、陸本作「猱」。

〔九〕中　此字原空闕，據影宋鈔本、陸本補。

沈見鬼

洪　邁　撰

越民沈氏，世居山陰道旁。郡人奉諸暨東嶽廟甚謹，每三月二十八日天齊帝生朝，合數郡伎術人，畢集祠下，往來者必經沈生門。紹興乙亥歲，三道流歸天台，以是日至門，少憩。一人老矣，衣服藍縷，二人甚壯，頗整絜，隨身齎乾糒及馬杓之屬。坐久，沈出見之，三人長揖，求湯沃飯。沈併遺以蔬菜濁酒，皆喜謝。畢飯，老者從容告曰：「子將有目疾。」解腰間小瓢，奉藥三粒，云：「疾作時幸可用此。」沈唯唯。須臾辭去，復言曰：「中秋日當再過此，千萬候我於門。若不相遇，後不復會矣。」沈亦唯唯。置藥佛堂隱奧處，未嘗以語家人，亦莫之信也。

夏六月，真苦赤目，腫痛特甚，寢食俱廢。凡可用之藥無不試，有加無瘳。始憶道人語，而忘藥所在。命遍索之，經日，得於佛堂塵埃中。取一粒，沃之以湯，銅箸點入眼，如冰雪冷徹腦間，痛即止，腫亦漸退。是夜熟睡，明旦起，雙目如常。所居去城十五里，城外石橋曰跨湖，頃兵難時，多殺人於此。一日，騎驢入城，過午而歸，經此橋，見橋上下被髮流血者，斬首斷臂者，三兩相扶，莫知其極，奇形異狀，毫毛不能隱。驚而墜，迨起，復見之，如故態。且驚且走，不敢開目。比至家，日已晡。暮出舍前，見田間水際亦如是，大怖而還。過數日，又入城，其歸差早於前，所見儼然。但正心澄念以待之，悸魄稍定。

自是常有所睹，漸不加畏。鄉人頗知其事，多往訪焉。韓總管喪愛子，念之不忘，召問沈，沈云：「小人但見鬼物耳，若追召遣逐，不能也。」韓曰：「吾正不爲此，但恐兒魂魄尚幽滯，煩君一觀之。」引詣昔所居。沈初不識，具言容貌舉止，所衣之服，與生時了不異，立於室中，韓舉室大慟。其後問者，不可以縷數，大抵皆如韓氏事，遂呼爲沈見鬼。五年之後，漸無所睹云。所謂道人中秋之約，竟忘之矣，好事者爲惜之。（據北京中華書局版何卓點校本南宋洪邁《夷堅丙志》卷一七）

王鐵面

洪　邁　撰

三衢人王廷，善相人，不妄許與，士大夫目爲王鐵面。乾道三年至臨安，以六月三日來見予。予時以起居郎權中書舍人，又權直學士院，廷曰：「君額上色甚明潤，自此三十二日及四十九日，有爲真之喜。」明日，予在漏舍與從官言之，皆相託招致。予退以語廷，廷曰：「所言元未驗，遽見薦，使我何以藉口？俟君遷除了，它日復來，不失此約幸矣。」

竟不肯詣。

周元特權兵部侍郎，欲求去，邀之至局中，廷曰：「冬季當遷，異時典州未晚也。」户部郎中莫子蒙濛[二]、金部郎中何希深逢原適在坐，廷曰：「更一月，莫郎中當帶職帥邊，何郎中當作監司。」元特曰：「吾方求退，固無至冬反遷之理。莫郎中縱補外，未應得職名。何郎中入蜀十年，持使者節多矣，還朝未半年，何由便去？」廷曰：「我信吾術爾，無柰公所言人事何也。」密謂元特曰：「何公明年禄盡，豈特一去邪？」廷留數日，即歸鄉。至七月六日，予忝掖垣之拜，二十二日，直院落權字，與所指兩日不小差。子蒙以八月除直徽猷閣，帥淮東。希深出爲福建提刑，次年卒。元特以十一月拜吏部，又二年乃爲太平州。皆如其言。

此蓋親見者，而所傳數事尤奇崛可紀。徐吉卿嘉侍郎，紹興三十一年宫觀在衢，廷見之曰：「公從今六十日當召用。」吉卿曰：「與汝鄉里，勿見戲。」廷曰：「廷平生不諛人，安得此？姑以二事驗之。一月後，得五百里外骨肉間凶訃，繼有登高顛墜之厄，則吾言應矣。」已而吉卿長女嫁馬希言者卒于臨安，吉卿因省先塋，登山而跌，礙樹間不至損。會朝廷擇使出疆，趣召之，日月皆脗合。其見予之歲，嘗至鎮江，謂通判毛欽望曰：「君終任造朝，得一虚名郡守。」金山主僧方入院，廷曰：「即日游行二百里。」僧殊不信。甫二日，方務德自建康遣信招之，遂行，求決於廷，廷曰：「至彼且復來，來之日有小驚惱，然不關身也。」及歸，方弛擔而西津火，寺之僦舍十餘家焚焉。欽望秩滿，得全州，不及赴而致仕。又過姑蘇，見王浚明〔二〕，廷〔三〕曰：「將罹伉儷之戚。自此賢閤雖小疾，亦宜善爲之防。」浚明不敢答。妻宋氏窺於屏間，聞之擊屏風，怒駡而入。未幾，果以腹痛臥疾，訖不起。范至能方閑居，謂之曰：「今年縱得官，皆不成，俟入新太歲，乃極佳耳。」吴人耿時舉，以恩科得文學，形模舉止如素貴，蒙胡長文力爲嶽廟。廷曰：「此人不得官，尚可活數年，食禄一日死矣。」耿不旋踵而亡。至能除提舉浙東常平，命未出而寢。立春日差知處州，至郡數月，召還爲侍從。

廷約再見予，予遲其來而竟不來，予亦罷去。得非知其如是，未有可以爲予言者乎？凡徐吉卿事聞之胡長文，鎮江事聞之黄仲秉，姑蘇事聞之范至能云。（據北京中華書局版何卓點校本南宋洪邁《夷堅丙志》卷一七）

〔二〕莫子蒙濛　「濛」字原空闕。按：《宋史》卷三九〇《莫濛傳》載：「莫濛字子蒙，湖北歸安人。……未幾知鄂州，召除户部左曹郎中，出知揚州。」據補。從下文例補作小字。

〔三〕王浚明　「浚」原譌作「俊」，下文則作「浚」，據阮本、陸本改。按：王浚明名曉，見《夷堅支癸》卷五

《陳泰冤夢》、《志補》卷三《林景度》。

〔三〕廷　此字原空闕，依文義當爲「廷」字，今補。

王浪仙

洪　邁　撰

温州隱者某，居於瑞安之陶山，所處深寂，以耕稼種植自供。易筮如神，每歲一下山賣卦，卦直千錢，率十卦即止，盡買歲中所用之物以歸。好事者或齎金帛，經月邀伺，然出未十里，卦已滿數，不復肯更占。郡人王浪仙，本書生，讀書不成，決意往從學。值其出，再拜於塗，便追隨入山，爲執奴僕之役。稍稍白所求，隱者亦爲説大概。又舉是歲所占十卦，使演其義。王疲精竭慮，似若有得，彼殊不以爲能，曰：「汝天分止此，不可彊進也。」遣出山，然王之學固已絶人矣。有以墓域訟者，求決焉。其卦遇賁，曰：「爲墳欠土，此不勝之兆。」後踰月，前人復來，又筮之，遇蒙，曰：「兆非先卦比，冢上有草，當即日得直。」既而盡然。

西游錢塘，時杭守喜方技，至者必厚待之。然久而乖戾，輒置諸罰，不少貸。王書刺曰「術士王浪仙」，守延入，迎問曰：「君名有術，曾聽五更城上鼓角聲乎？」曰：「聞之。」

「其驗如何？」曰：「內外皆平寧，但今夕二鼓後，法當有婦人告急者。」王還客舍，廂卒數人已先在，曰：「君何苦來此，前後流配者不知幾人矣。今我輩相臨，何由得脫？」翌日未明，守招與言曰：「昨語甚神，夜適二鼓，通判之婦就蓐，扣門來求藥，真所謂婦人告急也。」自此館遇加禮。遂詢休咎，對曰：「今年某月某日午時召命下。」守固篤信者，屈指以須。至期，延幕僚會飯，王生預席，守曰：「王先生謂吾今日忝召節，諸君試共證之。」食罷及午，寂無好音，坐客皆悚。既過四刻許，促問至再，王趨立廷下觀日影，賀曰：「且至矣。」須臾，郵筒到，發封見書，果召赴闕。守謝以錢百萬，約與偕入京，王曰：「遠郡鄙人，願一識都邑，僥倖發身。但家貧特甚，俟送公上道，暫還鄉，持所賜與妻子，然後兼程而北，未爲晚。」守許之。既行，或問其故，曰：「使君雖被召，而前程不見好處，殆難面君也。」守未至國門，乃別除郡，踰年而卒。王生不知所終。（據北京中華書局版何卓點校本南宋洪邁《夷堅丁志》卷二）

南豐知縣

洪　邁　撰

紹興初，某縣知縣趙某季子，二十歲，未授室，與館客處於東軒。及暮客歸，子獨宿書院。聞窗外窸窣有聲，自牖窺之，一婦人徘徊月明下。方駭噩間，已傍窗相揖。驚問云：「汝何人，竊至此？」曰：「我東鄰女也，慕君讀書，踰牆相從，肯容我一聽乎？」欣然延入，留不使去。自是曉往夕來。子神情日昏悴，飲食頓削，父母疑而扣焉，不以告。密訊左右者，曰：「但聞每夜切切如私語，又時嬉笑，久欲白而未敢。」父母知爲鬼所惑，徙歸，同榻寢，即寂然。踰月，顏色膳飲稍復舊。

一日，獨處房中，忽大呼求救，似爲人捽髻而出，驅行甚速。舉家不知所爲，婢僕共牽挽，而力不可制。迤邐由書院東趨後園，纔出門，去愈速，將至八角大井邊，欻仆地不醒。家人共扶舁歸，移時乃能言，云：「實與婦人往還久，及徙室不復來。今旦父母在堂上，忽見從外入，忿怒特甚，戟手肆罵曰：『許時覓汝不得，元來只在此！』便向前捽我髻，盡力不能脱，直造井傍。以手招井内，即有無數小鬼出，皆長三二尺，交拽我，勢且入井。俄一白須翁坐小涼轎，僕從三十輩，自園角奔而至，傳呼云：『不得！不得！』群鬼悉斂手，翁叱曰：『著棒打！』僕從舉梃亂擊，皆還井中。翁責婦人曰：『我戒汝不得出，那敢如是？』婦低首斂衽，無一言。又曰：『元有大石鎮井上，今何在？』僕曰：『宅内人輿將搗衣矣。』咄曰：『不合動。』著鞭婦人數十，罵之曰：『汝安得妄出，爲生人害？況郎君自有前程耶？』逐入井，命别扛巨石窒于上。告我曰：『吾乃土地也，來救郎君。郎君性命，幾爲此鬼壞了。歸語家中人，此石不可動也。』語罷，復〔一〕升轎去。」此子後得官，仕至南豐宰。（據北京中華書局版何卓點校本南宋洪邁《夷堅丁志》卷一）

〔一〕復　原譌作「後」，據影宋鈔本、阮本改。

宋代傳奇集第五編卷十

陳才輔

洪　邁　撰

建炎末，建賊范汝爲、葉鐵、葉亮作亂，建陽士人陳才輔，集鄉兵殺葉鐵父母妻子。賊猖獗〔一〕益甚，紹興元年遂據郡城。朝廷命提舉詹時升、奉使謝嚮同〔二〕招安，群盗皆聽命，獨葉鐵不肯，曰：「必報陳才輔，乃可出。」詹爲立重賞擒獲以畀之。鐵選三〔三〕十輩監守，人與錢一千，戒之甚至，曰：「失去則皆斬。」欲明日邀使者及諸酋〔四〕高會而甘心焉。監者以巨索縛陳脚，倒垂〔五〕梁間，大竹篾〔六〕拳其手，劍戟成林〔七〕，相近尺許，臿一刀甚利。

至二更，衆皆醉，陳默禱曰：「才輔本心忠孝，爲國爲民，老母在堂，豈當身受屠害？若神明有知，願使此曹熟睡，刀自近前，爲破索出手，使得脱去。」良久，刀果自前〔八〕，如神物推擁。陳以掌就斷其篾，兩手既釋，稍〔九〕扳援割截，繫縛盡斷。遂握刀趨門，一人睡中問：「誰開門？」應曰：「我。」其人不知爲陳也，曰：「不要失卻賊。」陳曰：「如此執縛，何足慮？」及出門，已三鼓，行穿後巷，約一里，聞彼處喧呼曰：「走了賊！」陳益窘，顧路旁坎下篁竹蒙翳，急藏其間。而千〔一〇〕炬齊發，搜尋殆遍，坎中亦下槍刃百十，偶無所傷。諸人言必歸〔一一〕建陽，或向劍浦，宜分詣兩道把截。陳不敢擇〔一二〕徑路，但屈曲穿林莽中〔一三〕。明日，抵福州古田境，賣所持刀，得錢買飯，直趨泉州，就其姊〔一四〕壻黃秀才。踰八日，而十卒持詹君帖至，復成擒。陳知不免，亟自碎鼻，以血汙身，佯若且死。十卒自相尤曰：「奈何使〔一五〕至此？」扛置邸中，真以爲困悴，不復防閑。又三日，黃生來視，適茶商置酒招黃及十人者〔一六〕，商家相去稍遠〔一七〕，唯七人往赴，留三人護守。陳又默禱如曩時，三人皆飲所餉酒，亦醉。買菜作羹，一坐房前，一吹火竈間，一洗菜水畔，陳乘間携棍棒揮擊，即死〔一八〕。南走漳州，竟得脱。

明年，韓蘄王平賊，陳用前功得官。（據北京中華書局版何卓點校本南宋洪邁《夷堅丁志》卷五）

〔一〕猖獗　影宋鈔本、阮本、陸本作「猖蹶」，音義皆同。

〔二〕同　葉本作「同往」。

〔三〕三　原作「二」，葉本、影宋鈔本、阮本、陸本及《永樂大典》卷三一五〇《陳才輔》引《夷堅志》並作「三」，據改。

〔四〕諸酋　葉本作「首領」。

〔五〕垂　葉本作「懸」。
〔六〕大竹篋　葉本前有「以」字。
〔七〕成林　葉本作「森列」。
〔八〕果自前　葉本作「忽近前」。
〔九〕稍　葉本作「稍可」。
〔一〇〕千　葉本作「十」。
〔一一〕歸　葉本作「走」。
〔一二〕擇　葉本作「由」。
〔一三〕中　葉本作「行」。
〔一四〕姊　明鈔本作「妹」。
〔一五〕使　陸本作「便」。
〔一六〕適茶商置酒招黄及十人者　葉本末有「飲」字。
〔一七〕商家相去稍遠　葉本作「商居稍遠」。
〔一八〕陳乘間携棍棒揮擊即死　葉本作「陳乘間揮棍擊三人皆死」。

按：據同卷《張琴童》末注，此事乃黄德琬説。

華陽洞門

洪　邁　撰

李大川，撫州人，以星禽術游江淮。政和間至和州，值歲暮，不盤術。俚語謂坐肆賣術爲鉤〔一〕司，游市爲盤術。正旦日，逆旅主人拉往近郊，見懸泉如簾，下入洞穴，甚可愛，因相攜登隴，觀水所注。其地少人行，陰苔滑足，李不覺隕墜。似兩食頃，乃坐於草壤上，肌膚不小損。睨穴中，正黑如夜，攀緣不能施力，分必死。試舉右手，空無所著，舉左手，即觸石壁，循而下，似有微徑可步。稍進漸明，右邊石池，荷花方爛熳，雖飢渴交〔二〕攻，而花與水皆不可及。已而明甚，前遇雙石洞門，欲從右入，恐益遠，乃由左户而過。如是者三，則在大洞中，花水亦絶，了不通天日，而晃曜勝人間。中有石棋局，聞誦經聲，不見人。遠望若有坐而理髮者，近則無所睹。俄抵一大林，陰森慘澹，悽神寒骨，怖悸疾走，已出曠野間。舉頭見日，自喜再生，始緩行。

逢道傍僧寺，憩于門。僧出問故，皆大驚，爭究其説，李曰：「與我一杯水，徐當言之。」便延入寺，具飯。悉道所歷，僧歎曰：「相傳兹山有洞，是華陽洞後門，然素無至者。」李問：「此何處？」曰：「滁州境。」「今日是何朝？」曰：「人日也。」李曰：「吾已墜七日，財如一晝耳。」僧率衆挾兵刃，邀李尋故蹊，但怪惡種種，不容復進。

李還和州〔三〕訪舊館，到已暮夜。扣户，主人問爲誰，以姓名對。舉室唾罵〔四〕曰：「不祥！不祥！」李大聲呼曰：「我非鬼也，何得爾？」遂啓户。留數日而歸。每爲人話其事，或誚之曰：「爾亦愚人，正旦荷花發，詎非仙境乎？且雙石洞門，安知右之遠而左可出也？」李曰：「方以死爲慮，豈暇念此？後雖悔之，何益？」李有子，今在臨川。陳鍔說，□聞之大川。（據北京中華書局版何卓點校本南宋洪邁《夷堅丁志》卷八）

〔一〕鉤　此字原空闕，據陸本補。

〔二〕交　阮本作「久」。影宋鈔本作「又」。按：《歲時廣記》卷七《元旦下·入仙洞》引《夷堅丁志》作「交」，是則作「久」、「又」皆形譌也。

〔三〕和州　阮本作「□陽」，影宋鈔本作「颺陽」，《歲時廣記》作「歷陽」。按：歷陽乃和州治所。

〔四〕唾罵　《歲時廣記》作「吐罵」。按：吐罵即唾罵。古有唾鬼辟邪之説。

吴僧伽

洪　邁　撰

吴僧伽，贛州信豐縣僧文祐，本姓吴，落髮出遊，結庵於贛縣岉嶺。久而去之，客雩都妙淨寺之僧伽院中，遂主院事，故因目爲吴僧伽。佯狂市廛，人莫能測。每日必詣松林，以杖扣之而歌〔一〕曰：「趙家天子趙家王。」不曉其意。逢善人于塗，輒拱揖致敬；貪暴不仁者，率抵以〔二〕狗彘，不少屈。惡少年不樂，至群輩譟逐之。嘗走避于某家園竹〔三〕中，疾呼求救，且拊其竹曰：「大大竹林成掃帚。」不旬浹〔四〕，萬竹悉枯。此家固一凶族，自是衰替。

寺後竹叢，一竿最巨，忽夜半造其下，考擊而歌，聲徹四遠，連夕如是〔五〕。他僧爲之廢寢〔六〕，怒而伐之，既而紫芝徑尺生橛上。邑民曾德泰老無子，與妻議飯吴以祈。未及召，旦而〔七〕排闥來。曾大驚，謹饋之食。將去曰：「當何爲報？唯有二珠而已。」果連生二子。縣市舊集于南洲，而縣治外但曠野〔八〕，吴過門必言曰：「錢將平〔九〕腰矣。」及洲没於水，市遂徙于邑門之陽。嘗求菜于民婦，戒使多爲具〔一〇〕，婦許諾。夫歸，怒其妄費。吴至，乞醯生〔一一〕啖之，若欲輟而强〔一二〕食者再三，婦曰：「食飽則已，何必盡？」曰：「欲免汝夫婦責言耳。」民駭謝。

學佛者孫德俊，往汀州武平謁慶巖定應師，師曰：「雩川自有佛，禮我何爲？」孫曰：「佛爲誰？」曰：「吾法弟僧伽也。爲吾持一扇寄之。」舟檥岸，吴已至，曰：「我師寄扇何在？」孫以汀扇數十雜示之，徑取本物〔一三〕而去。由是狂名日減〔一四〕，多稱爲生佛。一夕，遍詣同寺諸剎門，鋪坐具作禮曰：「珍重！珍重！」皆寂無應者。中夕，趺坐而逝，時大中祥符己酉六月六日也。是日，邑大商在蜀遇之於河梁，問吴僧何往，痀僂急趨曰：「少幹，少幹。」商歸，乃知其亡。其亡也〔一五〕異香滿室，數日不變〔一六〕。僉議勿火化，而堊〔一七〕其全體事之。元豐乙丑冬，一〔一八〕僧來郡城，訪桂安雅〔一九〕家，求木作龕。桂曰：「師爲何人？」曰：「雩都妙淨寺明覺院吴僧也。」桂許之。送之踰閾，遂不見。後乃審其故，云：「明覺即僧伽也。」真身至今存。（據北京中華書局版何卓點校本南宋洪邁《夷堅丁志》卷八）

〔一〕以杖扣之而歌　原作「以扣之」，據葉本及《永樂大典》卷八七八三《僧・文祐》引《夷堅志》補。

〔二〕抵以　葉本作「詆爲」。抵，詆也。

〔三〕園竹　葉本作「竹園」。

〔四〕旬浹　葉本作「旬日」，明鈔本作「浹旬」。旬浹、浹旬、旬日，十日也。

〔五〕如是　葉本作「不已」。

〔六〕爲之廢寢　葉本作「厭惡」。

〔七〕旦而　葉本作「拂旦」。

〔八〕縣治外但曠野　「治」《大典》作「地」，「但」葉本作「爲」。

〔九〕平　葉本作「半」。

〔一〇〕具　明鈔本作「葅」。
〔一一〕生　阮本作「坐」。
〔一二〕强　此字原空闕，葉本及《大典》作「强」，據補。陸本作「噎」。
〔一三〕本物　葉本作「所寄」。
〔一四〕減　葉本作「盛」。按：《大典》亦作「減」，作「盛」當誤。
〔一五〕也　葉本作「處」。
〔一六〕變　葉本作「散」。
〔一七〕堊　葉本作「髹」。堊，白色泥土，此指用白泥塗身。髹，漆也。
〔一八〕一　《大典》作「亡」。
〔一九〕桂安雅　《大典》作「桂安牙」。

太原意娘

洪邁撰

京師人楊從善，陷虜〔一〕在雲中，以幹如燕山，飲于酒樓。見壁間留題，自稱太原意娘，又有小詞，皆尋憶良人之語。認其姓名字畫，蓋表兄韓師厚妻王氏也，自亂離暌隔，不復相聞。細驗所書，墨尚濕，問酒家人，曰：「恰數婦女來共飲，其中一人索筆而書，去猶未遠。」楊便起追躡，及之，數人同行，其一衣紫，佩金馬盂〔二〕，以帛擁項。見楊愕然，不敢公招〔三〕喚，時時舉目使相從〔四〕。

逮夜衆散，引楊到大宅門外立，語曰：「頃與良人避地至淮泗，爲虜所掠。其酋〔五〕撒八太尉者欲相逼，我義不受辱，引刀自刭，不殊。大酋之妻韓國夫人聞而憐我，亟命救療，且以自隨。蒼黄別良人，不知安往，似聞在江南爲官，每念念不能釋。此韓國宅也。適與女伴出遊，因感而書壁，不謂叔見之。乘間願再訪我，儻得良人音息，幸見報。」楊恐宅内人出，不敢久留連，悵然告别。雖眷眷于懷，未敢復往。

它日，但之酒樓瞻玩墨蹟，忽睹别壁新題字并悼亡一詞，正所謂韓師厚也。驚扣此爲誰，酒家曰：「南朝遺使通和在館，有四五人來買酒，此蓋其所書。」時法禁未立，奉使官屬尚得與外人相往來。楊急詣館，果見韓，把手悲喜。爲言意娘所在，韓駭曰：「憶〔六〕遭掠時，親見其自刎死，那得生？」楊固執前説，邀與俱至向一宅，則闃無人居，荒草如織。逢牆外打綫媪，試告焉，媪曰：「意娘實在此，然非生者。昨韓國夫人閔其節義，爲火骨以來，韓國亡，因隨葬此。」遂指示窆處。二人踰垣入，恍然見從廡下趣室中，皆驚懼。然業已至，即隨之，乃韓國影堂，傍繪意娘像，衣貌悉曩所見。

韓悲痛還館，具酒殽，作文祭酹，欲挈遺燼歸，拜而祝曰：「願往不願往，當以影響相告。」良久出現曰：「勞君愛念，孤魂寓此，豈不願有歸？然從君而南，得常常善視我，庶慰冥漠。君如更娶妻，不復我顧，則不若不南之愈也。」韓感泣，誓不再娶。於是竊發冢，裹骨歸。至建康，備禮卜葬，每旬日輒往臨視。

後數年，韓無以爲家，竟有所娶，而於故妻墓稍益疎。夢其來，怨恚甚切，曰：「我在彼甚安，君强攜我。今正違誓言，不忍獨寂寞，須屈君同此況味。」韓愧怖得病，知不可免，不數日卒。（據北京中華書局版何卓點校本南宋洪邁《夷堅丁志》卷九）

〔一〕虜　阮本改作「敵」，下文「爲虜所掠」，改「虜」作「兵」，皆避清諱也。

〔二〕金馬盂　嚴元照校：「『盂』字疑誤。」按：金馬盂乃盛水之器及飲器。《三國志》卷一四《吴書·孫登傳》：「又失盛水金馬盂。」《金史》卷九三《僕散揆傳》：「賜金馬盂一。」或可作爲佩物。

〔三〕招　陸本作「召」。

〔四〕從　原作「送」。影宋鈔本、阮本、陸本並作「從」，據改。

〔五〕酉　阮本作「長」。

〔六〕憶　阮本作「噫」。

按：《丁志》卷九末注：「此卷□（按：疑爲皆字）忠翊郎馬□説。」

《鬼董》卷一「張師厚」條，與此乃一事之二傳，惟韓師厚作張師厚，王意娘作崔懿娘，情事亦有異。作者按云：「《夷堅丁志》載太原意娘，正此一事，但以意娘爲王氏，師厚爲從善，又不及劉氏事。案此新奇而怪，全在再娶一節，而洪公不詳知，故復載之，以補《夷堅》之闕。」

張顔承節

洪　邁　撰

宣和間，京師天漢橋有官人自脱冠巾，引頭觸欄杆不已，觀者環視〔一〕，恍莫測其由。不復可勸止，問亦不對。良久，血肉〔二〕淋漓，冥〔三〕仆于地。徼巡卒共守伺之。日晚小〔四〕蘇，呻吟悲劇，顧曰〔五〕：「我張顔承節也，住某坊内，幸爲僦人舁歸。」既至家，遂大委頓，頭顱腫潰如盎。呼醫傅藥，累〔六〕旬方小愈。家人扣其端〔七〕，全不自覺。瘡成痂而痒不可忍，勢須猛〔八〕爬搔，則又腫潰。才愈復痒，如是三四反，踰年不差，殆於骨立，盡室憂其不起。

嘗扶掖出門，適舊僕過前，驚問所以，告之故，僕曰：「都水監杜令史，施惡瘡藥，絶神妙。然不可屈致，當勉詣彼，庶見證付藥，可立愈。」張仗〔九〕僕爲導，亟訪之。杜生屏人〔一〇〕曰：「頗憶前年中秋夜所在乎？」曰：「忘之矣。」杜曰：「吾能言之。君是年部江西米綱，以中秋夕至獨樹灣檥〔一一〕泊。月色正明，君杖策登岸，百步許，得地平曠。方命酒賞月，俄而驟雨，令僕夫取雨具。怒其來緩，致衣履沾濕，抛所執拄斧，擲之中額。僕回舟，謂妻曰：『我爲主公〔一二〕所擊，已中破傷風，恐不得活。然無所赴愬即死，汝切勿以實言，但云痼疾發作。此去鄉遠，萬一不汝容，何以生存？宜懇白主公，乞許汝子母〔一三〕附舟入京，猶得從人浣濯以自給〔一四〕。』言終而亡。比曉，妻舉尸稾瘞于水濱，泣拜君曰：『夫不幸道〔一五〕死，願容附載。』君叱之曰：『舟中皆男子，豈宜著汝無夫婦人？』略不顧，促使解纜。妻拊膺大慟曰：『孤困異土，兼乏裹糧，進退無路，不如死。』抱幼子自投江中。僕既隕於非命，又痛妻兒之不終，訴諸幽府，許償此冤。去年君觸橋〔一六〕時，乃彼久尋君而得見也。」

張震駭曰：「是皆〔一七〕然矣。某方欲丐藥，何爲及此？且何以知之〔一八〕？」杜曰：「吾晝執吏役，夜直冥司，職典冤獄，兹事正在吾手〔一九〕。屢爲解釋，渠了不聽從。自今四十九日，當往與君決。至期，可掃洒靜室，張燈四十九盞，置高坐以待之，中夜當有所睹。幸而燈不滅，彼意尚善；若滅其半，則不可爲矣。吾亦〔二〇〕極力調護，但負命之冤，須待彼肯捨與否，有司固不可得而强。無用藥爲也。」

張泣謝而歸，如其教，張燈之夕，獨坐高榻，家人皆伺於幕内。近三鼓，陰風勁厲，四十九燈悉滅，其一復明。亡僕流血被面，妻子相隨，猶帶水瀝漉〔二一〕，從室隅出，拽張曰：

「可還我命！」即隕墜于下〔一三〕，頭縮入項間而死。（據北京中華書局版何卓點校本南宋洪邁《夷堅丁志》卷九）

〔一〕環視　葉本及《汴京勼異記》卷八《報應》引《夷堅志》作「環堵視之」。《勸善書》卷一七作「環繞」。

〔二〕肉　《汴京勼異記》作「流」。

〔三〕冥　《汴京勼異記》作「昏」。

〔四〕小　葉本及《汴京勼異記》作「稍」。

〔五〕呻吟悲劇顧曰　葉本作「呻吟悲泣曰」，《汴京勼異記》前有「乃」字，餘同。《勸善書》「顧」下有「左右」二字。

〔六〕累　《汴京勼異記》作「屢」。

〔七〕端　葉本及《汴京勼異記》作「故」。

〔八〕猛　陸本作「盡」。

〔九〕仗　《汴京勼異記》作「令」。

〔一〇〕杜生屏人　葉本作「杜屏生人」，《汴京勼異記》作「杜屏人問」。

〔一二〕檥　《勸善書》、《汴京勼異記》作「艤」，音義皆同，停船靠岸也。

〔一三〕主公　《勸善書》作「主翁」，《汴京勼異記》作「主人」，下同。

〔一三〕子母　《勸善書》作「母子」。
〔一四〕猶得從人浣濯以自給　葉本作「猶得與人浣濯度日」，《汴京勼異記》「得」作「可」，餘同。
〔一五〕道　《汴京勼異記》作「旅」。
〔一六〕橋　《汴京勼異記》作「橋柱」。
〔一七〕皆　《汴京勼異記》作「固」。
〔一八〕某方欲丐藥何爲及此且何以知之　葉本作「某方欲丐藥耳，公何自知之」，《汴京勼異記》作「某此來欲求藥耳，公何自知之」。
〔一九〕手　《汴京勼異記》作「案」。
〔二〇〕亦　《汴京勼異記》作「當」。
〔二一〕瀝漉　《勸善書》作「瀝瀝然」。
〔二二〕下　葉本及《勸善書》、《汴京勼異記》作「地」。

田道人

洪　邁　撰

田道人者，河北人，避亂南度，居京口。每歲三月茅山鶴會，欲與其徒偕往，必有故而輟。紹興壬午之春，始獲一游，因留連月餘。將歸，足疾驟作，不可行，既止即愈，欲行復作，如是者屢矣。意其緣在此山，禱于神，乞爲終焉之計，自爾不復病。夢神告曰：「此非汝居也，汝自有庵在山中，其址東向者是，宜亟訪之。」固以爲想念所兆，未深信。越數夕，夢如初，猶未決。又念身赤立於此，縱得其基，雖草廬豈易能辦？是夕，夢神怒曰：「旬日不遷，必死兹地矣。」晨興訪同類，且託尋跡之，杳不可得。或曰：「吾聞大茅君藏丹之處，名丹沙泓，地勢正東，但知名耳，不識其所在，盍詢之耆老問乎？」亦竟莫有知者。

旬日之期既迫，皇皇不敢怠，獨徘徊兔徑〔一〕。忽有村夫搦其胸，方恐懼，其人乃問曰：「汝非尋丹沙泓庵地者乎？我知之。」引至崦中，以足頓地，曰：「此是也。」田四顧，山林翔抱，正可爲東向居，喜甚，犒以百錢。笑曰：「我豈求此者？將安用之？」不顧而去。田沿路標誌而反。明日，往芟薙荆棘，以籧篨作屋，宿焉。中夜，大虎來，倚卧于外，曉乃退。岩石下有蛇，微露脊膂，大如柱，皆不傷人。又明日，僦工斸畚臿平治，於積葉三四尺下得磐石，嶙峋嵌空，縱廣數尺，若爪所攫拏而穿者。發之，得石蓮華盆，有水，浸丹沙一塊，重可二十兩，取而藏之。蓋前日村夫頓足處。是後蛇虎皆不見，疑爲衛丹之鎮云。

隆興甲申、乙酉歲，近境疾疫起，田以丹末刀圭揉成丸救之，服者皆活。所濟數千人，共以木石錢粟，爲營一庵於泓中，去玉晨觀不遠。爲人布氣治疾亦多驗。乾道己丑，藍師稷爲江東提刑，過茅山，親見田説，及分得丹三錢。辛卯歲，以庵與楊和王之孫，奮衣出山，不言所向。（據北京中華書局版何卓點校本南宋洪邁《夷堅丁志》卷一一）

〔一〕兔徑　原譌作「兔逕」，據影宋鈔本、阮本改。《李賀歌詩編》卷二《惱公》：「隈花開兔逕，向壁印狐蹤。」

按：據同卷《豐城孝婦》末注，此事乃藍叔成説。

孔勞蟲

洪邁　撰

孔思文，長沙人，居鄂州。少時曾遇張天師授法，并能治傳尸病，故人呼爲孔勞蟲。荊南劉五客者，往來江湖，妻頓氏與二子在家。夜坐，聞窗外人問：「劉五郎在否？」頓氏左右顧，不見人，甚懼，不敢應。復言曰：「歸時倩爲我傳語，我去也。」劉歸，妻道其事，議欲徙居。忽又有言曰：「五郎在路不易。」劉叱曰：「何物怪鬼，頻來我家？我元不畏汝。」笑曰：「吾即五通神，非怪也。今將有求於君，苟能祀我，當使君畢世鉅富，無用長年賈販，汨没風波間。獲利幾何，而蹈性命不可測之險？二者君宜詳思，可否在君，何必怒？」遂去，不復交談。

劉固天資嗜利，頗然其説，遽於屋側建小祠。即有高車駿〔一〕馬，傳呼而來曰：「郎君奉謁。」劉出迎，客黄衫烏帽，容狀華楚。才入坐，盤飧酒漿，絡繹精腆。自是日一來，無間朝暮，博弈嬉笑，四鄰莫測何人。金銀錢帛，贈餉不知數。如是一年，劉絶意客游，家人大以爲無望之福。他夕，因弈棋爭先，忿劉不假借，推局而起。明日，劉訪篋中所畜，無一存。不勝悔怒，謀召道士治之。適孔生在焉，具以告。孔遣劉先還，繼詣祠所，炷香白曰：「吾聞此家有祟，豈汝乎？」空中大笑曰：「然。知劉五命君治我，君欲何爲？不過効書符小技。吾正神也，何懼朱砂爲？」孔曰：「聞神至靈，故修敬審實，何治之云？」問答良久，孔誚之曰：「吾來見神，是客也，獨不能設茶相待耶？」指顧間茶已在卓上。孔曰：「果不與劉宅作祟，盍供狀授我？」初頗作難，既而言：「供與不妨。」少頃，滿卓〔二〕皆細字，如炭煤所書，不甚明了。孔謝去，慰以好語曰：「今日定知爲正神，劉五妄訴，勿恤也。適過相觸突，敢請罪。」

既退，以語劉，料其夕當至，作法隱身，仗劍伏門左。夜未半，黄衣過〔三〕來，冠服如初，徑入户。孔舉劍揮之，大叫而没，但見血中墮黄鼠半體。旦而迹諸祠，正得上體於偶人下，

蓋一大鼠也。毁廟碎像，怪訖息。（據北京中華書局版何卓點校本南宋洪邁《夷堅丁志》卷一三）

〔一〕駿 陸本作「駟」。
〔二〕卓 中華點校本改作「桌」。按：影宋鈔本、阮本、陸本及上海涵芬樓《新校輯補夷堅志》皆作「卓」。宋代作「卓」，後改爲「桌」。今回改。前文「已在卓上」之「卓」，亦據影宋鈔本改。
〔三〕過 影宋鈔本、阮本作「果」。

按：據同卷《李氏虎首》末注，此事乃梅師忠説。

武真人

洪 邁 撰

武真人，名元照，會稽蕭山民女也。方在孩抱，母或茹葷，輒終日不乳，及菜食，則如初，母甚異之。年稍長，議以妻邑之富人。既受幣，照鞅鞅不樂。訓以女工，坐而假寐。母怒笞〔一〕之，謝曰：「非敢怠也。昨夢金甲神告以后土夫人〔二〕見召，與之偕往，入雲霄間廣殿下，見高真坐殿上，玉女列侍。招我升殿，戒曰：『汝本玉女，頃坐累暫謫塵境，三紀復來。汝歸休粮，棄人間事〔三〕。』及覺欲不食，而母見强，又夢神怒曰：『命汝勿食，違吾戒何也？』剖腹取腸胃，滌諸玉盆，復納于腹而緘之。因授靈寶大洞法及大洞大法師回風混合真人印，俾度世之有疾者。」母聞言驚悟，曰：「兒異人也，予爲兒絶姻事，俾遂迺志。」

自是獨居淨室間，以符水療人疾，遠近奔奏〔四〕求符。或邀過家視病，則命二僕肩輿以行，不裹糧。至中塗從者餒，但市桃兩顆，呵氣授之，人食一桃，往數十里不飢。侍御史陳某居錢塘，以天心法治人疾。舍旁别圃建層樓，圃人告有騎而行其上者。陳叱去曰：「焉有是？」薄暮，携劍印宿于下，亦聞人〔五〕馬聲。未幾，家人扣門趣之歸，曰：「幼女係空中，如物羈縻狀。」視之信然，女昏不知人累日。陳詣樓設醮厭〔六〕之，火起壁間，倉卒奔下，火亦止。又召道士攝治，及門亡其巾。家人益恐，致書招元照。照衣冠造之，陳女起，迎門笑語，若初無疾者。照携之宿樓上，越三晝夜無所睹，女亦泰然。

韓子宬太尉公裔官輦下，嘗自書章，擬奏于天，述遭遇太上興運事，人無知者。邀照奏之，俯伏良久乃起，誦章中語，無一非是，且曰：「上帝嘉公恬靖，無覬幸〔七〕，批答云：『謹守千二日，辨〔八〕曹賞厥功。』」後皆應如照言。韓自幼患足疾，每作至不得屈申。照爲按摩，覺腰間如火熱，又摩其髀，亦熱，拂拂有氣從足指中出，登時履地，厥疾遂瘳。韓僕宿於廬側隘舍，夜夢鬼物壓其身，叫呼而出。值照至，不告之故，與〔九〕縱步至其處，照及户而返，曰：「室有自縊者，蓬首出舌，見吾求度。」即書符，命僕焚之。夜夢人謝過曰：「吾得真官符超生，不復來矣。」啓關而出。韓氏設榻留照寢，不聞喘息，徐見青雲起鼻端，一嬰兒長三寸許，色如碧流離，光射一榻，盤旋腹上，頃之不見。

張循王家婢〔一〇〕有娠，過期不産，請照往。諸婢雜立，照獨視孕者，咨嗟曰：「爾宿生爲樵夫，嘗擊殺大蛇，今故讎汝，在腹食爾五藏，盡乃已。」急白王出之，書二符授婢。婢如戒焚符，以水飲訖，産一大蛇。王聞之大駭，敬禮之，欲贈以金繒，不受。復如韓氏，留歲餘欲歸，止之不可，涕泣而别，言：「予不再至矣。」衆疑其將羽化也。旦日，拏舟歸蕭山，至家無疾而卒〔一一〕。先是，邑中十餘家俱見照衣道服，各詣其家聚話，移時乃去。數日，或詣照家訪之，家人云死矣。邑子數輩先後至者，同曰：「昨方至吾家，何遽爾？」驗其訪諸人日，乃尸解日云。時紹興十一年也。韓俣廷碩説。（據北京中華書局版何卓點校本南宋洪邁《夷堅丁志》卷一四）

〔一〕怒笞　原作「笞怒」，據葉本乙改。

〔二〕后土夫人　「夫人」二字原無，據葉本補。按：后土乃女神，唐宋人多言之。如《避暑録話》卷下：

「唐人至有爲《后土夫人傳》者，今所在多有爲后土夫人祠，而揚州尤盛，皆塑爲婦人像。」所云《后土夫人傳》，即《太平廣記》卷二九九《韋安道》，注出《異聞録》，即陳翰編《異聞集》。

〔三〕 棄人間事　原前有「遂」字，據葉本删。

〔四〕 奏　明鈔本作「凑」，同「湊」。奏，通「湊」，聚也。

〔五〕 人　此字原無，據葉本補。

〔六〕 厭　葉本作「厭禳」。

〔七〕 幸　葉本作「幸意」。

〔八〕 辦　原作「辨」，據陸本改。

〔九〕 與　葉本無此字。

〔一〇〕 婢　葉本作「妾」，下同。

〔一一〕 無疾而卒　葉本作「端坐而逝」。

田三姑

洪　邁　撰

淄州人田縠侄女〔一〕，嫁攸縣劉郎中之子。劉下世數年，田氏病，遣僕至衡山招表姪張敏中，欲託以後事，未克往而田不起。初，田有兄娶衡山廖氏女，女死又取〔二〕其妹。兄亦亡，獨後嫂在，乃與敏中同往弔，寓于張故居没山閣，時隆興甲申冬也。是夕，廖嫂暴心痛，醫療小愈。過夜半，欻〔三〕起坐，語言不倫。張往省候，則其姊〔四〕憑焉，咄咄責妹曰：「何處無昏姻，必欲與我共一婿？死又不設位祀我，使我歲時無所依，非相率同歸不可。」張諫曉之曰：「此自〔五〕田叔所爲，非今嬸過。既一家姊妹，寧忍如此？」

少頃，忽拱手曰：「叔翁萬福。」又曰：「慶孫，汝可上床坐。」叔翁者，田三姑〔六〕之季父轂，慶孫者，其稚子也，皆亡矣。蓋群鬼滿室，左右盡悚。俄開目變貌，作田氏音聲，顧張曰：「知縣，其爲姑來，姑生前有欲言者，今當具以告。」邀使稍前，歷道始死時夫兄侵牟及婢妾竊攘事，主名物色，的的不差。且囑立所養次子爲劉氏後。復切切屏語，似不欲他人預聞。良久洒淚曰：「我無大罪惡，不墮地獄道中，但受生有程，未能便超脱耳。」嗚咽而去。方附著時，廖氏眼頰笑渦，及十指纖長，全如田姑在生容貌。如是繼日來，訖于廖歸。

明年春，將祔于劉塋，張與廖送葬，宿其家次。方寒雨淒零，松風答響，皆起怖悸意。廖復爲所憑，張誰之曰：「必山鬼野怪假託，若真田三姑，何爲容色不與去冬等？」隨聲而變，宛然不少異。申言曩事，丁寧委曲然後已。迨廖氏還家又來，倩〔七〕有禱於張，旁人曰：「張知縣居不遠，盍徑往白之？」曰：「宅龍遮我，雖欲入，不見容，我不免爲是〔八〕。」

後一年廖卒，始絶。鬼附生人多矣，獨能使形狀如之，爲可怪也。（據北京中華書局版何卓點校本南宋洪邁《夷堅丁志》卷一五）

〔一〕侄女　原譌作「女」，據《異聞總録》卷一改。按：觀下文，田轂乃田三姑（即所云田氏）季父，則非女也。
〔二〕取　《異聞總録》作「娶」。取，同「娶」。
〔三〕欻　《異聞總録》作「欲」。
〔四〕姊　阮本作「娣」，誤。下文「一家姊妹」，亦譌作「娣」。
〔五〕此自　《異聞總録》作「皆是」。
〔六〕姑　此字原無，據《異聞總録》補。
〔七〕倩　《異聞總録》作「請」。倩，請求。
〔八〕是　《異聞總録》作「鬼」。

宋代傳奇集第五編卷十一

張客奇遇

洪　邁　撰

餘干鄉民張客，因行販入邑，寓旅舍，夢婦人鮮衣華飾，求薦寢。迨夢覺，宛然在旁，到明始辭去。次夕，方闔户，燈猶未滅，又立於前，復共卧。自述所從來曰：「我鄰家子〔一〕也，無多言。」經旬日，張意頗忽忽。主人疑焉，告曰：「此地昔有縊死者〔二〕，得非爲所惑否？」張祕不肯言。

須其來，具以問之，略無羞諱色，曰：「是也。」張與之狎，弗畏懼。委曲扣其實〔三〕，曰：「我故倡女，與客楊生素厚。楊取我貲貨二百千，約以禮昏我，而三年不如盟。我悒悒成瘵疾，求生不能，家人嘶見厭，不勝憤，投繯而死。家持所居售人，今爲邸店。此室實吾故棲，尚眷戀不忍捨。楊客與爾同鄉人，亦識之否？」張曰：「識之。聞移饒州市門，娶妻開邸，生事絶如意。」婦人嗟喟良久，曰：「我當以始終託子，憶埋白金五十兩於床下，人莫之知，可取以助費〔四〕。」張發地得金，如言不誣。

婦人自是正晝亦出。他日，低〔五〕語曰：「久留此無益，幸能挈我歸乎？」張曰：「諾。」令書一牌，曰「廿〔六〕二娘位」，緘于篋，遇所至，啓緘微呼，便出相見。張悉從之，結束告去。邸人謂張鬼氣已深，必殞於道路，張殊不以爲疑，日日經行，無不共處。既到家，徐於壁間開〔七〕位牌。妻謂其所事神，方瞻仰次，婦人遂出。妻詰夫曰：「彼何人斯？勿盜〔八〕良家子累我。」張盡以實對。妻貪所得，亦不問。同室凡五日，又求往州中督債，張許之。達城南，正度江，婦人出曰：「甚愧謝爾，奈相從不久何！」張泣下，莫曉所云。入城門，亦如常，及就店〔九〕，呼之再三，不可見。乃亟訪楊客居，則荒擾〔一〇〕殊甚。鄰人曰：「楊元無疾，適〔一一〕七竅流血而死。」張駭怖遽歸，竟無復遇。

臨川吴彦周舊就館於張鄉里，能談其異，但未暇質究也。（據北京中華書局版何卓點校本南宋洪邁《夷堅丁志》卷一五）

〔一〕子　葉本及《青泥蓮花記》卷一三《外編五·記戒·念二娘》引《夷堅志》、《情史》卷一六情報類《念二娘》引《夷堅志》、《廣豔異編》卷一九冤報部《張客》作「女」。《稗家粹編》卷六鬼部《張客旅中遇鬼》作「女子」。按：《稗家粹編》文字多有增飾，凡此概不出校。

〔二〕者　葉本及《青泥蓮花記》、《廣豔異編》、《情史》作「婦人」。

〔三〕實《青泥蓮花記》、《廣豔異編》、《情史》作「詳」。
〔四〕費　葉本及《青泥蓮花記》、《廣豔異編》、《情史》作「君」。
〔五〕低《青泥蓮花記》、《廣豔異編》、《情史》作「密」。
〔六〕廿《青泥蓮花記》、《廣豔異編》、《情史》作「念」。按：廿、念音義皆同，二十也。
〔七〕開　葉本及《青泥蓮花記》、《廣豔異編》、《稗家粹編》、《情史》作「設」。
〔八〕盜　葉本及《青泥蓮花記》、《廣豔異編》作「盜掠」。
〔九〕店　明鈔本無此字。
〔一〇〕擾《青泥蓮花記》、《廣豔異編》、《情史》作「迫」。
〔一一〕適《青泥蓮花記》、《廣豔異編》、《情史》作「偶」。

閻羅城

洪　邁　撰

襄陽南漳人張腆，居縣之鴈汊，世工醫。紹興十八年夏，夜夢自所居東行二里許，過固城鋪北上，久之入大城，出北門，登溪上高橋橋上，水中人往來如織。見其妻鄭氏亦涉水登岸，欲前同途，轉眄間已相失。俄別至一城，同行者莫知其數。腆已入門，回問户者：「此何郡縣？」曰：「閻羅城也。」腆知身已死，甚悲懼，彷徨無計。不覺又前進，至階北，見大門三楹，與衆俱入。過百許步，復至一門，五楹，金碧照耀。頃之，又過一門，塗飾益華，兩廡下對列司局，正殿極高大，垂黄簾。翢且行且觀，至東廡吏舍門内，顧舍中人悉冠帶，或朱或紫。前揖之，了不相應，獨一緋衣者微作答。翢立移時，緋衣頗相憫，以足撥一甎云：「可坐此。」坐未定，妻忽立於門外，相顧皆漠然。

頃之，一人自殿簾出，著黄背子，背拱手，仰視屋桷，移步甚緩，若有所思，久而復入。翢問何官，緋衣摇手低語曰：「此閻羅天子也。」翢曰：「適觀狀貌，與人間所畫不同，却與清元真君甚相似。」言未既，殿上卷簾，呼押文字，群吏奔而往。下列囚甚衆，或送獄，或枷訊，或即放去。度兩時許，人去且盡。翢在吏舍，遥見其妻亦決杖二十，但驚痛垂涕而已。須臾，簾復垂，吏還舍解衣，半坐半卧。緋衣指翢謂同列曰：「此人無過，何不令還？」衆皆默然。又言之，乃曰：「公欲遣去，何必相問？」其中一人云：「渠雖欲去，三重門如何過得？」緋衣戒翢曰：「外面如有人相問，但云司裏令唤獄子。」翢遜謝而出，每及一門必有問者，如其言即免。

復尋舊路急行，將近屋東橋下，跌水中而寤。雞既鳴矣，呼其妻，亦矍然驚覺，語所夢，無不同者。妻駡曰：「我方受杖時，君在旁略不顧我，情如路人，豈可復爲夫婦？」遂各寢處。才數日，鄭氏腰下忽微瘇，繼生巨瘡，痛不堪忍，凡十日膿始潰，又十日方痛。翢慨然棄家，詣均州武當山，從孫先生者訪道，越十七年乃亡。穀城醫者王思明，與腆相好，景裴弟官襄幕，得於思明云。（據北京中華書局版何卓點校本南宋洪邁《夷堅丁志》卷一七）

路當可

洪　邁　撰

《丙志》載梁子正説路當可事，云其父爲商水主簿，路之父君寶爲令，故見其得法甚的。滕彦智云，當可乃其舅氏，蓋得法於蜀，而君寶是其叔祖，子正之説不然。滕言嘗與中外兄弟白舅氏，丐一常行小術可以護身者，舅曰：「談何容易！吾平生持身莊敬，不敢斯須興慢心，猶三遇厄，當爲汝輩道之。」

其一事云：「頃經嚴州村落間，過舊友方氏家，留飲款洽。日且暮，里豪葉氏介主人來言：『笄女未嫁而爲魅所惑撓，凡以法至者輒沮敗以去，敢敬請於公。』吾雖被酒，固不妨行法，即如葉氏，唤女出。既出，端麗絶人，默驚羨，以爲向所未睹。女忽奮而前，若爲人所驅擁。吾惘然變色，急趨避于佛堂中，女追逐至門乃反。吾以鬼見困，從其家求閒靜處，將具奏于天。主人引吾至西邊小圃一堂，前後皆巨竹，與所居相□，云：『此最絜清。』吾取篋笥朱丹符筆之屬，置几上。未暇舉筆，俄蒙然無所知。閉目審聽，覺身在虚空，坐處揺兀不小定，蓋已見縻於竹杪〔一〕。食頃還故處，則几案窗户皆糞穢，狼藉不可處〔二〕。度未能與敵，急唤僕肩輿出外。行十許里，適得道觀，遂託宿。精神稍寧，始趨庭中，望斗下焚香，百拜謝過，退而焚奏章。留兩宿，微似有影響，遣一道流詣葉氏物色之。歸云：『火昨從圃中堂起，盡焫叢竹，延及山後高林，門前屋數十區并土地小廟，皆煨燼。』

「吾知訟已直，自還扣之，一家長少正相賀，云女經年冥冥不知人，今日如醉醒，説：『去歲在房内，見一老翁來爲媒妁，出入數四。又數日，以金珠幣帛數合來，已而迎一少年入，與我爲夫婦。明日，挾我歸謁翁姑，其他稱伯叔者又十餘人。翁甚老，呼謂衆曰：「吾家受葉氏香火幾世矣，汝等後生肆爲不義，禍必及我，何不取諸他處乎？」少年曰：「此憑媒納幣而取之，昏禮明白，何所懼？」後數聞術士至，必相與合力敵之，往往告捷。及路真官來，翁又呼謂衆曰：「吾聞路真官法力通神，非常人比，必不免。」衆亦頗懼。俄有唤我〔三〕，言：「真官叫汝。」我遂行，衆皆從于後。將至書院，忽呼笑曰：「真官誇汝好，盍往就之？」遂擁我以前。既退，翁問所以，歎曰：「事已至此，果能殺之則大善，今禍猶在也。」適方會食，門内火遽起，煙炎亘天，翁拊膺慟哭曰：「禍至矣！」以手推我出，曰：「爲汝滅吾家。」我纔得歸，火乃稍息，常時所見室宇臺觀，一切無孑遺。』所謂行媒者，土地也。此事本末可畏如此，吾幾受其害，豈汝輩所當學哉？」

彦智舉此時，尚有兩事，未及言而卒。（據北京中華書局版何卓點校本南宋洪邁《夷堅丁志》卷一八）

〔一〕杪　原譌作「抄」，今改。
〔二〕處　此字原空闕，據陸本補。
〔三〕我　此字原空闕，據影宋鈔本、阮本、陸本補。

張珍奴

洪　邁　撰

張珍奴者，不知其所自來，或云吴興官妓，而未審也。雖落風塵中，而性頗淡素，每夕盥濯，更衣燒香，扣天祈脱去甚切。某士人過其家，珍出迎，見其風神秀異，敬待之，置酒盡歡而去。明日又至，凡往來幾月，然終不及亂。珍訝而問曰：「荷君見顧，不爲不久，獨不肯少留一昔，以盡相□□〔一〕歡。豈非以下妾猥陋，不足以娱侍君子耶？」客〔二〕曰：「不然。人情相得不在是，所貴心相知爾。」

他日酒半，客詢珍曰：「汝居常更何所爲？」對曰：「失身於此，又將何爲？但每夕告天，祈竟此債爾。」客曰：「然則何不學道？」曰：「迫於口體之奉，何暇爲此？且何從得師乎？」客曰：「吾爲汝師何如？」曰：「果爾，則幸也。」起，更衣炷香，拜之爲師。既去，數日不至。珍方獨處，漫自書云：「逢師許多時，不説些兒个，及至如今悶損我。」援毫之際，客忽來，見所書，笑曰：「何爲者？」珍不答而匿之。客曰：「示我何害？」示之，即續其後云：「别無巧妙，與你方兒一箇。子後午前定息坐，夾脊雙門〔三〕崑崙過，恁時得氣力思量我。」珍大喜，再三致謝。自是豁然若有悟，亦密有傳授，第不以告人，然未知其爲何人也。

累月告去，珍開宴餞之。臨歧，出文字一封，曰：「我去後開閲之。」及啓緘，乃小詞一首，皆言修煉之事，云：「飲離乾兑分子午，但認取、自家宗祖。此下失一句〔四〕。煉甲庚、更降龍虎。地雷震動山頭雨，要澆灌、黄芽出土。有人若問是誰傳，但説道、先生姓吕。」始悟其洞賓也。遂齋戒謝賓客，繪其象嚴奉事，脩其説行之。踰年，尸解而去。（據北京中華書局版何卓點校本南宋洪邁《夷堅丁志》卷一八）

〔二〕□□　此二闕字，上字當是「會」、「見」、「遇」、「知」等字，下字當是「之」字。

〔三〕客　此字原空闕，據下文，當是「客」字，今補。

〔三〕門　阮本作「闕」。

〔四〕按：此詞爲《步蟾宮》，分上下闋，凡五十六字。所闕爲七字句，不入韻，與下半闋「有人若問是誰傳」律同。

按：據同卷《賣詩秀才》末注及《丁志》卷二〇末注，此事乃李叔達説，而由建昌士人鄧植（字端若）轉述於洪邁。

江南木客

洪　邁　撰

大江以南地多山，而俗禨鬼，其神怪甚佹異，多依巖石樹木爲叢祠，村村有之。二浙、江東曰「五通」，江西、閩中曰「木下三郎」，又曰「木客」，一足者曰「獨脚五通」，名雖不同，其實則一。考之傳記，所謂「木石之怪夔、罔兩」及「山𤢊」是也。李善注《東京賦》云：「野仲、游光，兄弟八人，常在人間作怪害〔一〕。」皆是物云。變幻妖惑，大抵與北方狐魅相似。或能使人乍〔二〕富，故小人好之〔三〕，致奉事，以祈無妄之福。若微忤其意，則又移奪而之他。遇盛夏，多販易材木於江湖間，隱見不常。人絶畏懼，至不敢斥言，祀賽惟謹。尤喜淫，或爲士大夫、美男子，或隨人心所喜慕而化形，或止見本形，至者如猴猱，如尨〔四〕，如蝦蟆，體相不一，皆趫捷勁健，冷若冰鐵。陽道壯偉，婦女遭之者，率厭苦不堪，羸悴無色，精神奄然。有轉而爲巫者，人指以爲仙，謂逢忤而病者爲仙病。又有三五日至旬月僵臥不起，如死而復蘇者，自言身在華屋洞户，與貴人驩狎。亦有攝藏挾去，累日方出者；亦有相遇即發狂易，性理乖亂不可療者。所淫據者非皆好女子，神言〔五〕宿契當爾，不然不得近也。交際訖事，遺精如墨水，多感孕成胎。怪媚百端，今紀十餘事于此。

建昌軍城西北隅兵馬監押廨，本吏人曹氏居室，籍入于官。屋後有小祠，來者多爲所擾。趙宥之之女已嫁，與夫侍父行，爲所迷，至白晝出與接，不見其形，但聞女悲泣呻吟，手足撓亂，叫言人來逼己。去而視之，遺瀝正〔六〕黑，浹液衣被中，女竟死。趙不納妾，年可三十許，有姿態。嘗奏溷〔七〕，欲起，髻忽爲橫木所串，閣于屋梁上，絶叫求救，人爲解免。便得病，才數日死。南城尉耿弁〔八〕妻吴，有祟孕，臨蓐痛不可忍。呼僧誦《孔雀咒》，吞符，乃下鬼雛，遍體皆毛。陳氏女未嫁而孕，既嫁産肉塊，如紫帛包裹衣物者，畏而瘞之，女亦死。龔氏妻生子，形如人而絶醜惡。洎長，不畏寒暑，霜天能溪浴。翁十八郎妻虞，年少，乾道癸巳遇男子，每夕來同宿。夫元不知，雖在房，常擲置地上或户外，初亦罔覺，但睡醒則不在床。虞孕三年，至淳熙乙未秋，産塊如斗大，棄之溪流，尋亦死。饒氏婦王，在家爲女時已有感，既嫁亦來，遂見形，顔色秀麗如婦人，鮮衣華飾，與人語笑。外客至，則相與飣餖蔬果，若家人然。少佛〔九〕之，即擲沙礫，作風火，置人矢牛糞於飲食中，莫不慴畏。後遣歸其父母家，禍乃息，王不知所終。李一妻黄，劉十八妻周，生子如豬豘，毛甚長，墮地能跳躑，一死，一失所在。黄氏妻謝〔一〇〕，夜遇物，如蠆而長大，逼與交。孕過期乃生，得一青物，類其父。胡氏妻黄，孕不産。占之，巫云：「已在雲頭上受喜，神欲迎之，不可爲也。」果死。新城縣中田村民李氏妾〔一一〕，生子，軀幹矬小，面目睢盱如猴，手足指僅寸，不類人。三弟皆然，今五六十歲。南豐縣京源村民丘氏妻，孕十年，兒時時腹中作聲，母欲出門，胎必騰踏，痛至徹心，不出方止。後産一赤猴，色如血，棄之野，母幸獨存。宜黄縣下潦村民袁氏女，汲水門外井中，爲大蛇繳繞仆地，遂與接，東之困急，女號啼宛轉。家人驚擾，召巫，巫云：「是木客所爲，不可殺，久當自去。」薄暮乃解。舁女歸，色萎如蠟。病踰月乃瘳，顔狀終不復舊，成癡人矣。（據北京中華書局版何卓點校本南宋洪邁《夷堅丁志》卷一九）

〔一〕李善注東京賦云野仲游光兄弟八人常在人間作怪害　按：《文選》卷三張平子（張衡）《東京賦》「野仲而殲游光」薛綜注：「野仲、游光，惡鬼也，兄弟八人，常在人間作怪害。」《東京賦》爲薛綜注，注中李善補注者云「善曰」，此注無「善曰」，則爲薛綜注。

〔二〕乍 《剪燈叢話》卷一〇宋洪邁《江南木客傳》作「作」。

〔三〕好之 原爲空闕，據影宋鈔本、阮本、陸本補。葉本、《剪燈叢話》作「好迎」。

〔四〕尨 《剪燈叢話》作「龍」，當譌。尨，狗也。

〔五〕言 《剪燈叢話》作「合」。

〔六〕正 葉本、《剪燈叢話》作「至」。

〔七〕奏溷 葉本、《剪燈叢話》作「登溷」。按：奏溷，如廁。《漢書》卷六八《金日磾傳》：「日磾奏廁心動，立入坐内户下。」顔師古注：「奏，向也。日磾方向廁而心動。」《夷堅丁志》卷一三《周三郎》：「漸近家，遽連聲欲下，曰：『須奏廁。』」

〔八〕弁 《剪燈叢話》作「君」。

〔九〕怫 陸本、《剪燈叢話》作「拂」。按：怫，通「悖」。拂，通「怫」。

〔一〇〕謝 原譌作「是」，據葉本、《剪燈叢話》改。

〔一一〕妾 葉本、《剪燈叢話》作「妻」。

按：據《丁志》卷二〇末注，此得於建昌士人鄧植（字端若）所言。

吕使君宅

洪　邁　撰

淳熙初，殿前司牧馬於吴郡平望，歸途次臨平，衆已止宿。後軍副將賀忠，與四卒獨在後三里，至蔣灣，迷失道。詢於田父，曰：「可從左邊大路行。」方及半里，遇柏林，中一大第，繫馬數匹，皆駔駿可愛。問閽者：「此誰之居？」曰：「前邕州吕使君，今已亡，但娘子守寡。」又問：「馬欲賣乎？」曰：「正訪主分付。」於是微賂之，使入報。

良久，娘子者出，澹裝素裳，翛翛然有林下風致，年將四十，侍妾十數人。延坐瀹茗，扣所欲，以馬對，笑曰：「細事也。」俄而置酒張筵，歌舞雜奏。既罷，邀入房，將與寢昵。賀自以武夫朴野，非當與麗人偶，固辭。娘子嘆曰：「吾嫠居十年，又無子弟，只同群婢苟活。今夕不期而會，豈非天乎？宜勿以爲慮。」遂留館。凡三宿始别，贐以五花驄及白金百兩，四卒各沾萬錢之賜〔一〕。又云：「家姊在淨慈寺西畔住，倩〔二〕寄一書。」握手眷眷而退。

賀還日，違軍期，且獲罪，窘怖無計，奉馬獻之主帥，託以暴得疾，故遲歸。帥見馬，喜而不問，仍陞爲正將。後〔三〕數日，持書至湖上，果於淨慈西松徑中至其姊宅。相見如姻親，仍約明日再集，亦留與亂，金珠幣帛，稛〔四〕載以歸。自是每三四日一往，賀妻以獲財之故，一切勿〔五〕問。嘗〔六〕驩洽迨暮，外報呂令人來，姊失色，無以拒。妹〔七〕至，三人鼎足共坐。令人者〔八〕招賀入小閤，峻辭責之。賀拜而謝過，哀懇三四〔九〕乃釋。

經半歲，賀妻亡，窀穸之費，皆出於呂氏，乃憑媒妁納幣，正爲繼室。踰三年，賀亦亡。先有三子，一居廛市，二從軍，令人詣府投牒，分橐裝遺之，而乞身去姊家同處。明年寒食，賀子上父冢，因訪姊家，姊云：「妹已歸臨平矣。」又明年，復詣其處，宅舍俱不知所在，唯松林有兩古墳。賀子悲異，瞻敬而去。（據北京中華書局版何卓點校本南宋洪邁《夷堅支甲》卷三）

〔一〕賜　《四庫全書》本及《豔異編》卷三八鬼部三《吕使君》、《情史》卷二〇情鬼類《吕使君娘子》作「貺」。

〔二〕倩　黄丕烈舊藏影宋鈔本作「傎」，眉注「倩」。《四庫》本及《豔異編》、《情史》俱作「倩」。

〔三〕後　《豔異編》、《情史》作「越」。

〔四〕稛　影宋鈔本及《豔異編》、《情史》作「捆」，《四庫》本作「稇」。稛、稇、捆，音義皆同。

〔五〕勿　影宋鈔本、《四庫》本及《豔異編》、《情史》作「弗」。

〔六〕嘗　《豔異編》、《情史》下有「往」字。

〔七〕妹　《豔異編》作「後」，《情史》作「既」。
〔八〕令人者　明吕胤昌校《新刻夷堅志》（十卷）本作「少間」。《四庫》本作「令使者」。
〔九〕三四　原譌作「三夕」，據吕本改。《豔異編》、《情史》作「再三」。

按：據卷三末注，此卷皆得於朱從龍。

西湖女子

洪　邁　撰

乾道中，江西某官人赴調都下，因游西湖，獨行疲倦，小憩道傍民家。望雙鬟女子在內，明豔動人，寓目不少置，女亦流眄〔一〕寄情。士眷眷若失。自是時時一往，女必出相接，笑語綢繆，挑以微詞，殊無羞拒意，然冀頃刻之歡，不可得。既注官言歸，往告別，女乘間私語曰：「自與君相識，彼此傾〔二〕心。將從君西，度父母必不許。奔而騁志〔三〕，又我不忍〔四〕爲。使人曉夕勞於寤寐，如之何則可？」士求之于父母，啖〔五〕以重幣，果峻却焉。到家之後，不復相聞知。

又五年，再赴調，亟尋舊游，茫無所睹矣。悵然空還，忽遇之於半塗，雖年貌加長，而容態益媚〔六〕秀。即呼〔七〕揖問訊，女曰：「隔闊滋久，君已忘之耶？」士喜甚，扣其徙舍之由，女曰：「我久適人，所居在城中某巷。吾夫坐〔八〕庫務事，暫係府獄〔九〕，故出而祈援。不自意值故人〔一〇〕，能過我啜茶否？」士欣然並行。二里許，過士旅館，指示之，女約就彼從容，遂與之〔一一〕狎。士館僻在一處，無他客同邸〔一二〕，女曰：「此自〔一三〕可棲泊，無庸至吾家。」乃攜手入其室。

留半歲，女不復顧家，亦間出外，略無分毫求索。士亦不憶其有夫，未嘗問。將還，議挾以偕逝，始斂衽顰蹙曰：「自向來君去後，不能勝憶念之苦，厭厭感〔一四〕疾，甫期年而亡。今之此身，蓋〔一五〕非人也，以宿生緣契，幽魂相從。歡〔一六〕期有盡，終天無再合之歡〔一七〕，無由可陪後乘〔一八〕。慮見疑訝，故詳〔一九〕言之。但陰氣侵君已深，勢當暴瀉，惟宜服平胃散，以補安精血〔二〇〕。」士聞語，驚惋良久，乃云：「我曾看《夷堅志》，見孫九鼎遇鬼亦服此藥。吾思之，藥味皆平平，何得功效如是？」女曰：「其中用蒼朮去邪氣，上品也，第如吾言。」既而泣下。是夜同寢如常〔二一〕，將旦慟哭而別。暴下〔二二〕服藥，一切用其戒〔二三〕。後每爲人說，尚悽悵〔二四〕不已。予族姪圭子錫知其事。（據北京中華書局版何卓點校本南宋洪邁《夷堅支甲》卷六）

〔一〕眄　《四庫》本作「盼」。《筆記小説大觀》本（卷三）及《豔異編》卷三八鬼部三、《情史》卷一〇情靈類《西湖女子》作「眄」，同「盼」。

〔二〕傾　《筆記小説大觀》本作「銘」。

〔三〕騁志　《筆記小説大觀》本作「駛亡」。

〔四〕不忍　葉本作「所恥」。

〔五〕啖　《筆記小説大觀》本作「言」。

〔六〕媚　影宋鈔本、《四庫》本作「娟」。

〔七〕呼　葉本作「相」。

〔八〕坐　《筆記小説大觀》本作「作」。

〔九〕暫係府獄　影宋鈔本前有「今」字。葉本作「繫獄」。

〔一〇〕不自意值故人　《筆記小説大觀》本作「不意自值故人」。

〔一一〕之　葉本作「款」。

〔一二〕無他客同邸　葉本作「無客與隣」。

〔一三〕自　影宋鈔本作「間」。

〔一四〕感　《四庫》本、《筆記小説大觀》本作「蹙」。《豔異編》、《情史》作「成」。

〔一五〕蓋　葉本作「實」。

〔一六〕歡　《筆記小説大觀》本作「佳」。
〔一七〕終天無再合之歡　葉本、《筆記小説大觀》本作「終無再合之道」。
〔一八〕乘　《四庫》本作「誠」。
〔一九〕詳　葉本作「明」。
〔二〇〕血　葉本作「神」。
〔二一〕如常　葉本作「盡懽」。
〔二二〕下　《四庫》本作「瀉」。《豔異編》、《情史》作「瀉下」。
〔二三〕戒　《四庫》本作「言」。
〔二四〕悵　《四庫》本、《筆記小説大觀》本及《豔異編》、《情史》作「慘」。

按：據卷七末注，此事乃建昌鄧直清説。

戴之邵夢

洪　邁　撰

戴之邵，字才美，吉州人。少涉獵書記，無所成名，貧不能自養，傭書於里中富家。一夕，夢荷鋤入其圃斸地，才一揮，得銅印一顆〔一〕，方徑二寸，有繆篆若彝器款識，視之，其文曰「日方伯連率」，凡五字，懸諸肘後。再揮鋤，得一板，類今時所用漆札，題詩兩句曰：「愁絶江梅開嶺岸，不知失脚到南塘。」至三，得銅天尊像九軀，攫而懷之。至四，得小印八九，悉拾取而歸。見其家方祀神，禮畢徹饌，遂寤。夙興頗喜，謹誌於主家書册之末。

自是感激思展奮，顧無以資身，放浪江湖，學作大字，爲市井寫扁額。薄游抵長沙〔二〕，適張魏公居彼，顧見無因，稍掃隸人之門，以希一眄〔三〕。值其誕日，夙造廳事〔四〕，以紅粉書「壽」字于地，廣長二尺〔五〕許。公出見，問爲誰，隸以「戴道人」對。命呼至前，犒以緡錢尊酒，辭不受，曰：「之邵妄意功名，所望於相公者固不在此，輒衒奇以自售。」公壯其言，遣書屬之軍帥。帥收隸行伍〔六〕，且多與之金，俾偵邊廷息耗。

既行，過期不反，疑其亡去。經數月乃還，帥問稽留之故，曰：「昨乘間潛入中原，馳至洛都，躬謁永安陵寢。」扣其證驗，曰：「有碑刻在。」出諸袖中而示之。帥轉聞於朝，不没其實，仍加推薦。高宗正以諸陵爲念，遽命召見。戴敷奏詳盡，音吐如流，天顔悦懌，詔補保義郎。戴以本諸生，不願右列，遂换右承務郎。已悟昨夢第一印「日」字者，面君之像也；九天尊者，祖宗也。未幾，擢守均州兼管内安撫，又悟「方伯連率〔七〕」之應。罷官歸鄉，訪故傭主，餉遺累千緡，求其所誌書册以自表。旋起知雷州，地居嶺外，有地名南塘，又合前詩句。其後歷太府丞、刑部郎官，則小印之驗也。久之，言者論其所得山陵文刻，乃北方義士齎來欲獻納者，而爲戴戕殺，掩有其功，因是被黜以卒。戴亦倜儻負俠氣，或言所殺者蓋一僧，臨死一歲間睹其爲祟，未得其本末也。（據北京中華書局版何卓點校本南宋洪邁《夷堅支甲》卷八）

〔一〕顆　《四庫》本、《筆記小説大觀》本（卷四）作「紐」。

〔二〕長沙　《筆記小説大觀》本作「長樂」，誤。按：據《宋史》卷三六一《張浚傳》，紹興三十一年浚以觀文殿大學士判潭州，潭州治長沙。孝宗即位後張浚進封魏國公。

〔三〕眄　《四庫》本、《筆記小説大觀》本作「盼」。

〔四〕夙造廳事　「夙」原作「宿」，據《四庫》本改。「廳」影宋鈔本作「听」，《四庫》本作「聽」。聽（听）事，同「廳事」。

〔五〕尺　《四庫》本、《筆記小説大觀》本作「丈」。

〔六〕行伍　《四庫》本作「伍行」。

〔七〕率　原作「帥」，與前文不一，據影宋鈔本、《四庫》本改。

寧行者

洪　邁　撰

樂平明溪寧居院，爲人家設水陸齋，招五十里外杉田院寧行者寫文疏，館之寢堂小室。村刹牢落，無他人伴處。時當暮春之末，將近黄昏，覺有婦女立窗下，意其比鄰淫奔，夙與僧輩私狎者。出視之，一女子頂魚枕〔一〕冠，語音儇利，容儀不似田家人，相視喜笑曰：「我只在下面百步内住，尋常每〔二〕到此，一寺上下無不稔熟者。」寧居鄉疃，平生夢想無此境像〔三〕，惟恐不得當〔四〕，乃曲意延接，遂同入房，閉户張燈。寺童以酒一罌來餽，寧啓納之，女避伏床下。寧謂童曰：「文書甚多，過半夜始可了〔五〕，吾至是時方敢飲。」乃留之而去。

復閉户，女出坐對酌。胸次挂小鏡，寧取〔六〕觀之，問何用，曰：「素愛此物，常以隨身。」所著衣皆新〔七〕潔，而襞褶處不熨帖，俜俜〔八〕露現。寧曰：「衣裳有土氣，何也？」曰：「久置箱篋，失于晒暴，故作蒸浥〔九〕氣耳。」已而就枕，月色照燭如晝，女色態益妍，繾綣歡洽。寧終夕展轉不成寐，女熟睡鼾齁。將曉出門，寧送之，又指示其處曰：「此吾居也。汝若未行，當〔一〇〕復來。」

才别，而主僧相問訊，駭曰：「師哥燈下寫文書〔一一〕，但費眼力，何得辭氣困惙如此？」寧唯唯，未以實告。僧顧壁間插玫瑰花一枝，大驚曰：「寺後舊有趙通判女墳，其前種玫瑰〔一二〕。當花開時，人過而折枝者，必與女遇，或致禍。其來已久。今爾所見，是其鬼也，宜急歸勿留。」寧愧懼而反，然猶卧疾累日〔一三〕。後還俗爲書生，今在淮南。（據北京中華書局

版何卓點校本南宋洪邁《夷堅支甲》卷八）

〔一〕魚枕冠　《四庫》本、《筆記小說大觀》本（卷四）及《豔異編》卷三八鬼部三《寧行者》、《情史》卷二〇情鬼類《趙通判女》「枕」作「魷」。魚枕冠即魚魷冠，以魚枕骨所飾之冠。魷，魚腦骨。

〔二〕每　影宋鈔本作「每曾」。

〔三〕平生夢想無此境像　《豔異編》、《情史》作「平生夢如此境像」。

〔四〕當　影宋鈔本無此字。

〔五〕了　《四庫》本、《筆記小說大觀》本及《豔異編》、《情史》作「了得」。

〔六〕取　《豔異編》、《情史》作「廉」，察也。

〔七〕新　《四庫》本、《筆記小說大觀》本及《豔異編》、《情史》作「素」。

〔八〕俜俜　《四庫》本作「條條」。

〔九〕浥　《筆記小說大觀》本作「濕」。

〔一〇〕當　《四庫》本作「尚」。

〔一一〕書　《四庫》本、《筆記小說大觀》本及《豔異編》、《情史》作「字」。

〔一二〕玫瑰　《豔異編》、《情史》下有「花一」二字。

〔一三〕日　《情史》作「月」。

宋代傳奇集第五編卷十二

蔣堅食牛

洪　邁　撰

日者蔣堅，金陵人。乾道元年，游術江左[一]，至鄱陽，僦邸舍起[二]卜肆。其學精於六壬，爲士大夫所稱道，遂留之不去。有母存，事之甚謹。

淳熙癸卯[三]四月，堅抱疾。當昏困間，見數人皆持火炬造其室，喧呼雜鬧，大呼其姓名，出文牒一通[四]，曰：「奉命來拘[五]。」堅欲拒之而不能，隨之去。至中塗，有六七十人偕行。約兩時頃，到王者所居，一使引由西廂過，幽暗不可辨，入立庭下。王端坐殿上，吏高唱云：「追某人某人到。」逐一前點名，朱衣吏呈閱案牘，皆押而西。望東廂光明如晝，悄無人[六]得往。王獨留堅，問曰：「汝平生好食子母牛肉，罪業深固，今當受其苦楚。」堅驚怖，答曰：「雖好此味，但遇屠者市肉則買之，未嘗親殺也。」王曰：「以汝嗜此，故屠人宰殺以奉汝，烏[七]得無罪？而敢飾詞抵諱，何也？」堅曰：「堅雖[八]有罪，死不足[九]惜。但老母年七十六歲，自是無人給飦粥，爲將奈何？」王笑曰：「予亦知汝孝於母，特放汝還，從今不得再食牛矣。」堅再拜謝。王敕一卒送之歸，瞿然〔一〇〕而蘇，母與妻正相對垂泣。後四年乃死。

其初來鄱陽之歲，以布〔一一〕三幅，書「金陵蔣堅」四字，盤〔一二〕術於街。十二月四日，予詣東圃，呼之，爲文惠公論命，公時參知政事。堅曰：「此命方超陞，如是秀才便及第，選人便改官，庶僚則爲侍從，從官則入兩府，執政則拜相，仍即日有嘉〔一三〕音。」予語之以實，對曰：「若然，則做大事無疑矣，恨氣數〔一四〕不耐久遠，然〔一五〕明年三月宜自勇退。」予曰：「既云正拜，不應進退太速。」因以知樞密院汪明遠、僉書葉子昂兩命併扣之，堅曰：「皆當遷，亦甚緊。然葉不過四月，汪不過五月，皆當去。」予弗之信。已而正以是日文惠拜右僕射，汪進樞密使〔一六〕，葉參大政。明年二月文惠去位，三月葉去，四月汪去，皆如其先後各差一月云。

是年六月，予以知吉州奏事，堅同他客送至小渡，衆意予必留中，堅曰：「未也，秋末乃佳耳。」果入對訖，付以郡事。於是以委曲授邸吏，使報州發迓卒。及還家，擇用九月二十日西赴官。先旬日，出舍於圃，喚堅占課，堅曰：「有面君吉神〔一七〕入傳，未〔一八〕必往。」才數日，召命下，乃以所擇日啓塗。二事既驗，戊子科舉，士人登其門如織，幾獲錢百五千〔一九〕，從此小康。厥後聲譽頓減，以至于亡。（據北京中華書局版何卓點校本南宋洪邁《夷堅支

甲》卷一〇）

〔一〕江左　《四庫》本作「江右」。影宋鈔本、《筆記小說大觀》本（卷五）及《勸善書》卷三作「江左」。按：《宋史》卷八八《地理志四》：「江南東、西路。建炎……四年，合江東、西爲江南路……紹興初，復分東西，以建康府、池、饒、徽、宣、撫、信、太平州、廣德、建昌軍爲江南東路，以江、洪、筠、袁、虔、吉州、興國、南康、臨江、南安軍爲江南西路。尋以撫州、建昌軍還隸西路，南康軍還隸東路。」饒州（治鄱陽）屬江南東路，即江左，作江右誤。明清時饒州屬江西。

〔二〕起　原譌作「赴」，據《四庫》本、《勸善書》改。

〔三〕淳熙癸卯　《勸善書》作「己卯」，誤。淳熙無己卯，淳熙癸卯乃十年（一一八三）。

〔四〕通　《四庫》本、《筆記小說大觀》本作「道」。

〔五〕拘　此字下原衍「堅」字，據《四庫》本、《勸善書》删。《四庫》本、《筆記小說大觀》本、《勸善書》「拘」作「追」。

〔六〕人　《四庫》本、《筆記小說大觀》本、《勸善書》作「一人」。

〔七〕烏　影宋鈔本、《四庫》本作「焉」。

〔八〕雖　影宋鈔本、《勸善書》作「实」、「實」。

〔九〕足　《筆記小說大觀》本作「作」。

〔一〇〕瞿然　《四庫》本、《筆記小説大觀》本、《勸善書》作「矍然」。矍然、瞿然義同，驚懼貌。

〔一一〕布　《四庫》本、《筆記小説大觀》本作「大布」。

〔一二〕盤　《筆記小説大觀》本作「售」。

〔一三〕嘉　原作「加」，當譌，據吕本、《四庫》本、《筆記小説大觀》本改。

〔一四〕氣數　此二字原無，據影宋鈔本、《四庫》本補。

〔一五〕然　此字《四庫》本、《筆記小説大觀》本無。

〔一六〕汪進樞密使　《四庫》本、《筆記小説大觀》本「使」作「事」。按：《宋史》卷三三《孝宗紀一》：「（乾道元年九月）甲戌，以端明殿學士汪澈（按：字明遠）知樞密院事。」卷三八四《汪澈傳》：「明年，知建康府，尋除樞密使。」樞密使即知樞密院事，樞密院長官。

〔一七〕神　影宋鈔本作「人」，疑是。

〔一八〕未　《四庫》本作「不」。

〔一九〕百五千　吕本、《四庫》本、《筆記小説大觀》本作「五百千」。

顧端仁

洪　邁　撰

顧端仁秀才，本河北人，後從父母〔一〕來南，居於錢塘修文巷，未娶妻。一日，會食堂上，恍恍間見一少女，顔貌光麗，從外入，徑造其前，舉手掩食器，欲啐〔二〕嚼而莫能。二親疑焉，問其故，託以他事，隱弗言，蓋已墮溺色愛。自是鬱鬱不樂，殆如癡人，而女子每夕必至。

嘗獨行西湖畔，遇之，前攬袂笑曰：「子念我乎？」顧作怒叱之曰：「汝乃邪鬼爾，何念之云！」女曰：「何由知我爲邪？」曰：「適視汝行晝日中而無影，非陰魅而何？」女曰：「子既有疑心，試相隨詣四聖觀。」遂攜臂而往。洎入觀門，忽不見，盤泊良久而出，則立於道傍。顧誚之曰：「汝畏四聖，其邪可知。」女曰：「子未悟茲理邪？貞〔三〕聖亦婦人爾。」顧曰：「何謂也？」曰：「道經不云乎：『太陰化生，水位之精。』」各〔四〕大笑。復同塗往來，人訝其獨行語〔五〕，然無敢問。

須臾，邂逅友人張仲卿，女又避匿。顧始以告之，仲卿曰：「姑置鬼事，且同飲酒。」於是往旗亭酌飲。仲卿歌《杏花過雨》詞，畢，女不知從何來，已坐顧右。顧生命置杯添酒，仲卿無所睹，噀唾不已，仍駡顧，以爲挾魍魎俱行，徑舍去，報其父。父驚懼，俟其還家，率之投「閉門黄法師」，黄持法罕出，故有此稱。黄曰：「此爲妖孽所憑，必貓精也，明日當爲誅絶。」先書二符授之。其夕，女不至。迨旦，黄又與三符，使佩其一，焚其一，以一榜於門，遂絶不復來。

經數月，因送喪車于菜市門外歸仁寺，女蹁躚而入，咄曰：「汝太無情，使黄法師害我，今三符在我手。」展示之。顧曰：「此非吾之意〔六〕，迫於父命耳。」女曰：「汝若不説，父何由知我〔七〕？我亦不怨汝，但〔八〕從吾行。」才到市橋，顧遽跨欄赴水，適有草船〔九〕在下，急拯之獲免。詢其所以，曰：「但見美人相引，造一宫宇，赫奕如王居。正擬從〔一〇〕游，而爲諸君唤回，殊爲耿耿。不料幾淪幽趣，救護余〔一一〕生，恩有所自矣。」然浸抱迷疾，少時而殂。（據北京中華書局版何卓點校本南宋洪邁《夷堅支乙》卷一）

〔一〕母　原譌作「海」，據《四庫》本改。
〔二〕啐　《四庫》本作「碎」。
〔三〕貞　《四庫》本作「真」。
〔四〕各　《四庫》本作「顧」。
〔五〕獨行語　《四庫》本作「獨行獨語」。
〔六〕此非吾之意　《四庫》本作「初非吾起意」。
〔七〕我　《四庫》本無此字，只有下一「我」字。此「我」字疑衍。
〔八〕但　《四庫》本作「更」。
〔九〕草船　原譌作「草橋」，據《四庫》本改。影宋鈔本但作「草」，脱「船」字。

〔一〇〕從 《四庫》本作「縱」。

〔一一〕余 《四庫》本作「餘」。余，通「餘」。

按：據卷末注，此事乃朱從龍説。

茶僕崔三

洪　邁　撰

黄州市民李十六，開茶肆於觀風橋下。淳熙八年春，夜已扃户，其僕崔三未寢。聞外人扣門，問爲誰，曰：「我也。」崔意爲主公，急啓關〔一〕，乃一少年女子，容質甚美。駭曰：「娘子何自來？此是李家茶店耳，豈非錯認乎？」曰：「我是只〔二〕左側孫家新婦，因取怒阿姑，被逐出，終〔三〕夜無所歸，願寄一宵。」崔曰：「我受傭于人，安敢自擅？」女以死哀請〔四〕，泣〔五〕不肯去。崔不得已，引至肆〔六〕傍一隅，授以席，使之寢。久之，起就崔榻，密語曰：「我不慣孤眠，汝有意否？」崔喜出望外，即留共宿，雞鳴而去。繼此時時一來，崔以人奴獲好婦，愜適所願，不復詢究本末。一夕，女曰：「汝月得顧〔七〕直不過千錢，當〔八〕不足給用。」袖出官券十千與之。其後屢致薄助，崔又益喜。

兄崔二者，素習弋〔九〕獵，常出游他州。忽詣弟處相問訊，寄寓旬餘。女不至〔一〇〕，崔思戀篤切，殆見夢寐，乃吐情實告兄。兄曰：「此地多鬼魅，慮害汝命，宜速爲之圖。」崔曰：「弟與之相從半年〔一一〕，且賴渠拯恤，義均伉儷，難誣以鬼也。」兄曰：「然知我至則斂跡〔一二〕，何邪？」崔曰：「正以兄弟妨嫌，於禮不可。」兄曰：「彼每至，從何處出入？」曰：「入自外門，由樓梯而下。」兄是晚捨去，取獵具捲網數枚散布之，抵暮，乃俯〔一三〕伏於隱所。三更後，戛然有聲，急篝火〔一四〕照視，得一斑狸，長三尺，死焉。兄曰：「是物蓋惑吾弟者也。」爲〔一五〕剥其皮而烹其肉。崔慘沮〔一六〕悽淚，不能勝情。

異日，獨處室中，覺異香馥烈〔一七〕，女已立燈下，大罵曰：「吾與汝恩意〔一八〕如此，兼〔一九〕數濟汝窘乏，何爲輕信狂兄之言？幸吾是時未離家，僅殺了一婢，壞衫子一領而已。」崔遜謝，女笑曰：「固知非汝所爲，吾不恨汝。」遂駐留如初，至今猶在。（據北京中華書局版何卓點校本南宋洪邁《夷堅支乙》卷二）

〔一〕關　影宋鈔本、《筆記小説大觀》本（卷六）作「門」。

〔二〕是只　影宋鈔本及《廣豔異編》卷三〇獸部五《崔三》、《情史》卷二一情妖類《狸精》作「只是」。《四庫》本作「是」。只，此也。只是，就是。

〔三〕終　呂本、《四庫》本、《筆記小説大觀》本及《廣豔異編》作「中」。
〔四〕以死哀請　《筆記小説大觀》本作「以至死請」，《廣豔異編》作「以言死請」。
〔五〕泣　《四庫》本無此字。《筆記小説大觀》本及《廣豔異編》、《情史》作「立」。
〔六〕肆　影宋鈔本、《情史》作「四」，譌也。
〔七〕顧　《筆記小説大觀》本、《廣豔異編》作「雇」，《情史》作「傭」。顧，通「雇」、「傭」。
〔八〕當　葉本、《筆記小説大觀》本、《廣豔異編》作「常」。
〔九〕弋　《四庫》本作「畋」，《筆記小説大觀》本、《廣豔異編》作「役」。
〔一〇〕不至　《四庫》本、《筆記小説大觀》本及《廣豔異編》、《情史》前有「杳」字。
〔一一〕半年　《四庫》本作「年餘」。
〔一二〕然知我至則斂跡　影宋鈔本、《四庫》本、《情史》作「然則知我至則絶跡」。《筆記小説大觀》本及《廣豔異編》亦作「然則」，餘同。
〔一三〕乃俯　《四庫》本、《筆記小説大觀》本及《廣豔異編》作「再來」，連上讀。《情史》無此二字。
〔一四〕火　《廣豔異編》作「燈」。
〔一五〕爲　影宋鈔本、《情史》無此字。《四庫》本作「焉」，連上讀，而無「也」字。《筆記小説大觀》本及《廣豔異編》有「爲」字而無「也」字。
〔一六〕沮　影宋鈔本作「怚」。

〔一七〕烈　影宋鈔本作「郁」。
〔一八〕意　《筆記小説大觀》本及《情史》作「義」。
〔一九〕兼　影宋鈔本作「無」，《筆記小説大觀》本作「且」，《情史》作「又」。

按：此事乃朱從龍説。

陽臺虎精

洪邁　撰

自鄂渚至襄陽七百里，經亂離之後，長塗莽莽，杳無居民。唯屯駐諸軍每二十里置流星馬鋪，轉達〔一〕文書，七八十里間則治驛舍，以爲兵帥〔二〕往來宿頓處，士大夫過之者亦寓託焉。乾道六年，江同祖爲湖廣總領所幹官，自鄂如襄，由漢川抵陽臺驛。夜爲蚊所撓，不得寢，戒從卒雞初鳴即起。驛吏白曰：「此方最荒寂，多猛虎，而虎精者素爲人害。比有武官乘馬未曉行，并馬皆遭啖食。今須辨色上道爲佳耳。」江如其言。

歸塗過郢州，復當投宿於彼，與皂隸共三騎及兩卒前行。起差早，覺人馬辟易，遥望一黄物馳草間，中心絶怖。漸近，蓋巨鹿，其大如牯牛，固已悚然。行半程，忽見一婦人在馬前，年可四五十〔三〕，綰獨角髻，面色微青，不施朱粉，雙目絶赤，殊耽耽可畏，著褐衫，繫青裙，曳草履，抱小貍貓，乍後乍前，相隨逐不置。將弛擔，乃不見。江心念：豈非所謂虎精者乎？秘不語人。拂旦欲東，鋪卒云：「昨於道左見二虎雛〔四〕，尚未能動步，吾官欲之否？願以獻。」江笑曰：「吾豈應養虎自遺患？」却弗取。又信宿，從漢陽濟江，同載數〔五〕人，彼婦在焉，容貌衣服，一切如初。江謂女子獨行而〔六〕能及奔馬，益懼，坐轎中，下簾閉沓〔七〕，不敢正視。

還舍且一月，聞門外金鼓叫譟聲，士庶環集者幾千數，若捕押〔八〕兇盜然。出視之，則又彼婦也。問其故，皆言南市人家連夕失猪狗并小兒甚多，物色姦竊無有也。獨小客店內此婦人單身僦止，三經旬矣，而未嘗烟爨，囊無一錢，但謹育一猫，望其吻，時有毛血沾污。疑必怪物，是以訟於官。令戎邏執送府，婦人氣概洋洋，無〔九〕怖色。既入郡，郡守李壽卿侍郎使至僉〔一〇〕廳供狀，婦自能把筆作字，云：「姓屠氏，是士大夫家女，父嘗任遠安縣知縣。嫁夫不稱意，亦已死，無嗣續，孤孑一身，客游苟活。市上惡少年交相侮困，翻抵爲異類。冤苦情〔一一〕極，願侍郎做主。」壽卿〔一二〕不忍窮治，姑令責戒勒狀〔一三〕押出境。遂入咸寧茶山，與採茶寮户雜處。久之，又因搏食畜犬，爲人所見，箠而逐之，後不知所在。（據北京中華書局版何卓點校本南宋洪邁《夷堅支景》卷一）

〔一〕轉達　影宋鈔本、《虎薈》卷二作「傳達」，《四庫》本作「傳遞」。
〔二〕兵帥　《四庫》本作「兵師」。
〔三〕四五十　《虎薈》作「四十五」。
〔四〕見二虎雛　影宋鈔本、《四庫》本、《虎薈》「見」作「得」。《四庫》本「虎雛」作「乳虎」。
〔五〕數　《虎薈》作「數十」。
〔六〕而　影宋鈔本、《虎薈》作「如」。
〔七〕沓　《四庫》本、《筆記小説大觀》本（卷一二）作「目」。沓，合也。
〔八〕捕押　影宋鈔本、《四庫》本作「部押」。
〔九〕無　葉本、《四庫》作「殊無」。
〔一〇〕僉　影宋鈔本、《四庫》本、《虎薈》作「簽」，字同。
〔一一〕情　《四庫》本作「已」，《筆記小説大觀》本作「無」。
〔一二〕壽卿　影宋鈔本、《虎薈》作「壽翁」，尊稱也。
〔一三〕責戒勒狀　《四庫》本作「戒飭責狀」。

西安紫姑

洪邁撰

吴興周權選伯〔一〕，乾道五年知衢州西安縣，招郡士沈延年爲館生〔二〕。沈能邀致紫姑神〔三〕，每談未來事，未嘗不驗。尤善屬文，清新敏捷，出人意表。周每餘暇，必過而觀之。嘗聞窗外鵲噪甚急，周試扣曰：「鵲聲頗喜，未審報何事？」即書一絶句，末聯云：「窗前接接緣何事，萬里看君上豹關。」周笑曰：「權乃區區邑長，大仙一何相奉過情邪？」是日，沈與一小史執箕〔四〕，箕忽躍而起，奮筆塗小史之頰，大書云「不潔」。周表姪胡朝舉在旁，因代其事。俄又昂首舉筆向周移時，若凝視狀，諸人皆悚然，徐就案書數十字，大略云：「平時見令尹〔五〕神氣未清，面多滯色，今日一覘犀額〔六〕，日月角明，天庭瑩徹，三七日内必有召命之喜。當切記之，毋謂譃語。」時十月下旬也。至十一月十三日，大程官自臨安來報召命，越二日省帖下，以周捕獲僞造楮券遷一官，仍赴〔七〕都堂審察，距前所説〔八〕十有八日云。

後三年，周從監左藏西庫擢守婺，沈生偕往。周欲延鄉僧智勇〔九〕住持小院，白仙〔一〇〕曰：「此僧絶可人，工琴善奕，仙能爲作請疏否？」援筆立書，其警句云：「指下七絃〔一一〕，彈徹古來之曲；局中〔一二〕一着，深明向上〔一三〕之機。」詞既藻麗，且深測禪理。通判方滋宴客，就郡借妓，周適邀仙，因從容〔一四〕求賦一詞往侑席。仙乞題，指瓶〔一五〕内一捻紅牡丹令詠之。又乞詞名及韻，令作《瑞鶴仙》，用「捻」字爲韻，意欲因險困之。亦不思而就，其語云：「睹嬌紅細捻。是〔一六〕西子當日，留心千葉。西都競栽接。賞園林臺榭，何妨日涉。

輕羅慢褶，費多少、陽和調燮。向曉來，露浥芳苞，一點醉紅潮頰。雙靨。姚黃國艷，魏紫天香，倚風羞怯。雲鬟試插，便引動、狂蜂蝶。況東君開宴，賞心樂事，莫惜獻酬頻疊。看相將，紅藥翻階，尚餘侍妾。」既成，略不加點。其他詩文非一，皆可諷翫。

周以紹熙甲寅爲福建安撫參議官，大兒㮚〔七〕貳福州，得其説如此。（據北京中華書局版何卓點校本南宋洪邁《夷堅支景》卷六）

〔一〕選伯　《四庫》本、《筆記小説大觀》本（卷一二）作「巽伯」。

〔二〕生　吕本、《四庫》本、《筆記小説大觀》本作「客」。

〔三〕沈能邀致紫姑神　「沈能」二字原無，據影宋鈔本、《四庫》本、《宋稗類鈔》卷二九、《詞苑叢談》卷一二《外編》補。「致」原作「至」，據《四庫》本改。

〔四〕沈與一小史執箕　「沈」原作「周」，當誤，據《四庫》本改。「小史」《四庫》本、《筆記小説大觀》本作「小吏」，下同。

〔五〕令尹　《四庫》本、《筆記小説大觀》本作「大尹」。

〔六〕犀額　「額」原譌作「顫」，據《四庫》本改。按：《隋書》卷七五《劉焯傳》：「焯犀額龜背，望高視遠。」

〔七〕赴　原譌作「越」，據影宋鈔本改。

〔八〕說　《四庫》本作「報」。

〔九〕勇　影宋鈔本、《四庫》本作「湧」。

〔一〇〕仙　原譌作「山」，據《四庫》本、《筆記小説大觀》本改。仙，箕仙也。

〔一一〕七絃　《四庫》本作「五絃」。

〔一二〕中　影宋鈔本、《四庫》本作「終」。

〔一三〕上　影宋鈔本作「日」。

〔一四〕因從容　原作「從容因」，據《四庫》本乙改。

〔一五〕瓶　《四庫》本作「屏」。

〔一六〕是　《宋稗類鈔》、《詞苑叢談》作「似」。

〔一七〕�星　原譌作「仵」。按：洪邁大兒名榟，見《夷堅支景》卷五《吕德卿夢》，且謂「除倅福州」，與此正合。今改。洪邁子侄名皆從木，其小兒名櫰，見《容齋四筆序》。其孫輩則從人，如偃、偧、傭、儼等，《夷堅志》言之甚多。

劉改之教授

洪邁　撰

劉過，字改之，襄陽人。雖爲書生，而貲産贍足。得一妾，愛之甚。淳熙甲午預秋薦，將赴省試。臨岐眷戀不忍行，在道賦《水仙子》〔一〕一詞，每夜飲旅舍，輒使隨直小僕歌之。其語曰：「宿酒醺醺猶自醉〔二〕，回顧〔三〕頭來三十里。馬兒只管〔四〕去如飛，騎一會，行一會〔五〕，斷送殺人山共〔六〕水。是則青衫深可喜〔七〕，不道恩情拚〔八〕得未？雪迷前路小橋横〔九〕，住底是，去底是〔一〇〕？思量我了思量你〔一一〕。」其詞鄙淺不工，姑以寫意而已。

到建昌，游麻姑山。薄暮獨酌，屢歌此詞，思想之極，至於墮淚。二更後，一美女忽來前，執拍板曰：「願唱一曲勸酒。」即歌曰：「別酒未斟心先醉〔一二〕，忽〔一三〕聽陽關辭故里。揚鞭勒馬到〔一四〕皇都，三題盡，當際會〔一五〕，穩跳龍門三級〔一六〕水。天意令吾先送喜，不審君侯知得未〔一七〕。蔡邕博識爨桐聲，君背負，只此〔一八〕是。酒滿金杯來勸你。」蓋賡和元韻。劉以「龍門」之句喜甚，即令再誦〔一九〕，書之於紙，與之歡接。但不曉「蔡邕背負」之意。因留伴寢，始問爲何人，曰：「我本麻姑上仙之妹，緣度王方平、蔡經不切〔二〇〕，謫居此山，久不得回玉京〔二一〕。恰聞君新製雅麗，勉趁韻自媒，從此願陪後乘。」劉猶以辭卻之，然素深於情，長塗遠客，不能自制，遂與之偕東，而令乘小轎，相望於百步之間。

迨入都城，僦委巷密室同處。果擢第，調荊門〔二二〕教授以歸。過臨江，因遊閤皁山〔二三〕，道士熊若水修謁，謂之曰：「欲有所言，得乎？」劉曰：「何不可者？」熊曰：「吾善符籙，竊疑隨車娘子恐非人也。不審於何地得之？」劉具以告。曰：「是矣，是矣。俟茲夕與並枕時，吾於門外作法行持，呼〔二四〕教授緊抱同衾人，切勿令竄佚。」劉如所戒。喚僕秉燭排闥入，見擁一琴，頓悟昔日「蔡邕」之語，堅縛置于傍。及行〔二五〕，親自挈持，眠食不捨。及經麻姑，訪諸道流，乃云：「頃有趙知軍携古琴過此，寶惜甚至。因搏拊之際，誤觸墮砌下石上，損破不可治，乃埋之官廳西邊〔二六〕，斯其物也。」遽發瘞視之，匣空矣。劉舉琴置匣，命道衆焚香誦經呪，泣而焚之，且作小詩述懷。予案：劉當在詹騤〔二七〕榜中，而登科記不載。（據北京中華書局版何卓點校本南宋洪邁《夷堅支丁》卷六）

〔一〕水仙子　劉過《龍洲詞》（《四庫》本）作《天仙子》，題《初赴省别妾于三十里頭》，校：「或作《水仙子》，誤。」

〔二〕宿酒醺醺猶自醉　《龍洲詞》作「别酒醺醺容易醉」，《情史》卷二一情妖類《琴精》同，蓋據劉過原詞所改。按：劉過原詞異文頗多，蓋版本不同，觀下可知耳。

〔三〕顧　《龍洲詞》、《情史》作「過」。

〔四〕只管　《龍洲詞》、《情史》作「不住」。《全宋詞》第三册劉過《天仙子》作「只管」。

〔五〕騎一會行一會　《龍洲詞》作「牽一憩，坐一憩」，《全宋詞》作「牽一會，坐一會」，《情史》作「行一會，牽一會」。

〔六〕共　《龍洲詞》作「與」。

〔七〕是則青衫深可喜　《夷堅志》《四庫》本「衫」作「山」。《龍洲詞》作「是則是青山終可喜」，《全宋詞》作「是則青衫終可喜」，《情史》作「是則功名真可喜」。
〔八〕拚　《四庫》本及《豔異編》卷三五妖怪部四《劉改之》作「拆」，《情史》作「拋」。
〔九〕雪迷前路小橋横　《龍洲詞》作「雪迷村店酒旗斜」，《情史》作「梅村雪店酒旗斜」。
〔一〇〕住底是去底是　《龍洲詞》作「去則是，住則是」，《全宋詞》作「去也是，住也是」。
〔一一〕思量我了思量你　《龍洲詞》作「煩惱自家煩惱你」，《情史》作「煩惱我來煩惱你」。
〔一二〕别酒未斟心先醉　《情史》作「别酒方斟心已醉」。
〔一三〕忽　《四庫》本及《豔異編》、《情史作「忍」。
〔一四〕到　《情史》作「奔」。
〔一五〕三題盡當際會　《情史》作「時也會，運也會」。
〔一六〕級　《四庫》本作「汲」，誤。
〔一七〕不審君侯知得未　《四庫》本「君侯」作「使君」。《情史》作「耳畔佳音君醒未」。
〔一八〕此　《豔異編》作「如」。
〔一九〕誦　《四庫》本作「唱」。
〔二〇〕蔡經不切　「切」《四庫》本作「力」。《豔異編》「蔡經」譌作「蔡京」，「切」作「効」。
〔二一〕玉京　《四庫》本作「上京」。

〔二二〕荆門　原作「金門」。按：宋無此郡，據《四庫》本、《筆記小説大觀》本（卷一八）及《豔異編》改。

〔二三〕閤皁山　原譌作「皁閤山」，據《四庫》本、《情史》乙改。《筆記小説大觀》本作「闔車山」，亦譌。按：《夷堅支甲》卷七《徐達可》：「招臨江閤皁山道士譚師一至家，建設黄籙醮。」《江西通志》卷九《山川·臨江府》：「閤皁山，在府城東六十里。山形如閤，色如皁。道書第三十三福地。」

〔二四〕呼　《豔異編》、《情史》無此字，疑衍。

〔二五〕及行　《四庫》本、《情史》作「及旦」，《豔異編》作「且」。

〔二六〕邊　《四庫》本、《筆記小説大觀》本及《豔異編》、《情史》作「偏」。

〔二七〕詹騤　《四庫》本譌作「詹騷」。按：《宋史》卷三四《孝宗紀二》載，淳熙二年四月，「賜禮部進士詹騤以下四百二十有六人及第出身。」宋人書載詹騤者甚多。

按：據本卷《南陵仙隱客》末注，此事乃永豐士人徐有光説。

孫大小娘子

洪　邁　撰

吴興孫提舉，家居臨安。既没之後，其妻與二子五女孤弱同處。女皆美色，長者先亡，第四女爲同宗養女，第五女流落於永陽郡王〔一〕後院。乾道元年，浙西大疫，孫二子並婦及第二第三女死焉。妻慮禍未艾，以爲長女墓不吉所致，遣所親少年魏二官人往新市，舉焚其柩。魏既至，以告守庵老尼姑。尼勸止曰：「今年天行熾毒，誰人家不壞人口？大小娘子入土〔二〕數載，幸自寧帖，豈忍無故殘暴其朽骨，以起泉下之冤憤哉！」魏曰：「吾亦何心！但奉宜人命爲此，詎容空〔三〕回？」尼閉拒再三，不能遏，乃曰：「待與它〔四〕說，明旦來可也。」魏莫能曉所言，姑應曰：「諾。」遂去。

此女蓋自葬之後，常夜出至尼房，問說〔五〕酬答，聽其誦經，迨三四更始退。是夜亦至，尼告之曰：「有一因緣不斷當，頗知否？」女曰：「吾固〔六〕知之。煩師說與魏二，吾門災咎，於〔七〕數當然，非我丘墓所作。望令歸白吾母，爲罷此役。如不動瘞穴，却自保護兩妹，教他安寧。」尼許之。明日，具以語魏。魏笑而不信，曰：「烏有此事？汝妄撰造嚇我耳。」立喚工僕，將致力，尼又請申一夕之期。才入夜，女已至，曰：「魏二不聽我語，但任渠所爲。」魏竟詣彼處掘塚，斧其棺〔八〕，手揭蓋板。女奮身起坐，顏貌如生，注目視魏，發聲大笑，魏駭慄而仆。良久稍蘇，急焚香謝罪，復掩之。孫氏之病者亦愈。

饒、池州巡轄遞鋪官元善與〔九〕，所居正與孫鄰，故得本末詳實如此。猶恨老尼與女周旋歷歲，略不扣其所以然及幽冥間見聞，自此後曾再出與否也。（據北京中華書局版何卓點校本南宋洪邁《夷堅支戊》卷二）

〔一〕永陽郡王　《廣豔異編》卷三三鬼部二《孫大小娘子》作「永陽縣主」。《筆記小説大觀》本（卷二一）作「永陽縣王」，「王」字譌。按：郡王、縣主皆爲封號。《宋史》卷一六三《職官三・司封郎中》：「列爵九等，曰王，曰郡王，曰國公，曰郡公，曰縣公，曰侯，曰伯，曰子，曰男。……外内命婦之號十有四，曰大長公主，曰長公主，曰公主，曰郡主，曰縣主……」

〔二〕土　原譌作「王」，據影宋鈔本、《四庫》本、《筆記小説大觀》本及《廣豔異編》改。

〔三〕空　《廣豔異編》作「坐」。坐，空也。

〔四〕它　《筆記小説大觀》本作「彼」。《四庫》本作「你」，《廣豔異編》作「尼」，並譌。

〔五〕説　《四庫》本作「訊」。

〔六〕固　影宋鈔本作「果」。

〔七〕於　原譌作「無」，據吕本、《四庫》本、《筆記小説大觀》本及《廣豔異編》改。

〔八〕棺　《四庫》本、《筆記小説大觀》本及《廣豔異編》作「槨」。按：槨爲外棺。

〔九〕元善與　《筆記小説大觀》本無「與」字。

按：據本卷《淡水漁人》末注，此事爲元善與説。

成俊治蛇

洪　邁　撰

武功大夫成俊，建康屯駐中軍偏校也。善禁呪之術，尤工治蛇。紹興二十三年，本軍於南門外四望亭晚教〔一〕，有蛇自竹叢出，其長三尺，而〔二〕大如杵，生四足，遍身有毛，作聲如豬，行趨甚疾，爲逐人吞噬之勢。衆皆驚擾，不知所爲。適有馬槽在側，急取覆之，而白統制官。遣呼俊。俊至，已能言其狀，且名是〔三〕豬豚蛇，齧人立死。即步罡布氣禁之。少頃，令啓槽，則已殭縮不能動。再覆之，仰吸日光，三吹槽上。及啓視，化爲凝血矣。

又排彎山〔四〕出異蟒，色深青，長可二丈，積爲人害。居民共邀俊施術，俊曰：「在吾法不宜卒爾，盍具狀以來？」既得狀，書章奏天。詰旦，詣穴口爲壇，被髮跣足，衣道士服，向空叱神將曰：「速！」斯須蛇不出，繼遣兩將。如是者三四反，蛇猛從穴内奮迅奔壇，若將欲鬭者。俊大聲訶之曰：「業畜，那得無禮！」取所著汗衫，中分裂其裾，蛇擘析爲兩，此患遂絶。

民家小兒因行草際，遭螫，痛〔五〕徹心腑，幾於不救。俊往療之，問兒曰：「汝誤踏踐之以致嚙耶，將自行其傍而然耶？」曰：「初未嘗觸之，不覺咬我。」俊曰：「我亦久知之。此無故傷人，命不可恕。」乃除地丈許，插小竹片爲劍，作法呼蛇，至者如積。令之曰：「作過者留劍下，否則退。」群蛇以次引去，各失〔六〕所在。獨一小者，色如土，伏劍傍。俊召判官檢法，曰：「蛇無故傷人，當得何罪？」兒家聚觀者皆莫見。久之，又曰：「依法。」蛇自以首觸劍，死焉。俊之技如此，而無所求於人。醫士劉大用欲學其術，俊曰：「此非所斬，但慮持之不謹，或干犯法律，將至〔七〕貽禍。」乃止。

景陳弟云：「鄉里亦曾有猪豚蛇，以身脜而短，不能蜿蜒，故惟〔八〕直前衝人，遭之者無活理。」蓋虺蝮類也。（據北京中華書局版何卓點校本南宋洪邁《夷堅支戊》卷三）

〔一〕南門外四望亭晚教　「南」影宋鈔本作「西」。「教」黄丕烈校：「疑誤。」按：此字不誤，教，軍隊操練演習之謂。呂本、《筆記小説大觀》本（卷二二）作「眺」，誤。《四庫》本作「數」，亦誤。

〔二〕而　《四庫》本作「面」。

〔三〕且名是　《四庫》本、《筆記小説大觀》本作「且云是名」。

〔四〕排彎山　原無「山」字，據《四庫》本、《筆記小説大觀》本補。影宋鈔本「彎」作「灣」。

〔五〕痛　《四庫》本作「毒」。

〔六〕失　《四庫》本、《筆記小説大觀》本作「適」。

〔七〕至　《四庫》本作「自」。

〔八〕惟　《筆記小説大觀》本作「爲」。

按：據本卷《衛承務子》末注，此事乃劉大用説。

劉元八郎

洪　邁　撰

明州人夏主簿，與富民林氏共買撲官〔一〕酒坊，它店從而沽拍，各隨數多寡，償認〔二〕其課。歷年久，林負夏錢二千緡，督索〔三〕不可得，訴於州。吏受賄，轉其辭，翻以爲夏主簿所欠。林先令幹者八人換易簿籍，以爲道地。夏抑屈不獲伸，遭囚繫掠治〔四〕，因得疾。郡有劉元八郎者，素倜儻尚氣，爲之不平，宣言於衆曰：「吾鄉有此等冤抑事，夏主簿陳理酒錢，却困坐囹圄，何用州縣爲哉！恨不使之指我爲證，我自能暢述情由，必使彼人受杖。」

八人者浸浸聞其語，懼彰泄爲害，推兩人饒口舌者隔手邀劉，與飲於旗亭，摘語茲獄，曰：「八郎何〔五〕管他人閑事，且喫酒。」酒罷，袖出官券二百千畀〔六〕之，曰：「知八郎家貧，漫以爲助。」劉大怒，罵曰：「爾輩起不義之心，興〔七〕不義之獄，今又以不義之財污我。我寧餓死，不受汝一錢餌也。此段曲直虛實，定非陽間可了。使陰間無官司則已，若有之，渠須有理雪處。」呼問酒家人〔八〕：「今日〔九〕所費若干？」曰：「爲錢千八百。」劉曰：「三人共飲，我當六百。」遽解衣質錢付之。

已而夏病棘〔一〇〕，舁〔一一〕出獄而死。臨命戒其子曰：「我抱冤以歿，凡向來撲坊公帖并諸人負課契約，盡可納棺中，將力訴於地獄〔一二〕。」纔一月，八人相繼暴亡。又一月，劉在家忽覺頭涔涔顫眩，謂其妻曰：「眼前境界不好，必是夏主簿公事發，要我供證，勢必死。然料平生無他惡業，恐得反生，幸勿亟殮，以三日爲期，過期則一切由汝。」是日晚果死。

越兩宿，矍然起坐曰：「比爲兩箇公吏追去，行百里，乃抵官府。遇緑袍官人從廊下房中出，視之，則夏主簿也。再三相謝曰：『煩勞八郎來此處，文書都了〔一三〕，只要略證明，切莫憂惱。』續見八人者，共着〔一四〕一連枷，長丈五六尺，而鑽八竅以受首。俄報王坐殿〔一五〕，吏引造廷下。王曰：『夏家事不須説，但樓上喫酒〔一六〕一節，分明白我。』我供曰：『是兩人見招，飲酒五盃，買羹三味，與官會二百道，不曾敢接。』王顧左右嘆曰：『世上却有如此好人，真是可重。須議所以酬獎，試檢他壽算。』一吏走出，須臾而至曰：『合七十九歲。』王曰：『窮人不受錢，豈可不賞？與增一紀之壽。』敕元追者且引看地獄了却來。既見，大抵類人間牢獄〔一七〕，而被囚禁者，皆本郡城内及屬縣人。有荷枷絣縛者，有訊決刑〔一八〕杖者，望我來各各悲泣。更相道姓氏居止，屬我還世日爲報本家。或云欠誰家錢，或云欠誰家租，或云借誰家物，或云妄賴人田産，皆令妻兒骨肉方便償還，以減冥罪。它或乞錢財，或求功課〔一九〕，我不忍注目而退，猶聞咨嗟嘆羨不已。再到殿前，王曰：『汝既見了，反生時一一説與世人，教知有陰司。』我拜謝辭去。既〔二〇〕出門，送吏需錢，拒不與，詬曰：『兩三日服事你，如何略不陳謝？且與我十萬貫。』又拒之曰：『我自無飯喫，那得閑錢與你〔二〕？』吏遂捽脱頂髻，推我〔三〕仆地，於是獲甦。」摸其頭已禿，而一髻乃在枕畔。

濟南王夷縣尉，時居四明，親見其説如此。淳熙中，劉年過八十而病，王往省問，甚憂之，劉曰：「縣尉不必慮，吾未死。」後果無恙，蓋屈指冥王所增之數也。至九十一歲乃卒。王今爲饒州理掾。王司理説。（據北京中華書局版何卓點校本南宋洪邁《夷堅支戊》卷五）

〔一〕撲官　《筆記小説大觀》本（卷二三）作「捕官」。按：北宋趙抃《清獻集》卷六《奏議·奏狀乞下淮南路應人户買撲酒坊課利許令只納見錢》：「欲乞朝廷特降指揮下淮南路，應人户所買撲官酒坊，見今未曾閉罷者，許令依舊將課利只納一色見錢入官。」

〔二〕僨認　《筆記小説大觀》本作「認僨」。

〔三〕督索　原無「索」字，據明鈔本及《四庫》本補。

〔四〕治　《四庫》本作「扑」。

〔五〕何　明鈔本、《四庫》本、《筆記小説大觀》本作「何必」，葉本作「何以」。

〔六〕畀　《筆記小説大觀》本作「與」。畀，與也。

〔七〕興　原譌作「與」，據明鈔本、《四庫》本、《筆記小説大觀》本改。

〔八〕酒家人　葉本作「酒保」。

〔九〕日　《筆記小説大觀》本作「飲」。

〔一〇〕病棘　《四庫》本作「亟病」，《筆記小説大觀》本作「病亟」。棘，通「亟」。

〔一一〕舁　此字原無，據葉本補。

〔一二〕獄　葉本、《四庫》本、《筆記小説大觀》本作「下」。

〔一三〕了　明鈔本作「明了」。

〔一四〕着　葉本作「負」。

〔一五〕王坐殿　葉本作「王至，坐殿上」。

〔一六〕樓上喫酒　葉本作「旗亭飲酒」。

〔一七〕牢獄　此二字原無，據葉本補。

〔一八〕刑　《四庫》本、《筆記小説大觀》本作「荆」。

〔一九〕功課　《四庫》本、《筆記小説大觀》本作「功果」。功課，佛教以指每日按時誦經念佛等事。

〔二〇〕既　影宋鈔本、《四庫》本作「暨」。

〔二一〕與你　此二字原無，據葉本補。

〔二二〕我　此字原無，據葉本補。

宋代傳奇集第五編卷十三

任道元

洪邁 撰

任道元者，福州人，故太常少卿文薦之長子也。少年慕道，從師歐陽文彬受練〔一〕度，行天心法，甚著效驗。乾道之季，永福何氏子〔二〕以病投壇。未至，任與其妻姪梁緄宿齋舍，緄亦好法，夜夢神將來告曰：「如有求報應者，可書『香』字與之，令其速還家。」緄覺，即以語任。任起，明燭書之，封押畢，復寢。翌早何至，乃授之。何還家，十八日而死，蓋「香」字爲「十八日」也。

其後少卿下世，任受官出仕〔三〕，於奉真香火之敬，浸以疎懈。每旦過神堂，但於外瞻禮，使小童入炷香。家人數勸之，不聽。淳熙十三年上元之夕，北城居民相率建黄籙大醮於張道者〔四〕庵内，請任爲高功。行道之際，觀者雲集。兩女子丫髻駢立，頗有容色，任顧之曰：「小娘子穩便，裏面看。」兩女拱謝。復諦觀之，曰：「提起爾襴裙。」襴裙者，閩俗指言抹胸，提起者，謔媟語也。其一曰：「法師做醮，如何却説這般話！」踰時而去，任與語如初，又爲女所譙責。及醮罷，便覺左耳後癢且痛，命僕視之，一瘡如粟粒，而中痛不可忍。次日歸，情緒不樂。

越數日，謂緄曰：「吾得夢極惡，已密書於紙，俟偕〔五〕商日宣法師來考照。」商至，曰：「是非我所能辨，須聖童至，乃可決。」少頃，門外得一村童，纔至即跳升梁間，作神語曰：「任道元，諸神保護汝許久，而乃不謹香火，貪淫兼〔六〕行，罪在不赦。」任深悼前非，磕頭〔七〕謝罪。又曰：「汝十五夜所説大段好。」任百拜乞命，願改過自新。神曰：「如今復何所言，吾亦不欠汝一箇奉事，當以爲受法弟子之戒。且寬汝二十日期。」言訖，童墮地而醒，懵然了無所知。緄拆所書示商，乃「二十日」三字。是時正月二十六日也。

次夜〔八〕，任夢神將持鐵鞭追逐，環繞所居九仙山下，幾一匝，腦後爲鞭所擊，悸而寤。自此瘡益大，頭脹如栲栳，每二鼓後輒叫呼，若被鞭之狀。左右泣拜，小止復作，遍體色皆青黑。二月十二夜，緄還厥居，母不許再往。夜夢神云：「汝到五更初，急詣任氏，看吾撲道元。」緄起坐，伺期而往，任見而泣曰：「相見只此耳。」披衣欲下床，忽仆於席。八僕共〔九〕扶之坐，如有物拽出，撲之地上，就視已死。歐陽師居城北，亦以是日殂。緄自是不敢行法。

予大兒録示其事。因記《南部煙花録》，杳娘〔一〇〕爲「十八日」，與此「香」字同。任卿

佳士，宜其嗣續熾昌，後生妄習不謹，自掇奇譴，予見亦多矣。（據北京中華書局版何卓點校本南宋洪邁《夷堅支戊》卷五）

〔一〕練　《四庫》本、《筆記小説大觀》本（卷二三）作「鍊」，義同，修鍊。
〔二〕何氏子　《四庫》本作「柯氏」，《筆記小説大觀》本作「柯氏子」，下文「何」皆作「柯」。
〔三〕出仕　《筆記小説大觀》本作「出仕外」。外，外地。
〔四〕張道者　原譌作「張君者」，據吕本、《四庫》本、《筆記小説大觀》本改。
〔五〕偕　吕本、《四庫》本、《筆記小説大觀》本作「請」。
〔六〕兼　《筆記小説大觀》本作「邪」。
〔七〕磕頭　影宋鈔本作「榼額」，《四庫》本作「搕額」。搕，通「磕」。作「榼」譌。
〔八〕夜　原作「時」，據影宋鈔本、《四庫》本改。
〔九〕共　此字原無，據影宋鈔本、《四庫》本、《筆記小説大觀》本補。
〔一〇〕香娘　原作「香娘」，據影宋鈔本改。按：唐傳奇《大業拾遺記》（又稱《隋遺録》、《南部煙花録》等）：「時杳娘侍側，帝曰：『我取「杳」字爲「十八日」。』」

關王池

洪邁撰

嘉興徐大忠，淳熙五年隨父官中都，僦居仁和縣倉畔。其南有關王池，龜鼈甚多，大者可以載人。水常清，經旱不涸。或連日陰晦，則見一鐵棺浮水面。徐因整治書齋，有叢竹當軒枯悴，令〔一〕撤去之。其下得大圓頂一具〔二〕，光澤可鑒，意爲敗瓢，取視之，乃髑髏也。謂醫書所載天靈蓋可入藥，此其真是，漫藏之書櫃中。

迨夜，家人咸見一小兒，紗衫青裙，由卓上越窗而出，疑鄰人爲盜，蹤跡弗獲。徐遂夢兒來，索移尸錢，未知所答，又云：「且燒紙錢三千貫，轉《金光明經》三十部，我便捨此去。」徐不許，奮拳相毆。同榻者聞其驚魘，唤覺問故，知必此髑髏爲祟。明旦，取碎之，棄諸池。至夜，夢來謝曰：「德〔三〕蒙公恩，可以託生矣。」徐叱曰：「汝覓移尸錢，我元不曾許，何謝爲？」曰：「昨宵今夕，事不同耳。」徐曰：「何也？」曰：「我身首異處，不知幾年，因君出之，滿望度脱。不期欲入藥籠中，使我永無生望。且三魂七魄久已分散，只一魂〔四〕守此，又〔五〕失頭顱，是以有所求。今拋出水中，隨即消〔六〕化，遺骸不埋没，則經與錢亦無所用，故來致謝。」徐曰：「既云身首異處，今口體具足，何耶？」曰：「此所謂一魂也。」又問：「稱德者何？」曰：「生時姓名是小王德，隸錢大王護聖步軍，爲旗頭。大王入朝從行，出門忽報本營遺火，潛歸救撲。爲轄將覺舉，遂行軍令，示衆於此，無人敢收。鬼録沉冥，賴君永脱。」言訖辭去。

後兩月餘，夜同兄讀書。月明間聞謳聲，注目無所睹，移時復然。穴窗密窺之，一女子少艾，戴魚枕冠，皂衫黄裙紅履，往來池上。謳罷，攀岸邊竹竿，直上竿表而止。徐方欲啓窗，女子若驚，併竿投於水，其聲紞然〔七〕。自後怪不作。（據北京中華書局版何卓點校本南宋洪邁《夷堅支戊》卷五）

〔一〕令　《四庫》本作「合」。

〔二〕具　《四庫》本、《筆記小説大觀》本（卷二三）作「其」，連下讀。

〔三〕德　原作「得」，影宋鈔本作「德」。按：下文云「又問稱德者何」，知其以名自稱。據改。

〔四〕一魂　《四庫》本、《筆記小説大觀》本作「心魂」。

〔五〕又　《四庫》本、《筆記小説大觀》本作「恐」。

〔六〕消　《四庫》本、《筆記小説大觀》本作「清」。

〔七〕紞然　《四庫》本作「砉然」。

胡十承務

洪　邁　撰

揚州人胡十者，其家頗贍〔一〕，故有承務之稱。紹興之末，有五士人來見，不通姓名，不候主人出，徑坐廳〔二〕上，胡即束帶延揖。見談論稍異，心以爲疑。一客起曰：「君勿用他疑，我輩非世間人，蓋所謂五顯公者也。知君能好客，是以不由紹介而至。願假借一室，使得依棲，暫爲偃泊之地。然亦當常致薄助，以酬主禮。」胡甚喜，飲之酒數杯，指就閑館少留。晨夕加敬，金帛之贈，不求而獲。

相從越五月，適胡君生朝，同入言曰：「溷君家已久，誕辰甫臨，願薦一巵爲壽。」是夜，聞鋪設之聲丁丁然。旦而謁賀，幕帟華新，器皿煥赫，舉觴至於再三。胡視酒器下皆鐫「揚州公用」字，驚窘良劇，以爲竊公家物，必累我。諸客已覺，笑云：「但放心飲酒，自當返諸元處。」酣適歌謔，過三更乃散。明日空無一物。

俄自攜具就胡飲，從容曰〔三〕：「我等盡力於君亦不少，願求此宅爲廟，庶幾人神不相淆雜〔四〕。君却於比近別築第，但用吾日前所餉，足以辦集。幸毋見拒。」胡曰：「此吾三世所居，詎可輕議？擬擇山岡好處，爲奉〔五〕營一祠，且任香火之責，如何？」皆奮言不可，出語益悖。自是遂造祟怪，胡不能堪。謀於媢舊，將呼道士施法。方出門〔六〕，五人當道遮立，曰：「聞欲招法師見治，吾乃正神，享國家血食。只欲宅屋建廟，未爲大過，法師何爲者哉？雖漢天師復出，吾亦不畏。」胡益以愁撓，而攪〔七〕惑日甚。

他日入市，值道人行乞，謂曰：「君面有憂色，必遭鬼物所惱。可從此直進，倘逢一小僧，便祈之，定能相救。」胡驚謝，方擬扣其詳，忽不見。行至田間，果遇僧，即致懇禱。僧曰：「兹小事耳。君姑歸，我暇時自當往。」後數日，胡正與五人語，僧從外來，五人狼狽而竄，曰：「胡承務害得我輩苦毒！」僧追，叱之曰：「這五箇畜生，敢在此作過，可捉押去。」旋失所在。僧云：「是皆凶賊，向在淮河稔〔八〕惡，各已正國法，極刑梟斬〔九〕，而彊魂尚爾縱暴。今既囚執屏除，君家安矣。猶恨走却一鬼，徐〔一〇〕復出，然不能害也。」胡喚〔一一〕妻子列拜，且致厚謝，僧不受一錢，便告别。

胡送之出門，回見一鬼，睢盱短氣，鞠躬言曰：「某等實非神，以饑餓所驅，遠投賢主人。本自住得好，而兄弟不合妄有建廟之請，遂觸怒譴。適者和尚叫捉時，急竄匿於廁板〔一二〕，僅得免脱。某亦不敢久住，只丐一飯，以濟枵腹。先間和尚非凡僧，乃宅中所供養佛耳。」胡即設酒食與之，食畢泣拜而去。胡氏蓋事泗洲僧伽小像者也。和州陳官人説。（據北京中華書局版何卓點校本南宋洪邁《夷堅支戊》卷六）

〔一〕贍　《四庫》本、《筆記小説大觀》本（卷二四）作「足」。
〔二〕廳　《四庫》本、《筆記小説大觀》本作「庭」。
〔三〕曰　《四庫》本、《筆記小説大觀》本作「白曰」。
〔四〕不相淆雜　《筆記小説大觀》本作「不怕混雜」。
〔五〕爲奉　《四庫》本作「奉爲」，《筆記小説大觀》本作「來爲」。
〔六〕方出門　原作「方歸及門」，據吕本、《筆記小説大觀》本改。
〔七〕攪　《四庫》本作「擾」，吕本、《筆記小説大觀》本作「憂」。
〔八〕稔　影宋鈔本作「穢」。稔，積也。
〔九〕斬　影宋鈔本作「首」。
〔一〇〕徐　《四庫》本、《筆記小説大觀》本作「徐徐」。
〔一一〕唤　此字原無，據吕本、《四庫》本、《筆記小説大觀》本補。
〔一二〕廁板　《四庫》本、《筆記小説大觀》本下有「下」字。影宋鈔本作「側板」。

陸道姑

洪　邁　撰

陸道姑者，金陵人。自幼好誦佛，出家百丈山爲尼童。後還俗嫁夫，有子。夫出作商，累歲無音耗。姑寄子於所親，布裳草履，獨往他邦訪覓。遇一僧於路，扣其所之，具以告。僧曰：「汝夫亡久矣，無用去。」姑且疑，念業已在道，前進如初。僧力强其還，仍求行費。姑所齎才三千，畏其暴也，與之太半。度前程無以自給，亦回。經一日，復見僧，僧曰：「昨日餘錢，宜悉贈我。」乃傾橐空之。僧以所持扇爲報，曰：「吾扇非常比，遇病者就以揮之，可不喫藥而愈。」遂辭去。

過一家，適聞其疫癘，試入扇之，卧疾者皆起。甫出門，僧又在焉，怒曰：「我教汝療人病，不曾教汝療人命。諸人患疫，皆天旨，豈得違！」叱令還彼家，反風扇之，凡起者復仆。遂取元扇而留語曰：「此後只以手風扇之，吐氣嘘呵之，足矣。」既歸故里，聾盲跛躃輻輳其居，賴以愈者什七八。

慶元元年九月，來新安，距城十餘里，得石耳山，旋闢石〔一〕室以處。聞其風者踵至，日常數百。德興士人余持國，娶洪應賢女。持國領〔二〕壬子鄉貢，賓客來賀，迨冬不絶。洪氏詣庖視饌，墜而傷足，筋攣不能伸。醫治三歲弗效，乃往訪姑。姑望其至，歡然與相接，語之曰：「娘子心地好，當無苦。」餌以茶果飯食，皆先取而呵之。俄頃間立起，如未嘗病者，不假藥石針灸。謝以錢帛〔三〕，笑而不納。持錢米爲施者浸多。

別一余氏子，出力幹緣，將創佛屋。自山下升其巔，扳援〔四〕險峻，登陟極難，而工徒運致木石，若有神護。富民朱甲者，始萌惡念，欲往問難折挫之。未至坐處，視其側有二龍蟠繞光赫，儀狀可怖，即悔懼作禮，願捐錢百六十萬刻佛像。姑固却之，不從。姑曰：「果欲爾，宜勿用婺源湯匠。」朱素與湯善，竟以授其徒。踰月功畢，集丁匠百輩，舁登山。湯憤姑前言，因犒飲需醉，出不遜語。須臾，疾風四起，飛沙走石，舁者僵仆相屬，彌日不克進。自是外人入謁，夙非善良者，望而知之。

歷道其平日操持，不少隱諱。其年可五十許，常云：「吾已立誓願，滿十九年去矣。」未知其究如何。（據北京中華書局版何卓點校本南宋洪邁《夷堅支戊》卷八）

〔一〕石　原譌作「十」，據呂本、《四庫》本、《筆記小説大觀》本（卷二四）改。
〔二〕領　《四庫》本、《筆記小説大觀》本作「預」。
〔三〕帛　影宋鈔本、《四庫》本作「幣」。
〔四〕扳援　影宋鈔本、《四庫》本作「扳緣」。《筆記小説大觀》本作「絶壁」。

解俊保義

洪　邁　撰

保義郎解俊者，故荆南統制孫也。乾道七年，爲南安軍指使。有過客且至郡，守將往寶積寺迎之，俊主其供張。日暮，客不至，因留宿。夜方初更，燭未滅，一女子忽來，進趨閒〔一〕冶，貌甚華豔。俊半醉，出微詞挑之，欣然笑曰：「我所以來，正欲相就結綢繆之好爾。」遂升榻。問其姓氏居止，曰：「勿多言，只在寺後住。汝明夕尚能抵此否？」俊大〔二〕喜曰：「謹奉戒。」自是無日不來，仍從寺僧借一室，爲久寓計。經月餘，僧弗以爲疑，外人固無知者〔三〕。時以金銀釵釧〔四〕爲贈。俊既獲麗質，又得羨〔五〕財，歡愜過望，謂之曰：「吾未曾授室，欲憑媒妁往汝家，以禮幣娶汝，何如？」曰：「吾父官頗崇，安肯以汝爲婿？但如是相從足矣。」俊信爲誠然，而氣幹日尫瘠。

初，貨藥人劉大用與之游居〔六〕，亦訝之，俊不以〔七〕告。嘗兩人同出郭，遇遮道賣符水者，引劉耳語曰：「彼官人何得挾殤亡鬼自隨？不過三月死矣。」劉語俊。俊初尚抵諱，既〔八〕而驚悟，曰：「彼何由知？必有異。」便拉劉訪之旅邸。其人笑曰：「官員肯尋我耶〔九〕？不〔一〇〕然，幾壞性命。」留使同邸異室，而顧劉與之共處。撚〔一一〕紙符十餘道，使俊吞之。劉密窺之，見其作法魇呵〔一二〕之狀。二更〔一三〕後，聞門外女子哭聲，三更乃寂。

明旦，俊辭去，戒令勿復再往寺中。諸僧後知其事，曰：「寺之左右素無妖魔之屬，惟昔年邵宏淵太尉謫官時，喪一笄女，葬於後牆之外，必此也。」自是，遂常〔一四〕出爲僧患。僧甚苦之，遣僕詣武陵白邵，請改葬。邵許之，乃瘞於北門外五里田側。復出擾居者〔一五〕，又徙於深山，其鬼始絶。

《甲志》所紀張太守女在南安嘉祐寺爲厲，以惑解潛之孫，與此大相似。兩者相去三四十年〔一六〕，又皆解氏子，疑只一事，傳聞異詞。而劉醫云親見之，當更質諸彼間人也。（據北京中華書局版何卓點校本南宋洪邁《夷堅支戊》卷八）

〔一〕閒　《四庫》本、《筆記小説大觀》本（卷二五）及《豔異編》卷三八鬼部三《解俊》、《情史》卷二〇情鬼類《邵太尉女》作「嫺」。閒，通「嫺」。

〔二〕大　《四庫》本、《筆記小説大觀》本及《豔異編》、《情史》作「尤」。

〔三〕固無知者　影宋鈔本作「無因知者」。

〔四〕釧　《四庫》本及《豔異編》、《情史》作「珥」。《筆記小説大觀》本譌作「餌」。

〔五〕羨　《豔異編》、《情史》作「美」。

〔六〕居　《情史》作「善」。

〔七〕以　此字原無，據呂本、《四庫》本、《筆記小説大觀》本及《豔異編》、《情史》補。

〔八〕既　《豔異編》作「此」，《情史》作「比」。

〔九〕尋我耶　《筆記小説大觀》本作「棄絶」。

〔一〇〕不　此字原脱，據《四庫》本、《筆記小説大觀》本及《豔異編》、《情史》補。

〔一〕撚　《四庫》本、《情史》作「燃」。
〔二〕呵　《四庫》本及《豔異編》、《情史》作「訶」，義同，呵斥。
〔三〕二更　《豔異編》、《情史》作「一更」。
〔四〕常　原作「嘗」，據影宋鈔本、《四庫》本及《豔異編》、《情史》改。按：「嘗」亦通「常」。
〔五〕者　《筆記小説大觀》本作「人」。
〔六〕三四十年　《四庫》本、《筆記小説大觀》本作「十三四年」。按：《甲志》所載張太守女惑解潛孫事已佚。

同州白蛇

洪　邁　撰

同州自元符以後，常有妖怪〔一〕出爲人害，皆言白蛇之精。官民多被禍〔二〕，至于郡守亦時隕於怪中，知之者無敢以作牧爲請。政和間，宰相之壻某必欲得之，蓋貪俸入優厚之故。相君諭之曰：「馮翊蛇妖甚惡，無以身試禍。」壻意不可抑，竟拜命往焉。交印之三日，大張樂，會官僚。忽顧諸娼曰：「我方視事置宴，汝曹當華飾展慶，顧乃著白衣，何也？」娼知其故〔三〕，不敢答。宴罷即病。明日詢於客〔四〕，對曰：「使君得非昨得〔五〕眼眩，妄有所睹耶？實無此人。」

其家走騎報於相君，相君白于徽宗。詔虛靖〔六〕張天師往治，至則壻不知所之矣。到郡才十日，張召内外諸神，問蛇所在，皆莫對〔七〕。繼呼城隍扣之，亦辭曰：「不知。」張怒責〔八〕甚峻，敕陰兵行箠鞭〔九〕，楚毒備極。訴云：「彼物之靈，上與天通，言出於口〔一〇〕，大禍立至。」張曰：「吾之法力，誅之有餘，今但欲得其窟穴。汝若不告，當先受〔一一〕戮。」於是神俛首密白其處。

張擇日詣之，去穴三里〔一二〕，結壇五層，其廣數十丈。壇成，悉集一城吏民，使居於其上，而領衆道士作法。初飛一白符，寂然無聞，次飛赤符，繼以黄符。良久，風雲勃興，雷電〔一三〕四起，青氣黑煙〔一四〕，蔽滿山谷，見者危懼。少頃煙散，張持法如初。俄白氣瀚于天際，或黄或紫，如是者四五變。壇上人盡顛仆怖哭，立待吞噬，張使人人口啣土一塊，以禦邪沴。遣取州印置前，語衆曰：「白蛇之神，盡於是矣，必將自出。如越過五壇，雖吾亦不復有生理。苟不吾敵，則止於三層。邪不勝正，此邦當無憂也。」

已而烈火從穴中發，漸及壇畔，大蛇呀然張口，勢〔一五〕砍吞壇，矯首儫〔一六〕空，高出望表，迤邐且近，引其身繞下層四五匝。張左手執州印，右手執玉印，端坐〔一七〕對之。蛇縮恧〔一八〕挫沮，進退不可，軀幹漸低摧，似若爲一山所壓，衝第三級而止，即飛劍殺之。其後累累而出，小者猶如柱，幾數〔一九〕萬條。張曰：「首惡蓋牝者，種類實蘩，此難悉誅，然亦不可恕，擇其爲孽者去之足矣。」顧父老壯勇者，解所賫〔二〇〕刀劍，斬其如柱如楹者二十餘條，皆爲法力所束，帖帖受劍。其〔二一〕餘以符付神將，驅出境外〔二二〕。又數日，率郡民視其穴，有石床〔二三〕，正中蓋其蟠憩之處，白骨山積，皆前後所啖食之人，臭聞百里，經月方息。

虚靖爲漢天師三十代孫，平生不娶。京師將亂，潛出城還鄉。尸解，復隱於峩眉山，蜀人時〔二四〕或見之。天師嫡派遂絶，今以族人紹厥後云。（據北京中華書局版何卓點校本南宋洪邁《夷堅支戊》卷九）

〔一〕妖怪　《四庫》本、《廣豔異編》卷二四鱗介部《張處靜》（按：處當作虚）作「妖物」。《筆記小說大觀》本（卷二五）作「異物」。

〔二〕禍　《筆記小說大觀》本、《廣豔異編》作「害禍」。

〔三〕故　《筆記小說大觀》本、《廣豔異編》作「意」。

〔四〕客　《四庫》本、《筆記小說大觀》本、《廣豔異編》作「客將」。

〔五〕昨得　《四庫》本作「乍到」。

〔六〕虚靖　《四庫》本、《筆記小說大觀》本、《廣豔異編》作「虚靜」，下同。按：《宋史》卷二〇《徽宗紀二》：崇寧四年五月，「賜張繼先號虚靖先生」。《四庫》本作「靜」。

〔七〕對　原作「到」，疑譌，據《四庫》本、《筆記小說大觀》本、《廣豔異編》改。

〔八〕責　《廣豔異編》作「色」。

〔九〕鞭　《四庫》本、《筆記小説大觀》本、《廣豔異編》作「撻」。

〔一〇〕言出於口　影宋鈔本、《四庫》本「出」作「脱」。《筆記小説大觀》本作「言甫出口」。

〔一一〕受　此字原無，據吕本、《四庫》本、《筆記小説大觀》本、《廣豔異編》補。

〔一二〕三里　影宋鈔本作「三里外」。

〔一三〕電　原作「雹」，據影宋鈔本、《四庫》本、《筆記小説大觀》本、《廣豔異編》改。

〔一四〕青氣黑煙　《四庫》本「氣」作「氛」。《筆記小説大觀》本「煙」作「霧」。吕本、《廣豔異編》作「青氛黑霧」。

〔一五〕勢　《筆記小説大觀》本、《廣豔異編》作「意」。

〔一六〕傃　原譌作「素」，據《四庫》本、《筆記小説大觀》本、《廣豔異編》改。傃，向也。

〔一七〕坐　《四庫》本、《筆記小説大觀》本、《廣豔異編》作「立」。

〔一八〕恧　《四庫》本作「栗」。恧，惶愧。栗，通「慄」。

〔一九〕數　《筆記小説大觀》本、《廣豔異編》無此字。

〔二〇〕賫　《筆記小説大觀》本、《廣豔異編》作「佩」。

〔二一〕其　影宋鈔本、《四庫》本作「自」。

〔二二〕境外　影宋鈔本、《四庫》本、《筆記小説大觀》本、《廣豔異編》作「外境」。

〔二三〕有石床　原作「左右床」，據《四庫》本、吕本、《筆記小說大觀》本、《廣豔異編》改。

〔二四〕時　影宋鈔本、《四庫》本無此字。

按：據本卷《嘉州江中鏡》末注，此篇及《蔡京孫婦》、《董漢州孫女》、《嘉州江中鏡》，皆祝東老說。

蔡京孫婦

洪　邁　撰

宣和二年，太師蔡京府有奇祟染著，其孫婦每以黄昏時，豔妝盛服，端坐户外，若有所待。已則入房，昵昵與人語，歡笑徹旦。然〔一〕後昏困熟睡，視骨肉如胡越然，飲食盡廢。蔡甚憂患〔二〕，招寶籙宫〔三〕道士治之。及京城名術〔四〕道流，前後數十輩，皆痛遭折辱，狼狽乞命而退。

時張虚靖〔五〕在京師，密奏召之。才入堂上〔六〕，鬼嘯於梁。張曰：「此妖怪力絶大，蓋生於混沌初分之際，恐未易遽除。容以兩日密行法。若不能去，决非同〔七〕輩所能施功，吾亦未如之何矣。」蔡問所欲何物，但令辦〔八〕香花茶果，他一切弗用。三日後詣蔡府，坐未定，有大飛石自梁而墜，幾敗張面。俄梁上一物如猿猱，笑謂張曰：「都下法師無數，並出手不得。汝何等小鬼，敢來相抗？」張弗顧，但焚香作法。猱忽自左手第一指出火，下燒灼之，張凝然不動，就火中加持，良久而滅。又〔九〕自第二指出火如初。五指既遍，復用右手暨兩眼，最後舉體發烈焰，滿堂熾然，不可嚮邇。張略無所傷，喜曰：「祟技止此爾。」叱之使下，縮栗震慴，張納諸袖中。

將起，蔡曰：「可使其形大乎〔一〇〕？」曰：「大〔一一〕則首在空中，慮不無驚怖。」蔡固欲驗之，乃出而再叱。聲未絶口，已高數十〔一二〕丈。蔡懼，請急〔一三〕收之，遂復故形。蔡諭使誅之〔一四〕，不可，曰：「此妖上通於天，殺之將有大禍。今竄之海外，如人間之沙門島，永無還期，譴罰如是足矣。」遂捨去。孫婦即日平愈。時此老七十四歲，稔惡誤國家，欺君罔上〔一五〕，禍將及，以故變異如是。（據北京中華書局版何卓點校本南宋洪邁《夷堅支戊》卷九）

〔一〕然　呂本、《廣豔異編》卷二七獸部二《蔡京孫婦》作「晡」。
〔二〕患　呂本、《四庫》本、《廣豔異編》作「恚」。
〔三〕寶籙宮　《四庫》本「籙」作「録」。按：《宋史》卷八五《地理志一・京城》：「上清寶籙宮，政和五年作，在景龍門東，對景暉門。」

〔四〕名術　《廣豔異編》作「有名」。

〔五〕張虛靖　《四庫》本、《廣豔異編》「靖」作「靜」。

〔六〕才入堂上　《四庫》本「入」作「及」。《廣豔異編》作「方及上堂」。

〔七〕同　《廣豔異編》作「吾」。

〔八〕辦　《四庫》本作「瓣」，當誤。

〔九〕又　原譌作「之」，據《四庫》本、《廣豔異編》改。

〔一〇〕可使其形大乎　「其」譌作「見」，據影宋鈔本、《四庫》本改。《廣豔異編》作「可使見形乎」。

〔一一〕大　《廣豔異編》作「見」。

〔一二〕十　《廣豔異編》作「千」。

〔一三〕急　原譌作「救」，據吕本、《四庫》本、《廣豔異編》改。

〔一四〕誅之　《四庫》本、《廣豔異編》作「致誅」。

〔一五〕欺君罔上　此四字原無，據吕本補。

董漢州孫女

洪　邁　撰

董賓卿〔一〕，字仲臣〔二〕，饒州德興人，娶於同縣祝氏。紹興初爲漢州守〔三〕，卒於官。

其家不能遽歸，暫居於〔四〕蜀道。長子元廣，亦娶於祝，既除服，調房州竹山令。妻生三〔五〕女而死，元廣再娶一武人之室。秩滿挈家東下，與蜀客吕使君不欲名方舟偕行，日夕還往，相與如骨肉。繼室微有姿色，性頗蕩〔六〕。元廣到臨安亦死，吕陽示高義，攜其孥復西〔七〕，遂據以爲外婦，畜之郫縣，而三女不知存亡矣。祝次騫以兩世宗姻之故，痛惻不去心，屢〔八〕囑鄉人制帥王恭簡公訪求之，杳不聞問〔九〕。

乾道初，祝知嘉州，就除利路〔一〇〕運使，正與吕爲代，惡其人，不俟合符，先期解印去。歲在〔一一〕丙戌，其子震亨東老攝四川總屬〔一二〕，受檄來成都，塗經左綿〔一三〕，吴侯仲廣〔一四〕待制爲綿守，開宴延之，倡優畢集。一妓立於户椽傍〔一五〕，姿態恬雅，不類流輩。東老注目，詢隊魁曰：「彼何人〔一六〕？」曰：「官人喜之邪？」曰：「不然〔一七〕，吾以其不似汝曹，故疑異而問耳。」魁〔一八〕曰：「是薛倩〔一九〕也。」未暇應，吴適舉杯相屬〔二〇〕，辭以不能飲。吴責隊魁必使勸酹〔二一〕，魁笑曰：「若欲總幹飲盡〔二二〕，非薛倩不可。」吴亦解顔曰：「素〔二三〕識其人乎？」曰：「前者未常到大府〔二四〕，何由與此曹款接〔二五〕？但見其標格如野鶴在雞群，度〔二六〕非箇中人，所以扣諸其長，無他意也〔二七〕。」吴即令侍席。因密諗之曰：「汝定不是風塵中物〔二八〕，安得〔二九〕在此？」始猶羞澀不語，久乃言：「我本好人家兒女〔三〇〕，父祖〔三一〕皆作官，不幸失身辱境。只是〔三二〕前生業債，今世補〔三三〕償，夫復何説！」

東老矍然有感，曰：「汝祖汝父，非漢州知州、竹山知縣乎？」倩驚泣曰：「吾官如何得知〔三四〕？」東老曰：「汝母姓〔三五〕祝乎？ 乃我姑也。 吾聞汝母子流落，尋覓累年〔三六〕，未嘗少置懷抱〔三七〕，不意〔三八〕邂逅於此。」又歷道所從來〔三九〕，乃知昨爲繼母鬻於薛媪，得錢七十千，今在籍歲餘矣。 語竟，不覺〔四〇〕墮淚。 一座傾駭，爭致問，東老曰：「其話甚長，兹未可以立談盡，他日當言〔四一〕之。」酒罷，歸館舍。

翌日，倩偕其母來，吴守亦至，因備述本末，丐爲除籍。 吴曰：「此易爾，事竟如何〔四二〕？」曰：「正有望於公。 其人於震亨爲表妹，必嫁之。 當以此行所得諸臺及諸郡餉贐爲資送費〔四三〕，今且托之於令人所〔四四〕。」吴笑曰：「天下義事豈應一人獨擅，吾當以二十萬錢〔四五〕助之。」東老遂往成都。 越一月復還，合所得爲五十萬，悉付備〔四六〕。 吴喜曰：「已爲擇一佳壻，即嫁之矣。」壻姓史，失其名，次年預鄉薦。 又物色其兄弟所在，運使皆賙以生理。 漢州之後，賴以不絶。（據北京中華書局版何卓點校本南宋洪邁《夷堅支戊》卷九）

〔一〕董賓卿　原作「董漢卿」，葉本、《四庫》本、《青泥蓮花記》卷八《記從二·薛倩》引《夷堅志》、《緑牕女史》卷一一妾婢部徂異門及《剪燈叢話》卷七闕名《董漢州女傳》（按：女當作孫女）均作「董賓卿」。按：《同治德興縣志》卷七《選舉志》元祐三年戊辰李常甯榜進士有董賓卿，注：「九。都人。

官中奉大夫、知漢州。」據改。明鈔本「賓」作「濱」，誤。

〔二〕仲臣 原作「仲巨」，葉本、《四庫》本、《青泥蓮花記》、《緑牕女史》、《剪燈叢話》均作「仲臣」，據改。

〔三〕紹興初爲漢州守 「初」《青泥蓮花記》作「中」。「漢州」《緑牕女史》、《剪燈叢話》作「涇州」，誤。

〔四〕居於 《四庫》本、《青泥蓮花記》、《緑牕女史》、《剪燈叢話》作「寓」。

〔五〕三 原作「二」，葉本、吕本、《四庫》本、《青泥蓮花記》、《緑牕女史》、《剪燈叢話》均作「三」，而下文亦云「三女不知存亡」，據改。

〔六〕頗蕩 《青泥蓮花記》作「復浮蕩」。

〔七〕復西 《青泥蓮花記》作「西還」。

〔八〕屢 原作「屬」，據影宋鈔本、《四庫》本、《青泥蓮花記》、《緑牕女史》、《剪燈叢話》改。

〔九〕杳不聞問 葉本、《青泥蓮花記》作「杳無消息」。

〔一〇〕利路 《緑牕女史》、《剪燈叢話》作「利州路」。按：利路即利州路簡稱。

〔一一〕在 此字原無，據葉本、《四庫》本、《青泥蓮花記》、《緑牕女史》、《剪燈叢話》補。

〔一二〕總屬 葉本作「總幹屬」。按：總屬指總領所屬官，有幹辦公事、準備差遣等。總幹屬指總領所屬官幹辦公事。

〔一三〕左綿 原作「綿右」，《四庫》本及《緑牕女史》、《剪燈叢話》作「左綿」，據改。葉本及《青泥蓮花記》作「綿州」。影宋鈔本作「左綿右」，衍「右」字。按：綿州古稱左綿。《文選》卷四左太沖（思）《蜀都賦》：「於東則左緜巴中，百濮所充。」《太平御覽》卷一六六引《蜀記》：「左緜緋紅。」《杜少陵集詳註》卷一一《海棕行》：「左綿公館清江濆。」舊注：「綿州涪水所經，涪居其右，綿居其左，故曰左綿。」左，東也。

〔一四〕吴俟仲廣　原無「俟」字，《青泥蓮花記》有此字：「俟」乃其名也。《四庫》本及《緑牕女史》、《剪燈叢話》作「侯」，則係對官員尊稱。姑據《青泥蓮花記》補。

〔一五〕一妓立於户椽傍　葉本、《青泥蓮花記》作「中一妓傍楹而立」。

〔一六〕人　《青泥蓮花記》作「姓名」。

〔一七〕不然　《青泥蓮花記》作「非也」。

〔一八〕魁　此字原無，據影宋鈔本、《四庫》本、《青泥蓮花記》、《緑牕女史》、《剪燈叢話》補。

〔一九〕倩　《四庫》本作「情」，下同。

〔二〇〕相屬　《青泥蓮花記》作「勸飲」。

〔二一〕吴責隊魁必使勸酧　「酧」《四庫》本、《緑牕女史》、《剪燈叢話》作「醻」。《青泥蓮花記》全句作「又令隊魁更勸」。

〔二二〕飲盡　《青泥蓮花記》作「滿飲」。

〔二三〕素　影宋鈔本作「安」。

〔二四〕前者未常到大府　《青泥蓮花記》作「吾未嘗至大府」。影宋鈔本、《四庫》本、《緑牕女史》、《剪燈叢話》「常」亦作「嘗」。常，通「嘗」。

〔二五〕何由與此曹款接　《青泥蓮花記》作「安得相識」。

〔二六〕度　此字原無，據影宋鈔本、《四庫》本、《緑牕女史》、《剪燈叢話》補。《青泥蓮花記》作「似」。

〔二七〕無他意也　《青泥蓮花記》作「固無他也」。

〔二八〕物　葉本、《青泥蓮花記》作「人」。

〔二九〕安得　《青泥蓮花記》作「何緣」。

〔三〇〕我本好人家兒女　「我」字原無，據明鈔本、《四庫》本、《青泥蓮花記》、《緑牕女史》、《剪燈叢話》補。「好人家」《青泥蓮花記》作「良家」。

〔三一〕父祖　原作「祖父」，據影宋鈔本、《四庫》本、《青泥蓮花記》、《緑牕女史》、《剪燈叢話》乙改。

〔三二〕只是　《青泥蓮花記》作「想是」。

〔三三〕補　《四庫》本、《緑牕女史》、《剪燈叢話》作「負」。

〔三四〕吾官如何得知　《青泥蓮花記》作「官人何以知之」。

〔三五〕姓　原譌作「是」，據葉本、《四庫》本、《青泥蓮花記》、《緑牕女史》、《剪燈叢話》改。

〔三六〕累年　《四庫》本、《緑牕女史》、《剪燈叢話》作「每年」。

〔三七〕未嘗少置懷抱　此句原無，據葉本、《青泥蓮花記》補。

〔三八〕不意　影宋鈔本、《四庫》本、《緑牕女史》、《剪燈叢話》作「不謂」，《青泥蓮花記》作「不想」。

〔三九〕又歷道所從來　葉本、《青泥蓮花記》作「又歷詢所由」。
〔四〇〕不覺　《青泥蓮花記》作「各」。
〔四一〕言　《青泥蓮花記》作「細言」。
〔四二〕此易爾事竟如何　《青泥蓮花記》作「此易事耳，當如何」。《緑牕女史》、《剪燈叢話》作「此易事爾，竟何如」。
〔四三〕當以此行所得諸臺及諸郡餉贐爲資送費　《青泥蓮花記》作「我此行凡有所餽餉，爲之資送費」。
〔四四〕令人所　原譌作「合人間」，據葉本、吕本、《四庫》本、《青泥蓮花記》改。令人，乃官員妻母封號，此指綿州守吴侯夫人。《緑牕女史》、《剪燈叢話》作「伶人」，誤也。
〔四五〕二十萬錢　《緑牕女史》、《剪燈叢話》作「二千萬錢」，下文「五十萬」作「五千萬」。按：宋代以一千錢爲一緡，又稱一貫。二十萬乃二百緡，二千萬則二萬緡。作「千」當譌。
〔四六〕付備　「備」原作「倩」，《四庫》本作「備」，《緑牕女史》、《剪燈叢話》作「備具」。按：付備即備用嫁資，非付於董倩也。據《四庫》本改。作「付備具」亦通，意謂嫁資齊備。

嘉州江中鏡

洪　邁　撰

嘉州漁人王〔一〕甲者，世世以捕魚爲業。家於江上。每日與其妻子棹小舟，往來數里間，網罟所得，僅足以給食。它日，見一物蕩漾水底，其形如日，光采赫然射人。漫布網下取，即得之，乃古銅鏡一枚，徑圓八寸許，亦有瑚鏤瑑刻〔二〕，故〔三〕不能識也。持歸家，因此生計浸豐，不假經營而錢自至。越兩〔四〕歲，如天運〔五〕鬼輸，盈塞敗屋，幾滿十〔六〕萬緡。

王無所用之，翻以多爲患，與妻謀曰：「我家從父祖以來，漁釣爲活，極不過日得百錢。自獲寶鏡以來，何啻千倍。念本何人，而暴富乃爾。無勞受福，天必殃之。我惡衣惡食，錢多何用？懼此鏡不應久留，不如攜詣峨眉山白水禪寺，獻於聖前，永爲佛供。」妻以爲然。於是沐浴齋戒，卜日入寺，爲長老説因依，盛具美饌，延堂僧，皆有襯施，而出鏡授之。長老言：「此天下之至寶也，神明靳之，吾何敢輒預？檀越謹置諸三寶前，作禮而去可也。」王既下山，長老密喚巧匠，寫倣形模，別鑄其一。迨成，與真者無小異，乘夜易取而藏之。

王之貲貨自是〔七〕日削，初無橫費，若遭巨盜輩〔八〕竊而去者。又兩歲，貧困如初，夫婦歸咎於〔九〕棄鏡，復往白水，拜主僧，輸以故情，冀返元物。僧曰：「君知向時吾不輒預之意乎〔一〇〕？今日之來，理之必然。吾爲出家子，視色身非己〔一一〕有，況於外物耶？常憂落奸偷手中，無以藉口，兹得全而歸，吾又何惜！」王遂以鏡還，不覺其贋也。鏡雖存而貧自若。僧之衣鉢充牣，買祠部牒度童奴，數溢三百。聞者盡證原鏡在僧所。提點刑獄使者建臺〔一二〕於漢、嘉，貪人也，認爲奇貨，命健吏從僧逼索。不肯付，羅致之獄，用楚掠就死。使者籍〔一三〕其貲，空無貯儲〔一四〕，蓋入獄之初，爲親信行者席捲而隱。知僧已死，穿山谷徑路，擬向黎州。到溪頭，值神人金甲持戟，長身甚武，叱曰：「還我寶鏡！」行者不顧，疾走投林。未百步，一猛虎張口奮迅來，若將搏噬，始顫懼，探懷擲鏡而竄。久乃還寺，爲其儔侶言之。後不知所在，意〔一五〕所隱没，亦足爲富矣。

隆興元年，祝東老泛舟嘉陵，逢王生，自説其事，時年六十餘。（據北京中華書局版何卓點校本南宋洪邁《夷堅支戊》卷九）

〔一〕王　原作「黄」，下文俱作「王」，據葉本、《四庫》本改。

〔二〕瑑刻　原譌作「琢尅」，據葉本、《四庫》本改。

〔三〕故　葉本、《四庫》本作「固」。

〔四〕兩　明鈔本作「四」。

〔五〕運　原譌作「雨」，據《四庫》本改。

〔六〕十　《四庫》本作「室」。

〔七〕自是　此二字原無，據吕本補。

〔八〕輩　原譌作「蜚」，據葉本、《四庫》本改。

〔九〕咎於　此二字黄丕烈校本删去。按：原鈔本及影宋鈔本、葉本、吕本、明鈔本、《四庫》本均有，據補。

〔一〇〕君知向時吾不輒預之意乎　「知」下原有「吾」字，據《四庫》本删。影宋鈔本作「君知吾何(向)時不輒預之意乎」，無下一「吾」字。

〔一一〕己　原譌作「已」，今改。

〔一二〕臺　原譌作「基」，據葉本、《四庫》本改。

〔一三〕籍　《四庫》本作「藉」。藉，通「籍」，登記没收財産。

〔一四〕貯儲　原作「儲」，據影宋鈔本、《四庫》本補「貯」字。

〔一五〕意　《四庫》本作「鏡」。

宋代傳奇集第五編卷十四

鄂州南市女

洪邁撰

鄂州〔一〕南草市茶店僕彭先者，雖廛肆細民，而姿相白皙，若美男子。對門富人吳氏女，每於簾內窺覘而慕之，無由可通繾綣，積思成瘵疾。母憐而私扣之曰：「兒得非心中有所不愜乎？試言之。」對曰：「實然，怕爲爺娘羞，不敢説。」强之再三，乃以情告。母語其父，父〔二〕以門第太不等，將詒笑鄉曲，不肯聽。至於病篤，所親或知其事，勸吳翁使勉從之。吳呼彭僕諭意，謂必歡喜過望。彭時已議婚，且〔三〕鄙其女所爲，出辭峻卻。女遂死，即葬於百里外本家山〔四〕中，凶儀華盛，觀者歎詫。

山下樵夫少年，料其壙柩瘞藏之物豐備，遂謀發塚。既啓棺，扶女尸坐起剥衣，女忽開目相視，肌體温軟，謂曰：「我賴爾力幸得活，切勿害我。候黄昏抱歸爾家將息，若幸安好，便做你妻。」樵如其言，仍爲補治塋穴而去。及病愈，據以爲妻。布裳草履，無復昔日容態，然思彭生之念不暫忘。

乾道五年春，紿樵云：「我去南市久，汝辦船載我一遊。假使我家見時，喜我死而復生，必不究問〔五〕。」樵與俱行。纔入市，徑訪茶肆。登樓，適彭攜瓶上。女使樵下買酒，亟邀彭，並膝道再生緣由，欲與之合。彭既素鄙之，仍知其已死，批其頰曰：「死鬼！爭敢白晝現形〔六〕？」女泣而走，逐之，墜於樓下，視之死矣。樵以酒至，執彭赴里保。吴氏聞而悉來，守尸悲哭，殊不曉所以生之故，并捕樵送府。遣縣尉詣墓審驗，空無一物。獄成，樵坐破棺見尸論死，彭得輕比。

雲居寺僧了清，是時抄化到鄂，正睹其異。《清尊録》所書大桶張家女，微相類云。

（據北京中華書局版何卓點校本南宋洪邁《夷堅支庚》卷一）

〔一〕鄂州　《筆記小説大觀》本（卷三一）作「鄧州」，而末作「到鄂」，則「鄧」字譌也。

〔二〕父　此字原無，據影宋鈔本、《筆記小説大觀》本及《廣豔異編》卷九情感部一《鄂州南市女》、《情史》卷一〇情靈類《草市吴女》補。

〔三〕且　此字原無，據《筆記小説大觀》本及《廣豔異編》、《情史》補。

〔四〕山　原作「喪」，影宋鈔本作「山」，眉注「喪」。《情史》亦作「山」。《筆記小説大觀》本及《廣豔異編》皆作「喪」。按：下文云「山下樵夫少年」，似作「山」爲是，姑改。

〔五〕必不究問　《筆記小説大觀》本及《廣豔異編》作「必共窮問」，《情史》作「必不窮問」。

〔六〕形　原譌作「行」，據影宋鈔本、《筆記小説大觀》本及《廣豔異編》、《情史》改。

蓬瀛真人

洪　邁　撰

潼川路都監蔣師望，台州黄巖人。説其鄰居祝氏子，少年未娶，讀書於家塾。善邀紫姑，稍暇則焚香致請。來者多女仙，或自稱蓬瀛真人。祝子因生妄想，學業蕪廢。久之，一仙下臨，容色妍麗，塵世鮮比，但肌體〔一〕不甚白皙。祝惑之，留與共宿，欣然無難詞。自是每夕必至。經半歲，形軀日削，且厭厭短氣。父母意其適倡館，約束僕隸，勿使從〔二〕遊。然此子固未嘗出户庭，但夜枕〔三〕切切與人私語，僕竊聽者皆莫得聞。

其家唯一子，母愛之特甚，密扣詰之，終不肯言。母曰：「汝父年過六十，日夜望汝成立，以光門閭。今惑於妖鬼，將爲性命之憂。爲我盡言，當早爲之所。」祝亦悟，始叙説相見之因，云：「此女來累月，無問〔四〕寒暖，只著皂色衣，似言不欲豔裝袨服，以招窺看。其出入未嘗由户，莫知所往。」母灼知爲怪，曰：「曷不一詣其所居？」祝奉戒以告之，女略不拒。即攜手自窗外穿踐荆棘，可半里許，到一宅，宏敞華麗。置宴席，而器用不具，飲饌惡薄。執事者惟小童八九人，男女相雜〔五〕。

祝會〔六〕畢而歸，且以白母。母慮爲淫祠木魅，使僕於山谷間遍索，無形似者〔七〕。里中老人〔八〕謂祝翁曰：「郎君所苦，既不可究竟，吾聞之，物久亦能爲妖。君家牝猪已過十年，其豚在者八九輩耳。今〔九〕此女常著皂衣，必是物也。」祝族悉以爲然，議鬻諸屠肆，雖價直已定，而遲明方買縛。是夕，女復至，與祝訣曰：「相從許時，緣分有訖〔一〇〕。聞君家行且見逐，無由復奉慇懃之歡，子善自愛。」涕泣出。明日，群猪就屠〔一一〕，祝遂免禍。（據北京中華書局版何卓點校本南宋洪邁《夷堅支庚》卷二）

〔一〕體　《廣豔異編》卷二六獸部一《蓬瀛真人》作「膚」。

〔二〕從　《筆記小説大觀》本（卷三一）、《廣豔異編》作「縱」。從，同「縱」。

〔三〕枕　《廣豔異編》作「枕間」。

〔四〕問　《筆記小説大觀》本作「間」。

〔五〕「宏敞華麗」至此　《廣豔異編》作：「雖不華敞，而短垣周覆，護以曲欄。因爲祝置飲，曰：『暮夜無以爲歡，祇得豆羹濁醴，少奉從容耳。』時執事者僅小童八九人，而器具亦不甚豐俻。」《續豔異編》卷一二獸部《蓬瀛真人》作：「雖不華敞，而短垣周匝，護以曲闌。命童置飲，曰：『暮夜無品，祇得豆羹濁醴耳。』及陳器具，不甚豐備也。覰其役使，僅小童八九而已。」按：《廣豔異編》所載雖多刪略，然文字無甚異，故頗疑此節爲原文。又按：《續豔異編》所載此篇，雖本《廣豔異編》，然刪改頗劇，文字甚異。

〔六〕會 《廣豔異編》作「飲」。

〔七〕使僕於山谷間遍索無形似者 《廣豔異編》、《續豔異編》作「使僕遍索無蹤」。

〔八〕里中老人 《廣豔異編》、《續豔異編》作「或」。

〔九〕今 《廣豔異編》作「且」。

〔一〇〕訖 《筆記小説大觀》本作「限」。

〔一一〕就屠 原作「皆不見」，據吕本、《筆記小説大觀》本及《廣豔異編》改。

按：據本卷《慈湖夾怪》末注，此事乃子中説。洪伋字子中，洪邁姪孫，見《夷堅支景》卷一《張十萬女》末注。

潘統制妾

洪邁撰

興元統制潘璋，在〔一〕臨安時買一妾，擕入漢中。爲人嫵媚柔和，舉家憐〔二〕愛。兩歲後得疾，若懷孕者。始數日不食，漸至一月枵腹。經十旬，忽産一男子。越三月復然，又四月亦如之。是歲連舉三子，聞見者莫不以爲異。自是飲食疏數不齊，似有所憑附，預説其家禍福，往往多中。遂白主公主母，乞一淨室學道，勿以事相關。晝夜揜户，或穴隙窺之，但趺坐誦經。璋嘗排闥强造其處，則四壁環列皆佛書内典，至有天竺及外國所刊板籍。詰所從來，曰：「天女見與。」

淳熙辛丑，兵帥彭果選璋部西軍赴殿岩，因剡薦其材。妾請從行，璋辭以法不許。舟次果州津溉，音讀爲既。蜀人謂江干步曰溉。謁郡守還，馬上望一女子至〔三〕沙上持誦，即之，乃妾也。駭其何自而來，曰：「思君之極，不覺魂飛。」璋亦喜，載與俱東。至鄂渚，其表弟秦〔四〕奎幹辦戎幙，來相訪。未至妾已先知，曰：「秦都幹至矣。」秦向者固已識之，是日，覺其精爽比舊微爲聳露，問璋曰：「兄本買妾，聞却遇仙。」璋備言其狀。令取一小尊酒，與秦飲，所貯才三升，各舉十觴，而尚存其半。怪而叩之，曰：「近來學得一戲劇術，不足道也。」明日，秦邀到官舍，語次，及西州風物，曰：「兄留〔五〕行都，正是春暮，必可飽食玉津櫻桃。」妾曰：「此亦不難致，願假一合往取。」合子至，布氣數口，以手帕緘封，授老兵，使持往舟中，且祝勿擅啓。少頃而回，櫻桃溢合。賓主飫嘗，徧及姨嫗〔六〕，唯一乳媼及小鬟不得食，曰：「渠不應饗此。」璋問秦：「建溪新茶已到未？」曰：「未有。」妾曰：「我亦能致之。」即於假山側〔七〕拈塊土，置掌内揉碎噓呵，付外碾細瀹之，即於假山畔嘗，真奇品也。妾每出必以虎子自隨，俄暫起，曳窗屏蔽障。既退，媪鬟視其旋溺，香如麝臍，而色清潔，舉而共飲之。妾在坐笑曰：「兩人無良，竊飲吾溺。然亦何傷，不過費我幾日工夫耳。」

後至都城，璋登岸而返，失妾所在。方疑撓之際，一翁一媪來省女，璋無以對。執詣廂官，送於府，奏劾之，坐輒帶婦人從軍，停官，責本隊自效。彭果以舉官不當削秩。

鄱陽吴溱，從婦翁胡德藻官於鄂，見秦生，目擊其事。已而遇璋於廬州逆旅，訪得本末甚詳。又三年，溱往渝川〔八〕，逢利路州鈐轄吴漢英于夔府，因及璋踪〔九〕，云：「妾生子皆俊慧，能讀書。妾今在父母家，無恙〔一〇〕。」（據北京中華書局版何卓點校本南宋洪邁《夷堅支庚》卷六）

〔一〕在 《筆記小説大觀》本（卷三三）作「託」。

〔二〕憐 《筆記小説大觀》本作「珍」。

〔三〕至 影宋鈔本作「坐」。

〔四〕秦 《筆記小説大觀》本作「蔡」，下同。

〔五〕留 影宋鈔本作「届」。届，至也。

〔六〕嬚 《筆記小説大觀》本作「媪」。嬚，女子。

〔七〕側 影宋鈔本作「畔」。下文「畔」作「側」。

〔八〕渝川　《筆記小説大觀》本作「渝州」。按：渝川即指渝州，涪江（即嘉陵江）過其境，治巴縣，今重慶市。

〔九〕踪　影宋鈔本作「踪跡」。

〔一〇〕無恙　影宋鈔本作「亦無恙」。

譚法師〔一〕

洪　邁　撰

德興海口近市處，居民黃翁，有二子，服田力穡，以養其親，在村農中差爲贍給。又於三里外買一原，其地肥饒。二子種藝麻粟，朝往暮歸。久而以爲不便，乃創築茅舍，宿食於彼。翁念其勤苦，時時攜酒或烹茶往勞之。路隔高嶺，極險峻，子勸止勿來，翁曰：「汝竭力耕田，專爲我故，我那得漠然不顧哉！」自後其來愈密。

正當天寒，二子共議：「使老人跋陟〔二〕如此，於心終不安。」捨之而歸。翁問何以去彼，具以誠告。翁曰：「後生作農業是本分事，我元〔三〕不曾到汝邊。常以念念，可惜有頭無尾。」二子疑驚〔四〕，詢其妻，皆云：「□〔五〕翁不曾出。」始大駭。復爲翁述所見，翁曰：「聞人説，此地亦有狐狸作怪，化形爲人。汝如今再往原上，若再敢弄汝，但打殺了不妨。」

子復去。

迨晚，翁至，持斧迎擊于路，即死，埋諸山麓。明日歸，翁曰：「夜來有所見乎？」曰：「殺之矣。」翁大喜，二子亦喜。遂益治原隰，爲卒歲計。然翁所爲，浸浸改常〔六〕。家有兩犬，俊警雄猛，爲外人所畏。翁惡之，犬亦常懷搏噬之意。其一〔七〕乘其迎吠，翁使婦餌以糟葳，運椎擊其腦。既又曰：「吠我者乃見存之犬，不可恕。」婦引留之，不聽，皆死焉。固已竊訝，且頻與婦媟謔，將呼使侍寢。

里中譚法師者，俗人也，能行茅山法，雖非道士而得此稱。黄〔八〕翁待之厚，來必留飲。是時訪翁，辭以疾作不出，凡三至皆然。已而又過門，徑登床，引被自覆。譚曰：「此定有異。」就房外持呪，捧杯水而入，覺被内戰灼，形軀漸低。噀水揭視，拳然一老狐也，執而鞭殺之。而尋父所在弗得，試〔九〕發葬處，則父尸存焉，已敗矣。蓋二子再入原時，真父往視，誤〔一〇〕戕之，狐遂據其室。

予記唐小説所書黎丘人、張簡等事，皆此類云。（據北京中華書局版何卓點校本南宋洪邁《夷堅支庚》卷六）

〔一〕目録作《海口譚法師》。

〔二〕陟　《筆記小説大觀》本(卷三三)、《廣豔異編》卷二九獸部四《譚法師》作「涉」。
〔三〕元　《廣豔異編》作「原」,義同。
〔四〕驚　《筆記小説大觀》本、《廣豔異編》作「焉」。
〔五〕□　《筆記小説大觀》本、《廣豔異編》無此闕字。
〔六〕然翁所爲浸浸改常　《筆記小説大觀》本、《廣豔異編》作「然翁所爲浸僞,浸改常」。
〔七〕其一　《筆記小説大觀》本無此二字。《廣豔異編》作「共」。
〔八〕黄　原譌作「董」,據《筆記小説大觀》本、《廣豔異編》改。
〔九〕試　《廣豔異編》作「誠」,告也。
〔一〇〕誤　原作「既」,據影宋鈔本改。

胡宏休東山

洪　邁　撰

婺源縣清化鎮人胡宏休,少年時浪游京師,因得肄役於何太宰府。後補武階,又中武舉,與何門人謝受之投分甚密。胡還歙,謝從之,館於胡氏凡十年。胡喪母,謝曰:「荷君顧遇久,常念無以報德。吾嫺習地理,當相爲謀吉地,以尊奉夫人。」胡初未知謝有此術,起詢之,謝乃言:「只在相近東山之間,屬君鄰家,君亟買得之,則爲指穴,并求對面案山,尤佳也。」胡即以五千買諸鄰，又以千錢請於族黨，二者俱立約。謝謂胡曰：「此山名飛天蜈蚣，則相對者名蝦蟆形。有識書紀載，其略云：『葬後五年，當三人出官。十五年後，有水命人爲國戚。四十年後，陽鼓未鳴，陰鼓先鳴。周一甲子，當生貴人。』吾言固不誣，但有神靈護守，不可輒據，須作法圖之。當爲擇良日，同登峻峰，孝子披髮行，吾則仗劍隨後乃可。」

及期，履高原上，指一處曰：「此吉穴所在也。然更須憑鄉術爲斬草下棺之證。」時無應選者，獨里中小巫郎二師粗解識陰陽向背，呼使護役。方施工之際，持鉏鍤斧斤者百輩，半染狂罔異疾，至還舍，十六人死，郎師亦亡。衆誦言：「地之凶如是，安可興役？宜罷之。」胡必欲用，厚捐錢粟與諸死者家，而躬立其所，朝暮自程督。嘗醉寐草舍，恍然如夢，見三婦人立於前，著白衣，襟袖飄飄，若神仙者流。同詞曰：「我自婺女星君處來，家於此地，而君欲奪爲立墓，誠爲不可。」胡咄之曰：「吾用謝先生所教，以窆吾母。人子之心，不遑安處。汝家在何處，敢出妄言？我決意用之，若有災咎見及，自從汝力量，吾斷無斂手相避之理。」辯折再三，婦人如不獲已，言曰：「吾之居，只在〔一〕此數步内，既謝神翁有命，定不容輒〔二〕。幸爲改卜吾居，勿使暴露，異時當異〔三〕報矣。」

胡寤，徧訪左右，得古祠於叢林中，棟朽柱折，上無片瓦，三女像鼎坐，埃塵充滿，狀貌與夢中所睹不少異。具以語謝，謝愀然曰：「吾慮初不及此，亦恐未能免禍。」於是就半里外創一新祠。及坎墓穴，謝生不能親臨。掘太深，過三丈，得三石魚，又一生者飛起丈許而墜。事竟，謝辭去，留之弗得。明年，死於休寧黄山道上。所謂蜈蚣飛天，其狀若此。

宏休仕至諸司副使、東南正將，三弟姪相繼食禄，一子娶濮王宫宗女補官，妻享封邑。終以石魚露現躍出，泄其旺氣，故不迨昌顯，甲子一周之語，未能即驗。而一門〔四〕多好學有成。立女象廣令頗盛〔五〕，鄉人祭供禱祝，一歲四至，胡氏奉之不衰。予從兄景高之室，於宏休爲兄弟，其長孫沆説也。（據北京中華書局版何卓點校本南宋洪邁《夷堅支庚》卷六）

〔一〕在　此字原無，據影宋鈔本補。
〔二〕定不容輒　此句當有脱譌。
〔三〕異　此字疑譌。
〔四〕一門　原作「一周門」，「周」字當衍，今删。
〔五〕立女象廣令頗盛　此句當有脱譌。

薛湘潭

洪　邁　撰

薛大圭禹玉，本河東簡肅公之裔。爲人倜儻俊快，不拘小節，而深負吏材。淳熙中爲湘潭令，新牧王宣子侍郎臨鎮，詣府參謁。時湘鄉縣有富家女子，夜爲人戕於室，迨曉父母方覺之，但尸在地而失其首。告於都保，訴之郡縣，歷數月不獲凶身。府招諸邑宰晏集，坐間及此事，薛奮請效力。乃假吏卒數十輩，枉道過彼縣境。每一程減去五人或十人，唯留四卒荷轎，殊不曉其意。漸近女家，下而步行。遇三四〔一〕道人聚野店，各有息氣竹拍，從而求之，且脱巾換其所戴緇巾〔二〕，解衫以易布道袍服，與錢兩千。薛多能鄙事，遂獨身前進，戒從者曰：「緩緩相隨，視我所向。俟抛息氣出外，則悉趨而集。」

望路次小民舍，一老媪在焉。入坐，將買酒，媪曰：「此間村酒，二十四錢一升耳，我家却無。」薛取百錢，倩買二升。媪利其所贏，挈瓶去。少頃得酒來，與媪共飲。媪喜甚，獻熟牛肉一盤。酒酣，薛云：「郵居安靜，想住得好。」媪曰：「正爲一件公事，連累無限平民，我兒子也遭囚禁。」問何事，曰：「某家小娘子，與東家第三箇兒郎姦通，後來却被殺了，斫〔三〕去頭，埋於屋背樹下。此郎日前累次手殺人，凶惡無比。他有錢有勢，更不到官，鄉人怕他如虎，都不敢説。」

薛徐徐詢其姓氏狀貌居止，徑造之，唱詞乞索。兩後生與之十錢，棄于地曰：「何得相待如此？」增至五十及百錢，皆擲〔四〕之曰：「我遠遠到來，須要一千足陌〔五〕，若九百九十九錢，亦不去。」兩生〔六〕蓋凶子之兄也，疑爲異人，或有道之士，遜言慰謝。凶子在内窺見，忿怒不能忍，趍出，擬行拳。薛就門擲竹拍，從卒爭赴，遂執之。凶子方〔七〕咆勃，薛批其頰曰：「汝殺了某家女子，却將頭埋樹底。罪惡分明，如何諱得？我是本縣捕盜官，那得拒抗？」凶子〔八〕無語，即縛往〔九〕發地取頭。送於府，鞫治伏辜。宣子嘉賞無已，率諸臺交薦，因改京秩。

《涑水記聞》所載向文簡雪僧冤事，亦以一媪言云。余甥玠說，其姻家也。（據北京中華書局版何卓點校本南宋洪邁《夷堅支癸》卷一）

〔一〕三四　《筆記小說大觀》本（卷四六）作「四五」。

〔二〕巾　原譌作「布」，據影宋鈔本改。

〔三〕斫　原作「砍」，影宋鈔本、《筆記小說大觀》本及上海涵芬樓編印《新校輯補夷堅志》作「斫」，據改。

〔四〕擲　《筆記小說大觀》本作「却」。

〔五〕陌　《筆記小說大觀》本作「數」。按：百錢爲一陌，此指足數。

〔六〕生　《筆記小說大觀》本作「主」。

〔七〕方　此字原無，據影宋鈔本補。

〔八〕凶子　原脱「凶」字，據影宋鈔本、《筆記小說大觀》本補。

〔九〕往　《筆記小說大觀》本作「住」。

徐希孟道士

洪　邁　撰

婺州天慶觀道士徐澹然，字希孟，庸庸黄冠也。紹興六年，與同輩作醮事，既畢就寢。困睡中若哽咽者，傍人呼撼再三始寤，已不能言。索紙筆〔一〕書云：「適夢兩青童唤起，隨之前行，至大殿下，童持一狀，讀判曰：『戒子徐澹然，屢吃葷酒，對聖陳詞，可令罰啞一紀。』旋以灰酒一杯使飲，覺來即喑。」凡數月，同輩共議爲設醮祈謝，夢其母曰：「不可爲此，恐譴責愈重。」乃書告衆止之。

未幾，又夢一駛〔二〕卒追縛到官府，遇有著緋袍繫魚皮帶者，立於西階，問曰：「汝是戒子徐希孟耶？」曰：「字希孟，非名也。」又曰：「是饒州人耶？」曰：「婺州也。」緋袍顧駛卒曰：「豈可錯誤追人？」便放回。將出門，見舊所識法司吏在門下，揖與款語〔三〕，且云：「澹然坐茹葷罪，受罰啞一紀，今因赴逮，却〔四〕能出聲。如本觀道流之愆過，固有甚於我者，何爲不治？」法吏言：「是日偶三官巡遊天下，親見汝罪，所以行罰。」徐因〔五〕扣請：「凡平生所爲不善事，尚恐有未知而未改〔六〕者，願以見告。」吏即令取一簿，檢至徐名字，第一項書云：「曾打母一拳，但年方五歲〔七〕，未爲罪。」後一項云：「常孝思父母，乞免染疫病。」閲讀未了，吏促〔八〕之去。行次水邊，墜而寤，其喑如初。

又半歲，夢前者兩青童復來，引詣故處，唱云：「徐澹然改過奉道，用心精勤，可免先罰。」與清酒一盃使飲。飲罷，傍有三道士，率之同遊天台山，洗足墮溪，俄然覺，則已身乃卧三清殿後淺水中。呼童掖起，將入寮舍，猶未啓關。徐聲音一切復故，於是遍謁鄉老，自述其詳。（據北京中華書局版何卓點校本南宋洪邁《夷堅支癸》卷二）

〔一〕筆　此字原無，據影宋鈔本補。

〔二〕駚　《筆記小説大觀》本（卷四六）作「駃」，下同。駃，同「快」。

〔三〕揖與款語　影宋鈔本作「揖欲與語」。

〔四〕却　《勸善書》卷一二作「即」。

〔五〕因　原作「固」，當譌，據影宋鈔本、《筆記小説大觀》本、《勸善書》改。

〔六〕未知而未改　原作「可知而改」，據吕本及《筆記小説大觀》本改。

〔七〕歲　原譌作「年」，據影宋鈔本、《筆記小説大觀》本、《勸善書》改。

〔八〕促　《筆記小説大觀》本作「捉」。

按：據卷末注，此事乃吕德卿所傳。

連少連書生

洪　邁　撰

饒州安仁書生連少連，其父仲舉下世，獨與母居。年甫冠，就館於近村富家。館相距半里，諸生暮歸，唯一童作伴。當春夜月明，燈下誦讀。忽聞簷間欬聲，舉目視之，見紫衣老媪，豐頤皤腹，已在側，出語通殷勤。問爲誰，曰：「媒人也。東里蕭家有小娘子，姿色絶豔，如神仙中人。慕秀才容儀，請於父母，願爲夫婦，使我來達〔一〕意。其家快性，纔説便要成，幸勿遲緩。」生曰：「無乃太急〔二〕乎？我談笑得一好妻，豈不大願？然要俟歸白母。雖正貧悴，須略備納采問名之禮，始爲允當。」媪曰：「秀才終歲辛苦，所獲幾何？今蕭女奩具萬計，及〔三〕早成婚，即〔四〕日可化窮薄爲豪富。但一諾，立諧矣。」生沉吟良久，許之。

才〔五〕頃刻，去而復來，擕兩小鬟先至，便有數黄衫卒，施供張，敷茵几，金玉綺繡，雜然盈前。尚疑信未決〔六〕，聆笙簫之音，鏘洋漸近，翠幢寶蓋，畫扇圍列，女子下花輿，席地步入，真國色也。生目眙心蕩，默自計曰：「姑與之結好，則奩中物〔七〕皆吾有耳。」媒〔八〕已知之，咄曰：「秀才何得遽起薄倖之念！」生諱謝曰：「無之。」就席，酒半，始合巹，覺女脣〔九〕間有牛吻氣。乃託以地迥〔一〇〕招盜，悉收斂器皿金帛置篋中，加扃鎖焉。一牛〔一一〕頭人自外持梃入，喝〔一二〕曰：「不得無禮！」俄冷風滅燭，衆一切奔散。月色依然，闃〔一三〕無所睹，隱約聞樂聲赴主人家祠堂内。小童熟睡，促〔一四〕之起，吹燈發籠，枵枵然，並已之衣衾書策亦羽化。

生惶惑，待旦〔一五〕走告主翁。翁驚嘆不已，云：「是吾家所事蕭家木下三神也。」生亟辭館而去〔一六〕。（據北京中華書局版何卓點校本南宋洪邁《夷堅支癸》卷五）

〔一〕達　《筆記小説大觀》本（卷四七）、《廣豔異編》卷二六獸部一及《續豔異編》卷一二獸部《連少連》作「道」。按：《續豔異編》本《廣豔異編》而自行改寫，多與原文不合。

〔二〕急　影宋鈔本作「忽忽」。

〔三〕及　影宋鈔本作「即」。

〔四〕即　影宋鈔本作「今」。

〔五〕才　《廣豔異編》作「方」。

〔六〕尚疑信未決　《筆記小説大觀》本、《廣豔異編》作「尚未疑決」。

〔七〕奩中物　《筆記小説大觀》本、《廣豔異編》及《續豔異編》作「室中之物」。

〔八〕媒　《筆記小説大觀》本作「媒嫗」，《廣豔異編》作「媒媪」。

〔九〕脣　《筆記小説大觀》本作「臂」，《廣豔異編》作「肩」。

〔一〇〕迥　《筆記小説大觀》本、《廣豔異編》作「迫」。

〔一一〕牛　影宋鈔本、《筆記小説大觀》本及《廣豔異編》、《續豔異編》作「羊」。

〔一二〕喝　影宋鈔本作「訶」。

〔一三〕闃　影宋鈔本、《廣豔異編》作「間」。

〔一四〕促　影宋鈔本作「蹙」。

〔一五〕早　影宋鈔本作「旦」。

〔一六〕云是吾家所事蕭家木下三神也生亟辭館而去　《廣豔異編》作「因於祠後訪之，則有一牛一羊，乃儲以祠祖者，彷佛是其怪云」。《續豔異編》自「翁驚嘆不已」以下改作：「主翁偶曰：『吾將祭祖，有大牛一、大羊一，儲於祠後。』生往觀之，則牛若自慚，羊若含笑者然。」

按：《支癸》卷五末注：「此卷皆吴溱伯秦所傳。」吴溱曾傳其父吴良史所著筆記於洪邁，邁取其四十五事録入《支庚》卷七至卷九。此卷十一事蓋吴溱自所聞見而傳於邁者，非出良史書也。

彭居士

洪　邁　撰

鄱陽安國寺在城内，有田去城西〔一〕百里，名全保莊。始時主僧惟直，苦志戒行，爲道俗崇仰。嘗詣莊檢校，夢童子報言彭居士求見。延之入坐，戴短簷帽，着青道服，後一虎自隨。既坐，視直〔二〕曰：「吾久隱兹山，未嘗輕與世接，慕師名德之重，是以一來。顧〔三〕室廬摧敝已甚，冀蒙師力一新之。」直許諾。覺而思之曰：「此地實名彭岡，客所稱姓與合契，得非山之神乎？」

明日詢訪，則〔四〕父老皆云：「不聞有彭居士者，獨古松下一小廟，相傳爲彭大郎，必其人也。」即訪之，茅茨蕭然，上漏下濕，香火亦缺。惟直爲之慨然〔五〕，命工整葺。立成〔六〕華宇，繪畫像貌，儀衛〔七〕儼赫。由是彭岡神祠，遠近供事。它夕，夢來謝曰：「百年寥落，一旦頓獲新居，沾受血食，老稚安堵，皆禪師慈悲所致。恨無以報德，輒〔八〕有所獻。」乃邀至高坡上，指示其下曰：「此可以辟良田百畝，願置力焉。」是夜，聞彼處履聲雜沓，如數萬兵經營鉏治。旦起視之，乃向荆榛沙礫，坦平如掌。自繫虎原西，盡爲膏腴，至今常住〔九〕，實賴神力。

廟中有黑漆連椅一座，初擬〔一〇〕更塑神像，未暇致功。行者法堅，以爲徒設弗用，且障蔽畫壁，取置長生庫中，掩爲己有。遽夢神詈責，亟負以還之。寺僧圖其形，并畫虎於坐右，每出化供，必奉之以行。將謁某家，未至，其家〔一一〕必先聞猛獸哮吼聲，相謂曰：「安國化主來矣。」已而果然，故無不樂施。若次旅店，則商賈增集，皆徯其來。距莊三十里，有小墟市，通江西路，多富民居〔一二〕，頗苦寇攘之患，惟全保晏然。蓋嘗有至者，皆值虎遮道，不敢進。其爲盜者皆黠卒，間有敗獲〔一三〕，自言如是。

此寺曾感五神顯迹，已載之《丙志》，彭岡祠室，正與之同。予舊傳其事不詳審，周少陸得此於了祥〔一四〕長老，故備記之。（據北京中華書局版何卓點校本南宋洪邁《夷堅支癸》卷六）

〔一〕西　原譌作「昌」，據影宋鈔本改。

〔二〕視直　《筆記小説大觀》本（卷四八）作「起白」。

〔三〕顧　影宋鈔本作「顧視」。

〔四〕訪則　《筆記小説大觀》本作「傍側」。

〔五〕香火亦缺惟直爲之慨然　原作「香火亦缺不講直爲之慨然」，據《筆記小説大觀》本改。

〔六〕成　《筆記小説大觀》本作「啓」。

〔七〕儀衛　《筆記小説大觀》本作「威儀」。

〔八〕輒 此字原無,據吕本及《筆記小説大觀》本補。
〔九〕住 《筆記小説大觀》本作「在」。
〔一〇〕擬 影宋鈔本作「議」。
〔一一〕其家 此二字原無,據影宋鈔本、《筆記小説大觀》本補。
〔一二〕多富民居 原作「多富居民」,據影宋鈔本、《筆記小説大觀》本改。
〔一三〕敗獲 《筆記小説大觀》本作「收獲」。
〔一四〕了祥 《筆記小説大觀》本作「了禪」。按:《夷堅支癸》卷一〇《安國寺觀音》、《夷堅志補》卷二一《猩猩八郎》均作「了祥」,作「了禪」誤。

宋代傳奇集第五編卷十五

璩小十家怪

洪邁 撰

南劍州尤溪縣人璩小十，於縣外十里啓酒坊〔一〕，沽道頗振。只駐宿於彼，惟留妻李氏及四男女兩婢在市居。每經旬日則一還舍，然逼暮必反。紹熙四年八月，夜且二更，璩擊户而入，攜酒一罇。李問之：「爾既歸來，何必衝夜？豈不防路次蛇虎不測乎？」璩曰：「我既〔二〕薄醉思汝，又念家間乏人看覷。坊内僕使自足用，故抽身且來宿卧，不〔三〕曉便行矣。」洎就枕，歡洽異於常時。自是輒用此際來，門不關扃以待之。至十二月，李懷妊。

明年三月，璩歸，訝妻腹大，謂之曰：「我經〔四〕歲不曾共汝同衾枕，何由有孕？汝實與誰淫姦？速言之。」李曰：「從去年八月，汝夜夜將酒來共〔五〕飲，兒女共慶奴各得一盞。酒盡然後登牀，天未明即去。有如不信，請逐一問〔六〕之。」衆言並同。璩不能質〔七〕究，呼坊僕王八〔八〕，使李詢夫行止，王云：「十郎未嘗離本坊。」李曰：「然則酒餅〔九〕是誰將到？」王云：「今夜若復來，但留下餅，却俟來日審實。」

已而又至。璩別命僕韓二同王八再驗之，適見主公與主母對酌，認其衣裳〔一〇〕形貌，言笑舉動，真無少異。二僕唱喏罷，急走詣酒坊。璩十正彷徨燈下，以須音耗。僕告之，璩曰：「一段精怪，我也理會不得。」即磨淬利刃，秉炬而趨，語二僕曰：「隨我去，如誤殺了人，我自承當，不以累爾。」及家，時已三更後，令王八先剥啄。李氏飲席猶未竟，隔扉問何爲，曰：「十郎教我送牛肉來。」既得入，璩揮刃刺著男子，殺之，化作白猿〔一一〕，凡重七十斤。李免身，生一小猱，溺〔一二〕死之，棄於荒野。（據北京中華書局版何卓點校本南宋洪邁《夷堅三志己》卷二）

〔一〕坊　《筆記小說大觀》本（卷二六）、《廣豔異編》卷二七獸部二《璩小十》作「房」，下同。
〔二〕既　《筆記小說大觀》本、《廣豔異編》作「因」。
〔三〕不　《筆記小說大觀》本、《廣豔異編》作「纔」。
〔四〕經　影宋鈔本作「今」。
〔五〕共　《筆記小說大觀》本作「供」。
〔六〕問　《筆記小說大觀》本、《廣豔異編》作「叩」。
〔七〕質　《筆記小說大觀》本、《廣豔異編》作「實」。
〔八〕王八　《廣豔異編》作「王四」，下同。

〔九〕餅　疑爲「鉼」字之譌，下同。

〔一〇〕裳　《筆記小説大觀》本、《廣豔異編》作「裝」。

〔一一〕白猿　《筆記小説大觀》本、《廣豔異編》作「老猿」。

〔一二〕溺　原作「搦」，據《筆記小説大觀》本、《廣豔異編》改。

按：本篇及《許家女郎》，注稱「右二事尤溪坑户吴太説」。

許家女郎

洪　邁　撰

尤溪民濮六，亡賴狂蕩，數盜父母器皿衣物〔一〕典質。父濮五遣詣市鋪，從財主爲役，亦復侵〔二〕盜妄用。慶元三年二月，爲父所逐，又竊母一金釵。不敢歸，欲駐跡坊港〔三〕，慮遭執縛，乃遁於蓁〔四〕野間。困睡過中夜，月色正明，見好女郎獨坐大樹下，問之曰：「地夐夜深，人家小娘子安得來此？」女曰：「我非人，是鬼耳。」濮曰：「姐姐若是鬼，如何月下有影，且作人説話，聲音清亮？想〔五〕故來相戲也。」女曰：「與你方相見，何由嚇汝？我是縣市許七郎室女，因月經正行，爲隣里炒鬧隔住，遂成大病，以致身亡，葬於此地。緣生前未聘事〔六〕，兼是枉死，魂魄更無歸著，漫出閑遊。尋常但聞鬼詐〔七〕爲人，迷惑生者，豈有肯自稱是鬼？兹可無疑。敢問哥哥姓第。」曰：「濮六。」女曰：「六哥速歸，這裏〔八〕不是六哥來處。」濮曰：「爲不合使過父母錢物，趕逐在外，無可奈何。」女令少住，遽於十數步間，取尅絲、花綾、木錦各一匹，與之曰：「用此變轉，可以陪得。幸便回程。」濮捧接感謝。擬行挑狎，女忽不見。

濮始懼，乘月還邑。明日，攜三縑出，適逢許七者評價欲買，而認爲女棺内所將，即拉鄰里收執，謂其劫墓。濮述昨夕事，衆皆弗信，呼集都保，詣彼實驗，略無損動之跡。破柩視之，尸已不存，殮時十縑，其七仍在。許哀慟而反。（據北京中華書局版何卓點校本南宋洪邁《夷堅三志己》卷二）

〔一〕物　影宋鈔本、《筆記小説大觀》本（卷二六）作「服」。

〔二〕侵　《筆記小説大觀》本作「浸」。浸，同「侵」。

〔三〕港　影宋鈔本作「菴」，《筆記小説大觀》本作「内」。港，碼頭。按：閩江支流尤溪流經尤溪縣城。

〔四〕蓁　《筆記小説大觀》本作「榛」。蓁，通「榛」，樹叢。

〔五〕想　此字原無，據影宋鈔本、《筆記小説大觀》本補。

〔六〕聘事　呂本、《筆記小説大觀》本無「事」字。按：《蜀中廣記》卷七三引宋馬成之《清虚觀記》：「俄而年已及笄，迺祖逼以聘事。」

〔七〕詐　《筆記小説大觀》本作「作」。

〔八〕裹　《筆記小説大觀》本作「哩」。

王元懋巨惡

洪　邁　撰

泉州人王元懋，少時祇役僧寺，其師教以南番諸國書，盡能曉習。嘗隨海船詣占城國，王嘉其兼通番漢書，延爲館客，仍嫁以女。留十年而歸，所蓄奩具百萬緡，而貪利之心愈熾。遂主舶船貿易，其富不貲，留丞相、諸葛侍郎皆與其爲姻家。

淳熙五年，使行錢吴大作綱首，凡火長之屬一〔一〕圖帳者三十八人，同舟泛洋。一去十載，以十五年七月還，次惠州羅浮山南，獲息數〔二〕十倍。其徒林五、王兒者，遽興悖心，戕吴大以下二十一人。唯宋六者，常誦《金剛經》，肩背中刀墜水，踴身把柁尾，哀鳴求生。王兒持刀斷其指，復墜水。如有物承其足，冥冥〔三〕不知晝夜。如此七〔四〕日，抵潮陽界，上岸求乞。凶徒易以小船，回泉州，至水陝〔五〕泊岸。

元懋夢吴大等訴冤。明日，人報所乘舶遭水，人貨俱失其半。懋疑而往迎，置酒法石寺。酒半，謂二凶曰：「船若遭水，則毫髮無餘，何故得存一半？」凶實告其過，且曰：「今貨物沉香、真珠、腦、麝，價直數十〔六〕萬，倘或發露，盡當没官，却爲可惜。」懋沉吟良久，亦利其物，乃言：「提舉張遜新到任，未諳職事〔七〕，但計囑都吏吴敏輩可也。」懋即以家資厚賂之，白張君用分數抽〔八〕解外，而中分其贏。

九月初夜，宋六叩其家門，其父臻噀唾駡之曰：「汝不幸死於非命，無可奈何，勿用惱我。」對曰：「兒不曾死。」於是啓扉，泣道變故。臻曰：「未可使人知。」迨旦，走詣王兒處，問：「我〔九〕子何故溺水？」王兒怒曰：「各自爭性命，我豈得知？」遂密報林五與同惡四人潛竄。臻父子投狀于張，下之南安縣。縣宰施宣教爲推吏所紿，以船漏損人，謂非篙梢之過。既已逃亡，在法亡者爲首，將寢不治，但申諸司。安撫使馬會叔判云：「王元懋知情殺人，包臟入己，改送晉江縣鞫勘。」當日移囚，一推吏皆見吴大徒侶十餘鬼，憤色上衝，擁之入水中，即死。縣宰趙師碩，躬閲案牘，悉力審聽，捕懋下獄。緣王兒諸凶佚去，未能竟。而諸凶到九座山，值冤魂，執縛於林中，仙遊弓手獲之，得以結正。奏請於朝，舶使、南安宰皆罷，吴敏等黥配，王兒、林五剮於市，他皆極法。

元懋時爲從義郎，隸重華宫祗應，坐停官，羈管興化軍。居數月放還，欲兼程亟歸。至上田嶺，見吴大領衆寃遮路曰：「先告於汝，汝不主張，今冥司須要汝來。」懋叩首哀懇，吴引手觸其心。轎夫悉聆其言。至家，一夕嘔血而死。（據北京中華書局版何卓點校本南宋洪邁《夷堅三志己》卷六）

〔一〕一　《筆記小説大觀》本（卷二八）作「而」，疑均譌。

〔二〕數　《筆記小説大觀》本作「利」。

〔三〕冥冥　影宋鈔本作「冥冥然」。

〔四〕七　《筆記小説大觀》本作「七八」。

〔五〕隩　《筆記小説大觀》本作「澳」，義同，水灣也。

〔六〕十　《筆記小説大觀》本作「千」。

〔七〕職事　《筆記小説大觀》本作「事體」。

〔八〕抽　影宋鈔本作「押」。

〔九〕我　影宋鈔本作「其」。

按：據本卷《張四殺倡》末注，此篇及下二篇皆爲葉森説。

趙氏馨奴

洪　邁　撰

潭州益陽〔一〕趙知縣女，嫁泉州滕迪功而寡〔二〕，生男女五人。男已娶婦，而趙性慘酷，自專家政。門户遇夜扃鎖，皆身自臨之，非侵晨弗啓。待妾婢尤嚴，或有獲罪，輒留伴宿，然後囚縛鞭撻，以數百計，氣幾絶，始命曳〔三〕出。淳熙十六年冬，妾陳馨奴者，掇怒頗甚，手殺之，斷其頭及手足爲五，貯於糠籠，而誑〔四〕老僕曰：「吾藏金銀，不欲令他人知，爲我窖於廁傍，當厚犒汝。」僕喜而從之。

紹熙元年正月十九日辰巳間，宅門未開，鄰里呼問之，其男曰：「鄰舍素諳我家事，須嬀嬀起來則可。」遂詣母房外，集衆共叫，移時不應。鄰以告廂官，廂官〔五〕排闥而入，諸人盡至，獨趙氏之室悄然。又破壁揭帳，但流血滂沱，支體横卧，而失首級。具事狀申郡，郡守顏師魯尚書捕一家鞫治，踰旬不成〔六〕。

及三月晦日，石筍橋南有一婦人，左手持刀，右挈女子首，戴花滿髻，歌笑而來。邏卒執問爲誰，曰：「我乃殺滕迪功妻趙氏者。」即係之入府。顏公極驚異，詰其故，對曰：「妾非人，蓋鬼也。本爲滕公妾，名曰馨奴〔七〕。趙氏剸斮我，埋於廁下。投訴岳帝〔八〕，得以報讎。恐干連無辜，枉害人命，所以冒禁明之。」顔不之信，械項送司理獄。鬼初微笑不止，及獄吏用大辟法，加杻〔九〕鎖綳訊，亦大笑。理掾以白顔，掘地得尸，雖經百許日，全不壞。爲辦醮席，付天慶道士鄭紹勳行持。方拜章之次，鬼於枷上笑曰：「我去矣。」奄爾不見。滕氏囚者盡得釋。（據北京中華書局版何卓點校本南宋洪邁《夷堅三志己》卷六）

〔一〕益陽　《筆記小説大觀》本（卷二八）作「監」，《廣豔異編》卷一九冤報部《趙馨奴》作「有」。按：益陽乃潭州屬縣。

〔二〕寡　《筆記小説大觀》本、《廣豔異編》無此字。

〔三〕曳　《筆記小説大觀》本、《廣豔異編》作「拽」。

〔四〕誑　影宋鈔本、《廣豔異編》作「嚇」，《筆記小説大觀》本作「紿」。

〔五〕廂官　此二字原無，據《筆記小説大觀》本、《廣豔異編》補。

〔六〕踰旬不成　「踰」《筆記小説大觀》本、《廣豔異編》作「累」。影宋鈔本「成」下有「獄」字。

〔七〕奴　影宋鈔本作「娘」，當誤。

〔八〕帝　《廣豔異編》作「廟」。

〔九〕加杻　《筆記小説大觀》本、《廣豔異編》作「枷扭」。扭，通「杻」，手銬。

養皮袋

洪邁撰

婺州有野叟，如散浪道人之狀，自稱「養皮袋」，不知其姓名鄉里。居彼累歲，晝夜未嘗寢息。當塗張先生見之曰：「師行周天大〔一〕運乎？」以首肯之。淳熙末，潘景珪叔玠家元種紫木樨〔二〕一株，盛夏將槁，此叟謂曰：「俟六月六夜三更，爲爾移此花。花若再活，必還侍從。」已而花鮮澤如初，潘遂由浙漕、京尹擢工部侍郎。

叟性憎惡它道人，惟與汀州管生善，招之〔三〕共處。紹熙三年正旦日，天未曉，管生爲取溺器滌，叟大叫言：「汝劫我寨。」至齋時，傾飯於器中而攫食。梅花門邊一民家啓飯店，素敬信之。一日正寒，詣其店乞火，其人付以一束薪。因燎衣之次，搓草爲索，索成滅火，以縛燎柴枝授之曰：「事已了，千萬莫動著。」數日間，巷内遺火，至店壁下而止。叟明日過而笑曰：「火〔四〕燒了好麽？」郡牙兵司劉澤，亦待之盡禮。忽遺以布裩〔五〕曰：「著取遮臀。」劉嫌其不潔，只以掛於浴堂前。是日晚，忤太守葉叔羽尚書，受杖十五。斷訖出府門，叟迎〔六〕笑曰：「教汝遮了臀，汝不聽，打得也好。」

有劉、韓二酒家，劉氏頗平直，韓氏狗利，酒更多酸〔七〕。叟攜竹竿倚於劉肆樓，曰：

「救汝，救汝，動著時喫鐵棒。」次日，一惡少爲推吏所苦，挺刃致怒〔八〕。吏走上樓，惡少隨至，吏緣竿墜地，皆獲免。又旬日，詣韓氏，取一杓小便出門首飲之，不留涓滴，觀者堵立。叟曰：「喫此尿勝似喫渠家酒。」自是無人往沽。金華門外徐氏，開藥寮，叟抱沙糖空甕與之，曰：「收取殺焨炭。」後五日，一火焚〔九〕盡。

建寧人葉森，漂泊到婺，叟遺之一大錢，曰：「自此有矣。」仍戒使勿失。次年甲寅，際遇趙子和，厚有所入，積錢過〔一〇〕千緡。踰〔一一〕歲後不覺失之，值其妻死，槖中爲之一空。凡言人禍福，如指諸掌。民俗詣之致敬，或從求錢，得其答禮者，是日隨所營必遂意，否則持杖毆逐之，雖士大夫不問也。慶元元年春，坐於一甕中而逝。（據北京中華書局版何卓點校本南宋洪邁《夷堅三志己》卷六）

〔一〕大　吕本、《筆記小說大觀》本（卷二八）作「火」。

〔二〕木樨　《筆記小說大觀》本作「木犀」。按：木樨又作木犀，即桂花。

〔三〕招之　《筆記小說大觀》本作「與」。

〔四〕火　原作「先」，疑譌，據《筆記小說大觀》本改。

〔五〕裩　《筆記小說大觀》本作「袍」。裩，同「褌」，合襠褲也。

〔六〕迎　此字原無，據影宋鈔本補。

〔七〕酒更多酸　吕本、《筆記小説大觀》本作「酒中多酸灰」。
〔八〕怒　《筆記小説大觀》本作「怨」。
〔九〕焚　《筆記小説大觀》本作「爇」。
〔一〇〕過　《筆記小説大觀》本無此字。
〔一一〕踰　《筆記小説大觀》本作「輸」。

半山兩道人

洪　邁　撰

樂平胡大本者，梅浦巨室也。少壯之時，嗜欲不關心，鋭意學道。紹熙初，嘗因幹到半山，其地數里間無民居，幽寂多鬼，村衆立佛王堂以鎮之。胡入堂駐足，日正午，見兩道人坐地上。一衣青衣，佩青銅鏡；一衣黄衣，項繫篠棬數十〔一〕。胡即就揖，兩人招使同坐。胡問篠棬何用，曰：「此名因緣子，與道有緣者入焉。」又問鏡何用，曰：「此名業鏡，持以照人，可知終身貴賤壽夭。」胡遂求一照。青衣者嘘氣呵之，半明半暗，語之曰：「汝生來篤孝，崇奉三寶，本只有二紀壽，今增其一。」胡時二十九歲，念來日無多，雖不形言，而心頗憂之。其人曰：「汝但信道不回，壽紀有增無減。且閉目，吾爲汝相。」旋開目，已非佛王堂〔二〕，乃在林松石上。驗其異人，益加敬。

從容甚久，遂約聯詩句，要疊字三個〔三〕，而續以七言一句。黄衣曰：「覺覺覺，三箇胡蘆一個藥。」青衣曰：「喜喜喜，一團秋水清無底。」胡曰：「悦悦悦，日月星辰無間别。」因更迭酬詠不止。兩人欲去，而慮胡隨之，謂曰：「我茅山人，山中有梁邦俊，修行造妙，宜往師之。汝有三分骨，而未免俗氣。半月後，復來此覓我。」俄化赤光一道從空起，胡回首視之，兩人俱不見。

時夜已五更，又失向來聚話處，亂山叢〔四〕木，僅有小徑通行。遇樵夫，其家僕蔡二引之歸。是夜風雨大作，胡衣服略不沾濡。家人驚問之，祕不告。亟解髮仰卧，經幾〔五〕日不食。妻力〔六〕扣所值，始肯言。因口占曰：「好個因緣〔七〕，且恁高眠。若還得起，振動坤乾。」遂遣其妻還宗，將詣茅山。族人苦挽留，至今不出〔八〕。（據北京中華書局版何卓點校本南宋洪邁《夷堅三志己》卷六）

〔一〕項繫篠棬數十　「棬」原作「捲」，據周棨耕煙草堂刊《夷堅志》二十卷本、《筆記小説大觀》本（卷二八）改，下同。「十」字原無，據吕本、周本、《筆記小説大觀》本補。

〔二〕旋開目已非佛王堂　《筆記小説大觀》本作「若在佛王堂，旋開目」。

〔三〕疊字三個　《筆記小説大觀》本作「疊道三字」。
〔四〕叢　《筆記小説大觀》本作「草」。
〔五〕幾　吕本、《筆記小説大觀》本作「七」。
〔六〕力　《筆記小説大觀》本作「乃」。
〔七〕因緣　影宋鈔本作「寅緣」。按：「寅」通「夤」。
〔八〕不出　《筆記小説大觀》本作「在」。

按：此事乃余模説。

建德茅屋女

洪　邁　撰

筠州城民蔡五，善刺繡五〔一〕色及畫梅竹。早孤，與兄弟同居。久而不睦，獨身出他郡行遊。淳熙十六年，年三十有六矣〔二〕，到池州建德市求趁。縣人李二郎〔三〕喜其技藝精巧，使孫嫗〔四〕爲媒，欲以女嫁之。是歲十月就舍，方禮席入帳，驚呼而出，稱：「李家詐裝男作女，欺脅我。」孫嫗解之曰：「李只有一女，色貌不凡，安得如汝所説？得非眼花心亂，致生此見？」嫗褐帳視女，乃知果具二形。强蔡使成婚。其女面闊幾一尺，而額才寸半，頰〔五〕尖若錐。蔡謂嫗云：「我曾有小詞，正是詠一姐。」問其云何，曰：「吾意間不愜，但記一句曰『瘦得臉兒兩指大〔六〕』。」嫗知其不樂，勸之流連。

紹熙元年二月，竟不告而去。甫出郊五里，遇茅屋内〔七〕一女子，倚門斜立。前揖之，女斂手笑答。各詢姓氏，女曰：「我姓楊，第二。自建康府隨丈夫爲商，中道相失，抛我在此受苦。」蔡亦以棄妻告，兩意訢合。蔡潛歸李氏，取衣衾錢物至，邀〔八〕女而西，駐〔九〕于江州累月。李遣僕訪求得之，即遁往興國軍。

二年四月，有僧頂笠過門，見女，指爲鬼怪。蔡怒，以爲僧必解妖術，欲誘化吾婦，叱罵而去。女曰：「禿賊不可耐〔一〇〕！我與爾作夫婦歲餘，今已懷妊，白地撰此惡語。」已而生一子，名曰興哥。又詣徙鄂渚，安居自適。四年九月，始北往荆南，將渡江，與女偕。有術士劉三郎者，能靜識異物，俗稱爲「活神道」。偶同舟，密告蔡曰：「知汝本妻在建德〔一一〕，斯人是建康楊家小倡女，死已八年，如何可相處？虚靜張真人尋他多時，不知却在此處。」蔡猶不信。五年四月，於荆南客店繡衣領，女理葺在側。忽一道士戴鐵冠，左手持水盂，右手杖〔一二〕劍，直入店，吸水噀女。女大叫一聲，即不見。道士語蔡曰：「幾壞汝性命。此婦人是建康女娼楊小姐，若不去之，將更爲人害。」蔡起拜謝〔一三〕，失之矣。（據北京中華書局版何卓點校本南宋洪邁《夷堅三志己》卷九）

〔一〕五　《筆記小説大觀》本（卷三〇）作「生」。
〔二〕年三十有六矣　《筆記小説大觀》本作「二十有六日」，連上讀。
〔三〕二郎　《筆記小説大觀》本作「三郎」。
〔四〕嫗　《筆記小説大觀》本作「媪」，下同。
〔五〕頦　《筆記小説大觀》本作「削」。
〔六〕瘦得臉兒兩指大　影宋鈔本作「瘦得臉而兩指來大」，「而」字譌。
〔七〕内　《筆記小説大觀》本無此字。
〔八〕邀　影宋鈔本作「挾」。
〔九〕駐　《筆記小説大觀》本作「避」。
〔一〇〕不可耐　《筆記小説大觀》本作「可奈」。按：不可耐、可奈義同，可恨也。
〔一一〕知汝本妻在建德　《筆記小説大觀》本作「知汝之妻乃建德」。
〔一二〕杖　影宋鈔本、《筆記小説大觀》本作「仗」。仗、杖音義皆同，持也。
〔一三〕蔡起拜謝　《筆記小説大觀》本下有「間」字。

按：據本卷《葉七爲盜》末注，此事乃徐謙説。

朱安恬獄

洪　邁　撰

浮梁安東鄉民朱安恬，與兄仲有者異居。仲以貧悴，立所居室契，就恬售錢，而挈一女，來寄食其男細四。仲所以求索於恬者非一，恬復以屋契畀其男，令自爲主，仍往婦家贅處。慶元二年，兄弟爭小故，仲自拈磚搕腦〔一〕，欲以撓恬，因去從女壻宿食。至五月，復訪恬處，又舉首〔二〕頓地，微損，恬扶勸使歸。旋得痢疾，越八日而死。細四覓棺於恬，不得，隣保懷夙〔三〕憾，諷之詣縣，訐〔四〕父爲叔用杖毆殺。縣令鄭伯膺以箠楚成獄〔五〕，上於州。下司理院，不移元勘，以殺時〔六〕無證奏裁，得旨處死。星子趙主簿審問，恬稱冤。貴溪縣丞同祖再鞫，如初款。及勅下，弋陽嚴縣丞審問，恬更不復有詞，即供責狀辨，擇日行刑，時四年二月也。

臨引赴市，適風雨晦冥，法當停決。如是者凡四。中展輒當陰霖，郡守林子長〔七〕大夫桷疑焉，密采外議，果云不平。遂躬詣囚所閲實，徙禁鄱陽獄。同斷死兩囚徑赴法，天晴無片雲。及物色廉究，盡得本末。提點刑獄范子由祕監，選委婺源丞葉南夫就鄱陽〔八〕獄質勘，聞恬誦《金剛經》，不舍晝夜，以問推吏，吏以爲歌唱。

先是，鄱陽主簿江寧何公極〔九〕，夢游城外東岳廟，見棟宇宏壯如宮闕，視平時不類，心固異之。洎到廊廡間，遇亡父朝奉大夫偉，泣而進拜，問曰：「大人〔一〇〕今在何地？何自來此？」父云：「身隸北岳下，奉差來作直推使者。」又問北岳安在，曰：「在定州。」公極顧一室，門上揭牓以金填〔一一〕四字，曰「朱安恬獄」。父揮使去，曰：「此非汝久留處。」驚而寤，汗出如洗。明日爲同官言之。是時恬之冤未白，而公極於獄事略無干涉也。范憲〔一二〕具奏詔，安恬特與釋放，其元勘覺舉官吏並免收坐，以五月八日被命〔一三〕。恬且〔一四〕死而得生，林使君之明也。既而御史張巖肖翁〔一五〕察舉論奏，凡本縣及州獄與審勘官吏，皆罷黜云。（據北京中華書局版何卓點校本南宋洪邁《夷堅三志辛》卷一）

〔一〕腦　《筆記小説大觀》本（卷三六）作「扉」，疑誤。

〔二〕首　《筆記小説大觀》本作「手」，疑誤。

〔三〕夙　《筆記小説大觀》本作「宿」。

〔四〕訐　《筆記小説大觀》本作「訴」。

〔五〕成獄　《筆記小説大觀》本作「之詞」。

〔六〕時　《筆記小説大觀》本作「兄」。

〔七〕林子長　原作「林宇長」，《筆記小説大觀》本作「林子長」。按：《三志壬》卷一〇《娑羅樹子》有林子長，作「子」是，據改。

〔八〕鄱陽　「陽」字原脱，據《筆記小説大觀》本補。

〔九〕極　《筆記小説大觀》本作「柏」，下文皆作「極」。

〔一〇〕大人　原作「大夫」，據影宋鈔本改。

〔一一〕填　《筆記小説大觀》本作「拖」，當譌。

〔一二〕憲　《筆記小説大觀》本作「讞」。

〔一三〕被命　此二字原在下句，作「恬被命且死而得生」，據《筆記小説大觀》本移此。

〔一四〕且　《筆記小説大觀》本作「其」。

〔一五〕張巖肖翁　「張巖」二字原脱，據吕本及《筆記小説大觀》本補。肖翁，當爲張巖之字。

宜城客

洪　邁　撰

襄陽宜城劉三客，本富室，知書。以慶元三年八月，往西蜀作商，所齎財貨數千緡。抵關下五〔一〕里間，喜其山林秀〔二〕粹，疑爲神仙洞府。雖身作賈客，而好尚清虚之意甚切，欲深入游眺，置橐裝于外，挾五僕皆〔三〕往。約行十里，前望似有石牌〔四〕，視之，但刻二十字，曰：「十口尚無聲，莫下土非輕，反犬肩瓜走，那知米畔〔五〕青。」其指意明白易曉。正惶惑間，逢樵夫執斧負薪，謳歌而至。異而揖之，樵曰：「彼中非善地，不可久駐。」劉曰：「何謂也？」樵曰：「曾讀碑〔六〕記乎？緣向來鬼魅縱横，慮〔七〕傷人性命，遂立石示人，以〔八〕暗包四字，合成『古墓狐精』。君當了然，何不速反？吾見之多矣，不暇謂君談説〔九〕。」言畢不見。

劉恍若迷蒙，猶不肯信。又進數里許〔一〇〕，與十七八歲女子遇，服布素之衣，顔容嫺雅，誦一絶句，音聲悲切，云：「昨宵虚過了，俄爾是今朝。空有青春貌，誰能伴阿嬌？」劉默念，此女必亡夫壻，在彼醮祭，怨詞可傷。從而問故，至於再三，皆不答。劉曰：「料必良人家女子，既能吟詠，想深通文墨。」隨和一詩挑之云：「夜夜棲寒〔一一〕枕，朝朝拂冷衾。眼前風景好，誰肯話〔一二〕同心？」女郎大笑，問曰：「上客高姓？」答以姓劉名輝，字子昭。女曰：「是我箇中人也。」遂邀轉山背，得大宅，梁棟宏偉，簾幙華潔，婢妾佳麗成行。置酒對飲。命引五僕於别舍，饌具亦腆盛。數酌之後，天色斂昏，女曰：「鴛衾久寂，鳳枕長虚，今宵得侍劉郎，真爲天幸，請締一夕夫婦之好，可乎？」劉謝〔一三〕曰：「正所願。」於是攜手入室，驩合〔一四〕極意。

酒醒遲明，乃卧一墓上草叢内，僕跧伏石〔一五〕畔小穴中，方知正墮狐祟，賴〔一六〕性命不遭傷害耳。（據北京中華書局版何卓點校本南宋洪邁《夷堅三志辛》卷二）

〔一〕五　《筆記小説大觀》本（卷三六）作「三」。
〔二〕秀　影宋鈔本、《情史》卷二一情妖類《狐精》作「氣」。
〔三〕皆　《情史》作「偕」。
〔四〕牌　《情史》作「碑」。
〔五〕畔　影宋鈔本、《情史》作「伴」。
〔六〕碑　《筆記小説大觀》本作「牌」。
〔七〕慮　《筆記小説大觀》本作「欲」。
〔八〕以　影宋鈔本、《情史》作「其」。
〔九〕不暇謂君談説　原作「不暇謂談説君」，吕本作「不暇謂君説」，《筆記小説大觀》本亦同，唯「謂」作「爲」，據改。
〔一〇〕進數里許　影宋鈔本、《情史》作「進步里許」。
〔一一〕寒　《筆記小説大觀》本作「涼」。
〔一二〕話　影宋鈔本作「向」。
〔一三〕謝　《筆記小説大觀》本作「對」。
〔一四〕合　影宋鈔本、《情史》作「洽」。

〔一五〕石　影宋鈔本、《筆記小説大觀》本、《情史》作「右」。

〔一六〕賴　《情史》作「幸」。

按：據末注，此事徐謙説。

宋代傳奇集第五編卷十六

歷陽麗人

洪　邁　撰

歷陽芮不疑，乾道間，從父縣尉官所歸掃墓，因留飲〔一〕鄰家。出已逼夜，乘馬行，遇青衣小鬟，持簡邀之。仍爲控馭，頃刻到一宅，金碧璀璨，赫然華屋也。俄有麗人延客，分庭抗禮，若平生歡。芮坐定諦觀，其容貌之美，服飾之盛，真神仙中人，爲之心動。少焉，張宴奏樂，麗人捧觥致詞曰：「累刼同修，冥數未合，今夕獲奉從容。」爲壽罷，即登榻，繡帷〔二〕甲帳，目所未識，遂講袵席之好。

拂旦求還，麗人慘詰〔三〕曰：「郎何來之晚，何去之速？陋巷草舍，固不容車馬，願以十日爲期。」芮曰：「大人性剛嚴，計已顒〔四〕望。」堅不許，復駐一宵。及辭去，揮涕送之曰：「來日當于書閣修謁〔五〕。」至時，未二鼓，先遣僕妾施牀帳，具酒殽，俄擁一香車，麗人下與芮接。從此每夕輒至，商攉〔六〕古今，詠嘲風月，雖文人才士所不逮〔七〕。但戒芮曰：「我非凡流，得侍巾櫛，皆夙昔福分致然。或輕泄天機，必爲大累，予亦將不得免〔八〕。」

凡歲餘，父母訝其尪瘠，扣之不言。家人或有睹者，母密告之云：「頗知汝有奇遇，吾正慮飲膳自幻化中來，未必真物，食之當成疾，試輟〔九〕一器示我。」芮不敢隱，與之言。麗人曰：「此無害。」即令持蒸羊一楪往，母嘗之，非僞也。父絶以爲憂，值道人屈先生來，自謂精於天心法，備白其故。屈曰：「魑魅罔兩，何足驅除！縱島洞列仙，而誘人爲淫佚之行，吾亦能治之。」遂索線數〔一〇〕十丈，以針串小符於杪，藏諸合中，祝芮曰：「君甘心妖惑，死期將至。如未忍間〔一一〕，俟彼女去時，綴紙貼於衣裾，任其帶線而逝，聊資一笑之適。」芮如所戒。明日，屈先生使訪測，野外有巨蟒死焉，尸横百尺〔一二〕，其符宛在鱗甲間。芮如醉方醒〔一三〕。徐聖俞婦弟自淮上至，談其詳。（據北京中華書局版何卓點校本南宋洪邁《夷堅三志辛》卷五）

〔一〕飲　《筆記小説大觀》本（卷三八）、《廣豔異編》卷二四鱗介部《歷陽麗人》作「别」。

〔二〕帷　《筆記小説大觀》本、《廣豔異編》、《續豔異編》卷八鱗介部《歷陽麗人》、《情史》卷二一情妖類《蟒精》作「衾」。按：《續豔異編》、《情史》文同，多有删改，凡此皆不出校。

〔三〕詰　《筆記小説大觀》本、《廣豔異編》作「言」。

〔四〕顒　《筆記小説大觀》本作「頗」。

〔五〕當于書閣修謁　「于」原譌作「有」，據吕本、周本、《筆記小説大觀》本及《廣豔異編》、《續豔異編》、

《情史》改。吕本作「當于修閣書謁」，《廣豔異編》、《續豔異編》、《情史》作「當於修閣致謁」。

〔六〕搉　影宋鈔本及《廣豔異編》、《續豔異編》、《情史》作「確」。確，通「搉」，商討。《筆記小説大觀》本作「榷」，音義皆同。

〔七〕逮　《筆記小説大觀》本、《廣豔異編》作「迨」，音義皆同，及也。

〔八〕予亦將不得免　《筆記小説大觀》本、《廣豔異編》作「子孫亦將不免」。

〔九〕輟　《筆記小説大觀》本作「較」。輟，通「掇」。較，驗也。

〔一〇〕數　《筆記小説大觀》本及《廣豔異編》、《續豔異編》、《情史》無此字。

〔一一〕如未忍問　原譌作「未忍汝問」，據吕本、《筆記小説大觀》本改。《廣豔異編》作「如未忍聞」。

〔一二〕尺　原作「丈」，疑誤，據吕本、《筆記小説大觀》本及《廣豔異編》、《續豔異編》、《情史》改。

〔一三〕如醉方醒　影宋鈔本作「洒然如醒」。

按：據本卷末注，此事乃徐熙載（字聖俞）所傳。

郭二還魂

洪　邁　撰

慶元二年九月，池州人郭二在中庭困坐假寐，夢〔一〕曠野中兩人引行，深入荒草。漸抵大官局，金鋪朱户，赫然高明，至殿階下拱立。一王者戴魚尾冠〔二〕，盛服正坐，命押過别所，即從元路出。到一處，見貧悴著白布衫小輩可萬人，爭前索命。郭云：「我平生與你不相識，且非屠兒，何由負命如此之衆？」旁有牛頭王曰：「汝知之乎？此皆蛤蜊化身也。緣平昔好喫他，今在陰府等候。」郭無以答。牛王領次〔三〕油鍋側，鍋徑闊丈餘，煎油滾沸。牛王舉杈攪撥，仍擊鍋唇，其聲如磬。郭隨念阿彌陀佛一千聲，白衫者悉化黄雀飛去。牛王問郭：「亦認得我乎？」對以不識。曰：「吾本是汝家貓兒，在生之時，見汝逐日敲磬，稱誦佛名。所以擊鍋者，將啓發汝素心〔四〕。今脱此厄，甚善，甚善。」

遂還至先殿下。王與相對揖，招之升階，辭不敢。再招始上，命坐啜茶。王曰：「汝應不復記我，我只是西門王十六郎。冥司録我忠孝正直，理平無諂曲，不好他人財物，不尊富人，不忽貧人，不害生物，前三年身後〔五〕，得作初江王一紀。汝兹者之來，專以蛤蜊故。由一念之善，可得反生。」喚二童子導出。中途見小屋宇，欲暫窺看，童不從。守門兩人曰：「放入不妨。」遂入其中。鐵鈕械、絣係者數百計，各叫痛苦。暨出門外，見鐵枷一具，無穿孔，一小榜貼云：「候采石胡丞務到，自行磨開〔六〕。」郭〔七〕至缺牆邊，童子推過之，遂覺，就殮七日矣。因大省悟，棄妻室，作道人雲遊。他日届采石，詢胡生者，正發背疽，涉旬而死。（據北京中華書局版何卓點校本南宋洪邁《夷堅三志辛》卷九）

〔一〕夢　《筆記小説大觀》本（卷四〇）作「夢到」。
〔二〕至殿階下拱立一王者戴魚尾冠　《筆記小説大觀》本作「正殿階下，拱立一王者，戴燕尾冠」。
〔三〕次　《筆記小説大觀》本作「決」。
〔四〕心　《筆記小説大觀》本作「志」。
〔五〕身後　《筆記小説大觀》本作「生役」。
〔六〕自行磨開　《筆記小説大觀》本作「自磨」。
〔七〕郭　吕本、《筆記小説大觀》本下有「步」字。

楚州方夫子

洪　邁　撰

楚州方夫子者，一僧也。只著布直掇〔一〕，莫能知其紀年。人疑其少時嘗爲儒流，故稱夫子。不火食，亦不寄宿宫寺人煙之處，但往神墟社廟棲止。求見之者，不可蹤跡。凡〔二〕人死生禍福，值其肯言，無不響應〔三〕，然不可扣。未嘗從人覓錢，而腰間不乏。敬事者擬行親近，輒漠然不接。間呼〔四〕一人，揖而與語，不出一年，非死即大病。或欣然邀客入酒壚對酌，客自喜奇遇，然被禍尤速。度其意，務與世俗絶〔五〕而已。

丁承信者，家富買爵〔六〕。倏於衆中挽之，招飲酒。解腰包，出一物使食，形如脯，非魚非肉，莫可名狀。洎探錢償酒直，則皆市中日用者。臨出，拊其背曰：「汝强〔七〕。」丁歸過大澤，見巨魚困落淺沙間，其長數尺〔八〕，不能運掉〔九〕。丁乘醉投刃，揕〔一〇〕之不動，乃呼少年多力者共斃之，凡三十五輩。剖其肉，曝而爲腊，其味蓋似酒壚所食者。幾重千斤，一骨〔一一〕節可作舂臼。丁益自託〔一二〕，使氣雄閭里。未半歲病死，彼三十五人者，相繼〔一三〕無遺。

陳敏爲郡守，備禮迎請屢矣，掉首不顧。一日，據案決事，忽醉罵而入，閽卒不敢遏。陳問爲誰，典客以告。陳曰：「吾好招之不至，今敢爾！」命捽至前，愈遭罵叱。陳大怒，即枷項送獄，仍令虞兵尾其後，聽其所言。但云：「這賊收禁我，看天火燒了你屋。」候兵不敢隱，具以白。陳笑曰：「無傷也。狂子已落我手，候火燒吾居却放汝。」甫明日，家僕自石城來，問鄉里事緒〔一四〕，曰：「平貼無他，只宅上少遺漏。」驚訪其詳，則云廬舍淨盡矣。乃嘆曰：「方夫子真神人乎！」急〔一五〕釋械引上，具公服將展禮，又大罵而去。

建寧劉子禮，朱元晦熹妻兄也，能傳其事，不知今存否如何。淮楚去來者未嘗言之，當更〔一六〕審實。（據北京中華書局版何卓點校本南宋洪邁《夷堅三志壬》卷二）

〔一〕直掇　《筆記小説大觀》本（卷四一）作「直綴」。按：直綴即直掇。《演繁露》卷八《褐裘背子道服襦裙》：「今世衣直掇爲道服者，必本諸此也。」《元明事類鈔》卷二四《衣冠門》：「無線導者，謂之道袍，又曰直綴。」

〔二〕凡　《筆記小説大觀》本作「他」。

〔三〕應　《筆記小説大觀》本作「合」。

〔四〕呼　《筆記小説大觀》本作「向」。

〔五〕與世俗絶　《筆記小説大觀》本作「與世絶俗」。

〔六〕買爵　《筆記小説大觀》本作「貴」。

〔七〕汝强　《筆記小説大觀》本二字重複。

〔八〕尺　影宋鈔本作「丈」。

〔九〕掉　《筆記小説大觀》本無此字。

〔一〇〕揕　《筆記小説大觀》本作「椹」，音義皆同，刺也。

〔一一〕骨　原作「肉」，當譌，據影宋鈔本改。

〔一二〕自託　影宋鈔本作「自詫」，當誤。自託，自大，託大。

〔一三〕相繼　《筆記小説大觀》本下有「死」字。

〔一四〕事緒　「緒」原譌作「續」，連下讀，據影宋鈔本改。按：事緒，紛繁之事務。《北齊書》卷四三《李稚廉傳》：「高祖親自部分，多在馬上，徵文簿，指景取備，事緒非一。」

〔一五〕急　原譌作「争」，據影宋鈔本改。

〔一六〕更　《筆記小説大觀》本作「便」。

按：據卷四末注，此事及《楚州陳道人》、《劉樞幹得法》，皆爲黄齊賢所傳。

楚州陳道人

洪　邁　撰

楚州又有陳道人者，其父仕至員外郎。當任子，陳年二十〔一〕，多讀書，不肯受蔭。忽若發狂，棄家顛癡，不可拘束，遂乞丐道塗。經數年，日夕卧於堰岸牛泥〔二〕中。或識其家世，損金施之，一飽，竟即與人〔三〕。當寒雪永夜，鼻息鳴雷〔四〕，人雖異之，而莫能知之也。又數年，稍泄其機，頂顖常有氣騰上。或問之，曰：「勿問，但以未炊烝餬置吾頂〔五〕，少頃則通熟可食。」驗之而信。已而不復泥中卧，往來自如。

建寧劉思恭舊見之，淳熙間再見，則在他所。扣其説，曰：「吾爲丹所惱，不居泥淖，是身殆無所容〔六〕。」又扣爲何丹，不答而走。劉將去〔七〕，與約明日更瞻禮，曰：「不須爾，茅山劉蓑衣來謁方夫子，吾爲引道。」顧劉曰：「子值老鼠則生矣。」恍不曉所謂。時正初夏，及六月，得下泄病，幾死者三四。緜延過冬至方瘳，始悟鼠生之證。然深自閉匿，唯恐姓名章徹於外。

一淮漕獨敬之。漕無子，訪之作禮，命兩妾同拜，請曰：「某未有嗣續，二者孰可？」指小姬曰：「此是已。」將别，戒曰：「有子定矣，切莫使發〔八〕性氣。」漕受教唯謹，官僚過失，曲意掩覆。踰歲，果得一男。不勝喜，即遣吏齎沉香一斤，并銀絹往謝。吏跪致漕意，陳嚬眉良久曰：「不濟事了。」悉却不納。吏强爇香而去，使寄聲曰：「吾向來所戒如何？而乃頑心不改。」吏曰：「運使至〔九〕善人，那得性氣之失？」歸至真州，嬰孩已不育。吏以實告，漕動色拊几曰：「神哉！先生之言也。神哉！先生之言也。」僚屬聞而疑焉，漕曰：「某前守某郡，奏罷一縣宰不法，繼乃知不如是之甚，特幕官譖之爾。其人性剛，又家貧，無以歸，遂死於路。亡子生之夕，夢其就吾榻同寢，怒而逐之，擊以笏，遽起入後房。夢覺聆人語聲，則兒生矣。蓋寃魂示化也。」嗚呼，神矣哉！今尚無恙。（據北京中華書局版何卓點校本南宋洪邁《夷堅三志壬》卷二）

〔一〕二十　原作「二」，據影宋鈔本、周本、《筆記小説大觀》本（卷四一）補「十」字。

〔二〕牛泥　《筆記小説大觀》本作「汙池」。

〔三〕竟即與人　「竟」影宋鈔本作「旋」。「與」《筆記小説大觀》本作「施與」。

〔四〕鳴雷　《筆記小説大觀》本作「如鳴鼓」。

〔五〕未炊烝餬置吾頂　《筆記小説大觀》本作「米炊蒸餬置吾項」，「米」字當譌，「烝」同「蒸」。

〔六〕吾爲丹所惱不居泥淖是身殆無所容　《筆記小説大觀》本作「吾所爲緇丹，不居泥淖，是居殆無所容」。

〔七〕將去　原作「持云」，吕本作「將曰」，《筆記小説大觀》本作「將日」，中華書局點校本按：「『持云』似『將去』之誤。」説是，據改。

〔八〕發　《筆記小説大觀》本作「潑」。

〔九〕至　《筆記小説大觀》本作「主」。

劉樞幹得法

洪　邁　撰

衢州劉樞幹者，本一書生。少年游京師，曾〔一〕處沈元用給事館第。遇異僧過而相之，識其功名無成，而眸子碧色，堪入鬼道，欣然授以卦影妙術，勉而受之。又一客爲傳天心正法，亦姑受之。其進取之氣方鋭，所懷蓋不在此。及離亂而〔二〕還，蒲博〔三〕飲酒，窮悴日甚，乃習持正法，治妖魅著聲。

韓子師遭奇祟，撓聒彌年，巫覡百計弗效。召劉視之，曰：「易事爾。」語出宿書院，盡屏姬妾，約一夕即無恙。其家從其說。劉正住肆中〔四〕，以夜行法，戒童奴曰：「緊闔户，候聞鈴聲至，則啓之。」而盡滅燈燭，既振鈴入户，復閉之。忽光景滿室，病者見五通神，著銷金黄袍，騎遁〔五〕而去。劉出，病者酣寢，及旦起，洒然如常人，即使反舍。一家喜敬不可言，排比宴席，挽〔六〕留五日，乃備禮酌餞，遺貨幣，直三百萬。臨别，令兩美人捧金鍾爲壽，飲訖，悉用爲贈，又餉一駿馬。劉醉中乘馬，而兩妾騎於前，懷其鍾，驅〔七〕輜重數擔。道上聚觀，咨羨歎息。劉大過所望，深恨行法之晚，自取流落。行未十里，失轡顛墜，左臂跌〔八〕折，呻吟不能進。欻然省悟，急遣告韓，易肩輿，歸其妾與馬。痛卧歲餘，囊金單竭乃愈，此臂竟癱緩〔九〕。因自咎傳法之旨，令勿得受財。今犯戒招譴，宜也。

遂罷其術，而無以衣食〔一〇〕，始售卦影。衢人識其本原，不肯從之。念無以致人之信，假故舊閑館朋游之地，不授錢米者與之卜〔一一〕。然後所言日驗，踵門漸多，復還通逵置肆，奇中非一，遠近聳傳。邦人何汝聽〔一二〕，習《書》義，居上庠，暫歸鄉里。劉往見，自爲筮之，其詩曰：「中興天子大如日，詔書速下搜群賢。重重稽古復稽古，總在唐虞第一篇。」時紹興壬午春月也。及秋薦送，孝宗已即位，御名與第一句「大如日」符合。因用其兆，擬作首篇義題「若稽古帝堯」、「若稽古帝舜」，果登科。自此門庭如市，至納卦錢連日而不得入手〔一三〕。

一官人赴吏部調選，來求筮，詩中云：「路上逢王大，鞭馬速走過。」略不可解。暨注擬西歸，行抵桐廬，石欄險絶，遽内迫峻嶺，外臨湍流，匹馬獨驅，行李在後。逢故僕王大，拜於前，猛思影像之語，曰：「渠雖曾爲奴隸，御之無恩，以故辭去。兹無謂而來，又安知不乘不測以擠我？」不待其起，加鞭亟過，幾踐其首。僕既不獲成拜，復追及，問曰：「官人是〔一四〕得何處差遣？」猶憂畏未暇〔一五〕對。白晝無雲，忽有聲如雷，起自山脊，墜於淵，蓋一方丈巨石，若碓磨而下，正恰在來僕拜處。使或少須臾，主僕皆爲泥矣。於是喚回王大，話其異，相向而泣。

又士人某，有弟任處州教授。是歲大比，七月中，弟書報母病，急來占。畫一城，開四門，中作一殿，殿上兩倚〔一六〕御坐，殿下一射垛。元〔一七〕不及所問大略。士人雖其妄〔一八〕，奔往處州，母已平復。而歸赴舉場，度已後期，計會赴轉運司試，乃《堯舜闢四門賦》、《虎侯詩》。

郡人鄭元禮，以三十千占平生，内一年者云：「忽見池塘春草青，不軒訇處也軒訇。一重喜了一重喜，此際功名定有成。」鄭居城門下，門前一池，方廣二丈許，施板爲閣道數尺，然後可出入。積水所瀦，極爲污穢，盛春臭不可聞。一歲忽清泚徹底，而其中藻荇葱蔥然〔一九〕，染家至就以滌浴縑帛，皆云古未之有。是年秋，長子夢得與〔二〇〕鄉薦，次子昉試上庠，用春秋首冠。明年南省，復爲經魁，衛涇〔二一〕榜第四甲擢第。池再濁如初，其淵妙如是。然或全年揲筮，無一應者。元禮疑而問焉，對曰：「此係一時神將靈否如何爾。一時之中，又每時換易。若值所直者明了，即報事通神；值其昏昧，則妄言矣。」仍曰〔二二〕：「若來報丁寧，輒現形於紙上，或案上，或衣袖上，吾亦不曉，第依而筆之，無所容己意。若神影不現，乃自據卦爻推演而畫之爾，故宜有不驗。」

劉此段尋常不泄於人，兹其所秘也。黄齊賢與鄭氏父子至交，得聞其説。紹熙四年，劉下世，壽至九十。今厥子若孫，尚襲其名，然不逮遠矣。（據北京中華書局版何卓點校本南宋洪邁《夷堅三志壬》卷三）

〔一〕曾　《筆記小説大觀》本（卷四二）作「會」。

〔二〕而　呂本、《筆記小説大觀》本作「南」。按：劉樞幹少年時當北宋，衢州在東京（開封）東南。

〔三〕蒲博　影宋鈔本、《筆記小説大觀》本作「蒱博」，義同。

〔四〕劉正住肆中　原作「乘正狂肆中」，有誤，據《筆記小説大觀》本改。

〔五〕遁　原譌作「道」，影宋鈔本作「導」，據《筆記小説大觀》本改。

〔六〕挽　《筆記小説大觀》本作「稅」。稅，止也。

〔七〕驅　《筆記小説大觀》本作「及」。

〔八〕趺　《筆記小説大觀》本作「腕」。

〔九〕癱緩　《筆記小説大觀》本作「攤」。攤，同「癱」。

〔一〇〕無以衣食　《筆記小説大觀》本作「以無衣食」。

〔一一〕不授錢米者與之卜　《筆記小説大觀》本作「不受錢，來者與之卜」。

〔一二〕何汝聽　《筆記小説大觀》本作「何如聽」。按：《浙江通志》卷一二五《選舉志三·宋·進士》隆興元年癸未木待問榜有何汝聽，注「龍游人」，作「如」誤。

〔一三〕手　《筆記小説大觀》本無此字。

〔一四〕是　《筆記小説大觀》本作「受」。

〔一五〕暇　《筆記小説大觀》本作「及」。

〔一六〕倚　《筆記小説大觀》本作「椅」。倚，同「椅」。

〔一七〕元　《筆記小説大觀》本作「竟」。元，原也。

〔一八〕其妄　《筆記小説大觀》本無此二字。

〔一九〕葱葱然　《筆記小説大觀》本作「忽葱然」。

〔二〇〕與　影宋鈔本作「挹」。挹，取也。

〔二一〕衛涇　原譌作「衛經」，據呂本、《筆記小説大觀》本改。按：《宋史》卷三五《孝宗紀三》：淳熙十一年四月，「賜禮部進士衛涇以下三百九十四人及第出身」。《吴郡志》卷二八《進士題名》：「淳熙十一年衛涇榜：衛涇，狀元。」

〔三〕仍曰 原作「乃云」，據吕本、《筆記小説大觀》本改。

張三店女子

洪邁 撰

建昌南城坊羊馬城下民李七，舍故居，徙寓丞廳後張三客邸樓房安止。慶元三年六月十日夜歸，見房門半掩，睹一女子，著單衣，穿翠〔一〕鞋而不襪。李驚疑之際，女頩怒曰：「汝若不相容，我便呼廂巡，誣〔二〕汝以誘引之罪。」李懼曰：「敢不唯命是聽。」良久，笑語無間，始云：「我只鄰近〔三〕家女子，年二十九歲。良人遊宕〔四〕不歸，聞死於隆興〔五〕。父母知之，略不以爲意，不免自出尋雇夫力，前去審訪。不慣識路途，遲回抵此，夜色既闌，故不可反舍〔六〕，就此借宿得乎？」李諾之，即登牀並寢。

過五鼓，穿牖而去。明夕，復從屋而下，一瓦不損。李怪問：「是何女婦所爲〔七〕？」曰：「我家本微薄，亦曾去從路岐爲踏索之技，所以習熟，對汝豈應復羞。」次夜攜七十錢與李，又次夜與絹一疋，李感其惠〔八〕。第四夜，挈酒一瓶〔九〕并脯腊，令李飲之，而自不濡吻。李强之曰：「幸能對酌，不應獨醒。」乃亦盡一杯，且云：「此是寡酒，極不易得〔一〇〕。」命買菱角共食，遂皆大醉。困眠失曉，女惶惑無措，忽由窗隙中出，砉如裂帛聲。李震駭，方知必鬼魅。遽白主人，主人云：「我正訝樓上何爲此夜有婦人切切私語，正擬奉告，又恐做成〔一一〕官方，不料值此怪物。汝去矣，毋污我好店舍。」

李辭往它處，取向所遺絹償僦金，乃芭蕉葉爾。李夢女戟手叱罵曰：「汝真負心漢，與我昵比而盡以告人，何也？吾且治汝。」覺而神思憒憒〔一二〕，不能飲啄。景德寺寓士趙十二官，愍其墮鬼計〔一三〕，適同寺有葉生，曾遇至人授神霄法籙〔一四〕，濟人頗多，趙率李往，下拜投愬〔一五〕。葉令隨〔一六〕口供狀，餌以符，便〔一七〕納膳飲。仍牒城隍司拘捕孽〔一八〕祟。是夜四鼓，李夢黄衣吏領劊子十人，押女子荷枷，亦驅李同去。見女容服如前，而後有尾，尚指李大罵曰：「汝一何慘意〔一九〕！」劊子運鐵椎擊之。約行二十里，到城隍廟，衆趨入，及階下，傳呼曰：「李七，狐娘，分左右立。」有刀斧手夾殿下，黄巾力士、紫衣功曹等，人物甚盛。俄頃，紫袍金帶人升殿坐，蓬頭道者四輩侍直。李自陳如初，其上〔二〇〕一人厲聲云：「李七是生人，先放還。野狐當死，送獄訊勘。」旋押李出。正行間，墜於岩〔二一〕石之下，悸而寤，的的能記説。自此漸甦，凡涉再旬〔二二〕始平復。（據北京中華書局版何卓點校本南宋洪邁《夷堅三志壬》卷三）

〔一〕翠　《筆記小説大觀》本(卷四二)無此字。
〔二〕誣　吕本、《筆記小説大觀》本作「證」。
〔三〕近　《筆記小説大觀》本作「舍」。
〔四〕遊宕　影宋鈔本作「浮名」。
〔五〕隆興　原譌脱作「降」,據吕本、《筆記小説大觀》本改。按:隆興,府名,即洪州(治今江西南昌市)。《宋史》卷八八《地理志四》:「隆興府,本洪州……隆興三年(按:隆興只二年,疑爲二年之誤),以孝宗潛藩,升爲府。」
〔六〕故不可反舍　影宋鈔本作「勢不可及舍」。
〔七〕是何女婦所爲　《筆記小説大觀》本作「是豈女婦所能爲」。
〔八〕惠　影宋鈔本作「意」。
〔九〕瓶　《筆記小説大觀》本作「缶」。
〔一〇〕此是寡酒極不易得　《筆記小説大觀》本作「此酒極不易得」。
〔一一〕成　吕本、《筆記小説大觀》本無此字。
〔一二〕憒憒　《筆記小説大觀》本作「潰潰」。
〔一三〕墮鬼計　《筆記小説大觀》本作「昏鬼」。
〔一四〕神霄法籙　《筆記小説大觀》本作「消隨法録」。

〔一五〕愬　《筆記小説大觀》本作「懇」。
〔一六〕隨　《筆記小説大觀》本無此字。
〔一七〕便　原作「使」，當譌，據《筆記小説大觀》本改。
〔一八〕孽　影宋鈔本作「業」。
〔一九〕汝一何慘意　影宋鈔本作「汝待我一何慘」。
〔二〇〕上　《筆記小説大觀》本作「座」。
〔二一〕岩　《筆記小説大觀》本作「宕」。
〔二二〕凡涉再旬　《筆記小説大觀》本作「浹旬」。浹旬，十日也。

按：據卷四末注，此事黄齊賢所傳。

岳陽董風子

洪　邁　撰

董風子者，不知其鄉里，事母至孝。以乾道元年暮冬過岳陽，夜宿黄花市。遇同居〔一〕一叟，破巾單袍，而貌若嬰童，絶無飢寒之態。吟哦詩句，油然自適。董識其異，即就坐於傍，問所從來，殊不酧答。良久再扣之，始微笑〔二〕云：「我待子多日矣。」遂挽〔三〕手同出市西旗亭中，買酒三升，諭酒家僕不用煖熱。董起白言：「某平日骨寒，雖當盛暑，亦去綿〔四〕衣不得。況今臘月，若飲冷酒，定足〔五〕喪命，惟先生亮〔六〕之。」叟云：「無慮〔七〕。」董不獲已，强進半盃，便覺四肢和暢。及再飲，盡脱其衣。移〔八〕時，出到〔九〕大樹下，授以至道之要。董整襟再拜曰：「敢問先生姓氏？」曰：「吾本東晉抱黄翁也，知君孝通於天，故來相見。」語罷，陰雲四合，迨於開豁，失叟所在矣。

董還店，莞爾大笑。明日，留題於壁曰：「大乙〔一〇〕元君遇虎龍，沉沉三洞鎖青風。自從九九明分〔一一〕了，白變黄金黑變紅。」擲筆於地，長吟而去。由是往來通城、平江二縣，自稱董風子。人皆不識，稍爲書禍福於門首，方略知其有道。

建康曹〔一二〕道人者，常犯罪黔〔一三〕面，跂慕聲光，千里而來，值其出外。炊飯將熟，遥〔一四〕見直入房中默坐，曹具飯邀請。飯罷，起拜之，云：「某罪業深重，知先生道德清高，故特越江湖遠來〔一五〕，幸遂瞻快〔一六〕。願賜之一言，以洗塵習。」董瞬目大叫，走往後牆下側卧，曹隨之，泣下不止。董罵之使出，乃絶不至。或從曹生問其故，對曰：「二十年前居建康，曾殺一人，恰睹先生卧牆下，儼與死者一般。信知負命難逃，是以泣悲。」曹今在茅山。

楊昭然道人云：「曾游潭州嶽麓宫，見有抱黄閣及抱黄洞，因詢道士命名之自〔一七〕，道士曰：『東晉義熙年，真人成道於此，乃用其名建閣，洞即修行之所也。』」以是知黄花老叟

蓋其人云。（據北京中華書局版何卓點校本南宋洪邁《夷堅三志壬》卷八）

〔一〕居　影宋鈔本、《筆記小説大觀》本（卷四四）作「店」。
〔二〕微笑　《筆記小説大觀》本作「乃答」。
〔三〕挽　《筆記小説大觀》本作「握」。
〔四〕綿　《筆記小説大觀》本作「棉」。
〔五〕足　《筆記小説大觀》本作「是」。
〔六〕亮　《筆記小説大觀》本作「哀」。亮，通「諒」。
〔七〕無慮　《筆記小説大觀》本作「但無慮」。
〔八〕移　《筆記小説大觀》本作「衫」，連上讀。
〔九〕到　《筆記小説大觀》本作「道」。
〔一〇〕大乙　影宋鈔本、《筆記小説大觀》本作「太乙」，「大」通「太」。
〔一一〕明分　《筆記小説大觀》本作「分明」。
〔一二〕曹　《筆記小説大觀》本作「曾」，下同。
〔一三〕黔　《筆記小説大觀》本作「黥」。黔，通「黥」。
〔一四〕遥　《筆記小説大觀》本作「邇」。

〔一五〕故特越江湖遠來　吕本、《筆記小説大觀》本作「故踰越江湖」。

〔一六〕幸遂瞻快　原譌作「遂誓快」，據吕本、《筆記小説大觀》本改。

〔一七〕自　《筆記小説大觀》本作「旨」。

按：據本卷卷末注，此事乃楊昭然道人説。

解七五姐

洪　邁　撰

房州人解三師，所居與寧秀才書館〔一〕爲鄰。一女七五姐，自小好書，每日竊聽諸生所讀，皆能暗誦。其父素嗜道教行持法書，女遇父不在家時，輒亦私習。年二十三歲，當淳熙十三年。九月，招歸州民施華〔二〕爲贅壻。華留未久，即出外作商。至十五年四月，通三師書，因寓密信告其妻曰：「我在汝家日，爲丈人丈母淩辱百端，況於經紀不遂，今浪跡遂寧府〔三〕。汝獨處耐靜，勿萌改適之心，容我稍遂意〔四〕時，自歸取汝。」女觀畢掩泣，即日不食，奄奄如勞瘵，以八月死，華不知也。

後兩月，正在遂寧旅舍，忽見女來，驚起，扣之曰：「自房陵抵此，千里之〔五〕遥，汝單弱婦人，何以能至？」答曰：「緣接得汝書後，愁思成疾，父母不相憐〔六〕，反行責罵。已寫一帖子置室中，託言投水，切莫相尋。由是脱身行乞，受盡辛苦，兩脚皆穿〔七〕，僅得見爾。」華視其經行霜雪中〔八〕，衣履破碎，拊之而哭。攜手入房，飽〔九〕以肉食，及買衣與之，遂同處於彼。華資囊頗贍。至紹熙二年〔一〇〕冬，欲與妻還三師家，堅不可，乃還歸州。

明年冬月，解三師鄰人田乙，作客抵歸州，遇施華。華延至其居，女出相見，田乙驚言：「七五姐亡去三載〔一一〕，何由得生身却在此？」女曰：「我詐父母云赴水，而潛來訪施郎，非真死也。」田大惑訝，仍不欲盡言。反房陵，爲三師道所見，三師不信，但舉女柩火化，尸朽腐矣。四年，華遷居荆南。明年，解三師始聞之，遣男持書信驗視，見華與妹情甚好洽。住數月，相率來房州。解氏喜，置酒召會諸親。諸親共云：「七五姐不幸夭逝，於今七年，且又焚化了，此殆精魅假託，將必爲施郎不利〔一二〕，宜思其策。」三師心爲動。

明日，招法師來考治，女怡然自若。法師書符未成，女別〔一三〕書一符破之。法師再書靈官捉鬼符，女作九天玄女符破之。法師不復施它伎，撫劍顧之曰：「汝的是何精靈耶？」女曰：「我在生時，盡讀父法書。又於夢中蒙九天玄女〔一四〕傳教吾返生還魂之法，遂得再爲人，永遠住浮世。吾常存濟物之心，亦不曾犯天地禁忌。爾過愆甚多矣，有何威神，能治於我乎？」法師不能答而退。女見父母親戚如初。

慶元元年，解氏盡室游翫郊野，到女葬處，漫指示之。女大笑，疾走入山，怪〔一五〕乃絕。

（據北京中華書局版何卓點校本南宋洪邁《夷堅三志壬》卷一〇）

〔一〕館　《筆記小説大觀》本（卷四五）、《廣豔異編》卷三二鬼部一《七五姐》作「室」。

〔二〕華　《筆記小説大觀》本、《廣豔異編》作「革」，下同。

〔三〕遂寧府　原作「汝寧府」，而下文乃云「遂寧」。按：宋無汝寧府，元至元三十年始升蔡州爲汝寧府，屬汴梁路（見《元史》卷五九《地理志二》）。遂寧府本遂州，政和五年升府，屬潼川府路（見《宋史》卷八九《地理志五》）。據下文改。

〔四〕稍遂意　影宋鈔本、《情史》卷一〇情靈類《解七五姐》作「稱意」。

〔五〕之　影宋鈔本、《情史》作「尚」。

〔六〕憐　呂本、《筆記小説大觀》本及《廣豔異編》作「憐惜」。

〔七〕穿　影宋鈔本作「穿破」。

〔八〕經行霜雪中　《情史》在「受盡苦辛」句下，而無「中」字。

〔九〕飽　《情史》作「飼」。

〔一〇〕紹熙二年　《筆記小説大觀》本「紹熙」誤作「紹興」。《情史》「二年」誤作「七年」，紹熙凡五年。

〔一一〕三載　疑爲「五載」之誤。自淳熙十五年（一一八八）八月解七五姐卒，至紹熙三年（一一九二），首尾乃五年。下文云紹熙五年諸親云「七五姐不幸夭逝，於今七年」，則不誤。

〔二〕不利　《筆記小説大觀》本作「害」。

〔三〕别　《廣豔異編》作「則」。

〔四〕九天玄女　原譌作「九宫玄女」，據影宋鈔本、《筆記小説大觀》本及《廣豔異編》、《情史》改。

〔五〕怪　《廣豔異編》作「鬼」。

按：據本卷《彭六還魂》末注，此事乃徐□説。疑爲徐謙。謙乃卜者，目瞽（見《夷堅支癸》卷八《李大哥》）。《夷堅支志》、《三志》多採其説。

都昌吴孝婦

洪　邁　撰

都昌婦吴氏，爲王乙妻。無子寡居，而事姑盡孝。姑老且病目，憐吴孤貧，欲爲招壻接脚，因以爲義兒。吴泣告曰：「女不事二夫，新婦自能竭力〔一〕供奉，勿爲〔二〕此説。」姑知其志不可奪，勉從之。吴爲鄉鄰紡緝、澣濯、縫補、炊爨、掃除之役，日獲數十百錢，悉以付姑，爲薪米費。或得肉饌，即包藏持歸。賦性質實，不與人妄交一言。雖他人財物紛雜在前，不舉目一視，其所取唯稱其直。故鄉人交相邀唤，是以婦姑介處，略無饑寒之患。

嘗炊飯，未饋餾，有外人相呼與語〔三〕。姑恐飯過熟，將取置盆中，以目不能見，誤置桶内，其中甚垢污不潔。吴還視之，不發一言，亟於鄰家借飯饋姑，而取所污飯，洗滌蒸熟食之。

一日正晝，里人皆見祥雲五色從空下，吴氏躡之而升，冉冉際天。驚報其姑曰：「婆婆，汝媳婦白日昇天了〔四〕。」姑曰：「莫胡説，恰纔與人舂米回家，方倦卧在床。如不相信，往驗之〔五〕。」衆詣房前窺之，果熟睡未寤，皆駭然而退。及寤，姑語之故，吴曰：「適夢二青衣童駕雲而來，執符牒，牽我衣言：『天帝有召。』令我步空〔六〕，直抵天門。引入朝謁，帝御坐臨軒勞問曰：『汝一下愚村婦，乃能誠事老姑，勤苦盡力，實爲可重。』遂〔七〕賜酒一盃，馨香徹鼻。又與錢一貫，曰：『將歸供贍，自今不須傭作。』拜謝而返，二童仍前送歸。恍忽而醒，果有千錢在床，滿房香氣。」始悟衆所睹者，乃神遊爾。

自是傭唤愈多，吴亦不拒，而賜錢專留姑用。用盡復生，一千綿綿不匱。姑雙目尋亦再明。（據北京中華書局版何卓點校本南宋洪邁《夷堅志補》卷一）

〔一〕竭力　此二字原無，據明鈔本補。

〔二〕勿爲　明鈔本作「乞罷」。

〔三〕相呼與語　明鈔本作「呼之出」。

〔四〕曰婆婆汝媳婦白日昇天了　以上十一字據明鈔本補。

〔五〕如不相信往驗之　原作「爾諦視之」，據明鈔本改。

〔六〕令我步空　明鈔本作「便同躋虚空」。

〔七〕遂　此字原無，據明鈔本補。

宋代傳奇集第五編卷十七

李大夫庵犬

洪邁撰

無錫李大夫家墳庵，名曰華麗，邀惠山僧法暠主之。暠爲人柔好，好接納，凡布衣緇黄至，必待以粥飯，其與同堂，雖或過時，亦特爲具饌，了不慳嗇。如是三十年，往來稱誦。已嘗盛冬苦寒，而一客游謁，暠延之入坐。日已下，是客指腹告餒，云：「自旦到今未得食。」暠憐之。適庖人及僕使數輩俱不在，乃自取米淘澤，作糜滿器。客食畢，雪忽作，暠語之曰：「天色甚惡，秀才宜少駐。」即啓西房，使宿一榻上，并授以布衾。迨昏暮，暠閉門，入東室擁爐，視客冷卧，唤之附火。逾時客起，取衾烘炙。

將就寢，忽萌惡念，謂此僧住庵，必當富有衣鉢，今旁無一人，若乘勢戕殺，席卷其囊以行，誰能禦我？是時暠方暖〔一〕，因遂舉衾蒙其頭，拆爐側大甎，打數十下，仆地未絶，繼傾瓶内沸湯沃注。暠叫呼久之，乃死。於是執燈發篋，皆敝衣敗絮，僅得一銀香爐，重二兩許。客悔恨欲去，而雪深夜永，道黑不可行。復返宿舍，坐而須明，從後牆越遁。

庵中一犬，隨而悲吠，至三四里，過山嶺，猶獰怒弗舍。遇兩村民從山北來，犬鳴聲益悲，伸前足伏地，如控訴狀。民疑焉，謂客曰：「此李大夫庵犬也，凌晨雪逐汝而來，兼山間窄徑，非通行大路，尋常不曾有人及早經過者。觀犬聲殊哀憤，吾曹當相與詣彼察其故，幸而無他，則奉送出山，無傷也。」客强爲辯説，不欲還，而度不可免，遂偕返。及庵外，門尚扃，民亟集近居者入驗，僧尸正在地爐邊，流血凝注。客無可辯，自吐實本末。受執詣縣，竟服大刑。是日非義犬報恩復讐，必里保僮奴之累矣。（據北京中華書局版何卓點校本南宋洪邁《夷堅志補》卷四）

〔一〕是時暑方暖　此句當有脱譌。

按：《夷堅支乙》卷九《全椒貓犬》末云：「此犬之義，甚似前志所紀無錫李大夫庵者也。蠢動含靈，皆有佛性，此又可信云。」知此篇原在《夷堅支乙》前。

聞人邦華

洪　邁　撰

信州貴溪民〔一〕聞人氏，有二子，長曰邦榮，季〔二〕曰邦華。父在時，預爲區處生理，於縣啓茶肆，以與邦華，於州啓藥肆，以與邦榮。及父歿，數歲間華縱遊蕩〔三〕費，破壞〔四〕幾盡，而榮獨能謹〔五〕身節用，衣食豐餘。母愛季子，密助之，且導使興訟，以爲母在堂，不應分析。榮不服〔六〕，訴于有司。臺府官僚，定奪至五六，最後監贍軍庫張振之子理承其事。時厥母已亡，張議令悉籍遺貲中分，各受若干，其先爲華所壞者，理爲所得之數。華不伏，至于獄治〔七〕。華使所善買生砒霜，置羹中，賂門卒傳〔八〕與榮。榮接食下嚥，未幾〔九〕即嘔吐，遍身腫赤。吏以告理官，遣還家，半日〔一〇〕死。

其子廉夫，雖知父被毒明白〔一一〕，而無證佐〔一二〕可發其冤，隱忍殯葬。事經歲〔一三〕，華入理院對狀。廉夫一僕獻計，請仍用前策。別攜一人〔一四〕偕詣食店，買麵四椀，各食其一，而賫其一送華，細切砒於中。華食，不盡而止。有大辟囚在旁，餕其餘，覆殘〔一五〕汁地上，犬舐之。俄頃，囚犬皆嘔，華遂得疾，宛如兄狀，明旦死。

司理參軍王昌祖深疑焉，曰：「昨者一健漢，原無病〔一六〕，何故遽至是？」將行究詰。使獄卒物色鬻麵處，言有三人來，一著皂背子，兩白衣。亟遣呼逮，已竄矣。所謂皂衣者乃廉夫，兩白衣者僕也。言於郡，發卒追之，得於貴溪之西十〔一七〕里。既至獄，一問即承。郡請于朝，首謀之僕坐死，廉夫但決配，命未下而亡。

此事首尾三年，邦榮以紹熙〔一八〕辛亥，邦華以壬子，廉夫以癸丑，同是六月八日凶終，可謂異矣。砒固有毒，然服之者何必盡死，聞人氏之禍，實冤業致然。人或不幸而值此〔一九〕者，唯單〔二〇〕飲生油，以吐爲度，則其毒氣〔二一〕自消，不能〔二二〕爲害也。（據北京中華書局版何卓點校本南宋洪邁《夷堅志補》卷五）

〔一〕民　此字原無，據《永樂大典》卷三〇〇七《聞人邦榮》引《夷堅支》補。

〔二〕季　原作「次」，明鈔本及《大典》並作「季」。按：下文曰「季子」，作「季」爲是，據改。次子當早亡，故但云二子。

〔三〕蕩　明鈔本、《大典》作「妄」。

〔四〕壞　明鈔本、《大典》作「蕩」。

〔五〕謹　原作「立」，據《大典》改。

〔六〕服　《大典》作「伏」。

〔七〕治　此字原無，據明鈔本、《大典》補。

〔八〕傳　《大典》作「持」。

〔九〕未幾　此二字原無，據《大典》補。

〔一〇〕日　明鈔本作「夜」，《大典》作「途」。

〔一一〕明白　此二字原無，據《大典》補。

〔一二〕證佐　《大典》作「形影」。
〔一三〕經歲　《大典》上有「恰」字。
〔一四〕人　《大典》作「丁」。
〔一五〕殘　此字原無，據《大典》補。
〔一六〕原無病　《大典》作「元無患苦」。
〔一七〕十　《大典》作「五」。
〔一八〕紹熙　原作「紹興」，《大典》作「紹熙」。按：此篇原載於《夷堅支志》，支志十集（支甲至支癸）作於紹熙五年至慶元三年間，而所記多近時聞見，且紹熙二至四年亦正爲辛亥、壬子、癸丑歲。據《大典》改。
〔一九〕此　原譌作「死」，據《大典》改。
〔二〇〕單　此字原無，據《大典》補。
〔二一〕其毒氣　原作「毒」，據《大典》補兩字。
〔二二〕能　此字原無，據《大典》補。

細類輕故獄

洪邁撰

許顔，字彦回，弟顗，字彦周，襄邑人，皆登科。紹興初，顔知汀州上杭縣，到官歲餘，遺書入浙西招顗。時調官未遂，仍以所在多盜賊，憚不欲行。顏屢促之曰：「汝若不來，吾骨無人收矣。」覬惻然，殊不曉其旨，徒步而南。既至見顏，則氣宇悦澤，精神開朗，且喜且疑。

數日〔一〕後，從容詢趣來之故，顏慘怛俯首，乃言曰：「數月前得夢惡甚，度處世不能久，故煩弟來。」顗曰：「夢何足憑！」顏曰：「所夢絶異。初見兩黄衣相招，約行百餘里〔二〕，過深山大谷，風沙空曠，抵一城，居民閭巷，寂寂無聲。到王者宫府，從側户進，立墀下，黄衣入報。頃之唤升殿，見廡間一人，偃息斑竹榻上。兄再拜，起熟視之，乃先君也。不覺墮淚，白曰：『此豈非冥司乎？』曰：『然。』且加慰勞。兄〔三〕曰：『顏死不敢辭〔四〕，但念遠宦于兹，一子年纔弱冠，未能成立，不無抱恨耳。』曰：『汝數亦未盡，無恐。吾爲冥司主者，今召汝來，欲語汝前程數事。』兄因以地獄有無爲問，曰：『有之，汝欲見乎？』即顧侍者云：『令兩吏同知縣往觀。』遂行。

「經長廊數十間，遥望一獄，數卒守門，獰惡怪狀，問：『何人？』吏曰：『奉大王命，使來看獄。』須臾門開，既入，陰風悽楚，無所睹視，唯熾炭烈焰，有物如羊者，環而食之。箱籠在架，所盛皆僧衣，而衣冠數十襲，毁裂擲地。意怖欲還，二吏邀往第二獄。門卒悍猛尤甚，露刃怒立，兄凛然若兵臨頸，大悔其來。所見皆列行馬，鐵網數重覆罩，禽鳥飛鳴。

兄顧二吏曰：『吾不欲觀矣。』吏曰：『大王之命不可違。』須臾，至第三獄，不得已復進。未至，鬼卒彎弓奮劍，欲相擒捽，吏叱曰：『此大王之親，令觀獄。』一緋袍人諭群鬼使審實，自導而前。甫啓門，黑氣衝突，陰間如夜。緋袍命持火來照，中皆列柵，灰厚數寸，蜈蚣蛇虺之屬，互相搏〔五〕噬，火光熒熒如螢，閃爍眩目。兄急趨出，緋袍追送而別，頗似戀戀。吏尚請他之，兄力拒，乃返。

「先君問：『汝盡觀諸獄乎？』具言怖畏，止於三所。先君曰：『第一、第二名爲輕故獄，第三爲細類獄。緋袍者，吾故人彭汝礪也，周旋渠久，必能致勤拳。此公在世剛介廉直，但性太刻，故罰主此五百刼，汝將與爲代矣。』兄愈不樂，曰：『顔生于世，初不敢爲惡，何以致是？』先君曰：『憶汝作深州教官時事否？何得用張某充學職？』兄對曰：『采其程文。』先君命取案牘至，曰：『張固試中，奈受通判之囑，爲有私意。此人後盜用官錢，幾致累汝。幸汝不受賂，聊薄謫爲陰官。我亦無罪，只緣轉運江東日，怒執蓋卒誤拂幞頭，杖其背，遂罰此二十刼。雖獲免受罪，但與鬼神均苦饑。若子孫歲時享祀精潔，則可一飽，否則不得食。如僧道齋醮亦然，倘修設志誠，主持不苟簡，不唯得旬月飽，又罪業隨輕重減省〔六〕。幽冥職掌，亦皆轉遷。近報沂州王長者家設黄籙大齋，其人平昔積善，福利當及三界。汝來值此，亦可沾餘波。』

「語未竟，空中一鶴啣幡飛舞，殿下具香案，傳呼赦至。先君被冠服，如王者儀，下迎拜。一使持文書，附耳語，繼兩人亦然。先君率鬼神再拜稱謝，登殿，顧兄曰：『汝悉見否？王長者一家虔誠，而主醮道士乃曾斬解池龍者，行持精專，道衆嚴肅，仍不受乳藥之贈，功德無邊，天敕普赦諸受苦罪。三使乃天、地、水府三官所遣，傳上帝命，一應鬼神並與陞轉。吾將脱此，汝亦免主細類，而遷輕故一等，此兩級相望校五百刼。大赦雖時有，惟不忠不孝之人，不沾恩宥，如朱温輩尚在第十七獄中。』兄問：『世人受罪何等最多？』曰：『吏舞文、僧破戒爲多。』又問：『公裳擲地而僧衣在架，何也〔七〕？』曰：『僧衣乃如來衣，鬼道所敬，僧雖獲譴，不敢輕也。汝且還世，汝子當先亡，其月有盜入縣境，汝徙治村寺，旋得疾終矣。可豫〔八〕呼顗來，使收汝骨。』兄泣謝而別，遂寤。憶夢境的的如是，焉得不預防乎？」顗亦泣。未幾，果如所言。顗葬之訖，始歸吴。

顔之父名安石。顗之子執中傳其事。輕故、細類之名，佛經及傳記皆未之有。（據北京中華書局版何卓點校本南宋洪邁《夷堅志補》卷六）

〔一〕日　原作「月」，明鈔本作「日」近理，據改。

〔二〕里　原作「步」，明鈔本作「里」，據改。

〔三〕兄　原作「予」，明鈔本作「兄」。按：許顔自述，前稱「兄再拜」，後亦有「兄愈不樂」語，其餘則皆稱「予」，不相一致，明鈔本乃均作「兄」，據改。

〔四〕辭　明鈔本作「怨」。

〔五〕搏　疑當作「搏」。

〔六〕省　明鈔本作「貸」。

〔七〕何也　明鈔本作「之異」。

〔八〕豫　此字原無，據明鈔本補。

安仁佚獄

洪　邁　撰

紹興八年，臨川王大夫珹爲饒州安仁宰。一吏老而解事，因受差治獄，因乘間白云：「獄訟實公家要務，蓋有不辜蒙冤者，有罪戾幸脱者。某昔少年不謹，親手殺人，幸用詐得免。既經兩三次覃恩，言之無傷。

「某舊與一巨室女淫通，久而外間藉藉，女父母痛加箠責，遂斷往還。嘗竊往訪，逆相拒絶，當時不勝忿，戕之而歸。故父在縣作押録，與某言：『汝姦狀著聞，豈應逃竄，貽二親之禍？且密藏汝刀，吾執汝告官，但隨問便伏，切勿抵諱，空招楚辱，無益也。』乃共埋刀於床下。某既坐獄，父求長假出外，謂家人云：『我不忍〔一〕見此子受刑，今浪跡他郡，須已論決始還耳。』即日登途。

「到南康軍，適司理勘一大辟，其事將結正。父詢推司所居及平日嗜好，都〔二〕人言夫婦皆愛賭博，每患無對手。父使同行一客委曲達意，以多貲善戲誘之。喜而延入室，自昏達旦，主人敗二百千，先償其半，約明日取餘。及期索逋，無以應，父笑曰：『本欲博塞爲懽，錢何足校！』悉返昨所得，推司感悦致謝。俄反餽以百千，不知所爲，疑未敢受。父曰：『有一事浼君，吾一子不殺人，而横罹囹圄，緣兇身不獲，無由自明。聞此獄有囚當死，願以此項加之，是於囚罪無所增，而吾兒受再生之恩，爲賜不淺。』推曰：『此易事耳。』如其教。

「某初困訊鞫時供刀所在而索之不見，不知父已徙瘞于社壇下，由是獄不可成。已而南康移文會本縣，縣具以報，某遂得釋以出。今將四十年，追咎往愆，殊用震竦。以是觀之，可以照他獄之枉濫不一而足也。」（據北京中華書局版何卓點校本南宋洪邁《夷堅志補》卷六）

〔一〕忍　此字原無，據明鈔本補。

〔二〕都　明鈔本作「鄰」。

周翁父子

洪　邁　撰

南康船師陳太，慶元二年從建康來，云近者知府張尚書處置一公事，極爲奇異。初，本府絲帛主人周翁，長子不孝，常常酗酒凶悖，每操刀宣言：「會須殺死老畜生！」父不勝憂懼。鄰里慮事或成，不惟玷辱鄉風，且將貽累，相〔一〕結約共訴于府。張引問甚悉，遣喚周，初不告以何事。周至叩之，對曰：「誠然。」即使偕諸鄰詣案供狀。末乃呼悖子，子至，先以好言問其居家委曲，對曰：「父年老，身供子職。」張以〔二〕狀示之，懼而亟拜，曰：「實爲狂藥所使，不覺忘形，惡言遽發耳。」張釋它人，獨下子于獄，而敕推吏勿猛施桎梏。

自命駕謁城隍祠，焚香白〔三〕曰：「部内百姓，至於子謀殺父，非天理所容。郡守固不逃失教之愆，神亦何顔安享廟食，坐視弗聞〔四〕乎？」禱畢還府。是夕，夢神至曰：「尚書責誚如此，吾豈不知？彼家父子原非天性骨肉，蓋宿冤取債爾。其子本外州商賈，三十年前挾貲到周家，周見少年獨行，心利其財，因與泛江出郭，陽爲舟覆，溺殺之，而隱没所齎。故生計日進，更無人知。少年前詣〔五〕冥司，乞注生爲子，見世索報。尚書宜鑑此因緣也。」遂退。

明日，張呼周至〔六〕，語之曰：「汝自揣一生曾做何等不義事。」始拒言：「雖爲細民，粗守行止，未嘗與人有一詞紊煩官府，初不省作小惡。」張曰：「記得三十年前殺某客於江中乎？今已經大赦，無人作對，無尸可驗，言之何傷。」周流汗至足，叩頭謝過。張曰：「我不復推究前事，汝之子乃客後身也。」周計其生年正合，愈益駭怖。張曰：「我欲爲汝究竟此段惡事，汝能捐錢千貫，買度牒一道，使之出家爲僧，永絕冤業，汝意如何？」又謝曰：「民尚有二子，正所願，但恐渠不從爾。」張曰：「汝且去，我自諭曉之。」旋謂子曰：「據汝所犯，便當伏刑市曹。緣不是一府美事，已與汝父約，使汝爲僧，汝意云何？」子欣然曰：「某幸未娶，得棲身空門，亦所幸願。」乃命周即日持錢，買官庫祠部牒，當廳削子髮，別給道費，使出遊四方。

張子温爲南康户曹，識陳船師，聞其說。（據北京中華書局版何卓點校本南宋洪邁《夷堅志補》卷六）

〔一〕相　明鈔本作「數人」。

〔二〕以　明鈔本作「出諸」。

〔三〕白　此字原無，據明鈔本補。

〔四〕聞　明鈔本作「問」。
〔五〕前詣　明鈔本作「訟諸」。
〔六〕至　明鈔本作「就屏處」。

王蘭玉童

洪　邁　撰

明州商人〔一〕王蘭，以賈販起家，積資頗厚。其居去城數十里。性靳嗇多疑，只收蓄金珠，出則自隨。酷好冶遊，每入郡不攜親僕，畏其泄語於妻也。雖館逆旅，亦不報所在。因至村店留駐，遣負擔人去。忽苦暴下，一夕竟卒。主人見篋中之物甚富，與妻議，欲報官而輸之。妻初以爲然，既而言曰：「官府未必公道，萬一翻謂有隱匿，以我爲謀，必受刑責。且此人更無骨肉可以〔二〕證明，或〔三〕置我於獄，何時得出〔四〕？今此孤身，神鬼不知，殆天賜我也。盍若隱之，可免禍〔五〕。」遂舁尸埋山壑中〔六〕，掩〔七〕有所齎。徐徐斥賣〔八〕，買田置産〔九〕，而粗衣糲〔一〇〕食如初。

初未有子，明年生一男，長而俊慧，容如琢玉，名曰玉童。生十七年，一意放蕩〔一一〕，嘯集輕薄少年，吹笙擊毬，鬬鷄走馬，爲閑遊〔一二〕公子之態，竟死於酒色。時其父所得〔一三〕不義之財，已耗太半。既没之後，悲痛不勝〔一四〕，罄力以奉僧道，無日不設齋醮。及修百日供，際午，有一〔一五〕僧求食於五里外小民家，一女出曰：「我家無飯可施，西去〔一六〕一長者家，正設齋醮，和尚宜往彼乞食。」僧曰：「娘子〔一七〕何以知之？」曰：「我前身是客〔一八〕，姓王名蘭，將財本數萬貫到他店，不幸病亡，他家抛棄我尸，掩我財物〔一九〕。我訴陰司，冥官以不曾害我性命，未可追攝。我乞做他兒子以取之，又分一身在此。今彼費蕩已盡，尚有紅羅十疋，可指數求之。」僧如言，至長者門，主人謝曰：「午齋已過，不能復辦〔二〇〕。」僧丐錢買衣，曰：「亦無矣。」僧曰：「十疋紅羅尚在，豈不可捨？」主人大駭，詢其所來〔二一〕，僧以女子告之。亟奔往問，女子生纔〔二二〕十七歲矣。其夫婦以不忍厥子之故〔二三〕，相繼而死，其家遂絶。

予記《逸史》所載盧叔倫女，《續玄怪録》党氏女事，大略相似。但同時生於兩處，一爲男，一爲女，乃未之前聞。明州人王夷説此，不能記其鄉里與何年事也。（據北京中華書局版何卓點校本南宋洪邁《夷堅志補》卷六）

〔一〕明州商人　原作「某州商人」。《勸善書》卷一九作「明州賈客」。按：《勸善書》取自《夷堅志》，其作「明州」當是。且據末云，此事係明州人王夷所説。據《勸善書》改。

〔二〕可以　此二字原無，據明鈔本、《勸善書》補。

〔三〕或　此字原無，據明鈔本、《勸善書》補。

〔四〕何時得出　《勸善書》作「其將奈何」。

〔五〕「今此孤身」至此　以上二十字明鈔本、《勸善書》作「今神不知鬼不覺，殆天賜我爾。不得已而爲負心事，亦所以免禍也」。

〔六〕埋山壑中　《勸善書》作「投山谷中」。

〔七〕掩　《勸善書》作「奄」。奄，通「掩」。

〔八〕賣　《勸善書》作「變」。變，變賣。

〔九〕置産　明鈔本、《勸善書》作「築室」。

〔一〇〕糲　《勸善書》作「菜」。

〔一一〕蕩　《勸善書》作「浪」。

〔一二〕閑遊　《勸善書》作「游閑」。

〔一三〕得　《勸善書》作「挾」。

〔一四〕不勝　《勸善書》作「不能釋」。

〔一五〕一　《勸善書》作「過往」。

〔一六〕我家無飯可施西去　明鈔本、《勸善書》作「我家人口少，造飯有數。今無餘可施，自此而西」。

〔一七〕娘子　《勸善書》作「小娘子」。

〔一八〕客　此字原無，據《勸善書》補。
〔一九〕掩我財物　《勸善書》作「盡掩我物」。
〔二〇〕午齋已過不能復辨　《勸善書》作「午齋過時，難以復辨」。
〔二一〕所來　《勸善書》作「來由」。
〔二二〕纔　《勸善書》作「恰」。
〔二三〕其夫婦以不忍厥子之故　《勸善書》作「其人夫婦自是不念厥子」。

人鷄墓

洪　邁　撰

紹興初，河南之地陷虜，以封劉豫，州郡猶爲朝廷固守。會稽馮長寧知陳州，豫攻之不能下，遣招山東劇賊王瓜角，起宿、亳之民併力進攻，踰年城中糧盡而降。瓜角建三幟於通逵，下令二州之民欲從軍者立赤幟，欲爲官立黄幟，欲還鄉者立黑幟。民畏死，盡趨赤幟下。獨亳人王、魏兩翁，自顧年老不能官，從軍必死，而立黑幟則拂其意，均之一死，乃相與詣黑幟下。衆皆愕然〔一〕。瓜角重失信，謝遣之，於是得歸。

王翁入陳城，取瘗埋物，不復來，聲跡亦絶。魏以十年後營産日盛，遂爲大家。素畜二鷄，皆充腯。一日，邑尉出别村，過其里，捕雌者烹食之。它日尉還，又欲殺其雄。雄已覺，竄伏黍地。擲之以竿，始就獲。魏嘻笑曰：「爾善走如此，胡不冲天？」雞忽作人言，仰首太息曰：「噫！何毒害至此，略無故舊情邪？」魏駭曰：「爾爲誰？」曰：「我王翁也，豈不記宛丘從軍時事乎？」魏曰：「爾前捨我去，竟何之？且死於何所？」曰：「我向者結伴時，實利君之財貨，別貯蓄以待事平後來，入城索得之，負以兩布囊。是夜宿道次野店，燈下開囊，算計數目，不料爲主人所窺。明日見留，飲我以酒，既醉遭殺焉，掩有裝金。孤魂無依，念鄉里親戚不一存，獨君在耳，故決意相從。及到君家，殊不相領攝，更成大悶。適鄰人賈四娘子亦來，值君家鷄乳，共投胎爲鷄。前日所戕一雌，則賈家娘子也。茲復害我，一何忍心如是！」

尉悉聆其説，深悔昨非，立釋之。歸白於郡守，守命呼魏翁與鷄俱至，民從以入，庭户騈肩如織。鷄對守不怖，誦言如初，已而曰：「我禽畜，輒泄陰事當死。」引頸插在翅下，即僵縮而斃。守嗟異移時，使葬之于老子廟後，揭之曰「人鷄之墓」。原王之在生設謀本極不善，倘見魏，必起不肖之心。死而作鷄於其家，冥報昭矣，可不畏哉！（據北京中華書局版何卓點校本南宋洪邁《夷堅志補》卷六）

〔一〕愕然　明鈔本作「愕眙」。

吴約知縣

洪　邁　撰

士大夫旅遊都城，爲女色所惑，率墮姦惡計中。宣教郎吴約，字叔惠，道州人。以父左朝奉郎民瞻遺澤補官，再仕廣右，自韶州録曹赴吏部磨勘。家故饒財，且久在南方，多蓄珠翠香象奇貨，駿馬及鞍勒，可直千緡，悉携以自隨。待引見留滯，數出遨嬉，服御麗好，又與鄰近寓館諸客相習熟。

有宗室趙監廟，挈家居百步間，志同道合，數以酒饌果蔬來致餉，吴亦答以南中珍異。趙邀至居舍，情均骨肉，時取其衣衾洗濯縫紉，細意熨帖，曲盡精致。周旋益久，令妻衛氏出相見，美色妙年，吴爲之心醉。遂同飲席，酒酣以往，笑狎謔浪，目成雲雨，忘形無間。趙殊不動容，唯恐賓之不我顧。如是者屢矣。

一日，趙從吴假僕馬，欲往婺，吴立遣之。衛密使蒼頭持簡來，約未申前後詣彼，云機不可失。吴欣然而行，至，延入邃閣，張筵偶坐，極其歡適。衛善謳，且慧黠，唱酬應和，出人意表。及暮，遂留宿。將就枕，忽聞扣扉甚急，乃趙生歸。衛悚汗變色，命侍妾收撤觴豆，掃除殽核。方畢，趙從外來，吴欲竄去，而不得其門，衛目之，俾趨伏床下。衛見趙，問：「何以遽還？」曰：「大風激浪如山，渡江不得，暫歸，拂曉即東矣。」索湯濯足，置盆於前，且洗且澆，須臾間水流滿地。吳衣裳濟楚，慮爲所污，數展轉移避，窸窣有聲。趙秉燭照，見之〔一〕，叱使出，曰：「與君本非親舊，但念羈旅中，故相暖熱。今交游累月，何意所爲若是？吾妻係宗婦，豈得輒犯？明當執以告官。此釁由淫婦始，且先痛箠，然後斷之以法。」吳頓首謝愆。遂與衛併施束縛，坐于地上，鞭衛背數十。趙取酒獨酌，且飲且罵，以賤畜醜詆，衛不敢對，但悲泣咽。趙撫劍疾視，如將揮擊。夜過半，方熟睡。

衛語吳曰：「今日之事，固我誤官人，亦是官人先有意向我，不謂隨手事敗。我前者用宗蔭，刑責所不加，儻坐奸論，只同常人。我委身受杖不足道，將來猶可嫁與市井細民妻，奈官人何？」吳曰：「汝夫利吾財耳。」衛曰：「實然。」趙睡起，訶詈愈切，吳請輸金贖罪，嘻笑曰：「我忝爲天胄，顧以妻子易賄邪？」吳乞憐不已，願納百萬，弗應。增至三倍，仍並鞍馬服玩盡賂之，始肯解縛。使自狀其過，乃放歸。於是壯夫數輩，盡掇資裝去。

同邸多爲不平，或謂曰：「彼豈真宗婦哉！蓋猾惡之徒結娼女誘餌君，而君不悟也。」吳大悄悒，擬訟諸府縣。往視昨處，空無一迹。怨恨欲死，囊中枵然，幾無餬口之費。迨改秩，再任連州陽山縣歸。所喪既多，心志罔罔，而且貽里社姻友譏議，常如醉夢中。遂感疾沉綿，未赴官而卒。（據北京中華書局版何卓點校本南宋洪邁《夷堅志補》卷八）

〔一〕之　《廣豔異編》卷一五假詭部《吴約》作「大」，連下讀。

李將仕

洪　邁　撰

李生將仕者，吉州人。入粟得官，赴調臨安，舍于清河坊旅館。其相對小宅，有婦人常立簾下閲市，每聞其語音，見其雙足，着意窺觀，特未嘗一覿面貌。婦好歌「柳絲只解風前舞，誚繫惹那人不住」之詞，生擊節賞詠，以爲妙絶。會有持永嘉黄柑過門者，生呼而撲之，輸萬錢，愠形于色曰：「壞了十千，而一柑不得到口。」正嗟恨不釋，青衣童從外捧小盒至，云：「趙縣君奉獻。」啓之，則黄柑也。生曰：「素不相識，何爲如是？且縣君何人？」曰：「即街南所居趙大夫妻。適在簾間，聞官人有不得柑之嘆，偶藏此數顆，故以見意，愧不能多矣。」因扣趙君所在，曰：「往建康謁親舊，兩月未還。」

生不覺情動，返室發篋，取色綵兩端致答。辭不受，至于再，始勉留之。由是數以佳饌爲餽，生輒倍酬土宜，且數飲此童，聲跡益洽。密賄童欲一見，童曰：「是非所得專，當歸白之。」既而返命，約只於廳上相見。生欣躍而前，繼此造其居者四五。婦人姿態既佳，而持身甚正，了無一語及於鄙媟。生注戀，不捨旦暮，向雖游娼家，亦止不往。

一夕，童來告：「明日吾主母生朝，若致香幣爲壽，則於人情尤美。」生固非所惜，亟買縑帛、果實、官壺遺送。及旦往賀，乃升堂會飲。晡時席罷，然於心終不愜。後日薄晚，童忽來邀致，前此所未得也。承命即行，似有繾綣之興。少頃登床，未安席，驀聞門外馬嘶，從者雜沓，一妾奔入曰：「官人歸也。」婦失色惴惴，引生匿于内室。趙君已入房，詬駡曰：「我去能〔一〕幾時，汝已辱門户如此！」揮鞭箠其妾，妾指示李生處，擒出縛〔二〕之，而具牒將押赴廂。生泣告曰：「儻到公府，定爲一官累。荏苒雖久，幸不及亂，願納錢五百千自贖。」趙陽怒〔三〕不可，又增至千緡。妻在傍立，勸曰：「此過自我，不敢飾辭。今此子就逮，必追我對鞫，我將不免，且重貽君羞，幸寬我。」諸僕皆受生餌，亦羅拜爲言。卒捐二千緡，乃解縛，使手書謝拜，而押回邸取賂，然後呼逆旅主人付之。生得脱自喜，獨酌數盃就睡。明望其店，空無人矣。

予邑子徐正封亦參選，與生鄰室，目擊其事。所齎既罄，亟垂翅西歸。（據北京中華書局版何卓點校本南宋洪邁《夷堅志補》卷八）

〔一〕能 《稗家粹編》卷二徂異部及《情史》卷一八情累類《李將仕》無此字。

〔二〕縛 《稗家粹編》、《情史》作「持」。

〔三〕怒 《稗家粹編》、《情史》下有「曰」字。

宋代傳奇集第五編卷十八

臨安武將

洪邁撰

向巨源爲大理正，其子士肅因出謁，呼寺隸兩人相隨，俗所謂院長者也。到軍將橋，遇婦人蓬髮垂泣而來，一武士着青紵絲袍，如將官狀，執劍牽驢衛其後，唾罵切齒，時以鞭痛擊，怒色不可犯。又有健卒十輩，負挈箱篋。行路爭駐足以觀。士肅訝其事，院長曰：「只是做一場經紀耳。」肅殊不曉，使蹤跡其由。

徐而來言：浙西一後生官人赴銓試，寓於三橋黄家客店樓上。每出入下樓，常見小房青簾下婦人往來，姿態頗美，心慕之。詢茶僕曰：「彼何人？」僕蹙額對曰：「一店中爲此婦所苦，三年矣。」問何爲，曰：「頃歲某將官攜妻居此房，十許日，云〔一〕欲往近郡，留妻守舍。初約不過旬時，既乃杳無信。婦無以食，主人不免供其二膳。久而不能供，然又率在邸者輪供焉。未知何日可了此業債也。」生喜曰：「可得一見乎？」曰：「彼乃良人妻，夫又出外，豈宜如是！」曰：「然則少致〔二〕飲饌爲禮，可乎？」曰：「若此則可。」於是買合食送之。

明日，婦人却以勸酒一盤〔三〕答謝生。生愈注意，信宿復致餉，婦亦如前以報。生買酒自酌，使茶僕捧一杯下爲壽，饋至於三，彊僕必盡力邀請。婦固辭不獲，勉登樓一釂，亟趨下。生覺可動，厚賂此僕，使游説。他日再至，遂留坐從容。久而不復自匿，浸淫及亂。相從兩月許，婦人與生曰：「我日日自下而升，十目所視，終爲人所疑。君若從而相就，似兩便也。」生滿意過望，立攜橐囊，下〔四〕置鄰室，而身與婦人處。甫兩夕，平旦未櫛洗，望見偉〔五〕丈夫，長六尺餘，自外至。婦變色顫悸曰：「吾夫也。」生遽走避，彼丈夫直入室叱詈，捽妻髮亂箠。生委身從後門竄，凡所賫皆遭席捲。方戀迷時，足跡不出户庭，元〔六〕未嘗赴試。蓋少年多資，且不解事，故爲惡子所誘陷。士肅説。（據北京中華書局版何卓點校本南宋洪邁《夷堅志補》卷八）

〔一〕云　《廣豔異編》卷一五假詭部《臨安武將》作「去」，連上讀。

〔二〕少致　《廣豔異編》作「致少」。

〔三〕盤　上海涵芬樓《新校輯補夷堅志》原作「柈」，《廣豔異編》同。中華書局點校本改作「盤」。

〔四〕下　《廣豔異編》作「卜」。卜，擇也。

〔五〕偉　葉本原作「常」，據明鈔本改作「偉」。《廣豔異編》作「一」。
〔六〕元　《廣豔異編》作「竟」，疑是。

鄭主簿

洪　邁　撰

浙西人鄭主簿赴調，館於清河〔一〕旅舍。繼有前衡州通判孫朝請者，宣城人，來同邸。鄭居樓上，孫居下，晨夕數相會。孫君容狀灑秀，携秀送還〔二〕，數兵皆謹飭，遍投五府呼召劄，數日間皆得見。不旋踵，大程官持省中貼子來，詢索闕次，孫先具名郡，換易至三，遂除建昌軍。既受命，頓日陞對。

嘗以黄昏時邀鄭小飲，語之曰：「此來欲買兩妾，正以干扣小累，未敢輒爲。今雖以冒除書，然自度出入里陌亦不便。恰聞吴知閤宅同出三人，只在近處牙儈家，欲乘夜往觀之，吾友能同此行否？」鄭欣然承命，即俱出到儈處。其一少艾，有樂藝，而價才八十千，其二差不及，而爲錢皆四五十萬。扣其故，曰：「少者受雇垂滿，但可補半年，故價值不多。彼二人則在吴宅未久，當立三年券，今須評品議直耳。」孫於是以六百千併買之。鄭以八十千不多，且又美色，姑欲如其説，候相處及期，别與爲市。探囊取楮幣付儈，而懷吴氏券與妾歸。孫以萬錢爲定，候明成約，竟得之。皆喜其圓就之速，更置酒款昵，幾如姻舊。

經三日，鄭詣部前書鋪家，囑孫君爲蒞察房舍。到晚還邸，登樓不見妾。遽趨下欲與孫言，其室空無人，不勝駭窘。檢視行篋，篋内貯白金及楮帛甚富，悉無一存。元置牀上，乃從壁背一房，穴破其後而取之，是以倉卒不能覺。旋訪元儈家，其曩昔買妾處，蓋一酒肆耳。洎訪孫君蹤跡，所謂官稱及省吏堂帖之屬，皆惡子共爲之。彼知鄭生厚藏，故設謀宛轉如此。

檡姪時在臨安，親見之。淳熙末年事也，但孫、鄭姓名鄉里未審。（據北京中華書局版何卓點校本南宋洪邁《夷堅志補》卷八）

〔一〕清河　明鈔本作「清湖」。按：據《咸淳臨安志》，南宋臨安有清河坊（卷一九《坊巷》）、清湖河及清湖橋（卷三五《河》）。

〔二〕携秀送還　此句與上文不相屬，其前當有闕文。

王朝議

洪　邁　撰

宣和中，吳人沈將仕調官京師。方壯年，携金千〔一〕萬，肆意歡適。近邸鄭、李二生，與之游，一飲一食，三子者必參會。周旋且半年，歌樓酒場，所之既倦，頗思逍遥野外。一日，約偕行，過一池，見數圉人浴馬，望三子之來，迎喏頗肅。沈驚異，以爲非所應得。鄭、李曰：「此吾故人王朝議使君之隸也。」去之而行，又數百步，李謂沈曰：「與其信步浪游，棲棲然〔二〕無所歸宿，曷若跨王公之馬就〔三〕謁之乎？翁常〔四〕爲大郡，家資絶豐〔五〕，多姬侍，喜賓客。今老而抱疾，諸姬悉有離心，而防禁苛密，幸吾曹至，必傾倒承迎，一夕之懽可立〔六〕得，君有意否乎？」鄭又侈言動之，沈大喜。即回池邊，李、鄭唤馬，圉人謹奉令。既乘，請所往，曰：「到汝使君宅。」遂聯鑣按〔七〕轡。

轉兩坊曲，得車門〔八〕，門内宅宇華邃。李先入報，出曰：「主人聞有客，喜甚，但久病倦懶，不能具冠帶，願許便服相延。」已而翁出〔九〕，容止固如士大夫，而衰態堪掬〔一〇〕。揖坐東軒，命設席，杯柈果〔一一〕饌，咄嗟而辦，雖不〔一二〕腆飫，皆雅潔適口。小童酌酒，過三行，翁〔一三〕嗽且喘，喉間痰聲如曳鋸，不可枝梧，起謝曰：「體中不佳，而上客倉卒惠顧，不獲盡主禮，奈何！」顧鄭生代居東道，曰：「幸隨意劇飲，僕姑小歇，煮藥併服，少定復出矣。」

沈大失望，興緒亦闌珊，散步於外，將捨去又未忍。忽聞堂中歡笑擲骰子聲，穴〔一四〕屏隙窺之，明燭高張，中置巨桉，美女七八人，環立聚博。李徑入攘袂，衆女曰：「李秀才，汝又來廝攪。」遂廁其間，且擲且笑。沈神志〔一五〕搖蕩，頓足曰：「真神仙境界也，何由使我預此勝會乎？」鄭曰：「諸人〔一六〕皆王翁侍兒。翁方在寢，恐難與接對，非若我曹與之無間也。」沈禱〔一七〕曰：「吾隨身篋中適有茶券子，善爲吾辭，倘得一餉樂，願畢矣。」鄭逡巡乃入，睢盱偵伺良久，介沈至局前。衆女咄曰：「何處兒郎，突然到此？」鄭曰：「吾友也，知今宵良會，故願拭目。」女曰：「汝得無與狂子來〔一八〕誘我乎？」一姬取酒，滿酌與沈，飲釂無餘，姬詫曰：「俊人也。」戒小鬟伺朝議睡覺亟報，乃共博。沈志得意逞，每采輒勝，須臾得千緡，諸姬釵珥首飾爲之一空。鄭引其肘曰：「可止矣。」沈心不在賭〔一九〕，索酒無算。有姬最少艾，敗最多，愠而起，挾空樽至〔二〇〕前曰：「只作孤注一決。」此主人物也，幸而勝固善，脱有不如意，明日當遭鞭箠，勢不得不然。」同席爭勸止，或責之，皆不聽。沈撚一擲，敗焉。傾樽倒物，蓋實以金釵珠琲，評〔二一〕其直三千緡。沈反其所贏，又探取〔二二〕腰間券盡償之。尚有餘鏹，方擬再角勝負，俄聞朝議大嗽，索唾壺急，衆女推客，出奔入房。

三人趨詣元飲處，翁使人追謝，約後數日復相過。沈歸邸，卧不交睫，雞鳴而起，欲尋盟〔二三〕。拂旦，遣召二子，云已出，候至午，杳不至。遽走王氏宅審之，屋空無人。詢旁側〔二四〕居者，云：「素無王朝議。曏昔之夜，但惡少年數輩偕平康諸妓，飲博於此耳。」始悟墮奸計。是時囊裝垂罄，鄭、李不復再見云。（據北京中華書局版何卓點校本南宋洪邁《夷堅志補》卷八）

〔一〕千　《汴京勼異記》卷七《雜記》引《夷堅志》作「數」。
〔二〕棲棲然　《汴京勼異記》作「汎汎然」。
〔三〕就　《廣豔異編》卷一五俶詭部《王朝議》作「親」。
〔四〕常　《汴京勼異記》作「嘗」。常，通「嘗」。
〔五〕絶豐　《汴京勼異記》作「殷富」。
〔六〕立　《汴京勼異記》作「必」。
〔七〕按　原作「鞍」，形譌也，據《廣豔異編》改。《汴京勼異記》作「並」。
〔八〕車門　《汴京勼異記》作「大門」。按：車門，可容車馬出入之門。
〔九〕已而翁出　《汴京勼異記》作「已而主人出，乃一衰翁也」。
〔一〇〕衰態堪掬　《汴京勼異記》作「老態殊甚」。
〔一一〕果　《汴京勼異記》作「肴」。

〔二〕不　《汴京勼異記》作「不甚」。
〔三〕翁　《汴京勼異記》下有「忽」字。
〔四〕穴　《汴京勼異記》作「自」。
〔五〕志　明鈔本作「魂」。
〔六〕人　《汴京勼異記》作「姬」。
〔七〕禱　《汴京勼異記》作「浼鄭」。浼，請託也。禱，求也。
〔八〕狂子來　原譌作「松子良」，據《汴京勼異記》改。
〔九〕賄　《汴京勼異記》作「賭」。賄，財物。
〔一〇〕至　《汴京勼異記》作「寘」。
〔一一〕評　《汴京勼異記》作「計」。
〔一二〕探取　原作「去探」，據《汴京勼異記》改。
〔一三〕尋盟　《汴京勼異記》下有「再往」二字。
〔一四〕側　《汴京勼異記》作「舍」。

鮑八承務

洪　邁　撰

紹興十年，鄱陽程汝楫與同郡徐、高、潘、李四人偕入都。每夕舍館定，必計膳飲僕馬之費，相與博賽，使負者輸之〔二〕，因以遺日。在道逾半月，不逞子聞之者，意以爲皆富家兒，密迹其後。將次龍山下，日猶未晡，潘生有舊所歡在白壁營，欲往游，强衆留止，乃弛擔。歇未定，一健丁持黑漆牌掛于對房，題曰「鮑朝請宅八承務占」。少選，一少年下車至，迭相過，室内列行榻紗廚〔三〕，象盤棋局，藥奩茶甌，胡床湯鼎，種種雅潔。其人白晳美髯，善謔笑。五子退，就食竟，復取博具曰：「明日離郡，不復如此戲，宜各盡萬錢。」戰方酣，鮑徐來立觀，連稱「好則劇」。遽反室，擊金釵于帕，擲几上曰：「我素嗜此戲，願容預盟。」遂同席。於伎故爲不長，即敗十之九。潘屢邀程出，程識鮑非佳子，摘語諸人曰：「可以止則止，不宜已甚。」三子者猶與之周旋。

程與潘飲至夜半，欻起曰：「三君必墮鮑生計，當急往援之。」暨還邸，閉户甚堅，方凴陵大叫，程厲聲扣户，乃得入。鮑已勝徐生三十五萬，正賽徐采，隨呼衄焉，失四萬，笑謂程曰：「約以五百千爲率，因君一呼，敗乃公事。」徐有鹽直寄霸頭大駔家，鮑固已知之，遂使書券付已而散。

明旦入城，程館於叔父諸軍糧料官舍。又二日，臨安吏持符逮赴府，了不知所犯。吏引立于廷，所謂鮑八承務及其朋儔，并徐、高、潘、李皆集。蓋鮑與惡子迭爲主僕，以詐欺立計。既得錢而分張不平，自相毆擊，詣厢鋪，故其事彰顯。方聚博時，天正熱，衆皆袒禓，獨飽生不脱衲衣，曰：「平生不畏暑。」是日始知其嘗犯徒刑，慮人窺見背瘢故也。於是受杖，而没所得錢入官。（據北京中華書局版何卓點校本南宋洪邁《夷堅志補》卷八）

〔一〕使負者輸之　明鈔本作「使輸者承之」。

〔二〕列行榻紗廚　明鈔本作「則竹榻紗廚」。按：《古今事文類聚》前集卷五天道部《蝗·詩話·詩刺荆公》引《泊宅編》：「百官餞荆公於城外，劉貢父後至，追之不及，見其行榻上有一書屏，因書一絶以寄。」

真珠族姬

洪　邁　撰

宣和六年正月望日，京師宣德門張燈，貴近家皆設幄於門外兩廡，觀者億萬。一宗王家在東偏，有姻族居西，遣青衣邀其女真珠族姬〔一〕，曰〔二〕：「若肯來，當遣兜轎至。」女年十七八歲，未適人，顏色明豔，服御麗好，聞呼喜甚，請母欲行。時日猶未暮，少頃，轎從西幄來，舁以去。又食頃，青衣復與一簥〔三〕至，王家人語之曰：「族姬已去矣。」青衣駭曰：「方來相迎，安得有先我者？」於是知爲奸黠所欺，亟告於開封，散遣賊曹迹捕，其家立賞揭二百萬求訪，杳不可得。

明年三月，都人春游，見破轎在野，有女子哭聲，無人肩輿。扣窗詢之，乃真珠也。走報其家，取以歸，霧鬢[四]鬅鬙，不施朱粉，望父母擲身大哭。久乃能言：「初上轎[五]時，不復由正路，其行如飛。俄入一狹徑，漸進漸暗，轎止而出，乃是古神堂。鬼卒十餘輩，執兵杖夾立，中[六]坐者髯如戟，面闊尺餘，目光如炬。我懼而泣拜，而[七]即叱曰：『汝何人，敢奸吾靈宇？』便使人捽拽裸衣，用大杖撻二[八]十。杖畢，痛不可忍，昏昏不知人。稍甦，乃在密室内，一媪拊我甚勤，爲洗瘡敷藥。將護一月[九]，甫能起。先遭奸污，然後售於某家爲之妾。主人以色見寵，同列皆妬嫉，因同浴窺見瘢痕，語主人云，我爲女時嘗與人奸，受杖矣。主人元[一〇]知我行止，至是乃曰：『若果近上[一一]宗室女，何由犯官刑？』遂相棄，還付元牙儈家，猶念舊愛，不督餘雇直。儈家既先得金多，且畏終敗露，不敢再鬻，故乘未晚送于野，亦幸不死耳。」乃知向來神堂所見，皆群賊詐爲之，前後爲惡如是者多矣。趙德莊説。（據北京中華書局版何卓點校本南宋洪邁《夷堅志補》卷八）

〔一〕真珠族姬 《廣豔異編》卷一五俶詭部《真珠姬》作「真珠姬」。下文「族姬」亦作「姬」。

〔二〕曰 《汴京勼異記》卷七《雜記》引《夷堅志》作「青衣者曰」。

〔三〕簥　《汴京勼異記》、《廣豔異編》作「轎」。簥，同「轎」。

〔四〕霧鬢　《汴京勼異記》作「鬟髮」。

〔五〕轎　原譌作「車」，據《汴京勼異記》改。下文「轎止而出」之「轎」，原亦譌作「車」。

〔六〕中　此字原無，據《汴京勼異記》補。

〔七〕而　《廣豔異編》作「比」。

〔八〕二　《汴京勼異記》作「之」。

〔九〕一月　明鈔本作「三月」，《汴京勼異記》作「月餘」。

〔一〇〕元　《廣豔異編》作「原」，下同。元，義同「原」。

〔一一〕近上　《汴京勼異記》作「是」。近上，接近君上。《大宋宣和遺事》亨集：「那人敢是個近上的官員？」

宜州溪洞長人

洪　邁　撰

德興士人李扶，字助國，以恩科得官，調宜州司理參軍。慶元初，滿秩還鄉。云宜州溪洞近歲産一怪物，狀如人，長一丈許，遍體生鱗甲，但以布帛纏絞。獨據野廟寢處，莫測所由來。初惟搏食畜獸，浸浸及人，皆從頭至足生啖之。洞丁不勝困苦，屢聚黨數百往攻鬭。怪望人至，輒遁升山巔，運巨石而下擊，衆走避不暇，雖操强弩傅藥箭，四面亂射之，莫能入。姑焚〔一〕其所居，且〔二〕設穽於往來之處，而爲惡益甚。洞丁出入，須什什五五〔三〕，持矛鳴鑼，以自防衛。不與相值則已，儻人徒稍弱，必遭追逐。步既闊而行又捷，或遲鈍在後，立爲所獲。壯有膽者〔四〕，敵以利刃，如刺堅石，殊不能傷。在田疇耕穫，少失瞻顧，定有性命之虞。闔洞千口，罹戕賊者殆半，不聊厥生，悉徙避城郭。赴訴於郡，丐發屯〔五〕兵圍捕之。聞其不畏鋒鏑，更無策可治。

獄有重囚曰馬超巡檢者，武鷙悍勇，坐殺人久繫囚〔六〕，自獻其技曰：「願取此怪首〔七〕以贖罪。只得一大鐵椎，重三十斤，當獨往。」宜守〔八〕欲聽之，或疑其設詭計求脱，乃質其妻子。旋鍛鋼鐵鑄大椎〔九〕，遣之，别選〔一〇〕五十兵助詣洞。迨至，杳無形影。信步到一寺，見微徑髣髴，似有大足跡，知必在彼。將入門，厲聲叱呼〔一一〕示威，且警使出，復寂然。直進，次方丈，睨傍室野獸毛骨，縱横塞路，無床榻几席，惟編蓬上堆疊敗絮碎帛，全如犬〔一二〕窠，蓋其宿卧處也。馬潛伏室内以候，料晚歸必由三門，於是側身出，掩諸扉，獨留一扇，施拐撑拄之。傾耳審聽，俄聞山下砉然有聲，乃此物負雙鹿穿林而來。馬亟起發扉〔一三〕，陷其一足，痛箠以椎，仆于地。舉頭見人，摇牙憒憒欲作敵，而爲鹿所壓，不能興，猶翻手搦馬生脚，撮其股肉一大片。馬連運椎椿其腦，遂死〔一四〕之，披劍斷頸，流血數斗。呼集隨行兵〔一五〕，舁尸獻於郡。洞蠻踊躍歡謝，各返故棲。郡以事上諸朝，詔貸馬罪，還元官。

李掾及見怪尸，言之尚怖慄〔一六〕。馬超之勇而有智，蓋暗合唐韋自東殺二夜叉〔一七〕之法也。李司理說。（據北京中華書局版何卓點校本南宋洪邁《夷堅志補》卷九）

〔一〕焚　原譌作「聞」，據《永樂大典》卷二九七八《溪洞長人》引《夷堅支》改。

〔二〕且　《大典》作「具」。

〔三〕五五　《大典》作「伍伍」。伍，五也。

〔四〕壯有膽者　《廣豔異編》卷三五夜叉部《馬超》作「有壯膽者」。

〔五〕屯　此字原無，據《大典》補。

〔六〕囚　《大典》作「因」，屬下讀。

〔七〕首　此字原無，據《大典》補。

〔八〕宜守　原作「官守」，「官」字當譌，據《大典》改。宜守，宜州守也。

〔九〕鍛鋼鐵鑄大椎　「鋼」原作「銅」，無「鑄」字，據《大典》改補。

〔一〇〕選　《大典》作「運」。

〔一一〕呼　明鈔本、《大典》作「喝」。

〔一二〕犬　《大典》作「大」。

〔一三〕扉　《大典》作「扃」。扃，門閂。
〔一四〕死　《大典》作「斃」。
〔一五〕兵　此字原無，據《大典》補。
〔一六〕慄　《大典》作「栗」，通「慄」。
〔一七〕夜叉　《大典》、《廣豔異編》作「野叉」。按：梵文夜叉又譯作野叉、藥叉。

按：據《大典》，此篇原在《夷堅支志》中。

楊三娘子

洪　邁　撰

青州人韋高，避靖康亂南徙，居明州。紹興初，詣臨安赴銓試，因事出崇新門，逢青衣前揖問曰：「君得非韋五官人字尚臣者乎？」高驚〔一〕曰：「是也，何以知吾字？」曰：「楊三娘子欲相見，憑達家書。適在簾間望見君，亟使我相邀，願移玉一往〔二〕。」高之舅氏楊僉判，時寓新安，知其女三娘嫁李縣尉，而彼此流落，久不相聞，乃先叩其故，曰：「李尉死已三〔三〕年，楊家原未知也，娘子用是欲寄聲甚切。」高惻然愍之，遂同往。

至一小宅，三娘出拜，具訴孀居孤苦之狀，且言：「所以獨處自守，不爲骨肉羞者，東隣桑大夫與西隣王老娘之力也。二人皆山東人，拊〔四〕我如父母，今當邀致之。」俄頃偕來，遂具酒共坐。桑翁兖州人，王媪單父人，皆年七十餘。日暮，高辭退，曰：「吾今出江下，訪新安客旅報舅家。」後日，又過此，王媪詢高妻族，曰：「吾妻鄭氏亡已久，家唯二老婢。見謀婚配，以貧未辦耳。」媪喜曰：「姑舅兄弟通婚甚多，三娘子勢須適人，與其倩行媒淹歲月，孰若就此成夫婦哉！今日之會，殆非偶然者。」高曰：「雖然，吾當白舅氏，以俟命。」三娘愠曰：「五哥以妹爲醜惡，則在所不言。不然，則吾父母經年無音信，吾朝夕不能活，正使歸他人亦無可奈，況於邂逅相遇得外兄乎！」桑翁亦贊襄，以爲不可失，高遂許諾。三娘自〔五〕取縑帛之屬付王媪，備禮納采，是夕成嘉好。

留六七日，高入市，遇有荷先牌過者，曰「楊僉判宅二承務」，視之，乃舅子也。相携入酒肆，具以事告，具述〔六〕不告而娶之罪。楊生〔七〕駭曰：「三妹同李尉赴官，到此暴卒。李恐違限，急之任，姑藁葬崇新之野，以書報吾家。吾父使我來挈其柩，安得有此？」高猶疑未判，率楊詣其處，不見居室，但叢塚間傑然一木，標曰「李縣尉妻楊三娘子墓」，左曰「兖州桑大夫」，右曰「單州王老〔八〕娘」。二子泣嘆良久。高曰：「諺云：『一日共事，千〔九〕日相思。』吾七日之好，義均伉儷，豈以人鬼爲間哉！」爲之素服哭奠，與楊生同護其喪。行過嚴州，夢三娘立岸上相呼，高招使登舟，不肯，曰：「生平無過惡，便得託生。感君恩意之勤，今懇祈陰官，乞復女身，與君爲來生妻，以答大貺。」泣而別。

高調定海尉、衡陽丞、容州普寧令，歷十七八年，謀娶婦輒不偶。既至普寧二年，每見縣治側一民家女，及笄矣，貌絶妍，非流俗比，數數窺之〔一〇〕，女亦出入無所避。遂遣人求婚，女家力拒之曰：「我細民，以賣酒爲活，女又野陋，不堪備妾侍，豈敢望此！」高意不自愜，宛轉開諭，且以語脅之，竟諧其約。洎解印，乃聘之以歸。女步趨容止，絶似三娘，初不以爲異也。後詢其年命，蓋嚴州得夢之次日，其爲楊氏後身無疑矣。高年長於妻幾三十歲。（據北京中華書局版何卓點校本南宋洪邁《夷堅志補》卷一〇）

〔一〕驚　此字原無，據明鈔本補。

〔二〕亟使我相邀願移玉一往　明鈔本作「亟使我來領，勿惜一往」。

〔三〕三　《情史》卷一〇情靈類《楊三娘子》作「二」。

〔四〕拊　《情史》作「俯」。

〔五〕自　明鈔本作「自起」。

〔六〕述　《情史》作「謝」。

〔七〕生　《情史》作「大」。

〔八〕老　《情史》作「七」。
〔九〕千　明鈔本作「百」。
〔一〇〕貌絶妍非流俗比數數窺之　《情史》作「貌絶妍越俗，比數數窺之」。

宣城葛女

洪　邁　撰

成忠郎王貴，寓居宣城，與娼葛秀家相近。貴妻出入必過秀門，秀妹年五歲，每見必曰：「吾母也。」秀家以爲兒語，不經意。一日戲門外，王嫗適來，女挽其衣。秀望見，延之入，女隨拜曰：「母不憶兒邪？乃建康朱家鐵郎也。」嫗淚下如雨，爲秀言：「吾元嫁朱氏，生一子，長而放蕩。本以販糴爲業，貲力稍贍，皆爲此子蕩析，年三十一而死。死後貧益甚，吾不能自存，挈其女以嫁王氏。今所言良是。」女問：「我女何在？」命呼以來。既至，迎而拊惜之。

王女時年十一歲矣，怒之，葛女笑曰：「汝不得無禮，我乃汝父也。」又問嫗曰：「此兒幼時，嘗倩舅家女相伴，今在否？」雖貓犬之屬，亦歷歷咨訪。且言：「舊愛一磬，曾書數十字於中，今復何如？」取至，洗視果然。平生嗜畫，自頗能爲之，嫗悉取所存者，並雜他軸以示，皆擲于地，遇故物，則留玩不已。生前凡兩娶婦，後妻狡獪，密説朱盗金帛爲私藏，夫死盡攜以去。嫗雖知之，而不能舉其名也，故不克訟。乃問曰：「兒昔爲新婦所誘，多竊家中物以行，尚能憶乎？」即面發赤，不肯對。嫗曰：「汝已隔世，而了了若此，能復回我家乎？」曰：「心中戀戀，正所願也。」嫗歸舍，搜篋中，得金六兩，持與葛氏討之。葛不可，曰：「自此女之生，我家日以稱遂，嫗意雖甚〔一〕，不能從也。」嫗慟哭而歸，悲心更切，益感愴〔二〕，不數月而死。

朱生存日，好以諢語標榜，建康諸娼皆畏而惡之，其後身竟墮娼類。但朱死纔三年，而葛女已五歲，人以爲疑。蓋朱之未死卧疾再歲，而葛女襁褓間亦多病，過二歲始無恙，然則朱病時，精魂已受生矣。時乾道元年，王宣子爲郡守，家人呼葛氏婦及王嫗，一一扣之，得其詳如此。女至十餘歲，漸忘前事，不復能説〔三〕。宣子説〔四〕。（據北京中華書局版何卓點校本南宋洪邁《夷堅志補》卷一一）

〔一〕甚　明鈔本作「苦」，《青泥蓮花記》卷一三《記戒·宣城葛女》引《夷堅志》作「盛」。

〔二〕悲心更切益感愴　原作「悲心益切感愴」，據明鈔本改。

〔三〕不復能説　明鈔本作「不復爲人言矣」。

〔四〕宣子説　疑當爲小字注文。

滿少卿

洪　邁　撰

滿生少卿者，失其名，世爲淮南望族。生獨跅弛不羈，浪遊四方。至鄭圃，依豪家。久之，覺主人倦客，聞知舊出鎮長安，往投謁，則已罷去。歸次中牟，適故人爲主簿，賙之不能足，又轉而西抵鳳翔。窮冬雪寒，饑卧寓舍。鄰叟焦大郎見而惻然，飯之，旬日不厭。生感幸過望，往拜之，大郎曰：「吾非有餘，哀君逆旅披猖〔一〕，故量力相濟，非有他意也。」生又拜誓〔二〕，異時或有進，不敢忘報。自是，日詣其家，親昵無間，杯酒流宕，輒通其室女。既而事露，慚愧無所容，大郎叱責之曰：「吾與汝本不相知，過爲拯拔，何期〔三〕所爲不義若此？豈士君子之行哉？業已爾，雖悔無及。吾女亦不爲無過，若能遂爲婚，吾亦不復言。」生叩頭謝罪，願從命。暨成婚，夫婦相得懽甚。

居二年，中進士第。甫唱名即歸，緑袍槐簡，跪於外舅前。鄰里爭持羊酒往賀，歆豔誇詫。生連夕燕飲，然後調官，將戒行，謂妻曰：「我得美官，便來取汝，并迎丈人俱東。」焦氏本市井人，謂生富貴可俯拾〔四〕，便〔五〕不事生理，且厚贐厥壻，貲産半空。生至京，得東海尉。會宗人有在京者，與相遇，喜其成名，拉之還鄉。生深所不欲，託辭以拒，宗人罵曰：「書生登科名，可不歸展墳墓乎？」命僕負其囊裝先赴舟，生不得已而行。到家逾月，其叔父曰：「汝父母俱亡，壯而未娶，宜爲嗣續計。吾爲汝求宋都朱從簡大夫次女，今事諧矣。汝需次尚歲餘，先須畢姻，徐爲赴官計。」叔性嚴毅，歷顯官，且爲族長，生素敬畏，不敢違抗，但唯唯而已，心殊窘懼。數日，忽幡然改曰：「彼焦氏，非以禮合，况門户寒微，豈真吾偶哉！異時來通消息，以理〔六〕遣之足矣。」遂娶于朱。朱女美好，而裝奩甚富，生大愜適。凡焦氏女所遺香囊巾帕，悉焚棄之。常慮其來，而杳不聞問。

如是幾二十年，累官鴻臚少卿，出知齊州。視印三日，偶攜家人子散步後堂，有兩青衣自别院右舍出，逢生輒趨避。生追視之，一婦人着冠帔褰幃出，乃焦氏也。生惶懼失措，焦泣泫然曰：「一别二十年，向來婉孌之情，略不相念，汝真忍人也！」生不暇扣其所從來，具以實告。焦氏曰：「吾知之久矣。吾父已死，兄弟不肖，鄉里無所依，千里相投。前一日方至此，爲閽者所拒，懇祈再三，僅得托足。今一身孤單，茫無棲泊。汝既有嘉耦，吾得備側室，竟此餘生，以奉事君子及尊夫人足矣，前事不復校〔七〕也。」語畢長慟。生軟語慰藉之，且畏彰聞于外，乃以語朱氏。朱素賢淑，欣然迎歸，待之如妹。越兩旬，生微醉，詣其室寢。明日，門不啓，家人趣起視事，則反扃其户，寂若無人。朱氏聞之，喚僕破壁而入，生已死牖下，口鼻流血，焦與青衣皆不見。是夕，朱氏夢焦曰：「滿生受我家厚恩，而負心若此。自其去後，吾抱恨而死，我父相繼淪没。年移歲遷，方獲報怨，此已幽府伸訴逮證矣。」朱未及問而寤，但護喪柩南還。

此事略類王魁，至今百餘年，人罕有知者。（據北京中華書局版何卓點校本南宋洪邁《夷堅志補》卷一一）

〔一〕披猖　《逸史搜奇》癸集四、《廣豔異編》卷一九及《續豔異編》卷一八冤報部、《情史》卷一六情報類作「披猲」。披猖，困頓失意。

〔二〕暫　《逸史搜奇》、《廣豔異編》、《續豔異編》、《情史》作「幸」。

〔三〕期　《逸史搜奇》、《廣豔異編》作「其」。

〔四〕拾　《廣豔異編》、《續豔異編》作「給」。

〔五〕便　明鈔本作「浸」。

〔六〕理　《廣豔異編》、《續豔異編》、《情史》作「禮」。

〔七〕校　《情史》作「較」，義同，計較。

宋代傳奇集第五編卷十九

蓑衣先生

洪　邁　撰

何蓑〔一〕衣先生，淮陽朐山人。祖執禮，官朝議大夫。家素富盛，爲鼎族。遭亂南來，寓姑蘇。紹興初，其父主簿爲近郭翁通判館客，既亡，何與母及乳媪入城中僦居。一日，自外歸，倏若狂疾，久而益甚。家人知不可療，且畏其生事累人，潛避他邑。何游行暮返，則室廬已空，亦不問，但求丐度日。衣裾漫漫不整，只以蓑笠蔽身，處葑門〔二〕城隅土窟中。人竊窺之，唯見大蟒踞坐。繼遷于社壇，又爲守兵斥逐，自是無定跡〔三〕。人與之錢，或受或擲。半歲後，漸出語説災祥。吴人傳其得道，云因在妙嚴寺臨池見影，豁然有悟。又云昨劉拐子作無碍大齋，何捨緣在會，負水供衆，遇二道人引自黄山授道。然何未嘗自言，竟不測信否也。歷三四十年，一蓑一笠，不披寸縷，夏不驅蚊，春不除蚤，冬寒敲冰滌蓑，披之以出，歸則解挂于樹，氣出如蒸，露坐之處，雪不凝積。士俗來焚香請問，略不接納，往往穢駡，發其隱慝，人以是益敬畏之。

辛巳歲，於天慶觀東亭後小軒〔四〕，以〔五〕稻稈藉地，寢處其中。每日，不以炎涼陰晴，必一出市中〔六〕，或縱步野外，未嘗登人家門。有慕向者，但〔七〕夢見之，或〔八〕一二語。李縣丞母病，來致禱，夢之云：「人謂吾爲茅君，非也。汝不必畫我像，但畫世間呂真人即是已。」李奉所戒，母病遂瘳。葉學文林苦耳聵噎塞，肢節煩痛，奉事累歲，夢之云：「授汝一吹火法。」即以手捻其左耳，按于卓〔九〕，吹氣入耳，戰慄不自持。明旦，宿恙如洗。王轉運幹〔一〇〕妻胡氏病，夢何來，手擘面皮，瑩白如玉，面部方正，碧眼丹唇，著白衣，宛類北斗相。胡氏病篤，何遺之藥，才捧盞，見立于前〔一一〕，使改名德真。詢之傍人，莫見也。亟遣王生往謝，已書二字于壁。其後德真夢何與灼艾，寤而聞帳中艾香，視灸〔一二〕處黑瘢赤腫，傅以膏藥，亦膿潰，未幾氣血復初。

松江蛟龍壞舟，藍叔成往謁之，欲〔一三〕請爲人除害。既至，未及言，已大書「龍盡入江湖」五字于壁矣。江行自此安帖。都道籙劉能真，自臨安往京口，舟還次無錫，默禱云：「若蓑衣先生有靈，當出相見。」洎至許墅，望見何從南來，劉登岸迎揖，何云：「小道不易出。」出山果十枚贈别〔一四〕。及平江，則何在庵，初未嘗出也。

壽皇賜名通神先生，爲造一庵，御扁「通神」二字，並賜蓑笠十事。道俗强邀迎入庵，大笑而出，復棲於故處。結草爲衣，掩蔽下體，蓬頭跣足，略無受用。時以竹杖擊地，謳唱道情。或夜誦仙經，達旦未已，或自念歌詩，皆勸世脱塵語。尚方賜沉香銀燭，香霧盈室，終日不散。日啜賜茶兩甌，不飲酒。時以便溺煉泥，捻成孩兒，人求得者，持歸供養〔一五〕，必獲靈異〔一六〕。有病者乞坐處草煎湯，或易草衣焚灰，令撚作丸服之，其病即愈，竊取則不驗。有姓左人以煎湯草療病，復緘于合〔一七〕。一日開視，忽生粉紅花兩朶。己酉歲正月晦，出城外太和宮，於空野間望東南一拜，稱「皇帝萬歲」。二月二日未曉，遍呼道侶，令亟起燒香，念「長生保命護身天尊」。次日，主上登寶位報至。

其所作〔一八〕歌詩，今録可傳者于後。其一曰：「不梳頭，不澡浴，免得堂前妻兒哭。或吟詩，或唱曲，富貴榮華無所欲。身貧道不貧，六根常具足。」其二曰：「活得三千歲，仍饒八百年。若交縫合眼，別是一山川。」其三曰：「爲問先生意若何，不論寒夏只披蓑。若人會得蓑衣意，一路相將入大羅。」其四曰：「白雲山下去，山下强人多。强人難説話，拍手笑呵呵。」其五曰：「五雲樓閣在烟霞，萬里嵯峨是我家。莫道太平無一事，自然平地有丹砂。」其六曰：「水緑山青好去遊，花紅酒醉幾時休。轉頭不覺無常到〔一九〕，萬古惟存一土丘。」其七曰：「寥寥香散緑沉風，野地清閑到處逢。買得四窗今夜月，這回認取主人翁。」其八曰：「夜來斗轉與星移，日出扶桑又落西。自有金丹光落落，千人萬處有誰知。」其九曰：「此寺何年造，問僧僧不知。下馬聞香草，拂塵看古詩。」其十曰：「滿眼紅雲〔二〇〕花又新，年年香散玉樓春。時人笑我顛狂漢，我更顛狂笑殺人。」其餘語句可書者尚多。

今年八十餘矣，勇健如昔。孝宗將立謝妃爲后，聖意未決，遣藍內侍詣何，不告所問，止令說一兩句來。藍駐留數日，凡所言悉泛濫無根柢，藍敬禱云：「皇帝使某來，必有所謂，不得一語，何以復命？」何大怒，振衣出，直入天慶觀。藍隨之，至門，始回首曰：「爲天下母。」藍即日歸奏，妃遂正位中宮。郭雲大夫之女，擬嫁王氏之子，訪於何，何曰：「君女非王家婦，乃翁主簿妻耳。」既而王議不諧，求所謂翁主簿，不可得。後三歲，於銓試榜見蘇人翁璘姓名，且聞未有伉儷，與家人語，以爲喜。翁果調溧水主簿，竟成婚。王季德爲府守，屏騎衆潛〔二〕入謁，左右走報，意必出迎，但厲聲云：「擡棺材來也。」王進前炷香，略不交一談。後五日，王下世。

何先有衣寄于郭氏，云：「吾死則以殮。」慶元三年五月二十二〔三〕日，忽來索衣。明日，趺坐而化。太皇太后先兩夜夢其求衣，亟命侍臣持賜，以二十四日至，遂易之以殮云。

（據北京中華書局版何卓點校本南宋洪邁《夷堅志補》卷一二）

〔一〕蓑　下文作「簑」，字同。今一律改作「蓑」。《逸史搜奇》己集二《簑衣先生》亦作「簑」。

〔二〕葑門　《逸史搜奇》作「豐門」，誤。《吴郡志》卷三《城郭》：「葑門，《續經》曰，當作封門，取封禺之山以爲名。故屬吴郡，後屬吴興。今但曰葑門。葑門陸路嘗塞，范文正公開之。今俗或訛呼富門。」

〔三〕無定跡　明鈔本作「迹無定所」。

〔四〕於天慶觀東亭後小軒　明鈔本下多「就插小室」四字。

〔五〕以　明鈔本無此字。

〔六〕必一出市中　明鈔本作「必出廛市間」。

〔七〕但　明鈔本作「時」。

〔八〕或　明鈔本作「得」。

〔九〕卓　上海涵芬樓《新校輯補夷堅志》原作「卓」，中華本改作「桌」。《逸史搜奇》作「卓」。按：「桌」爲後起字，今回改。

〔一〇〕王轉運幹　「轉」原譌作「道」，據《逸史搜奇》改。王轉運幹，即轉運使王幹。

〔一一〕才捧盞見立于前　《逸史搜奇》作「則捧盤見，立于前」，「見」同「現」。

〔一二〕灸　《逸史搜奇》作「炙」。

〔一三〕之欲　此二字原無，據明鈔本補。

〔一四〕小道不易出出山果十枚贈别　《逸史搜奇》作「小道不易出山，奉果十枚」。

〔一五〕養　明鈔本作「事」。

〔一六〕靈異　明鈔本作「異感」。
〔一七〕以煎湯草療病復緘于合　明鈔本作「以煎湯草療病訖，或緘于合」。
〔一八〕作　明鈔本作「哦」。
〔一九〕到　《逸史搜奇》作「别」。
〔二〇〕雲　明鈔本作「塵」。
〔二一〕潛　此字原無，據明鈔本補。
〔二二〕二　《逸史搜奇》作「一」。

按：南宋岳珂《桯史》卷三《姑蘇二異人》末云：「洪文敏《夷堅辛志》、《乙三志》亦雜載其事，雖微不同，要皆履奇行怪，有不可致詰者，故著之。」元陸友仁《吴中舊事》云：「何簑衣、獃道僧二事，見《夷堅辛志》。」《辛志》成於紹熙二年（一一九一），而本篇言及慶元三年（一一九七），則原當在《夷堅三志乙》中。《賓退録》卷八引《三志乙序》云：「兹一編頗得之卜者徐謙，謙瞽雙目，而審聽彊記。客詣其肆與之言，悉追憶不忘，倩傍人書以相示。」蓋得於徐謙所書。

梁野人

洪　邁　撰

梁野人名戴，長沙人。父兄皆業儒〔一〕，戴獨不事業，慕尚逍遥。得鉛汞修煉之術，自稱野人。所居近天慶觀，嘗盛暑晝寢於三清殿後銅像之側，夢金人長丈餘，提其左手於掌中，以一金錢痛按之，戒曰：「汝欲錢時，但縮左手袖中振迅，則錢隨所須多寡而足。然勿妄用，勿漏言。若妄用漏言，則不復出矣。設用以養生、舍施〔二〕，周人之急，取十百則十百應，取千萬則千萬應，無有窮矣。」戴拜曰：「謹〔三〕受命。」恍然而寤，覺左掌心猶微痛，視皮膚中，隱隱有錢文。頂謝訖，試之果然。

自是數年間，雖所親不以告，益放曠，歌酒自娱，咸以爲狂。其母責之曰：「吾生平育二子，冀以終身。況兄弱冠登科，汝乃落魄如此〔四〕，吾何所望乎！今雨寒彌旬，薪粒告罄，佃僕皆遠不可唤，汝將奈何？」戴曰：「敢問所需若干？」母曰：「多多益善。」黎明，出津次，引柴米數十擔歸。母訝曰：「狂哉此兒！多得固好，安所爲償？」曰：「母幸無慮。」振其袖，錢出如涌，一一隨直付之，無欠無餘。母大駭異，未暇扣所以。

俄白母欲遊方外，留之不可，遂去，十二年無消息。兄顔守廬州，戴過謁之，投刺于典客，曰「梁野人」。兄一見，且悲且喜，曰：「吾弟辭家一紀，意謂流落江湖，久在鬼録，今之相見，實更生也。」友愛如初，飲之酒。酒數行，謂之曰：「吾爲此邦伯，而弟藍縷若此〔五〕，得無羞辱乎！」爲具沐浴，令换衣冠〔六〕。正色言曰：「弟山林風致，唯事内觀，兄何索我於形骸之外！」拒不肯受。亦不入室，奮袂而起曰：「暫出即來，不審用錢否？」兄笑曰：

「汝狂態尚爾。」忽不見。使人四出〔七〕於市，求之不得。迨晚，乃泊旅邸醉卧，館人夜半聞穿〔八〕錢聲，驚起曰：「此道人必偷兒也，何錢聲之多？」穴隙窺之，一無所睹〔九〕。旦而伺其出，至午寂然無人，望錢緡堆垛半壁。走告郡，郡遣官監涖，啓户見錢，上有書貽太守曰：「弟野人，以烟蘿侣久俟，不奉辭，唯冀珍重。有少錢，煩賙卹貧乏。」仍遺下所著敝衣，異香襲人，殆非世所嘗聞。驗其去蹤，撥屋瓦少偏，乘虚而升，後不知所往。（據北京中華書局版何卓點校本南宋洪邁《夷堅志補》卷一二）

〔一〕皆業儒　明鈔本作「皆以儒傳家」。
〔二〕舍施　此二字原無，據明鈔本補。
〔三〕曰謹　此二字原無，據明鈔本補。
〔四〕如此　明鈔本作「爲游手」。
〔五〕若此　明鈔本作「如乞丐」。
〔六〕令换衣冠　明鈔本作「且令换新衣冠」。
〔七〕四出　明鈔本作「交馳」。
〔八〕穿　明鈔本作「穿排」。
〔九〕一無所睹　明鈔本作「室暗無睹」。

解洵娶婦

洪　邁　撰

解潛與其弟洵，素相友愛。靖康、建炎之際，潛積軍功，帥荆南〔一〕。洵獨陷北境，其妻歸母家，又爲潰兵所掠。數年後，洵間關得歸，見潛，相持悲慟。潛置酒勞苦，而語之曰：「吾弟雖不幸流落，而兄蒙國恩握兵權，每與虜及群盗戰，奏功於朝，必爲弟竄名籍中，已至正使，告〔二〕命皆在此。」即出畀之。

洵再拜謝過望，因言：「頃自汴都過河朔，孤單羈困，或見憐，爲娶婦，奩裝豐厚。不暇深詳其出處，正無以爲活，殊用自慰。偶以重陽日把盞，起故妻之思，不覺墜淚。婦惻然曰：『君豈非欲歸本朝乎？兹事易辦也。』經旬日來告曰：『川陸之計已具，惟命是從，我亦俱行。倘君夫人固存，自當改嫁，而分囊橐之半相與〔三〕。萬一捐館，當爲偕老。』遂登途。水宿山行，防閑營護，皆此婦力也。今在舟中，未敢輒參謁。」潛嗟異，遽命車招迎，見其眉宇秀整，言詞明慧，益加敬重〔四〕。

時荆楚爲盗區，潛屯枝江縣，以天氣尚〔五〕暑，别創一廬，令洵居止，且贈以四妾。洵始慮〔六〕婦不容，欲辭之，婦甚喜〔七〕，曰：「此正所需，得之誠大幸，當撫視如兒女〔八〕，君何辭！」然洵武夫，壯年驟獲媵妾，浸與婦少疎〔九〕，怏怏形於詞色。一夕，因酒間責洵曰：「汝不記昔年乞食趙魏時事乎？非我之力，已爲餓莩矣。一日得志，便爾忘恩背德〔一〇〕，大丈夫如此，獨不愧於心邪？」洵方被酒，忽發怒，連奮拳毆其腦〔一一〕，婦嘻不動。又唾罵之，至詆爲死老魅〔一二〕。婦翩然起，燈燭陡暗，冷氣襲〔一三〕人有聲，四妾怖而仆。少焉，燈復明，洵已橫尸地上，喪其首，婦人並囊槖〔一四〕皆不見。從卒走報潛，潛率〔一五〕壯勇三千人出追捕，無所獲。

此蓋古劍俠，事甚與董國度相類云。（據北京中華書局版何卓點校本南宋洪邁《夷堅志補》卷一四）

〔一〕荆南　《劍俠傳》卷四《解洵娶婦》作「湖南」，誤。按：《宋史》卷二六《高宗紀三》：建炎四年六月，「庚辰，置鎮撫使六人……解潛，荆南府、歸陝州、荆門公安軍。」本篇下文云：「時荆楚爲盜區，潛屯枝江縣。」枝江縣屬江陵府。《宋史》卷八八《地理志四》荆湖北路：「江陵府，次府，江陵郡，荆南節度。……建炎二年，升帥府。四年，置荆南府、歸峽州、荆門公安軍鎮撫使。」

〔二〕告　《廣豔異編》卷一三義俠部《解洵》作「誥」。

〔三〕相與　此二字原無，據明鈔本補。

〔四〕重　明鈔本作「愛」。

〔五〕尚　《劍俠傳》作「向」。

〔六〕始慮　《劍俠傳》作「意」。

〔七〕甚喜　此二字原無，據明鈔本補。

〔八〕當撫視如兒女　《劍俠傳》作「當兒女撫之」。

〔九〕壯年驟獲媵妾浸與婦少疎　「驟」字原無，據明鈔本補。「疎」明鈔本作「恩」。《劍俠傳》作「壯年稍移愛」。

〔一〇〕背德　此二字原無，據明鈔本補。

〔一一〕腦　《劍俠傳》作「胸」。

〔一二〕死老魅　《劍俠傳》作「老死魅」。

〔一三〕襲　明鈔本作「拂」。

〔一四〕囊橐　明鈔本下有「中物」二字。

〔一五〕率　明鈔本作「令」，《劍俠傳》作「使」。

嵊縣神

洪　邁　撰

淇水李邦直〔一〕，寓居會稽嵊縣。春日，家人相從出野，女子忽若有睹，茫洋無所知，歸而昏惰困卧〔二〕。明日始能言，云：「昨在田間，見黄衫老媪從地中出，語我曰：『某廟大王當娶小娘子爲夫人，遣吾作媒，車馬在門矣。王先欲相見，請即行。』方致詞拒却，已瞢騰若醉。行至門首，吏卒滿前，欲唤家人告語，噤不得宣。媪挾我出跨馬，而騎從於後，取青羃羅蒙我首，曰：『方爲新婦，詎可令人見。』俄頃，造一大宅，廳事供張華楚，尊俎羅列。絳衣人高〔三〕帽玉帶，年可三十許，容狀怪醜，褰幕細視我面，甚喜。命酒張樂，勸酬至十數行，顧媪曰：『擇定七夕日成昏，汝善護夫人暫歸，徐當厚謝。』復導我上馬，將跨鞍，王猶眷眷注目。到家，乃蹶然而寤。」

李氏先以女許人，良用爲憂。然自是起居飲食如常，時及七夕，果暴亡。自午至酉，遍體尚温，時時微〔四〕喘息。夜半，方省人事，云：「適又逢老媪來告，報吉夕〔五〕已至，請夫人赴期。方號哭次，媪笑且駡曰：『豈有處子終〔六〕不嫁人者乎！』抱我登花轎，珠翠〔七〕奇巧，勝於人間。導哄喧盛，悉如貴族迎婦禮。徐徐〔八〕行至通衢，觀者環列。俄有健步數輩，皆黄衣，持文牒〔九〕示媪曰：『城隍具牒上吾王，稱李氏女不當爲汝王妻。昨日天曹勅下，令别尋訪大限盡者。』見呼城隍在殿下，亦當邀汝王告之，女亦宜一往。』媪與迎者皆不悦，健步呵叱，遂疾驅去。至一處，殿廡肅然，儀〔一〇〕衛尤盛。媪隨我入，至庭，一人金紫，先秉笏立階所。有頃簾捲，大神冠服正坐，招金紫者坐于旁，蓋城隍也。健步聲喏，云：『追到李氏女并媒人。』神令速請某王。欻乘馬至殿，主人降座迎接〔二〕。我竊窺之，乃向欲娶我者，顧盼不止。主人云：『王所娶女乃本朝名臣李清臣之孫。城隍被天敕，以清臣有訴，令王別訪良偶。』王勃然曰：『吾奉帝命許娶妻，君何爲意外作難？』主人曰：『此非可强辯也。』王怒，亟索馬，不揖而去。主人微笑，呼媪切責曰：『汝何敢妄致生人？本〔三〕欲遽加罪，速送女歸家，緩則殺汝矣〔三〕。』媪惶懼再拜，揮吏送我還。』於是而免，女竟嫁元夫。

章騆仲駿言，李氏居邑中僧寺，乃文定公家，女之夫爲楊推官，女之兄名宋大，所見略同，其所約則言正月十六日云。（據北京中華書局版何卓點校本南宋洪邁《夷堅志補》卷一五）

〔一〕李邦直　按：李邦直名清臣，據《濟北晁先生雞肋集》卷六二《資政殿大學士李公行狀》載，清臣歷仕顯宦，徽宗立，由知真定府入爲門下侍郎，建中靖國元年拜資政殿大學士，出知大名府，崇寧元年卒，年七十一。清臣未嘗南寓嵊縣，且觀本篇所述，其時已亡，而李氏女乃其孫，非女也，故知「淇水李邦直」之下必有脱文，原文殆爲「淇水李邦直子某」。清臣有七子，三未名而亡，餘四子乃祥、祉、祓、禠，皆在仕，寓居嵊縣者必四子之一。

〔二〕卧　《廣豔異編》卷二一神部二《李女》作「悶」。

〔三〕高　明鈔本作「修」。

〔四〕微　《廣豔異編》作「唯」。
〔五〕夕　《廣豔異編》作「席」。
〔六〕終　明鈔本作「終身」。
〔七〕珠翠　此二字原無，據明鈔本補。
〔八〕徐徐　此二字原無，據明鈔本補。
〔九〕牒　明鈔本作「符」。
〔一〇〕儀　明鈔本作「翼」。
〔一一〕接　明鈔本作「揖」。
〔一二〕本　《廣豔異編》作「未」。
〔一三〕矣　葉本原有此字，涵芬樓本從明鈔本删。按：《廣豔異編》亦有此字，今回補。

雍氏女

洪　邁　撰

建康酒庫專知官雍瑋妻女，以上巳日遊真武廟〔一〕。焚香畢，循東廊觀壁畫〔二〕，逢少年子，着淡黄衫，繫紅勒帛，儀狀華楚，不知誰氏子。立女旁，凝目注視。母怪〔三〕，亟〔四〕趨西廊，俄亦隨至。母誚之曰：「良家處女，郎君安得如是！」乃從後門出，少年亦尾隨不捨。遠〔五〕行雜沓，始不見。

是夜，女揭帳就寢，少年已先在床，笑曰：「汝美好如此，不幸生胥吏家，極不過嫁一市賈爾。吾乃貴家兒，來〔六〕與汝偶，真可爲汝賀，毋疑我。」遂握手留宿。至旦，而母知之，絶以爲憂。經旬日，謂女曰：「我既爲門壻，當拜〔七〕丈人丈母。」於是正衣冠出拜，舉止敍述如士人。他日，又言：「吾當有所補助汝家〔八〕，遇給米付廚時，當諦視〔九〕。」明日視之，米中得北珠數顆。自是每日皆然，轉盼成富人，建第宅，且別起樓與女居。凡有所需，如言輒至。若會宴親戚，則椅卓〔一〇〕杯盤，悉如有人持携，從胡梯而下。

荏苒數歲，或謂雍生曰：「一女如此，而甘心付之邪鬼乎？且所得財物，未必皆真，久必將爲禍。」雍生心固不樂，即呼道士行法逐治。甫入門，已倒懸於樑。又呼僧誦穢迹咒，正趺坐擊磬，不覺身懸〔一一〕空，行室中數十匝，懼而趨出。少年蓋自若，時時自稱「秉靈王招飲」，或言「嘉應侯招飲」，歸必大醉。人又教雍生，使嫁女以絶之。得一將官子，既銷采，少年謂女曰：「知汝將適人，固難阻拒，當爲汝辦資裝。成禮時，却施小戲術，聊奉一笑。」於是縑帛器皿，日致於前。及壻登床，倏若爲人舁于地。壻竊怪之，灑濯整齊，復登焉，旋復墜地〔一二〕，亟奔去。雍氏自此不敢復言攘却〔一三〕事。少年待女如初，但言：「汝父母本〔一四〕無誼，吾將加以殃禍，不過三年，必使衰替。汝命本不永，然念汝無過，已爲禱冥司，延一紀矣。」

久之，有道人楊高尚者，法力甚著，雍氏議延請。少年已前知之，顰蹙顧女云：「此劫是真法師，非吾所能抗，將遠引避之耳。亦緣分有限，知復奈何？」命酌酒話別。徘徊間楊已至，少年舉足欲竄，楊曰：「吾已設通天網罩汝，豈容越佚！」家人皆見少年立籠中，楊厲色責數之曰：「人神路殊，汝安得故違天律？今盡法治汝，又懼爲尊公累。苟爲不然，上奏天曹〔一五〕，令汝獲譴，入無間獄矣。」少年泣拜謝過，乃與之約，攜手同出而縱之。雍生詢爲何神，楊曰：「北陰天王之子也。」自是絶不至。

女在家，亦無人敢議親。父母繼亡，獨當鑪賣酒。每憶疇昔少年之樂，至潸然隕涕。建康南門外十里有陰山，其下〔一六〕乃北陰天王廟，蓋其神云。（據北京中華書局版何卓點校本南宋洪邁《夷堅志補》卷一五）

〔一〕廟　明鈔本作「祠」。

〔二〕壁畫　葉本原作「畫壁」，《廣豔異編》卷二神部二《雍氏女》、《情史》卷一九情疑類《北陰天王子》同。涵芬樓本從明鈔本改。

〔三〕怪　《廣豔異編》、《情史》作「怪怒」。

〔四〕亟　明鈔本作「舍而」。
〔五〕遠　《廣豔異編》、《情史》作「迨」。
〔六〕來　《廣豔異編》、《情史》作「郎」，連上讀。
〔七〕拜　葉本原作「拜」，《廣豔異編》、《情史》同，涵芬樓本從明鈔本改作「詣」，今回改。
〔八〕汝家　明鈔本作「丈母」。
〔九〕當諦視　明鈔本作「願加審視」。
〔一〇〕卓　中華本改作「桌」，今回改。按：「桌」乃後起字，宋人作「卓」也。
〔一一〕懸　明鈔本作「躡」。
〔一二〕旋復墜地　明鈔本作「旋一再墜」。
〔一三〕攘却　《情史》作「禳祛」。
〔一四〕本　明鈔本作「大」。
〔一五〕上奏天曹　明鈔本作「但奏上帝」。
〔一六〕下　《情史》作「上」。

賣魚吴翁

洪　邁　撰

臨安中瓦市賣凍魚吴翁，與一子并婦同居。晚得孫女醜兒，愛之甚，適周晬〔一〕，翁死。

淳熙二年三月，婦在門洗衣，聞人呼聲，舉頭，則翁也，死已九年矣。婦昏昏如醉，全不省記。與之語〔二〕，翁問：「小乙何在？」曰：「出市賣魚矣。」翁曰：「我今在湖州市第三間邊做經紀。將汝治魚刀來。」婦取與之。問醜兒所在，指示之。翁呼其名，隨仆不省，翁亦不見矣。急喚夫歸，醜兒已死。翁元葬於德壽門外，遂舁女柩葬翁墓下〔三〕。

吴生欲驗翁〔四〕踪跡，後三日往北閘訪之。入茶肆，問一媪曰：「有吴翁否？」曰：「今日不來〔五〕。」指涼棚下大紙傘曰：「是其坐處也，逐日極賣得。此老數日前却抱得十歲一個女兒來，央我與他梳掠。」吴云：「其所居何處？望告我〔六〕，我與有親〔七〕，欲見之。」媪曰：「不曾詢他住址〔八〕，但每日拂曉來，過午即去。」吴悵然而返。及北關，門已閉，乃往同行鄭二家，告之故，不覺淚下。鄭曰：「世間安有是理！汝且寬省，莫成狂癡。」留之宿。

明旦，復詣茶肆。少焉，望見翁首戴一盔〔九〕，左手攜醜兒，醜兒挾三脚木架〔一〇〕來。吴趨出叫爺，翁不答，即攜女去。吴起逐之，行急則翁亦急，行緩則翁亦緩，常相隔十步許。值軍人負草來，隊伍塞塗〔一一〕，遂相失。吴又還茶肆，肆媪云：「吴翁元來是汝爺，適怒告我，云極怪汝，不喜相見〔一二〕，所以走去。」吴還家與妻言，欲與偕往，幸得再遇，一守一逐，當可及。鄰里止之曰：「汝只爲一女，故如此，安得死人能出賣物？宜一切割斷，勿復爲念。」吳乃止。

越兩日，別有軍卒款門，語其妻曰：「吾營寨在龍山白塔〔一三〕畔，寨前賣凍魚吳翁倩我來説，令索女孩兒衣服〔一四〕，青羅衫、紅絹中衣并紅鞋之屬。」妻記〔一五〕亡女實有之，喜其消息真實，挽卒少駐，俟夫歸。辭曰：「吾身隸兵籍，今日當請糧，不敢留汝家〔一六〕，自送往可也〔一七〕。」卒去而夫歸。迨旦，夫婦詣龍山，逢昨卒，邀與訪翁，於所館張木匠〔一八〕家尋之。張指小室曰：「在此宿。今日恰北出，似聞欲入城取孫女衣服。」吳〔一九〕問其翁女狀貌，張言其狀儼是〔二〇〕。乃亟由赤山埠尾逐之，過淨慈寺，遇鬻紙盔者，適相熟，試問之，曰：「一老翁領一小女來，女要紙盔，僕與之，去未半里。」吳亟奔逐，望前竟不見，拊膺而歸。

鄰人相勞苦之，又勸焚其骨，以絶妖妄。是時寒食，因上冢，啓瘞視之，唯存兩空棺，翁女之尸皆無〔二一〕矣。其後影響遂滅〔二二〕，或以爲尸解〔二三〕云。林之才説。（據北京中華書局版何卓點校本南宋洪邁《夷堅志補》卷一六）

〔一〕周晬　《逸史搜奇》壬集四《賣魚吳翁》作「周歲」，義同。

〔二〕與之語　此三字原無，據明鈔本補。

〔三〕下　明鈔本作「左」。左，側也。

〔四〕翁　明鈔本作「父」。

〔五〕問一媪曰有吴翁否曰今日不來　葉本原作：「問一媪，曰：『有吴翁賣魚，今日不來。』」《逸史搜奇》及《廣豔異編》卷三三鬼部二《賣魚吴翁》同。此據明鈔本改。

〔六〕其所居何處望告我　明鈔本作「媪倘知其居，幸告我」。

〔七〕親　明鈔本作「舊」。

〔八〕他住址　明鈔本作「其寓止處」。

〔九〕盔　《逸史搜奇》作「笠」。

〔一〇〕木架　明鈔本作「木床」。

〔一一〕塗　《逸史搜奇》作「路」，《廣豔異編》作「望」。

〔一二〕適怒告我云極怪汝不喜相見　明鈔本作「適對我忿怒極多，以不喜見汝面」。

〔一三〕白塔　明鈔本作「雙塔」。按：《夢粱録》卷一五《僧墖（按：同塔）寺墖》：「龍山兒頭嶺名白墖嶺，嶺有石墖存焉。兒門北有軍寨，門立雙墖，呼爲雙墖寨。」作「雙塔」、「白塔」均不誤。

〔一四〕衣服　明鈔本作「衣段」。按：《册府元龜》卷一六六《帝王部·招懷第四》：「各賜鞍馬、衣段、錢帛、袍帶有差。」

〔一五〕記　明鈔本作「念」。

〔一六〕汝家　明鈔本作「他日」，連下讀。

〔一七〕可也　明鈔本作「足矣」。
〔一八〕木匠　明鈔本作「弓匠」。
〔一九〕吴　《逸史搜奇》、《廣豔異編》作「具」。
〔二〇〕儼是　明鈔本作「儼然」。
〔二一〕無　明鈔本作「烏有」。
〔二二〕滅　明鈔本作「寂」。
〔二三〕尸解　《逸史搜奇》作「尸假」。按：尸假即尸解。《神仙傳》卷七《倩平吉》：「漢初入山得道，至光武時不老，後託形尸假，百餘年却還鄉里也。」《龍川略志》卷一《養生金丹訣》：「然隱居人間久之，或託尸假而去。」

任迴春遊

洪　邁　撰

宣和三年，京師富子〔一〕任迴，因遊〔二〕春獨行。出〔三〕近郊酒肆少憩，樂其幽雅〔四〕，未即去。店姥從中出〔五〕，回顧呼語曰〔六〕：「吾夜分乃還，宜謹視家舍。」即去。迴竊望幕〔七〕内，一女子絶妖冶〔八〕，心殊慕悦，而難於言。女忽整容出，盼客微笑，服飾雖不華麗，而潔素可愛。迴招與坐，以言挑慰〔九〕。女曰：「吾母赴村中親舍宴席，家無一人，止妾獨身耳〔一〇〕。」迥心神流蕩不禁〔一一〕，遂縱言調謔，命酒同飲，相攜繾綣〔一二〕。

薄暮而姥〔一三〕歸，入門見迥在内，忿然作色曰：「吾女良家處子，汝何敢無禮相污〔一四〕？」迥無辭以答〔一五〕，但泣拜〔一六〕引罪。久之，姥忽易怒爲笑曰：「汝既犯吾女，無奈矣。如未有室家〔一七〕，當遂爲吾壻，則可解〔一八〕。不爾，則縛送官矣〔一九〕。」迥思已未娶，又畏成訟，唯而從之。姥曰：「若爾，無庸歸，少留旬日，吾自遣信報爾父母。」於是遂諧伉儷。夫婦間殊愜適，惟防禁甚密，母子更迭守視，不許出中門，但兀坐飽食而已。

一夕未寢，連聞扣户聲，姥啓扉〔二〇〕，有男子婦女二三十輩扶携而來，有得色，言曰：「城内某坊某家，今夜設大筵，宜往赴。」約〔二一〕姥呼女同行，而指迥告衆曰：「奈此郎何？」或曰：「偕往何害？」乃空室而出。迥深憂疑之，而弗敢問。俄頃到城門，門閉已久，衆藉藉謀所以入。姥聳身穿隙而進，衆與迥隨之，皆無礙。及至市，燈燭販鬻，與平日不殊。到所謂某家，方命僧施法食三大斛，衆拱立環繞，爭搏取恣食，至於攘奪。迥駭曰：「吾許時乃爲鬼壻耶？」始大悟，挺身走入佛座下，跧伏不動。望〔二二〕視同來者，詭形怪狀，皆鬼也。競前挽使回，迥不應。姥與女眷眷不忍釋，至互相詆悔，流涕唾罵，乃去。

天將曉，此家屏當供器〔二三〕，見而驚曰：「有奇鬼在此。」取火照之。迥出，具道本末。迨旦，送之歸家。家人相視號泣曰：「一去半年，無處尋訪，以爲客死矣。」調治數日，乃復人

形。徐驗故處，但荒榛蔓草〔二四〕耳。（據北京中華書局版何卓點校本南宋洪邁《夷堅志補》卷一六）

〔一〕富子　《汴京勼異記》卷三《鬼怪》引《夷堅志》作「富室子」。
〔二〕遊　明鈔本作「尋」。
〔三〕出　葉本原作「出」，《筆記小説大觀》本（卷二五）、《廣豔異編》卷三三鬼部一《任迥》、《汴京勼異記》同。涵芬樓本據明鈔本改作「至」。按：出亦至也，不誤，今回改。
〔四〕雅　明鈔本、《汴京勼異記》作「寂」。
〔五〕店媪從中出　《汴京勼異記》作「忽有媪從内出走」。按：疑爲所改，下同。
〔六〕回顧呼語曰　《筆記小説大觀》本、《廣豔異編》作「回顧内呼曰」。
〔七〕幕　明鈔本作「梱」。梱，門限。
〔八〕妖冶　《汴京勼異記》作「美」。
〔九〕迥招與坐以言挑慰　明鈔本作「迥與接膝坐，慰藉往返」。
〔一〇〕家無一人止妾獨身耳　明鈔本作「家無他人，獨我居此耳」。
〔一一〕迥心神流蕩不禁　《汴京勼異記》作「迥固流宕子」。
〔一二〕相攜繾綣　《汴京勼異記》作「與之狎昵」。
〔一三〕媪　《筆記小説大觀》本、《廣豔異編》作「母」，下文或亦作「母」。

〔一四〕無禮相污　明鈔本作「爲非義事」。

〔一五〕無辭以答　明鈔本作「不能飾辭」。

〔一六〕泣拜　《汴京勼異記》作「稽首」。

〔一七〕如未有室家　此句原無，據明鈔本補。明鈔本無上「無奈矣」三字。

〔一八〕可解　明鈔本作「大好」。

〔一九〕則縛送官矣　明鈔本作「必訴於官」。

〔二〇〕啓扉　明鈔本作「徹扃」。

〔二一〕約《筆記小説大觀》本、《廣豔異編》、《汴京勼異記》無此字。

〔二二〕望　明鈔本作「回」。

〔二三〕供器　明鈔本、《汴京勼異記》作「什器」。

〔二四〕但荒榛蔓草　明鈔本下有「了不可識」四字。

嵊縣山庵

洪邁　撰

會稽嵊縣某山，有僧結庵其間〔一〕。山下人家有喪，將出殯，前一夕請僧作佛事〔二〕，僧與一行一僕〔三〕赴之。日暮下山半，遇日常所與交某客來，問僧何之，以送喪告。客曰：

「從縣至此，正擬投宿，奈何？」僧言事不可已，乃取匙鑰付客，使自往啓户，遂別。

時月明如晝，客獨步詣庵。徘徊將二更，甫就枕，未寐〔四〕，聞扣扉聲。客膽力素勇，無怖畏，知其爲鬼，叱之曰：「汝何物，敢來作怪？」曰：「我乃某甲也。」審聽之，蓋舊知，久聞其死矣〔五〕，乃不〔六〕爲起。鬼曰：「如不延我，我自能入。」覺門矻矻〔七〕有聲，逕入，踞禪椅而坐，呼客相揖。客曰：「汝死矣，胡爲來此？」對曰：「與君從游久，我元不亡，安得以死見戲？」客曰：「吾猶憶某年某月日，至汝家〔八〕送汝葬，今若此，謂吾畏鬼邪？」乃笑曰：「毋庸多言，我實已死。所以冒夜相尋者，將有禱於君，幸見聽。我不幸去世，未期年，妻即改嫁，凡箱篋貨財，田廬契券，席捲而去〔九〕。一九歲兒棄之不顧，使飢寒伶仃，流於丐乞。幽冥悠悠，無所愬質。願君不忘平生〔一〇〕，爲我言於官，使此子得以自存，吾瞑目九泉無恨矣。」客瞿然，憐納之。因歷歷誦言，家有錢粟若干、布帛若干在妻所，田若干畝在某鄉，屋若干間在某里，客一一傾聽，語話酬答。

且四更，心頗動，語之曰：「所托既畢，可以去矣，毋妨吾睡。」忽默默不答，連呼之不應。客暫寐微鼾，鬼亦鼾；客倦而倚壁，鬼亦偃蹇；客揭帳咳唾，鬼亦唾。始大恐，下床疾走，鬼起逐之，及于堂。客素諳鬼物行步，但直前不能曲折，乃環繞而走。鬼踉蹌值前，抱一柱不捨，客僅得出門，奔下山麓。天已明，遇僧，告以所見，且誚之曰：「師捨我而赴檀越，終夕飽食，豈知我窘怖如此！」僧曰：「我所遭者尤爲大奇。昨佛事既終，彼家將舉棺，而輕虛若無所貯，驗之，則棺蓋已揭動，不見其尸。滿室驚惶，莫測其故。送者懼而去，吾亦奔走〔二〕至此。」遂俱還。望庵中一人抱柱自如，彷彿類新死者。亟遣呼其子，并集鄰里同視之，子認是父，拊膺慟哭。前取其尸，抱柱牢不可脱〔三〕，至用木支屋，截破半柱乃得解。蓋舊鬼欲有所憑，借新尸以來，語竟魂魄却還，新鬼倀倀無依，故致此怪。里正白其事於縣，爲究實，於是所囑之事，由此獲伸。

淳熙十四年九月，張定叟説。（據北京中華書局版何卓點校本南宋洪邁《夷堅志補》卷一六）

〔一〕其間　明鈔本作「於上」。

〔二〕作佛事　明鈔本作「修佛供」。

〔三〕一行一僕　明鈔本作「行者一人，僕一人」。

〔四〕未寐　明鈔本作「睡未熟」。

〔五〕久聞其死矣　明鈔本作「聞已死數年矣」。

〔六〕乃不　明鈔本作「不肯」。

〔七〕矻矻　明鈔本作「軋軋」。

〔八〕至汝家　明鈔本下有「視汝喪」三字。

〔九〕席捲而去　明鈔本作「悉以自隨」，下句首有「惟」字。

〔一〇〕願君不忘平生　明鈔本末有「之故」二字。

〔一一〕走　明鈔本作「波」。

〔一二〕抱柱牢不可脱　明鈔本作「而抱持緊甚，不可擘脱」。

按：《夷堅支丁》卷六《證果寺習業》云：「予頃聞張定叟説嵊縣山庵事略相類。」即此。知本篇原載於《支丁》之前某集。

太清宫試論

洪　邁　撰

張勛，字子功。紹興十八年，爲浙東安撫司參議官，寓越之大喜寺。夙興趨府，未半道，亟促從者令還，至家已卒。及百日，命道士設黄籙醮，幼子忽索沐浴，着衣冠，其聲乃勛也。妻孥環泣曰：「君平生多陰功，何爲壯年而夭？且臨終時不以一語分訣〔一〕，使人啣恨無窮。」勛曰：「爲我召知觀。」知觀適主持醮事，聞之亟來。勛曰：「正在太清宫，承師召請，故暫來相見。曩日之行，蓋急奉上帝詔，不暇與家人訣别，非夭也。」顧語其妻：

「汝但强爲善，凡欺人之事，一毫不可爲。倘一善堪録，徑登仙籍。今無問名山洞府，只蓬萊宫自缺三千人。非曰難升，恨世人造惡者多耳。」旋令取几案筆硯，書數百字，皆神仙家語。道士曰：「公今居仙中何官？」曰：「吾掌四時風雨，他非所當知。」

坐至中夜，觀行科儀。問何時，報已四鼓。欲去，道士請少留，享斛食，怒曰：「吾非鬼，安用此爲？」道士悚然曰：「固知非，所以瀆〔二〕公，須公證明，憑仗法力，庶俾鬼神大霑福利。」曰：「如是則可，願促其期。」取筆於案上畫圓圈，而缺其前，書「達真之路」四字，又書「龍車鳳輦」字，舉手揖衆曰：「努力爲善，今秋再相見矣。」其子遂假寐，既覺問之，不知所言。

自是其家揭牌於几筵前，以達真堂爲名，或見兩小青衣出入其間。是秋，果復至。將至時大風拔木，雨傾如注，幼子者揮手勅空中令先行。妻拏泣問所從來，曰：「奉帝命詣東嶽，查刷世間善惡人姓名簿書。」繼而顰蹙曰：「世人造業者何其多耶！惡簿滿數百萬車，善者纔九百車，深可哀也。」又據案大書頌偈。且去曰：「候周祥，吾當復來。」如期亦然，而聲音與之不類，妻曰：「何爲如是？」曰：「吾非參議，乃忘此二字真人也〔三〕。去秋八月，太上老君集群仙，試《虚中有實論》於太清宫，公中高等，職位已遷，不復可到人間，故遣我來。」迨大祥日，此真人當又來，自後遂絶。其所書，今皆藏於家。（據北京中華書局版何

卓點校本南宋洪邁《夷堅志補》卷一六）

〔一〕分訣　明鈔本作「相訣」。分訣，訣别。

〔二〕瀆　明鈔本作「浼」。

〔三〕乃忘此二字真人也　「忘此二字」四字注原無，而「乃」下有「某」字，據明鈔本補，而删「某」字。明鈔本誤爲正文，今改小字注。按：洪邁著《夷堅志》皆據聞實録，不肯自爲杜撰。此真人原應稱某某真人，而講述者或洪邁追記時忘其仙號，唯知爲二字，故加此小注。葉本乃以「某」相代，删落注耳。

宋代傳奇集第五編卷二十

季元衡妾

洪　邁　撰

季元衡南壽〔一〕，縉雲人。既登科，調台州教授，將往建康詣府尹。家有侍妾，忿主母不能容，常懷絶命之意。及是行，季以情告〔二〕妻曰：「吾去後，切勿加楚撻〔三〕，倘或不測〔四〕，恐費經護。必不可蓄〔五〕，俟歸日去之不難也。」妻曰：「君但安心而行，吾不爲此事。」時方僑寓他處忘其地名〔六〕，數日到建康，已解擔，聞耳畔啾唧聲〔七〕，似其妾音，而不見形。問之，泣曰：「君纔出門，即遭箠，勢迫不可生，已自經而死〔八〕。」季爲之怨〔九〕泣解謝。

欲回車，念業已至，欲弗信又不忍，姑遣僕兼程歸扣其事，且爲家人作牒，經營〔一〇〕葬埋之費。自是繼夕來〔一一〕。信宿〔一二〕僕還，云：「宅中全無事，某到時，侍人自持飯與我。」季曰：「然則妄鬼假托以惑爾。」是夕復至，季正色責之曰：「汝是何等妖厲，敢詐妄〔一三〕？不亟去，吾將命道法繩汝矣〔一四〕。」答曰：「我實非君妾，緣君初戒行日，疑心横生，故我因乘間造僞。今但從君丐佛經數卷，薄奠楮幣〔一五〕之屬，當即去也。」季許之，曰：「若爾，當云與誰，且置之何所。」曰：「俟他日歸途到某處，設之道旁足矣，姓名不必問也。」遂別去。

後旬日，府僚十餘人招季遊蔣山。季先至，坐三門外，又聞耳畔語。季怒曰：「吾不汝治罪，又許汝經饌，於汝厚矣，安得復來？」對曰：「感君恩厚，心不忘報。聞今日群賢畢集，其中兩客，貴人也，故告君，君宜識之，異日當蒙其力。」問何人，曰：「江寧葉知縣及某官也。」曰：「汝何自知之？」曰：「庸賤下鬼，非能測造化，但逐日遊行，鬼與人雜，相逢車馬，皆憧憧不相顧，唯此兩官人至，則神鬼皆趨避〔一六〕，見之數矣，是以卜其必貴也。」季頷之，復謝去，終不肯泄姓名。

葉宰者審言，樞密也。其一失姓名。張仲固堅云，得之於郡士張逢辰，與季爲友，聞季自述其詳如此。逢辰以淳熙辛丑擢第，當再扣之，庶不爽〔一七〕其實也。（據北京中華書局版何卓點校本南宋洪邁《夷堅志補》卷一七）

〔一〕南壽　此二字原爲正文，《異聞總録》卷四爲小字注，據改。按：南壽，季元衡字。

〔二〕告　明鈔本、《異聞總録》作「禱」。禱，請求。

〔三〕撻　明鈔本、《異聞總録》作「虐」。

〔四〕倘或不測　《異聞總録》作「萬一有不虞」。

〔五〕蓄　《異聞總録》作「畜」。音義皆同，留也。

〔六〕忘其地名　此四字原爲正文，明鈔本及《異聞總録》作「不記其地」，乃爲注文，據改。

〔七〕啾唧聲　《異聞總録》作「啾啾人聲」。

〔八〕勢迫不可生已自經而死　明鈔本作「勢不可復生，自經死矣」。《異聞總録》「可復」作「復可」，餘同。

〔九〕怨　《異聞總録》作「哀」。

〔一〇〕經營　明鈔本及《異聞總録》作「經邑」，下有「仍略疏」三字。

〔一一〕來　《異聞總録》作「哀泣」。

〔一二〕信宿　《異聞總録》作「及」。

〔一三〕敢詐妄　明鈔本、《異聞總録》作「顧敢然」。

〔一四〕吾將命道法繩汝矣　明鈔本作「吾將精集道流，繩汝以法」。《異聞總録》「精」作「請」，疑是。

〔一五〕幣　明鈔本作「鏹」，《異聞總録》作「錢」。

〔一六〕則神鬼皆趨避　明鈔本作「則趨下田間避之」。

〔一七〕不爽　明鈔本作「可概」。

蔡州小道人

洪　邁　撰

蔡州有村童，能棋，里中無敵。父母將爲娶婦，力辭曰：「吾門户卑微，所取不過農家女，非所願也。兒當挾藝出遊，庶幾有美遇，以償平生之志。」遂著野人服，自稱小道人，適汴京，過太原、真定，每密行棋覘視，自知無出其右者，奮然至燕〔一〕。燕爲虜〔二〕都，而棋國手乃一女子妙觀道人。童連日訪其肆，見有誤處必指示。妙觀懼爲衆哂，戒他少年遮闌于外，不使〔三〕入視。童憤憤〔四〕，即彼肆相對僦屋，標一牌曰：「汝南小道人手談，奉饒天下最高手一先。」妙觀益不平，然揣其能出己上，未敢與校勝負，擇弟子之最者張生往試之。張受童一子，不可敵，連增至三。歸語妙觀曰：「客藝甚高，恐師亦須避席。」

未幾，好事者聞之，欲鬭兩人，共率錢二百千，約某日會戰於僧舍。妙觀陰使人禱童曰：「法當三局兩勝，幸少下我，自約外奉五十千以酬。」童曰：「吾行囊元不乏錢，非所望。然切慕其顔色，能容我通衽席之歡乃可。」女不得已許之。及對局，童果兩敗，妙觀但酬錢，而不從其請〔五〕。適虜之宗王貴公子宴集，呼童弈戲，詢其與妙觀優劣〔六〕，童曰：「此女棋本劣，向者故下之耳。」於是亦呼至前，令賭百千。童探懷出金五兩，曰：「可賭此。」妙觀以無金辭，童拱白座上曰：「如彼勝，則得金；某勝，乞得妻〔七〕。」坐客皆大笑，同聲贊之曰：「好！」妙觀慚窘失措〔八〕，遂連敗。既退，復背約。童以詞訴于燕府，引諸王爲證，卒得女爲妻，竟如初志。（據北京中華書局版何卓點校本南宋洪邁《夷堅志補》卷一九）

〔一〕燕　《筆記小説大觀》本（卷二五）作「燕山」。

〔二〕虜　《筆記小説大觀》本作「金」，下同。當所據爲清本，爲清人所改。

〔三〕使　《筆記小説大觀》本作「准」。

〔四〕憒憒　《筆記小説大觀》本作「憒憒」。

〔五〕不從其請　明鈔本作「不肯從寢」。

〔六〕優劣　明鈔本作「品格低昂」。

〔七〕如彼勝則得金某勝乞得妻　明鈔本作「如此女勝，則得金與錢；若某幸勝，則欲乞此女爲妻」。

〔八〕妙觀慚窘失措　明鈔本下有「色如死灰」一句。

猪嘴道人

洪　邁　撰

洛陽李巘，少年豪邁，以財雄一鄉。常薄遊阡陌間，遇心愜目適，雖買一笑，擲錢百萬不靳〔一〕。宣和間，某太守自南郡解印還洛，家富盛〔二〕，聲樂列屋〔三〕。一寵姬最姝秀夭麗，西都人家伎妾以百數，名倡千人，莫能出其右。嘗以暮春〔四〕遊名園，玩賞牡丹，偕侶相攜穿花徑。巘望見，兀兀如癡，寄目不暫瞬。姬亦窺其容狀，口雖笑叱，而心頗慕之。兩人遥相注意，俱不能〔五〕出言，悵悵而去。明日，又邂逅於别圃，度無由得狎，歸而〔六〕方寸憒亂，摇摇若風中懸旌，思得暫促膝，成須臾懽，罄百計不就。

時有猪嘴道人者，售異術于廛市〔七〕，能顛倒四時生物，人莫能識，巘獨厚遇。忽造門求醉，巘欣然接納。深思扣以其事，或能副所欲，乃設盛饌延款，具以誠告。客初難之，請至再四，乃笑曰：「姑試爲之。」巘拜曰：「果遂願〔八〕，不敢忘報。」明日，招往城外社壇〔九〕，四顧無人，拈一片瓦，呵祝移時，以付巘，曰：「吾去矣。爾持此於庭〔一〇〕壁間上下劃之，當如願矣。善藏此瓦，每念至則懷以來。」

巘謹受教劃壁，未幾，剨然中開。竦身而入，徑趨曲室内，斗帳畫屏，極爲華美。婦卧其中，宿酲未醒，見人驚起，臞顔〔一一〕微怒曰：「誰家兒郎，强暴至此？輒入房院，誰引汝來？」巘卻立，凝笑不敢言，熟視良久，蓋真所願慕者。婦人亦悟而笑。略道曩事，即登榻共卧，相與極懽。既而曰：「太守且至，郎宜引避疾回，後會可期〔一二〕也。」遂循故道而出，壁合如初。瓦故在手，攜還家，珍祕于櫝。過三日率一遊，每見愈款昵。經累月，杳無人知。

會其密友賈生者，訝巘久不相過，意其有奇遇，潛伺所向，迹至社壇側。巘覺而捨去，賈隨詰問，不能隱，具以始末告之。賈不信，曰：「果爾，吾豈不可往邪？如不吾同，當發其妖幻，首于官，且白某太守。」巘甚懼，曰：「今日已暮矣，去亦不濟〔一三〕，俟明日，同詣道人謀之。」拂旦往，道人不悦曰：「機已泄，恐不能神，當作別計。城西某家有園池之勝，能從吾飲乎？」皆曰：「幸甚。」即具酒殽，偕往小飲。一亭前有大假山，道人酒酣，振衣起，舉手指劃山石，一峰中分。兩人就視，見樓臺山水，花木靚麗，漁舟從溪上來，碧桃紅杏繽紛，飄拂縈棹〔一四〕。方注目間，道人登舟，其去如飛。賈引袖力挽，石縫遽合，傷其指，道人杳無踪矣。它日，兩人復至社壇，用原瓦〔一五〕施之，已無所効，惘然怨悔而歸。後訪乳醫嘗出入太守家者，使密扣姬，云夢中恍惚與一男子燕私，今久不復然矣。（據北京中華書局版何卓點校本南宋洪邁《夷堅志補》卷一九）

〔一〕雖買一笑擲錢百萬不靳　明鈔本作「雖銷錢百萬，爲一笑費，非所靳」。

〔二〕盛　此字原無，據明鈔本補。

〔三〕列屋　《逸史搜奇》庚集五《猪嘴道人》作「別室」，連下讀。

〔四〕暮春　明鈔本下有「佳時」二字。

〔五〕俱不能　明鈔本作「懼不敢」。

〔六〕歸而　此二字原無，據明鈔本補。

〔七〕塵市　《逸史搜奇》、《廣豔異編》卷一四幻術部一及《續豔異編》卷七幻術部《猪嘴道人》作「塵中」，當誤。

〔八〕果遂願　明鈔本作「果蒙公恩」。

〔九〕社壇　明鈔本下有「亭上」二字。

〔一〇〕庭　明鈔本作「亭」。

〔一一〕可期　明鈔本作「不難」。

〔一二〕臞顔　《逸史搜奇》作「赬顔」，《廣豔異編》作「頩顔」。赬顔、頩顔，面色發紅。臞顔，面容消瘦。

〔一三〕去亦不濟　此四字原無，據明鈔本補。

〔一四〕飄拂縈棹　此四字原無，據明鈔本補。

〔一五〕原瓦　《廣豔異編》、《續豔異編》作「前法」。

桂林秀才

洪　邁　撰

樂平向十郎者爲商，往來貿易〔一〕湖廣諸郡。嘗販茜根〔二〕數十篋之桂林，值久雨，憩僧寺中。天乍晴，悉出茜〔三〕曝于庭。俄一人儒衣，入門相揖，問勞委曲，如舊交。良久，率爾言曰：「尊客此物，能捐十之一見贈乎？」向笑曰：「鄙人不遠數千里來貿易，以覬錙銖之息，歸養妻孥。不幸困於雨，進退無計，君何爲出此言？且素昧平生，何緣損己以相餽〔四〕？豈故相戲邪？」其人卑躬下氣，求之不已。向大怒，極口詆之，則熟視微笑而去。

少頃，所曝茜皆變白色，欲腐。向驚疑莫測，一僧在旁，密語之曰：「此子精於南法，非特能變幻百物，亦能害人。」向愁慘泣曰：「爲之奈何？」僧曰：「吾知之久矣，見之熟矣，彼固不敢犯我，然以其挾妖，欺天害人以自利，心惡之。今知客反掌受禍，詎宜忍不言？此子技至精，儕輩莫及。獨此東去十里外，有老僧能制之，而其居隱邃，人所不識。客誠能虔心求訪，盡力哀祈，當轉禍爲福，不然無濟也。」

向拜謝，如教亟往訪之，則荒榛蔽目，絶無人跡，蕭然一草舍，不蔽風雨，老僧瞢騰獨坐。向趨拜致敬，跪以情白，拒之甚堅，曰：「吾厭苦世紛，屏跡待盡，安有所謂道術哉！且何人饒舌爲汝道？」向洒涕悲鳴，拜以百數，乃頷首〔五〕。呼入室，取丹書小符一紙付之，曰：「汝歸，就曝茜〔六〕處以大釘釘之，勿令盡。彼若來悔伏，則取而縱之。」向歸，用其說，未瞬息間，茜色如故。秀才者復來，遍體腫脹，氣息纔屬，令二僕扶持，蹣跚悔謝曰：「昨聊與客戲爾，何至是？所攜貨既無傷，幸舍我。」向爲去釘，其人漸平復如初，鄭重而出。別有告者曰：「彼非真感君賜也，業已相負，釁隙既成，必謀報怨，將何以待之？」向益懼，又奔詣老僧，僧曰：「若果爾，宜重釘此符，令没入地。除妖以寧一方，吾之志也。」向謹奉教，符纔没地，外間爭相傳告云：「秀才暴卒矣。」

是事本吾邑向元伯侍郎族黨所致，而鄉人皆不知，後聞何德揚始言之。（據北京中華書局版何卓點校本南宋洪邁《夷堅志補》卷二〇）

〔一〕貿易　此二字原無，據明鈔本補。

〔二〕茜根　「根」原作「杯」，形譌也，今改。茜草之根紫赤色，可作絳色染料，亦可入藥。一名地血、茹藘、茅蒐、蒨。見《重修政和經史證類備用本草》卷七《茜根》。「杯」同「杯」字，無解。今改。

〔三〕出茜　明鈔本作「發箧」。

〔四〕且素昧平生何緣損己以相餽　明鈔本作「且平生未嘗半面，有何因緣，便令損己以相餽」。

〔五〕頷首　葉本原作「肯首」，涵芬樓本據明鈔本改。按：肯首、頷首義同，點頭表示答應也。

〔六〕茜　此字原無，據明鈔本補。

章仲駿遊仙夢

洪　邁　撰

章騆仲駿，舊居無錫縣之斗城。年二十五歲時，病傷寒，旬餘，口鼻中如墨，眼陷舌枯，四肢不能伸屈，湯飲俱絶。醫謂必死，家人莫敢近〔一〕，置棺以俟〔二〕，命僧智通候之〔三〕，肌冷即殮。

是夕，夢皂衣吏〔四〕卒二十餘人來，大略如迎新官，甚謹畏。一吏前揖請行，即隨以往。自所居至前橋，登大黑舫，月明如晝，章憑舷觀玩。迤邐出九曲盤龍港，經獨山門，入太湖，望向北諸山，詢爲何處，吏曰：「宜興張公洞也。」章云：「久聞此洞佳勝，每欲遊未暇，今試一往。」從者皆不可，曰：「彼中候官人甚急，豈宜他之。」章怒曰：「那由汝輩！」叱使行，遂遡山而往。抵岸，已有籠燭火炬，數道士前迎。問觀主爲誰，曰：「趙繼章也。」繼章向住無錫明陽觀，與章善，遂相引入洞。下瞰闌楯詰曲，石岩兩壁，衣冠儼〔五〕列，如仙人狀，石燕時時飛舞。俯視水一泓，明澈可鑑。一仙人招章云：「與汝兩仙栗，當對我食之。」章止食一枚，欲留一，以遺母及兄弟，仙人再迫之，僅留其半。挽仙所着衣，皆軟如泥，又念取此泥作丸，必能益人壽考，遂竊而握之。行數步，回視岩頂有光，一穴如井口，旁人曰：「此乃出洞處。」遂出。趨舟次，群吏皆喜。既登，又叱回棹。操篙者不從，復怒罵之，不得已而返。

及家，大門中門皆閉，以足踼開，徑至房就寢。少頃睡覺，窗户明亮，呼婢取衣。智通驚走報，其兄弟皆來，猶疑其發狂，熟視面色，儼然如常時，兩手猶握拳。即日履地，飲食起居平復。時紹興癸酉二月。後有從張公洞來者，告以夢，與所見皆同，無少差，知觀果繼章也。仲駿自説〔六〕。（據北京中華書局版何卓點校本南宋洪邁《夷堅志補》卷二〇）

〔一〕莫敢近　此三字原無，據明鈔本補。

〔二〕以俟　明鈔本作「於傍」。

〔三〕命僧智通候之　「智通」二字原無，據明鈔本補。明鈔本作「使僧智通伺之」。

〔四〕吏　此字原無，據明鈔本補。

〔五〕儼　明鈔本作「森」。

〔六〕仲駿自説　此四字原爲正文，依例當爲小字注，今改。

鬼國母

洪　邁　撰

建康巨商楊二郎，本以牙儈起家，數〔一〕販南海，往來十有餘年，累貲千萬。淳熙中，遇盜於鯨波中，一行盡遭害。楊偶先墜水得免，逢一木，抱之沉〔二〕浮，自分必死。經兩日，漂至一島，捨而登岸，信脚行。俄入一洞，其中男女雜沓，爭來聚觀，大抵多裸形，而聲音可辨認。一婦人若最尊者，稱爲鬼國母〔三〕，侍衛頗衆，駭曰：「此間似有生人氣。」遣小鴉鬟出探，則見楊。遽〔四〕走報母，令引當前，問之曰：「汝願住此否？」楊自念無計可脱，姑委命逃生，應曰：「願住。」母即分付鬟，爲治一室，而使爲夫婦。

約僅二年久，飲食起居，與世間不異。嘗有駛卒持書至，曰：「真仙邀迎國母，請赴瓊室。」即命駕而出。自此，旬日或一月必往，其衆悉從，楊獨處洞中。他日，言於母，乞侍行，母曰：「汝是凡人，欲去不得〔五〕。」如是者累累致懇，忽許之。飄然履虚，如躡煙雲。至一館宇，優樂盤殽，極爲豐潔〔六〕。至者占位而坐〔七〕，鬼母導楊伏於卓〔八〕幃，戒以屏息勿動。移時宴罷，乃焚燒楮鏹。漸次聞人哭聲，審聽之，蓋其妻子與姻戚也。楊從卓下出，唤家人名，皆以爲鬼物，交口唾罵，唯妻泣曰：「汝没於大海，杳無消息，當時發喪行〔九〕服，招魂卜葬。今夕除靈，故設水陸做道場追〔一〇〕薦。何得在此？莫是别有强魂附託邪？」楊曰：「我真是人，元不曾死。」具道所值遇曲折，方信爲然。鬼母在外招唤〔一一〕，繼以怒罵，然不能相近，少頃寂然〔一二〕。

楊氏呼醫用藥調補，幾歲，顔狀始復故。乃知佛力廣大，委曲爲之地。楊至紹熙〔一三〕中猶存。（據北京中華書局版何卓點校本南宋洪邁《夷堅志補》卷二一）

〔一〕數　《異聞總録》卷一作「興」。

〔二〕沉　明鈔本、《異聞總録》作「汎」。

〔三〕鬼國母　《異聞總録》作「鬼母」。

〔四〕遽　明鈔本作「還」。

〔五〕欲去不得　《異聞總録》作「如何去得」。

〔六〕潔　《異聞總録》作「盛」。

〔七〕至者占位而坐　「至」葉本原作「主」，涵芬樓本據明鈔本改作「至」。按：《異聞總録》作「至」，《廣豔異編》卷三三鬼部二《鬼國母》及《剪燈叢話》卷八、《宋人百家小説》傳奇家、《重編説郛》弓一一八宋洪邁《鬼國記》則作「主」。《續豔異編》卷一四鬼部下《鬼國母》此句改作「母正位而坐」，不當。鬼母乃賓客，不得正位也。按：《續豔異編》所改甚多，皆不出校。

〔八〕卓　涵芬樓本原作「卓」，《異聞總録》、《續豔異編》及《剪燈叢話》、《宋人百家小説》、《重編説郛》同，中華本改作「桌」，今回改，下同。按：「桌」乃後出字，宋人作「卓」。

〔九〕行　《異聞總録》作「持」。

〔一〇〕追　明鈔本、《異聞總録》作「資」。

〔一一〕鬼母在外招喚　《異聞總録》下有「不去」二字。

〔一二〕寂然　《異聞總録》作「即去」。

〔三〕紹熙　《異聞總録》作「紹興」，誤。

按：《夷堅支癸》卷三《鬼國續記》云：「《支壬》載鬼國母之異，復得一事，頗相類而實不同。」知此篇原在《支壬》。

海外怪洋

洪　邁　撰

大觀中，廣南有海賈使帆，風逆，飄至一所。舟中一客，老於海道，起〔一〕四顧變色，語衆曰：「此海外怪洋，我昔年飄泛至此，百怪出没，幾喪厥生。今不幸再來，性命未可知也。」至日没，天水皆黄濁，有獨山峙水中央，山巔大石崩，巨聲振厲，激水高丈餘。黑雲亘山，横起雲中，兩朱塔隱隱然有光。老者趣移舟，曰：「是龍怪也。」令衆持弓矢滿引，鳴鉦鼓，叫譟而行。巨人長丈餘，出水面，持金剛杵，稍逼舟次。衆齊聲誦觀音救苦，投〔二〕經文，乃没。老者曰：「此不宜夜泊，盍入怪港。」指示篙師，水迅急，轉盼即到。

夜深，矴〔三〕泊港心，風止月明，老者令摶飯數百塊，以待需索。或問之，曰：「第爲備，勿問也。」二更時，有大舟峨然來，欲相並，亟擲飯與之，且唾且罵，彼人爭奪而食。頃刻，舟益多，或出或没，擲飯如前時。約四更，始散去。老者曰：「是皆覆舟鬼也，視舟行月中無影。若無以充其饑，害吾人必矣。」

天將曉，張帆盲〔四〕進，水氣腥穢，大蟒千百，出没波間。又漂至一高岸，隆然如山，多荆棘。少壯三數人，登岸問途。行四五里，見長城横亘，不知藝極，高可百尺〔五〕。到一門，兩巨人坐門下，各以一手持衆髻，挂於大木杪。入門攜火盆出，取一人投火中，炙至焦黑，分食之，既攜盆復入。衆悉畏駭，共議曰：「若再來，吾屬無噍類矣。」斷髮，沿水疾馳至舟中，急解維。雖老者亦不知爲何處。幸風便，猶數月到家。（據北京中華書局版何卓點校本南宋洪邁《夷堅志補》卷二一）

〔一〕起　明鈔本作「起望」。

〔二〕投　葉本原有此字，涵芬樓本從明鈔本删之，未妥，今復補之。《剪燈叢話》卷一〇、《宋人百家小説》傳奇家宋洪芻（《五朝小説大觀》本作洪邁）《海外怪洋記》及《廣豔異編》卷一六、《續豔異編》卷一五徂異部《海賈》亦有此字。

〔三〕矴　《廣豔異編》、《續豔異編》作「磴」，誤。矴，沉入水中用以停泊船隻之石塊，其用如錨。

〔四〕盲　《廣豔異編》、《續豔異編》作「前」。

〔五〕百尺　明鈔本作「百丈」。《剪燈叢話》、《宋人百家小説》作「四尺」。

懶堂女子

洪　邁撰

舒信道中丞，宅在明州，負城瀕湖，繞屋皆古木茂竹，蕭森如山麓間。其中便坐曰懶堂，背有大池，子弟群處講習，外客不得至。方盛秋佳月，一舒〔一〕呼燈讀書。忽見女子揭簾入，素衣淡裝〔二〕，舉動嫵媚，而微有悲涕容，緩步而前曰：「竊慕君子少年高致〔三〕，欲冥行相奔，願容駐片時，使奉款曲。」舒迷蒙恍恍，不疑爲異物，即與語。扣其姓氏所居，曰：「妾本丘氏，父作商賈，死於湖南，但與繼母居茅茨小屋，相去只一二里。母殘忍猛暴，不能見存，又不使媒妁議婚姻，無故捶擊，以刀相嚇，急走逃命，勢難復歸。倘得留爲婢子，固所大願。」舒甚喜，曰：「留汝固吾所樂，或事泄，奈何？」女曰：「姑置此慮，續爲之圖。」

俄一小青衣攜酒餚來，即促膝共飲。三行，女斂袂起，致辭曰：「奴雖小家女，頗能綴詞，輒作一闋，敍兹夕邂逅相遇之意。」顧青衣舉手代拍，而歌曰：「緑淨湖光，淺寒先到芙蓉島。謝池幽夢屬才郎，幾度生春草。塵世多情易老，更那堪、秋風嫋嫋。晚〔四〕來羞對，香〔五〕芷汀洲，枯荷池沼。恨〔六〕鎖横波，遠山淺黛無心掃。湘江人去歎無依，此意從誰表。喜趁〔七〕良宵月皎，況難逢、人間兩好。莫辭沉〔八〕醉，醉入屏山，只愁〔九〕天曉。」蓋寓聲《燭影摇紅》也。舒愈愛惑，女令青衣歸，遂留共寢，宛然處子爾。

將曉別去，間一夕復來，珍果異饌，亦時時致前，及懷縑帛之屬，親爲舒造衣，工製敏妙。相從月餘日，守宿僮隸聞其與人言，謂必俠〔一〇〕倡優淫昵，它時且累己，密以告老姨媪，展轉漏泄，家人悉知之。掩其不備，遣弟妹乘夜佯爲問訊，排户直前。女奔忙斜竄，投室傍空轎中。乘燭索之，轉入它轎，垂手於外，潔白如玉。度事急，穿竹躍赴池，紞然〔一一〕而没。舒悵然掩泣，謂無復有再會期。衆散門扃，女蓬首喘顫，舉體淋漓，足無履襪，奄至室中。言墮處得孤嶼，且水不甚深，踐濘而出，免葬魚腹，亦云天幸。舒憐而拊〔一二〕之，自爲燃湯洗濯，夜分始就枕。

自是情好愈密，而意緒常恍忽如癡，或對〔一三〕食不舉箸。家人驗其妖怪，潛具狀請符於小溪朱彦誠〔一四〕法師。朱讀狀，大駭曰：「是鱗介之精邪？毒入肝脾〔一五〕裏，病深矣，非符水可療，當躬往治之。」朱未及門，女慘戚嗟喟，爲惘惘可憐之色。舒問之，不對，久乃云：「朱法師明日來，壞我好事矣，因緣竟止於是乎！」嗚咽告去，力挽不肯留。旦而朱至，舒父母再拜炷香，祈救子命。朱曰：「請假僧寺一巨鑊，煎油二〔一六〕十斤。吾當施法攝其祟，令君闔族見之。」乃即池邊，焚符檄數通，召將吏彈訣，噀水叱曰：「速驅來！」俄頃，水面瀆湧，一物露背，突兀如簑衣，浮游中央，闖〔一七〕首四顧，乃大白鼈也。若爲物所鉤致，跂〔一八〕曳至庭下，頓足呀口〔一九〕，猶若向人作乞命態。鑊油正沸，自匍匐投其中，糜潰而死。觀者駭懼流汗，舒子獨號呼追惜曰：「烹我麗人！」朱戒其家，俟油冷，以斧破鼈，剖骨并肉暴日中，須極乾，入人參、茯苓、龍骨，末成丸。託爲補藥，命病者晨夕餌之，勿使知，知之將不肯服。如其言，丸盡病愈。

後遇陰雨，於沮洳聞哭聲云：「殺了我大姐，苦事苦事！」蓋尚遺種類云〔二〇〕。（據北京中華書局版何卓點校本南宋洪邁《夷堅志補》卷二二）

〔一〕舒　明鈔本作「生」，下同。

〔二〕裝　《稗家粹編》卷七妖怪部《懶堂女子》、《豔異編》卷三四妖怪部《舒信道》、《情史》卷二一情妖類《鼈精》作「粧」。

〔三〕致　葉本作「志」，涵芬樓本據明鈔本改。《豔異編》、《情史》亦作「志」。

〔四〕晚　《情史》作「曉」，誤。

〔五〕香　明鈔本、《稗家粹編》作「白」。

〔六〕恨　《情史》譌作「銀」。

〔七〕趁　《稗家粹編》作「稱」，通「趁」。

〔八〕沉　《情史》作「人」。

〔九〕只愁　《稗家粹編》作「吴歌」。

〔一〇〕俠　《稗家粹編》、《情史》作「挾」。俠，通「挾」。

〔一一〕紞然　《稗家粹編》作「躭然」，當譌。《情史》作「杳然」。紞然，象入水之聲。

〔一二〕拊　《豔異編》作「持」。

〔一三〕對　《稗家粹編》作「時」。

〔一四〕小溪朱彦誠　《稗家粹編》作「丹溪朱彦成」。

〔一五〕膞　《稗家粹編》作「肺」。

〔一六〕二　《稗家粹編》作「數」。

〔一七〕闖　《稗家粹編》作「翹」。

〔一八〕跂　《稗家粹編》作「跛」。跂，蟲行貌。《豔異編》作「踐」。

〔一九〕呀口　《稗家粹編》作「唅呀」。唅呀，張口貌。

〔二〇〕蓋尚遺種類云　《稗家粹編》作「蓋遺種類尚多云」。

鳴鶴山

洪　邁　撰

明州慈谿縣鳴鶴村一山寺，既結夏，有老人約年七八十矣，來寓食。貨藥頗能愈病，有〔一〕錢不計多寡，必盡買酒，醉狂則歌舞終日，頗類有道者。與新戒一僧遊甚密，朝出暮歸，莫知所由。同房老宿訝之，屢詰，僧乃曰：「兄非厚善我，我不告。此老神仙也，我有他生契，常招我訪其師。師隱處巖穴間，旦夕偕羽化矣。」同房益訝焉，戲言曰：「能許我同遊乎？」曰：「須同語老人，若無仙分，固不可也。」

明旦，備禮扣請，老人曰：「只汝兩人可耳，更勿廣引人，明當同往。」至期呼，換僧襖短衣製。行深山，隨峭壁捫蘿而上，足躡飛鳥，目眩神怖，幾不可登。半日許，升碧崖，崖頂大松十餘株，偃蹇如龍蛇。僧〔二〕曰：「仙師所居近矣。」老人先至松下，持片石扣崖扉，琤然如振金鐵。同房望松杪，見兩大鸛雀，長丈餘，掀舞直下，至崖間，則成羽衣道士形。風動林葉，乍離乍合，老人亦爲鸛雀，久之復故。心驚而不敢言。有頃，傳呼曰：「先生召進。」抵崖扉前，有巨石屹立，二道士坐石上，鬚眉皓然。老人目二僧致敬，訖乃命坐。注視移時，曰：「皆可爲仙人，便當來服丹砂，且命暫歸寺沐浴，毋令人知也。」

二僧稽謝而還，老人與同途，到寺已暮。同房欲驗情狀，乃邀坐寮中，置酒並席。潛起取匕首，揕老人胸曰：「汝精怪也，吾向觀汝輩在山中，皆露真形爲羽族，而反以上仙見紿，謂吾不識邪？」老人驚悸，不能對，遂被數刃，號呼仆地死，果大鸛雀也。新戒僧猶哀號曰：「毋傷老先生！」久而方悟，衆聚觀嗟異。明日，率壯健者遍山訪覓，故處蹤跡宛

然，但不復見二道士。（據北京中華書局版何卓點校本南宋洪邁《夷堅志補》卷二二）

〔一〕有　明鈔本作「得」。

〔二〕僧　原譌作「仙」，今改。

宋代傳奇集第五編卷二十一

天元鄧將軍

洪邁撰

宗室趙善蹈，少時遇九華周先生傳靈寶大法，行持多顯効。奉化士人董松妻王氏，美而蕩，爲祟所憑。初於黄昏間，見少婦盛飾，從女僕，張青蓋，自外來。稍近則變爲好少年，著皂背子，便出語相嘲戲。王氏傾挹之，自以爲適我願，與之同寢。頃之，松入室登榻，如常夕，然睡覺率榻牀下。如是幾月。王夢中與此郎同乘寶車，登複嶺，入朱門，華屋苑囿，皆名花節物，長如熙春，是時淳熙八年暮冬也。

其家良以爲苦，人教之備禮邀致趙君。趙至，王略無懼色，乃以法印印其胸。俄若醉醒，言方與少年共飲，忽赤衣使者持劍直前來，少年斂避，遂從使者歸。是夜，祟不至。越三日復來，趙始築壇行法，焚香禹步，令董家子弟於香煙起處熟視物象。蓋其術能於煙中攝光景如鏡，漸闊如箕，至極大如卓〔一〕，鬼神器物悉現，可與通言語。甥郭氏子，年十一歲，見神人火焰繞身，踞胡牀而坐，旁列吏卒，威容凜凜。郭拜，請神名位，神曰：「吾天元考召鄧將軍也。」郭啓曰：「此祟已三夕不來，今忽又至，願將軍速治之。」神笑曰：「此非鬼非祟，特一獸爾。吾爲至靈之神，彼乃至穢之物。大抵畜產之死，不當葬埋，況葬之日辰相符，合爲精怪，茲復何疑！」諸董相視失色，趙扣其故，云：「昔有親戚宦游邕州還鄉，以一黑犬見贈，質狀異於常犬。豢養十餘歲而殂，不忍置諸刀机〔二〕，用古人蔽蓋不棄之說，裹以青繖，埋於屋後，豈其是歟？今已三〔三〕年矣。」試發土驗視，與初死時不異，皮毛儼然。

因白將軍，乞取而爨于壇前，將軍曰：「君是儒流，曾讀《易》否？豈不知精氣爲物，遊魂爲變？既已通靈，戮其尸何益？」董又請滅鬼爽，將軍曰：「此物穢氣觸人，不可近，盍稟法師解穢？」董請於趙，爲之破穢。迨暮，郭甥見武士捽皂衣少年至，將軍叱：「速復本形！」逡巡成大黑犬。將軍又語郭：「祈法師奏之上帝。」明日拜章，過夜半，黃衣道士騎白鶴，冉冉從空下，手執文牘若奏章，後書四字。郭甥見之，問所書謂何，將軍曰：「照條處斬。」旁劍卒即斷犬爲三。董氏乃取原尸剉割，投諸水，婦人頓甦。

善蹈居於奉化，嘗預薦名，用己酉霈澤，得將仕郎。（據北京中華書局版何卓點校本南宋洪邁《夷堅志補》卷二三）

〔一〕卓　中華本改作「桌」。涵芬樓本原作「卓」，今改。
〔二〕机　《廣豔異編》卷二六獸部一《天元鄧將軍》作「械」。
〔三〕三　明鈔本作「三四」。

按：《續豔異編》卷一二獸部《天元鄧將軍》，删改頗劇。

龍陽王丞

洪　邁　撰

王渙〔一〕，字季光，乾道末年爲武陵宰。郡邑蕭條，唯王東鄉運使居宅當官道邊，旁有圃，爲士民遨嬉地。季光嘗與教授邢正夫約同遊，未果。夢出迎使客，如常時所行路，至王氏後門而止。及下輿，不見從卒，獨一節級行前，而面長二尺餘，極可怖。又一人負胡床徑入園，由便門過〔二〕其家，到廳後柱廊。柱廊上列水盆帨巾，堂壁皆金漆涼槅〔三〕，頗華濟。一吏前揖，衣皂衫，紅帕首。季光問：「汝爲胥吏，何裝束詭異如此？」對曰：「方呈稟公事，於禮當然。」即探懷出一牘，鉗其左，請書案云：「准條令〔四〕決脊杖二十。」如言書畢〔五〕，將退，吏白：「須監斷乃可竟。」俄而東偏門開，一少年可四十許歲，因首而出，顏色紫堂，鬚髯挓抄，自祖其背。四旁無人，而杖從空下，少年號呼痛楚。季光惻然曰：「此是大夫，不應爾。」吏曰：「天旨已定，但當奉行。」曰：「然則稍減杖數可乎？」曰：「若決行，則唯命。」於是杖至十三而止。

出就輿，輿從城上行，若無肩舁者，殊臬兀不安。遥望官府如郡治，審視之，則蘄州也。拊式欲下，長面持節者曰：「此處無路可下，望之雖近，其實甚遠。」已而前吏復至，白曰：「更請斷高朝請案。」季光辭焉，曰：「吾與之有中外，不應治獄。」吏曰：「若是，則引嫌可也。」以所持文書插于腰。季光欲取視之，曰：「既已引嫌，自不當問。」遂循城，輿下跌而寤，意緒絶不樂。時七月間也。

後兩月，邢君始相率尋前約，入王園，儼然盡夢中境趣。邢曰：「君識其子弟，當令具酒。」拉過其宅，及柱廊水盆帨巾，亦歷歷舊所見。邢入其内，季光彷徨東廂，有小室垂箔，謾啓視之，乃一緑衣人影像，香燈羅陳，蓋受杖少年也。季光凜然〔六〕，覺有數斛水沃身。少頃，邢攜酒殽來，王氏婦女隨窺客，皆發聲哭。季光益罔測，問邢曰：「少年者何人？」曰：「此運使之子龍陽丞也，下世二年矣。」扣其何如人，曰：「亦謹恪無他過，但暮年一事累德。方在龍陽時，將嫁女，會已受代，從邑令假小吏辦集。怒其遲鈍，箠之至死。小吏臨絶，語其妻曰：『我抱冤以死，汝宜告于官，不可受賂，使我無所愬。如我冤未白，汝勿得嫁，嫁則殺汝。』妻泣應曰：『諾。』既乃受丞錢百千，置不理，未幾改嫁。成婚之夕，筵上果皆騰起尺餘，不傾倒。不一月，妻無疾而死。冥冥之中負此寃對，聞其家人頃者同夢君受吏訟，故適望見而悲也。」季光始告以所夢，急趨出，不復再游。季光説〔七〕。（據北京中華書局版何卓點校本南宋洪邁《夷堅志補》卷二四）

〔一〕王涣　明鈔本作「王涣彦」。
〔二〕過　《廣豔異編》卷一八冥跡部《龍陽王丞》作「至」。
〔三〕槅　《廣豔異編》作「隔」，《甕牖閒評》卷六引《夷堅志》作「隔子」。
〔四〕令　《廣豔異編》作「合」。
〔五〕畢　《廣豔異編》作「思」，連下讀。
〔六〕凜然　《廣豔異編》作「慄然」。
〔七〕季光説　原爲正文，依例改作小字注。

賈廉訪

洪　邁　撰

寶文閣學士賈讜之弟某，以勇爵入官。宣和間爲諸路廉訪使者，後避地入嶺南，寓居德慶府。濟南商侍郎之孫知縣者，亦寓焉。商無妻，一女笄，一兒絶幼，唯侍妾主家政。商死，其女嫁廉訪之子成之。率旬日頃，女輒歸家，拊視二弟，且檢校橐鑰，以爲常。他日，歸啓篋笥，凡黄白器皿皆不見，但公牒一紙存。驚扣妾，妾曰：「比者府牒以赴天申節，盡數關借。當時遣僕馳白姐姐及賈郎，回云府命不可不與，遂悉以付之，望其持還而未可得。」女拊膺大哭，走問其夫，夫亦愕然，曰：「無此事。」乃詣府投牒，立賞捕盜，竟失之。計直踰萬緡，商氏由此貧匱。而廉訪者數使僕以竹節銀鬻於肆，肆主問：「何處用竹筩鑄銀？」僕曰：「廉訪手自坯銷者。」於是人疑商氏亡金，必其所爲也。

後二十年，成之通判横州，商徙居臨賀。長已亡，幼子曰懋，每往謁成之，必得錢十餘萬。未幾，成之終於官，懋挈嫠姊，挾二孤甥，偕至臨賀卜葬，遂相依以居。甥非商出，懋經紀其家，掩有財物過半。後病傷寒，惛不知人者數日，忽蘇而言曰：「憶初入冥，只覺此身飄浮，直出帳頂，又升屋，恣行曠野，更無侶伴。俄爲人録至官府，見一囚荷鐵枷，戴黑帽，絣於獄門，兩人執大扇，對立其側。囚忽舉目呼曰：『商六十五哥，識我否？』懋未應，又曰：『我賈廉訪也，諸事殊未辦得，爾來且可了。其一，我昔年取爾家財，所償略盡，猶有未竟者，幸爲我供狀結絶。』懋視執扇者一揮，則囚血肉糜潰滿地，不見人，唯存空枷，須臾復如初。懋睹其楚毒，不忍視，頓憶曩事，爲供狀而出。囚大哭曰：『今便相别，我猝未脱。」其執扇驅入。

「懋至門外，一吏持符，引卒徒數百，若迎新官者，白云：『泰山府君以君剛正好義，抵陰府不應空回，可暫充賀江巡按使者。』吏導行江上空中，所至廟神參謁，主者呈文簿，懋一一詰責，據案剖判。別一主者前進曰：『某神奉法不謹，誤溺死人。』懋即判領至原地頭誅戮。迤邐到封州大江口，吏曰：『事已畢，福神來迎，公可歸矣。』懋還賀州所居，從屋飛下，汗浹背而寤。」其妻方掛真武畫像於床頭，焚香禱請，蓋福神之應云。（據北京中華書局版何卓點校本南宋洪邁《夷堅志補》卷二四）

桂林走卒

洪　邁　撰

呂愿中〔一〕帥桂林，遣走卒王超入都，與之約某日當還。過期三日乃至，呂怒，命斬之，一府莫敢言。汪聖錫通判府事，持不可，往見之曰：「超罪不至死，若加極刑，它日使人或愆期，必亡命不返，脱有急切奏請，將不得聞之，其害大矣。」呂懼然悟，謝曰：「業已爾，難遽改，明日姑引疾，君自爲之地。」明日，呂不出，汪呼超至，但杖而釋之。超感再生恩，誓以死報。

録事參軍周生者，與時相秦益公有學校之舊，倚借聲勢，跌宕同僚中。嘗於國忌日命妓侑酒，汪素惡其人，將糾其事，既而中止。然周啣恨不置，遣一獄典持書與秦。超聞而疑之曰：「録曹通太師書，必以吾恩公之故。」乃往獄典家訪所以，典愀然曰：「我平生未嘗遠出，況於適京師乎？且吾屬受差，非若州兵可以貸倖，今行齎索然，方舉室憂之，未知所出。」超曰：「吾力能爲汝辦萬錢，宜少待。」時吕令問攝陽朔令，超嘗爲之役〔二〕，即往謁。得錢持與典，典喜，買酒共飲，示以書。典先醉卧，超急就火鎔書蠟密啓觀，果譖汪者。復緘之，典不覺也。

後二日，超復往謂之曰：「吾忽被命如臨安，行甚遽，汝果憚此役，當以書并錢授我，我代爲持去，汝但伏藏勿出可也。」典大喜，如其言。越三月，超歸，以秦府報帖與典。汪既受代還玉山，明年超詣其居，出周生書，云〔三〕汪常遣信過海，餉遺趙元鎮丞相、李泰發〔四〕參政。是時秦方開告訐之路，數興大獄，使此謗得行，汪必不免。超以一卒能報恩，固已可尚，而用智委曲，終於集事，士大夫蓋有所不若云。（據北京中華書局版何卓點校本南宋洪邁《夷堅志補》卷二五）

〔二〕吕愿中　原譌作「吕愿忠」，據《南宋制撫年表》卷下改。吕愿中紹興二十三年至二十五年爲廣南西路經略安撫使。《夷堅丁志》卷二《小孤廟》作「呂愿中」。

〔二〕役　明鈔本作「使」。

〔三〕云　原作「示」，雖本句可通，然下文「常遣信」云云則不相貫屬，故疑爲「云」字之譌，今改。

〔四〕李泰發　原譌作「李秦發」，中華本改作「泰」。按：《宋史》卷三六三《李光傳》載，李光字泰發，紹興中除參知政事，與秦檜不和。

吴城龍女

洪　邁　撰

舊傳荆州江亭柱間有詞曰：「簾卷曲闌獨倚，山展〔一〕暮天無際。淚眼不曾晴，家在吴頭楚尾。　數點雪花亂委，撲漉〔二〕沙鷗驚起。詩句欲〔三〕成時，没入蒼煙叢裏。」黄魯直讀之，悽然曰：「似爲予發也。不知何人所作，筆勢類女子。又『淚眼不曾晴』之句，疑爲鬼耳。」是夕夢女子曰：「我家豫章吴城山，附客舟至此，墮水死，不得歸，登江亭有感而作，不意公能識之。」魯直驚寤曰：「此必吴城小龍女輩也。」時建中靖國元年云。

乾道六年，吴明可帯守豫章，其子登科，同年生清江朱景文因緣來見，得攝新建尉。適府中葺吴城龍王廟，命之董役，頗極嚴緻。及更塑偶像，朱指壁間所繪神女容相謂工曰：「必肖此乃佳。」凡三四易，然後明麗豔冶如之。朱甚喜，忽憶荆州詞，以謂語意憤抑悽惋，殆非龍宫媚雅出塵態度，爲賦《玉樓春》一闋，書于壁，曰：「玉堦瓊室冰壺帳，寧地水晶簾不上。兒家住處隔紅塵，雲氣悠揚風淡蕩。　有時閑把蘭舟放，霧鬢煙鬟乘翠浪。夜深滿載月明歸，畫破琉璃千萬丈。」

既而夜夢旌幢羽葆，儀衛甚盛，擁一輜軿，有美女子居其中，傳言龍女來謁。下車相見，宴飲寢昵，如經一日夜，言談瀟洒，風儀穆然。將行，謂朱曰：「君當不記疇昔事矣，君前身本南海廣利王幼子，因行游江湖，爲我家壻，妾實得奉箕箒。今君雖以宿緣來生朱氏，然吴城之念，正爾不忘，故得禄多在豫章之分。須君官南海，陽禄且盡，此時當復諧佳偶。知君所作《玉樓春》詞，破前人之誤，甚以爲感。非君憶舊游，亦無因知我家如此其熟也。」言畢，愴别而去。

既覺，乃亟作文紀其事，特未悟南海之説，但云豈非他日或以言事貶竄至彼邪？爾後每夕外入，常聞室内笑語聲。久而病瘠，家人疑其有祟，挽使罷歸。明年，又以事來吴，公已去，後帥龔實之留攝酒官。俄以家難去，服闋，調袁州分宜主簿。頃次家居，縣之士子昔從爲學，聞其歸鄉，相率來謁。因話邑中風土，偶及主簿廨前有南海王廟，朱怳然自失。明日抱疾，遂不起。

元末嘗得至官，凡兩攝職於豫章，所謂多得禄者，如是而已。蓋初治像及撰詞時，方寸墜妄境，故自絶其命。神女之夢契，殆必黠鬼託以爲姦者歟？樂平人楊振者，爲臨江司户，説其事甚詳。（據清康熙振鷺堂重刊明商濬半埜堂萬曆刊《稗海》本元佚名《異聞總録》卷四）

〔一〕山展　《苕溪漁隱叢話》前集卷五八《鬼詩》及《詩人玉屑》卷二一《靈異・吴城龍女》引《冷齋夜話》佚文作「江展」，《類説》卷五五《冷齋夜話》作「雲展」，明嘉靖伯玉翁舊鈔本則作「山展」，《詩話總龜》前集卷四八鬼神門引《脞説後集》作「銀屏」。按：舊傳云云即本《冷齋夜話》。

〔二〕漉　《漁隱叢話》作「搋」。

〔三〕欲　《漁隱叢話》作「恰」。

按：《異聞總録》四卷乃纂輯舊事而成，卷一、卷二、卷四採録《夷堅志》者極夥。卷四三十一事雖大都不見今本《夷堅志》，但觀所及方子張、洪景裴（洪邁弟）、程禧、李子永、李智仲、雍友文等，皆嘗頗述見聞於洪邁入其書，其屬《夷堅志》佚文無疑。此篇之事聞於臨江司户樂平人楊振，樂平乃洪適故鄉鄱陽鄰縣。《異聞總録》無題，姑擬如右。

姑蘇二異人

岳珂撰

岳珂（一一八三—？），字肅之，號亦齋，一號倦翁、棠湖翁。岳飛孫，敷文閣待制岳霖子。原籍相州湯陰（今屬河南安陽市），南渡定居江州德化縣（今江西九江市）。寧宗慶元四年（一一九八），赴試江西漕臺中舉，五年及嘉泰二年（一二〇二）曾赴都應試皆落第。嘉泰三年十一月蔭補永奉郎、監鎮江府户部大軍倉，四年冬方赴任。是年十二月入京赴舉，明年（開禧元年）三月省試落第，復歸鎮江。郡守辛棄疾欲薦於朝，會去職未果。二年五月北伐，奉命運銀糧至淮東前綫。嘉定元年（一二〇八）進京應試又落第。三、四年官於江州。四年入京爲官，歷任光禄寺丞、太官令、司農寺主簿等。八年官軍器監丞，九年任司農寺丞。十年知嘉興府，政暇居金佗坊著書。十二年爲權發遣江南東路轉運判官，明年爲司農寺丞，十四年以軍器監總餉淮東。理京寶慶元年（一二二五）權司農少卿、總領浙西江東財賦淮東軍馬錢糧，三年擢户部侍郎，依前淮東總領兼制置使。紹定六年（一二三三）冬罷歸。嘉熙二年（一二三八）五月，再除户部侍郎、總領湖廣軍馬錢糧。次年五月解職歸，八月拜寶謨閣直學士、提舉江州太平興國宫，封鄴侯，十二月除江西安撫使。四年三月易守太平州，加通議大夫。七月權户部尚書、淮南江浙荆湖八路制置茶鹽使、兼守太平州。淳祐元年（一二四一），江東轉運判官徐鹿卿劾其在任不法，被罷。晚居嘉興，卒年不詳。著述頗豐，今存《鄂國金佗稡編》二十八卷、《續編》三十卷、《桯史》十五卷、《愧郯録》十五卷、《寶真齋法書贊》二十八卷、《九經三傳沿革例》一卷、《玉楮集》八卷、《棠湖詩稿》一卷、《三命指迷賦》一卷等。又《千頃堂書目》史鈔類補宋、《宋史藝文志補》史鈔類著録《讀史備忘捷覽》六卷。（據《桯史序》及卷一《徐鉉入聘》、卷二《黠鬼醞夢》、卷三《趙希光節槩》、《稼軒論詞》、卷八《紫宸廊食》、卷一二《猫牛盜》、卷一四《開禧北伐》，《法書贊》卷二《高宗皇帝韋杜三詩御書》、卷三《高宗皇帝御臨王羲之鄉里帖》、《高宗皇帝御筆臨古法帖四皓帖》、卷四《王獻之蘇氏寶帖》、卷九《張文懿珍果帖》、《吕文靖亭候帖》、卷一四《黄魯直書簡帖下》、卷一六《范忠宣南都帖》、卷一八《陳忠肅書簡帖》、卷二一《二蔡陪輔展晤二帖》、卷二四《元暉秀軒詩帖》、卷二五《梁仲謀去月帖》，《金佗稡編序》及卷九《行實編年六·遺事》、卷一〇《家集一》、卷二六《天定録序》，《金佗續編》卷一五《天定别録》卷三《賜褒忠衍福寺額省劄》、《賜褒忠衍福寺額省劄》及《金佗續編跋》，《棠湖詩稿序》，《玉楮集》卷一、卷二、卷四、卷五、卷六、卷七、卷八，《愧郯録》卷五《五齊三酒》、卷六《寺監簿職守》、卷一三《國忌設齋》，《藏一話腴序》，《景定建康志》卷二六《官守志三·轉運司》，《宋史》卷四一《理宗紀一》、卷一〇八《禮志十一》、卷一六五《職官志五》、卷二〇三《藝文志二》、卷四二四《徐鹿卿傳》，《宋史全文》卷三三，《直齋書録解題》傳記類及小説家類，光緒《嘉興府志》卷四二《名宦一》）

姑蘇有二異人，曰何蓑衣，曰猷道僧，蹤跡皆奇詭。淳熙間名聞一時，士大夫維舟者，率往訪之，至今吴人猶能言其大略。何本淮、陽朐山人，書生也。祖執禮，仕至朝議大夫，世爲鼎族，遭亂南來，寓于郡。嘗授業于父，已能文，一旦焚書裂衣遁去，人莫之知。既乃歸，被草結廬于天慶觀之龍王堂，佯狂妄談，久而皆有驗。卧草中，不垢不穢，晨必一至吴江渡焉。郡至吴江五十里，往反不數刻，人固訝之。會有一瘵者，拜謁乞醫，何命持一草去，旬而愈，始翕然傳蓑可瘉病。亦有求而不得，隨輒不起者，於是遠近稍敬異之。

孝宗在位，忽夢有蓑而跣，哭而來吊，問之，曰：「臣蘇人也。」詰其故，則不肯言。寤以語左璫，時上意頗崇緇抑黄，弗深信也。居月餘，成恭后上仙，莊文繼即世。璫因進勉釋而及之，意欲以驗前定，寬上心。上矍然憶昨夢，輟泣而嘆。璫進曰：「臣微聞蘇有何姓者，類其人，它日固未敢言。」因道其所爲。上大驚，有詔諭遣，不至。上嘗燕居深念，以規恢大計累年未有所屬，且坤儀虚位，圖所以膺佐餕承顔之重者，焚香殿中，默言曰：「何誠能仙，顧必知朕意。」遂授璫以香茗，曰：「汝見何，則致贄而已，問所以來，則曰：『陛下自禱，我不及知。』視其何以復命。」璫承命惟謹。何忽掉首吴音曰：「有中國人即有蕃人，有日即有月，不須問。」趣之去，既復呼還曰：「所問者姓，我猶忘之，但言朱家例子，不可用也。」使者歸奏，上曰：「是能知我心。」遂賜號通神先生，築通神菴于觀之内，親御竇跗書扁以寵之。已而成肅正中宫，歸謝氏，蓋本朝故事。惟欽成本姓崔，後育任氏、朱氏，既而惟從朱姓，不復歸，上意嘗欲以爲比而未决也。北伐之議，亦少息焉。

先是觀中諸黄冠以殿宇既燬，欲試其驗，群造其廬，拜且白之。何從求疏軸，主者謾以與，何笑曰：「來日自有施者。」至午，而使者果來。既荅，則曰：「我不能入覲，以此累使者。」上聞而益奇之。會浙西趙憲伯驌亦爲之請，遂肆筆金闕寥陽殿額，出内帑緡錢萬，繪事一新，以答其意。上每歲以璫將命，即其居設千道齋，合雲水之士，施予優普。一歲偶踰期，咸訝而請，亟起于卧，摇手瞬目而招之曰：「亟來！亟來！」璫是日舟至平望，乃見何在岸滸，招而呼。踵廬言之，衆白何固未嘗出也。因言所以，其狀良是。

獃道僧者，實本郡人，爲兵家子。少〔一〕有所遇，何舊與之友狎。不知幾何時，髡而髽，曰似道似僧，故曰道僧。狀不慧，而言發奇中，與何頡頏。好蕩游市井間，見人必求錢，止於三，隨即與之貧者。何既不趨召，它日璫或薦道僧。上欲見之，何挽呼不使去，曰：「是將捉〔二〕汝、縛汝、監汝，不容汝來矣。」道僧竟來見于内殿，不拜，所言不倫。上狎之，使出入勿禁，且命隨龍人元居實總管者舘之。元懼其逃，猝〔三〕無以應上命，果日使十人從之，所至不舍。踰年歸見何，何以杖詬逐之，至死訖不與接一談。重華倦勤，復使召之，不肯就，邀守萬端，三年而致之。紹熙甲寅春，道僧入北内，坐榻前曰：「今日六月也，好大雪。」侍璫咸笑，顧曰：「爾滿身皆雪，而笑我狂耶？」相與罔測，亦莫以爲意。至季夏八日，而至尊厭代矣，縞素如言焉。

二人勇於啗肉，食至十數斤，獨皆不飲酒，亦不言其所以然也。何又能耐寒暑。余兄周伯言，有元某者，丙午歲七十矣，嘗言自丱角見之，顔色無少異。蘇有妄道士，日從之游，將倣其爲。何不怒，獨冒雪馳至垂虹而浴，道士不能偕，慙而去。余兄往見之，頗能言宦歷所至。酷不喜韓子師，方爲守，千騎每來，則提擊而罵之，亦有人所不堪者。子師素嚴厲，於此不以爲忤也。道僧先數年卒，何慶元間猶在，相〔四〕傳百餘歲矣。

洪文敏《夷堅辛志》、《乙三志》亦雜載其事，雖微不同，要皆履奇行恠，有不可致詰者，故著之。（據上海商務印書館編印《四部叢刊續編》景印清瞿鏞鐵琴銅劍樓藏元刊本南宋岳珂《桯史》卷三）

〔一〕少　《稗海》本無此字。

〔二〕捉　《稗海》本作「促」。

〔三〕猝　《稗海》本作「卒」。卒，同「猝」。

〔四〕相　《稗海》本作「先」。

按：《直齋書録解題》卷一一小説家類著録《桯史》十五卷，云：「岳珂撰。《桯史》者，猶言柱記也。」今本卷帙同，載於《稗海》、《津逮祕書》、《四庫全書》、《學津討原》、《四部叢刊續編》

等。《四部叢刊續編》影印元刊本，中華書局版吴企明點校本即以此本爲底本。《四庫全書》用《津逮》本，《申報館叢書》、《叢書集成初編》亦此本。《稗海》本爲《筆記小説大觀》所採。《四部叢刊》本、《學津》本皆有自序，末題「嘉定焉逢淹茂歲圉如既望珂序」，嘉定七年甲戌（一二一四）四月十六日也。

義騟傳

岳　珂　撰

義騟者，九江戍校王成之鎧騎也。成家世隸尺籍。開禧間，虜大〔一〕入淮甸，成以卒從戍四方山，屢戰有功，稍遷將候騎。方淮民習安，倉卒間，虜至而逃，畜孳滿野。成徇地至花靨，見病騟焉，疥而瘠，骨如堵牆，行逐〔二〕水草，步且僵，烏鳶啄其上，流血赭髀，莫適爲主，縶而得之。會罷兵歸，飼以豐秣，幾半年，膚革僅完，毛彨復生。日寘之槽櫪，慹慹然與群馬不相顧，時一出縶廡下，顧景嘶鳴，若自慶其有所遇，成亦未始異之。牙治在城闉，每旦與同列之隸帳下者，率夜漏未盡一刻，騎而往。屏息庭槐下，執檛候晨，鴈鶩行立，俟頤指盡午退，以爲常。

馬或蹶苶不任，相通融爲假借。一日，有告馬病，從成請騟往。始命鞍，踶〔三〕鳴人立，右右驤拒不可制，易十數健卒，莫能孰何。乃以歸之成，成曰：「安有是？」呼常馭羸卒持鞚來，則帖耳馴服如平時，振迅通衢，磬控緩亟，無少忤者。自是惟成乘則受之，他人則復弗受。雖日浴于河，群馬皆裼〔四〕而騎，相望後先，騟之馭者，終莫敢竊睨其膺鬣，稍前即噬齧之。軍中咸指爲驁悍，擯弗齒。

嘉定庚午，峒寇李元礪，盜弄潢池。兵庚符下，統府調兵三千人以往。成與行，崎嶇山澤，夷若方軌。至吉之月餘，寇來犯龍泉柵，成出博鬭四五合，危敗之矣，或以鈎出其腋，及韃而隊死焉。官軍亟鳴鉦，騟屹立不去，躑躅徘徊，悲鳴屍側。賊將顧曰：「良馬也。」取之。元礪有弟，悍很〔五〕恃執，每出掠，率彊取十二三。適見之，色動曰：「我欲之。」將不敢逆。遂試之，蹴踘進退折旋良愜，即不勝喜。貯以上廐，煮豆粟，濯泉蒻毐，用金玉爲鎧，華韉沃續，極其鮮明。群渠皆釃酒來賀。輜重卒有爲賊掠取者知之，曰：「騟他日未當若是，彼畜也，而亦畏賊耶？」竊恠之。於是日游其騟於峒㟏間，上下峻坂，無不如意，恨得之晚。思一快意馳騁，而地多阻，且不可得。

後旬浹，復犯永新柵。官軍聞有寇至，披鹿角出迎擊。鼓聲始殷，果乘騟以來。騟識我軍旗幟，亟馳。賊覺有異，大呼勒挽不止，則怒以鐵槊擊之，胯盡傷。騟不復顧，冒陣以入。軍士識之者曰：「此王校之騟也，是異服者必其酋。」相與逐之，執以下。訊而得其實，則縛以徇于軍，曰：「得元礪之弟矣！」譟而進，賊軍大駭，軍士勇躍争奮，遂敗之。急羽露書以出奇獲醜聞，檻送江右道。朝廷方患其跳梁，日徯吉語，聞而嘉之，第賞有差。衆耻其功之出於馬也，没騟之事，騟之義遂不聞於時。居二日，騟歸病傷，不秣而死。

稗官氏曰：孔子曰：「驥不稱其力，稱其德也。」今視騟之事，信然。夫不苟受以爲正，報施以爲仁，巽以用其權，而决以致其功，又卒不失其義以死，非德其孰能稱之也？彼仰秣而戀豆，歷跨下而不知耻，因人而成事者，雖有奔塵絶景之技，才不勝德，媿之駑駘，何足算乎！余意君子之將有取也，而居是鄉，詳其事，故私裰〔六〕取著于篇。（據上海商務印書館編印《四部叢刊續編》景印清瞿鏞鐵琴銅劍樓藏元刊本南宋岳珂《桯史》卷五）

〔一〕虜大　《四庫》本避諱改作「北兵」。下文「虜」亦改作「兵」。

〔二〕逐　原譌作「遂」，據《稗海》、《津逮》、《四庫》、《學津》本及明許自昌《樗齋漫録》卷五引《桯史》改。下文「相與遂之」亦改。

〔三〕踶　《稗海》本、《樗齋漫録》譌作「鞮」。踶，踢也。鞮，革履。

〔四〕裼　原譌作「裼」，據《學津》本改。《四庫》本、《樗齋漫録》作「褐」，亦譌。

〔五〕很　《稗海》本、《樗齋漫録》作「狠」。很，同「狠」。

〔六〕裰　《稗海》本、《樗齋漫録》作「掇」。裰，通「掇」，拾取。

按：原篇首云：「吾鄉有義騶事甚奇，余嘗爲作傳曰」。今删，只録傳文。事在嘉定庚午即三年（一二一〇），而《桯史》作於嘉定七年（《桯史序》），是知此傳作於嘉定三年至七年間。

汪革謡讖

岳　珂　撰

淳熙辛丑，舒之宿松民汪革，以鐵冶之衆叛，比郡大震，詔發江、池大軍討之。既潰，又詔以三百萬名捕。其年，革遁入行都，廂吏執之以聞，遂下大理獄，具梟于市，支黨流廣南。

余嘗聞之番易周國器元鼎曰：革字信之，本嚴遂安人。其兄孚師中嘗登鄉書，以財豪鄉里，爲官榷坊酤，以捕私醞入民家，格鬭殺人，且因以掠敚，黥隸吉陽軍。壬午、癸未間，張魏公都督江淮，孚逃歸，上書自詭募亡命爲前鋒，雖弗效，猶以此脱黥籍，歸益治貲産，復致千金。革偶鬩牆不得志，獨荷一繖出。聞淮有耕冶可業，渡江至麻地家焉。麻地去宿松三十里，有山可薪，革得之，稍招合流徙者，治炭其中，起鐵冶其居旁。又一在荆橋，使里人錢某秉德主焉。錢故吴越支裔也，貧不能家，妻美而豔，革私之。邑有酤坊在倉步、白雲，革訟而擅其利，歲致官錢不什一。別邑望江有湖，地饒魚蒲，復佃爲永業。凡廣袤七十里，民之以漁至者數百户，咸得役使。革在淮仍以武斷稱，如居嚴時，出佩刀劍，盛騎從。環數郡邑官吏，有不愜志者，輒文致而訟其罪，或莫夜嘯烏合，歐擊瀕死乃寘。於是爭敬畏之，願交驩奉頤旨。革亦能時低昂，折節與游，得其死力，聲焰赫然，自儔夷以下不論也。

初，江之統帥曰皇甫倜，以寬得衆，別聚忠義爲一軍，多致驍勇。繼之者劉光祖，頗矯前所爲，奏散遣其衆。太湖邑中有洪恭訓練，居邑南門倉巷口，舊爲軍校，先數年已去尺籍，家其間。軍士程某二人，素識之，往歸焉。恭無以容，又不欲逆其意。革之長子某，好騎射，輕財結客，遂以書薦之往，果喜留之。一年而盡其技，革貲用適窘，謝以鐵錢五十緡，二人不滿。問其所往，曰：「將如太湖。」革因寄書以遺恭。革與恭好，有私幹，期以秋，以其便之弗端，亶書紙尾曰：「迺事俟秋涼，即得踐約。」二人既出，飲它肆，酣，相與咨怨，竊發緘窺之而未言。至太湖見恭，恭門有茗坊，延之坐，自入于室，取四縑將遺之。恭有妾曰小姐，躬蠶織勞，以恭之好施也，恪不予縑。屏後有詈言，二人聞之怒。恭堅持縑出，不肯受，亦不投以書，徑歸九江。揚言于市，謂：「革有異謀，從我學弓馬兵陣，已約恭以秋叛，將連軍中爲應，我因逃歸。」故使邏者聞之，意欲以藉手冀復收。

光祖廉得之，恐，捕二人送後司，既無以脱，遂出其書爲證。光祖繳上之朝，有詔捕革。郡命宿松尉何姓，忘其名，素畏其豪，彎卒又咸辭不敢前，妄謂拒捕，幸其事之它屬以自解。時邑無令，有王某者以簿攝邑事，郡檄簿往説諭。革巳聞之，頗爲備，飲簿以酒，烹鵝不熟而薦，意緒倉皇。簿覺有異，不敢言而出。行數里，解后郡遣客將郭擇者至。擇與汪革交稔，故郡使繼簿將命，從以吏卒十餘人。簿下馬道革語，勸勿往，擇不可，曰：「太守以此事屬擇，今徒還，且得罪。」遂入，革復飲之。時天六月方暑，虐以酒，自巳至申，不得去。擇初謂革無他，既見，乃露刃列兩廂門下，憧憧往來，袒裼[一]呼嘯，頗懼，亶孫辭匄去。革畢飲字，謂擇曰：「希顔，吾故人，今事籍籍，革且不知所從始，雀鼠貪生，未敢出。有楮券四百，匄希顔爲我展限。」擇陽諾，方取楮。捕吏有王立者，亦以革之餉飲也醉，聞其得錢，扣窻呼曰：「三省、樞密院同奉聖旨，取謀反人，教練乃受錢展限耶？」革長子聞之，躍出縛擇，曰：「吾父與爾善，爾乃匿聖旨文書，紿吾父死地。」户闔，甲者興，王立先中二刀仆，僞死。盡殲捕吏，鈎曳出寘牆下。將殺擇，探懷中，得所藏郡移。擇搏頰祈哀曰：「此非他人，乃何尉所爲，苟得尉辨正，死不恨。」革許之。

分命二子往起炭山及二冶之衆。炭山皆鄉農，不肯從，爭迸逸，惟冶下多逋逃群盜，寔從之。夜起兵，部分行伍，使其腹心龔四八、董三、董四、錢四二及二子分將之，有衆五百餘。六日辛亥遲明，蓐食趨邑。數人者故軍士，若將家子弟，亦有能文者，俠且武，平居以官人稱，革皆親下之。革有三馬，號惺惺騮、小驄騍，曰番婆子，駿甚，馭曰劉青，驍捷過人。革是日被白錦袍，屬櫜鞬，腰劍，緫鵝梨旋風髻。道荆橋，秉德之妻闖于垣，匿弗之見，乃過之。未至縣五里，錢四二有異心，因謂革曰：「今捕何尉，顧不足多煩兵，君以親騎入，大隊姑屯此可也。」革然其言，以三十騎先入郭門。問尉所在，則前一日以定民訟，舍村寺未歸。乃耀武郭中，復南出。劉青方鞚，忽顧革曰：「今雖不得尉，能質其家，尉且立來。」革曰：「良是。」反騎趨縣。尉廨在縣治，革將至，有長人衣白立門間，高與樓齊。其徒俱見之，人馬辟易，亟奔還，則錢四二者已與其衆潰逃略盡，惟龔、董守郭擇，不去者尚五六十人。計無所出，迺殺擇而還麻地。其居屋數百間，藏書甚富，穀粟山積，盡火之。幼孫千一甫十一歲，使乘惺惺騮，如無爲漕司，分析〔二〕非敢反，特爲尉迫脅狀。遂殺二馬，挈其孥至望江，以五舟分載，入天荒湖，泊葦間。與龔、董灑涕别去，曰：「各逃而生，毋以爲君累也。」其次子有婦張，實太湖河西花香鹽賈張四郎之女，有智數，嘗勸革就逮，弗從，至是與其子相泣，自湛于湖，時人哀之。

王立既不死，負傷而逃歸郡。郡聞革起聚民兵，會巡尉來捕，且驛書上言，詔發兩統帥偏裨撲滅，勿使熾。居十日而兵大合，徒知其在湖，不敢近，視舟有煙火，且聞伐鼓聲。

稍久不出，使闖之，則無人焉。煙乃烘〔三〕麻屑，爲詰曲如印盤，縛羊鼓上，使以蹄擊，革蓋東矣。革之至江口，劫二客舟，浮家至鴈汊、采石，僞官歸峽者，謁征官而去，人莫之疑。舒軍既失革，朝廷益慮其北走胡，大設賞購。革乃匿其家于近郊故死友家，夜使宿弊窑，曰：「吾事明，家可歸師中兄。」遂入北關，遇城北廂官白某者于塗。白嘗爲同安監官，識革，方駭避，革曰：「聞官捕我急，請以爲君得。」束手詣闕，下天獄。獄吏訊其家所在，備楚毒，卒不言。從獄中上書，言：「臣非反者，蹭蹬至此，蓋嘗投匭，請得以兩淮兵恢復中原，不假援助，臣志可見矣。不知訟臣反而捕者爲誰，請得以辨。」乃詔九江軍送二人，捕洪恭等雜驗，皆無反狀，書所言秋期乃它事。革亶坐手殺平人，論極典，從者末減。二人亦以首事妄言，杖脊竄千里。

方其孫訴漕司時，遞押繫太湖，荷小校過棠梨市，國器嘗見之。惺惺騮棄野間，爲人取去。宿松人復攘之，以瘠死。革之壻曰毛翥，字時舉，第百一，居倉步，亦業儒，以不頂謀，至今存。後其家果得免，依乎而居。後一年，事益弛，乃如宿松識故業。董四從，有總首詹怨之，捕送郡。郭擇家人逆諸門，搏擊之，至郡庭，首不髮矣。其捕董時，亦賞緡千〔四〕，郡不復肯畀，薄其罪，僅編管撫州。

革未敗，天下謡曰：「有箇秀才姓汪，騎箇驢兒過江。江又過不得，做盡萬千趨鏘。」

又曰：「往[五]在祁門下鄉，行第排來四八。」首尾皆同，凡十餘曲，舞者率侑以鼓吹，莫曉所謂。至是始驗，革第十二，以四合八，其應也。二人初言，蓋謂革將自廬起兵如江云。國器又言：革存時，每酒酣，多好自舞，亦不知兆止其身。宿松長人，或謂其邑之神，曰福應侯，威靈極著。革時亦欲縱火殺掠，使無所睹，邑幾殆。時守安慶者李，歲久，亦不知其爲何人也。（據上海商務印書館編印《四部叢刊續編》景印清瞿鏞鐵琴銅劍樓藏元刊本南宋岳珂《桯史》卷六）

〔一〕祖裼　原譌作「袒裼」，據《津逮》、《四庫》本改。祖裼，袒衣露體。

〔二〕析　《稗海》本作「訴」。

〔三〕焫　原譌作「爀」，據《津逮》、《四庫》、《學津》本改。《集韻》卷九「屑十六」：焫，必結切，「灼物焦也，或作熒」。

〔四〕千　原作「十」。按：懸賞捕董不當只十緡，《稗海》、《津逮》、《四庫》、《學津》本均作「千」，據改。

〔五〕往　《津逮》、《四庫》、《學津》本作「住」。

曾亨仲傳[一]

陳鵠　撰

陳鵠，號西塘，南陽（治今河南南陽市）人。弱冠客會稽。孝宗淳熙十一年（一一八四）爲太學諸生。光宗紹熙元年（一一九〇）洪邁知紹興府，嘗與洪遊。在紹興又與陸游兄淞（字子逸）從遊頗密。寧宗嘉定八年（一二一五）爲滁州教授。十三年曾道過縉雲訪李英華遺跡。晚年著《西塘集耆舊續聞》十卷。約卒於理宗寶慶（一二二五—一二二七）後。（據《西塘集耆舊續聞》題署及卷二、卷四、卷六、卷七、卷九、卷一〇）

余友人曾亨仲，少隨表兄陳夢良任鄂〔二〕之嘉魚尉。秩滿，移寓於崔府君祠下，館曾於東廡。忽一夕，聞窗外異香撲鼻，微吟云：「芳心欲割〔三〕憑誰訴？惟有清風明月知。」次夜復吟〔四〕，曾穴窗視之，彷彿有女子過廡下，但見雲鬟〔五〕斜嚲，若懶妝之態。是夕忽入，與之遇，力扣其姓氏，不告，强絶〔六〕之，乃云：「妾本府君之女。」又問其年若干，云：「年當二八時。」又問何故懶妝，云：「對妝慵覽〔七〕鏡。」又問：「荅我一似吟詩。」云：「拈〔八〕筆愛題詩。」

一日，曾往祠下，遍閱無女子像貌，疑是寓居女。恐事覺，欲絶之，女云：「君若見疑，可同往。」乃引至一大府，有童姬百輩，候迎於門，延至中堂。茶湯罷，登望月臺，羅列殽饌，酒果甚設〔九〕，酬勸浹洽〔一〇〕。臺旁有碑，記其歲月，云「無爲子撰」。曾問無爲子是何人，云：「即妾也。」酒罷已五鼓，曾攜果核歸，醉寢。其子姪至，取其果與之，無異人間者。又嘗吟云：「欲擇純良壻，須求才學兒。期君終遠大，富貴我皆知。」曾云：「何以知之？」

云：「吾父掌人間善惡禍福，各有簿，吾嘗竊視之。」曾遂扣以前程事，云：「遇雞年即發。」自此每夕寢處如常，但神情顇瘁。其家疑爲妖魅所惑，力扣之，乃以實告。郡有孔法師，符法甚靈，乃密以狀告。孔爲具牒〔二〕，令就城隍司投之，且云：「今夜若有影兆見報。」是夕，府君從窻外長歎而過，有數獄卒押其女隨後。女舉手指曾，數其負約。翌旦，孔咒符與飲，自此遂不至。

八月，郡以祠爲漕試院，遂移寓南草市。女子復來，自後往來不可禁，唱和詩詞盈軸，其家視以爲常，亦不復怪。來春，曾欲試上庠，女泣別曰：「與君相從許久，苦留不住，先動必有災，前途宜自謹。」曾至黄池鎮，一夕被寇，席捲而去，曾狼狽而歸。至中都，復丁母艱，始驗其言。後累舉遇雞年，皆不驗。後館於趙大資德老之門。至癸酉歲，果請〔三〕浙漕薦，年幾七旬矣。女子之言異哉！（據清鮑廷博編刊《知不足齋叢書》第十九集南宋陳鵠《西塘集耆舊續聞》卷七）

〔一〕篇題自擬。

〔二〕鄂　原誤作「岳」。按：嘉魚縣屬鄂州，不屬岳州。《宋史·地理志四》荆湖北路鄂州嘉魚云「熙寧六年析復州地入焉」。且下文云郡以崔府君祠爲漕試院，鄂州南宋初及宋末曾爲荆湖北路治所，此時雖治江陵，然路轉運使司設漕試院於鄂州固可，不當設於岳州。又云「移寓南草市」，據《夷堅支庚》卷一《鄂州南市女》，鄂州確有南草市。今改作「鄂」。

〔三〕割　《四庫全書》本作「剖」。

〔四〕吟　《四庫》本下有「云」字。

〔五〕鬢　《四庫》本作「鬢」。

〔六〕絶　《四庫》本作「詰」。

〔七〕覽　《四庫》本作「攬」。

〔八〕拈　《四庫》本作「握」。

〔九〕甚設　「甚」中華書局版孔凡禮點校本據傳增湘校本改作「盛」。「設」《四庫》本作「奢」。

〔一〇〕浹洽　原校：「一作歡洽。」《四庫》本作「歡洽」。

〔一一〕牒　《四庫》本作「符」。

〔一二〕請　《四庫》本作「偕」。

按：《西塘集耆舊續聞》十卷，《知不足齋叢書》本題「南陽陳鵠録正」，《叢書集成初編》據此本排印。《四庫全書》本題《耆舊續聞》，宋陳鵠撰。《四庫全書總目》小説家類雜事之屬著録此書云，一本題曰「南陽陳鵠録正」，一本題曰「陳鵠西塘撰」。《四庫》本與知不足齋本文字多有不同。

《耆舊續聞》卷七載：「余聞英華之事舊矣。歲在庚辰（嘉定十三年，一二二〇），道出縉雲，訪其遺跡，得縉雲令林毅夫贈英華詩集一編。」下載宣和庚子（二年，一一二〇）曹穎在縉雲遇鬼仙李英華事。接云：「若言曾生之遇尤異。」以下叙曾亨仲在鄂州（原誤作岳州）嘉魚崔府君祠遇崔府君女無爲子事。末云：「余謂妖魅之惑人，未有久而不斃者，獨二子所遇，不能爲之害。曹果死於兵難，曾雖蹭蹬不第，年逾八衮以壽終。余淳熙甲辰（十一年，一一八四），初識曾於臨安郡庠，一日乘其醉扣之，曾悉以告，嘗爲作傳以紀其事矣。亨仲乃鄭鑑自明之内表，嘗以其事語於伯恭先生（按：吕祖謙字伯恭），士夫間亦有聞之者。偶讀《李英華集》，某以其事正相類，因併録之。」觀陳氏語，嘉定十三年在縉雲得《李英華集》，晚年作《耆舊續聞》據而録下英華事，同時又一併録入昔日所作《曾亨仲傳》，是故「余友人曾亨仲」至「女子之言異哉」一段，蓋即原傳文字。淳熙十一年從曾亨仲處聞其事後，似未即作傳，或僅爲草稿，洎嘉定六年癸酉歲（一二一三），曾亨仲由浙江東路轉運使司薦官，無爲子所言「遇雞年即發」應驗後方寫定。若然，傳當成於嘉定六年後也。

紅衣丱女傳〔一〕

裴端夫　撰

裴端夫，寧宗時人。能詩。曾客於華亭知縣陳某家爲師，以布衣客死京下。（據本篇）

温州人陳忘其名，知華亭縣，以裴端夫爲客。至之明日，午夜被酒，起坐紗幬中。庭下昏月朧朧，緑衣小童歷階而升，盡其等展謁曰：「某官祗候。」端夫欲下牀攬衣，而其人已徑前矣，一緋衣，二緑衣，皆幞頭秉簡，當階旅揖而去，不吐一辭。端夫雖驚畏，然念爲人師，且適抵此，柰何張鬼事，閟不言。

明日，方篝燈，童復來云：「某官傳語，恐驚教授，不敢數進見，令小娘子來道萬福。」一丱女十餘歲，紅衣黄裳，珠琲滿頭，跪揖而去。自此朱緑者無復見，而童閒攜女來戲劇。端夫問女何人，曰：「緋衣爹爹，緑衣叔叔也。媽媽姐姐養娘妳妳輩，三四十口，在宅堂後，避嫌不敢相見，都教傳語先生。」問何姓何官，女曰：「奴奴小孩兒，都不理會得。」

月餘，端夫猶不以語陳君。他日，陳招飲，女將一數歲兒，翳身屏後揶揄之。端夫顧笑，陳力扣詰，乃言其狀。陳怒，厲聲叱之，兒驚而啼，女頳怒曰：「我去説與爹爹。」未終飲，報爨婢發狂疾。陳與端夫偕入視之，婢攜巨柴出，欲擊人，厲聲謂陳曰：「汝不憂官失妻死，乃猶木强耶？」言皆成文。陳使數卒力制之，以縣印徧印其身，將曉乃定。明日，復憑他婢，婢若爲人所縛，懸立虚空中，不食者兩日。陳徧召持法者治之，略無驗。端夫爲焚香請解之，婢乃曰：「爲先生故且去，後駡我，血汝族。」陳以宅堂不可居，徙於倉中。未幾，内子卒焉。又月餘，陳竟以臺劾罷。將行，童持謁謁端夫，云：「某官辭。」朱緑衣復出

揖，端夫欲延坐問，已無見矣。（據清鮑廷博編刊《知不足齋叢書》第十二集南宋沈氏《鬼董》卷五）

〔一〕篇題自擬。

按：《鬼董》載此事末云：「端夫恃爲鬼所敬，意必遠大。自華亭歸，數年乃客死京下。端夫趣尚頗高，能爲詩，終於布衣，可惜也。端夫自作傳示余，甚詳。今獨記其梗槩如此。」沈氏乃寧宗、理宗時人，《鬼董》約作於理宗紹定中，其時端夫已卒，此傳殆作於寧宗嘉定間。

宋代傳奇集第六編卷一

周浩二豔〔一〕

沈　氏　撰

沈氏，名不詳。約孝京淳熙、光宗紹熙間爲太學生。寧宗嘉定十一年（一二一八）春在臨安，與友人林亨之岳父、承務郎丘君曾有來往。十六年秋客次湖州。理宗寶慶間曾往鹽官看姊，紹定元年（一二二八），姻家提點刑獄公事魯文之卒於嘉興，而往哭之。（據《鬼董》及元錢孚跋）

秦熺之客洛人周浩，卜居西湖。鄰邸有白衣少婦來寓，豔冶而慧。始見猶自匿，稍久目成心通。叩諸鄰，鄰曰：「汴人李氏，夫死服將除，方謀再行。」浩厚致媒幣，室之。婦能先事中浩意，相得甚歡。歲餘，觀濤於江，見雙鬟女，美出妻右，心慕之。茶肆姥曰：「此女居六和塔，父母亡矣，獨與姨處，方願以樂藝自鬻。」浩捐金數千，方獲焉。始至其家，妻妾順比如篪塤。後忽忿爭，浩諭不可解，至相毆擊。兩怒方厲，黑烟蓬勃出自吻，蔽屋如墨，奇響一聲，烟銷室空，二豔俱失。遣人訪其姨，蕩然砂磧也。浩怪愕，不敢居其居，從傳法寺假僧房徙焉。

元日四鼓，欲之秦氏賀，甫出門，陰氣砉然，籠燭隨滅，妻不知從何來，怒罵曰：「無行棄我逃釋，謂終不能近汝耶？」浩罔然不省其妖，隨謝之。婦曰：「我已徙居入城矣。」偕至小宅中，歡飲共宿。明日，乃得之望仙橋下，半卧水中，喘息僅屬。掖歸療治，數日乃愈。浩益恐，遷館於秦氏。一夕，坐書室，有穴窗者，叱之，隨聲自隙入，妾也。鉛丹不施，雙鬢紛披，而態度愈明豔，倚浩嬌怨曰：「主母妒悍，正藉君主張，乃懦不能，令使我至此。且彼非人，乃死老魅，君何爲惑之？」浩亦迷罔不省，留共寢。妾挽出游，偕飲中瓦酒家，聞寺鐘而寤，身乃在後圃池中，污泥滿耳鼻。

秦氏呼一道士制之，不驗，乃使四卒夜番守之。浩雖不得出，而二女閒夜至，或憑浩言，云云叫呼。熺厭之，使他客送往建康。道遇時中，時中曰：「是水族之怪也。鱉爲白衣，穴西湖；獺爲少女，窟於江。弗速拯，將死於溺矣。」爲檄江湖神，俾縶二物，曰：「法不許殺也。」初，周浩在西京，困不自聊，有洛瀕〔一〕老翁，夜聞洛中溺鬼相謂，翌日欲取白衣士自代，其衣下穿，而姓周。翁旦而待，日中而浩至，姓狀衣袂如鬼語，力挽駐之，乃脱。至此，又復遇水魅云。

或曰：人靈於萬物，人不能神，禽獸昆蟲惡能神，又惡能魅人？凡言魅者其寓歟？余曰：凡人形盡則死，死爲鬼，鬼而能有知者，不待聖與智，彼其形亡而神存故也。至神則能神，神又能神形。自神而形謂之通，自形而神謂之定。定則慧，通則空矣。空則彌漫八極而無所不至，故能運天地，化萬物。生亦神，死亦神，生有不神者，自窒之也，實其所以空者，而無以受故也。惟萬物則不然，故死不能神，而生或神。死不神者，氣偏業縈理悖，無以神神也。生或神者，壽也。今夫人大齊不踰百，而物不殄不死，不死則或靈矣。世有爲長生術者，言理則未窮，言性則未盡，言覺則非正，久而仙，能化，能幻，能前知。物之魅者，久也，老壽也，猶人之仙也，然亦豈數數然見哉！夫物之魅人者，必以婬，婬者其自魅也久矣，已魅而物之魅類至矣，何寓言之有？（據清鮑廷博編刊《知不足齋叢書》第十二集南宋沈氏《鬼董》卷二）

〔一〕原無標目，今自擬，下同。

〔二〕瀬　原校：「一作瀨。」

按：元臨安錢孚泰定丙寅（三年，一三二六）跋云：「《鬼董》五卷，得之毘陵楊道芳家。此衹鈔本，後有小序，零落不能詳。其可攷者，云太學生沈，又云孝、光時人，而關解元之所傳也。喜其敘事整比，雖涉怪而有據，故録置巾笥中，以貽同好。」清鮑廷博乾隆丙午（五十一年，一七八六）跋云：「右《鬼董》五卷，不署撰人姓名。據泰定間錢孚跋語，似爲宋孝、光時沈某著，特傳之者關漢卿耳。考第四卷有『嘉定戊寅予在都』之語，則其人寧宗時尚存。明蔣一葵《堯山堂外紀》（按：見卷六八《関漢卿》）竟以爲關撰者，誤矣。所記多涉鬼神幻惑之事，宜爲儒者所譏，而勸懲之旨寓焉。予固不敢以無稽目之，復梓以傳，庶幾於世教有少補云。」

書中最晚記事在紹定二年己丑（卷二「善應尼」、卷三「道士青陽」），而卷三「衢浦民」事在丁亥（即寶慶三年，一二二七）水災之後，末又稱「自民之生（按：指入冥復生）已二三年」，然則作者撰成此書殆在紹定二年後之紹定年間（一二二八—一二三三）。

本書不見宋元書目著録，但宋代曾有刻本，明李詡《戒庵老人漫筆》卷八《論十王薦亡之誕》云：「余得宋刻《鬼董》一書，中有論十王、薦亡兩條。」惟流傳不廣，陶宗儀《説郛》亦未採録。最初見於明趙用賢《趙定宇書目》所載《稗統續編》目録，中有抄本《鬼董》。清錢謙益《絳雲樓書目》小説類、曹寅《楝亭書目》説部類亦有著録，均作《鬼董狐》，《楝亭書目》注云：「鈔本，元臨安錢孚跋尾，五卷，一册。」以上皆不著撰人。清黄虞稷《千頃堂書目》小説類《補元》、倪燦《補遼金元藝文志》小説家類、錢大昕《補元史藝文志》小説家類、魏源《元史新編》卷九三《藝文志三》小説家類乃著録作關漢卿《鬼董》五卷。按錢孚跋語稱原鈔本小序云「關解元之所傳」，顯非關解元自著。且關解元未必定是關漢卿，宋元書會才人及讀書人以解元相稱者多有，以爲關漢卿撰，大謬。

明清時本書大抵以鈔本流傳，今國家圖書館藏有清鈔本《鬼董》五卷、《鬼董狐》五卷各一册

(《北京圖書館善本書目》卷五小説家類)。乾隆五十一年鮑廷博始刊於《知不足齋叢書》,五卷,不署撰名,卷末有元人錢孚跋,題「泰定丙寅清明日臨安錢孚跋」。末爲鮑跋,署「乾隆丙午七月既望歙鮑廷博識於知不足齋」。《叢書集成初編》影印知不足齋本。《續修四庫全書》一二六六册有國圖藏《知不足齋叢書》本,錢孚跋後有孫江識語及藏園老人(傅增湘)校跋。傅跋云:「家藏舊鈔本,庋之篋底十餘年矣。前日偶檢及之,因取鮑刻本一校,改定一百一字。此書《四庫》不收,知不足齋外别無刊本。此帙卷後有孫岷自跋,首鈐王鹿鳴印記,半葉九行二十字,審其筆迹,當爲國初人所寫。其糾正之處,視刊本詞意爲長。後有覆彫者,可取正於此焉。」鮑刊本後又收入《龍威秘書》五集、《説庫》。

全書共四十八事,《戒庵老人漫筆》所云宋刻本論十王、薦亡兩條,見於今本卷四、卷三(即「老子」),蓋猶爲全帙。孫江云「此非全書」,恐非。中十三事實剿自《太平廣記》,餘皆自撰。書名《鬼董》,乃得於《搜神記》作者干寶之稱,人稱其爲「鬼之董狐」也(見《世説新語·排調》、《晉書》卷八二《干寶傳》)。

金燭

沈氏撰

秦檜專柄時,雅州守奉生日物甚富,爲椽燭百餘,範精金爲之心,而外灌花蠟,他物稱是。使衙前某與卒十輩，持走都下。至鄂州之三山，遇暴雨，休於道傍草舍。主人書生也，窶甚，方冬猶絺葛，卧牛衣中，蹙然曰：「雨甚，日向暮，屋漏不可居，恐敗官物。去此荒徑里許，客舍甚整，盍往憩？」衆俾導以往，至則果有民居焉。其人姓魚氏，見客喜出迎，燂湯治飯，問所以來。婦側聞之，摘語其夫：「此持太師壽禮，必厚齎，可圖也。」夫曰：「吾寧能敵十夫哉？」婦解囊示之，蓋婦能貨藥，常爲娼尼蕩女輩殺子〔一〕，故蓄毒甚多。遂取殺鼠藥和諸毒，併寘酒中而飲之。中夜藥發，皆昬然不知人，獨衙前者飲少，不能毒，魚運斤擊之，十卒併命。他物悉藏瘞，獨不知燭中有金，不甚惜，姑置榻下。

會生納婦，以兩炬與之。生持歸，堅不可燃，刮視而金見。遂數數乞燭於魚，魚疑焉，取餘燭視之，始大悔懼，夜誘書生夫婦殺之。徙居漢陽，爲米商。小人驟得志，買婢以居。妻曰：「致爾富，我之謀也，今疎我耶？我且告之。」魚内〔二〕不樂。又家〔三〕持珠花與倡，倡始疑其惷而富，及得花葉下有雅守姓名，以示他客。客告倡持告之郡，遂夫婦皆磔於市。

檜方盛，四方賂獻山積，金不足道，又必窮索異寶，皆尚方所無。若雅守之金燭，又不足爲遼東豕，直芹萍耳。（據清鮑廷博編刊《知不足齋叢書》第十二集南宋沈氏《鬼董》卷二）

〔一〕子　傅增湘據家藏舊鈔本校作「鼠」。按：殺鼠豈獨爲婬尼蕩女？作「子」不誤，私生子也。
〔二〕内　傅校作「氏」。
〔三〕家　《説庫》本改作「嘗」。

陳淑

沈氏撰

紹興初，北客陳監倉寓邵武軍，笄女曰淑，美而慧。富子劉生欲娶之，劉父母以陳窶而挾官，恐侵其資，不許。陳亡，女不能自存，嫁同巷民黄生。黄母以罪繫，家罄於吏，炊弗屬，使淑質衣於市。過劉氏肆，劉子見之喜，呼入飲之，還其衣，予之千錢。他日復來，又益予之，寖挑謔及亂。淑歸，視夫如讎，夫疑焉，偵而知其數過劉也。僞弗聞者，使淑厚要於劉，獲既審其實，然後〔一〕詬淑曰：「我雖極貧，義不食污，當執汝詣郡。婦姦，法不得用蔭免也。」淑恨怒，飲夫醉，殺而析其骸，寘甕中。

鄰有聞者，捕淑赴官。劉生知女爲己累，夜逸，邏者得之，黥隷澧州。淑坐殺夫支解人不道，以凌遲論。刑有日矣，獄卒謝德悦其貌，夜率同牢卒，負而出諸垣，與俱竄至興國某山李氏邸舍中。李盜槖也，察其必竊而逃者，率家人持兵，紿以追至，德恐，穴壁遁去。

淑爲李生所得，詭言江州籍妓，不堪官役，故從尉曹射士〔二〕。李妻悍，不以歸，寘諸酒肆中。李蓄毒殺人掠財，淑久亦益習爲之。

謝德既脱去，爲醫褐衣，以藥游荆、鄂。又三四年而返，由故道飲李氏酒肆。李生已忘其爲德，而淑懷德恩未替也，瞰無人焉，急走謂德：「僞醉卧於此，我復從君去。」德如其言。夜，淑堇酒飲李及兩童婢，皆僵仆，呼德使就殺之。席捲肆中所有，與德西上適襄陽。李氏家人來，見屍縱横，獨意李生視盜侣不謹，爲所怒戕，不知淑實爲之也。

先是劉生既配流於澧，以賄免，不敢歸，往襄陽，依其舅崔觀察。崔亦盜巨擘，以俠雄一方，暮年革故態，多爲邸店自給。有邸在闤闠中，使劉生主之。德來，適入其舍，劉大驚，密以叩淑，淑卒言之。劉欲執告德，而恐淑并誅，乃僞善視之。月餘，攜德出城飲，以鐵擊其腦，推置檀溪中，復納淑而室之。亡何，劉父營得放停牒，呼使歸，崔以一赤馬、一奴送。劉至興國，遣舅家奴去，乃迎淑，翦其髮，衣以緇衣，賂尼寺而匿之。劉未至興國十里，夜宿袁八店，袁窺見槖中物殺之。劉父以子失歸期，走价質之崔，崔曰：「某日遣行，既累月矣。」劉父驚疑，自走襄陽訪之。崔之妻，其妹也，姑諱日設齋尼寺中，挽使偕行。劉父見淑，大驚曰：「是吾鄉殺夫者，當極刑。累吾子使黥，今胡爲在是？其可乎〔三〕？」乃械以陳邑，淑竟論死。嘻，異哉！（據清鮑廷博編刊《知不足齋叢書》第十二集南宋沈氏《鬼

董》卷二）

〔一〕後　傅校作「使」。

〔二〕射士　《説庫》本改作「謝士」。按：射士，弓箭射手。《説庫》改「射」爲「謝」者，蓋謂謝德也。然謝德乃邵武獄卒，非尉曹也。

〔三〕可乎　傅校作「使逸」。

楊二官人

沈　氏　撰

中瓦術者楊二官人，游群璫門，依之爲課息，故以貲稱。一日，有紫袍者以千錢求筮，曰：「吾妹隸慈福宫，所儲不下萬緡，欲祈某璫取之，筮吉凶云何。」楊曰：「卦得同人之九三，其象健以明，有人同焉。然伏戎於莽，財雖有之，而必以詐乃可得也。」自是屢不一占，占必千錢，閒與楊共飲，嬉游相樂。又數日，言：「吾妹已出宫，囊中所攜金珠過萬，君語無毫髮差，可謂通神。」遺以錢幣三千，曰：「是猶未足爲君謝也。」居一二日，復邀出飲，語之曰：「吾妹欲求偶，彼囊中雖富，而年過四十，慮娶者難之。妹欲自見君，以媒爲託。」楊忻然許之。

明日晡後，兩傔以金〔一〕合至，其中皆名鯖異饌佳果，及髹器金卮，信如禁中物。婦人乘肩舁，金翠耀目，紫袍踵其後。楊呼妻女延之，盡出其家白金觴斝相酬酢。夜漸向闌，啓黄封酒，婦自歌以飲，楊及其家下至女奴，皆偏〔二〕酌之。酒下咽，楊見其妻昏然而蹶，須臾舉室闌干僵仆，方趨掖之，而己亦然。紫袍先命其妹升車，取布囊盡掩席間所有，及其妻女首飾，計所直已千餘緡。笑謂楊曰：「以詐得財，信而有證。然以相予〔三〕之厚，樓上箱篋皆不發取，君自善視之。」方是時，楊心目了然，獨口不能言，身不能運耳。明日，藥氣既消，皆無恙。楊平時以智巧自負，慮貽笑群貂，不敢聲於賊曹，密與求盜輩跡其人，不復再見。（據清鮑廷博編刊《知不足齋叢書》第十二集南宋沈氏《鬼董》卷二）

〔一〕金　傅校作「朱」。

〔二〕偏　《説庫》本改作「徧」。偏，通「徧」。徧，古「遍」字。

〔三〕予　傅校作「與」。予，與也。

衝浦民

沈　氏　撰

吴江縣之北，聚落曰衝浦。民白晝見黄衣卒來逮捕，曰：「官唤汝，治殺人事。」民自念未嘗殺人，拒之不可，禱之不聽，遽前捽其胷，回視身仆牀上，方知已死。乃哀叩之，問何事，卒曰：「丈人訟汝殺妻，冥府不可欺，宜以實對。」洎至官曹，髯官據案坐，皁衣隸〔一〕鴈鶩行立，呼民來前，取婦翁訟牘示之。民不識字，吏爲之讀，言嘗殺三妻，最後者己女也。民曰：「三妻誠有之，然死非殺也。」官曰：「果何如，當直言，此非讕漫所也。」民言長者以瘵亡，次以蠱脹亡，三當丁亥水災，廬舍漂没，無所得食，死於餒耳。民有子六七歲，母亡復〔二〕繼死，官又問：「汝子何由死？」民曰：「亦以飢疾，問可知也。」吏引三妻洎子至，官一一問之，如民言。乃大怒曰：「老物以死誣人，當反坐。」索大械拲婦翁，兩鬼曳往獄中。

遣民歸，過廡下，有青衣人坐誦經，呼曰：「若憶我乎？」民識其比鄰錢道人，以焚死矣。視其臏足，有焦灼痕，而其旁金幣山積。錢曰：「平生誦《金剛般若經》，藉經力，不墮惡道。然口其文而心有他屬，又不解義趣，故雖富足而不能超昇。」民曰：「若然，何爲死於火？」錢曰：「方春溉田，必取淤泥糞之，殺蠃蚌多矣，能無及此乎？豈特以火死，今猶兩股日被焚灼，但藉經故，痛似可忍，又須臾即休。不然，殺生以一償一，業果不可量也。」又轉曲廊，列巨釜煮湯，沸涌數尺，卒漉取析骸，鋪板木上，水噀皆起成人。可認者三四人，皆里屠也，相對號泣，言殺業不可追悔，盍語各家爲造經像。又少進，空庭中縶者甚衆。鄰有兼併善訟伯里者，亦在縶中，與語莫不應，形狀亦不大了了。疑而叩諸吏，吏曰：「是未死，獨一魂先縶此，他日壽盡，乃案罪耳。」出門聞哭聲，蓋已死再宿，心尚暖，故未之斂，猛即其屍，遂活。

蘇文忠公言，儋耳處子死，所見皆儋耳鬼。今此民亦徒見吴江近里死者，豈一方各有治鬼事者耶？自民之生已二三年，鄰之縶者尚存，其豪狡如故。（據清鮑廷博編刊《知不足齋叢書》第十二集南宋沈氏《鬼董》卷三）

〔一〕隸　傅校作「吏」。

〔二〕復　傅校作「後」。

張王

沈氏撰

廬山歸宗寺，往年有偉丈夫，脩目美髯，語音如鐘，白氅烏帽，謂主客僧曰：「販米來此，觸熱不可歸，欲借一函席度夏。」僧拒之曰：「僧俗不錯居，況寺亦無閒屋。叢林事矩矱，不與房居等也。空山荒寂，客安寧〔一〕此哉？」客曰：「我非求安者，於選佛塲側得數尺地，可閱《華嚴》足矣。梵宇如許，不能容一老優婆塞耶？」僧不得拒，以白主僧，主僧異其人，許之。客坐夏九十日，清苦過諸比丘，日誦《華嚴》一卷。安居竟，乃辭去，語主僧曰：「吾家廣德軍西門外，姓張氏，家足穀。他日或廩不繼，幸使一化主來。」

來歲，寺以歉不入，如其言訪之。行西門外，覓富人張氏，了不可得。寄錫光孝寺，叩主僧，主僧噫嘻曰：「豈非吾郡張王乎？」偕入寺，視後殿偶像，信向客也。焫薌祝之而退〔二〕。夜夢王來，授以治眼方，曰：「吾郡人且苦目疾，師宜留此，以藥施人，勿取直，人自當歲有所酬。」既而滿郡皆目眚，廣德人恃王爲命，日禱祠下，王復夢之曰：「光孝廬山僧，施藥甚神，無以吾爲也。」人就僧乞藥，應手如掃，爭願奉施，僧得錢數百萬以歸。自是歸宗歲遣化廣德，而施者不厭也。寺刻木像王於僧堂之左，以五戒蒞香火，日易《華嚴》

一卷。

余所識禪僧行楷，偏參至歸宗，見寺僧有口吻歃不正者，意其風淫，欲予之藥。僧曰：「非疾〔三〕。往未削髮時，莅事張王祠。嘗適市得彘肉，不能忍饞，歸易《華嚴》，即罔不自知。去卧寮中，見李太尉持撾立其側，自知犯王所禁，心歉焉。神舉手一指，口隨指傾側。今弗之療，以識吾過。」李太尉者，吾鄉里人，死水而能神，相傳事張王。張王所至，塑之祠下，今封爲威濟侯云。（據清鮑廷博編刊《知不足齋叢書》第十二集南宋沈氏《鬼董》卷三）

〔一〕安寧　傳校作「寧安」。

〔二〕退　此字原無，據傳校補。

〔三〕非疾　傳校下有「也」字。

郝太尉女

沈　氏　撰

崇寧末年，大閹郝隨之女，爲鬼所魅。始見偉男子如將家，自稱舍人，來相挑謔。遂迷罔失常，號呼笑歌，聲及廣陌，或奮梃欲出，十餘人不能制。隨召京師名道士治之。一夕失女，偏〔一〕城内外，杳不可尋。

月餘，忽在閨中，灑然無恙。問所見，女曰：「始吾家呼法師來，舍人曰：『吾力出漢天師上，是何爲者！』既而見神兵四合，乃嘯呼其徒，至者千餘人，亦皆袛金執鋭，列陣相望。聞呼其名，蓋多近時戰死將校及赴市强囚也。鬼有韓將軍者，前白舍人曰：『彼軍雖不吾敵，然舍人本爲行樂計，是家一不得志必再，天下之言法者何可勝計，舍人寧能盡勝之，柰何以此爲戰地耶？舍人當先以夫人歸，我力戰必勝，而後反，彼軍縱有脱者，已不知夫人處矣。』舍人撫其背曰：『得良偶，君之功也。』舍人先與女馳去，韓軍於郝之門，神兵憚韓在後，果不敢追。舍人偕女入一廢祠，旋化爲城郭，臺觀池籞〔二〕，侈麗不可名。韓將軍以捷歸，獻俘受賞，如人閒軍禮。

「居數日，舍人曰：『吾得美妻，不可不與姻〔三〕鄰爲禮，合肆筵召客。』客至數人，有緑袍年少，方二十餘，美風度。遷坐近女，諦視之曰：『郝太尉女耶？中貴人傚宫禁塗澤，固加於市人一等矣。』中飲，舉酒酌舍人，大言曰：『吾與公爲兄弟，休戚無一不同，今暫易室，可乎？』舍人艴然曰：『吾與公爲兄弟，世乃有以婦爲戲者耶？』緑袍曰：『吾誠欲之，何戲之有？不吾與，即力爭耳。』推案而起，寶玉杯盤〔四〕皆碎於地。舍人奮然逐之，緑袍戟手去。居一二日，聞金鼓聲徧山谷，甲騎數千，譟於城下。舍人帥師御之，交綏而退。

緑袍爲七寨環城，矢石下如雨。韓將軍晝夜拒戰，互有勝負。如是者十餘日，舍人軍事良苦，無得歡悰。韓將軍曰：『賊糧且絶，不能久，請深壁毋戰，俟其飢疲而擊之，我以奇兵邀其後，蔑不勝矣。』會諜報德安公、祆廟〔五〕石王等助賊兵，而資以糧，兵來晝夜不絶，舍人謂女曰：『吾將家兵関西，復來戰此，自邠州靈應以西，皆吾與也。欲偕行，恐飛戈流矢不可測。汝還郝氏，澄心正念，求能楞嚴神咒者而學之，百鬼不敢近。不然，瞰吾去，或能禍汝。』乃自燔其營，潰圍出，送女至閨而去。」

女既得反，遂爲比丘尼。不知此曹鬼耶神耶〔六〕，殊未可測也。（據清鮑廷博編刊《知不足齋叢書》第十二集南宋沈氏《鬼董》卷三）

〔一〕偏　《説庫》本作「偏」。偏，古「徧」字。

〔二〕籞　傅校作「蘌」。籞，禁苑。

〔三〕姻　傅校作「婚」。

〔四〕盤　傅校作「盂」。

〔五〕祆廟　原譌作「祅廟」。祆，同「妖」。按：古波斯祆教（亦稱火教、拜火教）唐宋時盛於中國，各地多有祠廟以祀其神（祆），稱作祆廟或祆祠。《墨莊漫録》卷四：「東京城北有祆廟呼煙切。祆神本出西域，蓋胡神也，與大秦穆護同入中國。俗以火神祠之，京師人畏其威靈，甚重之。……鎮江府朱方門之東城上，乃有祆神祠，不知何人立也。」今改。

〔六〕耶　此字原無，據傳校補。

樊生

沈氏撰

都民質庫樊生，與其徒李游湖上某寺閣。得女子履〔一〕，絶弓小，中有片紙曰：「妾擇對者也，有姻議者，可訪王老娘問之。」樊生少年，心方蕩，得之若狂，莫知其何人。他時過昇陽宮庫前，聞兩嫗踵其後相語笑，多道王老娘。伺其入茶肆，亦往焉。兩嫗謂瀹茶僕曰：「王老娘在乎？」曰：「在。」「爲我道欲見。」僕自後呼一嫗出，四五十矣。兩嫗迎，語之曰：「陶小娘子遣我問親事何如。」王曰：「未得當人意者，且彼自以鞋約，得鞋者諧之。」樊大喜，伺兩嫗去，獨呼飲王嫗，言：「鞋乃我得之，陶今安在？嫗果能副吾事否？」嫗咤曰：「天合也！彼生二十有二年矣，張郡王之嬖也。郡王死時方十七八，出求偶已四年矣，無當其意者，故不嫁至今，奩中所有萬緡。君少年而家富，契彼所欲，然必令一見乃可。」約以明日會某氏酒肆中。樊生如期往，顧之，嫗走而先，四夫舁一轎，一女奴從其後。褰簾出揖，粲然麗人，目所未見。飲至暮〔二〕，語寖褻狎。嫗以他故出，女遂與樊亂，不冐復去。

樊生父甚嚴，以野合不敢攜女歸。有貯貨屋在後市街，女已知之，自呼車與女奴偕往。樊生不獲已，乃從之，相挽登樓，坐舁夫于門。守舍傭見其人衣紙衣，驚呼失聲，四夫皆没，樊生坐樓上不知也。中夜樊歸，傭途送之，道所見，猶不之信。旦日，傭燂湯登樓，視婢乃一枯骸，女在牀，自腰以下中斷而異處。亟走報樊父，父往驗之，則蕩然空室，無復存者。鬼乃入其家，即子舍塗抹，出拜舅姑，上續命物，真若新婦。樊惟一子，憂之，訪善法者。或言賣熝羸張生考召有驗，呼治之。女子無畏色，出語曰：「我良家子，方有姻議，而彼〔三〕遽姦污我於酒肆中，若謂此誰之罪？今不居此將安歸？」張爲之勸解，久之乃曰：「去易耳，然吾終不置此人。」遂爲旋風而滅。

月餘，樊與李游嘉會門外，李以酒忤省史〔四〕趙生，趙生欲苦之，樊與併遁。不敢由故道，乃登慈雲嶺，繞入錢湖門中。嶺雨暴至，舍小人家，主人母白服出迎，曰：「顧六妻也，夫死未盈月。」日暝雨甚，主人母以榻處二客，曰：「昇陽宮前酒，唯飲王老娘，今急乃投我。」李謂樊曰：「彼何自知之？得非亦鬼乎？」懼不敢寐。中夜，聞扣門聲，呼顧六甚急。二生窺見皁衣卒，自靈牀上曳老叟去，回語媪：「善視二客，勿使去。」樊、李益恐，相攜自後户而逸。望荒丘〔五〕中燈燭森列，緑袍人據案決事，鬼吏擁顧六翁媪在旁。又有麗女，鬼卒守之，腰腹中絶，以綫縫綴，而不甚相屬，蓋陶小娘子也。二生疾走里餘，聞宿舂聲，人家燈光自隙出。投之，扣主人姓名，曰雍三，鬻餻者，方擣粉耳。爲言所遇之怪，雍笑而不荅。喘未定，四夫輿〔六〕陶小娘子，并王老娘、顧六等坌集。樊、李奮臂肆擊，力不勝而仆，群鬼將甘心焉。俄而殿前司某統制趨衙，從卒百許人，呵殿至，群鬼皆捨去。統制聞草中呻吟，命下視之，見樊、李已昏不知人。數卒挾扶就湯肆噀治，門開，呼徼者送之歸。

異時訪鬼所起，則陶小娘子信張氏之嬖，以外淫爲主所殺，中腰一劍而斷。王老娘居新門外，亦以姦被戕。顧六翁嫗、雍三，皆嶺邊新瘞者也。此度是紹興末年事，余近聞之。

（據清鮑廷博編刊《知不足齋叢書》第十二集南宋沈氏《鬼董》卷四）

〔一〕履　傅校作「屨」。

〔二〕暮　傅校作「瞑」。

〔三〕彼　傅校作「生」。

〔四〕史　傅校作「吏」。史，佐史，下級官吏。

〔五〕丘　原作「邱」，乃清人避孔丘諱改，今回改。

〔六〕輿　傅校作「舁」。

陳生

沈氏撰

嘉定戊寅春，余在都。友人林亭之之婦翁承務丘〔一〕君爲余言，越有陳生，丘爲隱其名。外謹而内宕，好挑謔良家女婦。尤爲麤行諸尼所奔，一尼嘗孕生男，抱之水中而殺之。未幾，陳生病沈困，見壁隙中有自外入者，猴而人衣，曰：「幽府逮汝。」陳生曰：「符安在？」猴曰：「安用符？不符豈不可追汝乎？」陳罵曰：「幽明一理，果追我，安得無驗？他鬼假託求食耳。且陰府何至乏人，而使猴？」猴呼土地神與竈神：「某案急速，故不暇符。今此人不吾信，爾二人偕送至関可乎？」二神曰：「諾。」猴升榻，捽陳生魂自臍中出。二人輔行，中逵而反，陳獨與猴入大城官府中。殿上垂簾，帟幕皆黑質而白繡。由左廡過小廳事，朱緑數人聚坐，如人間都廳。呼陳生曰：「爾平生淫罪如沙塵，又污比丘尼。彼尼雖非淨行，然號則不可，又因以殺子，今將何辭？」陳以旁無左驗，力諱曰：「無有。」官曰：「此非若人間，可以口舌漫爛也。」命吏曳入一小室，吏曰：「爾諱晦，宜自視之。」陳生視室中，見尼娩于牀，推兒在壺中，婢酌水沃兒，自見其身，以手指麾，使婢益水而力擠之，曰：「毋使兒有聲。」乃大震恐，叩頭謂吏曰：「服矣。」

吏持生出，官命以狀對。忽有紫衣神僧，振錫自空而下，坐者皆起合掌。僧曰：「陳某禄算皆未盡，又嘗倡率曝經會，薄有善業，姑遣還，何如？」衆曰：「唯菩薩命。」僧呼陳生，戒之曰：「爾污尼殺子，惡隱世不知，宜自發露，鏤版書幽府所見，使來者知戒，汝罪亦滅矣。冥報正欲以警世，言天機不可泄者，妄也。」以錫擊其首，霍然而醒，汗流如洗，疾遂愈。逢人輒自狀其過，丘蓋親聞之，方將鋟木也。此僧具大慈悲，豈所謂地藏菩薩者耶？

（據清鮑廷博編刊《知不足齋叢書》第十二集南宋沈氏《鬼董》卷四）

〔一〕丘　原作「邱」，今回改。下同。

周寶

沈　氏　撰

十四弦，胡樂也，江南舊無之。淳熙間，木工周寶以小商販易安豐場，得其製于虜〔一〕中，始以獻群閹，遂盛行。寶有巧思，久商于淮，多與群盜壯士相識。後歸事閹尹林御藥，委以腹心。淳熙十四年秋，他閹介術者來，林御藥以親舊廝役，命雜試之，言驗如指掌。至周寶曰：「此囚也，不踰歲當以刑死。」林御藥信之，呼寶來，語之曰：「我出入禁省，事當畏謹，設不幸而中，寧不累我？汝姑歸治素業，遲歲月復來。」寶含恨去。

久佚不能復勞，又驟貧，鬱鬱繞西湖而行。過赤山，見軍人取質衣于肆，爲緡錢十餘，所欠者六錢，而肆主必欲得之，相詬駡。寶爲之解紛，視篋中纔餘五錢，爲代償，而主者又必欲得一錢，寶亦大恨怒。傍人相與嘆訝曰：「此所謂閔一郎也，其人以不誼致富，虐取一方，人恨不膾其肉。」寶失聲曰：「使在淮上，爲壯士所虀粉久矣。浙民懦，容養惡奴至此。」傍有人曰：「寧知此無壯士？」蓋所謂李勝，勝善騎射，軍中號李旗兒，方客殿司統制吴曦家，教其子弟弓馬。相率草飲，勝謂寶：「此家不可容，君盍往淮㵎，結壯士掠之？」寶心躍〔二〕如，即日行，渡江自建康至廬，見陸才，告之故。才曰：「此輩轂下也，其可哉？」寶論説不已，才計寶恨怒，恐他日敗，必汙己，乃以二十券與之，好謂曰：「二十四郎，獨可販藥耳，然當往見林姑丈，問藥所自。」林姑丈者，安豐林青也，素爲盜橐，才實賣寶於青，而不肎明言之。

寶至安豐，以事語青，青曰：「此有彭八、繆興國、王孝忠，皆健兒也，久不過北界，困悴無憀，我爲君率之以行。」既召之，三人皆曰：「非古三官人，莫能集事〔三〕。我一夫耳，無以爲也。」又兩日，得古訓于北盧塘，訓曰：「千里行劫，勢無達理，又在京輦，真探虎穴，虎子不得，必碎于虎口〔四〕矣。」衆强之，訓拒益堅。興國與孝忠怒，拔刀曰：「始約爲兄弟，死生以之，今困于此，幸有機便，待此甦旦暮，兄復拒之，寧有兄弟情耶？我將自殺，以血濺兄長衣矣。」訓迫不得已，乃曰：「城内乎？城外乎？」寶曰：「城外也。」「去城幾何？」曰：「十里。」訓曰：「我聞赤山有攢宫，去此幾里乎？」曰：「亦十里。」「果爾，當以狀來。」寶書付之，乃偕南。訓與興國、孝忠自京口舟行，寶、林青、彭八自建康、宣城陸行，會于北關。寶先販藥時，嘗倩顧八船往來，多與之貲，使匿税，又時商客雜沓，顧八不以爲怪也。至是亦用之，謂曰：「我與數布客，欲偕往淮南市藥，不欲晝行，夜分當集于舟。俟我來，即疾出臨安界，必倍酬汝。」顧艤舟新橋以待。

時十二月初，天大風雪，古訓先使寶扣赤山城西巡檢寨門，呼之曰：「大理寺有所捕，事甚密，可以十卒待于門，不得妄出。事畢當呼爾曹，衛送入城。」訓臂弓挾四矢，立閔氏門，寶以斧抉扉而入，訓射著鄰户上，使有聲，曰：「我步軍司人也，一軍苦統制虐，相率叛去，欲往浙東，無裹糧，匄於閔氏。事不預君，若有强起或喧呼者，我必盡屠之。」赤山之人素聞其統制虐，疑必軍變，勢不可敵，又素惡閔，皆閉户無出者。訓始與衆誓，毋殺人，毋姦汙女婦。既而林青縛閔生于木几上，寘刀其頸，累欲殺之，訓苦禁乃免。閔妻，中官養女，素號有色，寶欲淫之，訓怒，拔刀將斬寶，寶憚訓而退。閔驚懼，如癡醉人。

天將明，邏者見門扉不完，呼其僕，則僕縶于竈下，家人皆扃閉樓上，方股栗不能言。

旋解縛，言于府，府以付使臣朱直卿。直卿與其儕言之，總轄杭世亨曰：「江南鼠偷，皆無禮淫殺，此必淮人也。」直卿視盜所遺，得斧刃細竹縛爲火燧者半枚〔五〕，寘篋中，行以自隨。尹督之急，直卿惶惑無計。月餘，姻家蘇生邀與〔六〕市飲，請出其物觀之，因曰：「前往某家紙鋪中，見周寶買寓錢，遺細竹一束，正此類耶，今猶收得之。」命取諸其家，視燧所遺無異也。直卿固知寶有母，寓鹽橋賣竹篦人家，僞爲林御藥人，往訪之母，以出告。上樓俟〔七〕，飯頃，母歸而執之曰：「寶安在？」曰：「寶昨過臨平，訪周來吉，計明旦當還邸。」蓋周與寶有外親，周有姻會，故寶過之。而寶之邸，在武林門外之陳酒家也。直卿與其儕商略，即之臨平捕寶。未至二十里餘，寶適旋，縛以獻府。拷訊再三，始述其事，于是械寶于獄。遣直卿輩往安豐捕諸寇，閱月而彭八、興國、孝忠皆就縛。既而寶等咸論棄市，術者之言，可謂精而審矣。獨古訓逸去，終莫能得。（據清鮑廷博編刊《知不足齋叢書》第十二集南宋沈氏《鬼董》卷五）

〔一〕虜　原作「敵」，傳校作「虜」，據改。按：「敵」必爲避清諱改。

〔二〕躍　傳校作「懼」，當譌。

〔三〕事　傳校作「畢」。

〔四〕虎口　傅校下有「明」字。
〔五〕枚　傅校作「束」。
〔六〕與　傅校作「于」。
〔七〕俟　傅校上有「乃」字。

宋代傳奇集第六編卷二

吕星哥〔一〕

會稽張倅，有一男一女，男名阿麟，女名瓊娘。後瓊娘嫁吕君壽，阿麟娶梁氏，傾心相愛，坐〔二〕則同言笑，行則共步趍。踰年，瓊娘、梁氏皆懷孕，乃相謂曰：「我門見是熟親，情愛无間。若我二人生男女，當再結親姻，益修前好。」二女唯唯。踰時，瓊娘生一男子，命名星哥；梁氏生一女子，命名織女。兩家大喜，每有會聚，必叙前言。後二子器質已成，丰姿漸壯。端嚴可羨，宛如西子之凝粧；瑩白堪誇，渾若何郎之付粉。似兩个雛鴛，如一雙乳鳳。每有家宴，瓊娘必以星哥與織女共坐，曰：「兩个天生一對兒。」自是星哥只寓張宅。從此眼嫁眉婚，神交氣合。况聞指腹先有其言，將謂齊眉後无少及。自六歲同時入學，共几讀書。

適張倅被命改除知連州，且令赴闕奏事。張倅既出京城，適有王賓夫者，以陳樞密之季子，與織女議親。是時陳樞方仕于朝，其子皆登仕版。張倅慕其榮貴，一言諾之。是時織女、星哥年皆十六矣，聞公公别與議親，二人鬱鬱自失。星哥恨悶，知此事不諧，遂且告去。織女密令侍妾青鸞，私謂星哥曰：「未可便去，小娘子旦暮自出相見。」星哥心恐下疑。是晚，人静更闌，星哥方就床，忽聞西廊下有步行聲，少頃，則微扣房門。星哥乃悟青鸞之約，潛起發扃，果見青鸞扶擁織女而至。才入房，且令閉門，聲低語顫，謂之曰：「自父母指腹與君爲親，期奉君之箕帚。兒女之情，永以自固，形銷骨化，不渝此盟。今〔三〕以公公遠在千里之外，欲奪其志，而它許人，故來見君。今寧隨君遠奔，以結百年之好。」星哥驚喜，莫知所之。織女盡挈粧奩〔四〕首飾，黄白珠珍，夤夜傳出，併其妾與星哥夜奔。出郭數里，星哥乃以夫妻之樂求之。織女曰：「婦人常以貞潔自將，今此奔君，非爲淫也，乃爲義也。貪淫失義，胡顔而存？此當俟置家定宅之後，卜擇吉日，如禮成親。夫妻之情，彼此洞達，是妾所望於君子也。」星哥方在驚憂中，亦不以此相强。遂買舟西趍，直抵成都，略无非犯。出黄白散鬻於市，置宅而居焉。方卜日依禮畢親，織女女身完全，兩情懽洽。

明年，陳樞得知，詣府陳告。追到星哥、織女，一詣府庭，責令供狀。駢四儷六，略无凝思，如宿搆焉：「朝奉大夫、新知連州女孫張氏兒。右兒今蒙取問，爲陳樞密爭婚事。伏以容兒絶人，賈氏遂私於韓壽；詞章高世，文君愛慕於相如。矧丈夫兼而有之，爲女子豈其免此？雖是自罹於憲網，尚容歷述於厲階。今者共遇判府制置密學相公，賦性聰明，秉心正直。年少擅穿楊之手，才高收折桂之功。馴游璧〔五〕沼之間，平步玉堂之上。是時制置爲太學博士至翰林學士、樞密直學士，出知成都。親承聖命，振文翁化蜀之風；行秉國鈞，作付説相商之雨。伏念兒生會稽之宦族，非户牖之富人。自母與姑，同心合意，方兩懷於妊孕，已再約於昏姻。天心默契於人心，男子果先於女子。星郎、織女，豈名子之徒然；吕氏、張家，而世昏之已定。故江總兹因寄食，而緹縈亦略知書。雖未通幣帛之儀，料必作瑟琴之眷。況吕星丰姿洒落，未饒冠玉之陳平；才調清高，遠邁擲金之孫綽。年逾志學，日望成名。既逢天上玉麒麟，休設人間金孔雀。自誤庭闈之旨，幾年指望同諧。豈期金石之言，今日變成虚話。大父適賓於上國，洪樞方據於要津。輒憑媒妁之言，遽諾婚因之請。一聞斯語，幾隕厥身。羽翼已成難動摇，恩愛不覺生煩惱。名郎淚落，安能鬱鬱居乎？賤妾神傷，則亦皇皇如也。特伸繾綣，幸少留連。預令青鳥之傳音，密約文鴛之結耦。青鳥蓋指妾名。金獸之蘭煤已燼，斗轉星移；花階之月影頻摇，籟沉人悄。潛開北户，緩步西廊。且喜且驚，如醉如夢。耳邊有語，无非海誓山盟；身外无蹤，唯有粉香珠淚。既不獲奉巾櫛之職，不能爲參商之星〔六〕。及到于今，如何則是？夤緣既惡，機巧潛生。不符月下書，必作桑中約。尤勝漢皐之遇，真成淇上之行。脱迹閨門，寄身舟楫。行粮既裹〔七〕，寧辞蹤跡漂零；甘旨不供，未免心腸割裂。大江東去，輕舸西飛。回頭漸遠於稽山，去意直存於劍閣。紫簫聲斷，空餘煙鎖鳳凰樓；緑水紋舒，好似風生烏鵲渡。自違梓里，直抵錦城。訪遺蹤於賣卜之人，尋故事於當壚〔八〕之女。尤雲殢雨，長成迴漢佳期；詠月嘲風，不負好天良夕。遽承使命，俾造公庭。摧花挫玉而未敢形容，搦管濡毫而姑陳梗槩。倘蒙宥罪，見私我之二天；何以酧恩，願祝公於千歲。所奉台問，謹用供呈，稍〔九〕涉虚詞，仍甘重罪。謹狀。年月日新知連州女孫張氏皃狀。」

「新饒州通判男待補太學生呂應星。右應星伏蒙判府制置公相押下取問，爲陳樞密爭昏因依，謹從實供狀，伏乞賜聽。應星伏自兩家結好，元指腹於方妊；百歲夫妻，兆齊眉於未誕。迨彼載生而載育，果然一女而一男。曾不踰時，亦應同歲。雖夤緣之天付，亦誓約之人堅。故呂家稱唤曰〔一〇〕星郎，而張氏呼名爲織女。皆父母心甘而意肯，如鴛鴦聲應而氣求。矧在嬰孩，人指異時之佳耦；未離襁褓，衆期它日之良姻。稍總角而有知，已傾心而无外。相親相近，如馴久狎之鷗；自去自來，似逐雙飛之燕〔一一〕。寄食有同於韓信，通家非但於孔融。幼小與偕，綢繆莫甚。又同筆硯，揔誇謝氏之能文；甫就冠笄，未遂子平之畢〔一二〕娶。眉來眼去，魄散魂飛。已知夙世之緣，俱有少年之泰。好合定期於鼓瑟，心知不待於挑琴。忽傳乃祖之音書，遽諾它人之箕箒。事不諧矣，我將去之。豈期樹倒不知飛，初謂鏡圓今復破。倉皇失措，展轉无眠。且聽青鸞半夜之扣門，盡述香閤春心之飲恨。我心匪石不轉也，難忘妻鄭之盟；君言在耳而背之，甘作涉淇之約。雅知素操，豈比淫奔。付浮身於一葉之舟，活去路於半篙之水。擬同燕燕奴奴，尋别壘之栖；欲効鶼鶼兩兩，望遼空而去。遁迹會稽之路，泝流灔澦之堆。欲訪君平，不憚乘槎之遠；甘同司馬，无嫌滌器之勞。事有自來，情非得已。奉飛符而下逮，即躡屩以前趍。歷述當初許嫁之因，非與薄俗鑚窺之比。世上有奇男〔一三〕子，尚期仕路以相逢；天下多美婦人，夫豈相門之所少。倘從矜貸，實出保全。一點陽春，若獲遂于飛之願；萬間廣廈，詎可望隆覆之恩。敢以悃誠，寫於毫楮。若有虚妄，甘伏刑章。俯伏公墀，拱聽台旨。謹狀。年月日饒州通判男待補太學生吕應星狀。」

制置覽二人供狀，判云：「詳所供，男女當未育之先，姑舅有通昏之議。盟言當守，信義可嘉。雖昔人必待禮而昏，而古者亦不告而娶。星郎、織女，如舊啇〔一四〕親；樞府名郎，更新求偶。並放（下闕）」（據上海古籍出版社《續修四庫全書》影印宋刻本及上海古典文學出版社點校本南宋羅燁編《新編醉翁談録》甲集卷二《私情公案》）

〔一二〕《醉翁談録》題爲《張氏夜奔吕星哥》，此書多以七字標目，今别擬題。

〔二〕坐　此字原脱。上海古典文學出版社點校本校：「疑落一『坐』字。」今補。
〔三〕今　原譌作「令」，今改。
〔四〕奩　原譌作「區」，今改。
〔五〕璧　點校本譌作「壁」。
〔六〕不能爲參商之星　此句首脱一字，當是「又」、「亦」等字。
〔七〕裹　原譌作「果」。按：《左傳》文公十二年：「裹糧坐甲。」今改。
〔八〕壚　原譌作「炉」，今改。按：「壚」又作「鑪」、「盧」。《史記》卷一一七《司馬相如列傳》：「買一酒舍，而令文君當鑪。」《漢書》卷五七上作：「買酒舍，乃令文君當盧。」《玉臺新詠》卷一載漢辛延年《羽林郎》：「胡姬年十五，春日獨當壚。」《世説新語・傷逝》王濬沖（戎）「經黄公酒壚下過」注引韋昭（《漢書注》）曰：「壚，酒肆也。以土爲墮，四邊高似壚也。」
〔九〕稍　原譌作「肖」，今改。
〔一〇〕曰　此字原脱，今以意補之。
〔一一〕燕　原譌作「鴈」。按：以上四句二十字乃用杜甫詩《江邨》典：「自去自來梁上燕，相親相近水中鷗。」據改。
〔一二〕畢　原譌作「卑」。按：《後漢書》卷八七《逸民列傳》載：向長，字子平。建武中，「男女嫁娶既畢」，遂與同好遊五嶽名山。知應作「畢」，據改。

〔一三〕男　此字原脱，以意補之。按：「奇男子」與下文「美婦人」相對。

〔一四〕啻　點校本校：「疑應作『締』。」

按：《新編醉翁談録》二十卷，羅燁編。燁號醉翁，廬陵（今江西吉安市）人。仕履不詳。羅本在國内久不見傳，近世發現於日本，上海古典文學出版社一九五七年出版點校本，《出版説明》云：「此書在日本發現，説是由朝鮮傳入，日人曾於一九四一年影印傳世，稱『觀瀾閣藏孤本宋槧』。」上海古籍出版社《續修四庫全書》影印此宋刻本，題《新編醉翁談録》，廬陵羅燁編，分爲由甲至癸十集，集二卷，都二十卷。

本書甲集卷一《小説引子》中有一歌，歷數各代興廢，由羲農黄帝及於宋代，末四句云：「唐世末年稱五代，宋承周禪握乾符。子孫神聖膺天命，萬載昇平復版圖。」《小説開闢》云「分州軍縣鎮之程途」，亦爲宋代地方行政區劃。此皆出宋人之證也。乙集卷二《姑蘇錢氏歸鄉壁記於道》中有云「宋理宗即位之二十二年」，然末題「紹興甲戌（二十四年，一一五四）中秋後三日姑蘇錢氏記」，可見此句有譌，實應是「宋高宗紹興二十二年」。考《小説開闢》舉稱《夷堅志》，而《夷堅志》最後一志完成於洪邁逝世之前即寧宗嘉泰二年（一二〇二）。丁集卷一《花衢記録》七節記事，實係節取自金盈之《醉翁談録》卷七、卷八《平康巷陌記》。金書卷一《名公佳製》有《史丞相上梁文　嘉定己巳敕賜府第》一節，史丞相即史彌遠，嘉定元年（一二〇八）十月拜右丞相、兼樞密使、兼太子少傅，進封國公，十一月丁母憂歸治葬，太子請賜第行在，二年五月起復。（見《宋史》卷四一四《史彌遠傳》、卷三九《寧宗紀三》。）嘉定己巳即嘉定二年。而卷二《榮貴要覽》中《戊辰親恩遊御園録》云：「嘉定改元，五月甲辰，主上臨軒策進士。」不稱寧宗而稱主上，可證金書撰於嘉定中，然則本書當出嘉定之後。又者，《小説開闢》所著録傳奇類話本中有《夜遊湖》一本，《萬錦情林》卷二《裴秀娘夜遊西湖記》蓋爲同一故事。此本開頭云「話説南宋理宗皇帝寶慶二年（一二二六）春三月初」，若《夜遊湖》亦爲寶慶之事，則本書自然産生於寶慶以後。理宗在位凡四十一年（一二二四—一二六四），疑本書當編於理宗朝。

然學者多謂書中有元人元事，故本書應作於宋末元初，或是出於元刊，經元人增益，證據是乙集卷二吴伯固女、吴仁叔妻皆元人。此説大誤。按：《吴氏寄夫歌》云：「昭武吴賢良，字伯固。女夫因上皇帝書稱旨，送往太學。三年絶耗，其女作此歌以寄之。未幾，聖上幸學，全齋出官，榮歸故里。」《王氏詩回吴上舍》云：「三山吴媿（？），字仁叔。在太學。」皆不稱其爲元人。但《情史類略》卷二四《吴伯固女》稱「元時昭武吴伯固女」。吴仁叔妻王氏，《山堂肆考》卷九四《題詩返附》（未著出處）王氏作韓氏，稱「元吴仁叔妻」。後世皆謬承其説耳。記事中言及太學、齋、上舍，乃宋代國學制度，與元無涉。據《宋史·選舉志三》及《宋會要輯稿·選舉》等載，北宋熙寧四年（一〇七一）實行太學生三舍法，即分太學生爲上舍生、内舍生、外舍生三等，始入學爲外舍，依次選升。上舍生又分三等，上等可以取旨釋褐授官，中等亦可免禮部試，下等免解試。三山吴仁叔即是上舍生，故稱「吴上舍」。《吴氏寄夫歌》言及「聖上幸學，全齋出官，榮歸故里」，此事確有，聖上即宋徽宗，事在崇寧三年（一一〇四）。《八瓊室金石補正》卷九一載有《崇寧三年太學上舍題名序》一碑，中云：「崇寧三年十一月四日躬幸太學，取論最之士十有六人，官之堂下，諸生恩賜有差焉。」又云：「徽宗……崇寧三年首命太學上舍生，賜第者十六人。」《宋史·徽宗紀一》亦載：「（崇寧三年）十一月甲戌，幸太學，官論定之士十六人。」上舍十六人皆授官，此即所云「全齋出官」者也。

本書各卷大都以四字命篇，如《私情公案》、《煙粉歡合》、《婦人題詠》、《寶牕妙語》、《花衢實録》、《遇仙奇會》、《花判公案》、《重圓故事》等等，共二十一類。《煙粉歡合》、《重圓故事》割爲二處，頗疑今本已被後人竄亂。而《永樂大典》卷二四〇五引本書《煙花奇遇》之《蘇小卿》不見於今本，今本亦無《煙花奇遇》一類，而有《煙花品藻》、《煙花詩集》，足見今本已非原書。四字命篇蓋仿效北宋李獻民《雲齋廣録》與金本《醉翁談録》，前書有《士林清話》、《靈怪新説》等，後書有《名公佳製》、《瑣闥異聞》等，本書與之全似。然本書主要模仿金書，纂輯舊文舊事而成，連書名亦襲之，只以「新編」爲别（金書亦題「新編」，蓋書坊所加）。惟金書所載全爲雜事，此書則除亦有部分雜事外主要爲唐宋傳奇，且大抵爲麗情故事，是故實際又頗受《緑窗新話》影響（《小説開闢》中言及《緑窗新話》）。觀其各節標目大量用七字句，篇末間有評語（「醉翁曰」），顯亦源自《新話》。所異者，乃是《新話》引録原作删削特甚，而本書則較少删節。

書中所收二十餘篇唐宋傳奇，其中唐傳奇九篇。宋人傳奇，除辛集卷二《負約類》之《王魁負心桂英死報》，乃北宋夏噩《王魁傳》之節本，壬集卷一《負心類》之《紅綃密約張生負李氏娘》，乃北宋無名氏《鴛鴦燈傳》之節本，而其餘皆爲無名氏作品，難以考知年代，一併録於此焉。

楚娘〔一〕

皇都名娼楚娘者，清絶多情態，玩弄筆硯。當〔二〕吟《遊春詩》曰：「破曉尋春緩轡行，滿城桃李鬬芳英。桃紅李白皆麄俗，爭似氷肌瑩眼明。」又有《岩桂花詩》曰：「丹桂迎風蓓蕾開，摘來斜插竟相偎。清香不與群芳並，仙種仍〔三〕從月裏來。」二詩蓋自負也。

三山林叔茂〔四〕，初來赴省，一過其家。經數宵，兩情相眷，若有不可捨者。林約以「登第則私挈汝去」。如何〔五〕省試不遂，又留連月餘，悒怏而別。林博士雖不中選，而志氣自若，約後科來。果然再發，到都下，首訪舊遊。楚娘者迎門而笑曰：「事諧矣。妾夜夢一赤文馬，馳入我室而逐我，妾攀其鞍，須臾化爲龍去，而奮于天矣。」林曰：「余戊〔六〕午生，赤文馬者應其生肖也，而化龍者，豈其然乎？」相與歡洽。至揭牓，果然高中。及廷對，名位稍低。乃試教官中程，授建昌教授。

時逗留已秋暮矣，楚娘曰：「舊盟不寒耶？」林曰：「如約。」經營數日，其計已就。林君佯言過平江，越四日，遣人取楚娘，切負而逃。後經半月餘日，林又言自平江歸，至其家，言楚娘已失，相與懊恨者彌日。林曰：「陳狀捕之。」厥嫗曰：「何處捕也？」林君私自喜曰：「諒无後患。」遂與厥嫗辭別以歸。至衢城，與楚娘並車以載。

及到家，林君之婦李氏稍不能容，而楚娘不无冤焉。又經年餘，乃題書牕上，云名《生查子》：「去年梅雪天，千里人歸遠。今歲雪梅〔七〕天，千里人追怨。鐵石作心腸，鐵石鋼猶〔八〕軟。江海比君恩，江海深猶淺。」林君之婦熟視此詞久之，乃曰：「人非土木，胡不能容耶？」遂相與並衾而卧，被數幅。當時好事者爲詩以嘲之云，詩曰：「三山城内有神仙，一个夫人一个偏。開〔九〕口笑時真似品，直身眠處恰如川。並頭難叙胷中事，欹枕須防背後拳。王愷石崇池裏藕，分明兩个大家蓮。」（據上海古籍出版社《續修四庫全書》影印宋刻本及上海古典文學出版社點校本南宋羅燁編《新編醉翁談録》乙集卷一《煙粉歡合》）

〔一〕《醉翁談録》題《林叔茂私挈楚娘》，今別擬。

〔二〕當　疑當作「嘗」。

〔三〕仍　《宋詩紀事》卷九七妓女《楚娘》引《吟堂詩話》作「原」。

〔四〕林叔茂　《情史》卷八情感類《楚娘》、《宋詩紀事》作「林茂叔」。
〔五〕如何　點校本校：「疑應作『奈何』。」按：如何即奈何。《詩經·秦風·晨風》：「如何如何，忘我實多。」
〔六〕戊　原譌作「茂」，今改。
〔七〕雪梅　《情史》作「梅雪」。
〔八〕猶　《情史》作「獨」。
〔九〕開　原譌作「問」，今改。

按：此篇末有「醉翁曰」評語，乃羅燁自號。《醉翁談録》除《舌耕叙引》出自羅燁手筆，其餘唐宋作品皆係纂録，非自創也。兹録評如下：「醉翁曰：忌克者，婦人之本性也。今也楚娘，題其詞而寓其怨，李氏觀其詞而並其衾。《江有汜（按：原譌作妃）》謂嫡亦自悔，其李氏之謂乎？昔裴有敬，人相之謂：『當娶二妻，可置寵以厭之。』妻曰：『寧可死，此事莫問也。』卒不許，而果見尅。使其視此，寧無愧耳？嗚呼！若李氏可謂賢乎哉！」

靜女〔一〕

靜女〔二〕者，乃延平連氏簪纓之後。早孤，喜讀書。母令入學，十歲涉獵經史〔三〕。及笄，議婚不成。鄰居有陳彥臣，亦業儒。有執柯者，而母堅不許。自是兩情感動，而彥臣往來，時復相挑，靜女愈屬意焉。因七夕乞巧之夜，靜女輒以小紅牋題詩一首，賂鄰居之婦而通殷勤。詩曰：「牛郎織女本天仙，隔涉〔四〕銀河路杳然。此〔五〕夕猶能相會合，人間何事不團圓？」彥臣得詩，感念若不勝情，許以十五日夜來過。乃和詩一首，復托鄰婦以達其意。詩曰：「玉質氷肌姑射仙，風流雅態自天然。天心若與人心合，等待月圓人已〔六〕圓。」

靜女接詩，喜而不寐。待到十五夜，千方萬計欲媽媽之先睡，而候其來也。至一更許，挨門而入，歡意相通，自天而下，事諧雲雨，何異神仙。靜女乃復填一詞以記。詞云：「朦朧月影，黯淡花陰，獨立等多時。只恐冤家誤約，又怕他、側近人知。千回作念，萬般思憶，心下暗猜疑。驀地偷來廝見，抱着郎、語顫聲低。輕移蓮步，暗褪羅裳，携手過廊西。已是更闌人靜，粉郎恣意憐伊。霎時雲雨，半餉歡娱，依舊兩分飛。去也回眸告道，待等奴、兜上鞋兒〔七〕。」

自後兩意懸懸，匪朝伊夕。至八月十五夜中秋，月色澄徹，桂子飄香。賞月宴罷，靜女忽憶彥臣「月圓」之語，俟媽媽熟睡後，挨門而出，潛身夜竄。適值彥臣與朋舊賞月方歸，欲酣未酣，倚門獨立。驀地相通，情倍等美，非天作之合而何？携手相同歸，雖生死不顧也。媾歡畢，靜女索筆，題詩于寢房之右云云，詩曰：「來時嫌殺月兒明，緩步潛身暗裏行。到此衷腸多少恨，欲言猶怕有人聽。」至夜分，彥臣執手送歸。挨門而入，遂爲媽媽覺之。自後禁制稍嚴，而靜女含泪，亦不敢出入也。

靜女既爲禁制，不許踰梱。忽一夕，彥臣伺其隙，而潛往靜女之家，遂講好，以叙前歡。彥臣問：「夜來曾有夢否？」靜女曰：「无。」彥臣曰：「何无情也！」靜女乃口占一詞，名《武陵春》：「人道有情須有夢，无夢豈无情？夜夜相思直到明，有夢怎生成？伊若忽然來夢裏，鄰笛又還驚。笛裏聲聲不忍聽，渾是斷腸聲〔八〕。」二人忘情，不覺語言爲母氏所聞。遂親捉獲了，因解官囚之。

王剛中，探花郎及第，不數年出爲福建憲臺〔九〕。出巡首到延平，撞獄引問彥臣、靜女因依。一直招認，並无逃隱，兩處合欵，更无異辞，而又供狀語言成文。王剛中遂問靜女：「能吟此竹簾詩否？」靜女遂口占一詩，詩曰：「緑筠擘〔一〇〕破條條直，紅線經開〔一一〕眼眼奇。爲愛如花成片段，置〔一二〕令直節有參差。」王剛中見其詩，甚爲稱賞。時值蛛絲網一蝴蝶於簷頭，剛中指示彥臣云：「汝能吟此爲詩乎？」彥臣遂便吟詩，詩曰：「只因賦性太猖狂，遊遍名園切盡香。今日誤投羅網裏，脱身惟仗探花郎。」當時剛中拍手稱賞，問：「汝願爲夫妻否？」答曰：「萬死一生，全賴化筆。」剛中即判云：「佳人才子〔一三〕兩相宜，置福端由禍所基〔一四〕。永作夫妻諧汝願〔一五〕，不〔一六〕勞鑽穴隙相窺。」即日命遣媒納采，行夫婦禮。魚水交歡，恩愛日洽，行須比肩，坐須疊股。後彦臣登第出仕，雖在公府，无心政事。夫妻一意，歡宴偕老。時人目剛中爲王方便云〔一七〕。（據上海古籍出版社《續修四庫全書》影印宋刻本及上海古典文學出版社點校本南宋羅燁編《新編醉翁談録》乙集卷一《煙粉歡合》）

〔一〕此題自擬。《醉翁談録》分爲兩段，分别題《静女私通陳彦臣》、《憲臺王剛中花判》。

〔二〕静女　《一見賞心編》卷一一淫冶類《連倩女》作「倩女」。

〔三〕「早孤」至此　《賞心編》作「嚴父早逝，母能詩，常教女以音律」。按：《賞心編》文字多異，當爲改寫，非原文也。凡此皆不出校。

〔四〕隔涉　《緑牕新話》卷上《楊生私通孫玉娘》（引《聞見録》）及《賞心編》作「阻隔」。按：《緑牕新話》所載事略，女爲孫玉娘，男爲楊曼卿，判案者爲王提刑。

〔五〕此　《賞心編》作「今」。

〔六〕已　《緑牕新話》作「未」，《賞心編》作「亦」。

〔七〕按：《詞苑叢談》卷八《紀事三》引《雲娘傳》，載鄭雲娘寄張生《西江月》詞「一片冰輪皎潔」云云。注云：「鄭又有寄張《兜兜鞋兒曲》云」。其詞與静女詞同而文字多異，今録下：「朦朧月影，黯淡花陰，獨立等多時。只怕冤家乖約，又恐他、側畔人知。千回作念，萬般思想，心下暗猜疑。驀地得來廝見，風前語顫聲低。輕移蓮步，暗卸羅衣，攜手過廊西。正是更闌人靜，向粉郎、故意矜持。片時雲雨，幾多歡愛，依舊兩分離。報道情郎且住，待奴兜上鞋兒。」

〔八〕按：《花草粹編》卷七趙秋官妻《岐陽郵亭》即此詞，末注：「一作連倩女寄陳彦臣。」詞曰：「人道有情還有夢，無夢豈無情？夜夜思量直到明，有夢怎教成？昨夜偶然來夢裡，鄰笛又還驚。笛韻悽悽不忍聽，總是斷腸聲。」

〔九〕憲臺　《賞心編》作「憲副」。

〔一〇〕擘　《賞心編》作「劈」。

〔一一〕開　《賞心編》作「回」。

〔一二〕置　《賞心編》作「致」。

〔一三〕佳人才子　《賞心編》作「郎才女貌」。

〔一四〕置福端由禍所基　《賞心編》作「致禍端爲福所基」。

〔一五〕永作夫妻諧汝願　《賞心編》作「從此兩人相配合」。

〔一六〕不　《賞心編》作「免」。

〔一七〕「即日」至此　此節原無，《賞心編》有。按：《賞心編》所據不詳，疑原文有之，姑據補。《綠牕新話》作「二人拜謝而退，遂偕老焉」。

柳屯田耆卿

柳耆卿，名永，建州崇安人也。居近武夷洞天，故其爲人有仙風道骨，倜儻不羈，傲睨王侯，意尚豪放。花前月下，隨意遣詞，移宫换羽，詞名由是盛傳，天下不朽。惟是且世顯榮貴，官至屯田員外郎。柳自是厭薄官情，遯于武夷九曲之東。至今柳陌花衢，歌姬舞女，凡吟詠謳唱，莫不以柳七官人爲美談。

耆卿嘗與友人張生者，遊金陵妓寶寶之家，得累日。張慕寶寶之姿色，尤爲婘婘。又豈知寶寶中心，自囑意於豪家一子弟，有薄張生之意。柳知之，不欲語張，張不之覺。一日，再同宴於寶寶之家，值豪家子在焉，寶寶密藏於私室，同張飲。酒數行，寶寶佯醉而就寢焉。候往，則媚豪家之子。柳戲謂張曰：「昔聞何仙姑獨居於仙機岩，曹國舅一日來訪，談論玄妙。方款問，吕洞賓自岩飛劒駕雲而上，國舅遥見之，謂仙姑曰：『洞賓將至矣，吾與仙姑同坐於此，恐見疑，今欲避之而不可得。』仙姑笑謂曰：『吾變汝爲丹吞之。』及洞賓至，坐話未幾，而鍾離與藍采和跨鶴，冉冉從空中而來。仙姑笑謂洞賓曰：『當速化我爲丹而吞之，无爲師長所見。』洞賓變仙姑而吞之。方畢，鍾離皆已至。采和問吕洞賓曰：『何爲獨坐於此？』洞賓曰：『吾適走塵寰，方就此憩息。』采和曰：『无戲我也。你獨憩於此，肚中自有仙姑，何不使出見我？』頃之，仙姑果出。鍾離笑謂采和曰：『你道洞賓肚中有仙姑，你不知仙姑肚裏更有一人。』」張生悟柳之咨，携柳而出。柳戲書小詞于壁上而後退。《紅窻迥》：「小園東，花共柳，紅紫又一齊開了。引將蜂蝶燕和鶯，成陣價、忙忙走。花心偏向蜂兒有，鶯共燕、喫他駝逗。蜂兒却入花裏藏身，蝴蝶兒、你且退後。」

耆卿居京華，暇日遍遊妓館。所至妓者愛其有詞名，能移宫换羽，一經品題，聲價十倍，妓者多以金物資給之。惜其爲人出入所寓不常。耆卿一日經由豐樂樓〔一〕前，是樓在城中繁華之地，設法賣酒，群妓分番。忽聞樓上有呼柳七官人之聲，仰視之，乃甲妓張師師。師師要峭而聰敏，酷喜填詞和曲，與柳〔二〕密。及柳登樓，師師責之曰：「數時何往？略不過奴行。君之費用，吾家恣君所需，妾之房卧，因君罄矣。豈意今日得見君面，不成惡人情去，且爲填一詞去。」柳曰：「往事休論。」師師乃令量酒，具花牋，供筆畢。柳方拭花牋，忽聞有人登樓聲。柳藏紙于懷，乃見劉香香至，前言曰：「柳官人，也有相見。爲丈夫豈得有此負心！當時費用，今忍復言。懷中所藏，吾知花牋矣。若爲詞，妾之賤名，幸收寘其中。」柳笑出牋。方凝思間，又有人登樓之聲。柳視之，乃故人錢安安。安安叙别，顧問柳曰：「得非填詞？」柳曰：「正被你兩姐姐所苦，令我作詞。」安安笑曰：「幸不我弃。」柳乃舉筆，一揮乃止。三妓各私喜：「仰〔三〕官人有我，先書我名矣。」乃書就一句，乃云：「師師生得艷冶〔四〕。」香香、安安皆不樂，欲掣其紙。柳再書第二句云：「香香於我情多。」安安又嗔柳曰：「先我矣！」挼其紙，忿然而去。柳遂笑而復書第三句云：「安安那更久比和，四个打成一个。（過片）幸自蒼皇未款，新詞寫處多磨。幾回扯了又重挼，姦〔五〕字中心着我。」曲名《西江月》。三妓乃同開宴款柳。師師即席借柳韻和一詞《西江月》：「一種何其輕薄，三眠情意偏多。飛花舞絮弄春和，全没些兒定个。蹤跡豈容收拾，風流无處消磨。依依接取手親挼，永結同心向我。」柳見詞，大喜，令各盡量而飲。香香謂安安曰：「師師姐既有高詞，吾已醉，可相同和一詞。」《西江月》：「誰道詞高和寡，須知會少離多。三家本作一家和，更莫容它別个。且恁眼前同樂〔六〕，休將飲裹相磨。酒腸不柰苦揉挼，我醉无多酌我。」和詞既罷，柳言別，同祝之曰：「暇日望相顧，毋似前時一去不復見面也。」柳笑而下樓去也。

耆卿初登仕路日，因謁福之憲司。買舟經南劍，遂遊於妓者朱玉之館。朱玉云：「素聞耆卿之名。」傾意已〔七〕待之，飲數日。偶值太守生辰，朱玉就耆卿覓慶壽之詞，耆卿乃作詞與之。及賀，太守聞朱玉所謳之詞，大悦，厚賞之。乃詢其作詞之人，朱玉以柳七官人荅之。太守謂朱玉曰：「見其詞而想其人，必英雄豪傑之士，宜善待之。」朱玉自是與耆卿恩愛愈洽。及耆卿解纜東去，臨别，朱玉約以歸日爲款。及柳耆卿歸，再訪之，恰值朱玉有迎迓之役。柳意默默，遂書一小詞於花牋之上以寄之，詞名《西江月》。（下闕）（據上海古籍出版社《續修四庫全書》影印宋刻本及上海古典文學出版社點校本南宋羅燁編《新編醉翁談録》丙集卷二《花衢實録》）

〔一〕豐樂樓　原譌作「豐条樓」。按：《東京夢華録》卷二《酒樓》：「白礬樓，後改爲豐樂樓。」此即樊樓，《能改齋漫録》卷九《地理·白礬樓》：「京師東華門外景明坊，有酒樓，人謂之礬樓。或者以爲樓主之姓，非也。本商賈鬻礬於此，後爲酒樓，本名白礬樓。」礬多作樊。南宋劉子翬《屏山集》卷一八《汴京紀事》之十五：「憶得少年多樂事，夜深燈火上樊樓。」今改。

〔二〕柳　原譌作「師師」，今改。

〔三〕仰　點校本校：「疑應作『柳』。」按：仰，仰仗。

〔四〕冶　原譌作「治」，點校本作「冶」。

〔五〕姦　原作「奸」。按：柳詞以此字指三妓（三女），故改作「姦」。姦，同「奸」。

〔六〕樂　原譌作「条」，今改。

〔七〕已　點校本校：「疑應作『以』。」按：已，同「以」。

按：原分爲《柳屯田耆卿》、《耆卿譏張生戀妓》、《三妓挾耆(原譌作歧)卿作詞》、《柳耆卿以詞答妓名朱玉》四節。觀内容格調一致，疑原爲一篇而割之，今綴合之。

梁意娘[一]

梁意娘者，五代周時人也。乃儒家之女。年十五，能詩筆，而又躰態輕盈。與李生爲兩姨之親，時節講問不踈。一日，意娘因父母赴南鄰吉席，輒與李生通焉。亦以平時屬意之久，迨此亦天作之合也。自後情愛相牽，形於顔色，爲家人所覺，遂至一年絶交。

意娘與李生小帖：「痛别之久，靡日不思，兄何見踈？杳无音耗，能復一來否？紫綉香囊，金絲篋兒，雖粗且微，皆予所親刺。如不弃去，庶得常近玉體。餘非見莫申此懷。《秦樓月》詞一首，聊以寄情：『春宵短，香閨寂寞愁无限。愁无限，一聲窻外，曉鶯新囀。起來无語成嬌懶，柔腸易斷人難見。人難見，這些心緒，如何消遣？』」李生得之，益爲感恨。將赴其約，又聞飛謗，遲回不敢往。因入市問卜於日者，得兆曰：「隔江望寶，迢迢阻隔，雖欲從之，水深莫測。」李生恍若自失，又阻其行。

意娘復與李生二首：「尺素緘愁不忍窺，柔腸結盡轉相思。薄情忍作經年别，何日相逢一解衣？」其二：「蹤跡萍浮落五湖，一番相別一番踈〔二〕。不知此去從何去〔三〕，還許春風得見无？」意娘復與李生批，其略云：「比日媽媽拉諸母遊東園，日暖風和，紅稠翠疊，暗想年時蹤跡，頓添愁緒。對諸姊妹，雖强陪歡笑，思凡之情，終不可抑。因成小詞，併以録去。詞名《茶瓶兒》：『滿地落花鋪綉，春〔四〕色着人如酒，曉鶯牕外啼楊柳。愁不柰、兩眉頻皺。　閿山杳，音塵〔五〕悄，那堪是、昔年時候。盟言辜負知多少，對好景、頓成消瘦。』」

意娘與李生《相思歌》：「落花落葉競紛紛〔六〕，盡〔七〕日思君不見君。腸欲斷兮腸欲斷，淚珠痕上更添痕。一片白雲青山内，一片白雲青山外。青山内外有白雲，白雲飛散青山在〔八〕。我有一片〔九〕心，无人向我〔一〇〕説。願風吹散雲，頂對〔一一〕天邊月。攜琴上高樓，樓高月空〔一二〕滿。彈得相思曲〔一三〕，滴入絃琴斷〔一四〕。人道海水〔一五〕深，未爲〔一六〕相思半。海水尚有底〔一七〕，相思无邊岸。君在湘江頭，皃〔一八〕在湘江尾。相思不相見，共〔一九〕飲湘江水。出我相思門，入我相思户。不見相思人，知我相思苦〔二〇〕。長相思兮長相憶〔二一〕，短相思兮无窮〔二二〕極。早知相思欲斷腸〔二三〕，悔不當初莫相識。」

意娘與李生《相思賦》：「愐愐惶惶，故人相别兮懶對梅粧。添綿綿之苦恨，斷寸寸之柔腸。雖憑鴈帛魚書，難明厚意；爭柰鴛衾鳳枕，空有餘香。當其情正洽而意方濃，妾倚門而君上馬。晨鐘初扣兮南樓上，曉月尚照兮西廊下。輕離輕别，曾知到此憶人无；漸遠漸疎，及至如今成病也。訴地告天，度日如年。偷蹙眉黛，懶移步蓮。羅衣淚滴兮溫又濕，眼兒望斷兮穿復穿。鎮夕厭厭，休言扁鵲能調導〔二四〕；終宵悄悄，便做陳摶怎生眠？苦苦冤冤，擔擔閣閣。清風去來兮轉憔悴，黄昏前後兮添蕭索。木傍目而謾及瞻視，田下心而徒勞忖度。雲情雨意，還記得那回會；海誓山盟，又何似當初莫。瘦減香肌〔二五〕，衣寬帶垂。相如之琴挑兮情何在？神女之雲行兮意何歸？昔何厚而今何薄，面何是而〔二六〕心何非？莫是我門〔二七〕无分，料想那邊怎知。好模好樣好精神，見伊没計；不痛不疼不寒熱，似病難醫。思昔崔生之屬意兮，終遂姻婭；倩女之離魂兮，竟成婚對。何彼之時兮所欲如願？何今之人兮動輒得礙？此日釵分兩處，苦恨難消；當時帶結同心，歡情安在？胡不觀相窺者猶聞於鑽穴，得妻者尚見於踰墻？況親婭之有素，雖譖錦以何傷？伊憐我而我憐伊，忍教輕弃；去又來而來又去，抑亦何妨？我今焚香頂禮兮仰告三光，馳志依違兮早諧雙美。在天兮願爲比翼，在地兮願爲連理。何當鏡再合而月重圓，永同魚水？」

意娘密以詩柬傳音，又爲家人知之。一日，意娘之父母自相謂曰：「天地交而萬物生，人道交而功勳成。男女居室，人之大欲存焉。與其不義以絶恩愛，孰若因而妻之，以塞外議。若然，則非惟順天者存，亦以爲劉范、朱陳、秦晉之盛事也，不亦可乎？」卒與爲姻，而成眷屬焉。人皆曰：「賢哉之父母也！美哉意娘詩筆之力也！」今但録意娘之作者于右，以表婦人女子有此之技能也。（據上海古籍出版社《續修四庫全書》影印宋刻本及上海古典文學出版社點校本南宋羅燁編《新編醉翁談録》己集卷一《煙粉歡合》）

〔一〕題乃自擬。

〔二〕踈　《宋詩紀事》卷九七梁意娘《述懷》引《彤管遺編》作「孤」。

〔三〕去　《宋詩紀事》作「處」。

〔四〕春　《花草粹編》卷九梁意娘《茶瓶兒·寄李生》作「麗」，《御選歷代詩餘》卷二五宋媛梁意娘《茶瓶兒》同。

〔五〕塵　《花草粹編》、《歷代詩餘》作「信」。

〔六〕落花落葉競紛紛　《情史》卷三情私類《梁意娘》作「花花葉葉落紛紛」。《古今圖書集成》閨媛典卷三三五引《梁意娘本傳》唯「競」作「落」，餘同。

〔七〕盡　《情史》及《古今圖書集成》作「終」。

〔八〕一片白雲青山內一片白雲青山外青山內外有白雲白雲飛散青山在　此四句《情史》及《古今圖書集成》無。

〔九〕片　《情史》及《古今圖書集成》作「寸」。

〔一〇〕向我　《情史》作「共我」，《古今圖書集成》作「對君」。

〔一一〕頂對　《情史》及《古今圖書集成》作「訴與」。

〔一二〕空　《情史》及《古今圖書集成》作「華」。

〔一三〕彈得相思曲　《情史》及《古今圖書集成》作「相思彈未終」。

〔一四〕滴入絃琴斷　「入」原作「人」，當譌，今改。此句《情史》作「泪滴琴弦斷」，《古今圖書集成》同《情史》，唯「琴」作「冰」。

〔一五〕海水　《情史》、《古今圖書集成》作「湘江」。

〔一六〕爲　《情史》、《古今圖書集成》作「抵」。

〔一七〕海水尚有底　「水」原譌作「有」，今改。《情史》、《古今圖書集成》此句作「江深終有底」。

〔一八〕兒　《情史》、《古今圖書集成》作「妾」。

〔一九〕共　《情史》作「同」。

〔二〇〕出我相思門入我相思户不見相思人知我相思苦　《情史》及《古今圖書集成》作「夢魂飛不到，所欠惟一死，入我相思門，知我相思苦」。

〔二一〕憶　《情史》作「思」。

〔二二〕窮　《情史》、《古今圖書集成》作「盡」。

〔二三〕早知相思欲斷腸　《情史》作「早知如此掛人心」，《古今圖書集成》同，唯「掛」作「絆」。

〔二四〕導　點校本作「藥」，當誤。按：「導」與下句「眠」皆動詞相對。

〔二五〕肌　原譌作「飢」，點校本改作「肌」。

〔二六〕而　此字原脱，據上句補。

〔二七〕門　點校本改作「們」。

按：原文不傳，作者亦不詳。《醉翁談録》割裂爲六節，題《梁意娘與李生詩曲引》、《意娘與李生小帖》、《意娘復與李生二首》、《意娘復與李生二首批》、《意娘與李生相思歌》、《意娘與李生相思賦》。今重新綴緝成篇。《情史》所載文略，頗有異辭，當別有所據，而《古今圖書集成》閨媛典所引蓋本《情史》。兹將《情史》録於下備參：「五季周時，瀟湖（按：疑當作湘）梁公女，名意娘，與李生有姑表親，李往來甚熟。因中秋玩月，與意娘潛通，戀戀不去。久之事露，舅怒逐之，繇是阻隔三霜。時遇秋日，意娘寄歌曰（下略）。李生得歌悲咽，因托人進公曰：『令愛才華，賢甥文藻，天生佳偶。幸未議婚，公不若妻之，以塞外議。』公乃許焉。」

崔木〔一〕

崔木，字子高，兖州人也。風骨秀美，精神洒落。元符間，來遊太學，所携金錢數百萬緡。既入學中，木以多資之故，所交結職事頗多，友甚衆。每遇相與遊於市中之時，崔木獨慷慨特達，用錢如沙泥。時京師目之曰「地行仙」也，一應〔二〕歌樓妓館、酒肆茶坊，見崔木之來，殆猶走獸之於麒麟，飛鳥之於鳳凰，傾心以事之。

一日，王上舍勉仲，邀崔木遊春出郊，特呼角妓張賽賽侑樽。酒已數行，崔木酣醉。王上舍謂賽賽曰：「崔上舍，今之望人也，爾乃京城之角妓也，以望人而遇角妓，可謂一時之佳遇。適今之時，正屬仲春，日暖風和，花紅柳緑，景物如此，豈可无一詞以歌詠乎？爾可請崔上舍賦一詞，於席前歌之，庶不負今日之景也。」賽賽曰：「既承台命，願有所請也。」乃斂衽〔三〕緩步，至崔木之前，媚其顔色，和其聲氣，謂崔木曰：「妾聞陽和不擇地而生物，此天之時也；文章如萬斛泉源，不擇地而出，此人之才也。方今風和日暖，景色妍媚，文人才士當此之時，豈可无佳詞以詠一時之樂哉？主人適遣妾來，求金玉以詠佳景，令妾執板一唱，以助清歡。若蒙不鄙妾之鄙陋，即賜一揮而就，使妾不受重罰，當圖厚報。」崔木曰：「但恐小子不才，辭不達意。」妓曰：「主人之意已堅，不必以他辭爲拒也。」崔木於是索紙筆，更不停思，成詞，詞名《最高樓》：「蹇驢緩跨，迢遞至京城。當此際，正芳春。芹泥融暖飛雛燕，柳條摇曳韻鸝庚。更那堪，遲日暖，曉風輕。　筭費盡、主人歌與酒，更費盡、青樓籌與箏。多少事，絆牽情。愧我品題无雅句，喜君歌詠有清聲。願從今、魚比目，鳳和鳴。」詞畢，賽賽執檀板，向筵前歌之。賽賽聲音繚亮，腔調不失。王上舍大喜，引巨觥滿泛，以盡賓主之歡，所以賞勞賽賽者甚厚。

迨紅輪西沉，暝色已晚，崔木辞歸。賽賽謂木曰：「妾居在南薰門内第九家，明日幸訪焉。」木次日偶有事幹，從南薰門入，惟見小童來前，揖曰：「主人請上舍。」木曰：「主人爲誰？」童曰：「王上舍在此屋内，請上舍有少禀。」木方欲謝他日之宴餞，即趍往焉。既至其門，惟見一女子，推朱箔，揭湘簾，娉婷婀娜，自内而出。崔木始見之初，以爲是王上舍之寵姬，徐而視之，乃昨日謳詞之妓張賽賽也。妓迎崔木以入。妓來前曰：「昨日荷特達，使妾罰不及身，君之惠也，不可无謝禮。」即呼小童，具酒殽已。飲數盃，妓曰：「有酒不可无詩，妾勉强作詩一首，以謝昨日之惠〔四〕愛。」即將紙筆爲詩，詩曰：「春光駘蕩滿皇州，裊裊垂楊夾御溝。新燕梁間調好語，雛鶯林内囀歌喉。當筵幸與多才遇，好景須還雅韵酧。多謝東君多顧盼，免教重罰一生羞。」木見詩曰：「有唱則有和。」即將筆賡和：「琴書相伴到神州，幸際朋儔過御〔五〕溝。主禮殷勤排燕會，佳人宛轉動鶯喉。自慚餘子無才學，却使當年與唱酧。尤幸期時再相見，從今應不作花羞。」飲酒至夜，歡樂之甚。

是夜，崔木宿於賽賽之家。夜半之後，木枕上從容謂賽賽曰：「汝鶯花無主，我亦未娶，汝肯與我爲夫婦乎？」妓曰：「妾門閥卑微，容貌鄙陋，而又此身繫官，不容爲君子之配。君若果未婚，妾當爲掌判，使君即得佳偶。」木曰：「何人也？」妓曰：「對面係太守黄秘丞之家。秘丞有女，名舜英，年方十九，美容儀，工新曲。秘丞夫妻子弟俱死，惟有一女，獨處一室，家業巨萬，無人主持，欲嫁之心，不啻飢渴。俟天明，妾當往薦一言。」木曰：「若果如佳麗之言，夫何幸！」

至早飯後，妓往黄宅，具道其所以。女曰：「可令渠作一詩或詞來，則就此而作區處也。」妓回報曰：「此易事也，但要作詩與詞以往，事必濟矣。」崔木聞之，於是以紅羅一幅寫詞一首，以付張賽賽。詞名《虞美人》：「春來秋往何時了？心事知多少〔六〕？深深庭院悄无人，獨自行來獨坐若爲情？雙旌聲勢雖云貴，終是誰存濟？今宵已幸得人言，擬待勞煩神女下巫山。」賽賽奉〔七〕詞以往，曰：「定禮至矣。」舜英覽之，謂妓曰：「詞則佳矣，但不知其心性亦如詞否？」妓曰：「崔上舍文思捷急，心性寬和，賽賽知之熟矣。不惟賽賽知之，一城之人盡知之矣。此一節何疑焉？」女曰：「子所居與我爲鄰，豈誑我也！」即以黄絹和詞云：「一從骨肉相抛了，受了多多少。溪山風月屬何人？到此思量因甚不関情。而今雖道王孫貴，有事憑誰濟？自從今夜得媒言，相見佳期无謂隔関山。」寫畢，張賽賽又奉詞以歸，曰：「此回儀也。」崔木見詞，即令術者擇日，往黄舜英之家親焉。

（據上海古籍出版社《續修四庫全書》影印宋刻本及上海古典文學出版社點校本南宋羅燁編《新編醉翁

談録》壬集卷二《奩緣奇遇類》）

〔一〕《醉翁談録》題《崔木因妓得家室》，今自擬。

〔二〕一應　「一」字原闕。點校本校：「上疑脱一『一』字。」今補。一應，一切。

〔三〕衽　點校本譌作「任」，校：「同『衽』。」按：未聞「任」同「衽」。

〔四〕惠　原作「患」，無解，點校本校：「疑應作『惠』。」今改。

〔五〕御　原譌作「遇」，今據前賽賽詩改。

〔六〕心事知多少　前原有「那更」二字，點校本校：「按之詞律，此兩字應删。」按：下文黄舜英和詞「受了多多少」亦五字，今删。

〔七〕奉　原作「奏」，點校本校：「疑應作『奉』。」按：下文作「奉詞以歸」。今改。

按：《續修四庫全書》影印本自「詩妾勉强作詩一首」至「但要作詩與」一頁，錯入《華春娘題詩遇君亮成親》「乃題詩於所居之窗詩曰」之下頁。

謝福娘〔一〕

張時，字逢辰，河南人也。少年遊學至建康。盤旋數日，顧見建康形勝，鍾阜龍蟠，石城虎踞，退而歎曰：「自古稱金陵帝王州，豈苟言哉！」居數日，忽覩一少女，帶領三五人，撑蓋，濃粧麗服，行入曲巷頭一小屋中。張時一見之頃，不覺動心。然張時方至建康，未審其爲何人。及至建康稍久，頗有相從遊者，偶行至巷首，張時問曰：「此屋雖然隘小，然庭户瀟洒，軒窻清淨，何人家也？」友人曰：「此妓者謝福娘之家也。福娘年未二十，才思洒落，應對滑稽。雖未爲花魁，然官司有筵會，非福娘不飲。而官司照矚之者，有過於花魁。」張時聞其言，喜曰：「吾輩可同訪彼否？」曰：「可。」遂同士友到其家。

惟見福娘方梳洗了，輕移蓮步，微轉星眸，從内而出。張時見之曰：「真我前日所見之人也。」遂具酒殽同飲。偶筵間瞻瓶内有芍藥花二朵，福娘心喜。張時年少風韻，又善談笑。至第二盞，唱《芍藥詞》，詞名《燕山亭》：「風雨無情，紅藥吐時，下得㦎㦎摧挫。雲艷捲凉，旋汲銀瓶，收拾二〔二〕三千朵。長日留伊，要把酒、不教放過。无那！越放縱香心，越盤來大〔三〕。特地點檢笙歌，先要吹个、《六么》曲破。總是少年，負却才名，佳客共伊圍坐。粉薄香濃，爲笑多、不肯梳裹。知麽？須醉倒、今宵伴我。」詞罷，張時曰：「若還醉倒，則不能伴君矣。」坐客與福娘皆大笑。

既又曰：「適佳麗所唱之詞句，語既佳，意思尤勝。人言詞出佳人口，信〔四〕然。」福娘曰：「此特古詞耳，何足稱道！」張時曰：「古詞既不足道，可當造作一詞否？」福娘曰：

「可。」即以紙筆令張時作詞。時曰：「今日之會，有賓有主，主人先爲之，即當奉和。」福娘喜之，即援筆作詞，詞名〔五〕《南歌子》：「閑傍藥欄西，正是春光三月時。深紫淺紅光照眼，依稀。有似西施醉枕攲。　摘放膽瓶兒，冷艷幽光映酒巵。曾記古人題品語，袄〔六〕知。今夜花王得艷妻。」張時覽之，即就筆和云：「暖日未斜西，正是迷花殢酒時。紅藥彫欄呈冷艷，依稀。花重枝柔厭半攲。　相對耍猴兒，一捻幽芳勸酒巵。魏紫姚黄來覷着，方知。準擬今宵醉伴妻。」和畢，張時與福娘相得之歡，不啻魚水。

留戀數月，倚玉偎香，未嘗相捨。及至秋末，忽前任建康守張尚書來，遣數十兵卒，前來喚福娘去祗應酒。福娘欲不去，前此得張尚〔七〕書之雇盼者甚多，不容不去，若去，則又不肯捨了張郎。沉吟良久，而差來人又催促甚緊，只得前去，遂與張君執手泣別。自是張時悶悶无聊，遂歸侍下。而福娘遂爲張尚書帶領，去湖南仕宦。未幾，張時中高選。五年之間，爲湖〔八〕南運幹。方赴上，於江下艤舟。忽見小舟中有一婦人，素服淡粧，坐于舟中，高聲呼：「張逢辰。」張時視之，乃福娘也。移舟相近，問其所以，方知張尚書近日不禄，其子差人操舟，先送福娘歸去。一見張時，於是又隨時之運幹任，歡愛不啻相見之初。張時於未赴任之先，已有鼓盆之戚，方欲爲親，及得福娘，於是不復作娶。福娘后遂得爲命婦，受享富貴三十餘年也。（據上海古籍出版社《續修四庫全書》影印宋刻本及上海古典文學出版社點

〔一〕《醉翁談録》題《張時與福娘再會》，今自擬。
〔二〕二　原作「三」，點校本校：「疑應作『二』。」今改。
〔三〕越盤來大　此句疑有譌誤。
〔四〕信　原譌作「倍」。點校本校：「疑應作『信』。」今改。
〔五〕名　此字原脱，點校本校：「疑應有『名』字。」按：前文云「詞名《燕山亭》」，當有「名」字，今補。
〔六〕袄　點校本校：「疑應作『要』。」按：「袄」或爲「要」之俗寫。
〔七〕尚　此字原脱，今補。
〔八〕湖　原譌作「胡」，今改。

錢穆〔一〕

錢穆，莆陽人。幼而聰敏，長而好學，風姿粹美，骨氣軒昂。時人以奇男子目之，而錢穆亦自負其才，以爲奇男子也。然貧而不能自立。有兄在福州南禪寺爲僧，名慧聰，錢穆往依之。一日，慧聰欲去蜀川雲遊，以觀山川之勝，穆於是與之偕行。及至峽州時，有一富室蕭文貴者，與穆相會於旅邸中。文貴與語，見其經史傳記、百家諸子无不通曉，大奇之。欲請穆教其子弟，然亦未知其爲文如何。於是設席，邀穆至其家。暨酒已半酣，文貴曰：「酒所以開發胷懷，詩所以吟詠情性，今日有酒，不可无詩。請君作一詩，以叙其情。」穆乘酒興，即索筆作歌一首。歌曰：「余生兮出莆陽，家世兮襲衣裳，學道兮未能近天子之光。路歧兮徒彷徉，間関巇險兮歷曲折之羊腸。望巫山兮色蒼蒼，觀峽水兮流湯湯，回望故家兮天一方。不圖至此兮獲瞻數仞之門墻。飽以仁義兮踰稻粱，飲以德兮勝觥觴。他日若能收寸效兮遊帝鄉，當大書特書兮播盛德之芬芳。」

歌成，文貴大悦。即日請穆將擔仗至文貴書院中安下，以其二子出，拜穆爲師。僧慧[二]聽見其弟已有棲息之地，於是相辭，自入蜀。錢穆在蕭文貴家，教導有法，規矩甚嚴。半年之間，其子頗[三]進。文貴眷戀錢穆之意甚厚，惟懼其去。遂與之爲媒，娶本坊王子文女爲妻，以固其志。

甫及四年，穆以有母在家，欲歸侍養。其初文貴猶未欲與之去，至其言之稍力，不得已許之，於是錢穆挈其妻以歸莆陽。錢[四]穆之在文貴家已自有少錢物，文貴又與之買置貨物，賃兩舡，與穆歸莆陽。擇日起行，穆與其妻王氏，人坐一舡。方行兩日，宿泊江岸。忽夜半後，狂風大雨，怒濤如山，舡纜俱絶。王氏所坐一船，其去不遠，即得泊岸。獨穆所坐一舡，隨狂濤流去，不知所在，數日探問，絶无消耗，將謂穆已死以〔五〕江水矣。至次早，穆於蘄州方得上岸。思其妻，未明生死。思其人而憶其舡，於旅肆中題於壁上。詩云：「憶昔行程日，駢頭畫鷁飛。豈期風烈烈，頓濺浪巍巍。掣拽无完纜，漂揺不別崎。棹稍〔六〕無救應，彼此漫歔欷。物既同舟逝，人應與世違。何時得相見，執手與同歸？」題詩後，遣人到昨所泊舟之岸側，尋訪王氏所在，已皆各不相知。及到其家，又不得其實。及所遣之人到峽州，則已數月矣。穆自謂其妻王氏已死，命僕人挑擔以歸莆陽。臨行次，復題詩一絶：「怒濤洶湧把天吞，人掩泉扃亦抱冤。待我而今歸去後，賸歌楚些與招魂。」題畢，泣淚出門而去。暨至其家，相去四五千里，聲迹絶不相聞。

王氏以爲穆不復存矣，其父王子文招媒議親，當已與韓仲甫者定爲婚訖。錢穆忽夜半夢其妻告之曰：「自前此狂風驟發，纜斷舡流，彼此相失之後，聲迹各不相聞。我父將謂君已伴三閭〔七〕大夫，遊於水中矣。今已將我嫁與本郡韓氏之子，非久言歸。」言訖，穆躍然而覺。既而思之曰：「尋常夢寐不如是，此我神與妻會，故其言如是之的也。」即躍馬陸行至峽州，則見其妻王氏，已治疊嫁裝，旬日之間歸於韓氏矣。一見穆至，王子文大驚，以爲鬼魅。徐而視之，方知其真錢穆也。遂令媒人責禮物酧還韓氏，復爲夫妻。（據上海古籍出版社《續修四庫全書》影印宋刻本及上海古典文學出版社點校本南宋羅燁編《新編醉翁談録》癸

集卷二《離妻復合》）

〔一〕《醉翁談録》題《錢穆離妻而後再合》，今别擬。
〔二〕慧　原作「惠」。按：前文作「慧」，據改。
〔三〕頗　原作「頰」，點校本校：「疑應作『頗』。」今改。
〔四〕錢　此字原似「方」字，點校本作「錢」，姑從。
〔五〕以　點校本校：「疑應作『於』。」按：以，於也。
〔六〕稍　點校本校：「疑應作『梢』。」按：稍，用同「梢」。
〔七〕三閭　原作「三庐」。按：屈原官三閭大夫，「庐」字誤，今改。

宋代傳奇集第六編卷三

楊忠〔一〕

沈俶 撰

沈俶，一作淑。湖州（治今浙江湖州市）人。沈尚書之女。（據《吴興備志》卷一三《笄褘徵》）

四明戴獻可者，疏財尚氣，喜從賢士大夫游處。而家世雄于財，凡賓客見過必延欵，士聞風而歸者，皆若平生歡也。獻可死，止一子伯簡，年十八九。未歷世故，暴承家業之富，用度無藝，里中惡少因得與交狎邪。不數歲破家，止有昌國縣魚鹽竹木之利尚存，舊僕楊忠主之，自獻可無恙時，出納無一〔二〕毫欺。伯簡家業既蕩，獨楊忠所掌猶可賴爲衣食資，遂往焉。楊忠拜〔三〕哭盡哀，日與婦共事之，籍其資財之簿以獻。

伯簡大喜，謂我固有之物，仍復妄爲。其游從輩聞之，又欲誘其破蕩〔四〕，楊忠哭諫不顧。一日，伯簡與其徒會飲呼蒱〔五〕，楊忠挺刃而前，執其尤者，捽首頓之地，數曰：「我事主人三十餘年，郎君年少，爾輩誘爲不善，家産掃地。幸我保有此別業〔六〕，汝必欲蕩〔七〕之靡有孑遺邪？我斷汝首，告官請死，報我主人于地下。」又大叱，令伏地受刃。其人哀號伏罪，請自今不敢復至。楊忠噤咽良久，收刃卻立曰：「爾畏死給我邪？」其人號曰：「委不敢復至。」忠曰：「如此貸爾命，倘或見欺〔八〕，必屠裂爾軀而後已。」遂出束帛〔九〕曰：「可負此亟去。」其人疾走。忠遂揮涕謝伯簡曰：「老奴驚犯郎君。郎君自今改前所爲，但聽老奴盡心力役，不三二年舊業可復。不然而再與此輩遊，老奴當焚貲〔一〇〕自沉于海，不忍見郎君餓死，以貽主人門户羞也。」伯簡慚泣。自是謝絶不逞〔一一〕，修謹自守，一聽楊忠所爲。果三〔一二〕年，盡復田宅，楊忠事之彌謹。

吁！楊忠其賢矣哉！真不負其名矣。其視幸主人禍敗而取之者〔一三〕，孰非楊忠之罪人乎！雖然，求之楊忠，儔類中固無有也。求之士大夫，當國家危亂，有能植侮屏姦，不負其主人付託，于存亡可欺之際若楊忠者，予恐千萬人不一遇焉，悲夫〔一四〕！（據上海涵芬樓校印本元陶宗儀編《説郛》卷二三宋沈徵〔俶〕《諧史》）

〔一〕篇題自擬，下同。

〔二〕一　《古今説海》、《重編説郛》等本作「纖」。

〔三〕拜　此字原無，據《説海》、《重編説郛》等本補。

〔四〕誘其破蕩　《説海》、《重編説郛》等本作「誘蕩焉」。

〔五〕蒱　《説海》、《重編説郛》等本作「蒲」。按：蒱，即樗蒱，又作「樗蒲」。

〔六〕别業　《説海》、《重編説郛》等本作「業」。

〔七〕蕩　此字原無，據《説海》、《重編説郛》等本補。

〔八〕倘或見欺　《説海》、《重編説郛》等本作「再至」。

〔九〕束帛　《説海》、《重編説郛》等本作「帛數端」。

〔一〇〕焚貲　《説海》、《重編説郛》等本作「即日」。

〔一一〕不遑　《説海》、《重編説郛》等本作「群不遑」。

〔一二〕三　《説海》、《重編説郛》等本作「數」。

〔一三〕其視幸主人禍敗而取之者　《説海》、《重編説郛》等本作「其視幸主人之禍敗從而取之者」。

〔一四〕按：「雖然」至「悲夫」一節，《説海》、《重編説郛》等本無。

按：《諧史》不見宋元書目著録。《説郛》卷一三選録八事，據題注，原書一卷。撰人署爲宋沈徵，注「霅人」。然《古今説海》説略部雜記家九據而所輯者乃題宋沈俶撰，此後《重編説郛》弓三五、《學海類編》集餘七保攝、《古今説部叢書》二集、《説庫》皆因之。明董斯張《吴興備志》卷一三《竿禕徵》引《説郛》云：「宋沈淑，霅川沈尚書之女。著《諧史》一卷，載貞女烈婦忠僕諸軼事。」所據亦陶宗儀《説郛》，唯稱沈尚書之女，蓋别有所據。俶、淑音同，淑，俶之假借字。俶，善也。明鈔本《説郛》作徵，則爲傳録之誤，與俶形近也。《培林堂書目》載陶九成《説郛》目録，又譌作沈徽。

「我來也」一篇事在趙師𢍰尚書尹臨安日，趙自慶元三年（一一九七）至嘉定二年（一二〇九）凡四知臨安府（《咸淳臨安志》卷四八《秩官志六》），卒於嘉定十年（葉適《水心先生文集》卷二四《兵部尚書徽猷閣學士趙公墓誌銘》）。而篇末又稱獄卒得金後以疾辭役，享樂終身，没後子不能守悉蕩焉，乃又事過年久，然則是書之作殆至於理宗朝。書中民女趙氏、徐氏觀妙皆爲烈女，觀作者「彼士君子乃號爲男子者觀之，寧不有愧于心耶」之歎，誠如女子語，董斯張以爲淑乃沈尚書女或不誣。考寧宗朝前後湖州沈姓官尚書者有沈作賓、沈詵。作賓《宋史》卷三九〇有傳，字賓王，湖州歸安人，寧宗朝曾除權工部、户部尚書。進顯謨閣學士致仕，卒于家。真德秀《西山先生真文忠公文集》之《翰林詞草》中有沈作賓乞畀外祠不允等三詔（卷一九、卷二〇、卷二一）。周密《癸辛雜識》前集及徐獻忠《吴興掌故集》卷八載吴興有北沈尚書園，即此人也。又有南沈尚書園，則沈介，紹興八年進士，官至兵部尚書。沈詵，《吴興備志》卷一二《人物徵》、《康熙德清縣誌》卷七《人物傳·名業》有傳，字宜之，一作直之，湖州德清人，沈與求孫。紹熙初（一一九〇）歷官左右司直、轉運兩浙。進太府卿。家居十年，開禧中召起歸班，因與韓侂胄議論不合辭去。更化初（端平初）召除刑部侍郎，遷户部尚書卒。《西山文集》卷一九有沈詵辭免户部尚書不允及乞還官政退老丘園不允二詔。二沈孰爲俶之所出，實難分辨。同治《湖州府志》卷八一《列女傳》載沈淑事本《吴興備志》，而列於烏程縣（與歸安縣同爲湖州治所），蓋亦不明所出而姑屬之耳。

我來也

沈俶 撰

京城闤闠之區，竊盜極多，踪跡詭秘，未易跟〔一〕緝。趙師羼〔二〕尚書尹臨安日，有賊每于人家作竊，必以粉書「我來也」三字于門壁，雖緝捕甚嚴，久而不獲。「我來也」之名鬨傳京邑，不曰捉賊，但云捉「我來也」。一日，所屬解一賊至，謂此即「我來也」。亟送獄鞫勘，乃略不承服，且無臟物可證，未能竟此獄。

其人在京禁，忽密謂守卒曰：「我固嘗爲賊，卻不是『我來也』。今亦自知無脱理，但乞好好相看。我有白金若干，藏于寶叔塔上某層某處，可往取之。」卒思塔上乃人跡往來之衝，意其相侮。賊〔三〕曰：「毋疑，但往此寺〔四〕作少緣事，點塔燈一夕，盤旋終夜，便可得矣。」卒從其計，得金大喜。次早入獄，密以酒肉與賊。越數日，又謂卒曰：「我有器物一甕，置侍郎橋某處水内，可復取之。」卒曰：「彼處人鬧，何以取？」賊曰：「令汝家人以籮貯衣裳，橋下洗濯，潛掇甕入籮，覆以衣，舁歸可也。」卒從其言，所得愈豐，次日復勞以酒食。卒雖甚喜，而莫知賊意。

一夜至二更，賊低語謂卒曰：「我欲略出，四更盡即來，決不累汝。」卒曰：「不可。」賊曰：「我固不至累汝，設使〔五〕我不復來，汝失囚不過〔六〕配罪，而得我遺儘可爲生。苟不見從，卻恐悔吝有甚于此。」卒無奈，遂縱之去。卒坐以伺，正憂惱間，聞簷瓦聲，已躍而下。卒喜，復桎梏之。甫旦啓獄户，聞某門張府有詞云：「昨夜三更被盜失物，其賊于府門上寫『我來也』三字。」師詈撫按〔七〕曰：「幾誤斷此獄，宜乎其不承認也。」止以不合夜行杖〔八〕而出諸境。

獄卒回，妻曰：「半夜後聞扣門，恐是汝歸，亟起開門，但見一人以二布囊擲户内而去，遂藏之。」卒取視，則皆黄白器也。乃悟張府所盜之物，又以賂卒。賊竟逃命，雖以趙尹之嚴〔九〕，而莫測其姦，可謂黠矣。卒乃以疾辭役，享從容之樂終身。没後子不能守，悉蕩焉，始與人言。（據上海涵芬樓校印本元陶宗儀編《説郛》卷二三宋沈徵〔俶〕《諧史》）

〔一〕跟　《説海》、《重編説郛》等本作「根」。

〔二〕詈　《説海》、《重編説郛》等本作「罣」，下同。按：南宋趙昇《朝野類要》卷一《故事·春宴》：「中興以來，承平日久。慶元間，京尹趙師睪奏請從故事，排辦春宴，即唐曲江之遺意也。」此據《武英殿聚珍版叢書》本，《四庫全書》本則作「睪」。二字同也。

〔三〕賊　此字原無，據《説海》、《重編説郛》等本補。

〔四〕寺　《説海》、《重編説郛》等本作「方」。

〔五〕使　《説海》、《重編説郛》等本作「或」。

〔六〕不過　《説海》、《重編説郛》等本作「必至」。

〔七〕按　《説海》作「桉」。按，通「案」。「桉」即「案」字。

〔八〕夜行杖　《説海》、《重編説郛》等本作「犯夜從杖」。

〔九〕嚴　《説海》、《重編説郛》等本作「明特」。

樓叔韶〔一〕

瘦竹翁　撰

瘦竹翁，不詳何人。

樓叔韶鏞，初入太學，與同窗友厚善。休日，友語叔韶：「寂寂不自聊，吾欲至一處，求半日適，飲醇膳美，又有聲色之玩，但不可言。君性輕脱，或以利口敗吾事，能息聲則可偕往。」樓敬諾，要約數四，乃相率出城。買小舟，延緣葦間〔二〕，將十里，舍舟，陟小坡行，道微高下。又二里，得精舍，門徑絶卑小，而松竹花艸楚楚然。友欵于門，即有小童應客。主人繼出，乃少年僧，姿狀秀美，進趨安詳，殊有富貴家氣象。揖客曰：「久别甚思欵接，都不見過，何也？」問〔三〕樓爲誰，友曰：「吾親也。」遂偕坐欵語。

片刻〔四〕許，僧忽回顧，日影下庭西，笑曰：「日旰，二君餒乎？」便起，推西邊小户入，華屋三間，窗几如拭，玩具皆珍奇。唤侍童進點心，素膳三品，甘芳精好，不知何物所造。撤器，命推窗，平湖當前，數十百頃。其外連山横陳，樓觀森列，夕陽反照，丹碧紫翠，互相發明，漁歌菱唱，隱隱在耳。騁望久之，僧取麈尾，敲闌干數聲。俄時，小畫舫傍湖而來，二美人徑出登岸，靚妝麗色，王公家不過也。僧命具酌，指顧閒觴豆羅陳，窮極水陸，左右執事童奴〔五〕佼好。杯行，美人更起歌舞。僧與友謔浪調笑，歡意無間。樓神思惝恍，正容危坐，噤不敢吐一語。伺僧蹔起，掣友臂扣所以，友慍曰：「子但飲食縱觀，何用知如許？」

而觴十餘巡，夜已艾。僧復引客至小閤中，卧具皆備，曰：「姑憩此。」遂去。壁外即僧榻，試穴隙窺，則徑擁二姬就寢。友醉甚大鼾，樓獨彷徨不寐。起如廁，一童執燭，密詢之：「此爲何地？」童笑曰：「官人是親戚，何須問？」樓反室，展轉通宵，時側耳審聽，但聞鼻息齁齁而已。將曉，僧已至客寢，問：「安否？」盥櫛畢，引入一院，製作尤邃巧，簾幙蔽虧〔六〕。庭下奇花盛開，香氣蓊勃，小山藂竹，位置愜當。回思夜來境界，已迷不能憶。迨具食，則器用張陳一新，食品加精，獨二姬竟不復出。食罷各去，僧送出〔七〕門，鄭重而別，由它徑絶湖而歸。

樓惘惘累日，疑所到非人間。數問友，但笑不言〔八〕，亦許尋舊遊。而樓用它故亟歸鄉，其後出處參商，訖不克再諧。（據上海涵芬樓校印本元陶宗儀編《説郛》卷三一《談藪》）

〔一〕原無標目。據張宗祥《説郛校勘記》，休寧汪季清家藏明抄殘本題《勝遊》。今別擬題。

〔二〕延緣葦間　《古今説海》説略部雜記家十六《談藪》、《豔異編》卷二五徂異部《樓叔韶》作「沿葦行」。

〔三〕問　《説海》、《豔異編》作「揖」。

〔四〕片刻　《説海》、《豔異編》作「十刻」。按：古以一晝夜爲九十六刻（《賓退録》卷一），一時辰（今二小時）八刻。

〔五〕奴　《説海》、《豔異編》作「皆」。

〔六〕虧　《説海》、《豔異編》作「滿」。

〔七〕出　《説海》、《豔異編》作「之」。

〔八〕言　《説海》、《豔異編》作「答」。

按：《談藪》不見《宋史·藝文志》，唯《説郛》卷三一選録四十五事，題注七卷。撰人題宋龐元英，注「號瘦竹翁」。龐元英乃北宋人，其父仁宗宰相龐籍也（《宋史》卷三一一），元英所著《文昌雜録》六卷，今存。《談藪》所記皆南宋事，中稱「寧宗爲郡王」（「孫琳路鈐」條），稱寧宗廟號，則已至理宗朝。又云「岳珂肅之侍郎」（「岳珂」條），珂理宗寶慶三年（一二二七）始除户部侍郎（《宋史》卷四一《理宗紀一》），嘉熙四年（一二四〇）猶守太平州（《玉楮集》卷六）。然則書成於理宗朝。以爲龐元英撰，大誤。蓋《説郛》此卷先録龐元英《文昌雜録》，繼録此書，蒙上而誤也。《培林堂書目》鈔載《説郛》目録，《談藪》題「宋號更（瘦）竹翁」，缺姓名，其號則同，則明鈔本《説郛》所誤者只姓名耳。且龐元英未聞以瘦竹翁爲號，其爲《談藪》作者别號無疑，第姓名失考矣。

《古今説海》據《説郛》收入《談藪》，只選二十五事。《學海類編》集餘四記述取入《説海》本，《重編説郛》弖三五、《五朝小説·宋人百家小説》偏録家則只録十一事。諸本並題宋龐元英，沿《説郛》之誤。

本篇所言樓鏞，乃樓鑰（一一三七—一二一三）從父弟，紹熙四年（一一九三）進士，見《宋元學案補遺》卷七三。

老卒回易

羅大經　撰

羅大經，字景綸。吉州吉水（今屬江西）人。寧宗嘉定間在大學。十五年（一二二二）解試赴禮部試，理宗寶慶二年（一二二六）登進士第。爲容州司法參軍。淳祐十一年（一二五一）爲從事郎、撫州軍事推官，逾年被劾罷官閑居。著《鶴林玉露》十八卷、《易解》十卷、《心學經傳》十卷，後二書佚。（據《鶴林玉露》甲乙丙編自序，丙編卷二、卷四、卷六，《吉水縣志》卷二八《選舉志·進士》，《容縣志》卷一五《職官志·流寓》，《弘治撫州府志》卷八《軍事推官題名》，《宋史藝文志補》小説家類）

張循王之兄保，嘗怨循王不相援引，循王曰：「今以錢十萬緡、卒五千付兄，要使錢與人流轉不息，兄能之乎？」保默然久之，曰：「不能。」循王曰：「宜弟之不敢輕相援引也。」王嘗春日遊後圃，見一老卒卧日中，王蹴之曰：「何慵眠如是！」卒起聲喏，對曰：「無事可做，只得慵眠。」王曰：「汝會做甚事？」對曰：「諸事薄曉，如回易之類，亦粗能之。」王曰：「汝能回易，吾以萬緡付汝，何如？」對曰：「不足爲也。」王曰：「付汝五萬。」對曰：「亦不足爲也。」王曰：「汝需幾何？」對曰：「不能百萬，亦五十萬乃可耳。」王壯之，予五十萬，恣其所爲。

其人乃造巨艦，極其華麗，市美女能歌舞音樂者百餘人，廣收綾錦奇玩、珍羞佳果及黄白之器，募紫衣吏軒昂閑雅若書司客將者十數輩，卒徒百人。樂飲逾月，忽飄然浮海去。逾歲而歸，珠犀香藥之外，且得駿馬，獲利幾十倍。時諸將皆缺馬，惟循王得此馬，軍容獨壯。大喜，問其何以致此，曰：「到海外諸國，稱大宋回易使，謁戎王，餽以綾錦奇玩，爲具招其貴近，珍羞畢陳，女樂迭奏。其君臣大悦，以名馬易美女，且爲治舟載馬，以珠犀香藥易綾錦等物，餽遺甚厚，是以獲利如此。」王咨嗟褒賞，賜予優渥。問：「能再往乎？」對曰：「此戲幻〔一〕也，再往則敗矣，願仍爲退卒老園中。」

嗚呼！觀循王之兄與浮海之卒，其智愚相去奚翅三十里哉！彼卒者，頹然甘寢苔堦花影之下，而其胸中之智，圓轉恢奇迺如此。則等而上之，若伊、吕、管、葛者，世亦豈盡無也哉！特莫能識其人，無繇試其藴耳。以一弊衣老卒，循王慨然捐五十萬緡畀之，不問其出入，此其意度之恢弘，固亦足以使之從容展布，以盡其能矣。勾踐以四封之内外付種、蠡，漢高皇捐黄金四十萬斤於陳平，由此其推也〔二〕，蓋不知其人而輕任之，與知其人而不能專任，皆不足以有功。觀其一往之後，辭不復再，又幾於知進退存亡者，異哉！（據北京中華書局版王瑞來點校本南宋羅大經《鶴林玉露》丙編卷二）

〔一〕戲幻　萬曆三十六年南京都察院刊本、《稗海》本等均無「幻」字，疑是。

〔二〕由此其推也　明陸師道鈔本作「推其所由也」。

按：《説郛》卷五節録《鶴林玉露》，題注：甲乙丙編十八卷。日本慶安（一六四八—一六五五）元刊活字本（今藏北京大學圖書館）、寬文二年（一六六二）刊活字本（今藏中華書局圖書館）皆爲十八卷本，分天、地、人三集，集各六卷。上海涵芬樓據寬文本校印，收入《宋人小説》。中華書局版王瑞來點校本則以慶安本爲底本。國内流傳者大抵爲十六卷本，附補遺一卷，不分集，有萬曆三十六年（一六〇八）南京都察院刊本、《稗海》本等，《稗海》本後載入《四庫全書》、《筆記小説大觀》、《叢書集成初編》。據各編自序，甲編成於淳祐八年戊申（一二四八），乙編成於十一年辛亥，丙編成於十二年壬子，乃其罷官前後所作。

兜離國

何光撰

何光，一作何先，字履謙。慶元府（今浙江寧波市）人。（據《説郛》卷三八）

周宗脅〔一〕，字本之，世家安吉之烏程。蚤歲以筆力自傭，游學旁郡。至天台，適報恩寺，長老了清有同里之好，留憩蕭寺，時嘉熙丁酉仲夏也。嘗以是年八月六日，因事出城北。歸薄暮，足倦神憊，急呼童整榻布寢。恍惚間聞有車輪聲，從簷外來。周亟起迎之，見一使者躍馬而至，車乘踵其後。周方愕視，使者遽前啓周曰：「大王奉召。」周且疑且辭，使者躍〔二〕曰：「大王久欽令譽，覬覿光儀，故遣一介致卑詞，安車聘老〔三〕，仄席待賢之意，不越于此，先輩其可戀守株之舊、循墻之避乎？」周謙士也，不覺汗背，請唯其命，于是乘車而往。使者前道，其行甚疾，路亦不惡，道旁略無人舍。

約十里許，忽覩層閣複道，朱甍翠瓦，城堞突兀，草木葱倩，揭扁額其上曰「兜離國」。入門數十步，使者曰：「宮闕不遠，請先輩下車。」周曰：「某山野草萊，終日書案，鳴珮曳履，夢想所不到。上國不以譾陋，賜之聘召，深恐步武躞蹀，取戾朝儀，願使者先有以教之。」使者徐應曰：「且安心。」但見綵衢紫陌，香塵滾滾，塗謳里詠，喜見顏色。周頗自安，私謂必樂地，得終老于此，不猶愈于粥魚齋鼓〔四〕、荒涼蕭寺之居乎？頃刻間，已抵玉〔五〕闕，道左一館，扁曰「延英」。使者揖周入，辭曰：「道路風塵，衣冠欹側，先輩少歇。」周與使者對揖而別。甫轉首，一丈夫金章紫綬，立館右。小吏持銜狀前白，周視之，上題「昌化大夫、知延英館事皇甫凖〔六〕」。小吏揖客入，各敍起居竟。始〔七〕欲解帶磅礴，俄報宮闈〔八〕已啓。周整束冠裳，從知館而去。

曉色猶暝，殘月耿耿。璇題間〔九〕，玉闕聳峙，輪奐赫奕〔一〇〕，目不禁視。圭冕交錯，雜遝而進。遙望九陛上，帷幙燦爛。座中設百官以次，左右行列。有報班齊者，王御正衙，宰弼敍聖躬萬福，王亦致答，餘各拜舞。忽聞呼周姓名，有二朱衣引周獨立殿下，傳王旨曰：「寡人濫承先緒，涼德是愧，持盈守成，自古所懼。樂得賢者，相與圖治〔一一〕。聞卿學術久富，意甚嘉之。」周曰：「臣疵賤餘生，不學無似〔一二〕。殿下誤加采録，使者親銜王命，勉臣此行，遂得瞻望清光，遭逢盛事。」王復曰：「寡人渴想名賢，得卿如醴泉甘露，尉〔一三〕悦可勝，勉爲少留，共扶國事。」周敍謝，方欲措詞而吏報班退。即有別吏持牒文授周，曰：「周宗沓可特授文籍監丞〔一四〕，日赴堂，却〔一五〕預議事，仍賜第一所。」俄有從吏數十，名姬不下十餘輩，擁周入一宅，華麗奇巧，服御光生。周入居其中，即日視事，同僚各持銜狀互賀。自此曉則謁王，午則入都堂與議，一國之事，皆參決焉，暮則回第。荏苒約半載，官况益美。

忽一日，報相國木契子齡病。王召周而問曰：「子齡相國二十年矣，政事粗舉。倘一疾不起，何人可代？」周曰：「知臣莫若君。」王曰：「寡人得之矣。」翌日，子齡薨位，俄報右丞屈曲槩〔一六〕拜相國。蓋性險愎，貪污罕倫，一聞敕下，人皆側目。周聞之驚甚，即上疏諫王曰：「臣聞植治有揩，浚亂〔一七〕有源。自昔英君誼辟，不以治爲可喜，而常以亂爲憂，何則？治亂之分，自君子小人始。一君子之政〔一八〕，未足以勝百小人之姦；一小人之姦〔一九〕，深足以干千百君子之政。君子之用意也，善其爲政也。明白洞達，其事可行，其言可覆〔二〇〕。小人則異是，豺軀麒角，羊質虎皮，喜則摩足以相懽，怒則反目而相噬。此堯之所以誅四凶，成王之所以流管、蔡。史臣直筆，不以四凶之罰爲甚，管、蔡之譴爲過，蓋其人天怒神怨，摧折已晚〔二一〕，使尚佚其辜，將自速于禍矣。然則〔二二〕城姦穽惡，刻刻〔二三〕不忘，大治〔二四〕榮華，何慮其不至〔二五〕？譬如嘉穀，纖莠必除；譬彼長隄，寸罅必塞。所謂植治之階，浚亂之源，係乎人君用舍之頃，一縷〔二六〕不容間爾。殿下以神聖之姿〔二七〕，守太平之緒。首任棟梁，以付穹窿之寄；旁掇蘭茝〔二八〕，以贊熙洽之期。四民均安，百世允賴。今天不憗〔二九〕，遺大老。故相國木契子齡，未就衰年，遽終奇恙。殿下更召耆俊親試，登庸于進退間，治亂由别。豈意私昵並緣，乘間竊寵，欲以一國之事，付之佞人屈曲槩之手。槩何如？其人也蠱毒百端，狐媚萬狀。内藉官掖之援，外肆溪壑之求。昔典户曹，攫金珠如瓦礫；嘗領郡寄，視版籍如蒙氈〔三〇〕。上恩隆寬，猶爲涵覆，綴班宰府。叨逾已甚，素餐公餗，顔不知羞。相鼎暫虚，顧乃歸之掌握，此槩之平昔所願望而不可得者。一旦而得之，將使吐胸中之陰蹤詭狀，盡肘後之庸方末技。上以誤殿下，下以誤蒼生，宗社生靈，殆有不忍言之禍矣。且相國之位，非殿下所得私。一國之相位也，任之匪人，亂源立見，根本既仆，枝葉從之。敕下日，士爲廢書，商爲罷市，殿下聞乎否乎？使其聞而不爲動心，則一國之事去矣。臣所以激濺〔三一〕爲殿下告者，猶喜其未聞而趣爲反汗也。臣異國書生，早承眷遇，不恤肝腦，敢布腹心，惟殿下采擇，取進止。」

書上，王拊案大怒曰：「狂生不識時宜，輒以右丞爲佞人，多見其不知量。」遣使者召對。時王御紫琳〔三二〕閣。周入，王怒色未霽，叱曰：「卿疏賤下士，何得輒議吾大臣！貰爾一死，放卿東歸。」周對曰：「某斥退固宜，歸則何所？」王笑曰：「卿本世上人，何不思歸？」周因大悟，涕泣交下，願乞骸骨而歸。王曰：「卿雖爲狂悖，亦無甚過惡。後十八年歲在班文，更當召卿。」顧宮媵取玉合三枚，署甲乙其上，賜之，且戒之曰：「卿歸日，首開其一。餘〔三三〕或遇難，次第啓視。」周再拜，泣謝而出。

宫門有匹馬，二卒迎白〔三四〕：「請監丞上馬。」周曰：「我欲回賜第取衣物。」卒曰：「奉朝旨不許。」周頗悒怏。匹馬趣行，出城門，見向使者迎，訣曰：「不意監丞事業止此。」揖而退，遂指來途而返。路人皆叩馬而嘆曰：「忠臣去矣！如國事何？」亦有焚香酌水而送別者。少頃，至臺城，過報恩寺門，周即下馬，入齋房，顧己身偃卧榻上。周驚曰：「吾其死矣！」忽有呼周姓名者，欲唯諾間，已驚悟。時約五鼓，孤燈猶照，東壁小豎，鼻息如雷鳴。周怳然而起，視袖間玉合儼存。周啓其一，内有墨迹如鮮，題曰：「人生無百年，世事一如夢。可往衡山中峰，尋五官子問之。」周歷歷盡記，染筆亟識其顛末。及曉，訪了清言之，即往衡嶽訪異人。了清堅留不可，周出所書以示之，呼童擕橐而去。迄今不知其存否。了清録其所書如此。（據上海涵芬樓校印本元陶宗儀編《説郛》卷三八宋何光《異聞》）

〔一〕脊　《重編説郛》弓三八及《五朝小説・宋人百家小説》偏録家作「嵴」，下小字注「音匣」。下同。

〔二〕躍　疑爲「跪」字之譌。《重編説郛》及《宋人百家小説》本無此字。

〔三〕老　《重編説郛》及《宋人百家小説》本作「召」。

〔四〕齋鼓　《重編説邦》及《宋人百家小説》本作「虀豉」，誤。按：粥魚齋鼓，指僧院集衆食粥擊魚鼓爲號。金元德明《寒食再遊福田寺》：「粥魚齋鼓薦玄機。」（《御選宋金元明四朝詩・御選金詩》卷一五）。

〔五〕玉　《重編説郛》及《宋人百家小説》本作「王」。

〔六〕潗　《重編説郛》及《宋人百家小説》本作「準」。

〔七〕始　《重編説郛》及《宋人百家小説》本作「使」。

〔八〕闈　《重編説郛》及《宋人百家小説》本作「闕」。闈，宫門。

〔九〕璇題間　「間」下當脱一字。《重編説郛》及《宋人百家小説》本無「間」字。

〔一〇〕輪奂赫奕　「奂」《重編説郛》及《宋人百家小説》本作「煥」，義同，光彩鮮明貌。「赫」原譌作「共」，據《重編説郛》及《宋人百家小説》本改。

〔一一〕治　原譌作「回」，據《重編説郛》及《宋人百家小説》本改。

〔一二〕無似　《重編説郛》及《宋人百家小説》本作「無術」。按：《禮記・哀公問》：「寡人雖無似也，願聞所以行三言之道，可得聞乎？」鄭玄注：「無似，猶言不肖。」

〔一三〕尉《重編説郛》及《宋人百家小説》本作「慰」。尉，即古字「慰」。

〔一四〕監丞《重編説郛》及《宋人百家小説》本作「承」，與下文「日」連讀。承日，指受官之日。按：下文皆作「監丞」，作「承」當誤。監丞，指文籍監副職，正職曰監。

〔一五〕却《重編説郛》及《宋人百家小説》本作「即」。

〔一六〕槩《重編説郛》及《宋人百家小説》本作「蓋」，下同。下文「此槩之平昔所願望而不可得者」則作「槩」（《宋人百家小説》本作概）。

〔一七〕亂《重編説郛》及《宋人百家小説》本作「流」，下同。按：「亂」與上文「治」爲對，作「流」譌也。

〔一八〕政《重編説郛》及《宋人百家小説》本作「正」，下同（《重編説郛》譌作止）。政，通「正」。

〔一九〕姦　原作「謀」，《重編説郛》及《宋人百家小説》本作「姦」。按：此以君子之政（正）與小人之姦對比成文，當作「姦」字爲是，據改。

〔二〇〕覆《重編説郛》及《宋人百家小説》本作「復」。覆，遍及，覆蓋。復，通「覆」。

〔二一〕晚《重編説郛》及《宋人百家小説》本作「曉」，當譌。

〔二二〕然則《重編説郛》及《宋人百家小説》本作「然其」。

〔二三〕刻刻《重編説郛》及《宋人百家小説》本作「頃刻」。

〔二四〕大治《重編説郛》及《宋人百家小説》本作「富貴」。

〔二五〕至《重編説郛》及《宋人百家小説》本作「致」。

〔二六〕穟　《重編説郛》及《宋人百家小説》本作「息」。穟，同「穗」。

〔二七〕姿　《重編説郛》及《宋人百家小説》本作「資」。

〔二八〕茝　《重編説郛》及《宋人百家小説》本作「萿」。《楚辭·離騷》：「雜申椒與菌桂兮，豈維紉夫蕙茝。」王逸注：「蕙、茝皆香草。」

〔二九〕慗　《重編説郛》及《宋人百家小説》本作「憖」。慗，喜也。《玉篇》心部：「慗，丑力切，從也。」作「憖」形譌。

〔三〇〕如蒙氈　《重編説郛》及《宋人百家小説》本作「于弁髦」。按：蒙氈，遮蓋人馬之毛氈。《後漢書》卷八九《南匈奴列傳》：「單于震懾屏氣，蒙氈遁走於烏孫之地。」《劍南詩稿》卷三七《感舊》：「雪路馬蒙氈。」弁髦，喻棄置無用之物。古者男子行冠禮，加弁後即剃去垂髦，束髮爲髻，表示成人。《左傳》昭公九年：「豈如弁髦，而因以敝之。」

〔三一〕激激　《重編説郛》及《宋人百家小説》本作「汲汲」。

〔三二〕琳　《重編説郛》及《宋人百家小説》本作「臨」。

〔三三〕餘　《重編説郛》及《宋人百家小説》本作「脱」。

〔三四〕白　《重編説郛》及《宋人百家小説》本作「曰」。

按：本書不見著録。張宗祥校明鈔本《説郛》卷三八節録《異聞》三事，注三卷，題宋何光，注字履謙，四明人。四明即明州，光宗紹熙五年（一一九四）以寧宗潛邸升爲慶元府（見《宋史·地理志四》）。《重編説郛》弖三八、《五朝小説·宋人百家小説》偏録家收入《説郛》本，書名作《異聞記》，撰人作何先。清徐秉義《培林堂書目》所載《説郛》目録亦同，疑實據《重編説郛》。胡應麟《少室山房筆叢》卷三六《二酉綴遺中》據《説郛》略引《異聞》碧蘭堂、樂離國（按：明鈔本《説郛》作碧瀾堂、兜離國）二事，書名同明鈔《説郛》，但撰人亦爲何先。以其字履謙推較，名光名先均有可能，皆取義於《周易》。謙卦彖辭：「謙亨，天道下濟而光明。」「謙尊而光。」而《正義》云：「謙者屈躬下物，先人後己。」是先字亦與謙字相關。鄭剛中《北山集》卷一五《何氏考妣墓表》，南宋何恢祖父何先即字謙終。然則光、先之是非不易判定，形似而譌，姑以光爲是也。《兜離國》事在嘉熙丁酉，即理宗嘉熙元年（一二三七），又載兜離國王謂周宗胥云「後十八年歲在班文，更當召卿」，乃指寶祐二年甲寅（一二五四），末又云「迄今不知其存否」，則又在寶祐二年之後。觀此，本書殆作於寶祐間（一二五三—一二五八）。

京都廚娘（一）

洪巽　撰

洪巽，一作洪蕒。理宗寶祐五年（一二五七）參判湖北路安撫使幕，寓江陵。（據本篇）

京都中下之户，不重生男，每生女則愛護如捧璧擎珠。甫長成，則隨其姿質教以藝業，用備士大夫採拾娛侍。名目不一，有所謂身邊人、本事人、供過人、針線人、堂前人、劇雜人、拆洗人〔二〕、琴童、棋童、廚娘〔三〕，等級截乎不紊。就中廚娘最爲下色，然非極富貴家不可用。予以寶祐丁巳參閫〔四〕寓江陵，嘗聞時官中有舉〔五〕其族人置廚娘事，首末甚悉，謾申〔六〕之以發一笑。

其族〔七〕人名某者，奮身寒素，已歷二倅一守。然受用淡泊，不改儒家之風。偶奉祠居里，便嬖不足使令，飲饌且大粗率。守念昔留某官處，晚膳出京都廚娘調羹，極可口。適有便介如京，謾作承受人書，囑〔八〕以物色，價不屑較〔九〕。未幾，承受人復書曰：「得之矣。其人年可二十餘，近回自府地〔一〇〕，有容藝，能筭能書，旦夕遣以詣直。」不二〔一一〕旬月，果至。初憇五里頭時，遣脚夫先申狀來，乃其親筆也，字畫端楷。歷敍慶新〔一二〕，即日伏事左右，千乞以回轎接取〔一三〕，庶成體面。辭甚委曲，殆非庸碌女子所可及，守一見爲之破顔。及入門，容止循雅，紅衫翠裙〔一四〕，參侍〔一五〕左右乃退，守大過所望。

少選〔一六〕，親朋輩議舉杯爲賀，廚娘亦遽致使廚之請，守曰〔一七〕：「未可展會，明日且具〔一八〕常食五杯五分。」廚娘請食品菜品資〔一九〕次，守書以示之，食品第一爲羊頭僉〔二〇〕，菜品第一爲葱齏，餘皆易辦者。廚娘謹奉旨，數〔二一〕舉筆硯具物料。內羊頭僉五分，合〔二二〕用羊頭十箇，葱蒜〔二三〕五楪，合用葱五斤，他物〔二四〕稱是。守因〔二五〕疑其妄，然未欲遽示以儉鄙，姑從之，而密覘其所〔二六〕用。

翌旦，廚師告物料齊，廚娘發行奩〔二七〕，取鍋銚盂勺湯盤之屬，令小婢先捧以行，熣燦耀目，皆白金所爲，大約正〔二八〕該五七十兩。至如刀砧雜器，亦一一精緻，傍觀嘖嘖。廚娘更圍襖圍裙，銀索攀膊，掉臂而入，據坐胡床。徐起，切抹批臠〔二九〕，慣熟條理，真有運斤成風之勢。其治羊頭也，漉置几上，剔〔三〇〕留臉肉，餘悉擲之地。衆問其故，廚娘曰：「此皆非貴人之所食矣。」衆爲拾置〔三一〕他所，廚娘笑曰：「若輩真狗子也。」衆雖〔三二〕怒，無語以答。其治葱虀〔三三〕也，取葱微徹過湯沸〔三四〕，悉去鬚葉，視楪之大小分寸而裁截之，又除其外數重，取條心之似韭黄者，以淡酒醯浸漬〔三五〕，餘弃置，了不惜。凡所供備，馨香脆美，濟楚細膩，難以盡其形容。食者舉筯無贏餘，相顧稱好。

既撤席，廚娘整襟再拜曰：「此日試廚，幸中〔三六〕台意，照例支犒〔三七〕。」守方遲難，廚娘曰：「豈非待檢例耶？」探囊取數幅紙以呈〔三八〕，曰：「是昨在某官處所得支賜判單也。」守視之，其例每展會支賜，或至千券數疋，嫁娶或至三二百千雙疋〔三九〕，無虚拘者。守破慳勉强，私切〔四〇〕喟歎曰：「吾輩事力單薄，此等筵宴不宜常舉，此等廚娘不宜常用。」不兩月，託以他事善遣以還。其可笑如此。（據上海涵芬樓校印本元陶宗儀編《説郛》卷七三洪巽《暘谷漫録》）

〔一〕涵芬樓校印本《説郛》無題，據張宗祥《説郛校勘記》，汪季清藏明抄殘本題《廚娘》，今加「京都」二字。

〔二〕拆洗人　原譌作「折洗人」，據《古今説海》説纂部七散録家一宋廖瑩中録《江行雜録》引《暘谷漫録》改。

〔三〕廚娘　《重編説郛》弓二九、《五朝小説·宋人百家小説》偏録家作「廚子」。

〔四〕參閫　「閫」原作「闈」，據《江行雜録》及明抄殘本、《重編説郛》本、《宋人百家小説》本改。按：參閫，指參江陵安撫使幕，任幕職。周密《癸辛雜識》續集卷上《羅椅》：「（羅椅）往維揚，依趙月山（日起）。……月山得其銜袖之文甚喜，遂延之教子，賓主極相得。未幾，師憲（按：賈師憲）移維揚，月山仍參閫幕。」閫，指地方將帥官衙，此指安撫使官衙。闈，宫門，又指禮部之門或禮部考場。

〔五〕舉　下原有「似」字，疑衍，《江行雜録》無，據删。

〔六〕申　《江行雜録》作「書」。

〔七〕族　《江行雜録》作「婺」，譌也。婺指婺州。

〔八〕囑　《江行雜録》作「託」。《重編説郛》、《宋人百家小説》本作「祝」。祝，用同「囑」。

〔九〕價不屑較　「價」《江行雜録》及明抄殘本作「費」。《重編説郛》、《宋人百家小説》本全句作「皆不屑教」，當誤。

〔一〇〕府地　《江行雜録》及明抄殘本、《重編説郛》本、《宋人百家小説》本作「府第」。按：地，通「第」。

唐李頻詩《黔中酬同院韋判官》：「江流來絶域，府地管諸夷。」（《全唐詩》卷五八八）

〔一一〕不二 《重編説郛》、《宋人百家小説》本作「不下」。《江行雜録》無「二」字。

〔一二〕慶新 《江行雜録》、明抄殘本作「幸」。

〔一三〕千乞以回轎接取 「千乞」《江行雜録》及《重編説郛》、《宋人百家小説》本作「末乞」。按：千乞亦言萬乞，明世猶有是語。《西遊記》第三十七回《鬼王夜謁唐三藏，悟空神化引嬰兒》：「千乞到我國中，拿住妖魔。」第三十一回《猪八戒義激猴王，孫行者智降妖怪》：「萬乞救我一救。」「回轎」《江行雜録》作「四轎」。

〔一四〕紅衫翠裙 《江行雜録》作「紅裙翠裳」。

〔一五〕侍 《江行雜録》作「視」。

〔一六〕少選 「少」原作「小」，《江行雜録》及《重編説郛》、《宋人百家小説》本作「少」。小，通「少」。今改作「少」，以避歧義。

〔一七〕親朋輩議舉杯爲賀廚娘亦遽致使廚之請守曰 「輩」《江行雜録》及明抄殘本、《重編説郛》本、《宋人百家小説》本作「皆」。此十九字《江行雜録》作「親朋皆議舉杯爲賀廚娘，廚娘遽至，使廚請曰」。

〔一八〕具 《江行雜録》作「是」。

〔一九〕資 《重編説郛》、《宋人百家小説》本作「質」。

〔二〇〕羊頭僉 「僉」原譌作「籥」，而下文作「僉」。《江行雜録》及《重編説郛》、《宋人百家小説》本作

「僉」。按：《東京夢華録》卷二《飲食果子》載茶飯中有「羊頭簽、鵝鴨簽、雞簽」，鄧之誠注：「簽之名，今都中食肆尚謂炸肥腸爲炸簽。」《隨隱漫録》卷二云：「貴家之暴殄，略舉一二。如羊頭簽止取兩翼……餘悉棄之地，謂非貴人食，有取之則曰：『若輩真狗子也。』」所載即本此。《李師師外傳》：「陳列鹿炙、雞酢、魚膾、羊簽等肴。」僉，用同「簽」。《四庫全書》本《説海》作「臉」，誤也。

〔二一〕數　《江行雜録》作「教」。

〔二二〕合　《江行雜録》及《重編説郛》、《宋人百家小説》本作「各」，當誤，下文作「合」。

〔二三〕蒜　《江行雜録》及《重編説郛》、《宋人百家小説》本作「韮」。按：前文云「葱虀」，虀者，即葱、蒜、韮等之碎末，以爲菜品之調料、配料。

〔二四〕物　此字原無，據《江行雜録》補。

〔二五〕因　《江行雜録》作「固」。

〔二六〕所　明抄殘本無此字。

〔二七〕奩　《江行雜録》作「匳」，同「奩」。

〔二八〕正　《江行雜録》作「計」。《重編説郛》、《宋人百家小説》本作「止」，當譌。

〔二九〕據坐胡床徐起切抹批臠　《江行雜録》作「據坐胡牀切，徐起，取抹批臠」，有誤。

〔三〇〕剔　《江行雜録》作「别」。

〔三一〕置　《江行雜録》及《重編説郛》、《宋人百家小説》本作「頓」。頓，放置。

〔三三〕雖　此字原無，據《江行雜録》及明抄殘本、《重編説郛》本、《宋人百家小説》本補。

〔三三〕虀　《江行雜録》及《重編説郛》、《宋人百家小説》本作「韮」。

〔三四〕取葱微徹過湯沸　「微徹」原作「徹微」，《江行雜録》作「微徹」，據改。《重編説郛》、《宋人百家小説》本作「輒微」，亦通。「湯沸」《江行雜録》作「沸湯」。

〔三五〕漬　原作「嘖」，當譌。據《江行雜録》及《重編説郛》、《宋人百家小説》本改。

〔三六〕幸中　《江行雜録》作「萬幸」。

〔三七〕照例支犒　《江行雜録》作「須照例」。

〔三八〕呈　《江行雜録》作「獻」。

〔三九〕或至千券數疋嫁娶或至三二百千雙疋　「千」《重編説郛》本作「于」，《宋人百家小説》本作「於」，當譌，下二「疋」字亦譌作「足」。「婚姻」作「家聚」。以上《江行雜録》作「絹帛或至百疋，錢或至三二百千」。

〔四〇〕切　《江行雜録》及《重編説郛》、《宋人百家小説》本作「竊」。切，同「竊」。

按：《説郛》卷七三所録《暘谷漫録》六條，未注原書卷數，題洪巽，亦未有注。《培林堂書目》鈔《説郛》目録，題宋洪巽。《重編説郛》弓二九、《宋人百家小説》偏録家據《説郛》收入，亦題宋洪巽。此書作於理宗寶祐五年後，廖瑩中《江行雜録》既已引之，而廖於德祐元年（一二七五）除名流嶺南自殺（《續資治通鑑》卷一八一），則又在德祐之前也。

李師師外傳

李師師者，汴京東二廂永慶坊染局匠王寅之女也。寅妻既産女而卒，寅以菽漿代乳乳之，得不死。在襁褓未嘗啼。汴俗，凡男女生，父母愛之，必爲捨身佛寺。寅憐其女，乃爲捨身寶光寺，女時方知孩笑。一老僧目之曰：「此何地，爾乃來耶？」女至是忽啼。僧爲摩其頂，啼〔一〕乃止。寅竊喜，曰：「是女真佛弟子。」爲佛弟子者，俗呼爲師，故名之曰師師。師師方四歲，寅犯罪繫獄死。師師無所歸，有倡籍李姥者收養之。比長，色藝絶倫，遂名冠諸坊曲。

徽宗帝即位〔二〕，好事奢華，而蔡京、章惇、王黼之〔三〕徒，遂假紹述爲名，勸帝復行青苗諸法。長安中粉飾爲饒樂氣〔四〕象，市肆酒税，日計萬緡，金玉繒帛，充溢府庫。於是童貫、朱勔輩，復導以聲色、狗馬、宫室、苑囿之樂。凡海内奇花異石，搜采殆徧。築離宫於汴城之北，名曰艮嶽，帝般樂其中。久而厭之，更思微行，爲狎邪遊。内押班張迪者，帝所親倖之寺人也。未宫時爲長安狎客，往來諸坊曲，故與李姥善。爲帝言隴西氏色藝雙絶，帝豔心焉。

翼日，迪出内府紫茸[五]二匹、霞氈二端、瑟瑟珠二顆、白金廿鎰，詭云大賈趙乙，願過廬一顧。姥利金幣，喜諾。暮夜，帝易服，雜内寺四十餘人中[六]，出東華門，二里許，至鎮安坊。鎮安坊者，李姥所居之里[七]也。帝麾止餘人，獨與迪翔步而入。堂戶卑庳。姥出迎，分庭抗禮，慰問周至。進以時果數種，中有香雪藕、水晶蘋婆，而鮮棗大如卵，皆大官所未供者。帝爲各嘗一枚。姥復款洽良久，獨未見師師出拜，帝延佇以待。時迪已辞退，姥乃引帝至[八]一小軒。棐几臨窗，縹緗數帙，窗外新篁，参差弄影。帝翛然兀坐，意興閒適，獨未見師師出侍。少頃，姥引帝到後堂，陳列鹿炙、雞酢、魚膾、羊簽等肴，飯以香子稻米。帝[九]爲進一餐，姥侍旁，款語移時，而師師終未出見。帝方疑異，而姥忽復請浴，帝辞之。姥至帝前耳語曰：「兒性好潔，勿忤。」帝不得已，隨姥至一小樓下湢室中浴竟。姥復引帝坐[一〇]後堂，肴核水[一一]陸，盃盞新潔，勸帝歡飲，而師師終未一見。良久，姥纔執燭引帝至房。帝搴帷而入，一燈熒然，亦絶無師師在。帝益異之，爲倚徙几榻間。又良久，見姥擁一姬珊珊而來。淡妝不施脂[一二]粉，衣絹素，無豔服，新浴方罷，嬌豔如出水芙蓉。見帝，意似不屑，貌殊倨，不爲禮。姥與帝耳語曰：「兒性頗愎，勿怪。」帝於燈下凝睇物色之，幽姿逸韻，閃爍驚眸。問其年，不荅，復强之，乃遷坐於他所。姥復附帝耳曰：「兒性好靜坐〔一三〕，唐突勿罪。」遂爲下帷而出。師師乃起，解玄絹褐襖，衣輕綈〔一四〕，捲右袂，援壁間琴，隱几端坐，而鼓《平沙落鴈》之曲。輕攏慢撚，流韻淡遠，帝不覺爲之傾耳，遂忘倦。比曲三終，雞唱矣。帝亟披帷出。姥聞，亦起，爲進杏酥飲、棗餻、餺飥諸點品。帝飲杏酥盃許，旋起去。内侍從行者皆潛候於外，即擁衛還宫。時大觀三年八月十七日事也。

姥私語師師曰：「趙人禮意不薄，汝何落落乃爾？」師師怒曰：「彼賈奴耳，我何爲者？」姥笑曰：「兒强項，可令御史〔一五〕裏行。」已而長安人言籍籍，皆知駕幸隴西氏。姥聞大恐，日夕惟涕泣。泣語師師曰：「洵是，夷吾族矣。」師師曰：「無恐。上肯顧我，豈忍殺我？且疇昔之夜，幸不見逼，上意必憐我。惟是我所竊自悼者，實命不猶，流落下賤，使不潔之名，上累至尊〔一六〕，此則死有餘辜耳〔一七〕。若夫天威震怒，横被誅戮〔一八〕，事起佚遊，上所深諱，必不至此，可無慮也。」

次年正月〔一九〕，帝遣迪賜師師蛇跗琴。蛇跗琴者，琴古而漆黦，則有紋如蛇之跗，蓋大内珍藏寶器也。又賜白金五十兩。三月，帝復微行如隴西氏。師師乃淡妝素服，俯伏門階迎駕。帝喜，爲執其手令起。帝見其堂户忽華廠，前所御處，皆以蟠龍錦繡覆其上。又小軒改造傑閣，畫棟朱闌，都無幽趣。而李姥見帝至，亦匿避〔二〇〕，宣至，則體顫不能起，無復向時調寒送煖情態。帝意不悦，爲霽顔，以老娘呼之，諭以一家子無拘畏。姥拜謝，乃引帝至大樓。樓初成，師師伏地叩帝〔二一〕賜額。時樓前杏花盛放，帝爲書「醉杏樓」三字賜之。少頃置酒，師師侍側，姥匍匐傳樽爲帝壽。帝賜師師隅坐，命鼓所賜蛇跗琴，爲弄《梅花三疊》。帝銜杯飫〔二二〕聽，稱善者再。然帝見所供肴饌〔二三〕皆龍鳳形，或鏤〔二四〕或繪，悉如宮中式。因問之，知出自尚食房廚夫手，姥出金錢倩製者。帝亦不懌，諭姥今後悉如前，無矜張顯著。遂不終席，駕返。

帝嘗御畫院，出詩句試諸畫工，中式者歲間得〔二五〕一二。是年九月，以「金勒馬嘶芳艸地，玉樓人醉杏花天」名畫一幅賜隴西氏。又賜藕絲〔二六〕燈、煖雪燈、芳苡燈、火鳳銜珠燈各十盞，鸕鷀盃、琥珀盃、琉璃盞、鏤金偏提各十事，月團、鳳團、蒙頂等茶百斤，餢飥、寒具、銀餤餅數盒，又賜黃白金各千兩。時宮中已盛〔二七〕傳其事，鄭后聞而諫曰：「妓流下賤，不宜上接聖躬。且暮夜微行，亦恐事生叵測。願陛下自愛。」帝頷之。閱歲者再，不復出，然通問賞賜〔二八〕，未嘗絶也。宣和二年，帝復幸隴西氏。見懸所賜畫於醉杏樓，觀玩久之。忽回顧見師師，戲語曰：「畫中人乃呼之竟出耶？」即日賜師師辟寒金鈿、暎月珠環、舞鸞青鏡、金虬香鼎。次日，又賜師師端谿鳳咮〔二九〕硯、李廷珪墨、玉管宣毫筆、剡谿綾紋紙。又賜李姥錢百千緡。

迪私言於上曰：「帝幸隴西，必易服夜行，故不能常繼。今艮嶽離宮東偏有官地，袤延二三里，直接鎮安坊。若於此處爲潛道，帝駕往還殊便。」帝曰：「汝圖之。」於是迪等疏言：「離宫宿衛，人向多露處。臣等願捐貲若干，於官地營室數百楹，廣築圍牆，以便宿衛。」帝可其奏。於是羽林巡軍等，布列至鎮安坊止〔三〇〕，而行人爲之屏迹矣。四年三月，帝始從潛道幸隴西。賜〔三一〕藏鬮、雙陸等具，又賜片玉棊盤、碧白二色玉棊子、畫院宫扇、九折五花之簟、鱗文蓐〔三二〕葉之蓆、湘竹綺簾、五綵珊瑚鉤。是日，帝與師師雙陸不勝，圍棊又不勝，賜白金二千兩。嗣後師師生辰，又賜珠鈿、金條脱〔三三〕各二事，璣琲一篋，毳錦數端，鷺毛繒、翠羽緞百匹，白金千兩。後又以滅遼慶賀，大賚州郡，加恩宫〔三四〕府，乃賜師師紫綃絹幕、五綵流蘇、冰蠶神錦被、却塵錦褥、麩金千兩，良醖則有桂露、流霞、香蜜等名。又賜李姥大府〔三五〕錢萬緡。計前後賜金銀錢、繒帛、器用、食物等，不下十萬。

帝嘗於宫中集宫眷等讌坐，韋妃私問曰：「何物李家兒，陛下悦之如此？」帝曰：「無他，但令爾等百人，改豔妝，服玄素，令此娃雜處其中，迥然自别。其一種幽姿逸韻，要在色容之外耳。」無何，帝禪位，自號爲道君教主，退處太乙宫，佚遊之興，於是衰矣。師師語姥曰：「吾母子嘻嘻，不知禍之將及。」姥曰：「然則奈何？」師師曰：「汝〔三六〕第勿與知，唯我所欲〔三七〕。」是〔三八〕時金人方啓〔三九〕釁，河北告急。師師乃集前後所賜金錢，呈牒開封尹，願入官，助河北餉。復賂迪等，代請於上皇，願棄家爲女冠。上皇許之，賜北郭慈雲觀居之。

未幾，金人〔四〇〕破汴。主帥闥嬾索師師，云：「金主知其名，必欲生得之。」乃索〔四一〕，累日不得。張邦昌等爲蹤迹之，以獻金營。師師罵曰：「吾以賤妓蒙皇帝眷，寧一死無他志。若輩高爵厚禄，朝庭何負於汝，乃事事爲斬滅宗社計？今又北面事醜虜〔四二〕，冀得一當，爲呈身之地。吾豈作若輩羔鴈贄耶？」乃脱〔四三〕金簪自刺其喉，不死，折而吞之，乃死。道君帝〔四四〕在五國城，知師師死狀，猶不自禁其涕泣之汍瀾也。

論曰：李師師以娼妓下流，猥蒙異數，所謂處非其據矣。然觀其晚節，烈烈有俠士風，不可謂非庸中佼佼者也。道君奢侈無度，卒召北轅之禍，宜哉〔四五〕！（據清光緒十三年董金鑑校印胡珽咸豐三年校印《琳琅祕室叢書》第四集木活字排印本）

〔一〕啼　原譌作「蹄」，董金鑑《李師師外傳續校》：「蹄當作啼。」黄廷鑑道光十年（一八三〇）鈔本作「啼」，據改。

〔二〕徽宗帝即位　胡珽夾注：「宗下一本有皇字。」黄鈔本有「皇」字。「即」原作「既」，胡珽《李師師外傳校譌》：「既位誤，原作即位。」黄鈔本作「即」。

〔三〕黼之　原乙作「之黼」，胡珽《校譌》：「之黼誤，原作黼之。」黄鈔本作「黼之」，據改。

〔四〕氣　黄鈔本作「之」。

〔五〕茸　原譌作「葺」，董金鑑《續校》：「葺字誤，原作茸。」黄鈔本作「茸」，據改。

〔六〕中　胡珽夾注：「一本無中字」。黄鈔本無此字。

〔七〕里　黄鈔本作「地」。

〔八〕帝至　黄鈔本作「入」。

〔九〕帝　黄鈔本無此字。

〔一〇〕坐　黄鈔本無此字。

〔一一〕水　黄鈔本脱此字。

〔一二〕脂　黄鈔本作「朱」。

〔一三〕坐　胡珽夾注：「一本無坐字」。黄鈔本無此字。

〔一四〕綈　黄鈔本作「袮」。綈，厚繒。

〔一五〕史　原譌作「吏」。董金鑑《續校》：「吏字誤，原作史。」黄鈔本作「史」，據改。

〔一六〕上累至尊　黄鈔本末有「耳」字。

〔一七〕此則死有餘辜耳　黄鈔本作「此固死有餘辜」。

〔一八〕戮　黄鈔本作「僇」。僇，通「戮」。

〔一九〕正月　黄鈔本無此二字。

〔二〇〕匿避　胡珽夾注：「一本二字倒。」黄鈔本作「避匿」。

〔二一〕帝　黄鈔本作「頭」。

〔二三〕飫　原譌作「飽」，據黄鈔本改。飫，飽也。
〔二三〕肴饌　胡珽夾注：「一本有器皿二字。」黄鈔本有此二字。
〔二四〕鏤　黄鈔本譌作「縷」。下文「鏤金偏提」亦譌作「縷」。
〔二五〕得　原作「行」，胡珽《校譌》：「行字誤，原作得。」黄鈔本作「得」，據改。
〔二六〕絲　黄鈔本作「粉」。
〔二七〕盛　胡珽夾注：「一本作共。」按：黄鈔本亦作「盛」，疑胡注有誤。
〔二八〕通問賞賜　胡珽夾注：「一本無通問字。」「（賜）一本作賚。」黄鈔本無「通問」二字，「賜」作「賚」。
〔二九〕咮　原譌作「味」，胡珽《校譌》：「鳳味誤，原作鳳咮。」黄鈔本作「咮」。咮，喙也。
〔三〇〕止　黄鈔本無此字。
〔三一〕賜　黄鈔本下有「以」字。
〔三二〕蓐　胡珽夾注：「一本作莒」。黄鈔本作「莒」。按：《左傳》宣公十二年：「軍行，右轅，左追蓐。」杜預注：「在左者，追求草蓐，爲宿備。」孔穎達疏：「蓐謂卧止之草，故云爲宿備也。」
〔三三〕又賜珠鈿金條脱　胡珽夾注：「賜下一本有師師二字。」「（條）一本作跳。」黄鈔本有「師師」二字，作「跳」。按：《太平廣記》卷一九七《唐文宗》（出《盧氏雜説》）：「又一日問宰臣：『古詩云「輕衫襯跳脱」，跳脱是何物？』宰臣未對，上曰：『即今之腕釧也。《真誥》言安姑（按：當作妃）有斲粟金跳脱，是臂飾。』」（按：《真誥》今本無，卷一《運象篇第一・愕緑華詩》但云：「愕緑華……并致火澣布手巾一枚、金玉條脱各一枚。條脱似指環而大，異常精好。」）王琦《李太白集注》卷三〇《詩文拾遺·斷句》：「舉袖露條脱，招我飯胡麻。」注：「跳脱即條脱也。」

〔三四〕宫　胡珽夾注：「一本作官。」黄鈔本作「官」。

〔三五〕大府　黄鈔本「大」作「太」。大，古「太」字。按：《宋史》卷一六五《職官志五·太府寺》：「掌邦國財貨之政令，及庫藏、出納、商税、平準、貿易之事。」

〔三六〕汝　胡珽夾注：「一本作母。」黄鈔本作「母」。

〔三七〕唯我所欲　胡珽夾注：「（我）一本作兒。」「欲下一本有迺可二字。」黄鈔本作「唯兒所欲迺可」。

〔三八〕是　胡珽夾注：「一本無是字。」黄鈔本無此字。

〔三九〕啓　黄鈔本作「起」。

〔四〇〕金人　黄鈔本無此二字。

〔四一〕乃索　胡珽夾注：「一本作索之。」黄鈔本作「索之」。

〔四二〕醜虜　黄鈔本作「仇」，乃避清諱改。

〔四三〕脱　黄鈔本作「拔」。

〔四四〕道君帝　胡珽夾注：「君下一本有皇字。」黄鈔本有「皇」字。

〔四五〕按：末節「論曰」云云，黄鈔本無。

按：此傳古無著録。今存黄廷鑑道光庚寅十年（一八三〇）鈔本，藏於國家圖書館，《北京圖書館古籍善本書目》集部小説類著録，《續修四庫全書》集部第一七八三册影印。無朝代撰名，末附録《貴耳集》二條及琴六居士（黄廷鑑）跋。黄廷鑑跋云：「《讀書敏求記》云吴郡錢功甫祕册藏有《李師師小傳》，牧翁曾言懸百金購之而不獲見者。偶聞邑中蕭氏有此書，急假録一册，文殊雅潔，不類小説家言。師師不第色藝冠當時，觀其後慷慨捐生一節，饒有烈丈夫概。亦不幸陷身倡賤，不得與墜崖斷臂之儔爭輝彤史也。張端義《貴耳集》載有師師佚事二則，傳文例舉其大，故不載，今併附録于後。又《宣和遺事》載有師師事，亦與此傳不盡合，可並參觀之。琴六居士書。」按錢曾《讀書敏求記》所云，見於該書卷四詩文評《文心雕龍》解題，云：「（錢）功甫名允治。老屋三間，藏書充棟，其嗜好之勤，雖白日檢書，必秉燭緣梯上下。所藏多人間罕見之本，有《李師師外傳》一卷，牧翁屢借不與。此書種子斷絶，亦藝林一恨事也。」錢功甫所藏名《李師師外傳》，非稱《李師師小傳》，原文亦無錢牧翁（謙益）懸百金購之而不獲見之意，蓋黄氏記憶有誤。錢功甫所藏書死後皆散去（見《中國藏書家考略》）。黄氏鈔本鈔自蕭氏所藏，非據錢功甫藏本也。

此傳胡珽於咸豐三年（一八五三）以木活字排印於《琳琅祕室叢書》第四集，署失名，末有《附録》，引《貴耳集》兩節文字及琴六居士跋，後有胡珽《李師師外傳校譌》三處。光緒十三年（一八八七）董金鑑校印《琳琅祕室叢書》木活字排印本，末有董金鑑《李師師外傳續校》兩處，

《附補校》兩處。《叢書集成初編》據《琳琅祕室叢書》本排印。《香豔叢書》第二集卷四、《舊小説》丁集、《唐宋傳奇集》亦據琳琅本收入。胡氏印本與黄鈔本文字多有異者，胡校屢言「一本」，即指黄鈔本。而末節「論曰」云云黄鈔本無。然則胡氏印本蓋别有底本，惟不知何本耳。

南宋曾有《李師師小傳》行世，見《貴耳集》卷下。所載李師師與道君、周邦彦三人糾葛之事，疑即據《李師師小傳》。南宋劉克莊《後村詩話》前集卷二亦言及一本《李師師傳》，云：「汪端明家有《李師師傳》，欲借鈔不果。」今傳《外傳》中無周邦彦事，知非《小傳》，至與《李師師傳》關係若何不可知矣。

柳勝傳

柳勝字平之，卯金鄉升平里人也。濫得一官，藉以武斷鄉曲。性鴆毒而鼠貪，苟可攫財，雖親族比鄰亦反眼不相顧。其所居鄉〔一〕素産書籍，流布天下。無問宦族儒家，皆畜書板，以資生理。鄉有兩市，相距僅一舍隔，往來貿易，惟人之便。其印書傭工則有私約，非納錢于衆不許輒以傭售，此乃小民欲擅衣食之源，其習俗亦從古然矣。勝視書市可爲龍斷〔二〕，以罔其利，不憚身爲市駔，攘取鬻書之權，一聽於己。則下令曰：「此市之書不許鬻於彼市，違者罰錢若干。其印書傭工不許以私約限，違者亦罰錢若干。」

行之未久，適有征商，其〔三〕官殷述慶，字去貧，瑞芝鄉卿雲里人也。貪酷之聲素著，刻剥鄉隣，正與勝等。始至交篆，勝往謁之。一見首告以取財之法，述慶大喜。自此同惡相濟，互爲表裏。勝挾私以行科罰，述慶假公以施敲朴。鄉人嚴憚，而心不以爲便，仍以書籍越境售之。勝乃嗾鄉之惡少，巡邏搜捕，如犯私鹺，遭罰者不知其幾，傭工則各使納價於官，而不理私約。以此得鏹甚豐。每遇休澣，勝與述慶設燕對飲，紐〔四〕計所得，鴻溝以分。雖書板之家惡其貧鄙，不欲與競，而諸傭工不堪其害，怨讟之聲籍籍于道。於是群聚爇香而訴于廟之神通，晝夜禮阿育王塔，以詛以呪者餘二百〔五〕人。未半載，勝果以暴死。死之日，七竅流血如注。不數日，述慶亦以惡疾殂。會無與主喪者，吏遣人馳訃報其家，比其反，則尸虫出户，臭溢街巷，過者掩鼻。于時衆傭工相與鼓樂歌舞于市，以幸二貪之死，雖古之燃臍𥜽口，有不足以喻其快也。

然尤有一異事，勝家有老僕病，忽與一黑犬同日而死。越一宿，僕、犬皆復甦。僕良久蹶然起坐，偏體汗流，且告人曰：「吾適登〔六〕一所，若世之官府，兵衛森列。有王者戴平天冠，衣猩紅袍，廟坐〔七〕殿上。吏卒傳呼甚嚴，堦下有數夜叉鬼押二罪人至，皆囚首械繫，每囚各有惡蛇六纏繞其身而囓之。髣髴能認，其一乃吾主人翁，其一即征官也。吾見之，不覺戰懼。須臾引問二囚，皆若隱諱不實者。後令綳栲〔八〕捶撻，痛楚之聲至不忍聞。

又勑左右取呪詛者書〔九〕來示二囚，又取帖子一沓，則是記吾爲主人翁領錢數，而黑犬則常隨吾往領錢以歸者。以此爲證，二囚乃伏辯。殿上若有呼者云：『柳勝、殷述慶，再押入地獄，不以赦原，永不在輪迴之數。』恍惚間，夜叉鬼推吾及犬，皆墮河水中。及開目，則此身乃在臥榻上。」而黑犬亦嗚嗚然若有所訴者。是後書市復通融貿易如舊，而傭工私約，亦竟不可破云。

壽樟先生贊曰：「始吾讀《書》，至『殷人厥口詛呪』，特以爲怨詈之辭。讀《春秋》，至會盟之事，特以爲要約之信耳。殆至叔末，凡有冤不能自伸者，則質諸神而呪詛焉。凶禍之報，其應如響。吁！亦異矣。余昔以貧故，嘗効穆伯長所爲，亦爲鄉貪脅取錢一萬二千。余素懦，既性不喜訟，且不暇呪詛，又不能效昔人之報怨。今觀柳勝之事，適與余相類。意者包藏禍心，害人利己，其必有冥報乎！世之居鄉而不能如周處之去害，居官而不能如吴隱之之酌泉，敢於嗜利無恥者，其亦知所警歟〔一〇〕？」（據日本京都市中文出版社景印明萬曆三十二年金谿唐富春精校補遺重刻本南宋祝穆《新編古今事文類聚》別集卷三二人事部《陰報·雜著》）

〔一〕鄉　《勸善書》卷一八作「鄉里」。

〔二〕龍斷　《勸善書》「龍」作「壟」。龍，通「壟」。

〔三〕其官　《勸善書》無「其」字，「官」與上「征商」連。按：元劉敏中《中庵集》卷一六《贈奉議大夫、驍騎尉、聊城縣子陳公墓道碑銘》：「嘗爲征商官。」

〔四〕紐　《四庫全書》本作「綜」。紐，合也。

〔五〕百　《勸善書》作「伯」。伯，通「百」。

〔六〕登　《勸善書》作「至」。

〔七〕廟坐　《勸善書》作「端坐」。按：廟坐，正坐，端坐。《古今事文類聚》别集卷二七《謁見·禮有隆殺》：「元豐間，文潞公以太尉留守西京，未交印，先就第廟坐，見監司府官。」元劉一清《錢塘遺事》卷八《潭州死節》：「李（李芾）與館客廟坐，其餘列坐左右。」

〔八〕後令綳栲　「後」《勸善書》作「復」。「栲」《四庫》本、《勸善書》作「拷」。栲，通「拷」。

〔九〕書　原譌作「使」，據《四庫》本、《勸善書》改。

〔一〇〕歟　《四庫》本作「哉」。

按：原不著撰名，作贊之壽樟先生，亦不詳何人。《古今事文類聚》前有祝穆淳祐丙午（即六年，一二四六）序，知傳作於此前。

引用書目

周易正義　〔魏〕王弼注，〔唐〕孔穎達疏，《十三經注疏》本，中華書局影印，一九八三
尚書正義　〔西漢〕孔氏傳，〔唐〕孔穎達疏，《十三經注疏》本，中華書局影印，一九八三
禮記正義　〔東漢〕鄭玄注，〔唐〕孔穎達疏，《十三經注疏》本，中華書局影印，一九八三
春秋左傳正義　〔西晉〕杜預注，〔唐〕孔穎達疏，《十三經注疏》本，中華書局影印，一九八三
毛詩正義　〔西漢〕毛亨傳，〔東漢〕鄭玄箋，〔唐〕孔穎達疏，《十三經注疏》本，中華書局影印，一九八三
論語注疏　〔三國魏〕何晏等注，〔北宋〕邢昺疏，《十三經注疏》本，中華書局影印，一九八三

廣雅疏證　〔三國魏〕張揖撰，〔清〕王念孫疏證，上海古籍出版社影印清嘉慶刻本，一九八三
玉篇　〔梁〕顧野王撰，〔北宋〕陳彭年等重修，《四部叢刊初編》景印元刊本
附釋文互註禮部韻略　〔北宋〕丁度等撰，《景印文淵閣四庫全書》本
集韻　〔北宋〕丁度等撰，《四部備要》排印《楝亭五種》本
鉅宋重修廣韻　〔北宋〕陳彭年等撰，上海古籍出版社影印宋乾道五年刊本，一九八三

史記　〔西漢〕司馬遷撰，〔南朝宋〕裴駰集解，〔唐〕司馬貞索隱，〔唐〕張守節正義，中華書局點校本，一九七五
漢書　〔東漢〕班固撰，〔唐〕顏師古注，中華書局點校本，一九八七
兩漢紀（漢紀、後漢紀）　〔東漢〕荀悦撰，張烈點校，中華書局，二〇〇二
後漢書　〔南朝宋〕范曄撰，〔梁〕劉昭、〔唐〕李賢注，中華書局點校本，一九八七
三國志　〔西晉〕陳壽撰，〔南朝宋〕裴松之注，中華書局點校本，一九八七
晉書　〔唐〕房玄齡等撰，中華書局點校本，一九八七
宋書　〔梁〕沈約撰，中華書局點校本，一九八七
梁書　〔唐〕姚思廉撰，中華書局點校本，一九八七
南史　〔唐〕李延壽撰，中華書局點校本，一九八七
六朝事迹編類　〔南宋〕張敦頤撰，張忱石點校，上海古籍出版社，一九九五
北齊書　〔唐〕李百藥撰，中華書局點校本，一九八七
隋書　〔唐〕魏徵等撰，中華書局點校本，一九八七
舊唐書　〔後晉〕劉昫等撰，中華書局點校本，一九八六
新唐書　〔北宋〕歐陽修等撰，中華書局點校本，一九八六
資治通鑑　〔北宋〕司馬光撰，〔元〕胡三省音註，清胡克家刊本，古籍出版社點校本，一九五六

資治通鑑考異　〔北宋〕司馬光撰，《四部叢刊初編》景印宋刊本
唐大詔令集　〔北宋〕宋敏求編，商務印書館，一九五九
登科記考　〔清〕徐松撰，趙守儼點校，中華書局，一九八四
五代史補　〔北宋〕陶岳撰，《豫章叢書》本
舊五代史　〔北宋〕薛居正等撰，中華書局點校本，一九八六
舊五代史考異　〔清〕邵晉涵纂修，清面水層軒鈔本
新五代史　〔北宋〕歐陽修撰，中華書局點校本，一九八六
五代史記注　〔北宋〕徐無黨原注，〔清〕彭元瑞注，劉鳳誥排次，清道光八年刻本
南唐書　〔北宋〕馬令撰，《四部叢刊續編》景印明刊本
南唐書　〔南宋〕陸游撰，《四部叢刊續編》景印明刊本
十國春秋　〔清〕吴任臣撰，徐敏霞、周瑩點校，中華書局，一九八三
學士年表　〔北宋〕闕名撰，《知不足齋叢書》本
隆平集　〔北宋〕曾鞏撰，《景印文淵閣四庫全書》本
靖康要録　〔南宋〕闕名撰，《景印文淵閣四庫全書》本
東都事略　〔南宋〕王稱撰，《景印文淵閣四庫全書》本
太平治蹟統類　〔南宋〕彭百川撰，《適園叢書》本

三朝北盟會編　〔南宋〕徐夢莘撰，上海古籍出版社影印清光緒三十四年許涵度刊本，一九八七
建炎以來繫年要録　〔南宋〕李心傳撰，《景印文淵閣四庫全書》本
中興行在雜買務雜賣場提轄官題名　〔南宋〕汪泳撰，清光緒二十二年繆氏《藕香零拾》本
南宋館閣録　續録　〔南宋〕陳騤、佚名撰，張富祥點校，中華書局，一九九八
續資治通鑑長編　〔南宋〕李燾撰，上海師範大學古籍整理研究所、華東師範大學古籍研究所點校，中華書局，一九九五
宋名臣奏議　〔南宋〕趙汝愚編，《景印文淵閣四庫全書》本
鄂國金佗稡編　〔南宋〕岳珂撰，明嘉靖刊本，《景印文淵閣四庫全書》本
金佗續編　〔南宋〕岳珂撰，《景印文淵閣四庫全書》本
宋會要輯稿　〔清〕徐松輯，中華書局影印北平圖書館影印本，一九五七
宋史　〔元〕脱脱等撰，中華書局點校本，一九八七
宋史全文　〔元〕闕名撰，《景印文淵閣四庫全書》本
金史　〔元〕脱脱等撰，中華書局點校本，一九七五
元史　〔元〕脱脱等撰，中華書局點校本，一九八七
續資治通鑑　〔清〕畢沅撰，清嘉慶六年遞刻本

安禄山事迹　〔唐〕姚汝能撰，曾貽芬點校，中華書局，二〇一二
紹興十八年同年小録　〔南宋〕闕名撰，《景印文淵閣四庫全書》本
名臣碑傳琬琰集　〔南宋〕杜大珪編，《景印文淵閣四庫全書》本
山谷先生年譜　〔南宋〕黄㽦撰，《適園叢書》本
京口耆舊傳　〔南宋〕闕名撰，《守山閣叢書》本
宋名臣言行録　〔南宋〕朱熹撰，李幼武補編，《景印文淵閣四庫全書》本
唐才子傳校箋（四册）　〔元〕辛文房撰，傅璇琮主編，中華書局，一九八七—一九九〇
敬鄉録　〔元〕吴師道撰，《適園叢書》本
錢塘遺事　〔元〕劉一清撰，《景印文淵閣四庫全書》本
金華先民傳　〔明〕應廷育撰，《續金華叢書》本
堯山堂外紀　〔明〕蔣一葵撰，明萬曆刊本
洪文敏公年譜　〔清〕錢大昕撰，洪汝奎增訂，《四洪年譜》，《洪氏晦木齋叢書》本
歲時廣記　〔南宋〕陳元靚編，《十萬卷樓叢書》本
水經注　〔北魏〕酈道元撰，陳橋驛點校，上海古籍出版社，一九九〇

洛陽伽藍記校箋　〔北魏〕楊衒之撰，楊勇校箋，中華書局，二〇一〇
元和郡縣圖志　〔唐〕李吉甫撰，賀次君點校，中華書局，一九八三
嶺表録異　〔唐〕劉恂撰，魯迅校勘，廣東人民出版社，一九八三
太平寰宇記　〔北宋〕樂史撰，王文楚等點校，中華書局，二〇〇七
洛陽名園記　〔北宋〕李格非撰，《景印文淵閣四庫全書》本
輿地紀勝　〔南宋〕王象之撰，中華書局影印清道光二十九年懼盈齋刊本，二〇〇三
方輿勝覽　〔南宋〕祝穆撰，祝洙增訂，施和金點校，中華書局，二〇〇三
東京夢華録注　〔南宋〕孟元老撰，鄧之誠注，中華書局，一九八二
東京夢華録箋注　〔南宋〕孟元老撰，伊永文箋注，中華書局，二〇〇六
宋東京考　〔清〕周城撰，單遠慕點校，中華書局，一九八八
夢粱録　〔南宋〕吴自牧撰，《東京夢華録》（外四種），上海古典文學出版社，一九五六
咸淳臨安志　〔南宋〕潛説友撰，清道光十年錢唐振綺堂刊本
嘉泰會稽志　〔南宋〕施宿等撰，清嘉慶十三年重刊本
新安志　〔南宋〕羅願撰，清光緒十四年李氏翻刻本
嘉泰吴興志　〔南宋〕談鑰撰，《吴興叢書》本
至元嘉禾志　〔元〕徐碩、單慶纂修，《宋元方志叢刊》影印清道光十九年刊本，中華書局，一九九〇

南嶽總勝集　〔南宋〕陳田夫撰，《宛委别藏》本
中吴紀聞　〔南宋〕龔明之撰，孫菊園校點，上海古籍出版社，一九八六
吴郡志　〔南宋〕范成大撰，《擇是居叢書》景南宋紹定刻本
吴中舊事　〔元〕陸友仁撰，《景印文淵閣四庫全書》本
嘉定鎮江志　〔南宋〕盧憲撰，清宣統二年金陵刊本
至順鎮江志　〔元〕俞希魯等撰，《宛委别藏》本
景定建康志　〔南宋〕周應合撰，《宋元方志叢刊》影印清嘉慶六年刊本，中華書局，一九九〇；《景印文淵閣四庫全書》本
至大（正）金陵新志　〔元〕張鉉撰，《景印文淵閣四庫全書》本
淳祐玉峰志　〔南宋〕凌萬頃等撰，《宋元方志叢刊》影印清宣統元年刊本，中華書局，一九九〇
至正崑山郡志　〔元〕楊譓撰，《宋元方志叢刊》影印宣統元年刊本，中華書局，一九九〇
咸淳毗陵志　〔南宋〕史能之撰，《宋元方志叢刊》影印清嘉慶二十五年趙懷玉刊本，中華書局，一九九〇
淳熙三山志　〔南宋〕梁克家撰，《宋元方志叢刊》影印明崇禎十一年刊本，中華書局，一九九〇
大明一統志（明一統志）　〔明〕李賢等撰，明嘉靖三十八年歸仁齋刊本，《景印文淵閣四庫全書》本
八閩通誌　〔明〕陳道撰，明弘治四年刊本

福建通志　〔清〕郝玉麟、盧焯等纂修，《景印文淵閣四庫全書》本
湖北通志　張仲炘、楊承禧等纂修，一九二一年湖北省長公署刊本
江西通志　〔清〕高其倬、謝旻等纂修，《景印文淵閣四庫全書》本
浙江通志　〔清〕嵇曾筠等纂修，《景印文淵閣四庫全書》本
蜀中廣記　〔明〕曹學佺撰，《景印文淵閣四庫全書》本
四川通志　〔清〕黄廷桂等纂修，《景印文淵閣四庫全書》本
廣西通志　〔清〕金鉷等纂修，《景印文淵閣四庫全書》本
重修安徽通志　〔清〕何紹基、楊沂孫等纂修，清光緒四年刊本
和州志　〔明〕唐誥、齊柯等纂修，明萬曆三年刊本
乾隆無爲州志　〔清〕吴元桂編纂，合肥古舊書店據原刊本複製，一九六〇
姑蘇志　〔明〕王鏊撰，明正德刻嘉靖續修本
嘉靖惟揚志　〔明〕盛儀輯，明嘉靖刊本
崇禎泰州志　〔明〕李自滋、劉萬春等纂修，揚州古籍書店鈔崇禎六年刊本
句容縣志　〔清〕曹襲先撰，《中國方志叢書》影印乾隆十五年修光緒二十六年重刊本，台北成文出版社有限公司，一九八五
西湖遊覽志餘　〔明〕田汝成撰，浙江人民出版社，一九八〇

吴興掌故集　〔明〕徐獻忠撰，《吴興叢書》本
吴興備志　〔明〕董斯張撰，《吴興叢書》本
湖州府誌　〔明〕栗祁撰，明萬曆刊本
湖州府志　〔清〕宗源瀚、周學濬等纂修，《中國方志叢書》影印同治十三年刊本，台北成文出版社有限公司，一九七〇
德清縣誌　〔清〕王振孫、侯元棐等纂修，《中國方志叢書》影印清康熙十二年鈔本，台北成文出版社有限公司，一九八三
金華府志　〔明〕王懋德、喬明文等纂修，《中國方志叢書》影印萬曆六年刊本，台北成文出版社有限公司，一九八三
嘉興府志　〔明〕劉應鈳、沈堯中等纂修，《中國方志叢書》影印萬曆二十八年刊本，台北成文出版社有限公司，一九八三
嘉興府志　〔清〕許堯光、吴仰賢等纂修，《中國方志叢書》影印光緒五年刊本，台北成文出版社有限公司，一九八三
温州府志　〔明〕湯日昭撰，明萬曆三十三年刊本
建昌府志　〔明〕夏良勝撰，明正德刊本
建昌府志　〔清〕黄祐、孟炤等纂修，《中國方志叢書》影印乾隆二十四年刊本，台北成文出版社有限公

司，一九八九
南安府志　〔明〕劉節撰，明嘉靖十五年刊本
弘治撫州府志　〔明〕胡企參、趙子祥等纂修，《天一閣藏明代方志選刊續編》影印，上海書店，一九九〇
撫州府志　〔清〕許應鑅、謝煌等纂修，《中國地方志集成》影印光緒二年刊本，鳳凰出版社，二〇一三
宜黄縣志　〔清〕札隆阿、程卓梁等纂修，《中國方志叢書》影印道光五年刊本，台北成文出版社有限公司，一九七〇
吉水縣志　〔清〕胡宗元、彭際盛等纂修，《中國方志叢書》影印光緒元年刻本，台北成文出版社有限公司，一九八九
德興縣志　〔清〕楊重雅、孟慶雲等纂修，《中國方志叢書》影印同治十一年刊本，台北成文出版社有限公司，一九七五
嘉靖延平府志　〔明〕鄭慶雲撰，明嘉靖四年刊本
福州府志　〔清〕徐景熹、魯曾煜等纂修，清乾隆十九年刊本
泉州府志　〔清〕懷蔭布、黄任等纂修，清乾隆二十八年刊本
晉江縣志　〔清〕方鼎、朱升元等纂修，《中國方志叢書》影印乾隆三十年刊本，台北成文出版社有限公司，一九六七
續修浦城縣志　〔清〕翁天祜、吕渭英等纂修，《中國方志叢書》影印清光緒二十六年刊本，台北成文出

版社有限公司，一九六七
萬曆郴州志　〔明〕胡漢撰，《天一閣藏明代方志選刊》景印萬曆刻本，上海古籍書店，一九六二
光緒湘陰縣圖志　〔清〕郭嵩燾纂，《中國地方志集成·湖南府縣志輯》影印光緒六年刊本，江蘇古籍出版社，二〇〇二
潮州府志　〔明〕郭春震撰，明嘉靖二十六年刊本
潮州府志　〔清〕周碩勳撰，清光緒十九年重刊乾隆本
容縣志　〔清〕封祝棠、易紹悳等纂修，《中國方志叢書》影印清光緒二十三年刊本，台北成文出版社有限公司，一九七四
涪陵縣續修涪州志　劉湘、施紀雲等纂修，一九二八年鉛印本
新修清豐縣志　〔明〕晁瑮、李汝寬等纂修，明嘉靖三十七年刊本
永樂大典方志輯佚　馬蓉、陳抗、鍾文、欒貴明、張忱石點校，中華書局，二〇〇四
侍兒小名録拾遺　〔南宋〕張邦幾編，《稗海》本
姬侍類偶　〔南宋〕周守忠編，《四庫全書存目叢書》影印明鈔本
萬姓統譜　〔明〕凌迪知撰，《景印文淵閣四庫全書》本

崇文總目 〔北宋〕王堯臣等撰，〔清〕錢東垣等輯釋，《中國歷代書目叢刊》影印《粤雅堂叢書》本，現代出版社，一九八七

四庫闕書目 〔南宋〕祕書省撰，〔清〕徐松輯，《宋史藝文志附編》，商務印書館，一九五七

祕書省續編到四庫闕書目 〔南宋〕祕書省撰，〔清〕葉德輝考證，《宋史藝文志附編》，商務印書館，一九五七

郡齋讀書志（衢本） 〔南宋〕晁公武撰，〔清〕王先謙校，《中國歷代書目叢刊》影印光緒十年刊本，現代出版社，一九八七

昭德先生郡齋讀書志（袁本） 〔南宋〕晁公武撰，《中國歷代書目叢刊》影印《續古逸叢書》本，現代出版社，一九八七

郡齋讀書志校證 〔南宋〕晁公武撰，孫猛校證，上海古籍出版社，一九九〇

通志略（通志·藝文略） 〔南宋〕鄭樵撰，上海古籍出版社影印一九三六年世界書局排印本，一九九〇

遂初堂書目 〔南宋〕尤袤撰，《中國歷代書目叢刊》影印《海山仙館叢書》本，現代出版社，一九八七

直齋書録解題 〔南宋〕陳振孫撰，徐小蠻等點校，上海古籍出版社，一九八七

文獻通考經籍考 〔元〕馬端臨撰，華東師大古籍研究所標校，華東師範大學出版社，一九八五

文淵閣書目 〔明〕楊士奇等撰，《叢書集成初編》排印《讀畫齋叢書》本

百川書志 〔明〕高儒撰，上海古典文學出版社，一九五七

寶文堂書目　〔明〕晁瑮撰，上海古典文學出版社，一九五七
趙定宇書目　〔明〕趙用賢撰，上海古典文學出版社，一九五七
近古堂書目　〔明〕闕名撰，《玉簡齋叢書》本
澹生堂藏書目　〔明〕祁承㸁撰，清宋氏漫堂鈔本
國史經籍志　〔明〕焦竑撰，《粤雅堂叢書》本
世善堂藏書目録　〔明〕陳第撰，《知不足齋叢書》本
汲古閣珍藏秘本書目　〔清〕毛扆撰，《士禮居叢書》本
千頃堂書目　〔清〕黄虞稷撰，瞿鳳起、潘景鄭整理，上海古籍出版社，一九九〇
絳雲樓書目　〔清〕錢謙益撰，陳景雲註，《粤雅堂叢書》本
也是園藏書目　〔清〕錢曾撰，《玉簡齋叢書》本
述古堂藏書目　〔清〕錢曾撰，《粤雅堂叢書》本
讀書敏求記　〔清〕錢曾撰，雍正四年松雪齋刻本
經義考　〔清〕朱彝尊撰，《景印文淵閣四庫全書》本
宋史藝文志補　〔清〕倪燦撰，《二十五史補編》（第六册）本
補遼金元藝文志　〔清〕倪燦撰，《廣雅書局叢書》本
楝亭書目　〔清〕曹寅撰，《遼海叢書》本

傳是樓宋元本書目 〔清〕徐乾學撰，《玉簡齋叢書》本
培林堂書目 〔清〕徐秉義撰，民國四年排印本
文瑞樓藏書目録 〔清〕金檀撰，《讀畫齋叢書》本
四庫全書總目 〔清〕紀昀等撰，中華書局，一九六五
補元史藝文志 〔清〕錢大昕撰，《叢書集成初編》排印《史學叢書》本
天一閣書目 〔清〕范邦甸等撰，清嘉慶文選樓刊本
竹崦盦傳鈔書目 〔清〕趙魏撰，觀古堂光緒甲辰（三十年）刊本
稽瑞樓書目 〔清〕陳揆撰，《叢書集成初編》排印《滂喜齋叢書》本
士禮居藏書題跋記 〔清〕黄丕烈撰，潘祖蔭輯，周少川點校，書目文獻出版社，一九八九
蕘圃藏書題識 〔清〕黄丕烈撰，《國家圖書館藏古籍題跋叢刊》影印繆荃孫刊本，北京圖書館出版社，二〇〇二
百宋一廛書録 〔清〕黄丕烈撰，《續修四庫全書》影印國家圖書館藏勞格抄本
藝芸書舍宋元本書目 〔清〕汪士鐘撰，《叢書集成初編》排印《滂喜齋叢書》本
鄭堂讀書記 〔清〕周中孚撰，《吴興叢書》本
半氈齋題跋 〔清〕江藩撰，《叢書集成初編》排印《功順堂叢書》本
藏園訂補郘亭知見傳本書目 〔清〕莫友芝撰，傅增湘訂補，傅熹年整理，中華書局，二〇〇九

結一廬書目 〔清〕朱學勤撰，《觀古堂書目叢刊》本
皕宋樓藏書志 〔清〕陸心源撰，《潛園總集》本
儀顧堂題跋 〔清〕陸心源撰，《潛園總集》本
善本書室藏書志 〔清〕丁丙撰，清光緒二十七年錢唐丁氏刊本
藝風藏書記 〔清〕繆荃孫撰，清光緒二十七年藝風堂刊本
藝風藏書續記 〔清〕繆荃孫撰，民國二年藝風堂刊本
文禄堂訪書記 王文進撰，柳向春標點，上海古籍出版社，二〇〇七
北京圖書館善本書目 北京圖書館編，中華書局綫裝本，一九五九
北京圖書館古籍善本書目 北京圖書館編，書目文獻出版社，一九八七
中國古籍善本書目(子部) 《中國古籍善本書目》編輯委員會編，上海古籍出版社，一九九四

八瓊室金石補正 〔清〕陸增祥編，一九二五年刊本

史通通釋 〔唐〕劉知幾撰，〔清〕浦起龍通釋，王煦華整理，上海古籍出版社，二〇〇九

莊子集解 〔西晉〕郭象注，〔唐〕成玄英疏，陸德明釋文，〔清〕王先謙集解，《諸子集成》，中華書局影

印，一九八六
莊子集釋　〔西晉〕郭象注，〔唐〕成玄英疏，陸德明釋文，〔清〕郭慶藩集釋，《諸子集成》，中華書局影印，一九八六
孟子正義　〔東漢〕趙岐注，〔清〕焦循正義，《諸子集成》，中華書局影印，一九八六
揚子法言　〔西漢〕揚雄撰，〔東晉〕李軌注，《四部叢刊初編》景印翻宋治平監本

重修政和經史證類備用本草　〔北宋〕唐慎微撰，《四部叢刊初編》景印金刊本
醫説　〔南宋〕張杲撰，明萬曆刊本
歷代名醫蒙求　〔南宋〕周守忠撰注，《天禄琳琅叢書》影印宋刊本
名醫類案　〔明〕江瓘編，《知不足齋叢書》本

圖畫見聞誌　〔北宋〕郭若虚撰，《津逮祕書》本
書史　〔北宋〕米芾撰，《景印文淵閣四庫全書》本
皇宋書録　〔南宋〕董史撰，《知不足齋叢書》本
畫繼　〔南宋〕鄧椿撰，《津逮祕書》本
寶真齋法書贊　〔南宋〕岳珂撰，《景印文淵閣四庫全書》本

圖繪寶鑑　〔元〕夏文彦撰，《津逮祕書》本
畫鑒　〔元〕湯垕撰，《景印文淵閣四庫全書》本
畫史會要　〔明〕朱謀垔撰，《景印文淵閣四庫全書》本
夢學全書　〔明〕闕名撰，明書林熊建山刻本
樂府雜録　〔唐〕段安節撰，吴企明點校，中華書局，二〇一二
碧雞漫志　〔南宋〕王灼撰，《知不足齋叢書》本
文昌雜録　〔北宋〕龐元英撰，《學津討原》本
夢溪筆談校證　〔北宋〕沈括撰，胡道靜校注，上海出版公司，一九五六
麈史　〔北宋〕王得臣撰，俞宗憲點校，上海古籍出版社，一九八六
澠水燕談録　〔北宋〕王闢之撰，吕友仁點校，中華書局，一九八一
靖康湘素雜記　〔北宋〕黄朝英撰，吴啓明點校，上海古籍出版社，一九八六
演繁露　〔南宋〕程大昌撰，《學津討原》本
能改齋漫録　〔南宋〕吴曾撰，上海古籍出版社，一九七九

墨莊漫録　〔南宋〕張邦基撰，《四部叢刊三編》影印明鈔本；《稗海》本；《景印文淵閣四庫全書》本；孔凡禮點校本，中華書局，二〇〇四
皇朝仕學規範　〔南宋〕張鎡撰，宋刊本
老學庵筆記　〔南宋〕陸游撰，李劍雄、劉德權點校，中華書局，一九七九
甕牖閒評　〔南宋〕袁文撰，李偉國校點，上海古籍出版社，一九八五；《景印文淵閣四庫全書》本
梁谿漫志　〔南宋〕費衮撰，《知不足齋叢書》本；金圓點校本，上海古籍出版社，一九八五
容齋隨筆　〔南宋〕洪邁撰，上海師範大學古籍整理組校點，上海古籍出版社，一九九八
野客叢書　〔南宋〕王楙撰，王文錦點校，中華書局，一九八七
雲麓漫鈔　〔南宋〕趙彦衛撰，傅根清點校，中華書局，一九九六
鼠璞　〔南宋〕戴埴撰，《學津討原》本
貴耳集　〔南宋〕張端義撰，《學津討原》本
愧郯録　〔南宋〕岳珂撰，《四部叢刊續編》影印瞿鏞鐵琴銅劍樓藏宋本
賓退録　〔南宋〕趙與時撰，齊治平校點，上海古籍出版社，一九八三；南宋臨安府刻本；《學海類編》本；《景印文淵閣四庫全書》本
藏一話腴　〔南宋〕陳郁撰，《適園叢書》本
朝野類要　〔南宋〕趙昇撰，《武英殿聚珍版叢書》本，《景印文淵閣四庫全書》本

鶴林玉露　〔南宋〕羅大經撰，萬曆三十六年南京都察院刊本；《稗海》本；王瑞來點校本，中華書局，一九八三
志雅堂雜鈔　〔南宋〕周密撰，《粤雅堂叢書》本
癸辛雜識　〔南宋〕周密撰，吴企明點校，中華書局，二〇〇四
戒庵老人漫筆　〔明〕李詡撰，魏連科點校，中華書局，一九八二
樗齋漫録　〔明〕許自昌撰，《北京圖書館古籍珍本叢刊》影印明萬曆刊本
玉芝堂談薈　〔明〕徐應秋撰，《景印文淵閣四庫全書》本
宋元學案　〔清〕黄宗羲撰，全祖望補修，陳金生、梁運華點校，中華書局，一九八六
書影　〔清〕周亮工撰，上海古籍出版社，一九八一
純常子枝語　〔清〕文廷式撰，一九四三年刊本
宋元學案補遺　〔清〕王梓材、馮雲濠編撰，沈芝盈、梁運華點校，中華書局，二〇一二
藝文類聚　〔唐〕歐陽詢編，汪紹楹點校，上海古籍出版社，一九八二
初學記　〔唐〕徐堅等編，中華書局，一九八〇
白孔六帖　〔唐〕白居易編，闕名注，〔南宋〕孔傳續編（後六帖），《景印文淵閣四庫全書》本
太平廣記　〔北宋〕李昉等編，汪紹楹點校，中華書局，一九八一

太平御覽 〔北宋〕李昉等編，中華書局影印宋刊本，一九八五
事類賦注 〔北宋〕吴淑撰，冀勤等校點，上海古籍出版社，一九八九
册府元龜 〔北宋〕王欽若等編，中華書局影印明崇禎十五年刊本，一九六〇
事物紀原 〔北宋〕高承撰，《惜陰軒叢書》本
皇宋事實類苑（宋朝事實類苑） 〔南宋〕江少虞編，日本元和七年木活字印本；董康誦芬室一九一一年重刊本；上海古籍出版社，一九八一
海録碎事 〔南宋〕葉廷珪編，李之亮校點，中華書局，二〇〇二
錦繡萬花谷 〔南宋〕闕名編，《北京圖書館古籍珍本叢刊》影印宋刊本，配明刊本，一九八七；《景印文淵閣四庫全書》本
新編古今事文類聚 〔南宋〕祝穆、〔元〕富大用、祝淵編，日本京都市中文出版社景印明萬曆甲辰（三十二年）金谿唐富春精校補遺重刻本，一九八九；《景印文淵閣四庫全書》本
古今合璧事類備要 〔南宋〕謝維新編，明嘉靖三十五年摹宋刊本，《景印文淵閣四庫全書》本
玉海 〔南宋〕王應麟編，清嘉慶刊本
重刊增廣分門類林雜説 〔金〕王朋壽編，《嘉業堂叢書》本
群書通要 〔元〕闕名編，《宛委别藏》本
永樂大典 〔明〕解縉、姚廣孝等編，中華書局影印，一九八六

群書類編故事 〔明〕王罃編，江蘇廣陵古籍刻印社影印《宛委别藏》本，一九九〇
太平通載 〔朝鮮〕成任編，〔韓國〕李來宗、朴在淵主編，韓國首爾中韓翻譯文獻研究所學古房影印朝鮮刻本，二〇〇九
天中記 〔明〕陳耀文編，江蘇廣陵古籍刻印社影印光緒四年聽雨山房重刊本，一九八八
新刊唐荆川先生稗編（稗編） 〔明〕唐順之編，明萬曆九年刊本，《景印文淵閣四庫全書》本
山堂肆考 〔明〕彭大翼編，《景印文淵閣四庫全書》本
宋稗類鈔 〔清〕潘永因編，《景印文淵閣四庫全書》本
元明事類鈔 〔清〕姚之駰編，《景印文淵閣四庫全書》本
古今圖書集成 〔清〕蔣廷錫等編，中華書局影印，一九三四
海内十洲記 舊題〔西漢〕東方朔撰，《顧氏文房小説》本
趙飛燕外傳 舊題〔西漢〕伶玄撰，《顧氏文房小説》本
拾遺記 〔東晉〕王嘉撰，〔梁〕蕭綺録，齊治平校注，中華書局，一九八一
世説新語箋疏 〔南朝宋〕劉義慶撰，〔梁〕劉孝標注，余嘉錫箋疏，中華書局，一九八三
世説新語校箋 〔南朝宋〕劉義慶撰，〔梁〕劉孝標注，徐震堮校箋，中華書局，二〇一五
述異記 〔梁〕任昉撰，《隨盦徐氏叢書》本

朝野僉載　〔唐〕張鷟撰，趙守儼點校，中華書局，一九七九
隋唐嘉話　〔唐〕劉餗撰，程毅中點校，中華書局，一九七九
龍城録　〔唐〕柳宗元撰，《五百家註柳先生集》本
唐國史補　〔唐〕李肇撰，上海古籍出版社，一九七九
次柳氏舊聞　〔唐〕李德裕撰，吴企明點校，中華書局，二〇一二
明皇雜録　〔唐〕鄭處誨撰，田廷柱點校，中華書局，一九九四
隋遺録　〔唐〕闕名撰，《百川學海》本
酉陽雜俎校箋　〔唐〕段成式撰，許逸民校箋，中華書局，二〇一五
獨異志　〔唐〕李冗（伉）撰，張永欽、侯志明點校，中華書局，一九八三
松窗雜録　〔唐〕李濬撰，《顧氏文房小説》本
杜陽雜編　〔唐〕蘇鶚撰，《稗海》本
雲谿友議　〔唐〕范攄撰，《四部叢刊續編》景印明刊本
開天傳信記　〔唐〕鄭綮撰，吴企明點校，中華書局，二〇一二
唐摭言　〔後梁〕王定保撰，黄壽成點校，三秦出版社，二〇一一
鐙下閑談　〔五代〕闕名撰，《適園叢書》本
鑑誡録　〔後蜀〕何光遠撰，《知不足齋叢書》本

北夢瑣言　〔荆南〕孫光憲撰，林艾園校點，上海古籍出版社，一九八一

清異録　〔北宋〕陶穀撰，《寶顔堂祕笈》本

江淮異人録　〔北宋〕吴淑撰，《知不足齋叢書》本，明正統《道藏》本，《廣四十家小説》本，《稽古堂新鐫群書祕簡》本，《景印文淵閣四庫全書》本

緑珠傳（緑珠内傳）　〔北宋〕樂史撰，《説郛》（卷三八）本，《廣四十家小説》本，《琳琅祕室叢書》本

楊貴妃外傳　〔北宋〕樂史撰，《顧氏文房小説》本，《説郛》（卷三八）本，《續修四庫全書》影印清吴氏古歡堂鈔本

洛陽搢紳舊聞記　北宋張齊賢撰，《知不足齋叢書》本，《説郛》（卷五一）本，《景印文淵閣四庫全書》本，《筆記小説大觀》本

《洛陽搢紳舊聞記》校注　丁喜霞著，中國社會科學出版社，二〇一三

茅亭客話　〔北宋〕黄休復撰，《津逮祕書》本，《景印文淵閣四庫全書》本，《學津討原》本，《對雨樓叢書》本，《琳琅祕室叢書》本，《説庫》本，《湖北先正遺書》本

友會談叢　〔北宋〕上官融撰，《廣四十家小説》本，《宛委別藏》本，《十萬卷樓叢書》本

南部新書　〔北宋〕錢易撰，黄壽成點校，中華書局，二〇〇二

東軒筆録　〔北宋〕魏泰撰，李裕民點校，中華書局，一九八三

青瑣高議（前後集各十卷、別集七卷）　〔北宋〕劉斧撰，上海古籍出版社，一九八三；中國書店影印民

國精刻本,《中國書店藏版古籍叢刊》,二〇〇七;《四庫全書存目叢書》影印南京圖書館藏清紅藥山房鈔本;明萬曆二十三年張夢錫校刊本(二十卷)

括異志　〔北宋〕張師正撰,《四部叢刊續編》及《續修四庫全書》景印景宋鈔本;《四庫全書存目叢書》影印明鈔本;白化文、許德楠點校本,中華書局,一九九六

漁樵閒話録　舊題〔北宋〕蘇軾撰,《寶顔堂祕笈》本

龍川略志　〔北宋〕蘇轍撰,《百川學海》本(《蘇黄門龍川略志》);《景印文淵閣四庫全書》本;俞宗憲點校本,中華書局,一九八二

湘山野録、續録　〔北宋〕文瑩撰,鄭世剛、楊立揚點校,中華書局,一九八四

玉壺清話　〔北宋〕文瑩撰,鄭世剛、楊立揚點校,中華書局,一九八四

冷齋夜話　〔北宋〕僧惠洪撰,《津逮祕書》本

青箱雜記　〔北宋〕吴處厚撰,李裕民點校,中華書局,一九八五

萍洲可談　〔北宋〕朱彧撰,李偉國點校,上海古籍出版社,一九八九

畫墁録　〔北宋〕張舜民撰,《稗海》本

雲齋廣録　〔北宋〕李獻民撰,《續修四庫全書》影印金刻本;《四庫全書存目叢書》影印民國二十五年上海中央書店排印本;程毅中、程有慶點校本,中華書局,一九九七

春渚紀聞　〔南宋〕何薳撰,張明華點校,中華書局,一九八三;《寶顔堂祕笈》本;《津逮祕書》本;

《景印文淵閣四庫全書》本；《學津討原》本；《宋人小説》排印本
陶朱新録　〔南宋〕馬純撰，《墨海金壺》本
默記　〔南宋〕王銍撰，朱杰人點校，中華書局，一九八一
雞肋編　〔南宋〕莊綽撰，《宋人小説》排印本；《景印文淵閣四庫全書》本；《琳琅祕室叢書》本；蕭魯陽點校本，中華書局，一九八三
泊宅編（三卷本又十卷本）　〔南宋〕方勺撰，《稗海》三卷本；《景印文淵閣四庫全書》三卷本；《嘯園叢書》三卷本；《讀畫齋叢書》三卷又十卷本；《金華叢書》三卷又十卷本；許沛藻、楊立揚點校本，中華書局，一九八三
緑牕新話　〔南宋〕皇都風月主人編，上海《藝文雜誌》一九三六年二至六期；周夷（周楞伽）校補本，古典文學出版社，一九五七；周楞伽箋注本，上海古籍出版社，一九九一
續博物志　〔南宋〕李石撰，《古今逸史》本
新編分門古今類事　〔南宋〕委心子宋氏編，《十萬卷樓叢書》本；《景印文淵閣四庫全書》本；金心點校本，中華書局，一九八七
遊宧紀聞　〔南宋〕張世南撰，張茂鵬點校，中華書局，一九八一
楓窗小牘　〔南宋〕袁褧撰，袁頤續，《寶顔堂祕笈》本
清波雜志校注　〔南宋〕周煇撰，劉永翔校注，中華書局，一九九四

清波别志　〔南宋〕周煇撰，《知不足齋叢書》本

投轄録　〔南宋〕王明清撰，《宋人小説》排印本；汪新森、朱菊如校點本，上海古籍出版社，一九九一

揮麈録（前録、後録、三録、餘話）　〔南宋〕王明清撰，《四部叢刊續編》景印宋鈔本；上海書店出版社，二〇〇一

玉照新志　〔南宋〕王明清撰，明沈士龍校刊本（六卷）；《寶顔堂祕芨》本（六卷）；《景印文淵閣四庫全書》本（六卷）；《學津討原》本（五卷）；《宋人小説》排印本（五卷）；汪新森、朱菊如校點本（五卷），上海古籍出版社，一九九一；《唐宋叢書》本；《古今説部叢書》本；《説庫》本（並四卷）

睽車志　〔南宋〕郭彖撰，《稗海》本，《景印文淵閣四庫全書》本，《筆記小説大觀》本

夷堅志　〔南宋〕洪邁撰，《續修四庫全書》影印上海圖書館藏影宋鈔本（一百八十卷）；《宛委别藏》寫本（八十卷）；《十萬卷樓叢書》刻本（八十卷）；上海涵芬樓排印《新校輯補夷堅志》；何卓點校本，中華書局，一九八一；《景印文淵閣四庫全書》本（五十卷）；《筆記小説大觀》本（五十卷）

新編醉翁談録　〔南宋〕金盈之撰，上海古典文學出版社，一九五八

桯史　〔南宋〕岳珂撰，《四部叢刊續編》景印元刊本；《稗海》本；《津逮祕書》本；《景印文淵閣四庫全書》本；《學津討原》本；吴企明點校本，中華書局，一九八一

西塘集耆舊續聞　〔南宋〕陳鵠撰，《知不足齋叢書》本；《景印文淵閣四庫全書》本；孔凡禮點校本，中華書局，二〇〇二

鬼董　〔南宋〕沈氏撰，《知不足齋叢書》本，《龍威秘書》本，《説庫》本
新編醉翁談録　〔南宋〕羅燁編，《續修四庫全書》影印宋刻本；上海古典文學出版社點校本，一九五七
江行雜録　〔南宋〕廖瑩中録，《古今説海》（説纂部散録家）本
李師師外傳　〔南宋〕失名撰，《琳琅祕室叢書》木活字排印本，《續修四庫全書》集部影印黄廷鑑抄本
隨隱漫録　〔元〕陳世崇撰，《景印文淵閣四庫全書》本
異聞總録　〔元〕闕名撰，《稗海》本，《筆記小説大觀》本
爲政善報事類　〔元〕葉留編，《宛委别藏》過録元刊本
誠齋襍記　〔元〕林坤輯，《津逮祕書》本
大明仁孝皇后勸善書　〔明〕仁孝皇后徐妙雲撰，《四庫全書存目叢書》影印明永樂五年内府刊本
汴京勼異記　〔明〕李濂撰，《叢書集成初編》排印《硯雲甲乙編》本
搜神記（六卷本）　〔明〕佚名編，《繪圖三教源流搜神大全（外二種）》影印《續道藏》本，上海古籍出版社，一九九〇
校鐫鴛渚誌餘雪窗談異　〔明〕周紹濂撰，于文藻點校，中華書局，二〇〇八
玉芝堂談薈　〔明〕徐應秋撰，《景印文淵閣四庫全書》本
堅瓠集　〔清〕褚人穫撰，清康熙刊本
宋豔　〔清〕徐士鑾輯，《筆記小説大觀》本

古今閨媛逸事　上海進步書局編輯所編，上海文明書局排印本，一九二三

續談助　〔北宋〕晁載之編，清光緒十三年序刊本

紺珠集　〔南宋〕朱勝非編，明天順刊本，《景印文淵閣四庫全書》本

類說　〔南宋〕曾慥編，文學古籍刊行社影印明天啓六年刊本，一九五五；嚴一萍校訂本（以天啓六年刊本爲底本，以明嘉靖伯玉翁舊鈔本校訂），臺灣藝文印書館，一九七〇

說郛　〔元〕陶宗儀編，上海涵芬樓排印張宗祥校明鈔本，北京市中國書店影印，一九八六

說郛校勘記　張宗祥撰，據休寧汪季清家藏明抄殘本校，張宗祥校明鈔本《說郛》附，《說郛三種》，上海古籍出版社，一九八八

重編說郛　舊題〔明〕陶珽編，《說郛三種》影印順治四年周南李際期宛委山堂刊本，上海古籍出版社，一九八八

古今說海　〔明〕陸楫等編，清道光元年邵松岩酉山堂重刊明嘉靖二十三年陸楫儼山書院刊本，《景印文淵閣四庫全書》本

顧氏文房小說　〔明〕顧元慶編刊，上海涵芬樓影印本，一九二五

廣四十家小說　〔明〕顧元慶編刊，上海文明書局石印本，一九一五

劍俠傳　〔明〕闕名編，《古今逸史》本

劍俠傳（有附録）　〔明〕弢庵居士編，《四庫全書存目叢書》影印明隆慶三年履謙子刊本
豔異編（四十卷本）　舊題〔明〕王世貞編，《古本小説集成》影印明刊本，上海古籍出版社，一九九〇
豔異編（十二卷本）　舊題〔明〕王世貞編，《續修四庫全書》影印明刻本
廣豔異編　〔明〕吴大震編，《續修四庫全書》影印明刊本
續豔異編　〔明〕闕名編，《古本小説集成》影印明刊本，上海古籍出版社，一九九〇
新刻稗家粹編　〔明〕胡文焕編，《胡氏粹編》五種，《北京圖書館古籍珍本叢刊》影印萬曆二十二年刊
本，書目文獻出版社，一九八八
青泥蓮花記　〔明〕梅鼎祚編，《四庫全書存目叢書》影印萬曆三十年鹿角山房刊本
才鬼記　〔明〕梅鼎祚編，《四庫全書存目叢書》影印萬曆三十三年蟫隱居刻《三才靈記》本
逸史搜奇　〔明〕汪雲程編，《四庫全書存目叢書》影印明刊本
緑牕女史　〔明〕秦淮寓客編，《明清善本小説叢刊初編》景印明刊本，臺北天一出版社，一九八五
剪燈叢話　〔明〕自好子編，國家圖書館藏明刊本
宋人百家小説　〔明〕闕名編，《五朝小説》，清刊本
五朝小説大觀　〔明〕闕名編，上海掃葉山房石印本，一九二六
新刻芸窗彙爽萬錦情林　〔明〕余象斗纂，明萬曆刊本
清談萬選　〔明〕林世吉編，《明清善本小説叢刊初編》景印明萬曆刊本，臺北天一出版社，一九八五

一見賞心編　〔明〕鳩兹洛源子編，《明清善本小説叢刊初編》景印明刊本，臺北天一出版社，一九八五

繡谷春容　〔明〕羊洛赦里起北赤心子彙輯，《古本小説集成》影印明世德堂刊本，上海古籍出版社，一九九四；俞爲民校點本，江蘇古籍出版社，一九九四

國色天香　〔明〕吴敬所編輯，《古本小説集成》影印明萬曆丁酉（二十五年）金陵書林周氏萬卷樓重鍥本，上海古籍出版社，一九九四

徐文長先生秘集　舊題〔明〕徐渭輯，明天啓刊本

稗海　〔明〕商濬編刊，清康熙振鷺堂據明商濬半埜堂萬曆刊本重刊，台北大化書局影印，一九八五

捧腹編　〔明〕許自昌編，明萬曆刊本

虎薈　〔明〕陳繼儒集，《寶顔堂祕笈》本

情史（情史類略）　〔明〕詹詹外史評輯，《古本小説集成》影印明刊本，上海古籍出版社，一九九四

雪窗談異　託名〔明〕楊循吉輯，宗文、吴岩、若遠點校，山西人民出版社，一九九二

删補文苑楂橘　〔朝鮮〕闕名選編，韓國成和大學校中文系影印朝鮮活字本，一九九四

唐人説薈（唐代叢書）　〔清〕蓮塘居士（陳世熙）編，清同治八年連元閣刊本，民國二年上海掃葉山房石印本

龍威秘書　〔清〕馬俊良編，清乾隆五十九年石門馬氏刊本

藝苑捃華　〔清〕顧之逵編，清同治七年序刊本

唐開元小説六種　〔清〕葉德輝編，清宣統三年觀古堂刊本

唐人小傳三種　〔清〕葉德輝編，《郎園先生全書》本
香豔叢書　〔清〕蟲天子編，上海書店影印宣統中國學扶輪社排印本，一九九一
古今説部叢書　上海國學扶輪社編，宣統、民國中國學扶輪社排印本
晉唐小説六十種　俞建卿編訂，上海廣益書局石印本，一九一五
説庫　王文濡編，浙江古籍出版社影印上海文明書局民國四年石印本，一九八六
筆記小説大觀　民國上海進步書局編輯，江蘇廣陵古籍刻印社影印進步書局石印本，一九八三
宋人小説　上海涵芬樓編，商務印書館，一九二六
舊小説　吴曾祺編，商務印書館，一九五七
唐宋傳奇集　魯迅校録，《魯迅輯録古籍叢編》，人民文學出版社，一九九九
唐宋傳奇選　張友鶴選註，人民文學出版社，一九七九
宋元筆記小説大觀　上海古籍出版社編，上海古籍出版社，二〇〇一
全宋筆記（第一編）　朱易安、傅璇琮等主編，大象出版社，二〇〇三
全宋筆記（第二編）　朱易安、傅璇琮等主編，大象出版社，二〇〇六
新刊大宋宣和遺事　〔南宋〕闕名撰，中國古典文學出版社，一九五五
熊龍峰四種小説　〔明〕熊龍峰刊行，王古魯蒐録校註，上海古典文學出版社，一九五八

西遊記　〔明〕吴承恩撰，人民文學出版社，一九八〇
古今小説　〔明〕馮夢龍編，人民文學出版社，一九七九
警世通言　〔明〕馮夢龍編，人民文學出版社，一九七九
朝野新聲太平樂府　〔元〕楊朝英編，隋樹森校訂，中華書局，一九五八
宋元戲文輯佚　錢南揚輯録，上海古典文學出版社，一九五六
永樂大典戲文三種校注　錢南揚校注，中華書局，一九七九
宋高僧傳　〔北宋〕贊寧撰，范祥雍點校，中華書局，一九八七
佛祖歷代通載　〔元〕念常集，《大正新脩大藏經》本
列仙傳校正　〔西漢〕劉向撰，〔清〕王照圓校正，《郝氏遺書》本
神仙傳　〔東晉〕葛洪撰，《景印文淵閣四庫全書》本（毛晉刊本）
枕中書　〔東晉〕葛洪撰，《寶顔堂祕笈》本
真誥　梁陶弘景撰，明正統《道藏》本
雲笈七籤　〔北宋〕張君房編，李永晟點校，中華書局，二〇〇三

三洞群仙録　〔南宋〕陳葆光撰，明正統《道藏》本
太上感應篇〔南宋〕李昌齡傳，鄭清之贊，明正統《道藏》本
歷世真仙體道通鑑　〔元〕趙道一撰，明正統《道藏》本

李太白全集〔唐〕李白撰，〔清〕王琦注，中華書局，一九七七
杜少陵集詳註〔唐〕杜甫撰，〔清〕仇兆鰲注，文學古籍刊行社校訂重印《萬有文庫》本，一九五五
李賀歌詩編〔唐〕李賀撰，《四部叢刊初編》景印金刊本
重刊五百家註音辯昌黎先生文集〔唐〕韓愈撰，〔南宋〕魏仲舉編，上海鴻章書局石印本
白氏長慶集〔唐〕白居易撰，《四部叢刊初編》景印日本翻宋大字本
樊川詩集夾註〔唐〕杜牧撰，闕名註，國家圖書館藏朝鮮刊本
徐公釣磯文集〔唐〕徐夤撰，《四部叢刊三編》景印錢遵王精鈔本
白蓮集〔唐〕釋齊己撰，《四部叢刊初編》景印明鈔本
蘇學士文集〔北宋〕蘇舜欽撰，《四部叢刊初編》景印清康熙刊本
范文正公集〔北宋〕范仲淹撰，《四部叢刊初編》景印明翻元刊本
安陽集〔北宋〕韓琦撰，《北京圖書館古籍珍本叢刊》影印明正德九年張士隆重刊本
公是集〔北宋〕劉敞撰，《景印文淵閣四庫全書》本

徂徠集　〔北宋〕石介撰，《景印文淵閣四庫全書》本
歐陽文忠公文集　〔北宋〕歐陽修撰，《四部叢刊初編》景印元刊本
清獻集　〔北宋〕趙抃撰，《景印文淵閣四庫全書》本
臨川先生文集　〔北宋〕王安石撰，《四部叢刊初編》景印明嘉靖三十九年刊本
節孝集　〔北宋〕徐積撰，《景印文淵閣四庫全書》本
彭城集　〔北宋〕劉攽撰，《武英殿聚珍版書》本
蘇魏公文集　〔北宋〕蘇頌撰，《景印文淵閣四庫全書》本
濟北晁先生雞肋集　〔北宋〕晁補之撰，《四部叢刊初編》景印明仿宋刊本
范忠宣集　〔北宋〕范純仁撰，《景印文淵閣四庫全書》本
錢唐韋先生文集　〔北宋〕韋驤撰，《武林往哲遺著》本
東坡集（蘇文忠公全集）　〔北宋〕蘇軾撰，明成化四年刊本
東坡先生詩集註（東坡詩集註）　〔北宋〕蘇軾撰，〔南宋〕王十朋集註，明刊本，《景印文淵閣四庫全書》本
施註蘇詩　〔北宋〕蘇軾撰，〔南宋〕施元之、顧禧、施宿註，〔清〕顧嗣立、邵長蘅、宋至刪補，《古香齋袖珍十種》本，康熙三十八年宋犖刊本，《景印文淵閣四庫全書》本
蘇軾詩集　〔北宋〕蘇軾撰，〔清〕王文誥輯註，孔凡禮點校，中華書局，一九八二

清江三孔集　〔北宋〕孔文仲、孔武仲、孔平仲撰，《景印文淵閣四庫全書》本
舒嬾堂詩文存　〔北宋〕舒亶撰，《四明叢書》本
道鄉集　〔北宋〕鄒浩撰，《景印文淵閣四庫全書》本
欒城集　〔北宋〕蘇轍撰，《四部叢刊初編》景印明蜀府活字本
淮海集　〔北宋〕秦觀撰，《四部備要》校刊清道光王敬之高郵重刊本（據明李之藻刊本），《四部叢刊初編》景印明嘉靖刊小字本，《景印文淵閣四庫全書》本
淮海集箋注　〔北宋〕秦觀撰，徐培均箋注，上海古籍出版社，二〇〇〇
雲巢編　〔北宋〕沈遼撰，《沈氏三先生文集》，《四部叢刊三編》景印明覆宋本，《景印文淵閣四庫全書》本
張右史文集　〔北宋〕張耒撰，《四部叢刊初編》景印舊鈔本
青山集　〔北宋〕郭祥正撰，《北京圖書館古籍珍本叢刊》影印宋刊本，書目文獻出版社，一九八八
后山詩註　〔北宋〕陳師道撰，〔南宋〕任淵註，《四部叢刊初編》景印高麗活字本
片玉集　〔北宋〕周邦彦撰，〔南宋〕陳元龍集注，《四部備要》本
跨鼇集　〔北宋〕李新撰，《景印文淵閣四庫全書》本
演山集　〔南宋〕黄裳撰，《景印文淵閣四庫全書》本
屏山集　〔南宋〕劉子翚撰，明刊本

歐陽修撰集　〔南宋〕歐陽澈撰，《景印文淵閣四庫全書》本
莊簡集　〔南宋〕李光撰，《景印文淵閣四庫全書》本
北山集　〔南宋〕鄭剛中撰，《景印文淵閣四庫全書》本
忠正德文集　〔南宋〕趙鼎撰，《景印文淵閣四庫全書》本
雪溪集　〔南宋〕王銍撰，《景印文淵閣四庫全書》本
華陽集　〔南宋〕張綱撰，《四部叢刊三編》景印明刊本
東牟集　〔南宋〕王洋撰，《景印文淵閣四庫全書》本
石林居士建康集　〔南宋〕葉夢得撰，清宣統三年刻本
紫微集　〔南宋〕張嵲撰，《景印文淵閣四庫全書》本
苕溪集　〔南宋〕劉一止撰，《景印文淵閣四庫全書》本
忠惠集　〔南宋〕翟汝文撰，《景印文淵閣四庫全書》本
增廣箋註簡齋詩集　〔南宋〕陳與義撰，胡穉箋，《四部叢刊初編》景印宋刊本
盤洲文集　〔南宋〕洪适撰，《四部叢刊初編》景印宋刊本
新刊嵩山居士文全集（嵩山集）　〔南宋〕晁公遡撰，南宋乾道四年刊本，《景印文淵閣四庫全書》本
東萊吕太史文集　〔南宋〕吕祖謙撰，宋刻元明遞修本
盧溪文集　〔南宋〕王庭珪撰，《景印文淵閣四庫全書》本

艮齋先生薛常州浪語集　〔南宋〕薛季宣撰，《永嘉叢書》本
鄮峰真隱漫録　〔南宋〕史浩撰，《景印文淵閣四庫全書》本
南澗甲乙稿　〔南宋〕韓元吉撰，《武英殿聚珍版書》本
石湖居士詩集　〔南宋〕范成大撰，《四部叢刊初編》景印吴郡顧氏愛汝堂刊本
文忠集　〔南宋〕周必大撰，《景印文淵閣四庫全書》本
稼軒詞補遺　〔南宋〕辛棄疾撰，《彊村叢書》本
渭南文集　〔南宋〕陸游撰，《四部叢刊初編》景印明活字本
劍南詩稿校注　〔南宋〕陸游撰，錢仲聯校注，上海古籍出版社，一九八五
攻媿集　〔南宋〕樓鑰撰，《四部叢刊初編》景印武英殿聚珍本
止齋先生文集　〔南宋〕陳傅良撰，《四部叢刊初編》景印劉氏嘉業堂藏明弘治刊本
水心先生文集　〔南宋〕葉適撰，《四部叢刊初編》景印劉氏嘉業堂藏明刊本
龍川先生文集　〔南宋〕陳亮撰，明嘉靖刊本
龍洲詞　〔南宋〕劉過撰，《景印文淵閣四庫全書》本
漫塘文集　〔南宋〕劉宰撰，《嘉業堂叢書》本
山房集　〔南宋〕周南撰，《景印文淵閣四庫全書》本
玉楮集　〔南宋〕岳珂撰，《景印文淵閣四庫全書》本

棠湖詩稿　〔南宋〕岳珂撰，《叢書集成初編》排印《咫進齋叢書》本
西山先生真文忠公文集　〔南宋〕真德秀撰，《四部叢刊初編》景印明正德刊本
中庵集　〔元〕劉敏中撰，《景印文淵閣四庫全書》本
東國李相國全集　〔高麗〕李奎報撰，韓國民族文化推進會《韓國文集叢刊》影印本
少室山房類藁　〔明〕胡應麟撰，《續金華叢書》本
悔菴學文　〔清〕嚴元照撰，《清代詩文集彙編》，上海古籍出版社，二〇一〇
冬青館乙集　〔清〕張鑑撰，《清代詩文集彙編》，上海古籍出版社，二〇一〇
揅經室外集　〔清〕阮元撰，《四部叢刊初編》景印清道光三年原刊本
儀顧堂集　〔清〕陸心源撰，清光緒刊本

楚辭　〔東漢〕王逸章句，〔南宋〕洪興祖補註，《四部叢刊初編》景印明繙宋本
文選　〔梁〕蕭統編，〔唐〕李善注，〔清〕胡克家考異，中華書局影印嘉慶胡克家刊本，一九七七
玉臺新詠　〔陳〕徐陵編，北京市中國書店影印世界書局一九三五年排印本，一九八六
文苑英華　〔北宋〕李昉等編，〔南宋〕周必大、彭叔夏等校，中華書局影印明刊本配宋刊本，一九八二
宋文選　〔北宋〕闕名編，《景印文淵閣四庫全書》本
中興以來絶妙詞選　〔南宋〕黄昇編，《四部叢刊初編》景印明翻宋本

萬首唐人絶句　〔南宋〕洪邁編，文學古籍刊行社影印明嘉靖刊本，一九五五
雍熙樂府　〔明〕郭勛編，《四部叢刊續編》景印明嘉靖刊本
吴都文粹續集　〔明〕錢穀編，《景印文淵閣四庫全書》本
花草稡編　〔明〕陳耀文編，《景印文淵閣四庫全書》本
吴興藝文補　〔明〕董斯張輯，《四庫全書存目叢書》影印明崇禎六年刻本
全唐詩　〔清〕彭定求等編，中華書局點校本，一九八五
御選歷代詩餘　〔清〕沈辰垣等編，《景印文淵閣四庫全書》本
御選宋金元明四朝詩　〔清〕張豫章等編，《景印文淵閣四庫全書》本
全唐文　〔清〕董誥等編，中華書局影印揚州官刻本，一九八三
全漢三國晉南北朝詩　丁福保編，中華書局，一九五九
全宋詞　唐圭璋編，中華書局，一九六五

本事詩　〔唐〕孟棨（啓）撰，李學穎標點，上海古籍出版社，一九九一
臨漢隱居詩話　〔北宋〕魏泰撰，《知不足齋叢書》本
增修詩話總龜　〔北宋〕阮閲輯，《四部叢刊初編》景印明月窗道人校刊本；《景印文淵閣四庫全書》本；周本淳校點本，人民文學出版社，一九八七

優古堂詩話　〔北宋〕吴幵撰，《讀畫齋叢書》本
唐詩紀事　〔南宋〕計有功撰，上海古籍出版社，一九八七
苕溪漁隱叢話　〔南宋〕胡仔輯，《四部備要》校刊王氏重刻本；《海山仙館叢書》本；廖德明校點本，人民文學出版社，一九六二
庚溪詩話　〔南宋〕陳巖肖撰，《百川學海》本
吟窗雜録　〔南宋〕陳應行編，明嘉靖二十七年崇文書堂刻本
竹莊詩話　〔南宋〕何汶撰，常振國、絳雲點校，中華書局，一九八四
詩人玉屑　〔南宋〕魏慶之編，王仲聞校點，上海古籍出版社，一九七八
後村詩話　〔南宋〕劉克莊撰，王秀梅點校，中華書局，一九八三
詩林廣記　〔元〕蔡正孫撰，常振國、降雲點校，中華書局，一九八二
詞律　〔清〕萬樹編著，上海古籍出版社影印清光緒二年刻本，二〇一三
詞苑叢談校箋　〔清〕徐釚撰，王百里校箋，人民文學出版社，一九八八
宋詩紀事　〔清〕尹鶚輯撰，上海古籍出版社，二〇一三
蘇轍年譜　曾棗莊著，陝西人民出版社，一九八六
蘇轍年譜　孔凡禮著，學苑出版社，二〇〇一

秦少游年譜長編　徐培均著，中華書局，二〇〇二
洪邁年譜　凌郁之著，上海古籍出版社，二〇〇六
洪邁年譜　王德毅編，臺北新文豐出版公司，二〇〇六
宋詩話考　郭紹虞著，中華書局，一九七九
北宋經撫年表　南宋制撫年表　吴廷燮著，中華書局，一九八四
宋兩浙路郡守年表　李之亮撰，巴蜀書社，二〇〇一
宋兩湖大郡守臣易替考　李之亮撰，巴蜀書社，二〇〇一
宋代官制辭典　龔延明著，中華書局，一九九七

中國小説史略　魯迅著，人民文學出版社，一九六三
説郛考　昌彼得著，臺北文史哲出版社，一九七〇
話本小説概論　胡士瑩著，中華書局，一九八〇
韓南中國古典小説論集　〔美〕韓南著，臺北聯經出版事業公司，一九七九
唐前志怪小説史（重修訂本）　李劍國著，人民文學出版社，二〇一一
唐前志怪小説輯釋（修訂本）　李劍國輯釋，上海古籍出版社，二〇一一
夷堅志論稿　張祝平著，中國文史出版社，二〇〇二

增訂後記

昔年余撰《宋代志怪傳奇叙録》甫畢（南開大學出版社一九九七年出版），即著手於《宋代傳奇集》之校輯，二〇〇一年由中華書局出版，程毅中先生賜序。時過已久，檢定舊作，頗以粗疏爲憾。遂發願修訂《宋代志怪傳奇叙録》及《宋代傳奇集》二書。前書始於二〇一五年五月，後書始於次年五月，爾今二書增訂皆已告成。本書之增訂，除選文增添十四篇，最著者乃大量增加校記，重寫作者介紹及篇末按語。原書校勘較略，蓋緣版本及校勘資料蒐集不完，今者則廣搜版本文獻，爲之詳校。而作者介紹及篇末按語，亦略取《宋代志怪傳奇叙録》增訂本之大概。至於文字脱衍錯譌，亦隨而更正。增訂本全書約八十五萬字，較原書六十四萬八千，字增二十萬。非但徒增篇幅，增其學術品骨是所期爾。

二〇一七年十月末識於南開大學文學院釣雪齋

作者索引

[按現代漢語音序排列]

C

晁公遡　851
陳光道　281
陳鵠　1429
陳世材　826
崔公度　271

D

杜默　257

F

方勺　817
費衮　979

G

耿焕　1
耿延禧　760
關耆孫　855
歸虚子　646
郭端友　912
郭彖　969

H

何光　1511
何薳　788
洪邁　991
洪巽　1519
胡微之　230
黄裳　404
黄庭堅　421
黄休復　156

J

荆伯珍　20

K

康譽之　923

L

李獻民　651
廉布　801
劉斧　429
劉望之　770
柳師尹　317
陸元光　407
吕夏卿　286
羅大經　1508

P

龐覺　250

裴端夫 1433

Q

錢易 171
秦醇 359
秦觀 353
秦絳 861
清虛子 339
丘濬 207

R

任信臣 220

S

上官融 190
沈遼 313
沈氏 1437
沈俶 1499
瘦竹翁 1505
舒亶 641
蘇舜欽 203
蘇轍 330

W

王拱辰 245
王明清 865
王山 289
王禹錫 899
王銍 814
魏良臣 840
魏彥良 849
吴可 721
吴良史 932
吴淑 4

X

夏噩 260
薛季宣 915

Y

余嗣 822
岳珂 1416
樂史 27

Z

張邦基 831
張君房 71
張亢 215
張齊賢 75
張師正 637
張實 239
張壽昌 767
章炳文 709
趙鼎 774
趙彥成 846
鄭超 986
鄭總 731
鍾將之 962

篇目索引

［按現代漢語音序排列］

A

愛愛歌序　203
安仁佚獄　1317
安氏冤　1112
安中令大度　127

B

八段錦　1067
白龜年　477
白萬州遇劍客　122
白中令知人　141
半山兩道人　1272
鮑八承務　1338
畢令女　1056
卜起傳　547

C

蔡京孫婦　1227
蔡箏娘記　281
蔡州小道人　1386
茶僕崔三　1189
茶肆主人　952
長橋記　523
陳才輔　1137
陳明遠再生傳　274
陳生　1456
陳淑　1443
陳叔文　454
成俊治蛇　1203
承天寺　1038
程君友　156
程説　449
衝浦民　1447
出神記　822
楚娘　1472
楚王門客　465
楚州陳道人　1290
楚州方夫子　1287
慈雲記　497
崔木　1488
崔慶成　631
崔尊師　161

D

大姆記　538

大桶張氏　810
大眼師　606
戴之邵夢　1178
鄧安民獄　1029
狄氏　801
丁生佳夢　666
董漢州孫女　1229
兜離國　1511
竇道人　991
都昌吴孝婦　1306

E

鄂州南市女　1239

F

樊生　1453
范敏　554
范希周　943
范信中　982
范子珉　1110
方技　711
飛猴傳　846
豐山廟　692
芙蓉城傳　230

G

甘陵異事　655
甘棠遺事　339
感夢記　912
高安趙生　335
高俊入冥記　851
高言　435
耿先生　12
龔球記　549
姑蘇二異人　1416
骨偶記　605
顧端仁　1186
關王池　1214
關子東三夢　838
鬼國母　1394
桂林秀才　1390
桂林走卒　1411
郭二還魂　1285

H

海陵三仙傳　899
海外怪洋　1397
韓湘子　532
郝太尉女　1450
河北道士　1120
紅衣丱女傳　1433
侯復　482
胡大婆　630
胡宏休東山　1248
胡十承務　1216

胡氏子 1064
華陽洞門 1140
華陽仙姻 694
淮陰節婦傳 286
黄法師醮記 840
黄十翁入冥記 861
黄損 749
黄烏喬 1122
黄遵 637
回仙録 407
惠吉異術 1015
溷獄對事 480

J

季元衡妾 1383
嘉林居士 651
嘉州江中鏡 1235
賈成之 1089
賈廉訪 1409
賈生 865
賈知微 226
建德茅屋女 1274
劍仙 757
江處士 18
江南木客 1169
江渭逢二仙 932
蔣道傳 600
蔣堅食牛 1183
蔣教授 1036
絳縣老人 1008
焦生見亡妻 149
金華神記 271
金源洞 834
金燭 1441
靳瑶 977
縉雲鬼仙 1020
京都廚娘 1519
京師異婦人 1010
静女 1474
九華天仙 1077
居士遇仙 705

K

孔勞蟲 1152
孔之翰 709

L

來歲狀元賦 814
懶堂女子 1399
郎君神傳 215
老卒回易 1508
黎道人 936
黎海陽 166
驪山記 359

李弼違　1102
李大夫庵犬　1309
李將仕　1328
李倫　923
李妹傳　300
李少師賢妻　100
李氏女　421
李師師外傳　1526
李通判女　975
李珣　483
李雲娘　545
李忠　190
俚語盜智　985
歷陽麗人　1283
連少連書生　1255
梁太祖優待文士　75
梁野人　1358
梁意娘　1483
臨安武將　1331
林靈蘁傳　774
林靈素傳　760
林文叔　486
流紅記　239
劉改之教授　1197
劉煇　552
劉樞幹得法　1292
劉元八郎　1206
柳開潘閬　193
柳勝傳　1536
柳屯田耆卿　1479
隆和曲丐者　622
龍陽王丞　1407
龍主　885
隴州鸚歌　799
樓叔韶　1505
盧平　200
陸道姑　1218
路當可　1165
録龍井辯才事　353
潞府鬼　1095
亂漢道人記　826
羅赤脚　1098
羅浮仙人傳　731
洛陽染工見冤鬼　138
吕使君宅　1173
吕先生續記　529
吕星哥　1463
緑珠傳　27

M

馬識遠　1091
馬絢娘　969
賣魚吴翁　1369

滿少卿　1350
蔓定僧　627
毛烈傳　770
梅先遇人　1018
夢龍傳　567
夢仙記　330
鳴鶴山　1402
莫小孺人　1040

N

南豐知縣　1133
南嶽判官　1096
尼法悟　424
泥子記　612
聶師道　10
寧行者　1180
女鬼惑仇鐸　1082
女仙傳　237

P

潘統制妾　1243
潘扆　16
潘原怪　831
彭居士　1258
彭郎中記　491
蓬瀛真人　1241

Q

齊王張令公外傳　95
虔州記異　105
錢穆　1495
錢塘異夢　679
蒨桃　471
秦宗權　613
青童神君　1088
瓊奴記　507
璩小十家怪　1261
群玉峰仙籍　429

R

人鷄墓　1324
仁鹿記　457
任道元　1211
任迥春遊　1373
任社娘傳　313
任愿　517
茹魁傳　625

S

桑維翰　171
僧卜記　578
單符郎　955
上竺觀音　1118
少師佯狂　82
邵南神術　1002
邵昱水厄　1025

神告傳 20
神怪 713
沈持要登科 1027
沈見鬼 1128
沈生 880
嵊縣山庵 1376
嵊縣神 1363
石六山美女 646
石中獲小龜 153
史公公宅 198
壽昌縣君 1114
書仙傳 220
雙桃記 674
水中照見王者服冕 134
司馬郊 4
四和香 669
宋太師彥筠奉佛 132
蘇小卿 414
孫處士 168
孫大小娘子 1201
孫氏記 207
蓑衣先生 1353

T

太清宮試論 1379
太原意娘 1144
泰和蘇揆父鬼靈 93
譚法師 1246
譚意哥記 394
桃源三夫人 617
陶副車求薦見忌 89
淘沙子 163
天宮院記 641
天禧丐者 197
天元鄧將軍 1405
田道人 1150
田三姑 1157
田太尉候神仙夜降 118
同州白蛇 1223

W

汪革謠讖 1424
王朝議 1335
王夫人齋僧 1045
王寂傳 442
王魁傳 260
王蘭玉童 1321
王浪仙 1132
王樂仙得道 795
王生 808
王實傳 513
王鐵面 1129
王幼玉記 317
王元懋巨惡 1265

魏大諫見異録 21
温泉記 372
聞人邦華 1310
我來也 1503
烏衣傳 182
吴城龍女 1413
吴僧伽 1141
吴小員外 1006
吴約知縣 1326
無鬼論 686
無足婦人 1117
武夷道人 1075
武真人 1154

X

西安紫姑 1194
西池春遊記 581
西湖女子 1175
西内骨灰獄 1059
西蜀異遇 658
希夷先生傳 250
細類輕故獄 1313
俠婦人 1031
閒樂異事 979
賢鷄君傳 615
襄陽事 87
向中令徙義 109
項四郎 948
小蓮記 540
解俊保義 1220
解七五姐 1303
解三娘記 855
解洵娶婦 1361
謝福娘 1492
謝石拆字 788
邢仙翁 890
秀州司録廳 1061
徐繼周 71
徐希孟道士 1253
許家女郎 1263
宣城葛女 1348
宣州孟郎中 1080
玄宗遺録 305
薛湘潭 1250

Y

燕華仙傳 404
閻羅城 1163
陽臺虎精 1192
楊抽馬 1104
楊醇叟道術 793
楊道人 972
楊二官人 1445
楊靖償冤 1021

楊柔姬　715
楊三娘子　1345
楊氏三兄弟　930
楊太真外傳　44
楊忠　1499
養皮袋　1270
養素先生　574
宜城客　1279
宜州溪洞長人　1342
異夢記　609
異夢記(穆度)　719
異魚記　446
義倡傳　962
義騟傳　1421
陰兵　939
盈盈傳　289
雍氏女　1366
用城記　257
魚肉道人　1124
玉尺記　684
玉華侍郎記　733
玉局井洞　1
玉條脱　872
玉溪夢　629
鴛鴦燈傳　737
袁元　571
袁州獄　1051
遠煙記　520
月禪師　717
岳陽董風子　1300
越娘記　175

Z

葬骨記　489
曾亨仲傳　1429
曾元賓　887
章仲駿遊仙夢　1392
張大監正直　144
張淡道人　1085
張佛子傳　245
張浩　594
張客奇遇　1161
張女對冥事　1049
張鋭醫　1069
張三店女子　1297
張宿　565
張王　1449
張文規傳　721
張相夫人始否終泰　115
張顔承節　1147
張珍奴　1167
趙飛燕别傳　380
趙三翁記　767

趙士遏治瘵記　849
趙士珧　1042
趙氏馨奴　1268
趙縮手　1100
趙小哥　1086
趙詵之　878
真州異僧　1072
真珠族姬　1340
鄭超入冥記　986
鄭主簿　1333
志過　915
中霤神　791
中州仕宦者　928
周寶　1457
周浩二黯　1437
周翁父子　1319
周助　635
朱安恬獄　1277
朱蛇記　460
朱曉容　817
猪觜道人　882
猪嘴道人　1387
紫府真人記　494
宗本遇異人　1013